古典传统
希腊—罗马对西方文学的影响

（美）吉尔伯特·海厄特（Gilbert Highet） 著 王晨 译
刘小枫 雷立柏 哈罗德·布鲁姆 序

THE CLASSICAL TRADITION
Greek and Roman Influences on Western Literature

海伦,你的美在我眼中
就像昔年尼西亚的帆船,
在馥郁的海上轻柔地
载着困倦思乡的游子,
带他回到故国的海岸。

我在绝望的海上漂泊了太久,
你风信子色的青丝,你古典的脸庞,
你水中仙子的绰约召唤我回家,
回到从前希腊的荣光,
和往昔罗马的盛况。

——爱伦·坡《致海伦》

目 录

中译本序一 …………………………………………… 刘小枫 4
中译本序二 …………………………………………… 雷立柏 13
序 言 ……………………………………………… 哈罗德·布鲁姆 15
前 言 ……………………………………………………………… 19

第1章 导 言 ……………………………………………………… 1
　　希腊和罗马文明的衰亡 2
　　黑暗时代 3
　　中世纪 8
　　文艺复兴 11

第2章 黑暗时代的英国文学 …………………………………… 16
　　盎格鲁—撒克逊诗歌 16
　　盎格鲁—撒克逊散文 27

第3章 中世纪的法国文学 ……………………………………… 37
　　骑士历险传奇 37
　　奥维德和浪漫爱情 44
　　《玫瑰传奇》 49

第4章 但丁与古代异教文化 …………………………………… 55

第5章 走向文艺复兴：彼得拉克、薄伽丘、乔叟 …………… 64
　　彼得拉克 64
　　薄伽丘 70
　　乔叟 74

第6章 文艺复兴时期的翻译 …………………………………… 84
　　史诗 92
　　史学 94

1

哲学　96

　　　戏剧　98

　　　演说词　100

　　　中短篇作品　101

第 7 章　文艺复兴时期的戏剧 ················· 105

第 8 章　文艺复兴时期的史诗 ················· 119

第 9 章　文艺复兴时期的田园作品和传奇 ········· 136

第 10 章　拉伯雷和蒙田 ····················· 149

　　　拉伯雷　149

　　　蒙田　155

第 11 章　莎士比亚的古典学 ·················· 162

第 12 章　文艺复兴及以后的抒情诗 ············· 185

　　　品达　194

　　　贺拉斯　205

第 13 章　转　型 ··························· 215

第 14 章　书籍之战 ························· 220

　　　书籍之战的进程　233

第 15 章　对巴洛克的注解 ···················· 242

第 16 章　巴洛克悲剧 ······················· 246

第 17 章　讽刺作品 ························· 254

第 18 章　巴洛克散文 ······················· 272

　　　散文风格　272

　　　小说　284

　　　史学　291

第 19 章　革命时代 ························· 299

　　　背景　299

　　　德国　308

　　　法国和美国　325

　　　英格兰　340

　　　意大利　354

　　　结论　363

第 20 章　帕尔纳索斯和反基督 …………………………… 365
　　帕尔纳索斯　367
　　反基督　378
第 21 章　学术的世纪 ……………………………………… 389
第 22 章　象征主义诗人和詹姆斯·乔伊斯 ……………… 415
第 23 章　对神话的重新诠释 ……………………………… 430
第 24 章　结　语 …………………………………………… 448
简要参考书目 ………………………………………………… 455
注　释 ………………………………………………………… 461
出版后记 ……………………………………………………… 619

中译本序一

在大多数中国人的印象中，欧洲文明是一个统一、连贯的文明单位——其实，不仅我们中国人的印象如此，西方人自己的印象同样如此。显然，这种印象是由西方文明通史或西方文学通史或西方哲学通史一类史书塑造出来的，如本书作者（生前为美国哥伦比亚大学教授）海厄特在"导言"一开始所说，"就我们大部分的思想和精神活动而言，我们是罗马人的孙辈，是希腊人的重孙"。

当然，我们也知道——西方人更清楚，历史上的古希腊人和罗马人与公元五世纪前后才移居西罗马帝国领地的欧洲人并非同一个"民族"。欧洲人向西移居西罗马帝国领地时，还是尚未开化的"蛮族"。用海厄特教授的话说，正是由于这个"蛮族"的入侵，"高贵而复杂"的古希腊—罗马文明"走向覆亡"，"被淤泥覆盖、掩埋，乃至忘却"。不过，海厄特又说，"当西方文明开始复兴和重塑自身的时候，它很大程度上依靠了重新发现被掩埋的希腊和罗马文化"。海厄特显然是出身为"蛮族"的欧洲人的后裔，而非古希腊人或罗马人的后裔，但"西方文明"这个概念使得他可以把欧洲人与古希腊人和罗马人维系在一起。显然，本书的写作意图是要教育移居美洲新大陆的欧洲人后裔，希望他们牢牢记住："我们的文字、工艺和思想中许多最好的东西脱胎于希腊人和罗马人的创造。这没有什么可耻的。相反，无视和淡忘这点才是可耻的。"

身为"蛮族"的欧洲人的开化始于公元12世纪，成于"文艺复兴"时期——海厄特说：

> 到了15至17世纪，西欧接受了古代希腊和罗马的艺术与理念，并迫不及待地吸收了它们……现代文明就此奠基。……在政治上，我们可以看到民主如何诞生，希腊人如何探究其核心的力量和缺陷，民主理念如何为罗马共和国所接受并在现代社会的民主宪法中复兴，以及我们关于公民权利和义务的观点在多大程度上直接来自希腊和罗马的思想。

的确，按照西方文化史教科书所下的定义："文艺复兴"指复兴了异教（即古希腊罗马）的古代典籍，开启了回到基督教之前的古典视野——"人文主义者"的原初含义就是"古典主义者"。然而，这个在教科书中常见的定义恐怕有问题。没错，"文艺复兴"时期的西欧人文主义者把学习古希腊罗马经典视为教育的基础，他们确信，古希腊语和古典拉丁语作家在语法技艺、修辞术、历史认知和道德哲学方面都是欧洲人的楷模。问题在于，并非所有"文艺复兴"时期的欧洲人文主义者都推崇古希腊罗马典籍。事实上，早在14世纪末就出现了一种"全然改变的态度"，即不是复兴而是拒斥古希腊罗马文明遗产的态度，以至于首次出现了人文主义与古典的全然割裂。[①]一种新的政治感觉促使某些人文主义者拒斥古希腊罗马典籍中的历史认知和道德哲学，比如，出生于托斯卡纳的布拉乔利尼（Poggio Bracciolini，1380—1459年）就是一个典型代表。

布拉乔利尼早年在"文艺复兴"时期的人文主义重镇佛罗伦萨完成学业，20岁出头进罗马教廷担任文书，随后成为教皇国的政治家，从政长达五十年。虽然是僧侣政治家，布拉乔利尼也是古典迷。30多岁时（1414至1418年间），布拉乔利尼借参加康斯坦茨大公会议期间造访如今位于瑞士、德国和法国的一些隐修院，收罗了不少古罗马作家的作品抄本，其中最为著名的是西塞罗的六篇演说辞和昆体良的《修辞术原理》全本，"据说他用了32天时间以美丽的字迹全部抄完了这部著作"，史称自一个世纪前彼特拉克等人寻找并发现诸多古典抄本以来最重要的发现。[②]罗马城是古迹成堆的地方，布拉乔利尼在教廷任职期间经常探寻碑铭，50岁那年还写下了《罗马城遗迹考述》。

然而，布拉乔利尼既是古典迷也是疑古者。他虽然热爱古书，却并不信任古代作家的见识。在他看来，当今的时代尽管可能很悲惨，仍然比古希腊罗马优越。这一看法并非由于他那个时代的佛罗伦萨人文主义天才们有了什么伟大的新发现，而是由于他感受到非常切近的来自西亚蛮族的威胁：布拉乔利尼的整个一生都在目睹土耳其人重新向西推进，并在去世前六年（1453年）得知土耳其人攻陷君士坦丁堡。土耳其人对中欧和西欧的威胁，使得具有古典学养的布拉乔利尼非常敏感。希罗多德的《原史》所记叙的古老的希波战争绝非仅是远古的故事：奥斯曼帝国的崛起，尤其帖木儿（Tamerlane或Taimur/ Timur，1336—1405年）的辉煌战绩，让布拉乔利尼想起当年的克瑟尔克瑟斯（Xerxes，旧译"薛西斯"）。在布拉乔利尼看来，就战事规模和指挥才能而言，帖木儿的战功超过了古希腊罗马的所有

[①] 这一观点在文艺复兴研究的专业学界早已经得到认可，参见斯金纳：《近代政治思想的基础（上卷）》，奚瑞森、亚方译，北京：商务印书馆，2002，142页。

[②] 参见布克哈特：《意大利文艺复兴时期的文化》，何新译，北京：商务印书馆，1979，174、181、185页。

著名战役。他由此想到，古希腊罗马史家的见识未必就是万世宝鉴。如果当今时代有比古希腊人和罗马人伟大得多的行动，为什么要崇拜古人的功绩，为什么欧洲人应该看重古代作家的见识？难道欧洲人不应该讲述自己的故事，提炼自己的政治经验？为了讲述意大利人自己的生存经验，布拉乔利尼写了哲学作品（如《论人生的悲惨》《贵族论》）、政治作品（如《那不勒斯王国内贵族们反对斐迪南一世的阴谋》）以及史书《佛罗伦萨史》（*Poggii Florentini Oratoris et Philosophi Opera*, Basel 1538; *Poggii Florentini Historiae de varietate fortunae libri quatuor*, Paris 1713），还留下了许多饱含新政治经验的书信。①

比布拉乔利尼晚一个世纪的马基雅维利（1469—1527年）向这个方向迈进了一大步，而且对后世产生了直接的巨大影响。在他看来，布拉乔利尼对欧洲人"要名垂不朽的野心和欲望了解很少"（布克哈特语，前揭书，162—163页）。马基雅维利学富五车，有丰厚的人文主义古典学养。然而，他的重要著述有一个基本特征：看重欧洲人自己的政治经验、鄙夷古希腊罗马人的教诲。我们在《君主论》的献辞中可以读到，马基雅维利说要向现代君王推荐他自己"依靠对 cose moderne［现代大事］的长期经验"钻研 delle antiche［古代大事］得来的知识。言下之意，他要传授的并非是古希腊罗马贤明的教诲，而是他自己研究现代大事的心得。这意味着古希腊罗马经典是无用的东西，对当今现实政治没有指导作用。大部头的《李维史论》表面上是一部古罗马史评鉴，甚至堪称一部关于古典文学的著作。按照人文主义的态度，这种著作应该把古史中的经验当作古典范例来研习，马基雅维利却在书中通篇对古典范例明褒暗贬。如施特劳斯所说，"《李维史论》一方面模仿古代，听命于古代作家的教导，另一方面则阐述全新的范式和秩序，实际上在与古典传统彻底决裂"。②

马基雅维利与古典决裂的心志来自于这样一种抱负：让自己的祖国摆脱罗马天主教支配，成为自立自主的拥有主权的政治单位（共和国）。为了实现这一目的，就必须废黜基督教的《圣经》和古希腊罗马经典的权威。《君主论》各章标题用的是传统的学术语言（拉丁语），行文却是当时的意大利语俗语，这绝非偶然之举。我们知道，在罗马天主教主持下，中古时期的西欧形成了一个统一信仰的基督教共同体，拉丁语成为通行的书面语。"文艺复兴"时期的人文主义者们用俗语写作，

---

① 参见 William Shepherd, *The Life of Poggio Bracciolini*, 1837/2010影印重版。关于布拉乔利尼政治思想的简短评述，参见沃格林：《宗教与现代性的兴起》，霍伟岸译，上海：华东师范大学出版社，2009，162—166页。

② 参见施特劳斯《马基雅维利与古典文学》一文，见施特劳斯：《苏格拉底问题与现代性》，刘小枫编，彭磊、丁耘等译，北京：华夏出版社，2010。

要表达的是西欧各王国力图摆脱基督教共同体的政治诉求。抬高"现代［俗语］作家"的地位，无异于抬高新生的日耳曼诸王国自身的地位。在16世纪末期，意大利人文主义者已经发出废黜古人写作楷模的呼声——史称"反西塞罗主义"。布克哈特早就告诉我们，16世纪初期的佛罗伦萨史家用意大利语写作，并非仅仅因为他们的拉丁语写作不能与优美的西塞罗风格争短长，"而且也因为他们像马基雅维利那样，只能用活的语言来记载自己直接观察所得的现实的结果……也因为他们最终希望：他们对于事件进程的看法能够产生一种尽可能广泛而深远的实际影响"。①虽然古希腊罗马文明被西方基督教官方判为"异教"，西方基督教的教养实际上以古希腊罗马经籍为基础。人文主义作家的写作要求获得自己的政治位置，必然要废黜古希腊罗马经典的权威，否则俗语写作就永远只能是模仿者。

还可以提到法兰西王国的例子——路易·勒华（Louis Le Roy，1510—1577年），这位法兰西公学院的教授史称"文艺复兴"时期的法国人文主义代表，精通古希腊文和拉丁文，翻译了不少古希腊经典，有"法语柏拉图"的美誉——直到今天，他的译作依然受到学界推崇。然而，与马基雅维利一样，勒华主要用母语写作，为的是记叙法兰西王国的政治经验：如《思考法兰西历史和普遍历史》（*Considérations sur l'histoire de France et universelle*，1562年）、《论政治技艺的起源和卓越》（*De l'origine et excellence de l'art politique*，1567年）、《论君主制》（*Traité de la monarchie*，1570年）、《论君主政体的卓越》（*De l'excellence du gouvernement royal*，1576年）、《论宗教多样化在人群中引发的动乱或纠纷》（*Des troubles ou différends advenant entre les hommes pour la diversité des religions*，1599年）。勒华最著名的传世之作是《论变迁，或世间万物之千变万化》（*De la vicissitude, ou Variété des choses en l'univers*，1575年），这部作品内容包罗万象，尤其追溯了文学和武器从古至今的变迁——正是在这部著作中，勒华表达了马基雅维利式的厚今薄古论。②勒华看到，在过去的一百年间，西欧人发现了好些甚至古人也不知道的东西：新的海洋、国家、种族、习俗、法律、矿物、蔬菜、动物、天体——这使勒华觉得，古希腊罗马圣贤的知识也是有限的。勒华甚至相信，任何伟大时代的到来都以一场伟大的战争为开端，文明的繁荣必须以战争为前奏——比如，希波战争之于雅典，亚历山大的征战之于希腊化时代，恺撒的征战之于罗马帝国文明。勒华觉得，帖木尔在纪元1400年前后的战绩标志着一个新纪元的开

---

① 布克哈特：《意大利文艺复兴时期的文化》，前揭，244页。亦参彼得曼《马基雅维利与但丁》一文，见刘小枫/陈少明编：《经典与解释10：马基雅维利的喜剧》，北京：华夏出版社，2006。

② Werner L. Gundersheimer, *Life and Works of Louis Le Roy*, Genèva, 1966；亦参沃格林：《宗教与现代性的兴起》，前揭，168—176页。

始：正是在帖木儿统治期间，彼特拉克开启了从前封闭的图书馆，拂去蒙在古代作家优秀书籍上的灰尘。依据这样的历史观察，勒华尝试用非基督教的观念来描述历史和划分文明时期，由此催生了所谓"现代"观念。表面上看，勒华用来取代基督教历史神学观念的思想资源是古希腊自然哲人的自然"变迁兴衰"论，实际上，他的新历史观的感觉来自帖木尔的战争——倘若如此，我们很难断言，欧洲现代文明的奠基凭靠的是古希腊罗马的理念。

更能说明问题的是英格兰王国的培根——这位伟大的英格兰人文主义者直接受惠于马基雅维利和勒华的见识。① 历史刚刚进入 17 世纪之时，44 岁的培根就用通俗的散文笔法写了《学术的进展》（*Advancement of Learning*，1605 年，明万历 33 年），这仅是他计划写作的共六个部分的大著《伟大的复兴》的第一部分。从书名来看，培根似乎要"复兴"古希腊的文明遗产，其实，他的志向是用"新工具"和"新科学"取代古希腊罗马经典。几年之后，他以马基雅维利式的笔法用拉丁文写了《论古人的智慧》（1609 年），表面上依从古希腊作家的教导，实际上表达的是与古希腊文明彻底决裂的决心和计划。② 早在《学问的进展》中培根就已经明确提出，不假思索地遵从古代权威，任何学问都会无所建树。他还说过这样一句话非常有名的话：

> 世界的老年是我们所处时代的属性，而不是古老生命生活的早期时代。虽然在我们看来，那个时代要老一些，但就整个世界的角度来说，那个时代才是年轻的。③

这话的意思是：如今的欧洲人才是经验丰富的老人，相反，远古的希腊人和罗马人倒是少不更事的年轻人。从布拉乔利尼到培根的例子让我们看到，"文艺复兴"时期的一些人文主义者自觉地拒斥古希腊罗马文明经验是一个不争的历史事实，其原因在于：西欧各日耳曼王国和城市共和国作为新政治单位的形成，促使各国智识人力图凭靠新的政治经验建立新的政治原则。可以说，"文艺复兴"标志着新欧洲诞生时欧洲新知识人力图摆脱古希腊罗马文明传统的决心：人文主义者在延续欧洲古老的文明传统的同时，也在与之决裂，以便打造日耳曼的新欧洲文明。

---

① 参见培根：《培根论说文集》（水天同译，北京：商务印书馆，1986）第 13 篇和第 58 篇《论事物的变迁》（"Of Vicissitude of Things"）。
② 参见培根：《论古人的智慧》，刘小枫编，李春长译，北京：华夏出版社，2006。
③ 培根：《学术的进展》，刘运同译，孙宜学校，上海：上海人民出版社，2007，64 页。

基于上述例子，我们难免会对这样的说法心生疑问："15 至 17 世纪，西欧接受了古代希腊和罗马的艺术与理念，并迫不及待地吸收了它们……现代文明就此奠基"——西欧的"现代文明"真的奠基在古希腊和罗马的文明理念之上吗？再说，17 世纪末期，西欧学界不是爆发了著名的"古今之争"吗？1688 年，年仅 31 岁的法兰西文学青年丰特奈尔（Bernard Le Bovier de Fontenelle，1657—1757 年）发表了名噪一时的小册子《关于古人与现代人的离题话》（*Digression sur les anciens et les modernes*，1688 年），这位著名戏剧作家高乃依的侄子早年在里昂耶稣会学校读书，因迷拜笛卡尔数学原理转而专攻数学哲学。在培根和笛卡尔的新科学精神激发下，年轻的丰特奈尔尝试用通俗对话体推广新科学知识，成为最早的法语科普作家。他的处女作《死人对话新篇》（*Nouveaux dialogues des morts*，1683 年）模仿古希腊作家路吉阿诺斯的《死人对话》，让各色古人与各色今人（比如苏格拉底与蒙田）展开对话，其实是在贬低古人，但没有引起什么反响。① 仅仅三年之后，丰特奈尔又发表了名为《关于世界多样性的对话》（*Entretiens sur la pluralité des mondes*，1686 年），假托与一位少妇对话宣传新天文学。② 这一次他造成了轰动效应，毕竟，太阳围绕地球转在那个时候还是人们的常识。从书名来看，《关于世界多样性的对话》显然受到伽利略在 1632 年出版的《关于托勒密和哥白尼两大世界体系的对话》和 1638 年出版的《论两种新科学及其数学演化》的启发。《关于世界多样性的对话》给时年不到 30 岁的丰特奈尔带来巨大声誉，伏尔泰后来称之为"把优美的文笔运用于撰写哲学著作"这一"精巧技艺"的首例。在丰特奈尔的激发下，法兰西学院院士、诗人佩罗发表了贬低荷马以及其他古代诗人的对话作品《古人与今人对比》（*Parallèle des anciens et des modernes*，两卷，1688 年），名噪一时。他贬低古希腊诗人的理由是：古代诗人的智识根本无法与现代欧洲哲人或自然科学家的智识相比，因为，17 世纪的自然科学思维比古老的诗性思维更为可靠。毕竟，荷马在天文学、几何学、自然学方面的知识实在贫乏，甚至可以说糟糕透顶。在佩罗看来，知识和文雅得靠时间的推移来形成，因此，与当今的法兰西或英格兰相比，古希腊罗马文明远算不上开化。

1690 年，英国文人坦普尔爵士（Sir William Temple，1628—1699 年）发表了《论古今学问》（*Essay upon Ancient and Modern Learning*）一文，他对当时贬低古希腊罗马文明的欧洲主流知识分子说：

---

① 全书共六卷，两卷题为"古代死人的对话"，两卷题为"现代死人的对话"，两卷题为"古代死人与现代死人的对话"。见 Donald Schier 编辑、笺注, Uni. of North Carolina Press, 1965。

② 见 Robert Shackleton 编, Oxford, 1955；英译本 *Conversation with a Lady on the Plurality of Worlds*（London，1719）。

> 在哪些学科方面我们可以声称超越了前人呢？在过去的一千五百年内，除了笛卡尔和霍布斯之外，我不知道还有哪个哲人能够具有这么崇高的地位。对于笛卡尔和霍布斯，我在这里不做评判。我仅仅要说，按照当今学者的意见，他们俩绝没能掩盖柏拉图、亚里士多德、伊壁鸠鲁和其他古人的光辉。①

坦普尔爵士的观点与丰特奈尔的观点针锋相对，可见当时的欧洲知识界的确有服膺古希腊罗马文明的文人和学人。问题在于，为西欧"现代文明"打下地基的人并非坦普尔爵士这样的政治家和文人，而是笛卡尔和霍布斯这样的新派哲人，他们恰恰以背离古希腊罗马文明为己任。笛卡尔（1596—1650年）比培根小35岁，他追随培根提出的首要要求是改变思想"方法"，以便让欧洲人成为"自然的主人和所有者"——他用普通法国人都能看懂的法语撰写了小册子《谈谈方法》（*Discours de la Méthode*, 1637年），但匿名出版。出于怀疑希腊人在数学和机械论方面是否比现代欧洲人更在行，他主张区分两类知识：凭靠数学理性认知获得的科学知识和源于熟识（connaissance）的偶然知识。在他看来，后一种知识只能通过语言和历史经历来获得。显然，欧洲人不可能靠古希腊罗马的语言和历史经历来获得关于自己的欧洲王国的偶然知识。因此，对于一个有教养的欧洲人来讲，掌握法语或大不列颠语应该比掌握古希腊语或拉丁语更重要，知道如今的欧洲哪怕最小的王国的历史经历也比知道古罗马帝国的历史经历更有优先性。笛卡尔的这一主张明确排除古典作家在教化方面的权威地位，切断了欧洲人的教养与古希腊罗马文明的关系，由此引出了改革人文主义文教科目的诉求：人文主义式教育只会把欧洲人培育成一个古代人，基于数学理性的新式教育才会把欧洲人培育成现代人。

霍布斯23岁时做过培根的秘书，在培根指导下研究古希腊和古典拉丁文著作。经过多年的努力，他将修昔底德的《伯罗奔半岛战争志》译成了英文（1629年出版），后来还翻译出版了亚里士多德的《修辞术概要》（*A Briefe of the Art of Rhetorique*，1637年出版）——按理说，霍布斯算得上学有所成的人文主义者。然而，他写下的名垂千古的《利维坦》（1651年）却凭靠笛卡尔的数学理性公开挑战柏拉图和亚里士多德的权威，披着基督教的外衣废黜基督教的政制法权，提出了著名的"自然状态"学说，彻底置换了欧洲政制的法理基础。如果霍布斯是公认的现代欧洲政治观念的鼻祖，怎么能把现代欧洲的"民主宪法"视为古希腊罗马思想的复兴呢？

---

① J.E.Spingarn 编，*Sir William Temple's Essays On Ancient and Modern Learning, and On Poetry*, Oxford，1909/2013，页25（李春长译文）。

毕竟，我们在古希腊罗马思想中很难找到基于"自然状态"的契约论政制法理。

佩罗发表贬低古希腊罗马诗人的《古人与今人对比》的那一年（1688年），英格兰的辉格党人与部分托利党人发动宫廷政变，废黜詹姆斯二世，邀请詹姆斯二世的女儿玛丽和时任荷兰奥兰治执政的女婿威廉回国执政；次年，英格兰议会颁布《权利法案》确立议会式君主立宪制，剥夺了君主的主权，史称现代民主政制的先声……1701年，坦普尔的学生斯威夫特匿名发表了小册子《论雅典和罗马贵族与民众的竞争和争执》（*A Discourse of the Contests and Dissentions between the Nobles and the Commons in Athens and Rome*）。① 这篇论说文从讨论古希腊罗马的三种政体（君主制、贵族制、民主制）入手，过渡到集中讨论贵族与平民的冲突引发的政争，意在让时人思考英格兰民主新政的优劣。

> 国家的权力均衡一旦正式确定，最为危险和愚蠢的做法是对于民众最初的夺权行为作出妥协。这样做通常是为了逃避无理取闹，以获得安宁，或者把妥协当作仅供买卖的商品。这等于拆掉整体去满足一时之需，是江湖庸医的止痛疗法，将带来意想不到的严重后果。迁就孩子，他会顺从满足；稍微迁就一下恋人，他就会满足，不再有其他要求，于是希望用小小的让步使民众满足。在整个历史长河中，无论是哪一个公民大会，假如能找出一条例证，说明它在起初夺权时得到了一点点满足就从此安于现状，假如能找出一条例证，说明公民大会曾经清楚、提出或宣布他们的权限，那么我们才有希望通过思考、讨论和辩论调整权力均衡。然而，既然所有事实显而易见均非如此，我认为，在稳定的国家里不必要采取其他措施，那些被托付重权之人应该持之以恒，坚定信念，永远不要让步于民众的无理取闹，不要使国家有一丝的裂痕，否则无数的权力滥用和争夺迟早必定强行涌入。（Ellis 编本，页115）

议会民主制对西方人来说的确不是现代才有的，古代的雅典和罗马都有平民议会建制。在斯威夫特看来，贵族与平民的冲突在任何时代都难免，最好的政制是权力均衡的政制或者说混合政制。在总结古希腊罗马的政治经验时，斯威夫特认为应该吸取的经验教训是：

---

① Frank H. Ellis 校勘、编辑、笺注本，Oxford, 1967。中译见斯威夫特：《图书馆里的古今之战》，李春长译，北京：华夏出版社，2015。

> 无论在古代还是现代,重大议事机构有时抛出无知、鲁莽、错误的决议,常常让我感到诧异。这使我意识到,民众的议会也会犯个人所能犯的所有问题、蠢事和邪恶。(同上,页120)

按照斯威夫特所总结的古希腊罗马的政治经验,我们实在很难看出现代欧洲的民主政制观念以及新欧洲人"关于公民权利和义务的观点在多大程度上直接来自希腊和罗马的思想"。

海厄特的大著是一部地道的欧洲文学史,作者从"古希腊罗马文明的衰亡"和日耳曼"蛮族"文学在"黑暗时代"破土而生起笔,描绘了欧洲"蛮族"文学自中世纪至20世纪初的成长历程。日耳曼"蛮族"相当于我国六朝时期才移居原西罗马帝国领地,这些"蛮族"在罗马天主教羽翼下走向开化的时候,我国已经进入高度人文化的宋帝国时代。海厄特专辟一章介绍"古今之争"(参见第15章《书籍之战》),可见他对现代欧洲文明与古希腊罗马文明的关系中隐含着的深刻断裂心知肚明,尽管如此,他仍然希望让自己的美国读者看到的是:现代欧洲文明与古典的古希腊罗马文明有种种内在关联。海厄特显然意识到,无论现代欧洲文明凭靠商业和科学技术获取了多少财富、创造出何等强势的军事大国,文明年齿的短板毕竟不利于教化富裕且有航母掌控全球海洋通道的大国的国民。海厄特的这部大著当然有助于我们更好地认识欧洲文明,但在我看来,这部出色的著作其实更有助于我们更好地认识中国文明。毕竟,当我们热烈拥抱现代欧洲文明时,我们正在打造的现代中国文明难免会与中国古代文明产生这样或那样的断裂——这个时候,我们也应该牢牢记住:我们的文字、工艺和思想中许多最好的东西脱胎于我们古人的创造。欧洲人无视和淡忘希腊人的创造,其实并没有什么可耻——毕竟,他们与希腊人既不同文也不同种,如尼采所说,他们的确曾致力于这种无视和淡忘。相比之下,如果我们无视和淡忘我们古人的创造,才是实实在在的可耻。

刘小枫
中国人民大学文学院
古典文明研究中心
2015年6月

中译本序二

在汉语学界中有相当多介绍欧洲文学史的著作，但大多从荷马直接跳到但丁，最多提一提古希腊的悲剧、维吉尔的诗歌或奥古斯丁的自传。古希腊罗马的文学、哲学、历史学、宗教学，尤其是古代晚期的教父学文献都被忽略。这样，中国的读者无法全面理解和欣赏西方的文、史、哲传统，也无法意识到，古代的经典在思想史上有多么深远的影响。在这种背景下，海厄特的著作显然特别重要，因为这位渊博的学者观察到，整个西方的文学在很大的程度上来自希腊人："希腊人知道，戏剧、歌曲、故事和历史不仅是一时的消遣，由于其内容能够提供持续的养料，它们还是思想的永恒财富。这是并不十分富有或强大的希腊的发现。埃及比它更加富有，波斯则比它强大得多。但希腊人是开化的，因为他们懂得思考。他们把这个发现教给了罗马人……罗马人又把接受自希腊人的精神食粮传递给了整个西欧。这种食粮得到了基督教的净化和加强……"

这就是所谓"西方文化"的基本路线，但深入欣赏、了解和阐述该路途上的里程碑经典著作不容易，因为它需要一个前提条件：掌握多种语言。在欧洲思想史的道路上，海厄特是一位资深的向导，他书中引用的文献表明，他除了自己的母语英语以外还会希腊语、拉丁语、法语、德语、意大利语、西班牙语。他论及语言、文字、文学、艺术、宗教、法律的方方面面。他的著作从古代文化的衰落开始叙述"黑暗时代"（公元500至1000年间）的情况和欧洲文明在中世纪和文艺复兴时期的发展。他认为古希腊和古罗马的思想和语言是整个欧洲文学的"基础和纽带"，无论是意大利、法国、德国或英国的文人，都受了古希腊罗马的启发。海厄特用很多具体的例子阐明但丁、薄伽丘、莎士比亚、歌德，文艺复兴时代、巴洛克时代和19世纪的文人如何继承和发展这一共同的思想资源。

海厄特认为，如果没有古希腊和罗马的思想，西方的文字、工艺、文学、法学、政治都是不可能的。"鉴于我们缺乏创造新的艺术形式和哲学体系的能力，完全靠自己建立起一个像罗马法那样坚实宏伟的体系简直是天方夜谭"（导言）。海厄特是苏格兰人，后半生大多数时间在美国任教，所以这句话中的"我们"应该指欧洲北部以及美国的民族。我们今天也许很少能听到一个欧洲人或美国人说自己的文化很"贫瘠"和"落后"，但实际上，大多数的精神因素就是从古希腊罗马传到欧洲北部的，然后又传到了全世界。

海厄特是一位古典学家，1938年开始在美国哥伦比亚大学教授拉丁语和古希腊语，他的第一部比较有影响的著作是《荷马概论》(An Outline of Homer, 1935年)，这里翻译的是1949年问世的《古典传统》。这部著作自出版后陆续被翻译成多种欧洲语言，尤其值得一提的是，日本著名古典学者柳沼重刚（1926—2008年，曾任筑波大学名誉教授）在上世纪八十年代开始陆续出版埃斯库罗斯、欧里庇得斯、普鲁塔克的译本之前，早在1969年就把这本书译介给日本读者，可以想见，他一定认为这是一本让日本读者了解西方古典传统非常优秀的著作。

对于中国读者来说，这部书是必读的工具书，因为中国近代文学也深受西方思想的影响。然而，一般的学者只知道鲁迅受尼采和易卜生的影响，但不考虑尼采和易卜生在多大程度上受到古希腊人的隐喻、古罗马人的道德思想和中世纪宗教信仰的影响。海厄特知道，现代英语和现代法语有很多单词有拉丁语和希腊语的词根，在书中他还指出法国的波舒哀和英国的约翰逊如何根据拉丁语单词创造了一些新的法语和英语单词，但在中国很少有人意识到，现代汉语有多少思想概念和哲学术语受到希腊罗马传统的影响。海厄特说："就我们大部分的思想和精神活动而言，我们是罗马人的孙辈，是希腊人的重孙。"如果当今的中国人意识到现代汉语有多少元素来自古希腊和罗马的概念（"德先生"和"赛先生"只是其中一个例子），那么是不是也要问一句："我们是罗马人的孙辈"吗？现代汉语是西方语言和文化的受益者，但是很少有人意识到它们的深层基础是欧洲的古典文化。如果有更多的中国人——和海厄特一样——能够掌握拉丁语和古希腊语，就会清楚地看到这一点。

海厄特很谦虚地承认，"我们"的文化是古希腊和古罗马的受益者。我希望他的中国读者通过这本著作，让"我们"的文化也"从希腊人那里学会了思想生活的重要性……和唯一不朽的财富：灵魂"。

海厄特的著作也使我联想到德国学者库尔提乌斯（Ernst Robert Curtius，1886—1956年）的名著《欧洲文学和拉丁语的中世纪》（Europäische Literatur und lateinisches Mittelalter，1948年）。无论是海厄特还是库尔提乌斯，他们的著作都强调欧洲文化的共性：在第二次世界大战后，在欧洲民族经历分裂之后，他们提笔寻找了一个共同的文化根源和纽带。但愿今天的古典文学研究能为分裂的民族指出一条共同的道路，提供共同的语言，在东方和西方之间搭一座思想的桥梁和沟通渠道！

雷立柏
中国人民大学文学院
2015年6月

序 言

我今年83岁，即将开始在耶鲁大学全职任教的第58个年头。到了学术生涯的这个阶段，我仅限于主持高年级本科生的小组讨论，每个小组只有12人，以便有时间经常与个人面谈。近年来，其中一个小组专注于莎士比亚，另一个专注于从爱默生到哈特·克莱恩的美国文学。

对禀赋较高的学生，我敦促他们学习希腊语和拉丁语，就像我在康奈尔大学读本科时那样（1947—1951年）。垂暮之年的我仍然感激导师艾布拉姆斯（M.H. Abrams），他在我最需要的时候给予了我鼓励。还要感谢教我希腊语和拉丁语的古典学者们：弗里德里希·索尔姆森（Friedrich Solmsen）、哈里·卡普兰（Harry Caplan）、詹姆斯·赫顿（James Hutton）和戈登·科克伍德（Gordon Krikwood）。因为他们，我学会了深入阅读荷马、柏拉图、雅典剧作家、品达和希腊史学家，还有维吉尔、卢克莱修、贺拉斯、奥维德等拉丁语诗人。

在当今数字时代，学习古典语言甚至英语史的学生相对寥寥。指望出现不同情况不切实际，这种悲哀的现实促使我为吉尔伯特·海厄特的《古典传统》作序。

我在1949年海厄特的书刚出版时就读过它，它的明晰和详尽让我受益匪浅。两代人的时间过去了，我刚刚重读本书，觉得它仍然是无价的。

海厄特在开篇断言，我们的世界是"希腊和罗马的直接精神后裔"。这种说法在六十年前可能就不完全符合事实，在2013年更是很不准确。但我几乎不觉得这是本书的缺陷，与书中的论断相比，更重要的是他所描绘的英、法、意、西和德语文学中形形色色的影响与联系。他的学识渊博而透彻，他善于讲得通俗易懂，又不贬低或过分简化重要的文学想象作品。

范围的确是本书的长处：从但丁和乔叟到弥尔顿和蒙田，再到莎士比亚、歌德和浪漫派诗人，最后是詹姆斯·乔伊斯。

海厄特以艾略特为例，强调了古典传统与个体天才间波澜不惊的传播。但艾略特本人的其他作品表明，文学传承并不那么一帆风顺。我承认自己对此感兴趣，因为我一生都在讲授和著述关于影响带来的焦虑，关于后世作家创造性地误读前人作品，从而对其造成污染时的喜悦和痛苦。海厄特也许不乐意听到他的阿卡迪亚牧场其实是雷区，不过他为研究影响过程的学生提供了丰富的材料。

我仅举众多例子中的一个：在描绘浪漫主义高峰时期的意大利大诗人贾科莫·莱奥帕尔迪伯爵（1798—1837年）时，海厄特写下了这样一段优美的文字：

> 与他关系最密切的古典作家是伊壁鸠鲁主义者卢克莱修，后者相信人类的诞生和生命完全是意外，并没有别的意义；自然对我们既不友善，也不怀有敌意，而是漠不关心；生命唯一有意义的目的是获得平静而安定的幸福，其途径是适度和精心挑选的欢乐以及对宇宙的睿智理解。和卢克莱修一样，莱奥帕尔迪也是唯物主义者；和前者一样，他同样赞美希腊神祇的魅力，尽管他知道事实上它们与我们的世界没有真正的联系；和前者一样，他用吃惊和同情的目光注视着人类的激动和忙碌，就像我们注视着被坠落的苹果砸中的蚁丘。不过，莱奥帕尔迪的结论是，由于生命是徒劳的，它只会造成残酷的痛苦，死亡应该受到欢迎；而卢克莱修的结论则是，如果正确地理解和管理它，生命还是可以忍受的——这不仅是莱奥帕尔迪和卢克莱修的差别，也是许多现代诗人和几乎所有希腊—罗马诗人的差别。即使在希腊悲剧中，生命也并不是毫无希望的，即使在最糟糕的情况下，它仍然包含了高贵和美。莱奥帕尔迪从未领悟到这个真谛，这也许要归咎于疾病给他的身心造成的折磨。至少，他没能有意识地领悟到这点。不过作为艺术家，他还是掌握了它。古典诗歌对他最大的帮助，或者说他的作品中最堪与伟大抒情诗人相媲美的地方在于，他眼中的悲剧人物具有雕塑般鲜明的轮廓，而在描绘它们时，他像希腊人那样结合了深沉的激情和完美的美学掌控。

海厄特对莱奥帕尔迪的评价完全正确，但对卢克莱修的判断过于积极，对埃斯库罗斯、索福克勒斯和欧里庇得斯雅典悲剧的看法则犯了高贵的错误。事实上，卢克莱修甚至比莱奥帕尔迪更加消极，而雅典悲剧中的希望与《李尔王》和《麦克白》中的相当。不过，海厄特的渊博仍能启发思考。他让我回归埃斯库罗斯、卢克莱修和莱奥帕尔迪，尽管他本人不愿吸收他们强烈的消极。

我的研究生导师弗雷德里克·波特尔（Frederick A. Pottle）为詹姆斯·博斯韦尔写过传记，还是华兹华斯和雪莱专家。他教我对所有的文学学术作品都问一句："这有用吗？"按照这个来检验，海厄特的《古典传统》是上佳之作。我拥有异乎寻常的记忆力，特别是对诗歌，但我的头脑无法容纳本书向我展现的重要文学传统的整个庞大轮廓。在这个黯淡无光的时刻，它提供了可敬而持久的帮助。

此外，由于海厄特的渊深，它还带来许多惊喜。在阅读俗语欧洲文学时，你必须记住奥维德，他为乔叟、蒙田、马洛、莎士比亚、乔伊斯和其他许多人提供了素材。荷马、柏拉图和维吉尔同样如此，他们就像欧洲正典这块织物中的纺线。海厄特展现了学者如何娴熟地织成一张典故的挂毯，让永恒的大师们一遍遍回归。

最重要的是，海厄特证明古典文学的过去永远不会消逝，尽管失去了很多，但仍有许多留存下来：

> 现代世界和古典世界的真正关系在更大规模上重现了罗马和希腊的关系。这是一种教育关系。罗马是富有而强大的，它的大部分财富和权力被用于感官享受——酗酒、竞技、宴会、游艇、昂贵的家具和华丽的服饰。不过在希腊人的教导下，许多罗马人也开始利用自己国家的财富和权力来让每一位当时和后世的读者拥有更有力和更敏锐的思想生活。他们至今仍被人铭记。我们记得某些伟大征服者和暴君的名字，比如恺撒、尼禄以及击败汉尼拔的某人（他叫什么来着？）。而除了那个用夜莺的舌头做菜，在黄金打造的热水池中戏水的可笑形象，罗马的百万富翁早已被人遗忘。我们仍然铭记和赞美的是那些善于使用头脑的人：比如那位自学成才的律师。在登上事业巅峰并出任国家最高公职后，他又用自己富于说服力的语调为人们解读了许多最艰深的希腊—罗马哲学思想；或者那个将罗马人的全部历程写成希腊式英雄史诗，为但丁、弥尔顿、丁尼生、雨果和其他许多人带去灵感的乡下孩子；或者那位出生在贫瘠的南方，被节俭的父亲送往希腊的奴隶之子。他回国后开始了文学生涯，首先写的是鞭挞贪婪富人的讽刺诗，后来转而创作表现有节制的欢乐和深刻爱国主义基调的诗歌，为数以十万计的现代人带去了愉悦，令他们为之着迷和受益。他们就是西塞罗、维吉尔和贺拉斯。在希腊人中，被我们铭记的包括荷马、柏拉图、索福克勒斯和亚里士多德，而那些富有、强大、奢靡和野心勃勃的人则早已消失在历史的长河中。只有思想和艺术得以长存。

在"结语"的这倒数第二个段落中，海厄特再次变得理想化，但让我感动的是希腊与罗马之间，以及二者与我们之间的"教育关系"。因为那正是海厄特这本大部头的贡献：它提醒我们像蒙田和莎士比亚那样回归古典作品，寻找永远必需的激励。

在我们的工作与时日中，我们能从何处找到意义？在不眠之夜和老年的痛苦中，人们寻找能让自己满足的东西。我经常独自背诵沃尔特·惠特曼、华莱士·史蒂文斯或哈特·克莱恩的诗歌。但有时，更古老的记忆会涌上心头，比如埃斯库罗斯的合唱或品达的一段颂诗：让含义变成意义的是多年来的悲伤，在更好的时刻也可能是诗歌本身的乐趣。

　　由于早年的希伯来式教育，我对古典传统一直有种疏离感。教育减轻了那种疏离，但我对古希腊人追求卓越的好胜心，对致力于加强自身基础的罗马权威仍然心存隔阂。海厄特不太可能把我看做他的天命读者，但在《古典传统》出版六十年后重读本书时，书中在记录古典作品对西方文学之影响时的出色编排和细节仍让我像当年一样钦佩。我与海厄特只有一面之缘，但暮年的我仍然对他的学识和热情心存感激。他的书仍然活着，并将继续活下去。

哈罗德·布鲁姆
耶鲁大学斯特林人文学讲座教授

前　言

本书大致描绘了希腊语和拉丁语传统影响西欧与美国文学的主要途径。

希腊人发明了我们今天使用的几乎全部文学体裁：如悲剧和喜剧、史诗和传奇，不一而足。在长达两千年的书写历史中，他们发明了难以计数的主题——既有"只要你的秋波为我敬酒"（Drink to me only with thine eyes）[1]这样轻快的，也有像勇士造访冥府这样有力的。他们把这些主题和体裁教给了罗马人，后者对其加以发展，加入了许多自己的东西。

随着罗马帝国的灭亡，文明几乎毁灭殆尽。文学和艺术成了难民，藏身于偏远地区或教会的羽翼下。在黑暗时代，很少有欧洲人能识文断字，更别提著书立说了。但在作为国际语言的拉丁语帮助下，那些具备读写能力的人还是推出了自己的作品，将基督教素材同希腊和罗马思想融为一体。

新的语言慢慢浮出水面。最早留下自己可观而成熟文学作品的是盎格鲁—撒克逊语，或者说古英语。随之而来的是法语；然后是意大利语；接着是其他欧洲语言。当作者们开始用这些新的工具写作时，他们讲述的是本族的故事，传唱的是本族的歌曲。但他们也向罗马和希腊学习有力或优美的表达，搜寻不那么广为人知的有趣故事，探求犀利的理念。

在成熟过程中，这些语言继续不断地向希腊人和罗马人求教和求助。通过吸收希腊和罗马人的单词，它们扩充了自己的词汇，就像我们今天仍在做的那样：比如"电视"（television）[2]。它们借鉴和改造了高度发达的希腊—罗马风格技巧。它们知晓了著名的故事，比如恺撒的遇刺或俄狄浦斯的厄运。它们发现了戏剧诗的真正力量，领会了悲剧和喜剧的意义。它们的作者以希腊和罗马作家为自己的模板。民族则从希腊和罗马寻找伟大政治运动的灵感（比如法国大革命）。

模仿希腊—罗马文学，效法它的成果，改造它的主题和体裁——这个学习过程从我们的现代语言诞生之日起就开始了。尽管多有坎坷，它的历史还是从公元

---

[1] 见本·琼生的《致西莉亚》（To Celia）。这句话来自 Philostratus 的《情书集》（Epistulae，1.33），原文是 ἐμοὶ δὲ μόνοις πρόπινε τοι☐ς Ὄμμασιν。——译注（本书正文部分脚注均为译者所加，下文不再标出。）

[2] tele 来自希腊语副词 τη☐λε（在远处），vision 源于拉丁语 video（看）的目的动名词 visum，经由法语传入英语。

700 年左右不间断地延续到了 1949 年。没有哪本书能够完整地描绘这个过程。据我所知，甚至连它的梗概也不存在。本书将试图提供这样的梗概。

一些著作关注了该过程的不同方面。它们探讨了古典传统对特定国家或时期作者的影响；或者描绘了某位古典作家在现代的命运变迁，展现了他如何在中世纪遭到冷遇，如何在文艺复兴时期被重新发现和大受推崇，如何在 17 和 18 世纪再次失宠，如何在 19 和 20 世纪重又为一群新的作家带去灵感。这些作品极其有用，它们的作者给了我很大的帮助。

编制该领域所有方面的书目将是一项浩大和西绪弗斯式的工作，至少需要像本书这么大的篇幅。不过，我在注释中提及了我认为有用的大量书籍；在简要参考书目中，我列出了该主题各方面的最新综述。以此为基础，应该可以较为方便地加以扩展，沿着任何一条看似有趣的道路走下去。该领域的许多内容仍然有待探索。

除特殊情况外，拙作中的书名和引文都用英语给出。所有的译文（如不另行指出）均系拙译；原文和出处见注释。在这样一本涉及多种语言的作品中，我觉得让德语和法语掐架，或者让意大利语和西班牙语争锋会使读者分神。

我的许多友人和同事热心地阅读了本书的不同章节，并提出了批评意见，还有许多人让我注意到了之前忽视的地方。作为对其有益批评和建设性意见的由衷感谢，我把他们的名字列在下面：Cyril Bailey，Jean-Albert Bédé，Margarete Bieber，Dino Bigongiari，Wilhelm Braun，Oscar Campbell，James Clifford，D. M. Davin，Elliot V. K. Dobbie，Charles Everett，Otis Fellows，Donald Frame，Horace Friess，W. M. Frohock，Moses Hadas，Alfred Harbage，Henry Hatfield，Werner Jaeger，Ernst Kapp，J. A. Krout，Roger Loomis，Arnaldo Momigliano，Frank Morley，Marjorie Hope Nicolson，Justin O'Brien，Denys Page，R. H. Phelps，Austin Poole，Colin Roberts，Inez Scott Ryberg，Arthur Schiller，Kenneth Sisam，Herbert Smith，Norman Torrey，LaRue Van Hook，James Wardrop，T. J. Wertenbaker，Ernest Hunter Wright。

同样要感谢为我提出过建议的几位学生，特别是 Isabel Gaebelein 和 William Turner Levy。还要感谢哥伦比亚大学图书馆的员工，尤其是他们以专业的书目知识为我节省了大量搜寻的时间：Constance Winchell，Jean Macalister，Charles Claar，Jane Davies，Alice Day，Karl Easton，Olive Johnson，Carl Reed，Lucy Reynolds，Margaret Webb。我也必须向圣安德鲁斯大学图书馆的管理员和员工致谢，他们展现了苏格兰人传统的好客。

另一位要感谢的，也是给予我莫大帮助的人，见本书的题献。

吉尔伯特·海厄特
纽约哥伦比亚大学

第1章

导　　言

在许多方面，我们的近代世界是希腊和罗马世界的延续。当然也有例外，特别是医学、音乐、工业和应用科学。但就我们大部分的思想和精神活动而言，我们是罗马人的孙辈，是希腊人的重孙。其他因素也参与造就了今日的我们，但希腊—罗马人的影响无疑是最强烈和最广泛的。如果没有他们，我们的文明不仅会面貌迥异，而且将贫瘠得多，显得更加支离破碎、缺乏思想和流于物质。事实上，无论曾积累起多少财富，经历过多少战争，完成过多少发明，它都将配不上文明这一称呼，因为它在精神成就上不会那么伟大。

希腊人及其学生罗马人创造了一种高贵而复杂的文明，它的繁荣持续了一千年，直至因为遭遇一系列的入侵和内战、瘟疫、经济危机，以及行政、道德和宗教灾难而走向覆亡。作为如此伟大而历史悠久的文明，它并没有完全消失。在人类慢慢重建西方文明的痛苦岁月里，它的一些东西被保留了下来，虽经改造但未被摧毁。但它的大部分为一波又一波的蛮族所吞噬，被淤泥覆盖、掩埋，乃至忘却。欧洲一步步倒退，几乎堕入野蛮社会。

当西方文明开始复兴和重塑自身的时候，它很大程度上依靠了重新发现被掩埋的希腊和罗马文化。除非物质载体被彻底摧毁，伟大的思想体系、意义深刻而技艺高超的艺术品并不会消亡。它们没有变成化石，因为化石没有生命，无法复制自身。只要找到接收自己的头脑，它们就会获得重生，并让那个头脑变得完善。

古典文明的重新发现再度唤醒了欧洲人的头脑，并改造和激发了它，这正是黑暗时代结束后所发生的。其他因素也在觉醒过程中发挥了作用，但没有哪一个的作用更加强烈和广泛。这个过程始于公元1100年左右，伴随着偶尔的停顿和挫折，它的进展越来越快。到了15至17世纪，西欧接受了古代希腊和罗马的艺术与理念，并迫不及待地吸收了它们。同时，部分通过模仿，部分通过将其改编运用到其他媒介，部分通过受其强烈刺激而创造出新的艺术和思想，近代文明就此奠基。

本书试图描绘的仅仅是文学领域在上述过程中的概况。我们同样可以从其他许多极其有趣的视角来审视该过程。在政治上，我们可以看到民主如何诞生，希腊人如何探究其核心的力量和缺陷，民主理念如何为罗马共和国所接受并在近代社会的民主宪法中复兴，以及我们关于公民权利和义务的观点在多大程度上直接来自希腊和罗马的思想。在法律上，我们很容易看到英美、法国、荷兰、西班牙、意大利、拉美国家以及天主教会的法律体系的核心支柱是由罗马人开凿的。（没有罗马的帮助和刺激，我们不可能将其建设成今天的样子。我们的文明在某些发明上建树颇丰，特别善于征服物质世界，但在其他方面就不行了。鉴于我们缺乏创造新的艺术形式和哲学体系的能力，完全靠自己建立起一个像罗马法那样坚实宏伟的体系简直是天方夜谭。）在哲学和宗教、语言和抽象科学，以及美术上——特别是建筑和雕塑——同样可以明显地看出，我们的文字、工艺和思想中许多最好的东西脱胎于希腊和罗马人的创造。这没有什么可耻的。相反，无视和淡忘这点才是可耻的。与人类的生活一样，对文明而言，现在是过去的孩子。只不过在精神生活中，我们可以选择最好的作为自己的祖先。

不过，本书将仅仅着眼于文学，涉及生活中其他领域的内容则只是出于描绘重要文学事件的需要。这里的"文学"指的是用近代语言及其直接先祖写成的作品。虽然至少到1860年前[1]，拉丁语一直被用作书面和口头语言，虽然它不仅是古代也是近代的欧洲语言，弥尔顿和兰多、牛顿和哥白尼、笛卡尔和斯宾诺莎的部分甚至全部最好的作品都用拉丁语写成，但是近代拉丁语作品与我们时代其他欧洲文学作品的历史差别很大，必须加以区分。话说回来，拉丁语作为一门独立语言继续存活了如此之久，并且在某些场合（如弥撒）沿用至今，这本身就证明了古典文化是我们文明核心而活跃的一部分，而思想则比语言活得更久。

希腊和罗马文明的衰亡

今天，人们并不总是能认识到希腊—罗马文明如何高贵和影响广泛，它如何帮助欧洲、中东和北非维持了许多个世纪的和平、开化、繁荣而幸福的生活，以及当它被蛮族和入侵者破坏后我们失去了什么。直到几代人之前，它在许多方面都要优于我们自己的文明，甚至可以说全面占优。然而，人类进步的景象是如此深入人心，以至于我们会认为现代文化要优于之前的任何东西。我们还忘记了人类是多么善于和乐于开倒车：各种野蛮力量仍然蠢蠢欲动，就像有人耕作的岛屿上的火山，它们不仅能伤害文明，还会将其变成炙热的荒漠。

当罗马帝国处于鼎盛之时，法律和秩序、教育和各种技艺得到了广泛的传播，并几乎受到所有人的尊重。在公元后的头几个世纪，文学几乎过剩。在众多行省的大量城镇中都有许多铭文保存下来，以至于我们可以确信大量人口（即使不是大部分）都具备读写能力。² 文盲（就像在今天的美国）很可能只是最穷苦的工人、最不开化的移民、农场上的奴隶及其后代，以及偏远林间和山区的居民。

但持续两三代人的战争、瘟疫和革命以惊人的速度摧毁了文化。在帝国土地上相互争斗的北方蛮族中间，文字不仅罕见，甚至还被赋予了一定的魔力。卢恩文字（Runes）事实上只是北欧人使用的字母表，却被认为能够起死回生，对人和自然施加魔法，让武士甚至神祇不可战胜。rune一词的本意是"秘密"。认为书写的目的是保密，这样的民族何其愚昧落后！无独有偶，我们用于表示"魔力"的glamour一词本意却是"语法"，即书写的力量。在黑暗时代——比方说公元600年左右——西方文明几乎倒退至它在约公元前11世纪兴起时的水平，甚至比荷马时代更加野蛮和落后。纵观《伊利亚特》和《奥德赛》全书，记号和符号相当常见，但提及文字的只有一处，并且描述方式含糊而又不祥。就像在原始版本的野蛮故事中，哈姆雷特的侍从们在出使英格兰时随身携带着"刻在木头上的书信"，柏勒洛丰（Bellerophon）得到"一块刻有要求取其性命的致命符号的折叠蜡板"。³ 和卢恩文字一样，它们也是罕见而不寻常的。

欧洲人再次堕入了蛮荒时代，他们的倒退不仅反映在文字理念上，也可以在对罗马各行省的考古发掘中看出，其中一些地方后来恢复了昔日的荣光，比如不列颠，另一些则仍然没能达到罗马人统治下的文明水准，比如土耳其的亚洲部分和北非。在俯瞰山谷或者河流的地方，发掘者可能会找到一座宽敞舒适的乡间别墅的遗址，别墅不仅配备有各种精巧的生活设施，其马赛克地板和雕像残片还体现了艺术品位。别墅被废弃了。有时，半开化的后人可能会在废墟上建起临时的栖身之所，但他们只是修修补补，而不是重建。然后会出现新的焚烧和破坏的痕迹，再往后就什么都没有了。在随后的许多个世纪里，整个遗址被泥土慢慢掩盖，树木在比带有纹饰的地板高得多的地方扎根。⁴ 文艺复兴所做的正是在淤泥中向下挖掘以找回失去的美，并模仿和超过它们。我们延续了这项工作，并且走得更远。但现在，我们周围却开始出现了可能是新的黑暗时代的废墟。

黑暗时代

在黑暗时代，文明并未完全消亡。那么，有多少文明留存了下来，又是通过什么渠道和演变实现的呢？

首先，希腊—罗马世界的语言留存了下来，但二者命运迥异。

希腊语曾在东地中海广为流行。它不仅是具有希腊血统的民族的语言，在埃及、巴勒斯坦等地也被使用。⁵ 简单的希腊语口语是拥有各自语言的近东国家间标准的交流用语：这就是为什么《新约》是用希腊语写成的。

在意大利大部、西欧和北非，人们说拉丁语。在拉丁语面前，这些地方的数十种土著方言和像迦太基语这样的被征服民族的语言几乎都消失了，完全没有留下书面传统，只是在日常生活中留有少量痕迹。⁶ 不过，即使在其鼎盛时期，罗马帝国也不是由拉丁语一统天下，而是拉丁语和希腊语的双语世界。由于希腊语的灵活性，罗马人自己也将其用作社交和学术语言。当然，民族主义感情确保了他们（除了少数异类）不会完全抛弃拉丁语。不过，共和国晚期和帝国早期几乎所有的上层罗马人不仅在哲学探讨和创作文学时使用希腊语，他们在社交对话甚至做爱时也会用到它（在腓特烈大帝的宫廷和 19 世纪的俄国，法语扮演着类似的角色。而在并不太遥远的记忆中，一些巴伐利亚的贵族家庭从不在家里说德语，他们总是说法语）。在被谋杀的那一刻，尤利乌斯·恺撒说的是希腊语，而马可·奥勒留皇帝的私人精神日记也是用希腊语写的。⁷

然而在 4 世纪，这两股汇聚起来缔造了古典希腊—罗马文明的语言和文化泉流再次分道扬镳了。**罗马帝国分裂**是造成这种后果的首要原因。公元 364 年，当帝国再不可能作为一个整体被治理和防卫时，它被一分为二：瓦伦提尼安（Valentinian）控制着西部的帝国，定都米兰；他的弟弟瓦伦斯（Valens）控制着东部的帝国，定都君士坦丁堡。从此之后，尽管双方仍有频繁接触，东西方的分歧开始越来越大。公元 476 年，双方的裂痕更是突然加深。这一年，西罗马帝国最后的皇帝（他名字中的罗慕路斯让人想起了罗马城的奠基者，而奥古斯图卢斯的意思则是"小奥古斯都"）被黜，他的权力落到了那些半蛮族的国王之手。东西方的矛盾从此愈演愈烈。在经过了 8 世纪和 9 世纪的严重分歧后，基督教会终于在 1054 年分裂了，教皇把君士坦丁堡的牧首革出教门，并将东正教会斥为异端。冲突最后演变成事实上的战争。1204 年，在第四次十字军东征中，代表西方罗马天主教传统的法国和威尼斯基督徒军队洗劫了君士坦丁堡这座希腊基督徒的城市。帝国之间的这次分裂对现代世界仍有强大影响。欧洲西部和中西部的异教徒在罗马教会的影响下皈依基督教，而在俄罗斯和巴尔干，皈依工作是由君士坦丁堡完成的。二者的分界线位于波兰和俄罗斯之间，这从它们的文字中可见端倪。虽然波兰语和俄语是近亲，但波兰（公元 965 年皈依罗马教会）用的是罗马字母，而俄罗斯（公元 988 年皈依君士坦丁堡）用的是希腊字母。不过，东西方的近代君主都自称恺撒——在西部的叫法是 Kaiser，在东部则是 Czar 或者 Tsar①。⁸

早在君士坦丁堡之劫前很久，希腊语在西方就已被遗忘。而直到 1453 年被土

---

① 沙皇。

耳其人征服前，它一直是东部帝国的官方语言。即使在土耳其人统治时期，它仍以一种俗化了的形式流行于希腊本土的部分地区和一些岛屿。它留存至今，并长期保留了历史上的名字"罗麦语"（Romaic）①，即罗马帝国的语言。但在黑暗时代，除了阿拉伯人和犹太人挖出的涓涓细流，希腊文化和欧洲西部的联系被切断了。直到数百年后，它才回归西方，及时逃过了野蛮的土耳其人在其家乡对它的摧残。⁹

拉丁语的命运有所不同而且更加复杂。它通过三条而不是一条途径留存下来。

首先，它通过七种现代语言和一些方言留存了下来，包括西班牙语、葡萄牙语、法语、意大利语、罗马尼亚语、加泰罗尼亚语、普罗旺斯语、科西嘉方言、撒丁岛方言、罗曼什方言（Romansch）②和拉登方言（Ladin）③等。

上述语言和方言并非脱胎于我们从西塞罗的演讲和维吉尔的诗篇中所读到的书面拉丁语，而是来自士兵、商人和农民所说的更加通俗的"基本"拉丁语。但无论是结构抑或情感，它们在根本上都是拉丁语。正是通过这些说拉丁语的民族，大部分古典文化得以被传播到西欧和美洲。¹⁰

另一条途径是天主教会。在这点上，它的经历更为复杂。教会的信众是说通俗拉丁语的普通民众，为了迎合他们，教会最初故意将自己使用的口头和书面拉丁语变得通俗和口语化。《圣经》被翻译成通俗的拉丁语，以便于"民众理解"。许多教父一再指出，自己对优雅的古典语言及其风格不屑一顾，甚至对其语法也毫不关心。他们的目的只是让**每个人**都能理解福音书和布道文。（比如，好战教皇格里高利一世④就曾对古典教育痛加斥责，表示自己所说所写的口语化和不合语法的拉丁语才是唯一适合基督徒教育的语言。圣本笃会⑤修道院的戒律是我们所能找到的关于晚期拉丁口语词汇和语法的最佳记录之一。）¹¹

然而，随着蛮族入侵的继续，帝国的行省变成了独立的王国，拉丁口语也逐渐分化为上面提到的各种语言和方言。同时，它们沿着不同的方向渐渐远离了《圣经》和教会使用的通俗拉丁语。这时，教会做了其历史上最大胆的决定之一：究竟应该将《圣经》、祈祷文和仪式翻译成西方基督教国家的各种语言，还是保留原先的拉丁语形式？这种原本通俗的拉丁语现在正变成死语言，它被人遗忘，必须通过学习来重新掌握。出于统一的考虑，教会选择了后者，于是通俗拉丁语《圣经》所用的拉丁语成了一种晦涩而学究的语言，虽然它最初的目的是为了便于大众理解教义。

---

① 即现代希腊语。
② 瑞士的一种方言，通行于格劳宾登州。
③ 意大利北部多罗米堤山区的一种方言。
④ 约540—604年。590—604年在位。
⑤ 创立于约公元530年。

于是，无论是从小说古爱尔兰语的爱尔兰僧侣，抑或从小说原始法语土话的法国神父，出于职业需要，他们从此都不得不学习教会拉丁语。对他们来说，学习古典拉丁语就更加困难和恼人了，这种语言更加精巧，拥有不同的词汇甚至使用不同的语法。很少有教士这样做，而且在教会内部也一直存在着反对任何古典文明研究的强烈呼声，因为那是一个腐朽、死亡和受诅咒的异教徒世界的作品。

不过，古典拉丁语言和文学还是在教会的图书馆和学校里留存了下来。除了保存抄本，作为修道院戒律的一部分，僧侣们还抄写了副本。一些作品被教给程度较高的学生，水平较高的老师则会对作品加以注疏。但许许多多其他作者的作品部分或全部地永远失传了。与基督徒作者相比，异教徒的作品更难幸免。知识性的作品比情感和个人性质的更可能留存下来。于是我们拥有了许多不太重要的地理学家和百科全书学家的作品，却很少见到抒情诗和戏剧诗——虽然在希腊—罗马世界的鼎盛时期，人们对纯粹诗歌的重视要远远超过二手知识。道德批评家的作品比不道德作者的更有可能留存：所以讽刺诗人尤维纳尔（Juvenal）的作品流传了下来，而贺拉斯（Horace）也主要是以讽刺诗人的形象呈现在后人眼前的。但卡图卢斯（Catullus）流传至今的只有一份保存在其家乡维罗纳的抄本，而佩特罗尼乌斯（Petronius）则几乎永远失传了。[12]

此外，黑暗时代的学者们更可能阅读和抄录那些在时间上与其更加接近的作品。今天，我们可以像飞行员俯瞰整条山脉那样全景式地审视古典文明。但在6世纪或9世纪，学者们就像阿尔卑斯山的登山者，近处的山峰对他们而言显得陡峻而壮观，远一些的即使更高也显得相对不起眼。所以他们把很大一部分时间和精力花在了那些相对不重要但年代上更晚近的作者身上。

古典文化在黑暗时代留存的第二个主要渠道是宗教。尽管基督教起源于犹太文明，但东西方的教会还在其中加入了非犹太起源的元素。譬如，它的早期支持者引入了一些民间传说。宣示和平与幸福的新时代来临的婴儿以神奇的方式诞生，这是异教徒时代最后几个世纪里所有地中海民族的梦想。它出现在年轻的维吉尔写于耶稣诞生前四十年的著名的美丽诗篇中[13]：《马太福音》第1、2节讲述的故事与耶稣的真实生活和所传之道无甚关系，在其他福音书中被略去了。不久，希腊哲学也被加了进来。耶稣本人的传道很难被纳入单一的哲学体系，但基督教的攻击者和辩护者们以哲学为基础，对上帝派遣耶稣下凡的目的、异教神祇的存在、基督教在国家中的地位等话题展开了讨论。圣奥古斯丁在自传中的确说过，将其头脑引向宗教或者说基督教的正是西塞罗的哲学导论《霍腾修斯篇》（*Hortensius*）。[14] 通过他和其他许多教父的作品，古典哲学存活了下来，它转而为基督教服务，并流传到现在。[15]

与古典哲学的传播相比，罗马人的法律和政治意识也通过教会留存下来，这更为重要。即使在罗马帝国解体并被蛮族王国取代之后，西方教会仍然沿用了罗马法。从6世纪的一部早期日耳曼法律中可以清楚地看到这点，尽管在原理上有所发展，但并未有实质性改变。[16] 教会法脱胎于罗马司法制度在教化方面的伟大成就，在整个黑暗时代，它不仅延续了罗马法的方法和原理，还传承了这样的基本理念：法律是公义的持久化身，修改法律时要极为谨慎，法律总是高于任何个人或群体。与这个星球上的其他地区相比，该理念在西欧、美洲和英语世界更加深入人心，我们应该将之归功于罗马。

教会是罗马人政治意识的主要继承者，但它同样也在查理大帝等君主身上得到了复兴，这种意识使西欧免于陷入巴尔干式的无序。尽管罗马不是基督教发源和开始壮大的城市，尽管公元1世纪末的一位罗马饱学之士对于基督教几乎一无所知，只是在近东接触过它[17]，我们还是本能地感觉到，如果把天主教廷从罗马搬到耶路撒冷将会摧毁它的一种重要价值。而尽管天主教在南美比在欧洲拥有更深厚的根基，将教会中心迁往布宜诺斯艾利斯或里约热内卢就更为不妥了。首先感到这一点的正是圣徒保罗：就像斯宾格勒（Spengler）指出的那样[18]，保罗没有前往埃德萨（Edessa）和泰西封（Ctesiphon）这些东方城市，而是来到了科林斯（哥林多，Corinth）和雅典，然后是罗马。天主教会是罗马帝国的精神后裔。圣奥古斯丁早就在他的《上帝之城》（*City of God*）中指出了上述传承关系，但丁也再次强调了它。这种关系是必要的。甚至教会势力的地理分布（美洲除外）也和罗马帝国的版图极为相似。此外，教会拥有庞大的组织，包括唯一的地上统治者、由70名"教会王公"组成的元老院①、由可靠的管理者确保各省的安全、向反叛或未征服地区（未皈依地区）派遣远征军，它还拥有丰富的外交经验和技巧、庞大的财富和不屈的坚忍，因此教会不仅对应了帝国的结构，而且还是唯一能与罗马相媲美的持续有效的国际体系。[19]

最后，一些关于希腊—罗马的历史和神话知识也在黑暗时代中留存了下来，尽管不少经过了夸张的篡改和简化。当时的许多（甚至大部分）人缺乏历史纵深感。早期的画家们会在同一画面中混合时间上相去甚远的场景，或者在同一平面上描绘出属于不同透视位置的人物，仅仅用大小来区分他们。类似地，黑暗时代的人也把眼前的和遥远过去的，历史的和虚幻的混为一谈。这方面的一个很好的非文字作品的例子就是著名的法兰克之匣（Franks Casket）。这只用鲸鱼骨雕刻而成的盎格鲁—撒克逊匣子完成于约公元8世纪[20]，匣子上描绘的六幅英雄场景属于

---

① 指天主教会的枢机团（college of cardinals）。从教皇西斯都五世（Sixtus V）开始，枢机团确定为70人。

至少三个相距遥远的时代：

> 罗慕路斯、雷慕斯和两条狼（约公元前 800 年？）；
> 三博士来朝（公元 1 年）；
> 罗马人占领耶路撒冷（公元 70 年）；
> 维兰德和贝阿多希尔德（Weland and Beadohild）的故事（约公元 400 年？）；
> 未知神话和鲸鱼像。

显然，艺术家并没有把这些不同起源和性质的场景按照时间远近依次放在一千五百年的历史长廊中，而是把它们看作单一整体，即英雄传统。但这个传统的一部分是希腊—罗马的。随着黑暗时代有所开化，这种一体化的历史观变得更加有序和复杂，最终在但丁的伟大的历史回顾作品中得到了最彻底的展现，他称之为《神曲》。

中世纪

西欧的黑暗时代几乎是未开化的。虽然不时可见伟大的人物、高贵的团体和美丽而高深的作品，但在自然和压迫者（如四处劫掠的野蛮人、流窜的罪犯和高高在上的贵族）面前，普通民众是无助的。欧洲的面貌令人生厌：这是一片废墟和荆棘的大陆，上面点缀着粗糙的堡垒和贫穷的乡村，零星的小市镇由几条坑坑洼洼的道路连接起来，除此之外就是大片的原始森林，在蛮荒程度上，那里的土地和居民堪与中非相比。与上述阴郁而几乎一成不变的蛮荒世界相比，中世纪代表了文明持续、稳定和艰难的进步。而文艺复兴则是突然的爆发式扩张，它冲破了时空和思想的界限，以令人眩晕和窒息的速度向外发展。

中世纪的许多进步体现在教育上，其首要标志之一是对古典思想、语言和文学理解的扩展和深入。

为了满足古典研究的需要，人们创立或改造了一些机构。就像天黑后接连亮起的街灯，各地纷纷建立大学：从最早的萨勒诺，到博洛尼亚、巴黎、牛津、剑桥、蒙彼利埃、萨拉曼卡、布拉格、克拉科夫、维也纳、海德堡和圣安德鲁斯。之后在伊顿和温彻斯特等地出现了中学。虽然教职工和大部分学生都是教士，但这些大学并非教会机构。它们是高等学校而非神学院，从创立伊始，它们的专业就不限于神学。它们致力于哲学教育，而非我们所理解的语言和文学：这里的哲学指的是亚里士多德的希腊哲学，无论它经历了多么迂回的传播和奇特的演变。

与此同时，一些修道院僧团的学术水准也有了提高。特别是本笃会，它所树立的学习传统和美学情感一直流传到今天：许多保存最好的古典作品的中世纪抄本都是为本笃会图书馆抄写或者在那里保存的。

通信和旅行推动了这些学术活动，后者的影响尤为明显。中世纪的人是伟大的旅行者。在《坎特伯雷故事集》中可以找到各种类型的朝觐者，"骑士"已经去过西班牙南部、俄罗斯、非洲北部和土耳其，而"巴斯妇人"已经三赴耶路撒冷，还去过科隆和孔波斯特拉。与现在相比，当时出游求学的人要多得多。这个五方杂处的奇特群体（或者说"流浪学者们"）在旅行和竞争中磨砺了自己的智慧锋芒，为古典文化常识的传播贡献了巨大的力量。[21] 他们提升了哲学探讨的水准，通过辩论、竞争和批判，他们还为近代学术奠定了基础。当然，他们都说拉丁语，而且经常只说拉丁语。他们用拉丁语争辩、通信、发表演讲、开玩笑和写讽刺诗。这不是一种死语言而是活生生的话语。无论在哲学辩论还是科学、外交和礼貌的交谈中，它都是中世纪的国际语言。（在《历史研究》第五卷的第495—496页，A.J.汤因比极其错误地认为这种拉丁语直接源自罗马贫民窟的"蹩脚拉丁语"。事实上，下层民众的拉丁语演化成了各种现代罗曼语。国际拉丁语则直接传承了古典拉丁语，它是通过不曾间断的学术交流传统习得的，至多只在一定程度上受到早期教会作品使用的俗拉丁语的影响。）

今天，我们中的许多人对于12、13或14世纪的智者为何要用拉丁语而非母语交流和著书立说感到难以理解。我们本能地觉得这是"反动的"。对此问题的解释是，当时的人们并非在拉丁语和西班牙语或者英语这样的现代大语种之间做选择，而是在拉丁语和一些小众方言间做选择。这些方言在特性上远不如拉丁语丰富、灵活和高贵，懂得它们的人数也远逊于拉丁语。如果一位中世纪的哲学家想要写一本关于上帝的书，没有哪一种同时代的欧洲语言能够给他提供足够的词汇和句式，而且很少有哪种语言的影响力超过其所在教区。此外，方言很少以文字形式出现，于是当他要表达自己的想法时，拼写和句法就成了另一道难以逾越的障碍。举一个现代的类似例子我们就明白了。假设荷属西印度群岛的库拉索岛（Curaçao）上一个聪明的土著想要写一部关于本民族的小说，他可以选择当地的土话帕皮亚门托语（Papiamento），但他很快就会发现除了简单的对话和描写就再写不出什么来了。而且在被翻译成荷兰语、英语或者西班牙语等**文化语言**之前，除了库拉索岛居民之外没有人会读这本书。如果他是个用纳瓦霍语（Navaho）写作的印第安人，用罗曼什语写作的东瑞士本地人，用贡波语（Gombo）[22] 写作的新奥尔良的克里奥尔人，或是用母语写作的巴斯克人、那不勒斯人和芬兰人，结果也是类似的。原因在于，本地语言或方言只对使用它们的群体有用，范围仅限于日常生活以及他们自己的歌谣和故事，只有大语种才适用于在整个文明世界交流思想和传播知识等更高层次的活动。[23]

另一方面，中世纪的人们开始阅读更好的书籍。在黑暗时代，读者们把大量精力放在那些相对晚近和不重要的作者身上。中世纪纠正了这种态度。所有当时为人所知的最伟大古典作家的抄本开始被更多地传抄。寺院、修道院和大学的图书馆得到扩建和系统化。作为学术活动明白无误的标志，将拉丁语作品翻译成俗语的工作更加频繁，质量也明显提高了。

不过，希腊文仍然是一个几乎封闭的领域。我们一次又一次地看到，虽然某位中世纪的抄写员能够准确而美观地抄录拉丁文，但当他碰到希腊文时就卡壳了：他会写下一串不知所云的符号，或者在注释中抱怨说"因为这是希腊文，所以看不明白"。东西帝国的分裂几乎是彻底的。从古罗马一直到今天，拉丁文拥有未曾间断的学术传承：虽然遥远却未曾间断。我们的拉丁语师承最终可以追溯到某个罗马人。但在黑暗时代，西欧对希腊文的了解几乎完全是空白，西方仅有的几块希腊口语的飞地并不属于主流文化。从古典拉丁文向古典希腊文扩展，几乎就像让我们重建印加语言那么困难。对希伯来语和阿拉伯语的了解可能也要超过希腊文。人们阅读的亚里士多德作品并非原文，而是拉丁语译本——其中一些是罗马帝国灭亡后不久由波伊提乌（Boethius）翻译的，另一些是犹太人从阿拉伯语转译而来，还有一些则是在圣托马斯·阿奎那主导下完成的①，成为了对欧洲人全面再教育的组成部分。即使但丁这样的饱学之士也可能只认得区区几个希腊文单词。今天，当这两种语言同样成为死语言时，学生们几乎总是从拉丁语学起：这是中世纪学校课程的残余影响，也是罗马帝国分裂的遥远余波。

不过，人们对拉丁语的了解是不断扩充和改善的。西欧各种语言因此得到了改进，它们大多直到黑暗时代结束之后才开始成型。法语、意大利语和西班牙语都通过引入古典拉丁语的单词扩充了自己的词汇——有时是些酸腐和愚蠢的字眼，但更多的是用于表述思想、艺术和科学理念的有价值的词汇，在此之前，这些理念一直因为语言的缺陷没能被恰当和准确地理解。英语也通过类似的方式扩展了自己。由于任何语言上的扩展必将使得人类思想更加灵活和丰富，文学也从中受益，它变得更加精巧和有力，体裁比过去丰富得多。人们研究拉丁文诗歌，试图用当时的欧洲语言超越它的美，这促成了许多近代民族文学的奠基，并极大地扩展了那些已有种类的范围。

---

① 应阿奎那的要求，莫贝克的威廉（William of Moerbeke）从希腊语重新翻译了亚里士多德的全部作品（部分是对已有译本的修订）。

文艺复兴

虽然中世纪的生活伴随着剧烈而激动人心的情感,还不时出现突如其来的奇特能量爆发,但在本质上,每代人之间的变化是慢速而平缓的。就像那些大教堂一样,中世纪的世界也是有条不紊和一丝不苟地修建起来的。而文艺复兴的特点在于其不可思议的速度。今天,我们在一两代人的时间里见证了同样突然的变化——机械力量的扩张,从第一部电动马达和第一台内燃机引擎到那些强大得多的能源,强大到让人类不再工作成为可能。文艺复兴时期的人们月复一月、年复一年、十年如一日地见证了新的可能性以同样惊人的速度爆发式呈现,只不过种类比今天更为丰富。地理学的发现扩展了世界——只有想象一下今天向地球内部钻入 2000 英里,或者探索海底以寻找新的元素和适宜居住的地方,或者探访其他星球并在那里定居,我们才能体会到当时人们的惊愕之情。与此同时,人类发现了自己的身体,它不仅是雕塑家和画家的美之灵感,也是心怀学术兴趣的解剖学家想要探索的世界。机械发明和科学发现让世界变得更易掌控,人类比以往任何时候更加强大。印刷术、火药、指南针、望远镜以及带给列奥纳多·达·芬奇灵感的伟大机械原理让人类能够更加容易地掌控周遭环境。而波兰科学家哥白尼提出的革命性宇宙理论则摧毁了中世纪人们的整个物质宇宙。

在本书主要关注的文学领域,变化的脚步同样迅捷。许多变化是由新的发现引起的,这符合一个探索时代的特征,但当时的学者称其为重生。

许多失传的拉丁文书籍和被遗忘的拉丁文作者的抄本被发现了,它们藏身于图书馆,从几百年前被抄录后就一直无人问津地躺在那里。伟大的书籍搜寻者波吉奥·布拉乔里尼(Poggio Bracciolini,1380—1459 年)描述了他如何说服修道院的看守允许自己进入图书馆,最终在漏雨且有老鼠出没的阁楼里找到那些覆盖着灰尘和垃圾的抄本:他带着动人的感情写道,那些抄本用求助的目光看着他,仿佛它们是他被困在医院或身陷囹圄的活生生的朋友。[24] 发现某位作者的已知抄本很少能提起人们的兴趣,除非它极为稀少和古老。让文艺复兴时期的学者们兴奋的是发现那些他们知晓而且仰慕的作者的未知作品,或者是那些作品已经完全失传,只在百科全书中的几句引文中留下名字的作者的作品。他们的幸福感因为寻书行动的险阻重重而更加强烈。那就像是在寻找埋藏的钻石。一些作者的抄本是**孤本**,此后再也没有找到过其他抄本。

与之对应的是埋藏地下超过千年的古典艺术品的重新发现:著名的雕塑、多彩宝石浮雕、硬币和奖章今天充斥着世界各地的博物馆。在提图斯浴室遗址上的一处葡萄园中挖出了拉奥孔像,它马上被教皇儒略二世(Julius II)买下并藏入梵蒂冈博物馆。当有某座特别漂亮的雕塑被发掘出来，人们就会特意组成队列，伴随着音乐、鲜花和赞歌将它呈送给教皇。这并非科学发掘，而是艺术搜寻。人们寻找的是艺术品，当它被找到时就会有艺术家对其加以研究。每当有新的雕像出土，艺术家们就会开始模仿和超越它特殊的美。有时，他们还会凭着那个时代特有的盲目自信试图修复残缺的肢体。美第奇家族的教皇列奥十世（Leo X）任命了一位罗马城的古物总监，由后者制定计划，发掘埋在花园、房舍和废墟下的无数宝藏。他的名字叫拉斐尔。

一项更为重要的成就是重新发现了古典希腊文。它的进程相对缓慢，主要包括两个方面。

西方学者从来访意大利的拜占庭人那里学习希腊文。彼得拉克是第一个做此尝试的。1339 年，他开始向僧侣巴拉姆（Barlaam）学习希腊文，后者显然是东罗马帝国的密使。但彼得拉克年纪太大，课程半途而废了，他只能望洋兴叹。不过，1360 年，彼得拉克更年轻的朋友薄伽丘推荐巴拉姆的一位学生莱昂提乌斯·皮拉图斯（Leontius Pilatus）出任佛罗伦萨的希腊语教授，这在西欧历史上是第一次。此后很长时间，佛罗伦萨一直是此类活动的中心。在莱昂提乌斯的帮助下，薄伽丘第一次将荷马史诗完整翻译成拉丁文，虽然是非常生硬的散文体。后来，其他拜占庭的使者延续了在意大利教授希腊语的工作。[25]

拜占庭的官方和宫廷用语通过一条清晰可辨的连续而且活生生的传承纽带与古典希腊文相联系，但它本身并不是古典希腊文。因此，虽然拜占庭人可以将古典希腊文作为一种活生生（尽管古僻）的语言教给意大利人，但他们使用了拜占庭的书写和发音方式，这违背了古典的标准，其影响需要很长时间才能消除。吉本用一条诙谐的注释展现了这种困难：[26]

> 现代希腊人把 β 念成像辅音 V 那样，还搞混了三个元音和几个双元音。严格的加迪纳（Gardiner）为剑桥（吉本是牛津人）立下严规，要求必须使用这种粗俗的发音。但在阿提卡人耳中，βη 这个音节犹如羊的叫声，而一只领头公羊是比主教或校长更好的证据。

在字体方面，最早的印刷商们总是以所能找到的最标准手写体为模板。因此，当准备印刷希腊文时，他们要求拜占庭的抄写工写下字母表以便制作字模。但拜占庭人的手写体与古典时代的写法大相径庭，为了加快书写速度，它充斥着缩合或连写：比如 ου 变成了 8，καιι 则被写成 χ。在罗马字体中我们也保留了几个类似的缩合，比如 fl 和 &，但它们不会造成麻烦。相反，早期希腊字体却充斥着此类缩合字，多到让非专业人士无法辨识，让排版变得困难而昂贵。一套牛津希腊文模具需要 354 个字模。在 16 和 17 世纪，它们被逐渐淘汰。但拜占庭希腊文手写体在大多数大学出版社使用的希腊文字体那里留存了下来。为此，纯正癖者仍在呼吁重新设计希腊文字模，以消除拜占庭人的最后影响，让这种语言回归古典时期希腊人的写法。[27]

重新发现古典希腊文的第二个方面是古希腊作者的抄本在西方的出现。如同 1933 年中欧学者纷纷流亡美国那样，随着土耳其人兵临城下，君士坦丁堡也出现了类似的景象，流亡者们随身带走了希腊文抄本。与此同时，意大利的学术赞助人正在东西方四处搜寻希腊文抄本。吉本在引文中提到，佛罗伦萨的洛伦佐·德·美第奇（Lorenzo de' Medici）曾经委派希腊人雅努斯·拉斯卡里斯（Janus Lascaris）前往希腊，"不惜代价"地购买善本。拉斯卡里斯拜访了阿托斯山（Athos）的偏远修道院，在那里找到了雅典雄辩家的作品。在洛伦佐之前，他的祖父柯西莫（Cosimo）和教皇尼古拉五世（Nicolas V，1447—1455 年在位）就已经进行过相同的活动了。正是尼古拉五世创立了今天的梵蒂冈图书馆，他雇佣了数百名抄写员和学者，在"八年任期内建立起一座拥有 5000 卷藏书的图书馆"。[28]

于是，古典文化中更为重要的那部分被当作全新的知识而发现，而人们对于拉丁语部分的了解也极大地扩展了。近代语言和文学立即受到了影响，这种影响至今仍未消失。它显示了人类头脑拥有神奇的力量和灵活性，能够轻而易举地正确领会所有新的理念、情感和艺术手法。这就好像人眼可以分辨的颜色突然增加了，光谱从现在的七色变成了十二色，又好像艺术家们被赋予了新的创作媒介和绘画主题。我们将在后文详细研究这场革命的影响，并对其作出小结。

当然，古典学术也有了突飞猛进的进展。人们终于开始真正理解古人，并同他们产生共鸣。从蛮荒时代开始，阐释困难、对人物和传统的混淆、愚蠢的神话和可笑的误读就挥之不去，许多个世纪以来的自圆其说和错误解释助长了这些现象，现在它们开始快速消失。大量古迹被探索和测绘，不再只存在于神话中。西欧学者的拉丁语水平开始向西塞罗看齐。西蒙兹（Symonds）特别称赞了科鲁奇奥·萨鲁达蒂（Coluccio Salutati）的作品。1375 年，萨鲁达蒂成为佛罗伦萨的执政官，在超过二十五年的时间里，他用极为纯正精练的拉丁语撰写外交信件和政治宣传册，得到包括梵蒂冈在内的其他意大利邦国的文书处的仰慕和效仿。[29]

罗曼语进一步丰富了自己，它直接从古典拉丁语和古典希腊语借取词汇，虽然后者对其影响较小，但仍然相当重要。英语也吸收了希腊语和拉丁语词汇，一些直接来自这两种古典语言，一些则经过了法语和意大利语作者的改变。只有词典学家才能找出英语中这两种类型的外来词的确切比例。它们与英语的盎格鲁—撒克逊语和诺曼法语基础一起让这种语言成为比任何罗曼语都要丰富得多的文学载体。莎士比亚一次又一次地将直白而强烈的纯正古英语同更加委婉的诺曼法语和更加恢宏的拉丁语衍生词结合起来，营造出了最佳效果，比如：

> This my hand will rather
> The multitudinous seas incarnadine,
> Making the green one red.[30]

> 恐怕我这一手的血，倒要把一碧无垠的海水染成一片殷红呢。（朱生豪译文）

但德语和其他北欧语言——如瑞典语、弗莱芒语等——几乎没有因为对拉丁语和希腊语的了解而扩充自己。毕竟，作为英语祖先之一的诺曼法语同拉丁语存在亲缘关系。德语没有这种关系，更难借取和吸收拉丁语单词。此外，当时日耳曼诸邦的文化水准相对较低，虽然也有古典学者和人文主义者，但他们和公众的交流要比在法国和意大利少得多。

在此期间，波兰人的诗文几乎全是用拉丁语写的，俄罗斯人则使用古斯拉夫语。他们的民族文学按照各自的道路发展，几乎没有受到西方对古典文学再发现的影响。土耳其人的征服切断了从拜占庭流向斯拉夫人的文明源泉，令俄罗斯文化遭受重挫。

对西欧来说，重新发现古典文明不仅意味着罗曼语和英语词汇的扩充。它还改进和丰富了诗人、演说家和散文家的风格。罗马和希腊（后者尤甚）的作家和演说家是极富经验和技巧的语言工匠。现代写作中使用的风格技巧几乎都是他们发明的。文艺复兴时期的俗语作家们热切地模仿各种新发现的句子和段落结构、诗律格式、意象和修辞方法，就像同时期的拉丁语作家用拉丁语所做的那样，他们也用近代语言模仿和改编上述写作技巧。正是这些工作真正促生了前文艺复兴和后文艺复兴文学的分水岭。我们可以感觉到，许多中世纪的作家因为风格的幼稚和别扭而束缚了自己的思想：他们很难把思想转变成文字，把文字组合成意群。但从文艺复兴开始，这样的困难消失了，甚至有些矫枉过正：出现了许多言之无物的文体家。今天，我们能够相对顺畅地写作，这要归功于在文艺复兴时期重新进入西欧文学的丰富古典风格传统。

与风格上的创新相比，文学体裁的发现更为重要。只有希腊人能够发明出多种适用于其他语言并带来持久美学愉悦的文体。在由希腊人发展完善和罗马人发扬光大的各种体裁被重新发现前，西欧人不得不发明自己的形式。他们的工作很糟糕，除了歌谣和寓言之类的民俗小品之外难有建树。伴随着众多风格技巧的引入、语言的扩展以及古典历史和传奇提供的丰富资料，希腊—罗马文学形式的出现激发了近代欧洲历史上最汹涌的一波伟大作品浪潮：

> 英格兰、法国和西班牙的悲剧；
>
> 意大利、英格兰和法国的喜剧；
>
> 意大利、英格兰和葡萄牙的史诗；
>
> 意大利、法国、英格兰、西班牙和德国的抒情诗和田园诗；
>
> 意大利、法国和英格兰的讽刺诗；
>
> 西欧各地的随笔和哲学论文；
>
> 西欧各地的演说词：从文艺复兴时期的文体家到亚伯拉罕·林肯这样的近代演说家之间存在着连续的传承纽带，后者利用数十种源自希腊—罗马人的修辞技巧取得了良好的效果。[31]

文艺复兴还以古典历史和神话的形式向西欧的作家们打开了一座庞大的新素材仓库。其中一些在中世纪已经为人所知，但并不完整。现在，作家们纷纷投身这座宝库，热切地对其加以开发，以至于他们创作出的经常是精心打造的垃圾。今天，这些作品很难不让我们厌烦，它们或者无休止地引经据典——常识性的例子显得陈词滥调，高深的典故则让人摸不着头脑；或者将今人与古代人物相提并论——每个演说家都是西塞罗，每个战士都是赫克托耳；或者充斥着神话形象——酒神和牧神，狄安娜和宁芙，牧羊人和鸟身女怪（harpies），提坦和丘比特——这些形象在16和17世纪的文学中随处可见，往往没有任何实际意义。由希腊人的想象力创造出来的神话是真正不朽的，最好的例子就是即便经过了这样的滥用，它们仍能激发诗人和艺术家的想象力。

最后，文艺复兴时期对古典文化的重新发现不仅意味着图书馆有了更多藏书。它还表现为各种艺术门类的力量和资源的扩张——雕塑、建筑、绘画和音乐——以及它们之间更加富有成果的联姻。就像在所有伟大艺术时代发生的那样，各种艺术门类相互激励。对美的感受被加强，同时变得更加微妙。绘制画卷、创作诗歌、设计园林、打造盔甲和印刷图书的主要目的都是为了获得美的愉悦。从一切事实和艺术品中引申出道德教育的中世纪恼人做法被渐渐抛弃（当然并不彻底）。此前局限于哲学和宗教争议的批判能力，现在被集中应用到艺术上——甚至不仅是艺术，还从艺术辐射到社交生活，如举止、服饰、体态习惯、马匹、园艺、装饰，乃至人类生活的方方面面。对美的感受一直存在于人类心中。在黑暗时代，它几乎彻底被鲜血和风暴所吞没，在中世纪它重新浮出水面，但受到限制和误导。在文艺复兴时期，美感作为一种批判性和创造性的能力得以复生，这是希腊和罗马精神的最伟大成就之一。

第 2 章
黑暗时代的英国文学

就今天我们的了解来看，在所有近代欧洲的大语种中，英语的早期文学传统是最丰富和最重要的。在历史上的黑暗时代，即从罗马帝国灭亡到公元 1000 年，法国、意大利、俄罗斯、西班牙和其他地方也必然出现过一些俗语诗歌，尽管它们至多不过是些地区方言的歌谣。这些诗歌几乎都没有留存：也许它们从来就没有被写下来过。在日耳曼地区，除了两三份战歌的残稿、两篇对福音书故事的诗体改写（部分内容是关于创世的，还有一小段是对审判日的描写）、以及若干诺特克（Notker）①的哲学和经文翻译外一片空白。在冰岛、爱尔兰、挪威和威尔士等偏远地区，人们发现了越来越多有意思的传说故事集，以及传奇、神话和格言诗集，偶尔也包括哀歌，一些用希腊俗语写成的歌谣和英雄故事也流传了下来。当然，用拉丁文撰写书籍的国际传统一直没有间断，而拜占庭的学者们则沿袭了古典希腊文的形式，经常创造出富有新意的作品。但除此之外，在这许多个世纪中，很少有用普通民众的语言写成的作品留存下来。

然而，早在公元 1000 年之前很久，一种丰富、形式多样、原创而极具生命力的民族文学就在英国出现了。它诞生于西罗马帝国灭亡后不久，在随后被称为黑暗时代的晦暗岁月里，当西欧文明正在努力摆脱蛮荒主义的时候，它克服了可怕的困难开始发展起来。

盎格鲁—撒克逊诗歌

古英语文学中最重要的诗篇是史诗《贝奥武甫》（*Beowulf*）。它描写了一位武士酋长一生中的两次英雄壮举，也涉及他的青年时代、登基、在位和死亡。他

---

① 约公元 950 — 1022 年，本笃会僧侣，外号"厚唇的诺特克"（Notker Labeo），对亚里士多德的作品作过注疏。

名叫贝奥武甫,被称为耶亚塔人(Geatas)的王子。这个部落据说曾生活在约塔兰(Götaland)①,今天我们仍然用这个名字指代南部瑞典。他的叔叔许耶拉克(Hygelac)阵亡的那次战役发生在大约公元520年。[1] 诗中提到的主要部落有盎格鲁人、瑞典人、法兰克人、丹麦人和耶亚塔人。可见,诗篇的素材是由一些好战的武士们从波罗的海地区传入的,这些人在罗马人离开后入侵了不列颠。

作品的主要价值在于,它所描绘的欧洲文明发展阶段要早于其他任何同类记录,包括希腊人和罗马人的。与荷马作品相比,这部作品同样呈现了一个由部落政权、突袭部队和英勇酋长组成的混乱世界。贝奥武甫本人在特洛伊城外的亚该亚人(Achaeans)②军营中很可能会大受欢迎,甚至还可能赢得在帕特洛克罗斯(Patroclus)③葬礼上举行的游泳比赛的优胜。但二者有以下重要区别:

(a)在《贝奥武甫》中,冲突发生在人类和比人类低级的怪物之间。贝奥武甫的主要敌人格伦德尔(Grendel)是住在山洞里的食人巨怪(撇开惊人的体型,它也许并不仅仅是传说。直到17世纪仍有在欧洲偏远地区见到穴居食人家族的报道,他们与格伦德尔不无相似之处。最著名的案例要数苏格兰南部的索尼·比恩〔Sawney Bean〕④)。他的另一个对手是看守宝藏的喷火巨龙。所以这个故事代表了英勇的部族武士同生活在人类世界之外并仇恨人类的蛮荒野兽和穴居怪物间由来已久的斗争。[2] 但在《伊利亚特》中,战争的双方是来势汹汹的希腊部族同亚洲城市特洛伊。特洛伊城富有而开化,还拥有像门农(Memnon)⑤这样富有而开化的盟友,而希腊人虽然原始,也还是拥有自己的城镇和贸易。在荷马史诗中看不到大段人类与怪兽冲突的描写。(柏勒洛丰曾被迫与喷火怪兽喀麦拉〔Chimera〕搏斗,这只怪兽的身体由狮子、山羊和蛇组成,不过相关叙述只有5行。[3] 荷马史诗与《贝奥武甫》类似的场景主要出现在《奥德赛》中,它们发生在远离希腊世界的荒野之地:与格伦德尔最接近的是西西里山区的独眼巨人居克罗普斯〔Cyclopes〕,或者午夜有阳光照耀的土地上的食人族拉斯忒吕戈涅斯〔Laestrygones〕。)与荷马相比,贝奥武甫的历险并非发生在文明的晨曦中,而是发生在一个巨大、荒僻和与人类为敌的世界的昏暗暮光下,就像是瓦格纳在《尼

---

① 即耶亚塔人的土地。
② 原指古希腊的一个部族,荷马史诗中用其指代希腊盟军。
③ 阿喀琉斯的好友,在前者与阿伽门农冷战不愿出战的情况下,他披着前者的盔甲上阵,被赫克托耳所杀。
④ 据说索尼·比恩是16世纪苏格兰一个拥有48个成员的食人家族的首领,他们一共杀害和吃掉了1000多人。
⑤ 提托努斯和曙光女神厄俄斯之子,被阿喀琉斯所杀。他的故事并未出现在《伊利亚特》中,而是见于已失传的《埃塞俄比亚记》(Aethiopica)。

伯龙根的指环》中所呈现的那个美丽而可怕的原始森林的世界，或者是诡异的芬兰史诗《卡莱瓦拉》（*Kalevala*）中的世界（西贝柳斯的音乐使其拥有了崇高地位）。

（b）《贝奥武甫》的世界比荷马的更加狭小和简单。在前者中，人们的记忆非常有限，他们所处的地理范围很小，仅限于被人迹罕至的森林和蛇虫肆虐的大海包围的北欧中部，在边境以外没有斯拉夫人或罗马人。在边境这边则孤零零地散布着他们凌乱的定居点。当《伊利亚特》中有英雄登场对阵，或者奥德修斯又一次弃舟登陆时，人们往往会进行礼貌而清晰的信息交流，在周遭的黑暗中放射出几缕亮光。我们从中知悉了远方伟大的城市和过去伟大的英雄。于是，这些史诗慢慢地建立起一座历史和地理知识的宝库，就像《圣经》中的《士师记》（Judges）和《撒母耳记》（Samuel）那样。但《贝奥武甫》包含的此类信息要少得多，因为作者和作品中的角色对于过去和周遭世界的了解要少得多。《伊利亚特》或者《奥德赛》中的任意 3000 行选段都会把我们带入一个比《贝奥武甫》的全部 3183 行诗句所呈现的更为宽广和熙攘、更为发达和联系密切的世界。而且荷马史诗中的习俗、武器、战略、艺术和人物个性都远比那首撒克逊史诗中的复杂。

（c）在艺术上，《贝奥武甫》是一首粗糙和相对缺乏技巧的作品。和悲剧一样，史诗（epic）是一种高度发达的文体，现在在许多国家还能找到史诗原始的鼻祖。它们是一些描绘单一英雄行为或是受难过程的短诗：比如苏格兰边境的歌谣，关于马尔科·克拉尔耶维奇（Marko Kraljević）[①]和其他塞尔维亚国王的歌曲，关于一场抵抗丹麦人入侵战斗的优美盎格鲁—撒克逊语残篇《马尔登之役》（*Maldon*）。有时，这类作品被拼凑起来，形成描绘一场战争中、一个王朝下或者一群英雄身上出现的许多伟大事迹的诗系或编年诗。[4] 但这些并非史诗。赫拉克勒斯、大卫王或者亚瑟王及其骑士的所有历险虽然是很有意思的故事，但它们不具备真正史诗的艺术冲击力。史诗是由单个诗人（或者是具有密切传承关系的诗人世系）创作的，它详细描绘了某一次伟大的英雄历险，并将其尽可能多地同历史、地理和精神背景联系起来，从而赋予其比单次事件重要得多的意义（无论那次事件多么不同寻常），并使其成为深刻道德真理的象征。

世界各地现存的大多数英雄诗篇都属于这个最初的发展阶段。它们讲述了帕特里克·斯潘斯爵士（Sir Patrick Spens）的故事，或者奥特本（Otterburn）之役，然后就戛然而止了[②]。盎格鲁—撒克逊诗歌《芬恩堡》（*Finnsburh*）也是这种类型，它经过变形后被整合进了《贝奥武甫》，就像是后世的建筑师在一座宏大复杂的

[①] 约 1335—1395 年，塞尔维亚国王，南斯拉夫口头文学传统中的重要人物。
[②] 帕特里克·斯潘斯爵士是同名苏格兰歌谣中的人物，歌谣讲述了他受国王派遣前往挪威的故事。奥特本之役是 1388 年英格兰和苏格兰人间的一场战役，以苏格兰人获胜告终。

教堂里加盖了一座小礼拜堂。[5] 冰岛传奇属于第二阶段，少数像《尼奥尔传奇》（Njála）这样的长篇编年诗具有真正史诗的风范。虽然缺乏技巧，《贝奥武甫》却是一次向第三阶段迈进的顽强尝试。它试图让诗歌兼具统一性和多样性，并融合英雄事迹和精神意味。它的梗概如下：

100~1062 行，贝奥武甫大战巨人格伦德尔；
1233~1921 行，贝奥武甫大战格伦德尔的母亲；
2211~3183 行，贝奥武甫大战火龙并身亡。

所以，这首诗的主体部分是对两次（或者至多三次）英雄历险的描绘，它们本质上是类似的，甚至是重复的。其中两次发生在遥远国度，第三次发生在贝奥武甫漫长一生的最后，而他的登基和长达 50 年的统治却被不到 150 行诗一笔带过。[6] 作品其他的部分则是对历史的回忆[7]，它们将贝奥武甫与过去的英雄相提并论[8]，并预言了黑暗的未来[9]。这部分内容的目的是将三次历险纳入单一的多维结构之中，但构思者很难想出足够好的计划。诗人所处的是一个只有最原始的教堂、城堡和法典的时代，所以要求他构思出一个宏大而精细的计划，将其应用到粗糙而难以加工的素材上并呈现给半野蛮的受众实在是强人所难。与希腊和罗马那些更伟大的史诗相比，这首作品的风格和语言在范围上存在局限，有时还显得突兀和蹩脚。不过，虽然有些笨拙，它们仍不失大胆和有力，就像作品所描绘的英雄那样[10]。

《贝奥武甫》和其他盎格鲁—撒克逊世俗诗歌中看不到古典传统的直接影响。[11] 它们属于一个不同于希腊—罗马文明的世界。有人曾尝试证明《贝奥武甫》模仿了《埃涅阿斯纪》，但他们的论据仅仅是二者都用英雄的语言描绘了相似的英雄事件。按照这种思路，我们也可以证明印度的史诗诗人抄袭了荷马。二者在语言、结构和技巧上差别巨大，任何素材上的相似只能是巧合，即使那个时代在某一复杂传统下创作的诗人有可能借鉴另一个更加复杂的传统。如果类似《贝奥武甫》作者这样的早期诗人了解一些古典作品的话，由于后者的有力和复杂，他们势必要对其做出非常小心和明显的改造。

不过，这首作品的确受到了一些基督教的影响，尽管影响十分有限，而且不涉及它的主体构思。如同它所诞生的那个世界一样，《贝奥武甫》体现了附着在蛮族异教徒下层结构之上的基督教理念，并且后者正在开始改变前者。我们在一些冰岛传说和高卢传奇中也能看到相同的印记。格里高利夫人（Lady Gregory）讲述了莪相（Oisin）①如何从传统的英雄立场出发和圣帕特里克（St. Patrick）展开辩论。

---

① 爱尔兰传说中的游吟诗人和英雄，亦作 Ossian。

莪相说：

> 爱尔兰的费亚纳（Fianna）参加了许多战斗并取得了胜利；我从没听说过圣徒的王（指耶稣）有什么丰功伟绩，或者他的手上沾染过鲜血。[12]

《贝奥武甫》以纯粹的异教徒葬礼作为开篇和结尾。我们注意到，当被恶灵缠绕的"鹿厅"（Heorot）第一次开放时，一位游吟诗人曾经演唱了以创世前五天为内容的歌曲（显然以《创世记》为基础，就像凯德蒙的赞美诗那样），但当后来食人怪开始袭击这座宫殿时，商讨守卫方案的酋长们开始向"灵魂的杀戮者"（魔鬼或是异教神灵）许诺献祭。这种前后矛盾可能是不同文化交织和混淆的标志。基督教的影响仅限于《旧约》传统。《贝奥武甫》的受众是聆听阿尔德赫尔姆（Aldhelm）俗语歌曲的"半蛮人"，他们的思想和精神水平很难理解福音书和保罗的书信。上帝只是一神教的国王、统治者和裁判者，仅仅因为自己的力量才受人尊敬。作品中没有提到耶稣基督、十字架、教堂、圣徒或天使。[13]只有一两个地方用到了《旧约》典故，它们被嫁接于异教传统之上：巨人格伦德尔以及"食人妖、精灵和海怪"被说成是弑弟者该隐的后代，还有一处则提到了大洪水。[14]虽然这些内容来自拉丁语的《圣经》，它们所体现的古典影响微乎其微。希腊和罗马对于《贝奥武甫》没有直接影响，对于威尔士的《马比诺吉昂》（*Mabinogion*）、芬格尔王（Fingal）及其武士们的故事、亚瑟王传奇和其他当罗马文明分崩离析时在它的边界上涌现出来的英雄故事同样如此。这些作品和它们的作者受到的古典影响完全是通过教会这个渠道。在希腊世界被隔绝，罗马世界蛮荒化之后，教会担负起了开化野蛮人的任务。《贝奥武甫》让我们看到这项工作是如何开始的：通过劝导人们皈依，开化工作平缓而明智地进行着。在许多个黑暗的世纪之后，欧洲人重新投入了文明怀抱。他们前进的大部分动力来自重温希腊和罗马精神的激励。但借助这种影响传播超脱尘世的景象，并在被击败的帝国的废墟上向作为胜利者的蛮族展开新的征服行动的却是教会。

在《历史研究》中，汤因比先生探讨了这样一个奇怪的事实，即没有一部北欧人的史诗是描绘这些民族如何推翻罗马帝国的，虽然那是他们在战场上最伟大的胜利。[15]他的解释是，蛮族觉得罗马人写起来太复杂了，而征服者的首领们（如克洛维斯［Clovis］和特奥多里克［Theodoric］）又太笨了。这个回答并不全面。胜利者并不都是笨蛋。许多是像阿提拉（Attila，在史诗和传奇中也作Etzel和Atli）那样令人印象深刻的人物。但罗马帝国确实太过庞大和复杂了，对它的征服过程如此之长，以至于部落成员和部落诗人们并不将其视作单一的英雄壮举。尽管天才的荷马暗示了特洛伊的十年战事和最终的城破，但《伊利亚特》描绘的并非围城的过程，更不是北方民族入侵地中海地区的全过程。促使原始人采取行动和创作诗歌的动机很简单：侮辱、女人、怪物或者宝藏。此外，虽然他们劫掠了罗马帝国的城池、赶走了官员并占据了帝国的领土，许多野蛮人并不认为自己是在征服敌人，他们只是想要拿回自己应得但此前被剥夺了的那部分特权。他们没有消灭帝国，只是进入那里并接管了它。套用蒙森（Mommsen）的话，这场征服与其说是把罗马人蛮族化了，不如说是把蛮族罗马化了。[16] 最后（就像汤因比先生暗示的那样），恰恰是征服帝国的过程本身打消了他们对史诗文学的兴趣，因为这是一场成功的行动，他们因此变得更加富有和保守。英雄诗歌很少描绘成功，除非胜利极为来之不易。这类诗歌更喜欢描写让勇士更加勇敢或者终结他们生命的失败。[17] 征服罗马不会让蛮族的意志更为坚强，让他们的内心更为热切。[18] 直到几个世纪后他们才重新谱写了英雄史诗。那时，他们在一位新恺撒（一个身为蛮族后裔的基督徒）的率领下，正面对同样可怕的新异教徒的威胁，罗兰（Roland）临终的号角开始在高山和深谷间回荡。

　　黑暗时代最伟大的英国历史学家特意提到，英语基督教诗歌来源于盎格鲁—撒克逊的诗歌传统。这个故事见于比德（Bede）的《英格兰民族教会史》（*Ecclesiastical History of the English Nation*）。比德解释说，宴会上每名宾客们经常都要轮流演奏竖琴并引吭高歌（这些歌曲一定都是非宗教主题的）。一位名叫凯德蒙（Cædmon）的诺森布里亚（Northumbria）牧人"虽然年纪很大，却对诗歌一窍不通"，所以在轮到自己之前就会离席。但有一天晚上，在离开宴会回牛棚睡觉后，他在梦中受到神启，开始歌唱"万物创生"来赞美造物主上帝。他醒来后仍然清楚地记得梦中的歌词，后来还用具有同样高贵宗教风格的诗句对其加以扩充。这则消息传到惠特比（Whitby）修道院后，女院长希尔达（Hilda）对凯德蒙进行了考验，最终宣布他受到了神启。僧侣们把圣经故事或圣训文本复述给他听，让他将其改编成诗歌，他一晚上就完成了。他既不会读也不会写，但"只要是耳朵里听到的，他就会用心思考"。进入修道院后，人们教给他《旧约》和《新约》的内容。渐渐地，他就像"洁净的畜类反刍那样"，把《圣经》里的故事和训诫改编成盎格鲁—撒克逊诗歌。[19] 于是，略晚于惠特比修道院的建成时间公元657年，盎格鲁—撒克逊和拉丁两大传统汇合了。当凯德蒙反复咀嚼着《圣经》的崇高章节，把它们变成甜蜜的诗篇时，他正在做与德奥尔（Deor）和威德西特（Widsith）这样的世俗诗人相同的工作，只不过后者的素材是关于古代酋长和久远战斗的传奇。凯德蒙的素材来自学者们为他转译了的拉丁文《圣经》。[20] 他放弃世俗生活进入修道院象征了这种结合。

　　凯德蒙的诗歌只留存下一段残篇，这首献给造物主上帝的短小而优美的赞美诗是源远流长的英语基督教诗歌的真正起点。后来又出现了其他按照凯德蒙的体系，很可能受其启发的古英语诗歌。它们以诗体改写和扩充了圣经故事，显然其作者能够直接阅读拉丁文《圣经》。这些作品的基本特点是把圣经传统同盎格鲁—撒克逊风格和感情结合了起来。它们用和《贝奥武甫》相同的简短粗糙的格律和诗歌语言写成，充满了咬牙切齿、剑拔弩张的短语，还具备了古英语世俗诗歌特有的全部尚武能量和意志力量。《创世记》(*Genesis*)中的亚伯拉罕是个把罗得(Lot)从北方部族手中解救出来的勇敢的"伯爵"。而在《创世记 B》①（弥尔顿想必对其有所了解[21]）中，撒旦在动员词中提出的可怕心愿是，一千名北方的酋长拥有足够的勇气，即使被打败了也永远不会屈服或投降。这些作品的素材不属于基督教传统，而是来自犹太历史和传奇。《贝奥武甫》中那几处对圣经的影射都出自《旧约》的开头部分，同样地，这些作品中有两首以《创世记》为背景，有一首以《出埃及记》为背景。还有一首作品是关于《但以理书》的，该故事虽然完成时间较晚，却是希伯来经文中最原始、民族主义色彩最浓重的一章。这个故事的简单性和暴力性无疑对英格兰的原始民族富有吸引力，后者自己也正在抵抗残忍而强大的异教徒。《犹滴》(*Judith*)是另一首对圣经历史故事的此类改写作品，这份350行左右的残稿赞颂了杀死亚述入侵者将领的女性犹太民族英雄。它的作者也曾被认为是凯德蒙，就像荷马和赫西俄德曾被看成是许多短篇希腊英雄诗歌的作者。不过今天，它被认为创作于公元10世纪抵抗野蛮的丹麦人入侵和占领英格兰期间。上述诗篇和两首相似的德语作品一样，都是将拉丁文《圣经》翻译成近代俗语最早的尝试，它们是英译圣经伟大传统的开端，英王詹姆士译本是这个传统的最高峰。

  基涅武甫(Cynewulf)是下一位为人所知的盎格鲁—撒克逊诗人，他代表了原始诗歌正常发展过程中的第二个阶段。在莱歌(lay)、编年诗、史诗和其他传统故事（如童话）中找不到创作者本人的身影。没有人知道是谁纂写出了《伊利亚特》、《奥德赛》、《贝奥武甫》或者《士师记》。但即使在史诗风格仍然流行的时代，经常有一些诗人清楚自己的使命并对自己的技艺感到骄傲，在遵循或者接近于史诗传统创作的诗篇中，他们会插入自己的名字，并改变传统风格来迎合自己的个性。荷马史诗之后最先为人所知的希腊诗人是赫西俄德(Hesiod)，他的《工作与时日》(*Works and Days*)不仅充斥着传统的传说和语言，还提及了自己的名字，包括了自己的一些生平和许多个人的生活观。在《伊利亚特》之后很久的一首史诗风格的颂诗中，作者自称是居住在多石的喀俄斯岛(Chios)的盲人：荷马是盲人的传

---

① 这两首《创世记》，以及后文中提到的以《出埃及记》、《但以理书》为背景的作品都是古英语诗篇，收录在11世纪的尤尼乌斯(Junius)手稿中。手稿得名于日耳曼语文学家弗朗西斯·尤尼乌斯，他曾以此手稿为基础出版了凯德蒙诗集，但现在一般认为，上述作品都不是凯德蒙写的。

统说法便典出于此。²² 以格言诗闻名的弗库里德斯（Phocylides）在每首作品的第一行都会加入自己的"签名"。类似地，在古英语诗歌历史上，传统主义者凯德蒙之后是个人形象更为清晰的基涅武甫。

我们不仅知道他确有其人，对他的生平略有所知，还知道有四首诗是他写的。它们是：

(a)《基督》(*Christ*)，对教皇格里高利一世（Gregory the Great）关于基督升天的布道书的诗体改写；²³

(b)《尤莉安娜》(*Juliana*)，叙述了圣尤莉安娜的殉难，显然是对拉丁文殉难故事的诗体改写；²⁴

(c)《使徒的命运》(*The Fates of the Apostles*)，回忆十二使徒传道和殉难的短篇诗作；

(d)《海伦娜》(*Helena*)，长篇叙事诗，详细描写了君士坦丁之母圣海伦娜去耶路撒冷寻找被埋藏的钉耶稣的十字架，最终她找到了十字架（通过威胁处决一大批犹太人）并建立了对它的崇拜。

所有这些诗歌中都插入了用卢恩文写的基涅武甫的名字。选择这种奇特的密码是因为卢恩字符不仅是字母，还能表示单词。因此可以把它们像单词那样组合成诗句，看上去却是字母拼成的名字（比如，如果某个诗人叫 Robb，他可以在诗歌中显著的位置把 are，oh，be 和 bee 这些单词邻近排列，但将它们写成 R，O，B 和 B，这样就插入了自己的签名²⁵）。《海伦娜》中还包含了作者的自传信息。基涅武甫表示自己是个富有而受人喜爱的诗人，但一直受到负罪和悲伤之感的折磨，直到他皈依了基督教的信仰——或者说更有可能皈依了以十字架崇拜为核心的更加热忱和真诚的基督教。

和凯德蒙一样，基涅武甫的作品结合了盎格鲁—撒克逊的诗风和经由罗马传来的基督教思想。不过，他作品的主题并不像凯德蒙那样来自他人高声诵读和翻译的新旧约经文，而是来自关于基督教教义和历史的晚期拉丁文作品。所以他代表了不列颠岛的基督教化和被古典知识渗透的过程中更深入的阶段。此外，他的风格更加规整和流畅，掌握了源自古典文化的新的词汇和思想结构。²⁶ 但即使如此，他在情感基调上无疑仍是盎格鲁—撒克逊式的：强硬、好斗、充满了天真的能量和对更为奔放的自然元素的爱。他满怀热情地描绘了海伦娜皇后的耶路撒冷之行，与大多数希腊和拉丁诗歌中流露出的对远航的憎恶形成了鲜明的对比，是源远流长的英国水手传统的早期表现。即使用卢恩文字签名这件事（对于基涅武甫这样的学者来说一定显得过时）也体现了典型的英国个人主义和保守主义。

尽管我们不能详细分析每首作品，但两首虽无签名但因其风格通常被归于基涅武甫名下的作品值得细究。《十字架之梦》（The Dream of the Rood）描绘了十字架和被钉十字架的幻象。它比同时代的其他作品更具个人色彩：虽然和英雄战斗的诗篇一样感情强烈，但这种感情属于一个更加奇异和复杂的精神世界。它部分来自早期的英国艺术传统。比如，十字架做了长篇自述——类似盎格鲁—撒克逊人的武器和装饰品上的铭文：阿尔弗烈德大王（King Alfred）的珠宝上有 Ælfred mec heht gewyrcean（阿尔弗烈德下令造我）的字样。毫无疑问，这就是为什么这首诗的一部分在苏格兰南部被刻在罗斯威尔十字架（Ruthwell Cross）之上，使其看上去就像在诉说自己的故事。此外，作者和《贝奥武甫》一样以"听着！"开篇，而基督则被描绘成一个"年轻的英雄"。[27] 但诗歌中的某些元素是之前的任何英语文学作品中所未见的，它们宣示着中世纪的到来：比如对感官之美的描绘——十字架滴着鲜血，发出珠宝的光泽，就像在哥特教堂的玫瑰窗上那样；最终一切被证明只是一场梦——体现了中世纪特有的超脱尘世景象；对十字架的崇拜——这种传统在8世纪才被确立，对西方教会来说还是新生事物；在对基督的赞颂中，作者并不将他视为强大的王者或是道德导师，而是可爱的至高者。就我们所知，这首诗歌既非翻译也非改写，而是完全的原创，是狂喜灵魂的神秘呐喊。

古典和英国传统在该时期最奇异的结合当数《凤凰》（Phoenix）这首作品。诗人讲述了凤凰这种栖息在遥远的伊甸园大门之旁的神奇鸟类的故事。当凤凰老去时，它会为自己堆砌柴垛，在上面自焚而死并复活。然后，诗人使用了中世纪动物学家们喜爱的那类道德寓意：火堆象征审判日的火焰，凤凰的重生反映了耶稣的复活和基督徒灵魂的永生。他关于凤凰的描写是对一首以该神话为主题的晚期拉丁语诗歌的扩充，作者是基督教作家拉克坦提乌斯（Lactantius）。[28] 寓意则主要来自安布罗斯（Ambrose）关于基督复活的布道文，还加入了《旧约》和比德等人的作品内容。[29]

《凤凰》的作者对拉克坦提乌斯乏味原作的改编方式令人叫绝。最重要的改变是在情感基调上。拉克坦提乌斯虽然选择了不俗的主题，他的作品却平平无奇，充斥着前辈诗人的陈词滥调。[30] 作品最后陷入了恼人的悲观主义，而且即使在描绘凤凰位于伊甸园的栖息之所时，它也很少能摆脱那些惯常的写法。这是一个不凡的主题，甚至比伊丽莎白时代的诗人和象征主义者们喜爱的天鹅还要富有深意。它本可以启发出像丁尼生（Tennyson）关于鹰、波德莱尔（Baudelaire）关于信天翁或者马拉美（Mallarmé）关于天鹅那样的抒情诗。它本可以成为像霍普金斯的猎鹰那样充满令人窒息的期待的神秘象征。它本可以是一段弥尔顿式的华丽而辉煌的描写。但拉克坦提乌斯所做的不过是将各种陈词滥调拼凑起来，而他的主要情感则是早期基督徒阴郁的厌世之情。但那位盎格鲁—撒克逊诗人则深爱着生命和作品的主题。他用热情的赞美来描绘这种奇鸟。在展现凤凰富饶的家园并将其同英国可怕的天气作对比时，他对自然的描写要详细得多，想象力也远为活跃。比如，拉克坦提乌斯写到，这种鸟的家园在东方，那里的天堂之门"敞开着"（patet）——这个平常的字眼可以用来形容任何不是永远关闭的门，和"是"（is）的意思所差无几。但那位英语诗人却并不认为它平平无奇，他将其视作一种令人鼓舞的意象，并从中发掘出新的美丽理念。天堂之门不仅敞开着，从里面还飘荡出有福者赞歌的回响——听到这首歌的"居民"本来不应该出现在那里，因为凤凰之家是无人居住的，但如此美妙的歌声实在不容错过：

> 无与伦比的岛屿和她无与伦比的缔造者，
> 荣耀的上帝为她奠基。
> 她幸福的居民经常听见有喜悦的歌声
> 从天堂敞开的大门后传出。[31]

在结尾处，拉克坦提乌斯认为，凤凰之所以幸福是因为它没有伴侣和子嗣，并通过死亡获得生命：

> 命运的幸运儿，鸟中的至福者，
> 上帝允许它自我重生！
> 无论何种性别，抑或没有性别，
> 对爱情一无所知的它是有福的！
> 死亡是它的爱，是它唯一的愉悦，
> 为了重生，它渴望死。[32]

而这位盎格鲁—撒克逊诗人却在自己的作品最后抛弃了此类厌世观点，把上述事实中的前一点改成了对上帝奇迹力量的赞颂，将后者变成了对不朽的暗示。

此外，他还对原作加以自由发挥和扩展。拉丁文原作由紧凑的双行体（couplet）组成，句子间经常具有严格的对仗关系。这位英语诗人完全无视这些。他按照古英语的习惯，并不试图将意思限制在双行句中，而是让它自由延伸，甚至会有在一行诗句中间结束某段叙述和描绘的情况出现。这是英语和罗曼语传统诗歌的根本性差别，并将持续许多个世纪。[33] 在数量上，这位英语诗人使用了更多的诗句，这并非因为他担心误译或被误读，而是希望提升描写的情感力量。拉克坦提乌斯的诗共170行，那首盎格鲁—撒克逊作品则长达677行，其中有380行或多或少对应了前者的诗句。以拉克坦提乌斯作品第1行中的"有一片幸福的土地"为灵感，盎格鲁—撒克逊诗人创作了11行诗句，并添加了从天堂中传出歌声的美妙意象。

为了迎合读者，这位英语诗人还调整了原作中一些不合时宜的内容。拉克坦提乌斯写道：

> 当法厄同的火焰点燃了整个苍穹，
> 那里仍然不受侵扰，
> 当世界被大洪水的巨浪吞没，
> 它却战胜了丢卡里翁的波涛。[34]

英译者则去掉了这些遥远希腊神话的典故，代之以更加真实和骇人的希伯来大洪水，还把法厄同的火焰改成了审判日的闪电和末日之火——他用这一主题作为诗歌的结尾：

> 没有树叶枯萎，没有枝条焦焚，
> 直至审判日的闪电降临。
> 当大洪水的力量席卷了人类世界，
> 当它的波涛吞没了整个大地，
> 这座岛屿却在巨浪狂潮中岿然屹立，
> 凭着上帝的力量毫发无损。
> 在福祉中等待末日火焰的到来。[35]

拉克坦提乌斯（按照维吉尔的传统）列举了凤凰之家不存在的各种灾难，这位英语诗人另外添上了两种盎格鲁—撒克逊人的不列颠经常遇到的威胁：

> 敌人来袭，末日突降。[36]

在作品最后，他加上了一长段诗体的布道词。布道词的最后是盎格鲁—撒克逊头韵诗句和拉丁文颂诗用语的奇特组合，两者各占半行。他说，上帝赐给了我们通过自己的善行进入天堂的机会，并

> 目睹我们永恒（*sine fine*）的救世主，
> 以无尽的赞歌（*laude perenni*）继续赞颂他，
> 和天使们同享至福——阿莱路亚（*Alleluia*）！ [37]
>
> see our Saviour *sine fine*,
> prolong his praises *laude perenni*
> in bliss with the angles—*Alleluia*!

无论这位诗人是谁，他都不失为一名出色的学者（胜过几个世纪后的许多中世纪"教士"）。他是一位能够超越原作的强有力和积极向上的诗人，也是一位虔诚的基督徒。显然，英格兰的文化水平已经足以创造出这样的诗人和读者了。

《凤凰》的最大意义在于，这是第一首将古典文学翻译成近代语言的作品。它的作者懂拉丁原文，并且完全不畏惧自己的工作。他意识到，无论是自己的语言和诗歌传统，还是自己的能量和想象力都足以匹敌拉丁文原作。这个例子充分证明，在撒克逊人和丹麦人入侵之间的那段时间，不列颠的文明达到了相当的高度。在文学上，这股浪潮可以分为五个阶段：

1. 首先是异教诗歌，包括《贝奥武甫》以及篇幅较短的英雄诗歌和残篇。在这些作品中看不到希腊—罗马影响的痕迹，只有来自拉丁语世界的微弱的基督教辐射。
2. 然后是 7 世纪下半叶的凯德蒙，他按照盎格鲁—撒克逊的传统风格，以拉丁文《圣经》为题材创作诗歌。在他之后，别的诗人也开始阅读拉丁文《圣经》，并对其中一些基督教色彩不那么浓重的篇章进行了自由改编。
3. 大约公元 800 年，基涅武甫将拉丁文基督教散文作品改编成盎格鲁—撒克逊诗歌。
4. 对拉丁文诗歌以及拉丁文基督教散文作品富有想象力的自由翻译、融汇和扩展，如《凤凰》。
5. 最后，在《十字架之梦》中，英语诗人创造了全新而原创的作品，它的主题是通过拉丁基督教传入不列颠的。

直到许多个世纪以后才有其他欧洲民族开始尝试类似的翻译和诗歌创作，这些工作既体现了学养又富有创意。凤凰像耶稣一样奇迹般地复活了，这个形象象征了希腊—罗马文化通过基督教的改造，在曾经蛮族环伺的世界里奇迹般的重生。

盎格鲁—撒克逊散文

黑暗时代英语散文的故事也是不列颠诸岛上的文明在屡屡受挫中挣扎向上的故事。无论在形式还是材料上（抑或二者兼有），诗歌几乎总是把目光放在过去的时代。散文则更重视当下，它反映的是自己时代的需求、问题和力量。因此，这一时期的英语散文主要是教诲性质的。它的目的是开化英国人，让他们保持教化状态，并鼓励他们同不断反扑的野蛮主义作斗争。为了实现这些目的，它主要使用了两种工具。一种是《圣经》和基督教教义，另一种是古典文化。这一时期的英语散文没有轻浮、虚构和幻想的内容，完全是宗教、历史或哲学的。

让文明在英国保持生命力不是一个单向的过程，它屡次被严重的冲突打断和引向歧途。最早的冲突发生在英国教会和罗马教会之间。[38] 冲突以英国教会失败告终，但整个过程是漫长而痛苦的。大多数早期英国教士并非罗马天主教徒，圣帕特里克（St. Patrick）很可能如此，圣科伦巴（St. Columba）则几乎肯定属于此类。他们不认为自己直接处于罗马主教的权威之下，对基督教教义的解读也异于同时代的意大利信徒。今天，他们中的大多数人或者被教会封为圣徒，或者被斥为异端，但事实并不总是那么简单。在声名狼藉者中最有意思的人物之一是凯尔特的伯拉纠（Pelagius，约公元360—420年）神父，他创造的教理后来被斥为伯拉纠异端。圣奥古斯丁认为，人类生来就是彻底堕落的，没有上帝的恩典，他们绝不可能让自己脱离罪恶和诅咒。与之相反，伯拉纠则教导说上帝希望我们只做力所能及的事。人**可以**是善的，不然上帝就不会因其行恶而惩罚他。责任暗示了能力。虽然很难，但不犯罪的生活是可能的。伯拉纠在基督教世界各地——罗马、非洲和巴勒斯坦——传布这种教理，不过他失败了。尽管他是盖尔人，一些人把他看作最早的新教徒。

罗马教会开始收复帝国在西部的疆土，公元596年，它开始了对英国敌对者的征服。教皇格里高利一世派遣圣奥古斯丁（**不是**上文提到的那位希波［Hippo］主教）在英格兰东南部发展教会力量。由于撒克逊异教徒的入侵，这项工作是亟需的。不过，教会间的斗争是旷日持久的，而且奥古斯丁没能取得完胜。他未能说服英国教士采用罗马历和罗马的复活节计算方法，在剃发的方式上也存在着分歧。[39] 但在赢得了史称惠特比宗教会议（synod of Whitby，公元664年）的大辩论后，罗马教会取得了上风。他们立刻派遣了特奥多尔（Theodore）和哈德良（Hadrian）两位文化传教士以扩大优势。特奥多尔被任命为坎特伯雷大主教，他是一位来自塔索斯（Tarsus）的小亚细亚希腊人，除了拉丁语之外还懂希腊语（这在当时很罕见）。[40] 两人建立了一所教授拉丁语、希腊语、圣经文学、天文学、韵律学和算术的学校。不过，在英国散文的整个初始阶段，我们都能发现两个教会间矛盾的痕迹，有时也能看到融合。

这正是凯德蒙和基涅武甫等诗人的时代。留存下来的散文都是拉丁文作品，但文化水准相当之高。关于黑暗时代的不列颠最早的已知历史描述出自一位叫吉尔达斯（Gildas，约公元500—570年）的凯尔特僧侣：他自认为是罗马文明在不列颠的直系幸存者，称拉丁语为"我们的语言"，还像早期美国人鄙视红皮肤的印第安人一样从心底鄙视那些凶悍的土著酋长。最早的撒克逊学者阿尔德赫尔姆

（Aldhelm，公元 675 年任马尔姆兹伯里［Malmesbury］修道院院长）先后受业于盖尔人麦尔杜布（Mældubh）和罗马人哈德良。[41] 他的诗歌质量上佳，大多受到维吉尔的影响而显得风格轻快和别具魅力。他的书信以及关于宗教、道德和教育的散文则因模仿教父作品而相形见绌：显然他阅读的主要是别扭的晚期拉丁语，只有三个地方引用了西塞罗。

他之后出现了更伟大的人物："可敬的"比德（the Venerable Bede，亦作 Bates，约公元 672—735 年）。他是第一位身具典型的英国式强烈常识感和可爱直率的英国作者。他来自北方，在爱尔兰和不列颠北部的教士那里接受了启蒙教育[42]，最伟大的作品是关于诺森布里亚国王切奥尔武甫（Ceolwulf）的。他的全部作品都用拉丁文写成，许多是资料汇编，大部分内容今天显得过时或无趣。但它们都没有中世纪作品经常出现的愚昧、晦涩或浮夸等毛病。[43] 它们大多是对经文（绝大部分仍是《旧约》）和关于耶路撒冷圣殿等圣经话题的评述。古典和近代传统的结合在《英格兰民族教会史》中体现得最为明显，这部作品记录了从公元前 55 年恺撒入侵到公元 731 年的事迹。他在作品最后添加了自传和著述列表，可见作者将其视作一生的巅峰之作。[44] 这部作品的意义在于：

> 它是最早的描述罗马帝国衰亡后文明重新征服野蛮状态的重要记录；
>
> 它是真实的历史，侧重基本真相而不是诱人的细节和说教内容；
>
> 它结构完整，在至今已知的所有同类早期英国文学作品中篇幅最大，明显优于缺乏一致性和连贯性的《盎格鲁—撒克逊编年史》（*Anglo-Saxon Chronicle*）；
>
> 它是真正的研究产物：除了吸收前人的分析，比德还使用了无比珍贵的未出版记录和口头传统，从远至罗马的地方收集资料。凯德蒙的神启、格里高利的"长着天使（angel）脸庞的盎格鲁人（Angles）"，以及那个将人类的尘世生活比作燕子穿越被照亮厅堂的老地主等不朽故事正是出自他的作品。

比德不仅是英国人，也是拉丁主义者。对他来说，拉丁语仍然是一种活的语言，虽然写起来费时费力，但它明晰、便于记忆而且世界通用。他的这种历史观深深影响了欧洲文化：比如，他是公元前或公元后等基督教纪年法的主要创始人。他是第一个超越自己时代的英国人，而且就像但丁所言[45]，他属于全人类。（如果把《贝奥武甫》与荷马史诗，凯德蒙与早期荷马颂诗的作者，基涅武甫与赫西俄德对应起来，那么除了虔诚、爱国和热衷收集传说的希罗多德，我们又能把比德和谁相联系呢？）

黑暗时代英国学术高水准的另一个例证来自两位受邀参与对欧洲开展再教育

的伟大学者。他们是:

> 作为抵抗野蛮主义的行动之一,约克的阿尔昆(Alcuin of York,生于公元735 年)在查理大帝兴建的学校教授古典知识,在先后主持这所学校和图尔(Tours)修道院期间,他留下了300多篇(书信形式的)关于文学和教育的随笔;
>
> 约翰(John),他喜欢自称苏格兰人埃里吉纳(Scotus Erigena)或者埃里乌吉纳(Eriugena),意思是"来自爱尔兰的盖尔人"。约翰是黑暗时代最伟大的哲学家[46],也是由凯尔特教会培养出来的。这个教会在艰难环境中坚持生存了下来,通过在欧洲大陆建立和支持的传教团体,以及由爱尔兰人抄写的大量精美拉丁抄本,它为后世留下了一座丰碑。约翰对希腊文的了解在那个时代是独一无二的,他接替阿尔昆执掌由查理大帝的继承者"秃头查理"(Charles the Bald)创立的宫廷学校。约翰更多的是哲学家而非教士,他构想出一幅关于宇宙的宏大泛神论图景,显示了其形而上学的天赋。和哥特大教堂的天才建造者一样,他的天赋在那个野蛮主义包围的时代变得更加突出和引人注目。

不过,正当早前的入侵逐渐平息,桀骜不驯的盎格鲁—撒克逊人一定程度上被开化和基督教化时,新的异教徒入侵浪潮开始涌向这个基督教王国。阿尔昆离开英格兰前往法国(公元787年)仅仅5年后,《盎格鲁—撒克逊编年史》这样记录道:

> 这些天,作为北欧人先头部队的三艘船从海盗之国到达了这里。

作者继续写到,负责的治安官前往逮捕海盗,但惨遭杀害。"这些是来到英格兰的最早的丹麦船只"。此后,袭击规模越来越大,《编年史》中对这场灾难的记录变成了公报:

> 今年在伦敦、坎特伯雷和罗切斯特发生了大屠杀。[47]

爱尔兰和苏格兰等地的凯尔特修道院在公元787年后不久开始受到攻击并全部被毁,无家可归的修道院成员被迫分散流亡到西欧和中欧各地。[48]对托尔(Thor)①的崇拜在圣城阿马格(Armagh)被建立起来。[49]丹麦人在英格兰定居下来,成了永久的占领军:《编年史》只是把他们称为"那支军队"。领导抵抗战争的是阿

---

① 北欧神话中司雷、战争及农业的神。

尔弗烈德大王（公元848—901年），虽然遭受了可怕的失败，他还是确保了英国文化和基督教信仰在这个饱受践踏的岛屿上存活下去。

公元878年，阿尔弗烈德和丹麦人达成和约。事实上，这只是像《慕尼黑条约》那样的权宜之计，为的是拖延入侵者以获得喘息之机。和约让他有时间在自己控制的领土上复兴英国文化。这时，几乎所有的凯尔特教会以及罗马传教士和教师的成果都不复存在了。阿尔弗烈德自己也写到[50]，南部英格兰已经"**没有人**"，（亨伯［Humber］以南的）内陆地区"**很少有人**"，即使在北部也只有"**不多的人**"还"能够听懂英语弥撒或者翻译拉丁语书信"——也就是说了解拉丁宗教仪式和祷词的真正意思，或者能视读当时普通的拉丁语（这是当时受过教育的人的国际语言）。不列颠几乎与宗教和文明绝缘。而这只是它在入侵过程中所遭受的文化损失的一个方面。学校、教堂以及普通人对英国历史和世界历史与地理的意识都需要复兴。这是一项庞大而艰巨的工作，只有伟大的人能够实现它。

阿尔弗烈德使用了多种方法来复兴不列颠的文明和文化，但我们最感兴趣的是翻译。为了子民的教化和提高，他选择了四部重要的拉丁语书籍，在他人的帮助下将它们译成盎格鲁—撒克逊语。它们涉及四类最重要的主题：

1. 关于**基督教守规**的《牧羊人之书》（*Hierdeboc*），译自教皇格里高利一世为牧师写的手册《教牧法规》（*Regula pastoralis*）。[51] 格里高利曾公开表示，自己永远不会用古典拉丁语写作，对古典文化也毫无兴趣。但他是一位伟大的斗士和导师（正是他将奥古斯丁派往坎特伯雷），他的激情、能力和务实智慧在当时是亟需的。阿尔弗烈德的序言——可称为是第一篇重要的英语散文[52]——强调了翻译在教育中扮演的关键角色，以及他本人通过翻译此类书籍来重塑英国思想的决心。

2. 由阿尔弗烈德本人或他人翻译，"可敬的比德"所著的《英格兰民族教会史》。它的重点是**基督教的历史和英格兰人作为一个民族的持续存在**，同时还涉及了英格兰在丹麦人入侵之前达到的文化水准。

3. 5世纪西班牙作家奥罗修斯（Orosius）的《反异教徒史》（*History against the Pagans*）从基督徒的视角出发讲解和阐释了**世界的历史和地理**。该书被题献给希波的圣奥古斯丁，与被题献者自己的《上帝之城》一样，它用大量篇幅反驳了异教徒哲学家的观点，该书指出，罗马帝国在瘟疫和蛮族践踏中灭亡后开始的可怕人类灾难并非引入基督教的结果。书中的历史部分包含了希腊和罗马神话，以及一些历史和地理知识，为了方便起见，部分内容被扭曲了。阿尔弗烈德明智地略去了奥罗修斯关于世界遥远部分的地理资料，这些地方不属于当时英国人的视野范围。同时，他插入了一些关于欧洲西北部地理的重要章节，包括对欧特尔（Ohthere）和伍尔夫斯坦（Wulfstan）这两位航海家分别在白海和波罗的海的探险之旅所做的如实叙述。

4. 波伊提乌的《哲学的慰藉》（*The Consolation of Philosophy*）对**道德哲学与神学的关系**做了概括。由于此书对欧洲思想的影响远大于上述三部，它值得我们对其详加分析。

阿尼基乌斯·曼利乌斯·塞维利努斯·波伊提乌（Anicius Manlius Severinus Boethius）这位罗马帝国晚期的哲学家生于约公元480年，由著名的异教徒政客叙马库斯（Symmachus）培养成人，并娶了后者的女儿。在随后的一千年间，他都是欧洲最有影响力的作家之一。波伊提乌出身富贵，受过良好的教育，尤其喜爱希腊语——当对这种语言的了解在西方世界逐渐凋零之际，他所翻译的一些重要的作品成为了中世纪科学和哲学的基础。[53] 身为爱国的罗马人，他无疑厌恶意大利的东哥特统治者（尽管他一度试图同他们合作），最终因为被指同东罗马帝国皇帝查士丁尼密约驱除蛮族而遭东哥特国王特奥多里克逮捕。在经过数月的囹圄生涯后，他于公元524年被处决。据受刑过程的描述说，一根绳索慢慢地缠紧了他的额头，他一边忍受这种折磨，一边被棍棒活活打死。他最著名的作品《哲学的慰藉》（*De consolatione philosophiae*）正是在死刑判决后写成的。[54]

该书分为五个部分，称为五"卷"。在形式上它兼具柏拉图对话录（由柏拉图发明，重现了其老师苏格拉底的教学方法）和墨尼波斯讽刺作品（犬儒派哲学家墨尼波斯［the Cynic Menippus］使用的一种混合了散文体和诗体的哲学批判文体）的特点。[55] 各章节交替使用散文体和诗体，或者说每篇散文体后跟着一段诗体插曲。散文体部分以晚期拉丁文写成，力图接近古典拉丁文，这种努力不无成效。诗体部分则使用了多种韵律，以适用于抒情诗的短句为主，有许多摘抄自塞内卡悲剧作品中的反思性合唱：令人意外的是，长篇大论的教诲诗少得可怜。[56] 全书风格多变，既有轻快而不失严肃的对话，又有冠冕堂皇的修辞。作品的主要结构是波伊提乌在牢房中同"哲学"这位自己的"护士和医生"的对话。

在倾听了波伊提乌的抱怨后，"哲学"告诉对方他病了。他的灵魂感染了无知和健忘。他忘记了自己所失去的权力和财富的真正性质——它们是完全的身外之物并且转瞬即逝。他忘记了世界的真理——统治世界的是神的旨意。他还忘记了由上述真理引出的必然结果——除了幸福，痛苦降临到我们身上同样是为了我们自己的福祉，它是惩罚、锻炼和训诫。[57] 然后，"哲学"就像医生面对病人那样耐心而不容置疑地要求他把错误从生病的灵魂中驱逐出去,并使用真理作为药物。

虽然以这种高尚的方式结尾,但波伊提乌的作品似乎并未完成。书的最后没有用一篇对话来呼应开篇时医生和病人的交谈。书中找不到诊断语,没有总结,没有对咨询结果的归纳,没有为病人开出的药方,也没有诗歌和神话式的结尾(尽管从波伊提乌对柏拉图的景仰来看有理由找到这类结尾)。至于为何没能完成,我们只有猜测了。

无论它完成与否,这都是一部伟大的作品。许多人想当然地以为作者不过是个晚期拉丁语陈腐段子的卖弄者或者汇编者,但只要他们略一浏览这本书,就会为它的感情深度感到惊讶和动容。作品的这种力量来自多个方面。

它富于个性。虽然吸收了许多其他哲学家的论断和诗人的意象,但《哲学的慰藉》远非拾人牙慧。波伊提乌本人的高尚人格和卓越头脑贯穿了整部作品,并形成了有机整体。而由波伊提乌或他的"哲学"女士反复吟唱的诗体插曲将全书统一起来,并使它避免看上去像是形而上学的论文:这不是穿插了歌曲的博士论文。此外,这本书和波伊提乌自己的生命和死亡紧密相连,因此真正显得独一无二,避免了沦为抽象之作。因此,它具有同《高尔吉亚篇》(*Gorgias*)、《斐多篇》(*Phaedo*)、《理想国》(*The Republic*)等伟大的柏拉图对话同样鲜明的个性。

它充满情感,全书因此面貌一新。作品的场景设定极具戏剧性:在死囚牢内,一位曾经富有、著名、学识卓越、身居高位的罗马贵族正在坐等被半开化的占领军执行死刑。无论书中的哲学辩论多么枯燥和艰深,由于波伊提乌和他的医生在展开这些辩论时所处的急迫情势,它们显得极其动人——在这点上它要远远超过大多数之前的古典哲学作品。(虽然为了给临终的敬爱导师带去慰藉,柏拉图在《斐多篇》中也有关于不朽的论述,但这只是对无关自身的事实所做的分析。只有西塞罗在本人经历极大悲恸时写的几篇哲学论述才具有波伊提乌作品的那种情感深度。)这种急迫感在诗歌的帮助下进一步升华:抒情诗般的憧憬超越了囹圄,在绝望和慰藉的歌声中得到了美妙的表达,对早期基督徒来说,这些歌声听上去一定就像是对受迫害教会的赞歌。波伊提乌面对的问题也是所有的男男女女必须面对的,他的困难也是我们的。正因为我们的肉体都感染过疾病,我们都曾感受到死亡阴影的降临,哪怕只是短短一瞬,因此我们都经历过怀疑和绝望的阶段,当灵魂的全部生命力似乎开始消退和动摇时,我们在精神深处将感染这种疾病。目睹波伊提乌感染这种疾病和被治愈,我们一定会产生由衷的同情。毫无疑问,波伊提乌和他导师的情感是真挚的。除了找到能让自身完美的真理,他的生命事实上已经没有意义。"哲学"不再以抽象形象出现。她是一位端庄的女士,睿智、和蔼、富有爱心——中世纪的男子深深地被这种类型吸引。她是中世纪的圣母玛利亚形象以及但丁的贝阿特丽采(Beatrice)等天使向导的原型。她是如同《农夫皮尔士》

（Piers Plowman）中的圣教会女士（Lady Holy Church）这样的一系列优雅女性形象精灵的鼻祖，她们贯穿了中世纪的思想，缓解了那个时代的粗俗气息。

波伊提乌的作品内容极为丰富，综合了多个伟大思想领域的大量最重要成果：

（a）希腊—罗马哲学，特别是柏拉图主义。波伊提乌非常赞赏柏拉图的《高尔吉亚篇》、《斐多篇》和《蒂迈欧篇》（Timaeus）。显然，得到自己哲学的慰藉，在牢房里平静等待死亡的苏格拉底形象浮现在了波伊提乌的脑海中。他多次提到"回忆说"（doctrine of reminiscence）①。全书描绘了步步深入的感化过程，类似柏拉图坚称的对进入哲学生活必不可少的过程。波伊提乌还引用了亚里士多德的《物理学》（Physics）和其他作品，以及西塞罗的哲学著述，特别是关于人类最大不幸的《图斯库鲁姆谈话录》（Tusculan Discussions）和关于不朽启示的《西庇阿之梦》（The Dream of Scipio）。此外，虽然没有点明出处，他还大量借鉴了新柏拉图主义者的论述和评论。[58] 波伊提乌一直将道德法则同被视为理性系统的物质宇宙相提并论，这是书中最重要的内容之一。他认为，星辰遵循与人类的生命和灵魂相同的法则。我们可以想见这位死囚从牢房仰望静谧穹庐时的样子，就像宣称宇宙中最伟大的是"头顶星空和内心道德法则"[59]的康德那样，他坚定地认为，在"不可更改之法则的军队"面前，无论邪恶力量多么强大，它都注定式微和消失[60]（这种思想也渗入了中世纪的占星学信仰中，因为如果人和星辰都遵守上帝的法则，那么二者理所当然地属于同一相互依赖的系统）。

（b）在古典文学中，波伊提乌更重视罗马人而非希腊人的作品。塞内卡是其作品中诗体部分的主要模板，散文体部分的风格则效法西塞罗。在那些艰难的日子里，他引用了很多通行的格言来支持自己的思想，其中许多来自维吉尔和贺拉斯。

（c）书中没有基督教理念的表达，但整本书的灵感与前者关系密切。尽管没有提到耶稣基督，尽管除了一处可能的影射外从未明确引用《圣经》，尽管慰藉他的是哲学而非宗教，但波伊提乌的作品表达的仍然是一神论信仰。他在开篇就界定了不朽的条件，然后强调了道德生活的重要性，提到了诸如炼狱等基督教元素[61]，还表现了在迫害下保持道德勇气等基督教理想。

这本书的第四个重要优点在于它的教育力量。它是世界上最伟大的教育书籍之一。就像柏拉图的对话录那样，它通过让读者经历作品所描述的教育过程来教导他们。看着苏格拉底的谈话对象被迫接受他们之前否认的智慧光芒是令人动容的，目睹"哲学"治愈波伊提乌（或所有人）因为从幸福堕入痛苦而感染的盲目

---

① 柏拉图认为，人类关于理念的知识是通过回忆获得的，不朽的灵魂在某个人出生前就已经拥有了这些知识。

同样令人感动，甚至超过前者。值得注意的是，他的名字来自希腊语 βοηθεεῖν，义项（之一）是**援助**病人，帮助**缓解**病痛。就像苏格拉底经常把自己比作医生那样，书中的"哲学"也把两人的关系比作医生和病人，而不是老师和学生：用今天的话来说，就是接受心理分析的精神病人。希腊人和我们的一个重要差别在于，他们认为身体健康高于一切，甚至医生对他们的告诫也主要是如何保持健康（就像训练师对年轻运动员的告诫），而波伊提乌则像现代人那样，觉得自己感染了致命的灵魂疾病。[62]

所有上述特点结合起来使波伊提乌的影响在整个黑暗时代和中世纪广为流传和经久不衰。[63] 他的流行背后还存在个人原因。他以高尚的方式直面千年间反复出现的同一问题。他是被暴君杀害的善人，是被野蛮人囚禁和处决的开化者，因为自己的理想而永垂不朽。许多深受蛮族之害的基督教教士或骑士从波伊提乌树立的榜样身上寻得了慰藉。阿尔弗烈德大王身处丹麦人的包围之中，犹如生活在孤岛上的孤岛里，在译本的序言里，他将自己比作那位罗马英雄：

> 在处理令他身心俱疲的形形色色的尘世俗务之余，阿尔弗烈德大王将此书部分按字面翻译，部分保留其意旨，力求尽可能明晰易懂。他在位期间，降临在他所继承的王国上的纷扰几乎无法胜数。

在翻译波伊提乌的过程中，阿尔弗烈德对原作进行了改编以迎合目标读者。他省略了许多对他们或者他自己来说过于困难的内容——包括第五卷中几乎全部的艰深辩论。有时他会用更简单的说法来表达原文大意，有时会代之以自创的道德说教。就像现代译者加入脚注那样，阿尔弗烈德加入了来自他所使用的注疏版底本中的解释和摘要。他让整部作品更具基督教的色彩。他提及了波伊提乌没有提到的基督之名，并加入了天使、魔鬼、《旧约》历史和基督教义。上帝的名字出现的次数远比原文中频繁。在他个人添加的部分中有一处尤为感人。波伊提乌向"哲学"抱怨说，自己并不贪图名利，只是希望能学有所用而不是白白地老去。[64] 阿尔弗烈德在这个地方添加了自己的想法：

> 现在没有人能够完全发挥天赋，也无法治理国家，除非他有合适的工具和原材料。我所说的材料是指那些对行使天然权力必需的东西，比如国王治国的原材料和工具就是人口充足的国家，以及宗教、战争和劳作所需的人力……同时，他还必须拥有养活这三类人的资源，如居住的土地、赏赐（酬劳？）、武器、肉食、啤酒、衣服和其他任何他们所需要的。没有这些资源他将无法使用自己的工具，而没有那些工具他就无法完成托付给他的任何任务。[65]

他的许多解释惊人地幼稚,这显示出在比德之后,英国学术水平在战争的压力下遭遇了大滑坡。[66]

在致谢辞中,阿尔弗烈德表示自己得到了四位教士的帮助,特别是一位来自威尔士的名叫阿瑟(Asser)的凯尔特人,他称之为"我的主教"。和阿尔德赫尔姆一样,此人后来成为了谢伯恩(Sherborne)的主教。[67] 同时不应忘记,阿尔弗烈德同罗马和神圣罗马帝国关系密切。他的父亲娶了"秃头查理"皇帝的女儿尤迪特(Judith)。阿尔弗烈德本人在青年时代访问过罗马,并与那里保持着联系。[68]

前诺曼时代的英格兰最后一位伟大的教育家是埃尔弗里克(Ælfric,约公元955—1020年),这位来自南部的学者在温彻斯特长大。凭借着几乎一样好的拉丁语和英语,前人的活动在他身上集于大成。他在许多布道文中大量使用古英语头韵体,一些作品中的主要韵律甚至堪与古代英雄诗歌相媲美。他还撰写了一部拉丁语法,包括拉英双语的序言和拉英词汇表。这是最早的近代拉丁语教材之一。他还编撰或修订了《圣经》前七书的英译改写,略去了枯燥和艰深的部分。部分归功于他的工作,英语在他的时代成为了文学语言——这在欧洲是最早的。

10世纪时出现了一些福音书的英译:如诺森布里亚王国北部的《林迪斯法恩福音书》(Lindisfarne Gospels),默西亚王国(Mercia)北部和诺森布里亚王国南部的《拉什沃斯福音书》(Rushworth Gospels),以及《西撒克逊福音书》(West Saxon Gospels)。《林迪斯法恩福音书》的抄本是黑暗时代留存下来的最精美的艺术品之一。和阿尔弗烈德的英格兰和不列颠文化一样,它也受到了丹麦人的严重威胁:出于安全考虑,它被从原来的保存地移走。在转移过程中它被暴风雨冲下了水。幸运的是,就像创造它的文明一样,它在退潮后被几乎完好无损地找了回来。[69]

在中世纪和文艺复兴时期,翻译和借鉴欧洲大陆作家的作品在英国作家中蔚然成风。但在被丹麦人和诺曼人征服前,不列颠拥有相当高的俗语文学水准,古典学术的传播也相当广泛,在文化上,英国是欧洲最先进的国家。在北欧蛮族的反复袭击和与之有亲缘关系的诺曼人的征服中,它失去了这种地位。[70] 在漫长的抵抗和同化斗争中,光辉灿烂的亚瑟王及其骑士们的传奇开始在不列颠岛上茁壮成长起来。这些抵抗异教徒和黑暗势力的英勇骑士的故事虽然最初没有达到希腊—罗马神话的水准,但很快就能与特洛伊和忒拜的故事相媲美。丹麦人的入侵是场灾难,诺曼人的征服同样如此,唯一令人稍感安慰的是后者摧毁了丹麦人的统治,并与欧洲大陆的拉丁文明地区建立了更宽广的桥梁。两场灾难首先阻碍了英国的发展(它曾经遥遥领先于欧洲其他地方),然后把它和欧洲大陆文明更紧密地联系起来(它曾经是那个文明的一部分,还助其复兴)。

第 3 章

中世纪的法国文学

中世纪文学的焦点在法国——既包括法国北方,也包括南方的普罗旺斯,在被征讨阿尔比异端(Albigensian heresy)的十字军摧毁前,后者曾是一片乐土。温暖的诗歌之光从法国辐射到意大利和不列颠,西班牙、日耳曼地区和低地国家受到的影响较小。虽然各地的语言和方言差异很大,虽然欧洲国家在边境内外存在许多政治分歧,但在精神层面上,西欧是个比今天更加紧密的整体。学术界使用国际性的语言拉丁语,是一个整体。教会也是一个整体,尽管它受困于异端(阿尔比派和胡斯派［Hussites］)、教理争议(圣贝尔纳［St. Bernard］和阿贝拉尔［Abélard］)和教会分裂(最严重时出现了两个敌对的教皇)。无论政治和个人矛盾的影响有多大,宫廷和骑士世界仍然是有机整体。并且,在民间诗歌层面之上的文学世界也是一个整体。在意大利语之前,法语曾是意大利北部的文学语言:13 世纪末的布鲁内托·拉蒂尼(Brunetto Latini)用法语写作自己的百科全书《宝典》(*Treasure*),"因为那种语言听上去更加甜美";马可·波罗(Marco Polo)的游记也是用法语写的。大批普罗旺斯的游吟诗人来到了意大利,他们的作品深受欢迎,以至于博洛尼亚的法官被迫颁布法律,禁止他们当街卖唱。[1]中世纪统一性的最佳象征是但丁的《神曲》,他让自己听说过的来自所有时代和国度的学者、诗人和伟人汇聚在一个以中世纪特色为主的亡灵世界中。

但中世纪思想和文学的辐射中心和发展程度最高的地方还是法国——罗马帝国西部行省中最近的一个。它主宰了上面所说的统一性,对其形成起到了关键作用,所以我们首先来看法国。

骑士历险传奇

法国文学(除了一些诸如 11 世纪的关于叙利亚圣徒阿莱克西斯［Alexis］生平的篇幅较小而且不太重要的宗教作品)的鼻祖是《罗兰之歌》(*The Song of*

Roland）。和开创了英国文学的《贝奥武甫》一样，该作品要比荷马史诗原始得多，对古典文明的存在以及希腊—罗马的历史也几乎同样无知。这首 4000 行的史诗由半谐韵（assonance）的诗节（strophes）组成，其灵感来自查理大帝对撒拉逊人（Saracens）的战争。它讲述了公元 778 年查理大帝的布列塔尼总督罗兰（Hruodland，Roland 是其名字的现代拼法，事实上他并非死于撒拉逊人之手，而是被巴斯克人杀死的）壮烈牺牲的故事。作品中仅有几处微弱、遥远和扭曲的古典文化痕迹。比如，诗中提到，撒拉逊异教徒崇拜的是三位一体的偶像，其中之一是穆罕默德，另一位是特尔瓦冈（Tervagant，从这个名字演变而来的 termagant 现在被用来形容脾气很坏的女人），第三位则是阿波罗（前两者大概是这位远射神见过的最奇怪的同伴了）。[2] 在描述一名撒拉逊人的巫师如何被一位法兰克大主教击毙时，诗人还曾经提到那位巫师已经下过地狱，"是尤庇特用魔法领着他去的"。[3] 虽然有些牵强，这里可能影射了埃涅阿斯前往冥府的故事。在巴里冈（Baligant）出场的那段（有人认为这段不是出于原作者之手），作者形容这位巴比伦的埃米尔"比维吉尔和荷马还要老得多"。[4] 除此之外就再没有古典文化影响的痕迹了。在这样一位对罗马神祇的名字都知之甚少的作者的作品中，我们不该指望发现更多。

《罗兰之歌》是以发生在整个西欧世界的历险和战争为主题的庞大英雄诗歌系列中最早的一首。它们可以被称为传奇（romance）。[5] Romance 一词本义指任何用罗曼语族俗语而非拉丁语写成的故事或诗歌——可以预想它们在严肃性和学术性上要相形见绌。随着时间的推移，这个词转而被用来表示此类作品的主要特点，即对神奇事物的偏爱。它们篇幅极长——虽然不如荷马史诗那样宏大而内容丰富，但它们松散而凌乱的风格与中世纪人散漫的天性相得益彰。荷马的六音步诗体就像冲锋的马车那样势不可挡，而传奇和其他同类中世纪诗歌使用的短小双行体则慢悠悠地一步步向前挪动，就像那些驮着四处不停历险的骑士们的小马一样耐心。

最早的此类作品以查理大帝及其宫廷的英雄事迹为主题，有时也会涉及黑暗时代中更为久远的故事。后来，传奇开始转向希腊人、罗马人和特洛伊人等历史和神话中的英雄，以及英国的亚瑟国王及其骑士的故事。本书将只关注第二类。

开始我们的讨论前，首先需要指出，在发端于 11 世纪并于 12 世纪取得瞩目成就的文化扩张中，数量越来越多的从古典文明中吸收素材的诗体和散文体作品只是一个方面。[6] 在这一时期，随着新的质疑和批判精神介入哲学领域，以及大量重要的希腊和罗马著作自黑暗时代降临以来第一次被翻译和教授，近代形式的大学开始初见雏形。这是伟大的逻辑学家和形而上学家阿贝拉尔、索尔兹伯里的约翰（John of Salisbury），以及其他进步思想家的时代。这还是诗歌创作日益繁荣的时代，同时，人们对希腊和罗马事物有了更多的了解，虽然这种了解仍然是肤浅的。歌曲、讽刺诗和传奇像雨后春笋般涌现。歌曲和讽刺诗的热潮后来停止了，但传奇却似乎永远具有生命力。他们和中世纪蔓延的战火一样无穷无尽。

古典题材的最伟大的传奇作品是《特洛伊传奇》（Le Roman de Troie）。它创作于约公元1160年，作者是来自法国东北部的诗人伯努瓦·德·圣-莫尔（Benoît de Sainte-Maure），共约3万行。故事以阿耳戈号英雄（Argonauts）赴东方寻找金羊毛开始，他们中的一小队人占领和洗劫了特洛伊。随后普里阿摩斯（Priam）重建了特洛伊城。普里阿摩斯的姐姐埃希奥娜（Esiona，亦作Hesione）被希腊人绑架。作为报复，特洛伊人派远征军从希腊人那里劫走了海伦。特洛伊战争就这样开始了。

显然，作者更改了通行的故事，让特洛伊人显得无辜，把希腊人变成了野蛮的侵略者。这种视角的转变贯穿了整首作品。特洛伊人几乎一直占据上风，直到特洛伊王子安特诺尔（Antenor）这个内奸与希腊人合谋将侵略军引入城内。

特洛伊陷落后，这部传奇又描写了希腊军队的凯旋。作品以尤利西斯被他和喀耳刻（Circe）所生的儿子忒勒戈诺斯（Telegonus）谋害结尾。

伯努瓦声称全部故事来自战争的目击者，他对战事的了解比荷马清楚得多——因为荷马生活的时代比这场战争晚了一百多年——而且他没有像荷马那样愚蠢地让神祇参与人类的战斗。这位目击者的原作（或者说某个版本）仍然保存着，那是一本非常有意思的小册子。

该书名为《特洛伊城覆亡史》（De excidio Troiae historia），作者是弗吕吉亚人达雷斯（Dares Phrygius，弗吕吉亚是特洛伊的邻邦和盟军）。就像我们今天看到的那样，这本小册子以乏味的散文体写成，使用的是极其粗浅的拉丁语，几近愚蠢可笑。显然它是拉丁文学衰落很久之后的产物。[7] 它的序言部分所用的拉丁语要好一些，介绍了科内利乌斯·奈波斯（Cornelius Nepos，恺撒同时代的人物）如何在雅典发现达雷斯的原稿，后来又被翻译成拉丁文的过程。序言和书本身都是伪造的。

事实上，这本书是对希腊文原作的节录和翻译。原作已佚，但很可能也是散文体的，它自称是一位战士对特洛伊战争的日报。从最后一章关于死亡人数的小节中可以看出这一点，伪书作者显然试图用虚假数字来增加真实性：

达雷斯记录的日报显示，阿耳戈斯人共阵亡88万6千人。[8]

我们可以从梗概中重构原作。它是完全的虚构之作，可能作于所谓的第二次智术师时期（Second Sophistic，公元2世纪和3世纪）：我们还发现了同时期的其他历险故事，不过都不是关于特洛伊的。[9] 此类历史传奇作品在现代也可以找到，如托尔斯泰（Tolstoy）在《战争与和平》（War and Peace）中试图证明拿破仑对侵俄战争并没有真正的掌控权，而格雷夫斯（Graves）的《耶稣王》（King

Jesus）则从耶稣同时代的一位对其感兴趣但并不同情的人物的视角出发，把耶稣描绘成对犹太王位的觊觎者。这本书的奇特之处在于它的特殊目的：

> 为特洛伊人正名，抹黑希腊人；
>
> 通过诋毁罗马人的祖先埃涅阿斯来贬低罗马人。作者没有（像维吉尔那样）把埃涅阿斯描绘成特洛伊文明火种的拯救者，而是让他和安特诺尔一起为入侵者打开了大门。作者也没有提到建立罗马城——埃涅阿斯被阿伽门农一怒之下赶走，就此乘船远航了；[10]
>
> 引入了《伊利亚特》和《奥德赛》中并不显著的爱情元素。刀枪不入的英雄阿喀琉斯死在了和普里阿摩斯之女波吕克赛娜（Polyxena）约会的场所。他们的故事构成了作品中爱情的主线。奇怪的是，在我们手上版本的达雷斯作品中没有任何关于后来最著名的特洛伊爱情故事的内容，即特洛伊洛斯（Troilus）和克雷西达（Cressida）[11]；不过，作者详细描绘了阿喀琉斯的俘虏——美丽的布里塞伊斯（Briseis，在书中她被称为 Briseida），他还大力突出了特洛伊洛斯的事迹（部分原因是为了贬低埃涅阿斯的形象）。所以伯努瓦使用的可能是关于这个故事更完整的版本，它描绘了特洛伊洛斯和布里塞伊斯的爱情历险，形成了与阿喀琉斯和波吕克赛娜平行但对立的另一条主线。[12]

和其他技艺高超的伪造者一样，希腊文原作者让自己的伪书尽可能显得可信。他使用的细节比我们在《伊利亚特》中能找到的多得多：整个十年间的每一场战争，每一次停火都被记录下来，而不是像"阿喀琉斯的愤怒"那样一笔带过。作者去掉了所有关于神祇以及神祇们不断干预战事进程的内容，以显得更加合理和真实。他以目击者的身份对主要角色的外貌做了精细的描写，荷马则从未直接这样做过。荷马在《伊利亚特》第5卷第9行曾提到一位叫达雷斯的特洛伊战士，但伪书中没有指明他就是作者——显然这是为了避免给荷马作品的真实性提供佐证，那正是伪书作者希望否定的。序言中提到这本书被藏了起来，直到特洛伊战争结束许多个世纪后才被发现，这种常用的托辞是为了解释，如果它货真价实的话，为何从荷马到希罗多德、欧里庇得斯（Euripides）和柏拉图等古典希腊作家中没有任何人提到过它。这和艾伦·坡（Poe）《瓶中手稿》（*MS. found in a Bottle*）运用的手法基本如出一辙，我们在后文还会探讨这个问题。[13]

除了达雷斯，伯努瓦还借鉴了同类型的另一作品，那就是克里特人迪克图斯（Dictys of Crete）的《特洛伊战争日记》（*Diary of the Trojan War*），作者自称是希腊方面关于这场战争的官方史学家。它的拉丁文翻译同样粗浅，但比达雷斯的要好得多。在忒伯图尼斯纸草（Tebtunis papyri）中还发现过希腊文原作的残稿。[14] 如果二者存在先后的话，迪克图斯的作品很可能早于达雷斯的，因为它更加合理，也不那么极端。就像达雷斯的书被说成是在雅典重新发现的，迪克图斯的书据说是在克里特岛上的一个墓穴中找到的，原稿用"腓尼基字母"写成。书中同样提到阿喀琉斯因为对波吕克赛娜的爱情而丧生，以及特洛伊遭到了内奸安特诺尔和赫勒诺斯（Helenus）的背叛。作者没有让埃涅阿斯以叛徒的形象出现，但也没有提及他建立罗马或者阿尔巴（Alba）的功绩。[15] 作为中世纪的克雷西达形象的原型，美丽的战俘布里塞伊斯和克吕塞伊斯（Chryseis）的名字也没有被提到。作品最后是英雄们的凯旋以及奥德修斯的私生子忒勒戈诺斯的历险。

那么，为什么伯努瓦要借鉴这两本年代并不久远的伪书呢（二者通过他获得了巨大的影响力）？主要的原因是它们通俗易懂。他接受过一点古典教育，并无疑在修道院学校学习过一些拉丁语，但不过都是些皮毛罢了，却至少足以理解两本书的故事主线。[16] 虽然伯努瓦可能也借鉴过维吉尔，但后者要比达雷斯和迪克图斯高深得多，而且他的作品也没有包括整个战争过程。荷马的作品当时已佚，仅存的《伊利亚特》拉丁语译本罕为人知而且并不完整。[17] 除了通俗易懂，达雷斯和迪克图斯的风格也深受中世纪诗人的青睐：他们都记录了大量事件（这也是所有传奇的特点），强调了浪漫爱情，并去掉了诸神之战的内容，因为这些内容可能会让12世纪的基督教读者感到费解和反感。伯努瓦对这两部作品的借鉴并不十分合理。比如因为翻译了达雷斯和迪克图斯的不同版本的故事，帕拉墨德斯（Palamedes）和埃阿斯（Ajax）以不同的方式死了两次。[18] 不过他的作品仍然极受欢迎并极具价值。

事实上，《特洛伊传奇》将古典历史和传说重新引入了欧洲文化——或者说让它们得以传播到学术世界之外。它的最大贡献在于将希腊—罗马神话同所在时代联系起来。伯努瓦笔下角色的策略、情感和举止都是12世纪的，这意味着故事以及故事中的男女主人公能够带给他和他的读者们相当的真实感。这是一部开创性的作品，宣示和启发了一类全新诗歌和想象作品的出现。

此外，它还激发了一股奇特的热潮：那就是近代家族和民族开始寻找自己和古代民族间的谱系联系。这种习惯早在古罗马就出现了。维吉尔等人花费大量精力试图证明，特洛伊人虽然被打败了，却是事实上的正义一方。他们的幸存者埃涅阿斯成为了罗马民族的奠基人和奥古斯都的祖先。这样罗马人就不会感觉自己是暴发户，是靠纯粹的蛮力征服了智慧的希腊人，新建立的皇朝也因此得到了合法化。据说，卡西奥多鲁斯（Cassiodorus）还为杀害波伊提乌的东哥特国王特奥多里克绘制了家族谱系树。[19] 随着人们在黑暗时代丧失了历史观，这种习惯曾销声匿迹，现在它开始复活。中世纪甚至文艺复兴时期都是支持特洛伊的。蒙莫斯的杰弗里（Geoffrey of Monmouth）在《不列颠诸王记》（History of the Kings of Britain，作于公元 1135 年）中做了与伯努瓦类似的工作，除了最早的关于亚瑟王的详细故事，他还把英国国王的谱系上溯到特洛伊。[20] 这种理念延续了许多个世纪。文艺复兴初期的安东尼·阿·伍德（Anthony à Wood）①曾提到，剑桥大学一个反对引入希腊研究的团体自称特洛伊人，他们的首领绰号赫克托耳。[21] 菲利普·西德尼爵士（Sir Philip Sidney）②在创作《为诗一辩》（Apologie for Poetrie）时仍然深信着这个故事，他表示，"维吉尔伪造的埃涅阿斯只是比弗吕吉亚人达雷斯真实的埃涅阿斯更加正统"[22]——维吉尔的作品虽然优美，达雷斯的却是事实。在法国，龙沙（Ronsard）曾试图把这个神话用作自己的史诗《法兰克记》（La Franciade）的主题。很少有如此成功的伪作，它甚至影响了日常口语，至少在英语中是这样，琼生（Jonson）③就曾把一位和蔼的法官称为"伦敦最诚实的特洛伊老勇士"，德克（Dekker）④则认为爱国的修鞋匠们"都是拥有高尚技艺的绅士，真正的特洛伊人"。[23] 从"像特洛伊人那样战斗"（而非胜利的希腊人）这句赞语中可以看到上述理念的痕迹。在英雄传说中，光荣的失败比胜利更加令人难忘。

《特洛伊传奇》拥有为数众多的译本，效仿之作的数量则甚至更多。[24] 对于这样一部作品来说，效仿之作比原作更具影响力毫不奇怪——特别是因为伯努瓦并未给自己的作品署名。13 世纪晚期由科隆内的圭多（Guido de Columnis）用拉丁文写成的《特洛伊毁灭史》（Historia destructionis Troiae）就是这样的效仿之作。[25] 圭多没有提到伯努瓦，而是多次提到了"达雷斯"和"迪克图斯"，但显然伯努瓦才是他主要的借鉴对象。圭多的作品在整个欧洲取得了极大的成功——部分原因在于它是用国际语言写成的——译本数量也远远超过了原作《特洛伊传奇》，它被翻译成意大利语、法语、德语、丹麦语、冰岛语、捷克语、苏格兰语和英语。[26] 伯努瓦的特洛伊故事通过两条不同的途径传入不列颠，二者同样有趣。

1. 公元 1340 年左右，薄伽丘创作了一首题为《菲洛斯特拉托斯》（Filostrato）的诗歌。作品对《特洛伊传奇》中的情节加以发挥：卡尔卡斯（Calchas，特洛伊祭司，他变节投降希腊人，把女儿留在城中）之女布里塞伊达同时与特洛伊阵营的特洛伊洛斯和希腊阵营的狄俄墨德（Diomede）保持暧昧关系。[27] 可能是把她与荷马笔下的那位美丽战俘搞混了⑤，薄伽丘把这

---

① 1632—1695 年，英国古物学家。
② 1554—1586 年，英国诗人。
③ 1572—1637 年，英国剧作家和诗人。
④ 1572—1632 年，英国剧作家。
⑤ 克吕塞伊丝（Chryseis）。

位姑娘称为格里赛依达（Griseida），并突出了中间人潘达罗斯（Pandarus）的角色。[28] 乔叟的《特洛伊洛斯和克里塞伊达》（*Troilus and Criseyde*）就是改编自这首作品。

2. 1464 年，拉乌尔·勒费弗尔（Raoul Lefèvre）将圭多的剽窃之作翻译成法语的《特洛伊史集》（*Le Recueil des hystoires troyennes*）（不过他并没有提到圭多的名字，更别提伯努瓦了！）。1474 年，威廉·卡克斯顿（William Caxton）将勒费弗尔的译本翻译成英语。这个英译本——加上乔叟的那首诗和查普曼（Chapman）翻译的荷马——很可能就是莎士比亚的《特洛伊洛斯和克雷西达》（*Troilus and Cressida*）的素材。所以，莎士比亚的这部悲剧经历了从希腊语传奇到拉丁语梗概，从古法语扩充到拉丁语仿作，从法译到英译，再到对英译部分内容的戏剧化这样的漫长过程。

《特洛伊传奇》只是众多古典主题传奇中的一部，不过它们的质量和历史功能如出一辙，而且不幸的是，它们大多还采用了相同的原始素材。对中世纪的人来说，大部分的世界和历史都是未知的：因此他们很乐意相信关于它们的神奇故事。作为《特洛伊传奇》的续集，《埃涅阿斯传奇》（*The Romance of Aeneas*）主要是对维吉尔《埃涅阿斯纪》的重写，作者使用原著评述本中的神话细节、来自世界七大奇迹相关著述中的神奇事例、奥维德作品中的情色笔调以及浪漫激情的故事（这部分可能是原创）对其进行了美化和修饰。[29] 于是，原作中文静、负责而内向的小女孩拉维尼娅（Lavinia）变得对埃涅阿斯一见钟情，热恋中的她让弓箭手把自己的第一封情书射到了对方的脚下。

与《埃涅阿斯传奇》差不多同时代的《忒拜传奇》（*The Romance of Thebes*）长约 1 万行，讲述了俄狄浦斯的故事和他加在自己子女身上的诅咒，诅咒在波吕尼刻斯（Polynices）的手足相残和七雄攻忒拜的战争中得到了应验。它的素材是留存至今的斯塔提乌斯（Statius）的《忒拜记》（*Thebaid*，作于约公元 80 年），但二者在布局和重点上有所不同。作者声称自己改编了"一部名叫斯塔提乌斯的拉丁语作品"，因为世俗人士不懂拉丁语：他的作品部分是对斯塔提乌斯原作梗概的如实转写，部分是传奇式的创造。[30]

还有许多诗歌是关于马其顿的亚历山大这个英勇形象的。朗贝尔·勒托尔（Lambert le Tort）和贝尔内的亚历山大（Alxandre de Bernay）的《亚历山大传奇》（*The Romance of Alexander*）是一首超过 2 万行的诗作，它使用的十二音节格律后来被称为亚历山大体（Alexandrine）。尽管大体上是对亚历山大大帝家世、教育和武功的描述，这部作品却是最荒诞的中世纪传奇。它使用的素材和《特洛伊传奇》同样有意思。哲学家亚里士多德是亚历山大的老师，他的曾侄卡利斯特内斯（Callisthenes）曾随国王四处征战，并留下了关于战争未完成的记录，这部记录后来佚失了。亚历山大死后不久便成为了自由幻想的最佳主题——特别是他在东方的神奇历险——出现了一批托伪卡利斯特内斯或者对其原作进行扩充的作品。[31] 在达雷斯和迪克图斯所处的晚期希腊语传奇时代，此类作品非常常见。现存的有公元 3 世纪晚期尤里乌斯·瓦莱里乌斯（Julius Valerius）的俗拉丁语作品，包括一封"亚历山大写给亚里士多德"关于印度奇事的书信。书中充斥着旅行者的故事，当被中世纪人重新发掘出来后，它们在许多个世纪里长盛不衰。10 世纪时，来自那不勒斯这个流言和民间故事之都的主牧列奥（Arch-priest Leo）创作了该传奇的另一版本。甚至可以找到叙利亚和亚美尼亚的版本，此类作品的影响范围之广可见一斑。

因此，除了希腊—罗马世界的精华通过现代作品的改编流传了下来，那些最不起眼的内容同样如此。但它们无疑激发了想象力。晚期希腊和罗马传奇与中东故事的交融经久不衰，成了虚构的旅行者"约翰·曼德维尔爵士（Sir John Mandeville）"的灵感来源，也启发了拉伯雷（Rabelais）创造出庞大固埃（Pantagruel）的游记来与之一较高下，还帮助奥赛罗（Othello）用"食人族和脑袋长在肩膀之下的人"[32] 这样的故事来俘获黛斯德莫娜（Desdemona）的芳心。

《亚里士多德之歌》（Lay of Aristotle）描写了这位哲学家对亚历山大的言传身教：他被一个美丽的印度女孩当作马骑着在花园里跳来跳去。它完全是虚构之作，其背后是关于女性权力和狡诈的常见讽喻主题。如果主人公不是这位希腊哲学家而是大卫王或者所罗门王，它也许完全不值一提。[33] 不过这部作品在中世纪极为流行。在一些法国哥特式教堂里的奇形怪状的雕饰中间，你仍然能看到这位哲学家（大胡子、长袍、戴着博士帽）四肢着地，那个印度美女则手执鞭子骑坐在他的背上。与此同时，各大学对亚里士多德哲学的研究却正在走向许多个世纪以来的最高峰，这显示了中世纪学者和公众间的鸿沟。

奥维德和浪漫爱情

许多个世纪以来统治着近代欧美文学、艺术和音乐（一定程度上也包括道德）的浪漫爱情（romantic love）概念是中世纪的创造，但在其发展过程中吸收了许多重要的古典元素。它开始形成于 12 世纪早期，融合了以下的社会和精神力量（也包括其他许多力量，只是比例较小）：

骑士礼仪的法则，它强迫最大程度地尊重弱者；

基督教的禁欲主义和对肉体的鄙视；

圣母玛利亚崇拜，她象征了女性的纯洁和至高的美德；

封建主义：情侣中的男方是女方的封臣，女方像对待奴隶那样占有他；[34]

中世纪的军事策略：赢得女性芳心的过程经常被比作突袭或者长期包围后占领要塞的行动，《玫瑰传奇》的情节同时包含了这两种策略；

奥维德的诗歌：在一篇冷嘲热讽的学术讨论中，他将求爱描绘成一种科学，但他的另一些作品包含了许多坚贞爱情战胜死亡的不朽故事；

稍晚，在文艺复兴时期即将来临时，这个概念开始深受柏拉图哲学的影响；但在中世纪，这种影响只有在新柏拉图神秘主义或者阿拉伯情诗中才能找到稍许痕迹。[35]

浪漫爱情的理念拥有悠久而丰富的历史，在19世纪将获得引人瞩目的复兴。我们在这里只列举一些最伟大的作品：

但丁的《新生》（*New Life*）以及贝阿特丽采在《神曲》中对他的引领；

斯宾塞（Spenser）的《仙后》（*Faerie Queene*）以及他对伊丽莎白女王部分个性的描写；

莎士比亚的《罗密欧与朱丽叶》（*Romeo and Juliet*）和十四行诗（其他的就不一一列举了吧）；

肖邦（Chopin）的音乐，瓦格纳的《特里斯坦和伊索尔德》（*Tristan and Isolde*）以及大部分19世纪的意大利歌剧；

海涅（Heine）的情诗以及舒伯特（Schubert）和沃尔夫（Wolf）的配乐；

维克多·雨果（Victor Hugo）的《海上劳工》（*The Toilers of the Sea*）和其他许多现代小说；

阿韦尔（Arvers）的十四行诗和无数现代抒情诗；

罗斯当（Rostand）的《西拉诺·德·贝热拉克》（*Cyrano de Bergerac*）和《远方的公主》（*The Distant Princess*）；

其他大量的滑稽和嘲讽作品，特别是《堂吉诃德》（*Don Quixote*）和《弃儿汤姆·琼斯的历史》（*Tom Jones*）。

有趣的是，这种概念最早消亡的地方却是在它的诞生地法国。在现代法国文学和法国社会中已经几乎找不到它的影子。相反倒是出现了许多颠覆之作，比如蒙特朗（Montherlant）那些令人作呕的小说以及萨特（Sartre）的《恶心》（*Nausea*）。有一部伟大作品甚至象征了它的腐朽和衰亡，那就是《包法利夫人》（*Madame*

Bovary）。女主人公因为寻求爱情和浪漫毁掉了自己的生活，而她的丈夫则用正常、理性的法国人方式对待妻子，就像整个现代世界大多数的丈夫那样。

虽然 12 世纪浪漫爱情理念的形成独立于古典传统，不过有一位伟大的古典诗人却用自己的历史地位赋予其权威，用故事展现它，用建议诠释它。他就是奥维德，尽管学者们对其并不陌生，但现在他开始进入大众文学的世界。[36] 奥维德出生于公元前 43 年，很快就凭借自己的情诗声名鹊起，特别是《爱的艺术》（*The Art of Love*）。51 岁那年，当奥维德正在创作一部从创世到恺撒升天的神奇变形故事的浪漫教诲史诗时，由于在《爱的艺术》中对奥古斯都的外孙女疑似有不敬之词，他被流放到托米（Tomi，即今天罗马尼亚的康斯坦扎［Constanza］），并在那里去世。他是罗马最伟大的五六名诗人之一，就像维吉尔和贺拉斯那样，代表了希腊和罗马文化成果丰饶的结合。他的被逐完全无损于其死后的声誉！但丁将他与荷马、贺拉斯、维吉尔和卢坎（Lucan）相提并论。[37]

令人称奇的是，就像拉丁语在不同环境下催生出不同的现代罗曼语那样，不同的拉丁语作家也在西欧创造出不同的文学传统。以严肃、忠于职守、超脱尘世和深刻的神圣感为特点的维吉尔精神在罗马天主教会以及但丁的《神曲》上得到了体现——后者是这种精神最伟大的文学丰碑。西塞罗塑造了英国的修辞学和哲学散文。来自西班牙的卢坎在西班牙语史诗中找到了自己的模仿者。[38] 而奥维德则是拉丁语作家中与法国走得最近的一位，新生的法语文学所受的最强烈的古典影响正是来源于他。不仅仅是法国，奥维德还塑造和启迪了意大利文学中轻快、灵活和热情的元素——它们是薄伽丘和阿利奥斯托（Ariosto）的精神。但受奥维德影响最早而且持续时间最长的还要数法语文学。

中世纪法语传奇最重要的三个主题是战斗、爱情和奇迹。随着时间的流逝，随着中世纪的世界变得不再那么直接，战斗的重要性越来越低，爱情和奇迹则正好相反。现在，奥维德成了最伟大的爱情诗人，同时也是奇迹题材的最伟大诗人——他描绘过大量神奇的变形和奇异的历险，其驱动力大多是性。于是，他成了爱情和奇迹的力量在 12 世纪大发展的最重要推动者，他的流行是这种发展的征兆。以爱洛漪丝（Héloïse）和阿贝拉尔这对造就了一个早期优美浪漫爱情故事的不幸情侣为例。彼得·阿贝拉尔（1079—1142 年）曾任圣母修道院（Notre Dame）讲师，他是 12 世纪最伟大的哲学家之一，同时也是一位成功而广受欢迎的爱情诗人。即使在遭阉割和被迫噤声后（这是流传到那些艰难世纪的真正属于黑暗时期的野蛮做法），他仍然和情人爱洛漪丝保持了通信。在信中，他引用了奥维德《恋歌》（*Loves*）中的句子：

> 我们总是向往被禁止的，渴望被拒绝的[39]

而她则在回信中引用了奥维德《爱的艺术》中的六行诗句，这段动人的诗章描述了美酒如何让爱情的力量变得更强。[40] 即使当两人的爱情已经不复存在，他们仍然没有忘记那位敏锐而多情的拉丁语诗人，他不仅将那种爱情表达了出来，也许还将其重新点燃。

我们还听说过，在 12 世纪早期，一群不那么绝望和更加容易得到慰藉的修女们曾举办过一场爱情大会，试图决定苦修者和士兵，或者教士和骑士中间谁才是更好的爱人。辩论开始时她们朗读了"可敬的导师奥维德的教导"，就像在教堂仪式开始时要朗读福音书一样。朗读者是艾娃·德·达努布里奥（Eva de Danubrio），"据其他妇女所说，她精通爱的艺术"。[41]

这显示了人们对多情奥维德的巨大兴趣。不久，他所讲述的故事开始走进欧洲文学。最早的例子可能是一首 900 行左右的法语长诗《普拉莫斯和提斯贝》（*Pyramus and Thisbe*）。作品绝大部分以传奇常用的乏味八音节双行体写成，但不时可见想象力的灵光闪现，全诗分成若干节，还包括一些双音节的诗行。作品是对两位被父母禁止结合的不幸恋人故事的自由改写。以为恋人意外身亡后，普拉莫斯选择了自杀。他的尸体被提斯贝找到，后者随即殉情。[42] 这个故事起源于巴比伦，通过罗马传到中世纪的法国，不仅历史悠久，而且流传甚广。从 12 世纪末开始，普罗旺斯的游吟诗人以及法国和意大利的诗人们经常从奥维德的作品中引用它。乔叟把它安排成《良妇传说》（*Legend of Good Women*）的第二个故事，高尔（Gower）则将其收入了《情人的忏悔》（*Confessio Amantis*）。薄伽丘在《多情的菲亚梅塔》（*L'Amorosa Fiammetta*）中复述了这个故事，塔索（Tasso）的作品中也出现过它。在情节上，它与《奥卡赞和尼科莱特》（*Aucassin et Nicolette*）具有某些惊人的巧合。作品基本上讲述了一个和《罗密欧与朱丽叶》如出一辙的故事——有情人因为父辈的仇恨被迫分离，他们秘密约会，因为错误地以为对方已死而各自殉情。它最后一次现身是在《仲夏夜之梦》（*A Midsummer Night's Dream*）里：

> 最可悲的喜剧，普拉莫斯和提斯贝最残酷的死亡①。

奥维德的另一个故事（也是他最为凄美的故事之一）讲述了菲罗墨拉（Philomela）如何被姐夫忒柔斯（Tereus）施暴和摧残。忒柔斯割下了她的舌头，

---

① 见《仲夏夜之梦》第五幕第 1 场。

还把她囚禁起来。但她把自己的遭遇织成挂毯送给姐姐普洛克涅（Procne）。普洛克涅和妹妹一起杀死了自己的儿子伊图斯（Itys），还让忒柔斯吃了他的肉。极度痛苦中的忒柔斯变成了一只鸟，普洛克涅变成了一只带有血斑的棕色燕子，菲罗墨拉则变成了夜莺，在黑暗中无言地悲泣，并设法讲述着自己的故事。[43] 这是我们这个世界上最古老的传说之一。它的历史与荷马一样悠久，在穿越了整个希腊—罗马文学后，它在中世纪的法国文学里获得重生：奥维德版本的故事经过改编，获得了《菲罗墨娜》（*Philomena*）这个更加柔和的名字。[44] 进入文艺复兴时期后，它又在莎士比亚的《提图斯·安德罗尼库斯》（*Titus Andronicus*）中以更加野蛮的形式出现。和菲罗墨拉一样，剧中的拉维尼娅也被割掉了舌头，同时她还失去了双手，这样她连字都不能写了。不过，她还是通过指点出奥维德的故事揭示了自己的遭遇：

> 她要找些什么？拉维妮娅，要不要我读这一段？
> 这是菲罗墨拉的悲惨的故事，
> 讲到忒柔斯怎样用奸计把她奸污；
> 我怕你的遭遇也和她一样呢。
> 瞧，哥哥，瞧！她在指点着书上的文句！[45]（朱生豪译文）

在此后的许多年里，菲罗墨拉成为了一种传统，虽然济慈（Keats）在《夜莺颂》（*To a Nightingale*）中忘记提到她，但她的形象在更加为愁结所扰的后世诗人心中开始复活——比如阿诺德（Arnold）的《菲罗墨拉》（*Philomela*）和艾略特（Eliot）的《荒原》（*Waste Land*）：

> 如此粗鲁地被强暴。
> 忒柔斯……

作于公元1234年的普罗旺斯语诗歌《弗拉曼卡》（*Flamenca*）列出了一份游吟诗人们应当知道的著名故事的名单。[46] 其中一些是基督徒骑士的故事，但来自希腊—罗马神话的故事在数量上要多得多，它们大多出自奥维德。名单中有很大一部分选自奥维德以著名女性和她们的情人为主题的《女杰书简》（*Heroides*），另一些则来自《变形记》（*Metamorphoses*）。正是在这一时期，皮格马利翁（Pygmalion）和那喀索斯（Narcissus）等广为流传的故事进入了欧洲文学。

翻译奥维德《爱的艺术》的是第一位伟大的法语诗人——特洛瓦的克雷蒂安（Chrétien de Troyes，活跃于1160年）。他的译本今已无存，不过另外四种译本留存了下来。其中之一是埃里大师（Maître Élie）有意思的新时代版本。奥维德建议一位正在寻找美丽姑娘的年轻人去光顾罗马的公共场所——门廊、神庙，特别是剧场。埃里大师与时俱进，开列了一张当时巴黎最佳猎艳场所的名单。

大约在 1316 年到 1328 年之间，奥维德的《变形记》不仅拥有了译本，还出现了用八音节双行体写成的超过 7 万行的学术和道德评述。评述的作者身份不明，可能是一位勃艮第人，他首先如实翻译了奥维德的故事，然后加上教导性质的解释。[47] 比如，在讲述了因为爱上自己的倒影而日渐消瘦，最后变成水仙花的那喀索斯之后，译者解释说，那喀索斯是虚荣的象征。那喀索斯变成的水仙花正是《诗篇》作者提到的那种朝开夕谢的花朵，即人类的傲慢之花。[48] 一边是奥维德脆弱、愤世而美丽的传说，一边是虔诚的基督教说教，也许只有中世纪才能把如此迥异的两种元素结合起来。

《玫瑰传奇》

想要通过文学来理解中世纪，有三部作品是必读的：但丁的《神曲》、《坎特伯雷故事集》和《玫瑰传奇》（Le Roman de la Rose）。《玫瑰传奇》当之无愧是中世纪最重要的爱情传奇，这首诗全长约 2 万 2 千 7 百行，用八音节双行体写成。前 4266 行由纪尧姆·德·洛里（Guillaum de Lorris）作于约公元 1225 至 1230 年，其余部分的作者是让·肖皮内尔（Jean Chopinel，亦作克罗皮内尔［Clopinel］），通称让·德·莫恩（Jean de Meun），完成于约公元 1270 年。作品从男主人公的视角出发，叙述了一个艰难而漫长，但终成眷属的爱情故事，女主人公名叫"玫瑰"（Rose）。故事中的角色主要是抽象概念，道德和情感品质都被人格化，比如玫瑰的守护者包括了"诽谤"、"妒忌"、"恐惧"、"羞耻"和受伤的"傲慢"。还有一些是不具名的人类角色，特别是向情郎提供奥维德式建议的"友人"，以及向玫瑰的化身"美迎"（Fair Welcome）提供建议的"老妇人"。丘比特也参与了这个故事，为了彻底打败"贞洁"，最后连维纳斯本人也出现了。作品的全部情节都发生在梦中，包含了大量象征，其中一些明显带有性的意味：比如在花园中采取的行动，高潮部分的占领塔楼，情郎和被囚禁的玫瑰的接触。诗中最有持久价值的元素是第一部分的浪漫热情和田园般的青春，以及老到、辛辣而博学的让·德·莫恩在第二部分中加入的各种插曲：虽然不易理解，它们却生动而精彩地描绘了中世纪的思想。

古典影响贯穿了全诗，在传奇的第二部分体现得尤为明显。我们将分别从形式上和内容上对其加以分析。

作品的主要情节是一场梦中的历险。实际上，洛里在开篇处提到了古代世界最著名的梦境描写之一——西塞罗《论共和国》（*On the Commonwealth*）最后的《西庇阿之梦》。该书的大部分内容虽然佚失了，《西庇阿之梦》却被保存在5世纪的作家马克罗比乌斯（Macrobius）为其所撰的评述中，在整个中世纪都有流传。用梦境或幻象来表现深邃哲学理念的做法其实是柏拉图开创的，西塞罗只是个借鉴者。当然，洛里对此一无所知，事实上他对西塞罗和西庇阿也不甚了解。他只是表示，马克罗比乌斯"描绘了西庇阿国王看到的幻象"。[49]

但梦境在许多没有受到古典文化影响的中世纪作家笔下出现了，它们的背景也并非对古典的借鉴，比如《关于十字架的梦》和《农夫皮尔士》。我们可以得出这样的结论，虽然洛里一知半解地提到了某位古典作者，《玫瑰传奇》中的梦境并不具有古典色彩。它更多地和诗中直白而强有力的性的象征联系在一起。当然，玫瑰也不完全是性的象征：在但丁的作品中（《天堂篇》第30首第1行），有福者以瑰丽的光之玫瑰形象出现，我们也不该忘了玫瑰窗这一哥特式大教堂中最美丽的装饰。但在这首作品中，玫瑰的主要象征意义还是性，这是确定无疑的。此类象征是对崇高情感的隐秘表达，而梦境则是许多崇高情感表达自身和寻求宣泄的渠道。所以，我们应该把梦境的形式同玫瑰、花园、塔楼等性的象征联系起来，将其视作由浪漫爱情这一新概念催生出的强烈潜意识生活的表达。肉体欲望和精神爱慕这对不和谐的同伴在浪漫爱情中得到了统一，建立起极其困难而紧张的关系。[50]这种紧张关系及其通过象征主义的表达并非是古典的而是近代的。

在梦境中，这部传奇的情节是一场以包围和战斗告终的远征。显然这也是许多英雄传奇的情节，无论是关于亚瑟王及其骑士，还是希腊人和特洛伊人。情郎对玫瑰的追求与亚瑟王的骑士们对圣杯的追求和其他许多类似的历险差别不大。不过，如果仔细分析这场战斗的话，我们能在其中找到古典的影响。因为整个冲突的双方并非人类，而是被拟人化了的两派力量（一些神祇也参与其中）。这种理念历史悠久，可以追溯到古典时代。我们可以在中世纪找到无数的寓言故事，但现代文学中用真实的战斗来象征精神冲突的做法很可能源于基督徒拉丁语诗人普鲁登提乌斯（Prudentius，公元348—约405年）的《灵魂之战》（*Psychomachia*）。这部作品描绘了罪恶和美德对灵魂的争夺，它本身是对荷马和维吉尔笔下更加古老而单纯的战斗场面的扩展和精神化。洛里没有直接从普鲁登提乌斯那里借鉴这种理念（他和让·德·莫恩似乎都不认识这位作者），但后者无疑是这种理念的源头。

不过在作品中，谈话的比重要超过战斗。谈话采用对话体（有时也有独白），交谈者大多是人格化的抽象概念。最重要的交谈者是"理性"。在见到玫瑰并亲吻了她之后，情郎被迫与她暂时分开，这时"理性"赶来慰藉了他。显然，"理性"效仿了波伊提乌的"哲学女士"，而这种观念无疑来自《哲学的慰藉》。[51]"理性"背诵了波伊提乌作品的一些选段[52]，她说教的整体基调是："命运"不该被赞美，而应被鄙视（就像"哲学"对自己的病人波伊提乌所说的那样）。[53]她认为"把波伊提乌关于慰藉的那本书好好翻译出来的人将对世俗人士做出巨大的贡献"[54]，而事实上，让·德·莫恩后来的确翻译了它。不过需要指出的是，莫恩的许多理念并非直接来自波伊提乌，而是通过后者在中世纪的效仿者阿兰·德·里尔（Alain de Lille，亦作 Alanus de Insulis，公元 1128—1202 年）。阿兰用拉丁语写作，在波伊提乌式对话《自然的哀诉》（*De planctu Naturae*）中，他让"自然"发表了对同性恋的看法，而他的伟大诗歌《驳克劳迪安》（*Anticlaudianus*）则描绘了人类的天性和力量。

传奇的开篇明白无误地影射了奥维德：

> 这部关于玫瑰的传奇包含了全部**爱的艺术**。[55]

在整部作品中也随处可见对奥维德的引用和影射：洛里的引用数量较少而且隐晦，让·德·莫恩的引用则不仅数量多而且详细。在二人各自的部分中都有大段关于爱之艺术的内容。"老妇人"发表了接近 2000 行的长篇大论，内容是女人如何改善容貌、增进吸引力、耍弄情郎以及如何从他们身上掏钱。[56]其中的 600 行直接来自奥维德《爱的艺术》的第三卷。作者还用幽默的方式提到了奥维德的名字。奥维德原作中提到，送女孩礼物是必要的：

> 荷马啊，即使带着缪斯而来，
> 要是两手空空，你也会被扫地出门。[57]

莫恩对这几句诗加以改编，并加入了奥维德的名字：

> 她不屑于爱上穷人，
> 因为穷人不名一文；
> 即便是奥维德或荷马本人，
> 在她眼里也值不上两个钱。[58]

《爱的艺术》是许多古典哲学家和科学家都写过的教导型论文的戏仿版本，《玫瑰传奇》中与之呼应的正是那些教诲元素。不过，二者还是存在一个重要但经常被忽略的差别。奥维德写的是实用手册，他把爱情看作**科学**（这正是"爱的艺术"［*ars amatoria*］真正的含义）。他给出了如何建立和维系爱情关系的最有效方法，甚至还写了一本《爱情疗方》（Cures for Love）来说明如何从不满意的关系中恢复过来。整部作品几乎没有任何精神元素：可以找到肉体元素和大量社会与美学元素，但精神方面的却是空白。女孩们完全是理念或者象征的反面，她们在罗马钓得金龟婿或在希腊被包养。但《玫瑰传奇》中没有爱的科学。它从良好的爱情举止和获得爱情经验的恰当途径说起，然后开始探讨爱情哲学。让·德·莫恩对良好的爱情举止兴趣不大，讲起哲学来却滔滔不绝。他创作的那部分诗篇就像是学术探讨，与 12 世纪和 13 世纪大学中的形而上学辩论如出一辙。与第一部分相比，他的作品少了骑士之风，多了讽刺意味，尤维纳尔对他的影响和奥维德一样大。他用愤世嫉俗和义正词严的激烈语调讲述哲学，与这场对理想玫瑰的理想追求格格不入。我们前面已经提到，诗中的象征主义是伴随着近代意识而降临于世的性张力的产物。洛里的理想主义和让·德·莫恩的现实主义间的冲突是这种不和谐的另一种表达。不过，撇开厌女主义和愤世嫉俗，让所创作的那部分传奇并没有《爱的艺术》那样的物质和非道德意味。它的抽象意味要浓重得多，对道德理想的强调也是奥维德的作品无法比拟的，甚至对那些不符合这一理想的人们加以讽刺。

《玫瑰传奇》包含了中世纪爱情的全部形而上学，就像《神曲》包含了中世纪基督教的形而上学。勒尼恩（Lenient）指出，它成了法国文学中持久而支配性的主题。[59] 与其他欧洲民族相比，法国人对从学术角度看待爱情的兴趣一直要浓厚得多。无论是高乃依（Corneille）和拉辛（Racine）作品的主人公对"激情"的长篇大论，巴洛克小说中对"柔情"的描绘，司汤达（Stendhal）的论文《论爱情》（De l'amour），还是普鲁斯特和其他现代作家对爱情的外科手术般的解剖，所有上述作品的源头都是造就了《玫瑰传奇》的那种精神。它是情感和理性的奇异结合，催生出对人类最高激情的学术讨论。而作为那种精神的头号权威，奥维德不仅受到《玫瑰传奇》两位作者的尊敬，也得到了他们的前辈和同时代人的推崇。他们用于探讨爱情的方法部分来自罗马讽刺诗，部分来自当时的哲学，而后者正是希腊哲学的直系后裔。所有中世纪的诗人都要感激奥维德和维吉尔才华横溢的心理分析之作，正是得益于这两位罗马诗人，他们才得以深入心灵，探究情侣纠结的内心，并将其活生生地分解成独白以及痛苦而孤独的论争。

我们已经分析了这首作品形式的不同方面。但整体上看它几乎没有形式，因为作品的各个部分之间缺乏合理或和谐的比例关系。作为它最激烈的批评者，圣母修道院学校的校长让·热尔松（Jean Gerson）将其形容为"一部充斥着混沌和巴比伦式乱象的作品"。[60] 即使是它最坚定的赞美者也无法对其布局和结构发表颂扬之词。原则上，形式上的欠缺与古典传统是背道而驰的。我们将在后文看到，随着近代人对希腊和罗马的伟大作品有了更多了解，他们将如何学会利用关于比例、张弛、平衡和高潮的简单法则来改进自己的作品。从这点看来,《玫瑰传奇》仍是典型的中世纪作品,就像那些巨大的挂毯,无尽的编年史,无所不包的百科全书、动物志、奇石志,或者缓慢拔地而起的哥特大教堂。大教堂的建筑方案会随着工程进展发生改变,有时就像《玫瑰传奇》那样,同一栋建筑上会矗立起两种不同的塔尖。[61] 不过,对于一部"类哲学"作品来说,形式上的欠缺可以在古典传统中找到些许辩解。讽刺诗的传统就是凌乱和随心所欲的申斥,完全凭着作者的情绪和心情。波伊提乌创作《哲学的慰藉》时正是借鉴了这种传统,并将其与哲学对话的形式(同样相当松散)结合起来。但即使是这两种散漫、宽松和拖沓的文体也不能成为《玫瑰传奇》漫无目的的絮叨的理由。

从内容上看,作品的第二部分所受的古典影响比第一部分要深得多,主要体现在说明性的故事、论断和描写中。

作品中有大量说明性的故事。通过"老妇人"之口,莫恩不寻常地进行了自我批判:

例子?我可以给出几千个,
但那样故事就太啰嗦了。[62]

利用历史和神话中的例子来进行道德教育是一种非常悠久的古典传统。早在荷马史诗中就可以找到印记,人们把更加古老时代的伟大英雄们作为榜样,并在讲话中引用他们,以便后来者们能够模仿他们的美德,避免他们的错误。[63] 它影响了近乎所有的古典作品,到了几乎难以置信的程度。比如,擅长写情诗的普罗佩提乌斯(Propertius)就觉得,自己的激情不足以成为诗歌的主题,除非用相关神话将其对象化和例证化。尤维纳尔的讽刺诗同样充斥着例证——一些来自同时代或者接近同时代的生活,但还有许多只是老套的历史典故:比如薛西斯(Xerxes)代表致命的骄傲,亚历山大代表无边的野心。《玫瑰传奇》的两位作者都像这样使用古典故事来说明自己的观点。纪尧姆·德·洛里重述了奥维德关于那喀索斯的故事,但加以了简化。他仅仅把仙女厄科(Echo)称作"厄科,一位高贵的女士",同时省略了那喀索斯变形成水仙花的情节。[64] 让·德·莫恩则从奥维德的同一作品中借鉴了皮格马利翁的故事,从维吉尔那里借鉴了狄多(Dido)和埃涅阿斯的故事,从李维(Livy)那里借鉴了维吉尼亚(Verginia)的故事,还从波伊提乌那里借用了许多说明性例子。[65]

源于古典传统的论断大多出现在诗歌的第二部分。比如让·德·莫恩的厌女态度得到了尤维纳尔著名的厌女讽刺诗(第6首)中相关论断的支持。[66] 而在描写方面,典型的例子是奥维德对黄金时代的描绘,它被改编后出现在从第9106行开始的段落中。67

毫无疑问,与《特洛伊传奇》及其同类作品相比,《玫瑰传奇》中完成的翻译工作拥有更高的学术水准。让·德·莫恩的学识要超过洛里。虽然洛里提到了马克罗比乌斯、奥维德、提布卢斯（Tibullus）、卡图卢斯和科内利乌斯·伽卢斯（Cornelius Gallus）,他真正接触过的可能只有奥维德的作品。68 让·德·莫恩的主要素材则包括:

> 西塞罗的哲学对话《论老年》（*On Old Age*）和《论友谊》（*On Friendship*）;
> 维吉尔的《牧歌》（*Bucolics*）、《农事诗》（*Georgics*）和《埃涅阿斯纪》;
> 贺拉斯的讽刺诗和书信,但不包括他的颂诗;
> 奥维德,他为《玫瑰传奇》贡献了约2000行的内容;
> 尤维纳尔,主要是第6首讽刺诗,但第1首和第7首也有贡献;
> 波伊提乌。

此外他还约略提到了其他的古典作家,显示出其极为宽广的阅读面。69

《玫瑰传奇》一问世便取得了成功,而且经久不衰。看到洛里未完成的作品后,让·德·莫恩认为值得把它续写下去,并将其作为自己思想的载体:它的受欢迎程度可见一斑。而从数以百计的抄本,以及它被翻译成英语（乔叟译）和德语来看,作品的流行范围相当之广。问世200年后,莫里奈（Molinet）把它翻译成法语散文体（公元1483年）。又过了40年,克莱芒·马洛（Clément Marot）出版了印刷精美的修订版,并加上了类似《道德化的奥维德》（*Ovid Moralized*）那样的道德评论。比如,他表示,玫瑰象征了（1）智慧,（2）沐恩的状态,（3）（被异端诽谤的）圣母玛利亚,（4）最高的善。不过,这首作品并没有得到所有人的认同。1399年,女诗人克里斯汀·德·皮桑（Christine de Pisan）批评它在对待女性的态度上缺乏骑士精神。反对者阵营的领军人物是让·热尔松,1402年他在《幻象》（*Vision*）中将其斥为一本丑陋和不道德的书。70 在由此引发的辩论中,作品的道德性成了双方激烈交锋的话题。直到出版100多年后,这首诗仍能引发如此热潮,可见它的确是一件极为重要的艺术品。

第 4 章

但丁与古代异教文化

但丁·阿利盖利（Dante Alighieri）是中世纪最伟大的作家，而《神曲》则是这一时代无与伦比的最伟大作品。想要理解但丁和他的作品，必须认识到他的人生目标是尽可能将希腊—罗马世界和他自己的世界联系起来。他并不认为二者在价值上是相当的：基督教的启示让整个基督教世界凌驾于古代异教徒的世界之上。但他同样认为，近代世界的自我实现离不开古典世界，后者是人类进步过程中必不可少的先决阶段。他的作品以极其生动自然的方式融合了古代的罗马和近代的意大利（或者更准确地说是近代的欧洲），想要将其中的不同元素区分开而不破坏作品的有机整体性几乎是不可能的。此外，但丁还是近代意大利语言的缔造者和意大利文学的奠基人。但他同时也是一位出色的拉丁语作家：他是少数几位从古代语言和近代语言方面都对世界文学做出卓越贡献的中世纪作家之一。他的作品象征了二者的融合，揭示了有时被我们遗忘的真理，即只要希腊语和拉丁语文学仍然是将能量、思想和激励带给学者和诗人的载体，它们就不是死的语言。

《神曲》的伟大在于它的丰富，充盈着大量中世纪至高的美和思想。这其中，希腊—罗马传统扮演的角色不仅重要，而且必不可少。作为中世纪的特点，人们对这些传统的理解并不完善，甚至但丁也不例外，有的方面还是歪曲的。但作为伟人，他足以理解那种传统的伟大。

诗篇的题目是《神曲》（*The Comedy*）。[1] 在致斯卡拉家族的坎格朗德（Can Grande della Scala）①的一封重要书信中，但丁自己解释了为何选择这个题目。显然，他对于这个词的基本意思知之甚少，也对作为一种文学**形式**和独立的文学体裁的戏剧不甚了解。他表示，喜剧（comedy）是一种开局突兀而结尾欢乐的诗体叙述，用质朴而不做作的语言写成。他进一步将喜剧和悲剧（tragedy）区分开来——后者开局平淡但结尾恐怖，而且风格崇高。显然他在回忆亚里士多德关于这两种

---

① 意思是"大狗"。

戏剧的定义时发生了曲解。² 但丁曾借维吉尔之口将《埃涅阿斯纪》描述为"我的悲剧"³，由此可见他的"喜剧"就是我们今天所谓的史诗或者长篇英雄诗歌，只要它们以欢乐结局收场就可以了。与维吉尔的"悲剧"相对应，他称自己的作品为"喜剧"，显然他试图让自己的作品成为《埃涅阿斯纪》的补充，与其说是对手，不如说是伙伴。（需要指出的是，这种对术语意义的误读在中世纪非常普遍，体现了对文学体裁的普遍无知。卢坎被称为历史学家，甚至连《奥兰多的疯狂》[The Madness of Roland] 都被视作悲剧。）⁴ 所以，与《奥德赛》和《复乐园》(Paradise Regained) 一样，但丁的作品也是具有欢乐结局的史诗。

　　但丁认为喜剧的语言是质朴的。诚然，在对喜剧最初的古典定义中，风格平实的确暗指此类作品充斥着俚语、荤段子和各种用词上的幽默。但这并非但丁的意思。他的意思是，与"悲剧"的恢弘和复杂相比，自己的《神曲》在风格上直接而不做作。在一篇关于意大利俗语风格的随笔中，他重申了上述解释。他在文中指出，风格宏大的语言应该仅限于悲剧风格的诗作中使用，而喜剧创作的文风应该直接或者平实。就像我们将要看到的那样，与维吉尔等古典英雄诗诗人相比，他的作品的风格远没有那么复杂，在词汇上则要平实得多。

　　不过事实上，我们不能完全用平实和质朴来形容但丁的作品。有时它们非常复杂难懂，还经常是高贵而充满激情的。此外，尽管结局皆大欢喜，它们却不像泰伦斯（Terence）的喜剧那样以日常生活为主题。在一篇更早的论述中，但丁曾表示，宏大风格适用于宏大主题的抒情诗，如拯救、爱情和美德。但这些同样是《神曲》最重要的主题，很难相信但丁会认为《天堂篇》的风格不如自己早年的抒情诗和同时代人的此类作品宏大。所以，在撰写那封解释《神曲》命名的书信时，但丁可能已经放弃了早前的理论和分类。他所谓的语言"平实"并不是指用意大利语表现平实风格，而是仅仅表示，与文学拉丁语相比，意大利语本身就是平实的。这不是故作谦虚或者身为古典学者的孤傲，而是不得不承认下列事实：和当时所有的近代语言一样，意大利语无论在灵活性和感染力上，在交谈时的格调上，还是在气质的高贵性上都远远不及拉丁文学的语言。⁵

　　作品的主题是对死后世界的造访。这一主题对于希腊—罗马和中世纪基督教世界（后者尤甚）的诗人和预言家来说并不陌生。⁶ 但丁遵循的整体结构——分成地狱、炼狱和天堂——是基督教式的，他在上天入地过程中学到的许多（虽然不是全部）神学和道德思想同样如此。不过，但丁并没有把任何中世纪的预言者视作自己的权威，或者把任何中世纪的作品看作模板。最引人注目的是，带领他进入冥府并游历地狱和炼狱的向导是罗马诗人维吉尔。在与维吉尔分手前，两人又遇到了另一位拉丁诗人——维吉尔的弟子斯塔提乌斯，后者被描绘成皈依了基督教。[7]但丁被斯塔提乌斯带到天堂,在那里见到了初恋情人贝阿特丽采,作为浪漫爱情和基督教美德结合的象征,她引导和教诲了但丁。显然,但丁希望我们做出这样的推理:就像他的诗歌是对《埃涅阿斯纪》的补充那样,让他得以目睹和描绘永恒世界的想象力和艺术(除了上帝和贝阿特丽采)要归功于拉丁诗歌,特别是维吉尔。如果不是这样的话,如果模板是某部基督教作品,但丁一定会安排一位基督教神秘主义者作为自己的向导。

但丁将维吉尔选为自己的向导,这是多种传统(一些很不起眼,一些非常重要)和多种深刻的启示性精神因素共同作用的结果。

首先,在所有的异教徒中,维吉尔是异教文化和基督教之间最好的桥梁。在一首作于基督出生前40年的著名诗篇中(《牧歌》第4首),他预言了一名神奇婴儿的诞生,这名婴儿象征着世界开始进入新的时代,就像人类诞生时田园般的黄金时代那样,再没有流血、辛劳和困难。婴儿长大后将变成神,在他的统治下,世界将处于完美的和平之中。

我们可以从内外两个方面分析上述事实。从外部来看,由于这首非凡之作,维吉尔被誉为基督降临前的基督徒,通过神启,他预言了耶稣的诞生。[8]圣奥古斯丁和后世的许多人都持此观点[9](许多现代学者相信,维吉尔对希伯来人的弥赛亚式作品有所了解)。这种观点得到了下列相互联系的事实的佐证:

> 整部《埃涅阿斯纪》(与任何古典史诗都不相同)描绘的是一个伟大而令人向往的预言的实现,这个预言促成了罗马城的建立;
> 在作品的高潮部分,著名的女先知西比尔(Sibyl)现身向埃涅阿斯献计;
> 维吉尔在早前的作品中(《牧歌》第4首第4行)也曾提到过西比尔,她同圣婴和神之王国的降临存在联系;
> 在基督出生前后的两个世纪中,在希腊人、犹太人中间和近东地区存在过大量的先知式和启示录式的作品。为了显得权威,许多作品都被称为西比尔之书;
> 在中世纪意大利的民间故事中,维吉尔以伟大魔法师的形象示人(虽然但丁完全无视此类故事)。

不过,维吉尔之所以成为基督教的宣示者,更重要的原因还是来自内部,注意到这点的人相对较少。他的这首作品不完全是巧合,而是对真正精神事实的表达:这是他内心深处对和平的憧憬,对一个由神的善而非人类相互冲突的欲望统治之世界的无声呼唤。在经过了一个世纪的可怕战争后,这种期待是整个地中海世界所共有的。[10]毫无疑问,圣婴同未来的皇帝奥古斯都的家族有关。在许多中东城市，他被看作是上帝、救世主以及和平的统治者。显然，这些想法是相当真诚的，或者它们背后的动机是相当真诚的。[11] 正是这种期待为基督教的传播铺平了道路。年轻的维吉尔看到了这种期待，并用一首令人难忘的诗歌让它变得不朽，他的伟大因此体现无疑。

维吉尔本人的性格为这种预言性的力量，以及他作为但丁向导的不朽形象提供了线索。诚如但丁所言，任何读过维吉尔睿智而富有同情心的作品的人都会发现，在本质上——除了启示，他拥有耶稣基督的一切基本品质——他拥有基督徒的灵魂。以至于在整部《埃涅阿斯纪》中，我们随处可以感受到创作一部关于战争和征服的史诗多么令他反感。[12] 他痛恨流血。从他和他笔下的主人公身上可以看到对无私道德理想的强烈虔诚：与愤怒的阿喀琉斯、智慧的奥德修斯甚至爱国的赫克托耳相比，"**虔诚的埃涅阿斯**"的理想主义者色彩要浓烈得多。虽然天性热情洋溢，他在性问题上对自己的限制却令人惊异——这就是为什么中世纪的人会把他的名字拼错，称其为"贞洁者"维吉利乌斯（Virgilius the virginal）。[13] 从他的友人们和古代传记作家那里，我们了解到他的性格是谦卑、温和而慈爱的。但维吉尔与其他诗人最大的区别在于他对尘世生活的短暂而不真实性的忧郁感，以及他对永恒的看重，甚至在一首充满了如火激情和暴力行为的史诗中也不例外。[14]

影响但丁选择的第三个重要因素在于维吉尔宣示了罗马帝国的诞生。对但丁而言，基督教教会和神圣罗马帝国是这个世界上最重要的两个存在。在宣示教会及其启示的时候，维吉尔仅仅使用了模糊的预言。但在对帝国诞生的宣示上，无人能出其右。本质上看，《埃涅阿斯纪》将罗马帝国的建立宣扬为上天的意旨，认为它将万古长存。但丁认为，自己所在的时代统治着中欧的正是同一个帝国。作为他最重要的两部拉丁语著作之一，但丁的《论帝制》（*De monarchia*）对其不吝赞美之词——他试图证明这个帝国的存在乃是上帝的直接意旨。[15] 这种信仰以最为惊人的表现形式出现在他对最底层地狱的高潮描述中，那里是叛主者的归宿。但丁和维吉尔都在那里看到了最大的叛徒撒旦，它被永远困在坚冰之中，三张嘴里咀嚼着人世间最坏的三个叛徒。其中之一是加略人犹大（Judas Iscariot），另两人则是谋杀罗马帝国奠基者的凶手布鲁图斯（Brutus）和卡西乌斯（Cassius）。[16]

不过，除了罗马帝国这个政治体，但丁对维吉尔的喜爱还因为维吉尔深爱着意大利。在农事诗中，维吉尔笔下的意大利妙不可言，这是一位公民对祖国所能做的最高赞美。[17] 而在但丁的《炼狱篇》中[18]，当代的曼托瓦人索尔德罗（Sordello）和老乡维吉尔热情拥抱，呼喊着被战火蹂躏的意大利。这段描写虽然要悲观得多，但在爱国感情上同样真挚。但丁一次又一次自豪地把维吉尔这位同胞称作"我们最伟大的诗人"（*il nostro maggior poeta*）。

同样不能忘记的是，虽然但丁和维吉尔都不是天生的罗马人，但两人都认为应该让罗马的理念传遍意大利，从而使其得以复兴，并大力宣扬这种观点。它是维吉尔《农事诗》的主题之一，还贯穿着《埃涅阿斯纪》。但丁同样经常强调它，他把意大利称作"拉丁之国"[19]，而把那些他遇到的意大利亡灵称为"拉丁人"。[20]在但丁看来，古代的罗马世界是自己所属的神圣罗马帝国的一部分，就像灵薄狱（limbo）和地狱都是以天堂为首的永恒世界的一部分。

另一个同样重要的因素是，对但丁而言，维吉尔是世界上最伟大的诗人，他的作品正是以维吉尔为模板的。虽然他也借鉴了其他古典诗人，虽然对当时所能找到的其他古典作品也非常熟悉，但他对维吉尔的了解要深入得多。经常有人认为，在但丁的两位亡灵世界的向导中，维吉尔代表了理性，而贝阿特丽采代表了信仰。但奇怪的是，如果理性是但丁的向导之一，他为何没有选择"所有学者的导师"亚里士多德呢？[21] 他在亡灵世界里也看到了亚里士多德，还向其表达了崇高的敬意，但并没有和他说话。与之相反，带领但丁参观地狱和炼狱的正是维吉尔，从旁协助的则是维吉尔在拉丁语世界最热情的仰慕者和效仿者斯塔提乌斯（但丁认为，维吉尔的弥赛亚式的预言让他皈依了基督教），直到天堂和贝阿特丽采近在眼前，两人才同但丁分开。在阅读《神曲》时，我们并不觉得维吉尔的影响主要是理性的——尽管他被认为拥有百科全书般的，或者说神性而永恒的知识。但丁首先赞颂的是他的**风格**：

> 唯独从你那里，我获得了
> 带给我荣誉的美丽风格。[22]

我们必须仔细分析一下但丁这句话的意思，因为乍看之下，最简单的解释似乎是：维吉尔这位以神秘的想象力、萦绕人心的美和巨大的距离感为特点的诗人是理性的代表。

首先，但丁并没有模仿维吉尔的用词风格，这是显而易见的。只要把他借鉴了维吉尔的那些段落和维吉尔的原文相比较就可以了。比如在《地狱篇》第13曲中，两位诗人走进了一片会受伤流血的树林，因为那里的树木中隐藏着自杀者的灵魂。这个场景借鉴了《埃涅阿斯纪》。但在原作中，当埃涅阿斯折断树枝时，维吉尔的描述是精美如画的：

> 寒冷的恐惧
> 让我四肢战栗，冰冷的血液因害怕而凝结。[23]

而当但丁折断树枝的时候，"话语和鲜血一起涌了出来"，作者用不可能再普通的方式描述了结果：

> 我让树枝
> 落下，像受惊的人那样站着。[24]

我们一次又一次地发现，维吉尔的精巧在但丁那里变成了简朴。虽然仍不失为伟大诗篇，但毕竟不同于维吉尔那种充满了各种声音和意义的装饰炫目而又高度凝练的语言。但丁的风格是明晰而直接的，他在把自己的诗歌称作"喜剧"时显然也考虑到了这种特点。

不过，但丁的诗篇中还有另一处谈到了自己的风格。在炼狱中，他遇见了一位老派诗人，后者引用了但丁的一首抒情诗，并称赞它是"甜美新风格"。[25] 但丁的抒情诗风格是对普罗旺斯情歌的发展，通过更加真实的灵感使作品更为深刻和丰富。[26] 它不是维吉尔式的。它的源头完全不是古典的。

最后，整部《神曲》是使用哪种格律写成的呢？它用的是一种复杂的十一音节三行连锁押韵体（triply rhymed hendecasyllables），形如ABABCBCDC……。就像一位最早的但丁评述者所言，它源于一种叫作"仆从诗"（*serventese*）的普罗旺斯诗体。[27] 与这部作品的整体结构一样，选择这种格律并非因为受到普罗旺斯传统的影响，而是因为但丁希望向三位一体致敬：这是贯穿整部作品的数字象征的第一个例子。但他为此目的而选择的韵律和构成诗歌主体的三行韵体（*terzini*）格律都来源于普罗旺斯而非古典拉丁传统。

作品的语言是意大利俗语而非古典拉丁语。全诗风格简朴直白，而不是华丽和复杂的。格律和韵律是近代意大利式的，源头则是普罗旺斯民间诗歌。此外还有什么呢？但丁所说的"唯独从维吉尔那里获得的美丽风格"指的是什么呢？

在《地狱篇》稍后的段落中，但丁的佛罗伦萨同胞，像他一样写过爱情抒情诗的圭多·卡瓦尔康蒂（Guido Cavalcante）被描述为"可能对维吉尔不屑"。[28] 但丁的意思是，大多数近代俗语抒情诗人认为从古典作品中学不到什么东西：就他们的追求而言，此言倒也不虚。而但丁却告诉维吉尔，自己"满心欢喜地长期拜读"《埃涅阿斯纪》。[29] 所以，《神曲》和但丁早期的甜美抒情诗，以及它和同时代所有欧洲诗人作品最根本的区别在于，但丁从维吉尔那里学到了"美丽风格"——就像但丁所说，这是**唯独**从维吉尔那里学到的。它的特点包括想象力的宏大和思想上持久的高贵。这些特点本质上是古典的和维吉尔式的，但丁是唯一一位试图用近代语言来承载它们的近代诗人。这位伟人亲自向我们证明，他身上最伟大的地方之一是由古典文学直接造就的，他因此远远超越了同时代的游吟诗人和情歌能手。[30]

上述结论是对《神曲》详细研读的结果，从中我们找到了效仿希腊—罗马文学的确切例证，以及受其启发的各种理念。莫尔（Moore）在《但丁研究》（*Studies in Dante*）中的精彩分析揭示了古典导师们对但丁的影响。其中两人的影响尤为巨大，一位是思想家亚里士多德，另一位则是诗人维吉尔。[31]

让但丁决定把维吉尔作为向导的第六个原因显而易见，因为维吉尔在《埃涅阿斯纪》第6卷中留下了亡灵世界之旅的传世名篇——它不仅是对旅途中各种奇观的记录，还是对生与死终极意义的深邃哲学和道德探讨。维吉尔模仿和借鉴了许多前人的作品，以至于我们常常会忽视他在把这些素材融合起来的过程中注入的原创内容。他主要的模板是荷马（《奥德赛》第11卷），但在荷马和其他诗人对地下世界的描写中，我们找不到类似维吉尔作品中的思想内容，他结合了来自俄耳甫斯主义、柏拉图主义和其他今天已经失传教义的神秘理念。诚然，维吉尔对冥府的描写是模糊的。但丁希望自己的描写更加真实、准确和具体。于是，他把亚里士多德关于罪的分类作为自己的道德地图，还借鉴了圣托马斯·阿奎那的相关阐述，并进行了自己的修改。[32] 不过，但丁地狱中所有的超自然居民都借鉴自维吉尔，而非中世纪的基督教信仰：船夫卡戎（Charon）、法官弥诺斯（Minos）、恶犬刻耳柏洛斯（Cerberus）、鸟身女怪哈耳庇（Harpies）、半人马（Centaurs）和其他许多神话形象。[33] 令人叫绝的是，他巧妙地让这些古典神话形象披上了中世纪的外衣：比如弥诺斯不再是沉静的法官和宙斯的朋友，他成了一个咆哮的魔鬼。在做出审判时，他会用尾巴一圈一圈地绕住身体，圈数对应了每名罪犯应该进入第几层地狱。[34]

有时，我觉得但丁选择维吉尔作为向导还有最后一个原因：他像埃涅阿斯一样是个伟大的流亡者。

《神曲》最主要的两种古典影响来自亚里士多德的伦理和物理体系，以及维吉尔的想象力、爱国主义和性格。但作品深深浸淫了许多种古典影响，完全不能将其看作纯粹的模仿。对但丁来说，希腊—罗马世界和自己的世界一样鲜活，二者既相互平行，又密不可分地交织在一起。他让大量的古典神话和历史中的人物成为地狱的居民。最高尚的那些被安排在灵薄狱——一个没有上帝的天堂，因为那些人生活在基督教启示出现之前。而在炼狱中，混合了古典人物以及犹太和基督教人物形象的塑像被用来展现现代男女所犯的七宗罪：比如宁录（Nimrod）和尼俄柏（Niobe），扫罗（Saul）和阿拉克涅（Arachne）象征了骄傲之罪。[35] 而炼狱的看守者既不是古代的希伯来人或现代的基督徒，也不是天使，而是罗马人加图（Cato）。[36] 但丁习惯于交替使用古代世界和近代世界的形象和理念，用古典引文来平衡《圣经》引文。我们来看两个最惊人的混搭例子。首先，当但丁回复维吉尔的召唤时，他表示自己不敢进入地下世界，因为：

> 我不是埃涅阿斯，也不是保罗——

在中世纪的传说中，圣徒保罗成了造访过地狱的英雄。[37] 第二个例子出现在贝阿特丽采终于现身的高潮时刻。天使队列高唱"（奉主名）来的是应当称颂的"（*Benedictus qui venis*）——这正是耶稣进入耶路撒冷时人群的欢迎之词，然后是"把双手捧满的百合花给我吧"（*Manibus date lilia plenis*）——这是《埃涅阿斯纪》中安喀塞斯（Anchises）对马克卢斯（Marcellus）亡灵的致敬。[38] 此外，整部作品中都可以找到但丁对两大主要领域的比较：一方面是他本人对自然的观察，另一方面是古典诗歌和神话。但有时，比如在描写保罗（Paolo）和弗朗切斯卡（Francesca）"就像被欲望召唤的鸽子那样"[39] 走近对方，他的灵感来自古典诗人对自然的观察（这里借鉴了维吉尔[40]），融合了回忆之美和目下之美。[41]

莫尔分析和罗列了但丁的《神曲》和其他所有作品中的古典回响，他的论述极为精彩，我们有必要对其做一个总结。但丁引用和借鉴的作家主要有：

> 首先是亚里士多德，但丁对他的了解来自圣托马斯·阿奎那所用的拉丁文译本。相关引用超过 300 处，涵盖了除《诗学》外的当时所有找得到的亚里士多德作品。
>
> 其次是维吉尔，约 200 处引用显示了对《埃涅阿斯纪》的深入研读。但丁对《牧歌》和《农事诗》的了解相对较少。
>
> 关于奥维德的引用大约有 100 处，《变形记》是但丁作品中希腊—罗马神话内容的主要素材。他可能对奥维德的其他著作也有所了解——如《天堂篇》第 9 曲第 100 至 102 行提到了《女杰书简》中的两个故事——但所知有限。
>
> 对卢坎的引用有 50 处左右。但丁难以认同他对君主专制的仇恨，但对他强大的想象力印象深刻。[42]
>
> 西塞罗被引用了大约 50 次——并非他的演说词，而是道德论文。但丁本人曾经表示，自己在哲学方面的影响主要来自西塞罗的《莱利乌斯论友谊》（*Laelius, On Friendship*）[43] 和波伊提乌，后者他引用了 30 到 40 次。
>
> 最后，他对斯塔提乌斯也有所了解。但丁安排其以基督教诗人的形象出现，显然因为他相信斯塔提乌斯秘密地皈依了，而且此人还对维吉尔无比

崇拜。但丁从他的《忒拜记》中借鉴了一些精美的意象，其中之一是包含了狄俄墨德和尤利西斯灵魂的分叉火焰。[44]

这些就是但丁知识库中的主要作家——当然还要包括俗拉丁语《圣经》、圣托马斯和教父们。他也对其他一些诗人表达了敬意。比如尤维纳尔在到达灵薄狱的时候曾告诉维吉尔，斯塔提乌斯是多么地钦佩《埃涅阿斯纪》——这种想法的灵感来自尤维纳尔本人的话。[45] 不过奇怪的是，但丁对尤维纳尔与贺拉斯的讽刺诗几乎一无所知。而要不是塔西佗（Tacitus）的作品当时不幸地几乎全部失传，他的历史作品本应被但丁大加赞赏。另一方面，值得注意的是，但丁有意忽略了晚期古典作家和普鲁登提乌斯这样的早期基督教诗人。有人认为，但丁是文艺复兴的先行者。这种说法不无道理，它的论据是但丁对希腊—罗马世界强烈的赞美，以及他对**真正**古典知识的了解。他知道西塞罗比波伊提乌更加伟大，维吉尔比普鲁登提乌斯更加伟大，而亚里士多德则是古代思想家中最伟大的。他在灵薄狱中遇到的绝大部分智者和诗人都被后世认同为那个持久而灿烂的文明所贡献的最杰出人物。但丁证明了自己的慧眼识珠：即使在半黑暗的中世纪，他仍能看到古典世界的光彩，岁月的距离无法阻止他分辨出其中哪些光亮比较黯淡，哪些更加炫目。

第 5 章
走向文艺复兴：彼得拉克、薄伽丘、乔叟

黑暗时代是野蛮主义对古典文明的胜利。到了中世纪，在教会和幸免于难的古典文明残余的帮助下，皈依基督教的蛮族慢慢地被开化。这种逐步开化过程在文艺复兴时期进一步扩大，并得到了大量物质和精神养料的滋润，其中某些是第一次获得，某些则是经过长时间死气沉沉的休眠后被重新发现的。带给当时的人们最多滋养的是古典艺术和文学——虽然只是希腊和罗马人当初拥有的财富的一小部分，但已经是无价之宝了：众多希腊—罗马的艺术品和大量希腊人和罗马人最伟大的书籍在经过接近千年的黑暗后重见天日。意大利是最后一个被黑暗吞没的地区，因此那里的黑暗自然也最早散去。东西帝国的分裂以及罗马和希腊文化的隔绝标志着黑暗的降临，因此当一个同样恐怖的新黑暗时代入侵东方的时候——在某些方面，这个黑暗时代仍在延续——西方的黑暗时代顺理成章地走向了尾声。在西方，希腊文化回归了曾经对它无比熟悉的那片土地，宣示着真正曙光的到来。它首先回到了意大利，正是在那里开始了最早和最激动人心的重新发现过程。对重新回到希腊文化的怀抱和寻回失去的那部分拉丁文化做出最大贡献的是两位意大利人。不过他们并不是纯粹的意大利人，他们把法国作为了第二故乡。于是，通过自己的孩子，欧洲文明程度最高的两个国家携手推动了古典文明的重生。他们是弗朗切斯科·彼得拉卡（Francesco Petrarca，1304—1374 年）——英语中通称彼得拉克（Petrarch）[1]，以及乔瓦尼·薄伽丘（Giovanni Boccaccio，1313—1375 年）。

彼得拉克

彼得拉克比但丁小一辈。他的父亲因为同一场政治风波，和但丁同时被同一部法令永久地从佛罗伦萨驱逐。[2] 彼得拉克和但丁的关系非常意味深长。虽然两人是同时代的意大利诗人，但他们在许多方面都有所不同，这些差异可以被用来作

同为出色的作家,彼得拉克并不喜欢但丁的诗歌:部分原因可能是对后者的高不可及心生嫉妒,部分是因为他宣称鄙视用意大利俗语写成的作品(甚至包括他自己的),还有一部分则是他觉得但丁式的禁欲显得冷血和不近人情。在他所有的书信中,彼得拉克从未提起但丁的名字。当他在一封信中影射但丁的时候,只是称其为"我的一位同乡,他的风格很受欢迎,而且无疑选择了一个高贵的主题"。[3] 在别的地方,他提到但丁说话直率,态度倨傲。[4] 他对但丁反感的最佳例证是,尽管彼得拉克本人是最早的藏书狂,他却一直没有收入《神曲》,直到1359年薄伽丘送给他一册自己的抄本[5](此前,他曾经雄心勃勃地写过一系列在主题上受到但丁一定影响的诗歌,它们的规模显示出与《神曲》一较高下的意味)。他在八岁时见过但丁一面。两人的关系更像是维吉尔和奥维德,作为后辈的奥维德曾表示"我只是见过维吉尔"[6],终其一生,他都在试图用更加优美但深度上有所不及的风格超过那位前辈大师。

中年遭逐的但丁一直没有从这件事中恢复过来。他一直希望回到佛罗伦萨这个小小城邦。彼得拉克则出生在流亡中,很自然地成长为但丁所希望的那种世界公民——他满怀兴致地在意大利、法国和莱茵兰各地漫游,在法国和意大利四处安家,作为众多贵族和教会首领的座上宾,但并没有哪个地方得到他的偏爱。但丁同样游历广泛——他去过巴黎,有人认为他还去过牛津——但那只是无家可归者忧郁的漂泊,当彼得拉克兴奋地看着变化的外在世界,但丁的目光却一直对准了内心。同样地,在朋友的数量和类型上,彼得拉克也要远远超过但丁。彼得拉克的400多封书信最终被编集成三卷,他开创的收集国际通信的传统被伊拉斯谟(Erasmus)等众多后世学者所传承,可以说他是我们这个思想和文学自由交流的世界的先驱。

但丁拥有一个巨大的书架。但彼得拉克拥有的是第一座现代意义上的活跃和不断增长的个人图书馆。文艺复兴时期成长起来的某种理想今天仍然没有消亡,那就是多才多艺的人文主义思想家,他们的头脑中储藏了渊博的知识,图书馆中的所藏则更加丰富,蒙田、龙沙、约翰逊、格雷、歌德、伏尔泰、弥尔顿、丁尼生和其他许多人都是这种理想的化身——而在近代历史上,这种理想的最早和最激动人心的代表就是彼得拉克。他对但丁熟读过的为数不多的书籍同样有深入的了解。他对《圣经》和亚里士多德作品的了解不如但丁,但对古典文学的了解远远超过前辈。他是大量古典作品的发现者,并激励了他人去发现更多。他所谓的发现不同于哥伦布发现美洲或者施里曼(Schliemann)发现特洛伊。那些作品被藏在图书馆里,并且仍然可读。不过它们的地位就像今天的绝版书,仅存的一两份抄本藏身于地下室或被遗忘的杂物堆中。几乎没人知道它们就躺在那里。没有人会读那些书，它们不属于主流文化。[7] 彼得拉克所做的就是通过个人的搜寻把它们**找出**来，抄写副本并**出版**，鼓励他人制作更多的抄本，并通过和朋友们讨论这些书籍来让它们**流行**起来。比如，二十九岁那年在拜访列日（Liége）时，他听说当地有"许多古籍"后便开始寻找，最终发现了两篇此前失传的西塞罗演说词。虽然在整座城里都找不到像样的墨水，他和旅伴还是各自抄录了一篇。[8] 1345 年，他又在维罗纳大教堂的图书馆找到一份包含了大量西塞罗私人书信的抄本。此前，没有人知道这些书信的存在，它激起了人们极大的兴趣。作为由此引发的热潮的结果之一，科鲁奇奥·萨鲁达蒂终于在 1392 年发现了另一半书信。[9] 抄本被发现时已经残破不堪，彼得拉克亲手抄录了副本。在这些书信的帮助下，彼得拉克一头埋进了对西塞罗的全面研究中——后者是一个拥有多重形象的人物，他是令人景仰的艺术家，是启发灵感的思想者，也是一个可爱的人。通过彼得拉克，这个人物成为了塑造文艺复兴时期人文主义理想的力量之一。[10] 在与整个西欧世界的学者和作家们数量庞大而有趣的拉丁语书信往来中，彼得拉克模仿了西塞罗。（最有趣的做法是，他还写信给自己所钦佩的已逝古人：比如荷马和西塞罗等等。在维罗纳发现西塞罗书信集后，他写信告诉了作者。[11]）

彼得拉克的图书馆得到了尽可能详尽的描绘，因为这不仅是收藏而且是真正的文化成就。[12] 他的书籍和但丁的形成了惊人的反差。两人都读过西塞罗，不过但丁仅仅将其视作哲学散文家和修辞作家，而通过演说词和书信，彼得拉克则将其视作雄辩家和自己的朋友。两人对维吉尔都有很深入的研读，在一首关于西庇阿的题为《阿非利加》（*Africa*）的拉丁语史诗中，彼得拉克也曾模仿过维吉尔，不过没有但丁成功。[13] 但丁和其他中世纪人一样把贺拉斯看作"讽刺作家"，而尽管身为抒情诗人，彼得拉克也喜欢大量引用贺拉斯的颂诗。[14] 但丁对拉丁语戏剧知之甚少，把喜剧和悲剧看作叙事形式。彼得拉克则对塞内卡的悲剧以及泰伦斯和普劳图斯（Plautus）的喜剧非常熟悉（至少对于当时所知的 8 部普劳图斯喜剧中的 4 部是这样）：他对戏剧的概念有所了解，在年轻时还试图创作真正的喜剧。但丁知道尤维纳尔是何许人，但没有给予其应有的关注，彼得拉克则读过尤维纳尔和他的前辈佩尔西乌斯（Persius）的讽刺诗。但丁可能只接触过李维（Livy）作品的前 4 卷，彼得拉克则见过 29 卷，并一直努力寻找失传的一百卷左右的作品：他曾致信李维，告知自己寻书的急切心情。[15] 但丁对希腊文几乎一窍不通，中年彼得拉克学习希腊文的努力也以失败告终，因为他的老师巴拉姆离开了阿维尼翁。[16] 不过，通过研读拉丁作家，彼得拉克对他们的希腊导师和前辈的重要性有所认识。与但丁相比，他对希腊思想家和诗人们的品级有了更加清晰和准确的了解：《神曲》

中只出现了寥寥几位希腊作家，与彼得拉克的《凯旋》（*Triumphs*）相比逊色不少。[17] 不幸的是，彼得拉克一直没能阅读希腊文原著。不过他还是四处搜寻希腊文抄本（他找到了一部荷马史诗和大约 16 篇柏拉图对话），最终通过薄伽丘获得了荷马两部史诗的拉丁语译本。作为真正的书迷，他是在自己的图书馆里趴在一本书上死去的。他最后的一项大型工作是为《奥德赛》的拉丁文译本做注疏。[18] 此外，但丁把亚里士多德视作理性的大师，而彼得拉克则认为他是个糟糕的文体学家和在许多重要问题上犯了错的思想家。[19] 彼得拉克是近代历史上对亚里士多德的老师柏拉图表达钦佩的第一人，他收集了柏拉图的作品并渴望阅读它们。

但丁是个虔诚的基督徒。他把古典知识放到了与神圣知识几乎持平的位置，但认为前者缺乏启示，所以还是比后者要低一些。彼得拉克也是基督徒，但对彼世生活的景象并不那么热情，对道德和神学问题也不那么感兴趣。不过，除了最不明显的暗示，我们找不到任何证据把他同众多文艺复兴人文主义者身上积极的异教主义联系起来。他热爱西塞罗超过所有其他的古人，但紧随其后的就是圣奥古斯丁。他对奥古斯丁的引用数以百计，还在《秘密》（*Secret*）中将其称作自己的导师和忏悔聆听者。不过，我们可以确定，他对基督教文学的真正兴趣始于后半生，那时他大约五十岁。[20] 我们无法想象，但丁会（像彼得拉克那样）把自己对宗教的态度比作儿子对母亲的爱——儿子曾经对母亲不以为意，直到听说母亲受到侵犯，那种爱才迸发出来。[21]

和但丁一样，彼得拉克同时用拉丁语和意大利语写作。他用这两种语言写成的作品都非常重要，但他认为自己的拉丁语作品更有价值。他错了。

他把主要精力用在创作拉丁语史诗《阿非利加》上，他以维吉尔的《埃涅阿斯纪》为模板，主角是阿非利加征服者西庇阿（Scipio Africanus）。不过，他犯了一个但丁没有犯过的错误，这也是包括弥尔顿在内的许多文艺复兴时期作家所犯的错误。他以为，越是忠于自己所钦佩的古典诗人的形式结构，越是让所有的事件、形象或话语与原作中的相似元素准确对应，自己的作品就越好。这是个很容易犯的错误，也是灾难性的。因为这意味着创造性的头脑无法自由工作，主题与形式的和谐成了写作时的唯一考量。基于这种理论，一切都要参考外界标准；作者在检验自己的想法时关心的并非它们是否原创、优美或恰当，而是它们是否是准确的翻版。他所制造的不是原创艺术品，而是石膏模型。

不过，许多伟大的现代作家——所有本书中提到的——都借鉴了古典主题或者改编了古典思想，他们还翻译了古典作品的用语或是借用了古典作品的体裁。为什么他们成功了，而看上去更加认真地从事相同工作的彼得拉克却失败了呢？（问题并不在于他用拉丁文写作《阿非利加》，对他和他的读者来说，拉丁语是活的语言。)这是因为,成功者的首要目标是制造出**原创**作品。无论从古典作品中借鉴了什么,他们都只是将其用作素材——就像他们从其他渠道获得的素材,如对生活的观察,自己的幻想,从流言或当时的媒体报道中听来的故事,同时代人有待打磨的话语和想法。另一方面,即使借鉴了某种古典形式,他们还是会自由地将其修改成(经常还会扩充)任何与自己的素材相适应的形式。没有做到这些的人会被素材压得喘不过气来,或者在形式的桎梏下难以动弹。而像但丁和莎士比亚这样的成功者却能把古典作品的形式或素材(或者二者同时)玩弄于股掌之间,通过自己的创造性想象将其塑形、融合和改变,就像用已知元素制造出化学化合物一样,合成出具有不同特性的全新作品。创造性写作虽然困难,却总是令人满意的。而由于想象力和外界制约间的冲突,对富有创见的头脑来说,模仿性写作总是令人反感的工作。彼得拉克从未出版自己的《阿非利加》,他的创作进度十分缓慢,而且显然没能完成。后来,龙沙也试图用法语模仿《埃涅阿斯纪》,他写完前四卷后就放弃了,并感到如释重负。[22] 模仿是廉价写手所为,好作家不应该那么做。

彼得拉克还以维吉尔的《牧歌》为模板创作了12首同名拉丁文诗歌,但与《阿非利加》相比,它们更多是他的原创作品。虽然远不及维吉尔作品的精巧和敏锐,它们同样浓缩了多层意义:诗中的角色不仅有宁芙和牧羊人,也有彼得拉克自己的朋友、同时代的名人以及一些寓意性人物。虽然不合现代人的口味,从中还是可以看出此类诗歌在文艺复兴时期的巨大影响。

对我们而言,彼得拉克最有趣的拉丁语作品是一组被他称为《秘密》的对话,他在作品中就自己的性格与圣奥古斯丁展开了讨论。三个世界在这部作品中交汇。它的构思和对话形式源自柏拉图,也受到西塞罗和波伊提乌的影响,后者的"哲学女士"在这里成了"真理女士"[23],继续承担着治病救人的使命。选择圣奥古斯丁作为对话者,把关于死亡和地狱的思考作为重点,以及对尘世生活所表达的怨恨显示了彼得拉克中世纪人的身份:他对劳拉的浪漫赞美遭到圣奥古斯丁的驳斥,这从另一个方面证明了上述身份。而他强烈的自省,他精神上的敏感,他对自我的不信任和担忧则是现代的,因为它们不是人类生命中永恒的部分。

他的其他拉丁语作品,包括哲学、诗歌和历史作品则不那么有吸引力。在所有他用自己挚爱的语言写成的作品中,最具有持久价值的仍然是他的通信。在这方面,他几乎没有模板可以效仿,所有的素材都来自他自己丰富而灵活的头脑。

他最好的意大利语作品无疑是献给劳拉的情诗《歌集》(*Canzoniere*)。这部作品为法国、意大利、英格兰、西班牙等地的许多文艺复兴诗人提供了灵感,后来还在李斯特(Liszt)的音乐中得到了热情的反映。[24] 虽然作品的思想中可以看到好几股古典潮流，它们在本质上纯粹是现代的，因为它们的主题是浪漫爱情，体裁则是由民歌发展而来。

在《凯旋》中，彼得拉克试图与但丁一较高下。他让一大群不朽的死者复活，还像但丁颂扬贝阿特丽采那样描绘了自己的情人劳拉死后的荣耀。这些诗篇以罗马征服者为模板，描绘了一系列凯旋的队列：爱情、贞洁、死亡、名誉、时间和永恒依次登场斗法，不断取得比前者更辉煌的胜利，作品以彼得拉克对天堂和劳拉的憧憬告终。罗马人的凯旋这一主题源自古典。但丁的"教会的凯旋"是对该主题的优美演绎，彼得拉克无疑受到了它的影响[25]，并且采用了和它相同的格律。不过，由于类似的原因，这首意大利文作品和拉丁语的《阿非利加》遭遇了同样的失败命运。《凯旋》模仿但丁的痕迹过于明显，以至于没有给彼得拉克本人的创作留下多少扩展和生存的空间。此外，和许多虔诚的古典主义者选择的主题一样，这个主题是静止的，显得沉闷冗长。而在但丁的作品中，我们一直在移动。我们往下走，被带到地球的内部；我们抓住撒旦的毛发，顺着他的身体攀爬；我们气喘吁吁地登上炼狱中的高山，最终进入了真正的天堂，伴随着所见景物的变化，自己也不断地发生改变。在《凯旋》中我们却站着不动，目睹远处庄严的队列走过，除了每个塑像般的人物身上的标签几乎什么都看不见，我们几乎要像麦克白那样高呼：

你们为什么让我看见这些人？……跳出来吧，我的眼睛！什么！这一连串戴着王冠的，要到世界末日才会完结吗？（朱生豪译文）

和但丁一样，彼得拉克同样把希腊和罗马传统与近代欧洲文化集于一身。虽然比起前者有所逊色，他却拥有更加进步的精神。他更现代，因为他更重视古典。他用新近觉醒的来自古代的力量滋养同时代人和后继者的生活。他被授予桂冠诗人的称号（公元1341年）是对上述功绩的肯定。桂冠的授予对象是杰出的诗人，他是第一个向往获得这种荣誉的近代人。这种做法起源于希腊人，后来被罗马人采用并正式化。在中世纪晚期它开始恢复（流亡中的但丁拒绝了这种荣誉），彼得拉克让它一度变得真实而重要。在经过那不勒斯国王罗伯特的正式审核后，他被认为配得上这种不朽荣誉的象征，最终在罗马市中心接受了加冕。

他的加冕不仅是对杰出诗歌成就的褒奖。作为一种被恢复的罗马仪式，加冕象征了古罗马的崇高理想和不朽荣光的复兴，也象征了一个智识和美学文化的新帝国的诞生。到了文艺复兴的高潮阶段，这个帝国的范围扩展到大半个世界，它在许多个世纪的兴衰起伏中保持了自己的力量，至今仍然活跃而强大。在政治方面，彼得拉克的朋友，罗马的革命派科拉·迪·利恩佐（Cola di Rienzo）秉持了同样的理想。几年后他也获得了桂冠,被称为保民官(Tribune)和奥古斯都。(根据教皇的指控)他甚至试图抛弃基督教,恢复古代异教的仪式。他攻击罗马贵族们的中世纪特权,宣称要恢复罗马共和国。和彼得拉克一样,他的目标也是重振罗马和以罗马为中心的文明,或者像他的仰慕者所说,他希望唤醒沉睡的公主,让她恢复青春,并成为她的新郎。就上述理想中的大部分内容而言,屡有惊人之举的腓特烈二世皇帝是他的先驱。[26] 这两位受古典传统启发的革命者要面对的敌人实在是太顽固了。但他们所开创的精神复兴是比任何宪法或民族改革更深刻的需求。那不是一个民族的复兴,而是对欧洲的再教育。不过对世人来说,正如但丁的诗歌比他的政客身份重要得多,当作为诗人和导师的彼得拉克的桂冠还鲜嫩欲滴,皇帝的御冕和保民官的花环早已化作了尘土。[27]

薄伽丘

89　　乔瓦尼·薄伽丘生于 1313 年,出生地可能是巴黎,他是一名意大利银行家和法国姑娘的私生子。就像但丁对贝阿特丽采忧伤、绝望而浪漫的爱情,或者彼得拉克对劳拉的绝望爱情(1348 年的瘟疫夺走了他的情人)那样,薄伽丘也和那不勒斯国王罗伯特的私生女玛利亚·德·阿奎诺(Maria d'Aquino)有过一段热烈但不幸的情史:据说他以此为原型创作了欧洲第一部近代心理小说《菲亚梅塔》(Fiammetta)。

　　他是彼得拉克的朋友和弟子,和后者一样,他也同时用拉丁语和意大利语写作。薄伽丘既是古典的也是现代的——他生命中的这两个方面并不矛盾,而是互补的。虽然他极为钦佩但丁,但两人人生的反差甚至比但丁和彼得拉克还要大。比如,当 35 岁的但丁迷失在黑暗森林中并走进永恒的幻象时,薄伽丘却遭遇了被称为黑死病的可怕灾难,他对此的反应是创作出了更大众化、更粗俗、通篇充斥着亵渎之语的《十日谈》(Decameron)。

　　这是一部用意大利语写成的散文体故事集,主题是七位小姐和三位男士从瘟疫肆虐的城市逃往惬意无忧的乡间别墅,在十天的假日中(decameron 在希腊语中表示十天)讲述了关于历险、爱情和诡计的故事。尽管写实,《十日谈》反映的却是对现实的逃避。由一群朋友或者萍水相逢者讲述一系列别具特色的故事,古典作品中找不到这种体裁的原型(在柏拉图的《会饮篇》中,人们并不是在讲故事,而是在辩论,在佩特罗尼乌斯的作品中则是漫无目的的闲扯),它可能源自近东庞大的轶闻故事库、丰富的休闲生活、大型商队和大量的商队旅馆。从故事本身来看,一些是从东方的市场和都城漂洋过海来到西方的,一些和韵文故事一样来自中世纪的下层世界，还有一些则是从当时西欧社会的真实事件中提炼出来的。不过，作品的行文风格并不是平淡而写实的，许多地方显得高雅、从容、和谐和复杂，在节奏上明显借鉴了意大利最好的散文家西塞罗。

《十日谈》中的角色经常流露出对基督教教士的鄙视。在作品最开始的故事中，一位犹太人正试图决定是否要成为基督徒。为了做出抉择，他前往了罗马。回来后，他马上接受了洗礼。为什么呢？他说，这是因为自己在罗马这个基督教的中心目睹了如此之多的罪恶和堕落，如果这样的基督教能够生存和延续下去，上帝显然是站在它这边的。书中另一些关于僧侣和修女性堕落的故事为这种愤世嫉俗提供了佐证。

与彼得拉克相比，在薄伽丘的其他作品中，想要把古典和非古典元素分离开来甚至更加困难。二者几乎完全融合了。

他最可观的诗作是第一部意大利语史诗——或者是但丁之后的第一部：《忒修斯记》（*Teseida*）。作品共 12 卷，严格遵循古典形式——说得更准确点，它和《埃涅阿斯纪》的行数完全一致，一则文学八卦甚至说薄伽丘是坐在维吉尔墓碑的阴影下开始创作它的。[28] 作品的主题是古典的，即忒修斯的征战。不过，由于没有该主题的长篇古典作品存世，他可以自由地对法语传奇作家进行改编，或者自己加以创造。[29] 全诗采用的八行体格律（ABABABCC）源自普罗旺斯。乔叟笔下的中世纪骑士显然很喜欢这部作品，他对其他坎特伯雷朝觐者讲的故事正是借鉴了它。薄伽丘还用这种格律创作了另一首传奇英雄诗歌《菲洛斯特拉托斯》（*Filostrato*），重述了特洛伊洛斯和克雷西达的故事。这个悲惨故事的背景是特洛伊战争，但正如我们已经看到的那样，它的素材不可能早于伯努瓦·德·圣－莫尔的那部中世纪传奇[30]（这个故事同样被乔叟所借鉴）。

薄伽丘是近代小说的奠基者，他第一个用散文体近代俗语创作了以同时代人物为主题的长篇故事，即《菲亚梅塔》。小说以日常的意大利语写成，主题是浪漫爱情，从表面上看是一部中世纪和非古典作品。不过，如果深入分析的话，可以看到作品中混合了现代和古典的艺术手段，并受到重要古典思想的深刻影响。

比如，作品的整个构思背景是希腊—罗马式的。作品刚开始我们就读到了命运女神拉刻西斯（Lachesis）和卡德摩斯（Cadmus）播种的龙牙。在第 3 卷，女主角怀疑自己的情人（"像勒安德尔［Leander］[①]那样"）淹死了或者（"像阿喀墨尼德斯［Achimenedes，即维吉尔和奥维德笔下的 Achaemenides[31]］[②]那样"）

---

① 勒安德耳爱上了达达尼尔海峡对岸的阿芙洛狄忒女祭司赫洛（Hero），在赫洛火把的指引下每晚横渡海峡与她幽会。一天晚上，赫洛的火把被暴风雨吹灭，勒安德耳不幸淹死，赫洛随之殉情。

② 奥德修斯在逃离独眼巨人栖息的海岛时把他遗忘在了那里，后来埃涅阿斯经过该岛时把阿喀墨尼德斯带到了意大利。

被遗弃荒岛了。在作品最后，遭到背弃的她在绝望中用"伊那科斯［Inacus］之女"（伊娥［Io］）、布卜里斯（Byblis）、卡纳刻（Canace）、密耳拉（Myrrha）、普拉莫斯、提斯贝、狄多和其他十多位古典故事中的情人[32]聊以自慰①——她们大多出自奥维德的作品，特里斯坦和伊索尔德在其中倒显得不合群了。

此外，作品的大多数风格技巧借鉴了古典诗歌，如精致而规范的句子，近乎戏剧独白的大段发言，誓言、祈祷和详尽的比较等修辞技巧。

作品中没有提到上帝、基督教道德和基督教世界。虽然场景是当时的，作品的宗教却是异教的：我们听到的不是教堂而是"神庙"[33]，人们说的是"众神知道"和"让不朽的众神作证"[34]。当菲亚梅塔犹豫是否要答应情人的要求时，她从未想过上帝、基督或是玛利亚。相反地，她的眼前出现了只穿一袭薄裙的维纳斯，后者用长篇诱导说服了她。[35]这种道德和策略都受到了奥维德的启发。和许多早前的法语浪漫爱情故事一样，在《菲亚梅塔》中，奥维德变成了今人。

在同时代的学者中，薄伽丘仅次于彼得拉克，他还完成了前者未竟的工作。彼得拉克没能学会希腊语，但在卡拉布里亚人莱昂提乌斯·皮拉图斯的帮助下，薄伽丘成功掌握了这种语言。他是近代西欧历史上第一个做到这点的人。薄伽丘还鼓励自己的老师完成了第一个荷马作品的近代译本（虽然是平淡的直译，这个译本却是可用的）。彼得拉克发现了许多失传的古典书籍。薄伽丘继续着搜寻工作，他的发现在价值上不逊于前辈——其中包括历史学家塔西佗失传的作品。无论是否真实，薄伽丘向弟子们讲述的一个故事显示了他对被埋藏历史的深厚感情，也象征了中世纪和文艺复兴的区别：

> 他急于进入（卡西诺山修道院）的图书馆……于是找到一名僧侣请求为他开门。僧侣指着一部陡峭的楼梯，冷冰冰地说："上去吧，已经开着了。"薄伽丘兴奋地踏上了楼梯，却发现那座知识的宝库既没有门也没有任何的防备。窗沿上长了草，书籍和书架上落满了灰尘。他翻阅那些抄本，发现许多珍稀的古籍被撕掉了好些整页，或者边缘被无情地裁掉了。离开房间的时候他哭了，他诘问一位僧侣……为何渎职，却被告知一些修道院的成员……撕下大把的书页，在上面抄写诗篇卖给孩子们，还从羊皮纸上裁下条子做成护身符卖给女人。[36]

---

① 布卜里斯是米勒托斯（Miletus）之女，她爱上了双胞胎兄弟卡乌诺斯（Caunus），求爱失败后化为泉水。卡纳刻是埃俄洛斯（Aeolus）之女，因与哥哥马卡柔斯（Macareus）相爱乱伦被其父迫令自杀。密耳拉与父亲塞浦路斯国王喀努剌斯（Cinyras）乱伦，事发被逐，她变成了一棵没药树（myrrh），树中生出了阿多尼斯（Adonis）。

和彼得拉克一样，薄伽丘曾经向文艺复兴迈进过。但在 1361 年皈依基督教后，他又一次变成了中世纪人。他仍是古典主义者：现在他只用拉丁语写作，他的作品都以学术为主题。但他的目光不再向前而是向后。1373 年，他成了第一位但丁诗歌的教授。他还变得越来越像彼得拉克。看着这两位老学者在生命的最后阶段把全部精力投入编纂、翻译和审读令人悲悯而感动。彼得拉克最后的作品是把薄伽丘的名作《耐心的格里塞尔达》(*Patient Griselda*) 译成拉丁文。

但薄伽丘一度成为过近代人。他从没有像某些老学究那样，先是接受了古典体裁，然后强行试图将其套用到自己富有想象力的材料上，从而导致这些材料可能被扭曲。薄伽丘充满了激情和活力，我们仍能在他的作品中感受到爱欲的力量和情欲的慵懒。虽然他热爱拉丁语和希腊语，虽然他远比许多 20 世纪的古典学家高产，但对于研究近代欧洲文学所受的古典影响而言，他的重要性并非体现于此，而是要深远得多。

他是第一位为了异教而放弃基督教的近代伟大作家。虽然他在后半生选择了重新皈依，但在他最为人所知的作品中，基督教的教义和道德被抛在一边，取而代之的是象征更美好世界的希腊—罗马异教文化。《十日谈》中的角色承认教会的存在，但对其嗤之以鼻。菲亚梅塔拒绝了教会，投身奥林波斯诸神力量的怀抱。

对于近代人背弃基督教道德和神学，转投异教文化的强烈和广泛的反应而言，这虽非最早，却是一个非常著名的例子。在早前 12 世纪法国的情歌诗人中也有许多类似的例子。这种反应不仅仅是摒弃，还是对希腊和罗马人的神明观和道德感的肯定，后者被认为更好、更自由和更真实，因为它们更接近尘世生活的现实，更加积极，不显得那么苍白、禁欲和厌世，更加欢乐，更富有人性。

这种反应不同于推动了宗教改革的思潮，在某些方面甚至完全没有共同点。但它的力量鼓励了宗教改革，在某些渠道上二者是平行的。我们还将在文艺复兴的高峰阶段看到它，到了那时，异教文化将和基督教理想分庭抗礼，并经常占据上风。它在 17 和 18 世纪再次回潮，在"书籍之战"中以新的面貌出现。在革命时期，它的力量将变得前所未有的强大：雪莱对基督教理念的仇恨，就像他对更优越的希腊异教文化的崇拜那么狂热。到了 19 世纪，欧洲的伟大作家将分成不同阵营，比如以托尔斯泰为代表的基督徒，以尼采为代表的异教徒，还有像阿诺德这样虽不情愿但仍支持异教的基督徒。虽然天主教徒和圣公会教徒分别建起了新拜占庭式和新哥特式的教堂，19 世纪的异教徒们却没有为自己的崇拜营造建筑和祭坛，但他们还是为现代的异教圣殿新建了庞大的庇护所，它被修建在遗存的古代废墟之上，而薄伽丘正是最早的添砖加瓦者中的一位。

乔叟

从黑暗时代到中世纪乃至文艺复兴早期，我们在民族文学的起伏中总能看到战争与和平相互交替的身影，它们让欧洲的发展变得无比艰难和不平衡。除了战事和十字军东征，另一些动荡同样带给人们巨大的痛苦：比如黑死病，它在1348年夺走了彼得拉克和薄伽丘众多朋友的生命，包括他们心爱的女人劳拉和菲亚梅塔。丹麦人和诺曼人的先后征服几乎把英国排除在了欧洲文学的主流之外——至少对俗语文学而言是这样，尽管它对拉丁文学仍然有所贡献——而法语、普罗旺斯语和意大利语文学则开始发展起来。到了14世纪，经历过辉煌开端的法语文学几乎完全销声匿迹，因为法国正深陷百年战争的泥潭：除了爱国历史学家弗鲁瓦萨尔（Froissart），它变得乏善可陈。意大利文学蓬勃向上的势头在彼得拉克和薄伽丘身上得到了延续。由于罗马天主教会对阿尔比异端的征讨，普罗旺斯文化几乎被彻底摧毁了。然而，在经过长期的动荡和纷争后，近代英国终于开始成型。虽然14世纪的英格兰同样遭遇了瘟疫和困难，但它发展出一种静谧深沉的性格并一直保持了下去，在那个时代，这种性格的最佳例证就是乔叟。

杰弗里·乔叟（Geoffrey Chaucer）是一位交游广泛的廷臣和公务员，他是一长串对文学作出良多贡献的英国公务员中的第一位。他生于公元1340年，曾在法国服役，三次作为外交官出使意大利，还担任过肯特郡的议员。乔叟可能没上过大学，他的学识在某些地方显得业余，但这对其诗歌创作却是有利的。

乔叟是第一位对欧洲有所认识的伟大英语诗人。他接受了欧洲俗语的影响，将其用到了改良英语语言和文学之上，他的影响力部分来源于此。他懂得法语和意大利语这两种现代语言，后者对他的影响更深。他的继承人——弥尔顿、拜伦和勃朗宁同样深受意大利语的影响。

乔叟的下列作品得益于其对法语和意大利语的了解，但它们的源头大多是希腊—罗马文学：

> 对《玫瑰传奇》的部分翻译；[37]
>
> 关于特洛伊战争的长篇骑士传奇《特洛伊洛斯和克里塞伊达》（*Troilus and Criseyde*）。作品以薄伽丘的《菲洛斯特拉托斯》为模版（薄伽丘借鉴了一首意大利语的剽窃之作，原作是改编自晚期希腊传奇的法语诗歌），但比薄伽丘的原作长很多。[38] 这是让乔叟跻身最伟大英国诗人行列的少数几部作品之一；
>
> 未完成的《声望之殿》（*The House of Fame*），主题是关于历史、文学、声望和不幸爱情的幻象。这首作品受到了但丁《神曲》的启发，很

可能还受到薄伽丘的《爱之幻象》（*Vision of Love*）的影响。古代和中世纪的拉丁语诗歌的影响同样不容忽视；

《骑士的故事》（*Knight's Tale*），这是坎特伯雷故事集中最出色的一个。它借鉴了薄伽丘的《忒修斯记》，乔叟删去了原作中的许多神话和史诗元素，使其变得本土化，同时他还利用自己的材料对其进行了扩充，让故事更好地反映现实生活。[39]

令人奇怪的是，乔叟似乎对同时代的意大利伟大作品《十日谈》一无所知，尽管他的《坎特伯雷故事集》具有类似构思。甚至当乔叟在"学者的故事"中引述"耐心的格里塞尔达"时，他用的也是彼得拉克的拉丁文译本：

> 我要给你讲一个故事，我是从
> 某位可敬的帕多瓦人那里听来的，
> 就像他的言行所证明的。
> 他现在死了，被钉进了棺材，
> 我祈求上帝让他的灵魂安息！
> 弗朗西斯·彼得拉克，桂冠诗人，
> 就是这位学者，他的甜美修辞
> 让诗歌的光辉普照了意大利……[40]

> I wol yow telle a tale which that I
> Lerned at Padowe of a worthy clerk,
> As preved by his wordes and his werk.
> He is now deed and nayled in his cheste,
> I prey to god so yeve his soule reste!
> Frauceys Petrark, the laureat poete,
> Highte this clerk, whos rethoryke sweete
> Enlumined al Itaille of poetrye. . . .

除了这些直接的借鉴，乔叟还从法国和意大利接受了许多更为丰富的思想和情感启迪。中世纪的爱情传奇对其诗歌的形式产生了最大的影响。通过意大利，他感受到即将到来的文艺复兴时期特有的微笑怀疑主义和人文主义宽容。不过，他对但丁也有很深的了解，并欣赏其宏大风格。他甚至让自己笔下的"巴斯妇人"直接提到了但丁的名字：

佛罗伦萨有位智慧的诗人
名叫但丁,他有句话说得好,
原句的讲法是这样的:
人的力量很少来自他的小树枝,
出于恩典,上帝愿意
让我们从他那儿获得高贵。[41]

Wel can the wyse poete of Florence,
That highte Dant, speken in this sentence;
Lo in swich maner rym is Dantes tale:
'Ful selde up ryseth by his branches smale
Prowesse of man; for god, of his goodnesse,
Wol that of him we clayme our gentillesse.'

当代的学者们指出,乔叟的许多段落模仿了但丁,其中一些特别有趣,因为他把但丁的表现手法和某位拉丁诗人的融合了起来。[42]《声望之殿》的整体构思体现了对维吉尔和但丁的推崇。

乔叟对古典传统并没有很深刻和透彻的了解。借鉴的部分经过他的简化总是变得近乎苍白。他的学识范围也是有限的,甚至比不上但丁那个小小的书架,而且没有像那位伟大的流亡者一样熟读它们。不过,在乔叟读过的书中有几本是但丁没有听说过的,还有一些内容在整个中世纪都是未知的。

乔叟犯了很多骇人听闻的错误,比但丁作品中出现的小差错要严重得多。更为令人不安的是,他似乎会不时显摆自己并不具备的知识。和所有中世纪作家一样,他喜欢引经据典来卖弄才学,但有时乔叟所引的经典并不存在,而是他基于误解而臆造出来的。比如,"律师"提到了缪斯,然后说:

我指的是梅塔莫弗西奥斯(Metamorphoseos)。[43]

看上去他在写这句话的时候对奥维德的《变形记》(*Metamorphoses*)一无所知,把这部诗篇当成了人,而且连名字都拼错了。也许这是在嘲讽书呆子,特别是律师们。不过如果是这样的话,他又为何要一本正经地提到奥维德的某位情人呢?

我首先追随斯塔提乌斯(Stace),然后是科琳娜(Corinne)——[44]

或者他依稀记得奥维德在《恋歌》中提到了科琳娜?在《特洛伊洛斯和克里塞伊

达》中，他反复提到自己是在复述"我那个作者洛里乌斯（Lollius）"的故事，此人用拉丁语写了一部关于特洛伊的古书。而在《声望之殿》中，他介绍说洛里乌斯是位真实存在的历史学家。但无论在古代还是近代，世人都不曾听说过有位叫这个名字的历史学家。一种非常巧妙的解释是，这个名字是拉丁语化了的薄伽丘（Boccaccio 的意思是大嘴），loll 表示"大舌头"。不过，虽然乔叟经常借鉴薄伽丘，却从未提过后者的名字，而在他的翻译作品中也看不到如此巧妙的文字游戏，所以我们还是应该采用更加简单的解释。

罗马诗人贺拉斯曾致信一位正在学习修辞的年轻友人，建议他研读荷马史诗中的道德和哲学内容。信的开头是这样说的：

> 马克西姆斯·洛里乌斯，当你在罗马练习演讲，
> 我在普莱内斯特重读那位特洛伊战争的记述者。[45]

男孩名叫 Lollius Maximus——Maximus 意味"最伟大的"，是对其家族的恭维性称号。贺拉斯有意颠倒了顺序，使其看起来像是"伟大的洛里乌斯"。在拉丁语原文中，即使顺序被颠倒，还是可以很明显地看出特洛伊战争的记述者指的是荷马，当时贺拉斯正在乡野小镇普莱内斯特研读他的作品。但对于那些对拉丁语句法和希腊文学知之甚少的人，或者没有看明白贺拉斯写的是书信，而致信对象的名字一般出现在第一行的人来说，他们很容易会误以为某个叫洛里乌斯的人是特洛伊战争题材最伟大的作者。

我们不知道乔叟是否是**第一个**犯此错误的人。[46]但显然，当乔叟把洛里乌斯安排在"声望之殿"的一根铁柱之上，与达雷斯和荷马并列的时候，他接受和相信了这种说法。[47]也许在创作《特洛伊洛斯和克里塞伊达》的时候，他对错误已经有所意识，因为当时他显然明白了，自己翻译的并非洛里乌斯，而是薄伽丘和其他更加晚近与真实的作者。他对这个名字的使用兼有戏仿和虚构的动机：就像剽窃了伯努瓦的科隆内的圭多虚构说自己的素材全部来自达雷斯，或者薄伽丘为自己的《忒修斯记》虚构出一位拉丁语原作者，而事实上他借鉴的是圭多、伯努瓦和斯塔提乌斯。说到底，虚构是传奇作家的压箱绝技——比如《珍宝岛》(Tresure Island) 中的藏宝图，在"南卡罗来纳州查尔斯顿附近"的沙利文岛上发现的基德船长（Captian Kidd）的密码图[48]，别人没有听说过的神秘老作者或瓶中的手稿。

乔叟还有其他许多类似的错误和臆测。和但丁一样（不同于彼得拉克），他相信"悲剧"是一种叙事文体。到坎特伯雷朝觐的僧侣说：

> 先来说说悲剧，
> 我的房间里有一百部。

> 悲剧是一种故事,
>
> 就像我们记得古书上说的,
>
> 它说的是曾经荣华富贵者
>
> 从高高在上的地方
>
> 跌落到悲惨中,落得不幸的结局。

> . . . first Tragedies wol I telle
>
> Of whiche I have an hundred in my celle.
>
> Tragedie is to seyn a certeyn storie,
>
> As old bokes maken us memorie,
>
> Of him that stood in greet prosperitee
>
> And is y-fallen out of heigh degree
>
> Into miserie, and endeth wrecchedly.

然后他又加了一条多余的错误信息:

> 它们的句子通常有
>
> 六个音步,人们称其为 *exametron*。

> And they ben versifyed comunly
>
> Of six feet, which men clepe *exametron*.

事实上,这不是悲剧而是史诗。[49]

乔叟并没有读过所有他引用的作品,把它们列入对其产生了"古典影响"的名单是不恰当的。他对有限的几位拉丁语作家非常熟悉,带着一定的理解和真正的热爱翻译和改编了他们的作品。他对其他一些作家也有肤浅的了解,但关于他们作品的信息要么是二手的(因为这些人的作品被乔叟熟知的另一些作者引用过),要么来自某部中世纪常见的百科全书式作品中的摘要和小结。对他而言,希腊和罗马世界并非像但丁所描绘的那样生活着许多高大的人物,即使隔着漫长的岁月仍然清晰可辨。在他看来,除了作为自己导师的四五位伟大的"学者"外,他们身后只是一大群被历史迷雾阻隔因而很难看见和听见的幽灵,而在他们周围飘浮着一些完全是想象出来的虚幻形象,比如科琳娜和"我那个作者洛里乌斯"(myn auctor Lollius)。[50]

许多学者都研究过有哪些作者是乔叟真正了解的。他们各自得出的结论在大部分内容上是一致的。[51]

他对奥维德的了解远远超过其他作者。德莱登（Dryden）甚至发现了二人间的相似点：

> 两人都有良好的教养，秉性也都很好，都多情而放纵，至少从他们的作品看是这样，可能生活中同样如此……两人都对占星术有所研究……两人的文笔都极为巧妙和明澈……两人都借鉴了他人的创造……两人都懂得我理解为激情的那些举止动作，更加广义地说，他们都懂得如何描绘人物及其习惯。[52]

虽然奥维德要复杂得多（这不仅是因为乔叟更善于表现得"单纯"），两人的确存在某种共鸣，甚至他们生命的结局同样都被阴影笼罩。乔叟在刚开始诗歌创作时就借鉴过奥维德的《变形记》。他的第一首诗《公爵大人之书》（*The Book of the Duchess*）以《变形记》第十一卷第410至748行的克于克斯（Ceyx）和阿耳居娥涅（Alcyone）的故事作为开篇和结尾①，虽然就像《玫瑰传奇》的两位作者等中世纪作家一样，乔叟删去了这对情侣化身为鸟的情节，把它变成纯粹的因爱情而死的故事。他的下一部作品《声望之殿》部分受到《变形记》第十二卷第39行起对谣言女神之屋描写的启发。甚至在《坎特伯雷故事集》中也能找到一段有意思的话："律师"夸口说乔叟说过的情人故事比奥维德还多，但随后列出的名单显示，奥维德正是这些故事的主要来源。[53]

乔叟是第一位大量借鉴奥维德的虚构情书集《女杰书简》的近代诗人。在1465年完成的《良妇传说》中，他称奥维德的作品为"信札集"（Epistles），并在《声望之殿》的一个有趣段落中概括了其中大部分内容。[54] 奥维德以帕里斯和海伦之名创作了书信，其中的许多暗示被乔叟用于塑造风情万种的克里塞伊达形象。[55] 与但丁不同，他对奥维德以罗马历法为基础的历史诗集《岁时记》（*Fasti*）有所了解。《良妇传说》中卢克莱提娅（Lucretia）的故事借鉴了奥维德的版本，开头部分是对奥维德原作的翻译[56]：他经常利用奥维德来修改和扩充薄伽丘的作品。虽然乔叟提到了奥维德的《爱的艺术》和《爱情疗方》[57]，但没有证据表明他读过这两部作品。

他对维吉尔的了解仅次于奥维德，但显然仅限于《埃涅阿斯纪》。[58] 在《声望之殿》和《狄多传奇》（*The Legend of Dido*）中，他对这个故事做了概括。《声望之殿》是一部雄心勃勃的作品。在某些方面，他用这首作品强调了自己作为诗人的崇高使命。就像但丁在灵薄狱中受到了伟大古典作家们的平等礼遇那样，乔

---

① 因为常常自比宙斯和赫拉，忒萨利（Thessaly）国王克于克斯和王后阿耳居娥涅受到惩罚，克于克斯溺水身亡，王后也随即殉情。海洋女神忒提斯（Thetis）将他们变成一对翡翠鸟（Halcyon），传说他们将巢筑在海上，孵化期间忒提斯保证海面风平浪静。

叟在这首作品中也让自己与维吉尔平起平坐。在这个梦境故事中，他看见了维纳斯神庙，神庙的墙上镌刻着《埃涅阿斯纪》中的历次事件。就像当埃涅阿斯第一次登陆意大利，迎来流亡中的关键时刻之际，他在库迈（Cumae）的阿波罗神谕所的大门上看到了弥诺斯、代达罗斯（Daedalus）和伊卡洛斯（Icarus）①——这是一个更古老的逃脱异族统治和流亡意大利的故事。"声望女王"来自《埃涅阿斯纪》第四卷的谣言女神形象，而《狄多传奇》则重述了同一作品中的那个著名爱情故事。但作为多情诗人的乔叟一改埃涅阿斯甘为使命献身的形象，将其变成了一个用情不专的人。他暗示埃涅阿斯的梦是捏造的，还称其为"叛徒"，并让可怜的狄多表示自己可能怀上了孩子——这是对维吉尔故事更加肤浅和现代的解读。[59]

波伊提乌对乔叟的重要性更多体现在思想而非语言上。在法语译本和注疏本的帮助下，乔叟从拉丁语原文翻译了《哲学的慰藉》。虽然他的翻译并不好，但包含了许多有价值的英语新词汇，有的直接从拉丁语借用，有的则是经过法语的中介。波伊提乌的这本书是乔叟哲学思想的最重要来源[60]（书中的许多理念出现在《玫瑰传奇》中，这加强了它的影响）。特别是乔叟关于命运，或者说关于人类自由意志与上帝意旨之间关系的两段论述，它们直接来自波伊提乌。[61] 其他类似的借鉴在重要性上要逊色一点。不过，体现波伊提乌对乔叟影响的最好例子并非借鉴，而是后者对罗马思想真正的反思，这体现在高贵而极富个人色彩的诗作《真理》（*Truth*，又称《良训谣》[*The Ballad of Good Counsel*]）之中：

> 逃离俗众，与真理同在。

> Flee fro the prees, and dwelle with sothfastnesse.

作品中一些最优美的诗句是不朽古典思想的重生：

> 这里不是家园，这里只是荒野：
> 前进，朝觐者，前进！前进，牲畜，走出棚厩！
> 认清你的祖国，仰视，一切感谢上帝……

> Her nis non hoom, her nis but wildernesse:
> Forth, pilgrim, forth! Forth, beste, out of thy stal!
> Know thy contree, look up, thank God of al. . . .

---

① 代达罗斯为克里特国王弥诺斯修建了迷宫。为了保守秘密，弥诺斯将代达罗斯父子囚禁在高塔内。代达罗斯利用蜡制飞翼逃出囚牢，他的儿子伊卡洛斯没有听从父亲的警告飞得过高，飞翼因日晒脱落，他也坠海身亡。

上述诗句反映了在罪恶世界中保持美好生活的艰难，这种思想源自柏拉图[62]——八个多世纪后，死囚牢中的波伊提乌对它做了新的诠释，又过了八百多年，乔叟让它再度复活。[63]

下一位作者的影响远远比不上前面几位，他就是创作了关于忒拜战争诗篇的斯塔提乌斯，乔叟对他非常了解，并直接借鉴了他的作品。潘达罗斯（Pandarus）发现侄女已经读到那部"忒拜传奇"第十二卷的结尾部分，即安菲奥拉克斯（Amphiorax）如何从地缝中堕入地狱。[64]在结尾部分，《特洛伊洛斯和克里塞伊达》对《忒拜记》的情节做了篇幅更大的概述，还加上了拉丁语原文。[65]作为白银时代的诗人，斯塔提乌斯深感自己比不上维吉尔等前辈，不过他拥有丰富的想象力，乔叟作品中许多令人眼前一亮的插曲和装饰性的称谓正是受到了他的启发。

乔叟显然还从某部中世纪的文选课本上知道了晚期拉丁语诗人克劳迪安（Claudian）的《珀尔塞福涅遭劫记》（*Rape of Proserpine*）和他的其他两篇较不知名的作品。[66]

乔叟也提到了西塞罗。他一定读过著名的《西庇阿之梦》，并以此为基础（还得到了但丁的启迪）创作了《百鸟议会》（*The Parliament of Fowls*）。[67]不过，他似乎没有读过著述颇丰的西塞罗其他的作品。

游历广泛和久经历练的"巴斯妇人"曾引述过一系列杰出哲学权威的名字，比如：

塞内卡和其他学者。[68]

Senek and othere clerkes.

由于我们几乎找不到塞内卡主要的哲学理论对乔叟的影响，他很可能只是通过一些二手的零星段落了解到前者的。他对塞内卡的引用大多出现在《梅利比的故事》（*The Tale of Melibeus*）中，但大部分来自布雷西亚的阿尔贝塔诺（Albertano of Brescia）1246年所著的《慰藉和劝诫之书》（*The Book of Consolation and Counsel*）。不过，从乔叟所引用的塞内卡道德书信的部分内容来看，他似乎直接读过它们。[69]

显然，上面列举的是乔叟有较多涉猎的全部古典作家。其他的只是通过摘要和评述略有了解，他们中最值得一提的是瓦雷利乌斯·弗拉库斯（Valerius Flaccus），他写过一首关于阿耳戈号英雄的史诗。[70]乔叟是第一位提到这首作品的近代作家。除了在《良妇传说》第一卷第1457行提到它的名字，他还对作品内容有所了解——至少对第一卷而言如此，因为他把阿耳戈号船员的名单称为"源远流长的故事"。而在乔叟的同一部作品中,对阿耳戈号停泊利姆诺斯岛(Lemnos)的描述包含了一处或两处仅见于弗拉库斯的细节。不过,想要推测出他是在哪里接触到《阿耳戈号远征记》(*Argonautica*)并不容易,因为该诗的抄本直到1416年才被发现,那时乔叟已经去世16年了。[71] 由于《阿耳戈号远征记》抄本用岛风字体(insular script)写成,香农(Shannon)大胆地推测它在乔叟生前就流传于英格兰了。不过很难想象乔叟会是一个比彼得拉克更成功的研究学者。

他两次提到讽刺诗人尤维纳尔的名字,全都见于其对第10首悲剧性讽刺诗的影射("人类愿望的虚荣")。[72] 其中一处来自对波伊提乌的注疏,另一处可能也来自类似的中介。

其他的作家虽然也被提及——如李维、卢坎、瓦雷利乌斯·马克西姆斯等——但乔叟对他们几乎一无所知。他对同时代的拉丁语诗人、历史学家和百科全书作者也有广泛涉猎。乔叟最喜欢的是薄伽丘的《异教神谱》(*Genealogy of the Gods*)——甚至以讹传讹——以及博维的樊尚(Vincent of Beauvais,拉丁语作Vincentius Bellovacensis)的《历史宝鉴》(*Speculum historiale*),这是一部下至公元1244年的世界简史,采撷了古代伟大作家的"英华"或者说名言。[73] 这些书籍是对中世纪学者知识的总结,并为文艺复兴做好了准备。乔叟不仅读过它们,而且涉猎过一些古典原著,他也为这场准备工作做出了贡献。

乔叟一生对三个领域最感兴趣,按照重要性排列是:同时代英国的生活、法语和意大利语浪漫情诗、古典学术——主要是诗歌和神话,哲学次之。他在晚年也开始对基督教感兴趣,但不如上述三者。没有人会说学术帮助他获得了对同时代生活的透彻和明晰的见地,也没有人会认为他因此极大地增进了对浪漫诗歌的理解,尽管学术提供给他更多爱情故事的素材。不过,学术的确提高了他把自己所观察到的东西表达出来的能力。学术也丰富了他的历史和传说知识,并启发了富于想象力的类比,激发他的想象力飞越时代和国界的限制——《声望之殿》虽然并不完全成功,却是第一部效法但丁的英语作品。学术升华了他的艺术观,还让他在智慧上远远超过了混乱而肤浅的民间信仰——对于并非虔诚教徒的廷臣来说,他们往往只拥有那样的信仰;他笔下的人物也因此具有了更加睿智的思想和谈吐。

古典诗歌的卓越风格对乔叟产生了巨大的教益。文学是一项技艺,虽然只有那些把它当成抒发精神和思想能量的工匠才能令其臻于完善。所以,掌握它的最好方法是学习其他的工匠,效法他人的成果,有意或无意地借鉴他人的方法,使之适应自己的素材和时代。乔叟涉猎的古典诗人都受过良好的训练。他们的背后是许多代人积累起来的经验,包括如何构建宏大、复杂而艰深的思想,如何编排话语，如何通过明喻让生动的表达更加生动，如何更改句式和组织段落，如何处理大堆的材料并将其捏合成恢宏的诗篇。即使是《女杰书简》的情书在修辞上也经过了精心加工，《变形记》中的独白也像焰火一样闪耀着雄辩术的光辉。乔叟的大段描写、细致比较和慷慨陈词的能力得益于他所受的古典训练。就形式层面而言，但丁也从维吉尔那儿得到了同样的教益。不过，乔叟没有但丁那么伟大和坚强，虽然在榜样的鼓舞下他也尝试过创作大型作品，但很少能够完成。至于古典研究对他的创作产生了多少帮助，只要把他和同时代的另一位英语诗人相比较就可以了。那位诗人拥有同样的杰出的想象力和更深刻的严肃性，但他从未受到希腊—拉丁语诗歌的指引、鼓舞和启迪，他就是《农夫皮尔士》的作者。乔叟让古典传统成为了最伟大的英语文学的天然组成部分。当我们翻开《坎特伯雷故事集》的序言，散发着芬芳的西风便拂面而来，仿佛正在轻柔地抚摸着英国的林地和荒原。

第 6 章
文艺复兴时期的翻译

古典文学主要通过三个渠道渗入现代民族文学，它们是翻译、模仿和赶超。

翻译无疑是最直接的渠道，虽然随之而来的力量所造成的结果会比我们想象的丰富得多。模仿可以分为两类，有时近代作者会认为自己用拉丁语创作的诗歌与维吉尔和其他模板的一样好，有时他会试图用母语严格模仿自己欣赏的拉丁语或希腊语作品的形式，后一种情况要少见得多。第三个阶段是赶超，近代作家对古典形式和素材不再全盘接受，而是加入许多自己的风格和主题——以期创作出不仅可与古典杰作相媲美，而且独具特色又富有新意的作品。真正的杰作正是通过这种方式被创作出来的：比如莎士比亚和拉辛的悲剧、蒲柏（Pope）的讽刺诗、但丁的《神曲》、弥尔顿的《失乐园》。

翻译这门被忽略了的艺术是文学的重要元素，比我们大多数人想象的重要得多。它一般不会创造出伟大作品，却经常有助于伟大作品的诞生。在杰作辈出的文艺复兴时期，它显得尤为重要。

最早将一种语言转换成另一语言的文学翻译可以上溯到公元前250年，兼谙希腊和罗马文化的诗人李维乌斯·安德罗尼库斯（Livius Andronicus）将荷马的《奥德赛》翻译成拉丁语，作为希腊语诗歌和传奇的教材。（按照传统观点，几乎与此同时，由72位拉比组成的翻译团将部分希伯来经文翻译成希腊语，供散居在巴勒斯坦之外，忘记了希伯来语和阿拉米语的犹太人使用。不过这个版本的初衷并非艺术，在教育史上也算不得伟大的里程碑。）[1] 李维乌斯·安德罗尼库斯的翻译试图在不同的语言和文化框架内重塑一件艺术品，这是一次严肃的尝试，并且取得了部分成功。[2] 它是数以十万计的此类尝试中的第一次。

我们今天的教育体系很大程度上要归功于李维乌斯。希腊人只研究自己的文学，它多变、新颖而优雅，也许他们真的不需要别的什么了。但罗马本族的文学和文化却是粗俗和幼稚的：于是从公元前3世纪起，罗马开始拜希腊人为师。从此之后，学习和翻译某种异国文化语言成了每个欧洲民族教育体系中的重要部分，它们的学术标准也与之建立起密切的联系。当所有受过教育的罗马人都能同时用希腊语和拉丁语交流和写作时，罗马文学和思想迎来了自己的最高峰。[3] 维吉尔的诗歌、普劳图斯和塞内卡的戏剧、西塞罗的演说词和哲学都不是罗马的，而是像我们经常称呼它们的那样，是希腊和罗马的完美融合。当西罗马帝国遗忘了希腊语，它的文化也就衰亡和凋零了。此后，在整个黑暗时代，文化火种的传承者是少数除了母语还懂另一种语言的人：比如僧侣、教士和学者，他们不仅懂得盎格鲁—撒克逊语、爱尔兰盖尔语或者原始法语，还掌握了拉丁语。随着双语潮流在中世纪和文艺复兴时期的流行，欧洲文化得以加深和扩展。文艺复兴的缔造者很大程度上是一些不仅使用母语还用拉丁语，有时甚至是希腊语相互交流的团体。如果哥白尼、拉伯雷、莎士比亚、伊丽莎白女王和洛伦佐·德·美第奇不懂拉丁语，如果他们不是像其他许多人那样乐于使用它或是受到它的鼓舞，我们也许只能把文艺复兴的拉丁语风潮看作是学究们的装腔作势。但历史证据是充分和明确无疑的。希腊—罗马传统与近代欧洲文化在文艺复兴时期的融合创造了一个伟大的时代，在思想和成就上堪与历史上希腊精神和罗马力量的那次结合相媲美。

从此，每个开化的欧洲民族的文化在很大程度上都要依赖学校里教授的某种外语，通过翻译、模仿和赶超，它们对本民族文学施加了持续的影响。另一种语言并不一定是拉丁语或希腊语。俄国人从德语获益，德国人则受益于法语。关键在于另一种语言必须是一种富饶文化的载体，以便扩展被国土锁闭的思想，避免下意识地把地方观念看成美德。学习拉丁语和希腊语最主要的理由在于掌握了这两种语言的人能够接触到我们这个世界上最崇高和富饶的文化。

翻译的思想价值如此显而易见，以至于常常被人忽略。没有哪种语言和民族可以自给自足。它的思想必须得到其他民族思想的补充，否则就会扭曲和枯萎。对英语和其他语言而言，我们所拥有的许多最伟大的理念是通过翻译引进的。英语民族的核心书籍就是译本——虽然当发现《圣经》是用希伯来语和拉丁语写成，然后经过了学者团队的翻译时，许多人会大吃一惊。除了专家，我们没有必要去阅读许多伟大的书籍的原本，它们的译本已经把一些基本的理念灌输进了我们的头脑：比如欧几里得（Euclid）的《几何原本》（*Elements*）、笛卡尔（Descartes）的《方法论》（*Discourse on Method*）、马克思的《资本论》和托尔斯泰的《战争与和平》。

翻译在艺术和语言上的价值几乎与它在思想领域的价值同样重要。首先，翻译过程经常会为译者的母语带来新的词汇。这是因为大多数翻译是从一种词汇丰富的语言转化成一种较为贫瘠的语言，译者必须凭借勇气和创新对后者进行扩充。现代民族语——如英语、法语、西班牙语等等——从几乎没有什么书面文学的口头方言演变而来，受地域所限，主要用于满足日常需要，很少被用于学术目的。因此，与拉丁语和希腊语相比，它们显得幼稚、缺乏想象和简陋。在它们被用于文学创作不久，人们就开始对其加以丰富，使其更具表现力。最安全和直接的做法是借鉴现有的文学语言，引入拉丁语词汇。通过从拉丁语和希腊语吸收词汇来扩充西欧语言是进入文艺复兴前最重要的准备活动之一。它的执行人主要是译者。

法语的祖先是口头拉丁语的一种变体。不过早在 12 世纪，法语就开始融入文学拉丁语的元素，并在 13 世纪有了进一步的发展。到了 14 世纪，法语开始有意识地借鉴拉丁语词汇来扩充自己。那个时代的作家有时会给出使用这种策略的理由。他们这样做显然是迫于把一种丰富的语言翻译到贫瘠的语言时遇到的困难。一位翻译《列王记》的洛林人如是说：

> 由于罗曼语存在缺陷，特别是洛林方言……没有人能够把拉丁语翻译成罗曼语，无论他是多么优秀的学者，无论他的罗曼语说得多么好……他必须使用一些拉丁语单词，诸如不公义（*iniquitas = iniquiteit*）、赎罪（*redemptio = redemption*）、慈悲（*misericordia = misericorde*）……拉丁语中的一些词语我们无法用罗曼语恰当地表达出来，我们的母语太贫瘠了：比如拉丁语的 *erue, eripe, libera me* 都可以表达"放开我"，罗曼语却只有一种表达方式。[4]

这种策略是查理五世（Charles V）的文化功绩之一，他被我们看作是文艺复兴的先驱。他培养了许多学者，为他们提供优厚俸禄，并鼓励他们为自己的图书馆翻译古典作品。查理最重要的受助人是尼克尔·奥雷姆（Nicole Oresme，约 1330—1381 年），他将其任命为利雪（Lisieux）主教。[5] 作为一名严谨和出色的译者，奥雷姆在将拉丁语翻译成法语的过程中同样对自己母语的贫瘠怨声载道，他举了一个在翻译亚里士多德时遇到的有趣例子：

> 在无数的场合下我们都会用到这个普通的断言：人是动物（*homo est animal*）。*Homo* 表示"男人或女人"，在法语中没有等价的词，而 *animal* 表示所有拥有能够感知的灵魂的物体，在法语中也没有哪个词可以准确地表示它。[6]

为了弥补这种缺陷，奥雷姆等人开始将法语拉丁语化，甚至希腊语化。如果不是由于下面两个原因，这样做的结果可能是灾难性的：法语和拉丁语具有天然的亲缘关系,法兰西民族在当时和后世拥有良好的品位。庞大固埃早年遇到过的一个学生品位就不怎么靠谱,他表示自己也在努力丰富母语:

> 尊敬的老爷,我的才智不足以……脱下(escorier)我们高卢俗语的皮囊(cuticule),但反过来(viceversament),我积极工作(gnave)、辛苦劳作(opere),扬帆摇桨(par vèles et rames)地努力奋斗(enite),用拉丁语的富余(redundance latinicome)来丰富(locupletater)它[①]。[7]

于是庞大固埃掐住了他的喉咙,他得到了悲惨的结局。许多此类从拉丁语借来的词汇很快就被抛弃了,因为它们显得笨拙和多余。但还有许多成了新语言的一部分,的确丰富了它。

我们可以归纳出中世纪晚期拉丁语(和希腊语)进入法语的不同渠道。它们具有代表性,其他西欧语言在借鉴时也或多或少地使用相同的渠道。

拉丁语和希腊语的词汇被引入和吸收。这些词汇主要分成两类:抽象名词以及相关的形容词,与更高级的技术和艺术文明有关的词汇。来自前一类的词汇今天已经显得非常自然和不可或缺了,比如以 -tion 结尾的循环(circulation)、决定(décision)、装饰(décoration)、犹豫(hésitation)、位置(position),以 -ité 结尾的灾难(calamité)、专长(spécialité);以 -ant, -ance, -ent, -ence 结尾的缺席(absent)、傲慢(arrogant)、证据(évidence);一些不太好归类的词汇,比如过分的(excès)、方便的(commode)、敏捷的(agile)、非法的(illégal);以及一些抽象动词,如预期(anticiper)、援助(assister)、超出(excéder)、排除(exclure)、反驳(répliquer)、分开(séparer)。第二类的词汇今天同样被广为接受,如行动(acte)、艺术家(artiste)、民主(démocratie)、因素(facteur)、医生(médecin)。(语言史上的一个奇特现象是,此类单词中有一些在被引入后消失了,直到16世纪初才被再次引入,像紧致的[compact]在18世纪才重新出现,而像稀缺[raréfaction]等少数几个则要等到19世纪。)

词素被从母语吸收的拉丁语词汇中提炼出来,在法语中得到推广:特别是前缀 in-(比如不礼貌的[incivil]或是难以置信的[inouï])和用于抽象名词的后缀 -ité 和 -ment。

许多已经存在的法语词汇也被做了修改,以便更符合它们的起源——它们源于拉丁语,但后来和祖先产生了差异。比如幽暗的(oscur)被改回成 obscur,微

---

① 这个学生使用了许多法语化了的拉丁语词汇(见括号内),词干是拉丁语,词尾变位却是法语的(这段话本书作者采用的是英译,为了方便说明,译者在括号内给的是拉伯雷原文)。

妙的（*soutil*）变成了 *subtil*，因为它来自拉丁语的 *subtilis*，估计（*esmer*）则变成了 *estimer*。有时，两种形式都流传了下来，比如讲述（*conter*）和计算（*compter*）。

希腊语词汇也被引入，但比例要小得多。它们大多已经通过对教父和希腊哲学家作品的翻译而被拉丁语化了：比如垂危（*agonie*）、气候（*climat*）、幻想（*fantaisie*）、诗歌（*poème*）、治安（*police*）、理论（*théorie*）、区域（*zone*）。奥雷姆本人引入了一大批政治学和美学领域的重要词汇：如贵族统治（*aristocratie*）、比喻（*métaphore*）、智术师（*sophiste*）。

最后，一些**下层拉丁语**词汇也渗入了法语——它们并非来自古典作家，而是来自流行于法庭和教会的拉丁语：斩首（*décapiter*）、渐进的（*graduel*）、个体（*individu*）。

英语在诞生之初同样受到了希腊和罗马的影响。早在黑暗时代，它就从拉丁语和希腊语吸收词汇，用以表述那些并非英国人传统上的活动，涉及宗教、社会和政治，甚至还包括外国的食物和饮料。教堂（*church* 和 *kirk*）来自希腊语，主教（*bishop*）、僧侣（*monk*）、教士（*priest*）和葡萄酒（*wine*，也可能来自拉丁语）同样如此。许多拉丁语词汇是经由诺曼征服者的法语间接进入的。和法语一样，当人们从中世纪走向文艺复兴，英语也出于同样的原因开始扩展，并且深受法语的影响。乔叟是这一过程的代表人物。

他懂得一些拉丁语，法语几乎和英语一样好。我们无法确定，这一时期英语所吸收的拉丁语词汇是直接来自拉丁语还是经过了法语的中介。不过从形态上看，它们大多是通过法语引进的：比如无知（*ignorance*）和缺席（*absence*）等以 -ance 和 -ence 结尾的抽象名词在拉丁语中以开音节 -antia 和 -entia 结尾，到了法语中则变成了闭音节。某些词汇同时拥有上述两种来源。叶斯柏森（Jespersen）列举了来自希腊语和拉丁语的机器（*machine*），从发音上可以看出它经过了法语的中介，而与之关联的诡计（*machination*）则直接从拉丁语引入（另一个拥有同样希腊语词根的关联词机械的 [*mechanical*] 则是直接从下层拉丁语进入英语的）。范例（*example*）和示范性的（*exemplary*）这对单词的情况与上面类似。

由乔叟及其同时代的人与后继者们引入英语的拉丁语和希腊语词汇主要是（和法语的情况类似）抽象名词和形容词，或者文化和技术词汇。包括绝对的（*absolute*）、方便的（*convenient*）、明显的（*manifest*）、致命的（*mortal*）、位置（*position*）、理智的（*sensible*）等抽象和半抽象的单词——据说上述单词都是第一次出现在乔叟对波伊提乌的翻译中[8]，这个译本被称为"英国哲学散文的奠基之作"。[9]乔叟还引入了占星家（*astrologer*）、蒸馏（*distil*）、反常的（*erratic*）、经度（*longitude*）、土著的（*native*）、西方的（*occidental*）和雄辩家（*orator*）等学术词汇。今天我们日常使用的数以百计的单词都是那个时候引进的：有的像固体（*solid*）那样简单，有的像诗歌（*poetry*）那样有用，有的像存在（*existence*）那样不可或缺。对于中世纪晚期英语所经历的发展的重要性，我们如何评价都不过分：从此它开始成为一种伟大的世界性文化语言。

类似地，*-tion* 和 *in-* 等拉丁语词素也得到引入和推广。和法语一样，英语中的罗曼语单词的拼法也有所修改。比如，债务（*dette*）变成了 *debt*，不过来自拉丁语词源 *debitum* 的 *b* 仍然不发音，我们还是遵循源自诺曼法语的中古英语发音方式。同样地，英语中的怀疑（*doute*）也被插入了 *b*，变成了 *doubt*，与拉丁语的 *dubitatio* 相似。但在英语和苏格兰语中的发音仍然分别是 *dout* 和 *doot*。法语仍然把每年的第四个月称为 *avril*，在诺曼人征服后的最初岁月里，它被称为 *Avril* 或 *Averil*，到了乔叟的时代，"带来润物甘霖的"四月变成了 *Aprille*。

斯宾塞称乔叟为"未受污染的英语之井"（a well of English undefiled）。这几乎和弥尔顿对莎士比亚"鸣声婉转的本地林中之鸟"（warbling native wood-notes wild）的评价一样错误。的确有许多中世纪的英国作家用那个时代纯粹的英语思考和交流。其中一些人的作品也相当不错。但他们都没有对英语语言或文学做出很大贡献。乔叟的价值在于他不仅是未受污染的英语之井，而且成为了将丰沛的拉丁语之河及其姐妹河希腊语引入英格兰的水渠。

15 世纪早期，部分通过对拉丁语的直接模仿，部分受意大利文化的影响，西班牙语开始经历类似的发展。西班牙语的外来词种类和上面说到的法语和英语的情况类似，比如来自拉丁语的抽象词汇：如野心（*ambición*）、赞扬（*comendación*）、舒适（*comodidad*）、奴役（*servitud*）、鲁莽（*temeridad*）。也有希腊语词汇：如白痴（*idiota*）、悖论（*paradoja*）、书呆子（*pedante*）。一些已经存在的西班牙语单词也被修改成更接近古典拉丁语的样子：如双方（*amos*）变成了 *ambos*，意愿（*veluntad*）变成了 *voluntad*，创造者（*criador*）变成了 *creador*。像法语和英语一样，有时两种形式都流传了下来：如亵渎（*blasfemar*）和伤害（*lastimar*），放置（*colocar*）和悬挂（*colgar*），热的（*cálido*）和汤水（*caldo*），完整的（*íntegro*）和整个的（*entero*）。同为表示"创造者"的 *creador*，*criador* 和 *criatura* 都被保留。喜欢走极端的西班牙人比英国人和法国人走得更远，他们不仅借鉴了希腊语和拉丁语的词汇，还引入了它们的句法特征。然而，句法并不能被真正吸收，像贡戈拉（*Góngora*）这样的作家还因此扭曲了自己的语言和思想。

在中世纪晚期和文艺复兴早期，法语、英语和西班牙语是吸收拉丁语和希腊语词汇运动的最大受益者，它们的表现力和灵活性大大增强了。不过，德语、波兰语、马扎尔语和其他北欧与东欧的语言却几乎没有受到西欧这场如火如荼运动的影响。当然它们也有用本民族语言写作的诗人和散文家，还有许多作者则主要或完全使用国际性的文化语言拉丁语。同西欧国家的根本区别在于，这些国家很少有作家具备足够的才智在本民族的文化同希腊和罗马的文化间架起桥梁，而且它们的译者人数也很少。它们的作者要么完全使用德语（或是波兰语和马扎尔语），要么完全使用拉丁语写作。而西欧却有许多类似英格兰的乔叟和高尔，或是西班牙的伊涅戈·洛佩斯·德·门多萨（Iñigo Lopez de Mendoza）和胡安·德·梅纳（Juan de Mena）这样的作家，他们不仅使用母语，同时还融入了希腊语和拉丁语的词汇、用词特点和风格技巧，并把拉丁语作品翻译成母语。他们是让两种文化积极融合的活的纽带，不仅使得较古老的文化焕发青春，而且巩固了较年轻的那种文化。

我们已经简单描绘了这场运动的概况，随着西欧全面步入文艺复兴，它的势头也变得日益强大。从地理和社会角度来看，知识都得到了更广泛的传播。人们开始更加认真地研读那些更艰深和更成熟的书籍，对语言的感觉更加敏锐。拉丁语和希腊语词汇渗入西欧语言的潮流被延续和扩展开来。随着一些被精心挑选的希腊—罗马风格标准的应用，这股富含能量的持续潮流得到了巩固和精炼，最终将黑暗时代粗俗、生硬而幼稚的各种方言变成了西欧和近代美洲的语言。

翻译的另一种功能同样很有价值，但没有那么直接：它丰富了译者的语言风格。这是因为在翻译任何出色的书籍时，译者通常会遇到许多母语所不具备的风格特征。比如，原著的写作形式在目标语言中是不存在的。随着翻译的完成，那种形式也会被吸收。对诗歌来说，它的格律在目标语言中可能不存在，于是译者就会模仿那种格律，或者发明出一种令人满意的新格律来实现同样的效果。原著还几乎肯定包含许多新的意象，为引进它们的目标语言带来全新的魅力。此外，在原著中经常可以看到新鲜、有趣和高度发达的用词技巧，这是经过漫长岁月和许多世代的试验与进化的结果，目标语言可以对其加以效法和借鉴。好的译作所包含的上述技巧会被原创作家所吸收，从而很快成为完全母语化的资料。

比如，希伯来文化的意象通过《旧约》的翻译大量进入了英语。

无韵诗（blank verse）是文艺复兴时期意大利诗人的发明，旨在达到拉丁语六音步和三音步抑扬格作品那样流畅的效果和宽广的表现范围。

仅仅通过模仿原作，将古典作品翻译成各种现代语言的译者们就成功引入了高潮（climax）、对仗（antithesis）和顿呼（apostrophe）等现代修辞的重要手法，而在通过翻译为人所知以前，任何欧洲方言中几乎都找不到它们的身影。三句排列（tricolon）是一种后来变得非常流行的手法。它的发明者是晚期的希腊修辞学家，在拉丁语散文和诗歌中得到广泛应用——特别是西塞罗。这种手法把三组相互关联的单词或短语并列放置，它们表达的通常是同一思想的不同方面。各组的比重和重要性是平衡的，但通常在第三组时达到小小的高潮。亚伯拉罕·林肯的《葛底斯堡演说》（Gettysburg Address）就包含了几处此类手法：

> 我们无权授予——我们无权奉上——我们无权把神圣带给——这片土地；
> 人民所有、人民所掌、人民所享的政府。

虽然林肯看不懂西塞罗的演说词，虽然上述手法不是英语中土生土长的，但通过学习像吉本这样深谙西塞罗拉丁语的抑扬顿挫，并巧妙地用英语复制了其风格的巴洛克作家的散文，林肯还是学会了它。当然，三句排列今天已经是英语演讲中的常用手法。它既显得自然又令人难忘，因此特别有用。作为不逊于林肯的演说家，另一位美国总统的不朽名言"三分之一的国民屋难避雨、衣难遮体，食难果腹"使用了同样的手法①。不过，尽管看上去很自然，这种手法却是希腊—罗马人的发明，就像内燃机是现代西欧人的发明一样；不过，今天数以百万计的使用者却对它的起源一无所知。

对好书进行善译的意义还不止于此，因为它们的活力和强烈感染力是对艺术家们的激励，即使他们的写作原本致力于别的主题，或者使用不同的手法。这是文艺复兴时期翻译的最崇高的功能。如果伟大的思想能够被交流——无论多难、无论多远——它们就会催生出新的伟大思想。这是所有翻译存在的理由，哪怕是坏翻译。这是文艺复兴时期译者们的原则。

文艺复兴是翻译的伟大时代。在未知的古典作家被发现的同时，通过俗语翻译，他们与比他们更有名的同胞几乎同样迅速地被展现在西欧公众的面前。这种现象背后的两个主要原因是对古典传统与日俱增的了解和兴趣，以及印刷术的发明。后者让自学变得更容易，从而促进了文化的传播。

西欧国家在翻译作品的数量和价值上并不相同。大致的排名是：法国居首，英国和德国次之，再次是意大利和西班牙，再往后就可以忽略不计了。许多富有才智的意大利人没有选择把拉丁语书籍翻译成自己的母语，而是用拉丁语或意大利语撰写原创作品，或是将希腊语翻译成拉丁语。法国人的翻译数量庞大而且精彩纷呈。英国的译者则充满了活力。不过这些人并非是真正的学术翻译者：有时他们会从拉丁文译本转译希腊语作品，有时则从法译本转译拉丁文作品。与学究

---

① 出自富兰克林·罗斯福第二个总统任期的就职演说。

的迂腐相反，他们显得冒进而粗心，这让我们想起了那位"从不修改自己的作品"①，也不监督它们出版的莎士比亚。比如，查普曼曾**自夸**用了不到四个月就完成了《伊利亚特》后12卷的翻译。在文艺复兴时期的德意志诸邦，古典文化力量的渗透远没有那么深入。那里出现了许多拉丁文的原创作品，对罗马喜剧的各种改编，还有一些人试图通过翻译推动古典知识的普及。但没有任何文学作品真正体现了德意志民族的精神同希腊和罗马的艺术与思想富有成效的融合。直到1691年，每年印刷的拉丁语图书的数量都要超过德语图书。[10] 很少有翻译作品具有文学价值，对独立艺术作品的创作更是完全没有起到激励作用。像罗伊希林（Reuchlin）这样懂希腊语的人组成的小团体非常孤立，虽然他们与南部和西部德意志诸邦的其他学者在同意大利的接触中得到了启迪。而东部和北部诸邦仍然淹没在中世纪的黑暗中。[11]

下面我们来回顾一下文艺复兴时期最早被翻译成现代语言的重要希腊语和拉丁语文学作品。（被翻译成拉丁语的作品不在本书的讨论范围内，虽然它们同样是古典影响的重要传播渠道。我们也不考虑大部分不完整和未出版的译本，它们对文学的整体发展影响较小。）

史诗

大约在1445年左右，桑提亚纳侯爵（Marquis of Santillana）之子从拉丁语译本将荷马《伊利亚特》的部分内容转译成西班牙语。[12] 不过，这些早期的翻译更像是中世纪的改写，1530年由让·桑克松（Jean Samxon）完成的《伊利亚特》法语译本同样如此（转译自瓦拉［Valla］的拉丁语译本，并添加了"达雷斯"和"迪克图斯"的内容）。1537年，西蒙·沙伊登赖瑟（Simon Schaidenreisser）同样以拉丁语译本为基础将《奥德赛》翻译成德语散文体。法国最早的诗体现代语言译本是1545年由于格·萨勒尔（Hugues Salel）翻译的《伊利亚特》前10卷，以及1547年由勒芒人雅克·佩勒蒂耶（Jacques Peletier du Mans）翻译的《奥德赛》前2卷。1577年，阿玛迪斯·亚蒙（Amadis Jamyn）完成了萨勒尔未竟的工作。在英格兰，不懂希腊语的亚瑟·霍尔（Arthur Hall）在1581年转译了萨勒尔的译本。不过，他的工作很快就被乔治·查普曼从希腊语直译的全译本所超越，后者在1611年完成了《伊利亚特》的诗体译本，1614年和1616年又先后完成了《奥德赛》

---

① 本·琼生语。

与《荷马颂诗》的翻译（早在 1598 年他就出版了《伊利亚特》第 1—2 卷和第 7—11 卷的初步翻译）。就像济慈所说，这个译本"响亮而勇敢"（loud and bold），它是第一次使用现代语言将荷马史诗进行足本诗体翻译的译本。我们也听说过一些意大利语译本，如卢多维克·多尔切（Lodovico Dolce）分节的《奥德赛》译本（1573 年），或是吉罗拉莫·巴切利（Girolamo Bacelli）的用无韵体翻译的《伊利亚特》前 7 卷（1581—1582 年），不过它们几乎没有产生什么影响。1610 年，奥格斯堡的约翰·施普兰（Johann Spreng）的德语诗体译本问世。

早在 1400 年之前，《巴里莫特之书》（Book of Ballymote）中就出现了被翻译成盖尔语散文体的《埃涅阿斯纪》——《埃涅阿斯历险记》（*Imtheachta Æniasa*）。[13] 15 世纪开始出现多种散文体改写作品，如纪尧姆·勒鲁瓦（Guillaume Leroy）的法语和恩里克·德·比耶纳（Enrique de Villena）的西班牙语译本。到了 1500 年左右，第一个规范的诗体译本终于问世，天才的法国翻译家奥克托维恩·德·圣-热莱（Octovien de Saint-Gelais）用十音节双行韵体对荷马做了幼稚但忠实的翻译。[14] 不久之后的 1515 年，穆尔纳（T. Murner）出版了"《埃涅阿斯纪》前 13 卷"的德语译本，而在苏格兰，精力旺盛的高文·道格拉斯（Gawain Douglas）主教于 1513 年用粗糙的英雄双行体完成了一个有力、朴实而生动的译本。不过由于政治原因，译作在当时没能产生任何影响，直到 1553 年才得以出版。1547 年被斩首的萨里伯爵（Earl of Surrey）的第 2 卷和第 4 卷译本在他死后被出版，其中的许多段落几乎完全抄袭了道格拉斯（在萨里伯爵的译本中，无韵体第一次被应用到英语中，可能借鉴了意大利的诗人和译者的新近创造）。[15] 与此同时，法国人也翻译了这首史诗的部分章节，值得一提的是杜贝雷（Du Bellay）翻译的第 4 卷（1552 年）和第 6 卷（1561 年），以及德马许尔（Desmasures）经过 13 年的努力完成的全译本（1560 年）。1582 年，两位诺曼贵族，"羔羊骑士"安托万和罗贝尔兄弟（Antoine and Robert Le Chevalier d'Agneaux）出版了用亚历山大体翻译的维吉尔全集。1573 年，特温（Twyne）完成了法埃尔（Phaer）开创的工作，在前者 1558 年完成的前 7 卷基础上，将余下部分的《埃涅阿斯纪》也翻译成英语，不过这个译本质量糟糕。将《埃涅阿斯纪》翻译成西班牙语的是塔索的友人克里斯托波尔·德·梅萨（Cristobal de Mesa），而勤劳的约翰·施普兰（1601 年去世）则完成了第一个德语诗体译本。1581 年出版的安尼巴莱·卡洛（Annibale Caro）的作品曾长期享有盛誉。同样著名的是理查德·斯坦尼赫斯特（Richard Stanyhurst）对《埃涅阿斯纪》前四卷的六音步英译（1582 年），但它被许多人看作是出版史上最差译本的有力争夺者——虽然这项荣誉的竞争非常激烈。只要引用译文中狄多在被埃涅阿斯抛弃时义愤填膺的感叹就可见端倪了：

我竟然让一个陌生人给耍了？

Shall a stranger give me the slampam?

在查理五世的要求下，卢坎的作品在 14 世纪被翻译成法语。1541 年，马丁·拉索·德·奥罗佩萨（Martin Laso de Oropesa）在里斯本出版了这位"科尔多瓦诗人"（西班牙人自豪地如此称呼卢坎）的西班牙语散文体译本，不过它延续了将卢坎视作历史学家的中世纪传统。[16] 在英语世界，马洛完成了第一卷的逐行翻译（出版时间是 1600 年，但它进行版权登记的时间是 1593 年）。1614 年，哥奇斯爵士（Sir A. Gorges）完成了第一个英语全译本，不过 1626 年由后来的长期议会（the Long Parliament）秘书和记录人托马斯·梅（Thomas May）发表的译本更为成功。在西班牙，胡安·德·豪雷吉－阿吉拉尔（Juan de Jauregui y Aguilar）无意中推动了巴洛克诗风，他翻译的卢坎生动再现了这位诗人的巧思和扭曲，为贡戈拉及其学生们的矫揉造作之风提供了借口。[17]

我们已经在中世纪传奇的章节中提到过奥维德《变形记》的各种译本。[18] 彼得拉克的友人贝尔许尔（Bersuire，亦作 Beçoir，卒于 1362 年）的法语改写在很长时间内都被视作权威，甚至在 1480 年被卡克斯顿翻译成英语——直到克莱芒·马洛的前两卷译本（1532 年）和阿贝尔（Habert）的全译本（1557 年）问世。1534 年，希罗尼穆斯·伯纳（Hieronymus Boner）出版了德语译本，而哈尔伯施塔特（Halberstadt）1210 年的古德语改写本也在被翻译成近代德语后于 1545 年重新出版，不过施普兰 1564 年的诗体译本还是后来居上。在英语世界，亚瑟·戈尔丁（Arthur Golding）在 1567 年完成了一个粗糙但流畅的译本，莎士比亚借鉴过它，并用自己的想象力为其增光添彩。[19]

史学

1452—1457 年，瓦拉将希罗多德的《历史》翻译成拉丁文。据说在拉伯雷还是个修士的时候，他曾经翻译过《历史》的第一卷，不过他的译文已经失传，而且从未被他本人提起过。博亚尔多（Boiardo，1434—1494 年）将其译成了意大利语，法语译本则由皮埃尔·萨利亚（Pierre Saliat）于 1556 年完成。1584 年出版了第一卷和第二卷的英译，译者署名"B.R."。德语译本则是由伯纳根据拉丁语译本转译的（1535 年）。

修昔底德的一个著名拉丁语译本同样来自瓦拉（1452 年），它成了后世现代语言译者们的底本：它被马赛主教克劳德·德·赛瑟尔（Claude de Seyssel）翻译成法语（约 1512 年），被伯纳翻译成德语（1533 年），被弗朗切斯科·德·索尔多·斯特罗齐（Francisco de Soldo Strozzi）翻译成意大利语（1545 年），还通过赛瑟尔的法译被托马斯·尼克尔斯（Thomas Nichols）翻译成英语（1550 年）。迭戈·格拉西安（Diego Gracián）的西班牙语译本于 1564 年问世。

色诺芬（Xenophon）的《远征记》（Anabasis）由赛瑟尔于 1504 年翻译成法语，伯纳的德语译本出现于 1540 年，多梅尼基（R. Domenichi）的意大利语译本 1548 年问世，格拉西安的西班牙语译本和宾厄姆（J. Bingham）的英译本分别于 1552 年和 1623 年问世。

普鲁塔克（Plutarch）的《希腊罗马名人传》（Parallel Lives）在 15 世纪早期被瓜里诺（Guarino）等人翻译成拉丁语，随后便开始出现了现代语言的译本。1482 年，雅克内洛（B. Jaconello）把其中的 26 篇传记翻译成意大利语。1534 年，伯纳把其中的 8 篇翻译成德语，并在 1541 年完成了剩下的工作。早在 1491 年，阿方索·德·帕伦西亚（Alfonso de Palencia）就已经完成了全部传记的翻译。而在法语世界，拉扎尔·德·巴依夫（Lazare de Baïf）在 1530 年翻译了 4 篇，拉沃尔（Lavaur）主教乔治·德·塞尔福（George de Selve，1542 年卒）翻译了 8 篇，德·塞尔福之后的阿尔诺·尚东（Arnault Chandon）也翻译了一些，不过他的成就将被一位更伟大的译者所超越。1559 年，伟大的法国翻译家，从布尔日（Bourges）大学的教授荣升为欧塞尔（Auxerre）主教的雅克·阿米约（Jacques Amyot）出版了气势恢宏的《名人传》全译本。蒙田认为这部译作是对自己的思想影响最大的两部作品之一，它在法语文学中的地位数百年长盛不衰。[20]1579 年，托马斯·诺斯（Thomas North）将其翻译成英语，对威廉·莎士比亚产生了巨大的影响。[21]

应查理五世的要求，恺撒的《战记》（Memoirs）在 14 世纪被翻译成法语。1507 年，他的《高卢战记》（On the Gallic War）被林曼·费勒西乌斯（M. Ringmann Philesius）翻译成德语出版。拉斯特尔（W. Rastell）和约翰·布兰德（John Brend）分别于 1530 年和 1564 年完成过英语节译本，1565 年出现了戈尔丁的全译本。

萨鲁斯特（Sallust）和苏维托尼乌斯（Suetonius）的作品也在法王查理五世的要求下得到译介。到了下个世纪（1493 年），萨鲁斯特被弗朗西斯科·比达尔·德·诺亚（Francisco Vidal de Noya）翻译成了西班牙语——西班牙人对罗马史非常感兴趣。1513 年和 1530 年，迪特里希·冯·普莱宁根（Dietrich von Pleningen）和费尔菲尔特（J. Vielfeld）分别出版了德译本。16 世纪中叶，梅格莱（Meigret）完成了一个新的法

118 译本。1520—1523年，改编过《愚人船》(*The Ship of Fools*)的天才诗人亚历山大·巴克莱（Alexander Barclay）将《尤古塔战争》(*Jugurtha*)翻译成了英语。1608年，托马斯·海伍德（Thomas Heywood）将他的两部专著全部译出①。

李维留存下来的所有作品很早就得到了译介。据说薄伽丘曾经汇编过当时所知的李维作品，而彼得拉克的友人贝尔许尔的法译本直到1582年前都无可取代。影响较大的西班牙语译本要数卡斯蒂利亚的掌玺大臣佩德罗·洛佩斯·德·阿亚拉（Pedro Lopez de Ayala，1332—1407年）的作品。1505年，舍菲林（B. Schöfferlin）和维提希（J. Wittig）将当时所知的李维作品全部翻译成德语。1523年，卡尔巴赫（N. Carbach）将二人的译本重新出版，并加入了新发现作品的翻译。第一个英语全译本是由精力充沛和学识渊博的菲勒蒙·霍兰德（Philemon Holland）在1600年完成的。

1535年，晦涩的塔西佗被米基鲁斯（Micyllus）翻译成德语。《编年史》(*Annals*)的法译本是由埃蒂安·德·拉·普朗什（Étienne de la Planche，1-5卷，1548年）和克劳德·富歇（Claude Fauchet，11-16卷，1582年）完成的。英译本有亨利·萨维尔爵士（Sir Henry Savile）1591年出版的《阿古里科拉传》(*Agricola*)和《历史》(*Histories*)以及格莱纳维（R. Grenewey）1598年出版的《日耳曼尼亚志》(*Germany*)和《编年史》。

事实上，史学可能是文艺复兴时期翻译中最重要的领域——它强调了一种我们有时容易忽视的古典影响：由后无来者的古代历史学家们展现在我们眼前的对过去事件的洞察力、政治经验和故事宝库。

哲学

就柏拉图的地位来说，他被翻译的次数较少。不过，我们还是可以找到许多拉丁语的译本，其中最伟大的是斐奇诺（Ficino）1482年为美第奇家族翻译的全集。最早的英译作品——斯宾塞翻译的《阿克西奥科斯篇》(*Axiochus*)——出现在1592年，不过这篇对话的作者身份存疑。在法语世界则出现了一些单篇对话的译本，比如1541年前后由博纳文图尔·德·佩里耶（Bonaventure des Périers）翻译的《吕西斯篇》(*Lysis*)，1547年由杜瓦尔（P. du Val）翻译的《克里同篇》(*Crito*)，1546年由里夏尔·勒布朗（Richard le Blanc）翻译的《伊翁篇》(*Ion*)，

---

① 即《尤古塔战争》和《喀提林阴谋》。

以及 1549 年奥特芒（F. Hotman）翻译的《申辩篇》（*The Defence of Socrates*）。随后，杰出的人文学者鲁瓦·勒鲁瓦（Loys Le Roy）完成了一系列非常有价值的译本，其中包含了那些更加重要的对话：如《蒂迈欧篇》（1551 年）、《斐多篇》（1553 年）、《会饮篇》（*Symposium*，1559 年）和《理想国》（1600 年出版）。据说埃蒂安·多莱（Étienne Dolet）由于所出版的《希帕克斯篇》（*Hipparchus*）和《阿克西奥科斯篇》而在 1546 年被处以火刑，因为在他的译本中，柏拉图对灵魂不朽持否定态度。[22] 这一定是有史以来对误译最严厉的惩罚之一。

早在 1486 年，亚里士多德的《政治学》（*Politics*）就由尼古拉·奥雷姆翻译出版，后来被鲁瓦·勒鲁瓦 1568 年的译本所取代。最早的意大利语译本由布鲁乔利（A. Bruccioli）在 1547 年出版。1598 年，署名"J.D."的译者将勒鲁瓦的法译本翻译成英语。

亚里士多德的《伦理学》（*Ethics*）也是在查理五世治下被翻译成法语的，16 世纪时勒鲁瓦推出了新译本。15 世纪晚期，卡洛斯·德·比亚纳（Carlos de Viana）完成了西班牙语译本。威尔金森（J. Wylkinson）的英译本（1547 年）依据了一个三手的中世纪意大利语译本，后者依据的则是布鲁内托·拉蒂尼的译本。

普鲁塔克的《道德论集》（*Moral Essays*）兼具魅力、学识和世俗智慧，历来深受喜爱。人们经常选取部分篇章单独翻译，比如托马斯·艾略特爵士（Sir Thomas Elyot）的《论教育》（*On Education*，约 1530 年）。1528 年，维亚特（Wyat）从比代（Budé）的拉丁语译本转译了《论心灵的安宁》（*On Peace of Mind*）。1530 年左右，出版商维尔（Wyer）将伊拉斯谟的《论保持健康》（*On Preserving Health*）的拉丁文译本翻成了英语。1558 年到 1561 年间，布伦德维尔（Blundeville）也翻译了其中的四篇。德语全译本有 1535 年赫尔（M. Herr）和冯·埃彭多夫（H. von Eppendorf）的版本，以及 1580 年克西兰德（W. Xylander）的版本（由约纳斯·洛辛格［Jonas Löchinger］补全）。1572 年，阿米约完成了法语全译本——这是他的又一部重要译作。英语全译本于 1603 年问世，译者是霍兰德。

西塞罗的两篇不长的对话《莱利乌斯论友谊》（*Laelius: On Friendship*）和《老加图论老年》（*Cato Maior: On Old Age*）非常流行。卒于 1418 年的洛朗·普雷米尔费（Laurent Premierfait）把它们译成了法语。伍斯特伯爵（Earl of Worcester）约翰·提普托夫特（John Tiptoft）在 1460 年之前就把《论友谊》译成了英语。1481 年，卡克斯顿将提普托夫特的译本和从普雷米尔费法译本转译的《论老年》（译者可能是波托纳［Botoner］）合并出版。这两篇对话都被收录在约翰·施瓦岑贝格男爵（Johann, Freiherr zu Schwarzenberg）翻译的《德语西塞罗文集》（*The German Cicero*，1534 年），文集还包括了《图斯库鲁姆谈话录》。1537—1539

年，让·克兰（Jean Colin）将这两篇对话翻译成法语。1550 年，约翰·哈林顿（John Harington，那位同名诗人的父亲）从法译本翻译了《论友谊》；1535 年前后，惠廷顿（R. Whittington）翻译了《论老年》；1577 年，托马斯·牛顿（Thomas Newton）将它们一起译出。早在 1488 年就出现了西塞罗的重要作品《论责任》（*On Duties*）的匿名译本；1531 年，施瓦岑贝格出版了新译本。惠廷顿在 1540 年完成了一个糟糕的英译本，尼古拉斯·格里马尔德（Nicolas Grimald）1553 年的译本则相当不错。《图斯库鲁姆谈话录》先后由埃蒂安·多莱和约翰·多尔曼（John Dolman）翻译成法语（前三卷，1542 年）和英语（1561 年）。1538 年，沙伊登赖瑟将《悖论篇》（*Paradoxes*）译成德语，1540 年和 1569 年先后出现了惠廷顿和托马斯·牛顿的英译本，后者还翻译了西塞罗最好作品之一《西庇阿之梦》的残篇。

人们习惯于阅读塞内卡《书信集》和道德论文的拉丁语原文——随着 1515 年伊拉斯谟的精校本问世，它们变得更为流行。我们知道的译本有 14 世纪的法译本和米夏尔·赫尔（Michael Herr）编撰的纲要（1536 年）。1519 年，迪特里希·冯·普莱宁根将《慰马基雅》（*Consolation to Marcia*）译成德语。1577 年，《论恩惠》（*On Benefits*）由奥维德的译者亚瑟·戈尔丁译成英语；塞内卡的全部散文体作品则由洛奇（Lodge）在 1614 年译出。

戏剧

令人吃惊的是，戏剧的翻译既不系统，数量也很有限。希腊戏剧被文艺复兴的译者们忽视，这对文学造成了严重的伤害。埃斯库罗斯（Aeschylus）和阿里斯托芬（Aristophanes）的作品很少被翻译成现代语言，索福克勒斯（Sophocles）和欧里庇得斯的译本则既不完整，质量也欠佳。罗马的喜剧作家和塞内卡的悲剧得到的待遇就好得多了。希腊戏剧被忽视的原因首先是它们思想和语言上的艰深，其次是塞内卡的俗丽戏剧更受欢迎，第三是已经有了伊拉斯谟和布坎南（Buchanan）等人不错的拉丁文译本，第四是那些既懂希腊语又会写诗的人更希望与古典诗人一较高下，而不是翻译他们的作品。

1525 年左右，索福克勒斯的《厄勒克特拉》（*Electra*）被费尔南·佩雷斯·德·奥利瓦（Fernan Perez de Oliva）译成西班牙语，并改名为《为阿伽门农复仇》（*Revenge for Agamemnon*）；1537 年，拉扎尔·德·巴依夫将其译成非常冗繁的法语；1573 年，拉扎尔之子让–安托万（Jean-Antoine）出版了自己的《安提戈涅》（*Antigone*）

译本。²³1533 年，阿拉玛尼（Alamanni）出版了相当自由的《安提戈涅》意大利语译本。1581 年，托马斯·沃特森（Thomas Watson）将其翻译成拉丁语。

对欧里庇得斯最著名的翻译是 1545 年到 1551 年间由卢多维克·多尔切完成的意大利语译本：包括《赫卡柏》（*Hecuba*）、《美狄亚》（*Medea*）、《伊菲格尼亚在奥利斯》（*Iphigenia at Aulis*）和《腓尼基妇女》（*The Phoenician Women*）。1528 年，费尔南·佩雷斯·德·奥利瓦将《赫卡柏》翻译成西班牙语；1544 年，波什特尔（Bochetel）和阿米约将其译成法语。²⁴ 托马·塞比耶（Thomas Sébillet）1549 年的《伊菲格尼亚在奥利斯》法译本正好是原作的两倍长。在随后的 120 年里再没有出现过希腊戏剧的法译本。从 1604 年起，斯特拉斯堡的人文学者陆续出版了相当数量的德译希腊戏剧；16 世纪时，米夏尔·巴布斯特（Michael Babst）也有《伊菲格尼亚在奥利斯》译本问世。文艺复兴时期很少有希腊戏剧的英译本出版。据说皮勒（Peele）在大学期间曾经翻译过欧里庇得斯的伊菲格尼亚系列中的一部，但后来遗失了。唯一付梓的是弗朗西斯·肯维尔莫什（Francis Kinwelmersh）和乔治·加斯科伊涅（George Gascoigne）1566 年完成的《腓尼基妇女》译本，它以多尔切的意大利语译本为底本，并将其改名为《伊俄卡斯塔》（*Jocasta*）。

阿里斯托芬最通俗和最受欢迎的戏剧《财神》（*Plutus*）于 1550 年左右被龙沙翻译成法语（他在科克莱中学［Collège de Coqueret］的朋友们随后将其搬上舞台）；1577 年，佩德罗·西蒙·阿夫利尔（Pedro Simon Abril）将其译成了西班牙语。²⁵

普劳图斯的作品广受欢迎。早在 1486 年，费拉拉（Ferrara）的宫廷诗人们就开始翻译他的喜剧，此后更是出现了数十个意大利语译本。《安菲特律翁》（*Amphitryon*）的一个早期西班牙语散文体译本是由弗朗西斯科·洛佩斯·德·比亚洛沃斯（Francisco Lopez de Villalobos）在 1515 年完成的。1595 年，署名"W.W."的英译本《孪生兄弟》（*The Brothers Menaechmus*）问世，它可能为莎士比亚的《错误的喜剧》（*Comedy of Errors*）提供了灵感。²⁶ 这部作品的德译本要早得多，它和《巴克基斯姐妹》（*The Bacchides*）都是由德国学者阿尔布莱希特·冯·埃布（Albrecht von Eyb）译介的（卒于 1475 年，但译本直到 1511 年才付梓）。其他德译本有约阿希姆·格雷夫（Joachim Greff）1535 年翻译的《一坛金子》（*The Pot Comedy*）、弗莱斯利本（C. Freyssleben）1539 年翻译的《斯提库斯》（*Stichus*）、约纳斯·比特纳（Jonas Bitner）1570 年翻译的《孪生兄弟》等许多。不少剧作家对普劳图斯的喜剧做了更新和改编，这股风潮始于意大利。²⁷

虽然同为剧作家的泰伦斯不如上述几位流行，但他的作品更通俗、文雅和富于教益，因此很早就得到译介，译本数量也不少。1500 年左右同时出版了纪尧姆·里普（Guillaume Rippe）的散文体和吉尔·西比耶（Gilles Cybille）的诗体 [28] 法译本。《阉人》（*The Eunuch*）早在 1486 年就由汉斯·尼塔特（Hans Nythart）翻译成德语。1499 年，泰伦斯作品的德语散文体全译本在斯特拉斯堡问世，译者可能是阿尔萨斯的人文主义者布兰特（Brant）和洛赫（Locher）。后来又出现了瓦伦丁·波尔茨（Valentin Boltz）的散文体译本（1539 年）和约翰内斯·毕肖夫（Johannes Bischoff）的诗体译本（1566 年），以及许多单部作品的新译本。法语全译本于 1566 年问世，译者是埃蒂安（C. Estienne）、布尔里耶（J. Bourlier）和一位"匿名"人士。西班牙语和英语全译本分别于 1577 年和 1598 年问世，译者是佩德罗·西蒙·阿夫利尔和清教徒圣人理查德·伯纳德（Richard Bernard）。

最早译介塞内卡戏剧作品的是安东尼奥·比拉拉古特（Antonio Vilaragut），他的加泰罗尼亚语译本包括《美狄亚》（*Medea*）、《堤厄斯忒斯》（*Thyestes*）、《特洛伊妇女》（*The Trojan Women*）和一些其他剧目的残篇，问世的时间应该在 1400 年左右。我们还听说过一个 15 世纪的塞内卡悲剧西班牙语全译本。这一时期最具影响力的俗语剧本翻译无疑是《十大悲剧》（*Ten Tragedies*）的英译本，它由 6 位译者在 1559 年到 1581 年间完成。[29] 除了 1550 年左右多尔切完成的常规意大利语译本外，还有许多专为舞台表演准备的版本。我们没有看到任何德语译本。在法国，最早的塞内卡译本是 1557 年夏尔·杜丹（Charles Toutain）翻译的《阿伽门农》（*Agamemnon*）。后来又出现了勒杜莎（Le Duchat）1561 年的《阿伽门农》新译本，1590 年罗兰·布里塞（Roland Brisset）出版的一系列重要剧目的译本（《赫拉克勒斯的疯狂》[*The Madness of Hercules*]、《堤厄斯忒斯》、《阿伽门农》和伪作《屋大维娅》[*Octavia*]），最后是 1629 年伯努瓦·波杜恩（Benoît Bauduyn）的悲剧全译本。[30]

演说词

演说词在文艺复兴时期翻译中的比例同样很小。许多公共演说仍然使用拉丁语，据说伊丽莎白女王曾用流利的拉丁语即兴向西班牙使者发表过激情洋溢的讲话。直到不久之后的巴洛克时代，现代演说术才真正发展起来，古典作品的原作和译本是它的模板。

1551 年，德摩斯梯尼（Demosthenes）的《奥林托斯演说词》（*Olynthiacs*）由鲁瓦·勒鲁瓦翻译成法语。英译本出现于 1570 年，译者是威尔逊（T. Wilson），他将其用来为反对西班牙国王菲利普（Philip）的入侵造势。[31] 1543 年，伯纳完成了《斥腓力词》（Philippics）的德译本。1575年，鲁瓦·勒鲁瓦将《斥腓力词》与《奥林托斯演说词》的法译本合并出版。

伊索克拉底（Isocrates）并非真正的雄辩家，而是政治哲学家。不过，他以演说或书信的形式表达自己的理念，这些作品经过精心打磨，放射出修辞学的熠熠光辉。他的三部此类作品在文艺复兴时期特别流行。《致尼科克勒斯》（To Nicocles）是伊索克拉底本人对一位君主学生的训导，并探讨了君主的责任。1517年和1531年，它先后由阿尔滕施泰格（J. Altenstaig）和托马斯·艾略特爵士翻译成德语和英语。[32] 1519年，关于实践道德的论文《致德谟尼科斯》（To Demonicus）被皮尔克海默（W. Pirckheimer）译成德语；1557年和1585年，伯里（Bury）和纳特尔（Nuttall）先后推出了它的英译本。1544年，梅格莱将《尼科克勒斯篇》（Nicocles）译成法语，这是那位年轻的君主就政府的原则向其臣民发表的演说。1551年，鲁瓦·勒鲁瓦将上述三篇作品一起译成法语。1580年，弗里斯特（T. Forrest）以拉丁语译文为底本完成了它们的英译。

西塞罗的十篇演说词于1548年由马科尔（Macault）译成法语。1555年，谢利（R. Sherry）把西塞罗为马克卢斯所写的辩护词翻成英语（布鲁诺［C. Bruno］在1542年已经将其译成德语）；德兰特（T. Drant）则于1571年翻译了西塞罗为阿喀亚斯（Archias）所撰的短篇辩护词。早在几个世纪前，布鲁内托·拉蒂尼就已经把他为马克卢斯、利加里乌斯（Ligarius）和德约塔卢斯国王（King Deiotarus）所撰的辩护词翻译成了意大利语。

中短篇作品

中短篇作品更利于出版和阅读，因此被大量译介。

亚里士多德的《诗学》（Poetics）不仅残缺不全而且极为艰深，在16世纪前一直罕为人知。此后，它多次得到编校，被译成拉丁语并被节录，但很少被译成现代语言。最早的意大利语译本是1549年由贝尔纳多·塞尼（Bernardo Segni）在佛罗伦萨出版的。1570年，卢多维克·卡斯特尔维特罗（Lodovico Castelvetro）在维也纳出版了带注疏的译本。在法国，七星诗社（Pléiade）对这部作品的了解似乎完全来自意大利语的注疏本，文艺复兴时期没有人进行过直译。在英格兰，亚沙姆（Ascham）和西德尼（Sidney）对其有过引用，据说琼生在1605年还完成过一个译本——显然他对作品的主旨非常了解。不过由于几乎没有可用的译本，欧洲各地的普通民众对这部作品知之甚少。

忒奥克里托斯（Theocritus）的意大利语译者是天才的安尼巴莱·卡洛（1507—1566 年）。1588 年，6 首《田园诗》的匿名英译本问世。

语言辛辣机智又不失文雅的琉善（Lucian）在文艺复兴时期深受喜爱。1495 年前后，拉帕齐尼（Lapaccini）将一篇《死人对话》（Dialogues of the Dead）翻译成音调优美的意大利语诗篇。琉善是在日耳曼诸邦最受欢迎的希腊语作家，1450—1550 年间，至少有 11 位译者翻译过他的作品。[33]1529 年，托里（Tory）把他的 30 篇对话翻成法语。在英格兰，拉斯特尔（1536 年卒）翻译了他的《墨尼波斯篇》（Mennipus，亦作《通灵术》[The Necromancy]）。1535 年前和 1565 年，艾略特和署名"A.O."的译者分别翻译了他的《犬儒篇》（The Cynic）和《托克萨里斯篇》（Toxaris）。

希腊传奇同样非常流行。安尼巴莱·卡洛将《达夫尼斯和克洛娥》（Daphnis and Chloe）译成了意大利语。阿米约在 1559 年完成了该作品的一个极好的法译本，不过 1587 年戴（A. Day）据此转译的英译本却相当生硬。1547 年，阿米约还翻译了《埃塞俄比亚记》（Aethiopica）。1567 年，詹姆斯·桑福德（James Sandford）将这部传奇的部分内容译成英语。1568—1569 年，托马斯·恩德唐（Thomas Underdown）根据波兰人斯坦尼斯拉斯·瓦谢维茨基（Stanislas Warshewiczki）的拉丁语译文完成了英语全译本。

西塞罗和友人的书信先后由不幸的多莱（1542 年）和德·贝勒福雷（F. de Belleforest，1566 年）译成法语。

维吉尔的《牧歌》被胡安·德尔·恩西纳（Juan del Enzina，1492—1496 年）改写成西班牙语散文体，并加入了许多中世纪的哲学和宗教思想；1600 年左右，它又和《农事诗》一起被克里斯托巴尔·德·梅萨翻译成八行体（octave）。1481 年，贝尔纳多·普尔契（Bernardo Pulci）完成了一个优美的意大利语译本。最早的《牧歌》和《农事诗》法译本（1516 年和 1519 年）来自图尔人米歇尔·纪尧姆（Michel Guillaume de Tours），和某些中世纪的奥维德译本一样，译本中也包含了信徒自己的阐释。[34]1532 年，克莱芒·马洛翻译了《牧歌》第 1 首；1555 年，里夏尔·勒布朗完成了全部诗篇的翻译；而在前一年，他已经翻译了《农事诗》。1567 年和 1575 年，施坦方·里基乌斯（Stephan Riccius）和亚伯拉罕·弗莱明（Abraham Fleming）分别将《牧歌》译成德语和英语，后者在 1589 年还翻译了《农事诗》。伟大的西班牙诗人路易斯·德·莱昂（Luis de León，约 1527—1591 年）的《牧歌》和《农事诗》前二卷的译文非常出色。1524 年，乔瓦尼·鲁切拉伊（Giovanni Rucellai）将《农事诗》第四卷改编成《蜜蜂》（The Bees），开创了意大利语教诲诗的先河。

路易斯·德·莱昂将贺拉斯的大约 20 首颂诗译成了西班牙语。³⁵ 翻译这些短篇抒情诗一直是年轻诗人们一试身手的好舞台，它们的思想是如此丰富，焕发出如此微妙的情感色彩，在语言使用上如此精致。在每种西欧语言中都出现了许多单首作品的翻译，比如弥尔顿为《颂诗集》第一卷第 5 首"皮拉颂"（Pyrrha）贡献的精彩译文。³⁶ 不过，贺拉斯的作品太过复杂和深邃，全译本在文艺复兴时期相对少见。没有英译和德译全集问世。1579 年和 1595 年，蒙多（Mondot）和乔尔吉诺（Giorgino）分别推出了法语和意大利语全译本。贺拉斯最长的一封书信（《书信集》第二卷第 3 篇，通常称《诗艺》）对文艺复兴时期文学理论的形成起了非常重要的作用，被多次译介。1535 年，多尔切完成了它的意大利语译本；1548 年，罗伯特利（Robortelli）也在其颇具影响力的注疏版中引述了它①。1541 年和 1544 年，格朗迪尚（Grandichan）和勒芒人佩勒蒂耶先后将其译成法文。1592 年，路易斯·萨帕塔（Luis Zapata）完成了西班牙语译本。1507 年，德兰特推出了英译本，同时完成的还有《书信集》的其他部分和《讽刺诗》。《讽刺诗》的意大利语译本由多尔切于 1559 年完成，法译本则由阿贝尔在 1549 年推出。同一年，多尔切还翻译了《书信集》，而《书信集》的法译本则由"G.T.P."在 1584 年完成。

1500—1509 年，奥维德的短篇作品陆续被译成法文。《女杰书简》的英译由特伯维尔（Turberville）在 1567 年完成，《悲歌》（*Tristia*）由托马斯·彻奇亚德（Thomas Churchyard，他的名字非常合适②）在 1572 年译出，《恋歌》则由克里斯托弗·马洛本人在 1597 年左右译出。

著名的讽刺诗人佩尔西乌斯（Persius）文风晦涩，即使对于今天的译者来说仍然是技巧和品位的艰难考验。文艺复兴时期的译本非常罕见。法译本只有两部：阿贝尔·福隆（Abel Foulon）1544 年的译本和纪尧姆·杜朗（Guillaume Durand）1575 年的译本。1576 年，安东尼奥·瓦罗内（Antonio Vallone）在那不勒斯出版了意大利语译本。此外，16 世纪就再没有别的译本了。值得一提的是，英格兰的巴顿·霍利戴（Barten Holyday）在 1616 年的尝试非常不错。

普林尼（Pliny）《博物志》（*Natural History*）的法语节译本出现在 1551 年，译者是皮埃尔·德·尚日（Pierre de Changi）。1566 年，署名"I. A."的英译本出版——莎士比亚可能受其启发，让奥赛罗在"一个适当的时间"对黛斯德莫娜讲述了那些旅途的故事。³⁷

克莱芒·马洛（1496—1544 年）将马提亚尔（Martial）的警铭诗译成了法语，

---

① 指《亚里士多德诗艺注疏》（*In librum Aristotelis de arte poetica explicationes*）。
② churchyard 意为教堂墓地。

不过原作非常通俗，在文艺复兴时期，译本几乎派不上用场。

1475 年，苏玛利帕（G. Summarip）将尤维纳尔的作品译成意大利语。1515 年和 1617 年，赫罗尼莫·德·比耶加斯（Geronimo de Villegas）和"W. B."分别将第 10 首讽刺诗译成西班牙语和英语。1544 年，米歇尔·德·昂布瓦斯（Michel d'Amboyse）出版了第 8、10、11 和 13 首的法译本。

阿普莱伊乌斯（Apuleius）的《金驴记》（*Metamorphoses*）的意大利语译者是博亚尔多（卒于 1494 年），法译者和德译者分别是纪尧姆·米歇尔（Guillaume Michel）和约翰·希德（Johann Sieder）。1566 年，威廉·阿德灵顿（William Adlington）将其译成英语，虽然不如原著精彩，但仍不失可读性和趣味性。

在中世纪，每个西欧国家都拥有两种文学，既有以方言或民族语撰写的书籍和传唱的歌谣，也有新老拉丁语作品。就这样，不同的民族文学与国际文学并存着——二者一直都在发展。

有时，二者是相互渗透的，并融合成比任何纯粹的民族或拉丁文学更崇高的作品，比如但丁的《神曲》。随着文艺复兴的临近，二者的相互渗透愈发频繁和深入。从前少见而困难的接触现在变得容易、愉悦而富于成果。新的理念被灌输进了民族文学，新的体裁被吸收、使用和发展起来。新发现的拉丁语和希腊语书籍为文艺复兴时期人们热切渴望竞争的精神找到了挑战者，满足了他们贪婪的思想胃口，这些书籍比他们父辈的所有作品更加伟大，但（在他们看来）并不比他们自己可以写出的作品更好。

有时，人们直接从这些书籍中汲取灵感，就像蒙田消化了塞内卡的散文，把他的思想变成了自己思想的一部分。有时，这些书籍的影响是间接的，它让人们的作品更加崇高，技艺更加精妙。表现同时代的人物和主题的文艺复兴喜剧比任何中世纪的作品都要诙谐和复杂，因为它们的作者通过一手和二手的途径领略了普劳图斯对情节的巧妙布置。不过，从文艺复兴时期开始，想要同时生活在古今两个世界并吸收二者精华的作家们越来越多地发现，古典书籍的翻译能带给他们莫大的帮助。两个世界间的交流越来越丰富。阿米约将希腊传记作家和道德家普鲁塔克的作品译成法文。这部译本让蒙田陶醉其中，成为他一生的伴侣。诺斯将阿米约的译本翻译成英语。莎士比亚把它改编成了《科里奥拉努斯》（*Coriolanus*）、《安东尼和克娄佩特拉》（*Antony and Cleopatra*）和《尤里乌斯·恺撒》（*Julius Caesar*）。用弥尔顿的话来说，伟大的书籍是伟大精神的血脉。通过翻译，血脉中的能量被传递给其他的精神，让他们中的一些变得同样甚至更加伟大。

第 7 章

文艺复兴时期的戏剧

中世纪流行着各种粗俗的民间戏剧和宗教表演，有时也为教堂仪式、学者或贵族们上演古典或圣经主题的半吊子拉丁语戏剧。不过，如果没有文艺复兴的推动，特别是 15 和 16 世纪对古典戏剧的重新发现，上述作品几乎不可能发展成现代戏剧的盛况。希腊—罗马戏剧对文艺复兴生活的冲击造就了现代舞台。

近代戏剧在以下方面要感谢希腊和罗马的剧作家们：

（a）**戏剧是艺术的概念**。中世纪的戏剧演员或者是业余的，或者是文化和社会地位低下的巡回演员：他们的表演尽管朴实近人，但甚至都称不上一门技艺。直到演员和剧作家们试图向古典戏剧看齐，他们的地位和技巧才有了提高。文艺复兴的戏剧是一门贵族艺术。它诞生于意大利王公们的宫殿中，在西欧的王家宫廷、贵族宅邸、著名中学和大学中发展起来。在发展过程中，它的受众绝大部分接受过极好的教育，深谙希腊和拉丁文化，并对其兴趣浓厚。这些人拥有很高的批判水准，即使是他们的弄臣都必须有学问或者装作有学问。随着高水准的确立以及该时代日益流行的对批判原则的探讨，过去那些粗俗的滑稽剧和一贯处于低水平的幼稚宗教表演无法在文艺复兴时期继续存在下去。诗人们不仅需要效法古人的技巧，还寻求在地位上向他们看齐，因为在古代，诗人不是江湖骗子，而是导师和立法者，几乎相当于教士。

（b）**戏剧成为一种文学门类**。就像我们看到的那样，无论但丁、乔叟抑或他们同时代的人都不理解戏剧和叙事的根本区别。[1] 这种对主要文学体裁真正特征的概念不清是中世纪的特色，造成了许多中世纪作品在形式上的欠缺（斯特拉特福德的莎士比亚半身像上的老式铭文甚至将其比作涅斯托耳 [Nestor]、苏格拉底和维吉尔）。直到 1500 年前夕，学者们才终于归纳出戏剧的一般结构，并将古典戏剧的译作和仿作搬上了意大利和法国的舞台。直到这时，经过尝试和积累，戏剧的全部潜力才开始显现出来。随后，通过检验、摒弃、模仿或者改编希腊人和罗马人的样式，文艺复兴的剧作家和批评家们终于确立了戏剧这种文学门类，并自此一直用希腊语名字称呼它：drama，comedy，tragedy。一些剧作家走得太远，过于注重专业化和古典化。借波罗尼乌斯（Polonius）对演员们的介绍，莎士比亚讽刺了当时的演员不仅表演四类被公认的戏剧（其中三种是古典的），还把它们混搭起来以迎合观众的口味：

> 他们是全世界最好的伶人，无论悲剧、喜剧，历史剧、田园剧、田园喜剧、田园史剧、历史悲剧、历史田园悲喜剧、场面不变的正宗戏或是摆脱拘束的新派戏，他们无不拿手；塞内卡的悲剧不嫌其太沉重，普鲁图斯的喜剧不嫌其太轻浮。[2]（朱生豪译文）

不过，在戏剧这种文学门类的基本特征及其可能的变种被理解之前，悲剧和喜剧无法体现出自己真正的美。[3]

　　这并不意味着当文艺复兴时期的人们抄袭了罗马人和希腊人的喜剧和悲剧之后，戏剧就臻于完美了。不，戏剧真正达到顶峰要等到它和民族精神相遇和交融，并帮助那种精神更加流畅地表达自己。在意大利，经过许多次雄心勃勃却以失败告终的尝试后，它终于在歌剧（opera）中恢复了本性，这是一次让古希腊悲剧复活的深思熟虑的尝试。在法国，戏剧在 16 世纪遭受了挫折，直到后来才在高乃依（Corneille）和拉辛的悲剧，以及莫里哀（Molière）的喜剧和类悲剧中开花结果。在英格兰和西班牙，古典化的戏剧很少能够获得成功。不过，两国的剧作家们吸收了古典戏剧的大部分元素，并加入了自己的想象，重塑了原著中的角色、幽默和习俗以适应本民族的特点，其他部分则被摒弃。马洛、洛佩·德·维加（Lope de Vega）、韦伯斯特（Webster）、卡尔德隆（Calderón）和莎士比亚等伟大的名字应运而生。

　　（c）**兴建剧场和剧场布景的原则**。中世纪没有剧场。那时的戏剧演出被安排在临时平台上、"花车"（float）上或是其他用途的建筑里。后期唯一的例外是受难兄弟会（Fraternity of the Passion）将巴黎的勃艮第公爵府（Hôtel de Bourgogne）作为神秘剧的演出场所。[4] 罗马帝国衰亡后的第一批永久剧院是在文艺复兴时期建成的。部分原因是为了安置观众，因为随着戏剧质量的提高，观众的人数急剧上升，要求也变得更高[5]；部分原因则是为了给作品提供希腊—罗马式的布景，因为许多戏剧都采用了希腊—罗马式的主题或原则。最初没有人知道如何兴建剧场。人们做了各种业余的尝试，在摸索中有了些许进步。1484 年罗马建筑家维特鲁威（Vitruvius）的作品重见天日后，制作人、剧作家、建筑师和布景师立即开始着手重建维特鲁威所描述的雄伟建筑。然而，剧场设计的问题直至文艺复兴盛期仍未解决。当莎士比亚的创作生涯开始时,伦敦最好的剧场是"天鹅剧场",一位荷兰访客为其画了素描,因为"它太像罗马圆形剧场了"。[6] 不过,素描清楚地显示这是一个杂交品。它混合中世纪旅店院子的形状和文艺复兴时期对希腊—罗马舞台的理解。和《李尔王》一样,它同样融合了古典和中世纪的元素。随着不断的摸索以及对古典设计理念的理解加深,现代剧场开始纷纷问世。在其广受好评的《剧场的发展》(The Development of the Theatre)一书中,阿拉戴斯·尼克尔先生(Allardyce Nicoll)将 1580 年建成的维琴察(Vicenza)奥林匹克剧场看成是第一个在古典模板基础上建成的现代舞台。[7] 它的建造者是著名的古典主义建筑师帕拉迪奥(Palladio),虽然对于现代人(或希腊人)的口味而言,它的舞台过于华丽,但它体现了永久性、高贵性、对称性和距离透视等剧场设计的基本要素。这些发现在巴洛克时代被发扬光大。巴洛克建筑师和戏剧制作人大力重申希腊和罗马艺术,导致今天世界上大多数的伟大剧场——从布宜诺斯艾利斯的哥伦布剧场(Teatro Colon)到米兰的斯卡拉剧场(Scala),从慕尼黑的大王宫(Residenz)到巴黎、纽约和伦敦的大剧院——都成了希腊和罗马剧场的复制品,甚至包括半圆形的观众席、舞台上方的拱顶、侧柱、装饰性的水果纹饰和对称的花环、喜剧和悲剧之神的面具、伟大剧作家和演员的半身像和头像,楼梯、拱券、柱子、高贵的帷幕,以及诗人、缪斯和诗歌之神阿波罗的雕像。

(d)**近代戏剧的结构**源自希腊,通过罗马人的中介被传递给我们。在下列元素中,古典传统的影响尤为浓厚。

首先是长度,今天的戏剧一般持续 2 到 3 个小时,上下差距不会很多。我们会认为这是理所当然的,但事实并非如此。中世纪的人喜欢类似短剧和幕间剧的形式;西班牙人喜欢的是说唱剧(zarzuelas);在电影诞生之初出现过数百部时长十分钟的滑稽剧;而日本人的"能剧"(Noh)则把"小报剧"(tabloid drama)提升为高雅艺术。中世纪也有很长的戏剧,比如持续一天的系列神迹剧。就长度而言,东方的系列剧(比如日本的歌舞伎[kabuki])和早期的系列电影走得更远,前者有时会持续表演几周,而后者则像连载漫画,为人们提供无穷无尽的欢乐。我们对戏剧和其他许多东西的规模感来自希腊人。

我们还学会了把戏剧对称地分为三、四或者五幕(后者常见于文艺复兴时期),每一幕用于表现情节发展中的一个主要阶段。这同样是希腊人的发明,他们在剧情中间穿插合唱和舞蹈,不过表演仍是连续的——它更像现代电影而非现代戏剧。

歌队(chorus)是希腊人的另一项发明,所有现代合唱都是它的直系后裔:从音乐剧中的少女到《鲍里斯·戈杜诺夫》（*Boris Godunov*）①中不安的俄罗斯人民，从《故乡》（*Our Town*）②中的叙事性合唱到《亨利五世》（*Henry V*）中的说明性合唱。在《亨利五世》中，歌队以崇高的口吻号召观众发挥想象力，并为表演拉开了序幕：

> 啊！光芒万丈的缪斯女神呀，
> 你登上了无比辉煌的幻想的天堂；
> 拿整个王国当作舞台，叫帝王们充任演员，
> 让君主们瞪眼瞧着那伟大的场景！（朱生豪译文）

131　　曲折的情节也是希腊人通过罗马人传递给我们的理念：戏剧化故事的背后是鲜明而复杂的角色，个体间的对抗和精神力量间的碰撞，是通过情节中不断加强的思想复杂性和情感张力实现的持续上升的悬念。

给我们的剧场带来大量最庄严时刻的现代戏剧诗是为了与希腊和罗马戏剧一较高下而被发明出来的。中世纪戏剧中的诗句更像是抒情诗、警铭诗或是打油诗，而早期仿古典戏剧作品中的诗句则使用了完全不适合的格律。[8] 也许正是对希腊和罗马悲剧的主要格律——十二音节抑扬格——的模仿造就了现代意大利语和英语的素体诗。[9]

（e）同样不能忽视的是，被重新发现的**高水准**希腊和罗马戏剧为我们提供了膜拜、较量乃至超越的对象。文艺复兴和巴洛克戏剧正是对这场艰难挑战的回应。

存世作品（实在是少得可怜）对现代戏剧产生过影响的古典剧作家有：

1. 公元前5世纪的**雅典悲剧作家**：

    埃斯库罗斯（公元前525年—前456年），有7部作品存世；

    索福克勒斯（公元前495年—前406年），有7部作品存世；

    欧里庇得斯（约公元前481年—前406年），有19部作品存世。

2. 同时代的**雅典喜剧作家**：

    阿里斯托芬（约公元前444年—约前385年），有11部作品存世。

3. **罗马喜剧作家**，他们在素材、人物和风格上主要借鉴了公元前4世纪和前3世纪的雅典人米南德（Menander）等剧作家（这些人的作品几乎完全失传了）：

    普劳图斯（约公元前254年—前184年），有21部作品存世；

---

①　1831年普希金创作的一部历史剧，后来被作曲家穆索斯基（Mussorgsky）改编成歌剧。鲍里斯·戈杜诺夫是1598年至1605年间的沙皇，当时俄国处于政治剧变时期。

②　1938年美国剧作家桑顿·维尔德（Thornton Wilder）的三幕剧。

泰伦斯（约公元前 195 年—前 159 年），有 6 部作品存世。
4. 罗马悲剧作家：
塞内卡（约公元前 4 年—公元 65 年），以希腊神话为题材并以希腊剧作为模板，但具有极为鲜明的个人风格，作品可能并不用于舞台表演。[10] 有 9 部作品存世，另有一部同时代的仿作，主题是尼禄杀害妻子屋大维娅。

就像莎士比亚借波罗尼乌斯之口所表达的，对文艺复兴戏剧影响最大的古典作家并非来自希腊，而是罗马人塞内卡和普劳图斯。[11] 影响几乎同样深远的是（对于批判标准的形成而言）亚里士多德的《诗学》与贺拉斯的《诗艺》。[12] 紧随其后的是泰伦斯、欧里庇得斯和索福克勒斯。希腊悲剧的语言要艰深得多，欧里庇得斯的文风可能是其中最通俗的，也许这就解释了希腊悲剧为何莫名其妙地被忽视，以及为何人们普遍对最伟大和最艰深的埃斯库罗斯缺乏兴趣。[13] 阿里斯托芬遭受冷遇则可能是因为他的作品形式怪异，幽默过于时事化和低俗化，再加上语言的复杂。拉伯雷收藏了一本阿里斯托芬的作品集，不过虽然他在机智和语言上与后者十分相似，但很少能看到他真正引用或模仿阿里斯托芬的痕迹。[14] 相比之下，普劳图斯就要直白多了；随着 1429 年他失传的 12 部戏剧被重新发现并被送到罗马[15]，这些作品成了意大利剧作家们效法的对象。

对文艺复兴时期的意大利和英格兰剧作家们激励和教益最多的是塞内卡。他们借鉴了他作品中的某些人物、仪态和技巧，虽然其中一些在今天的舞台上显得过时，在当时却是新颖和有价值的。比如野心勃勃而又冷酷无情的暴君形象就在莎士比亚的《理查三世》（*Richard III*）中得到了最好的体现。这个永恒的形象是由希腊人的戏剧创造的，但把它提升为恶魔的是塞内卡。意大利人热切地接受了它，因为他们的城邦培养出许多这样的人物。对其既恐惧又感兴趣的英国诗人们则同时从罗马人和意大利人那里借鉴了它。[16] 国王的冤魂要求亲人为自己报仇，从而引发新的罪行和恐怖——该主题早在埃斯库罗斯的《俄瑞斯忒亚》（*Oresteia*）中就出现了；这类幽灵在塞内卡笔下经常出现，而且变得非常残暴。热衷世仇的意大利人从塞内卡那里借鉴了复仇鬼魂的形象，英国人则同时借鉴了塞内卡和意大利人。鬼魂形象在今天看来有点可笑：即使伊丽莎白女王时代的洛奇也曾表示，叫嚣复仇的冤魂听上去就像"叫卖牡蛎的妇人"。[17] 不过，我们不能因此轻视莎士比亚受其启发而创作出来的班柯（Banquo）、恺撒和哈姆雷特王的不安鬼魂。

文艺复兴剧作家对生活阴暗面的热衷部分来自意大利和英格兰当时的历史，但更多来自塞内卡：巫术和超自然力量（如《麦克白》），即将或已经陷入癫狂的人（《哈姆雷特》、《西班牙悲剧》[The Spanish Tragedy]、《玛尔菲公爵夫人》[The Duchess of Malfi] 和《李尔王》），对酷刑、摧残和尸体的描绘（《李尔王》、《提图斯·安德罗尼库斯》、《奥贝克》[Orbecche] 和《玛尔菲公爵夫人》）①，以及在观众面前犯下的连环谋杀。此外，对于伊丽莎白女王时代的剧作家来说，塞内卡为他们的灵魂注入了能量，让他们的自豪与激情以半英雄主义和半癫狂的方式喷涌而出，于是他们

> 把炮垛（cavalieros）筑得高过云端，
> 用加农炮轰破天堂的框架，
> 击碎太阳的灿烂宫殿，
> 并震撼了整个星空。[18]

近代戏剧的发源地是意大利。意大利人最早受到古典戏剧的激励，并在它的鼓舞下创作出最早的近代喜剧、悲剧、歌剧、田园剧和戏剧批评理论。他们又先后鼓舞了法国人和英国人，并间接影响了西班牙人。想要看清他们的鼓舞作用是如何向外扩展的，最好的方法是回顾各领域的"开山之作"——包括翻译、模仿和向古典作品叫板的近代原创剧。

从15世纪下半叶起，经过翻译的拉丁语和希腊语戏剧开始在意大利被搬上舞台。最早的记录是1486年由尼科洛·达·科雷乔（Niccolo da Correggio）为费拉拉公爵上演的普劳图斯的《孪生兄弟》（费拉拉家族对近代戏剧发展所做的贡献超过了任何其他家族，甚至超过了大多数欧洲国家）。悲剧的发展要晚一些。我们知道的有1509年上演的意大利语版塞内卡悲剧和1533年上演的由路易吉·阿拉玛尼（Luigi Alamanni）翻译的索福克勒斯的《安提戈涅》。

在法国，诗人和学者们从15世纪下半叶开始翻译古典戏剧的原作以及它们的意大利语改编版本，不过并未将其搬上舞台。我们听到的反而是才华横溢的苏格兰学者乔治·布坎南等人上演过希腊戏剧的拉丁语版本。转折点是1548年。这一年，亨利二世（Henri II）和美第奇家族的凯瑟琳（Catherine de'Medici）在里昂受到了费拉拉枢机伊波利托·德·埃斯特（Ippolito d'Este）的隆重招待，后者向国王夫妇呈上了一部改编自拉丁语戏剧的现代意大利语散文体喜剧，表演者都是

---

① 托马斯·基德（Thomas Kyd）的《西班牙悲剧》和韦伯斯特的《玛尔菲公爵夫人》都是早期的英语复仇剧。《奥贝克》是意大利剧作家吉拉尔迪（Giovanni Battista Giraldi）1541年的作品。奥贝克是波斯公主，国王发现她与奥隆特（Oronte）秘密结合后就杀死了她的丈夫和两个孩子，奥贝克为给丈夫和孩子报仇刺死了父亲，然后自杀身亡。

演技高超的男演员和美丽的女演员（这部名为《卡兰德里亚》[Calandria]的作品——calandro意为"白痴"——改编自《孪生兄弟》，由比别纳枢机[Cardinal Bibbiena]贝尔纳多·多维齐[Bernardo Dovizi]于1513年完成）。五个月后，若阿香·杜贝雷（Joachim Du Bellay）发表了《捍卫法语并为其增光》（La deffence et illustration de la langue Francoyse），呼吁摒弃中世纪的滑稽剧和道德剧，而是按照古典模板来创作喜剧和悲剧，以便与古人一较高下。不久，近代法语戏剧应运而生。[19]（1567年，七星社的另一名成员让-安托万·德·巴依夫将普劳图斯的《吹牛的士兵》[Miles gloriosus]改编成《英雄》[The Hero]，至今仍有阅读价值。）

在英国，虽然在中学和大学里都有原创拉丁语戏剧出现，我们却很少听说有译介的作品。在西班牙，费尔南·佩雷斯·德·奥利瓦将索福克勒斯的《厄勒克特拉》改编成《为阿伽门农复仇》（1528年），而胡安·德·蒂莫内达（Juan de Timoneda）则把《孪生兄弟》改编成《梅内诺斯兄弟》（Los Menemnos，亦作 Los Menecmos，1559年），但经过了全新改编，场景也转移到了当时的塞维利亚：不过这两个译本不太可能被搬上过舞台。在葡萄牙，卡蒙斯（Camoens）根据普劳图斯的《安菲特律翁》编译了一个很好的剧本，1540年到1550年间可能被用于在科因布拉（Coimbra）大学举行的节日庆典上演出。到了17世纪初，斯特拉斯堡的一个人文主义者团体开始排演古典戏剧（包括几部希腊悲剧），其中既有原作，也有译成德语的。

对拉丁语戏剧的模仿标志着向真正的文艺复兴戏剧又迈进了一步，因为它们是关于原创主题的原创作品。其中最值得一提的是那些最早的作品。比如悲剧诗《埃泽里诺记》（Eccerinis，约1315年），作品主人公是残暴的埃泽里诺·达·罗马诺（Ezzelino da Romano），他于1237年成为了帕多瓦的僭主。这部作品特地为帕多瓦而写，用以警示任何攫取该城权力的企图，作者阿尔贝蒂诺·穆萨托（Albertino Mussato，1261—1329年）因此获得了丰厚的回报。穆萨托的老师洛瓦托·德·洛瓦蒂（Lovato de'Lovati）是第一个领会塞内卡悲剧格律的近代学者。和古典戏剧一样，《埃泽里诺记》也分成五幕，包含了歌队、对话和戏剧格律等元素。不过它非常短小，也并非为舞台表演而创作。就像我们在同时代的但丁身上所看到的概念不清一样，穆萨托本人将其与《埃涅阿斯纪》和《忒拜记》相提并论，而且创作初衷是供人阅读而非表演。不过，这在当时仍不失为一部大胆而富于原创性的作品。[20]

后来，特别是随着中学和大学中古典教育的重大进步，拉丁语戏剧的创作和表演开始在全欧洲流行起来。在德国，它们成了最常见的高雅戏剧形式。乔治·布坎南写出了一些极为出色的剧本,他的弟子蒙田(当年12岁)则参与了演出。以圣经内容为主题的拉丁语悲剧尤其受欢迎。在波兰,耶稣会教士们也创作了大量的剧本,并由学生们搬上舞台。[21]

至于这些作品为何用拉丁语写成,我们不能忘记在当时的许多欧洲国家,人们并非在拉丁语和发展完善的本国官方语言之间,而是必须在拉丁语和某种地区方言之间做出选择。正如凯纳德(J. S. Kennard)所言:

> 人文主义将意大利各地区囊括进了一种共同的文化,消除了方言差异,把这个民族的不同元素整合到思想上的统一性意识之下……虽然他们是威尼斯人、佛罗伦萨人、那不勒斯人、伦巴第人和罗马人,但在那座从遗忘中拯救回来的精神之城里,意大利社会的成员们意识到自己是一体的。整个民族都把拉丁语诗人作为共同的遗产;通过普劳图斯,佛罗伦萨人和那不勒斯人能够相互理解。[22]

如果我们把"整个民族"解读为"所有受过教育的男女",那么上面的话无疑是正确和重要的:虽然从今天本能的民族主义出发,我们会认为,与拉丁语这样涵盖了许多个世纪和思想领域的国际性语言相比,任何民族语言都要更强大和更具生命力。

用现代语言叫板古典戏剧是近代戏剧的根本起点。下列作品划定了近代戏剧早期发展的主要阶段。

第一部用现代语言创作的古典主题戏剧是《俄耳甫斯》(*Orpheus*)。这部单薄但感人的作品讲述了乐手俄耳甫斯悲剧性的爱情和死亡,兼具田园剧和歌剧的特点。1471年,才华出众、绰号"波里提安"(Politian)[①]的蒙特普尔奇亚诺(Montepulciano)青年安吉洛·安布罗基尼(Angelo Ambrogini)为曼托瓦宫廷创作了该剧。[23] 作品虽然包含了一些舞台情节并且颇具戏剧张力,但格律几乎完全是抒情诗式的。一些类似的作品随后出现,比如科雷乔根据奥维德故事改编的《刻法洛斯》(*Cephalus*),作品以八行韵体和抒情诗的格律写成,于1487年在费拉拉上演;又如改编自《十日谈》的一些同样具有轻快飘逸形式的作品。

最早的近代样式的原创喜剧是卢多维克·阿利奥斯托(Lodovico Ariosto)的《匣子》(*Cassaria*),它完成于1498年,并于1508年上演(当然还是在费拉拉)。《匣子》借鉴了多部古典戏剧作品:包括普劳图斯的《匣子记》(*The Casket Comedy*)、《凶宅》(*The Ghost Comedy*)、《小迦太基人》(*The Little Carthaginian*)和泰伦斯的《自

[①] 这个绰号来自他的家乡 Montepulciano 的拉丁语拼法 Mons Politianus,即波里提亚诺山。

虐者》（The Self-punisher），但也包含了一些对同时代人物的讽喻。同类作品随后纷至沓来——不过曼托瓦诺（Mantovano）的《福米科内》（Formicone）实际上要早于《匣子》。阿利奥斯托创作于1502—1503年并于1509年上演的《冒名者》（Gli Suppositi）借鉴了普劳图斯的《俘虏》（The Prisoners）和泰伦斯的《阉人》。1566年，乔治·加斯科伊涅将这部作品译成英语，并以 Supposes 的剧名在格雷律师学院（Gray's Inn）和牛津三一学院上演。加斯科伊涅的版本为莎士比亚的《驯悍记》（The Taming of the Shrew）提供了素材。不过，意大利喜剧在马基雅维利（Machiavelli）和阿雷提诺（Aretino）那里变了味，他们接受了古典喜剧的结构、情节线索和人物，但对其加以革新，并用中世纪的韵文故事和他们本人经历和想象对作品添油加醋。[24]

乔万·乔吉奥·特里西诺（Giovan Giorgio Trissino）创作于1515年的《索福尼斯巴》（Sophonisba）虽然不是最早的，却是第一部有影响力的用现代语言写成的悲剧。剧本的原型是李维讲述的阿非利加王后索福尼斯巴的故事（第28-30卷）。它模仿了希腊戏剧，特别是索福克勒斯的《安提戈涅》和欧里庇得斯的《阿尔刻斯提斯》（Alcestis）。作品的独特原创性体现在它取材于真实历史而非远古神话，用素体诗写成，并且开始尝试探索亚里士多德提出的悲剧的两大基本情感——怜悯和恐惧。作者很清楚自己作品的划时代意义：他还是第一首古典风格的近代史诗的作者，我们稍后还将谈到他。不幸的是，尽管富有原创精神，他却算不上伟大的作家。[25]

虽然《索福尼斯巴》1515年就已出版，它的上演却是很多年后的事了。第一部影响广泛并且开创了一个流派的原创近代悲剧是外号"卿提奥"（Cinthio）的乔瓦尼·巴蒂斯塔·吉拉尔迪（Giovanni Battista Giraldi）创作于1541年的《奥贝克》。这部以波斯王族仇杀为主题的历史悲剧第一次将深受文艺复兴时期观众喜爱的性犯罪和血腥谋杀搬上了舞台。观众为之垂泪，妇女更是因此晕厥，作品取得了巨大的成功。[26]

最早的法语悲剧是若得尔（Jodelle）于1552年搬上舞台的《被俘的克娄佩特拉》（Captive Cleopatra）。剧本效法了塞内卡的悲剧，不过作者自称借鉴的是希腊戏剧，并自诩"用法语吟唱希腊悲剧"[27]。该剧格律包括十音节抑扬格双行体和亚历山大双行体，合唱部分采用抒情诗形式。作品庄重但显得沉闷。

同一天，若得尔还上演了第一部法语喜剧《欧仁》（Eugene）。作品实际上脱胎于中世纪的滑稽剧，沿袭了后者的八音节格律、韵文故事般的滑稽主题和体例——不同点仅仅在于全剧被分成五幕，场景的安排（主角家门外的街道上），以及一些普劳图斯和泰伦斯的痕迹。后来的法语喜剧同样偏离了古典传统。直到很久以后，让·巴蒂斯特·莫里哀才在另一个古典主义时代还原了法语喜剧的真正本质。

最早的英语悲剧是萨科维尔（Sackville）和诺顿（Norton）的《高布达克》（*Gorboduc*，亦作《费雷克斯和波雷克斯》［*Ferrex and Porrex*］），于 1562 年在内殿律师学院（Temple）上演。作品以无韵体写成，没有遵循"统一原则"（这些原则还方兴未艾）①，主题是类似俄狄浦斯之子的手足相残故事，并包含了借鉴自塞内卡的希腊戏剧技巧，比如复仇女神和在台下描述灾难状况的信使。故事属于一类更早受到古典影响的传统——特洛伊人在不列颠的神话。[28]

早在 15 世纪的最后几年，英国观众就已经欣赏了名为《弗尔根斯和卢克莱提娅》（*Fulgens and Lucres*，亦作 *Lucrece*）的幕间剧。这个爱情故事讲述了善良的平民和荒淫的贵族对一名贞洁少女芳心的争夺，它显然来自文艺复兴时期人们对罗马共和国历史的想象。作品还包含了一个有趣的剧中剧②。与此同时，活跃于中世纪作品中的嬉闹英式喜剧精神逐渐开始用希腊—罗马式的曲折情节以及希腊—罗马故事和戏剧中的荒诞角色包装自己。此类作品中的早期尝试是《忒耳西特斯》（*Thersites*，约 1537 年），这部粗糙的滑稽剧改编自文艺复兴时期法国学者拉维西乌斯·泰克斯托尔（Ravisius Textor）的拉丁文作品，主角忒耳西特斯是《伊利亚特》中一个滑稽粗俗的角色——他是后来莎士比亚《特洛伊洛斯和克雷西达》中小丑的原型。[29] 类似的作品还有《杂耍演员杰克》（*Jack Juggler*，约 1560 年），这部"诙谐而富有趣味的幕间剧"是对普劳图斯《安菲特律翁》的粗糙改编。

第一部正规的英语喜剧是创作于 1553 年左右的《拉尔夫·罗伊斯特·多伊斯特》（*Ralph Roister Doister*），由尼古拉斯·尤德尔（Nicolas Udall）为一个学生剧团撰写（成员们显然认识这位身边的"普劳图斯"）。作品的主角为一个类似忒耳西特斯的吹牛者，借鉴了普劳图斯的《吹牛的士兵》。这一形象的原型则是亚历山大大帝继承者统帅下的那些骄傲的海外兵团。忒耳西特斯的伙伴梅里格里克（Merrygreek）是普劳图斯笔下典型的寄生虫形象。作品的复杂情节以及分幕方式都效法了古典作品，其中一些最有趣的笑话来自普劳图斯，不过其他部分体现了富有真正活力的英国本土幽默。[30]

与其他国家的民族剧一样，西班牙戏剧同样脱胎于中世纪严肃的宗教表演以及在集市和节日上演出的土气或滑稽的粗俗短剧。"西班牙的莎士比亚"洛佩·德·维

---

① 即戏剧作品在时间、地点和情节上的统一。
② 作品中两位男主角的仆人描述了意大利人文学者布恩纳克尔索·达·蒙特马尼奥（Buonaccorso da Montemagno）的《论真正的高贵》（*De Vera Nobilitate*）的情节。

加年轻时就编写过此类短剧。1590年左右，他几乎和莎士比亚同时开始了真正的创作。他本人曾精辟地描绘了自己和古典戏剧的关系。在《喜剧创作的新艺术》(*New Art of Making Comedies*)中，他表示自己在创作前会把所有规则束之高阁，并把普劳图斯和泰伦斯从头脑中赶出去，然后按照大众的标准撰写剧本。在文艺复兴时期所有的近代国家中，他和主要的继承者卡尔德隆缔造的戏剧宝库是最为富有的一座。不过，他们对其他民族的影响却比不上英格兰的文艺复兴戏剧。[31] 他们看来从古典舞台上学会了复杂的情节和角色的冲突，并意识到自己赶超的对象是古典杰作（即使它们被束之高阁）。但洛佩没能领会诗学思想的精致品位和丰富性，有了它们，戏剧才不仅仅是为作品完成的那一天所写，而是为了别的世界和时代。

一些其他类型的戏剧也在文艺复兴时期开始成型，或者为现代戏剧的发展贡献了自己的力量和光芒。

比如在几乎所有的文艺复兴宫廷内蓬勃发展的假面剧（masques）。就像阿拉戴斯·尼克尔教授所指出的，它对戏剧布景和演出方法的发展产生了重大影响。[32] 对英语读者而言，最有名的假面剧是1634年在鲁德洛城堡（Ludlow Castle）上演的弥尔顿的《科莫斯》(*Comus*)。这部作品并非纯粹的假面剧，也包含了田园剧的元素——侍奉酒神的精灵科莫斯装扮成一位名叫图尔西斯（Thyrsis）的牧羊人：

> 他的高超技艺常让蜿蜒的溪流
> 停下脚步倾听他的优美曲调，
> 让山谷中每一朵麝香玫瑰更加芬芳。[33]

作品最后，塞文河（Severn）被拟人化为拥有拉丁语名字的希腊宁芙。不过，年仅二十多岁的弥尔顿已经非常渊博，还为这部小小的剧作注入了许多其他元素。科莫斯被赶走的戏剧场景借鉴了《奥德赛》第10卷第274行起奥德修斯挫败科莫斯的母亲喀耳刻（Circe）的情节。此外，弥尔顿还模仿柏拉图，就伦理问题展开了长篇辩论，他甚至翻译了柏拉图作品中的一个重要段落。[34]

田园剧融合了现存的古典元素，是文艺复兴时期的独特发明。[35] 剧中角色是理想化的牧羊人和牧羊女（这些形象的创造者是忒奥克里托斯，维吉尔则让它们变得不朽），以及潘神（Pan）、狄安娜（Diana）、萨梯（satyrs）、法恩（fauns）和宁芙诸自然精灵。将绝望的爱情引入阿卡迪亚的创始人是维吉尔[36]，文艺复兴时期的人们则发展了这一主题。在维吉尔的一些《牧歌》中可以看到两个角色间的交谈、争辩和叫板，实际上它们曾经在奥古斯都时代的罗马被搬上过舞台。[37] 古典戏剧的重新发现给近代剧作家们带来启迪，促使他们以田园人物的浪漫爱情为主题创作出完整的戏剧，将阿卡迪亚的美妙服饰、音乐和景致都融合进来。最早的关于世俗主题的俗语戏剧——波里提安的《俄耳甫斯》——就被安排在田园场景中,它的次要角色中还包括了牧羊人和萨梯。毫无疑问,这种构思既考虑到俄耳甫斯与野性大自然的联系,又考虑到在传说中欧律狄刻(Euridice)是因为逃避好色的牧羊人阿里斯泰俄斯(Aristaeus)的追逐而被毒蛇咬伤身亡的。[38] 田园剧作为独立体裁继续发展着,对莎士比亚的《皆大欢喜》(As You Like It)等戏剧作品也产生过影响。由于使用了抒情音乐和充满想象力的布景,它们还是现代歌剧的鼻祖。

最早的大型田园剧是贝卡利(Beccari)的《牺牲》(The Sacrifice),于1555年(在费拉拉)上演。[39] 它所确立的模式——各种不般配的恋人——被许多田园剧所效仿。A 爱 B,B 爱 C,C 爱 D,但 D 却发誓守贞。E 和 F 情投意合,两人的婚姻却横遭残忍亲属的干涉(贝卡利的解决方法是让那个亲属变成了一头公猪)。

田园剧中最伟大的两部杰作是托尔夸托·塔索(Torquato Tasso)的《阿明塔》(Amyntas,意大利语作 Aminta,1573 年在费拉拉上演)和巴蒂斯塔·瓜里尼(Battista Guarini)的《忠诚的牧羊人》(Faithful Shepherd,1590 年上演),后者比前者要长得多。它们都是关于爱情和冒险的情节极为复杂的作品。阿明塔并非女子(与后世作品中的形象不同),而是潘神的侄子,忒奥克里托斯将他的马其顿名字 Amyntas 引入了自己的牧歌。他爱上了狄安娜的侄女西尔维娅,后者却厌恶男人,只对打猎感兴趣。当萨梯剥光她的衣服,用她自己的头发把她捆在树上并欲行不轨时,阿明塔在最后关头救了她。但即使这样,她仍然毫无感激之情,而是继续打猎。直到阿明塔跳崖自杀,她的心才被打动——幸运的是,树丛救了阿明塔的命。瓜里尼的《忠诚的牧羊人》初衷旨在超越《阿明塔》,比后者要复杂得多。所有的剧情都发生在舞台之外,然后用歌曲和独白加以介绍和评论。《阿明塔》的韵文精巧而绚丽,可以与音乐和文艺复兴绘画相媲美。[40]《忠诚的牧羊人》引来了欧洲各地的效仿,是被翻译成其他语言次数最多的意大利语文学作品。

有的理论认为,希腊和罗马戏剧还有另一个直接后裔,即民间滑稽剧。它通过(尤其是在意大利)巡回演员、木偶戏以及君主和贵族们豢养的弄臣等传统得以流传。有人特别指出,某些常规角色直接来源于罗马喜剧:比如亦智亦愚的弄臣。他们显得畸形可笑,有时光着头,有时戴着鸡冠帽。毫无疑问,意大利的"即兴喜剧"(commedia dell'arte)和普劳图斯的喜剧精神间存在诸多共同点,足以使我们相信,为六十代意大利观众带去欢乐的可能是相同的滑稽人物、动作和场景。对现代观众而言,留存下来的此类形象中最有名的当数彭奇先生(Mr. Punch),即意大利

喜剧中的普尔齐内拉（Pulcinella）①。⁴¹

歌剧也是在这一时期开始生根发芽的。缔造歌剧的是爱好戏剧的古典学者，他们明白音乐是古希腊戏剧表演中不可或缺的部分。于是，他们把音乐伴奏同戏剧独白和抒情评论融合起来，试图以此升华全剧的情感。他们面临的一个主要问题是无法确定除了合唱部分，希腊人是否也为戏剧独白和对话配乐。这无疑是歌剧发展过程中挥之不去的问题：巴洛克剧作家们使用了宣叙调（recitative），偶尔上升到咏叹调（aria），而瓦格纳则发明了所谓的"唱言"（song-speech）。（不应忘记的是，瓦格纳认为自己效法了希腊戏剧。在创作《尼伯龙根的指环》时，他整个上午都在谱写配乐，整个下午则研读雅典剧作家的作品。）

最早的实验性歌剧是1594年在佛罗伦萨上演的《达芙妮》（*Daphne*）。作品由奥塔维奥·里努契尼（Ottavio Rinuccini）撰写，佩里（Peri）和卡契尼（Caccini）配乐。该剧改编自奥维德的故事：杀死了怪龙皮同（Python）的阿波罗被丘比特的嫉妒之箭射中，爱上了坚贞不屈的达芙妮，后者最终变成了一株月桂树⁴²（我不清楚《达芙妮》的作者们是否知道古希腊最有名的乐曲之一是一段描绘阿波罗和皮同搏斗的标题音乐⁴³）。和1600年上演的《欧律狄刻》（*Eurydice*）一样，这些作品最重要的创新在于"融合了两种看似不兼容的元素，即戏剧中的有声喜剧和室内乐中的抒情旋律"。配乐的戏剧并不新鲜，《达芙妮》和《欧律狄刻》与过去作品的最大区别在于构建了"从故事开头直到结尾不间断的魔力音乐之环"。⁴⁴随着《唐璜》（*Don Giovanni*）序曲或者《莱茵的黄金》（*Das Rheingold*）前奏的第一个音符响起，我们中的许多人就被某种魔力提升到另一个世界，而这种魔力的发明者的初衷是重现希腊戏剧原先的美和力量。

几年后，第一位伟大的歌剧作家蒙特威尔第（Monteverdi）带着《俄耳甫斯》（*Orpheus*）——关于不朽音乐家的不朽传奇——走进了历史。他第一个意识到大规模歌剧的可能性，而此前的歌剧演出都被安排在小房间，面向的是亲朋好友。近代歌剧和近代诗剧都是希腊悲剧的孩子，二者一直相互吸引。

近代戏剧批判标准同样是在文艺复兴期间发展起来的。它部分得益于对新形式的试验，部分得益于对希腊—罗马文学理论的研究和探讨——特别是亚里士多德的《诗学》和贺拉斯的《诗艺》，朗吉努斯（Longinus）的《论崇高》（*On the Sublime*）也有一定的影响力，但远远比不上前两部作品。许多文艺复兴戏剧都是按照文艺复兴批评家的高标准创作的，虽然这些人经常显得学究气，但他们绝不会姑息蹩脚之作。

---

① 那不勒斯喜剧中长鼻驼背的滑稽角色。

乔尔·斯宾加恩（Joel Spingarn）在其重要著作《文艺复兴时期的文艺批判史》（*A History of Literary Criticism in the Renaissance*）中分析了"三一律"（theory of the Three Unities）是如何发展成文学铁律的。亚里士多德只提出了一条合理规则：诗歌中的故事必须仅限**一个情节**。[45] 至于时间，他表示（原意如此）悲剧应该努力限制在太阳的一个循环内，即 24 小时左右，虽然早期悲剧并未做到这点。[46] 斯宾加恩指出，第一个将这条建议上升为明确规则的是费拉拉的哲学和修辞学教授卿提奥。他把这条规则写进了自己的《喜剧和悲剧讲义》（*Lectures on Comedy and Tragedy*，约 1545 年）。1548 年，罗伯特利在亚里士多德《诗学》的注疏版中解释说，亚氏的真实意思是 12 个小时（因为晚上人们要睡觉）。而在《诗学》译本中（1549 年），塞尼对此提出反驳，因为许多高度戏剧化的情节都是发生在晚上，所以亚里士多德的意思应该是 24 小时。虽然显得学究气，这场辩论的目的却不是将古典原则强加给优秀的原创近代戏剧，而是改进踯躅而虚弱的近代戏剧，告诉人们压缩时间有助于取得最佳效果，而不应在每一幕前都挂上"三十年后"的牌子。

地点的统一是卡斯特尔维特罗在 1570 年的《诗学》注疏本中提出的。他还为其加上了合理的解释，不过并未表示这是亚里士多德的意思。他认为，亚里士多德一直强调逼真性。戏剧情节必须显得可信。如果场景不断变换到"田地的另一头"或者"波西米亚，这个国家靠近海边的荒芜地区"，它看上去就不可信了。特里西诺也在自己的《诗学》（*Poetice*，1563 年）中对比了三一律和"无知诗人"的粗糙作品。所以，三一律在其被发明的那个时代还是有用的。它被用于改善和纠正那个时代剧作家们随意而业余的创作手法——它的目的不仅是借鉴古人，而是让戏剧更加紧张、现实和富有真正的戏剧性。

现代戏剧的表演媒介有四种：舞台、剧院、电影院和电视。后两者是对前两者的延伸，区别主要是制作和传播的物理和机械条件。前两种根本性的媒介都诞生于文艺复兴时期，它们不是对古典素材的机械复制，而是对古典形式做了创造性的改编，实现了这些形式在中世纪剧作家那里未能实现的潜能，并向此前未知和被误读的古典杰作发起了挑战。

第 8 章
文艺复兴时期的史诗

中世纪唯一拥有史诗气度的诗作是但丁用俗语写成的《神曲》，它在形式上不同于过去的任何史诗，甚至不同于世界上的任何诗作。我们已经分析了维吉尔对但丁的影响，作者本人也极为大度地承认了这点。古典诗歌对文艺复兴史诗的贡献更加明显，影响则同样深远。

彼得拉克的《阿非利加》等拉丁语史诗不在我们的考虑范围内。按照主题和所受古典影响的类型，我们感兴趣的文艺复兴时期的俗语史诗可以分成四类：

首先是**对古典史诗的直接模仿**，这类作品数量很少。唯一的代表作是皮埃尔·德·龙沙（1524—1585 年）出版于 1572 年的《法兰克记》。作品只完成了前四卷，完全模仿了《埃涅阿斯纪》。与埃涅阿斯逃离特洛伊并兴建罗马的情节类似，故事讲述了一位出身更加显赫的英雄——赫克托耳之子阿斯图阿纳克斯（Astyanax，作品中称为法兰克［Francus 或 Francion］）——从特洛伊逃往高卢并兴建了巴黎城（纪念他的叔父帕里斯），从而奠定了近代法国的基础。全诗用十音节双行体写成，对于法语和作品雄心勃勃的主题而言，这种格律明显太短了。诗中还穿插了法兰克和一位克里特公主的浪漫情事。这部作品完全失败了：龙沙甚至无法完成它。[1]

第二类是**关于同时代英雄冒险的史诗**，主要或全部按照古典模式创作。这类作品中最伟大的是《卢济塔尼亚人之歌》（*Os Lusiadas*），由路易斯·德·卡蒙斯（1524—1580 年）出版于 1572 年。作品讲述了瓦斯科·达·伽马（Vasco da Gama）在东非和东印度的探险：卡蒙斯本人就是赴远东探险者的先驱之一。诗歌在风格、情节和背景上带有浓厚的古典色彩。[2]

南美征服者之一的阿隆索·德·埃尔西利亚－苏尼加（Alonso de Ercilla y Zúñiga，1533—1594 年）的《阿劳坎人之歌》（*La Araucana*）要通俗得多。作品首版于 1569 年，1590 年出版全本。全诗分 37 曲，以韵文和打油诗写成，讲述了西班牙入侵者如何挫败智利印第安人的抵抗。[3] 这是第一部在美洲完成的重要作品。

（和乔叟一样，作者与西班牙宫廷关系密切，而且地位更高。他受到军事法庭的审判，侥幸逃脱了死刑，旋即被从智利遣送回国。作为报复，他在诗中完全没有提到自己的指挥官。）作品取得了巨大成功，引来很多效仿者。在清理堂·吉诃德的图书馆时，学监和理发师留下了《阿劳坎人之歌》，认为它是最好的三首西班牙语英雄诗歌之一。[4] 当然，同类作品不限于此，比如洛佩·德·维加的《恶龙记》（*La Dragontea*），它讲述了"恶龙"弗朗西斯·德雷克爵士（Sir Francis Drake）最后的远航和死亡……

第三类是**关于中世纪骑士的传奇史诗**，带有明显的古典影响。这类作品主要包含三种成分：对很久以前的骑士历险经历的详细叙述，始于中世纪并在文艺复兴得到延续的浪漫爱情故事传统，各类的希腊—罗马元素。最著名的此类作品是卢多维克·阿利奥斯托（1474—1533年）1516年出版的《奥兰多的疯狂》（*Orlando Furioso*）——全诗规模宏大而且节奏明快，情节跌宕起伏，讲述了罗兰①和其他主角的爱情和战场历险。故事大致发生在撒拉逊人入侵法国以及他们被"铁锤查理"（Charles Martel）击败的那个时代。[5] 它接续并改进了斯坎迪亚诺伯爵（Count Scandiano，1434—1494年）马特奥·玛利亚·博亚尔多（Matteo Maria Boiardo）的未完成作品《奥兰多的恋爱》（*Orlando Innamorato*）。作品的情节和处理手法与真实历史相去甚远。奥兰多（很少有人会把他和那个率军出征布列塔尼的冷酷的 Hruodland 联系起来）因为对契丹大汗的女儿安杰丽卡（Angelica）无法实现的爱情而发疯。直到巫师阿斯托尔福（Astolfo）骑着飞马，在《启示录》作者圣约翰的指示下飞上月亮并带回了装着奥兰多理智的瓶子，他才恢复正常。许多人失去的理智都被存放在了月亮上。阿斯托尔福没想到有那么多人被疯狂夺去了理智，不得不在一大堆瓶子中寻找罗兰的：

> 终于那位巫师认出了它，因为
> 瓶上贴着标签：罗兰的理智。[6]

为了在技艺上与阿利奥斯托一较高下，在严肃性上超越前者，埃德蒙·斯宾塞（Edmund Spenser，约1552—1599年）开始创作《仙后》。作品的前6卷和一段残篇留存了下来。他原计划撰写12卷，每卷讲述一个和亚瑟王圆桌骑士有关的骑士冒险故事，并表现一种道德美德。他的作品在形式和主题类型上借鉴了阿利奥斯托，在道德基调和许多次要特征上则效法了荷马和维吉尔。[7] 薄伽丘的《忒修斯记》是此类作品的先驱和更初级的形式，它虽然取材于希腊神话，在手法上却

---

① Orlando 是 Roland 的意大利语拼法。

是中世纪的。

两部此类作品可以自成一派。其中较有名的是托尔夸托·塔索（1544—1595年）的《耶路撒冷的解放》（*The Liberation of Jerusalem*）。这部雄壮的诗篇完成于1575年，1581年在未经作者首肯的情况下被出版，1593年再版，但因作者的修订而变了味。[8]他用典型的传奇口吻讲述了第一次十字军东征的故事（1095年），着重描绘了魔鬼如何试图阻止十字军夺取耶路撒冷（魔鬼的主要助手是一个名叫阿尔米达［Armida］的美貌巫婆）。与吉本和他所引述的史料中严肃的说法相比，这几乎完全是个不同的故事。[9]从表面上看，这首诗与阿利奥斯托的作品存在相似之处，但二者有一个根本的区别：该诗一直在严肃地宣扬基督教教义和基督教超自然力量。

在这点上，乔万·乔吉奥·特里西诺（1478—1550年）的《从哥特人手中解放的意大利》（*La Italia liberata da Gotti*）可谓是它的先驱。特里西诺的作品一度也相当有名，全诗分为27卷，用素体诗描述了公元6世纪东罗马帝国皇帝查士丁尼赶走统治意大利的哥特人的故事。[10]作品大体上采用中世纪传奇的风格，也融入了基督教和古典文化的元素。许多人认为这首作品并不成功，因为它僵化地遵循亚里士多德的原则。它的确算不上成功，但并不是因为遵循了某些特定原则。亚里士多德提出的史诗原则寥寥无几，也没有很强的约束力，即使错误运用也不会束缚任何作者的手脚。和特里西诺的《索福尼斯巴》一样，作品失败完全是诗人的问题：他的诗句乏味，情节编排枯燥，想象力贫乏。[11]不过，这首诗一度相当有名，因为它是第一首以古典手法写成的近代史诗，而且它的标题本身代表了文艺复兴时期的重要潮流。

上述两首作品是通往第四类文艺复兴史诗的桥梁，那就是**基督教宗教史诗**。它们取材于犹太人和基督教历史和神话，但作品布局上几乎完全遵循古典手法。[12]代表作是约翰·弥尔顿（1608—1674年）出版于1667年和1671年的《失乐园》和《复乐园》。两部作品分别为12卷和4卷，用素体诗形式讲述了人类的堕落和耶稣在荒野中遭受诱惑的庄严故事。

古典传统对上述任何一首作品的影响都是全方位的。虽然并未在所有作品中占据主导，它却是这些作品的主要前提之一，对于理解它们来说不可或缺。在某些作品中，中世纪理想的影响同样强大，甚至更加强大。而在其他一些作品中，我们可以找到中世纪思维习惯的痕迹：比如，即使盔甲的实用性早已过时，作品中仍然可见为贵族和国王设计的华丽盔甲（经常带有希腊—罗马式的设计元素），或者穿着这些盔甲参加时代错乱的节日。弥尔顿最初也想过写一部亚瑟王主题的作品。不过，无论影响相对有限还是相对强烈，古典思想和想象毕竟渗入了所有的文艺复兴史诗。如果对希腊—罗马文学一无所知,即使是最通俗的《阿劳坎人之歌》也不可能被正确理解。而能理解弥尔顿全部作品的非古典学者莫属了。

分析不同作品中古典影响的重要性、力度和深度的差异非常有趣。

只有两部作品的主题是古典的。它们是失败之作《法兰克记》和中世纪风格的《忒修斯记》。显然,现代诗人不可能以古典手法创作出一部优秀的古典史诗。彼得拉克的《阿非利加》的失败证明了这点。

在结构上,一些作品体现了典型的中世纪风格,如松散、曲折和冗长。但《失乐园》也像《埃涅阿斯纪》那样分为 12 卷,每卷相对独立且比例均衡。此外,《卢济塔尼亚人之歌》分为 10 卷,而《仙后》的原计划也是 12 卷。[13] 这些作品在结构上是古典的。即使看似凌乱的《奥兰多的疯狂》也比真正的中世纪大杂烩《玫瑰传奇》更加对称和有序。

超自然力量是史诗的基本元素,为英雄行为带去了精神背景。我们发现,在同时代题材的史诗中,几乎所有的超自然元素都是由希腊—罗马神话贡献的。《卢济塔尼亚人之歌》中最壮观的形象是狂风肆虐的好望角的一个精灵。巨灵挟裹着乌云和暴风出现在正驶往印度的瓦斯科·达·伽马面前,它名叫 Adamastor,即"不可征服者"。精灵表示自己曾经是一名提坦,因为试图引诱海洋女神忒提斯(Thetis)而被变成了山(显然是桌山〔Table Mountain〕)。[14] 而在《阿劳坎人之歌》中,印第安巫师菲通(Fiton)向叙述者展现了勒班陀战役(Lepanto)①的景象,并召唤了刻耳柏洛斯、奥克斯(Orcus)和普路同(Pluto)等古典恶灵形象。他住过的山洞借鉴了卢坎的《内战纪》(*Pharsalia*)第六卷中的巫婆之洞,而他养的那群蛇则参照了第九卷中提到的蛇名:如 cerastes 和 hemorrhois 等②。[15]

另一方面,在传奇史诗中,超自然力量大多来自中世纪的幻想:如巫术和巫师,带有魔力的头盔和宝剑等物品,飞翔的马身鹰首兽(hippogriff)等虚构的动物。[16] 作为重要的辅助素材,古典神话也被混入其中(对中世纪和希腊—罗马元素的混合是所有这类作品中有意使用的技巧)。比如,《仙后》中描绘的地狱几乎就是希腊和罗马的冥府。在第一卷第 5 曲中,受伤的异教徒"无悦"(Sansjoy)进入

---

① 1571 年,欧洲天主教神圣联盟国家的舰队在希腊勒班陀与奥斯曼土耳其帝国展开的海战,以奥斯曼帝国战败从而失去地中海控制权告终。

② 卢坎在《内战纪》第九卷中描写了小加图的军队在非洲遭到各种毒蛇袭击的场景。cerastes 希腊文意为"长角的",原型可能是角蝰。hemorrhois 意为"流血的",在《内战纪》中,被它咬伤的 Tullus "全身毛孔流血"(quaecumque foramina nouit umor, ab his largus manat cruor),可能也是被蜂蛇咬伤引发的溶血症状。参见本书第 421 页。

地狱的路径和沿途所见与《埃涅阿斯纪》中的描写别无二致（如提图俄斯［Tityus］和坦塔罗斯［Tantalus］等），并得到了埃斯库拉庇俄斯（Aesculapius）的医治①。17 而在《耶路撒冷的解放》第四卷中同样可以看到古典式的地狱，那里有包括哈耳庇、许德拉（hydra）、皮同、斯库拉（Scylla）和戈耳工（Gorgon）在内的各种神话形象——虽然诗中的巫师、巫婆和恶灵带有典型中世纪的特色。此外，这些作品中大部分的次要神祇都是希腊人和罗马人创造的。在《仙后》第一卷第6曲中，将乌娜（Una）从绑架者"无法"（Sansloy）手中救出的是一群路过的法恩和萨梯（萨梯经常出现在斯宾塞的史诗中，有时还会参与一些引人注目的萨梯式行动）。当作品中出现恶灵时，它通常是古典形象的。在《奥兰多的疯狂》和《耶路撒冷的解放》中都有在敌对两军间挑起战端的情节。在前者中，完成这项任务的是引发特洛伊战争的不和女神（Discordia），在后者中则是复仇女神阿勒克托（Alecto），她在维吉尔的《埃涅阿斯纪》第七卷中干过同样的勾当。阿利奥斯托的作品体现了他喜剧式混搭的作风：派遣不和女神的是大天使米迦勒（Michael），她在路上遇到了"妒忌"，后者身边带着美丽的多拉丽采（Doralice）送给萨尔萨国王（king of Sarza）的一名侏儒。塔索则沿袭了庄重的风格，他笔下的阿勒克托形象比维吉尔的更加恐怖——阿勒克托以无头身躯的形象出现，说话的是她拿在手上的头颅。18 在魔宫中招待宾客，并在他们不知情的状态下将其变成动物的喀耳刻则化身为塔索的阿尔米达（Armida）和斯宾塞的阿克拉西亚（Acrasia，这个名字来自亚里士多德，是"无节制"的拟人化）。不过，塔索再一次做了创新，他借鉴了奥维德的变形手法，让骑士们变成与之在外形上相似的动物：他们被变成了鱼，鱼鳞就像是闪光的铠甲。19

在基督教史诗中，几乎所有的超自然元素都来自上帝、耶稣、天使和魔鬼。不过对他们行为和外貌的描写在很大程度上借鉴了古典史诗诗人发明的手法。比如，当弥尔顿笔下的大天使米迦勒前来将亚当和夏娃驱逐出伊甸园时，他披挂整齐，穿着一件由希腊的彩虹女神浸染的"紫色战袍"：

  伊利斯浸染了这件袍服。20

而当拉斐尔（Raphael）从天而降，警告亚当引诱者即将到来时，他就像圣经中的"炽天使"（seraph）一样长了六只翅膀。不过其中两只长在他的脚上，就像赫尔墨斯

---

  ① 提图俄斯是宙斯与凡人女子生下的巨人，因对勒托意图不轨而被阿波罗杀死，在冥府中两只巨鹰不停地啄食他的肝脏。坦塔罗斯因为烹煮自己的儿子来招待诸神而被宙斯打入冥府，他被罚喝不到嘴边的水、吃不到头顶的果子，永远遭受饥渴。埃斯库拉庇俄斯是古希腊的医药之神。

或者墨丘利（Hermes/Mercury），他还被形容为：

就像迈亚（Maia）①之子般站在那里。²¹

在《旧约》的开头几章和福音书中的许多地方，天使有时会被派遣干预人类的事务。遵循这种模式的基督教史诗作者们习惯于安排天使将上帝的信息传递给人类，并协助或阻挠主要角色。不过，他们的干预非常细致和系统，与古典史诗中的次要神祇非常相似。在《耶路撒冷的解放》开篇处，上帝派加百列（Gabriel）责问戈德弗利·德·布庸（Godfrey de Bouillon）为何不对异教徒展开行动。而在《意大利的解放》开篇处，上帝又派（伪装成教皇的）天使奥内里奥（Onerio）说服查士丁尼出兵征讨哥特人。此外，在《耶路撒冷的解放》里的一场决斗中，上帝派出一名守护天使将一面隐形的钻石盾牌放在雷蒙（Raymond）和阿尔甘特斯（Argantes）的利剑之间，就像在《伊利亚特》和《埃涅阿斯纪》中神祇会保护自己的宠儿一样。²² 在这部作品的第七卷第99行起，魔鬼说服一名异教徒撕毁停火协定，与《伊利亚特》第四卷第68行起雅典娜说服潘达罗斯停火如出一辙。有时，奥林波斯诸神和魔鬼间会被划上等号。《失乐园》中"万魔宫"（Pandemonium）的建造者正是伍尔坎（Vulcan），而在《复乐园》中，比列（Belial）被和希腊神话中变幻外形诱奸妇女的各位神祇等同起来。²³《耶路撒冷的解放》第四卷和《失乐园》第二卷中魔鬼们的辩论很像众多古典史诗中诸神的辩论，与中世纪人们对魔鬼行为的想象大相径庭（比如但丁《地狱篇》第21曲中的景象）。²⁴《失乐园》描绘了一场天使和魔鬼间的可怕战斗。它借鉴了《伊利亚特》第二十至二十一卷中神祇间的战斗，撒旦被击倒模仿了阿瑞斯（Ares）被击倒。而在作品的高潮处，天使们拔起山峰奋力掷向魔鬼的情节则是改编自赫西俄德《神谱》中的提坦与奥林波斯诸神之战。²⁵

从行为上来看，弥尔顿的上帝更像宙斯和尤庇特，而非耶和华。当撒旦第一次进入伊甸园时，他被加百列和天使卫队挡住去路，眼看就要发生冲突：

幸亏永生的神对这场可怖的战争早有所防，
已在空中高悬金天秤，
那天秤现在还挂在处女宫和天蝎宫之间，
最初是……测量万物用的……
他在两头放两个砝码，一头是和，一头是战，

---

① 迈亚是赫尔墨斯/墨丘利的母亲。

> 后者高高直挑起，碰到秤杆。（朱维之译文）

耶和华从未这样做过，但《伊利亚特》中的宙斯对阿喀琉斯和赫克托耳有过此举，《埃涅阿斯纪》中的尤庇特也为埃涅阿斯和图尔努斯（Turnus）做过同样的事。弥尔顿还把天秤变成了创世过程中用过的工具。[26] 在弥尔顿笔下的创世过程中，当上帝决定创造人类和地球时，他的方法并非像《圣经》中那么简单：

> 神说、我们要照着我们的形象、按着我们的样式造人……神就照着自己的形象造人、乃是照着他的形象造男造女[27]。

不，他像宙斯和尤庇特那样发下誓言：

> 这是他的意愿，并且发了一个
> 震动天界的大誓言，把它确定下来，
> 而且已向众神宣布。[28]（朱维之译文）

在这里和其他地方，弥尔顿用"众神"称呼天使，可见他的头脑中完全是奥林波斯诸神的形象。

上述诗歌中随处可见作为崇高背景的希腊和罗马文化。这体现在许多方面。

近代史（无论听上去多么荒唐）被视作希腊—罗马历史的延续，黑暗时代被略去或者遗忘了（《失乐园》和《复乐园》是两个例外，因为弥尔顿对古典史和圣经史的区别有着深刻的认识）。比如在《奥兰多的疯狂》的最后，作者描绘了鲁杰罗（Ruggiero）的婚帐。它原是卡桑德拉（Cassandra）亲手编织后送给赫克托耳的礼物。由于她是个女先知，帐篷上展现了一直到鲁杰罗为止的普里阿摩斯的全部后裔。它的历史同样形成了连续的链条：特洛伊陷落后它落入了墨涅拉俄斯（Menelaus）之手，随后被送往埃及用以向普罗特俄斯（Proteus）交换海伦，被克娄佩特拉所继承。后来罗马人又把它从克娄佩特拉那里夺走，最终流传到鲁杰罗手中。这段描写的最后还引用了恺撒的名言"我来，我见，我征服"。[29] 而在《卢济塔尼亚人之歌》中，尤庇特将发现新世界的葡萄牙探险家们形容为比尤利西斯、安特诺尔和埃涅阿斯更伟大的英雄。[30] 在《仙后》中，帕里德尔（Paridell）概述了从《埃涅阿斯纪》直到埃涅阿斯的后裔布鲁特（Brute）在不列颠兴建新特洛伊（Troynovant）的故事。[31]

人们习惯于把近代英雄的事迹同希腊和罗马史诗与传奇中的英雄事迹相提并论。在《失乐园》中：

> （撒旦）体积之大，正像神话中的怪物，
> 像那跟育芙（Jove）作战的地母之子巨人泰坦，
> 或像百手巨人布赖利奥斯（Briareos），
> 或是古代那守卫塔苏斯（Tarsus）岩洞的百头神台芬（Typhon）……³²
>
> （朱维之译文）

在《阿劳坎人之歌》中，印第安勇士被形容成比为国捐躯的德基乌斯家族（Decii）①和其他许多希腊和罗马的英雄更为勇敢，而对康塞普西翁（Concepción）的洗劫则被描述为比对特洛伊的洗劫更为惨烈。³³ 在《奥兰多的疯狂》描绘的巴黎之围中，重创敌人的格里芬（Grifon）简直就是赫克托耳，（用阿利奥斯托借鉴自彼得拉克的名句来说）他就像是：

> 贺拉提乌斯②独战整个托斯卡纳。³⁴

对自然的描绘经常用到古典元素——有时显得很不恰当。在《阿劳坎人之歌》中，印第安酋长卡乌波里康（Caupolicán）经受了把一根巨木扛在肩上二十四小时的考验③，而为他计时的是提托诺斯（Tithonus）的妻子（指曙光女神）和太阳神阿波罗。³⁵ 在《卢济塔尼亚人之歌》中，葡萄牙人对大海的征服被描绘成鲁本斯式的狂欢，瓦斯科·达·伽马的水手们在可能是亚速尔群岛（Azores）的乐园里娶了涅柔斯的女儿们（Nereids）④。³⁶ 而《仙后》是这样形容暴风雨的：

> 愤怒的尤庇特将一场可怕的暴风雨
> 倾泻到他情人的膝头。³⁷

作者将令人震撼的景象与古典诗歌中的美丽形象联系起来。由于弥尔顿无法抛弃各种可爱的希腊自然精灵，《失乐园》中的伊甸园是这样的：

> 宇宙的潘神
> 和"美"、"时"诸女神携手共舞，

---

① 德基乌斯家族以勇武著称。家族中有父子两位执政官先后在战场上为国捐躯（都叫Publius Decius Mus，分别在公元前340年和前312年任执政）。
② 指古罗马英雄Publius Horatius Cocles，他曾在罗马守卫战中力敌入侵的伊特鲁里亚人。
③ 此处说法似乎有误。原作中包括Caupolicán在内的六人竞争酋长，比赛谁能把巨木扛得最久。从 Araucana 第二卷的 Ya la rosada Aurora comenzaba... 到 ...peso de las espaldas despedía 来看，Caupolicán 一共扛了两天两夜。
④ 涅柔斯（Nereus）是希腊神话中的海神，生有五十个女儿。

带领着永恒的春。传说古时候

有个比花更美丽的普洛萨萍（Proserpin），在美丽的恩那（Enna）原野采花，

她自己却被幽暗的冥王狄斯（Dis）采摘而去，

使西丽斯（Ceres）历尽千辛万苦，找遍全世界；

还有个甘美的达芙涅丛林，

在奥伦特斯（Orontes）河畔，卡斯特利亚（Castalia）灵泉之滨，

都无法与伊甸乐园相媲美……[38]（朱维之译文）

《失乐园》中特意提到，魔鬼们建造的"万魔宫"形似希腊神庙[39]；而在《耶路撒冷的解放》中，阿尔米达宫殿的金色大门上装饰有赫拉克勒斯和伊娥勒（Iole），以及安东尼和克娄佩特拉的形象，象征了爱神的胜利。[40]

所有这些史诗都模仿和借鉴了许许多多来自希腊—罗马英雄诗歌的情节。随举一个惊人的例子——在《仙后》开篇不久，红十字骑士从树上折下一根枝条：

从它的断口冒出

小滴的鲜血，慢慢地流淌下来。

树开始对他说话，表示自己是个中了魔法的人。这让我们想起了维吉尔笔下的那个冤魂，但丁的自杀者树林借鉴了该意象，而且要恐怖得多。[41]

有的改编极具艺术和精神意义。比如召唤英雄的亡灵，或者预言未出世的伟人。在《耶路撒冷的解放》中，里纳尔多得到的一副盔甲上描绘了他的祖先们与哥特人交战的事迹；后来，当戈德弗利陷入严重危机时，大天使米迦勒让十字军战士的亡灵和天堂中的天使们出现在他的面前，告诉他这些人都在为他而战。前一处情节借鉴了《埃涅阿斯纪》中神灵为埃涅阿斯打造的盔甲，后一处则来自《伊利亚特》中的诸神之战：塔索的版本要比原作更加崇高。[42] 在《阿劳坎人之歌》中，巫师让勒班陀战役的景象出现在埃尔西利亚眼前，这样即使作者身在地球另一端的智利也能亲眼目睹了；而在《卢济塔尼亚人之歌》中，一名宁芙预言了东印度群岛的未来：这两处情节都借鉴了埃涅阿斯赴冥府询问久后罗马命运的故事。[43] 类似的场景也出现在《奥兰多的疯狂》和《仙后》中。默林（Merlin）的幽灵向美丽的布拉达曼特（Bradamante）预言，她和鲁杰罗将开创一个光荣而延绵不绝的世系，在埃斯特家族（阿利奥斯托的恩主）时达到鼎盛；而在斯宾塞笔下，默林向布里托马特（Britomart）预言了未来几个世纪中不列颠的历史。最宏大的此类预言来自《失乐园》，作品中的一位天使向亚当展现了宇宙的全部历史，另一位则向他描绘了到审判日为止的整个未来。[44]

维吉尔与荷马等人作品中的英雄历险和盛大群像场面也经常被借鉴。在《奥兰多的疯狂》中，为了从一个牧羊的妖怪手中救出妻子，诺兰丁国王（King Norandin）披上羊皮，匍匐着从羊群中爬过——这正是奥德修斯在独眼巨人的洞穴中采用的计策。[45] 在同一部作品中，从海怪手中救出安杰丽卡的情节得到了奥维德《变形记》中珀尔修斯（Perseus）和安德洛墨达（Andromeda）故事的启发：安格尔（Ingres）关于该情节的画作彰显了这种相似性。[46]《奥兰多的疯狂》的最后是鲁杰罗和异教徒首领洛多蒙特（Rodomonte）的关键对决——就像《埃涅阿斯纪》的最后是埃涅阿斯和图尔努斯的对决。[47] 甚至两部作品的最后几行诗句都几乎是相同的，只是《奥兰多的疯狂》在基调上有了明显的区别。当图尔努斯受了致命一击后：

> 但他的四肢因寒冷而无力，
> 生命伴着呻吟悠悠遁入幽冥。[48]

诗歌的结尾并非胜利与和平，而是为一个年轻生命的戛然而止感到绝望痛苦——就像在《埃涅阿斯纪》第六卷中，未来的罗马伟人队列的最后是年轻的马克卢斯忧伤的鬼魂，他虽然注定青史留名却将不得善终。但在《奥兰多的疯狂》的结尾，与埃涅阿斯不同，鲁杰罗毫不犹豫地给了洛多蒙特致命一击（事实上连击了两三下），然后：

> 高傲的灵魂咒骂着逃离
> 比冰还冷的躯体，
> 朝着阿刻戎荒凉的河岸而去
> 在世时他是如此傲慢和自负。[49]

异教徒骑士没有悲伤，而是在诅咒神灵。这是完全的胜利——并没有像维吉尔笔下的胜利那样因为不可避免的牺牲而蒙上悲剧的阴影，失利者的力量和勇气反而让胜利更加伟大。有谁会同情他呢？不，没有人，就像《罗兰之歌》中所说：

> 异教徒是错的，基督徒是对的！[50]

所以，阿利奥斯托作品的结尾并非颤抖的小调，而是小号齐鸣奏响的有力大调，如同黑色飞羽般骄傲而盛气凌人地扫过。

这些史诗中有太多的群像场面都受到了希腊和罗马史诗与历史的启迪，将其全部考察一遍是不可能的。与《伊利亚特》第二十三卷中的希腊人和《埃涅阿斯纪》

第五卷中的特洛伊人类似，《阿劳坎人之歌》第十卷中胜利的印第安人也举办了盛大的运动会，并煞有介事地进行颁奖。而神祇、英雄和魔鬼间盛大的正式辩论（见本章注释24）以及详尽的武士名单则借鉴了荷马与维吉尔。塔索笔下的大使宣称和平与战争都藏在自己的袍服中，并询问对方想要他拿出哪一个，这个形象是以真实的罗马人为基础的：那就是在第二次布匿战争前曾短暂驻节迦太基的昆图斯·法比乌斯·马克西姆斯（Quintus Fabius Maximus）。[51]

荷马式的各种比喻手法也出现在上述每一首作品中。有时，诗人们直接借鉴荷马或维吉尔——比如阿利奥斯托就把铠甲熠熠生辉的危险人物洛多蒙特比作新蜕了皮的光鲜毒蛇。[52] 有时，诗人们会使用自己的经验和想象——比如在埃尔西利亚笔下，将几名基督徒团团围住的印第安军队被形容为正在吞噬小鱼的鳄鱼[53]，而弥尔顿则把飞越地狱的撒旦（它后来变得像一座山峰那么大）比作一整支远航的船队：

> 群帆高挂云端，乘彼岸的贸易风
> 从孟加拉或特拿德（Ternate）、替道（Tidore）诸岛，
> 亦即商人们贩运香料的地方，
> 冒着季节潮的危险，
> 穿越茫茫的埃塞俄比亚海，
> 遥望好望角，星夜赶向南极。[54]（朱维之译文）

文艺复兴史诗最鲜活的角色中有好几个模仿了希腊—罗马史诗中的人物，或者部分受到后者的启发。比如美丽、贞洁、敏捷、强壮而勇敢的女武士，她们往往站错了队，虽然展现出惊人的勇武，最终却难逃失败（甚至经常被杀），并在敌方英雄的心中激发出强烈的爱意和遗憾。《耶路撒冷的解放》中的克罗琳达（Clorinda）、《奥兰多的疯狂》中的布拉达曼特以及斯宾塞笔下的布里托马特就是此类女英雄的代表。虽然现实生活中出现了贞德（Joan of Arc）和卡特琳娜·斯福扎（Caterina Sforza）这样的女战士，上述作品中勇武有力的女性形象却是来自被忒修斯击败并夺走贞洁腰带的亚马逊女王希波吕塔（Hippolyta），死于阿喀琉斯之手的另一位祖胸亚马逊人彭特西莉亚（Penthesilea），以及维吉尔借鉴前人而创造出来的卡米拉（Camilla）。[55] 近代的女武神（Valkyries）还融入了其他想象元素，但就其起源而言大多是古典的。比如，塔索的克罗琳达（Clorinda）是黑人王后的白人女儿——与赫利奥多罗斯（Heliodorus）的晚期希腊语传奇情节相似；她得到一头母虎的哺乳——就像罗慕路斯和雷慕斯得到母狼的哺乳；她先后靠着养父以及神奇的风和水流渡过了一条湍急的河流——如同《埃涅阿斯纪》中，卡米拉的

父亲将其捆在长矛上飞掷过河。⁵⁶

部分作品中还可以看到向某一位或几位希腊缪斯乞灵（这类乞灵早在但丁的作品中就出现了）。⁵⁷ 在一些重要段落中，诗人们没有忘记缪斯是异教神祇，于是对乞灵用语做了基督教化改造，比如塔索就说过：

> 啊，缪斯，你不在赫利孔山上
> 用速朽的月桂缠绕前额，
> 而是在天堂里有福的品第间
> 用不朽的星辰做成金冠。⁵⁸

在基督教史诗的背后是这样的假设，即不考虑其他因素，它们比希腊和罗马的史诗更崇高，因为通过耶稣基督的启示，它们的题材被升华到更高的水平：

> 这个题材比那在特洛亚追逐劲敌，
> 绕城三周的阿喀琉斯的盛怒，
> 比塔那斯与拉维尼娅的婚约被解除时所产生的愤怒
> ……都不逊色，且英勇有加。⁵⁹（朱维之译文）

所以，赋予诗人们灵感的缪斯不是尘世的，而是来自天堂。

此外，更为认真的那部分诗人还翻译和模仿了希腊和罗马诗歌中许多令人难忘的表达。在今天的许多读者看来，这很难理解。他们认为，学舌维吉尔或奥维德的诗人缺乏原创精神，这些诗人无法为自己笔下的人物构思出得体的表达，所以必须求诸古人并"拾人牙慧"。这种看法可能适用于无名诗人和廉价写手，但对于弥尔顿和但丁这样富于创造力的伟大作家来说就完全不应该了。事实上，引用优美词句能让作品意义更加深刻，并赋予其怀旧之美。比如，在《失乐园》中，被打入地狱的撒旦首先对别西卜（Beelzebub）说：

> 是你啊；这是何等的坠落！何等的变化呀！
> 你原来住在光明的乐土，
> 浑身披盖着无比的光辉，
> 胜过群星的璀璨……⁶⁰（朱维之译文）

这段话有意引用了埃涅阿斯对赫克托耳幽魂的描绘：

> 啊，我所见的他是何等的模样！何等的变化呀！
> 那个曾披着阿喀琉斯盔甲凯旋的赫克托耳！⁶¹

这是《埃涅阿斯纪》中令人动容的句子。弥尔顿的翻译不仅同样表现了感人肺腑的忧伤，还带有怀旧的色彩：因为读过维吉尔的人在看到这句话时会觉得另一根心弦也被触动了。

作品的意义也得到了丰富。通过借鉴维吉尔对赫克托耳幽魂的描绘，弥尔顿向我们暗示撒旦和别西卜虽然堕入地狱，却仍不失为强大的英雄形象。不过，曾经"披盖着无比光辉"的别西卜，现在却因对上帝的反叛而被印上了可怕的伤疤——就像赫克托耳的幽魂出现时头发上沾满了尘土和血迹，面庞因为被胜利者的马车拖着绕城三圈而被毁坏得无法言状。就这样，弥尔顿没有作直接描绘，仅仅是影射了那位注定永久流亡并在危难之夜见到死去朋友的幽魂来访的英雄，就让我们感受到了痛苦、不详和失败的气氛。

与之类似，当艾略特试图描绘一个富有而美丽的女人时，他是这样写的：

> 她的座椅如同抛过光的宝座，
> 在大理石上熠熠生辉……

这让我们想起了莎士比亚对克娄佩特拉的精彩描写：

> 她的座船如同抛过光的宝座，
> 在水面上熠熠放光……[62]

在这半句话中，他不仅给读者带去愉悦，让他们回忆起一个优美的句子和一幅优美的画面，还唤起了他所描绘的那个女人的全部美好和奢华。

唤起式引用（evocative quotation）是一门不简单的艺术。浪漫主义传统的理论对其不屑一顾，认为所有好的作品都是完全"原创的"。学术滥用和古典知识的衰弱让它更加受到质疑（参见第 21 章）：因为读者们不再觉得自己必须和诗人一样博学才能理解诗歌。他们还理直气壮地认为，追求"影射"和"模仿"将毁了诗歌的生命力，把它从活生生的事物变成由抄袭的色彩和剽窃的碎片做成的人造组织。不过，能毫不费力地理解和辨识出唤起式引用的读者无疑能比其他人获得更多的快感，并对作品主题拥有更全面的理解。与受过古典教育的弥尔顿的读者相比——或者是雪莱和艾略特的读者——那些从不对古典传统感兴趣的读者就像是把狄更斯"当作故事"来读的小孩，无法像所有成年人那样清楚地理解作品更重要的意义。

这门艺术还常常被滥用。塔索笔下的戈德弗利告诉埃及使者，十字军毫不惧怕在圣墓之战中牺牲：

> 是的，我们会死，但有人会给我们复仇。

这句话影射了《埃涅阿斯纪》中狄多的遗言。[63] 它无疑是感人肺腑的，但显得非常不恰当，将生命交付给十字架的基督徒英雄居然被作者和一位为爱自杀的异教徒公主联系起来。塔索并非在故意卖弄，但许多比他水平低劣得多的诗人却用模仿和影射古典作品来弥补想象力结构上的缺陷，或者靠炫耀学识来为平庸之作涂脂抹粉。

不过，只要使用得当，这门艺术将产生魔法般的巨大力量。我们可以把它同比喻艺术相提并论。当诗人描绘一位战士独自面临强敌并准备发起反击的时候，他可以把那位孤独的战士比作一只被猎人和猎犬团团包围的高贵而凶悍的动物（比如狮子或野猪），它没有绝望和恐惧，而是充满了怒火、力量和战斗的激情，它暂时没有行动只是为了等待最佳的进攻时机，当时机到来时，它的眼中将喷出火焰，全身肌肉紧绷，以不可阻挡之势向敌人冲去——这样做非但无损画面的清晰性，反而能为其增色。但如果影射恰当的话，五个字就足以在警醒的读者脑海中唤起更加鲜活的场景，让事件的感染力彻底释放，令诗人和他的作品得到升华。

在效法古典诗歌时，诗人们不可能不对希腊语和拉丁语的力量和灵活性心生艳羡。所以这些诗人或多或少都会通过引入以拉丁文（有时也包括希腊文）为模板的词汇和表达方式来丰富自己的风格。葡萄牙批评家认为（据奥伯雷·贝尔先生［Aubrey Bell］的说法[64]），真正的葡萄牙语诗歌始于卡蒙斯，因为他通过引入许多拉丁语元素提升了这门语言的表现力。对其他人来说也是这样，虽然程度各有不同：对弥尔顿而言尤为如此。

通过《失乐园》和《复乐园》，弥尔顿创造出一种适用于"从未用散文体或诗体尝试过"的主题的新风格。它的主旨是宏大、唤起式和铿锵有力的——这是崇高性的三个方面，其区别仅仅在于实现崇高的手法。在这点上与之最接近的是维吉尔，他深感拉丁语远比希腊语贫瘠和僵硬，于是丰富了它的句法、扩充了它的词汇、改进了它的韵律，直到经他之手呈现出的效果在表现力上几乎不逊于希腊语诗歌。就像弥尔顿引用了许多拉丁语和希腊语诗人那样（虽然对《圣经》的引用少之又少），维吉尔引用了恩尼乌斯（Ennius）和卢克莱修，甚至是同时代和上一代的拉丁语诗人，他还翻译和借鉴了无数希腊语诗歌中的优美词句。就像弥尔顿将拉丁语句法引入英语那样，维吉尔也将希腊语元素引入了拉丁语；就像许多英国批评家指责弥尔顿玷污了英语的纯洁那样，维吉尔也被指责用不必要的"矫揉造作"扭曲了拉丁语。我们不该忘记弥尔顿也是一名音乐家：任何真正理解音乐并懂得演奏的作家都会仔细研究他的风格，并以不谙音乐者无法想象的细致对其加以阐释。然而奇怪的是——说到底，这也许证明了弥尔顿模式的失败——他的表达方式只有很少一部分（与莎士比亚甚至蒲柏相比）被英语所吸收。

他最奇怪的手法之一是并不使用英语单词在当时流行的意思，而是使用它们拉丁语词根的意思。这种手法无疑是奇怪的，词源学家会觉得它有趣，但普通人则会觉得与其说弥尔顿在写诗，不如说他在卖弄学识。比如，在地狱和天堂间架起的桥梁：

> by wondrous art
> Pontifical . . .

这里的 pontifical 并不表示主教的、教皇的或者高傲的，而是它在拉丁文中的字面意思"造桥"。[65] 在作品的开头，撒旦疑惑为何堕落天使们会被允许：

> Lie thus astonished on the oblivious pool—

这句话的意思不是"吃惊地躺在忘池上"，astonished 用的是它的拉丁语原义"被雷击的"（*attoniti*），即被雷击昏躺在使人遗忘的湖面上。[66] 而当有人在大洪水之前的邪恶岁月里宣扬宗教、真理与和平时，他说：

> him old and young
> Exploded . . .

这里的 exploded 并非"被炸成碎片"，而是"用嘘声赶走"。[67] 有时，作者直接用希腊语或拉丁语的释义替代英语单词的意思，比如在描绘甲胄森严的反叛天使军队时，他说：

> shields
> Various, with boastful argument portrayed . . .

这里的 argument 并不是争执或者挑战，而是像维吉尔的《埃涅阿斯纪》中那样表示"主题"。[68]

弥尔顿不仅用拉丁语词根的原意取代了英语单词现在的意思，他引入的拉丁语句法还造成了思维的隔阂和扭曲。罗马人不喜欢使用抽象名词，它们在拉丁语中显得模糊而沉重。表达"自从建城以来"时，他们会说"from the city founded"而不是"from the foundation of the city"。弥尔顿将自己的作品命名为《失乐园》（*Paradise Lost*），但它的主题并非已经丧失的伊甸园，而是伊甸园的丧失。在这点上，他同《奥兰多的疯狂》（*Orlando Furioso*）和《耶路撒冷的解放》（*Gerusalemme Liberata*，直译是被解放的耶路撒冷）异曲同工。弥尔顿曾说：

> the Archangel paused
> Betwixt the world destroyed and world restored[69]

他的意思是"在讲述世界的毁灭和描绘世界的复兴之间"。这句话很好理解，但当比列说出下面这句话的时候，除了拉丁语老师还有谁会注意到其中的玄机呢（"让"[*licet*]后面要用虚拟式）：

> Who knows,
> Let this be good, whether our angry foe
> Can give it ?[70]

弥尔顿的这种习惯与他在其他方面的卖弄学问有一个重要区别。卖弄学问的目的是尽可能多地丰富精神内涵，通过将主题与众多不同层次的艺术和历史联系起来表现出主题的宏大。但**仅仅**使用某个单词的拉丁文释义却会让它失去部分意思，而且是最重要的意思。它产生的效果不是丰富而是晦涩。在语言上，弥尔顿有时逾越了富有和炫耀、修辞和卖弄、艺术和技能的界限。而但丁恰恰没有犯这个错误，他谦逊地称自己的作品为"喜剧"，从而避免了此类危险。晦涩诗人所犯的错误并非因为其思维深邃或者阐发的意义非常复杂，而是因为他希望通过晦涩使自己显得威严。从这点上看，弥尔顿更多的是一位巴洛克而非文艺复兴时代的艺术家。以巴赫的《赋格的艺术》（*Art of the Fugue*）为终极代表的许多对位法音乐作品（contrapunctus）也有同样的毛病。它们的缺陷在于，无论赋格还是弥尔顿式的语言技巧都仅仅迎合了人类头脑中的几个层面。而史诗和交响乐则适用于人类的全部精神。

虽然大量借鉴了古典作品，文艺复兴时期的伟大史诗诗人却不是剽窃者。他们的作品彼此风格迥异，也不同于希腊和罗马的史诗。写出具有恢宏英雄气魄的作品对思想的力度有很高的要求，缺乏原创生命力和绝对个体特色的人不可能完成这样的作品。

不过，除了力度，史诗对丰富性也有要求。为了实现最佳效果，它必须具有极度丰富的想象或深邃的哲学内涵，或者二者兼而有之。它必须回溯历史和展望未来。为了反映出人类生活的能量和复杂性，它必须表现大量情感，使用大量技巧，包含许多个时代和民族的成就。所有文艺复兴时期的伟大诗人都认识到了这点。他们认同希腊—罗马神话的权威，领略了希腊—罗马诗歌的杰出，并意识到希腊和罗马的世界完全没有死亡,他们的世界正是以二者为代表的活的历史的延续,于是他们通过强调这种延续性来为自己的作品增光添彩。当沉湎于历史而忘记了现实时,他们就会遭遇失败——比如龙沙或者用词语化石点缀自己作品的弥尔顿。而当用古典历史的多重光辉来丰富明亮却单一的现实之光时,他们就会取得成功。于是,凭借着只被赋予富有想象力的伟大作家的力量,他们照亮了人类命运的整个雄伟景象。

第9章
文艺复兴时期的田园作品和传奇

田园作品（pastoral）和传奇是两类相关（有时甚至合而为一）的文学体裁，但二者拥有不同的起源、历史、技法和目的。比如，田园作品的理想是平静的乡间生活，"生前惬意，身后无扰"，而传奇小说的理想是野性而不可预见的冒险，随着篇幅和复杂性的增加，它们与真实生活的距离越来越远。不过，二者也不乏相似点。它们之间存在深层次的心理联系。在希腊—罗马文明的末期和文艺复兴时期，它们还共同造就了许多极为成功的作品。二者至今仍被联系在一起。

田园诗和田园剧（这类作品很少是散文体的）展现的是乡间牧场上牧民、牧童和羊倌们的幸福生活。耕夫和农民被排除在外，因为他们的生活过于艰苦和肮脏。为了表现野外大自然美丽而强烈的生命力，作品中还能看到宁芙、萨梯和其他动植物的身影。田园生活的特点是：单纯的求欢、民乐（特别是歌唱和吹笛）、纯洁的道德、简单的礼仪、健康的饮食、朴素的衣着和未被玷污的生活方式，与大城市和王家宫廷中焦虑而腐朽的生活形成了鲜明的反差。乡间生活品质的粗劣既未被突出也没有被掩盖，而是通过其本质上的纯洁得到了抵消。

发明这类文学体裁的是亚历山大里亚的诗人们，那里是世界上历史最悠久的大都市之一。传说第一个创作这种作品的是忒奥克里托斯，我们对这位受人推崇的诗人知之甚少，只知道他生于公元前305年左右，并在亚历山大里亚和叙拉古的宫廷生活过。[1] 他的"田园诗"[2] 多以西西里为背景：作品中的人物说的是以长音 a 和 o 为特点的多里斯（Doric）希腊语方言。除了富有魅力的主题，忒奥克里托斯诗歌的音韵还带有精致的音乐性——这种音乐就像是潺潺的溪水或者穿过枝叶的阳光，为普通的想法和司空见惯的形象披上令人难忘和无法模仿的美。

维吉尔发表于公元前39年左右的《牧歌》（*Bucolics*）对这类体裁做了重大发展，为大多数后世田园作家所采纳。[3] 其中一些直接借鉴了忒奥克里托斯，将后者的希腊文诗句原封不动地翻译成了拉丁文。《牧歌》的原创性在于，作者在模板的基础上添加了新的元素（这是维吉尔的一贯特色）。他的一部分作品背景（和忒奥克里托斯一样）被安排在西西里乡间，有一到两首在作者位于意大利北部的家乡，还有两首（第7首和第10首）在阿卡迪亚。维吉尔是阿卡迪亚的发现者，那里是乡间生活的理想乐土，青春是永恒的，爱情虽然残酷却是世上最甜蜜的东西，音乐萦绕在每位牧民的唇边，即使是最不幸福的恋人也能得到乡间善良精灵的同情。事实上，阿卡迪亚是一片位于伯罗奔尼撒中部的贫瘠山地：在希腊其他地方看来，阿卡迪亚最著名的是非常古老和野蛮的习俗，这些在其他地方早已消失的习俗却在当地留存了下来。我们听说过人祭和狼人的传说。[4]不过，维吉尔还是选择了它（而不是西西里），不仅因为那是一片偏远、未知和"未被玷污"的土地，还因为潘神是阿卡迪亚的神——它喜欢畜群、宁芙和音乐（潘神短笛吹奏的村野音乐，而不是阿波罗用里拉琴演奏的复杂曲调和九位缪斯女神的合唱）。[5]维吉尔把自己的朋友——诗人和不幸的恋人伽卢斯（Gallus）——安排在这片世外桃源，让他从森林和洞穴的乡野景致，从音乐、艺术和自然之神那里接受慰藉。

传奇是近代对长篇散文体爱情和历险故事的称呼。我们所知最早的此类作品是罗马帝国时代用希腊语写成的。[6]在被写下来之前，这些故事很可能已经口头流传了好几个世纪。不过，它们似乎直到纪元后的头几个世纪才进入文学领域，被文体学家们用作展示其复杂修辞、炫目警句和闪耀创新的载体（"弗吕吉亚人达雷斯"和"克里特人迪克图斯"等人的伪特洛伊史显然也属于这一时期，不过它们的特点更多体现在构思巧妙而非文句优美）。[7]历史上一定存在过数以百计的此类故事，其中一些留存了下来。它们极为冗长，读者如果不相信这些故事会觉得非常枯燥，如果相信就会觉得很有趣。它们的主要元素有：

年轻情侣的长期分离；
他们在诱惑和考验面前坚贞不屈，女孩奇迹般地保住了贞洁；
极为复杂的情节，包含了许多嵌套故事；
由机缘而非选择决定的激动人心的事件——如绑架、海难、野人和野兽的突然袭击、出乎意料地继承了大笔财富和头衔；
在遥远异域的旅行；
被搞错和隐藏的身份：许多角色会掩饰自己，甚至掩盖自己的真实性别，女孩经常扮作男孩；男女主人公的真正出身和家世几乎总是直到最后才被揭开；
极为优雅的风格，包含大段独白以及大量对自然美和艺术品的详尽描写。

文艺复兴时期最著名的希腊语传奇包括：

（a）叙利亚人赫利奥多罗斯的《埃塞俄比亚记》。作品描写了一对情侣——埃塞俄比亚王后的女儿和英雄阿喀琉斯的一位色萨雷人后裔——在埃及、希腊和地中海东部各地的历险。1547年和1569年分别被阿米约和恩德唐（Underdown）译成法语和英语。

（b）阿喀琉斯·塔提乌斯（Achilles Tatius）的《克里托芬和琉基佩》（*Clitophon and Leucippe*）。作品主题也是一对出身高贵的情侣在提尔（Tyre）、西顿（Sidon）、拜占庭和埃及的历险。1554年被译成拉丁语，1550年被译成意大利语，1568年被译成法语，1597年被伯顿的兄弟译成英语（译本未能面世）。

（c）隆戈斯（Longus）的《达夫尼斯和克洛娥》。作品描写了一对弃婴在莱斯博斯岛（Lesbos）上的牧民和农民间的历险。1559年被阿米约译成法语，1587年，戴（Day）根据阿米约的法译本完成了糟糕的英译。

前两部作品是纯粹的历险故事，爱情只是贯穿其中的一条线索。《达夫尼斯和克洛娥》则对体裁做了重要创新，成功地将动人的传奇历险同田园氛围和魅力结合起来。

虽然田园作品充斥着甜美乡间的牧民和宁芙的美妙歌喉与纯真爱情，在我们看来显得冗长而不真实，而且情节生硬、语言生硬和情感夸张的传奇几乎不忍卒读，但它们并非全无价值。二者都有真实的存在目的。现在它们显得过时，因为那个目的已经不再需要它们来实现。它们不是像悲剧或史诗那样占据全部心智和灵魂的高雅文学。它们是避世文学，帮助人们满足心理需求。这些作品的功用是（无论在罗马帝国抑或文艺复兴时期）让生活中不尽人意的方面变得理想化，为呆板和粗糙的文字加入诗性的幻想。它们的读者是青年，或者那些希望保持年轻的人。这些作品中的主要角色都是18岁左右，情感几乎是他们唯一关心的东西。没有人规划自己的生活，或者为遥远的目标而努力，或者从事长期稳定的工作。男女主人公颠沛流离——年轻人总是觉得命运不断把自己抛到新的地方——不过他们不会遭受无可挽回的伤害，他们在结合时仍然年轻、漂亮、热情而贞洁。和近代的传奇故事一样，灰姑娘式的神话是此类作品中最主要的幻想之一：这是典型的梦想成真式的主题，人们不必为了成功或财富而努力工作，仙女教母和王子的心血来潮奇迹般地赋予他们一切（《埃塞俄比亚记》中的一个令人生厌的情节向我们透露了一些作者和读者所期待的东西：女主角的父母是黑人，她生下来却奇迹般地是个白人）。甚至作品的风格也显示出它们的幼稚：对仗（antithesis）

和反衬（oxymoron）是最常见的修辞手法。年轻人的一切非黑即白，而这些手法所表现的正是强烈的反差和对立事物的矛盾组合。传奇的理想主义基调经常会产生现实影响。面对周遭的罪恶，生活在罗马帝国晚期喧嚣都市或者文艺复兴和巴洛克时代腐朽宫廷中的年轻人会暂时对爱情抱有更崇高的理想，把自己想象成忠诚的牧羊人，把心上人想象成纯洁的克洛娥。作品主要角色（甚至包括牧羊人）的举止彬彬有礼：没有人说粗俗的乡下方言，所有人感情细腻，谈吐优雅，行为高尚——因为年轻人是敏感的。

今天，用于满足同样渴望的是关于异域和不同社会风俗的幻想作品。我们不再流连于阿卡迪亚的宁芙和牧羊人，而是把目光放在我们所处大城市之外的质朴农民或者理想化的某地居民：有时我们甚至创造和扶植他们。无论是瑞士人、美国西南部的印第安人、巴伐利亚人（他们的受难剧很棒）、斯坦贝克笔下酗酒却善良的拉丁裔混血镇民（paisanos）①、贫穷的苏塞克斯人、粗俗的佛蒙特人、精明的苏格兰人、怀俄明的牛仔、阿伦群岛（Aran Islands）的渔民等等，还是乔诺（Giono）、拉姆斯（Ramuz）、西洛内（Silone）、巴托克（Bartok）、丽贝卡·韦斯特（Rebecca West）、塞尔玛·拉格洛夫（Selma Lagerlöf）、格兰特·伍德（Grant Wood）、维拉-罗伯斯（Villa-Lobos）、查韦斯（Chavez）、格里格（Greig）根据他们写成的作品，再加上无数令我们向往的被改建农舍和茅屋、原始风光和村野家具——所有这些都是真实需求的产物，随着城市生活日益复杂、艰难和不真实，这种需求变得更加迫切。田园梦想曾经创造出一些非常伟大的东西。我们无法忘记贝多芬的第六交响曲，也还记得耶稣自称牧羊人，虽然他其实是城里人和工匠。[8]

文艺复兴时期出现了大量仿照希腊和罗马田园作品与传奇写成的重要作品，有的属于其中一种体裁，有的则将二者合而为一。在这里，我们只能选择最主要的加以介绍。田园精神的复兴甚至要早于文艺复兴。中世纪法语戏剧《罗班和玛丽翁》（*Robin and Marion*，作者是活跃于1250年左右的亚当·德·拉阿尔［Adam de la Halle］）和菲利普·德·维特利（［Philippe de Vitri］，他是古典学者彼得拉克的好友）创作于14世纪的优美诗篇《弗朗克·贡蒂耶的故事》（*Le Dit de Franc Gontier*）都讲述了牧羊人的故事。《罗班和玛丽翁》脱胎于牧曲（*pastourelles*），其形式是以游吟诗人追求牧羊女为主题的简短对话：普罗旺斯诗人们创作了许多此类欢快而短小的作品，与古典传统没有直接关系。[9] 不过，这两种体裁在近代文学中的真正重生要等到拉丁语田园诗人的作品被重新发现和模仿，以及希腊传奇被出版之后。

---

① 斯坦贝克《薄饼坪》（*Tortilla Flat*）中加利福尼亚沿岸一个小镇上的拉丁裔混血居民。paisanos在西班牙语中表示同胞，用于称呼拉丁裔人种时带有贬义。这些人鄙视财产，将其视为负担。

167　　　薄伽丘的《阿德梅托斯》（Ameto，约1341年）是这两种体裁的第一部俗语作品。它将一种过于崇高的隐喻融入了田园诗。在聆听七位美丽宁芙的歌声和故事后（她们其实是七美德），粗俗的农民从肉体之爱转向了精神崇拜。虽然反差有些突兀，这部作品还是包含了田园作品的基本理想。《阿德梅托斯》开创的先例或多或少地影响了文艺复兴时期所有的同类作品——它结合了散文体叙事和诗体插曲，将简单的故事提升到富有想象力的情感王国。

　　内容更丰富，情节更复杂，同时具有更大国际影响力的是意大利人雅可波·桑纳扎罗（Jacopo Sannazaro）的《阿卡迪亚》（Arcadia）。作者是西班牙移民之子（姓氏的西班牙语拼法是 Salazar）：他生于那不勒斯，在佛罗伦萨附近美丽的圣朱利亚诺（San Giuliano）山谷度过了青年时代。他把一生中的大部分时间奉献给了阿拉贡国王弗雷德里克，与后者一起流亡法国。《阿卡迪亚》的抄本在1481年前就开始流传，并于1504年正式出版。作品包括12个散文体章节，以及穿插于两个章节间的12首以抒情诗格律写成的"牧歌"。它讲述了一位不幸的恋人为了逃脱痛苦而来到阿卡迪亚（就像维吉尔《牧歌》中的伽卢斯），在当地居民惬意的乡间生活和其他爱情故事的感染下暂时忘记了痛苦，但当他最终通过地下洞穴回到那不勒斯时，他的心上人已经去世。《阿卡迪亚》是一部非常复杂和丰富的田园作品，充满了来自英雄诗歌、传奇，甚至哲学对话中的典故。在近代作品中，薄伽丘的《阿德梅托斯》是它的模板，不过桑纳扎罗去掉了隐喻内容，同时插入了大量关于乡间生活和景致的鲜活细节，它们有的来自荷马、忒奥克里托斯、维吉尔、奥维德、提布卢斯、内梅西亚努斯（Nemesianus）等古典作家，有的来自他自己的观察。在桑诺萨罗优美的意大利语文笔下，这一切显得非常自然，文学上的典故与梦想中的其他部分融为一体。（比如两名牧羊人比试摔跤，但谁都无法占据上风。最后一方提出决战——"你举起我或者我举起你"。这个细节显得非常自然和鲜活，但事实上却是直接借鉴了荷马史诗中奥德修斯和埃阿斯的角力。）[10]《阿卡迪亚》大获成功：1544年和1549年先后被译成法语和西班牙语，并经常得到效仿。

168　　详实的描写和典故使其成为"所能想象到的关于田园生活的最完整手册"。[11]

　　葡萄牙作家若尔热·德·蒙特马约尔（Jorge de Montemayor 或 Montemôr，1520—1561年）的《狄安娜》（Diana）甚至更为成功。他在意大利目睹了《阿卡迪亚》引发的热潮，于是在跟随一位王室新娘回到西班牙后，他开始了自己的创作：虽然他的早逝导致工作没能完成，但作品仍然大受欢迎（我们注意到，与希腊和罗马的田园诗类似，文艺复兴的田园作品和田园传奇作者同样几乎都是廷臣）。蒙特马约尔不如桑纳扎罗博学，他作品中的大多数田园场景和若干故事情节借鉴了《阿卡迪亚》。他让爱情凌驾于其他一切事物之上。虽然《阿卡迪亚》

中提到了牧羊女，但她们从未出现过。在《狄安娜》中则可以看到大量真正或假扮的牧羊女，还有宁芙和其他富有魅力的生物。作品最主要的新颖之处在于它是一个连续的故事，包括一条爱情主线和若干次要的爱情故事，在情节上比之前的任何作品都要复杂得多。和《达夫尼斯和克洛娥》类似，它也是一部以田园生活为背景的传奇。不过与隆戈斯作品的敏锐相比，它少了许多心理分析，但包含更多历险情节。《狄安娜》的复杂构思、高尚基调和角色的浪漫情感使其名扬整个西欧。莎士比亚的《维罗纳两绅士》（*The Two Gentlemen of Verona*）借鉴了其中的一个故事，《第十二夜》（*Twelfth Night*）中女扮男装的薇奥拉（Viola）形象可能也受到它的启发。塞万提斯试图用《加拉提亚》（*Galatea*）与之一较高下，而在《堂吉诃德》中，他先是将其从火堆中救了出来（已经稍有损伤），后来又让这位骑士放弃刀兵生涯来效仿书中的生活：

> 我要买一群羊和田园生活需要的全部东西。然后，我就自称牧羊人吉诃提斯（Quixotis），而你则是牧羊人潘西诺（Pansino），我们一边走遍树林、山丘和草地，一边吟诗和歌唱……爱情将赐予我们灵感和主题，阿波罗则赐予我们悦耳的曲调。这样我们就会出名啦，不仅是生前，我们的爱情将和我们的歌曲一样永恒。[12]

这位 16 世纪的西班牙理想主义者一度想让自己的名字听上去更有中世纪骑士风范，现在他又想让名字听上去更像希腊的牧羊人：不仅仅是牧羊人，而是像伽卢斯和维吉尔这样得到希腊—罗马神祇阿波罗庇护的诗人。

我们已经看到，薄伽丘在爱情故事《菲亚梅塔》中有意回避基督教情感，并代之以异教徒的道德和宗教元素。[13] 这同样是所有上述田园作品的特点：作品中完全没有提到基督教信条和教会。即使角色是同时代的人物，或者故事带有自传性质（这并不罕见），我们看到的也只有希腊—罗马的神祇：它们不是舞台道具，而是受到真心崇拜并且有能力保护信徒的强有力神灵。不过，它们的等级地位与奥林波斯山上有所不同。爱神维纳斯、乡野自然和畜牧之神潘、狩猎、月亮和贞洁之神狄安娜的地位远远超过其他神祇。这并非一时兴起，或是为了达到某种戏剧化效果，而是对禁欲和脱离尘世的基督教理想的真正摒弃，是对尘世和人类激情力量的肯定。希腊神祇是这些力量的化身，它们之所以不朽是因为其所代表的精神永远活在人们的心中。

文艺复兴时期的西欧各国还出现过其他类型的长篇历险故事。其中一些完全没有受到古典传统的影响：比如流浪汉故事（《托梅河边的小癞子》[*Lazarillo de Tormes*]）以及中世纪骑士传奇（《高卢人阿玛迪斯》[*Amadis de Gaula*]，这部作品代表了亚瑟王传奇在西班牙语文学中姗姗来迟的复兴)。上述两类作品已成为现代小说的一部分,不过希腊传奇和田园作品的影响同样巨大。在文艺复兴的英格兰,菲利普·西德尼爵士的未完成之作《彭布罗克伯爵夫人的阿卡迪亚》(*The Countess of Pembroke's Arcadia*)就是这种影响的例证之一。[14] 这部作者题献给妹妹的作品以希腊的阿卡迪亚为背景,讲述了一个关于爱情和骑士历险的复杂而优美的长篇故事。有人认为西德尼仅仅借用了桑纳扎罗《阿卡迪亚》的标题,但事实上他还借鉴并稍加改编了后者作品中一些鲜活而迷人的细节,比如维纳斯的雕像为婴儿埃涅阿斯哺乳。[15] 不过,对西德尼影响更大的是蒙特马约尔的《狄安娜》。他只是模仿了桑纳扎罗一些诗篇的形式[16],却直接翻译了蒙特马约尔的部分段落;他还参照《狄安娜》设计了复杂的主要和次要情节的网络,以及一些主要角色的伪装。此外,他也借鉴了一些自己读过的古典作品,特别是隆戈斯的《达夫尼斯和克洛娥》。

170　　他的阿卡迪亚远没有维吉尔或桑纳扎罗笔下的那么平静,出现过许多可怕的危险和血腥的争斗:被切下的断手、地上翻滚的人头、盔甲碰撞声和垂死呻吟的可怕共鸣。比武和战斗的场面来自他本人对骑士的想象以及《高卢人阿玛迪斯》和《奥兰多的疯狂》等作品的启发。不过,其他的历险(诸如绑架和海盗袭击)则直接借鉴了希腊传奇,这类情节在后者中司空见惯。于是,阿卡迪亚的田园生活和传奇历险这两大希腊体裁在《彭布罗克伯爵夫人的阿卡迪亚》中被融为一体。和其他虚构元素一起,它们按照新的比例被调和起来,由此缔造出的故事成为了近代小说的源头之一。[17]

在法国,最成功的田园传奇是奥诺雷·杜尔菲(Honoré d'Urfé)的《阿斯特莱亚》(*Astrée*,希腊神话中的正义女神,她是黄金时代结束后最后一个离开地球的,返回天上后她化身为处女座)。作品于1607年出版后在许多年里长盛不衰。与《狄安娜》类似,作品主人公并非真正的牧羊人和牧羊女,而是穿着牧人服装的贵妇和绅士。他们这样做的原因(初衷很好,但在故事中事与愿违)是希望生活地更加惬意(*vivre plus doucement*)。故事的背景是5世纪蛮族入侵时的高卢,主人公们以最高贵的中世纪方式经历了大量复杂的骑士历险。很久以后,另一位法国作家同样将传奇和田园作品结合起来,但减少了贵族情感的成分,转而更加突出人和自然本质上的善。作为18世纪最重要的小说之一,贝纳尔丹·德·圣-皮埃尔(Bernardin de Saint-Pierre)的《保罗和维吉妮亚》(*Paul and Virginia*,1788年)讲述了一对年轻情侣如何历经一系列传奇历险终成正果,故事被安排在理想化的美丽世界中①。正如斯宾格勒所言,这部作品再次证明,时代上相距遥远

---

① 作品背景是法属毛里求斯岛。

的人们可以是心灵上的同时代人：作品的模板是隆戈斯的《达夫尼斯和克洛娥》，显然圣-皮埃尔和他的友人卢梭都对隆戈斯所表达的理想深表认同。

除了与传奇的结合，田园理想还有许多其他表现方式。事实上，在文艺复兴和巴洛克时代的欧洲文学中，它的影响力要比在罗马和希腊时期大得多。我们无需详细描述这一时期用拉丁文和各种民族语写成的大量效仿古人的牧歌作品。文艺复兴时期最著名的此类拉丁文作品出自意大利人文学者——曼托瓦人巴普蒂斯塔（Baptista Mantuanus）之手。在《爱的徒劳》（*Love's Labour's Lost*）中，莎士比亚让酸腐的校长引用了他的作品，并点名表扬了作者。[18] 在西班牙语作品中，加尔西拉索·德·拉·维加（Garcilaso de la Vega，1503—1536年）的几首甜美而忧郁的"牧歌式"长诗借鉴了维吉尔的《牧歌》和桑纳扎罗的《阿卡迪亚》。在法国，文艺复兴时期最早的田园作品来自克莱芒·马洛（1496—1544年），歌唱的是拥有法国名字的法国农民，不过他们的保护者是潘神。龙沙继承并超越了马洛，他先是自由翻译了忒奥克里托斯《田园诗》的第11首（《恋爱中的独眼巨人》），然后创作了六首音韵优美的"牧歌"，它们部分借鉴了维吉尔、维吉尔的模仿者卡尔普尼乌斯（Calpurnius）和萨纳扎罗（后者于1544年由龙沙的友人让·马尔丹译成法语）。这些诗篇中至少有几首极具戏剧性，足以被改编成假面剧在节日上演出。遵循法国的贵族传统，他让自己笔下的牧羊人身着宫廷服饰，并且（类似后来的杜尔菲）向观众承诺：

> 这些牧羊人并非乡野村夫，
> 靠放牧养家糊口，
> 他们出身显赫，血统高贵。[19]

文艺复兴时期最著名的英语田园诗是斯宾塞的《牧人月历》（*Shepherd's Calendar*，1579年）。虽然作品用英语再现了希腊—罗马田园作品的主题和手法，但现代研究认为，与忒奥克里托斯和维吉尔相比，文艺复兴时期法国和意大利的田园作家对斯宾塞的影响要大得多。其中一些篇章完全是对马洛和曼托瓦人巴普蒂斯塔的自由改写，而大多数的古典典故则是来自安布罗基尼、塔索以及七星诗社的代表人物巴依夫、杜贝雷和龙沙。[20] 在语言和格律上，斯宾塞明显地模仿了乔叟。作品中牧人的名字——Cuddie、Hobbinol、Piers 和 Colin——带有英国本土特色，与忒奥克里托斯诗歌中牧人的多里斯名字相比显得平淡和不够优美，而且作品的韵律美也相形见绌。

不过，英语文学中一些最甜美和最真挚的歌曲都借鉴了田园传统。事实上它几乎称不上传统，年轻情郎会更自然地将自己想象成"欣赏牧人在溪涧边放羊，聆听鸟儿在瀑布边一展婉转歌喉"的乡间漫游者，而非城里的商人或宫廷里的外交官；他们不愿自己的心上人成为打理家务和照顾孩子的主妇，而是希望看到她们"头戴花冠，下着遍缀桃金娘叶的长裙，从我们美丽的羊羔身上采下最纤柔的绒毛织成罩袍"，这是永恒春天和慈祥自然之美的完美典范。[21] 文艺复兴时期的英国诗人们创作了数以百计的田园歌曲，将对古典传统的真挚感情与对青春、美和乡间生活同样真挚的感情联系在一起。

有时我们会认为田园诗歌和故事完全是空洞和矫揉造作的，但事实并非如此。作者们经常把略加掩饰的自己和朋友安排成作品中的角色，讲述他们的生活和爱情故事。忒奥克里托斯开创了这个传统：在第 7 首田园诗中，他化名西米基达斯（Simichidas），另一个角色吕喀达斯（Lycidas）的原型则很可能是他的朋友塔兰同人列奥尼达斯（Leonidas of Tarentum）——后者从此成为了田园作品中的著名形象。维吉尔笔下的提图卢斯（Tityrus）就是他本人，而他的朋友伽卢斯和瓦利乌斯（Varius）以及敌人巴维乌斯（Bavius）和马伊维乌斯（Maevius）则甚至都没有被安上一个乡野名字就出现在《牧歌》中。[22] 维吉尔还影射了自己生活中的重要事件，比如在屋大维的帮助下夺回了父亲的房产。[23] 桑纳扎罗的《阿卡迪亚》的结局被认为受到作者本人不幸爱情的启发，作品的主人公也被安排在作者最喜欢的城市那不勒斯。与之类似，蒙特马约尔的《狄安娜》以科因布拉和老蒙特莫尔（Montemôr o Vello）城堡之旅作为结尾。杜尔菲的《阿斯特莱亚》包含了许多同时代的宫廷阴谋。塔索将自己和朋友，甚至他对列奥诺拉·德·埃斯特无望的爱情都写进了《阿明塔》。比斯宾塞小两辈的一位天赋更高的年轻英国诗人用两部孤独的狂想曲象征了自己天性中的两个方面，它们以希腊神话和田园牧歌开头，直至在音乐和哲学王国的腹地漫游。它们就是弥尔顿的《快乐者》（L'Allegro）和《沉思者》（Il Penseroso）。[24]

有时，田园作品中的个人元素体现为作者对自己所不认同的人或事物的讽刺。模仿忒奥克里托斯的做法，维吉尔对自己的对头巴维乌斯和马伊维乌斯做了简短但尖刻的影射。不过在文艺复兴时期的田园作品中，美学批评不如神学批评常见。我们在前面提到过，耶稣自称牧羊人。因此，基督教教士被称为"牧师"，主教们还会手持类似牧羊人所用的钩子①。所以，田园诗这种形式常被用来批评教会的胡作非为。彼得拉克在自己的拉丁文牧歌中就是这样做的，圣彼得以潘非卢斯（Pamphilus）这个悦耳的名字出现在其中一首作品中。曼托瓦人巴普蒂斯塔继承了这种理念，而斯宾塞则将其引入了《牧人月历》。圣彼得也出现在弥尔顿的《吕

---

① 即 crosier，一种头部弯曲的权杖。

喀达斯》（*Lycidas*）中，并对不称职的牧人严加申斥：

> 无知的人！他们几乎不懂怎么握牧羊钩，对忠诚的牧羊人最基本的技艺也一无所知！[25]

在稍前几行，弥尔顿还抱怨说有些不够格的家伙

> 溜进、闯入和攀爬进了羊圈——

很久之后他还记得这个意象，并在自己创作的史诗中用它来比喻人类的敌人：

> 这第一个大盗就这样攀爬进上帝的羊圈：
> 如同后来堕落的受雇者攀爬进他的教会。[26]

　　田园哀歌中的自传元素显得更为崇高，这类作品以痛惜友人早逝为主题，为了突出其年轻和纯洁，死者们会被安排在野外的树林中，接受牧人、猎人和自然精灵的哀泣。该题材的源头是忒奥克里托斯对因爱情而死的达夫尼斯的哀悼（《田园诗》第 1 首），以及一首献给另一位田园诗人比翁（Bion）的匿名希腊语哀歌。文艺复兴时期，该题材在西欧各地流行开来。最早的英语田园哀歌是斯宾塞的《达夫奈达》（*Daphnaida*，1591 年）①和《阿斯特罗菲尔》（*Astrophel*，1595 年），后者被题献给菲利普·西德尼爵士。最伟大的三首英语田园哀歌是 1637 年弥尔顿为友人金（King）所作的《吕喀达斯》，1821 年雪莱为不幸的济慈所作的《阿多奈斯》（*Adonais*）以及 1866 年阿诺德纪念克拉夫（Clough）②的《图尔西斯》（*Thyrsis*）。[27] 作为英语世界最有名的诗歌之一，格雷（Gray）的《乡间墓地的哀歌》（*Elegy in a Country Churchyard*）虽非为哀悼某人而作，但也融合了田园式的理想和哀歌式的凄婉。

　　戏剧也是田园传统的一部分。牧人的赛歌、"斗嘴"和相互辱骂为内容的对话以及偶尔的爱情对话都是天然的戏剧元素。我们已经看到，维吉尔的《牧歌》曾经在剧场被朗诵过。[28] 而作为最早的近代戏剧之一，安布罗基尼的《俄耳甫斯》将俄耳甫斯和欧律狄刻的悲剧故事放在了维吉尔式的田园框架中[29]；我们还听说过，在 16 世纪早期的意大利节日上出现过许多由两名或更多演员朗诵的"戏剧式牧歌"[30]；1554 年在费拉拉还上演了第一部标准的田园剧——贝卡利的《牺牲》（*Il sacrifizio*）。[31] 这股潮流同样从意大利传播到了其他国家。在法国，最早的此

---

① 为悼念友人 Arthur Gorges 爵士丧妻而作。
② 克拉夫（Arthur Hugh Clough，1819—1861 年），英国诗人。

类作品是尼克拉·菲约尔（Nicolas Filleul）1566年搬上舞台的五幕剧《影子》（*Les Ombres*），作品的主角是可爱的牧人和无情的牧羊女，与之相应的还有可爱的萨梯和无情的水中仙女，并伴有幽灵们的合唱。[32] 该体裁的两部作品还跻身了史上最流行戏剧的行列：它们是塔索的《阿明塔》（1573年首演）和甚至更为成功的瓜里尼的《忠诚的牧羊人》（1590年上演）。[33] 虽然作品情节中相互交织的爱情故事显得不够自然，但它们的青春气息独具魅力，而且塔索和瓜里尼的词句极富韵律，几乎可称朗朗上口。在莎士比亚的几部喜剧中同样能看到田园元素；而在17世纪上半叶，英国也出现过一些标准的田园剧。[34] 弗莱彻（Fletcher）模仿瓜里尼所作的诗歌《忠诚的牧羊女》（*The Faithful Shepherdess*，约1610年）充满了精致和优美的笔触；而琼生的《悲伤的牧羊人》（*The Sad Shepherd*，1640年出版，未完成）要是能写完就好了，因为它包含了一系列鲜活的英国本土田园人物。

除了牧人，田园诗中也能看到猎人的形象。他们同样与大自然关系密切，更喜欢与动物而非人类共处，并祈祷获得潘神的青睐。在维吉尔的《牧歌》第10首中，失恋的伽卢斯试图通过在崎岖的阿卡迪亚山野间狩猎野猪来治愈爱情创伤。薄伽丘的《阿德梅托斯》的主人公并非牧牛人而是猎人；文艺复兴时期的一些田园作品还将猎人和女猎人作为主要角色。在意大利，人们通常不在平地放牧，而是选择山坡和树林，所以树林被自然而然地看作猎人和牧人的共同家园。此外，放牧是平民的工作，打猎则是贵族的消遣。因此塔索和其他意大利田园剧作家经常将自己的作品称为"丛林故事"（*favole boschereccie*），以便同时包含上述两种活动。因此当琼生决定把英国本土的山民而非希腊—罗马的牧人作为自己田园作品的主角时，他顺理成章地更进一步，选择了勇敢的猎人强盗罗宾·伍德（Robin Wood，化名"罗宾汉"[Robin Hood]）及其同伙。同样的改变也出现在莎士比亚的《皆大欢喜》中，作品讲述了流亡公爵和随从们投入森林怀抱成为猎人的故事[35]；而生活在同一片森林中的科林和奥德雷等诚实的牧羊人在地位上无法与他们相提并论。

我们在之前已经提到过[36]弥尔顿的假面剧《科莫斯》（1634年），它和作者的其他同类诗作一起证明了弥尔顿是世界上最伟大的田园诗人之一。与田园戏剧和田园假面剧相关的是田园歌剧，其诞生时间相对较早——早在林努齐尼（Rinuccini）的《达夫尼》（*Daphne*，1594年）中就初见雏形了。[37] 由教会作曲家阿古斯蒂诺·阿加扎利（Agostino Agazzari）于1606年搬上舞台的第一部神圣歌剧《欧梅里奥》（*Eumelio*）也是田园体裁的。[38] 田园歌剧的优势在于能够吸收民俗曲调和民俗韵律，由此突出了自然情感和朴素表现，而传统歌剧风格则显得太过宏大和华丽。此类作品中最著名和最优美的是亨德尔（Handel）的《阿喀斯和加拉提亚》（Acis and Galatea）以及巴赫的《农夫康塔塔》（Peasant Cantata）和《福波斯与潘》（Phoebus and Pan）。格鲁克（Gluck）①的优美作品《俄耳甫斯和欧律狄刻》（首演于1762年）以回归歌剧的自然表现为宗旨，该剧的整体框架也是田园式的，并以阿卡迪亚式的欢庆结尾。格鲁克的友人，"自然之子"卢梭创作的《乡村占卜师》（The Village Soothsayer）与未完成的《达夫尼斯和克洛娥》体现了同样的艺术追求。到了19世纪和20世纪，田园歌剧顺着卢梭指引的方向继续发展，将背景从虚幻的阿卡迪亚转向真实的乡间（虽然仍有一定距离），出现了斯美塔那（Smetana）②的《被出卖的新娘》（The Bartered Bride）、马斯卡尼（Mascagni）③的《乡村骑士》（Rustic Chivalry）、沃恩·威廉斯（Vaughan Williams）④的《牧人休》（Hugh the Drover），以及罗杰斯（Rogers）与哈默斯坦（Hammerstein）⑤的《俄克拉荷马！》（Oklahoma!）。不过，阿卡迪亚从未彻底消失。拉威尔（Ravel）⑥为达夫尼斯和克洛娥的不朽爱情谱写的作品是最为出色的现代芭蕾组曲之一。

　　几百年来，阿卡迪亚的理想是完全真实和活跃的——特别是在巴洛克时期，当时上层阶级社交生活的正式和虚伪变得让人难以忍受，他们的艺术作品则大多浮华而夸张。在今天看来，德累斯顿的牧羊女瓷器和玛丽-安托万奈特（Marie-Antoinette）在小特里亚侬宫（Petit Trianon）建造的迷你农场显得幼稚和造作；不过比起关于薛西斯的宏大歌剧以及将国王陛下描绘成奥古斯都或是赫拉克勒斯的巨型壁画，它们还算更接近现实。阿卡迪亚象征着脱离宫廷和教堂的沉郁，寻找更清新的空气。对这种理想最引人注目的一次实践发生在意大利。退位后的瑞典女王克里斯蒂娜皈依天主教并定居罗马，身边集中了一批与她意趣相投的朋友。1690年即女王去世一年后，他们成立了阿卡迪亚协会以纪念女王并延续她的理想。协会的盾章是装饰有月桂和松枝的潘神笛，会址坐落于罗马七丘之一的雅尼库隆山（Janiculum）上的一片"帕拉西亚式树林"（Parrhasian）⑦中，其主要成员还给自己取了希腊牧人的名字。此后在意大利等地出现了数十个以此为模板的阿卡迪亚协会，它们还创作了大量的抒情诗歌。奥维特（Hauvette）用讥讽的口吻将它

---

① 克里斯托弗·格鲁克（1714—1787年），德国作曲家。
② 贝德利希·斯美塔那（1824—1884年），捷克作曲家。
③ 皮埃特罗·马斯卡尼（1863—1945年），意大利作曲家。
④ 沃恩·威廉斯（1872—1958年），英国作曲家。
⑤ 理查德·罗杰斯（1902—1979年），美国流行乐和音乐剧作曲家。奥斯卡·哈默斯坦（1895—1960年），美国歌词作家。
⑥ 莫里斯·拉威尔（1875—1937年），法国作曲家。
⑦ 帕拉西亚位于阿卡迪亚南部，得名于吕卡翁之子帕拉西奥斯（Parrhasius）。

们形容为"回荡在阿尔卑斯山和西西里之间的长声羊叫"[39]；不过，这样一个致力于鼓励艺术创作并坚持自然诗风的协会不应被贬得一文不值。[40]

田园传统在革命时代得到了延续（缔造了安德雷·舍尼埃 ［André Chénier］[①]优美的《牧歌》）并在19世纪时从马修·阿诺德和其他许多作者那里获得了新的生命力。它仍然活跃在现代诗歌和艺术中，比如马拉美的《牧神午后》（*Afternoon of a Faun*）[41]，德彪西（Debussy）在《牧神午后前奏曲》（*Prelude*）中用音乐对前者进行了精妙呈现，而尼金斯基（Nijinsky）[②]则用芭蕾对同一主题做了令人难忘的演绎。在充满活力的实验派画家毕加索的一组作品中，有一幅《生命之悦》（*Joy of Life*，1947年）。在画中，随着半人马和法恩的单簧管伴奏，一位宁芙正在翩翩起舞，同时还击打着手中的双钹。她身边的两个孩子兴奋地跳来跳去，显得既滑稽又可爱。有时，西西里和阿卡迪亚的传统只剩下短笛、牧羊人的名字（达蒙、克洛娥、孚丽斯或是奥菲利亚）和对自然的爱，比如沃尔夫（Wolf）[③]为歌德欢快的爱情诗歌所谱写的更加欢快的音乐。但即便如此，希腊和诗歌的真正魅力仍然清晰可辨：那就是将朴素、快乐、自然和真实的东西理想化的力量。

---

① 安德雷·舍尼埃（1762—1793年），法国诗人。
② 瓦斯拉夫·尼金斯基（1890—1950年），俄罗斯芭蕾舞演员。
③ 胡戈·沃尔夫（1860—1903年），德国作曲家。

第 10 章
拉伯雷和蒙田

拉伯雷

和其他许多伟大的法国作家一样，拉伯雷完全不符合被法国文学理想所接受的冷静、心智稳健和古典的形象。恰恰相反，他是个难以理解和推崇的人物。欣赏他活力的人反感他的卖弄学识；喜欢他理想主义的人憎恶他的粗俗；赞美他幽默的人无法全盘接受他的幽默，或者无视他的严肃：所有人都觉得虽然他丰富多彩，却总是欠缺点什么——但很难说清楚拉伯雷身上到底欠缺了什么。

读者们感受到的困惑源于拉伯雷作品中各种相互矛盾的元素造成的不和谐。与大多数作家不同，拉伯雷仅仅完成了一部作品，所以这种不和谐显然反映了他本人在个性和生活中的深层次矛盾。

我们在文艺复兴时期其他作家那里也看到了同一类型的矛盾，它同样出现在不属于本书讨论范围的许多重要人物身上：比如列奥纳多·达·芬奇和伊丽莎白女王。文艺复兴后期（包括紧随其后的巴洛克时代）和前期的最大差异在于，形式和内容、人物和风格在后期有了更为完善的交融，而在早期则存在许多冲突和损耗。值得注意的是，在莫里哀、鲁本斯、德莱登、高乃依、普赛尔（Purcell）和提香（Titian）等巴洛克时代伟大人物的作品中看不到怀疑、不安、试探和误入歧途。当然，即使在文艺复兴之初也可以看到许多像洛伦佐·德·美第奇这样心智稳健的人物，但总体而言，这个时期发生的变革太过剧烈，大多数经历其间的人会不可避免地产生怀疑和困惑，并经常犯错。

这些矛盾的心理学起因并不神秘。与某些现代神经质疾病类似，它们是反差巨大的刺激对敏感个体作用的结果。文艺复兴的字面意思是"重生"，但事实上重生的只是希腊—罗马的文化及其相关的精神活动。除此之外，与其说文艺复兴所带来的是重生，不如说是根深蒂固和强有力的理念与体系被突然改变、废除和取代。文艺复兴是一场精神的革命：这场内战的双方都是强大和充满决心的。它的战场经常是个体的灵魂。我们在莎士比亚的作品中可以看到它，无论它以何种形式出现，比如十四行诗中的热情辩论抑或哈姆雷特激动的绝望陈词。它出现在达·芬奇作品致命的缺陷中。它还体现在塔索可悲的癫狂中。对于那些情感甚于力量的灵魂而言，这些矛盾会让他们变得麻木，陷入无法言状的忧郁中，通常表现为无目的暴力和无生气沮丧交替的狂躁型抑郁症，而非长时间的厌世。对其他一些人而言，矛盾会激发出绝望的勇气、疯狂的大胆举动和英勇的行为，它们的主要目的不是实现某个外部目标，而是自我肯定和自我展示，就像菲利普·西德尼爵士、理查德·格兰维尔爵士（Sir Richard Grenville）或者西拉诺·德·贝热拉克（Cyrano de Bergerac）。但文艺复兴早期那些最强大的人物却能掌控这些矛盾，将相互冲突的元素强行容纳到伟大作品中，让这些精神上对立的不和谐和异质成分共同为作品的能量做出贡献——他们的成功部分得益于心灵的洞察，部分得益于纯粹的意志力，但最主要的还是文艺复兴带来的巨大乐观情绪。

在开始分析拉伯雷的人生和作品之前，我们必须归纳一下文艺复兴早期存在的主要矛盾，它们就像地质运动活跃时期的火山，不停地沸腾和喷发着。它们是：

1. 天主教和新教间的矛盾。（奇怪的是，天主教会内部的一些自由分子加剧了矛盾，他们更多地与古典异教徒而非原始基督徒站在一起。当教士为了改善文风而合上祈祷书并翻开西塞罗时，他损害了教会的权威。）有理由相信，这种矛盾影响到了威廉·莎士比亚的人生和作品，即使生活在基督徒的世界中，他笔下最伟大的角色也绝非虔诚的基督徒。[1] 这一点在皈依天主教的多恩（Donne）身上体现得甚至更为明显，他不仅创作了意图感化或说服前教友追随自己脚步的《伪殉道者》（Pseudo-Martyr）和《伊纳爵的密室》（Ignatius his Conclave），还几乎在同时写下了旨在证明自杀并非绝对有罪的《论横死》（Biathanatos）。

2. 与前者相关的是罗马教会内部的自由派和保守派之间的矛盾：自由派不愿完全退出天主教，但拒绝全盘接受所有教规，在关键时刻还经常做出反叛和弃教的举动。这是拉伯雷人生中最主要的冲突之一：它同样出现在伊拉斯谟的职业生涯中，作为受命神父的他拒绝在临终时接受圣礼。

3. 矛盾也存在于上层阶级和自行其是的中产阶级间。比如在英格兰，大学里的尖子大多不是富人之子，而是来自中产阶级、试图跻身或征服贵族圈子的野心勃勃的孩子。文艺复兴时期的人们很少相信可以推翻整个社会结构，甚至是迫使寡头统治者变得更为开明。但这一时期的许多最伟大的作品却隐含了对寡头统治者的仇恨和征服他们的愿望。马洛的悲剧流露出对权力的欲望。莎士比亚最伟大的剧作都是以反叛为主题的：比如《哈姆雷特》中被才学有所不及但更为积极主动的统治者赶走了的合法继承者；《奥赛罗》中那位因为肤色只能永远充当仆人角色的王国最伟大的仆人；《麦克白》中的篡位者——他并非意大利的那类处心积虑的马基雅维利式角色——而是个极易受感情左右的人；《李尔王》中被推翻的合法但无能的国王。

4. 作为科学探索的时代，科学和它的两大敌人——迷信以及传统哲学和神学的权威——之间的矛盾贯穿了文艺复兴早期。伽利略是一个经典的例子，但类似的人物还有很多。不过，需要指出的是，新的科学精神大部分都是建立在（或者受其鼓舞）对希腊—罗马古典传统新的了解之上的。就像文艺复兴时期的建筑和舞台布景得益于对维特鲁威的研究那样，近代医学和动物学的两大动力之一来自对希腊和罗马科学作品的研究（研究者中的语文学家的数量甚至要超过科学家）。[2] 拉伯雷本人就曾在蒙彼利埃向一大群听众讲授希波克拉底（Hippocrates）和盖伦（Galen）的作品。1532 年，他还出版了希波克拉底的《箴言》（Aphorisms）和盖伦的《医道》（Art of Medicine）的注疏本。我们无意贬低实验和新发现在文艺复兴医学中扮演的首要角色。诚然，拉伯雷掌握了大量解剖学知识，并且以此为荣，但他的解剖学知识正是从重新发现的古典作品起步的。《巨人传》（Gargantua and Pantagruel）中过于夸张、近乎喜剧式的详细医学描述以及对医学权威的引用和罗列表明，在拉伯雷看来，不能像对待商业法那样接受和实践医学，正经历着新发现的医学不是一项普通的活动，而是对新觉醒的人类思想之力量的激动人心的证明。[3]

5. 包含了社会和科学矛盾并且超越它们的是权威和个体间的矛盾。这种矛盾由来已久——从列那狐（Reynard the Fox）和蒂尔·乌伦施皮格尔（Tyl Ulenspiegel）①的身上便可见端倪——现在它变得更为激烈。马基雅维利的《君主论》是体现该矛盾的最伟大作品之一，它指导个体如何通过在行动中无视一切道德、社会和宗教束缚来取得成功。人文学者蒙田在《随笔集》中记录了个人的经历，宣称自身的性格（无论多么多变）比任何习俗或哲学体系都更重要。而在拉伯雷的《巨人传》中，上帝之下的唯一权威是身材魁伟的哲人王，他们的统治基础是无可质疑和无与伦比的伟大身体和头脑，而从神圣教会到宫廷和大学的其他权威（科学和知识的权威除外）都受到质疑、驳斥、奚落和嘲弄。

与文艺复兴时期的其他作家相比，上述矛盾中的大多数都能在弗朗索瓦·拉伯雷的人生和作品中找到更为清晰的痕迹。拉伯雷生于 15 世纪末，早年进入圣

---

① 乌伦施皮格尔是德国民间传说中的一个杂耍者形象，善于捉弄坏人。

方济各会修道院。他对圣方济各倡导的无知和朴素心生反感，于是开始自学古典学。他的学习热情招来院方的干涉，书籍被没收，他和朋友们的行动也受到限制。1524 年，他得到教皇克莱芒七世（Clement VII）的特许转而加入圣本笃会，因为后者长久以来都是文化和知识的象征。不过他在本笃会也没能获得想要的自由，于是投入了一位赏识人才的教会权势人物门下①。随后的一段时间我们找不到关于他的记载。他可能四处游荡，脱离本笃会成为一名世俗教士。最终，他找到了真正适合自己的职业，成为一名医生，并教授希腊和现代医学知识。不过，即使在这个行当中，他仍然与里昂医院（不打招呼就离开了）、索邦大学（发表了对那里医生的不敬言辞）和僧侣们（嘲笑他们和他们的教团）发生过冲突。直到 1553 年去世时，他仍在斗争和大笑。

　　拉伯雷的作品讲述了一对父子巨人国王的历险和遭遇。他们生活在一个或多或少与作者同时代但被理想化了的法国，其间洋溢着文艺复兴时期的各种幽默、活力、旅行、欢乐、思想创新、讽刺、艺术和知识。两位国王的形象都借鉴了中世纪的英雄诗歌和神话故事。高康大来自一本在集市上发售的廉价小册子《伟大巨人高康大的伟大而难以置信的历史》（*The Great and Inestimable Chronicles of the Great and Enormous Giant Gargantua*），它于 1532 年在里昂出版，是今天超人故事的灵感源头。庞大固埃是高康大之子，他受过更好的教育，也更接近现代人。普拉塔尔（Plattard）认为，这个名字来自神秘剧，名叫庞大固埃（Panthagruel）的魔鬼会让酒鬼们永远感到口渴。4 两位巨人的事迹以及他们的宫廷和侍从形象受到了诸如路易吉·普尔契（Luigi Pulci）的《摩根特》（*Morgante*，1483 年）等以中世纪英雄为主题的意大利喜剧史诗的影响，与拉伯雷笔下的高康大原型一样，这些史诗同样脱胎于幼稚的民间想象。5《奥兰多的疯狂》等文艺复兴作品也使用了中世纪主题，欢快而不成熟是它们的共同特点，但拉伯雷的作品无疑是所有文艺复兴作品中最幼稚的。它包含了大量的**梦想成真**：虽然并不涉及生活的所有方面（比如不包括性），但至少是大多数——饮食、身体活力、旅行、争斗、善意的玩笑、学习、思考和想象。在这点上，它反映了文艺复兴特有的自信的极度扩张和人们对与生俱来机能的热爱，与之相对应的是本维努托·切利尼（Benvenuto Cellini）这样的反禁欲者永不满足的胃口。然而，这样一本充斥着各种完全不可能的梦想成真的长篇大作显示出作者精神上的怪异失调；而把一个充斥着大胆哲学思想的同时代乌托邦置于幼稚童话的框架内则表明拉伯雷一只脚踏入了文艺复兴，另一只仍留在中世纪。

---

①　让·杜贝雷（Jean du Bellay）枢机。

作品内容同样是不协调的，因为它的两大最突出特征是（a）大量的古典知识和最新的科学与哲学思想，（b）数量同样庞大的不雅笑话。大部分笑话的源头是非古典的，它们来自中世纪的底层精神世界，被记录在寓言诗里，也反复出现在乔叟的《坎特伯雷故事集》中。这些笑话在本质上是反文化的，与文艺复兴的精神背道而驰。关于上述反差可以进一步展开讨论，但我们感兴趣的主要还是拉伯雷的古典知识以及这些知识对他作品的影响。

虽然《巨人传》的主要角色和整体架构源于中世纪，但配角的名字经常是古典式的，许多重要主题也包含了古典元素。比如，高康大的老师波诺克拉特（Ponocrates）的名字在希腊语中表示"通过艰苦工作获得的力量"；为他高声朗读《圣经》的侍者叫阿纳尼奥斯特（Anagnostes，意为"宣读者"）；某个身手敏捷的护卫名叫吉姆纳斯特（Gymnast，意为"运动员"）；某位口才出众的好脾气廷臣名叫欧德蒙（Eudemon，意为"幸福的"）；他的管家叫费洛梯摩（Philotimus，意为"爱荣誉的"）；而与他开战的那位坏脾气国王则叫皮科洛肖勒（Picrochole，意为"苦胆汁"）。[6] 他建立的一所理想的修道院被命名为泰勒玛（Thelema），在希腊语中表示"意愿"，因为那里的座右铭是"随尔所愿，任尔行事"。[7] 与之类似，（让所有人口渴的）庞大固埃征服了"迪普索德人"（Dipsodes，意为"口渴的"，这个词是拉伯雷在希波克拉底的作品中找到的），而他的本族则是"阿莫罗特人"（Amaurots，意为"看不清的"），因为他们生活在"乌托邦"（Utopia，意为"无其地"）。他的老师名叫埃皮斯特蒙（Epistemon，意为"知识"），宠臣叫庞努尔日（Panurge，意为"无赖"）。[8]

拉伯雷作品中最重要的古典主题之一是波诺克拉特对年轻的高康大的人文主义教育，后者此前所受的教育简单、原始、野蛮而缺乏成效（见《高康大传》第二十一章到二十四章）。对于想要研究文艺复兴时期古代理想复苏状况的人来说，作品中所描绘的课程——可能受到了伟大的教育家维托里诺·达·菲尔特雷（Vittorino da Feltre）的影响[9]——是一份极具价值的档案。高康大不仅像柏拉图希望的那样成了哲人王，他所受教育的方式也秉承了柏拉图的教诲，而他最后捐资兴建的修道院也与《理想国》中的护卫者阶层颇有相似之处。甚至他写给儿子的那封谈论教育的书信也特地采用了古典风格（《庞大固埃传》第二章第8节），充斥着西塞罗式的从句、精心构思的对句、反问句和三句排列。[10] 显然，在高康大所受的教育中仍有一些奇怪的中世纪残余：比如他从不抄写课文（除了练习书法），完全以口诵和记忆的方式学习。而他对教育，对学习**一切**语言，对阅读**一切**伟大作品和掌握**一切**有用知识的热情则具有文艺复兴时期的特色。这同时也是拉伯雷本人的特色，是对其早年在学习上受到限制的反抗。事实上，好战的国王皮科洛肖勒与高朗古杰（Grandgousier）和高康大父子的战争全都在拉伯雷家族的土地上展开，高康大的城堡都以拉伯雷家族的产业命名，而高康大指挥部所在的拉德维尼耶（La Devinière）正是拉伯雷出生的那个农场，显然善良的巨人高康大就是拉伯雷本人。[11]

让·普拉塔尔在其严谨而透彻的著作中对拉伯雷读过和借鉴过的古典作家做了分析。与许多中世纪作家及某些文艺复兴作家一样，拉伯雷也深受文集和文摘的影响——甚至他对像阿里斯托芬这样在幽默感上与自己如出一辙的作家的了解也是来自此类作品。此类作品中对他影响最大的是伊拉斯谟的《箴言集》（*Adages*），该书收录了3000条来自古典作品的有用引文，并附有释义。[12] 在原创作品中，对他影响更大的是散文体作家而非诗人，是罗马人而非希腊人（和文艺复兴时期的许多人一样，拉伯雷也觉得拉丁语比希腊语容易得多，他还会为自己希腊文作品中的疑难词提供拉丁文释义），是写实作家而非虚构作家——唯一的例外是希腊语哲学讽刺作家琉善。他引用过18或20位优秀的古典作家，显示其对他们有相当的了解。但显然他并不熟悉希腊和罗马的史诗、戏剧、抒情诗或讽刺诗（最后这点有些出人意料）。他最喜爱的作者是科学家、哲学家和古物学家。在科学家中包括亚里士多德、盖伦、希波克拉底和老普林尼。他最仰慕的哲学家是普鲁塔克和柏拉图，这两人在高康大的书单上也占据榜首。[13] 在古物学家中，除了高康大提到过的保萨尼亚斯（Pausanias）和阿特纳伊俄斯（Athenaeus），拉伯雷还读过马克罗比乌斯的作品。他最喜欢的是对罗马帝国持怀疑态度的希腊语幽默作家琉善，后者同样影响了伊拉斯谟的《愚人颂》（*Praise of Folly*）和莫尔（More）的《乌托邦》（*Utopia*）。在想象中打败皮科洛肖勒[14]，地狱中的伟大人物被变小[15]，庞努尔日对特鲁约冈（Trouillogan）的审讯等情节都借鉴了琉善的作品。[16] 琉善是他的精神伙伴，两人的笑声只为取悦，不含谴责。

像拉伯雷人生中这样的严重矛盾只能通过强大的意志或是伟大的技巧来克服。没有人会认为他是伟大的艺术家。他的作品常常过于粗糙和愚蠢。不过，他毫无疑问是个伟人，他为自己和世界的困境提供了两种解决之道：首先是教育，其次是享乐——兴致勃勃地享受玩笑和酒精带来的幼稚、充沛的能量、带给人活力的欢笑……

> 现在……如果我在整个故事里说过一句瞎话，我情愿把灵魂、肉身、五脏、六腑，全部交给十万篮子小魔鬼。同样，假使你们不完全相信我在这本传记里所述说的，就叫圣安东尼的火烧你们，羊痫风折磨你们，雷劈你们，生疮、生痢疾，叫你丹毒真难熬，浑身刺痛如针戳，根根钻肉似银针，深入腹内到肠梢。像所多玛、蛾摩拉那样叫你们沉沦在硫磺里、大火里、深渊里。[17]（成钰亭译文）

蒙田

蒙田（1533—1592 年）与拉伯雷形成了奇异的反差，几乎就像从癫狂转向理智，圣伯夫（Sainte-Beuve）称其为"最睿智的法国人"可谓不无道理。拉伯雷知识渊博，历练丰富，游历广泛，并吸收了大量思想和经验，最终的结果却是一团乱麻。要不是拥有幽默、强健体魄和无穷活力，他几乎就要精神崩溃和消化不良了。他的作品让我们觉得费解和不适——这种失调说明他并不彻底认同古典文化的理想。与之相反，蒙田虽然并不直接模仿古典作家，对他们的了解却要胜过拉伯雷。他对古典作家做了更多的思考，他的精神深受他们影响，他的教育主要建立在他们的作品之上，正是通过与他们不断的接触，蒙田远远超越了所生活的时代和国度。蒙田最突出的两个特点之一是博览群书——他对古典作家的了解远远超过许多 16 世纪甚至 20 世纪的专业学者。另一个则是他的生活历练和豁达灵魂，这使他足以掌握和运用自己的知识，并将其转化成对其他现代人（而不仅仅是他本人）积极和重要的东西。

第一个特点是由不寻常但值得称道的教育造就的。蒙田出身新贵的伊冈家族（Yquem，亦作 Eyquem，该家族的庄园出产的 Chateau Yquem 是最好的佳酿之一），不过他的父亲在意大利受到文艺复兴理念的影响，不愿仅仅将年轻的蒙田培养成商人和绅士，或者让他像青年高康大那样在老式蹩脚教育下变成身强体壮的粗人，而是让他接受了有史以来最为全面的古典教育。蒙田在自己的一篇随笔中对其作了描述。[18] 他在还不能说话的时候就被交给一位精通拉丁语但完全不懂法语的日耳曼教师照看。同时父亲还规定，只允许对小蒙田说拉丁语，而且当他在场时，甚至仆人都必须说拉丁语。因此，蒙田爱上的第一本书是奥维德的《变形记》：

> 七八岁时，我会放弃一切娱乐来读它，它的语言对我来说就像母语。这是我读过的最容易的书，而且它的主题是最适合我那个年纪的。至于许多年轻人用于消遣的亚瑟王、湖中的兰斯洛、阿玛迪斯、波尔多的于昂（Huon）之类无聊、浪费时间和让人变蠢的垃圾，我连它们的名字都不太熟悉。[19]

希腊语的学习就很难再用相同的办法了，因为蒙田学习拉丁文时使用了自然原则。父亲抱着游戏心态在他身上做了实验，如果继续下去本来很可能是个非常好的想法。不过，他随后被送往法国最好的吉埃纳中学（Collège de Guienne）。他表示，自己在不寻常的教育中学到的许多东西到了那里都退步了。事实很可能是他必须回过头来学习说法语以及与其他孩子游戏。十二岁时，他已经在布坎南（Buchanan）和穆莱（Muret）创作的拉丁语悲剧的校内演出中担纲主角了。[20]

十多岁时，蒙田的生活变得更正常了，开始踏上有前途绅士的惯常人生轨迹：

他学习了法律，在当地政府谋得一份差事，并加入了宫廷。但 1571 年，三十八岁的蒙田结束了他口中的"宫廷和公职的奴役"[21]，退隐到了一座塔楼中。这虽然不是什么象牙塔，却有着丰富的藏书，他在那里学习、思考和写作，度过了大部分余生。蒙田不喜欢坚定地始终做同一件事，所以他不时中断退隐生活也就毫不奇怪了。他曾经出任过波尔多市长（期间没有多少作为），游历过意大利、奥地利和瑞士，还在纳瓦拉新教徒国王的宫廷中效力。但从三十八岁开始，他把大部分时光用于独自研读和自省。蒙田选择退隐的主要动机之一是希望避免卷入当时正肆虐法国的宗教内战：他的父亲是罗马天主教徒，母亲则有西班牙犹太人血统，他的兄弟姐妹中有三人从小就信奉新教或者后来改宗。

1580 年，蒙田的两卷《随笔集》出版后立刻获得了巨大成功。《随笔集》在他生前共再版四次，每次都会补充大量新的材料。最后一版（1588 年）不仅增加了数百处内容，还加入了新的一卷。蒙田死后，他的"养女"出版了一个规模更大的版本，收录了蒙田笔记手稿中的内容。根据不同版本间的增删修改，维利（Villey）等学者揭示了蒙田的思想在其生命中最重要时期的发展，以及他对希腊和罗马古典作品理解的深入。[22]

在其最有意思的一篇随笔中，蒙田亲自描述了自己最喜欢的作品。[23] 从中可以看到两个特点。首先，阅读对他而言是为了愉悦身心，他不愿因读书而坏了兴致。他不会读枯燥的作品，也不会读艰深的作品，除非它们包含了有价值的内容。快乐一直是他的标准。不过，他所谓的快乐又不仅仅是消遣，而是伴随着高层次的美学和思想活动，远非俗人的逃避式阅读和上瘾式阅读可比。对蒙田来说，有两位作者能同时带来教益和快乐，"让我学会整理自己的想法和认清自己的状况"：他们是普鲁塔克（阿米约等人的法译本）和塞内卡。上面这句话也揭示了第二个特点，即蒙田精通拉丁语，对希腊语却知之甚少。对他而言，拉丁语如此容易，阅读拉丁语是一件乐事，而希腊语就不同了。[24] 这解释了为何我们经常觉得他的思想有欠严谨，或者说他对古典理想的认识有点模糊不清，尽管与现代人相比他仍不失伟大。

蒙田提到的自己最喜欢的诗人包括维吉尔（特别是《农事诗》）、卢克莱修、卡图卢斯、贺拉斯、卢坎和优雅的泰伦斯。在散文体作品中，除了普鲁塔克和塞内卡，他最喜欢的是西塞罗的哲学散文，但同时抱怨它们太过啰嗦——尽管比柏拉图的对话要好些。此外，他也喜欢西塞罗与友人的书信。他总结说，历史学家是自己的右手，而普鲁塔克和恺撒则是其中最重要的。

在极为细致地研究了蒙田读过的作品后，维利列出了一长串他熟知的作家。名单中不下五十人，尤为显眼的是其中找不到希腊语古典作品。蒙田没有读过任何希腊悲剧作家的原著，只有一次引用了（拉伯雷非常熟悉的）琉善，对阿里斯托芬一无所知,仅仅接触过二手的修昔底德,甚至没有好好读过荷马。不过,他非常了解柏拉图和普鲁塔克,并有充分的理由对其大加推崇。虽然一度滥用过亚里士多德,但到了晚年他显然读过了《尼各马可伦理学》并大量借鉴了该作品。²⁵ 以下是维利的书单:

伊索(Aesop)

阿米安(Ammian)

阿庇安(Appian)

亚里士多德(仅限《政治学》和《伦理学》)

阿里安(Arrian)

圣奥古斯丁(仅限《上帝之城》)

奥卢斯·格利乌斯(Aulus Gellius)

奥索尼乌斯(Ausonius),因为他是波尔多人

恺撒,共被提到92次

卡图卢斯

西塞罗,蒙田最初并不喜欢他,但后来对其推崇备至,共引用了312次

克劳迪安(Claudian)

西西里的狄奥多罗斯(Diodorus Siculus)

第欧根尼·拉尔修(Diogenes Laertius),著有名哲轶闻集

赫利奥多罗斯

希罗多德(蒙田一直使用萨利亚的译本,但从未明言)

《罗马皇帝列传》(*Historia Augusta*)

荷马(二手)

贺拉斯,他和同属伊壁鸠鲁派的卢克莱修都是蒙田最喜欢的诗人,引用 148次

伊索克拉底(译本)

约瑟夫斯(Josephus)

查士丁(Justin)

尤维纳尔,引用50次

李维,被自由引述

卢坎

琉善,引用一到两次

卢克莱修,引用149次

马尼里乌斯（Manilius），以星辰为主题的哲学诗人

马提亚尔，引用 41 次

奥庇安（Oppian）

奥维德，引用 72 次

佩尔西乌斯，引用 23 次

佩特罗尼乌斯，显然是二手的，当时《萨蒂利卡》的大部分内容仍未被发现

柏拉图，1588 年后，蒙田对他的兴趣开始大增：从至少 18 部对话中共计引用 110 多处，其中 29 处来自艰深的《法律篇》

普劳图斯，蒙田认为其过于低俗，几乎没有提到他

老普林尼，一些道德格言

小普林尼

普鲁塔克，被提及 68 次，引用 398 次

普罗佩提乌斯

昆体良（Quintilian）

萨鲁斯特，引用次数比我们想象的要少

塞内卡，蒙田的最爱，经常不加出处地引用整段文字[26]

塞克斯图斯·恩皮里库斯（Sextus Empiricus），唯一有作品留存下来的怀疑论哲学家

里昂人西多尼乌斯·阿波利纳里斯（Sidonius Apollinaris）

苏维托尼乌斯，引用超过 40 次

塔西佗，以《编年史》为主

泰伦斯

提布卢斯

瓦雷利乌斯·马克西姆斯以及奈波斯和斯托巴伊俄斯（Stobaeus）等不太重要的历史学家和轶闻家

维吉尔，引用 116 次

色诺芬

那么，蒙田是如何运用从中获得的大量知识的呢？这份他读过作品的清单一定会吓坏现代读者。我们忘了自己把时间浪费在阅读价值低得多的无数速朽的书籍、杂志和报纸上，这些东西与文学相比就像是口香糖之于食物。不过，当我们开始阅读《随笔集》时，马上会感到更加惬意。我们发现，蒙田提及和引用那些古典作品不仅是为了向同时代的人炫耀自己的学识。与之相反，伯顿的《忧郁的解剖》(Anatomy of Melancholy）虽然主题饶有趣味，书中的抽象文学领域的权威观点却完全是为了引用而引用，因此今天我们并不推崇这部作品。而蒙田则很自然地展示了自己的广博阅读，并对自己的学识远远不如比代等人略感尴尬。他与书籍的关系不是机械的，而是有机的。他没有像龙沙模仿维吉尔那样模仿古人。他不想成为披着现代人外衣的古典作家，也不想成为全才。他只想做米歇尔·德·蒙田，他热爱古典作品是因为它们能帮助自己实现这个目标，并吸收、使用和实践着它们。

他以三种方式使用文学素材：

（a）他将其视作普遍哲学原理的来源。他从中选出在自己看来特别符合真理和有价值的句子，然后根据自己从书籍和生活中获得的知识对这些格言加以探讨和阐释。

（b）他将其视作例证的宝库。在提出某种普遍真理后，他希望对其加以检验（无论是借鉴古人，抑或亲自论证，抑或引用今人），寻找能够证明它的事例，从而证实或解释它。部分例证来自他读过的同时代人的作品，许多来自近代，更多的则来自古典作品。比如在《随笔集》第一卷第55篇的《论味道和气味》（Of Smells and Odours）中，他讨论了体味。文章以亚历山大大帝的汗液气味芬芳开头，并引用了普劳图斯和马提亚尔对香水的谴责。然后，蒙田提到了自己对气味的敏感，并引述了同样敏感的贺拉斯的一段令人恶心的话语。接下去，他又提到希罗多德关于俄国女子使用带香味脱毛剂的记载[①]，并回忆起香水的气味如何长时间留在自己的胡子上。在提及苏格拉底在瘟疫中未受感染后，他话锋突转，讲述了一个关于当时的突尼斯国王的故事。

（c）他在古典作品中找到了大量有关小问题的论据充分的观点，因为没有现代哲学家会为这些小问题花费那么多的精力。蒙田的许多观点来自古典作品，尽管他并不承认：他会整段翻译塞内卡或者引用阿米约翻译的普鲁塔克，对出处却讳莫如深。有时，他会从自己熟悉的作品（如塞内卡）的不同段落抽取句子组合起来，维利戏称其为"镶嵌图"[27]。

下面我们来看一下关于蒙田作品最重要的两个问题，也是他被视作文学巨匠的两个主要理由。他发明了现代随笔。这个想法是从哪儿来的呢？他还是最早的现代自传作家之一，这种尝试后来被卢梭称为"大胆和闻所未闻的工作"，即对

[①] 这里的俄国女子在蒙田原文中作斯基泰女子，典出希里多德《历史》卷四第75节。

自我心理状况的描绘。这种创新的源头和动机又来自何处呢？

从内容上看，《随笔集》前两卷的主题清楚地揭示了该文体的起源。随笔的主题绝大多数是伦理学的抽象问题，有的也涉及单一道德概念：如残酷、荣耀、愤怒、恐惧、无所事事、不该在生前评判自己是否幸福、哲学就是学习如何面对死亡、万物都有兴衰。塞内卡和普鲁塔克的道德论文虽然总体篇幅要长于蒙田最早的随笔，但二者的主题和标题颇有相似之处：如愤怒、善良、关于儿童的教育、如何分辨朋友和谄媚者。此外，塞内卡的许多哲学论文的形式是致友人的书信：显然，蒙田在创作关于教育的随笔时借鉴了这种做法。[28]

不过，蒙田并不把自己的作品称为论文、讨论或者书信，而是称其为"随笔"（essays）。这个词可能表示"试验"，即衡量和测试，或者说更有可能表示"尝试"，因为与真正对事实和观点进行衡量不同，蒙田的作品没有系统的方案。在前两卷中，他的"随笔"经常只是一系列引用和关于某个一般性观点的例证，对观点本身则未作探讨。因此，维利暗示，在自己的风格形成之初，蒙田只是抄袭了当时非常流行的格言集——特别是伊拉斯谟的《箴言集》，该书在1500年到1570年间出现过120个版本。如果真是这样的话，那么古典作品对蒙田随笔的影响就来自两个方面，既包括塞内卡等人的系统性哲学讨论，也包括文艺复兴时期的人文学者们收集的零星哲学智慧片断。（后期的随笔受到了新的影响，在形式和意旨上都更加丰富。其中，对人物的心理素描来自古典传统，由忒奥弗拉斯托斯〔Theophrastus〕初创，在其弟子米南德的喜剧人物中有所体现。1592年卡索邦〔Casaubon〕著名的忒奥弗拉斯托斯注疏本面世后，这种手法作为独立形式被霍尔〔Hall〕、厄尔〔Earle〕和拉·布吕耶尔〔La Bruyère〕用于自己的作品中。通过埃迪森〔Addison〕等人的散文，该手法推动了现代小说的发展。）[29]

不过，蒙田的《随笔集》与关于伦理问题的古典论文和格言集有一个重要区别：它因为主观性而带有自传意味。通过分散在作品各处的只言片语，蒙田几乎告诉了我们关于自己的一切：他的身高、体魄、教育、他见过的有趣事物、他刚刚听说的鬼故事、他很少做梦等等。这些内容让《随笔集》显得极为真实、鲜活和富有个人风格：我们听见他娓娓道来，不过更像自言自语，而非为我们讲述。他按照自己的兴致开始和结束，经常不得出任何结论，有时又会给出多个结论，有时则欲言又止。关于这种主观性，蒙田也给出了一个古典作家的先例。他表示，据贺拉斯说，罗马的讽刺诗人卢基利乌斯（Lucilius）会在讽刺诗中展现自己的全部人生和性格，使之看上去如同一幅写实主义的画卷。[30]事实上，蒙田很可能也借鉴了贺拉斯，与《随笔集》类似，他的道德《书信集》同样混合了哲学的冥思和个人的兴致。

总而言之，无论是拉伯雷带有强烈的个人梦想成真意味的梦幻故事，或是拥有高康大版庞大胃口的艺术家的自传（本维努托·切里尼），或是其他的自传类作品（比如不幸的格林［Greene］①），或是蒙田取得巨大成功的《随笔集》，它们主要都是文艺复兴时代的产物。催生它们的是对自由的向往。拉伯雷将自己变成一个力量、胃口、爱心和学识上的巨人。切里尼不愿受制于任何法律，不愿臣服于任何统治者，不愿效仿任何艺术家。蒙田不相信一切未经检验的事物，只有在无可辩驳的事实面前才会相信它们。他最喜欢伊壁鸠鲁派的诗人，他的座右铭"我知道什么？"（*Que sçay-je?*）代表了哲学怀疑精神，其背后是绝对独立于任何体系的愿望。文艺复兴带给人类很多东西：有些是善的，有些是存疑的，有些是恶的。但无论善恶，它最珍贵的礼物是对道德和思想自由的感知。15 和 16 世纪的美学、史学、地理学和宇宙学新发现赋予了这种感知近乎无限的空间：比如蒙田《论食人族》（*On the Cannibals*）中的相对主义。与此同时，在社会革命以及希腊—罗马戏剧、情色诗、讽刺诗和哲学的影响下，关于人类心理的知识有了快速增长，这同样促进了上述感知的发展。另一个推动因素则是对中世纪权威的反抗——如教会、封建制度、小国的封闭社会结构和组织严密的行会、哲学教条[31]、世袭特权等。由于其对人类基本尊严的肯定，文艺复兴的精神成就被称为人文主义，而蒙田正是最伟大和最具人性的人文主义者之一。

---

① 罗伯特·格林（Robert Greene, 1558—1592），英国剧作家，贫病而死。

第 11 章
莎士比亚的古典学

毫无疑问,希腊和拉丁文化对莎士比亚产生了深刻而有价值的影响。问题在于确定这些影响的实现途径,以及它们对他的诗歌产生了什么影响。

包括两首长篇叙事诗和十四行组诗在内的四十部大型作品被认为出自莎士比亚之手。在它们之中:

有 6 部以罗马历史为主题——1 部关于早期的罗马王国,3 部关于罗马共和国,2 部关于罗马帝国;[1]

6 部以希腊为背景;[2]

12 部涉及英国历史,主要是中世纪晚期和文艺复兴初期的王朝斗争;

14 部的情节发生在文艺复兴时期的欧洲。即使有些作品的主题是古代的,但环境和人物行为都是当代的。比如在《哈姆雷特》的原始版本中(作者是"文法学家"萨克索[Saxo Grammaticus][①]),王子的两位同伴随身携带的是"刻有卢恩文字的木板"[3],现在他们伪造的却是外交书信和印鉴[4],王子本人则在自己的宫廷内谈论了伊丽莎白时代伦敦的舞台。[5] 此类作品中有一半以文艺复兴时期的意大利为背景[6],2 部的情节或多或少发生在法国(《皆大欢喜》和《终成眷属》[All's Well that Ends Well]),另外 5 部的地点比较含糊,但具有意大利(《以牙还牙》[Measure for Measure]、《第十二夜》和《暴风雨》[The Tempest])、法国(《爱的徒劳》)或北欧(《哈姆雷特》)的特色。《温莎的风骚妇人们》(The Merry Wives of Windsor)的情节发生在几乎同时代的英格兰,但其主人公法尔斯塔夫(Falstaff)生于 14 世纪。只有十四行诗可以被认为直接以莎士比亚的时代和国度为背景。

---

① 12世纪的丹麦历史学家,《丹麦人事迹录》(Gesta Danorum)的作者。

当然，莎士比亚很少介意地理和历史上的矛盾之处，或者营造出完全符合某个地点或时代特点的幻象。他的所有剧作中都能看到一些只属于同时代英格兰的痕迹，在许多作品中甚至整个场景和人物都是英国式的。不过，从上述对其作品主题的大致分类中可以清楚地看到他想象力的三大源头。首先是西欧的文艺复兴文化；其次是英格兰，特别是它的君主和贵族；第三是希腊与罗马的历史和传说，这和第二点同样重要。

他笔下的人物和语言给我们留下了相似的印象。首先，莎士比亚的绝大部分作品使用了英国人的英语。此前还没有哪位诗人像他这样敏锐而令人难忘地描绘过英格兰的特色、民俗语言和歌曲、美德、愚蠢行为和部分罪恶，甚至是地理外貌。罗萨琳德（Rosalind）是遭放逐的公爵之女（因此她并非英国女孩，而是法国或意大利人），但她的流亡地点是埃文河畔斯特拉特福德附近的阿登（Arden）森林[7]，她的天性和谈吐也是典型英国式的。另一方面，莎士比亚笔下的英式人物也夹杂了一丝意大利人的魅力和诡诈。在他最好的作品中可以看到盛行于文艺复兴时期的意大利奸人形象：伊阿古（Iago）就是一个典型，与之类似的还有《暴风雨》中的塞巴斯蒂安和安东尼奥，以及《辛白林》（Cymbaline）中的伊阿基摩（Iachimo）。而作品中的幽默和优雅举止（特别是在早期作品中）则来自意大利化的英国人——比如《哈姆雷特》中奥斯里克（Osric）的可笑恭谦。潘达罗斯甚至用意大利语的昵称 *capocchia* 称呼克雷西达。[8] 此外，莎士比亚还大量使用了希腊语和拉丁语作品的意象和装饰性典故，其中有些显得肤浅，但更多的具有无与伦比的表现力。比如《辛白林》中的晨曲[9]：

> 听！听！云雀在天门歌唱，
> 旭日早在空中高挂，
> 天池的流水琮琤作响，
> 日神在饮他的骏马[①]。

或是佩尔蒂塔（Perdita）的花环[10]：

> 比朱诺（Juno）的眼睑，或是西塞利娅（Cytherea）的气息更为甜美的暗色的紫罗兰。

或是哈姆雷特天神般的父亲[11]：

[①] 除了《亨利五世》等几部历史剧，本章的莎士比亚引文均采用朱生豪译文。

>   你看这一个的相貌多么高雅优美：
>   太阳神（Hyperion）的鬈发，天神（Jove）的前额，
>   像战神（Mars）一样威风凛凛的眼睛，
>   他降落在高吻穹苍的山巅的神使（Mercury）一样矫健的姿态。

196 或是田园诗般的情人对白[12]：

>   正是在这样一个夜里，
>   狄多手里执着柳枝，
>   站在辽阔的海滨，招她的爱人回到迦太基来。

能写出上述句子的诗人一定熟知并热爱古典作品。

　　反过来，莎翁作品中缺失的东西同样可以证明古典世界对他的影响。我们已经看到，许多文艺复兴时期的作家在精神上同时属于两个世界：一边是中世纪的骑士、贵妇、巫师、魔幻动物、奇异历险和不可思议的信仰，一边是希腊—罗马的神话和艺术。阿利奥斯托、拉伯雷和斯宾塞都在此列。但和弥尔顿一样，莎士比亚排斥并几乎无视中世纪的世界。即便是他的历史剧，其基调中的当代元素也要远远超过中世纪元素，谁会想到，约翰·法尔斯塔夫爵士本该是坎特伯雷朝觐者的同时代人呢？

　　值得注意的是，当莎士比亚罕见地提到中世纪思想时，虽然文句不失优美古朴，但从中可以看出，他并不认为中世纪是富有活力和令人兴奋的。在描述法尔斯塔夫之死时，"快夫人"（Mistress Quickly）声称前者一定进入了天堂。《圣经》原话是"投入了亚伯拉罕的怀抱"，但那位老板娘却说：

>   他投入了亚瑟王的怀抱，如果真的有人投入亚瑟王怀抱的话

她下意识地认为，迎接约翰爵士的是英国不朽骑士文化的象征人物，而非希伯来人的族长。[13] 而作为莎士比亚最鄙视的人物之一，"肤浅法官先生"（Mr. Justice Shallow）在解释军事训练技巧时回忆起自己曾经"在亚瑟王戏剧中扮演达格内特（Dagonet）爵士"，并结识了"一个机灵的小家伙"。[14] 有时我们还会在谚语和歌谣中感受到中世纪的回响：发疯的埃德加哼唱着一些古老歌谣的片段，其中一句美丽但时空错乱的歌词将启迪另一位英语诗人去复兴中世纪的传统：

>   恰尔德·罗兰来到黑暗的塔楼前。[15]

在莎士比亚作品的真正中世纪元素里，唯一重要的是超自然元素：如奥伯龙（Oberon）和他的仙女们，以及巫婆和她们的咒语。但即使在这些人物中仍然可以找到希腊文化的痕迹，其余的部分则通过距离感被缩小和模糊化了，仙女们变得更加小巧和善良，怪兽和恶灵永远地消失了。

下面我们将详细分析莎士比亚的古典学知识。首先，我们注意到，他对罗马的了解和感情远远超过希腊，唯一的例外是通过罗马流传到近代世界的希腊神话。他笔下的罗马题材戏剧——除了某些时空错乱和典型的英国元素——颇有罗马之风，希腊题材的戏剧则一点不像希腊。莎士比亚一些最好的故事构思来自普鲁塔克传记中的罗马英雄，但除了阿尔喀比亚德和提蒙，他几乎完全无视普鲁塔克传记中的希腊政治家。在《雅典的提蒙》（*Timon of Athens*）中只出现了两三个希腊人名，其余的都是罗马姓氏——有的还非常突兀可笑，比如瓦罗和伊西铎；雅典城邦的代表则被说成是元老院议员，显然莎士比亚错误地将雅典想象成罗马那样的共和国。诚然，《特洛伊洛斯和克雷西达》没有像中世纪的特洛伊传奇那样时空错乱地将武士们描绘成骑士的样子，而且莎士比亚还从《伊利亚特》中借鉴了某些情节——如赫克托耳和埃阿斯的对决，尤利西斯的发言（第一幕第3场第78行起），埃阿斯的愚蠢，当然还有传奇中从未出现过的忒耳西特斯这个人物[16]（他无疑读过查普曼于1598年出版的《伊利亚特》第1–2卷和第7–11卷译文）。但即便如此，该剧并非纯粹的反英雄作品，而是对希腊失真、无知和难以令人信服的夸张描摹。

与希腊主题剧相比，他的罗马主题剧在细节上要真实和详尽得多。有时在服饰和家具等次要内容上会犯些错误，但真实感远远超过希腊主题剧，也远没有后者那么多的时空错误：比如赫克托耳引用亚里士多德[17]，潘达罗斯提及星期五和星期天[18]，安提弗洛斯（Antipholus）兄弟是一位修女多年前失散的孩子[19]。此外，他的罗马主题剧很少严重歪曲真实历史，对人物的刻画也要深刻得多。不过，由于莎士比亚鄙视暴民，《科里奥拉努斯》（*Coriolanus*）中罗马共和国早期守法爱国的强有力平民被描绘成类似《尤里乌斯·恺撒》中无所事事和一触即发的堕落暴徒。他笔下的安东尼形象也比真实人物美好得多，不过剧作家有权重塑人物，将其描绘成有缺陷的英雄，就像莱斯特公爵、埃塞克斯公爵、培根，以及许多文艺复兴时期的伟人那样。他对罗马共和国及其贵族制本质的描摹比任何人都要好，甚至比他使用的原始材料做得更好。另一方面，《雅典的提蒙》中的雅典贵族阿尔喀比亚德是个非常复杂的人物，如果莎士比亚对其有所了解的话一定会很感兴趣，可惜他对希腊人的了解不足以让他以恰当的方式描绘这个人物。

正如莎士比亚对罗马主题的把握要优于希腊主题，他的悲剧中的罗马精神也要远远超过希腊精神。诚然，希腊人创作和发展了戏剧，没有他们的话，无论我们抑或罗马人都不可能写出悲剧，而且拉丁语悲剧和现代悲剧的精华大部分借鉴自希腊人。不过，文艺复兴时期的英国剧作家们并不一定了解希腊悲剧，但他们肯定接触过塞内卡，后者的全部悲剧从1559年到1581年陆续有译本面世。不到十年后，纳什（Nashe）[①]用锋锐而讥讽的口吻嘲笑某些"就着烛光"阅读塞内卡的作者，暗示"整部《哈姆雷特》中的大量悲剧语言"都涉嫌抄袭。[20]鬼魂、复仇、背叛的恐怖、血腥的残暴、亲人相残和狂热暴力的精神与希腊式的崇高格格不入——莎士比亚从塞内卡那里借鉴了这些元素，并将其转化成自己悲剧中阴郁的愤怒。

莎士比亚还大量使用了希腊语和拉丁语作品的意象，这在上文已经提到。他善于借用古典典故，并以此为乐。对古典作品不感兴趣，从中完全无法得到启迪，只是为了炫耀学识或迎合惯例才引入希腊和罗马元素作为装饰的人不可能像莎士比亚那样引入如此众多得体而优美的古典符号。除了最呆蠢的傻瓜和乡巴佬，他笔下的所有角色——从哈姆雷特到皮斯托尔（Pistol），从罗萨琳德到鲍西娅（Portia）——都能利用希腊和罗马的典故让自己的语言变得更加优雅和富有情感。显然，莎士比亚本人并不是书呆子。在分析了他作品中的类比和隐喻[21]后，斯普吉恩（Spurgeon）小姐发现他最喜欢使用的类比对象依次来自：**日常生活**（社会角色类型、运动、贸易等）、**自然**（特别是会成长的事物和天气）、**家庭生活**和**身体动作**（二者无疑都和"日常生活"关系密切）、**动物**，最后才是**学问**。而且，即使单就莎士比亚的知识范围而言，古典学的比例也相对较小。他对神话的了解要超过古代史——他的古典神话知识远远超过了《圣经》知识。不过与马洛相比，他头脑中的古典符号要少得多。学问对他而言意义不大，除非能将其转化成活生生的人类用语。在他的笔下，引经据典的大多是腐儒，他们所引的典故或牵强或可笑，几乎总是不合时宜，就像"试金石"（Touchstone）对那位可怜的贞女所说的：

> 我陪着你和你的山羊在这里，就像那最会梦想的诗人奥维德在一群哥特人中间一样。[22]

不过，对莎士比亚来说，当古典意象脱离了书本，变得像动物、色彩和星辰一样真实时——他对它们的使用令人叫绝。可见，在他看来，古典文化虽然显得遥远，

---

① 托马斯·纳什（Thomas Nashe，1567—约1601年），伊丽莎白时代的剧作家和诗人。

但其鲜活程度丝毫不逊于自己周遭的生活。在等待新婚之夜到来时，莎翁作品中最美丽和最可爱的姑娘仰望明亮的天空，看着太阳一点点向西坠去。她想要催促太阳快点落下，即使毁灭世界也在所不惜。但她没有那样说，直抒胸臆显得过于放肆，而是通过绝妙的意象表达了这种意思：

> 快快跑过去吧，踏着火云的骏马，
> 把太阳拖回到它的安息的所在；
> 但愿驾车的法厄同鞭策你们飞驰到西方，
> 让阴沉的暮夜赶快降临。[23]

想要区分开莎翁剧作中的希腊和罗马意象几乎是不可能的，也许最多只能说，罗马在他的历史意象中占据了绝对的优势。不过正如本·琼生所言，在语言上莎士比亚"少谙拉丁，更鲜希腊"。[24] 他只用过3到4个希腊语单词。[25] 虽然他使用了拉丁语词句，但不如同时代许多作家那么频繁，也不如他在使用法语和意大利语时那么自然。拉丁语引文大部分出现在他的早期作品中，《爱的徒劳》中有位滑稽的校长说拉丁语[26]，但就像莎翁笔下其他的拉丁语学者一样，他并非拉伯雷笔下的利穆赞学生那样的真正学究[27]，只会把教材上的寥寥几个拉丁语单词拼凑起来。然而在同一部作品中，贝隆（Berowne）关于爱情的独白却包含了一些精致的古典典故，并经过了优美而富有想象力的自由改编：

> 像斯芬克斯一般狡狯；像那以阿波罗的金发为弦的天琴一般和谐悦耳。[28]

在莎翁的作品中似乎很少有句子能让人直接联想起某句拉丁原文，而在弥尔顿、塔索、琼生、龙沙和其他文艺复兴诗人那里却能找到很多。但莎士比亚经常会使用拉丁语衍生出的英语单词，并显示出他懂得这些单词的来源和词根意义。偶尔，他也会试图"口吐拉丁词汇"（despumons la verbocination Latiale）①，比如用juvenal代替youngster；不过在尝试将拉丁语引入英语时，他既可能成功（如《理查三世》第二部第一幕第1场第115行的"公正"［impartial］），也同样可能失败（如《奥赛罗》第三幕第3场第182行的"喷出"［exsufflicate］）。好在这些都没什么关系，莎士比亚毕竟是英语作家。

在文艺复兴时期的诗人看来，从拉丁语原文或者译文引用罗马诗歌中的表达，抑或模仿令人叫绝的段落并非卖弄学识。就像我们看到的那样[29]，这是他们增进作品美感和权威性的方法之一。诗人的品位和学识决定了他会多么频繁地引经据

---

① 出自《巨人传》第二章第6节，句中都是法语化的拉丁语单词。

典，会在何种程度上掩饰或突出引文，会多么注意忠于原文，或者多么自由地改编令人难忘的用词、意象和理念。在利用别的匠人打造的珠宝为自己的作品增色方面，没有哪位伟大的近代作家能够超越弥尔顿。在文艺复兴剧作家中，本·琼生显然是最优秀的学者，也是最繁忙的借鉴者和最勤奋的翻译者：他不仅从罗马史学家那里借鉴了情节，他的一些最重要的表达也几乎照搬了后者作品中的段落。与弥尔顿和琼生相比，莎士比亚很少引用古典作品，但如果按照其他标准（比如与拉辛相比），他又是个自由而频繁的引用者。

本·琼生关于莎士比亚古典知识的评价常常被人误读，其中的绝对意味常被篡改成相对意味：即莎士比亚的"少谙拉丁和更鲜希腊"仅仅是相对琼生而言——他本人不失为一名优秀的学者。但从莎士比亚引用古典作品和使用拉丁语词汇的方式来看，琼生的话应该从字面上理解。莎士比亚的确对拉丁语知之甚少，对希腊语则几乎一无所知，即便在使用自己有所了解的东西时，他也显得含糊和业余。不过，他几乎每次使用时都表现出一位富有想象力的伟大艺术家的风范。我们不应忘记的是，莎士比亚热爱拉丁语和希腊语文学，这点被琼生忽略了。他不仅记得学校里获得的知识，后来又通过阅读译本提高了自己的学问。终其一生，记忆中的和从译本获得的知识都为他提供了优美文句、丰富意象和情节素材。

从1767年理查德·法尔默（Richard Farmer）①的《莎士比亚的学问》（*Learning of Shakespeare*）开始涌现出了许多关于莎翁所借鉴的古典作品的讨论——本书无法——罗列。这是一个相当有意思的专业领域，有的内容至今尚有待研究，因为很少有学者既对莎士比亚及其时代有足够了解，又接受过充分的古典学训练从而能找到正确的出处。对于普通读者而言，上述研究的主要意义在于纠正他们将莎士比亚视作"本地林中歌声婉转的爱丽儿（Ariel）"的偏见。诚然，莎翁与爱丽儿有相似之处，但他更像是普罗斯佩罗（Prospero），书本对他而言比公国更重要。[30]

想要评价莎士比亚的古典学知识以及他使用这些知识的方式，最方便的做法是把他熟悉的作家同那些他不太了解或是间接了解的作家区分开来。为了精确地完成这项工作，我们将面对每个研究艺术和精神影响传播过程的学者同样会遭遇的困难。当两位作家在思想或表达上出现相似之处时，很难断定是否存在抄袭，特别是当其中一位是像莎士比亚这样思想丰富和妙笔生花的伟人。我们可以确信他没有读过埃斯库罗斯，但如果埃斯库罗斯的某些思想出现在莎翁

---

① 理查德·法尔默（1735—1797年），莎士比亚学者。

的戏剧中又作何解释呢？唯一的解释是，时空上彼此相距遥远的伟大诗人经常会有相似的想法和表达。另一方面，我们不愿意相信伟大作家会从不如自己的人那里借鉴任何有价值的东西，即使他们有机会这样做。不过有些相似点实在是太过惊人，让人无法否认；而且如果莎士比亚可以从某本书获得自己作品的情节，从另一本书获得角色的名字，那么完全否认他的优美意象可能来自第三本书就显得非常愚蠢了。

也许在这里有必要提一下如何判断两位作者的对应段落存在关联的简易原则。首先，我们必须证明某位作家读过或很可能读过另一人的作品。然后必须表明两人在思想和意象上是极为相似的。第三，二者在结构上应该存在清晰的对应关系：比如推理的步骤、句子的结构、诗句中词语的位置，或者同时满足多种或全部上述对应关系。

有时，我们无法证明后世的作者是否读过某位前人的作品，但可以推测他听别人谈起过那些作品。在思想活动活跃的时代，具有活跃想象力和出众记忆力的人往往不是从书本中获得某些伟大理念（或者他无法接触到这些书本），而是通过友人的谈话和同时代人作品中对该理念的改编。我们知道，本·琼生是名优秀的学者，他和莎士比亚有过长时间的激烈争辩。如果把莎士比亚的想象力看成轻剑，把琼生的深奥引文或抽象哲学概念看作棍棒，那么后者一定经常试图用手中的棍棒击断前者的轻剑。然而，琼生每次都会发现，在下一回合的角力或是下一季的剧作中，自己的武器已然易主，而且经过改造，变得更为轻盈，更适合莎士比亚的手感。类似了解自身心理和获得敏锐语感的过程，富有想象力的作家如何获得古老而有价值理念的渠道同样非常复杂和难以回溯。不过，在分析莎士比亚这样渊博的人物时，我们必须最大程度地考虑到他从身边的古典氛围中吸收古典理念的能力。

莎翁笔下最富想象力的某个场景为我们提供了一个很好的例证。柏拉图传递给近代世界这样的崇高理念：物质宇宙由八个同心球体组成，每个球体依次代表一种音符，八种音符汇聚成和谐天籁，只有当我们死后脱离了肉体的桎梏才能听到。莎士比亚从某个渠道听说了这个故事。他显然没有读过柏拉图的原作，因为他对故事做了大幅改编。对于柏拉图的门徒而言，他歪曲了原作，但对于所有的读者来说，他的改编却极为美妙。在这个场景中，当一对恋人回顾了许多美好的古典传说和诗歌后，洛伦佐向情人描绘的不是那八个会发出和谐音调的托勒密式天球，而是天上的每颗星星都会在移动中歌唱，天使是这场神圣音乐会的听众（让人想起"那时晨星一同歌唱"[①]）：

---

① 《约伯记》38:7。

> 你所看见的每一颗微小的天体，
> 在转动的时候都会发出天使般的歌声，
> 永远应和着嫩眼的天婴的妙唱。
> 在永生的灵魂里也有这一种音乐，
> 可是当它套上这一具泥土制成的俗恶易朽的皮囊以后，
> 我们便再也听不见了。[31]

可见，莎士比亚是位直接和间接受过古典教育，并且深爱古典作品的诗人。古典作品是他书面知识的主要来源，也是对他创造力的最大挑战之一。他的古典训练是完全成功的，不仅使其在学校里领略了古典作品的美，激励成年后的他继续阅读古典作品，也帮助他成为一个完美的诗人和完善的人。

他对三位古典作家非常熟悉，对第四位有一定了解，还接触过其他一些人的片段。奥维德、塞内卡和普鲁塔克丰富了他的头脑和想象力。普劳图斯为他的一部剧作提供了情节，并对他别的作品提供了指导。他还从维吉尔和其他作家那里借鉴了故事、零星的思想和比喻手法，其中有些极富美感。阅读译本对他具有天才创造力的头脑产生了多重启迪，得益于早年的训练，他能够将这些启迪融入作品中。

莎士比亚最喜欢的古典作家是奥维德。和同时代的英国学生一样，他很可能在学校里接触过一些奥维德的作品。[32] 后来，他又通过拉丁语原文和戈尔丁的译本阅读了《变形记》，他的友人很清楚这点。在一篇发表于1598年的对当时文学的盘点中，弗朗西斯·梅莱斯（Francis Meres①）将莎士比亚称为奥维德的化身：

> 正如欧福波斯（Euphorbus）②的灵魂被认为活在毕达哥拉斯身上那样，奥维德甜美而诙谐的灵魂活在语言甜蜜悦耳的莎士比亚身上，看看他的维纳斯和阿多尼斯，他的卢克莱提娅，他在亲密朋友中间吟唱的甘美的十四行诗吧。[33]

他发表的第一部作品（按照他的说法，也是自己创作的第一部作品）[34] 华丽地融合了奥维德《变形记》中的两则希腊神话，并对其加以详细展开[35]；他在卷首引用了奥维德《恋歌》中的两行诗句[36]，为其艺术理想提供了很有价值的注解：

> 让俗人惊异于廉价品，让金发阿波罗

---

① 梅莱斯（1565—1647年），英国作家、教士。
② 特洛伊英雄，毕达哥拉斯自称是他的转世。

为我奉上盛满卡斯特利亚甘泉的水杯。

Vilia miretur vulgus; mihi flavus Apollo
pocula Castalia plena ministret aqua;

他的另一首长诗《卢克莱提娅遭劫记》的情节部分来自李维，部分来自奥维德的《岁时记》，在语言和思想上有一些极为相似之处。[37]

一些奥维德的原话也散见于莎翁的剧作中。在《驯悍记》中，路森修（Lucentio）为了向比恩卡（Bianca）求爱假扮成拉丁语教师。他用学生们在课堂上诵读和罪犯们在演唱赞美诗时所用的伎俩向她传递了自己的来意：

比恩卡：我们上次讲到什么地方？

路森修：这儿，小姐，Hac ibat Simois; hic est Sigeia tellus; Hic steterat Priami regia celsa senis。

比恩卡：请您解释给我听。

路森修：Hac ibat，我已经对你说过了，Simois，我是路森修，hic est，比萨地方文森修的儿子，Sigeia tellus，因为希望得到你的爱，所以化装来此；Hic steterat，冒充路森修来求婚的，priami，是我的仆人特拉尼奥，regia，他假扮成我的样子，celsa senis，是为了哄骗那个老头子。[38]

（路森修的解释当然全都文不对题，不过"老头子"倒是和原文中的 senis 有点关系。）

直接引用也出现在两部颇有争议的剧作中。[39] 另一个非常著名的形象也借鉴了奥维德的作品：《仲夏夜之梦》中仙后提塔尼亚（Titania）的名字并不像她的丈夫那样来自凯尔特传说，而是来自希腊语或拉丁语，意为"提坦之女"或者"提坦的姐妹"。奥维德很喜欢这个名字，一共五次用到它，其中包括关于狄安娜和喀耳刻的两个最为人熟知的故事。[40] 莎士比亚借鉴了这两位"风与黑暗的女王"（queens of air and darkness）①和她们悦耳的头衔，创造出一个魅力毫不逊色的新的精灵。

戈尔丁用笨拙的"十四音节体"翻译的《变形记》粗糙而随意，与优美流畅的原文相去甚远。但莎士比亚能读懂原文，他拥有无与伦比的品位，而且就像艾略特所说[41]，"他能够最大限度地挖掘译文，这种能力不是每个人都具备的"。

---

① 出自 Housman 的《她的强大魔法失效了》（*Her strong enchantments failing*），诗中指奥克尼岛上的一名女巫。

被我们认为是莎翁原创的几个优美段落其实借鉴了他人——不，不仅是借鉴，而是通过戈尔丁的译文对奥维德所做的改写。

> 像波浪滔滔不息地滚向沙滩，
> 我们的光阴息息奔赴着终点；
> 后浪和前浪不断地循环替换，
> 前推后拥，一个个在奋勇争先。

> Like as the waves make towards the pebbled shore,
> So do our minutes hasten to their end;
> Each changing place with that which goes before,
> In sequent toil all forwards to contend.

十四行诗第60首中的这个著名小节改写自奥维德的作品，下面是戈尔丁的英译：

> As every wave drives others forth, and that which comes behind
> Both thrusteth and is thrust himself：even so the times by kind
> Do fly and follow both at once, and evermore renew.[42]

不过，上文仅仅表达了某种复杂哲学理念的一个方面，即自然处于永恒的变化中，没有东西是永恒的，也没有东西会被毁灭。毕达哥拉斯在《变形记》最后的布道中表达了这种理念，它也是莎士比亚几首最优美十四行诗的主题。[43]

然而，无论在奥维德还是莎士比亚的作品中都看不到很多哲学元素——莎翁笔下的某个角色清楚地指出了奥维德和哲学的区别，认为前者要欢快得多。[44]《变形记》的大部分内容都是关于性和超自然世界的，莎士比亚对二者都很感兴趣。正如我们所看到的那样，他最富于情色意味的诗作《维纳斯和阿多尼斯》受到了《变形记》某些篇章的启发。而当朱丽叶表示：

> 可是也许你起的誓只是一个谎，人家说，对于恋人们的寒盟背信，天神是一笑置之的。

她引用的正是奥维德的《爱的艺术》[45]，也就是路森修自称的"我的本行"[46]。在另一部伟大的爱情剧中，莎士比亚以奥维德笔下的狄多为原型塑造了克娄佩特拉的形象，甚至让她引用了狄多对埃涅阿斯的怒斥。[47]在巫术方面则有普罗斯佩罗在《暴风雨》中的咒语：

> 你们山河林沼的小妖们；踏沙无痕、追逐着退潮时的海神而等他一转身来便又倏然逃去的精灵们；在月下的草地上留下了环舞的圈迹，使羊群不敢走近的小神仙们；以及在半夜中以制造菌蕈为乐事，一听见肃穆的晚钟便雀跃起来的你们：虽然你们不过是些弱小的精灵，但我借着你们的帮助，才能遮暗了中天的太阳，唤起作乱的狂风，在青天碧海之间激起浩荡的战争；我把火给与震雷，用乔武大神的霹雳劈碎了他自己那株粗干的橡树；我使稳固的海岬震动，连根拔起松树和杉柏：因着我的法力无边的命令，坟墓中的长眠者也被惊醒，打开了墓门出来。但现在我要捐弃这种狂暴的魔术，仅仅再要求一些微妙的天乐，化导他们的心性，使我能得到我所希望的结果；以后我便将折断我的魔杖，把它埋在幽深的地底，把我的书投向深不可测的海心。[48]

除了一些轻浮、突兀和典型英国式的民间传说元素，这段精彩的独白主要借鉴了奥维德笔下美狄亚的祈祷（《变形记》第七卷第 197 行起，戈尔丁英译）：

> 和风与烈风啊；还有山间、溪流、树林、
> 池沼和黑夜的精灵们啊，你们都快来吧。
> 靠你们的帮助，我曾让溪水倒流（使蜿蜒的两岸惊奇不已）；
> 我的咒语让汹涌的大海平静，让平静的大海咆哮，
> 让云朵覆盖整个天空，然后驱散它们。
> 我的咒语可以兴风和息风，可以打败毒蛇，
> 从大地深处挖出岩石和树根。
> 我让整片树林搬家，震动高山，
> 甚至让大地呻吟和恐惧地颤抖。
> 我把死人从墓中唤醒，就连明月你啊，
> 我也经常藏起，尽管有铜锣来解除你的危险。
> 我的咒语让晨曦失色，让中午的太阳失去光芒。

《麦克白》中巫婆们大锅里的某些材料[49]和"月亮角上挂着的一颗湿淋淋的露珠"[50]都来自奥维德笔下美狄亚的魔法药方[51]。此外，莎士比亚还从戈尔丁对阿克泰翁（Actaeon）猎犬名录①[52]的粗鄙翻译中获得灵感，创作了《仲夏夜之梦》中英雄

---

① 在《变形记》中，猎人阿克泰翁因为偷看狄安娜洗澡而被变成了一头鹿，最终被自己的猎犬咬死。奥维德详尽地罗列了阿克泰翁携带的各个品种的猎犬。

们关于打猎的那段对话[53]。莎翁作品中的一些段落明确提到了奥维德的名字[54]和他的作品[55]。不过，奥维德对莎士比亚最大的贡献显现于所有剧作之中，那就是《变形记》为后者打开了故事世界的大门，使其能够像身处周遭可见的人类世界那样自由地徜徉于另一个世界，时而将不幸恋人的故事改编成可笑的闹剧[56]，时而将皮格马利翁的神话升华为更崇高爱情的象征[57]。

莎士比亚对另一位拉丁语作家也相当熟悉，那就是神秘而颓废的塞内卡，这位巨富的西班牙斯多葛主义哲学家是尼禄的老师和大臣，最终命丧尼禄之手。他教导人们平静地履行职责，并创作了九部关于复仇、暴行和疯狂的剧作。对于文艺复兴时期的英国剧作家而言，塞内卡是悲剧的大师。虽然乍看之下，斯多葛主义与那个动荡时代所认同的理念格格不入，但他的书信和散文中所蕴含的简洁而充满活力的思想还是给许多那个时代的作家留下了深刻的印象。除了《提图斯·安德罗尼库斯》中一段有争议的内容[58]，莎士比亚从未引用过他的原话，但他的悲剧理念深受塞内卡的影响，还从后者那里借鉴了一些重要的戏剧技巧元素，莎翁作品中一些令人难忘的陈词也受到了塞内卡作品的启发。[59]

绝望的宿命论是莎士比亚伟大悲剧的基调，它远比希腊悲剧中净化灵魂的痛楚更为悲观，甚至几乎是无神论的。除了一时得逞的坏人后来因为自己的残忍阴谋而受到惩罚，从他的作品中完全看不到任何对"正义的世界统治者"的信仰。有时，莎翁笔下的悲剧主人公们会认为，决定自己人生的是残忍、不可预知和无意义的命运[60]；有时，他们会更加痛苦地声斥那些不配活着的恶人[61]，以及"以杀戮我们为乐"的残忍诸神[62]。没有人会否认，这种绝望的阴郁大部分来自莎士比亚本人的内心；但他无疑也领略过塞内卡的斯多葛式悲观主义对这类感情透彻而有力的表达。[63]

在意识到决定人生的是对人类的希望冷漠甚至敌视的力量后，人们可能会做出以下几种反应。首先，他们会像塞内卡的哲学所教导的那样变得沉默和冷漠：他们会毫无感情地甚至骄傲地服从于不可抗拒的命运。这种对外界事件的哲学式不屑偶尔也出现在文艺复兴时期，并得到了骑士传统的支持（特别是在西班牙）。莎士比亚的主人公经常在雄辩中死去，而斯多葛式的沉默则是他笔下一些奸人的结局。挑战甚至欢迎死亡的斯多葛主义也出现在伊丽莎白时代晚期剧作家的作品中。[64]另一种反应是愤怒的反抗，在某些字眼面前因痛苦发出哀号，以近乎疯狂的胡言乱语固执己见。这两种反应都出现在塞内卡的作品中。伊丽莎白时代的剧作家（特别是莎士比亚）偏好第二种。在奥菲利亚墓内雷欧提斯（Laertes）和哈姆雷特的咒骂中[65]，在霍茨波（Hotspur）的夸夸其谈中[66]，在提蒙的诅咒中[67]，我们都可以听到第二种反应。与其说这种反应体现在某段具体的对白上，不如说它体现在作为莎翁悲剧普遍基调的强烈情感压力中，体现在无法抑制、时刻可能爆发的沸腾能量上——无论莎翁本人生活的痛苦和热情对其产生多少加成，或者文艺复兴的骚动为其带来多少提升，这都是莎士比亚继承自塞内卡的遗产。

在技术上，我们已经提到过伊丽莎白时代剧作家对典型的塞内卡悲剧角色的使用，如鬼魂和巫婆等等。[68] 有人还暗示，莎士比亚笔下阴郁、内向和行为乖张的主人公在一定程度上受到了与希腊悲剧截然不同的塞内卡悲剧人物的影响。[69] 此外，一种由希腊人发明的有趣的台词技法也是通过塞内卡的作品被莎士比亚及其同时代作家所接受的。该技法被称为"轮流对白"（stichomythia），它使用一系列单行句（偶尔也用半行句）表现争辩者的唇枪舌剑，争辩双方都为驳倒对方不遗余力，经常重复另一方的表述和用针锋相对的哲学格言作为回复。在欧里庇得斯和塞内卡的作品中，它听上去仿佛哲学家们的辩论；而在伊丽莎白时代剧作家的笔下，它更像是击剑中快速的出剑和反击。这在莎士比亚早期的作品《理查三世》中体现得尤为明显，而且该作品的主人公和情节也借鉴了塞内卡。[70]

有时，莎士比亚的历史剧和悲剧中的场景在思想或意象上与塞内卡作品的某些段落存在明显的对应关系；有时，二者在结构上也有相似之处。相关例证有早期的《理查三世》和《约翰王》，以及后来的《提图斯·安德罗尼库斯》和《亨利六世》。[71] 在充斥着巫术、神谕、鬼魂、谋杀和癫狂的伟大悲剧《麦克白》中同样有一些令人称奇的例子。因继母的引诱而受辱后，塞内卡笔下的希波吕托斯（Hippolytus）哀叹：

> 洗净我需要什么样的塔纳伊斯河，什么样的带着汹涌波涛
> 注入本都海的马伊俄提斯湖？
> 不，即使伟大的天父拿来整个大洋，
> 也洗不净这样的罪孽①。[72]

塞内卡在另一部悲剧中表达了同样的理念，并加上了可怕的半行句：

> 这种行径仍将顽固地附着在那里。[73]

这无疑就是《麦克白》中那些著名场景的原型：就像是罪恶灵魂的两个部分

---

① 塔纳伊斯河（Tanais）即今天的顿河，马伊俄提斯湖（Maeotis）即亚速海，本都海（Pontus）即黑海。顿河最终注入与黑海相通的亚速海。

组合到一起一样,麦克白夫妇结合了,徒劳地希望洗清沾满罪恶的双手:

> 大洋里所有的水,能够洗净我手上的血迹吗?
> 不,恐怕我这一手的血,
> 倒要把一碧无垠的海水染成一片殷红呢……

后来,麦克白夫人又说:

> 所有阿拉伯的香科都不能叫这只小手变得香一点。[74]

另一个例子是,当塞内卡笔下的赫拉克勒斯从血腥的疯狂中清醒过来时,他说:

> 为何还要把我的灵魂留在光明中,为何还要停留。
> 没有理由。我失去了所有,
> 心灵、武器、名誉、妻子、孩子和双手,
> 甚至疯狂。[75]

恶贯满盈的麦克白表达了相似的观点:

> 我已经活得够长久了;
> 我的生命已经日就枯萎,像一片凋谢的黄叶;
> 凡是老年人所应该享有的
> 尊荣、敬爱、服从和一大群的朋友,
> 我是没有希望再得到的了。[76]

在同一段独白中[77]赫拉克勒斯哀叹:

> 没人能治愈被玷污的心灵。

而在同一场中[78],麦克白也问道:

> 你难道不能诊治那种病态的心理?

《麦克白》中还有其他一些与塞内卡作品相似的地方,但不如上述例子明显。[79]

莎士比亚最喜欢的第三位古典作家是希腊的道德学家和传记作家普鲁塔克,他创作过以希腊和罗马政治家为主题的《希腊罗马名人传》。1559年,普鲁塔克通过雅克·阿米约的出色译本走进了西方文化。(蒙田是其最热情的读者之一。该作品在以后的几个世纪里一直是法国思想的一部分,并成了催生法

国大革命的力量之一。)⁸⁰ 1579年，托马斯·诺斯爵士将阿米约的译本译成英语，使得普鲁塔克成为带给莎士比亚最多新鲜体验的作者。《尤里乌斯·恺撒》、《科里奥拉努斯》、《安东尼和克娄佩特拉》和《雅典的提蒙》都取材于《名人传》。普鲁塔克不是伟大的史学家，诺斯也不是准确的译者。莎士比亚有时随意地改编原著⁸¹，有时则几乎直接把散文体原著改写成诗体，但效果极佳。

我们再次领略了古典文化所带来的激励，它多变到无法估量，丰富到无法想象。某个只上过普通乡间中学的商人之子既没进过大学，也远远算不上学者，他四处漂泊，与人合作演出，将各种素材改编和创作成戏剧，他积极阅读拉丁语作品却只能看懂大概，对希腊文则一窍不通，生活对他的影响要超过任何书籍。中年时，他读到了某位二流希腊语作家的二手英译本，在深受感染之余将其改编成剧本。与把他引入罗马历史世界的传记散文相比，他的剧本在悬念和活力上，在心理洞察的细致入微上，在情感的丰富性上远远胜出。⁸² 很久以后，一位有志成为诗人的年轻英国学生借到了一本莎士比亚同时代人翻译的荷马史诗。经过了通宵达旦的阅读和思考，他在一首诗中写到，自己就像发现了新行星的天文学家，或是发现了新大洋的探险家。因此，对莎士比亚而言，阅读普鲁塔克是一次无法想象的启示，他由此领略了严肃的历史而非戏说的神话。事实上，他所领略到的不止于此，听：

> 自从卡西乌斯鼓动我反对恺撒那一天起，
> 我一直没有睡过。在
> 计划一件危险的行动
> 和开始行动之间的一段时间里，
> 一个人就好像置身于一场可怖的噩梦之中，遍历种种的幻象。⁸³

这是全新的声音，它来自布鲁图斯。但在它的背后，我们可以听见麦克白和哈姆雷特的忧郁沉思。《尤里乌斯·恺撒》是莎士比亚第一部取材于普鲁塔克的作品，也是他最伟大的剧作之一，标志着其创作生涯的高潮，由此步入了伟大悲剧的殿堂。⁸⁴

对莎翁作品素材的分析无损于我们对他艺术的赞美，反而会使其更加强烈。诺斯的平淡译文充斥着有趣但平铺直叙的故事，而在莎士比亚笔下，它们开始焕发出内在的生命力，文字开始活跃起来，演奏出不朽的音响。我们再一次意识到，诗人并非（像柏拉图所说的）模仿者，而是预言者或创造者。⁸⁵ 以诺斯所译的《恺撒传》为例（第62章第4节和第63章第3节），普鲁塔克描绘了威胁恺撒生命的嫉妒、仇恨和不祥之兆。莎士比亚用到了其中的每一句话，但他并未一股脑儿地给出细节,而是将其分散在作品的前三幕中。在莎士比亚手中,普鲁塔克的平淡叙述变成了充满活力的描写或是逐渐走向高潮的情节。作为剧作家,他至少做了一处重要改编。普鲁塔克笔下的恺撒对卡西乌斯心存怀疑甚至恐惧。莎士比亚无法把一个胆怯的独裁者塑造成英雄人物:他觉得,如果真的害怕卡西乌斯,恺撒就会设法自保或消弭威胁。他无疑记得许多关于恺撒非凡勇气的轶闻,于是对原文做了修改。他笔下的恺撒并非心无畏惧,而是像大理石般沉稳冷静。普鲁塔克写道:

> 恺撒也对卡西乌斯非常妒忌和怀疑,于是对……友人说:"你们认为卡西乌斯会干什么?我不喜欢他苍白的面容。"还有一次,当友人们向他抱怨安东尼和多拉贝拉(Dolabella)时……他再次回答说:"我从不担心那些胖胖的、头发梳得光光的人,那些脸色苍白和骨瘦如柴的倒是我最害怕的。"

在莎士比亚笔下,这段叙述变成了:

> **恺撒**:我要那些身体长得胖胖的、头发梳得光光的、夜里睡得好好的人在我的左右。那个卡西乌斯有一张消瘦憔悴的脸;他用心思太多;这种人是危险的。
>
> **安东尼**:别怕他,恺撒,他没有什么危险;他是一个高贵的罗马人,有很好的天赋。
>
> **恺撒**:我希望他再胖一点!可是我不怕他;不过要是我的名字可以和恐惧连在一起的话,那么我不知道还有谁比那个瘦瘦的卡西乌斯更应该避得远远的了。[86]

而在提到献祭的牲畜没有心脏的凶兆时,普鲁塔克只是平淡地评价说"这真是自然的奇事,牲畜没有心怎么能活呢"。莎士比亚无法在舞台上表现献祭场景,但他也提到了这个凶兆,并为恺撒构思了一个高贵的回答[87]:

> **恺撒**:卜者们怎么说?
>
> **仆人**:他们叫您今天不要出外走动。他们剖开一头献祭的牲畜的肚子,预备掏出它的内脏来,不料找来找去找不到它的心。
>
> **恺撒**:神明显示这样的奇迹,是要叫懦怯的人知道惭愧;恺撒要是今天为了恐惧而躲在家里,他就是一头没有心的牲畜。

恺撒的确必须或应该这样说。

下面的例子足以说明莎士比亚如何将普鲁塔克的散文体描写改编成诗体——在保留原作优美元素的基础上，他用想象和意象为其增色，并发挥了自己的雄辩才能。在《马库斯·安东尼传》第26章，普鲁塔克描绘了克娄佩特拉首次登场的景象：

> 于是，当安东尼本人及其友人的许多征召信被送达给她的时候，她对它们不屑一顾，还大大嘲笑了安东尼。她不屑于用其他方式前往，而是登上了库德诺斯河（Cydnus）里的座船。船尾是金色的，船帆是紫色的，银色的船桨伴随着笛子、箫管、竖琴和其他在船上演奏的乐器上下翻飞。现在说说她本人吧：她躺在一顶金丝织成的华盖下，衣装和穿着就像维纳斯在画中通常的样子。紧挨着她的两侧，打扮成画家们笔下的丘比特模样的俊俏男童手持小扇子为她扇风。她最漂亮的女伴和侍女打扮成涅柔斯女儿（也就是水中的美人鱼）和美惠女神的样子，有的掌舵，有的执缆，船上的香料发出的令人称奇的甜美味道飘散开来，熏香了人头攒动的码头。有人沿着河边追逐座船，有的从城里跑出来看她。最后，因为有那么多人陆续跑来看她，安东尼被孤零零地留在了市场中的王座上。

在莎士比亚[88]笔下则变成了：

> **爱诺巴勃斯**：她在昔特纳斯河上第一次遇见玛克·安东尼的时候，就把他的心捉住了。
>
> **阿格立巴**：我也听见说他们在那里会面。
>
> **爱诺巴勃斯**：让我告诉你们。她坐的那艘画舫就像一尊在水上燃烧的发光的宝座；舵楼是用黄金打成的；帆是紫色的，熏染着异香，逗引得风儿也为它们害起相思来了；桨是白银的，随着笛声的节奏在水面上下，使那被它们击动的痴心的水波加快了速度追随不舍。讲到她自己，那简直没有字眼可以形容；她斜卧在用金色的锦绸制成的天帐之下，比图画上巧夺天工的维纳斯女神还要娇艳万倍；在她的两旁站着好几个脸上浮着可爱的酒窝的小童，就像一群微笑的丘匹德一样，手里执着五彩的羽扇，那羽扇的风，本来是为了让她柔嫩的面颊凉快一些的，反而使她的脸色变得格外绯红了。
>
> **阿格立巴**：啊！安东尼看见这样一位美人，真是几生有幸！
>
> **爱诺巴勃斯**：她的侍女们像一群海上的鲛人神女，在她眼前奔走服侍，她们的周旋进退，都是那么婉娈多姿；一个作着鲛人装束的女郎掌着舵，

她那如花的纤手矫捷地执行她的职务，沾沐芳泽的丝缆也都得意得心花怒放了。从这画舫之上散出一股奇妙扑鼻的芳香，弥漫在附近的两岸。倾城的仕女都出来瞻望她，只剩安东尼一个人高坐在市场上，向着空气吹啸；那空气倘不是因为填充空隙的缘故，也一定飞去观看克莉奥佩特拉，而在天地之间留下一个缺口了。

阿格立巴：稀有的埃及人！

诺斯的所有用语几乎都显得平淡、冗余或笨拙，比如"和其他在船上演奏的乐器""衣装和穿着""在画中通常的样子""手持小扇子为她扇风""香料发出的令人称奇的甜美味道飘散开来"。第一句话的结构同样如此。虽然读者仍然可能感觉到这是一幕极其优美的景象，但译者的遣词用句令其失色不少。莎士比亚略去或修改了不得体的文字，为文句增色，让用词更加和谐，使其就像克娄佩特拉芬芳的船帆一样吸引了世人。

奥维德、塞内卡和普鲁塔克是莎士比亚主要的古典素材来源。他早年还受益于另一位古典作家，但不久便与之分道扬镳。那就是罗马喜剧作家普劳图斯。

普劳图斯的《孪生兄弟》讲述了一个发生在希腊的欢乐故事：一对孪生兄弟在孩提时失散了，他们长大成人后都不知道对方的存在。有一天他们突然在同一座城市相逢，其中一人已经在那里安家落户，和他长得一模一样的兄弟则是初来乍到。由此产生的混乱和最终的兄弟相认造就了一部优秀的喜剧。这也是莎士比亚《错误的喜剧》的基本情节，不过他加入了许多新的元素，使之超越了原作。他更改了剧中人物的名字，将地点从不知名的港口转移到一座著名城市。他安排另一对双胞胎担任两兄弟的仆人——至少让混乱程度变成了八倍。他让初来乍到的兄弟爱上了嫂子的妹妹。为了让兄弟最初的分离更加真实，他安排了催人泪下的情节：在全剧第一场中，失去两个儿子的父亲作为敌国公民被判以死刑；直到全剧最后一场，他才被赦免，并与儿子们和误以为早就死去的妻子重逢。

这些扩充有的来自莎士比亚本人的创意，有的来自戏剧之外的其他素材：比如海难的情节明显借鉴了传奇《提尔的阿波罗尼乌斯》（*Apollonius of Tyre*）。不过双胞胎仆人的情节来自普劳图斯的另一部喜剧《安菲特律翁》。仔细阅读《错误的喜剧》和普劳图斯的这两部作品后我们会发现，莎士比亚并没有简单地将《安菲特律翁》中的情节整体移植到普劳图斯的另一部作品中，而是将二者有机地融合起来，从而创造出一部内涵更丰富的全新剧作。

《安菲特律翁》直至莎士比亚去世后很久才被译成英语。《孪生兄弟》的唯一已知译本刊印于 1595 年，晚于《错误的喜剧》公认的创作时间。结论几乎是肯定的，莎士比亚从拉丁语原文阅读了普劳图斯的喜剧。[89] 一如对待从其他渠道获得的素材，他加入了深刻的人物形象刻画以及无与伦比的诗化语言，以原作中错综复杂的事件为基础缔造出诗歌般的作品。因此，《错误的喜剧》比普劳图斯的大多数喜剧更具戏剧性：它的情节构思更细致，人物刻画更微妙，内容更丰富，滑稽成分更少但更为感人，虽然略显不羁，但在道德基调上更加高尚。[90]

不过，就像我们之前注意到的那样，古典知识的局限同样清晰地显现在他对普劳图斯的改编中。对于一位想象力丰富的伟大诗人而言，这些并非缺陷而是优势。不过，我们必须认识到它们的存在。莎士比亚的拉丁语足以使其通过阅读了解剧中的故事，但不足以让他欣赏原作的语言和戏剧技巧。普劳图斯是个非常幽默的作家，他的作品充满了双关语、驾轻就熟的文字游戏和喜剧式的喋喋不休。能流畅地阅读其作品的人一定会被他语言中源源不断的欢乐所感染。虽然借鉴了普劳图斯的情节，并在人物刻画上超越了前者，但莎士比亚没能在《错误的喜剧》中表现出普劳图斯的语言技巧（他甚至连地名埃皮达穆诺斯［Epidamnus］都拼错了）。但我们应该为此感到庆幸。对其他喜剧作家的风格过于熟悉反而会阻碍莎士比亚自身无与伦比的表现力的发展。如果他在创作了《卢克莱提娅遭劫记》和《错误的喜剧》之后就停滞不前了，我们会为他在古典学识上远逊于马洛、斯宾塞和弥尔顿感到遗憾。不过即使那样，他仍然称得上重生的奥维德。事实上，他又有了进步和提高，成了浪漫主义的普劳图斯。普劳图斯带给他的另一种教益是将各种巧合与复杂情况组合成长篇故事的能力，虽然情节并不令人难以置信，却总能带来新鲜和出乎意料的感觉。他没能从普劳图斯身上学会遣词造句的技巧，但后来还是靠着自己的努力掌握了它，让自己的语言成为其笔下角色不可分割的一部分，也是他本人思想的真实呼声。

他对其他一些作家也有所了解，但仅限于梗概，或是在上学时记下的引文，或是通过文艺复兴时期流行的《读者文摘》式的摘要集。他从中接触到了某些美丽的诗句或有力的描写，但没有谁对他的思想产生过深刻的影响。在《威廉·莎士比亚的少谙拉丁和更鲜希腊》（*William Shakspere's Small Latine and Lesse Greeke*）中，鲍德温先生（Mr. T.W.Baldwin）详尽分析了莎士比亚童年时英格兰的教育体系，并结合其剧作推断出莎翁在学校里很可能读过的作品。首先，莎士比亚使用的是文艺复兴时期两位伟大的教育家约翰·科莱特（John Colet）和威廉·李利（William Lily）编撰的标准拉丁语法——莎翁曾多次提到和戏谑过它。[91] 这部教材收录了许多古典作家的著名片段。即使莎士比亚没有读过他们的原作，他仍然记得这些片段，并按照语法书上的形式引用了它们。[92] 这解释了某些别无他解的巧合：它们来自莎士比亚对优秀诗句的记忆。比如，他作品中出现的第一处拉丁语引文出自意大利人文主义学者"西班牙人巴普蒂斯塔"（Baptista Spagnuoli，通称曼托瓦人巴普蒂斯塔）的田园诗。《爱的徒劳》中的霍洛芬尼斯（Holofernes）校长引用了其中的一句诗并赞美了作者。[93] 而在《哈姆雷特》中[94]，雷欧提斯在奥菲利亚的遗体前吟诵了一段美丽的悼文：

> 把她放下泥土里去；愿她的娇美无瑕的肉体上，生出芬芳馥郁的紫罗兰来！

我们毫无疑问会联想起讽刺诗人佩尔西乌斯在形式、思想和韵律上如出一辙的句子[95]：

> 从他的坟头和幸运的灰烬中，
> 现在不会生出紫罗兰吗？

只不过，我们同样无法想象莎士比亚曾读过这位最艰深的诗人。但鲍德温先生指出，对巴普蒂斯塔哀歌的注释中完整地引用了佩尔西乌斯的这句话，莎士比亚无疑是在那里读到和记住它的。[96]

莎士比亚在学校里也读过一些维吉尔的作品，但显然仅限于基础拉丁语课程所涉及的前几卷。《卢克莱提娅遭劫记》第 1366 行起和《哈姆雷特》第二幕第 2 场第 481 行起对特洛伊陷落的描述部分以《埃涅阿斯纪》第二卷中埃涅阿斯的描述为模板，并进行了一定的夸大。埃涅阿斯是这样开始这段描述的：

> 女王啊，你命令我唤醒那难言的痛苦。

而在《错误的喜剧》开篇则是：

> 要我说出我难言的哀痛，那真是一个最大的难题。[97]

作为标准的拉丁语教科书，莎士比亚还读过恺撒的《高卢战纪》——或者说至少是关于不列颠的那部分（非常适合英国初学者）。在《亨利六世》第二部中[98]，为了说服杰克·凯德（Jack Cade）和他的"文化布尔什维克主义者"不要对自己动用私刑，塞伊勋爵（Lord Say）引用了恺撒的作品：

> 恺撒的《高卢战纪》记载，肯特郡

是这整个岛上最文明的地方。

对于李维,他至少读过记载了塔尔昆(Tarquin)和卢克莱提娅故事的《罗马史》第一卷。[99]

对于其他作家,他似乎只接触过若干著名段落。比如,当布鲁图斯的末日来临时,他哀号道:

> 啊,裘力斯·恺撒!你到死还是有本领的!
> 你的英灵不泯,借着我们自己的刀剑,
> 洞穿我们自己的心脏。[100]

显然,这让我们联想起卢坎《内战纪》的开篇[101]:

> 强大的民族,用作为胜利者的手洞穿了自己的心脏。

和文艺复兴时期的所有人一样,莎士比亚从普林尼的《博物志》中获得了科学知识和其他信息,但并未提到原作者的名字。当波罗尼乌斯向哈姆雷特搭讪[102],询问他在读什么时,后者恨恨地回答说:

> 一派诽谤,先生;这个专爱把人讥笑的坏蛋在这儿说着,老年人长着灰白的胡须,他们的脸上满是皱纹,他们的眼睛里粘满了眼屎①,他们的头脑是空空洞洞的,他们的两腿是摇摇摆摆的。

哈姆雷特所指的"专爱把人讥笑的坏蛋"正是我们熟悉的罗马诗人尤维纳尔,他的第10首讽刺诗以可怕的笔调描绘了老年人的丑陋和虚弱。[103]诸如此类的引用虽然不起眼,却反映了莎士比亚对古典作品的喜爱,展现了他敏锐的双耳,强大的记忆力以及他的雄辩才能所具有的神奇转化能力。在琼生等人的作品中可以看到满纸的引号,人物对话充斥着斜体字。而在莎翁笔下,只有腐儒才会引经据典:其他角色的发言完全是发自内心(或者说发自作者的内心)。

莎士比亚是文艺复兴时期的英国人。这是一个精彩的时代——它几乎不逊于伟大的希腊—罗马时代,并见证了后者的回归。作为该时期的关键事件之一,古典文化的重生为人们的头脑注入了活力,令他们的灵魂更加深刻。当然,该时期其他的一些事件也产生了类似的影响,许多与之相去甚远(虽非完全无关)的领域同样经历了革命、探索和发现。但古典文化的重生是其中最重要的:因为它

---

① 直译是"稠密的琥珀和李树胶"(thick amber and plum-tree gum)。

一场思想的革命。和所有敏锐和受过教育的人一样,莎士比亚分享了它带来的激励。这是他的一次重大精神体验。诚然,对他而言,更为重要的是英格兰抑或充斥着诡诈、幽默和邪恶元素的同时代欧洲的社会生活,而最重要的则是人性。但他并非无师自通的天然诗人,伟大作品在他的生活中是不可或缺的。

莎翁的拉丁语基础相当不错,但不足以使其成为学者,不足以使其流畅地阅读原文,也不足以促使其(像乔叟和济慈那样)热爱希腊和罗马的神话、诗歌和历史。他生活在熟读古典文学并对其推崇备至的人中间,从他们身上汲取了养料。他最早的作品改编自希腊—罗马人,恰如其分地对原作加以展开,并用自己卓绝的想象力为其披上了华丽的衣装。直到创作生涯后期,他仍然继续阅读和借鉴希腊语和拉丁语作品的译本。他的 40 部作品中有 12 部(同时也是他最好的作品)涉及古典题材。古典意象自始至终是他作品的有机组成部分。希腊和罗马文学不仅为他和其他文艺复兴诗人提供了修辞和戏剧技巧,不仅为他的想象力提供了丰富的素材,而且它们所代表的高贵人性和完美艺术成了后人挑战的目标。文艺复兴时期的许多伟大灵魂都接受了这种挑战,但没有人比那位"少谙拉丁和更鲜希腊"的人做得更好。

第 12 章
文艺复兴及以后的抒情诗

歌曲是最简单、最普通和最自然的一种诗歌。每个国家,每个小氏族或郡县的人都会谱写自己的歌曲,伴着他们自己的旋律演唱,甚至经常随之起舞。歌曲不必都是欢快的。歌曲本身和它们的配乐可以是悲伤、庄重甚至严厉的。它们不必总是要让听众闻声起舞。不过它们必须要能配合音乐,在音乐中必须要感受到舞蹈的律动,无论是整个身体像《诗篇》的作者大卫王那样翩翩起舞[1],或者仅仅是心的悸动。

抒情诗(lyric)是歌曲。它们是从各民族为自己创作的舞蹈韵律、民歌旋律和口头歌曲体裁中发展出来的。在几乎所有抒情诗体裁的名字中,我们都能够看到歌唱或舞蹈的影子。比如谣曲(ballad)来自拉丁语言"跳舞"(*ballare*)——"芭蕾"(ballet)和"舞会"(ball)同样源出于此。十四行诗(sonnet)来自意大利语 sonetto,原意是微小的声音或短小的歌曲。颂诗(ode)和赞美诗(hymn)的名字在希腊语中都表示"歌曲"。合唱(chorus)表示"圈舞"①。圣诗(psalm)和抒情诗都表示"竖琴音乐"。[2]

随着与音乐和舞蹈渐行渐远,抒情诗变得更为复杂,感情也更加强烈。如果歌曲并非为舞蹈而创作,但仍带有强烈的旋律,那么它的情感通常会得到提升。所有人都能在谣曲中感受到这点。当某种歌曲体裁变得流行,当它把文字作为表现载体时,为了弥补弱化或抛弃音乐造成的损失,它通常会营造出丰富的语词旋律,使用紧密相关的声律格式(比如韵脚),让元音和辅音组成悦耳的音响,让语句像音乐那样朗朗上口。

每个国家都能谱写出自己的歌曲,有些还被发展成诗歌。(比如,中世纪晚期从西班牙到苏格兰,从日耳曼诸邦到冰岛的西欧各地都有谣曲问世,其中一些发展成了伟大的诗歌。)一些民族在自我表达上更具天赋,创造出数量更多和更

---

① 在表演酒神颂时五十人合跳的大圆圈舞。

为优美的歌曲体裁，并被邻邦借鉴和模仿。普罗旺斯的游吟诗人不仅让法国和意大利人学会了歌唱，后来还把歌声带到了其他西欧国家。而对韵脚做出最大贡献的则是法国南方人。虽然也有用教会拉丁语写成的押韵诗（最早的俗语韵脚可能来源于此），但古典希腊语和拉丁语诗歌并无常用韵脚，而在古英语中更是完全不见踪影。尽管如此，它还是让但丁以降的大多数最好的欧洲诗歌拥有了全新的美。中世纪晚期发展出了多种以韵脚为基础的诗歌体裁，如双行体、谣曲、多韵体诗节、十四行诗，它们饱含着春天般的生命力，把一支又一支的歌曲带到了欧洲各地。

歌曲和舞蹈是极为本能的产物，我们不该指望它们所缔造的近代抒情诗会深受希腊和罗马抒情诗的影响。毕竟希腊人和罗马人的音乐已经失传，我们无法目睹他们优美的舞蹈，甚至很难确定他们的抒情诗所用的韵律，这些抒情诗也不可能像我们自己的舞曲这样令人感到亲切，比如：

> 情郎和他的姑娘，
> 互相说着情话，你侬我侬。

> It was a lover and his lass,
> With a hey, and a ho, and a hey nonino.

或者

> 啊，我的爱人像一朵红玫瑰，
> 在六月刚刚绽放。

> O, my luve's like a red, red rose,
> That's newly sprung in June.

他们留下的只有文字，有的甚至连文字都没有。几乎所有的希腊和罗马抒情诗都在黑暗时代被摧毁和遗失了。除了一些零星的珍贵片断，萨福几乎没留下什么。几乎全部的阿尔开俄斯（Alcaeus）和大部分的品达作品都失传了，更多的希腊语诗人只有片言只语被保留在百科全书和引文中。拉丁语作品中留存至今的有贺拉斯的四卷无价诗集，卡图卢斯的一些抒情诗，西多尼乌斯·阿波利纳里斯等几位三流诗人的作品，以及《维纳斯的守夜》（The Vigil of Venus）等罕见的匿名遗珠。这类诗歌总量有限，而且几乎都难以理解。中世纪的西欧对希腊语抒情诗一无所知。贺拉斯颂诗的读者是学者和少量的诗人，完全没有普通民众。当幸存的拉丁语抒情诗被更广泛地阅读，当希腊语抒情诗残篇开始被刊印出版时，每个近代西方国家自己的抒情诗都已经高度发达，并继续处于发展之中。因此，希腊—罗马传统对该领域的影响姗姗来迟，效果也颇为有限。

质朴、私密和情感丰富的抒情诗一定是纯粹的歌曲，它们表达的是热望的痛苦或得偿所愿的喜悦，是春天的欢愉或仇恨的暴力。它们能从古典作品中所借鉴的东西微乎其微。但随着抒情诗的私密性减弱而反思性加强，它们可以（并经常付诸实践）让思想变得更微妙，体裁更复杂，并从希腊—罗马抒情诗中借鉴了新的风格和意象技巧，将其打造成新的形式，从而大大丰富了自己。拉丁语和希腊语作品（后者尤甚）对近代欧洲国家建立起正式的抒情诗体裁发挥了一定作用，人们为其中最重要的那种类型取了一个希腊语名字——颂诗（ode）。

近代标准抒情诗最主要的古典模板是品达和贺拉斯，其次是阿纳克里翁（及其模仿者）、《古希腊诗文选》（Greek Anthology）中的诗人和卡图卢斯，但他们的影响力远远不如前两者。

品达（约公元前522—前442年）在雅典接受过音乐和诗歌的训练，一生创作了许多极为成功的赞歌、凯歌和节日抒情诗。[3] 他来自与希腊主流生活和思想有一定距离的忒拜，所生活的时代似乎早于繁忙、动荡和思想上充满彷徨的公元前5世纪。他本人比那个多事之秋更加活跃，但仅限于情感和美学上，我们在他的作品中很少看到思想的斗争和胜利。不过，他的精神力量出奇地强大，他的想象力以及用寥寥数笔赋予幻想旺盛而永恒生命的能力超过了其他任何诗人，他取之不竭的词汇和句式让读者们（除非他们更喜欢散文）兴奋不已，仿佛作品中的人物真像他的生花妙笔所描绘的那样伟大。

他留存下来的作品（除了部分最近发现的残篇）是四卷合唱凯歌，主题是庆祝每年在希腊各圣地所举办运动会上的优胜。作品很少或全然不关心竞赛本身，对优胜者本人也着墨不多（除非那是一位强大的统治者），它们赞美的是优胜者的家族——既包括该家族过去的成就（竞赛优胜也是其中之一），也包括与之相联系的伟大传说，尤其是颂扬各种社会、身体、美学和精神上的**高贵**。这些诗歌不是被朗诵，而是由大型歌队演唱的，配有品达亲自谱写的曲调和优美精致的舞蹈，以便强化作品卓绝词句的效果。

品达的作品在理解上主要有两个难点，这并非因为我们的无知，或者时空的距离。它们由来已久，在古典时代就令读者们犯愁。作为一位敏锐和才华横溢的诗人，贺拉斯同样感到困惑。

第一个难点是作品的真正结构，即它们的格律和模式。品达的作品长度各异，既有24行的短篇，也有接近300行的鸿篇巨制。作为舞蹈歌曲，它们必然由重复和变化的韵律单元组成。这些单元是怎么样的呢？它们又是如何重复和变化的呢？

所有的颂诗都可以分节，我们称之为诗节（stanza）。

少数几首作品中的诗节几乎完全一致。显然，与之对应的舞蹈是一套复杂动作的循环往复。

大部分颂诗形如 A–Z–P，其中 A 和 Z 是两个几乎完全一致的诗节，诗节 P 相对较短和较舒缓，在结构上有所不同，但韵律基础相似。同样的 A–Z–P 形式在全诗中不断重复。显然，舞者们首先表演一套动作（A），然后重复一遍（Z），在表演结束动作（P）后就完成了一个段落。在表演完 A 和 Z 后，他们也有可能站着不动唱完收尾部分的句子（P）。A，Z 和 P 在希腊语中分别被称为节（strophe）、对节（antistrophe）和尾节（epode）。由单一诗节形式组成的诗歌被称为单节体（monostrophic），而 A–Z–P 形式则称为三节体（triadic）。

到这里都没有问题。但这些诗节是否可以被进一步划分成诗句或诗行呢，就像芭蕾不仅可以被分解成动作，还可以分成不同的元素和基础形态？直到 19 世纪，学者们大多在这个问题上停滞不前。他们了解单节体或三节体的划分（希腊悲剧中歌队的演唱和舞蹈采用类似的形式），但他们无法确定每个诗节的组成单元。在最早的品达诗集中，诗节被或多或少臆断地分割成一系列短句，导致读者们认为品达的风格"不规则"，随意改变诗句的长度和形式，只在诗节间保持对称关系。

不过今天的学者已经明白，品达通过换气把诗节划分成诗行（verse，即长度和形式不同的韵律单元）。这更接近"浪漫主义"交响诗中各异的乐句，而非现代诗歌中规则的诗行。每个诗节中的诗行彼此几乎完全对应。在 A–Z–P 形式中，全诗所有 A 和 Z 的组成单元彼此对应，所有 P 的组成单元也彼此对应。[4]

这种模式比今天的大多数诗歌更加复杂，同今天的音乐相似得多。比如，十四行诗由 14 行抑扬格诗句组成，每行的音节数最多相差一个，并且都采用完全相同的韵律基础。变化体现在押韵方式上，比如像下面这样让韵脚相互交替：

---------------a
---------------b
---------------a
---------------b

---------------c
---------------d
---------------c
---------------d

---------------*e*
---------------*f*
---------------*g*
---------------*e*
---------------*f*
---------------*g*

而品达的颂诗没有韵脚，也几乎没有超过两行的句子形状相同，他的诗节看上去可能就像：

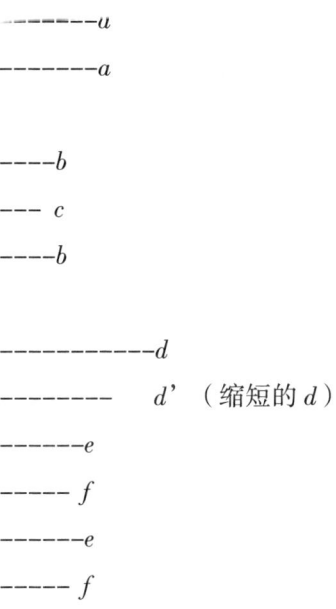

同样的模式会在下一诗节中被重复；*a*，*b*，*c*，*d*，*e* 和 *f* 在韵律上存在相关性，尽管它们彼此存在差异，但仍能从中感受到若干有节奏的基本舞蹈动作。如果用有力而流畅的韵律节奏高声朗读品达的颂诗，你就能体会到其中紧密交织着的类似合唱与芭蕾的节奏和旋律。随着热爱品达的学者们发现了这些颂诗的模式，它们可以被配上音乐，用歌声和舞蹈来演绎。但在 19 世纪前，人们对其了解仅限于宽泛的 A–Z–P 诗节形式（偶尔也有 A–A–A–A 形式），认为组成它们的是不规则和在长度与韵律上显得随意的格律单元。

品达的第二个难题至今仍未解决，那就是没有人能够跟得上他的思路。平静、克制、优雅和开明的伊壁鸠鲁主义者贺拉斯曾表示，品达的诗歌就像是雨后从山上倾泻而下的激流，沸腾和咆哮着漫过河岸。[5] 诚然，我们在其作品中感受到了巨大的力量，它们的速度和能量让我们兴奋和不知所措，并发出由衷的赞美。反驳和分析都是徒劳的，因为我们刚一开始阅读它们就会被夺去思维能力。可是，这样的诗歌意义何在呢？[6]

在理性强于情感或想象的时代，人们会认为品达就像个得到灵感的疯子。他和布莱克一样疯狂，把自己看见的优美幻象无序甚至混杂地锻造在一起，或者在空白处塞满毫无意义的废话。马莱尔布斥之为"胡言乱语"（galimatias）。[7] 布瓦洛视其为"美丽的无序"。[8] 贺拉斯读过的品达作品要超过所有的现代人，他认为它们是不受控制的想象力洪流。为了让品达的思想看上去更加连贯，当代学者提出了各种理论。多伦多的吉尔伯特·诺伍德博士（Dr. Gilbert Norwood）在其令人称道的新著中提出，品达的每首作品都围绕着单一的视觉图像——如竖琴、车轮和海船，它们是优胜者、他的家族和他所处状况的象征。[9] 有人则试图找到重复出现的关键词、关键句和关键点，以便把各个诗节联系起来。在我看来，我们不可能为品达的每一首颂诗都找到连贯的思路，或者核心的想象符号，或者一系列典故联系。把每首作品统一起来的是作为其创作目的的那个独一无二的庆典时刻。泛希腊的竞赛、长期的训练和憧憬、为胜利带来灵感的城邦或家族的神话、同一城邦或家族中前辈优胜者的荣耀、当时的希腊正经历的危机、圣地本身和当地的神祇——这些令人激动的内容被融合成炙人的光热，迸发出漫天的精彩意象，它们化作炽热的火花，跨过了思维无法穿越的鸿沟，它们让平凡的事物变得光彩夺目，将异质的理念短暂地熔炼成一体，然后像火焰般突然湮灭。没有了表演、舞台效果、歌队、舞蹈、宏伟的剧场以及雅典观众的热情关注，即使想要理解希腊悲剧和早期喜剧的全部意义都是非常困难的。而想要理解品达的凯歌，我们必须边阅读，边在脑海中重现诗句、音乐、舞蹈、欢腾的城邦、荣耀的优胜者、骄傲的家族和崇高的传说所共同缔造的强烈和席卷一切的兴奋。我们手中只剩下文字和舞蹈的影子。品达诗歌的思想和意象间并不总是能找到逻辑关系。它们仅仅因为自己的美丽、激情和大胆而被诗人选中。它们经常通过类似自由联想的方式被组合到一起，将其联系起来的仅仅是反差，是诗人对逻辑的刻意回避，他追求的是崇高的不合逻辑和神圣的令人惊诧，就像胜利的时刻那样独一无二。

最伟大的罗马抒情诗人贺拉斯（公元前65—前8年）曾表示，想要与品达一较高下太过危险。[10] 在他所处的时代，持续几代人的战争和内战使希腊—罗马世界仍然未从愤怒和疲惫中恢复过来。人们需要的不是刺激、鲁莽和放肆，而是平静、温和、思考和休息。他的颂诗并非为某个独特时刻而作，而是为了罗马及其长远的未来。它们都采用韵律齐整的四行诗节或双行体（后者较为少见）。与品达的抒情诗不同，它们可以被归为以传统诗行和诗节形式为基础的数目相对有限的几种变体。贺拉斯偏爱的体裁脱胎于希腊抒情诗人阿尔开俄斯和萨福创造的诗体，他们活跃于公元前7世纪和6世纪，比品达早上几代。他还借鉴了那两位诗人的某些主题——尽管我们无法确知他借鉴了多少，因为他们的作品几乎完全失传了。他无法再现萨福深邃而强烈的情感，也无法像阿尔开俄斯的某些作品那样表现出刻骨的仇恨和迷乱的狂欢，但他复制和深化了阿尔开俄斯的政治敏感，阿尔开俄斯和萨福对自然的热爱，两人大胆而独立的个人主义，以及两人大部分的精巧优美（这种美所产生的微妙效果与品达作品的强有力效果同样惊艳）。

在描绘了模仿品达奔腾能量的危险后，贺拉斯又将他比作天鹅。对意大利人而言，天鹅不是那种昏昏欲睡地漂浮在湖面上的缄默、恬静而美丽的动物，而是拥有强大双翼和高亢歌喉的鸟类，它们所能达到的腾飞高度仅次于老鹰。[11] 为何不干脆把品达比作老鹰这种宙斯之鸟呢？也许因为老鹰是征服者而非歌唱者，它更多象征了令人畏惧的权力而非为人推崇的美。不过，贺拉斯的一位拥趸的确更喜欢把品达视作忒拜的雄鹰。[12] 无论品达是雄鹰抑或天鹅，对于我们来说他都飞得太高了（贺拉斯语），试图用人造翅膀追随他的人必将像伊卡洛斯一样葬身大海。

贺拉斯还表示，自己就像辛勤工作的蜜蜂，在地面附近做着短途飞行，收集百花的蜜露。天鹅无疑更强大、更杰出和更美丽，但蜜蜂却能够制造出蜂蜜这种世上独一无二的物质，它融合了百花芬芳，是诸神的食物和象征。很少有诗人会用如此惊人的反差描绘自己的作品和性格同伟大前辈的区别。[13] 这种反差的意义在于，它刻画了现代标准抒情诗中最重要的两种理想之间的分歧。追随古典灵感的抒情诗人有意无意地分成了品达派与贺拉斯派。品达派欣赏激情、大胆和奢华。贺拉斯的拥趸则偏爱反思、温和与经济。品达的颂诗没有一定之规，而是随着风势腾飞、俯冲和转向。贺拉斯的抒情诗则建立在舒缓、精炼和均衡的体系之上。品达象征了贵族的理想，体现出无畏的勇气和慷慨的心灵。贺拉斯则代表了中产阶级，推崇节俭、稳重、谨慎和自我克制的美德。甚至我们从两位诗人及其继承者的颂诗背后所听到的音乐都是不同的。品达喜爱歌队、节日和盛大的舞蹈。贺拉斯则是怀抱里拉琴，坐在舒适房间里或者幽静花园中的独唱歌手。

值得注意的是，贺拉斯经常低估自己的作品。它们简短、有序、平静而充满思考，虽然不如品达的作品那么热烈和狂放，却更加深刻和值得铭记。它们冷静但动人，敏感但有度，难以捉摸却内涵深刻，比欧洲文学中任何其他流派的抒情诗包含了更多令人难忘的睿智而精彩的表达。

灵感和反思、激情和规划、兴奋和平静、向往天空的飞翔和地面附近的冷静巡游，这些不仅是两位诗人或两种抒情诗流派间的差异，也标志了两类美学态度的区别。这两类态度代表了（有时过分强调了）两种不同的诗歌、音乐、绘画、演讲、散文体小说、雕塑和建筑创作方式。让我们将品达和贺拉斯从各自的背景中剥离出来，仅仅把他们当成诗人看待。品达是大胆的优胜者，他用歌声传递了令人折服的能量，使得歌颂的对象都为之倾倒，他创造了自己的诗体，他让自己的时刻焕发出彗星般的光彩，超越了过去和未来，难道他不是"浪漫派"的吗？贺拉斯是释奴之子，他在内战期间离家出走，一步步提高了自己的地位，终于成为皇帝的朋友，他像蜜蜂筑巢那样小心翼翼地用一个个音节建起了自己的丰碑。他是思考、谨慎和自我克制的信徒，难道他不是"古典派"的吗？

这种区分方法经常被误用。所有的希腊—罗马文学以及所有模仿和根据它们改编的现代文学作品都被称为"古典派"。回避规范形式的、被认为反叛传统的、让作者有机会充分和自由地表现个性的、把想象力置于理性之上、把激情置于自我克制之上的现代文学被称为"浪漫派"，很多时候也被称为"反古典派"。这种对艺术态度的划分是有用的，尽管它容易让我们忘记还存在许多其他态度。但称其为"古典派"和"反古典派"，并据此认为**所有的**希腊—罗马文学及其现代后裔都是"古典派"却是个危险的错误。我们很遗憾雪莱这样的诗人被称为"浪漫派"，因为"浪漫"的意思是"脱离希腊语和拉丁语文学的传统"，而很少有英语诗人比雪莱更加热爱和了解希腊—罗马文学。[14] 这还会破坏我们对希腊—罗马文学的欣赏，因为其中很大一部分具有强烈的情感和大胆的想象力。"古典"（classical）一词仅仅表示"一流的"和"好到足够用作模板的"，在文艺复兴时期成了全部希腊和罗马文学的代名词。拥有古典教席或开设古典专业的大学沿用了这个意思，它也是本书中"古典"一词的唯一含义。[15]

所以，品达和贺拉斯都是古典诗人，因为他们都属于在希腊发端，后来扩展到罗马的同一种文学传统。但两人在主旨和技法上却相差很大，大多数最伟大的近代抒情诗都可以被归入其中一人的门下。源自品达的颂诗大胆、华丽而不拘一格，来自贺拉斯的抒情诗则简练而结构精巧，体现出严肃的冥想或反讽的欢乐。在某些诗人的作品中可以同时看到这两种风格。弥尔顿既写过品达体的颂诗，也创作过贺拉斯体的十四行诗。龙沙最初试图像品达那样飞上云霄，后来则学会了贺拉斯的恬静。这是完全有可能的，因为两种态度并不完全对立。毕竟，品达和贺拉斯都是抒情诗人；品达没有因为激情而失去对自己语言和思维的有力掌控；而贺拉斯虽然经常保持克制，但偶尔也会表现出凄婉的悲痛，创造出大胆的意象。因此，品达派和贺拉斯派是互补而非对立的，有时还能联起手来。

为近代抒情诗人所推崇的还有其他几位希腊诗人和一位罗马诗人，但他们获得的赞誉远远比不上品达和贺拉斯。这些希腊诗人中最著名的是在公元前6世纪歌颂爱情、美酒和欢愉的阿纳克吕翁。他的作品几乎都失传了，但后世的模仿者按照他的主题创作的一些抒情诗留存了下来，一度还被归入他的名下。这些作品带给我们许多微小而美好的意象，描绘了人生中不那么烦恼的方面，以及脆弱的欢愉或短暂的忧郁：比如青春如同花朵，应该在它尚未凋零前将其采撷，又如爱情不是控制一切的魔鬼，而是淘气的丘比特。在形式上，阿纳克吕翁派（对其模仿者的称呼）的作品质朴、浅显而朗朗上口（《星条旗永不落》的旋律就来自一首近代的阿纳克吕翁式歌曲《天上的阿纳克吕翁》[Anacreon in Heaven]）。它们描绘的虽是平常事物，但极具魅力。比如：

> 午夜时分，
> 当大熊星已经转到
> 牧夫座的手边……

这时响起了敲门声。诗人打开房门，进来的不是一只渡鸦，而是一个手持弓箭的小男孩①。诗人让他在屋里取暖和休息。小男孩烤干了弓弦，作为回报，他搭上了一支锋利的箭……[16]

值得一提的还有《古希腊诗文选》，这部大型诗集收录了几乎各个时期的希腊语警铭诗和短篇抒情诗，涉及所能想到的各种主题。其中有许多无价值的垃圾，有一些满师学徒的精巧作品，但也有数目惊人的真正瑰宝：它们虽小却是钻石。在近代警铭诗的发展过程中，一些诗人从它们身上受益良多[17]，而通过直接借鉴或者文艺复兴时期拉丁语诗人的中介，它们中的许多主题被法国、意大利、英格兰和其他国家的十四行诗和短篇抒情诗所吸收。[18]

卡图卢斯比贺拉斯年长一辈，他的人生就像自己的诗歌一样短暂而热烈。就感情的强烈和表达的直率而言，他留下的那些爱情抒情诗无人能超越。所有恋爱中的人都不应错过其中最伟大的那首：

> 我恨，我爱。你也许想知道我为何这么做？
> 我不知道，但我就这样感觉着和痛苦着。[19]

有的作品显得活泼而口语化，比如以莱斯比亚（Lesbia）心爱的麻雀[20]为题的那首。还有一些是由炽热的痛苦和激情打造出来的警铭诗和抒情诗，但同样显示出完美的技巧。卡图卢斯的作品大多因为过于伟大而无法模仿，但近代诗人还

---

① 小男孩就是丘比特。

是借鉴了其中的一些主题，有时还把效法他的迅捷和坦诚作为努力的方向。

抒情诗早在文艺复兴开始前很久就已经在欧洲流传了。普罗旺斯、法国、意大利、英国、德国和西班牙的诗人都发明了优美和精致的歌曲体裁。俗语歌曲最初可能脱胎于教会的拉丁语赞美诗，但它们很快就切断了同拉丁语的任何联系。希腊语和拉丁语喜剧和悲剧的出现带给人们全新的启示，向他们呈现了无法想象的形式和创作可能性。但与戏剧不同的是，近代抒情诗的出现并不是品达、贺拉斯和其他古典抒情诗人被重新发现的结果。对于已经掌握了帝王韵（rhyme royal）[①]、各种形式的十四行诗、八行韵体（ottava rima）[②]和其他许多复杂诗节形式的诗人而言，需要从古典作品中借鉴的东西并不多。

他们借鉴的首先是主题素材。这并非爱情、青春、对死亡的恐惧和生活的愉悦等宽泛主题，而是一系列对待抒情诗主题的清晰和难忘的态度，是让它们变得更加生动的意象和思路；当然，还有希腊—罗马神话提供的各种意象。更重要的是，他们以品达与贺拉斯的颂诗为模板丰富了自己的语言，使其进一步远离了平实的散文和传统的民歌用语。通过热切地叫板古典作品，他们让自己的抒情诗变得更加高贵，减弱了口语和歌谣的感觉（如 tra-la-la 和 hey nonino），带有更多仪式和赞美诗的色彩。这是古典影响给现代抒情诗带去的最重要改变：更加庄严和高贵的精神。为了突出这种影响及其同古典作品的普遍关系，文艺复兴时期的抒情诗人经常借鉴和改编品达与贺拉斯等人的诗歌形式，并把更加严肃和有抱负的抒情诗称为**颂诗**（ode）。

颂诗在希腊语中表示歌曲，通过拉丁语形式的 *oda* 进入现代语言。品达和贺拉斯都未曾用它称呼自己的诗歌，但现在这个词已经和他们紧密相连，清晰地指代了他们的崇高和庄严，变得几乎不可或缺。许多近代抒情诗都是为当下而写，而颂诗则是按照古典手法写成，为永恒而作。

品达

尽管很少成为俗语的模仿对象，但贺拉斯的作品在整个中世纪都有流传。[21] 品达的作品则失传已久，而且他的诗歌更为怪异、炫目和充满激情，因此它们的重见天日对文艺复兴诗人的影响更为深刻。近代标准抒情诗变得更接近品达而非

---

① 采用抑扬格五音步七行体，按 ababbcc 押韵。得名于苏格兰国王詹姆士一世。
② 采用抑扬格五音步八行体，按 abababcc 押韵。

贺拉斯，至今仍然如此。1513 年，著名的出版商阿尔都斯（Aldus）在威尼斯刊印了第一部品达诗集。当时的读书人已经听说过贺拉斯关于品达高不可攀的夸赞。[22] 面对这样的挑战，文艺复兴诗人是不会拒绝的。

首先用俗语模仿品达的是意大利人。路易吉·阿拉玛尼的赞美诗（1532—1533 年发表于里昂）可能是最早的此类作品。[23] 但对于挑战品达的风格和名望所做的最响亮和最勇敢的回应则来自几年后的法国，它使皮埃尔·德·龙沙成为了：

> 法国第一位
> 品达体诗人。[24]

龙沙 1524 年生于卢瓦尔乡间。与乔叟和埃尔西亚一样[25]，他也是王家侍从，早年奉命出使过外邦。在一位年轻同伴的影响下，他深深爱上了维吉尔和贺拉斯，并在十几岁时就开始根据古典作品中的主题创作情诗。[26] 但一场重病使其听力受损，让他的外交和宫廷生涯戛然而止。21 岁那年，他决心投身诗歌创作和古典研究——在文艺复兴运动蓬勃发展的时代，这两者几乎是不可分割的。他有幸得遇良师让·多拉（Jean Dorat），并追随其进入了属于巴黎大学的科克莱中学。多拉（约 1502—1588 年）是当时众多杰出老师中的一位，他的人格强大而富于感染力，学识广博而精深，拥有不断追求美好新事物的头脑和敏锐的文学品位，对文艺复兴运动的发起和文艺复兴文学做出了贡献。[27] 对于那群反抗法语诗歌的传统标准，宣扬理想和技巧革命的诗人而言，他扮演了塑造者的角色，而龙沙及其年轻友人们则是能量和原材料。他们借用了那个汇聚七颗星星光芒的星团之名，自称七星诗人。[28]

七星诗人所宣扬的革命既没有像他们所认为的那么剧烈，也没有像他们所希望的那么成功。不过，它仍然具有足够的重要性。简单来说，它让法语诗歌和希腊—拉丁文学更紧密地结合起来，并把二者放在了**同等的**平台上。下面是它的三项主要成就：

> 龙沙的友人若阿香·杜贝雷发表于 1549 年的《捍卫法语并为其增光》[29]；
> 龙沙于 1550 年出版的《颂诗前四卷》；
> 若得尔于 1552 年搬上舞台的《被俘的克娄佩特拉》和《欧仁》。[30]

带着年轻人的行事风格，七星诗人高调地宣扬原创性，对前人表达了不屑，并展开大胆的实验（后来放弃了）。但总体上他们是正确和成功的。

杜贝雷的论文认为，法国人用拉丁语写作是不爱国的表现，而用法语写作的法国人如果不试图与希腊语和拉丁语文学中最伟大的成就一较高下就是示弱。因此,法语诗歌应该"夺走罗马城和德尔斐神庙的珍宝",通过引入希腊和罗马的主题、神话和风格技巧来让法语文学更加强大。[31] 法国人应该抛弃旧式的中世纪神秘剧和道德剧。但同时也要放弃用拉丁语创作戏剧的想法。他们应该用法语写出媲美古典作品的悲剧和喜剧。他们应该抛弃旧式的法语抒情诗,仅仅让其出现在乡间节日和民间聚会上,因为它们是"粗俗的"。[32] 但同时也要抛弃用拉丁语或希腊语创作抒情诗的想法。[33] 他们应该写出包含了品达所有伟大之处,但"仍然不为法国的缪斯所知的颂诗",而且是用法语。

杜贝雷是对的。民族主义让文化变得狭隘,极端的古典主义则让它枯竭。想要让民族文学焕发出永恒的光彩,最好的做法是引入其广为流传和悠久成熟的母文化,利用后者的力量对其加以丰富。文艺复兴时期既有正面的例子,也有负面的例子。在英格兰,民族和古典元素的结合创造出莎士比亚的悲剧以及斯宾塞和弥尔顿的史诗。经过一段时间的摸索后,这种结合在法国创造出了龙沙的抒情诗,布瓦洛(Boileau)的讽刺诗,拉辛、高乃依和莫里哀的戏剧。而结合不彻底则导致 16 世纪的日耳曼人和其他一些民族没能贡献出任何伟大的文学作品,使他们只能模仿其他民族,撰写民歌和民间故事,或者用失色的拉丁语写出色彩黯淡的作品。

龙沙及其友人宣称他是第一个创作颂诗,甚至第一个使用"颂诗"一词的法国人。罗默尼埃(M. Laumonier)等人的精彩考证却清楚地显示,正如龙沙的对手当年所指出的,他既没有发明这个词,也没有发明这种体裁。"颂诗"一词早在龙沙创作生涯开始前许多年就已出现在法语和通行的拉丁语中,而克莱芒·马洛同样有资格被称为法语颂诗的真正发明者。[34] 龙沙自称是七星诗人中创作品达体颂诗的第一人,我们甚至连这点都不能确信。[35]

不过对于法国乃至整个近代欧洲而言,龙沙无疑是古典式高雅抒情诗的鼻祖。他大胆地一次性出版了包含 94 首颂诗的诗集《颂诗前四卷》,一举奠定了自己的地位。龙沙将此举视作对品达(留下了四卷共 44 首凯歌)[36] 与贺拉斯(留下了四卷共 103 首颂诗,但作品篇幅总体上比龙沙的短得多)的挑战,以及对法语诗歌新潮流的宣示。虽然龙沙作品的主题和格式不仅借鉴了品达,也参照了贺拉斯、阿纳克吕翁和其他许多古典和非古典抒情诗,但其中最引人瞩目和最具雄心壮志的那些都把品达看作比肩对象[37],我们对近代文学中品达体颂诗的盘点可以从它们开始。

贺拉斯曾表示,试图用人造翅膀追随品达飞上天空的人将落得惨败的下场。[38] 那么龙沙成功了吗?

品达的颂诗以奥林匹亚和其他泛希腊运动会的胜利为主题。龙沙试图采用甚至更加崇高的主题,比如第一卷的第 1 首颂扬了法王亨利二世(King Henri

II）成功与英格兰缔结和约，第 6 首则赞美了弗朗索瓦·德·波旁（François de Bourbon）在塞利索尔（Cérisoles）的胜利。但大多数作品仅仅是写给友人或恩主的赞美词，并非为了庆祝某个特定事件。因此，洋溢在品达凯歌中的喜悦和成就感在龙沙的作品中经常不见踪影，取而代之的是繁复但有时显得冷冰冰的恭谦。

就想象力和风格的丰富而言，龙沙远远不如品达。他的句子是直截了当的，经常极为接近带韵散文。很多句子的意思令人费解。因为他觉得，想要成为品达式的诗人，必须让作品带上神谕般的隐晦和深奥。不过，他实现这种效果的手段并非为句中的每个字眼安排深邃的含义，让语序也带有意义，在表达上包含许多不同层次、需要读者慢慢琢磨的意思；他采用的是文绉绉的迂回说法和引用冷门的神话，但只要找到它们的出处，句子的意思就会相当明了。他的句子本身远比品达的简单，变化也少得多。[39] 尽管可能过于偏爱使用指小词，但他的词汇显得活泼、精巧而可爱。不过除了专名，龙沙的词汇很少能与品达炫目而新奇的复合词以及热烈的诗性词语相媲美。他引用的神话完全不是直白和传统的。有的被故意编排得非常晦涩，有的像文艺复兴时期的挂毯一样繁复。在《颂诗集》第一卷第 10 首中，他讲述了一个大部分是原创的优美故事。故事描绘了缪斯女神如何诞生，如何被介绍给父亲"茹潘"（Jupin），如何歌唱诸神和提坦的战斗，而尤庇特又赐予了她们何种力量。此类神话不是炫技式的，但它们也不是英雄式的，缺乏品达的炽热感染力，没有像品达那样如闪电般迅捷地捕捉到少女库勒涅（Cyrene）与雄狮角力过程中充满张力的瞬间画面。[40] 我们觉得龙沙不可能看到这些，因为他的眼睛尚未睁开。

龙沙的品达体颂诗也分成节、对节和尾节。这种格式本身显得多余和造作，因为他的作品不是为歌队和舞队的表演而写。诗节由一系列短句组成，大多为 6 到 9 个音节，在不同作品中有所差异。每个诗节几乎是整齐划一的，没有品达那样的起伏。韵脚为四行韵和双行韵混杂。最重要的是，每个诗节所表达的意思几乎都自成一体，形成一个完整的句群，不会延伸到其他诗节；而在诗节内部，每行的意思基本上都在行末结束，很少延伸到其他地方。这种风格的限制和约束比品达的严格得多，后者的思想会从一行延伸到下一行，从一节延伸到下一节，从一个三节段延伸到下一个三节段。在龙沙的作品中，全诗的停顿都是出于句意的需要。显然，他的头脑中还保留着民间舞蹈中前进两步再后退两步的节奏。这概括了二人颂诗作品的区别。龙沙模仿的是丰富而热烈的多声部交响式抒情诗，他自己的作品则更加简单、质朴和单薄。

1551 年，龙沙放弃了比肩品达的努力。事实上，无论性格还是环境都无法使其成为第二个品达。他过于柔弱，而他的受众则过于浅薄。在颂诗中，他经常提到自己试图仿照荷马和维吉尔，以《埃涅阿斯纪》为模板创作一部名为《法兰克记》的史诗。[41] 但他没有足够深刻和坚强的灵魂完成这样一项工作，在写完前四卷后就放弃了。与此同时，他也逐渐放弃了品达的风格和内容，转向了另一位他曾经夸口超越了的诗人。[42] 他抛弃了节、对节和尾节的三节格式，转而使用双行体以及四行和六行的短小诗节。他的基调变得更加平静，忧郁取代了英雄的气息，轻浮取代了凯旋的得意。他不再自诩为忒拜曲调的演奏者，而是转向贺拉斯、阿纳克吕翁[43]和《古希腊诗文选》更加柔和怡人的音乐。

不过，他的努力以及七星诗人的辅助性工作并非全无价值。他把法语抒情诗从复杂的诗节格式中解放了出来，这种格式把非常有限的几个韵脚艰难地交织在一起，束缚了诗人的头脑。[44] 他抛弃了许多民歌的遗产，它们最早是自然的，但后来变得俗套而空洞。通过研读希腊语和拉丁语诗歌，他和其他七星诗人把许多有价值的词汇和风格技巧引入了法语。他证明了法语抒情诗可以是高贵和思想深刻的，能够完全展现它所描绘的最伟大事件的荣光。

加布里埃罗·齐亚布雷拉（Gabriello Chiabrera，1552—1638 年）是意大利的龙沙（或者像他自己所希望的那样是意大利的品达）。在教皇乌尔班三世为其所写的墓志铭中，他被赞誉为"第一个在托斯卡纳的琴弦上弹奏忒拜旋律的人，用勇敢的翅膀成功追随了迪尔刻（Dirce）的天鹅①"，和伟大的同乡哥伦布一样，他"发现了诗歌的新大陆"。[45] 齐亚布雷拉在青年时代就对研究和模仿古典文学作品产生了巨大的热情，这要得益于他同出版商阿尔都斯之子保卢斯·曼努提乌斯（Paulus Manutius）的关系，以及马克-安托万·穆莱的讲课（这位才华出众的作家是龙沙的朋友和评论者）。他的品达体诗歌部分是独立创作，部分则借鉴了龙沙和七星诗人的作品。[46] 不过这在齐亚布雷拉的丰富的创作成果中只是很小一部分，他还写过几部史诗、戏剧、田园诗和"音乐戏剧"（他试图用这些歌剧再现希腊悲剧中音乐与台词相结合的真正效果）。他的《英雄歌集》（*Canzoni eroiche*）收录了约 100 首颂诗，其中 12 首像品达那样分成节、对节和尾节。诗节的长度为六、八或十行，有时也会超过十行。每行长度不等，有时会包含三、四或五个音部。韵脚的分布也不均匀，典型的形式之一是 *abab cddc efef*。[47] 因此，他的作品在韵律和韵脚上都是不均衡的，但第一诗节的格式会在其他诗节中被严格复制。除了没有与舞蹈动作相对应的三节体循环，它们在整体效果上与品达的颂诗非常相似。而少数几首使用三节体的作品

---

① 指忒拜人品达，迪尔刻是忒拜西北的一眼泉水。典出贺拉斯《颂诗集》第四卷第2首第25行，原文是"劲风会托起迪尔刻的天鹅"（multa Dircaeum levat aura cycnum）。

则由更加短小和简单的诗节组成。

齐亚布雷拉的诗歌庆贺了真正的胜利。他的一些作品是在海战后写的：佛罗伦萨的战船奏凯，把被俘的土耳其人变成奴隶，并解救了基督徒奴隶。然而，无论是这些作品还是他歌颂意大利政界和教会名流的作品都无法表现出品达火山爆发般的炫目，它们传递的只是柔和而怡人的暖意。在他的作品中已经可以看到巴洛克诗歌的典型弊病，即把古典典故作为想象的替代品，而不是用来支持诗人自己的创新并为其增色。他的颂诗中充斥着希腊—罗马神祇和神话，如阿波罗和缪斯，曙光女神为门农流下的眼泪，明亮的日神之光芒和提坦的咆哮。但齐亚布雷拉引用它们并非因为被其打动，而是因为它们是顺理成章的选择。他能够巧妙地把韵脚和韵律交织起来，因此他的颂诗旋律十分美妙，但它们听上去更像优美复杂的意大利情歌，而非品达的凯歌。与他崇拜和试图超越的龙沙一样，齐亚布雷拉实际上也是一位歌手。

在莎士比亚的时代，"颂诗"一词被引入了英语。在莎翁笔下这个词表示情诗。他在《爱的徒劳》中用到过它[48]，而《皆大欢喜》中的罗萨琳德则抱怨情人把她的名字刻在树干上，把颂诗挂在山楂树上，把哀歌挂在荆棘上[49]。尽管拥有复杂的格律，但斯宾塞精美的《婚歌》（*Epithalamion*）并不是品达体颂诗，而是混合了意大利情歌和卡图卢斯的婚歌。在现存的英语诗歌中，真正被称为颂诗的最古老作品出现在托马斯·沃森（Thomas Watson）的《爱的激情世纪》（ἑκατομπαθία, *or Passionate Century of Love*）序言中，署名者是唐哈鲁斯（C.Downhalus，1582年）：这首六行诗节的优美短诗是向缪斯的表白，但与品达的风格相去甚远。

第一首模仿品达的英语作品出现在两年后，收录在约翰·骚森（John Southern）发表于1584年的《潘多拉》（*Pandora*）中。这部诗集收录了三首颂诗和三首"小颂诗"。第一颂被献给了牛津伯爵，许诺将夺得"忒拜的战利品"，并吹嘘道：

> 我们敢夸口，过去的英格兰
> 从没人懂得品达的曲调。[50]

不过，骚森并不真正懂得品达的曲调，只是在粗略而无知地抄袭龙沙。[51] 他的颂诗只是规则的四音步诗歌，由双行和四行韵句组成。尽管也分成所谓的节、对节和尾节，但它们甚至不符合龙沙所了解和遵循的品达 A-Z-P 形式。骚森的唯一价值在于历史意义，但也十分有限，因为他的"模仿品达"只是无知地抄袭了另一位模仿者。

第一首真正的英语品达体诗歌是弥尔顿从1629年圣诞节上午开始创作的赞美诗《耶稣诞生的早上》（*On the Morning of Christ's Nativity*）及其序章，这也是该类别中最伟大的作品之一。就在不久之前,他买了一本品达诗集:诗集现在被保存在哈佛大学图书馆,上面的笔记显示了阅读者的用心。[52] 弥尔顿在简短的序章中祈求天上的缪斯把这首诗作为礼物献给耶稣,然后用一系列规则的八行诗节展开了丰富、有力和优美的描绘与赞颂。作品的诗行长度不一,韵脚是 *aabccbdd*,以亚历山大双行句收尾。因此,这首赞美诗并未像品达的大部分颂诗那样使用三节体。之所以称其为品达体颂诗,是因为它具有舞蹈般灵动但又受到约束的不对称格律,并包含了鲜活的意象。最重要的是,作品中的神话内容焕发出夺目的力量和活力,这既体现在垂死的希腊和罗马神祇身上:

> 在圣洁的土地里,
> 在神圣的灶台上,
> 家神和亡灵在午夜哀泣。

也体现在光辉的基督教新神身上,它们降临大地,庆祝耶稣的降生:

> 顶盔的智天使
> 和佩剑的炽天使
> 在闪光的队列间展开了翅膀。

最终,依托基督教思想中最伟大的主题,凭着古典和圣经传统赋予自己的所有雄辩和想象,品达的这位伟大近代门徒比忒拜之鹰飞得更高和更有力。

  本·琼生同样尝试过品达体风格,并完成了一些有趣而原创的作品。在弥尔顿创作品达体圣诞赞美诗的同一年,琼生完成了《莫里森爵士之死的颂诗》(*Ode on the Death of Sir H. Morison*)。[53] 该诗实际上采用了 A-Z-P 三节体形式,尽管在"节"(turn)和"对节"(counter-turn)中使用双行韵,"尾节"(stand)的韵脚也只是稍微复杂一些,但诗行的长度变化极大,并非常巧妙地配合了所表达的意思,比齐亚布雷拉机械的诗节更加丰富和具有品达特色,比龙沙轻快的颂诗更有思想内涵。不过,琼生作品中深刻的思想性、缓慢的节奏和频繁出现的警句(比品达简短的格言更长)事实上效法了他最喜欢的诗人贺拉斯。下面这个著名诗节展现了自由的形式和充满冥想的基调:

> 长成巨树那样
> 不会让人生更好;
> 或者如橡树般屹立三百年,
> 最后倒地成为干枯朽木:

> 绽放一日的
> 五月百合要美得多，
> 尽管是夜便会凋零；
> 它是光明的植物和花朵。
> 我们所见的只是细微的美；
> 短暂的生命也许是完美的。

这是众多伟大的现代颂诗中的第一首，它们让品达与贺拉斯这两位杰出古典抒情诗人的风格相互交融，创造出了全新的美。

现代抒情诗的创造是非常缓慢的，经历了重重挫折。在弥尔顿和琼生的这两首作品中，它们才刚刚诞生。现在我们可以尝试对它下个定义。在现代文学中，颂诗这类诗歌结合了个人情感以及对内涵宽广或广受关注主题的深刻冥想。它短到用一个动作表示一种情感，也长到足以表现出那种情感的若干不同方面。它或者被献给某个个体（人或神），或者是对某个具有特定意义场合的有感而发。它的感染力更多来自情感而非思想，但反思可以中和情感的激动，使其得到有序表达。激发和维持颂诗情感的是某一种或几种人类生命中较为崇高和持久的事件，特别是那些能够用精神和永恒的力量改变暂时性和物质性面貌的事件。情感和反思的相互作用是它的素材，不规则但又受到约束的诗句形式反映了这个特点。

蒲柏曾问道："现在有谁还读考利？"随后又说："忘记他的史诗，但不要忘记他的品达式技艺。"[54]

亚伯拉罕·考利（Abraham Cowley，1618—1667年）是一位早熟而才华横溢的诗人。他自称是英语品达体颂诗的发明者，在很长一段时间里都让公众相信了这点。他的狂想颂诗（1656年发表）的确直接受到了品达的启发；他在前言中表示，自己试图写的并不是与品达完全一样的颂诗，而是如果品达用英语（当然是十七世纪的）创作的话可能写出的颂诗。他正确地选择了重起炉灶和叫板，而不是刻板地模仿。因此，他抛弃了品达的三节体形式，代之以不规则的诗句，甚至没有像弥尔顿和琼生的颂诗那样采用规则的诗节。如果不是押韵和包含了某种基本的节拍，我们甚至可以称其为自由体诗。不过，这并非考利的发明。采用自由的非对称形式，只依靠模糊的韵脚结构串联起来的"小曲"（madrigal）①早在考利出生前就已经相当流行了；弥尔顿、沃恩（Vaughan）②和克拉肖（Crashaw）③都以

---

① 流行于文艺复兴时期和巴洛克时代早期的一种无伴奏声乐合唱歌曲。
② 亨利·沃恩（Henry Vaughan，1621—1695年），英国玄学诗人。
③ 理查德·克拉肖（Richard Crashaw，1613—1649年），英国玄学诗人。

同样自由的形式发表过更加严肃的诗歌。⁵⁵ 考利唯一的创新之处在于，他没有用自由的形式模仿歌声的起伏，而是表现了激情的奔涌、消失和膨胀。他作品的真正价值是让英语诗人及其读者熟悉了品达体诗歌的概念，即通过不规则的格律体现诗人如何受到情感的左右。他的作品本身没有什么价值。

颂诗意为"歌曲"。文艺复兴和巴洛克时代的诗人们都清楚这点：为了提升自己作品的美，他们或者为其配乐，或者用文字再现音乐的律动与和谐。贺拉斯式的抒情诗人如果想要实现音乐效果，通常需要为某位歌手甚至某个小团队量身定做作品。⁵⁶ 而品达体颂诗具有恢宏的气势和澎湃的情感，完全可以再现或描摹歌队与乐队的音响。

在一首很早的此类颂诗中，弥尔顿强调了诗歌与音乐的结合：

> 一对有福的塞壬，天堂欢愉的保证，
> 天球诞下的和谐姐妹，歌喉与诗句，
> 让你们神圣的声音联姻，发挥你们携手的力量。

然后，他又描绘了天堂的永恒音乐，炽天使和智天使组成了乐队，有福的灵魂在他们的伴奏下永远歌唱着。不过，他并没有试图用自己优美的诗句再现音乐之声。⁵⁷

第一部英语歌剧上演于 1656 年（《罗德岛之围》［*The Siege of Rhodes*］）。王政复辟后，英国的音乐品位开始转而推崇情感丰富但极其庄重，装饰华丽但经常严重欠缺真实感的意大利新音乐。⁵⁸ 1683 年起，伦敦音乐协会每年都会举办配乐颂诗表演，以向音乐的庇护者圣塞西莉亚（St. Cecilia）致敬。普赛尔本人贡献了第一年的作品。1687 年，约翰·德莱登创作了技巧高超的《圣塞西莉亚日之歌》（*Song for St. Cecilia's Day*），并由意大利作曲家德拉吉（Draghi）谱曲。作品以奥维德式的开篇拉开序幕，融汇了圣经和异教音乐学，描绘了号、鼓、笛、小提琴和风琴的声音，以审判日的宏大合唱作为结尾。

这多少只是炫技。但十年后，德莱登为同一场合创作的《亚历山大的宴席》（*Alexander's Feast*）却把技巧变成了艺术。作品取得了巨大的成功。德莱登认为这是自己写过的最佳作品；很久以后，亨德尔对其进行了精彩的改编。

这只是巴洛克时代众多配乐品达体颂诗中的一首（虽然是最伟大的一首）。它们的品达风格体现在精心营造的不规则形式，显示了其与音乐的联系（当然也体现在其他许多方面，如对神话的使用和语言的高雅等）。不过，品达的诗歌是为舞蹈而作，这些颂诗却是为交响乐队和静态的歌手而作。（有时我觉得，与配乐贺拉斯体颂诗最为相似的是赋格，与《亚历山大的宴席》这样的品达体颂诗最接近的是巴赫为了检验自己艺术潜力而创作的大型托卡塔和恰空音乐，而革命时代颂诗则类似交响乐。）一位现代作家把这些作品分为四类——神圣颂、康塔塔颂、"场合颂"或颁奖礼颂、圣塞西莉亚日颂——并从当代的批判和戏仿作品（如斯威夫特的《康塔塔》[Cantata]）中总结出了优秀配乐颂诗的必要条件。[59] 与歌剧和宗教清唱剧（oratorio）一样，这显然也是一门艰深的艺术，成功的作品是人们梦寐以求的，并将得到丰厚的嘉奖。当代诗人很少试图像这样把自己的作品和音乐结合起来，为已被广泛接受的作品配上新的音乐产生了近年来最动人的作品，如科普兰的《林肯肖像》（Lincoln Portrait）和沃恩·威廉斯的《音乐的小夜曲》（Serenade for Music）。

十八世纪最伟大的抒情诗人并未写过配乐品达体颂诗。相反地，他的品达体颂诗既包含了由大自然演奏的音乐："岩石和颤抖的树林用吼声回击咆哮的洪流"，也描绘了精灵的轻盈舞蹈和维纳斯本人的灵动魅力。格雷的《诗的进步》（Progress of Poesy）在开篇和结尾都提到了品达，这首带有真正品达体崇高的作品让他成为莎士比亚、弥尔顿和德莱登等伟大诗人的继承者。而作为一个游吟诗人，他可能已经预见了济慈、华兹华斯和雪莱等后来者。

巴洛克时代的大部分品达体颂诗不是配乐式或典礼式的。诗人们以品达为模板庆祝和纪念贵绅的新生、婚礼和死亡，君主的登基、加冕、寿辰、大赦和奏凯，协会的成立，新发明的公布，公共建筑的落成，以及任何表现时代荣耀和气度的公共事件。其结果完全是贺拉斯所预料到的：这是一系列夸张而空洞的失败之作。为比肩品达而写出的糟糕诗歌要超过古典领域的任何其他仿作。真正的诗人会真切地受到笔下题材的感染：激情和雄辩被注入他们体内，他们受到鼓舞，变得身不由己，**必须**一吐为快。他们的问题在于控制自己的情感，引导它达到最充分的表现效果。但平庸的诗人并不会陶醉于自己的题材中，甚至无法被它们鼓舞。因此，他们试图从其他被深刻感染和拥有令人难忘文笔的诗人那里剽窃体现真正诗性感动的主题和表达。他们用最好的蜡和最高等级的羽毛制成了人造的翅膀，让自己飞上蓝天追随忒拜之鹰品达，最后却随着响亮的扑通声堕入了深深的泥沼。

在十七和十八世纪，想要成为真正的品达体诗人尤为困难。品达生活在盛产伟大诗人的时代，散文和最适合用散文表达的思想在当时尚未充分发展起来。巴洛克时期的特色则是有序的思维、工整的散文以及冷静而对称的诗句。甚至那个时期的抒情诗大都表现出教堂钟声般的规则性，但缺乏钟声的和谐。无论出于何种原因，在那个时期，普通的常识和激动的情感间总是横亘着一条几乎不可逾越的鸿沟。因此，那些宣称自己被品达式激动所左右的诗人既是在自欺欺人，也无法打动听众和后人。布瓦洛曾感叹：

> 什么样博学而神圣的疯狂
> 今天把我置于它的法令下？

但他很清楚，自己像岩石般冷静。尽管如此，他还是决心创作一首品达体颂诗。⁶⁰

即使巴洛克诗人有能力感受和表达出真正的热情，他们的品达体颂诗的题材也很少提供表现的机会。这是"场合式"诗歌的致命缺陷。品达热爱大型运动会，喜欢赛场上相互竞争的健美青年、马匹、马车和喧闹的观众。但无数的巴洛克诗人对于"最尊贵殿下"的婚姻或者在主公的土地上新矗立起的美景宫（Belvedere）并无个人感情，只是出于职责要求为其创作了颂诗。厌恶战争的布瓦洛不得不为那穆尔（Namur）①之捷写了一首颂诗。⁶¹ 让诗人们把才智用在这些作品上，创造出虚假的感动，这对于文学爱好者而言是痛苦的，除非他的幽默感特别强大。如果是这样的话，他甚至能在其中发现一些还不错的作品，比如爱德华·杨（Edward Young，《夜之思》[Night Thoughts]的作者）对国际贸易的称颂：

> "商人"岂是不体面的称号？
> 不，这样的主题配得上品达；
> 对我来说却太崇高，让我不堪重负。
> 即使我的声音如大洋般嘹亮，
> 即使供我选择的词语和思想
> 比沙子还多，我也无法达到它的高度。
>
> 国王和商人是盟友和情人，
> 富饶的天空笼罩多产的田野，
> 地面的气息补充了上方柔和的空气。
> 商人是星星，接受和反射
> 光与热；在交易中燃烧；
> 整个世界是一场宏大的交换。⁶²

1688年夏德维尔（Shadwell）被任命为桂冠诗人，从此，每年为国王献上生日颂诗成为惯例。他开创的这个悠久而沉重的桂冠诗人传统让灵感被汗水取代。

真正伟大的品达体颂诗将有力而迅捷的精彩表达与深刻的真情实感统一起来。这种组合是很难实现的。在巴洛克时代，尽管人们大谈诗歌的崇高和比肩品达的

---

① 位于今天的比利时中南部。1692年，路易十四从西班牙人手中夺得该城。

必要性，但很少有人成功做到这点。虽然死亡、美德和年轻女性等主题在过去和现在都具有深刻的意义，但在颂诗《真切缅怀杰出的年轻女性安妮·基利格鲁夫人》（*To the Pious Memory of the Accomplished Young lady, Mrs. Anne Killigrew*）中，德莱登没能从它们中挖掘出任何真正感人的东西。这首作品被称为"英语中最优美的传记性颂诗"[63]，但它的语言过于花巧，显然那位女子的去世没能深深地打动德莱登，或者他不愿让自己的情感得到自由表达。直到将近一个世纪之后，拥有敏锐精神、对奇迹充满热爱的托马斯·格雷才为自己的品达体颂诗找到了合适的题材，同时打动了自己和读者。无论在词句和韵律所包含的激情上，还是在诗人悲观的预言和轻蔑的挑战中，这首作品都宣示了革命时代的到来。

贺拉斯

与品达相比，追随贺拉斯更加困难，也更难以让人提起兴趣。诗人们乐意相信自己能够飞越安第斯山，但很少愿意花七年光阴打磨一首24行的诗歌。因此在近代文学中，贺拉斯体抒情诗的数量不如品达体颂诗，但质量更高。

贺拉斯的抒情诗在中世纪陆续有过流传，但从未大受欢迎。[64] 第一个深深爱上它们含蓄而持久魅力的现代人是彼得拉克（他也是其他许多美的发现者）。不过，彼得拉克拥有自己的抒情诗风格，他把贺拉斯的思想和优美的表达引入了自己的作品，但并未将其当成模板。他的热爱没能让贺拉斯重新流行起来。直到15世纪后期，佛罗伦萨的学者兰蒂诺（Landino）和他伟大的弟子波里提安才让贺拉斯在近代世界树立了声望。[65]

最早推崇贺拉斯的是意大利人，而最早在抒情诗中大量使用贺拉斯诗体的则是西班牙人。他们从意大利人文主义者那里学会了欣赏贺拉斯（也包括牧歌和其他体裁的诗人），自16世纪初开始模仿他的颂诗。他们使用了现代格律和易于承载贺拉斯式素材的短小诗节，从而创造出一种全新而自然的美。

不幸而优雅的加尔西拉索·德·拉·维加（1503—1536年）创作了最早的西班牙语贺拉斯体抒情诗。[66] 他从贝纳尔多·塔索（Bernardo Tasso）那里借鉴了"里拉体"（lyre）：即每个诗节由三行7音节句和两行11音节句组成，这成了复制贺拉斯齐整的四行诗节最流行的诗体。

费尔南多·德·埃雷拉（Fernando de Herrera，1534—1597年）通过贺拉斯作品接触到了希腊神话和抒情诗元素——因为他显然不谙希腊语。[67] 他写给奥地利的唐璜（Don Juan of Austria）的诗歌其实是一首凯歌，其灵感来自贺拉斯的两首异类作品。在这些诗歌中,贺拉斯一反常态地展开了雄心勃勃的长途翱翔。[68] 贺拉斯暗示,征服马克·安东尼的屋大维已经跻身凭借智慧战胜提坦蛮力的诸神行列。埃雷拉同样描绘了诸神和提坦间的战斗,他暗示征服了叛军的唐璜有资格进入天堂。与贺拉斯一样,作为描述该事件的诗人,他也把自己比作诗歌之神。

最伟大的西班牙语抒情诗人是路易斯·德·莱昂(约 1527—1591 年)。他表示自己年轻时,诗歌会"从手中流淌出来"。[69] 言下之意是,他对贺拉斯和其他诗人的模仿不是工作(就像许多追求古典风格的作品),而是真实热情的自然流露。莱昂翻译的维吉尔《牧歌》和《农事诗》前两卷非常优美——他甚至认为《雅歌》是田园牧歌,像维吉尔的作品那样描绘了恋人问答。他翻译了贺拉斯的 20 多首颂诗,有时(和许多文艺复兴时期的译者一样)会有误译,但他的译文总是优美而自然。莱昂中年时遭到宗教裁判所囚禁,期间他找到一部品达诗集,并翻译了第一首奥林匹亚颂。但他的好几首原创作品均以贺拉斯和维吉尔为模板,特别是著名的《塔霍斯河预言》(The Prophecy of Tagus)。这首作品受到了《埃涅阿斯纪》中的台伯河预言以及贺拉斯《颂诗集》中涅柔斯之警的启发。[70] 对于莱昂、加尔西拉索和其他诗人而言,贺拉斯在《长短句集》(Epodes)开头所描绘的乡间田园生活并非仅仅为了作品结尾处话锋一转的尖酸讽刺做铺垫:

> 远离烦恼者是有福的,
> 好比那原始的人类。

他们都在自己的作品中表现了田园的魅力——对于好战的西班牙人或者 1600 年前精疲力竭的罗马人而言,这都是巨大的宽慰。[71]

1531 年,托夸尔托·塔索的父亲贝尔纳多发表了意大利最早的品达体颂诗。与当时的意大利抒情诗所采用的十四行诗体和情歌体(canzoni)相比,这些作品具有更加纯粹的古典形式。与几年后龙沙在法国所做的一样,贝尔纳多同样引领了这场诗歌革命。[72] 他有许多追随者,特别是我们之前已经介绍过的品达体诗人加布里埃罗·齐亚布雷拉。[73]

意大利的齐亚布雷拉、龙沙的几位法国友人以及英格兰的加布里埃尔·哈维(Gabriel Harvey)①等人不满足于使用贺拉斯颂诗的主题以及模仿其结构和基调,而是试图重塑作品的格律。他们有两种选择。第一种选择难度极高,几乎是不可能的,同时也有违历史潮流。它意味着让死亡的传统代替有生命的,而不是借助一种传统来加强另一种(就像对古典作品的最佳改编所做的)。它试图废除现代

---

① 加布里埃尔·哈维(1545—1630 年),文艺复兴时期的英国文学批评家。

语言的重音体系，以便使用一套用音节长短划分诗句格律的体系。这套体系由希腊人发明，后来被成功引入了拉丁语。但重音和音长体系的基础是不同的，甚至在拉丁语中也会产生冲突。为了调和二者，人们发明了一系列精密的规则，只有少数受过教育，知晓和领会了希腊语韵律的人才懂得如何使用它们。如果把贺拉斯最著名颂诗的第一行当作普通的话说出来，罗马人会读成：

integer uitae scelerisque purus;

但如果将其视作诗句来吟唱或朗诵时，他会在长音节上暂停一拍，使之成为更加舒缓、复杂、优美而且难度更高的形式[74]：

integer uitae scelerisque purus——

文艺复兴时期严格古典格律的推动者们试图将上述第二种形式引入现代语言。有人还为它们谱写过音乐，但此类作品及其配乐今天都已被遗忘了。[75]

尽管不可能用音长划分现代诗歌的格律，但想要采用贺拉斯抒情诗的格式以及其他古典格律，并将其纳入现代重音体系并非不可实现（朗费罗的《伊万杰琳》[*Evangeline*]和歌德的《赫尔曼与朵洛缇娅》[*Hermann and Dorothea*]都尝试了常见的六音步体）[76]。比如西班牙的比耶加斯（Villegas）就采用了萨福体诗节①，他没费多少力气就用重音和非重音取代了原先的长短音节。齐亚布雷拉也成功地将其应用到意大利语中，并将其留给了19世纪更为伟大的抒情诗人乔苏埃·卡尔杜齐（Giosuè Carducci）。[77]龙沙在法语中完成了同样的工作。

在法国，让贺拉斯本土化的是七星诗人，其中龙沙的角色尤为重要。不过，早在龙沙出版自己的颂诗之前，佩勒蒂耶就已于1544年将《诗艺》翻译成法语散文体；1547年，他又出版了自己的《诗集》，其中包括了3首贺拉斯抒情诗的译文和14首仿作。与在西班牙发表的贺拉斯体诗歌一样，这些作品没有模仿贺拉斯的阿尔开俄斯或萨福体诗节，而是采用了一种旨在营造出类似效果而发明的本土化格式。[78]与之前的诗歌相比，这种格式不那么强调韵脚技巧和优雅性，而是重现了贺拉斯抒情诗某些雕塑般的克制和精简。

尽管龙沙自夸比肩品达和超越了贺拉斯[79]，但连他自己都很清楚这是不可能

---

① 由三行11音节句和一行5音节句组成（在萨福和阿尔开俄斯的作品中，最后一行的5个音节其实是第三行的延续）。11音节句的格律是长–短–可长可短–长–短–短–长–短–长–短–长，5音节句是长–短–短–长–短。

的。长久以来，他甚至根本不想这么做。他年仅 17 岁就开始模仿贺拉斯[80]；他的《颂诗前四卷》中最早的作品以贺拉斯为主要的古典模板，而素材则大多来自贺拉斯和维吉尔。[81] 在高产的 1545—1550 年间，正如龙沙所自诩的，他既是法国的品达，也是法国的贺拉斯。[82] 不过，他的诗集中只有 14 首品达体颂诗；而在出版了那四卷诗集后，从高耸的山巅回到贺拉斯的鲜花和草地上显然令他长出了一口气。虽然他仍然保持了对希腊语作品的兴趣，但从 1551 年开始，他的注意力开始从品达转向哀歌诗人和《古希腊诗文选》，特别是阿纳克吕翁派。[83] 他的基调变得更加明快和平和，带有更多轻佻的欢乐或淡淡的忧愁。

龙沙本可以像抛弃品达一样抛弃贺拉斯，为何他再次转向了后者呢？

这是因为他真心热爱贺拉斯，真正对其抱有好感。二人都是异教徒。这并不表示龙沙反对基督教，或者贺拉斯是无神论者。但二人都不认为宗教和道德是紧密相连的，他们都不相信上天的力量会对自己的个人事务产生浓厚兴趣。（这就是为什么龙沙在《颂诗集》的序言中特意提到，在自己开始诗歌实验的同时，马洛正在将圣经《诗篇》翻译成法语韵体。二人在这点上形成了反差。）[84] 有意思的是，龙沙完整地接受了贺拉斯最喜欢的伊壁鸠鲁式慰藉"别烦恼，把一切留给诸神"，并将其移植到基督教环境中，但仍然纵容自己和朋友们享受行动自由和生活乐趣。在生活乐趣这点上，他与贺拉斯最为意气相投。即使引用了贺拉斯的作品，龙沙的情诗或祝酒歌也绝非对前者的模仿。龙沙写作它们的动力来自对女人和美酒的喜爱，引用贺拉斯则是因为他对文学（特别是贺拉斯）的爱。罗默尼埃对旺多姆（Vendôme）乡间的酒徒们做过精彩的描绘。这里是龙沙的出生地，是让他感到无拘无束的地方[85]，而那位体态臃肿，头发灰白，眼神中流露着嘲弄的罗马人可能也会有同样的感觉。

在英格兰诗人开始模仿贺拉斯的抒情诗之前，它们就已经在那里的学校被教授，它们的拉丁原文也被人引用。[86] 英格兰的第一位贺拉斯体诗人是本·琼生。琼生对贺拉斯的讽刺诗和书信赞赏有加并经常模仿它们。他翻译了《诗艺》并以其为基础确立了自己的批判原则。他还把对颂诗的推崇传递给了自己在诗歌上的"子孙后代"。[87] 我们在前文已经看到，琼生本人的颂诗既有贺拉斯体的，也有品达体的。在写给克里普塞比·克鲁爵士（Sir Clipseby Crew）的一首颂诗中，赫里克（Herrick）①表示，此类模仿并非卖弄，而是建立在真正的人类共有情感之上：

---

① 罗伯特·赫里克（Robert Herrick，1591—1674 年），英国诗人。

> 然后让我们读贺拉斯,
> 他的歌唱或吟诵
> 化作满溢的
> 抒情诗佳酿,丰盈而带着王冠,
> 我们围坐着
> 为他一饮而尽。

赫里克和琼生的作品深深浸淫着贺拉斯诗歌的精神,仅仅称其为仿作是不够的。对于诗歌爱好者而言,这些诗行和诗节本身就是佳作,而对于能够从中分辨出贺拉斯余响的英语读者来说就更加美妙了。

安德鲁·马维尔(Andrew Marvell)①的《克伦威尔从爱尔兰归来》(Upon Cromwell's Return from Ireland)经常被称为最好的英语贺拉斯体颂诗。毫无疑问,这部作品展示了像阿尔开俄斯体②这样优秀的古典格律如何被应用到重音体系中,同时继续保持原先的思虑和庄严之美。不过,尽管其中不乏优美诗节,但作品使用了太多的俏皮字眼,而且太散文体化了,比如:

> 现在爱尔兰人羞于
> 目睹自己在一年内被驯服。

马维尔的友人弥尔顿用类似但稍稍复杂些的格律形式翻译了贺拉斯的一首明快情诗:

> What slender youth, bedewed with liquid odours,
> Courts thee on roses in some pleasant cave?[88]

> 哪位洒满香水的纤弱青年,
> 在玫瑰丛中追逐着你进入了怡人的洞穴?

尽管译文中可以看到某些有时也会出现在弥尔顿史诗中的缺陷[89],但贺拉斯还是教会了他浓缩的艺术,如何在最小的空间里注入最多的意思。他把自己的领悟带到了英语十四行诗中,使其更加有力和丰富,从而赋予其新的生命。就像贺

---

① 安德鲁·马维尔(1621—1678年),英国玄学派诗人。
② 相传由古希腊诗人阿尔开俄斯发明的格律。贺拉斯所用的阿尔开俄斯体每个诗节包括四行,前两行为长–长–短–长–长–(停顿)长–短–短–长–短–长,第三行为长–长–短–长–长–长–短–长–长,第四行为长–短–短–长–短–短–长–短–长–长。

拉斯的颂诗经常做的那样，他的 9 首十四行诗同样以致敬开头，其中的一首"劳伦斯，有德父亲的有德儿子"明显模仿了贺拉斯的"啊，美丽的母亲，更美丽的女儿"。[90] 这些作品中到处都可以看到贺拉斯的影响，比如 some in file /Stand spelling false, while one might walk to Mile- /End Green①。[91] 这样的诙谐短句，又如为弥尔顿最出色的十四行诗带去灵感的深刻道德、政治和教育主旨，它们通过弥尔顿被华兹华斯和其他许多后世英语诗人所吸收。[92]

作为批评家，贺拉斯在巴洛克时代受人尊敬，作为抒情诗人，他没能得到应有的赞誉。但当优秀诗人感受到不可能用"品达式疯狂"表达深刻而平静的情感时，他们往往转而采用贺拉斯的风格，有时甚至完全模仿他的格律。[93] 蒲柏的早期作品《孤独颂》(Ode on Solitude) 以及科林斯 (Collins)② 优美的《夜之颂》(To Evening) 和《朴素颂》(To Simplicity) 都显示了这种转变是多么的自然。不过，在《牛津英语诗集》(The Oxford Book of English Verse) 收录的一首同时代的贺拉斯格律作品——沃茨 (Watts)③ 的《审判日》(Day of Judgment) 中，品达与贺拉斯的融合没有那么自然。它使用今天被称为贺拉斯式萨福体的希腊抒情诗格律，描绘了各种最恐怖的中世纪末日意象，如张开的坟墓、尖叫的受害者、魔鬼……算了，我还是不要想下去了！尽管格律显得不相称，但作品从第一节开始就展现出可怕的力量：

> 当残暴的北风率军从天而降，
> 让波罗的海口吐白沫陷入疯狂；
> 当红色闪电裹着成片的冰雹，
> 劈头盖脸地向地面攻来……

250 没有什么例子能比它更好地展现如何在简短的篇幅内用纯粹的古典诗歌形式表现基督教的思想和神话。

在一两代人之后的革命时代，新的活力和华美以及更强烈的自我肯定被注入了颂诗之中。两大主流仍然清晰可辨，贺拉斯和品达都有各自的追随者，但该时代某些最伟大的作品以新的方式把他们合为一体，可能令二者都要刮目相看。

品达在该时代的继承者包括歌德、雪莱、雨果、华兹华斯和荷尔德林。（我

---

① Mile-End Green 位于伦敦东北部，距离伦敦城的 Aldgate 刚好一英里。在弥尔顿的时代，人们通常把那里作为散步的终点。弥尔顿的这句诗讽刺不学无术的人连自己写的《四弦》(Tetrachordon，讨论了《圣经》中提到离婚问题的四个地方）一书的名字都看不懂，他们胡乱猜测书名含义的时间足够有的人走完一英里了。

② 威廉·科林斯（William Collins，1721—1759 年），英国诗人。

③ 伊萨克·沃茨（Isaac Watts，1674—1748 年），英国诗人。

们再一次看到，把这个时代称为反古典的是多么错误。以维克多·雨果为例，他的文学生涯是从创作一系列颂诗开始的。他像前辈一样在诗中召唤缪斯，在英雄里拉琴的伴奏下歌唱，并描绘了古典式场景和风貌。**风格**和**主旨**是他与前辈最根本的区别。）品达体颂诗的形式变得非常自由，韵律变得更强和更多样化。它仍然是舞曲，但舞蹈者不再重复三节体的动作，他们的舞姿将完全由诗人的意志或想象力掌控。

考利的诗歌算不得佳作，但把这种酒神颂式风格引入英语世界的可能正是它们。雪莱的《那不勒斯颂》(*Ode to Naples*)由十个不规则诗节组成，分别命名为节、对节和尾节，甚至标以数字和希腊字母，但名字和数字并不构成真正的序列。[94] 这正是"古典"和现代芭蕾的区别，也是海顿的交响乐和现代交响诗的区别。事实上，品达的颂诗一直向往自由随意：诗人们知道他写过"全无规则"的酒神颂，希望能得到他的允许使用绝对自由但又不显得语无伦次的表达方式。

长久以来，品达体颂诗的内容都是高度情感化的。现在，它变得比在巴洛克时代更富激情。它的情感不仅没有减弱，而且变得更加灵活和多变，因此也更符合希腊特色。最终，随着十八世纪末出现的世界性精神解放，颂诗所涉及的主题大大拓展，它所表达的个人和社会重建也更加崇高。

歌德对品达的推崇超过了除荷马之外的任何一位非戏剧希腊诗人。[95] 他在20岁出头就阅读和翻译了品达。从1772年起，他开始用不规则的短句创作充满激情的抒情诗，有时零星使用韵脚，有时则完全放弃押韵。这些作品洋溢着大胆而不羁的活力，歌德自认为那是品达体的。[96] 席勒同样留下了一些品达体诗歌，包括一首《酒神颂》(*Dithyramb*)以及著名的《希腊诸神颂》(*The Gods of Greece*)和《欢乐颂》(*To Joy*，因成为贝多芬第九交响曲最后乐章的歌词而名声大噪)。它们充斥着对希腊神话和希腊真理的由衷热爱，但在韵律上显得单调，部分表达有欠高贵。而不幸的荷尔德林则是他那代德国人中最为希腊化的一个。他翻译了大约一半的品达抒情诗；虽然并未完全理解它们的格律，有时还曲解了它们的意思，他还是受到激励，用无韵体创作了一系列崇高而深奥的赞美诗，但直到他死后一个世纪才获得世人的欣赏。[97]

《颂诗与谣曲》(*Odes and Ballads*)让维克多·雨果更接近品达派而非贺拉斯派[98]；我们经常看到他带着特有的夸张试图与品达一较高下，在表达的雄浑、歌声的优美和舞蹈的精妙上超过自己的前辈和所有的奥林匹亚歌队。成串的感叹让他的作品显得单调，但优美的意象、充满气势和不断变化的节奏弥补了这一缺陷。

雪莱《西风颂》(*Ode to the West Wind*)的诗节形式脱胎于一种简单的意大利语抒情诗格式，但它以极其恢宏的方式把秋风变成了一种强大而鲁莽的超自然存在，对许多自然景物做了拟人化处理——从落叶到沉睡的地中海，从渺小的种子和花蕾到巨大的云朵（"行雷布雨的天使"）——比任何巴洛克或文艺复兴的前辈们更好地重现了某些品达与希腊文化的本质特点。

不过，最伟大的近代品达体颂诗还是华兹华斯的《忆童年而悟不朽之颂》（*Ode—Intimations of Immortality from Recollections of Early Childhood*）。乍看之下，它似乎与品达的世界和明晰活力相去甚远。不过，正如它的形式是品达体的，只是经过了近代诗人思维习惯的改造，它的精神也是品达式的，只是转向了内省，并在现代性的作用下变得黯淡。颂诗以欢乐的场景开篇，以再度获得胜利结尾，描绘了五月节的景象：

> 陆地和大海
> 忘我地沉浸在喜悦中，
> 怀着五月之心，
> 牲畜们都享受着节日。

在这欢乐的气氛中，只有诗人的内心是痛苦的。他一遍遍地宣称自己与快乐的小鸟、风儿和孩子们同在，但又一次次地停下，迟疑和悲伤地寻找着失去的光辉，寻找随着青春而逝的神奇光芒。作品没有歌颂胜利，而是描绘了逐渐得到缓解的痛苦矛盾。通过一系列或者欢快而抒情，或者深沉而冥想的不规则诗节，华兹华斯从教给人智慧的痛苦（埃斯库罗斯语）中走出，一步步向着最后的胜利宣言前进：

> 又是一场竞赛，又有人赢得棕榈叶。

在革命时期，很少有人欣赏贺拉斯的道德和政治主张。这是一个年轻人的时代，他却显得人到中年。不过，他是一位伟大的文字艺术家，热爱自然并理解美，能够把自己深刻而安宁的精神传递给某些对他的社会信条不屑一顾的人。贺拉斯传统经历的改造比品达传统彻底得多，不过还是有某些东西留存了下来。[99] 冥想式颂诗的形式仍然规则，但变得更加复杂。它们的思想仍然平和，但经常带有更多的私密性。自然以更加鲜活和复杂的细节呈现在诗人面前。有时，品达的复杂和高亢会进入诗人的内心，与贺拉斯抒情诗的思想深度融合在一起。

贺拉斯的传统在巴洛克时代的最伟大成就是科林斯的精致颂诗。[100] 不过在这一点上，科林斯的一位继承者远远青出于蓝。约翰·济慈的颂诗与贺拉斯的有所不同，它们是独一无二的。但它们是贺拉斯的直系后裔，是在他的作品帮助下降生的；它们还把目光投向了比贺拉斯更古老的时代，借鉴了某些更丰富、更具年轻活力的东西。在他最伟大的作品《夜莺颂》(*Ode to a Nightingale*)的开篇，我们跨越了 20 个世纪的距离，明白无误地听到了贺拉斯声音的回响。[101] 但在这首写于 1819 年的卓越颂诗中，我们处处可以看到某些全新的东西，这是济慈和他那个多愁善感的时代对经过贺拉斯的中介流传下来的希腊遗产的改造。品达的颂诗充满激情地描绘了公众庆典的场面，一切都生动而鲜活，熙攘而活跃，焕发出热情的光芒。整座城邦围绕在冠军家族的周围向其致敬，庆祝的队伍伴着歌舞前进，诗人代表全希腊发言，而全希腊也都在聆听着他。而贺拉斯的抒情诗虽然大多是孤独之歌，但它们是为友人而作，为吸引并影响他人而作，为罗马而作。然而在济慈的作品中，公众消失了。

济慈是孤寂而沉默的，与他更亲密的是痛苦而非欢乐。他凝视着一只希腊花瓶；坐在"芬芳的黑暗中①"(in embalmed darkness)，半梦半醒地倾听孤独的鸟鸣；回忆"肩并肩坐着的一对可人儿"(two fair creatures, couched side by side)，或者回想起甜美的秋日和忧郁的云。然后，他又从这种安宁和沉思中走出，攀上了品达式的激情和想象力的高峰。他把瓶上的形象看作有生命的、喘着气的年轻人，听见了为他们的精神伴奏的旋律。当夜莺在林间穿梭，他也展开翅膀追随着它们。在他眼中，秋日与任何希腊神祇同样真实和人性，而忧郁则是神秘圣殿中一尊巨大的蒙面雕像。激情不仅没有模糊他的感官，反而使其更加锋利，让他更为敏锐地注意到千般细节——麝香玫瑰上的露珠、蚊蚋的尖细鸣叫、沙滩上的彩色涟漪。他的思想长成了枝条繁茂的大树，在风中发出呢喃。这些作品中缺少的只是华兹华斯在五月节中感受到的周围的欢乐舞蹈。和贺拉斯一样，济慈也是一位孤独的歌手；但他没有听众，他的里拉琴是鸟鸣或夜晚的风。

在英语"浪漫主义"颂诗中，通过与贺拉斯的微妙风格相结合，品达的初衷被大幅颠覆，变得更加柔和。但希腊和罗马抒情诗的许多基本特色被保留了下来，只是外表发生了变化。犀利而充满想象力的生动细节描写，超越日常生活的伟大而非凡的幻想，强烈的精神狂喜，对美的爱慕和对崇高理想的赞颂——通过颂诗传统，这些诗歌元素被从贺拉斯和品达那里传递给了现代诗人。在这些抒情诗中，歌曲和庆典舞蹈消失了，颂诗的结构反映的是孤寂人类灵魂更加微妙的激动。

革命时代结束后，仍有数以十计乃至百计的诗人创作过颂诗，但都比不上前人。仅以 19 世纪的颂诗为题就足以写出一部感人的专著，有必要为它们编纂一本高品质的诗集。过去一百年间出现的作品大部分是品达体而非贺拉斯体的：有些是有

---

① 见济慈的《夜莺颂》，后一处引文见《心灵颂》(*Ode to Psyche*)。

意为之（哈特·克莱恩［Hart Crane］[①]曾表示："我觉得自己很适合成为机械时代黎明的品达"）[102]，有的则是无意识的，比如沃尔特·惠特曼。尽管配乐颂诗不再像过去那么多见，但颂诗仍然保持着与音乐和舞蹈的天然联系，斯温伯恩的精湛技巧和狂热激情与李斯特的狂想曲非常相似。

从 19 世纪中叶开始出现了一股日渐强大的潮流，人们试图打破规则的诗歌格式，让它听上去完全是自然的，就像当场随性而作。这股潮流的动力主要是对原创性的渴求和对传统的憎恶，人们希望扭断雄辩术的高傲头颈，颠覆一切荒诞和臆造的东西，抛弃"尔"和"汝"这样的陈腐字眼，摧毁帕尔纳索斯山和缪斯，诅咒一切崇高之物……我受不了了。[103] 但这些想法大多体现了这样的理念：真正的诗歌总是自由的，最好的希腊艺术代表了自由（在同一时期，伊莎多拉·邓肯［Isadora Duncan］[②]出于同样的动机引入了希腊式的即兴表演，对现代芭蕾的解放做出了重要贡献）。因此，当杰拉德·霍普金斯（Gerard Hopkins）[③]赋诗哀悼"欧律狄刻号"（*Eurydice*）和"德意志号"（*Deutschland*）两起悲剧性的船难时，他知道自己使用了品达的风格——尽管他使用的词汇、句法甚至韵脚都是大胆而前所未有的。

霍普金斯的诗句如同融化的金属般被灌进了奇异的模具。这些模具有的是他自己制作的，有的来自英国，有的来自希腊和罗马（他是一位专业古典学者），伴随着他的去世不复存在。有的现代抒情诗只会在排版上耍小聪明，有的则仿佛室内剧角色间含糊不清的对话。但只要还有韵律感，它们就继承了酒神节上狂欢者演唱的激情歌曲。品达是最早把这些歌曲变成艺术的诗人之一，通过他的凯歌中如山洪般不可阻挡的能量，他的许多仰慕者听到了远古的歌声。

---

① 哈特·克莱恩（1899—1932 年），美国诗人。
② 伊莎多拉·邓肯（1878—1927 年），美国舞蹈家。
③ 杰拉德·霍普金斯（1844—1889 年），英国诗人。

第 13 章

转　　型

我们已经看到，当希腊和罗马文明几乎完全被一波又一波的野蛮主义浪潮所吞没后，它如何以经过怪异变形但仍然极具生命力的形式存活了下来，如何在整个黑暗时代继续保持自己的影响，如何在中世纪成为一股日益壮大的重要潮流，直至最终成了那波被称为文艺复兴的充满活力、情感和思想的巨浪最强大的推动力之一。现在，我们将回顾它对整个近代欧美文学的影响，这种影响时而减弱，时而加强，永远处于变化中，但从未消亡。这个时代从文艺复兴结束延续至今——我们可以对其做一个粗略但有用的划分。第一阶段从 1600 年左右到 1770 年左右，我们可以将其称为君权时代（age of monarchies）或者反宗教改革时代（Counter-Reformation），为了更好地反映其全貌，也可以称其为巴洛克时代。第二阶段是真正意义上的近代，从美、法大革命和工业革命至今。

这种一分为二的做法不仅仅是为了方便，它反映了在我们文明的本质以及古典文化对其施加的影响上所发生的真实变化。从 1850 年左右开始，文学的整体基调、大量创作目的和创作技法经历了非常重要的革命：不是突然而肤浅的变化，而是剧烈且永久的转向。伴随和决定这些变化的是 19 世纪的各种伟大创新：

　　工业化和应用科学的兴起；
　　欧美人口的大幅增加；
　　从世袭特权者政府（君主、贵族、地产和世袭资本所有者）转向由人民掌握
　　　　或者通过人民选出的政府（民主、社会主义、共产主义和法西斯主义）；
　　废除农奴制和奴隶制（在某些国家是暂时的）；
　　在许多国家，普通民众的教育机会大大增加。

在文学上，这种变化包括以下重要形式：

（a）新的文学作品数量大大增加。
（b）重点转向人民大众所能接受的文学标准，转向能够影响尽可能多的付

费顾客和宣传接受者的艺术类型。在与散文的竞争中早已落于下风的诗歌进一步受到打压。诗体剧非常罕见和不寻常，而散文体剧则大行其道（无论在屏幕还是舞台上）。人们不再创作教诲诗，但出现了数以千计的"严肃非虚构作品"。史诗消失了，小说则遍地开花。类似地，人们对风格的要求越来越低，转而大力强调"力量"和"吸引力"，这在实际创作中表现为某些有限领域内的强烈情感。与此同时，大量非常流行的全新（或新近被重塑的）文学体裁应运而生，它们全都缺乏严格性，旨在迎合文化水平相当低下的广大民众：如侦探电影和侦探故事、音乐喜剧、许多电台节目中不相关笑话的串烧、记者对稍纵即逝事件的现场报道。从1900年前后开始，不仅没有任何一种文学类型提高了自身标准，反而全都放宽了它们。

（c）作为回应，一些坚决反对追求大众影响的艺术家对自己的作品进行了极端的专业化或"小团体化"，最著名的例子就是艾略特。在同一位艺术家的一生中经常可以看到专业化的发展过程：如乔伊斯（Joyce）、里尔克（Rilke）[①]、毕加索和勋伯格（Schönberg）[②]。他们有的发明了自己的专属语言（乔伊斯、查拉[Tzara][③]），有的引入费解的象征，有的使用完全属于艺术家个人的素材：比如没有向他人提及和解释过的个人经历（奥登[Auden][④]、乔伊斯和达利）、怪异的神话、让人难以忘怀的引文、晦涩的象征、深奥的书籍或宗教习俗或几乎无人了解的事件（艾略特《荒原》中渔王的典故和 *Datta Dayadhvam Damyata*[⑤]的意思，庞德的《诗章》，赞美勒芒杀人者的法国超现实主义艺术家[⑥]）、新发起的宗教式崇拜（施台方·格奥尔格[Stefan George][⑦]）。

（d）随着文学找到了更多表达途径，并获得了更加广泛而深刻的题材，它的活力和精神力量大大加强：这个变化无疑是积极的，至少在文学领域如此。

上面这些是近代社会变革对文学产生的最深刻的影响。似乎只有第三点与古典传统有较多的联系。不过，希腊—罗马文化的扩散和渗透力量超过了人们的想象。我们在前面提到了教育的扩展。这是过去三四百年的文明中最关键的要素之

[①] 莱纳·玛利亚·里尔克（Rainer Maria Rilke，1875—1926年），奥地利诗人。
[②] 阿诺德·勋伯格（Arnold Schönberg，1874—1951年），奥地利作曲家。
[③] 特里斯坦·查拉（Tristan Tzara，1896—1963年），罗马尼亚诗人，达达主义的发起人。
[④] 威斯坦·休·奥登（Wystan Hugh Auden，1907—1973年），英国诗人。
[⑤] 梵文，意为施舍、戒律和慈悲。
[⑥] 1933年2月2日，朗瑟兰夫人（Mme Lancelin）家的女仆帕潘（Papin）姐妹杀害了女主人和她的女儿。但在法国，这场谋杀被视为阶级斗争的象征，许多文化界的名人对姐妹表示支持。
[⑦] 施台方·格奥尔格（1868—1933年），德国诗人。

一。全体国民都有机会得到教育是相当晚近的事,但从文艺复兴开始,各地的教育就再未出现过倒退,在整个西欧和美国得到了缓慢但持续的扩展。在 1600 年到 1900 年左右(在某些重要的国家要晚得多)的这段时间里,学习古典语言和文学一直是中高等教育的核心。直到一两代人之前,在美国、比利时、法国、德国、英国、荷兰、波兰和其他文明国家,所有稍微正规点的学校几乎都会把拉丁语作为必修课,把希腊语作为选修课——在学院或大学更是如此。[1] 技校和职校是工业化规模生产兴起之后的产物。[2] 直到第一次世界大战前,对古典学的了解都在日益加深。人们不仅在该领域取得了新的发现,而且至少在 1900 年前,接触过古典作品的人数也越来越多。[3]

总的来说,从 1600 年至今,在古典传统的作用下,受到最直接和最强烈影响的是法国的生活和文学,在文学上结出最多硕果的是英国,在学术上取得最多成就的则是德国。

1600 年的那代人见证了文艺复兴的终结。"重生的终结"这种说法似乎不合情理:在 15 和 16 世纪得到重生的古典文学和以它们为基础的大部分现代文明并没有死亡。此外,文艺复兴只是更加广泛的革命性变化的一个方面,后者还包括宗教改革和发现美洲等各种事件。这场变革最重要的不是有形成果,而是情感和活力:"在那个黎明活着就是有福,年轻就是天堂。"[4]

但史单还是在阴郁中结束了。

在 16 世纪的下半叶,似乎有一股寒流降临了这个世界。诗人们变得粗俗,英雄不光彩地死去,人们的恨超过了他们的爱,充满希望的社会和崇高的作品被暴力扼杀,压迫性的法律和组织(经常是残酷的,有时还是愚蠢的)取代了自由(经常显得过度或放荡),甚至曾经代表了激励和解放的古典作品也变成了规则和法律,成为了新的束缚。这种倒退也许是不可避免的,其中一些也许是必要和值得肯定的,但它也是痛苦的。不过,文艺复兴之后的倒退并不完全意味着人类精神毫无补偿地被削弱。在有些国家的确如此(如西班牙)。但在另一些国家,这意味着文学、艺术和人类思想在疯狂而无序的扩张后暂时喘了口气,进入了有序发展的阶段。任何历史学家都无法确定无疑地回答,如果没有规则的约束,它们会发展得更好还是更糟。

在这个倒退时期爆发了大量内战和国际战争,它们是对民众犯下的不折不扣的罪行。生命、财产、艺术品和知识成果被白白浪费。16 世纪晚期的历史充满了人生的悲剧:学者们有的惨遭杀害,因为某个喝醉酒的士兵以为他藏着钱;有的因为站错了队而背井离乡,像随父母躲避战乱的卡索邦那样只能在山洞中学习希腊语。(古代作品抄本的发现帮助拉开了文艺复兴的序幕。有时我觉得,若非受到战争、劫掠和政治压迫的影响而停止，这类活动**不一定**会在 16 世纪寿终正寝——佩特罗尼乌斯的大部分抄本直到 1650 年才在达尔马提亚被找到。）黑暗时代的英格兰历史和许多类似的故事表明，如果不是遭遇彻底的野蛮化，学术活动很少会完全绝迹。但它会被严重削弱，主动脉被割开，少数未受感染的地方被隔离开来，健康的循环被破坏，腐烂蔓延到每一个系统，在几代人甚至几个世纪中停止生长。

下面是这股逼退文艺复兴浪潮的逆流中的高峰：

1. 首先是 1527 年罗马遭到洗劫。由于其他欧洲国家的主要激励来自意大利，该事件的意义尤为重大。参与此事的军队来自两个没有充分受到文艺复兴影响的民族：德国人和西班牙人。[5] 随着 1559 年《卡托－康布雷西条约》（treaty of Cateau-Cambrésis）的签订，西班牙人最终占领了意大利。

2. 宗教战争夺走了许多宝贵的生命。1572 年的圣巴托罗缪（St. Bartholomew）大屠杀是其中的一次关键事件。[6]

3. 更可怕的是在日耳曼地区爆发的三十年战争，它让日耳曼诸邦达到邻国文明水平的希望彻底破灭。

4. 不能忘记的是，东方的蛮族仍在步步紧逼。通过 1526 年的摩哈赤（Mohacs）战役，他们让匈牙利与欧洲文明隔绝长达几个世纪。被占领后的巴尔干部分地区抛弃了基督教信仰，而波兰和奥地利则永远受到威胁。

5. 反宗教改革取得了许多有益的结果，但也有一些是有害的。1480 年由斐迪南和伊莎贝拉创立的官方组织——西班牙宗教裁判所变得更强大了。它不仅反对新教徒和犹太人，也扼杀了（或试图扼杀）天主教内部许多最积极的力量。它两次囚禁圣依纳爵·罗耀拉（St. Ignatius Loyola），多次谴责圣特瑞莎（St. Theresa），并查禁了她的《上帝之爱的概念》（*Conceptos del amor de Dios*）。1540 年成立的耶稣会为善者和恶人都提供了一试身手的舞台。1564 年的特伦托会议（Council of Trent）后发布了一份天主教徒的禁书清单，拉开了近代审查制度的序幕。[7]

6. 在英国、瑞士、日耳曼诸邦和其他新教国家，清教徒和路德派的反动同样活跃。对英国剧院的禁演令从 1642 年一直持续到 1660 年；即使在禁令解除后，后来的许多代人仍然能够感受到它所造成的不利影响——首先是复辟时期的喜剧（它们的低俗在英国文学史上首屈一指），然后是英国在舞台设计和管理上的倒退，这种情况甚至在 19 世纪开始后仍延续了相当长的时间，也许可以用它来解释为何马洛和莎士比亚之后英国戏剧后继无人。[8]

这些逆流中有的完全是军事或政治原因造成的。另一股非常重要的思想逆流则遭到了诗人、学者和思想家的反对。冲突持续了将近一个世纪，双方几乎势均力敌，而且至今仍未彻底分出胜负。这就是书籍之战。

第 14 章

书籍之战

17 和 18 世纪爆发过一场旷日持久的著名辩论，它不仅震动了文学世界，也波及科学、宗教、哲学、艺术乃至古典学术领域。辩论最终未分胜负；其间出现了若干相对无关紧要的个人恩怨，它们是今天已经被遗忘的男女学究间的一时纷争；双方无法自始至终清楚地陈述自己的主张；一些辩论的主角攻击落空，就像伶王口中的普里阿摩斯那样"连影子都砍不着"①。参与者还引入了过多的情感，导致整场辩论沦为笑柄，今天我们对它的印象集中在"古今之争"（LA QUERELLE DES ANCIENS ET DES MODERNES）和"书籍之战"（THE BATTLE OF THE BOOKS）等讽刺性标题中。1

不过，这仍不失为一场重要的辩论。首先，一场关于鉴赏品位的辩论竟然持续多年而且吸引了大量关注，这本身是不同寻常的，意味着批判标准（因此也意味着文学标准）被提升到了相当高的水平。其次，辩论的参与者包括了当时最伟大的人物：如帕斯卡尔（Pascal）、布瓦洛、班特利（Bentley）、斯威夫特（Swift）。第三，辩论的问题意义深刻，影响延续至今。它们出现在当时几乎所有关于教育、美学批判和文化传播的讨论中（虽然经常改头换面或者被误读）。17 世纪末和 18 世纪初在法国和英格兰展开的这次论战只是一场延续了两千年并且仍在进行的伟大战争中的一次冲突。它是传统和现代主义之间的战争，是原创性和权威之间的战争。

最重要的并非这次事件的年表，也不是其各个阶段的代表书籍。人们围绕着一些次要问题展开了许多激烈的交火，有些重要的胜利在当时看上去就像是失利，而失利者则捧着战利品兴高采烈地离开了。值得一提的是，作为对巴洛克时代欧洲各国品位的生命力的一次检验，这场战斗始于意大利，或者说那里是早期的烽火前线。真正的战斗是在法国上演的，随后在英国爆发了有趣但次要的冲突。除

---

① 指《哈姆雷特》中演员向哈姆雷特描绘特洛伊陷落的段落，见第二幕第 2 场第 469 行。

此之外，其他欧美国家只是扮演了观众的角色。不过，虽然英语作家的角色是次要的，他们的作品在持久的趣味性上却超过了所有法国作家的作品，其中就包括班特利的《论法拉利斯信札》（*Dissertation upon the Epistles of Phalaris*）和斯威夫特的《书籍之战》（*The Battle of the Books*）。

稍后我们将介绍作为各方主将的作者，并描绘战争的各个阶段。不过，首先我们必须分析一下各方争辩的问题以及他们各自的论点。

问题是这样的：现代作家是否应该推崇和模仿古代伟大的希腊语和拉丁语作家？或者古典的鉴赏标准是否已被超越和取代？我们是否必须追随古人的脚步并试图效法他们，以达到他们的水准为最大愿望？或者我们能否自信地期待超过他们？这个问题的范围还可以大大扩展。在科学、艺术以及整体文明上，我们取得的进步是否已经超越了希腊人和罗马人呢？或者我们是否在某些领域领先他们，但在另一些领域落后呢？或者我们是否在所有方面都不如他们，我们是半开化的野蛮人，只是享受着真正文明人类所创作的艺术？

自从文艺复兴以来，许多古典文献的推崇者被最优秀的希腊和罗马人作品的技法、美感和力量所感染，他们认为这些作品永远无法被真正超越，现代人应该满足于尊重他们，而不是寄希望于创作出更好的东西。在希腊—罗马建筑被重新发现后，这种观点被扩展到其他艺术门类，也延伸到法律、政治智慧、科学和文化。不过，现代人也从多个角度对它展开了攻击，其中最重要的论点是以下四条。

1. 古人是异教徒，今人是基督徒。因此我们的诗歌灵感来自更加崇高的情感，并涉及更加崇高的主题。所以今人的诗歌更为优秀。

这种论点绝不像看起来那么简单。虽然表述显得极为幼稚，但浅薄的头脑可以毫无问题地接受或否定它，而更深刻的头脑则可能就此思考多年。显然，蹩脚作家即使身为基督徒也不会成为好作家，尽管他可能因此成为一个好人。一些出自虔诚基督徒之手、充满虔敬感情的书籍、建筑和绘画在艺术上却无可救药。作为热忱天主教徒的于斯芒斯（J.K.Huysmans）相信，19世纪的许多天主教艺术作品的灵感直接来自魔鬼，目的是引诱敏感的灵魂背弃真正的信仰。不过，在伟大的艺术作品中，基督教精神的存在体现了强烈的心灵敏感性，摒弃了各种人性的鄙俗和缺陷，并显示了道德的崇高性，这些必将使作品更加伟大，而它的缺失则会导致精神上的真空，没有任何艺术技法可以将之弥补或掩盖。

最伟大的三部现代英雄诗篇——但丁的《神曲》、塔索的《耶路撒冷的解放》和弥尔顿的《失乐园》——都融合了异教和基督教思想，并受到基督教理想的支配。在所有这些作品中，基督教都是基本的驱动要素。但如果没有异教文化的载体，基督教理念将无法得到如此之好的表达。但丁无法找到一位能够引领自己穿越地狱的恐怖和炼狱的惩戒，最终在天堂与精神恋人贝阿特丽采相会的基督徒导师。引导他的是异教诗人维吉尔，后者对其诗歌的影响超过了任何人（除了同为异教徒的哲学家亚里士多德）。在《复乐园》中，弥尔顿笔下的耶稣说，希腊的诗歌和音乐源自希伯来人。[2]当然，这并非事实，就连弥尔顿本人也不相信。在《失乐园》的开篇和后文的某个地方，他召唤天堂的缪斯助自己一臂之力，后者虽然是基督教的精灵，却具有异教神话中的外形。[3]在大卫的诗篇或先知的诗歌中没有缪斯；而除了一些小细节，弥尔顿也没有借鉴希伯来语诗歌，他的灵感一直来自希腊和罗马文学。

长久以来，罗马天主教和新教教会内部都在该问题上存在分歧：异教诗人是否只宣扬邪恶，因此必须摒弃他们？或者他们也有可取之处，可以接受他们并将其纳入基督教教育的模式中？圣奥古斯丁认为，异教诗歌的美并非一无是处，它们的智慧并非完全是自负的，因此可以用来扩大基督徒的视野和拓展他们的灵魂。用亚里士多德式的术语来说，奥古斯丁的意思是，有些异教徒有善的潜力，通过为基督徒服务可以被塑造成真正的善。这也是许多中世纪导师的观点。而圣哲罗姆等人则认为所有的异教徒都是恶的；他们是耶稣试图毁灭的那个世界的代言人；他们的魅力本身就是恶的，维吉尔是一只装满毒蛇的美丽花瓶。这种观点在近代历史上有过多次流行：如萨沃纳罗拉（Savonarola）①、特拉普教派（Trappists）的创始人朗赛神父（Father Rancé）②以及今天的许多极端主义布道者（这种观点在本质上可以回溯到柏拉图，而相反的观点至少可以回溯到亚里士多德）。不过，教会通常倾向于更加宽容的那种观点，即许多异教作家具有潜在价值。作为巴洛克时代的特色，大量才智出众的耶稣会教士将古典文化融入自己的作品，视其为"牵引灵魂的钩子"，而古典教育也在新教国家得到了逐步推广。

2. 第二个论点也是今天最为流行的，即人类的知识一直在进步，我们生活的**时代晚于伯里克利时期的希腊人和奥古斯都时期的罗马人，因此我们更具智慧，我们所写和所做的任何东西都要优于古希腊人和罗马人所写和所做的。**

文艺复兴时期的人们在情感上就非常倾向于接受这种论点，每代人或每个十年都有古人从未见过的新世界被发现，比如西方的新大陆、南北极和新的天体。

---

① 吉洛拉莫·萨沃纳罗拉（Girolamo Savonarola，1452—1498年），意大利多明我会修士。在美第奇家族失势后成为佛罗伦萨的宗教和世俗领袖，下令将"不道德"的书籍和奢侈品投入"虚荣篝火"（bonfire of vanities）焚毁。

② 罗马天主教修会，原属西多会（Order of Cistercians），奉行缄口苦修。1664年，诺曼底的特拉普修道院（La Trappe Abbey）在代管院长朗赛神父（Armand Jean le Bouthillier de Rancé，1626—1700年）的主导下进行了改革，以整治日益废弛的纲纪。

不过在文艺复兴时期，重见天日的伟大古典作品对人们来说同样是全新的，无法认定哪一种思想和意志的成就更加伟大。所有的发现同样令人称奇：既有哥伦布发现的未知民族和奇异动物的新世界，科学揭示的新世界，也有古人的精妙文笔、内心洞察和光辉神话创造的新世界。另一方面，到了巴洛克时代，人们对古典作品日益熟悉，特别是不如希腊语作品那么令人生畏的拉丁语作品。它们的思想已经流行了很长时间，其庄严感逐渐显得司空见惯，也不再带给人们敬畏感。与此同时，古人的科学、维特鲁威的建筑、希波克拉底的医术等先后被研究、赶超和抛弃，而现代实验科学则凭借着永恒的生命力日益巩固自己的地位。人们不再记得，卢克莱修、他的导师伊壁鸠鲁、伊壁鸠鲁的导师德谟克利特早就知道物质是由原子组成的；他们不再记得，希腊人仅仅通过思考就推断出行星是围绕太阳运行的；他们不再记得，是希波克拉底奠定了医学的基础。他们看到的是，通过前所未有的实验，现代人发现了从未被证实或被认为可以证实的东西。因此，他们得出结论，认为人类文明在整体上变得更好了，人类的道德行为、艺术和政治智慧也得到了提高。这成了关于上述问题最普遍的观点，看上去也是最深入人心的。在今天大多数欧美学生的头脑中，人类历史模型是简单的。它是线性的，就像一条沿45度角不断向上的直线，从穴居人开始，沿着古埃及、希腊和罗马、昏暗的中世纪、文艺复兴一路向上，最终来到了辉煌的现在。然而，这种模型弊病不少。理查德·利文斯通爵士（Sir Richard Livingstone）[①]总结说：我们自认为优于希腊人，因为虽然无法写出像《俄瑞斯忒亚》这样出色的悲剧三部曲，我们却能够让它进入广播。

现代人的这种乐观主义有一部分是真实和有理由的。古人永远无法相信现代科学最崇高和最积极的理念，即人类能够改变和改进自然。消灭疾病，减少劳动量，缓解肉体疼痛，征服行星上和行星间的距离，上天入地，深入沙漠和两极，探索远远超过我们感知范围的自然，利用机械延伸这种探索，然后将答案转化成行动——这些伟大的成就赋予现代人新的自由，使其超越了动物世界，并让他们有理由自诩比祖先更具智慧。

但当把这种论点应用到艺术上时就不合适了，尤其是文学（在哲学上它显得疑问重重，在政治和社会科学上则必须经过认真的检验）。创造出伟大艺术作品的知识不会随着时间的流逝得到积累，不会在后世变得更加丰富，也不会被下一代毫无困难地吸收。艺术的材料和媒介是人的灵魂及其活动。人的灵魂会改变，但在下一代身上不会显得比前人更伟大或复杂，不同时代对它的了解也不会有显著的提高。这方面的一个证据是，今天所有的男女必须面对的日常生活问题并不

[①] 理查德·利文斯通（1880—1960年），英国古典学者和教育家。

比2000年前更加容易：如果可以把进步论从科学推广到所有领域，我们就应该具备足够的知识解决教育、政治、婚姻和一般性道德问题，不会像先人那样束手无策。在其最优美的一首作品中，豪斯曼也用上述令人沮丧的反思宽慰自己。[4] 望着掠过温洛岭（Wenlock Edge）的狂风，他回忆起罗马人曾在那里建起过一座城市：

> 在我的时代之前，有个罗马人
> 在那边高耸的山巅凝望：
> 那温暖了英国耕农的血，
> 那刺痛了他的思想，都在那边。
>
> 如同呼啸着穿越树林的风，
> 生命疾风猛烈地穿越了他；
> 人之树从未平静：
> 那时是罗马人，现在是我。

那么，是否更应该说，今天的科学进步非但没有简化生活问题，反而使其更加困难了呢？随着我们学会了改变世界，世界变得更不稳定，因此也更难理解：不断有新的、没有明显先例可循的问题出现。我们对应用科学天真的信心在一定程度上阻碍了普通人像他们的祖先那样通过对话、公开辩论、冥思和祈祷积极地探索行为问题。

对于人类通过科学知识的积累获得进步的断言存在一种有时被我们忽略的反对意见，那就是许多艺术和技艺在过去的世纪中被遗忘了。这些技艺拥有伟大的价值，有用知识的丧失在一定程度上抵消了我们在科学领域取得的进步。这些技艺有的是手法高超的匠人的财产，但他们从未将自己的秘诀记录下来；有的是新近消亡的民俗宝库的一部分；有的是许多代人熟练操作的结果，这些工作今天已被机械取代，虽然产量得到了保证却并不总是令人更加满意。比如，如果几个世纪前乡民们所知的某些有价值的草药能够流传下来，必将大大扩展我们的医药库，但许多药方已经失传了。古人对演讲的艺术有过许多个世纪的研究。在此过程中他们发现了关于应用心理学，宣传技巧，思想、掩饰和情感间的关系，口语使用等方面数以千计的知识——这些知识成了修辞训练普遍传统的一部分，但在黑暗时代不幸失传了。今人的演讲仍然能够打动听众，但他们无法像古人那样对自己的演讲效果充满信心，而且与伟大的古典雄辩家相比，他们的演讲在影响力上也相形见绌，因为这项技艺的法则被遗忘了。[5]

即使我们比古人知道得更多，这是否能够证明我们更加优秀？难道这不是意味着我们仅仅继承了他们的伟大成果，只是做了些许改进？12世纪的哲学家夏特尔的贝尔纳（Bernard of Chartres）就在一句名言中掷地有声地提出了这种反驳："我们是站在巨人肩膀上的侏儒。"⁶可惜它被书籍之战中的现代派所借用，而且经过了巧妙但错误的改造。他们指出，我们不应将柏拉图和维吉尔称为"古人"，将自己视作其后辈继承者。与我们相比，柏拉图、维吉尔及其同时代的人是幼稚的，我们才是更成熟的前辈。世界一直处于成长之中。⁷

这种今天最流行的假说也是包含了最严重谬误的谎言。它认为，整个人类文明可以与个人或动物的生命相比——二者都是单一有机体逐渐成熟的连续过程。⁸斯宾格勒的最大贡献之一在于他在《西方的没落》中指出了这种说法的错误，认为它过于简单化了。汤因比在《历史研究》中对斯宾格勒的观点进行了展开和强化，即世界各地的文明（或者说斯宾格勒所针对的欧洲文明）所经历的并非单一连续的发展过程，而是若干个不同过程。不同的**社会**（或者说种族群体）成长于不同时期，形成了各自的文明（他称其为"文化"，但所指的正是被我们称为文明的一系列活动）。在任一时刻都可能同时活跃着处于不同发展阶段的不同文明。过去曾经存在过多个文明，后来消亡或被摧毁了。我们的文明可以和别的文明接触，摧毁它、模仿它或者借鉴它。但一个文明不会脱胎于另一个文明中或者取代它，就像从一棵树的树梢上不会长出另一棵大树。斯宾格勒进一步推断说，不同文明的发展、成熟和衰亡都遵循相同的节奏，并通过类似的思想、社会和艺术现象表现自身。他指出，世界即将进入"帝国战争时代"（the era of warring Caesarisms）——早在第一次世界大战期间，早在墨索里尼和希特勒等人登上历史舞台之前他就提出了这个概念——在文明发展过程中与之属于**相同阶段**的是埃及的喜克索斯（Hyksos）时期（约公元前1680年），希腊—罗马文明的希腊化时期（公元前300—前100年），中国的战国时期（公元前475—前221年）。（该理论的一个次要方面同样惊人，它解释了为何某个文明的人对于另一个属于"相同发展阶段"的文明存在认同，而对来自一个太早或太晚的文明的艺术或思想产生反感或者无法理解。比如，塔西佗是伟大的历史学家，但我们尚未到达能够真正理解他的精神态度和奇特风格的阶段，因为他所属的时代要晚于我们。而古代的神秘宗教、原始基督教的圣徒故事以及摩门教等新近出现的"原始"宗教信仰则因为过于"古老"而无法被大多数当代人所接受。）

如果这种理论是对的，那么书籍之战中的现代派就犯错了。他们认为自己更具智慧的理由在于他们的时代晚于希腊人和罗马人，但他们虽然是绝对时间上的后辈，在相对时间上却并非如此。斯宾格勒指出，在文明发展的图表上，他们所处的阶段恰恰更早。路易十四看上去就像奥古斯都，他的诗人们读起来就像奥古斯都的诗人，卢浮宫对应了奥古斯都对罗马城中心地区的重建。但与奥古斯都时代的罗马相比，17 世纪的艺术和那位君主在**成熟度上相形见绌**。

除了理论之外，冷冰冰的历史真相也足以否定前面的假说。自从希腊—罗马文化兴起以来，文明的发展就**不是**连续的。它曾经被打断过，曾经因为战争、掠夺和瘟疫倒退了许多个世纪。公元 10 世纪的欧洲人并不比公元前 1 世纪的欧洲人先进了 1000 年，除了宗教，他们在所有方面都落后了许多个世纪。

3. 书籍之战的某些参与者使用的第三个论点与论点二关系密切。佩罗尔（Perrault）①用"**本性难移**"⁹这句话简明扼要地提出了它。今天的狮子还像奥古斯都时代的那样凶猛，玫瑰花还像从前那样甜美，人们既不更高也不更矮。因此，今人的作品和古典时代的一样好。

这个论点至少有一半是对的。作为艺术的素材，生命中的伟大事物很少发生改变：如爱情、罪恶、对荣誉的追求、对死亡的恐惧、对权力的欲望、感官快感、对自然的赞美和对上帝的敬畏。不过，这无法证明在利用上述素材创造艺术品时，所有时空的人类拥有相同的水准。艺术取决于社会，人类根据上述普世主题创造艺术品的能力很大程度上取决于他们所在社会的特点：如经济结构，思想发展水平，政治历史，与其他文明的接触，宗教和道德，人口在不同的阶级、职业和居住地类型间的分布，甚至气候条件。人人都会发声和歌唱，人们也一直在歌唱，但歌唱的艺术以及创作独唱或合唱音乐的能力却需要经过长时间的发展，而且只在特定的时期和地点达到较高水平。自古以来，男人们都喜欢关注美丽的女人（美丽的女人也喜欢被关注）。但在伊斯兰教中，描绘任何生命体的图像都有违先知的律令，所以没有乔尔乔内②或鲁本斯式的阿拉伯艺术家。在殖民地时期的美洲，描绘裸体被认为是下流的，加之没有足够的资金支持艺术学校，生活也时常捉襟见肘，所以当地没有出现像同时代法国的布歇（Boucher）③和弗拉戈纳尔（Fragonard）④创作的女性画像。所有时代的人类都有能力创造出伟大的艺术品，但他们有时缺乏动力，还经常缺乏必要的社会条件和技能，导致无法完成作品。所以，这个论点既无法证明也无法否定古典艺术和文学的优势地位。

4. 第四个论点是关于鉴赏品位的。在为当代艺术辩护的同时，许多现代派人

---

① 夏尔·佩罗尔（Charles Perrault, 1628—1703年），法国诗人、作家。
② 乔尔乔内（原名 Giorgio Barbarelli da Castelfranco, 1477—1510年），意大利画家，代表作有《暴风雨》和《沉睡的维纳斯》。
③ 弗朗索瓦·布歇（François Boucher, 1703—1770年），法国画家，曾为路易十五的情妇蓬帕杜夫人和路易丝·欧墨菲绘制肖像。
④ 让-奥诺雷·弗拉戈纳尔（Jean-Honoré Fragonard, 1732—1806年），法国画家。

士还对古典作品展开了攻击，认为它们文笔低劣，在本质上缺乏逻辑。

这是对古典作品过度崇拜所造成的后果和自然反应。荷马不容任何批评，而维吉尔的《埃涅阿斯纪》是完美诗歌，这样的断言令人痛苦，必然会招来反抗。早在公元前 4 世纪，柏拉图就打破了荷马的教导永远是正确的和崇高的这一信仰。[10] 正统希腊思想家宣称荷马身上汇聚了一切已知智慧（斯威夫特在《浴桶的故事》[*A Tale of a Tub*] 中幽默地对这种理论做了嘲讽），而佐伊罗斯（Zoilus）则挺身而出，以品位低下和内容荒谬为由将《伊利亚特》和《奥德赛》批得一文不值。反对者常用戏仿表达自己的观点。戏仿在古代就经常被使用，特别是怀疑论和犬儒哲学家，他们通过戏仿荷马最伟大的诗句来攻击他的权威，并借机攻击传统和习俗的不容侵犯性。当文艺复兴时期的人们真正熟悉了《埃涅阿斯纪》，对史诗的戏仿也随即出现，并且一直延续到相当晚近。作为书籍之战的序幕，对古典作品权威最早的攻击之一来自塔索尼（Tassoni）的《杂见》（*Miscellaneous Thoughts*）。塔索尼（1565—1635 年）还是一首出色的著名戏仿史诗《夺桶记》（*La secchia rapita*）的作者，以搞笑英雄史诗的形式描绘了 13 世纪在摩德纳和博洛尼亚之间爆发的一场战争，这场战争的起因是一位博洛尼亚人的木桶被盗。布瓦洛的《讲台》（*The Lectern*）借鉴了塔索尼的作品，而蒲柏的《夺发记》（*The Rape of the Lock*）则借鉴了布瓦洛。在书籍之战蔓延到法国之前不久，斯卡隆（Scarron）①已经完成了两部相当成功的戏仿史诗《堤丰或巨人之战》（*Typhon ou la gigantomachie*，1644 年）和《乔装的维吉尔》（*Virgile travesti*，1648—1653 年，以某部意大利语作品为模型）。作为斯卡隆的后继者，这场争辩中最著名的是两部颇为相似的戏仿史诗：弗朗索瓦·德·卡里埃尔（François de Callières）②的《新近爆发的古今之战的诗史》（*Histoire poétique de la guerre nouvellement declarée entre les anciens et les modernes*，1688 年）和乔纳森·斯威夫特的《书籍之战》（*The Battle of the Books*，创作于 1697—1698 年，出版于 1704 年）。

对古典作品的发难主要来自两个方面，有时会被混淆。它们的大意是：**希腊和罗马作家或者愚昧，或者粗俗，或者二者兼而有之。**

比如，他们的戏剧传统被描述为愚蠢透顶——如将诸神引入人类的冲突中。早在公元 1 世纪，卢坎就提出过这种观点，他还创作了一部没有任何神祇角色的史诗（目的是胜过维吉尔）。我们还记得，托名"弗吕吉亚人达雷斯"的伪书制造者曾表示，自己的作品是真实的，因为诸神没有现身干预战事。在这方面，

---

① 保罗·斯卡隆（Paul Scarron，1610—1660 年），法国诗人和剧作家。
② 卡里埃尔（1645—1717 年），法国作家、外交家。

现代派的论点似乎占了上风。不过，涉及崇高主题的作品仍然很难避免引入超自然角色，而在一个挑剔的时代，有声有色的神祇形象总会被看作滑稽可笑。在类似规模的现代作品中，即使那些最为雄心勃勃的看上去也要比古人的糟糕得多，如哈代（Thomas Hardy）的《诸王》（*Dynasts*）①和瓦格纳的《尼伯龙根的指环》。

如果无视历史和想象力背景，希腊和罗马的早期历史和传奇的确包含了许多荒谬的矛盾。在神话时代，每当有特别勇敢的男子或特别美貌的女子声名鹊起，别人的故事很快就会被转移到这位男主角或女主角身上，无论是否符合他们的实际情况。随着时间的流逝，地方性的小众神祇逐渐被与赫赫有名的男神和女神等同起来，后者因此获得了许多相异甚至相悖的特点。当所有的神话被写下来后，其中一些显然是矛盾的。因此，严格的理性主义者很容易得出结论，认为它们完全是无稽之谈。皮埃尔·贝勒（Pierre Bayle）②就是持此类观点的学者之一。他计算得出，海伦在特洛伊战争时至少已经年届花甲，很可能已经100岁了——几乎没有争夺价值（假设**所有**关于特洛伊的海伦的传说都是真实的）。11

此外，古典诗人的华丽风格也可能受到批判：佩罗尔和他的友人们曾经饶有兴致地戏仿荷马的大段明喻和荒谬结论。古典诗歌中的思路有时也会被描绘成幼稚或不合理的。在《古今对观》（*Parallèle des anciens et des modernes*）12 中，佩罗尔提到了一个古典作品的崇拜者，他怀着巨大的热情赞美品达，用希腊语声情并茂地背诵第一首奥林匹亚颂的开篇。当他的妻子问诗句的意思时，他表示翻译会让诗歌丧失全部的高贵感。在妻子的一再要求下，他最终还是翻译了：

> 水诚然可贵，像夜晚燃烧的火焰般耀眼的金子更是远胜所有让人类骄傲的财富。但我的心灵啊，如果你想要歌唱竞赛，不要寻找任何比在白日孤悬天际的太阳更明亮的星星，也不要歌唱任何比奥林匹亚更著名的竞赛。

妻子听后却说："你在耍我吧。这些无稽之谈是你自己编出来开玩笑的，我可没那么好骗。"虽然丈夫不断试图解释那是自己平实的字面翻译，妻子却坚持认为古人不会愚蠢到写出这样的东西。

那么古人是否粗俗呢？批评者发难的这第二个方面非常重要和值得玩味。简而言之，他们认为古典诗人是粗俗的，因为他们描绘的是日常事务，使用的

---

① 托马斯·哈代（Thomas Hardy，1840—1928年），英国小说家、诗人。诗剧三部曲《诸王》发表于1904—1908年间，描写了拿破仑与欧洲诸强的战争。

② 贝勒（1647—1706年），法国哲学家，著有《历史和批判词典》（*Dictionnaire historique et critique*）。

是不登大雅之堂的词汇。他们笔下的男女主人公听任强烈的情感摆布，甚至亲自动手劳作。路易十四时期的现代诗人不会写这些东西，因此他们超越了古人。荷马史诗中描写了一位公主带着侍女去河边给自己的兄弟洗衣服，佩罗尔对此嗤之以鼻。[13] 就连极具绅士风度的切斯特菲尔德勋爵（Lord Chesterfield）① 也对"荷马英雄们的门童式谈吐"[14] 表示诧异。拥有优雅品位和高贵情怀的读者在见到作品中出现家畜和日用器具（用荷马的直白语言来说就是驴、母牛和锅子）时会由衷地深感震惊。[15] 在特洛伊人的猛攻下慢慢撤退的英雄埃阿斯被比作一头错跑进麦田，不顾男孩们棍棒的驱赶继续偷吃麦子的驴——这是荷马史诗中最广受批评的段落。[16] 现代派表示，"驴"这个词是不能被允许出现在英雄诗歌中的，将一位国王比作驴粗俗得无可救药。诗人在《奥德赛》中甚至有过之而无不及，在奥德修斯的宫门外安排了一座粪山。[17] 这些批判的总体论调类似一位维多利亚时代的老贵妇在看过莎拉·伯恩哈特（Sarah Bernhardt）② 在《安东尼和克娄佩特拉》中的表演后所发表的感慨。在目睹了演员因爱情而憔悴，因激情和暴怒，因绝望而疯狂的表演后，她喃喃道："这和我们亲爱的女王陛下的温文尔雅反差太大了！"

我们可以从两方面回应上述发难。首先，（正如塔索注意到的）"那些习惯于今日之优雅的人会鄙视老式和过时的习俗"[18]。公主率众洗衣服没有什么可耻的——特别是因为娜乌西卡（Nausicaa）③ 干的并非脏活，她和侍女们把去河边洗衣服当成了一次欢快的郊游，它比阿卡迪亚更加真实，魅力则毫不逊色。荷马史诗中的礼仪和习俗原始但高贵，只有非常狭隘的头脑才会认为它们粗俗。

另一方面，古典文学中有时会出现来自日常生活的词汇和意象，虽然并非所有的作品都这样做（比如历史学家塔西佗就不把铲子称作铲子，而是含蓄地称之为"用于挖土的东西"；他甚至把尼禄在夜间光顾的小酒馆称为"消遣场所"或"饭馆"[19]）。然而，巴洛克时代的批评家们没能意识到，即使在荷马史诗中，他们所反对的那些粗俗词汇也经过了精心选择，并且使用次数非常有限。比如，"驴"在全部荷马史诗中只出现过一次，即用于形容埃阿斯撤退的样子；而且就在之前不久，诗人还把埃阿斯比作被困的雄狮——尽管他很少使用双重比较。因此，荷马的意思是埃阿斯像雄狮一样勇猛，像驴一样倔强；勇猛和倔强是他个性中紧密相关的两个方面。虽然听上去有点喜感，但这正是荷马想要的效果，因为那是生

---

① 切斯特菲尔德勋爵（1694—1773年），英国政治家和作家。
② 莎拉·伯恩哈特（1844—1923年），法国女演员。
③ 法埃亚科斯岛（Phaeax）国王阿尔喀诺俄斯（Alcinous）的女儿，在率领侍女洗衣服时遇见了从海难中幸存下来、赤身裸体的奥德修斯。她将其引见给父王，最终帮助其重返故乡。见《奥德赛》第六卷。

活的真实写照。在一首关于战争的诗歌中看不到如此勇猛倔强的战士会使其显得虚假。埃阿斯是史诗中唯一一位喜感的英雄——虽然涅斯托耳和帕里斯也有幽默的一面。而奥德修斯和他回国途中经历的险阻更是远远超越了《伊利亚特》中的任何情节。奥德修斯极其聪明，意志极为坚定。他**想要**克服各种诱惑和考验回归故土，**想要**夺回被更年轻的对手霸占的宫殿、妻子和财产。为了这些目的，他必须经受磨难。他遭遇海难，赤身裸体地漂流到陌生的海岛上。他躲在公羊的肚子下，从食人巨怪的洞穴逃脱。为了接近自己的宫殿，他伪装成衣衫褴褛的乞丐，头被别人扔出的骨头砸中，但他都忍受了下来。在这些考验中，他有时显得令人同情，有时则形容古怪——在一个痛苦的无眠之夜中，他被比作放在火上翻来覆去烘烤的血肠。屈辱和古怪都是他所受考验的一部分，而忍耐力则是其真正英雄形象所不可或缺的。

归根结底，这里的问题是幽默和英勇能否相容。喜剧效果是否必然会削弱崇高的情感？如果答案是会削弱，那么但丁的《神曲》、莎士比亚的《麦克白》和《哈姆雷特》、托尔斯泰的《战争与和平》以及许多其他伟大作品都必须被清洗或摒弃。此外，我们不应忘记，在荷马史诗的最高潮处，所有的意象和语言都是最崇高的。

上述对古典诗人技艺的发难背后是一系列先入为主的偏见，我们有必要对其详加分析，因为即使是书籍之战的参与者有时也会忽略它们。

首先，他们假设自己所在时代的品位——即巴洛克时代的品位，更确切地说是法国贵族中一个小群体的品位——是评判一切艺术的最高标准。它就像路易国王那样享有绝对权威，甚至还有权评判艺术领域之外的事物。据说卢森堡元帅（Maréchale de Luxembourg）①在看了一眼《圣经》后惊呼："那是什么风俗啊！多么可怕的风俗啊！圣灵如此缺乏品位真是令人遗憾啊！"[20]尽管被认为完美无瑕，这种品位还是存在某些局限。它的部分标准是由女性制定的，而且是读起书来马马虎虎的女性：如果一本书或一部剧对爱情着墨不多，她们就习惯于为其扣上野蛮的帽子，甚至那些最重要的作品也会被她们斥为冗长乏味。[21]此外，这种品位完全受理性的支配，几乎无视诗歌的非理性美。它认为诗歌仅仅是用更加繁复的方式描述了本来可以用散文体更清晰地表达的东西，并试图用散文体翻译包含诗体原文全部的美。最为重要的是，这种品位还势利到令人发指。它几乎无法

---

① 即夏尔·弗朗索瓦·德·蒙莫朗希-卢森堡（Charles François de Montmorency-Luxembourg，1702—1764年），卢梭的保护人。

忍受作品中出现任何级别低于侯爵的人物。它认为，唯有那些不从事任何工作，只体验过最崇高情感的人物才值得一写。于是，对语言加以限制，拒绝提及一切日常事物就显得顺理成章了，因为日常意味着普通，而普通则意味着粗俗。很久之后，当被译成法语的《奥赛罗》在一家法国剧场上演时，人们仍然因为剧中用"手帕"（mouchoir）一词表示那个作为情节关键的物品而骚动起来。巴洛克诗人会避免使用"狗"这个词，而是称呼那种动物为：

> 忠诚的可敬扶手[22]
>
> de la fidelité le respectable appui

这种习惯要为诗歌中愈演愈烈的对陈词滥调的崇拜负很大责任，给18世纪的法语诗歌带来了灭顶之灾：人们的心理预期被不断抬高，以至于连"爱情"一词都显得过于普通，而要改说"炽火"或"烈焰"。这在一定程度上可以归咎于西班牙人的影响，因为就贵族与日常生活的脱节而言，17世纪的西班牙贵族比任何人都严重（至少对西方文明而言）。它无疑令法国戏剧的词汇和句法大受局限，扼杀了一种充满希望的文学形式。正如雨果等革命作家在对其抨击中所言，这种习惯是旧的社会制度的一部分。但摧毁它所用的时间却要超过摧毁君主制本身。它从大革命和恐怖统治中幸存了下来，直到又经过一代人才有：

> 九位缪斯赤裸着胸膛歌唱卡马尼奥拉（Carmagnole）①。[23]

现代派发难背后的第二种偏见是民族主义。从英格兰的阿尔弗烈德大王和意大利的但丁开始，我们目睹了每个国家的民族语言如何被用来强化爱国主义。政客和思想家们急于增进本民族的团结，吹嘘本国的语言不逊于希腊语和拉丁语，甚至更胜一筹。但丁的散文《论俗语》（De vulgari eloquio）的灵感正是来源于此。[24]在法语世界，这种观点早就出现在杜贝雷的《捍卫法语并为其增光》中。[25]此后，马莱尔布（Malherbe）②和弗朗索瓦·夏庞蒂埃（François Charpentier）③也先后重申了该观点——前者虽然是纯化论者和"古典派"，却对许多最好的古典文学作品不屑一顾，而后者则在1683年发表的论文《论法语的优越性》（On the Excellence of the French Language）中表示，赞美希腊人和罗马人会阻碍法国人栽培自己的语言。这在当时看起来非常有道理。他们不可能预见到，自己的行为推

---

① Carmagnole是法国大革命时期的一种革命歌曲。
② 弗朗索瓦·德·马莱尔布（François de Malherbe，1555—1628年），法国诗人、文学评论家。
③ 弗朗索瓦·夏庞蒂埃（1620—1702年），法国作家、古物学家。

动了民族主义的发展,在 19 世纪和 20 世纪的政治和文学领域(偶尔也涉及艺术和音乐)造成了如此灾难性的后果。如果任何欧美国家错误地以为存在专属于**自己的**文学和文化,那么它们将陷自己于黑暗之中。政治家可以是民族主义者——虽然最伟大的政治家不止于此。但和科学家一样,艺术家的工作是在超越国界和历史的传统中展开的。最优秀和最富创造力的艺术家不仅最为充实地活在自己的国家和时代,也活在宽阔得多的文明之流中。与之相比,最强大的国家也不过是小水渠或小支流。

现代派的第三种偏见则来自对传统权威的反抗。[26] 他们认为,古人的声望会影响进步,阻碍蓬勃向上的新时代得到充分发展,阻碍人们去清晰而大胆地思考,扼杀抱负和创新。在这点上,他们是文艺复兴的代言人,代表了那个时代的精神中最好的方面。当古典时代的伟大成就被首次发现并被正确加以利用时,它们没有命令人们去费力地模仿自己,而是激励人们用自己的作品与之一较高下。在 19 世纪初的革命时代,它们再次发挥了这样的作用,但这时它们过多地成了想象力不堪承受之重。以科学家和哲学家为首的人们开始指责它们麻醉人的头脑,并骄傲地宣称自己在工作中取得的进展与任何传统都没有关系。培根是这种发难的始作俑者。作为他的继承者,某些皇家学会的支持者"甚至表示,必须抛弃一切古代艺术才能有所成就……带有古典风格的一切都应该被彻底摧毁"。[27] 以凭借一己之力建立哲学体系而自豪的笛卡尔得意洋洋地表示,自己已经把希腊语忘得一干二净。他曾经用拉丁语写过两部作品,但后来还是认真地把它们翻成了法语。

现代人还试图证明,与古典式作品程式化的崇高和高度风格化的不真实相比,自然主义更胜一筹。这方面的现代派领军人物之一是夏尔·佩罗尔,他带给我们一些西方世界最著名的童话,如《穿靴子的猫》(*Puss in Boots*)、《小红帽》(*Little Red Riding Hood*)、《蓝胡子》(*Bluebeard*)和《灰姑娘》(*Cinderella*)。在这点上,现代派的观点大部分是正确的。在巴洛克时代最伟大的作品中,尽管不乏对语言准确以及布局对称和形式化的追求,但人类内心的永恒事实仍能得到最直接和最完整的表达。莫里哀《愤世者》(*Misanthrope*)中的一个著名场景让这种矛盾永远定格在世人面前:剧中人阿尔塞斯特(Alceste)严厉抨击了形式化的爱情哀歌,表示自己对短小优美民歌的喜爱要远甚于前者,因为它更接近自然。[28](不过,同一部剧作中还有一段关于情人之盲目的独白令人称道,这是接受过良好古典教育的莫里哀从卢克莱修那里翻译而来的,几乎完全照搬了原文。)[29]

现代派最无理的偏见是第五条。他们大多对希腊语知之甚少或者一窍不通,却都认为凭着译本就足以评价最好的古代作品——这些翻译大多是散文体,而且(就像我们现在所知道的)经常有明显的错误。佩罗尔本人写过一部四卷本的古今对观，但他完全不懂希腊语，对拉丁文学的了解也几乎仅限于西塞罗、贺拉斯、奥维德和维吉尔的作品。[30] 虽然古典作品的优秀译本的确十分有限，但这并不意味着我们可以把糟糕的译本当作权威，就像我们不能从模糊的黑白照片来评判一幅画作。值得商榷的还有，现代人有意无意地把拉丁语传统摆在比希腊语传统更高的位置上。荷马受到攻击的次数是维吉尔的数十倍，为古人辩护的却主要是优秀的希腊语学者（拉辛、达西耶［Dacier］①和布瓦洛）。不过，18 世纪后期古典研究的复兴正是得益于对希腊语了解的深入，那时将会爆发一场新的书籍之战（参见本书第 20 章）。

书籍之战的进程

与荷马史诗中的战斗一样，法国的古今之争同样充斥着混乱、喧嚣、装腔作势、失手和意料之外的失败，很难用容易理解和令人难忘的方式描绘其进程。无关的个人矛盾常常让问题更加复杂，比如布瓦洛和耶稣会，高乃依的支持者和拉辛之间的冲突；一些二流人物有时会提出一流的论点，用以证明某个错误的结论，而像布瓦洛这样真正重要的批评家却从未完全认清自己和自己观点的价值。不过，如果牢记各方的主要论点，我们就能更容易地理清这场战斗的进程。

战斗的第一枪是 17 世纪初在意大利打响的。荷马和他的希腊崇拜者们受到了戏仿史诗《夺桶记》的作者，才华横溢的亚历桑德罗·塔索尼的发难。他在《杂见》（1620 年）中带着无情的智慧锋芒和高贵的巴洛克品位向《伊利亚特》发难，理由是前文提到的论点四。[31] 后世的批评家们所提出的大多数意见——如事件的不合情理、结构的无力、意象的粗俗、缺乏单一宏大的主题、诸神的介入和英雄人物的前后矛盾——以及其他许多责难都被一股脑儿地堆到了荷马的皓首之上。塔索尼还积极评价了现代人，认为实际上他们在生活和艺术的几乎所有领域都要远胜于希腊和罗马的古人。

法国的战火更加如火如荼。第一阶段的战事以成立于 1635 年的法兰西学院为焦点。这个机构的名字本身暗示了 17 世纪的法国在学术上至少与古希腊一样发达：这个"学院"不是柏拉图创立的研究机构的翻版，而是它的对手——甚至被寄予期望超越雅典学院。在我们眼中，今天的法兰西学院是一个在语言和品位问题上相当专制的权威机构，这个故步自封的团体总是将最伟大的学者排除在外。但我

---

① 安·达西耶（Anne Dacier，1654—1720 年），法国古典学者、翻译家。

们不应忘记，在其成立之初，法兰西学院既不统一也不保守。相反地，它的大部分早期成员在今天应该被称为高端进步人士，推崇传统的布瓦洛在其整个院士生涯中都只是少数派。而除了古今之争，同时进行的还有对学院控制权和规则制定权的争夺，这让情况变得更加混乱。

在 1635 年 2 月 26 日学院大会上的第四场演讲中，剧作家布瓦罗贝尔（Boisrobert）对古典文学进行了抨击。他同样用到了论点四：旨在证明自己作品的失败仅仅是由于观众们对希腊—罗马诗人错误的推崇。尽管古人无疑也受到灵感的启发，但他们在品位和优雅上不如自己和自己同时代的作家。他的讲稿已经失传，据说字里行间充满了火药味，但没有当场招致反对（这证明了学院倾向于"现代派"）。

对古典作品更为持久和猛烈的攻击来自小一辈的让·德马雷·德·圣-索尔兰（Jean Desmarets de Saint-Sorlin，1596—1676 年），他是黎塞留（Richelieu）手下最有权势的公务员之一，被布瓦洛称为"先知德马雷"。此人生活的时代和弥尔顿完全一致，中年皈依后成了一名狂热而坚定的天主教徒。与弥尔顿一样，他的志向也是创作出一首在技法上堪比古代异教史诗，在主题上超越它们的伟大基督教史诗。他的两次主要尝试是以异教徒法兰克国王皈依基督教为主题的《克洛维斯》（*Clovis*，1657 年出版，1673 年再版时加上了一篇言辞激烈的序言），以及关于犹太妓女皈依基督教并成为圣徒的《抹大拉的玛利亚》（*Marie-Magdeleine*，1669 年）。虽然这些作品称不上伟大的艺术品，它们所依据的理论却值得称道，布瓦洛对该理论的抨击站不住脚。[32] 它不仅在《失乐园》中得到了证明，也体现在高乃依和拉辛的悲剧中，其中有些采用圣经或基督教主题（《波利厄克特》[*Polyeucte*]、《以斯帖》[*Esther*]、《亚他利雅》[*Athalie*]），有些在精神上是基督教的（《淮德拉》[*Phèdre*]中王后的忏悔，《伊菲格尼亚》[*Iphigénie*]中人祭的顺从）。但弥尔顿、塔索、拉辛和其他伟大的基督教诗人首先承认古人的伟大作品是崇高的，然后才试图超越它们。而"先知德马雷"的错误在于他企图证明，自己和自己同时代人的作品必定是好的，因为古人的作品是糟糕的（再次用到了论点四）。有趣的是，德马雷的自欺欺人在他的一篇批判性论文中暴露无遗：他在证明现代人的优越性时采用了柏拉图式的对话，两名对话者的名字——欧塞布（Eusèbe）和费勒东（Philèdon）也都是希腊式的。[33] 去世前，他庄严地号召夏尔·佩罗尔继续这场斗争：

> 佩罗尔，法国召唤你的保护，
> 过来和我一起抗击叛军吧，

> 这群虚弱的哗变之徒，
>
> 他们更喜欢拉丁语作品，而不是我们歌声……[34]

就像哈米尔卡（Hamilcar）在临终前命令汉尼拔（Hannibal）发誓永远仇恨罗马那样，他在说完这些后也平静地长眠了。

另一个例子是1683年幽默的贝尔纳·勒·波维耶·德·封特内尔（Bernard Le Bovier de Fontenelle，1657—1757年）发表的《死人对话》（*Dialogues of the Dead*）。这些虚构对话的主要思想是对论点三的展开，古人和现代人被安排在同一个舞台上：蒙田和苏格拉底，内科医生厄拉西斯特拉托斯（Erasistratus）和外科医生哈维（Harvey）成了对话的双方。同时它们也强调了论点二。封特内尔相信，艺术和科学的进步不是或然的，而是不可避免的"法则"。不过，在肯定上述观点时，他用了开明而愤世嫉俗的口吻：在解释了现代人的科学和物质进步后，哈维和蒙田都承认，虽然人们比祖先懂得更多，他们却并未变得更好。作品中还有几处犀利的断言用到了论点四：比如在与寓言作者伊索的对话中，荷马因自己笔下的诸神和英雄们举止荒唐而遭到后辈的嘲笑。封特内尔还对古人发起过多次侧面攻击：比如《论〈牧歌〉的本质》（*Discourse on the Nature of the Eclogue*）和《古今漫谈》（*Digression on the Ancients and Moderns*）。在前者中，为了给自己极为造作的田园诗辩护，他指责忒奥克里托斯太粗俗，而维吉尔太虚假。他还在《论希腊戏剧》（*Remarks on the Greek Theatre*）中称埃斯库罗斯"几近疯癫"（在严肃而狭隘的人看来的确如此）。

这些不过是小打小闹，真正的战斗是由夏尔·佩罗尔发起的。1687年1月27日，他在法兰西学院的集会上朗诵了诗作《路易大王的时代》（*The Age of Louis the Great*），主要以论点三和论点四为依据抨击了荷马史诗的糟糕品位。佩罗尔还列举了一些当代法国作家的名字，表示他们有朝一日将和伟大的希腊与罗马作家齐名。他的名单上包括梅纳尔（Maynard）、贡波尔（Gombauld）、高多（Godeau）、拉康（Racan）、萨拉森（Sarrazin）、弗瓦杜尔（Voiture）、罗特卢（Rotrou）和特里斯唐（Tristan）等当时家喻户晓的名字，也有名气更大些的雷尼耶和马莱尔布，还有莫里哀这样真正的世界名人。但名单上没有拉辛和布瓦洛。

在诗歌的朗读过程中，布瓦洛满脸怒容，怒火中烧并不停地嘟哝，就像阿尔塞斯特对十四行诗的反应一样。他没等诗读完就夺门而出，表示这是学院的耻辱。不过，他很久都没有做出正式的回应。他写了几首讽刺诗，把佩罗尔及其支持者比作疯子和南北美洲的野人。[35] 他还建议学院应该把一群望着井中倒影自夸的猴子作为纹章，将"顾影自怜"（*sibi pulchri*）作为座右铭。但他似乎气过了头，无法组织起真正的回复。

受到自己的成功和对手的沉默激励，佩罗尔开始扩大战火。他发表了一系列当代人物的对话（其中一位以他本人为原型），称之为《古今对观》。这部作品于1688年到1697年期间陆续出版，涉及建筑、雕塑、绘画、演讲、诗歌、科学、哲学和音乐等主题。作者还对自己的希腊语和拉丁语水平做了非常不公正和不准确的辩护。书中用到了全部四条论点，但论点四只出现在关于文学的讨论中。佩罗尔还明智地把论点二（"进步是持续不断的"）仅仅用于建筑和科学等主题。

在尚未有人对此做出回应前，有位名叫卡里埃尔的外交官发表了一首有趣的戏仿史诗《新近爆发的古今之战的诗史》，转移了一部分人对那场论战的关注。斯威夫特后来义愤填膺地否认自己借鉴了这部作品——虽然他的《书籍之战》同该作品的关系就像布瓦洛的《讲台》之于蒲柏的《愚人志》（Dunciad）。和斯威夫特一样，卡里埃尔的作品也以古人的胜利收场，他们最伟大的现代支持者也因此获得了巨大荣耀（卡里埃尔指的是布瓦洛和拉辛）。[36]

不过，古典派并未做出正式的回复。由于支持帕斯卡尔，布瓦洛陷入了同耶稣会的争执（就对古典教育的重视而言，他们本该是战友）：于是形势对他更为不利。与此同时，贝勒在《哲学辞典》（Philosophical Dictionary）中融合了佩罗尔和自己的现代派论点（特别是关于品位的部分，那是所有论点中最弱的一环），比如他表示，阿喀琉斯因为失去了布里塞伊斯（和面子）而暴怒就像是小孩子找不到布娃娃而哭闹。[37] 1692年和1694年，于埃（Huet）和布瓦洛分别在《与佩罗尔书》（Letter to Perrault）和相当缺乏幽默感的《对朗吉努斯的批判性反思》（Critical Reflections on Longinus）中对此作出了回复。虽然布瓦洛对佩罗尔无知错误的批判完全正确，但他的酸腐学究气息却影响了效果。在下一代的英国人中间，我们将看到类似的现象。

不久，伟大的冉森派（Jansenist）成员和耶稣会反对者阿尔诺（Arnauld）①致信佩罗尔，建议双方为了理性和基督徒的仁爱而和解。随后，布瓦洛也给佩罗尔去函示好，并抛弃了自己的许多强硬立场。他对17世纪是人类最伟大的世纪表示赞同，并承认自己的时代在悲剧、哲学、抒情诗、科学和小说上超越了奥古斯都时代，而后者则在史诗、哀歌、演说和（布瓦洛擅长的）讽刺诗上更胜一筹。双方正式达成了和解，这一阶段的战斗就此告终，现代派大占上风。

第一阶段的法国战场和英国战场间的桥梁是圣埃弗尔蒙领主（Seigneur de

---

① 安托万·阿尔诺（Antoine Arnauld，1612—1694年），天主教神学家、哲学家和数学家。冉森派运动发起于17世纪，强调原罪、恩典和宿命论。

Saint-Évremond)夏尔·德·马尔戈特尔·德·圣德尼(Charles de Marguetel de Saint-Denis)。他生于1610年，1661年因为富凯(Fouquet)倒台而流亡伦敦（他的女儿在那里开了一间沙龙），在长达四分之一个世纪的时间里享有盛名，1703年去世后被埋在威斯敏斯特修道院。里格尔(Rigault)在描述这个人物时首先用酸溜溜的口吻形容了法国和英国的文化关系，他说："按照英格兰通常的习惯，她从我们这里拿走的要比她给我们的多一点。"[38]然后，他描绘了圣埃弗尔蒙如何坐在威尔(Will)的咖啡店里教导野蛮的英国人——如德莱登、沃顿(Wotton)和坦普尔(Temple)等人——阅读古典作品原文而非译本的必要性。在巴洛克时代，英国文学界和法国的联系非常密切和丰富，因此圣埃弗尔蒙虽然充当了联络人，却绝不是双方理念交流的唯一渠道。

英格兰战场的第一枪是由乔纳森·斯威夫特的庇护人——文雅、睿智和老成持重的外交官威廉·坦普尔爵士打响的。1690年，他出版了一本题献给母校剑桥大学的小册子，名为《论古今学术》(*An Essay upon the Ancient and Modern Learning*)。该书用夸张可笑的语气强调了古典作品的优势地位。它借鉴了论据二和论据三，反过来用它们攻击现代派。它表示，我们的确取得了进步，但大多数真正重要的发现都是由古人完成的，我们对之贡献寥寥：让我们尊敬那些更伟大的先辈吧。此外，现代派认为天性是不会改变的，但那只能证明我们将更难超越古人，因为他们已经说完了所有值得说的东西。"除了哥白尼的体系，没有什么能和古人的天文学相比；除了哈维的血液循环理论，没有什么能和古人在医学上相比"。和佩罗尔一样，坦普尔也列出了一份自己认为值得名垂青史的现代人名单。与佩罗尔的名单相比，它甚至更为糟糕。意大利的不朽人物包括薄伽丘、马基雅维利和保罗·萨尔皮修士(Fra Paul Sarpi)①，英国人则包括西德尼、培根和塞尔登(Selden)②。名单显示，坦普尔是二流人物的坚定推崇者。随后，在一段非常著名的感言中，他宣称最古老的书籍也是最好的：

> 我所知的两部最古老的散文体作品是伊索的寓言集和法拉利斯的信札……前者被所有时代的人们公认为是同类作品中最伟大的……同样地，我认为法拉利斯的信札也比我见过的其他任何作品更加优美、更具活力、更富有智慧和天才的力量。

他还表示，虽然有人质疑信札是伪作，但它们的品位和洞察力足以证明其真实性。

---

① 保罗·萨尔皮(1552—1623年)，威尼斯学者、科学家和教会改革者。
② 约翰·塞尔登(John Seldon, 1584—1654年)，英国法学家。

法拉利斯是一位强大的西西里君主，据说在公元前 6 世纪曾用专制和残暴统治自己的国家。他死后 700 多年，有人伪造了他的书信集，并以他的名义刊行于世。与"达雷斯"和"迪克图斯"的所谓特洛伊战争亲历记一样，这也是一部故弄玄虚的托伪之作。[39] 也许称其为伪作是不公平的，它更应该被称作富有想象力的创作，就像许多用第一人称写成的现代历史传奇。但它的影响却与伪作无异：许多代的读者受其蒙骗，历史真相也被掩盖。坦普尔论文的主要贡献在于，它让真相最终大白于天下。

与此同时，另一位出身剑桥的学者对坦普尔做出了回应，那就是才华出众的威廉·沃顿。沃顿曾是一名神童，他对古典学的了解令坦普尔难以望其项背。他出版于 1694 年的《反思古今学术》（*Reflections upon Ancient and Modern Learning*）是与这场论战相关的作品中最好的一部。它把取得进步的科学同没有进步的艺术和哲学区分开来，并证明了使用、改造和超越最好的异教文学作品对基督教信仰是有益的，由此反驳了论点一。沃顿还是理查德·班特利的好友，后者不仅是剑桥最好的学者，也是整个英格兰乃至整个世界上最好的学者。

由于坦普尔为"法拉利斯信札"所作的广告，人们开始要求推出新的希腊语版本。在牛津大学基督教会学院（Christ Church）院长阿尔德里奇（Aldrich）的主持下，该院师生于 1695 年推出了新版。按照惯例，学院的每本新书都会被归到团队中的某一人名下。于是，奥勒雷伯爵（Earl of Orrery）的次子查尔斯·玻意耳阁下（Hon. Charles Boyle）成了该书的署名者（与那位著名的科学家有亲缘关系①）。序言中只是简单提到了班特利，作为圣詹姆士图书馆的管理员，他只允许将抄本出借几天。和他的弟子豪斯曼一样，班特利从不错过或放弃发难的机会。

1697 年，他在沃顿作品的第二版上发表了关于伊索和法拉利斯的《论文》（*Dissertation*）。玻意耳及其友人对其做了幽默而业余的回应。1699 年，班特利发表了经过扩充和最后定稿的《论文》，尽管没有在论文中提出任何论断（因为作者采用了极高的标准），它却"标志着学术史上的新时代"。[40]《论文》在科学性上符合所有现代学术标准。通过对信札本身清晰而敏锐的分析，并从历史学、语文学和文学角度对其加以检验，班特利证明它们使用了错误的希腊语方言，书信中所提到的某些人物和城邦直至法拉利斯死后很久才迎来活跃或繁盛的时代，所引用的一些诗人也比那位西西里僭主晚了好几个世纪。他把最有力的理由放在了最后，那就是作品的精神气质。他指出，这些书信缺乏力度、活力和美第奇式的气场，只有造作和浅薄：

---

① 指罗伯特·玻意耳（1627—1691 年），玻意耳定律的发现者。

书信的空洞和死气沉沉让你觉得面对的是一个把胳膊肘架在书桌上，正做着美梦的书呆子；而不是手按宝剑，正挥斥方道的精力旺盛、野心勃勃的僭主。

在同一篇论文中，班特利还把矛头指向了三部同类伪作——"忒米斯托克勒斯信札"，"苏格拉底信札"和"欧里庇得斯信札"，并给出了所谓的"伊索寓言"真正的流转过程。

不过，他的《论文》存在一个严重缺陷，这与班特利的性格密不可分。他的口气过于高傲和激烈，让许多真正热爱古典文化的读者心生反感。蒲柏不是个糊涂人，写进《愚人志》的本该是基督教堂学院的那个团队，最终却是班特利被作为卖弄学识的典型收入了作品[41]（豪斯曼也形容其为"缺乏品味和独断专行的书呆子"[42]）。他最终不可避免地成了阿伽门农式复仇悲剧的主角。班特利出版了一部弥尔顿《失乐园》的注疏本，为了迎合自己的品位和时代的风格标准，他几乎把全诗改了个遍。他表示，原作包含了太多无法理解的语句——由于是在弥尔顿失明后口述的——显然是粗心的编辑曲解了原意，就像有的希腊语和拉丁语古典作品遭到曲解一样。比如：

没有光，只有可见的黑暗[43]

No light, but rather darkness visible

就明显是可笑的，因为黑暗是不可见的。弥尔顿的原意一定是"仍然能够看得见东西的黑暗"。那么正确的说法应该是什么呢？班特利把它改成：

没有光，只有可以辨物的昏暗

No light, but rather a transpicuous gloom.

于是，班特利把自己时代的标准和自己贫乏的想象力套到了弥尔顿的诗歌上，犯了同那些批评荷马的"现代人"同样愚蠢的错误。[44] 这不是自负的教授们最后一次糟蹋伟大的诗歌，他们相信，虽然那位诗人看不见，自己的视力却很好。

坦普尔的秘书斯威夫特一直在旁观这场论战。他对双方都有所同情，因为他虽然是一名优秀的古典学者，但也推崇和鼓励原创。同时，他发自内心地鄙视双方，因为他仇恨学究和全才，唾弃暴发户和不学无术者，讨厌人们因为无关痛痒的理由而将真理女士分尸，并为抢夺她的尸体争论不休。1704 年，他出版了自己最早的两部讽刺作品《浴桶的故事》和《书籍之战》。前者中除了对无数人类愚蠢行为的侧面攻击，还多次猛烈抨击了班特利和沃顿。后者则按照荷马的方式描绘了那场论战。虽然斯威夫特略显激动地表示自己从未听说过卡里埃尔的《新近爆发的古今之战的诗史》，但两部作品有的地方非常相似[45]；不过，作为一部戏仿史诗，它仍拥有足够的趣味性和原创性。

《书籍之战》中的某个场景比其他各种戏仿英雄历险更有意思，那就是一则关于蜘蛛与蜜蜂争辩的寓言（部分借鉴了史诗风格[46]）。蜘蛛指责弄破了蛛网的蜜蜂是个不名一文、无家可归和靠掠夺为生的流浪汉，并吹嘘自己亲手设计和建起了城堡，就连织网的材料都是自己吐出来的。（这也是现代人向古人提出的责难之一，他们称后者为文抄公和窃取别人思想的贼，同时宣称自己的作品完全是原创的。）蜜蜂则回应说，虽然完全依靠自己的天赋是可能的，但那样的艺术家只能编织出精巧的蛛网，上面还带有自私和虚荣的毒素。而蜜蜂不遗余力地穿梭于整个自然界，带回了蜂蜜和蜂蜡，为人类送去了甜蜜和光明。

凭着这段优美的表述（后来成了马修·阿诺德的最爱），斯威夫特确定无疑地站在了"古人"一边，将希腊—罗马文化视作原创艺术和思想不可或缺的基础。虽然他并未提及贺拉斯，但斯威夫特显然想到了后者那首以在群花中采撷蜜汁的勤劳蜜蜂自比的诗作。[47] 他对贺拉斯的诗歌非常了解，这种热爱也许部分源于他写出品达体颂诗的努力以惨败告终。[48] 但就其最好的作品来看，斯威夫特本人的现代色彩要浓厚得多。与布瓦洛和蒲柏相比，他的讽刺作品体现出大胆的原创性，受前人影响相对较少。但有时，就像他笔下的蜘蛛那样，他的作品流露出"不断扩张和膨胀的过度自负，将一切变成了排泄物和毒液"。

正如班特利因为论战中的机缘巧合和性格问题阴差阳错地为现代人辩护，我们觉得斯威夫特选择站在古人一边同样是个错误，他推崇古人，却不愿追随他们。他站错队的主要原因不仅与班特利古怪而火爆的性格有关，也离不开对手们所展现出的幽默和魅力（虽然他们的论据非常薄弱）。[49] 彬彬有礼和卖弄学识间的对比无法真正概括古人和现代人的根本区别，争斗扬起的尘土和个性的冲突模糊了二者的区别。

多年后的1742年，蒲柏先生也姗姗来迟地加入了论战，在《愚人志》中对班特利进行了夸张的描摹。[50] 作为回应，班特利直截了当（而一针见血）地批评了蒲柏的《伊利亚特》译本，认为它"是一首非常优美的诗歌，但与荷马没什么关系"。今天，昔日书籍之战的痕迹几乎已经荡然无存，但蒲柏所提出的"缺乏宽容人文精神的学术令人反感"的观点仍然深入人心。

战争的第三阶段回到了法国，鉴于各方争执的焦点与过去大同小异，我们就不对全部战况详加描绘了。这一次占据主动的是古代派。1699年，兼具学识和高贵身份的达西耶夫人（1654—1720年）出版了《伊利亚特》的散文体法译本，试图尽最大可能重现原著被其他译本掩盖的美。在充满颂扬之词的序言中,她再次提到了论点四,并给予其毁灭性的打击。若干年后的1714年,安托万·乌达尔·德·拉莫特(Antoine Houdar de la Motte)用一部《伊利亚特》的节译本否定了她的作品,并重新肯定了论点四。这个译本对原作进行了修改、缩略和删节,去掉了乏味的独白、粗俗的用词、令人不适的激情以及无用或不雅的超自然情节等有悖于巴洛克时代品位的内容。[51] 达西耶夫人在同一年发表了《论品位堕落的原因》(*On the Causes of the Corruption of Taste*)中对此展开了反击,该文不仅对当代的文学品位提出谴责,还抨击了当代文明的某些标准。作为回应,乌达尔·德·拉莫特于第二年出版了一系列《对批判的反思》(*Reflections on Criticism*)。同布瓦洛和佩罗尔间的论战一样,1716年两人最终也在善意调停者的努力下握手言和。但争议没有解决,直到今天仍然没取得什么进展。

这场伟大的战争就此落下了帷幕。后来虽然有过战火重燃,但无论是争论的焦点抑或参与者的立场都与原先不尽相同。虽然过程不如沃邦(Vauban)等巴洛克时代战略家的棋盘推演那么清晰,但结果是相似的:一方赢得了有限的战果,另一方战果有所不及并收缩了防线,双方都遭受了一定损失,并利用外交斡旋做了全局性的调整。"古代派"的某些观点获得了认可,即伟大的希腊和罗马作家的美德并非完全流于表面,需要对其进行细致而全面的赏鉴,不能仅仅凭着某代人或某个国家的品位对其加以肯定或否定。批判标准从16世纪开始就一直在提高,书籍之战为它们的日益精炼和犀利做出了巨大贡献。古典作品的辩护者们宣判了洛可可之类浅薄文化的死刑,并推动了18世纪末对希腊语诗歌更深刻的理解。他们捍卫和扩大了文艺复兴最崇高的传统。

战争在学者和大众间挖出(或拓宽)了一条鸿沟,这是它造成的主要破坏。它一方面肯定了某些学究的离群索居,一方面又宣扬这样的理念,即哪怕是在品位和学识上没有接受过任何有意识训练的路人也有能力判断什么是优秀的艺术品。

另一方面,"现代派"的基本观点是现代作品**可以**和任何希腊和罗马人的作品一样优秀(他们的对手从未对此提出过真正的质疑)。但他们无法说服任何人接受现代文学**一定**比古典文学优秀的观点,哪怕前者得到了基督教教义的升华。不过,这场战争对双方的真正意义在于,它否定了对传统的盲从,让未来的作家难以照抄古典杰作,不再推崇忠实的模仿和把原创看作错误(如果罗马人也像这样拓宽了对传统重要性的观念,晚期帝国文学的价值将会大大提高)。进步的理念经常是珍贵的兴奋剂,尽管有时会变成危险的毒药。与其自认为毫无希望,不如让我们拿出最好的东西与前人一较高下。

第 15 章
对巴洛克的注解

"巴洛克"（baroque）一词来自西班牙语 *barroco*，意为"不规则的大个儿珍珠"。规则的珍珠是完美的球形，不规则珍珠表面有的地方向外突出，膨胀到几乎崩裂，但仍然保持完整。因此，"巴洛克"表示"受压制但几乎冲破桎梏的美"。[1]

文艺复兴的艺术是一颗完美的珍珠。而处于文艺复兴和革命时代间的 17 和 18 世纪的艺术就是巴洛克式的珍珠。这个词的基本意义体现了强烈的情感以及更强烈的社会、美学、思想、道德和宗教桎梏间的互动。今天，巴洛克艺术和文学留给我们的印象是程式化、对称和僵化。巴洛克时代的人们看到的则是热烈的激情同坚定、冷静的控制之间的张力。这种矛盾出现在了他们自己的生活和他们笔下的人物中。在热情奔放的孟德斯班（Montespan）夫人和静谧深沉的蒙特侬（Maintenon）夫人之间摇摆不定的路易十四就是一个缩影。麦考雷笔下的威廉三世很好地描摹了这种矛盾：

> 他天生具有强烈的激情和敏锐的情感，但世人并不知道他的感情如此丰富。在民众面前，他用迟钝的无动于衷掩盖了自己的苦与乐、爱与恨，看上去就像最冷血的人。他很少在听到好消息后面露喜色，失败后也不会表现出丝毫烦恼。无论表扬还是责备，嘉奖还是惩罚别人时，他都像莫西干酋长那样严肃而平静；但熟悉他或者近距离接触过他的人知道，在坚冰下是永远燃烧着的火焰。他很少因为愤怒而失去自制力。但当真正被激怒时，他喷涌而出的激情将是可怕的。这时几乎不可能安全地接近他。不过，即使偶然出现了这样的情况，他会在恢复理智后的第一时间慷慨地补偿那些受到自己不公对待的人，以至于他们希望他再次发怒。他的爱情和怒火一样猛烈。他会用自己强大心灵的全部能量去爱。当死亡夺走了他的爱时，那些看到他痛苦模样的人会因为担心他的理智和生命而浑身发抖。[2]

这种张力也是巴洛克时代艺术和文学作品的特点，具体例证有：

刻薄但彬彬有礼的讽刺诗和警铭诗；

热情但生硬和程式化的悲剧；

女性圣徒和神秘主义者的雕像一方面表现出强烈渴望，陷入晕厥甚至快要断气，几乎要飞上天堂，另一方面姿势优雅，被繁复而传统的衣装遮盖；

在肃穆和严格讲求对称的教堂、主教座堂和宫殿中，与宏大而朴素的设计相结合的是柔和而迷人的装潢（如花叶图案、优雅的雕塑和头像），华丽的色彩（绯红、紫色和金色），精致的曲柱、陡峭的拱顶、明亮的灯光和鲜艳的布帘；

在音乐中，体现在巴赫的序曲或托卡塔与随后的赋格之间的反差上，前者自由而情感丰富，后者形式严格而思想严谨，主导了这类双重结构的乐曲；而在咏叹调最后复杂得令人难以置信的华彩段中，歌手的声音就像试图逃跑的鸟儿，拍打着翅膀冲上天空，最终落下回到主调音，而乐队也重新开始演奏。[3]

下面是最伟大的巴洛克艺术家，他们极为鲜明地代表了时代的特点：

亚当（Adam）的建筑

阿桑（Asam）兄弟的室内装潢

巴赫的音乐

贝尼尼（Bernini）的建筑

布瓦洛的讽刺和批判作品

波舒哀的演说词

丘里古埃拉（Churriguerra）的建筑

高乃依的悲剧

德莱登的悲剧和讽刺作品

菲尔丁的戏仿英雄小说

吉本的散文体历史作品

贡戈拉的诗歌

埃尔·格列柯的绘画

亨德尔的音乐

吕利（Lully）的音乐

梅塔斯塔西奥（Metastasio）的悲歌剧

莫里哀的喜剧

蒙特威尔第的音乐

蒲柏的讽刺诗和诗体书信

普桑（Poussin）的绘画

普赛尔的歌剧

拉辛的悲剧

鲁本斯的绘画

亚历桑德罗和多梅尼科·斯卡拉蒂（Alessandro and Domenico Scarlatti）的音乐

斯威夫特的讽刺作品

提埃波罗（Tiepolo）的绘画

提香的绘画

凡布鲁（Vanbrugh）的建筑

委罗内塞（Veronese）的绘画

雷恩（Wren）的建筑

对于这些来自不同国家和不同门类的艺术家而言，希腊和罗马文化产生了什么影响呢？

首先，它提供了题材，范围从悲剧故事一直到花瓶、墙面或橱柜上的细微装饰性花纹。尽管遭到"现代派"的抵制，罗马还是变得面貌一新，出现了宏伟的宫殿、巍峨的大教堂、又长又直的道路以及当时欧洲各地纷纷拔地而起的按照几何形状设计的市镇（有些"现代派"也对此做出了贡献，比如建筑师佩罗尔）。拉辛笔下最伟大的女主角是一位史前时代的希腊公主。普赛尔最优美的歌剧是关于狄多和埃涅阿斯的。亨德尔最著名的一首歌曲来自关于薛西斯的歌剧。蒲柏和布瓦洛都试图把自己变成当代的贺拉斯，并取得了部分成功。吉本用一生时间写出了晚期罗马帝国史，他的华丽文笔也有意识地模仿了罗马人。

其次，它提供了形式——如悲剧、喜剧、讽刺诗、人物素描、雄辩、哲学对话、品达体与贺拉斯体颂诗，不一而足。

更重要的是，它还作为一种约束力量大受欢迎。那个时代的人们感受到了激情的危险，于是寻找各种适合的手段对其加以控制。其中最重要的是宗教。社会地位是另一个手段，因为表现出极端的情感是没有教养的。同崇高和纯洁联系在一起的希腊—罗马的道德（特别是斯多葛主义）和艺术典范同样是强有力的手段。与许多中世纪的艺术不同，希腊和罗马的艺术很少是怪诞和低俗的。（与古典作品中对鬼魂在冥府所受折磨的描写相比，但丁地狱中的刑罚更可怕，但也经常显得丑陋和污秽。)因此,古典的榜样可以帮助现代人忘记内心的鄙俗或将其最小化,甚至以明显的个人牺牲为代价来实现崇高。作为精明的心理学家,耶稣会教士知道,如果教授得法,古典文学会净化心灵和升华灵魂;他们成了近代世界最伟大的一群古典学教师。他们通过古典传统开发了学生们的头脑,学生中包括大量形形色色的天才:塔索、莫里哀、笛卡尔、伏尔泰……

把古典文学和高雅艺术作为道德约束是明智之举。让它们成为美学约束的做法最初也是正确的,但后来矫枉过正,不仅没能提供指导原则,反而成了抑制和扼杀的力量。比如,巴洛克悲剧必须遵守的法则中有一些被归到亚里士多德名下,但亚里士多德本人从未把它们视作法则,而其他许多法则更是会让他觉得可笑和吃惊。这种矫枉过正有时被称为"古典主义"(classicism),如果不是意指各种"对古典模板的使用",它在英语中还算是个不错的字眼。[4] 到了革命时期,人们发现希腊—罗马文学和思想不仅可以代表约束,也可以代表自由;摒弃巴洛克时代的古典主义并不意味着抛弃希腊和罗马,而是对它们进行更深刻的探索。

最后,古典文学、神话、艺术和思想促成了欧洲和南北美洲的思想统一。在整个17和18世纪,它们为世人提供了一个共同的想象和探讨平台,让受到语言、空间和信仰阻隔的人们能够平等地交流。这个平台超越了国家,在宗教鸿沟上架起了桥梁。与黑暗时代和中世纪的罗马天主教会一样,希腊和罗马文化以帝国的形式在西方人的灵魂中重生了,这是一次精神重生,因而也是更持久的。

第16章
巴洛克悲剧

巴洛克时代的诗体作品中（不包括最后的文艺复兴史诗《失乐园》）最重要的是英语、法语和意大利语的悲剧。其中最出色的作品来自皮埃尔·高乃依（1635—1674年的作品）、让·拉辛（1664—1677年的作品，以及后期的两部圣经题材的作品）和约翰·德莱登（1664—1694年的作品）。此外还有一些有趣的独幕剧，如弥尔顿的《斗士参孙》(*Samson Agonistes*)、埃迪森的《加图》(*Cato*)和约翰逊的《伊雷内》(*Irene*)，也包括梅塔斯塔西奥的大量歌剧式戏剧，以及今天已被遗忘的数以千计的平庸之作——包括伏尔泰的悲剧，如果不是利顿·斯特拉奇（Lytton Strachey）①的《书与人》(*Books and Charcters*)将其发掘出来并暂时赋予其可笑的生命，它们也许至今仍然湮没无闻。所有这些悲剧在形式上都非常接近希腊—罗马悲剧，许多（包括那些最伟大的作品）都从希腊神话或罗马历史中借鉴了主题。有些作品（如拉辛的《淮德拉》）则采用希腊和罗马剧作家开创的主题，并使用了源自古典剧作家的理念。[1]斯宾格勒把巴洛克悲剧称为"伪变形"（pseudomorphosis），即在某个文化中重现了另一个在时空上相距遥远的文化所创造的形式或活动。

与几乎其他任何近代文学类型相比，巴洛克悲剧的古典色彩都要更加浓烈。毫无疑问，它对希腊—罗马文学和神话的依赖远远超过了数目庞大的英语、法语和西班牙语文艺复兴戏剧。这种现象的背后存在多种原因：作为西欧社会和文明重要转型的标志，它们全都不容忽视。

首先，与文艺复兴时期的悲剧作家相比，巴洛克时代的作者所接受的教育要彻底得多。甚至在离开学校后，他们会继续浸淫在古典作品中。

高乃依的老师是耶稣会教士，这意味着他接受过扎实而人性化的古典学训练。虽然是该时期三大悲剧作家中学识最浅的一位，他对古典文学的了解仍然远远超

---

① 斯特拉奇（1880—1932年），英国历史学家和传记作家。

过了莎士比亚：正是他撷取了希腊—罗马悲剧的精华并抛弃了无用元素，从而创造了法语古典悲剧。我们不能用某位诗人的学识水平衡量他的才华和成就，不过拉辛的学问比高乃依好得多这个事实还是颇为值得玩味。拉辛称得上是一位出色的希腊学家，而高乃依则和同时代的许多人一样"少谙拉丁，更鲜希腊"。甚至在个性上，高乃依也像罗马人那样骄傲、单纯和相当不善辞令，而拉辛则类似敏感、缜密和复杂的希腊人。

拉辛在王家码头修道院（Port-Royal）接受了冉森派教士极为精良而细致的教育。尽管对拉辛的培养直到他17岁时才开始，但老师们还是出色地完成了让他理解和爱上古典作品的工作。我们听说他会带着欧里庇得斯的作品独自徜徉于修道院的林间，并将赫利奥多罗斯的《埃塞俄比亚记》[2]熟记于心。这些事迹听上去很不可信，不过包含了骄傲的国王为是否献祭女儿而沉思的故事（就像他的《伊菲格尼亚》）和继母爱上继子故事（就像他的《淮德拉》）的那本书一定对他产生过深刻的影响：他的一部早期戏剧就不加掩饰地借鉴了其中的主题。我们在上面提到，高乃依仿佛罗马人，而拉辛则像希腊人。这种区别反映了两人所受教育的区别，因为耶稣会很少鼓励研究希腊语作品，而冉森派则专于此道。令人称奇的是，近代悲剧作家对古典悲剧的了解始于最后一位悲剧诗人塞内卡，但他们一点点地逆流而上，从罗马人回溯到希腊人那里。高乃依的早期作品《美狄亚》是唯一一部脱胎于塞内卡的巴洛克法语悲剧，除了耶稣会剧作家所写的拉丁语悲剧，塞内卡的影响在这一时期经历了快速缩水。不过，即使是拉辛的逆流之旅也在欧里庇得斯面前止步了。

只有一位巴洛克时代的诗人了解和消化了全部三大希腊悲剧诗人的作品，那就是约翰·弥尔顿。弥尔顿留给我们的悲剧《斗士参孙》描绘了一位像他自己那样陷于非利士人之手的盲人英雄。不同于巴洛克时代的其他剧作，它纯粹地再现了希腊悲剧。类似《失乐园》，它将古典技法与情感通过希伯来和基督教思想融为一体。尽管作品明显地影射了弥尔顿自己的人生以及他以失败告终的追求，但与高乃依和德莱登等职业剧作家的作品相比，该剧在情感上的当代性要弱得多。与它的希腊语模板相比，该剧的戏剧性相形见绌，而且表现效果也远为逊色。[3]剧中的冲突不如埃斯库罗斯的《被缚的普罗米修斯》（这是弥尔顿的主要模板）那么扣人心弦，次要人物的形象也不那么鲜明。此外，索福克勒斯作品中的精妙之处也是弥尔顿难以企及的。尽管拥有雄浑的构思和像参孙这样伟大的角色，一些对白与合唱也包含了不朽的诗句，但该作品的目的是供人研读而非舞台表演，因此它缺乏希腊戏剧乃至所有真正戏剧的张力。

约翰·德莱登受业于威斯敏斯特公学和剑桥大学的三一学院。从他的序言和散文作品的风格以及其中大量毫无造作痕迹的引用来看，德莱登对古代文学相当熟悉并推崇备至。他所翻译的希腊和罗马古典作品具有任何时代都罕见的纯粹性，其译文的涵盖领域则令今天的许多专业学者望尘莫及。

和高乃依一样，约翰逊在希腊语方面造诣不高，但他是一名出色的拉丁语学者。他在父亲的书店里博览群书，进入牛津大学彭布罗克学院时已经具备相当的学识，大学尚未毕业便用诗体将蒲柏的《弥赛亚》（*The Messiah*）译成拉丁语。他最初的文学计划之一是编修文艺复兴时期的人文学者波里提安的诗歌，并撰写一部近代拉丁语诗史。对尤维纳尔第三首讽刺诗的改编是他的成名之作。

埃迪森毕业于查特豪斯公学（Charterhouse），后在牛津大学莫德林学院任教，并在那里创作了令人称道的拉丁语诗歌。他的早期作品中涉及古典领域的包括对维吉尔《农事诗》第四卷的翻译和在意大利之行中完成的考古学论文《论奖章》（*Essay on Medals*）。

至于杰出的梅塔斯塔西奥（1698—1782 年）则早在 12 岁那年便用诗体将《伊利亚特》译成了意大利语，14 岁时完成了一部塞内卡式的原创悲剧。

这些作家的深厚学识不仅体现在他们的剧作中，也体现在他们的散文体作品里：如德莱登的《论戏剧诗》（*Essay on Dramatic Poesy*）、高乃依的《三论戏剧诗》（*Trois discours sur le poème dramatique*）、拉辛对品达和荷马的细致评述、埃迪森关于弥尔顿的论文、弥尔顿本人的杰作《战神山议事会演说》（*Areopagitica*）。

然而，尽管观众们的教育水平同样比文艺复兴时期有所提高，他们仍然远远赶不上剧作家们。贵妇们的品位是决定戏剧成功与否的重要因素，但她们很少有人了解这些作品背后的古典典故。而绝大部分的绅士不过是像夏尔·佩罗尔这样阅读范围极其有限的业余学者。古典传统的影响导致巴洛克悲剧采用了对于同时代观众而言过高的艺术标准，它不是第一种陷入这种窘境的文学类型，也不是最后一种。

另一方面，观众们却完全没有对它产生反感。这个时代的社会失去了文艺复兴时期许多鲜活和充满生命力的特质，却获得了（或者说保留和加强了）某些有助于促进这种戏剧新风格发展的要素。在英国、意大利和法国（后者尤甚）等地，社会的城市化大大加深。自从罗马帝国衰亡以来，西欧社会第一次开始把腹地坐落着王宫的大型首都城市作为核心。如果没有这样的城市，人们就不得不新创一个——比如普鲁士国王创造了柏林，彼得大帝建立了圣彼得堡并将其作为政府的中心。这些城市的有闲阶级成为了剧作家们热心的长期观众。

恢宏成了西欧的理想。这是一个展示雄伟的时代。我们可以在建筑中看到它——不仅是像凡尔赛宫和布伦海姆宫（Blenheim）这样伟大的建筑，也包括精巧复杂的标准花园和大型公园，整个城区乃至整座市镇，它们以前所未见的规模被建造起来，让人联想起了罗马城。我们可以在室内装潢中看到它。凡尔赛宫镜厅的宏大设计和巨大空间会让每一位文艺复兴时期的君主头晕目眩。它既体现在社交和外交仪式上，也体现在新增的假发、蕾丝和饰剑等非功能性的装束附件上。它还出现在音乐中：这是训练有素的大型歌队的时代，也是管风琴的时代——为了向上帝致敬，巴赫用对位法建起了一座无形的凡尔赛宫。舞台设计中也可以看到它的影子：道具、装饰和服饰在繁复和奢华程度上达到了新的巅峰。今天我们常常会认为，在雄伟的背后，在假发和珠光宝气的勋章背后，人类只剩下了空虚的外壳。其中一些人的确如此，但那个时代的书信、回忆录和肖像告诉我们，许多人仍然拥有热切的情感，感受到刻骨的痛楚——因为环境的压力，它们可能变得更加强烈。正是这种恢弘形式和热烈情感的结合使得悲剧和歌剧以及它们的全部传统成了巴洛克时代最真实的表达。（悲剧和歌剧的关系一直很近，现在二者走得更近了。德莱登与普赛尔合作完成了《亚瑟王》［King Arthur］。梅塔斯塔西奥的作品无论作为歌剧演唱，还是作为纯粹的悲剧都几乎同样优美。与莫里哀有过亲密合作的意大利裔的法国作曲家吕利觉得，自己的作品和剧作家们的同气连枝。他表示："如果你想要正确地演唱我的歌剧，那就跑去听听拉·尚梅斯莱［la Champmeslé］"——后者是一位大受欢迎的喜剧女演员，拉辛曾亲自向其做过台词和表演的指导。）

巴洛克悲剧在当时大受赞誉。它的男女演员和著名的歌剧演员一起几乎提升了整个行业的地位。它在舞台设计和制作上的成就至今都无与伦比。它留下了一些有趣的批判性讨论，几部了不起的戏剧和许多优美的对白。那么我们可以认为它是成功的吗？它能够匹敌希腊悲剧或是文艺复兴悲剧吗？

作为整体显然不能。在法国，巴洛克悲剧作家的确创作出了一些比任何**法国**文艺复兴时期剧作家更好的作品。但我们必须考虑整个时期而非某个国家的悲剧。不仅这一时期的佳作完全无法抵消数目庞大的同类型劣质作品，不仅只有很少的作品今天还能搬上舞台，而且从梅塔斯塔西奥到德莱登，它的代表人物在创作生涯结束前就抛弃了舞台，从他们陷入的沉默中透出了失败感。

他们的失败可以被归咎于两个相互关联的原因。首先是社会和文化的，其次是美学的。

从社会和文化角度上说，巴洛克悲剧作家的失败原因在于，他们的受众群体过于狭小，而且还受到了进一步的限制。最伟大的剧作面向的通常是它所诞生的那个国家相当广大的一部分人群，并从中获得了自己的力量。它们在基调上大多是贵族式的，但仍然能够吸引中产阶级，有时还能吸引劳动阶级。它们真正的生命力来自热爱文学和拥有良好品位的大众。而巴洛克悲剧的观众却被限制为"宫廷和首都"的上层阶级（意大利歌剧除外），而且并不包括其全部成员。[4] 它的主题则来自更高的社会层面，以君主、国王、皇帝及其忠实的侍臣为主角。有人认为，这种现象可以被归咎于对亚里士多德建议的误解或夸大，后者认为悲剧的主角应该只能是伟人。不过我们更愿意相信，这是对君主制社会结构的反映。此外，我们也不能认为，巴洛克悲剧的各种问题都是普世的。相反地，它的许多情节描绘了专制君主的王朝斗争。以拉辛的《伊菲格尼亚》为例。诚然，某些父亲的确会牺牲女儿的幸福，从这点上看该问题是普世的；但很少有父亲需要决定是否牺牲女儿以作为政治或军事行动的一部分。德莱登的《奥伦泽布》（*Aureng-Zebe*）讲述了一个关于蒙古宫廷中的阴谋和权力政治的复杂故事，其中每位主角都拥有一批可靠的哑巴侍从或一支私人军队。

巴洛克剧作家的学识同样疏远了某些观众。尽管他们的作品很少显得学究气，但在对读者古典学知识的要求上超过了某些男性和几乎全部女性贵族听众的能力。学者诗歌不可避免的缺陷在于，即使其中的佳作也会让没有受过古典教育的人产生不适甚至反感。在这种感情的背后是将艺术看作教育和将艺术看作娱乐两种观点间的基本冲突。在观赏古典题材剧作时，巴洛克悲剧的大部分观众会觉得它们虽然崇高，却有沦为卖弄学问的危险。事实上，以抒情剧闻名的吉诺尔（Quinault）和创作出浪漫剧《提摩克拉特》（*Timocrate*）这一该时代最成功作品的多玛·高乃依（Thomas Corneille）要比伟大的皮埃尔·高乃依和精深的让·拉辛更受欢迎。

巴洛克悲剧失败的第二个原因是美学的，由于其特殊性经常被现代批评家误读。他们想当然地认为，17和18世纪的悲剧作家们对希腊和罗马形式规则的尊崇使自己受到了妨碍和限制。但事实上，这些人加在自己身上的限制远比任何古典戏剧中的规则复杂和僵化。

与其说这些限制复制了希腊—罗马的舞台传统，不如说它们是对文艺复兴时期放纵风格的反应。巴洛克时代的人们批评文艺复兴戏剧品位糟糕，如极度混乱的情节、不可思议的事件、粗俗的插科打诨、夸夸其谈的对白、怪异而难以置信的角色、令人反感的道德态度（下流的笑话、折磨、情欲和背叛）、侮辱了学术和大众常识的硬伤（比如麦克白的门房生活在公元1055年，却说起了伊丽莎白时代伦敦的最新笑话）。不过更重要的在于，巴洛克传统也是**社会**限制。谱写优秀的戏剧意味着创作一件艺术品，而正当得体则意味着遵守贵族的社会准则。巴洛克剧作家必须同时做到这两点，后者对于前者而言不可或缺。舆论对于艺术上的成功可能存在分歧，但如果有违社会准则，他的作品必将遭受厄运。因此，他的任务显得过分和不必要地艰难：只有最伟大的天才（甚至还要排除掉其中的不少人）可能完成。

对巴洛克戏剧的主要社会限制之一是禁止使用"低俗"词汇。如果只是意味着避免下流或令人反感的用语，那么这条限制也还可以接受（包括哈姆雷特在声斥格特鲁德时所爆的许多粗口[5]，如"我要把这堆零碎拖到隔壁房间去"[6]，或者戏剧和罗马讽刺诗等其他诗体作品中的许多伟大对白）。尽管荷马、埃斯库罗斯、塞内卡和卢坎都会用一两处这类词汇来营造特殊效果，但总体上说，希腊与罗马的悲剧作家和史诗诗人同样会避免使用它们。然而，巴洛克时代对词汇的限制大大超出了伟大的古典作家所认为的必要限度，所有劳动阶层的用语都遭到排斥。约翰逊博士对麦克白夫人夸张的祈祷进行了驳斥，因为刀是"从事最低贱营生的屠户和厨子的工具"[7]：

> 来，阴沉的黑夜，
> 用最昏暗的地狱中的浓烟罩住你自己，
> 让我的锐利的刀瞧不见它自己切开的伤口！（朱生豪译文）

莎士比亚很清楚这点，但他并不认为使用该词汇对麦克白夫人的尊贵身份有何不利影响。拉辛同样注意到，自己同时代的作家在语言上受到的限制大大超过了希腊—罗马诗人，后者不会因为听见"母牛"或"狗"之类字眼而大惊小怪。[8]

将巴洛克戏剧与希腊或伊丽莎白时代的悲剧相比较的读者肯定会注意到另一条奇特的限制，即回避鲜活的意象。有时，这表现为避免使用会引起反感的词汇——比如，17和18世纪的作家不可能向埃斯库罗斯那样，将进攻特洛伊的希腊舰队比作袭击怀孕野兔的老鹰。[9]这种现象背后的原因既包括人们不愿陷入文艺复兴式的放肆，也包括他们希望完全以人物的性格和情感为中心。而即使作品里出现比喻，其中的陈词滥调也多得让人难受：这些比喻让我们皱起眉头，僵硬感取代了亲切感，某个惊人的意象往往只是将两种常见比喻别扭地组合起来，几乎看不出任何真正的想象力。带着王冠的火焰这个奇异而引人遐想的形象可能来自但丁，但在拉辛笔下，它只表示"胜利的爱情"。[10]

此外，巴洛克悲剧在格律上也远比任何希腊语、拉丁语或者文艺复兴悲剧严苛。紧凑和张力是它们的美德，但剧中角色从不被允许发表激昂、丰富而一气呵成的长篇大论，让自己的情感经历升华、膨胀、退潮和再次拔高的过程：这是因为在句中的停顿（caesura）处，在每行和每组对句的结尾处都要有停顿。整体而言，英语悲剧作家比法国同行们更加自由，但仍不如自己的前辈那么流畅。法语作品还受到另一重桎梏。如果前两行使用了阳性韵脚，后两行必须是阴性韵脚的双行句①——于是在读者听来，每段长独白都被割裂成整齐的四行段落。令人称奇的是，剧作家们居然用这种格律实现了如此有力的效果。它非常适合表现角色头脑中意图的快速变化和动机的冲突（假设它们都能被清晰地呈现和描绘出来），也适用于争吵中快速的交锋；但在修辞想象力所能达到的高度上，它永远比不上自由的素体诗，比如《阿伽门农》中克吕泰涅斯特拉在烽火台边的独白、《理查三世》中克拉伦斯的梦、《暴风雨》中普罗斯佩罗对精灵们的遣散；也无法描绘出濒临癫狂之灵魂不知所措的游荡，比如哈姆雷特的自言自语，或者李尔王召唤雷电摧毁人类的胡言乱语。许多段落变成了直白的散文，但又不具备散文可以达到的复杂性：

> **克吕泰涅斯特拉**：我的女儿，我们该走了，不要有任何留恋，
> 逃跑可以拯救你我的名誉。
> 我不仅吃惊，更是目瞪口呆，心神不宁，
> 你的父亲似乎不愿再见我们：
> 他害怕被你当面拒绝，
> 于是派阿卡斯送来这封信……[11]

> *Clytemnestre*: Ma fille, il faut partir, sans que rien nous retienne,
> Et sauver, en fuyant, votre gloire et la mienne.
> Je ne m'étonne plus qu'interdit et distrait
> Votre père ait paru nous revoir à regret:
> Aux affronts d'un refus craignant de vous commettre
> Il m'avait par Arcas envoyé cette lettre....

　　希腊和文艺复兴悲剧中充满了各式各样的情感。二者都有群体性场景，希腊人有歌队和舞蹈，伊丽莎白时代有插科打诨。塞内卡的作品受限更多，但还是保留了歌队，引入了鬼魂和复仇女神。与上述作品相比，巴洛克悲剧是乏味的，这种明显的单调性反映了剧作家们所服务的宫廷社会的狭隘。为了弥补此类局限，他们使用了雄伟的装潢、服装和舞台特效等技巧，但这些东西很少能留存在诗歌中。

　　希腊人对于巴洛克悲剧所追求的对称性全无概念。在欧里庇得斯一部失传的戏剧中，人们几乎不可能猜出哪些是主角，哪些是配角，对埃斯库罗斯的悲剧而

---

① 在法语中，阴性韵脚指词末有不发音的字母e，阳性韵脚则相反。

言就更不可能了。但只要读过或看过几部巴洛克悲剧，角色的划分（包括他们极为平衡的爱与恨，心腹与对手）就会变得容易甚至显而易见。

最后是创作规则，特别是三一律。我们已经不厌其烦地指出，统一性规则并不是希腊人确立的。希腊诗人很少受到规则的约束，他们有的只是习惯，而且经常被打破。亚里士多德提出，戏剧的情节必须统一，因为所有的文学作品都是这样的；但他很少要求时间的统一，对地点的统一更不在乎，除非出于作品的需要。最早把这些原则确立为**规则**的是文艺复兴时期的意大利理论家们[12]：基本上算二流角色的老斯卡利格（Scaliger）①是他们中最有影响力的一个，他的判断（如维吉尔要优于荷马）并不以古代人的观点为基础，而是建立在自己的偏见之上。就像一位当代学者所指出的那样[13]，规则对于艺术家而言的确是必要的，接受和克服约束可以净化和升华伟大天才的作品。但巴洛克时代的学究们所做的要过分得多。这些规则非但没能带来帮助，反而与针对许多新上演伟大悲剧的粗暴批评（有时纯粹出于社会和个人理由）一起打击了悲剧作家，最终迫使他们噤声。在希腊和罗马，从来就没有这样的金科玉律。它们来自亚里士多德的建议，经过了扩展和夸大；而赋予它们法条般效力的不是古典的规范和例证，而是对无政府状态的恐惧和对社会政治秩序的依恋，它们都是巴洛克时代最重要的动机。

这些就是巴洛克悲剧相对失败的原因。问题不在于"对古典模板的过度推崇"或者"亚里士多德的法则"，而是社会和政治的局限。与他们所崇拜的希腊剧作家相比，巴洛克诗人们受到的**限制**要大得多。此外，他们对古典传统的崇尚也**无法**得到大部分公众的认同。尽管如此，古典传统还是对他们的作品产生了有益的影响。它对高乃依和拉辛的影响很深，与他们相比，作品所受影响较少的德莱登就显得浅薄；更加才疏学浅的同时代作家们还试图与斯库德利②的传奇历险故事争夺市场，如果把他们所写的空洞文字与这三位作家相比的话，反差就更大了。路易十四曾问布瓦洛，谁是法国当时最伟大的诗人。对于布瓦洛提到的名字，路易的反应是："真的吗？我实在不敢相信！"但布瓦洛是对的。巴洛克舞台上最出色的成果来自法国。对这类作品而言，古典的形式精确是无价之宝，而它的定义则把古典主义的卖弄排除在外。它就是莫里哀的喜剧。

---

① 尤里乌斯·恺撒·斯卡利格（Julius Caesar Scaliger，1484—1558年），意大利学者和外科医生。
② 乔治·德·斯库德利（Georges de Scudéry，1601—1667年），法国小说家、剧作家和诗人。

第17章
讽刺作品

"讽刺"（satire）一词和萨梯（satyrs）完全无关，而是和 saturate 拥有同一词根，意为塞满不同事物的"大杂烩"。最初它并没有今天我们所用的抨击意味，而仅仅是包含了"评论"、"杂集"或"滑稽剧"的一揽子概念的术语。[1] 尽管这个名字的意义可能并不明确，但讽刺作品却是唯一一类由罗马人发明的文学体裁，赋予其现代意义和主旨的也正是一位罗马讽刺作家。

拉丁语讽刺作家主要可分为两个流派。

（a）较为重要的是讽刺诗人，他们善于让被抨击对象清晰可辨地出现在作品中，或者只对其略加掩饰（留存至今的所有完整诗篇都采用了六音步，它们对这种格律的运用是拉丁语文学中最灵活和最有趣的）。该流派的鼻祖是卢基利乌斯（活跃于公元前150—前102年），可惜他的作品在黑暗时代失传了。他的继承者贺拉斯（公元前65—前8年）最初的作品更多是尖酸的社会批判，逐渐成熟后转向哲学和美学漫谈。中年后他放弃了讽刺诗，开始创作更温和的书信体作品。[2] 下一位有作品存世的罗马讽刺诗人是佩尔西乌斯（公元34—62年），这位年轻而富有的纯粹主义者是斯多葛派的热情信徒，他的作品极富现实主义色彩，风格怪异、生动、乖戾和俚语化。该流派最后一位伟大的代表人物是尤维纳尔（约公元55—130年，作品创作于约100—130年），他创作了有史以来最为辛辣和最富感染力的社会讽刺诗。他最著名和被模仿最多的讽刺诗是关于大城市可怕生活的第3首，不遗余力地攻击女性的第6首，以及对人类愿望的虚荣性作出冷静和崇高凝思的第10首。

（b）另一类是墨尼波斯式的讽刺作家，他们用散文体创作，间以多为戏仿之作的短诗。该风格的开创者是希腊（或者说叙利亚）的犬儒派哲学家——加达拉人墨尼波斯（Menippus of Gadara，活跃于公元前290年左右），这种风格显然被他用来取笑哲学上的反对者。西塞罗的友人瓦罗（公元前116—前27年）将其引入了拉丁语，但他的作品已经失传。有一部墨尼波斯式的讽刺作品完整地保留了下来，那就是塞内卡（约公元前4年—公元65年）的《升天变呆瓜》（*Apocolocyntosis*，又名《对克劳迪乌斯之死的嘲讽》），这部刻薄但非常有趣的作品戏谑了老迈昏庸的克劳迪乌斯皇帝死后升天的情景。[3] 另有一部流浪汉传奇形式的伊壁鸠鲁派讽刺巨著的残篇传世，即尼禄的宠臣佩特罗尼乌斯（公元66年卒）的《萨蒂利卡》[4]，但它的主要部分直至1650年才被发现，因此对近代讽刺作品的影响不大。

显然，两种流派的罗马讽刺作品在功能上没有本质区别：虽然就我们所知，墨尼波斯式讽刺作品更加松散和俚语化，有时在严肃性和感染力上不如讽刺诗。

从罗马人发明的这种体裁中可以找到某些希腊人的影响，它们仍然活跃在现代讽刺作品里。

罗马人从雅典旧喜剧（仅存的代表是才华出众和无所畏惧的阿里斯托芬）中接受了通过攻击臭名昭著的笨蛋和恶棍来改良社会和革除恶习的想法。这是诗歌非常自然的功能。由于罗马人没有合适的戏剧形式来表现它，他们转而使用了讽刺作品（最初是半戏剧式的）。

为了吸引和维持关注，罗马人还借鉴了希腊街头说教者（通常是犬儒派和怀疑论者）所使用的许多技巧。这些人习惯于就自己所信奉教义中的主题发表看似即兴的说教（称其为 diatribes[①]），一般是能够吸引听众的悖论，并使用轶闻、人物速写、寓言、与想象中的对手交谈、影射时事、对严肃诗歌的戏仿、不雅笑话和俚语对其加以妆点和修饰。

不过，讽刺作品中的道德严肃性、直接的攻击和刻薄性更多来自罗马人而非希腊人，在最具罗马特色的讽刺作家身上体现得尤为明显。

有一位公元2世纪用散文体希腊语写作的哲人讽刺作家的作品留存至今。他名叫琉善，公元125年前后生于叙利亚。他的文风在失望中带着诙谐。他会说："神啊！这些凡人多么愚蠢！"但与他的罗马人前辈相比，我们可以感受到琉善的语气中带有更多温情，心中带有更多的善意。琉善的作品与留存下来的几乎所有希腊—罗马文学都有所不同，他在柏拉图等富有创见的哲学家的对话、阿里斯托芬的天马行空和讽刺作家的消极批判间架起了桥梁。他是拉伯雷最喜欢的希腊语作家。斯威夫特在创作格列佛的形象时可能想到了他令人难以置信的游记故事，而西拉诺·德·贝热拉克的月球之旅无疑受到了他的启发。拥有如此杰出的后继者的琉善顺理成章地为自己赢得了"不朽者"的美名，他本人很可能会被这个称号逗乐。

下面是对罗马讽刺作品的定义，其中大部分也适用于现代讽刺作品（如果

[①] 希腊语原意为消遣、打发时间，后来用以表示演讲或探讨。

后者还可以被看作一类体裁的话）：讽刺作品或者是整段诗歌，或者诗文混杂，它具有相当的篇幅，风格和主题极其多样化，但普遍特征是使用日常语言，经常受到作者个性的影响，强调诙谐、幽默和反讽，描写极为生动和具体，主题和语言的低俗令人震惊，基调上显得即兴，话题多与时事相关，普遍目标是通过揭露罪恶和愚蠢来改良社会。它的本质可以概括为"偕中带庄"（σπουδογέλοιον 或 *ridentem dicere verum*）。

与唱歌和跳舞的天赋一样，取笑笨蛋和恶棍的愿望也一直存在于所有的野蛮、半野蛮和完全开化的社会中。尽管中世纪的人既不了解古典讽刺作家的体裁，也不知道这些作家的某些重要技巧，他们还是完成了许多讽刺作品。有时，他们因为采用错误的体裁而糟蹋了素材。比如《玫瑰传奇》的第二部分充斥着讽刺性的思想和表达，甚至还引用了罗马讽刺作品的译文，但在幻想爱情故事中却显得完全格格不入。[5] 在中世纪，用拉丁语写成的讽刺作品要超过俗语的——显然这是因为有学问的教士更可能拥有犀利的批判性头脑，而拉丁语古典作品则为他们提供了现成的想法和表达。12 世纪出现了一些非常出色的此类诗作。克吕尼修道院僧侣——莫瓦尔的贝尔纳（Bernard of Morval，活跃于 1150 年左右）的《论对尘世的鄙视》（*On the Contempt of the World*）堪称对社会道德腐败最有力的谴责之一。我们对它的了解仅仅来自被收入赞美诗中的几小段诗章（比如《金色的耶路撒冷》[*Jerusalem the Golden*]），但它的强烈情感和精妙语言足以使其成为不容忽视的杰作。[6] 不过这些作者并未清楚地区分讽刺诗和教诲诗，他们自认为在布道，并迷失在大段的描写和题外话中，导致讽刺的力量因为被稀释而减弱。中世纪的俗语讽刺诗几乎都是对时事的嘲讽，或者被包装成民众最喜欢的形式，比如《蒂尔·乌伦施皮格尔》这样的轶闻集，或者《列那狐》这样的动物寓言集。

正如我们所看到的，人们对各种文学体裁的特点、适合各种体裁的手法有了更精准的认识，这主要归功于文艺复兴时期对古典文学的重新发现。他们开始意识到，把讽刺作品和其他与之不相容的体裁混合（如情诗或高端哲学思辨）会破坏想要的效果。部分得益于罗马讽刺作家，部分得益于对马提亚尔的警铭诗（类似讽刺诗，特别是尤维纳尔的作品），部分得益于自身对风格微妙性更深入的领会，他们比以往更清楚地看到，讽刺作家可以如何利用犀利而令人难忘的机智短句取得比高声的长篇声斥更好的打击效果。在用纯酸蚀刻人心的技艺上，从未有人超越尤维纳尔。正是他创造了许多今天家喻户晓的表达，比如"面包和竞技"（*panem et circenses*）。[7] 他的作品中有数百处此类表达：它们像伟大的铭文一样永恒，像真诚而完美的诗歌一样动人。他的人生态度悲怆而反讽，他的卓绝风格使其能够用三四个词点评某个永恒问题,这影响了许多完全属于不同领域的近代诗人。比如,有迹可循,多恩的"骨头上缠绕着一只明亮发丝的手镯"可能直接引用了尤维纳尔。他对豪斯曼抒情诗的影响显而易见(后者的学术声望部分来自于精心编修的尤维纳尔注疏本)。比如在诗集《西罗普郡少年》(*A Shropshire Lad*)的第62首中,他向读者推荐了自己更为尖刻的作品,以便他们能对人生的艰辛免疫——就像亚洲国王米司雷代第(Mithridates)那样:

> 他向众毒汇萃的大地
> 采撷一切生命的汁液,
> 先是一点滴,渐由少而多,
> 把致命的毒藏尽数网罗。
> 当觥筹交错时,王高踞宝位,
> 兴高采烈,嬉笑而不经意;
> 人在他肉盆里加进砒霜,
> 睁着大眼睛看见他吃光;
> 人在他酒杯内放进鳖精,
> 骇异地看见他一饮而尽:
> 看得人,吓得人,脸色如白衣,
> 下毒人结果反害了自己。
> 我说这故事是闻自人道,
> 米司雷代第王终至寿考。

这个故事在许多地方出现过,但那位不幸少年的灵感却是来自尤维纳尔关于妇女的讽刺诗的结尾。[8] 在另一首最有力的作品中,死亡成了他的愿望。他慨叹到:

> 一切心思只椎心欲裂,一切都枉然:
> 到处是恐怖,污蔑,恨毒,忧虑,和愤怒——
> 啊,我为什么要醒转?何时我再得安眠?[9](以上两段引文均为周煦良译文)

最后提到的**愤怒**在所有情感中拥有最持久的力量,尤维纳尔亲口承认这是驱使他成为诗人的力量,斯威夫特也在自己墓志铭中表示这是最痛苦的折磨。[10]

不过,我们最感兴趣的还是罗马前辈们对近代讽刺作家的直接影响。首先我们注意到,讽刺诗的影响是第一位的,讽刺散文要相形见绌。已知古典讽刺散文的数量不足以吸引大批近代作者对其加以效法,而且这种体裁本身似乎过于模糊和松散,无法提供真正的技术标准。因此用散文体写作的近代讽刺作家经常会采用其他文学门类的体裁，并在其中注入讽刺的内容和精神：就像他们的前辈琉善所做的。比如，斯威夫特的《格列佛游记》是对游记的戏仿，他的《书籍之战》被伪装成对一份英雄史诗残篇的散文体翻译。伏尔泰的《老实人》（Candide）是一部流浪汉传奇，《西木普利基希姆斯历险记》（Der abenteuerliche Simplicissimus）①同样如此。拉伯雷的作品是变形了的骑士传奇，结尾处戏仿了寻找圣杯的历险。这种做法的优点在于讽刺作家们拥有了很多的自由和选择对象，缺点则是容易和其他文学体裁特有的立场和方法相混淆。因此今天很少有作家会去写纯粹的散文体讽刺作品，而是喜欢像《荒凉山庄》（Bleak House）和《布瓦尔和佩居谢》（Bouvard et Pécuchet）那样在小说中包含某些讽刺元素，但并不让它们被归入讽刺作品。

用散文体写作的近代讽刺作家中最具活力的代表人物之一是个布道者，他的说教有趣地融合了带有深刻犬儒主义意味的古典讽刺精神和带有终极乐观主义意味的基督教精神，还将罗马讽刺作家的许多方法同现代技巧相结合（后者来自取之不竭的民间语言宝库，与前者同样引人瞩目和栩栩如生）。这就是圣克拉拉的亚伯拉罕（Abraham a Sancta Clara，1644—1709年）。他出生在巴伐利亚的农村，在学校里就显露出过人的才华，后来加入赤足奥古斯丁会并受训成为一名天主教布道者，在令人惊羡的年龄便被任命为维也纳皇家宫廷的御用布道者。担当此职者通常会被认为严肃、博学和夸夸其谈，就像波舒哀和其他巴洛克时代的布道者一样。事实恰恰相反，亚伯拉罕只在最正式的场合表现得严肃——那时他会给人留下极为深刻的印象。但其他时间他是个乐天派哲学家和诙谐的智者，会使用各种技巧来吸引和取悦观众，并留住和控制他们（就像古希腊哲学传道者那样）：比如双关语，有趣的故事，方言笑话，谜语，对诗歌、药方甚至基督教仪式的戏仿，对自己读过的大量古典和教会作品的频繁引用，朗朗上口的表达方式。作为优秀的演讲者，他让这些东西变得引人入胜和令人陶醉。他的听众一定会被不停地逗乐，但也总是能从中受益：也许这是教化奥地利人的唯一方法。今天，他几乎已被完全遗忘。不过，在《华伦斯坦的兵营》（Wallensteins Lager）中，席勒借一位圣方济各会僧侣的布道文模仿了他的风格。这段话后来被皮亚韦（Piave）②所借鉴，出现在他为威尔第《命运的力量》（Forza del Destino）所写的歌词中。虽然没能得到应有的重视，但他仍不失为出色而令人难忘的作家和巴洛克时代的重要声音，

---

① 作者是格里莫尔豪森（Hans Jakob Christoffel von Grimmelshausen），描绘了三十年战争对日耳曼诸邦的摧残。主人公的名字在拉丁语中意味"头脑最简单的"，因此亦被译为《痴儿西木传》。
② 弗朗切斯科·玛利亚·皮亚韦（Francesco Maria Piave，1810—1876年），意大利剧作家。

而他"偕中带庄"的教育方法完全遵循了希腊和罗马讽刺作品的传统。[11]

除了琉善,古典讽刺作家对大多数近代讽刺散文的直接影响微乎其微。通过对各种希腊—罗马讽刺作品的研读,近代作家的天生义愤间接地获得了额外的力量和表达形式。有作品传世的大多数近代讽刺作家都受过良好的教育;在读过古典讽刺作品后,他们大多受其强大道德力量的激励,决心效法古人反讽的诙谐、有力的简约和外科手术般的高效。

与之相反,大多数近代讽刺诗的灵感直接来自罗马讽刺诗人的形式或内容(或者二者兼而有之)。这很可能就是文艺复兴盛期讽刺诗相对罕见的原因,也解释了为何受文艺复兴影响不彻底的西班牙和德国等地没有出现伟大的讽刺作家。希腊—罗马的戏剧、哀歌、颂诗、田园作品和传奇很早就被人们研究和理解;伴随着作为模板的古典作品出版,这些体裁很快就出现在西欧文学中。但讽刺诗是一种奇特而艰深的体裁,常常和萨梯剧相混淆,直到1605年伊萨克·卡索邦在自己的佩尔西乌斯注疏本中阐明了它的历史和含义后,人们才完全理解了它。[12]

作为大部分古典作品的发现者,意大利人早在卡索邦之前就发现和模仿了古典讽刺诗。这种体裁与他们的天性相得益彰:意大利涌现出了许多出色的讽刺作家,作品上至高雅的古典格调,下至随性而大众的风格。我们所知最早的此类讽刺诗是安东尼奥·文奇古埃拉(Antonio Vinciguerra,1440—1502年)的6首反思一般性道德问题的作品。路易吉·阿拉曼尼(1495—1556年)的《托斯卡纳作品集》(*Opere Toscane*)中收录了13首以意大利的苦难与罪恶为主题的尤维纳尔式讽刺诗。1517—1531年间,阿利奥斯托创作了7篇关于社会腐败的讽刺论文,涉及粗俗的贵族、邪恶的女人、堕落的神父和不道德的人文主义者,将贺拉斯的甜蜜和尤维纳尔的尖酸融为一体。在他之后的卢多维克·佩特诺(Lodovico Paterno)是第一个用无韵体写作的近代讽刺诗人。不过,文艺复兴时期最成功的意大利讽刺作家无疑是弗朗切斯科·贝尔尼(Francesco Berni,1498—1535年),他没有模仿古典作品,而是使用了中世纪发展起来的诗歌形式。他善于通过对肮脏得令人难以置信的地点、物品、经历和人物精准描绘营造出可笑的效果,擅长戏仿(甚至连但丁的《神曲》这样伟大的作品都成了他的目标)和极为荒诞的主题(比如鳗鱼的赞歌)。他无情的现实主义态度是中世纪的遗迹,对文艺复兴时期有时显得过分的贵族气息做了有价值的修正。

另一位大体上属于中世纪的讽刺诗人是阿尔萨斯学者塞巴斯蒂安·布兰特(Sebastian Brant,1458—1521年)。他生于斯特拉斯堡,在巴塞尔接受教育并成为一名律师。他是一位出色的拉丁语诗人和神圣罗马帝国的狂热支持者。和拉伯雷一样,他的一只脚站在中世纪,另一只站在文艺复兴。布兰特最重要的作品是出版于 1494 年的《愚人船》(*The Ship of Fools*)，在他生前共再版五次，并被翻译成包括拉丁语在内的多种欧洲语言。[13] 这是一部凌乱、支离破碎和缺乏规划的短篇人物素描集合，描摹和谴责了世上各种类型的愚人。虽然引用了大量拉丁语讽刺诗人和其他诗人的警句译文，但他没能掌握前人的形式。[14] 甚至将所有愚人放到同一艘船上的想法也姗姗来迟，而且并未得到贯彻。《愚人船》会让读者想起彼得·勃鲁盖尔（Pieter Brueghel）目录式的巨型画卷，一打又一打的个人或群体在整个画布上玩着不同的游戏或演绎着不同的谚语，唯一把他们统一起来的是相同的类型和画框的四边①。不过，正如人们可以在这类画作前长久流连，他们也可以从《愚人船》中领略到对那个遥远时代的风俗干净利落和栩栩如生的描摹。

1509 年，苏格兰教士亚历山大·巴克莱（Alexander Barclay）将这部讽刺诗编译成同名的英语作品。斯凯尔顿（Skelton）等人也吸收了书中的某些观点。同年，伊拉斯谟完成了优美的拉丁语讽刺诗《愚人颂》，诗中也包含了一长串类似布兰特所描绘的愚人，但用一个更加有力的中心方案把他们联系起来。作品中出现了更多重要的愚人类型，在对题材的整体处理上也更加优雅和幽默。由于伊拉斯谟使用了国际语言拉丁语，该作品并不在本书的讨论范围内——伊拉斯谟对这个结果应该感到很高兴。

罗马风格的讽刺诗出现在英格兰的时间相当晚，因为人们几乎没有模板。托马斯·维亚特爵士（1503—1542 年）受到阿拉曼尼的感染，以野心和宫廷生活的徒劳以及退隐的益处为主题创作了三首讽刺诗（死后才发表）。他的作品融合了贺拉斯、佩尔西乌斯、尤维纳尔和阿拉曼尼的风格，虽然有欠成熟，但显得直白而真诚，毫无炫耀和卖弄的痕迹。[15] 不久，乔治·加斯科伊涅发表了最早的素体英语讽刺诗《钢镜子》(*The Steel Glass*)——这首长诗激烈地抨击了各种类型的罪恶和愚蠢，但作品中看不到古典的影响和形式感。[16] 不过，就在卡索邦那篇重要论文发表前不久，一群年轻的英国人在新发现的罗马讽刺诗的激励下突然开始创作全新的讽刺诗。他们的主要模板是同为乖张年轻诗人的佩尔西乌斯，并像他一样大量借鉴了贺拉斯的作品，其中一位还研读和效法了尤维纳尔。这些人中今天最为知名的是约翰·多恩。1593 年，他创作了 3 首古怪别扭和聱牙佶屈的讽刺诗，几年后又写了几首。另一位则是发表了六卷《棍棒集》(*Virgidemiarum*) 的约瑟夫·霍尔（此人自诩为第一位英语讽刺诗人），1597 年发表的前三卷是以贺拉斯和佩尔西乌斯为模板的"无牙讽刺诗"，1598 年出版的后三卷则是以尤维纳尔为模板的"咬人讽刺诗"，从中可以清晰地听到他的许多回响。这些诗歌质量上佳，唯一

---

① 指勃鲁盖尔的《儿童游戏》(*Children's Games*) 和《尼德兰谚语》(*The Dutch Proverbs*)。

的缺陷是年轻人过分的尖刻让作品略显刺耳，不过很久以后也只有弥尔顿这样的人物才自觉有资格批评它们。[17] 约翰·马斯顿（John Marston）攻击霍尔等人的《恶行之鞭》（*Scourge of Villainy*，1598 年）甚至更加刻薄。1599 年 6 月，坎特伯雷大主教下令"从此禁止刊印讽刺诗或警铭诗"，近代英国讽刺诗的第一个阶段就此画上了句号。[18]

在文艺复兴时代的法国出现过几波讽刺精神的大爆发。我们已经介绍了最伟大的法国讽刺作家拉伯雷，分析了希腊—罗马作家对他的影响。[19] 宗教战争造就了两部激烈抨击罗马天主教会的作品，它们一个风格诙谐，另一个沉重之极，但都有效地表达了主旨。第一部作品是《墨尼波斯式讽刺诗》（*Menippean Satire*），由一群亨利四世的支持者和天主教联盟的反对者创作于 1594 年。作品的名字显示它混合了散文体和诗体，在语言上同样如此：教皇的使节既说拉丁语也说意大利语。对时事的大量影射使它的价值主要是历史性的。[20] 另一部作品要好得多，那就是阿格里帕·德·奥比涅（Agrippa d'Aubigné）发表于 1616 年的《悲剧集》（*Les Tragiques*）：凭着极为了不起的天才，该作品升华了讽刺精神，将其和英雄而神圣的史诗精神融合起来。由于作品过于崇高，我们无法称其为真正的讽刺诗。

第一位真正的法语讽刺诗人是马蒂兰·雷尼耶（Mathurin Régnier，1573—1613 年）。[21] 他用龙沙式的措辞夸耀了自己的这一身份：

这条大道曾有那么多人走过，

不过法语诗人从未尝试：

我随贺拉斯的脚步踏上那里，

描绘了形形色色的世相。[22]

这是一位兼具才华和趣味的诗人，他更了解生活，并拥有一点点幽默感，他的讽刺诗要比同时代人多恩的好得多。他的五种兴趣让作品更加丰富，反映了他的性格、教育和时代。[23]

最重要的是他对人性的了解：他是一位廷臣、旅行家和多才多艺的情人。他所描摹的花花公子、无趣者和虚伪者是莫里哀喜剧中这些形象的先驱。

与蒙田类似，他在哲学上奉行宽容的自由主义（尽管不如前者成熟），这种理念最终可上溯到贺拉斯和伊壁鸠鲁主义者。

他对拉丁语文学（特别是讽刺作品）非常了解，可以自由、自然和不卖弄地引用和借鉴其中的思想。当他抱怨"我在宫廷中一无是处，因为我不懂天空和行星的轨迹，也猜不出他人的秘事"时，谁会想到他翻译和改编了尤维纳尔的句子呢？[24] 他的许多最生动的表达，如"时代的宠儿，白鸡的儿子"直接借用了前人的作品，而他的第 3、7、8、12、13 和 15 首讽刺诗的主要思想同样来自罗马。[25] 尽管他曾经表示贺拉斯过于谨小慎微，自己更愿意效法自由的尤维纳尔[26]，但无论是他的风格，还是他天生滑稽而友好的性格都更容易让人联想到贺拉斯。总体而言，他对贺拉斯的引用也更为广泛。

作为法国驻梵蒂冈使节茹瓦约斯（Joyeuse）枢机的随从，他曾六赴意大利。显然，他对那里的印象并不比杜贝雷好多少，但受到的刺激更深。无论是贝尔尼对可憎的人和事物的幽默而形象的描摹，还是贝尔尼的追随者卡波拉里（Caporali）的作品都令他大为震惊。他的第 10 首讽刺诗像贝尔尼那样描绘了一次可怕的用餐经历。作品首先以贺拉斯的方式抱怨了食物的糟糕，然后记录了这样的细节：

> 他们在我正前方摆了一大盆汤，
> 饿着肚子的苍蝇们在里面挣扎着逃命。[27]

随后，他又以同样诙谐的口吻描绘了晚间糟糕的住宿。在他遇到的人之中有一位瘦得不可思议的可怕老妇人：

> 透过她的骨头，
> 我们清楚地看见在她的头脑里
> 想法如何变成话语。[28]

他还详细描绘了自己房间里各种恐怖得令人难以置信的脏东西，包括：

> 空白羊皮纸包裹的三只死人牙齿。[29]

此外，雷尼耶还是个真正的法国人，对"爱情"进行了大量的思考。他创作的爱情主题作品要超过其他任何一位近代讽刺诗人；他把最早在拉丁语爱情哀歌中找到的题材融入了讽刺诗传统，打造出一种全新的形式。无独有偶，《玫瑰传奇》第二部分的作者让·德·莫恩也完成过类似的创新，把拉丁语讽刺诗的题材引入了一首以爱情理想为主要内容的作品。事实上，雷尼耶也曾经借鉴了让·德·莫恩的某些理念，让它们再一次回到讽刺诗这个最初的家园。[30]

大多数优秀的巴洛克讽刺诗都遵循古典传统，并吸收了源自近代的理念。法国在文化上拥有明显的统治地位，但英国人的道德和思想活力以及出色的情趣同样不遑多让。

在雷尼耶之后，法国又涌现出许多讽刺诗人。雷尼耶和他伟大的继承者布瓦洛之间没有任何空白。在整个 17 世纪上半叶，弗雷蒂埃尔（Furetière）和布瓦洛的兄长吉尔（Gilles）等人都在以不知疲倦的热情创作讽刺诗，甚至显得过于狂热。

但他们中最伟大的还是尼古拉·布瓦洛（通称德普雷奥[Despréaux]），他的讽刺诗大多发表于1657到1667年间，严格模仿了贺拉斯和尤维纳尔（主要是前者）。此后，他又完成了一些贺拉斯式的书信体作品和三首规模较大的讽刺诗。他最可观的作品是效法贺拉斯写成的《诗艺》（*L'Art poétique*）和关于教会争端的戏仿英雄史诗《讲台》（都发表于1674年）。但让他声名鹊起的还是更早些的讽刺诗，它们一直没有被超越。

德莱登开始连续发表讽刺作品时已经人到中年，但他还是成为了世界上最伟大的讽刺诗人之一。《押沙龙与亚希多弗》（*Absalom and Achitophel*）的第一部于1681年11月问世，一年后又发表了第二部（大多由纳洪·泰特[Nahum Tate]执笔）。1682年3月和10月，他又先后发表了《奖章》（*The Medal*）和《麦克弗莱克诺》（*MacFlecknoe*）。此后，他没有再写过纯粹的讽刺作品，但在别人的协助下，他完成了最好的尤维纳尔英译本（1693年）[31]，并配以优美而富有教益的序言（主要参照了卡索邦的论文）。巴洛克讽刺诗人与罗马讽刺诗人的关系非常密切，他们不仅模仿和改编古人的作品，还经常直接翻译自己的模板。不过，德莱登的创作速度比一般的巴洛克讽刺诗人更快，他的作品主题更加特殊，而且比布瓦洛和蒲柏的作品更具原创性。

首先，《押沙龙与亚希多弗》和《麦克弗莱克诺》是戏仿史诗，诗中的角色可以与被戏仿的英雄清楚地对应起来，这是一种创新。在罗马讽刺诗中也有戏仿式微型英雄史诗，但它们的长度不过几十行。唯一的例外是尤维纳尔对图密善的一次皇家会议的描绘，会议的主题是可笑的小事，诗人却用了适合荷马和维吉尔笔下英雄的宏大字眼。[32]但德莱登从未看到过哪部古典戏仿史诗既有如此规模，又把像押沙龙这样的政治犯，或者麦克弗莱克诺这样的笨蛋作为主人公。他曾亲口向洛基尔教长（Dean Lockier）承认，自己借鉴了塔索尼的《夺桶记》和布瓦洛的《讲台》。德莱登曾在几年前试图把弥尔顿的《失乐园》改编成歌剧，也许我们可以就此推测，史诗的力量（无论是严肃还是幽默的）深深吸引了他。

其次，古典讽刺诗（特别是尤维纳尔的作品）包含了一定的人物素描，但它们都没有像在德莱登的讽刺诗中这样独立和丰满（后继的蒲柏笔下的形象更加鲜明，但可能不那么大胆）。这类人物素描的系谱是复杂的。首先，它们出自德莱登本人之手，他了解和厌恶自己笔下的人物。在文学传统上，它们可以上溯到中世纪晚期的幽默故事，以及文艺复兴时期作家所表现出来的对心理状况的兴趣（如蒙田）。在讽刺诗中，这类人物形象的刻画也出现在巴特勒的《休迪布拉斯》（*Hudibras*）和多恩的作品里；在心理随笔中，它们在厄尔的《微观宇宙学》（*Microcosmographie*，1628年）和拉·布吕耶尔的《性格》（*Characters*，1688年）

中得到了优美的展示——这两部巴洛克时代作品的基础是亚里士多德的弟子忒奥弗拉斯托斯的著作。也许它们是英语讽刺诗对世界文学的最大贡献。在古往今来的其他语言中都找不到像德莱登的噩（Og）或蒲柏的斯波鲁斯（Sporus）这样"油头粉面的尘土之子，散发着臭气还咬人"（painted child of dirt that stinks and stings）①。

布瓦洛的《讲台》受到了奥泽尔（Ozell）翻译的《夺桶记》影响，40 年后，它又为亚历山大·蒲柏的《夺发记》（1712 年）带去了灵感，这是所有戏仿英雄式讽刺诗最优美的作品，也是最早的洛可可式诗歌之一。[33] 1728 年，蒲柏又发表了《愚人志》，这是一首更长也更粗糙的戏仿史诗，它的灵感来自德莱登，后者的源头则是斯威夫特。[34] 从 1730 年开始，他陆续发表了一系列《仿贺拉斯诗》。[35] 和布瓦洛一样，蒲柏也写过一些较温和的教导式《书信》以及关于文学和生活原则的诗体《随笔》。

塞缪尔·约翰逊在 18 世纪上半叶末发表了两首模仿尤维纳尔的优美作品：改编自尤维纳尔以大都市为主题的第 3 首讽刺诗的《伦敦》（London，1738 年）和借鉴第 10 首讽刺诗的《人类欲望之虚幻》（The Vanity of Human Wishes，1749 年）。[36] 出版商分别为这两首作品支付了 10 个和 15 个基尼。

18 世纪末，一位意大利人写出了那个世纪最好的讽刺诗之一。作品完整描绘了一个年轻的意大利花花公子每天的固定活动，它对每个细节做了不遗余力的精确记录，并恶毒地故作惊诧，假意对一无是处的贵族表示赞美。这就是朱塞佩·帕里尼（Giuseppe Parini，1729—1799 年）的《一天》（The Day），一首前所未有的社会革命之诗。第一部分《早晨》（Morning）和第二部分《中午》（Midday）分别发表于 1763 和 1765 年，其余部分直到诗人死后才得以面世。帕里尼阅读过大量古典作品，并发表了一些不错的古典式颂诗，但他的成名作还是这首不凡的讽刺诗。我们对它和罗马讽刺诗的关系还不完全清楚，但它的灵感似乎来自尤维纳尔对食客在一天中先后活动的简单描绘，以及佩尔西乌斯对一位懒惰的年轻贵族发表的反讽之词。[37] 不过这无损于它惊人的感染力和本质上的原创性，使其能够与克拉伯（Crabbe）和霍加斯（Hogarth）等最伟大写实主义艺术家的作品相媲美。

布瓦洛、德莱登、蒲柏和其他巴洛克讽刺作家通常被称为"古典式"讽刺诗人和罗马人的继承者。人们认为，他们的弱点和优点都主要源于对罗马模板的效仿。

---

① 噩是《圣经》中提到的巴珊国王（见《申命记》3:11），德莱登在《押沙龙与亚希多弗》中用其影射托马斯·夏德维尔（Thomas Shadwell）。斯波鲁斯是尼禄宠爱的阉童，蒲柏在《与阿布特诺特博士书》（Epistle to Dr Arbuthnot）中用他讽刺了赫维男爵（Baron Hervey）。"尘土之子"也出自蒲柏的这首作品，他把赫维比作一只小虫。

这是危险的一知半解。他们的作品与罗马讽刺诗人的相差很大，二者的关系很大程度上就像巴洛克悲剧作家与希腊—罗马悲剧的关系。这明显地体现在他们作品的几个方面。

首先是格律。所有的罗马讽刺诗人都采用大胆和自由断句的六音步体，它的表现范围是其他任何格律都无法相比的，适用于从诙谐轻快的对话到长篇崇高雄辩的几乎所有题材，也许只有发展到顶峰的英语素体诗能够与其一较高下。但巴洛克时代的讽刺诗人（帕里尼除外）用的都是行末断句的双行体——这种格律虽然可以显得非常精致和幽默，但难以适用各种截然不同的情感，或者实现大量不同种类的效果。因此，与他们的古典模板相比，巴洛克讽刺诗人在表现媒介的选择上受到严重制约。

罗马人的确也在某些主旨与讽刺诗相去不远的作品中使用过双行体：特别是谴责式警铭诗。尤维纳尔的友人马提亚尔将这种格律和体裁发展到几近完美的高度。但这类作品的适用范围远不如讽刺诗，无法像后者那样既可以承载粗俗的笑话，又可以表现出绝妙的声音效果，或者升华为骄傲而沉重的悲观情绪。双行体与拉丁语的哀歌双行句有许多共同点，它们的使用很可能借鉴了奥维德、普罗佩提乌斯和马提亚尔等在 17 和 18 世纪广为流行的诗人。但诗人们自己有时也会感受到它的局限。布瓦洛曾经抱怨说，他感到最困难的是**转换处理**。[38] 他用双行体构思，就像给飞马带上了嚼子。

双行体的另一个缺陷在于不可避免地导致某些内容过于迁就形式。它的逻辑形式是两类平衡。首先，第一行的表述与第二行的完全平衡，二者句意相连，韵脚相同。其次，每行中间有一个停顿，或多或少地将其分成了两个半行：在法语的亚历山大双行体中，分割点位于行的正中。于是，两行间的对仗以及两个半行所表达的意思间的对仗就成了最主要的风格和逻辑形式，以至于"观点"几乎成了对仗的同义词，而讽刺诗则变成了寻找有力而鲜明的对仗之艺术。以蒲柏为例：

> 牛肉被他碰过立即化作肉冻，
> 巨大的野猪缩进了一只陶罐：
> 他在桌上表演了炫目的奇迹，
> 野兔成了云雀，鸽子变成蛤蟆。[39]

> Beeves, at his touch, at once to jelly turn,
> And the huge boar is shrunk into an urn:
> The board with specious miracles he loads,
> Turns hares to larks, and pigeons into toads.

下面是布瓦洛的：

> 这种动物藏身隐蔽洞中，
> 靠夏天找到的食物过冬。
> 但从不曾见它心念无常，
> 春天慵懒，而冬天着忙，
> 在旷野忍受一月的怒气，
> 或在白羊座下意懒神疲。
> 而不理智的人终其一生，
> 心思摇摆不知如何权衡：
> 他们的心总受千般困扰，
> 不知道哪一样自己想要。
> 今天逃避，明天却期冀。[40]

> Cet animal, tapi dans son obscurité,
> Jouit l'hiver des biens conquis durant l'été.
> Mais on ne la voit point d'une humeur inconstante,
> Paresseuse au printemps, en hiver diligente,
> Affronter en plein champ les fureurs de Janvier,
> Ou demeurer oisive au retour du Bélier.
> Mais l'homme, sans arrêt, dans sa course insensée,
> Voltige incessamment de pensée en pensée:
> Son cœur, toujours flottant entre mille embarras,
> Ne sait ni ce qu'il veut ni ce qu'il ne veut pas.
> Ce qu'un jour il abhorre, en l'autre il le souhaite.

下面是激情洋溢的约翰·德莱登：

> 那个阴谋就此开始，国家的灾难，
> 它本身就坏，实施起来更加不堪；
> 它由极端者提出，也遭到极端者抗议；
> 既有人许诺支持，也有人发毒誓抵制；
> 没有让公众取舍，也没有让他们评估，
> 而是一股脑地吞下，未经咀嚼和烹煮。

虽有些可取之处，却被谎言沾满浸透，

为的是让愚人高兴，让所有智者发愁。⁴¹

From hence began that Plot, the nation's curse,

Bad in itself, but represented worse;

Raised in extremes, and in extremes decried;

With oaths affirmed, with dying vows denied;

Not weighed or winnowed by the multitude;

But swallowed in the mass, unchewed and crude.

Some truth there was, but dashed and brewed with lies,

To please the fools and puzzle all the wise.

如果双行体的两个部分不构成对仗，人们往往会采用同义反复的表述。只要诗歌受制于这种严格而单调的形式，它就无法完整重现人类思想和情感的丰富、活力和灵动。

其次是词汇。罗马讽刺诗人并不回避"低俗字眼"。相反，他们的某些用词不见于其他拉丁语文学作品，而是只出现在日常的俚语对话中，私人书信中，墙上的涂鸦中，诅咒和笑话中。他们的词汇量非常庞大和多变，充满了意外之美，在令人震惊之余也能让他们感受到盎然趣味。在巴洛克讽刺诗人中，布瓦洛拒绝这样做，不愿使用平民词汇。不过他担心的也许是，"兔子"和"锤子"之类的日常词汇将使自己的作品过于生动。在《诗艺》中，布瓦洛回顾了拉丁语讽刺诗人和自己的前辈雷尼耶。他最后总结说，雷尼耶和罗马人在语言上太过随意：

拉丁语的用词无视礼貌，

但法国读者想要被尊重；

若不是词汇的廉耻心美化了意象，

一点点不洁的意思就会玷污自由。⁴²

我们有必要把布瓦洛的这种洁癖同他对喜剧的态度进行比较：他认为，如果莫里哀不是这样一位"平民之友"，没有把优雅的泰伦斯和粗俗的塔巴兰（Tabarin）①结合起来，他本该是最伟大的喜剧作家之一。⁴³ 值得注意的是，当布瓦洛对罗马讽刺诗人使用平民词汇表示不屑并拒绝在自己的作品中这样做时，他实际上默认

---

① 指巴黎的街头卖艺者。

了书籍之战中现代派的论点四，即古人是粗俗的。[44] 类似地，虽然他对巴黎恐怖场景的描绘借鉴了尤维纳尔对罗马的描绘，但整个画面被简化了：他没有逐字逐句地复述醉汉的粗话，而是仅仅提到"两个仆人对骂"以及强盗大喊"拿出你的钱包！"。[45]

不过，德莱登和蒲柏（后者一定程度上受到斯威夫特的影响）都使用了一些低俗的词汇，实现了非常有力和形象的效果。德莱登把噩称作：

> 一团可怕的腐臭物质，
> 全体魔鬼吐出的肉泥。[46]

> A monstrous mass of foul corrupted matter,
> As all the devils had spewed to make the batter.

蒲柏更加含蓄，粗话在他的笔下也显得优美起来：

> 还是让我用镀金的翅膀拍死这虫子，
> 油头粉面的尘土之子，散发着臭气还咬人。[47]

> Yet let me flap this bug with gilded wings,
> This painted child of dirt, that *stinks* and *stings*.

然而，巴洛克时代的所有"古典"讽刺诗人都拒绝怪词和新潮词汇，也避免使用罗马讽刺诗人喜欢的格律和用词技巧（但它们在巴特勒和拜伦等近代讽刺诗人那里得到了发展）。德莱登和蒲柏的作品中的确可以看到声效的使用（偶尔也出现在布瓦洛的作品中），但数量非常少，而且远没有下面的这句诗生动（这只是许多类似例子中的一个）——佩尔西乌斯描摹了灵魂陷入淤泥深处时发出的气泡声，其阴沉气氛犹如但丁的地狱：

> 他再次沉到水底，不再冒泡。[48]

> demersus summa rursus non bullit in unda.

巴洛克时代对诗歌词汇的限制不仅让讽刺诗人过于彬彬有礼，有时甚至让他们的作品显得乏味，让他们被迫用抽象代替了具体和真实。从许多模仿性段落与罗马原作的区别中可以看到这点。在布瓦洛最长也是最写实的第10首讽刺诗中（以女人为主题），他奉劝丈夫们要看清妻子卸妆后的样子：

> 相信我，白天都不要进屋。
> 如果想要占有你的卢克莱提娅，
> 谨慎的夫君，请等到夜幕降临，
> 戴帽的丽人在梳洗台边卸下妆容，
> 四方手绢上沾染了她的容颜，
> 把她的"玫瑰"和"百合"送给了洗衣妇。[49]

> Dans sa chambre, crois-moi, n'entre point tout le jour.
> Si tu veux posséder ta Lucrèce à ton tour,
> Attends, discret mari, que la belle en cornette
> Le soir ait étalé son teint sur la toilette,
> Et dans quatre mouchoirs, de sa beauté salis,
> Envoie au blanchisseur ses roses et ses lis.

诗中最俗的词语是"女帽"（*cornette*）、"洗衣妇"（*blanchisseur*）、"沾染"（*salis*）和著名的"手帕"（*mouchoir*）。尤维纳尔也写过这个主题：

> 一幅恶心而滑稽的画面，
> 糊满面团的肿胀面孔，散发出
> 油腻波贝亚膏①的气味，
> 粘住了可怜丈夫的嘴唇。
> 与情人幽会时却素面朝天……
> 但那敷覆着各色药膏，
> 贴着湿面疙瘩的东西，
> 究竟该叫作脸还是脓包？[50]

与犀利生动的原作相比，布瓦洛的改编版是抽象而礼貌的，他用"卸下"（*étaler*）、"沾染"（*salir*）和"送给"（*envoyer*）等动词取代了"肿胀"（*tumet*）、"散发"（*spirat*）、"粘住"（*viscantur*）和"贴着"（*accipit*）、用"妆容"（*teint*）、"梳妆台"（*toilette*）、"容颜"（*beauté*）和"玫瑰"（*roses*）等名词取代了"面团"（*pane*）、"面疙瘩"（*offas*）和"脓包"（*ulcus*）。类似的改编一次次地毁掉了近代讽刺诗，特别是在法国。尤维纳尔曾说：

---

① 相传为尼禄的妻子波贝亚（Poppaea）发明的一种美容药膏。

这位的作恶报酬是十字架，那位是王冠。

ille crucem sceleris pretium tulit, hic diadema

雷尼耶却把它翻译成：

有的得到了报应，有的得到了补偿。[51]

L'un est justicié, l'autre aura recompence.

布瓦洛等巴洛克讽刺诗人在无情的写实主义诗歌中人为地对词汇加以限制，也许他们是"古典主义者"，但他们没有尊重罗马人的传统。

最后是巴洛克讽刺诗的题材。德莱登只写过几种非常狭窄和特别的题材。雷尼耶写得多一些，但范围也不是很广。布瓦洛是专业的讽刺诗人，但他的题材并不涉及生活甚至巴黎社会的所有方面，他对愚人和恶棍的攻击也没有针对许多同时代的人。事实上，可供他选择的有一些很有意思的题材。我们多么希望能以孟德斯班和蒙特侬夫人对路易十四的爱情争夺战为题，创作一部像埃阿斯和赫克托耳争夺帕特洛克罗斯尸体那样的戏仿史诗！或者描绘孔代（Condé）亲王的那场宴会，他的厨师瓦泰尔（Vatel）因为鱼没能及时送到而自杀；或者如实记录耶稣会高层人物一天的生活，而不是用一首题为《模棱两可》（l'Équivoque）[52]的抽象长诗来抨击他们；或者以宫廷为题材，把科尔贝（Colbert）和卢弗瓦（Luvois）变成为争夺法兰西的灵魂而大打出手的善与恶的精灵；或者在讽刺诗中表现国王和贵族们疯狂的大兴土木，在作品最后把凡尔赛宫描绘得比天堂更壮观，连万能的主都要感到嫉妒：

为了跟风路易，伟大的上帝
不久也建起了天上的凡尔赛！

无论与拉伯雷和上一代人奥比涅的绝对无畏相比，或者同时代人圣西门的无情相比，布瓦洛局限的题材都相形见绌。只有蒲柏能够像伟大的罗马人那样针砭时事，他更勇敢，生活在一个更加自由的国家，还有斯威夫特这样的好友。但即使是蒲柏也受到了抽象道德化的影响，这种疾病击倒了布瓦洛，扼杀了他最初表现出的犀利幽默。[53]

因此，除了蒲柏之外的重要巴洛克讽刺诗人在风格和选材上都存在局限。他们浪费了机会，没有描绘罪恶并说出罪犯的名字，还在大好题材面前退缩了。就像蒲柏对埃迪森的评价那样，他们"想要伤人，却不敢出手"。[54]他们采用了极为僵化的韵律形式,在诗歌和情感的表现域上非常狭窄,太多时候使用了温和与抽象的词汇,素材的范围也相对较小。这些局限不是他们对古典讽刺诗人模仿的结果(罗马的讽刺诗要大胆和丰富得多),而是来自两种非常复杂和艰难的处境。

首先,文艺复兴时期的诗人们已经认识到,希腊和罗马的先辈们确立了极高的水准,而到了巴洛克时代,这种认识更是强烈得多。实现该水准的是令人赞叹的精妙韵律,词汇选择上的一丝不苟,以及对思想和情感堪为典范的压缩方式。为了达到类似的水准,巴洛克诗人们把重点放在形式的规则和紧凑以及语言的纯洁上,但在某些文学形式中(如讽刺诗),他们引入的规则和纯洁对诗歌造成了伤害。

其次是巴洛克时代的贵族和权威式社会结构。这导致讽刺诗的语言很难在英国实现应有的效果,而在法国则完全不可能。同时,讽刺诗人对贵族的攻击成了不明智之举,更不可能向君主发难。1679年,德莱登被罗切斯特(Rochester)收买的暴徒殴打[①]。伏尔泰在1717年被投入巴士底狱,1725年又遭到罗昂(Rohan)雇凶袭击[②],他一生中许多时间是在流亡避难中度过的。蒲柏多次受到威胁,也许只是因为脚有残疾才幸免于难。布瓦洛年轻时吃过很多苦头,艰难的童年和14岁时经历的痛苦手术让他变成了"身体虚弱,面容和善"的怯懦形象。[55]德莱登在成功地短暂涉足讽刺诗领域后全身而退,将生命的最后时光投入了翻译。布瓦洛后来也不再写讽刺诗,用多年时间创作路易十四的传记。

巴洛克艺术的形式源自效法崇高而富有张力的希腊—罗马艺术的尝试。它的局限性是17世纪社会特色的产物。在巴洛克时代的绘画中,君主大多身披罗马铠甲,头戴假发和希腊桂冠。罗马人同样会把自己的统治者描绘成神祇或披甲武士,但卷曲、带角和染色的假发是从巴洛克时代开始出现和受到推崇的。

---

① 即第二代罗切斯特伯爵约翰·威尔默特(John Wilmot,1647—1680年),因为德莱登代笔的《论讽刺诗》(*The Essay on Satire*,署名者是德莱登的恩主John Sheffield)中有攻击自己的内容而对其加以报复。

② 1717年,伏尔泰因为攻击摄政王奥尔良公爵被投入巴士底狱,11个月后才重获自由。1725年与罗昂公爵之子Guy Auguste de Rohan-Chabot发生争执。

第18章

巴洛克散文

17和18世纪被称为"散文的时代"。那个时代的散文在质量上（虽然在数量上很可能不是）超过了整个西欧数以千计的业余和专业诗人创作的诗歌。费内隆看到了这点，并暗示应该消灭诗体作品。巴洛克散文更胜一筹的理由显而易见，听上去甚至显得过于简单，但实在没有更好的解释了：这是因为知识分子主导和控制了当时关于生活的情感和想象，而散文正是知识分子的语言。在那个时代，畅销爱情传奇的卷首是一幅"温柔乡"的清晰地图[1]；在那个时代，切斯特菲尔德勋爵在一生中只笑过两三次，封特内尔则从未笑过；在那个时代，当年轻的爱德华·吉本被要求放弃自己的心上人时，他"作为情郎长叹一声，作为儿子默默服从"。

我们已经讨论过巴洛克悲剧和讽刺诗与它们所效法的古典诗歌之间的关系，并试图证明二者实际上比它们的模板受到更多局限。巴洛克时代的散文同样模仿和效法了希腊—罗马的散文，但所受局限较少，形式更多样化，成就也明显更高。首先，它们的作者和读者对于所要效法的原著更加熟悉。其次，它们更多模仿了拉丁语而非希腊语作品。诚然，希腊语散文有许多优美之处——如灵动、微妙、精确、简明以及能够毫不造作和费力地从日常对话或逻辑分析上升到诗性的感人肺腑。但和希腊语相比，西欧语言的结构与拉丁语相似得多：因此拉丁语顺理成章地成为了近代散文主要的模板。

散文风格[2]

巴洛克时代存在两种流派的散文风格。二者的灵感都来自作为模板的古典作品，并都把古典理论奉为权威。两种风格都在19和20世纪的散文中得到了延续。事实上，二者都脱胎于曾经盛行于雅典、亚历山大的帝国、罗马和早期基督教会中的对立散文创作流派。也许欧洲散文的历史比其他任何文学门类的历史都能更好地表明，想要理解和实践当代文学必须将其视作一个延续和具有永恒生命力的传统的一部分。

其中一种风格的源头无疑是有史以来最伟大的散文大师之一：罗马人西塞罗（公元前106—前43年）。他本人使用过多种风格——私人信件中的口语体、哲学和批判论文中半正式的对话体、演说词中花样百出的雄辩技巧。但他最有力和最擅长的风格还是饱满、华丽和雄浑的表达方式，既伴随着情感的不断奔涌，又总是受到思维巧妙的控制和约束。

即使在其作为罗马最伟大雄辩家的鼎盛时期，西塞罗的风格仍然受到友人和批评家的抨击。他们指出，西塞罗的风格源于雅典雄辩家伊索克拉底，因为讲求对称经常显得极为造作。伊索克拉底的技巧被小亚细亚的希腊雄辩家和演讲学校所接受，经过发展和扩充，更加充斥了夸张的情感。西塞罗的反对者们称其为"亚洲风格"，并针锋相对地提出了简明、朴素和真诚的"阿提卡风格"。[3]

西塞罗死后，罗马的作家和雄辩家们意识到自己无法进一步发展他特有的讲求对称的华丽风格，于是转而接受了阿提卡风格的理念。现在，句子变得简明，从句变得简短，节奏经常显得不平稳。人们抛弃了连接词，不再讲求对称，思想内容变得更紧凑。西塞罗的行文如同不断走向高潮的音响，罗马帝国早期的作家则忽略了和谐，而是追求警句式的精彩，偏好矛盾而非高潮。这并非纯粹的阿提卡风格，在雅典的雄辩家和散文作家的作品中很少或者完全找不到这些。但就句子的简短、词汇的平实和明显的不规则性而言，它的确属于阿提卡风格，那些不太讨人喜欢的夸张元素是帝国修辞学校和文学沙龙的激烈竞争所催生的。这一流派最杰出的大师是塞内卡（约公元前4年—公元65年），在他的侄子卢坎的诗歌中也有一定体现：正如塞内卡抛弃了西塞罗风琴般的语调，卢坎则抛弃了维吉尔的甜美和谐。年轻一辈的历史学家塔西佗（约公元55—约120年）故意通过不对称达到出人意料的效果，发展出该流派中一种更为怪异的风格。而在早期教父的作品中同样出现了这两种泾渭分明的流派——既有讲求雄浑、繁复、对称、流畅和内涵丰富，也有追求简明、有力、充满思想、经常显得不合常理甚至晦涩。拉克坦提乌斯是基督教的西塞罗，而另一流派的领军人物则是才华出众的德尔图良（Tertullian）。

随着文艺复兴的开始，西塞罗风格的惊人力度和灵活性再次得到认可，成了几乎所有主题的拉丁语散文借鉴的对象。许多个世纪以来，欧洲各国的外交公文不仅使用西塞罗演说词的语言，而且严格模仿他的词汇、语序和抑扬顿挫。在学者间曾经爆发过一场旷日持久的激烈争论，一方坚称西塞罗是不容挑战的"权威"，现代作家不得使用他的作品中没有出现过的拉丁语词汇和结构；而更开明的一方则指出，拉丁语仍然是活的语言，现代作者可以凭借自己的需要对其加以扩充和改变。鉴于这场争论的对象是拉丁语的用法，它不属于本书的范畴。不过与之密切相关的另一场争论却是我们要关注的。

许多俗语作家觉得，"大呼小叫"的言谈和写作风格过于造作。诚然，所有的风格都有修饰的成分，但他们坚持认为，散文至少应该看起来显得自然。于是，他们摒弃了西塞罗及其发展起来的绝大部分技巧，转而将塞内卡和塔西佗作为现代散文的模板。其中一些人走得更远，视德摩斯梯尼和柏拉图为榜样。避免流于形式主义是他们共同的目标。塞内卡的道德论文、塔西佗的史学、德摩斯梯尼更为平实的演讲和柏拉图更为低调的对话都成了他们的模仿对象（但后二者的影响要小得多），由此缔造的散文文体不仅被大部分近代随笔和人物描写所采用，也被用于一些伟大的布道作品。

第二类风格的杰出代表有：

> 弗朗西斯·培根（1561—1626 年）
> 托马斯·布朗爵士（Sir Thomas Browne，1605—1682 年）
> 《忧郁的解剖》的作者罗伯特·伯顿（1577—1640 年）
> 让·德·拉·布吕耶尔（Jean de La Bruyère，1645—1696 年）
> 约翰·弥尔顿（1608—1674 年）
> 米歇尔·德·蒙田（1533—1592 年）
> 布莱斯·帕斯卡尔（1623—1626 年）

该流派的散文还可以被分为两种类型——松散型和紧凑型。前者用简单和随意的连接词将短小的从句串联成更长的句子和段落，很少考虑对称；后者则完全不用连接词，作者的想法原封不动地落到纸上，由读者负责把它们连缀起来。[4]

下文选自伯顿的《忧郁的解剖》，为我们提供了一个优美的松散型范例。[5] 伯顿谈到了营造空中楼阁的危险和乐趣，以及这种习惯如何在沉醉其中的人身上日益强化：

> 起初，这种游戏给人带来极大的快感，让他们夜以继日，甚至一年到头独自沉浸在凝思和虚幻的冥想中，如同身处梦境，而且很难让他们把注意力转到别的方面，或者自愿停下来，虚妄的幻想给他们带来巨大的愉悦，以至于影响到他们的日常工作和必要事务，他们无力投入这些活动，甚至无力投入任何学习或工作，虚幻和令人着迷的想法如此潜移默化地、充满感情地、迫不及待地和持续不断地向他们袭来，悄悄钻入他们的身体，渗入并占据了

他们的心灵，控制和转移了他们的注意力，把他们牢牢抓在手中，就像我前面所说的那样，他们无力处理自己更重要的事务，抵御或摆脱那些想法，而是永远处于冥想和忧郁中，（据他们说）就像在夜间和精灵一起在荒野漫游，他们热情地在这座令人渴望和向往的忧郁冥想之迷宫中穿梭，既不能又不愿停下来，也无法轻易地离开，他们就像钟表一样不断旋紧和放松自己的发条，但仍然乐此不疲，直到最后，这一切因为某个有害的目标而突然反转，此时他们已经习惯于虚幻的冥想和孤独的场所，无法与人共处，只能沉湎于残酷和令人不悦的主题。

这种风格不适合言说，而是适用于阅读和孤独的沉思，让人觉得仿佛在偷听伯顿（或那位忧郁症患者）的真实思想，目睹它们扩散开去和抽枝发叶，在自己的世界中日益紧密地交织在一起。以深邃冥想和大量回忆为特色的马塞尔·普鲁斯特是这种风格的现代继承者。

紧凑型则更加简练和有力：

> 在世界这座大蚁丘上，我是蚂蚁；我是造物的一部分，我是被造之物；但有的被造之物是可鄙的。上帝更近了；在男人和人类被造出的那片粘土和红土的旷野上，我是土块；我是男人，我是人类的一部分；但即使把他们再消灭一次，也无法赎清人类的罪恶。[6]

不过，根据主题需要，大多数反对西塞罗风格的作者会相当自由地从一种风格过渡到另一种风格，有些人甚至不排斥偶尔使用西塞罗式的修辞翱翔一番，只要随后能安全着陆就可以了。

有"松散型"和"紧凑型"之分的这类风格不仅是遣词造句的手法，也是一种思维方式。它包含了某些强烈的道德和政治暗示。由于教会、大学、耶稣会、外交部门和广大正统人士都使用西塞罗风格，塞内卡和塔西佗风格往往被和非正统甚至离经叛道联系在一起。它是斯多葛主义派哲学家塞内卡的声音，他勇敢地坚守己见，只服从上帝的意志，最终被暴君逼迫自杀。它也是塔西佗的声音，这位辛辣的史学家通过描绘暴政对其加以谴责，他的作品经常被马基雅维利式政治理论著作用作外衣。[7]帕斯卡尔驳斥耶稣会的精彩书信部分效法了斯多葛派哲学家爱比克泰德（Epictetus）的语录集，在他的作品中，思想犹如已经赤裸上身的运动员，随时准备走上竞技场。而在17个世纪之前，一位斯多葛派的信徒曾经坚持用朴素的风格反对西塞罗，以公民权利的名义反对恺撒：他就是共和国的捍卫者布鲁图斯。

这种风格被17世纪的大多数伟大散文作家所使用。到了18世纪，它逐渐失去了怪异的色彩，并不再有意营造不对称的效果，开始向礼貌的半正式对话靠拢，最终融入了以平实、直白和优美质朴著称的18世纪轻盈散文。

327 与此同时，另一种风格正在被建立起来，它在俗语散文中完美再现了西塞罗的文风。尽管因为语言、作者和主题的不同有所差异，它仍然体现了鲜明的西塞罗式风格，人们往往更容易从某页作品中辨认出罗马式的抑扬顿挫，想要判断出来自哪位巴洛克文体家的手笔反倒不那么容易。使用这种风格的最伟大作家包括：

> 约瑟夫·埃迪森（1672—1719年）
> 让-路易·古埃·德·巴尔扎克（Jean-Louis Guez de Balzac，1597—1654年）
> 雅克-贝尼涅·波舒哀（Jacques-Bénigne Bossuet，1627—1704年）
> 路易·布尔达鲁（Louis Bourdaloue，1632—1704年）
> 埃德蒙·柏克（1729—1797年）
> 弗朗索瓦·德·萨里尼亚克·德·拉·莫特-费内隆（François de Salignac de La Mothe-Fénelon，1651—1715年）
> 爱德华·吉本（1737—1794年）
> 塞缪尔·约翰逊（1709—1784年）
> 乔纳森·斯威夫特（1667—1745年）

这些人都受过良好的教育。正如约翰逊在评价希腊语时所说的："知识就像蕾丝，每个人都会尽可能多地拥有它"。他们有些人对学校不满，比如吉本；有些对老师不满，比如伏尔泰；有些热爱大学，比如埃迪森；有些因为缺乏管束在大学里成绩不佳，比如柏克和斯威夫特；但他们无一例外地在大型图书馆里（家境贫寒的约翰逊在他父亲的书店里）博览群书并安静地做过大量独立思考，这通常足以让他们在二十岁前便形成了自己的思想。

无论是西塞罗式抑或反西塞罗式的巴洛克作家，古典阅读带给他们的最明显助益是相同的，那就是希腊—罗马文学中丰富的想象和思想素材。他们所有人的全部作品中都充满了此类素材。他们既无法也不愿拒绝它，就像今天受过良好教育的人不会拒绝了解艺术和音乐。它是这些人共同的纽带，无论他们是否生活在不同的时代（比如布朗和柏克），或者是否拥有不同的国籍和信仰（比如波舒哀和吉本）。他们似乎都属于同一个文化人的圈子。有时，这个圈子看上去拒绝接纳我们中不谙希腊语和拉丁语的人。也许这就是为什么在我们更愿意阅读吉本的传记而非他的史学作品的今天，那些作家相对显得冷门。但古典文学让他们的作

328 品大为增色，带给他们一座由崇高而有力的典故、记忆和对比组成的宝库，没有任何现代事例能够令人满意地取而代之。与此同时，古典文学的丰富想象力淡化

了他们作品平实理性的风格，而它的客观性则让他们的作品超越了当下，焕发出不朽的光芒。

和文艺复兴的诗歌一样，巴洛克散文充斥着古典典故。有时是直接的古今对比。比如当1792年英国下议院讨论对俄政策时，人们提到了第聂伯河河口的奥查科夫（Ochakov）。这座小城被认为是君士坦丁堡的咽喉，但辩论参与者中很少有人听说过它。不过，当发言者引用了德摩斯梯尼的第四篇《驳腓力词》后，大家一下子就清楚了整个战略局势。在被引述的那个段落中，德摩斯梯尼告诉雅典人，那些他们几乎不知道名字的北方城镇是腓力进入并征服希腊的咽喉要地。[8] 由于欧洲近代史上没有类似马其顿人征服希腊诸邦的故事，后者能够帮助人们认清拿破仑永不满足的侵略造成的危险。德国学者尼布尔（Niebuhr）最早的作品是对第一篇《驳腓力词》的匿名译介。当译本于1805年在汉堡出版时，它被题献给了沙皇，并直截了当地将拿破仑与马其顿国王腓力相提并论。和小皮特引用德摩斯梯尼一样，尼布尔的译本在巴洛克时代与现代演讲和政治情感间架起了桥梁。[9] 在弹劾管理印度不善的沃伦·哈斯廷斯（Warren Hastings）时，柏克模仿了西塞罗对腐败的罗马驻西西里总督维勒斯（Verres）的发难之辞，整个法庭都听懂了。当伏尔泰试图发表自己关于宗教的非正统自然神论观点时，他将其托伪成迈密乌斯（Memmius）致西塞罗的书信，"由谢雷莫托夫元帅（Admiral Sheremetof）发现于梵蒂冈，由伏尔泰转译自俄语"。[10] 而当可怜的卡拉斯（Calas）被判处轮刑和火刑时，伏尔泰发起了一场要求撤销判决和进行司法改革的运动①，将自己时代的暴行与罗马加以对比，在后者的法庭上"指证是公开的，被告将直面证人，亲自或通过律师向他们发问或同他们对质。这种制度高贵而宽容，体现了罗马人的气度。而在我们这里，一切都是在暗中完成的"。[11] 最后再举一例。1775年3月，柏克满怀激情地在近代史上最重要的场合之一发言——英国同它在北美的殖民地间的政治纽带即将断裂。他分析了三种可能平息殖民地人民抱怨的手段，其中之一是对其实施封锁。柏克警告议会，这种手段无法消除人民抱怨的原因，困窘的生活将令他们更加不满。在发言的最后，他引用了尤维纳尔告诫一位专制罗马总督的警句：

> 一无所有者仍有武器。[12]

议会中的有识之士都明白这句话和它的言下之意。

---

① 卡拉斯是一名法国新教徒。1761年，他的儿子自杀身亡。由于害怕带来麻烦（作为法国国教的天主教禁止自杀），家人将其伪装成死于谋杀。不料仇视新教徒的法庭认定卡拉斯是凶手，于次年用残酷的刑罚把他折磨致死。在伏尔泰的努力下，路易十五在1764年撤销了判决。

间接的用典甚至比直接的对比更为常见。和史诗中的用典[13]一样，在伟大作家的笔下和出色演讲者的口中，用典能够让散文论述在情感上与诗歌相媲美。在探讨睡着时嗅觉会变得迟钝这一医学和心理学现象时，托马斯·布朗爵士表示，睡眠者"即使躺在克娄佩特拉的床上，也几乎无法带着任何愉悦之情唤起玫瑰的幽灵"。[14]小皮特的父亲曾训练他把希腊语和拉丁语古典作品的段落随口大声翻译出来。他对语言游刃有余的运用和丰富的比喻大部分要归功于此。在那次关于废除奴隶贸易的伟大演讲中，他的口若悬河让对手们听得如醉如痴，仿佛面前的人得到了天启。当他完成了一段精彩的论述，表示非洲人即将迎来更加光明的一天时，辩论已经持续了整整一夜，旭日的光芒开始射入下议院的大厅。作为结尾，他引用了维吉尔的优美诗句：

> 在这边，旭日随着吁喘的骏马向我们靠近，
> 在那边，红艳的暮光点燃了夜晚的灯火。[15]

我们几乎无需点明上述作者如何通过与希腊和罗马伟大头脑的接触而获得灵感。即使并未直接引用古典作品，对永恒的感悟也会让他们变得更加伟大。在开始创作自己最好的布道文之前，波舒哀习惯于阅读那些最优美的古典诗歌，以便将自己的思想升华到最高程度的崇高；而在为玛丽-特蕾莎女王准备悼词时，他把自己独自关在房间里，在许多个小时里只读荷马。[16]

此外，西塞罗风格的作者都会不同程度地用到一些源自拉丁语和希腊语散文的风格技巧。通过他们的作品，这些技巧成为了大多数现代语言的有机组成部分。他们致力于营造出一种"受控之力量"的印象。为此，他们选择让自己的散文堂皇、丰富而对称（后者尤为重要）。

为了实现堂皇的效果，他们使用了直接源于拉丁语的长词汇，而非源自盎格鲁—撒克逊语或者经过古法语的中介而被磨去棱角的短词汇。比如，波舒哀直接借鉴了德尔图良的说法，把贞女玛利亚称为"天使化的肉体"（*chair angélisée*）。他还是最早把"担忧"（*appréhensif*），也是最早将"制度"（*régime*）、"智慧"（*sapience*）和"措辞"（*locution*）用作书面文字的作者之一。[17]塞缪尔·约翰逊对臃肿的拉丁语名词、形容词和动词的偏爱广为人知：如"二分"（bipartition）、"等重"（equiponderant）、"晕眩"（vertiginous）、"清除"（expunge）、"串联"（concatenation）、"暴躁"（irascibility），还有他最喜欢的"拖延"（procrastination）。[18]博斯韦尔注意到，约翰逊脑海里想的实际上是简单的撒克逊语词汇，落笔时则把它们翻译成拉丁语（或者说约翰逊语）。约翰逊曾说"《排演》（*The Rehearsal*）没有足够的幽默来取悦观众"，过了一会儿他又说"它没有

足够的活力（vitality）来保证自己不致朽坏"①。[19]戈德史密斯（Goldsmith）也因为这点取笑过约翰逊，认为如果让后者写一则关于小鱼的寓言，它们说起话来会像是鲸鱼。不过需要指出的是，很少有巴洛克散文作家大量从拉丁语引入新词。相反地，他们还摒弃了许多文艺复兴时代的人尝试性引入的词汇。他们真正做的是根据自己的口味从已经被尝试性引入的词汇中遴选出那些今天被我们所使用的，使其成为了母语的一部分。约翰逊的错误在于他密集地使用了太多源自拉丁语的高深词汇，完全没有给耳朵或头脑喘息之机。

法语散文作家没有犯这样的错误。作为法国巴洛克风格最重要的奠基人，巴尔扎克严厉地拒绝了一切会损害法语明晰性与和谐性的词汇：如外省的表达、过时词汇、新潮词汇和拉丁词汇——后者并非指所有源自拉丁语的词汇，而是那些在敏感的人耳中显得怪异、笨重、显摆和**没有**完全母语化的词汇。[20]在上述严格的甄别标准下，巴尔扎克等人为法语散文打造了尖锐、锋利和寒光闪闪的枪尖，使其成为人类有史以来创作的最佳思维工具之一。

不过，散文不仅是工具，它也可以是乐器。布朗是技艺最高超、表现手法最丰富和最巧妙的巴洛克文字音乐家，通过将朴素的盎格鲁—撒克逊风格同罗马人具有风琴般音调的词汇相融合，他营造出了最优美的效果：

> 对于被安排在这个历史阶段的我们而言，上帝剥夺了此类幻想；我们必须直面剩下的那一小段未来，自然而然地开始思索来世，没有借口拒绝考虑那段时光，在它面前，金字塔宛如冰柱，过去的一切宛如一瞬……墓碑言说的历史很少超过四十年。许多代人逝去了，某些树木却还屹立不倒。即使是古老的家族也不会比三株橡树存在得更久远。[21]

为了营造丰富的效果，巴洛克时代的散文作家们主要采用重复手法——他们或者用近义词表达重复的意思，或者用近音词表现语音的重复。连续使用两个或三个同义词是这种风格确定无疑的标记和明白无误的特征：

支持、协助和捍卫[22]

supporting, assisting, and defending

---

① 《排演》上演于1671年，是一部以德莱登为攻击对象的匿名讽刺剧（作者可能是第二代白金汉公爵 George Villiers）。博斯韦尔引述了约翰逊对该剧的评价，并指出约翰逊的前后两种评价显示"他（约翰逊）似乎乐于按照自己的风格说话，如果不小心没能做到这点，他会把那个想法翻译成自己的风格后重复一遍"。(He seemed to take a pleasure in speaking in his own style; for when he had carelessly missed it, he would repeat the thought translated into it.)

慎重而小心翼翼地向坟墓迈进 [23]

deliberate and creeping progress unto the grave

尘世的美德，欺骗和虚伪的美德，只有外表和表象 [24]

la vertu du monde; vertu trompeuse et falsifiée; qui n'a que la mine et l'apparence

共同体的联系和纽带，一切书面法条的支柱和维系 [25]

the bonds and ligaments of the commonwealth, the pillars and the sustainers of every written statute

给（不幸者）好好上一课，为他们准备一块轩敞和开阔的地方 [26]

de donner (aux maux) un grand cours, et de leur faire une ouverture large et spacieuse

阅读不是为了找茬和反驳，也不是为了轻信和想当然，也不是为了寻找话题和谈资，而是为了权衡和考量 [27]

read not to contradict and confute; nor to believe and take for granted; nor to find talk and discourse; but to weigh and consider

近音词更难以把控，但经常能表现出非常有力的效果：

we are weighed down, we are swallowed up, irreparably, irrevocably, irrecoverably, irremediably [28]

prose admits of the two excellences you most admire, diction and fiction [29]

另一个著名的例子是：

government of the people, by the people, for the people [30]

332　首语重复法（anaphora）是这类手法的一个变种，西塞罗用它实现了他人无法企及的雄浑效果，成为大多数现代演说家效法的对象。该手法在一连串从句的相同位置重复使用同一个词语或短语，从而用力地表达出作者的意思。比如：

请注意，这里不仅有我们苦难的谷底，
也看得到它的顶峰，
也看得到它的满溢，
也看得到它的横流，

也看得到它的流弊,

也看得到它的毒害,

也看得到它的可憎,

如果这个词还不够分量的话,

那么让我用先知的话来说,这里也有行毁坏的可憎①。³¹

Ce n'est là que le fond de notre misère, mais prenez garde,

　　en voici le comble

　　en voici l'excès

　　en voici le prodige

　　en voici l'abus

　　en voici la malignité

　　en voici l'abomination

　　et, si ce terme ne suffit pas,

　　en voici, pour m'exprimer avec le prophète, l'abomination de la désolation.

巴洛克散文作家最伟大的成就是对称。对称不仅是 1=1 式的平衡,在建筑的中心位置矗立着一座巨型拱顶的巴洛克大教堂也是对称的。和其他领域一样,散文的对称意味着各部分按照其在总体结构中的重要性而占有平衡的比例。西塞罗是这门技艺的大师,可以让一长篇演说词体现出对称性,让句子中的各个从句,段落中的各个句子,章节中的各个段落,乃至各个章节之间都保持平衡。这不是表面文章,而是逻辑的需要。通过研究西塞罗的演说词,巴洛克时代最优秀的演说家们意识到,必须把主题切割成几大便于区分和联系的观点,然后再把这些观点切割成更小的话题并分别加以讨论。教育程度不高人士的糟糕演说通常做不到这点。比如,阿道夫·希特勒对此就几乎一无所知。他从未写过什么好的演说词,除非在动笔前碰巧想到了某个好的框架。他的大多数演说词(公开或私下的)尽管激情洋溢,却显得松散而不够透彻。相反地,耶稣会演说家特别擅长分割或逻辑分析的技艺,这在他们所受的训练中得到了强调。乔伊斯《一个青年艺术家的画像》(*A Portrait of the Artist as a Young Man*)中的第二篇静修布道就是一个很好的例子 [32],不过任何一篇耶稣会的布道都能拥有同样的优点。在布道文《论上帝之国》(*Sur le royaume de Dieu*)中,布尔达鲁表示,上帝之国是:

---

① 《马可福音》13:14:你们看见那行毁坏可憎的。

1. 被埋藏的财富;
2. 需要为之奋战的胜利;
3. 被珍藏的奖赏。

然后,他进一步细分了上述三种观点——比如对第二点而言,想要取得胜利必须首先征服肉体,然后征服魔鬼,最后征服世界。[33]

而在较小的规模上,在句子和段落中实现对称效果的最常用手法是对仗和层进(climax)。我们经常使用它们,对二者已经很熟悉了。不过,从希腊—罗马的散文作家那里把它们学到手并加以发扬光大的正是文艺复兴和巴洛克时代的作家。

对仗既可以是相对的单词,也可以是从句、句子和段落[34]:

> 没有人是完全自成一体的孤岛,所有人都是大陆的一部分,是整体的一部分。[35]

> 这光芒照亮了心的单纯与恭顺,熄灭了灵的虚荣和傲慢。[36]

> (为所有的议员配备医生的计划将会)让某些沉默者开口,让许多饶舌者闭嘴;遏制年轻人的冲动,纠正老年人的自以为是,让愚笨者兴奋,让鲁莽者冷静。[37]

当然,在巴洛克时代的戏剧和讽刺诗歌中,这种手法也俯拾皆是:

> 用空洞的赞誉去贬损,用礼貌的睨视去赞同,
> 怂恿别人去嘲笑,自己一脸严肃。[38]

"层进"的原义是"阶梯",指用对称但意思逐渐加强的词语、短语、句子或段落来描绘某个想法不断延伸和升华的过程。比如:

> 老爷们啊,是谁不仅羞辱和捉弄了我们的军队,还胆敢让野蛮人的战斧和剥头皮刀加入战团?号召粗野和未开化的丛林蛮族与文明人联起手来?把捍卫争议权利的任务交给无情的印第安人?向我们的同胞发动了恐怖的野蛮战争?[39]

下面则是多恩博士对无神论者的一段气势磅礴的讲话[40]:

> 我不会等到审判日那天再问"上帝存在否?",那时我将看着你们五体投地,哀求群山崩塌掩盖自己以躲过上帝的雷霆之怒。我不会等到你们去世那天再问"上帝存在否?",那时你们将确知他的存在,只不过你们的证据

是魔鬼；那时你们将确知天堂的存在，只不过你们的证据是地狱。我只会给你们几个小时，仅仅六个小时，仅仅到午夜。当你们在那时醒来，当你在黑暗中独自一人听见上帝发问，当你还记得我此刻的问题"上帝存在否？"，如果你真有胆量，就说"否"吧。

有一种属于层进的对称手法非常自然和灵活，几乎可以用于任何层次的演讲中而不显得造作。它的发明者是希腊的修辞教师，并非所有的罗马人都能充满信心地接纳和使用它，但西塞罗比其他所有人更好地将其发扬光大。尽管不是现代欧洲语言中土生土长的，但今天它不仅仍然活跃在高雅散文中，还进入了西方国家的日常言谈。这就是三句排列，它的每个单元由三部分组成，第三部分的语气通常更加强烈和坚定。作为林肯《葛底斯堡演说》的主要手法，最后一段出现了两处应用：

但更广义地说，我们无权授予——我们无权奉上——我们无权把神圣带给这片土地。

我们要在这里下定最大的决心，不让死者白白牺牲——我们要让这个国家在上帝的注视下获得自由的新生——人民所有、人民所掌、人民所享的政府将不会在大地上消亡。

林肯没有读过西塞罗的作品，但他通过研读巴洛克时代的散文掌握了这种手法以及其他西塞罗式风格的优点。正是在那个时代，上述手法在英语、法语和其他语言中得到了完善。比如：

木乃伊成了商品，麦西（Mizraim）能医治伤口，而法老则被作为香膏出售。[41]

荣耀！对于基督徒而言，还有什么比它更有害和更致命的吗？还有什么诱饵比它更危险？还有什么更能让最美好的人侧目？[42]

你对我的工作所表示的赞许如果再早点就好了；但它来得太晚，我已经没了兴致，无力受用；我已经孑然一身，无法与人分享它；而且我已经成名，不再需要它了。[43]

（正如前文例句所清楚显示的）此类手法并非独立使用，而是相互结合，并且远不止上面所举的这些。考验技巧的是怎样恰如其分地把它们组合起来。和巴洛克宫殿或巴赫的弥撒曲一样，优秀的巴洛克散文同样离不开细致的筹备和详细的计划，同样需要考虑大量相互关联的作用力，同样拥有大胆的设计和坚实的基础。尽管现代散文的写作很少如此系统化，上述手法还是成为了其天然的工具。最优秀的作家和演说家可以游刃有余地使用它们，听众们也对它们记忆深刻。每位美国人都不会忘记罗斯福在陈述国家需要更广泛的社会救助时所用的三句排列：

> 三分之一的国民屋难避雨、衣难遮体，食难果腹。

而出于直觉，英美民众将丘吉尔那句最著名的讲话压缩成了又一例不朽的三句排列：

> 热血、汗水和眼泪。①

英王詹姆士圣经以及它背后的希伯来语文学对英语产生了巨大的影响，但上述例证表明，古典批评家、史学家和雄辩家对英语和其他西欧语言的影响要大得多。最好的现代散文结合了希腊人的灵活和罗马人的稳重。

小说

三部巴洛克时代的著名小说对现代文学产生了深远的影响。与此同时，它们受到某些类型的古典小说的影响，并对其加以传播，尽管乍看之下二者似乎相去甚远。三部作品在主旨以及模仿和赶超对象上存在千丝万缕的联系。它们是：

> 弗朗索瓦·费内隆的《忒勒玛科斯》（*Télémaque*，1699—1717 年出版）
> 塞缪尔·理查森（Samuel Richardson）的《帕米拉》（*Pamela*，1740 年出版）
> 亨利·菲尔丁的《弃儿汤姆·琼斯的历史》（1749 年出版）

简而言之，这些作品（当时都是畅销书）与古典传统的关系体现在：《忒勒玛科斯》将希腊语和拉丁语史诗、希腊语传奇、希腊语悲剧等体裁的希腊—罗马文学作品融合成流畅和新颖的散文体故事；经常被称为第一部纯粹现代小说的《帕米拉》在一定程度上脱胎于希腊传奇和希腊的教育理想；《弃儿汤姆·琼斯的历史》的作者则称自己的小说为一部喜剧史诗，借鉴了荷马的《伊利亚特》和他失传的

---

① 这是丘吉尔于1940年5月13日出任英国首相时在下议院演讲中的一句名言，原文为"我所能奉上的只有热血、辛劳、眼泪和汗水"。（I have nothing to offer but blood, toil, tears and sweat.）

滑稽诗《玛吉忒斯》（*Margites*）①。事实上，该作品的内容不止于此。下面让我们对它们逐一进行分析。

费内隆是一位出身贵族的主教，受过良好的古典教育。他的希腊语比大多数同时代的人都好，而且从作品中可以看出他拥有精良的品位。他在书籍之战中持中立态度——这主要是因为他觉得对于现代派几乎无话可说，而古代派所持的（或者被强加给他们的）论点则没有什么说服力。38 岁那年他出任路易十四王位的第二号继承人、王太孙勃艮第公爵的老师。圣西门认为他把一个魔鬼变成了天使（这种说法有夸大之嫌）。那个孩子天性骄傲而暴烈，几乎无法管束。在得到费内隆的教导后，他变得平和、热情、真正喜欢上了最好的艺术和举止。毫无疑问，这大部分要归功于费内隆细腻和富有魅力的人格（太子的老师波舒哀的成果就要差得多，他的人格同样高尚，但感染力有所不及），但也有一部分进步是费内隆向学生精心灌输希腊人的历史、文化和均衡德性之真正意义的结果。虽然本人是位主教，他作品中的道德教导更重视希腊而非基督教的范例。他特意为学生编写了教材：首先是几则动物寓言，然后是一系列《死人对话》（仿照了柏拉图和琉善），让著名和有趣的人物就政治、道德和教育主题展开讨论——墨丘利和卡戎攀谈、阿喀琉斯采访了荷马、罗慕路斯遇到了他有德的继承者努玛。

他最好的作品《忒勒玛科斯》表面上也是为勃艮第公爵而写的，但作品的内容显示出更广泛的教育目的。这个关于奥德修斯之子的故事大约创作于 1695 与 1696 年间。1697 年，费内隆不再担任勃艮第公爵的老师。1699 年，《忒勒玛科斯》中的四部半出版，显然他的抄写员窃取了手稿，在未经允许的情况下将其卖给了某位大胆的出版商。同年，因其在神秘主义问题上的极端观点，路易十四下令取消了勃艮第公爵对他的庇护，并禁止他离开自己的教区。此后，《忒勒玛科斯》的其他部分也陆续问世，但授权版直到 1717 年才由他的侄孙出版。作品取得了巨大成功，仅 1699 年就有 20 个版本问世，"顾客们争相把金币扔给书商"，还经常出现仿作。[44]

和流行的骑士故事一样，《忒勒玛科斯》的体裁也是传奇。作品被安排在似是而非的古典背景下，并点缀着具有鲜明古典特色的名字和用语。这种做法在当时极为流行，类似的例子有斯库德利的《克莱利亚》（*Clelia*）——它部分脱胎于我们在前文看到的杜尔菲融合了田园作品和传奇特点的《阿斯特莱亚》。[45] 此类传奇大量受到了从罗马帝国晚期流传下来的希腊语（或希腊—东方）传奇的直接影响。我们在此不探究希腊语传奇作者们故事素材的来源，想要勾勒出故事的传

---

① 一首失传的希腊语戏谑史诗，亚里士多德将其归到荷马名下。主人公玛吉忒斯的名字有疯狂、贪婪的意思。

承是不可能的，它们主要来自口头传播的民间传说，那些在商队篝火边和酒馆里讲述的故事只有很少一部分会有幸被记录下来。此外，这些传奇作家们还从更高雅的希腊文学作品中借鉴了大量辅助性素材：如史诗中关于暴风雨、战斗和海难等的描绘，悲剧中的独白和命运的反转，演讲和哀歌中关于队列、艺术品、风景和熙攘场景的描摹，以及其他许多动人的主题。显然，这些作者受过一定的教育。与之类似（但层次和目标要崇高得多），费内隆也从希腊—罗马史诗、希腊悲剧和其他体裁的古典文学作品中借鉴了许多最出色的场景和动机描写。⁴⁶《忒勒玛科斯》的故事参照了《奥德赛》，但比后者丰富得多。作品讲述了年轻王子忒勒玛科斯的寻父历险，他的足迹遍布整个地中海，涉足之处甚至超过了奥德修斯本人。可以说，作品的比较对象不是《奥德赛》，而是《埃涅阿斯纪》（流亡的埃涅阿斯经历了险阻重重的漂泊）以及爱情和旅行传奇。费内隆的作品以《奥德赛》为基础，让人想起了但丁的《神曲》（以维吉尔的《埃涅阿斯纪》为基础）；它借鉴了非史诗作品中的许多情节，在这点上又类似最早的田园传奇之一——桑纳扎罗的《阿卡迪亚》⁴⁷；令人称奇的是，乔伊斯的《尤利西斯》无意中也受到了它的影响。作品以明晰、悦耳与略带诗意的散文写成，主要缺陷是令人难以忍受的单调感和同样难以忍受的高贵感。但它的构思，观点的广度，以及在对话、描写和历险之间设计精巧的切换令人称道。

　　与费内隆的其他作品相同，《忒勒玛科斯》的写作目的也是教育（他的许多书信是很有价值的教育档案，如教导德·蒙特侬夫人［Madame de Maintenon］如何改善性格，以及应亚眠主教代理官［Vidame d'Amiens］的要求，为其提供如何在宫廷生活中坚守美德的建议），但这也正是它的主要缺陷所在，即教育意味过于明显。类似《奥德赛》中的奥德修斯，主人公忒勒玛科斯身边也有智慧女神相伴。虽然伪装成年长的导师，她的现身却比《奥德赛》中更加频繁和突兀。她与忒勒玛科斯的关系就像费内隆之于勃艮第公爵。忒勒玛科斯总是会遭遇各种程度的道德危险，从对自己夸夸其谈的诱惑到情欲（他与欧卡利斯［Eucharis］的火热关系在当时激起过抗议）和战争的诱惑，而导师则总是提供道德教导。每当年轻的主人公看到一个幸福的国度或者来到一个被邪恶君主统治的王国，导师也会为其提供道德教导（或者说费内隆为我们提供教导）。不过，虽然《伊利亚特》、《奥德赛》乃至《埃涅阿斯纪》在这方面都带有崇高的教育意味，但它们的教导几乎总是间接的，因此更加深入和持久。⁴⁸

　　这种坦诚相见在作品出版的时代是惊人的。费内隆对路易十四及其宫廷的许多主要倾向提出了激烈的反对——如他的好战、骄傲、喜欢恭维、性放纵、专制、奢靡无度（特别是他狂热的大兴土木）和对平民福祉的无视。⁴⁹《忒勒玛科斯》中出现了许多邪恶的国王，他们几乎都是路易十四和巴洛克时代其他同类君主的写照。拜访冥府期间，忒勒玛科斯看到很多国王堕入了地狱，能够去福人岛的则寥寥无几。所以，对于年轻的勃艮第公爵而言，《忒勒玛科斯》的教育意义是直接和相当肤浅的，旨在教导公爵不要成为路易那样的国王。但对别的读者来说，作品的教育意义是间接的。通过描绘远古青铜时代的奢华宫廷和治理糟糕的国家，它抨击了巴洛克时代王国的罪恶和愚蠢。这正是人们如此热衷于购买这部作品的原因——他们将其视作对伟大的路易及其宫廷的嘲讽。在一定程度上的确如此，尽管它缺乏讽刺诗必要的幽默（早在 1694 年，费内隆就给路易写过一封言辞激烈的书信，批评他的整个政府热衷战争，对法国经济管理不力）。正是出于这种解读，该作品被不断再版，而费内隆本人也再未得到王室的垂青。

事实上，《忒勒玛科斯》是写给巴洛克时代的讽刺诗（这项工作本来可以由布瓦洛来完成，但他没有那样做）。今天，这种讽刺诗已经过时，《忒勒玛科斯》也因此失去了一部分生命力。但该作品仍然具有自身的价值，它不仅是对同时代人行为的隐晦反思——例如孟德斯鸠《波斯人信札》的法国色彩就要远远超过波斯[50]，也可以被单纯视作忒勒玛科斯的历险故事，17 世纪的人物特点只是偶尔在作品中有所流露——比如主人公被描绘成暴躁而骄傲的人，而荷马原作中的奥德修斯之子则非常文静和单纯。对该作品的传统批评认为它的体裁不伦不类，在散文体传奇中夹杂了史诗和教诲手册。但许多伟大的作品同样在体裁上模糊不清。《忒勒玛科斯》的真正问题在于它太过直白、彬彬有礼和温文尔雅。激情被认为是不可取的，而情感则让人失去理智：于是费内隆排斥了激情，也极少让人物动情（除了反面人物）。但有时，激情对一部作品而言是必不可少的。

《忒勒玛科斯》可谓香火不断。整个 18 和 19 世纪的启迪性历史传奇都把它当作模板，直到今天仍有新的此类作品问世。在经过 30 多年的创作后，让－雅克·巴特雷米（Jean-Jacques Barthélemy）于 1787 年出版了一部介绍希腊及其历史和政治的虚构作品《青年阿纳卡西斯的希腊游记》（*Travels of Young Anacharsis in Greece*）。作品取得了巨大成功，加深了人们对古希腊的热情，为法国大革命时期的那代人带去了灵感。在 19 世纪的教育大扩张中，此类作品更是遍地开花。那个世纪的许多学者通过贝克尔（Becker）①的《高卢人》（*Gallus*）以及该作者同样乏味和机械的《卡利克勒斯》（*Charicles*）分别了解了古罗马和古希腊的礼仪。但与此同时，受司各特（Scott）②的成功激励，历史传奇这种小说类型变得更加

---

① 威廉·阿道夫·贝克尔（Wilhelm Adolf Becker，1796—1846 年），德国古典学者。
② 沃尔特·司各特爵士（Sir Walter Scott，1771—1832 年），苏格兰历史小说家、诗人。

贴近现实和富有活力。《忒勒玛科斯》的后继者包括《庞贝城的末日》（*The Last Days of Pompeii*）、《宾虚》（*Ben-Hur*）、《我，克劳迪乌斯》（*I, Claudius*）和桑顿·维尔德的《三月十五日》（*The Ides of March*，和"弗吕吉亚人达雷斯"一样，这部作品试图将自己托伪成古人的档案）。小说中的历史比现实更加栩栩如生。

因为情节构思十分简陋，而（自认为）文风又非常拙劣，印刷商塞缪尔·理查森在出版《帕米拉，或美德得报》（*Pamela, or Virtue Rewarded*）时并未署名，认为除了少数默默珍视美德的人之外不会有谁对它感兴趣。然而，这部作品却在英国、多愁善感的德国和法国（狄德罗激动地脱口而出："啊，理查森！你真是个天才！"）等地取得了巨大成功。有时，它被错误地称为第一部现代小说。但现代小说的鼻祖不可能局限于一部作品，在同一时代就出现过许多其他的人物故事，时间还要早于《帕米拉》。不过，《帕米拉》的确让成长中的小说变得更加贴近现实。

这部书信体作品讲述了一位年轻女仆如何拒绝有钱有势和肆无忌惮的主人对自己贞洁的觊觎。尽管出身低微，她最终成功地和那个曾试图欺骗和引诱自己的男人结婚，并获得了合法妻子的地位，"这是慈爱的上帝给有德者的回报，即使他们尚在尘世"，在骄傲而邪恶的贵族面前为中产阶级道德正了名。《帕米拉》预言了维多利亚时代，预见了那个时代的典型形象波兹纳普先生（Mr. Podsnap）和"身材魁梧，脸色蜡黄，笑容可掬，看上去就像体内堆积了大量鲸脂"的查得班德先生（Mr. Chadband）①。

《帕米拉》的场景和人物是当代的，在形式和道德上则超前于自己的时代，它和古典传统又有什么关系呢？故事的讲述者是甜美而楚楚可怜的帕米拉本人，这位没受过什么教育的单纯侍女头脑中只有贞洁、宗教和"别答应他"的准则。不过，她的缔造者理查森却对古典传统有一定了解：他读过荷马和西塞罗的译本，对维吉尔、贺拉斯、卢坎、尤维纳尔、奥索尼乌斯、普鲁登提乌斯以及莎士比亚在课本上读到过的曼托瓦人巴普蒂斯塔也有所接触。[51] 但这些只是文化的外在装饰。对他的作品更重要和影响更大的是希腊传奇，这主要通过两条途径实现。

首先，他读过《忒勒玛科斯》并对其推崇备至。为了提高修养，甚至连帕米拉都"尝试阅读法语的《忒勒玛科斯》"。[52] 牧师威廉姆斯先生也表示自己正在读"法语的《忒勒玛科斯》"，它被看作法国和古典文化的象征。[53] 此外，理查森的第二部小说《克拉丽莎·哈罗》（*Clarissa Harlowe*）中提到"柜子里还不错的书包括一本法语的《忒勒玛科斯》和一本英译"。[54]《忒勒玛科斯》和《帕米拉》的主

---

① 狄更斯《我们共同的朋友》中的人物。

要情节也是相似的，都描绘了年轻人如何抵抗各种可能的诱惑，作为回报，他们最终取得了尘世的成功，并赢得了渴望但遥不可及的爱情。年轻的忒勒玛科斯在周游列国途中遭遇诱惑，而帕米拉则是在主人家中：这反映了二人性别和社会地位的差异，但两部作品背后的道德主旨是相同的。

另一条途径是菲利普·西德尼爵士的《阿卡迪亚》，它把理查森的作品同希腊传奇联系了起来。[55] 当时，这部作品的新版本《西德尼的阿卡迪亚白话本》（*Sidney's Arcadia modernized*，1725年出版）刚刚问世，被《观察家报》（*The Spectator*）列为贵妇必备藏书。[56] 理查森无疑仔细读过这部作品，其中的两个情节依稀出现在他的另外两部小说《克拉丽莎·哈罗》和《查尔斯·格兰迪森爵士》（*Sir Charles Grandison*）里。[57] 而女主角的名字帕米拉同样来自西德尼的《阿卡迪亚》，原本是巴西里乌斯（Basilius）国王和居内凯亚（Gynecea）王后之女的名字。理查森选择这个名字无疑是为了表明，自己的女主角虽然出身乡野，内心却是一位真正的公主。[58]

希腊和罗马传奇在巴洛克时代仍然具有相当的生命力，经常被阅读和传抄。费内隆借鉴了它们的体裁，加入了大量最优秀古典文学作品的内容，并通过希腊—罗马史诗赋予其贵族的道德主旨。理查森（通过二手和三手渠道）借鉴了该体裁，保留了其激动人心和扣人心弦的特色，并使其成为了新兴中产阶级（他本人是该阶级的典型代表）道德的载体。

亨利·菲尔丁在伊顿公学受过良好的教育，但后来没有进入牛津或剑桥，而是去了莱顿大学（Leyden University）。他精通拉丁语、法语和意大利语，希腊语也相当不错。[59] 文学生涯伊始，他翻译了尤维纳尔一首厌女讽刺诗的部分段落（《被伤害恋人的所有报复》［*All the Revenge taken by an Injured Lover*］）。随后他投身戏剧创作，并取得了一定的成功。理查森的《帕米拉》让他下定决心把小说家作为职业。他对这部作品既喜欢又感到厌恶。1742年，他出版了《约瑟夫·安德鲁斯的历险史》（*The History of the Adventures of Joseph Andrews*），作为对理查森作品的戏仿。

帕米拉拒绝了主人的求欢，挫败了他的诡计，最终成为了他的妻子。而约瑟夫·安德鲁斯（自以为是帕米拉的兄弟）也是仆人，他抵挡住了雇主"布比夫人"（Lady Booby）的诱惑，最终赢得了可爱的范妮·安德鲁斯的芳心。后来他发现自己是一位当地乡绅被拐走的儿子，而范妮则是帕米拉被拐走的姐妹。从此，所有人（包括迷人的"布比夫人"）都过上了幸福的生活。

1749年，菲尔丁完成了一部优秀的原创小说《弃儿汤姆·琼斯的历史》，同时也是他的成名作。他的这两部作品是散文体小说历史上的里程碑。菲尔丁本人对此非常清楚,并附上了长篇说明来解释两部作品的创作理论。他表示,二者的素材完全是现代的。但在形式上借鉴了古典作品。它们是散文体史诗,与《伊利亚特》和《埃涅阿斯纪》仅有的区别在于:首先,它们是散文体的;其次,它们没有引入超自然元素;第三,它们是幽默的而非英雄主义的。[60]

菲尔丁多次中断故事,向对学术和文学理论感兴趣的读者(正如令理查森的读者感兴趣的是性、道德和社会成就)强调这种相似性。更有甚者,他还在章节的开头引用亚里士多德的作品以及贺拉斯的《诗艺》,并频繁插入对英雄战斗的戏仿,荷马式的比喻,以及史诗中对时间流逝的描绘。

这不完全是空洞的自夸。菲尔丁博览群书,也是一位优秀的古典学者。1895年,奥斯汀·多布森(Austin Dobson)在大英博物馆发现了他的藏书目录。他的藏书规模令人吃惊,涵盖了从最伟大到最不知名的几乎所有古典作品。[61] 不过可以肯定的是,如果没有菲尔丁对史诗传统的戏仿,没有用题外话强调相似性,很少有现代读者会认为他的小说是史诗。把自己写的轻快传奇故事说成是对荷马的模仿,这种说法至少是放肆的,也许还有卖弄之嫌和沦为笑柄的可能。那么,菲尔丁的说法是否有道理呢?

首先,认为菲尔丁作品的模板是《玛吉忒斯》这样的古典喜剧史诗是毫无意义的,因为这部作品仅有只言片语留存下来,我们对它几乎一无所知,而唯一能够被称为喜剧史诗的作品《蛙鼠之战》中并没有人类角色。

是否可以把菲尔丁的意思理解为他的小说是对史诗的戏仿呢?作品中可以看到对战斗的戏仿、没有英雄气概的主人公、不光彩的历险以及最终沦为可笑灾难的远大理想。这些的确是作者有意为之,但《约瑟夫·安德鲁斯》的首要戏仿对象不是古典史诗,而是一部当代散文体小说。而在《汤姆·琼斯》中,比对英雄史诗情节的戏仿更重要的是爱情故事和旅行历险,是机缘巧合的萍水相逢、失之交臂和意料之外的重逢,这些内容在性质上完全与史诗无关,而是属于另一类文学体裁。它们来自**传奇**。[62]《约瑟夫·安德鲁斯》和《汤姆·琼斯》的主要情节借鉴了希腊语传奇的惯用手法——被拐走的孩子在社会底层长大或者对身世一无所知,最后发现自己出身富贵。两部作品还都以聚少离多的恋人们终成眷属作为高潮,这同样更接近于传奇而非史诗。类似手法出现在《达夫尼斯和克洛娥》等希腊语传奇中,在《阿斯特莱亚》和《克莱利亚》等文艺复兴晚期和巴洛克时代的长篇浪漫爱情故事中也可以找到踪影。费内隆在《忒勒玛科斯》中使用了一些传奇的主题和手法作为装点;而在《约瑟夫·安德鲁斯》和《汤姆·琼斯》中,菲尔丁对它们的使用时而戏谑,时而认真,但总体上更加贴近时代和符合现实。

不过,菲尔丁将自己的作品称为史诗的确点明了一个重要事实,也许他本人也没有完全意识到这点。那就是诗体史诗已经濒临死亡，它曾经拥有的力量将会流入现代小说。这种转变早在菲尔丁之前就已经开始了。塞万提斯的《堂吉诃德》从《奥兰多的疯狂》等史诗中借鉴了奇异的英雄主义理想，然后将其融入现实生活和散文语言中。作为众多现代成长和教育小说的鼻祖，费内隆的《忒勒玛科斯》将古典史诗和传奇交织在一起，并把散文作为载体。菲尔丁曾明确指出，《忒勒玛科斯》是可以和《奥德赛》相提并论的史诗。[63] 与《汤姆·琼斯》相比，前者的确更接近史诗。

由此可见，菲尔丁在理论上注意到并在实践中感受到了共同缔造现代小说的两股古典潮流，那就是希腊传奇以及希腊—罗马史诗。传奇赋予小说的是青春爱情、以旅行和激动人心的冒险为主的情节、意外和变故、伪装和巧合、跌宕起伏的漫长故事线等。在菲尔丁的时代，小说还没有准备好接纳史诗精神的全部力量，但后来还是成功吸收了史诗的大胆结构，宏大规模，熙攘场景，政治和历史深度，崇高的精神意义，让人的命运超越个体历险和个人生活的隐含神秘感。到了19世纪，随着古典传奇和古典史诗开始作用于现代意识，出现了《大卫·科波菲尔》（*David Copperfield*）、《罪与罚》（*Crime and Punishment*）、《萨朗波》（*Salammbô*）和《战争与和平》。

史学

巴洛克时代最伟大的学术和艺术成就之一是对罗马帝国以及导致其覆亡的力量间冲突的研究。这就是爱德华·吉本的《罗马帝国衰亡史》。吉本生于1737年，是个家境殷实但身体欠佳的英国人，他接受过良好的教育，但主要通过勤奋阅读自学成才：他自称在12岁那年完成了智力上最大的飞跃。他在牛津大学莫德林学院（Magdalen College）的短暂时光大多被荒废了。[64] 随着皈依罗马天主教，他的牛津生涯也戛然而止。父亲将其送往瑞士法语区，他在当地很快再次改宗，并重新开始为自己一生最重要的作品积累学养，尽管他对其尚无清晰的概念。他发表的处女作是一篇关于古典研究好处的法语（当时文化界的主要语言）论文。1764年，他有了撰写一部伟大史书的想法，这部作品将包含一千多年的历史——因为罗马帝国的灭亡仅仅比发现美洲早了不到40年。1776年出版的第一卷获得了巨大成功，吉本称这本书"出现在每张桌子和几乎每张梳妆台上"。到1788年为止，另外五卷也陆续全部出版。1794年，吉本在写完简短而精彩的自传后去世，与巴洛克时代一起走向了生命终点。

《罗马帝国衰亡史》是一部极其重要的作品。它象征了希腊—罗马世界和现代世界的相互渗透,在这点上可以和弥尔顿的《失乐园》或拉辛的悲剧、凡尔赛宫或圣保罗大教堂相提并论。虽然作者是英国人,它却是国际性的成功。书中引用了来自几乎所有欧洲国家的学者的研究成果(特别是法国人蒂耶蒙[Tillemont]①);它在罗马完成构思,在英格兰和瑞士完成写作;在风格上,它华丽地融合了英语和拉丁语,并用法语使其更加明晰(吉本已经用法语写过两部历史作品)[65];在精神上,它兼具英国辉格党贵族和英法启蒙运动的特点。

两部杰出的作品是它的先驱。首先是路易十四王太子的老师波舒哀的《世界通史论》(*Discourse on Universal History*,1861年)。这部编年体作品概括和归纳了犹太人、近东帝国、希腊人和罗马人,以及到查理大帝为止(公元800年)的罗马帝国的入侵者和继承者的历史。同时,他用长得多的篇幅描绘了上帝如何引导人们确立真正的信仰。波舒哀对历史有很深入的研究,并巧妙地把史实组合成单一的宏大画卷。但他完全依赖《旧约》和《新约》,把它们当作完整统一的古代史核心档案,这导致其作品虽然发人深省却不可靠。在该书最后一章,他表示所有的史实都是上帝直接介入的结果:上帝不仅决定了战事的结局和帝国的命运,还决定了个人和团体是被欲望左右还是懂得自我克制,是愚昧短浅还是目光远大。概率这种东西是不存在的,人的意志或智慧显然也不存在。[66]这种教导无疑对一位专制君主的继承者大有裨益,但它把历史变成了神学。[67]

50年后,18世纪最伟大的思想家之一塞贡达·德·孟德斯鸠(Secondat de Montesquieu)完成了一部好得多的古代史,即《罗马人之伟大和堕落探源》(*Considerations on the Causes of the Greatness of the Romans and of Their Decadence*,1734年)。孟德斯鸠早就通过《波斯人信札》(*Persian Letters*)树立起犀利的社会和历史批判者形象,当时他正在准备自己最伟大的作品《论法的精神》(*On the Spirit of the Laws*)。孟德斯鸠在《探源》中取得的某些成就完全离不开他所在的理性时代。这部作品篇幅不长,但编排令人赞叹,既明澈清晰,又不失优雅和精确。它不仅对从罗慕路斯到被土耳其人征服的罗马帝国历史上的重要日期、事件、个人和制度作了宽泛的梳理,还用冷静、自信和并不显得过于粗略的方式分析了罗马帝国扩张、巩固和被摧毁的教训及其社会、个人和战略因素。它对吉本作品的构思产生了重要的影响。虽然许多历史数据今天需要修改和扩充,我们在阅读这部短小精悍的作品时仍会情不自禁地发出赞美,并对人类头脑的力量重拾信心。

吉本的罗马史分别在艺术和视野上超越了上述两部作品。我们可以恰如其分

---

① 蒂耶蒙(Louis-Sébastien Le Nain de Tillemont,1637—1698年),法国教会史学家。

地将其形容为文艺复兴学术的巅峰,是对从四百年前开始为西欧国家带来生命力的希腊—罗马艺术、政治智慧和人文主义最高的赞美。从另一个角度来看,它标志着罗马时代在近代欧洲的终结。随之而来的是希腊时代。

这是一部波澜壮阔的作品。它从公元 2 世纪开始,到 15 世纪结束,不仅涵盖了罗马和拜占庭,也描绘了帝国的继承者(法兰克人、东哥特人和伦巴第人)和入侵者(鞑靼人、撒拉逊人、匈奴人和汪达尔人等等)。吉本的一位现代崇拜者表示,这部作品给所有优秀的批评家留下了相同的印象,那就是感染力的强大和编排的卓绝。沃尔特·白芝霍特(Walter Bagehot)①将其比喻为"在动荡国度行军的罗马兵团……它翻山越岭,穿越沼泽和丛林,从哥特人或帕提亚人中间经过……是文明的象征"。圣伯夫形容它为"一次伟大的后卫队行动,整个过程从容不迫",哈里森称之为"一次罗马式的胜利,皇帝带着战场上的气势和排场凯旋:各种肤色和服饰的民族,从野蛮人那里得来的战利品,奇珍异兽和对异域城邦的劫掠成果"。[68] 吉本的作品涵盖和概括了古代史的大量内容,并赋予这段长达许多个世纪的历史应有的纵深感。与之形成惊人反差的是法兰克之匣,后者是从吉本所描绘的黑暗时代留存至今的最早的小件艺术品之一,它将整部英雄史压缩成了几个画面:罗马的奠基、占领耶路撒冷、北方英雄的苦难和来自被遗忘传说的马头怪。[69]

虽然规模宏大,作品的结构却并不一致,可以说是不完整的。正如伯里(Bury)②所指出的,作品的第一部分占据了全书超过八分之五的篇幅,完整描绘了公元 180—641 年,即"从图拉真到君士坦丁,从君士坦丁到赫拉克里乌斯(Heraclius)"的历史。而第二部分关于 641—1453 年的内容则多概要和片段,对某些长期发展过程只用寥寥数笔带过,对一些重要事件的描绘也过于简短。吉本对此辩解说,详细描绘东罗马帝国最后 800 年的历史将是一件"吃力不讨好和令人悲伤的工作"——这主要是因为他既不喜欢组织有序的基督教,也不喜欢一个关系复杂的帝国,吉本称它们为"教士或廷臣的世袭"。[70] 个人喜好导致他歪曲了相关主题。虽然这种偏见在当时司空见惯,但还是损害了真相。

吉本作品的宏大规模离不开他的分析能力。他对思想和美学结构拥有高度发达的感知力,由此得以把庞大而混乱的材料组织起来,将上千个历史过程和上百万条史实整理成便于操控的大类。整部作品由 71 个这样的大类组成,不受附录、补记和后记之累,构成了一座带有真正巴洛克式雄伟风格的完整建筑。

---

① 白芝霍特(1826—1877 年),英国作家和经济学家。
② 约翰·巴格内尔·伯里(John Bagnell Bury,1861—1927 年),爱尔兰拜占庭史学家。

有人认为"不朽的矫揉造作是他独一无二的风格"。但事实并非如此。个人色彩不是 17 和 18 世纪的文体家们追求的主要目标。诚然，个人色彩经常受到夸赞，作为意志力的胜利也的确值得称道。但就像布瓦洛诗中那位妇人对夏普兰（Chapelain）①的评价所言，这样的作品不堪卒读。[71]吉本的问题并非滥用多音节词，也不是通篇过于肃穆——相反地，他的正文不时流露出得体的幽默，而他的脚注则经常欢快到令人吃惊，特别是对于那些能够看透"学术语言晦涩外表"的人来说。他的问题在于句式单调。吉本着迷于两种句式，只是在其基础上略加修改。他会说"……；而……"，下一句则是"……；而……；而……"。有时会插入"……；但……"，然后就像沙滩上起落有致、令人昏昏欲睡的浪花，再次回到了"……；而……；而……"。[72]狄更斯对读完几页这类句子的后果做过经典描绘。在听完"罗山（Rooshan）帝国衰亡史"②后，博芬先生（Mr. Boffin）"目瞪口呆，身心大受打击，几乎都无法向那位文采斐然的朋友说晚安"。[73]吉本滥用对仗和三句排列这两种技巧，以致它们几乎成了吉本风格的代名词。相比之下，孟德斯鸠的句式更加灵活，更早些的英格兰人多恩和布朗的句式则更加多样，但在力度上毫不逊色。两位最伟大的古罗马史学家一定会对吉本贫乏的语言节奏嗤之以鼻。李维在叙述复杂重大事件时显得感人而崇高，他用不规则的短句描绘战斗、围困、冲突、外交斗争或灾难，而当英雄或坏蛋在行动中发表显露本性和感人肺腑独白时，他就改用激情似火的修辞。因此，李维的作品在个人色彩、变化和多样性上远胜吉本。而在描绘暗中的对立、复杂的动机、背叛、痛苦、仇恨和无法解释的愚蠢时，塔西佗会使用与自己所描绘的事件同样隐晦和几乎同样无规律的句式。也许吉本认为自己效法了西塞罗的散文，但他的文风只是总结陈词式的不断重复，而西塞罗则会在一篇演讲中用上 4 到 5 种表达方式，他的训诫、幽默、犀利的追问和严厉的训诫也都是吉本所没有的。《罗马帝国衰亡史》通篇都是总结陈词。

　　不过，吉本的风格特点在一定程度上是其品位的产物。他作品中的客观错误极具分析价值和启迪意义。其中两个是他所在时代的错误，第三个则是他自己的。

　　吉本更多地是罗马人而非希腊人。他的拉丁语非常出色，但他本人也承认，自己无法轻松地阅读希腊语作品：这不仅是他和许多其他杰出作家的通病，也是自文艺复兴以来的文化主流。人们经常像远眺阿尔卑斯山那样对希腊语文学敬而远之，但对拉丁语则感到亲切。受此影响，吉本的作品对以都城拜占庭为核心的

---

① 让·夏普兰（Jean Chapelain，1595—1674 年），法国诗人和批评家，法兰西学院的奠基人之一。
② 即吉本的《罗马帝国衰亡史》，不学无术的博芬先生错把 Roman 看成了 Rooshan。有学者认为 Rooshan 还影射 Russian，英国在 10 年前的克里米亚战争中打败了俄国。

东罗马帝国的力量以及该帝国同西方和蛮族的关系做了错误的估计和描绘。罗马的伟大之处在于它得到了希腊思想、艺术、科学和文学的滋养，将自己的活力、纪律和以自我制定之法律为限的自由打造成一种伟大的文化，并将其传播到此前只有蛮族栖息的偏远之地。鼎盛时期的罗马帝国结合了罗马和希腊文化。虽然帝国的一端以罗马文化为主，另一端则几乎完全是希腊文化的天下，但两种元素在关键点上融为一体，并一直密不可分。帝国分裂后形成了说拉丁语的西部帝国和说希腊语的东部帝国。不过，东部帝国在许多方面仍然沿袭了罗马的传统。它称自己为罗马，集军事和教化力量于一身，并保留了许多希腊—罗马的文化传统。当西方世界在血与火的黑暗中挣扎时，东罗马帝国却保持了发展之势。正如伯里所指出的：

> 中世纪史学家们的兴趣集中在西欧的新兴国家上，经常忽略了罗马帝国残余力量（即拜占庭帝国）的地位和它在欧洲的威名。直到11世纪中叶，除了在查理大帝生前，它的实际力量冠绝欧洲，即使在康尼努斯王朝（Comneni）时期仍是一流强国……在1204年前（被十字军劫掠），君士坦丁堡一直是世界第一城市。而帝国对邻邦（特别是斯拉夫民族）的影响则是它对欧洲所做的第二个伟大贡献。[74]

在将东罗马帝国同其他所有的欧洲国家相比，以及在评价其作为抵抗蛮族之壁垒的价值时，吉本错估了它在文化和政治上的重要性。基督教和希腊—罗马文化首先通过拜占庭渗透到俄国人和巴尔干的斯拉夫民族之中。正是得益于拜占庭的外交、财富、组织和军事力量，欧洲才免于受到东方蛮族入侵者更严重的威胁（甚至是灭顶之灾）。帝国的确犯了错误，有些还非常严重，吉本受此影响扭曲和模糊了自己的观点。同帝国的优点和力量相比，这些错误实在算不了什么。

书中的第二个错误更加基本。在开读一段漫长而极为重要的历史过程时（如帝国的衰亡），你希望被告知是哪个或哪些动因导致了这样的结局，希望看到这些动因的作用力在史学家所描绘的过程各阶段经历了何种变化，如何因为冲突或抵抗时而加速，时而减缓势头。你在孟德斯鸠的作品中会看到这些东西，但在吉本那里却找不到。柯勒律治用他特有的夸张口吻对其做了猛烈抨击：

> 居然有人称它为《罗马帝国衰亡史》！还有比这更严重的名不副实吗？我在全书中没有看到一次为探究那个帝国的衰亡原因而做的哲学思考……吉本饱读诗书，但对哲学一窍不通。[75]

相反地，我们会找到分散在全书各处的一系列彼此无关的不同原因，有的还是相互矛盾的。

我们看到的第一种原因来自与吉本同时代的卢梭所宣扬的理念：野蛮人强壮而有德，文明人邪恶而虚弱。吉本在第 6 章中将其表述为：

> （莪相时代）未开化的喀勒多尼亚人（Caledonians）焕发出温暖的自然美德，而堕落的罗马人则受到财富和奴役等卑贱恶习的污染。[76]

吉本在开篇不久就接受了上述理念，并暗示蛮族的入侵对世界而言是件好事，因为他们缔造了现代文明（虽然要等到千年之后）：

> 北方的巨人……恢复了阳刚的自由精神。在经过十个世纪的变革后，自由孕育出了品位与科学。[77]

但在描绘公元 2 世纪起的帝国内部动乱时，他把目光集中到军队过大的权力上，特别是驻扎在意大利的禁卫军，"他们的违法乱纪是帝国衰亡的第一个征兆和原因"。[78] 这时他似乎转而认为，帝国的分崩离析始于内部，原因是军队的权力过大以及将领们肆无忌惮的投机行为。然而，拥有强大军队的东罗马帝国并没有从内部崩溃。在第二和第三卷中，吉本着重强调了君士坦丁体制的专制性和派系精神。在第 35 章，他又提出了一个社会—经济学理由——由于税制缺陷导致的财富分配不均以及维持庞大帝国行政体系面临的财政难题。[79] 最后，他在第 38 章中收录了自己很久之前写的《西方对罗马帝国衰亡的一般性观察》（"General Observations on the Fall of the Roman Empire in the West"）一文，引入了一些相当新颖的理由，并使用了 1767 年写给休谟的书信中的说法。[80] 他在文中表示，罗马帝国是"不堪自身重负而衰亡的"，"我们不应该探究罗马帝国**为何**衰亡，而是应该惊异于它维持了如此之久"。（不过，基督教要负一定责任。）

这种深刻得多的想法在莫伊尔（Moyle）的《论罗马政府的组成》（*Essay on the Constitution of the Roman Government*）中得到了发展，并以宏大的规模重现在斯宾格勒的《西方的没落》中。[81] 该理念认为，同动物和人一样，文明也有成长、成熟和衰败直至死亡的自然节奏，它们依此延续生命。但如果不把它谨慎地应用于史实，或者得不到深入哲学探讨的支持，这种暗示只能说明史学家认输了。吉本有时会公开承认自己无法找到理由。比如在描述哥特人入侵乌克兰时，他表示该事件的起因"隐藏于各种促使不安分的蛮族展开行动的动机之中"。[82] 而当提到公元 250—265 年的可怕瘟疫时，[83] 他也没有从中得出必要的结论。

从吉本的时代开始，人们提出了多种关于希腊和罗马文明衰亡的一般性解释。[84]

罗斯托夫采夫（Rostovtzeff）①提出的主要原因是罗马军队中半野蛮的农民对剥削他们和让他们当替死鬼的城里人的不满，但有人认为他在潜意识中受到了农民和士兵推翻沙皇政府事件的影响。西克（Seeck）②则认为，罗马最好的人才已经都被皇帝剪除，只剩下无能和怯懦的庸人。他和其他一些学者还指出，新引入的糟糕农业和财政体系摧毁了自由耕农阶级。显然，无论何种理论不仅都要能解释西罗马帝国的衰亡，也要解释东罗马帝国为何得到了延续。一种可能的解释是，西部帝国的人**停止接受新的理念**，而一代又一代的拜占庭人则在继续推出新的行政政策、精神活动和科学发明。比如在 7 世纪时，他们制造出液体火和火焰投射器来抵抗阿拉伯人对君士坦丁堡的入侵。用汤因比的话来说，他们成功地对蛮族的进犯做出了反击，而西罗马人则没能做到这点。然而对吉本而言，如实描述这个宏大过程已经非常艰难和复杂，他没有余力去分析其起因了。

该书的第三个错误是对基督教的偏见。按照他本人的说法，当他坐在卡皮托尔山的废墟间聆听赤脚修士们在尤庇特神庙中做晚祷时，这种偏见从他心底油然而生。⁸⁵即使在那样一幅美丽的画面中仍然出现了一种长久萦绕在他心头的反差：一边是"礼貌而强大的帝国"，一边是拒绝向其效忠，撕裂它，通过宣扬"忍耐和怯懦"吸干了它的活力，并最终摧毁了它的半野蛮狂热之徒。该书的第 15 和 16 章以有史以来对基督教精神和传统最睿智和最惊人的攻击著称。它们从对早期教会历史看似尊重的叙述开始，然后用伏尔泰式的反讽口吻指责异教徒科学家没能注意到伴随着这种信仰的确立所出现的无数神迹，最后得出"令人悲伤的真相"——"基督徒对彼此的苛刻甚于狂热的异教徒对他们的苛刻"。这些章节自出版以来就遭遇了大量反击。⁸⁶相同的表态在全书中一再出现：吉本带着一丝冷笑指出，基督徒曾激烈反对罗马人和希腊人崇拜偶像的做法，但当他们的宗教刚刚站稳脚跟，他们就迫不及待地在教堂里塞满了画像、雕塑、圣像和圣物。⁸⁷甚至他在叙述伊斯兰教的起源时仍不忘揶揄基督教：他描绘了早期的伊斯兰教和基督教是多么相似，然后强调伊斯兰教（与基督教不同）禁止使用一切真主和先知的可见形象。⁸⁸吉本的作品以一句著名警句结尾："我讲完了野蛮主义和宗教的胜利。"⁸⁹他的罗马史无疑会给读者留下这样的印象，即这两种力量同样可鄙，同样破坏力巨大。

吉本把自己的罗马史变成了对基督教长篇累牍的攻击，其背后的动机在于——就像蒙田等许多伟大和善良的人一样——他恐惧和憎恶宗教的狭隘。他曾经皈依

---

① 米哈伊尔·伊万诺维奇·罗斯托夫采夫（Mikhail Ivanovich Rostovtzeff，1870—1952 年），俄裔美籍历史学家。

② 奥托·西克（Otto Seeck，1850—1921 年），德国古典史学家。

罗马天主教，后来又重新成为新教徒。作为天主教徒，他感受到了一些新教徒狭隘的严苛。而在重新改宗后，牧师们也无疑向他强调了天主教十字军和宗教裁判所对基督徒的攻击。在罗列和分析罗马文明的各种优点时，他首先提到的是从"古人温和的精神"中流淌出的宗教宽容。[90] 他赞扬了尤里安皇帝（人称"叛教者"），因为他：

> 将自由和平等的宽容带给了罗马世界的所有居民。他对基督徒的唯一迫害是剥夺了他们折磨同胞的权力。[91]

因为对基督教的偏见，吉本篡改了历史。他低估了东罗马帝国的成就，并忽视了它在本质上兼具罗马和基督教文化，还轻描淡写地打发了圣西里尔（Cyril）和圣梅托迪乌斯（Methodius）①及其继承者为教化野蛮的斯拉夫部落和促使其皈依基督教所做的工作。上面引述的句子包含了对历史最严重的篡改。"野蛮主义和宗教的胜利"并非帝国衰亡的真实写照。它不是对整个过程的总结，至多只是对公元2世纪和3世纪动乱的偏颇描摹，而第一位基督徒皇帝君士坦丁直到4世纪初才登上宝座。从那时起基督教才成为罗马帝国的头号宗教，从380年起才成为唯一和官方的宗教。诚然，在此之前，原始基督徒们坚信世界即将灭亡，并对异教的堕落荒诞嗤之以鼻，他们拒绝效忠皇帝，扰乱帝国的行政，并拒绝参与任何国家活动。但自从成为官方宗教后，基督教就不再是罗马世界内部一股强大的不安定力量。

真相恰恰相反。蛮族的入侵和渗透才是帝国衰亡的一大主因，而基督教虽然没能让西罗马帝国维持下去，却是希腊—罗马文明中许多最优秀和生命力最持久的内容得以留存的主要原因之一。虽然吉本对生活在野外的底比斯禁欲者、吃草的苦行僧和拜占庭狂热宗派的鄙视不无道理[92]，但他是否认为鞑靼人、突厥人、北欧人和匈奴人就更好呢？几乎每个罗马行省的历史都记录了基督徒如何抵抗一波又一波冲破帝国壁垒的蛮族入侵者，即使他们冲破了防线，最终也会在基督徒的言传身教下得到安抚、控制和教化。生活在18世纪的吉本也许会不可避免地把基督教狂热主义看成最危险的罪恶之一，并因此一并排斥了它背后的基督教。一种更加全面的解释是，虽然基督教信仰有时成为野蛮力量的发泄口，但基督教总是发挥着遏制和疏导的作用。对于生活在20世纪、见证过当代异教民族高度组织化的野蛮行为（并将见证更多此类行为）的我们来说，基督教显然要比吉本所理解的更加伟大，它是人类历史上最伟大的建设性社会力量之一。

---

① 公元9世纪的一对拜占庭兄弟，曾在大摩拉维亚和帕诺尼亚的斯拉夫人中传教，被称为"斯拉夫的使徒"。

第 19 章
革命时代

背景

18世纪下半叶，永远处于变化中的文学再一次改变了自己的特色和模式——这次是非常彻底的。哲学和历史让位于小说。散文让位于诗歌。知性主义让位于情感。机智、礼貌和自我克制的理想形象被认为是虚伪的而遭到抛弃。人们转而赞美真诚、情感和自我表达。法语文学的题材有了新的发展，从前遭轻视甚至反感的主题变得令人激动。由于人们重新开始推崇中世纪——因为骑士历险故事也叫"传奇"（romance）[1]——这一时期的某些精神和美学理想被称为"浪漫的"（romantic）。现在它通常被称作浪漫主义的复兴。该时期的作者经常被称作"浪漫主义"作者——无论他们是像司各特那样真正偏爱中世纪主题，或者像雪莱那样对哥特历史并不感冒。将"浪漫主义"和"古典主义"原则对立已经成为批评家们的陈词滥调，他们还认为该时期的伟大诗人鄙视和冷落希腊语和拉丁语文学。这种误解阻碍了许多现代读者对该时期的理解。

事实上，新的思想和文学并未与希腊和罗马文化渐行渐远。我们无法相信，这场缔造出雪莱的《被解救的普罗米修斯》（*Prometheus Unbound*）、济慈的《希腊古瓮颂》（*Ode on a Grecian Urn*）、歌德的《罗马哀歌》（*Roman Elegies*）、夏多布里昂的《殉道者》（*The Martyrs*）以及阿尔菲埃里（Alfieri）悲剧的运动是反古典的。恰恰相反，1765—1825年间大部分伟大的欧洲作家对古典文献的了解要比他们的先人深入得多，并且更加成功地抓住和重现了它们的含义。雪莱和歌德的希腊语要好过蒲柏和克洛普施托克（Klopstock）。莱奥帕尔迪（Leopardi）、荷尔德林、舍尼埃都是出色的学者。在这一时期，古典学并未受到冷落。相反地，它得到了重新的诠释，从不同的侧重点和更深刻的理解出发被重新解读。

18世纪末和19世纪初的中世纪主义和"传奇"元素虽然引人注目，却是次要和肤浅的。该时期的真正驱动力来自社会、政治、宗教、美学和道德上的**反抗**。

这是一个革命的时代，称其为革命时代也许要比浪漫主义时代更为贴切。文学中的变革仅仅是更广泛精神变革的一部分。该时期的作家们反抗传统、偏见、滥用权力或者对人类灵魂的限制。他们中的大多数也是政治上的反叛者：以至于当华兹华斯、歌德和阿尔菲埃里转而反对法国大革命时，他们似乎抛弃了自己时代的理想。巴洛克时代的社会结构正从内部瓦解，同时也在遭受外来的冲击。贵族的影响逐渐被削弱。罗马天主教会的世俗权力也不断缩小。天平开始从君主制倒向共和制。不过，将其看作是希腊—罗马理想的崩塌以及"古典"时代的终结是错误的。相反地，希腊和罗马共和国的典范是革命运动最重要的推动力量之一。茨相的生命力比不上普鲁塔克。革命者们相信自己比对手**更**能代表古典文化，而他们主要反对的正是贵族的封建特权等中世纪制度的残余。即使是革命者领袖拿破仑也接纳了桂冠和双头鹰，以罗马人的方式加冕皇帝，与中世纪最后的君主路易十六形成了鲜明对比。

那么，将对古典传统的反抗看成革命年代特色的观点是否完全错误呢？如果答案是肯定的话，这种错误的图景又是如何被人们接受并沿袭下来的呢？如果是否定的，其中又有多少可取之处呢？

我们认为，这种观点并非完全错误。古典传统对文学造成的某种不利影响在该时期受到了批判，特别是在英国：那就是让希腊和罗马的神话与诗人代替自己的创新工作。巴洛克诗人们既不追求新意，也不去细致地观察世界，也不力图在作品中表现更加新颖和微妙的思想，他们经常满足于使用某个老套的古典意象，或是模仿某种滥俗的古典风格技巧。在描绘月光下夜莺鸣啭的花园时，他们只会说狄安娜的甜美荣光洒在宁芙的树丛上，她们静静地聆听着菲罗墨拉的怨诉。诚然，宁芙、月亮女神和菲罗墨拉的神话能够强有力地激发人们的想象力，在近 3000 年的时间里为大量美妙的诗篇提供了灵感。[2] 但如果缺少了新鲜的想象力，无论多么美丽的神话都不足以缔造出好的诗歌，而巴洛克时代的许多作家恰恰是缺乏想象力的抄袭者。所以，革命时代的反抗针对的并非古典传统本身，而是巴洛克时代特有的想象力匮乏，特别是习惯于将老套的古典典故作为通往富有想象力之表达的捷径。这正是麦考雷在一篇关于腓特烈大帝的随笔中所表达的意思，他指出"就像骄傲的美人将一件长袍扔给了侍女，普罗米修斯和俄耳甫斯、福人岛和阿刻戎……以及其他所有廉价而滥俗的典故早就被天才们鄙夷地扔给了庸才"。[3] 古典意象的袍子曾经是天才的衣装，现在它们已经破旧了。必须有更伟大的艺术家让它们重新焕发光彩。

另一个把文学上的革命时代看作反古典的理由是：该时期所推崇的某些情感和艺术理想与希腊—罗马的生活和文学的理想背道而驰（至少对于 17 世纪和 18

世纪初人们所理解的古典理想而言是这样的）。人们从抑制情感转向感情的强烈表达；精心雕琢的作品被认为不如即兴演讲和脱口成章；艺术品内部各元素的对称被认为是造作、不自然和缺乏生气的。诗人们出版了像《浮士德》这样不均衡的作品，以及像《恰尔德·哈罗尔德游记》（*Childe Harold*）、《许佩里翁》（*Hyperion*）、《克里斯塔贝尔》（*Christabel*）和《忽必烈汗》（*Kubla Khan*）这样未完成的作品。

在巴洛克时代最受推崇的古典作家身上可以或多或少地看到原先的理想。巴洛克批评家们归纳了这些理想，将之变成严格的原则，并以此指责其他没能遵循它们的希腊语和拉丁语作家。他们称荷马是粗俗的，而埃斯库罗斯是个疯子。随着巴洛克社会日益僵化，这些原则逐渐流于形式。许多新增原则与古典传统毫无关系，它被误以为来自希腊和罗马的权威，于是得以成为"金科玉律"。在评价莫尔为拜伦所写的传记时，麦考雷开玩笑地引用某些批评家的观点，认为弥尔顿在《失乐园》第一卷不该使用那么多比喻，因为《伊利亚特》第一卷就没用比喻，所以史诗作品的第一卷应该是最朴素的；而奥赛罗也不该成为悲剧的主角，因为主角应该都是白人。他还说，每幕剧最好都分为三场或者是三的倍数，每场的台词数应该正好是平方数，角色的数量永远不能超过或小于16个，英雄双行体每逢第36行必须有12个音节。这些"规则"既不必要也不是古典的（还有许多同样荒谬的在此就不一一列举了）。更适合它们的名称不是"古典的"（classical），而是"古典主义的"（classicist），暗示了对古典作品的模仿企图。

上面提到的三条原则的确被希腊人和罗马人所遵循，但远远要比巴洛克批评家所坚持的更加灵活和理智。比如限制情感的表达只是为了避免粗俗、语无伦次和无法容忍的肉体上的坦诚。主角可能在舞台上发疯，可能以乞丐的形象出现，可能赤身裸体地被抛到陌生小岛上，甚至会用"搬运工式的语言"辱骂他的敌人。不过，即使在举止上并不总是符合巴洛克时期人们的理想，他不会做任何有损人性的事：他可以哭泣，但不会醉酒；他可以发疯，但最终会恢复神智或者结束自己的生命；他不会寻求通过肮脏的方式逃离囚禁我们的这个世界。许多巴洛克作家所犯的错误在于，他们相信古典作家们推崇对情感的压制和回避。和希腊人一样，革命时代的伟大作家们则对感情有过深刻的体会，但同时懂得控制它的表达。

革命时代的文学被形容为反古典的还有另一个理由：一些处于古典文学世界之外的人类经验的新领域现在向诗人和读者们敞开了大门。民间诗歌，农民生活，鬼怪、传奇或爱情等中世纪元素的残余，野性自然，神秘东方，政治革命，人类激情深处的危险等动机突然涌现在革命时代作家的眼前。生活在自我营造的桎梏中的巴洛克诗人通常没有多少东西可写。现在革命诗人却有了太多素材，许多人在压力下崩溃了。《唐璜》（*Don Juan*）和《隐士》（*The Recluse*）最终没能完成；

毅力惊人的歌德直到80岁才写完《浮士德》；席勒一直无法创作出一部令自己满意的古典题材作品，为此抱憾而终；除了最初的一两年，柯勒律治（Coleridge）从未完成过任何作品。巴洛克时代的热点主要是古典神话与历史、人类心理和某些根本性的哲学问题；而现在大量全新的领域被打开了。肤浅的观察者很容易相信，革命时代让诗人们的兴趣完全**离开**了古典世界，转而**投向**其他方面。不过，从他们的人生来看，大多数革命作家比他们的前辈更加热爱古典文学，对其理解也更加深入。

所以，我们应该修正对这一时期的肤浅理解，不仅仅将其看作对古典诗歌和标准的反抗。所有以作用力和反作用力模式为基础的历史、艺术或心理观念都是肤浅的：这种模式来自物理学，而物理学现在也已显现出缺陷。只要科学能够彻底摆脱物理学的统治，对描述人类精神活动而言，有机化学将成为优越得多的工具。历史不是钟面和钟摆，与其将反抗看作这个时代的特色，不如把它描述成扩张和探索的时代。

甚至还可以将其称为爆炸的时代。它所触发的能量最初是无法控制的。巴洛克时代的象征是一颗珍珠，受其光滑但不规则表面所包含的压力推动而向外扩张。革命时代就是这颗珍珠的爆炸。它的活动并非冲突、张力和艰难的控制，而是一种释放。在引发惊人的残酷场面、可怕的灾难、令人诧异的美和宏大的精神憧憬之后，所释放的力量重新得到控制，呈现出新的形象。不过，旧时代的形象已经一去不复返了。

通过革命时代与文艺复兴的比较，我们对其有了更加深入的理解。和文艺复兴一样，这也是一个政治变化快速和猛烈的时代，根深蒂固的结构被突然砸得粉碎；是一个炫目而意料之外的艺术创造的时代；是一个民族、社会和个体灵魂间激烈冲突的时代；是发现可供精神探索的新的思想王国的时代；在疯狂的短短几年内，默默无闻者成了推动世界的耀眼人物；人们对未来充满了期待，对人类灵魂抱有无限的信任，但结局经常是冰冷的绝望。和文艺复兴一样，它摧毁了一些已经存在许多个世纪的体系，它们的生命力日益萎缩，逐渐丧失意义和变得循规蹈矩。和文艺复兴一样，它带给世界一套全新的政治、社会和美学概念；和文艺复兴一样，与之相继的是漫长的平复和发展阶段，革命时期的成果将被吸收和评估。对革命时代而言，1914年之前的那段岁月就好比巴洛克时代之于文艺复兴。不过，无论是文艺复兴抑或革命时代，对古典文化世界的重新发现都是最伟大的成就之一。

上述两个时代标志着对古典世界探索中两个互补的阶段。文艺复兴标志着对拉丁文明的吸收，而革命时代则向希腊文明更近了一步。蒙田这样的文艺复兴时期的人所称的"古人"其实只是罗马人；他们大段引用西里乌斯·伊塔里库斯（Silius Italicus）这样的五流拉丁语诗人，却很少提及荷马这样的一流希腊语诗人。现在，这种态度被颠倒了过来。济慈的灵感更多来自荷马而非维吉尔。阿尔菲埃里在五十岁时开始学习希腊语。当雪莱和歌德决定撰写伟大剧作时，他们完全没有想到塞内卡，而是努力模仿埃斯库罗斯和欧里庇得斯。当革命诗人们憧憬理想国家时，他们的模板通常是希腊而非罗马。在革命时代，源于罗马人对晚期希腊艺术改造成果的洛可可式花环和丘比特消失了，取而代之的是埃尔金（Elgin）的大理石雕像①。

革命时代的人们重新发现了希腊。这对他们而言有何意义呢？

首先，希腊代表了诗歌、艺术、哲学和生活中的美和高贵。这听上去顺理成章，但我们不该忘记，在整个之前的时代，人们更多谈论的不是美，而是正当和得体（*les bienséances*）；直到现在，还有相当多的作家和艺术家认为，艺术品的价值不在于美和高贵，而在于是否真实，或者能否对公众产生某种社会和政治影响。济慈的哲学、歌德的人生和拜伦之死最好地诠释了这种对美和高贵的崇拜。

希腊还代表了自由：一种摆脱不合情理的、人为的和暴君式规则的自由。在文学上，当诗人们发现希腊悲剧作家和亚里士多德那篇残缺不全的短小论文的存在并不意味着自己必须按照固定体裁写作时，他们长出了一口气。这无疑是事实。令人奇怪的是，对亚里士多德的误读居然延续了那么久，而且很少受到批判。原因很可能是每个时代都会从古典传统中选取自己需要的东西。亚里士多德在中世纪被塑造为哲学的导师，在巴洛克时代则成了正确文学品位的独裁者，这并非因为他确立过一套绝对规则的体系，而是因为那些时代偏爱权威而非自由。现在，这种偏爱消失了，与之共同式微的还有对正确性的信仰以及对古典作品"权威性"的错误态度。

对希腊—罗马文化的新诠释也被应用到道德上，这主要体现为性的自由。于是，唐璜和他的心上人海蒂（Haidée）：

> 就像是一对非常古老的，
> 半裸的、热恋的、自然的希腊人。⁴

从希腊作者那里寻找性自由的借口并不容易，但革命社会对希腊艺术中的纤薄着装和裸体雕像大做文章。在法兰西第一共和国初期，塔里安夫人（Mme

---

① 1801年，英国驻土耳其公使埃尔金勋爵与奥斯曼人达成协议，将巴特农神庙的大理石雕塑凿下运回英国。后被英国政府购入并藏于大英博物馆。

Tallien）①这样的美人"像美惠女神一样"在宴会上穿着透明的长袍。宝琳娜·波拿巴（Pauline Bonaparte）至少半裸着在卡诺瓦（Canova）面前摆出希腊式造型②。济慈的《恩底弥翁》（*Endymion*）和歌德的《罗马哀歌》都记录了对古代文化的这种诠释。

在政治上，希腊和罗马都代表了没有压迫的自由，特别是共和主义。革命作家梦想中的希腊是社会尚未受剥削污染的英雄时代，或者是以巴特农神庙为象征和反对腓力的自由的雅典同盟时代。他们推崇的罗马并非那个吉本刚刚为其撰写讣告的帝国，而是一个强大、朴素、厌恶暴君的共和国。古典艺术成了政治自由及其反思的象征。最伟大的希腊艺术诞生在自由的雅典共和国，可见暴政会扼杀艺术。罗马皇帝统治下的塔西佗（《论雄辩家》）和"朗吉努斯"（《论崇高》第44节）都表达过这种理念。以英国作家为首，该理念在18世纪初重新流行开来。他们认为，与法国太阳王、德国小王公或者意大利僭主治下的臣民相比，自己就像空气一样自由。德国人、法国人和其他民族则从他们身上接受了该理念。[5] 古典艺术和文学中所反映的对自由和共和制的崇拜深入人心，体现在从室内装潢的小细节到大型艺术品和沿用至今的政治制度等（比如美国参议院）一切事物中。希腊和意大利当时都处在外族的统治下，这进一步激发了人们的情感：统治希腊人的是野蛮、腐朽和残暴的土耳其人，而意大利人也处于几乎同样可憎的外国暴君及其傀儡的统治之下。在许多欧洲人眼中，将希腊从土耳其人手中解放出来象征了古典文明之美德对现代世界之罪恶和暴政的胜利。[6] 在文学上，以最高贵的呼声宣扬这种信仰的是拜伦的《哀希腊》（*The Isles of Greece*）、雪莱的《希腊》（*Hellas*）和荷尔德林的《许佩里翁》，而最洪亮的号角则是雨果的《东方人》（*Les Orientales*）。

在宗教上，诗人和思想家们对希腊—罗马世界的推崇意味着对基督教的反对。对部分异教传统的崇拜在文艺复兴时期已经获得认可，甚至在教会内部也不乏拥趸，但影响力一直有限。在后来的书籍之战中，近代人提出的第一个论点是耶稣基督启示前的希腊和罗马书籍不如近代基督教书籍。[7] 当时，没有任何古典文学的辩护者敢于颠覆这个论点；即使是拉辛这样的"古风派"也绝对不会想这样做，因为他们是虔诚的基督教徒。不过现在人们开始提出，希腊和罗马文学必然优于按照基督教精神创作的书籍，这完全是因为它们所表现的是崇高和自由的异教文化世界。基督教的上帝被看作比土耳其人更加残酷和强大的暴君。耶稣被想象成一个苍白无力的犹太人，他的使命只是受难和死亡——与奥林波斯诸神的魅力和

---

① 让–朗贝尔·塔里安（1767—1820年），法国大革命时期热月党人的领袖。
② 宝琳娜·波拿巴（1780—1825年），拿破仑之妹。她曾让意大利雕塑家安东尼奥·卡诺瓦为自己制作过一座"胜利的维纳斯"像。

活力完全背道而驰。⁸从罗马回来后，歌德变成了一个咄咄逼人的异教徒。巴特勒教授在评价其对康德《纯粹理性限度内的宗教》(Religion within the Limits of Pure Reason)所做的攻击时表示："人们几乎从未听说过歌德会暴怒和咆哮，但没有什么能比这两个词更好地描绘他在1788年和1794年间对基督教的态度了。"⁹这种态度并非一时兴起，而是已经渗入他的灵魂。这是他觉得难以完成《浮士德》的主因之一，也是许多读者感到难以欣赏该作品的主因之一。《浮士德》的主题在本质上是基督教的，也是中世纪的：因为渊博的知识而犯罪、被魔鬼力量控制的人类、因为上帝的恩典获得重生、在女性的爱情引导下进入天堂。歌德觉得该主题难写，因为他不再相信基督教。他的主人公从不为自己的罪行忏悔，从不向救世主耶稣基督求助，基督的功绩和形象在整部作品中都被无视了。类似地，英国革命作家中最伟大的希腊崇拜者的创作生涯是在他因发表《无神论的必要性》(The Necessity of Atheism)而被牛津大学开除后开始的。¹⁰在法国，革命者们把圣母大教堂改成了理性女神之殿，后者被描绘成古典神祇，演绎其形象的是当时的一位美貌女演员。我们在前面已经提到，吉本虽然绝非革命者，却与革命者几乎生活在相同的时代。他深受伏尔泰精神的影响，将希腊—罗马世界的衰亡看作一场由宗教和野蛮主义导致的悲剧。吉本推崇古典世界的文化，但并不崇拜其神祇。但一些革命作家非常乐意这样做。他们将自己的诗作献给那些神祇，将其视作人类精神的永恒统治者，而不是过时神话的遗迹。这种以反基督教为特点的古典崇拜延续了整个19世纪，势头有增无减，梅纳尔(Ménard)的作品、斯温伯恩(Swinburne)的诗歌和尼采的《敌基督》(Antichrist)就是它的巅峰。

与源于希腊人的自由观相关的是对自然的崇拜。北方欧洲的世界、现下的生活、当代和之前时代的艺术和诗歌开始显得丑陋和不自然。只有希腊和意大利仍是（或曾经是）真正的自然王国。与其他任何人相比，希腊诗人更能理解自然，懂得如何崇拜和描绘它：希腊人的服装、举止、消遣、艺术、思想和伦理都是朴素的，但足以满足灵魂的基本期望。上面这点必须得到强调，因为今天我们习惯于将古典世界看作学术研究的课题（类似阿兹特克的年表或是果蝇的习性）而非一种深刻的精神满足；有时，对希腊和拉丁文学缺乏了解的人会以为，热爱这门学科意味着接受枯燥和令人痛苦的训练，而不是更深入地理解世界和美的本性。这种想法得到了最狭隘的巴洛克诗人的支持，他们众口一词地表示那才是"古典"，并且错误地认为，接受正确的规则意味着照搬古人。革命诗人当然不这么看。

随着对标准大刀阔斧的修改，人们对希腊语和拉丁语诗歌的印象也发生了变化。荷马是最大的受益者。他曾经被指责为粗砺，现在却被称赞为自然。在革命者们最为推崇的三类文学体裁中，有两类在起源和技法上被认为是完全自然的，第三类在一定程度上同样如此。它们是：

> 民俗诗歌：特别是歌谣，也包括民歌（柯勒律治的《古舟子咏》和《克里斯塔贝尔》、席勒的《波吕克拉提斯的指环》［The Ring of Polycrates］以及其他数以百计的革命诗歌都模仿了歌谣。现在，人们开始按照民歌朴素的节奏和韵律形式来创作充满力量的抒情诗和饱含自我意识的歌曲）；
>
> "不识字的盲人吟游歌手"荷马，以及他之后的品达和其他希腊抒情诗人；希腊戏剧和最为自由和高贵的文艺复兴戏剧，主要是莎士比亚和卡尔德隆的作品。

不过，除了诗歌的自然，革命时代的人们也推崇希腊人在大事小情上所体现的坦然举止。比如，在1769年出版的一部题为《古人如何描绘死亡》（How the Ancients Represented Death）的小册子中[11]，莱辛将希腊人对待死亡的态度与基督教世界做了对比——特别是中世纪的死亡之舞（Danse Macabre）[12]、布鲁盖尔的《死神的胜利》（Triumph of Death）、布道文、诗歌和大众信仰。中世纪的人认为，死神是恐怖之王，是启示录四骑士中最可怕的一个，是那个谴责过撒旦、从此再也无法微笑的病态天使；或者按照另一种说法，死亡是魔鬼的力量对这个世界作用的结果，如果没有魔鬼，人类将获得永恒的生命和福祉。然而，对希腊人来说，死亡和出生一样只是自然过程：死亡无疑令人悲伤，但阻止、憎恨和试图回避它都是不应该的。它的象征并非带着王冠的骷髅，而是沉默的骨灰坛，是描绘死者与生者四手相握的大理石浮雕，画面流露出的感情是如此深沉和平静，完全看不到任何哀伤的迹象。公元前5世纪和4世纪的雅典墓饰是有史以来最美丽的墓葬纪念物之一，死去的妻子和女儿们被栩栩如生地描绘在墓碑上，她们形象中不朽的优美静谧只有在后世的圣徒和圣母雕像中才能见到。

最后，对于革命时代而言，希腊、意大利和希腊—罗马世界是避世的好去处。这片温暖而热情的南欧土地拥有美丽的风景和音乐；那里有阳光，有群山，有湛蓝的大海、蔚蓝的天空、累累的硕果和笑容灿烂的姑娘。[13]它们为逃离阴郁的北方提供了可能——歌德的《威廉·麦斯特》（Wilhelm Meister）中的迷娘（Mignon）和海涅笔下那棵爱上远方棕榈树的杉树都憧憬着这种逃离；许多敏感的北方人则成功实现了逃离：比如济慈、拜伦、雪莱、夏多布里昂、兰多（Landor）、李斯特、勃朗宁夫妇、劳伦斯（D.H.Lawrence）和诺尔曼·道格拉斯（Norman Douglas）①。

---

① 道格拉斯（1868—1951年），英国作家。

不过，令人奇怪的是，很少有革命思想家被吸引到希腊这块精神的磁石那里去。[14] 包括雪莱在内，他们大多止步于意大利。温克尔曼（Winckelmann）曾受邀前往希腊，但他拒绝了。歌德觉得自己应该去希腊，但到了意大利南部曾经的希腊人殖民地就裹足不前了。有的人是因为害怕自己迷失和被吞没才没有去。但阻挠人们前往的最主要原因还是当时统治着希腊的傲慢而腐朽的土耳其人，这个国家的贫瘠和穷困，以及大批当地居民的堕落。一边是文学和艺术爱好者想象中的理想希腊，一边则是那个贫穷、破败和受压迫的土耳其省份，这二者的矛盾在夏多布里昂的《从巴黎到耶路撒冷纪行》（*Journey from Paris to Jerusalem*，1811 年）和金雷克（Kinglake）①的《东方纪行》（*Eothen*，1844 年）中可见端倪。不过，对 19 世纪初期希腊的不朽描绘还要数拜伦的《恰尔德·哈罗尔德游记》（1812 年）。他就像占有一个女人一样占有着希腊。

在逃往地中海的憧憬背后不只有美景和柠檬树。歌德的第一次南欧之旅的故事广为人知。他说："9 月 3 日凌晨 3 点，我从卡尔斯巴德（Carlsbad）偷偷出发了，否则他们是不会让我走的。"[15] 这句话的奇怪口吻（对于歌德来说尤为奇怪，他喜欢把换做别人可能秘而不宣的事抖落出来）显示他经历了心理斗争："他们"也包括歌德。他的意大利之行是为了逃离过去的自我和那个自我认同的世界。对德国人而言，这种逃离往往同对德国最刻骨的仇恨联系在一起。在一首写于南欧之旅的诗歌中，歌德表示用德语创作诗歌是不可能的：

> 命运想让我成为什么？这样发问显得唐突：
> 因为它对大多数人没有许多要求。
> 它想让我成为诗人，这个愿望也许早已实现，
> 若非这种语言如此地不可征服。[16]

据说，逐渐失去理智的荷尔德林曾对某些陌生人谈起希腊艺术，当被问及他本人是否希腊人时，他回答："恰恰相反：我是个德国人。"[17] 而尼采对德国人的仇恨和鄙视几乎影响到他的表达能力。

北方人逃往的那个世界不仅有自然美，也有自然艺术。500 多年前，意大利一度成为过艺术的摇篮。在随后的岁月里，由于外国势力的占领以及文化中心转移到法国，意大利从世界其他地方人们的眼前消失了。到了 18 世纪，意大利的艺术被重新发现。在一次环游意大利的音乐之旅中，伯尼博士（Dr. Burney）②发现

---

① 金雷克（Alexander William Kinglake，1809—1891 年），英国历史学家和游记作家。
② 伯尼（Charles Burney，1726—1814 年），英国音乐史学者。

意大利人比世界上其他民族都更热爱音乐,音乐在当地并不限于歌剧院和沙龙中,在咖啡馆里也可以听到歌声,在街头巷尾也可以欣赏小提琴演奏。[18] 意大利人还全身心地喜爱诗歌:贡朵拉的船夫们演唱的是阿利奥斯托和塔索的诗章,即兴诗人(*improvvisatori*)能够出口成章,其才思敏捷令拜伦都为之叹服。游客们置身于如画的风景中:罗马的废墟、希腊的雕塑、收藏有大量绘画的宫殿、迷人的文艺复兴园林,所有的大街小巷都有令人流连之处。在意大利之旅中,歌德购买了帕拉迪奥(1518—1580 年)关于建筑的名著,书中从古典建筑和典籍中推导原则。这对歌德来说不啻为一种启示。他突然意识到和谐才是伟大艺术的本质。他不仅成为了一名更好的诗人,还试图成为雕塑家,并进行了大量绘画创作。同样或类似的启示也发生在革命时代每一位去过意大利的游人身上。[19] 他们逃离了一个充斥着狡猾的政客、愁眉苦脸的教士和自满商人的阴冷而丑陋的世界,投入了一个拥有古老艺术的、虽然历经了许多个世纪却弥久恒新的世界。

我们大致描绘了革命时代在精神和美学理想上的主要变化,并指出了对古典文化的某些新诠释。现在,让我们来看一下革命以及随着革命而新涌入的希腊—罗马思想对德国、法国、美国、英国和意大利这五大国家的文学和象征体系的具体影响。

德国

> 所有的国家都经历过一次文艺复兴……唯一的例外是德国。德国经历过**两次**:第二次大约发生在 18 世纪中叶,与赫尔德、歌德、席勒、莱辛和温克尔曼这些名字联系在一起。在第一次文艺复兴中占据主导的是拉丁人,第二次则是希腊人,德国人发现了自己和希腊人的亲缘关系。这就是为什么德国人非常像希腊人,正如英国人、法国人和意大利人至今仍然非常像拉丁人。我们偏爱荷马而非维吉尔,修昔底德而非李维,柏拉图而非塞内卡:这是一种根本的区别。本能上,我们首先想到的是希腊,然后才是罗马;而第一次文艺复兴时期的人们以及西方那些伟大的文明国家则恰恰相反;也许这很好地解释了为什么世人很少了解德国人,并经常严重误解他们。
>
> ——保罗·韩泽尔[①](Paul Hensel)[20]

如果韩泽尔所言不虚的话,那么上述论断将是非常重要的。事实上,该论断

---

① 韩泽尔(1860—1930 年),德国哲学家。

中只有一小部分符合事实。德国人同样只经历了一次文艺复兴。其他国家（虽然并非"所有的国家"）在15世纪和16世纪经历了文艺复兴和宗教改革，但德国只经历了宗教改革，当时曾出现过的文艺复兴火种被改革领袖路德掐灭了，没能成为熊熊火焰。在其他国家，文艺复兴意味着思想能量的大解放，美学、精神和感官美意识的大升华，大众文化水准的显著提高，大量书籍、发明和艺术品的问世（许多几乎毫无价值，但有一些却无比珍贵），以及从相对下层的社会阶级中涌现出大量毋庸置疑和意想不到的天才。如果16世纪的德国也发生过这些的话，我们本该可以看到德国的莎士比亚或弥尔顿，德国的塔索或卡尔德隆，德国的拉伯雷或蒙田。恰恰相反，我们看到的只是几位用拉丁语写作的人文学者——其中最有名的是乌尔里希·冯·胡腾（Ulrich von Hutten），与同时代的荷兰作家伊拉斯谟相比，他在原创性上相形见绌。此外还有若干拙劣地复制业已过时的中世纪文体、被严重扭曲的古典理念和民间体裁的俗语作家，特别是被瓦格纳选为那个时代最杰出人物代表的汉斯·萨克斯（Hans Sachs）。再有就是一大群足够虔诚，但欠缺真正品位和教育的宗教作家。只有当古典文化渗入普通人的精神之中，它才能对现代世界产生最深远的影响，鼓励拉伯雷自学希腊语，让济慈捧起查普曼翻译的荷马史诗，让莎士比亚热爱普鲁塔克。但这些都没有在德国发生——部分原因是普通公众的文化水平过低，部分原因是德国社会的等级藩篱使得用拉丁语阅读和写作的大学成员和外部世界间出现了一条鸿沟。鉴于上述原因，15世纪和16世纪的德国没能经历文艺复兴。

在巴洛克时代初期，德意志诸邦遭到了三十年战争的摧残。战争结束后，古典理想和体裁开始慢慢地渗入德国——它们大多不是直接来自原文，而是间接地通过模仿法国和英国的文学、法国的艺术和建筑以及意大利的音乐。随着凡尔赛宫的出现，德国各地也纷纷开始营建巴洛克式的宫殿。德累斯顿、维也纳、慕尼黑和杜塞尔多夫都出现了整片的巴洛克式小镇和城市街区。在反宗教改革的创新力量的推动下，信仰天主教的南部诸邦和奥地利矗立起许多雄伟的巴洛克式教堂。对称、丰富和对力量的约束等巴洛克理念早已被应用到意大利的音乐形式中，现在，伟大的德奥作曲家们进一步发展了这些理念，并赋予其更加严肃的精神内涵：虽然让音乐和文学实现最完美联姻的不是德国人，而是一位奥地利人和一位意大利犹太人。[21]事实上，巴洛克古典主义没能催生出任何伟大的德语文学作品，它的影响主要体现在建筑和音乐中。

德国人的文艺复兴直到200年后才姗姗来迟。它开始于18世纪中叶。与意大利、法国和英国的文艺复兴一样，它的特征不仅包括新出现的对古典文化广泛和热烈的兴趣（这种兴趣反映在以希腊人与罗马人为模板和赶超对象而写就的新作品中），也包括新建和重建的教授古典文学、历史和哲学的中学和大学——但最重要的特征还是涌现出受古典理想启发的伟大诗人和文人。德国的文艺复兴是 18 世纪席卷欧洲的那场思想革命的一部分，后者缔造了美利坚和法兰西共和国，还对法国、意大利和英国的文学产生了影响。德国人自己把那场革命称为浪漫主义运动，"狂飙突进运动"（*Strum und Drang*）是它的标志。[22] 我们将把它放到文学革命潮流的大背景下讨论，对德国文学史而言，这是唯一的一次古典文艺复兴。

这场运动的起点并非文学，而是视觉艺术，特别是雕塑。它的发起者是一位名叫约翰·约阿希姆·温克尔曼（Johann Joachim Winckelmann，1717—1768 年）的鞋匠之子。通过毅力和天赋，他自学掌握了希腊—罗马文化的基本知识，并从当时的德国教育体系中获得了一定的训练。他白天充任校长助理，晚上挑灯夜读直到半夜，在难以置信的艰难环境下读完了最好的希腊文学作品，如荷马、柏拉图、索福克勒斯、希罗多德和色诺芬。[23] 随后，在为德累斯顿一位萨克森贵族①管理图书馆时，他潜心研究起精心摆放在庞大花园中的塑像与堆放在储存室里的真正希腊和罗马雕像的复制品。凭着更接近预感而非知识的超凡品位，他在自己的第一部作品《关于在绘画和雕刻中模仿希腊作品的一些意见》（*Gedanken über die Nachahmung der griechischen Werke in der Malerei und Bildhauerkunst*，1755 年）中描绘了希腊艺术的根本特性（那时被巴洛克式的矫揉造作所蒙蔽）。[24] 这本小册子是德国文艺复兴的起源。

这绝不表示同时代的欧洲其他国家陷入了巴洛克式的盲目或者哥特式的黑暗中。尽管误解仍然常见，甚至像伏尔泰这样的伟大人物也不能幸免，但人们对希腊文化的认识还是不断深入和得到修正。最伟大的进步无疑来自英国的作家和业余艺术家。早在温克尔曼出生前，沙夫茨伯里伯爵（earl of Shaftesbury，1671—1713 年）就已经发表了好几篇关于艺术和道德的精彩论文，颇有柏拉图友人的风采。论文的主旨是，必须通过美与和谐的原则来塑造我们的日常生活，美感和道德感是天生的，二者指引灵魂并使其变得崇高。这些理念直接流入了温克尔曼的作品。[25] 不久之后的 1732 年，一群英国绅士成立了旨在探索和鉴赏古典艺术瑰宝的"艺术爱好者协会"（Society of Dilettanti）。他们派出的画家和建筑师"雅典人"斯图尔特（Stuart）和制图员雷维特（Revett）在雅典待了很久，最终于 1762 年完成了《对雅典古物的测量和勾画》（*The Antiquities of Athens Measured and Delineated*）。这部杰出的作品第一次精确地再现了雅典建筑。在它的影响

---

① 海因里希·冯·比瑙伯爵（Count Heinrich von Bünau，1697—1762 年）。

下，圣詹姆士广场采用了希腊式的建筑风格，引领起一股席卷整个北方欧洲和北美洲的风潮。[26] 后来，"爱好者协会"又派出铭文学家钱德勒（Chandler）赴希腊和曾经属于希腊文化圈的亚洲地区考察。1769 年，他与雷维特和帕斯（Pars）共同完成了两卷本的恢宏巨著《伊奥尼亚的古物》（Antiquities of Ionia）。[27] 同年，著名的政治家和旅行家罗伯特·伍德（Robert Wood）出版了《论荷马的作品及其灵感来源，暨古今特洛伊状况对观》（Essay on the Original Genius and Writings of Homer, with a Comparative View of the Ancient and Present State of the Troade），这是第一次真正将荷马的生平和诗歌放在恰当的历史地理背景下看待的尝试。[28] 上述著作塑造了德国文艺复兴领袖们的思想，对这场运动的发起具有至关重要的作用。[29]

出版自己的第一部作品后，温克尔曼立刻前往罗马，在更加如鱼得水的环境中研究古典艺术。意大利盛产鉴赏家，如果没有意大利人或者像威廉·汉密尔顿爵士（Sir William Hamilton）①这样意大利化的英国人收集古代艺术品，温克尔曼的研究根本无从谈起。在他来到罗马之前，当地早已不乏整理得井井有条的大型收藏，但温克尔曼带来了全新的视角。他采用的描述方式可以从作品中提炼出希腊艺术的基本原则（尽管他见过的最伟大原作寥寥无几）。此前，他已将希腊艺术的根本特性归纳为"高贵的单纯和肃穆的伟大"。[30] 在后期论文和扛鼎之作《古代艺术史》（Geschichte der Kunst des Alterthums，1764 年）中，他解释了这些特性并提供了例证。[31] 这部作品第一次提出，艺术史并非像大多数之前的批评家所认为的是一种永恒不变的现象或是个体艺术家的历史，而是"人类进步的一部分"[32]，或者更准确地说反映了那些艺术所诞生社会的生活。温克尔曼描述了古代艺术从埃及到腓尼基、波斯和伊特鲁里亚，再到古希腊和罗马的发展过程，将这个过程同地中海文明的变迁联系起来。他不仅确立了至今仍被美学史研究者沿用的基本方法，还将希腊艺术划分成原始、古典、古典晚期和衰退等**阶段**。他的下一部重要著作《未刊印古代碑铭》（Monumenti antichi inediti，1767—1768 年）[33] 在艺术和学术史都有很高的价值，温克尔曼在书中指出，一些古典艺术中的场景（主要是罗马棺椁上的浮雕）所描绘的并非日常生活，而是神话中的场景。温克尔曼在艺术理解上的纵深感堪与吉本对历史的纵深感媲美。

温克尔曼的重要发现，他的著作所体现的良好品位和思想能量，以及他选择前往古典国家研究而非完全依赖评述和译作的精神对德国产生了深远的影响。幸运的是，他在文学界还有一位知识渊博、见解独特的知音——戈特霍尔特·埃弗

---

① 汉密尔顿（1731—1803 年），英国外交家、文物学家和火山学家。

莱姆·莱辛（Gotthold Ephraim Lessing，1729—1781 年）。

莱辛在该领域最杰出的作品是关于那件著名群像雕塑的论文《拉奥孔》（*Laocoon*，1766 年）。

作为一部德语作品，《拉奥孔》是不寻常的。它短小而有欠规整，但精彩纷呈。作品兼具柏拉图对话和鉴赏论文的特点，对于熟悉莱辛惯用典故的人来说，它至今仍能带来阅读的乐趣。但对大多数现代批评家而言，它是一个谜。今天，我们很难理解为何要为一件算不上优秀甚至令人反感的艺术品花费那么多才思和精力。

拉奥孔是特洛伊的祭司。发现特洛伊木马（表面上是祭祀用的神像，里面却藏满了希腊士兵）后，他的同胞们建议将其带入城内，他却警告他们这可能是个陷阱，甚至还将一柄长矛刺入了马身。他本可以说服同胞们把木马留在城外——但痛恨特洛伊、希望将其摧毁的海神波塞冬把这个举动看作对其圣物（马）的不敬。于是，他派出两条巨大的海蛇，让它们当着特洛伊人的面抓住和杀死了拉奥孔及其两个儿子。[34] 这件雕塑作品描绘的正是祭司和儿子们在毒蛇的缠绕和獠牙下绝望的挣扎。父亲仰望天空，无助地等待上天的庇佑，孩子们则望着爱莫能助的父亲，毒蛇狡猾地缠绕着他们，使其完全没有逃脱的可能，他们身边也没有武器或朋友。公元前 25 年左右，这组群像在罗德岛制作完成，那时希腊艺术的黄金时期已经结束了。[35] 而与此同时，罗马人正试图将自己的历史上溯到特洛伊。[36] 祭司拉奥孔亵渎的木马是被献祭给与希腊人关系最为亲密的雅典娜女神的，他因此被折磨致死：所以，我们可以将这件作品的目的解读为对征服希腊的罗马人的死亡诅咒，因为后者是特洛伊的后裔。与"弗吕吉亚人达雷斯"的传奇类似，这件作品所宣扬的也是反对特洛伊和反对罗马人。[37]

这组群像不是最好的希腊艺术品。它的主题过于恐怖，描绘的是神灵以残忍和不义的手段对一整家人的加害。作品表现了最为极端的情感：所有的人物都在经受最大的精神和肉体折磨（稍后他们的肉体痛苦将加剧，但那时他们的头脑对于环境已经麻木，感受不到那么多痛苦了）。无论对于古典希腊的品位抑或现代人的最佳品位而言，拉奥孔像虽然精巧却显得过于丑陋。为什么温克尔曼、莱辛、歌德还有其他那么多人对它推崇备至呢？

第一个原因最为明显。从技术上来说这是一件了不起的作品。虽然作品主题难度极高，但它在解剖构造上堪称完美，雕刻技法一流。在更高的技术层面上，纯粹就造型而言，它无疑是件杰作。人物形象的比例优美匀称。作品包含了处于不同角度和高度的大量肢体和肌肉，它们彼此错综复杂地联系在一起，很容易乱成一锅粥，而不是像现在这样形成和谐的综合体。无论是群像整体还是其中的单个人物都具有优美而各异的平衡形状，堪比达·芬奇《最后的晚餐》中人物之间形成的各种三角。让作品呈现出三维形象的问题也被雕塑家完美地解决了，挣扎的人物有的前倾，有的后仰，有的奋力向上，但又相互纠结成单一整体。

不过，这并非莱辛推崇该作品的最主要原因。他和他的同时代人在群像中看到的最可贵品质是尊严和克制，而我们却很少看到这一点。温克尔曼和他的追随者们会不厌其烦地指出，父亲张开的嘴唇只够发出下意识的呻吟，如果不是因为古典艺术中的尊严，他本该歇斯底里地嚎叫。在维吉尔的笔下，他的确在嚎叫。但莱辛说，嚎叫在大理石像上行不通，因为那样的话它的嘴部就会显得丑陋。在我们看来这似乎有点不可思议：因为整个主题都是丑陋的，充斥着过多的情感。但广义而言，莱辛的看法是正确的。作品中人物的确正受到折磨，但他们并不缺乏优雅。随着缠绕的加紧，五分钟后其中一个孩子会全身浮肿，另一个会开始吐血，父亲的四肢会扭曲变形，面部甚至会丧失人形。虽然忍受着极大的痛苦，但他们现在仍然是高贵的，因为他们还是完整的人。

莱辛的错误在于将拉奥孔看成了古典理想的表达。如此极端的张力从未出现在黄金时代的希腊艺术中，甚至死亡场景本身（正如莱辛所指出的）也永远是平静的。希腊画家们不会描绘阿伽门农在女儿被献祭现场的表情；希腊剧作家们不会允许美狄亚在观众面前杀害自己的孩子，或者让俄狄浦斯在众目睽睽下自残。拉奥孔是失败的，最伟大的希腊艺术更喜欢表现胜利，无论胜利的背后付出过多少代价。它不会像陀思妥耶夫斯基那样描绘一个高贵而有德的人如何因为癫痫而沦为无助的疯子。

事实上，拉奥孔是一件符合巴洛克时代品位的作品。莱辛和温克尔曼不是最早，而几乎是它最后的推崇者。在巴洛克时代最高峰的1667年，弗莱芒雕塑家范·奥布斯塔尔（Van Obstal）对法兰西皇家艺术学院表示，"所有留存下来的雕像中，没有一件能媲美拉奥孔"。[38] **张力**——也就是极端激情和极端控制的对立——是巴洛克艺术的重要理念之一。[39] 艺术学院对拉奥孔的推崇正是源于这种张力，而非希腊艺术特有的静谧。莱辛也被这种理念蒙蔽了。在精神上与拉奥孔最为接近的近代作品是17世纪一所耶稣会教堂中的圣徒像：它高大、庄严、身披斗篷、体型优美、五官端正，但内心却正受到热望的折磨，它在激情的风暴中旋转，斗篷扭结，身体前倾，头部转向一边，仰视的目光中是痛苦和着魔似的最后迷狂，在无法摆脱的大地和仍然遥远的天堂间左右为难。不过，虽然拉奥孔代表了一个垂死时代的品位，温克尔曼和莱辛还是为它提供了新的视角。他们告诉世人，不应用启蒙时期那种冷静甚至居高临下的眼光看待拉奥孔和其他希腊雕塑，而是应该像伟大的批评家那样投入热情和爱，这些是革命时代思想的基本元素。

在文学批评领域，莱辛活跃的头脑同样对古典作品和古典原则做了影响深远的全新诠释，特别是他在《新文学通讯》（*Briefe, die neueste Litteratur betreffend*，1759—1765 年）上发表的文章和他的《汉堡剧评》（*Hamburgische Dramaturgie*）。[40] 我们在之前已经指出，在书籍之战中，许多现代派指责古典作家们（特别是荷马）过于粗俗，并赞誉现代文学中的用语和社交行为更加得体。在这场论战的第三阶段，达西耶夫人就上述观点向对手发起反击。对手认为，公主洗衣服是不合适的。她回应说，让娜乌西卡给自己的兄弟洗衬衫总好过像当代的时髦贵妇那样浪费时间打牌、聊天或者参加其他危险的活动。[41] 现在，莱辛也用相同的论点向巴洛克品位的持有者发起了反击。他说，如果我们认为希腊人粗俗而愚蠢，那证明**我们自己**才是粗俗而愚蠢的。

不过，这并不意味着莱辛的批判论文仅仅是将希腊人的原则应用到当时的文学批判上。那样做就显得非常机械，甚至有点狭隘。他的成就要更为宽广。莱辛所应用的标准来自他本人的敏锐品位。他翻译过普劳图斯，还对其进行过模仿，因此很早就开始为这位剧作家辩护。[42] 后来，他又转而支持塞内卡的悲剧，解释了作品中经常被醒目的错误所掩盖的真正优点。[43] 他一度对伏尔泰赞赏有加，但后来看穿了其肤浅的悲剧和缺乏思考的批判。伏尔泰断言法国悲剧要优于希腊悲剧，这部分是因为他是个彻底的"现代派"，部分是因为他对自己的史诗和剧作洋洋得意。1759 年，莱辛向他发起了全面攻击，声称法国古典主义悲剧比不上莎士比亚和希腊人的作品。然后，他扩大战火，又把矛头指向了高乃依的《罗多古娜》（*Rodogune*）和所有并非一流的法国巴洛克剧作（不包括拉辛和高乃依无可争议的杰作）。[44] 几年后，莱辛开始研究亚里士多德的《诗学》并对其做了阐释，虽然他的某些观点今天已经过时，但仍不失为德国文学史上的转折点。[45] 莱辛宣称，亚里士多德所提出原则的目的并非限制创新精神，而是为创造性工作提供指导，使其更加简便、有效和细致。在许多巴洛克时代的人看来，"古代作家"就像大山一样压在自己的头上。莱辛以及他在革命时代的追随者们却意识到，希腊人能够帮助自己进步。

新涌现的翻译作品加快了德国的希腊化运动，其中最重要的人物是海德堡大学的古典学教授约翰·海因里希·弗斯（Johann Heinrich Voss，1751—1826 年）。1781 年，他因为用六音步格律将《奥德赛》译成德语而广受赞誉。后来，他又翻译了《伊利亚特》和赫西俄德，以及几位田园诗人和罗马作家的作品（维吉尔、贺拉斯、提布卢斯和普罗佩提乌斯）。这些译本称不上伟大，但它们开启了一扇沉重的大门。

与此同时，诗人和思想家们正在努力学习希腊语，就像文艺复兴时期其他国家的年轻人曾经充满热情地开始阅读拉丁语一样。比如，歌德 9 岁起开始学希腊语，少年时一度放弃。21 岁时，与约翰·戈特弗里德·冯·赫尔德（Johann Gottfried von Herder，1744—1803 年）的会面给他带来了新的动力。今天，人们对赫尔德这位狂飙突进运动领袖的了解主要是他对"原始而自然"的诗歌的推崇——如歌谣、民歌以及莪相和莎士比亚的作品。歌德受他的启发爱上了希腊语，这说明将"古典"和"浪漫主义"直接对立起来是多么错误。他鼓励歌德学习希腊语，并非为了进入隐秘的学术王国，而是通过阅读荷马与柏拉图的原文接触到"真理、情感和自然"。[46] 于是，歌德从 1770 年开始阅读荷马，然后是柏拉图和色诺芬的《回忆苏格拉底》（后者对苏格拉底的生平和教诲提供了不同的看法），1771 年是忒奥克里托斯，1772 年是品达（他认为品达写的是自由诗体），1773 年他开始接触希腊悲剧。[47]

作家们阅读的目的是写作。没有哪位创造性的作家只依靠自身的经历；许多时候，一本新书带给作家的启迪要超过他在日常生活中的所遭所遇。但启迪越强烈，想要在接受它的同时不让自己变得麻木也越困难。在古典诗歌的巨大力量面前，许多有前途的年轻作家哑口无言或者成了无助的模仿者。革命时代的德国作家承认希腊神话和诗歌的力量，但大多无法像对待民歌和中世纪传奇之类更加简单的影响那样轻松而有效地吸收它们。

约翰·克里斯托弗·弗里德里希·席勒（Johann Christoph Friedrich Schiller，1759—1805 年）推崇希腊哲学的高贵，并深受希腊传说力量的感染。不过，他没能创作出任何古典题材的大型诗作。在他所有受到希腊文化影响的作品中，最为雄心勃勃的是《墨西拿的新娘》（*The Bride of Messina*）——席勒试图在作品中融入乱伦和兄弟相残等可怕的意大利文艺复兴情节并在舞台上表现谋杀和自杀，同时在古典式平衡戏剧结构中巧妙嵌入了若干经过改编的希腊—罗马主题，并安排了由仆人们组成的两支歌队。这些尝试很有意思，但并未大获成功，它们的真正继承者并非 19 世纪的诗体悲剧，而是瓦格纳和威尔第的早期歌剧。除此之外，对希腊—罗马文化的爱仅仅促使席勒创作了以希腊民间故事为素材的谣曲（如《波吕克拉提斯的指环》和《伊布克斯的鹤》[*The Cranes of Ibycus*]），以及用人格化手法表现道德和情感理想的颂诗——这些理想部分来自希腊思想，并借鉴了希腊和罗马传统中被人格化为神祇的抽象概念。从克洛普施托克开始，德国诗人们已经创作了大量此类抒情诗，它们参照了品达的形式（至少作者们是这样认为的），但包含了革命时代的全部情感丰富的理想主义。席勒最著名的同类作品是《欢乐颂》（*An die Freude*），后来被贝多芬借用，成了《第九交响曲》有力的最后乐章的歌词：

欢乐，神的火花！
福人岛的女儿！[48]

与这首欢乐的抒情诗相对应的是忧郁的《希腊诸神》(*Die Götter Griechenlands*, 1788 年)。这是席勒最重要的一首希腊主题的诗作。它哀悼了死去的希腊诸神, 认为他们的死完全是因为人类灵魂中的某些东西死亡了。自然曾经充满了生命力, 整个世界都带有神性。树木中居住着活生生的德吕阿德斯仙女(dryads)。森林中的鸟鸣是菲罗墨拉的凄厉哀鸣。天空中那个被今天的科学家称为一团燃烧气体的东西, 当时却是由庄严的空中之王赫里奥斯驱使的金色马车。席勒慨叹道, 现在的世界只剩下了物质。而对希腊人而言, 它是充满精神的物质。它曾经是有意义的, 现在却全无意义。它曾经是人性的, 并被人类赋予了神性, 现在它没有了人性, 沦为物理运动中的物体, 和钟摆一样死气沉沉。它既没有生命, 也没有美和神性。

这首作品公开抨击了现代科学和唯物主义, 也含蓄地指责了基督教。中世纪基督徒对死亡的畏惧与希腊人冷静接受它的态度形成了鲜明的反差。[49]虽然没有直接指责基督教, 他还是表达了对基督教世界的恐惧——不同于异教世界, 基督教世界是晦暗和死气沉沉的, 缺乏精神生活。同样的哀诉也出现在华兹华斯的《世界与我们过于亲密》(*The World is too much with Us*)[50]中, 并在即将到来的 19 世纪许多诗作中得到了深化和强化。与此同时, 许多蹩脚的德国诗人也发表了自己的颂诗, 试图回应《希腊诸神》和反驳席勒的抱怨, 因为他们觉得席勒正在宣扬对基督教的某些最核心价值发起挑战, 将人们的注意力从天堂转移到尘世之美。[51]他们是对的: 席勒预言了一场希腊语向希伯来语、异教徒向基督徒发起的战争。

在所有革命时代的德国作家中, 受希腊文化影响最深的是一位带有悲剧色彩的年轻人。他的创作生涯一度与席勒类似——并非因为他抄袭了后者, 而是因为两人经历了相同的启迪。他就是弗里德里希·荷尔德林(1770—1802 年, 他活到了 1843 年, 但自从 1802 年精神失常后, 他的生命实际上已经结束)。[52]他最早的作品与席勒的抒情诗在意旨上非常相近, 虽然其中最重要的那些在感情上更强烈, 更称得上伟大作品。由于这种相近(一定显得有抄袭之嫌)以及荷尔德林本人对尘世的极端厌恶(表现为对希腊的无限爱慕, 几乎演变成对死亡的向往), 这位年轻人没能得到席勒和歌德应有的重视。不过, 席勒还是帮助荷尔德林为其散文体传奇《许佩里翁》联系出版商。故事讲述了一位现代的年轻希腊人受到坚强而高贵的导师(阿达玛斯[Adamas], 以席勒为原型)启发, 试图重现古代希腊的荣光。他为了希腊的独立与土耳其人作战。战败后, 他成为一名隐修士, 把生命奉献给了自然的诸神而非宗教的上帝。可见, 作品结合了古希腊在荷尔德林时代所象征的两种理想。为了回归古希腊, 人们可以借道现代希腊, 并努力将其从暴政下解放出来, 也可以脱离社会, 在地中海的大地、群山、大海和天空中找到精神的家园。

类似大多数德国的希腊主义者，荷尔德林也尝试创作了一部悲剧：《恩培多克勒之死》（*The Death of Empedocles*），马修·阿诺德后来选择了同样的主题，而且更为成功。作品充满了崇高的思想和优美的诗句，但与许多模仿希腊戏剧的作品一样，它也没能完成。此外，他还翻译了索福克勒斯的《俄狄浦斯王》和《安提戈涅》。不过，荷尔德林最伟大的还是抒情和哀歌作品：形式上有的类似贺拉斯借鉴自希腊人的四行一节的短诗，有的模仿了希腊和罗马的情歌诗人，有的类似品达和悲剧作家的大型颂诗和赞美诗。[53] 荷尔德林意识到，在表现强烈感情的同时，希腊诗歌也有意保持了客观性，这是前人所未见的。由于荷尔德林的情感极为敏感而人生又如此痛苦，他觉得自己比别人更难保持这种客观性，但因此更有必要这样做。即使当逐渐逼近的疯狂开始在他的字里行间显露出来时，他的作品仍然保持了希腊人根本的高贵。

荷尔德林与济慈的相似是惊人的。[54] 荷尔德林是更好的古典学者，济慈则是更好的诗人。但他们都热爱古典文化（特别是希腊），而且这种爱都带有忧郁的柔情。和济慈一样，荷尔德林也有过一段不幸的爱情，但他的经历要悲惨得多。他爱上的女孩要比范妮·布劳恩（Fanny Brawne）更加敏感和聪慧，不过已经嫁给了一位冷酷无情的商人，后者就像对待仆人一样对待荷尔德林。荷尔德林在写给情人的诗歌中将其称为狄俄提玛（Diotima）——这位近乎神话人物的女祭司曾告诉苏格拉底，通过爱情可以实现理想的美和善。[55] 此外，济慈与荷尔德林都不认为可以通过吸收埃斯库罗斯的充沛能量来使自己的性格更加坚强。虽然济慈英年早逝，他却是二人中更欢乐和更健康的。他热爱生活，认为希腊的优雅和高贵是对其最好的表达。而荷尔德林则是因为痛恨现实才爱上古典文化的。济慈的许多佩里翁成功了，荷尔德林的则失败了。不过，这两位诗人——忧郁的德国人和快乐的英国人——都悲剧般地意识到了即将到来的末日。其中一位哀叹道：

> 我担心当我故去时，
> 我的笔尚未收割完我丰富的头脑……

另一位则回应说：

> 强大的女神，只求再给我一个夏天！
> 再给一个秋天，让我的歌曲成熟，
> 这样，当我的心尝够了甜美的游戏，
> 它会更情愿地让我死去。[56]

约翰·沃尔夫冈·冯·歌德（Johann Wolfgang von Goethe，1749—1832年）承认，许多事物都对他的思想产生过强烈的影响：爱情、旅行、科学、东方诗歌、戏剧、宫廷、他的诗人朋友们、民歌。但上述事物几乎都比不上希腊—罗马文学的影响。他所接受的古典教育有限而乏味。他的拉丁语还不错，但希腊语一直有困难。在阅读希腊语书籍时，他习惯于准备好译本。很多时候，只有当新译本出现时，他才会开始对某位希腊诗人感兴趣。[57] 不过，类似同时代几乎所有创造力丰富的作家，他真心热爱着希腊文学，并不断从中汲取力量。真正唤醒他对古典文化兴趣的是赫尔德对希腊诗歌的称颂，是温克尔曼的良师益友奥伊泽（Oeser）对希腊艺术的赞美，是温克尔曼、莱辛、布莱克威尔（Blackwell）和伍德对希腊美学理想的分析。[58] 虽然歌德的个性丰富多彩，有时会把热情投向其他方面，对古典文化的兴趣仍然在他生命中的许多不同阶段保持了活力和生机。荷马是歌德的最爱。他想到荷马的次数要远远超过其他任何一位古典作家——几乎相当于他想到三位雅典悲剧作家次数的总和（歌德对他们的喜爱仅次于荷马）。[59] 21岁时，他开始教自己阅读荷马，此后更是读完了大部分希腊文学作品。希腊语对他而言比拉丁语重要得多，让他在漫长的一生中与不朽者形影不离。

1786年，歌德前往罗马，历史的理想世界变成了现实。令他震惊的不仅是那个世界的雄伟，还有其持续的活力，特别是因为这样一个充满激情的年轻人在那里找到了美丽的女郎。他在《罗马哀歌》中写到，情人的拥抱教会了自己如何理解雕塑[60]；显然，对歌德而言，与一位热情似火的罗马姑娘的爱情让古典哀歌诗人们的情诗，甚至是他们有时显得抽象的神话典故变得直白和真实。[61] 此前，他曾模仿古典诗歌写过一些规模不大的作品——比如后来被胡戈·伍尔夫改编成优美歌曲的讽刺诗《阿纳克吕翁之墓》（Anacreon's Grave，1785年）就是从赫尔德所翻译的希腊民谣中获得的灵感。不过现在他开始对古典文学作品进行大量模仿、效法和引用，这项工作断断续续一直持续到他创作生涯的终点。

首先，他将自己之前创作的一部古典主题的散文体戏剧《伊菲格尼亚在陶里斯》（*Iphigenia in Tauris*）改写成诗体，作品的散文体和诗体版本分别于1779年和1787年出版。最初的版本分为五幕，没有合唱，角色端庄得体，类似法国古典主义者的散文体悲剧。作品的素材来自欧里庇得斯以伊菲格尼亚在蛮族中的生活为题创作的戏剧，大量模仿了希腊剧作家的伟大段落。[62] 不过最重要的是，这部作品并非完全是模仿。它的道德是现代的，几乎是基督教式的：拉辛也觉得有必要对自己使用的某些传说做出类似的改编。为了救下弟弟和逃出虎口，伊菲格尼亚没有与陶里斯国王撕破脸，或者像欧里庇得斯作品中那样用诡计骗过了他，而是将真相告诉他并相信自己的善良能够感化对方。[63]

《伊菲格尼亚在陶里斯》的成功存在争议。它虽然纯粹，却表现出在希腊悲剧中很少看到的冷漠。不过，歌德的下一部古典题材作品《罗马哀歌》（1795年）的成功是毋庸置疑的。这组诗歌以罗马的爱情和艺术为主题，格律借鉴了所有古代作家在涉及此类题材时都会使用的哀歌双行体。无论是形式和规模，还是对热烈爱情的执着，对心理鲜活而微妙的描绘，对香艳典故的频繁引用，该作品都直接继承了罗马哀歌诗人的传统。歌德推崇普罗佩提乌斯并借鉴了他的作品（席勒甚至称歌德为德国的普罗佩提乌斯），也读过卡图卢斯，但在所有的罗马情诗诗人中他最喜爱的是奥维德。对上述三位诗人的引用频繁出现在《罗马哀歌》中，但歌德对其做了巧妙的处理，还大胆地重新组合它们并加入了新的内容，使作品更具原创性。[64] 我们不能把这部作品中的古典回响称为模仿。更准确地说，该作品是原创的，它融合了三种灵感——歌德的爱情、他在罗马的美学体验、他读过的古典哀歌诗人作品。这部作品极为优美（除了某个基本要素），在有些方面超越了他所效法的罗马哀歌。比如，罗马哀歌诗人的局限之一在于他们的作品很容易流于俗套，使用亚历山大里亚的希腊人开创的传统题材，比如对着心上人紧闭的大门表白，或者把宠物作为主题等。罗马诗人们年复一年地使用这些题材，很少有人做出较大的改变。而歌德则构思出一些美妙的新理念：比如受到冒犯后情人的独白，从中我们几乎可以听见那位目中含泪、怒气冲冲的罗马姑娘的嚎叫，看到她跺脚的样子。[65]

上述诗歌的缺陷在于它们的格律形式。德国诗人们早就尝试改编古典格律，著名的弗里德里希·戈特利布·克洛普施托克（Friedrich Gottlieb Klopstock，1724—1803年）在自己的《弥赛亚》（*The Messiah*，1748年）前三曲中使用了六音步体，引起很大的反响。其他许多诗人则试用过哀歌双行体。歌德也喜欢哀歌双行体，特别是将其用于结构上不如抒情诗丰富，情感基调上比抒情诗低沉的短诗。不过，他始终没能让这种格律重现它在希腊语和拉丁语中的韵律感。这既与德语的特性有一定关系（德语长句听上去沉重而复杂），也要归咎于歌德在使用复杂格律时过于随意——对这类格律的使用必须十分精确才能实现其最佳效果（罗马人也是在经历了早期痛苦的实验后才发现这点的）。从技术上说，希腊语和拉丁语的哀歌格律依赖的是长短音节的交替，而现代语言依赖的则是重读和非重读音节的交替。哀歌格律采用扬抑抑格和扬扬格，这在使用音节长度表示的希腊语或拉丁语中很容易实现而且变化多样。但在现代语言中，扬扬格的音步非常罕见，因为那意味着包含连续两个重读音节。两个重读的单音节可以实现这种效果，但很少有这样的双音节词。所以，在德语或英语中应用这种格律的诗人习惯上会使用**任何**双音节的单词，让读者自行放缓节奏以符合扬抑抑格和扬扬格的要求。[66] 但即使对于那些能在头脑中想象六音步格律的人而言，这也是很费劲的。歌德哀歌中的许多句子只有古典学者才能理解，而且不会令他们满意。

1796 年，歌德和席勒一起发表了数百首关于当代文学、政治和哲学的警铭诗。诗集名 Xenia 意为"礼物"，得名于警铭诗人马提亚尔的两卷用于写在礼物盒上的小诗。诗集在精神上也试图效法马提亚尔。其中一些非常犀利，至今仍被引用。但大多数作品的题材具有时效性，而且更为重要的是，前 100 首之后的作品所用的哀歌格律变得无可救药地单调。马提亚尔绝不会发表 300 多首主题各异，但使用大致相同形式和完全相同格律的诗歌：他知道那将是不堪卒读的。

法国大革命及其招致的混乱和暴力令歌德深感震惊。带着对大革命的反感，他于 1798 年创作了分为 9 卷的乡村爱情故事《赫尔曼与朵洛缇娅》。[67] 作品的基调是田园式的，格律采用古典六音步，并做了自由变通。在手法上，作品借鉴了荷马史诗中更为平淡和传统的那一面——比如对马匹和农活之类朴素和美好的事物直接而带有敬意的描绘，对同一角色反复使用相同的修饰语（如"高贵而明智的牧人"[68]），大段独白和舒缓的叙事节奏。这类诗歌后来也出现在英美文学中，如克拉夫的《托布纳利奇的小屋》（*The Bothie*）和朗费罗的《伊万杰琳》，二者都采用了六音步格律。前者的主题和后者的场景富有诗意，因为它们都是遥远和陌生的。但在《赫尔曼与朵洛缇娅》中，我们肯定会觉得，淳朴的农民角色、朴素的小镇环境和单纯的爱情故事本身就足以激发我们的想象了。作品的氛围类似同时代的古柏（Cowper）①的《任务》（*The Tasks*）和华兹华斯的《彼得·贝尔》（*Peter Bell*）。不过，作品中的诗性力量较弱，歌德也没有通过技巧来增强它。比如，作品开头是客栈老板、老板娘、当地的药剂师和郊区牧师间几乎无休无止的对话，除了符合格律，完全没有诗性可言。鉴于该作品的风格常常让读者联想起《奥德赛》中的惊雷骇浪，这段平实的叙述和平淡的对话让人无法忍受。在音乐作品中，与之类似的是施特劳斯的《家庭交响曲》（*Domestic Symphony*），它动用了乐团的全部资源来描绘一对幸福眷侣生活中的一日一夜，甚至连婴儿的啼哭也被复制了。也许歌德试图将荷马同赫西俄德的农事作品与忒奥克里托斯的田园作品结合起来。或者他错误地以为，作为"自然诗人"的荷马在《伊利亚特》和《奥德赛》较为质朴的那些段落中描述的完全是其听众日常的所见所闻：因此他本人也试图采用熟悉、得体和平凡的主题创作诗歌。

《赫尔曼与朵洛缇娅》是一首借鉴了荷马手法的田园史诗。作为荷马长期的仰慕者，歌德开始试图写出与其相媲美的作品，激励他的是一本暗示荷马并无其人的著述，即沃尔夫出版于 1795 年的《荷马导论》（*Introduction to Homer*）。[69]

---

① 古柏（William Cowper，1731—1800 年），英国诗人。

这部极其重要的作品决定了 19 世纪大量学术研究的方向。

我们已经看到了荷马在 17 世纪和 18 世纪早期是如何不受待见和被误解的。[70] 伍德的《论荷马的作品及其灵感来源》向着更好地理解《伊利亚特》和《奥德赛》迈出了决定性的一步。[71] 巴洛克时代的贵绅宣称,荷马史诗不可能是好的作品,因为荷马所处的社会在某些方面不如他们的社会文雅和精细。这是历史观的错误。伍德描绘了荷马笔下的景致,从近东生活中找到了荷马笔下生活的痕迹——这是一种原始而不野蛮,简朴而高贵的生活,并帮助诗歌爱好者明白了如何发现《伊利亚特》的真正意义。1773 年被译成德语后,就像在其他国家那样,伍德的论文在德国广受欢迎。年轻的歌德就是其推崇者之一。

另一位推崇者是弗里德里希·奥古斯特·沃尔夫(Friedrich August Wolf),他于 1783 年成为哈勒大学(Halle)的古典学教授。和伍德一样,沃尔夫的目标是为荷马作品找到正确的历史位置。但最令他感兴趣的并非作品的艺术性,而是它们的历史——在这点上他与本笃、马比永(Mabillon)和揭露"法拉利斯信札"的班特利等伟大学者一脉相承。[72] 他试图描绘出作品诞生后经历的各个传播阶段。他指出,在这两首史诗数以千计的抄本中不可能确定哪一个才是作者所写的版本(忽略抄写时的偶然错误),不可能像现代印刷书籍那样存在单一正本。事实恰恰相反,荷马史诗有大量不同版本,在主线上相差不大,但在许多重要细节上有区别;不可能回溯到某个只存在单一文本的时期。(他暗示)我们回溯越远,就越不可能找到某位叫荷马的诗人以及两本叫《伊利亚特》和《奥德赛》的实体书籍。

(沃尔夫认为)这主要是因为在作品诞生的年代几乎没人懂得书写。《伊利亚特》中两次提到表意符号,但它们更像黑暗时代的卢恩字母或是中世纪的纹章,而非文明希腊的书面文字。[73] 荷马史诗诞生于一个没有文字的时代,作品中的人物也是不谙文字的(沃尔夫承认,该论断的基础是伍德的论文[74])。像《伊利亚特》这样的大型史诗不可能在没有书写的情况下被创作或传播。[75] 由此可见,在书写被发明并在希腊得到广泛传播之前不会出现《伊利亚特》或《奥德赛》。

当时有什么呢?一系列短到足以印刻在脑海中,在筵席后吟唱的"歌谣"——就像荷马史诗中的游吟诗人所吟唱的那些:这一大堆"关系松散的诗歌"(实际上代表了整个传统)类似中世纪的谣曲,"直到 500 年后才被整理成史诗的形式"。[76] 荷马并无其人,存在过的只是被称为"荷马诗人"(Homerids)的游吟诗人,荷马史诗则是由"民间诗歌"串联而成的。[77]

那么又是谁把它们串联成史诗形式的呢?可能是雅典僭主庇西斯特拉托斯(Pisistratus,活跃于公元前 540 年左右)——或是为他工作的诗人和学者们。[78](人们普遍认为,一些重要的编撰工作是在庇西斯特拉托斯的要求下开展的,他可能是第一个试图将荷马史诗内容固定下来的人。）

沃尔夫并没有根据自己的论断进一步推导出所有相关结论，但他的推理非常深刻、精妙和清晰，读者和支持者们会顺理成章地得出以下结论：

（1）并不存在某个名叫荷马的史诗诗人，只有一些"诵诗人"（rhapsode）或游吟诗人创作的一系列规模小得多的短诗，它们的主题是与特洛伊战争或是英雄时代其他事件相关的历险；

（2）两部史诗的结构是由编撰者完成的，在书写艺术广为流传后，他们对上述短诗进行了遴选与串联；

（3）因此，不能把"荷马"看作天才个体，或者将荷马史诗中的任何特定句子作为史前希腊时期思想和习俗的可靠证据——因为在没有深入研究的情况下，我们不可能确定句子被创作或插入的年代。

这类分析成了整个 19 世纪大多数古典学家的工作，而且延续至今。[79] 类似的工作在对《圣经》的评述中已经开始了，18 世纪的《新约》注疏版指出了福音书和书信文本的重要变迁；到了 19 世纪，"高级注疏"延续了这项工作，将《旧约》分解成许多部分，将福音书分解成若干经过多次修正的叙事。

学者们受到了沃尔夫著作的激励，文人们却因此感到沮丧。后者失望地发现，自己眼中的两部伟大史诗实际上是两组短诗的集合，二者的谋篇布局完全与个体天才无关。

沃尔夫的才智和敏锐仍然不容抹煞，但今天他的理论已经过时。[80] 人们已经证明，在没有书写的情况下，像《伊利亚特》和《奥德赛》这样规模的佳作是很有可能被创作出来，并被一代代忠实传播下去的。诚然，两部史诗在创作过程中吸收了许多其他诗人的作品，但那位（或那些）缔造出如此宏伟篇章的诗人绝不仅仅是"编撰者"，而是最高层次的诗歌创作者。

沃尔夫的理论一度鼓舞了歌德。他曾经觉得荷马是无法接近的，但如果并无荷马其人，有的只是才智不如前者的所谓"荷马诗人"，歌德自觉可以与他们一较高下。[81] 正是带着这种想法，他创作了《赫尔曼与朵洛缇娅》。不过后来，随着对荷马史诗理解的深入——当然，也因为他尝试创作另一首荷马式史诗《阿喀琉斯记》（Achilleis），并继续创作自己的大型诗剧《浮士德》——歌德意识到在这两部史诗背后可以看到至少一位伟大的天才。最终，他公开表示自己不再支持沃尔夫对荷马问题的结论。[82]

这不是歌德唯一一次尝试用德语创作古典式作品。屈勒味林（Trevelyan）的《歌德和希腊人》（Goethe and the Greeks）提到了许多他半途而废的工作。他仿照品达的手法发表过一系列激情勃发的抒情诗[83]，古希腊理想也经常出现在他的其他作品中，如悲剧《私生女》（*The Natural Daughter*）。但只有他死后出版的《浮士德（第二部）》才称得上又一部重要的古典式诗作。

诞生于近四分之一个世纪前的《浮士德（第一部）》讲述了一位像歌德那样永不满足和心怀期冀的天才魔法师如何尝试感官欢愉，最终获得了肉体之爱——但并未感到满足。在《浮士德（第二部）》中，他经历了精神、艺术、宫廷生活和战争等更加宏大的场面，最终在为人类工作中找到了真正的满足。作品的形式与古典传统大相径庭：剧中出现了数以百计的角色，大量只有特技相机才能实现的舞台效果，主要人物的外貌甚至都前后不一，格律不断变化，各幕之间几乎是完全独立的，剧中的数十起象征性事件不仅相互没有关联，而且含义极为晦涩。

不过，剧中的一个主要情节却是非常重要的古典象征。假意友好的魔鬼靡菲斯特（Mephistopheles）告诉浮士德如何召唤特洛伊的海伦。浮士德照做了，并试图拥抱海伦，受惊的海伦消失得无影无踪，还把他撞得不省人事。后来，海伦主动向浮士德寻求帮助，因为受到蒙蔽的墨涅拉俄斯准备报复妻子，将她作为人祭。这时，浮士德以中世纪贵族的形象出现在一座哥特式城堡中，并救下了海伦。两人结合后生下一个神奇的孩子，从诞生那一刻起就具有超人的力量和敏捷，快乐地跳个不停，还偷走了众神的宝物。最后，这个叫欧福良（Euphorion）的孩子为了追求美而飞上天空，不幸像伊卡洛斯一样摔死了。他的尸体看上去很像"某个名人"（通常认为影射拜伦），然后就和海伦一同消失了。

显然，海伦是古典传统（尤其是希腊）的象征。为什么歌德要让她出现在《浮士德》中呢？魔法师浮士德召唤特洛伊的海伦并与之结合的故事原本是一则中世纪传说，但原作所描绘的只是至高的感官满足以及占有世界上最美丽的女子。而在歌德的作品中，这个故事多了许多复杂的意义。

显然，她象征了只有希腊才有的至高肉体之美。除了美，其他国家同样推崇财富、权力、快乐或敬神。没有谁像希腊人那样将美看得高于一切：服饰、建筑、装饰、男人和女人都体现出美。而让整个希腊和亚洲城邦心甘情愿开战的海伦无疑是完美之美的化身。

不过，她又不仅仅是个美丽的女人。在《浮士德（第一部）》中，浮士德引诱了可爱而单纯的玛甘泪（Margaret），却远未感到满足。海伦的美超越了那个最可爱的凡人女孩，更具永恒的吸引力。浮士德无法像离开甘泪卿（Gretchen）那样摆脱她。她在精神上和肉体上同样使人着迷。如果说甘泪卿象征了肉体激情，那么海伦代表的就是美学体验，通过这个阶段，浮士德的灵魂向着最高目标——对权力和利他行为的体验——又迈进了一步。

海伦代表的还是最高尚和最完美形式的美学体验，即对希腊文化的体验。其他时代和国家无疑也为美感提供过养料，但没有什么像希腊艺术那么完美。但丁选择了维吉尔作为古典文化最高影响的象征，认为他首先是个诗人，然后是个思想家。[84]但对歌德而言，希腊文化与思想无关。在特洛伊的海伦身上看不到缔造了科学、哲学、历史、政治理论和其他许多思想体系的希腊思想天才们的影子。

海伦的魅力一部分来自她的稀缺性。浮士德与海伦相会在"古典式巫婆安息日"①上——形形色色的无名魔鬼和可怕怪物从希腊文学被遗忘的角落中集结于此。它们的各种丑陋形象衬托出海伦独一无二的纯粹之美。据说歌德试图用它们来象征地中海地区特有的生机勃勃的风光和肉体活力。在意大利之旅中，这些东西给他留下了深刻的印象。[85]但在巫婆节上还有一些比这片土地更加黑暗的精灵。也许歌德想要表达的意思是，希腊的艺术及其所体现的精神静谧是有意识的理想化结果，它们的下方是充满可怖原始力量的黑暗而动荡的地下世界：尼采用暴怒的酒神女祭司和平静的阿波罗强调了这种反差。[86]歌德还想说，希腊文化是艰深的，它是贵族式的，很少有人能接触到海伦。在接近她之前，浮士德必须先把自己打扮得冠冕堂皇。即使对他而言，得到海伦也绝非易事。她绝非任人攫取的猎物：当浮士德试图抓住她时，她消失了。只有通过不懈追求和骑士般的殷勤才能得到她。

即便如此，海伦仍然只是激励而非财产。人们可以得到她，却无法长期占有她。她为浮士德所生的孩子因为太过聪明而夭折了。孩子死后，她第二次也是最后一次消失了，就像欧律狄刻般回归冥府：只有她的衣服留了下来，并像云朵一样托举着浮士德飞升到他此前从未到达过的世界。歌德想要表达的意思是，现代人无法和至高的艺术之美长相厮守——尽管他能够和必须尝试接近它们，并一度拥有它们。

欧福良的名字表示"活力"。孕育他的是不断的激励，而他则更加主动地回应各种挑战，直到最终力有不逮。他象征了天才的憧憬和雄心，当不受约束并受到强烈体验的召唤时，就会脱离大地越飞越高，变得越来越令人叹为观止，直到最终因为无视人类法则而坠亡。歌德想到的是拜伦。但欧福良也可以是那个时代的所有天才，他们的激情憧憬注定了其夭折的命运。他诞生于一场艰难但梦幻的结合，一边是充满活力、富有可塑性和略带粗俗的现代人，一边是希腊文化的微妙精神。所以，他象征了革命时代的诗人和思想家，他们短暂而热烈的一生，他们强烈的自我肯定，他们对美永不满足的饥渴，他们雄心勃勃的哲学和诗歌——拜伦横渡达达尼尔海峡，雪莱为解放爱尔兰所做的努力、舍尼埃的《赫尔墨斯》

---

① 指《浮士德（第二部）》第二幕中的 Klassiche Walpurgisnacht。瓦尔普吉斯之夜是欧洲北部和中部庆祝春天来临的传统节日，从每年4月30日夜持续到5月1日晨。传说巫婆们当晚会在布罗肯峰（Brocken）集会，《浮士德（第一部）》中有对该场景的描绘。

（Hermes）、荷尔德林的《恩培多克勒》、柯勒律治的大同世界（Pantisocracy）、歌德的雕塑，以及他们对夭折命运的挑战或欢迎。歌德不相信这是"传奇"的复兴，认为它的真正血脉来自希腊。

但歌德是德国的代言人。浮士德象征了歌德、德国人和现代人——或者说是德国人标准的现代人。为了以得体的面貌出现在特洛伊的海伦面前，他把自己打扮成中世纪的日耳曼贵族；为了赢得她的芳心，他展示了军事能力这一中世纪（以及日耳曼）的美德，率领"蛮族"——日耳曼人、哥特人、法兰克人、撒克逊人和诺曼人——占领了希腊。歌德的意思是，虽然德国人对希腊文化着迷并热切地想要掌握它，但在希腊精神面前，他们又觉得自己是半开化的外族，无法与之建立持久的、意旨相通的和富有成果的关系。上述象征包含了一个重要事实。德国人觉得古典文明过于精细和热烈，以至于难以吸收。他们与希腊最亲密的接触虽然缔造了聪慧的欧福良，但更多的却是不幸和深深的挫折感。温克尔曼和施台方·格奥尔格都成了同性恋，荷尔德林和尼采则陷入了疯狂。歌德在为《浮士德（第二部）》结尾时遇到的困难与他的同胞们面对的普遍难题是相似的。有时，德国批评家们会表示，其他国家继承了拉丁遗产，只有德国代表了希腊传统。本节开头引用的保罗·韩泽尔的那段话就是这种态度的一个例证。[87] 然而，对德国人而言，希腊甚至比罗马更加遥远。他们从边境、从教会，从拉丁世界的潜移默化中接受了罗马人的传统。文艺复兴很少影响到这些传统。而在革命时代，德国人自己的文艺复兴使得他们开始直面希腊。歌德是这场运动的主要成果，而作为中世纪最后一部伟大诗篇，《浮士德》又是歌德的主要成果。在短暂的婚姻后，海伦消失了，把浮士德留给了那个中世纪的魔鬼，也就是他的另一个自我。

法国和美国

> 这些共和派主要是在学校里受西塞罗熏陶长大，对自由充满热情的年轻人。
> ——卡米耶·德穆兰①（Camille Desmoulins）[88]

法国大革命是希腊和罗马精神的重生。古典传统对现代生活的影响从未如此积极和广泛，它的痕迹从未如此清晰，也从未被如此热情地接受。在同时代的其他欧洲国家，人们对希腊语新迸发出的兴趣滋养了文学和艺术；但在大革命中的

---

① 德穆兰（1760—1794年），法国大革命时期的记者和政治活动家。

法国，对古典的崇拜改变了所有的艺术，侵入了社会生活的各个方面，重塑了政治思想，并通过创造出一系列沿用至今的伟大制度为自己树立了丰碑。

上述事实有时会被误读和忽视。一些作家把"古典的"理解为"模仿的"和"死亡的"，他们对希腊语和拉丁语文学几乎没有直接的接触，认为所有将其视作伟大的观点都是反动的，因而也是有害的。他们觉得，如果这是一场由高唱卡马尼奥拉的淳朴农民向腐朽和古典化的贵族们发起的革命，它将会更加浪漫，更符合作用力和反作用力的模式。然而事实上，发起这场革命的恰恰是受过良好教育的中产阶级思想家们，他们非常重视在学校中获得的古典知识，他们的大部分理论和工作都是在有意识地试图复兴罗马共和国和自由希腊那个更美好的世界。

革命时期的法国与其他国家最大的区别在于，德国、意大利和英格兰受到希腊文化的主导，而法国则投向了罗马的怀抱，虽然并非全部。革命法国的艺术主要起源于希腊。它的政治思想、演讲术、象征和制度则主要是罗马的（其中一些毫无疑问源于希腊，但它们的传播渠道和背后的精神动力是罗马的）。虽然革命中充斥着野蛮元素——断头机、溺死大批反对者、毁坏基督教哥特艺术——它还是传播了许多源自希腊—罗马文明的积极价值。法国人既不像1917年的俄国革命者那样试图按照单一的社会和经济理论将一切推倒重来，也不像1933年的德国革命者那样以铁器时代的伦理重塑欧洲的文化，他们选择在罗马和希腊文明的基础上建造起新的世界。受到类似影响的美洲革命者们也做了同样的工作。[89] 其结果就是，美国、法国和大多数拉美共和国都把自己的最高立法机构称为参议院（senate）——与罗马共和国的元老院同名；美国参议员们通常集会的国会山（Capitol）得名于罗马七丘之一，并参照了一座著名的希腊—罗马式建筑的设计；即使当法兰西共和国变成了法兰西帝国，它的第一位皇帝留下的影响最深远的遗产却是《法兰西法典》，这部借鉴了罗马法的法典富有逻辑、条理清晰、开明而且普世，取代了大革命之前繁复而不合理的哥特式法律。

这场运动在法国艺术中的杰出代表是雅克–路易·大卫（Jacques-Louis David，1748—1825年）。大卫融合了古典形式和革命内容，让二者相得益彰。1775年赢得罗马大奖（Prix de Rome）①后，他在罗马得到了温克尔曼和歌德同样经历过的精神启示。温克尔曼关于崇高的道德与伟大而朴素的艺术间的关系已经在巴黎得到了狄德罗的演绎，但大卫带着更为严肃的社会目的，以更大的激情投入其中。[90] 几乎他的所有作品都焕发出自信有力的精神，表现了在压迫面前

---

① 1663年由路易十四创立的法国国家艺术奖学金，获奖者可赴罗马深造。

的无畏以及为人类而献身的英雄或悲剧式气概，至今仍能产生强烈的共鸣。他的第一幅著名作品《请给贝利撒留一文钱》（Date obolum Belisario，1780 年）凸显了君主对最伟大爱国者的寡恩。随后，他创作了大量关于两类主题的动人作品。作品总是讲求英雄主义和对称性，洋溢着对情感的高尚隐忍。它们的主题或者是希腊—罗马的（《苏格拉底之死》[The Death of Socrates]、《劫掠萨宾妇女》[The Rape of the Sabines]），或者是大革命和拿破仑（《马拉之死》[Marat assassinated]、《拿破仑指引向意大利进军》[Napoleon pointing the way to Italy]）。无论作为艺术家还是公民，他都是大革命的领袖之一。1792 年他被选入国民公会，为处决路易十六投下赞成票，后来又被选入公共安全委员会并当选为国民公会主席，他还组织了许多重大的共和国节日，并在拿破仑登基后被任命为御用画家。他所绘的路易十六遗孀玛丽 – 安托万奈特走上断头台的速写在线条上完全是古典的，在主旨上则充满了革命热情：一抹现实主义仇恨的尖锐色彩平衡了作品所有的英雄主义元素。

在音乐上，克里斯托弗·威利巴尔德·格鲁克（Christoph Willibald Gluck, 1714—1787 年）引领了类似的革命性变革。到了巴洛克时代，以重现希腊悲剧为最初宗旨[91]的歌剧受到大量戏剧和社会惯例的桎梏，与希腊—罗马戏剧渐行渐远，戏剧舞台沦为了著名歌手们的才艺展示场。虽然歌声十分精彩，作品的戏剧价值却凋零了。不过，格鲁克于 1762 年搬上舞台的《俄耳甫斯和欧律狄刻》（Orpheus and Eurydice）是一部回归希腊戏剧原则的近代歌剧。[92] 他选择了一个宏大而简单的主题，通过减少角色和增加角色的戏份来提升作品的艺术效果，同时他突出了合唱的作用，扩大了交响乐团，并取消了大部分巴洛克装饰元素与独唱中的重复。作为大自然的使徒，让 – 雅克·卢梭完全认同格鲁克作品的这种特色，他一直是后者的支持者，甚至还为《阿尔刻斯提斯》（Alcestis）的演出提出了建议（这个例子再一次证明古典主义和浪漫主义的对立几乎完全是无稽之谈）。格鲁克本人这样描述自己的创新[93]：

> 我试图让音乐回归其真实的功能，即通过强化情感的表达和情景的趣味来呼应台词，而不是让多余的装饰打断表演。

这种说法过谦了。格鲁克几乎成功地缔造了一种新式悲剧，它以希腊人对感情和结构的理想为基础，同时让**音乐**成为抒情和悲剧感情的主要载体。观众的庸俗阻挠了他的成功：他们执迷于幸福的结局，这削弱了被格鲁克翻译成音乐的悲剧传奇的真正意义，并使其庸俗化。

不过，处于这一时期和精神状态下的法国人所推崇的不仅仅是古典艺术。

大多数革命者都接受过系统的古典文学训练，这促进了他们思想的形成，并鼓励他们用新的象征体系来取代君主和贵族制度的旧体系。在《古代崇拜和法国革命者》（*The Cult of Antiquity and the French Revolutionaries*，芝加哥，1937 年）这本有趣的著作中，帕克（H. T. Parker）描绘了他们所受的教育以及教育对其行为产生的各种影响。罗伯斯庇尔（Robespierre）和德穆兰都毕业于极为重视古典学的路易大王中学（Collège Louis-le-Grand）；圣 - 茹斯特（Saint-Just）和丹东（Danton）则来自奥拉托利会（Oratoire）①开办的类似中学。马拉和罗兰夫人（Mme Roland）等其他一些革命者也出于兴趣和需要自学过古典学。各校的古典学课程大同小异。课程内容仅限拉丁语而不包括希腊语，教材主要选自西塞罗、维吉尔、贺拉斯、李维、萨鲁斯特、奥维德和塔西佗的作品。帕克教授在分析了革命报刊和辩论中对古典作品的引用后指出，与课程相比，引用内容仅仅少了一类作品，同时增加了另一类作品。诗人被排除了——显然是因为他们太过轻浮。增加的则是普鲁塔克的《希腊罗马名人传》。其他的引用几乎全部来自那些受人推崇的教材，包括西塞罗的演说词、萨鲁斯特关于阴谋反叛共和国的喀提林（Catiline）的传记、李维为年轻的罗马共和国所著历史的前几卷，以及塔西佗所记录的罗马皇帝们的残暴事迹。

希腊和罗马共和国的历史为法国大革命带去了最强大的道德激励。普鲁塔克描绘的理想画面和李维叙述的英雄历险让 18 世纪的人们感觉自己出生在一个腐朽透顶的时代，必须对其进行彻底的清理。

对革命的酝酿做出最大贡献的道德主义者是让 - 雅克·卢梭（1712—1778 年）。诚然，他相信生活在树林里的原始野蛮人才是完美的人，但无论是他还是革命者都不可能严肃地宣扬让国家倒退回原始的无政府状态。他们只能寄希望于通过改革回归单纯和纯洁，而他们所提出的模板正是自由的罗马共和国以及希腊的自由城邦。在他们眼中，斯巴达比其他希腊城邦更为耀眼（他们故意无视了斯巴达其实是个王国）。

卢梭不谙希腊语，但他会拉丁语。[94] 他阅读了数量惊人的古典作品原著和译本。[95] 不过对其思想影响最深的是普鲁塔克。他从六岁起就开始阅读阿米约质量上佳的《希腊罗马名人传》译本。八岁时，他已经对这本书"烂熟于胸"。他还研读过普鲁塔克的《道德论集》：在诺夏特尔（Neuchatel）图书馆收藏的素材本中可以找到五十多页关于这些作品的笔记和摘录，这是他在撰写《论人类不平等的起源》(*Discourse on Inequality*)时留下的。[96] 此外，他最欣赏的法国作家是蒙田——

---

① 1564 年和 1611 年分别在罗马和巴黎成立的天主教修会。

正如我们已经看到的那样，蒙田同样深深地陶醉于"自己的"普鲁塔克。[97]许多时候，我们无法确定卢梭的某个想法究竟来自普鲁塔克的原著还是蒙田的引述。

最受卢梭推崇的是普鲁塔克对罗马共和国早年历史以及斯巴达的法律和道德的描述，后者尤甚。

斯巴达具有历史上最难以形容的奇特体制。和普鲁士类似，它"不是一个拥有军队的国家，而是一支拥有国家的军队"。斯巴达人的数量仅有数千，全都永远保持着战士般的警觉，他们不从事任何工作，而是从被自己征服地区的原住民那里获得生活物资。由于这些农民和农奴（helots）的数量远远超过斯巴达人本身，而邻近城邦的人口更为庞大，为了生存并继续掌握权力，他们必须接受最严格的军事训练和纪律，让个人的意志服从于国家，并培养勇气、自我牺牲精神、战士般的言简意赅和军事上的果敢，直到这些东西完全成为每个斯巴达人的本能。

柏拉图和后世的某些哲学家相信，上述体制远胜于雅典过时的民主和个人主义，必须由伟大的哲学家立法者对雅典的制度进行**彻底**重建。按照传统的说法，建立整套斯巴达体制的是一位名叫莱库古（Lycurgus）的早期斯巴达英雄（他一定为本民族做出过某些重要抉择）——就像摩西被认为制订了正统犹太人必须遵守的所有规范。普鲁塔克的莱库古传也秉承了这种说法。莱库古被描绘成一位伟大的政客，他将确保**道德教育**视作立法者的第一要务。斯巴达人是经济上的寄生虫和血腥压迫者的事实却几乎完全被忽略了。斯巴达被形容为一座由天才立法者创造的具有近乎完美道德的城邦。[98]

这篇传记和普鲁塔克关于斯巴达美德的其他叙述让卢梭和其他革命者更加坚定地相信，人类内在的善可以通过善的制度被建立起来。政治改革必须也是道德改革。事实上，卢梭似乎认为，自己的人生使命就是成为堪比罗马人努玛（Numa）或者斯巴达人莱库古的伟大道德立法者。[99]

在宣示其事业开端的《论科学与艺术》（*Discourse on the Sciences and Arts*，1749年）和《社会契约论》（*The Social Contract*，1762年）中，卢梭对普鲁塔克所描绘的斯巴达制度不吝溢美之词（完全看不到批判）。他钦佩斯巴达的组织结构；事实上，在卢梭看来，只有斯巴达这样的城邦或他的家乡日内瓦才称得上真正的民主。[100]他还接受了一些斯巴达的原则：比如几乎彻底消灭私有财产，并取消国家内部的次级"组织"，以便"每位公民只需考虑自己的想法，这正是伟大的莱库古所建立的卓越而独一无二的制度"。[101]但卢梭思想中更为重要和永恒的部分是他对自己所认为的斯巴达和早期罗马的道德教育的赞美。他认为，与近代欧洲国家形成惊人反差的是，这些国家极力宣扬的并非无病呻吟、奢华糜烂、等级藩篱以及腐蚀灵魂的艺术和科学，而是爱国主义、体格力量、近乎禁欲的朴素、民主平等和对淳朴农业生活的热爱。¹⁰² 通过普鲁塔克及其作品中提到的从柏拉图直至犬儒派的希腊哲学家们，卢梭得出了他的革命等式：

> 朴素而守纪律的共和国 = 完美美德 ¹⁰³

普鲁塔克作品中的道德理想主义（特别是《希腊罗马名人传》）影响了大量18世纪的读者——它们体现了希腊的伟大教育原则 *paideia*。¹⁰⁴ 人们把他笔下英雄人物的生活改编成悲剧，按照他的描述建立新的制度。年轻男女想象自己回到了希腊和罗马，因此过上了更好的生活。布里索（Brissot）"热切地想要成为福基翁（Phocion）式的人物①"，罗兰夫人"因为没能成为斯巴达人或罗马人而哀泣"。¹⁰⁵ 刺杀马拉的夏洛特·科尔黛（Charlotte Corday）也受过普鲁塔克英雄传记的熏陶。以普鲁塔克对18世纪的创造性影响为题完全可以写出一部重要著述¹⁰⁶：很少有哪位时空间隔如此遥远的哲学家会产生如此强大的教育和道德效应。

396　　随着革命者的掌权，罗马和希腊式的象征开始在法国随处可见。一些最知名的此类象征包括：

> 自由之帽，原型是获得自由的罗马奴隶所戴的帽子；
> 代表不朽荣誉的月桂花环，作为荣耀的象征先后被共和国的领袖们和拿破仑所使用；
> 束棒（fasces）②，它们象征共和国法官的权威；
> 老鹰，它曾经是罗马军团的军旗图案，现在被用作法兰西军团的徽章。在凡尔赛宫可以看到一幅大卫创作的画面极具戏剧性的作品，画中年轻的波拿巴第一次把老鹰军徽分发给军官们；
> 共和国和帝国大人物的肖像和像章，它们有意模仿了罗马人的样式；
> 古典朴素特色的家具、服装和房屋装潢：洛可可式的繁复被白色和金色的墙壁、罗马式的躺椅、陶罐、柱子以及希腊—罗马式的半身塑像取代；督政府成员的服饰有意回归了希腊风格；
> 官方用语：拿破仑成为了"执政"（*consul*）；在"保民官"（*Tribunate*）的授权下，1804年5月18日的"元老院令"（*senatus consultum*）批准他成为"皇帝"（*emperor*）；类似地，革命历法中的月份名字也大多拥有

---

① 布里索（1754—1793年），法国大革命时期吉伦特派的领袖。福基翁（约公元前402—前318年），雅典军事家和政治家。

② 将斧头和多根木棒束在一起而成，"法西斯"即为其英译。

拉丁语词根——如花月（Floréal）、果月（Fructidor）、芽月（Germinal）、穑月（Messidor）和雨月（Pluviose）；

新的街道名、市镇名甚至人名取代了起源于中世纪或者基督教的名字。巴贝夫（Babeuf）公开改名为盖乌斯·格拉古（Gaius Gracchus）①；蒙福尔-拉莫里（Montfort-l'Amaury）成了蒙福尔-勒-布鲁图斯（Montfort-le-Brutus）；巴黎的某个区出现了"布鲁图斯街"（Rue de Brutus）、"斯凯沃拉街"（Rue de Scaevola）和"法比乌斯街"（Rue de Fabius）等街道名；[107]

对希腊和罗马共和国领袖的个人崇拜几乎取代了对基督教圣徒的崇拜。大革命初期，激动的演讲者最喜欢的起誓方式是"我以布鲁图斯的脑袋发誓"。[108] 1793年重新装修杜伊勒里宫（Tuileries）的国民公会大厅时，莱库古、梭伦、卡米卢斯（Camillus）和钦钦纳图斯（Cincinnatus）②的塑像被安放在大厅周围，它们的头上戴着月桂花环，就像耶稣会教堂中圣徒像头部周围的光环那样；

革命和帝国时期的建筑借鉴了罗马的理念与设计：如凯旋门（Arc de Triomphe）、先贤祠（Panthéon）和玛德莱娜教堂（Madeleine，拿破仑将其作为荣耀之殿）；

罗马式的铭文：比如国民自卫军的军刀上刻有反君主制诗人卢坎的一行诗句：（不知道）获得宝剑是为了无人受奴役。[109]

革命英雄的夸张动作和表达几乎都受到了古典作品的启发。败亡前的圣-茹斯特和罗伯斯庇尔高呼自己只能——像苏格拉底那样——"喝下毒芹汁"。拿破仑也在降书中写道"我像忒米斯托克勒斯（Themistocles）那样将自己交由英国人民发落"。忒米斯托克勒斯是雅典政客，曾率领希腊人抗击波斯入侵，后来遭到同胞流放，只能将自己交由敌国发落；

政客们还经常被比作罗马共和国的英雄。比如，吉伦特派的维尔尼奥（Vergniaud）被称为"西塞罗"，布里索被称为"布鲁图斯"，罗兰则被称为"小加图"。

---

① 巴贝夫（1760—1797年），法国大革命时期的政治活动家。盖乌斯·格拉古和他的兄弟提比略·格拉古是公元前2世纪的罗马政治家，他们先后在自己的保民官任期内发起改革，因为触犯了保守派贵族的利益而被杀害。

② 梭伦（约公元前638—前559年），雅典立法者和诗人，七贤之一。卡米卢斯（Marcus Furius Camillus），公元前4世纪的罗马政治家，曾任独裁官。钦钦纳图斯（Lucius Quinctius Cincinnatus，约公元前519—前430年），曾任罗马独裁官。

一所新的法国演说学校也在大革命期间应运而生。学校以西塞罗为模板：直接的原因是法国没有政治演说的传统，所以找不到法式模板。此外，作为共和国处于危难时期的伟大演说家，西塞罗是一个理想的模板。在拥有悠久贵族政治演说传统的英国，演说者们发现西塞罗的技巧最为丰富和灵活，最适合自由的议会辩论。柏克、皮特（Pitt）、福克斯（Fox）和谢里丹（Sheridan）等最优秀的演说家除了语言之外几乎完全是西塞罗式的。这些演说家确立的高水准和被他们所吸收的许多拉丁语技巧一直流传到今天，仍然影响着许多现代演说者，虽然后者对拉丁语一无所知，也完全没有意识到自己是西塞罗的门徒。与之类似，法国的政治演说在大革命期间终成气候，演说者们以在学校里认真学习过的西塞罗为模板撰写演说词：这一传统在演说、社论、声明中得到延续，一直流传至今。

比如，1792年10月29日，鲁维（Louvet）①向一位喀提林式的人物发起激烈抨击，指责对方对国民公会图谋不轨，就像喀提林试图对罗马的元老院发难那样；此人还和某位手握大权的政客达成密约，就像喀提林和恺撒那样；他借鉴喀提林的计划，试图通过煽动和谋杀让爱国者党派陷入瘫痪，从而攫取权力。这位喀提林式的人物正是罗伯斯庇尔，而那位手握大权的政客则是丹东。这次演讲以西塞罗对喀提林的斥责为模板，效果极为显著，以至于罗伯斯庇尔不得不请求休会一周，以便有时间准备回复。罗伯斯庇尔的回复严格参照了西塞罗为苏拉（Sulla）所做的辩护——他甚至用西塞罗的话来反驳对自己处决共和国公民的指控，并将对手比作蛊惑人心的保民官。这篇回复让他暂时摆脱了困境。

在其最广为人知的一篇檄文中，德穆兰借鉴了西塞罗为罗斯基乌斯（Roscius）所做辩词中的著名比喻，将警觉的指控者比作卡皮托尔山上的守卫犬。[110]这篇檄文深入人心，"犬吠者"（aboyeurs）成为了恐怖统治时期告密者的常用绰号。类似的例子还有很多。[111]事实上，理解大革命时期演说词的最大难点在于确定那些被随意称作喀提林、克洛狄乌斯（Clodius）②和西塞罗的政客究竟是谁（不过恺撒还未登场）。

希腊人是民主的发明者。罗马的等级差异虽然比雅典要大，国王的称谓仍然令人反感，而每个公民都是自由的。所以，在重建法国的过程中，革命者们把希腊和罗马当做了模板。"共和国"（republic）一词来自拉丁语的 res publica，即"公共财产"。在第一共和国时期的各个立法机构中——制宪议会

---

① 鲁维（1760—1797年），法国作家和政治活动家。
② 克洛狄乌斯（Publius Clodius Pulcher，约公元前93—前52年），罗马政治家，与西塞罗不和。

（1789—1791年）、立法议会（1791—1792年）和国民公会（1792—1795年）——辩论双方总是会参照希腊和罗马的历史，因为他们觉得，自己所面临的问题在希腊和罗马早就发生过并且已被解决了。正如帕克教授所指出的，越是激进的政客越是推崇古人，而右翼政客则往往对其嗤之以鼻。[112] 甚至共和国的各种公共节日也借鉴了斯巴达的节日，服饰和道具（由大卫设计）经常完全是古典式的。在其政治生涯的最后阶段，圣-茹斯特还制定计划，试图在法国推行斯巴达式的教育和公民纪律，包括简朴的饮食、用公共食堂替代私人用餐、倡导简单明了的说话方式——事实上，他的计划是没有希望和自取其辱的，因为它剥夺了法国人的美食、美酒和交际。[113]

古典理想同样在一定程度上引领了美国的革命。虽然在文学领域建树寥寥，革命的象征和制度都明显体现出希腊—罗马的启迪。我们已经提到，"参议院"和"国会山"的名字来自罗马。[114] 华盛顿（Washington）最为人所知的头衔"国父"译自拉丁语的 *pater patriae*，曾作为荣誉称号被授予几位罗马的国家英雄，特别是西塞罗。[115] 汉密尔顿（Hamilton）①、麦迪逊（Madison）②和杰伊（Jay）③的《联邦党人文集》（*Federalist Essays*，1787—1788年）对现在的美利坚联邦（而非早期效率低下的邦联）的创立产生了重要的影响，文集中列举了若干希腊和罗马历史上的相关事例，探讨了希腊人建立联邦政府的尝试，如亚该亚同盟（Achaean League）和近邻同盟（Amphictyonic Council）④。美国国徽上镌刻着三句拉丁文："合众为一"（*e pluribus unum*）[116]、维吉尔那首弥赛亚式牧歌和雪莱著名的革命合唱所表达的"时代新秩序"（*novus ordo seclorum*）的动人情感[117]、以及来自维吉尔《农事诗》的"（神）认可我们的创举"（*annuit coeptis*）[118]。辛辛那提市则让绰号"卷毛"（*cincinatus*）的那位罗马英雄永垂不朽，后者在得到祖国召唤时放下犁耙参军，战争结束后重返家乡务农。革命军的退役军官们成立了互助会，并以钦钦纳图斯自居。为了向宾夕法尼亚议会主席圣克莱尔（St. Clair）⑤将军致敬，这座俄亥俄州城市拥有了一个罗马名字。

美国各地的许多市镇也给自己取了更为简单的希腊和罗马名字。[119] 这种现象在独立战争前就已经出现了，承载了童贞女王伊丽莎白之名的弗吉尼亚是最著名

---

① 亚历山大·汉密尔顿（Alexandre Hamilton, 1757—1804年），美国政治家，独立战争的领导人之一。
② 詹姆斯·麦迪逊（James Madison, 1751—1836年），美国政治家，独立战争的领导人之一，曾任美国总统。
③ 约翰·杰伊（John Jay, 1745—1829年），美国政治家、外交家和法学家。
④ 亚该亚同盟由伯罗奔尼撒北部和中部的城邦组成，成立于公元前3世纪初。近邻同盟原是公元前7世纪中叶由12个伊奥尼亚城邦组成的宗教同盟，后来带上了政治和军事色彩。
⑤ 亚瑟·圣克莱尔（Arthur St. Clair, 1737—1818年），美国政治家、军人，独立战争期间曾任大陆军少将。

的一个。1663 年，波托马克（Potomac）总督波普（Pope）将附近的一处庄园命名为罗马，显然他喜欢被称作"罗马的波普"①。不过，真正让古典名字像在法国那样流行起来的还是革命带来的希腊—罗马理想。即使没受过什么教育的人在给报纸投稿时也会署名加图或者普布里科拉（Publicola）②，或者效法某位著名的英国政论家，自称尤尼乌斯（Junius）③。1789 年，可能是为了向英勇的特洛伊人致敬，纽约州的范德海登渡口（Vanderheyden's Ferry）第一个改名为特洛伊，随后又有 30 座市镇效仿。1790 年，纽约州卡育加湖（Cayuga Lake）周围军事区的一些定居点需要命名。在查阅了古典学词典后，委员会选用**英雄**——如奥勒留（Aurelius）、卡米卢斯、加图、西塞罗（他的另一个名字图利[Tully]也被选用）、钦钦纳图斯、法比乌斯、汉尼拔、赫克托耳、斯巴达的吕山德（Lysander）、曼利乌斯（Manlius）、马克卢斯、罗慕路斯、西庇阿、桑普洛尼乌斯（Sempronius）、梭伦和尤利西斯，以及**作家**——荷马、奥维德、维吉尔和三位巴洛克时期的英国作家德莱登、洛克和弥尔顿为其命名。1790 年，俄亥俄州也出现了一座叫辛辛那提的城市。纽约州的塞内卡市来历有点复杂，这个名字是拉丁语化的 Sinneken，后者则是莫西干人对一个易洛魁（Iroquois）部落的称呼在荷兰语中的拼写形式。纽约州的由提卡（Utica，1798 年得名）是为了纪念伟大的共和主义者小加图不愿屈服君权而自杀的那个非洲小城。1800 年，俄亥俄州一座小城的居民准备创立一所大学，于是就按照西方世界第一个学术中心的名字将自己的城市改名为雅典。第二年，佐治亚州的一座城市因为同样的原因被命名为雅典。在美国的庞大版图上还点缀着其他许多希腊和罗马的名字，它们告诉我们，这里最初是蛮荒之地，后来发展起来的文明部分源自罗马和希腊。

这种信仰深深植根在革命时代美国最著名的教育家托马斯·杰斐逊（Thomas Jefferson，1743—1826 年）的心中。[120] 希腊语和拉丁语文学是他终生的挚爱，被其视作一切更高等文化的基础。他在私生活上效法罗马贵族，并模仿后者为自己建造了一座宽敞的山顶别墅作为乡间居所。他设计的弗吉尼亚大学再现了相连的柱廊、合围的庭院和使用立柱支撑的建筑等大型罗马别墅的元素。西塞罗、贺拉斯和普林尼一直是他的灵感来源，而作为美国使节前往法国的旅行则为其带去了新的激励。在巴黎，他见到了大卫，见到了同样深受古典传统影响但更为平和的

---

① 英语中 Pope 也表示教皇。
② Publicola 是罗马共和国奠基人 Publius Valerius 的绰号，意为"人民之友"。
③ 1769 年到 1772 年间，一位化名 Junius 的作者在伦敦的 *Public Advertiser* 上发表了一系列时政评论。除了 Junius，他还使用过 Lucius 和 Brutus 的化名，他可能以罗马共和国奠基者和最早的执政官之一的 Lucius Junius Brutus 自居。

艺术家乌敦（Houdon）和韦奇伍德（Wedgwood）。在南部的尼姆（Nîmes），他亲眼目睹了罗马建筑并对其做了研究：比如奥古斯都为养子盖乌斯和卢基乌斯建造的神庙（现在被称为"方堂"［Maison Carrée］）、罗马式的大门和精美的竞技场。尽管他表示自己喜欢希腊语超过拉丁语，尽管18世纪后期最杰出的艺术家们把希腊艺术作为模板，杰斐逊仍然是个罗马人。在他的主持下，两位小恺撒的神庙被惟妙惟肖地搬到了弗吉尼亚州的议会山上。弗吉尼亚大学的图书馆则模仿了罗马的万神殿。他喜欢把自己的居所称为"潘托普斯"（Pantops，意为全景），最终定名为"蒙蒂塞洛"（Monticello，意为小山），这座罗马式别墅颇有普林尼和西塞罗时代的风范。从早期美国的象征和理想中已经能看到某些罗马共和国重生的迹象。罗马式建筑在希腊人的优雅中加入了力量和团结，而在杰斐逊的推动下，罗马的宅邸、剧场和神庙又成为了美国人的模板。

革命时代最伟大的法国诗人是安德雷·舍尼埃。[121] 1762年，舍尼埃出生在君士坦丁堡，父亲是法国人，母亲是希腊人，他本人在纳瓦拉中学（Collège de Navarre）接受过良好的教育。22岁那年的意大利之行给他留下了深刻的印象。他是大卫的弟子，在大革命期间站在共和派这边，但对恐怖统治的失控感到反感。恐怖统治期间，他为夏洛特·科尔黛写过赞歌，并写信为路易十六辩护。1794年3月，舍尼埃被捕，三个月后被送上了断头台（三天后，罗伯斯庇尔遭遇了同样的命运，如果这一幕早些到来的话，舍尼埃也许可以幸免于难）。他最后的作品《短长句》（*Iambics*）[①]以蝇头小字写在小纸片上，被友人偷偷带出监狱。舍尼埃生前没有发表过多少诗歌，在他死后经过约一代人的时间才声誉渐隆，从此知名度稳步提高。

他的弟弟玛丽-约瑟夫·舍尼埃在当时要有名得多，大革命既造就了他的事业，也摧毁了它。1792年，他不顾王室的反对，将一部关于盖乌斯·格拉古之死的悲剧搬上舞台——在哥哥被反动势力谋杀后，这位罗马共和国的革命领袖继续为了平民的利益与骄傲和享有特权的贵族们展开斗争。剧作取得了巨大的成功：玛丽-约瑟夫成了革命的代言人之一。不过第二年，山岳派下令禁演该剧，理由是剧中包含了这样的句子：

  我们寻求法律，而非鲜血。[122]

1794年，玛丽-约瑟夫又以提摩勒翁（Timoleon）的生平为主题创造了一部戏剧——提摩勒翁也是普鲁塔克笔下的英雄之一，他放弃了成为独裁者的机会，

[①] 每句交替为8个和12个音节，内容是对国民公会的声讨。

而是选择退隐。罗伯斯庇尔下令禁演该剧。[123] 虽然这些遭遇令人吃惊，虽然玛丽－约瑟夫也很有才华，今天在文学世界永垂不朽的却是他的兄弟安德雷。

安德雷·舍尼埃的才华或许可以与雪莱和济慈相媲美，但在眼界上却有所不如。他本质上是个微雕艺术家，虽然目标远大，但从未写出堪比《被解救的普罗米修斯》或是《恩底弥翁》的作品。他用了十年时间构思教海诗《赫尔墨斯》（*Hermes*），试图效法卢克莱修的风格将《百科全书》的意旨融入其中。他还想要成为现代的荷马，以美国为主题创作过一首1万2千行的史诗，不过只有几个片段留存了下来。[124] 他最出色的作品无疑是仿照忒奥克里托斯的手法写成的田园诗[125]；稍次之的是以俄耳甫斯和许拉斯（Hylas）①等次要英雄为主题的"哀歌"；再次之的则是效法提布卢斯、普罗佩提乌斯和奥维德创作的爱情哀歌，它们可与歌德的《罗马哀歌》相媲美，在情感的强烈程度上甚至还要超过后者，不过也受到了法语格律严格要求的束缚。[126] 舍尼埃的母亲是希腊人，他可以称得上现代诗人中第一位复活的希腊人。他熟读希腊语和拉丁语文学，拥有敏锐的品鉴力，能够以极为真实的情感将古典作品的效果移植到自己的作品中，使之远远超越了纯粹的借鉴。因此，对于未接触过古典作品的读者而言，舍尼埃的诗歌再现了古典场景的原貌；而对于像他那样掌握了希腊语和拉丁语的读者来说，从他的作品中可以看到数十位不同古典诗人的思想、意象和遣词造句的特点被以原创的方式融合起来，这既要归功于舍尼埃大胆而富有想象力地使用了前人从未用过的方法将上述元素组合起来，也离不开他采用的出色格律和诗句结构。拉辛笔下的希腊男女主人公在发表激烈的长篇大论时互称夫人和先生，他的许多诗篇虽然不失伟大，但几乎都带有严重的时代错乱，以至于让作品显得虚假。但舍尼埃的许多短篇诗歌看上去就像是从希腊语翻译过来的。这些作品是真实的，它们用现代语言重塑了希腊精神的不朽方面，遵循一切最具希腊特色的诗性要求。比如，以短小而优美的对话形式出现的《米娜齐勒和克洛娥》（*Mnazile et Chloé*）描绘了一对试图寻找对方的年轻情侣先后溜进同一座果园，两人见面后都认为这完全是巧合。诗歌到这里戛然而止，仿佛留在羞怯恋人唇边的微笑。而在一段回忆俄耳甫斯的诗歌残篇最后，舍尼埃的希腊式简练文笔堪称其本人的写照[127]：

> 王子们静静地围绕这位半神，
> 在他顿挫的声调中忘乎所以，
> 当他停止歌唱，他们仍在聆听。

---

① 希腊神话中赫拉克勒斯的好友，在随阿耳戈号寻找金羊毛途中被密西亚（Mysia）的水中仙女拐走。

法国革命时期的第二位伟大诗人的情况要复杂得多，而且远不如舍尼埃可爱：那就是弗朗索瓦－勒内·德·夏多布里昂子爵（François-René, vicomte de Chateaubriand，1768—1848年），他的历险生活、极度自负、惊人成就和悲剧式的孤独与拜伦爵士非常相似。他生于布列塔尼并在当地接受了良好的教育；为了寻找西北航道（Northwest Passage）①，他于1791—1792年间在美国和加拿大的原始森林中度过了传奇般的7个月；1794—1799年，他流亡伦敦，穷困潦倒，直到拿破仑上台才得以重返法国。他在母亲去世后皈依基督教，并于1802年出版了《基督教真谛》（The Genius of Christianity）。这部作品为基督教思想做了强有力的辩护，与拿破仑即将展开的重建教会计划不谋而合，作为嘉奖，他被任命为驻罗马大使。不过很快他就和拿破仑闹翻了，特别是因为他将后者比作尼禄。和拜伦一样，他周游了希腊和黎凡特（Levant），不过，他的朝觐之旅的高潮在巴勒斯坦。1809年，他创作了散文体史诗《殉道者》（The Martyrs）。此前，他还以法国和印第安人在路易斯安那的战争为题写过一首题为《纳奇兹人》（The Natchez）的史诗，不过直到20年后才将其完整地发表。王朝复辟后，他再次为波旁家族效劳，但同样与之发生争执。此后，他过起了孑然一身的退隐生活，潜心创作《墓畔回忆录》（Memoirs from beyond the Tomb），在他死后以12卷本的形式出版。

《殉道者》题材新奇，但难以卒读。这部作品是名副其实的散文体史诗。夏多布里昂解释说，亚里士多德认为诗体和散文体都可以作为史诗的载体，并以费内隆的《忒勒玛科斯》为例。[128] 他试图让该作品在深度和想象力上超越费内隆，并凭借基督教的高贵性超越荷马和维吉尔。作品讲述了戴克里先（Diocletian，284—305年）在位期间基督徒受迫害的复杂故事，以男女主人公的殉道和君士坦丁皈依基督教结尾。作品给人矫揉造作之感，犹如把拉丁语翻译成正确但啰嗦的法语。作品本身没有价值，但作为例证它很好地说明了当优秀作家选错了文学体裁时将会遭遇何种失败。诚然，诗体史诗的确像夏多布里昂看到的那样已经过时。他明白，史诗的宏大和活力现在已经被转移到了散文体小说中：19世纪的史诗将是维克多·雨果的《悲惨世界》和托尔斯泰的《战争与和平》。[129] 但他没有意识到，在抛弃了诗体的同时，作家们必须也要抛弃只适用于诗歌的修辞技巧：比如召唤缪斯女神、约定俗成的修饰语、迂回的表达以及荷马式的比喻。虽然它们在诗歌中同样显得不自然，但其基础是有节奏的六音步格律和丰富的诗歌词汇，而在散文体作品中它们就成了完全没有技巧的矫揉造作。

---

① 北美洲北部连接大西洋和太平洋的航道。

> 圣灵啊，你用自己的羽翼覆盖了的深渊，将之变成广袤的沃土，此刻我需要你的帮助！[130]

夏多布里昂试图通过《殉道者》将自己塑造成更伟大的和法国天主教徒版的弥尔顿，但他的生硬作品只是成了《宾虚》和《你往何处去？》的先驱。

《基督教真谛》却是一部伟大的作品。和大多数伟大的法语作品一样，它很少带有法国文学引以为豪的特点：如简短、明晰、理性和均衡。不过，鉴于该作品的倾向性，这样反而更好。它是对书籍之战中第一个论点的最有力陈述，标志着基督教对18世纪流行于思想界的异教文化展开了反击。[131] 我们还记得，吉本将罗马帝国的衰亡描绘成野蛮主义和宗教的胜利，隐晦地把二者等同起来。现在，夏多布里昂开始为基督教辩护，他认为，真正的基督教远比异教世界的全部理想高尚——哪怕是异教文化最伟大的成就，如哲学、艺术和诗歌。在视野的宽广、理想的崇高，以及分析的精妙和透彻上，它开创了批判作品的新纪元。该作品给予弥尔顿和塔索应有的赞誉，肯定了但丁（被长期忽视）的大师地位。它对拉辛的戏剧做了恰如其分的批判，并分析了其根本上的基督教观点。作品中还有大量关于《圣经》和较不知名的古典作家的学术性评述，并对荷马和维吉尔的艺术和思想提供了有价值的注解。我们都曾希望拜伦能写出不仅令人震惊，而且严肃和崇高，从而配得上他天才的作品。玩世不恭和夸张的诗歌都无法掩盖他的高贵灵魂，这种高贵在他死亡的那一刻获得了胜利。在《基督教真谛》中，夏多布里昂充分地表现了自己宏大的理想和敏锐的想象力。这部作品为他带去了荣耀，为他所属的法国贵族正名，也让基督教信仰远远超越了它的大部分攻击者和某些捍卫者的锱铢必较。

虽然是大革命的晚辈，虽然几乎活到了19世纪末，维克多·雨果（1802—1885年）却是大革命的继承者。在他的早期作品中，希腊人反抗土耳其压迫者的战争启发他写出了激情洋溢的抒情诗。[132] 作为其文学生涯早期的高潮，他引领了法国诗歌界的一场革命。

他不仅打破了从巴洛克时代伊始就支配和制约法语诗人们的对韵律形式的严格限制，更重要和影响更深远的是，他还扩充了诗歌的词汇。虽然看上去很奇怪，但在大革命期间和第一帝国时期，诗人们的确被迫避免使用许多日常词汇，因为它们被认为是"低贱的"。读者们在听到"房间"或"手帕"等词汇时会发出嘘声。这一时期出版过各种关于正确用词的手册，教导人们"配偶"（spouse）比"丈夫"（husband）更好，因为后者仅仅表示家庭或两性关系，而"配偶"传递的意思则是受社会尊崇的契约。诗人们被禁止使用"马"这个单词，而且必须用"被几内亚的太阳晒黑的人"来代替"黑人"。他们还被要求不要使用"教士"（priest）和"钟"（bell），而应代之以更高贵的同义词pontiff和bronze。[133]该时期最伟大的译者德利尔（Delille）抱怨说，文明法语词汇的限制让自己的工作更困难了。他说："在罗马，人民是国王，他们的语言也是高贵的……而在我国，偏见让一部分人和词语变得低贱，这里有贵族的表达和下层阶级的表达之分。"[134]事实上，罗马诗歌同样以高贵自居，拒绝使用大量口语词汇，但至少维吉尔在《农事诗》中可以（德利尔却不可以）用日常的名字称呼日常的东西，直接称"农民的工具"为铲子。

雨果打破了语言的社会阶级，在诗歌界引发了一场新的法国大革命。在一首充满激情的诗作中，雨果接受了这种指控。他说，法语就像1789年之前的法国：词汇就像生活在僵化等级制度下的贵族或平民。他疾呼道：我为旧词典带上了革命的红帽。我直呼猪的名字。我从吃惊的狗的脖项上扯下了修饰语，并让母牛玛吉和小母牛贝雷尼丝成为伙伴。仿佛在革命狂欢中那样：

> 九位缪斯赤裸着胸膛歌唱卡马尼奥拉。[135]

雨果和古典诗歌的关系受到了他的革命性格和理想的奇特影响。他最熟悉和一直最为喜爱的诗人是维吉尔。据说在参加马德里精英学校的入学考试时，九岁的雨果就能当场口译维吉尔的作品。十岁出头，他开始尝试用诗体翻译《牧歌》、《农事诗》和《埃涅阿斯纪》中的恐怖段落。就像洛斯（Lowes）在《通往仙那度之路》（*The Road to Xanadu*）中对柯勒律治的敏锐分析那样，也有人在以雨果对维吉尔的热爱为题的专著中多次指出，维吉尔笔下诸如赫拉克勒斯和卡库斯（Cacus）之战的恐怖场景①，或者回家的牛群哞哞叫唤的和谐画面都在雨果的作品中长期和反复出现，仿佛那是他本人想象力的鲜活成果。[136]不过，自觉羽翼渐丰后的雨果开始在《克伦威尔》（*Cromwell*）中称维吉尔为剽窃者和"荷马的月亮"——这种想法也出现在他的《莎士比亚》（*William Shakespeare*）中。随着因反对拿破仑三世的独裁统治而被迫流亡，他突然抛弃了对维吉尔最后的敬意，认为后者不过是"暴君"奥古斯都的一介廷臣。在他眼中，仇恨帝制的讽刺诗人尤维纳尔和史学家塔西佗的地位要远高于维吉尔。但他无法忘记维吉尔诗歌的美妙。在诗集《内心之声》（*Les Voix intérieures*）中，他以学生写给老师的口吻充满感情地向维吉尔致敬。[137]为了解决自己思想上的这种矛盾，他表示自己所爱慕的只是作为自然描摹者的维吉尔，并在最后提出，维吉尔只是像拉辛那样的有才华的作家，而不是像荷马和莎士比亚那样的天才。他的想法正确吗？

---

① 卡库斯是火神伍尔坎之子，生活在帕拉蒂尼山的洞穴中。因为偷吃了赫拉克勒斯放牧的牛而被杀死。见《埃涅阿斯纪》第八卷。

雨果对拉丁语文学有相当的了解，但叛逆的天性和早年被迫的反叛行为使其无法充分利用它们。在《沉思集》(Les Contemplations)开篇不久的一段精彩声讨中，他毫不留情地对留着肮脏指甲的学究老师们发起了谴责、鞭挞和抨击，指责他们摧毁了古典学和数学，将二者变成了强迫劳动。16岁那年，还是学生的雨果因为憧憬着和门房的女儿出去郊游而开了小差。老师突然出现在他面前，要求他整个星期天都不得出门，并罚抄500行贺拉斯的诗句。于是，孤零零待在阁楼里的雨果把一腔怒火都发泄在了那个剥夺了自己自由的家伙身上，因为他扭曲了贺拉斯，把孩子们变成了拉车的牛，把维吉尔变成了他们肩上的沉重负担，而且他：

> 从未有过情人或思想。[138]

糟糕的古典学老师将课程变成了**惩罚**，雨果不是第一个对这种做法表达反感的学生，但几乎是最激烈的一个。几年前的拜伦因为同样的原因产生过同样的憎恶。[139] 我们将会看到，这种情况在19世纪愈演愈烈，直至几乎毁灭了古典文学的教学。学习当然是艰难的，但绝不可以把它变得令人反感，特别是对伟大语言和优美诗歌的学习。从拜伦和雨果身上都能看到，他们不情愿地记住了学过的大部分内容：这些东西已经成为他们思想的一部分。但与但丁、莎士比亚和歌德等诗人不同，他们在离开学校后拒绝继续阅读古典文学。更为重要的是，他们拒绝学习作为古典教育核心的美学理念，即如何组织大段的复杂材料，如何让言说比呐喊更加清晰。拜伦从未写出真正配得上他才能的作品。而雨果的《世纪传说》(La Légende des siécles)不过是奥兹曼迪亚斯（Ozymandias）①式的巨型残片的集合，而不是一首人类的史诗。

英格兰

> 我们都是希腊人。
> ——雪莱[140]

希腊和罗马的土地及其文明只是促使英国革命作家们创作出各种伟大作品的诸多动因之一，而且它们对每位作家的激励也各不相同。为了找出其对英国文学的影响，我们必须分析它们对那个时代每位伟大诗人意味着什么。但我们将只关注这种影响最有力的表现。诚然，华兹华斯根据普鲁塔克作品中的主题创作过两

---

① 雪莱的同名诗歌中的万王之王，他的雕像已经支离破碎，被沙土掩盖。

首十四行诗[141]，但它们算不得佳作，这类例子也无法真正说明问题。我们感兴趣的是，希腊和罗马如何改变了这些诗人的思想？他们在古典作品中找到了哪些对于自己具有独一无二价值的东西呢？

我们把威廉·华兹华斯看作自然的观察者和自然之人。山岳升华了他的童年，并把力量赐予了成年的他（他不仅是"湖畔诗人"，也应该是一位"山岳诗人"。在不多的此类诗人中，他是最伟大的一位），山岳的物理属性与他所秉持的崇高精神理想不谋而合；巍峨群山环抱的湖泊是他畅游、滑冰和荡桨之所，象征了妹妹和妻子带给他的温和而优雅的影响；树木、花草、田野以及在大地上工作和徜徉的男男女女是世界之神性的可见证据，代表了"天堂的无限壮丽"[142]，他如痴如醉的灵魂领略了其中最美好和最真实的东西；而渗透于万物中的灵气则是它们的生命——上述的一切造就了他的诗歌。对于这样一位诗人而言，希腊人和罗马人的意义应当不大吧？

他的风格完全看不到模仿和效法的痕迹。虽然弥尔顿是他最为推崇的诗人，他对诗歌措辞和用典的概念却与弥尔顿截然相反。革命时代的另一位诗人把诗歌创作的理想比喻为"用矿砂填平每一条缝隙"。[143]虽然对于华兹华斯的恬静诗歌而言，这种意象太过激烈，但它的确彰显了一个事实，即在所有这些诗人看来，创作是一个自然过程，大自然的创造性力量毫不费力地就把诗人的头脑变成了蕴含无数宝藏的富饶十地。但对弥尔顿来说，诗歌不是天然矿砂，而是一件来之不易的工艺品，他把前辈艺术家锤炼过两三遍的金属重新塑形，并镶嵌上切割得更为精美的宝石。而华兹华斯则很少借用其他诗人的词句，甚至是那些他最为喜爱的。

此外，华兹华斯对文学最特别的贡献之一在于脱离了古典传统。他创造了一类新的田园诗。在所有被过度效法的希腊—罗马作品中，最单薄、最容易被滥用和最缺乏生命力的是阿卡迪亚式的诗歌和艺术。尤其令人厌恶的是，当法国王室以此附庸风雅时，宫门外的农民却不得不靠树皮和荨麻汤维生。华兹华斯从乡间生活中感悟了全新的美，用一系列令人耳目一新的符号取代了斯特雷丰（Strephon）和弗里斯（Phyllis）①，它们内涵更加丰富，而且完全与希腊和拉丁传统无关。

既然如此，那么华兹华斯从古典作品中学到了什么（如果他真有所得的话）？对他而言，它们的意义何在呢？

---

① 二者都是田园作品角色的常用名字。斯特雷丰出自西德尼的《阿卡迪亚》，弗里斯出自维吉尔的《牧歌》。

对他而言，它们意味着精神上的高贵。尽管他只在自己不太成功的作品中模仿了古典作品的词句和技法，但他接受过良好的大学教育，掌握了相当程度的拉丁语和一点点希腊语。随着年岁的增长，他读过的拉丁语（包括原文和译本）和希腊语（译本）作品也越来越多，并从柯勒律治的对话集中领悟了许多古典作品更深刻的意义。[144] 简·沃辛顿（Jane Worthington）小姐在《华兹华斯读过的罗马散文》（*Wordsworth's Reading of Roman Prose*）中详实描绘了罗马历史和希腊—罗马哲学对他的重要性，以及他对古典文学广泛的热爱。源自古典作品的理念主要通过三种途径影响了他的诗歌和思想。

首先，因法国大革命而重获生机的罗马历史让华兹华斯成为了"一名伟大的政治诗人"。[145] 在一度成为古德温式的无政府主义者后，他转而相信，人类最重要的目标之一是国家独立。他一直觉得，如果没有与道德相结合，政治权力不仅无用更是有害的，既罪恶又注定失败。沃辛顿小姐指出，与许多近代史学家不同，罗马史学家总是强调，个体德行与公共安全和繁荣之间存在无法消除的联系（这是悠久而高贵的"教化"［*paedeia*］传统的一部分[146]，因此希腊人或罗马人的重要作品不可能仅仅记录事实，而不带有任何改善读者心灵的目的）。不过，直到华兹华斯看到法国大革命的爆发印证了罗马史学家的教诲，并通过与一位法国军官的交流感受到了革命的情感冲击，他才真正开始重视古人的作品。在《序曲》（*The Prelude*）第九卷第 288 至 430 行，华兹华斯描绘了波普伊（Beaupuy）①的性格，称赞了他的理想主义精神。为了说明这种精神对他的影响，华兹华斯还将其与柏拉图对叙拉古人狄翁（Dion of Syracuse）的影响相提并论——后者是政治"教化"最著名的案例之一。[147] 上述影响在华兹华斯诗歌中最明显的体现是他的爱国十四行诗（《献给民族独立和自由的诗》［*Poems dedicated to National Independence and Liberty*］），这些作品强调了政治与思想和艺术文化间的密切纽带：

弥尔顿，要是你活到现在就好了！[148]

也强调了道德：

唯有灵魂
能让各国变得伟大和自由。[149]

古典传统对华兹华斯的第二种重要影响来自希腊哲学。他似乎没有读过希腊

---

① 米歇尔·德·波普伊（Michel de Beaupuy，1755—1796 年），大革命时期的一位法军将领。

斯多葛主义者的作品（除了属于罗马时期的爱比克泰德），但对罗马的斯多葛主义者很有研究，特别是那位艰深的塞内卡。这些哲学家加深了他对神、人和外部世界之统一的信仰。（斯多葛主义者认为）人是物质世界的一部分，而世界是神的彰显。华兹华斯的诗歌一次又一次地以最优美的语言表现了自然的壮美：

> 我感到
> 有物令我惊起，它带来了
> 崇高思想的欢乐，一种超脱之感，
> 像是有高度融合的东西
> 来自落日的余晖，
> 来自大洋和清新的空气，
> 来自蓝天和人的心灵，
> 一种动力，一种精神，推动
> 一切有思想的东西，一切思想的对象，
> 穿过一切东西而运行。[150]（王佐良译文）

而在一份从未发表过的残稿中[151]，他表示：

> 一切生命与神同在，它们自己
> 就是神，存在于宏大的整体中……

他的意思并非世界因为美丽而具有神性（这是柏拉图式的观点），而是世界因为有生命而具有神性。世界有生命，至高无上并包含一切，因此它就是神。

在对待道德义务的态度上，华兹华斯是一位斯多葛主义者。他认为，它们应该被自然而然地接受，不应被抵制和质疑，不能因为外界的赞誉才去完成它们，或者因为外界的责难而拒绝它们，而是要把它们看作宇宙过程的一部分。在斯多葛主义者看来，德行意味着顺应自然地生活；善行在关于它的意愿出现时就已经完成了——无论它是否成功并不重要，关键在于人的意志同宇宙精神间的和谐。华兹华斯最著名的两首道德主题的诗作《幸福战士的品性》（*Character of the Happy Warrior*）和《责任颂》（*Ode to Duty*）就表达了这种信仰。两首诗歌都创作于1805年，后者还以塞内卡的警句开场，强调了作品的灵感来自斯多葛主义。将责任本身视为目标是斯多葛式的理念。《远足》（*The Excursion*）则重现了斯多葛主义的其他方面：特别是在第四卷中，他把智者描绘成完全自由的人（这是斯多葛主义的"悖论"之一）。他还引用了塞缪尔·丹尼尔（Samuel Daniel）①的八行诗句，并指出其中两句翻译自塞内卡一段鲜为人知的作品。152 尽管在《远足》中越来越多地偏离了斯多葛主义，转而投向基督教文化，他仍不失为少数几位伟大的近代斯多葛派诗人之一：他把责任等同于物质世界最深刻的法则，从而概括了斯多葛主义哲学，在这点上没有人比他做得更好153：

> 你不让星辰坠入歧途，
> 通过你，最古老的天空变得鲜活而有力。

不过，他最优美的一首诗歌不是斯多葛式，而是柏拉图式的，那就是《忆童年而悟不朽之颂》。该作品写于他人生的转折点，尽管强调生命永恒仍是该诗的基调，但从中还可以看到作者对精神死亡日益临近的哀叹。这首颂诗既是伟大的问题，也是伟大的答案。它的问题是，为何诗人自己再无法感知令人激动的美，再无法体验自然、动物和儿童的欢乐；它的答案则是，儿童来自天堂，他们还记得自己在那里的生活："襁褓中的他们仍被天堂环抱"。因此，儿童和他们在自然中的欢乐证明了灵魂是永恒的。而成年人只能看见"普通白日的光"，对于永恒的印象只剩下：

> 对意义和外物
> 的不懈追问……
> 那些最初的感情，
> 那些飘渺的回忆

它们是对天堂的持久记忆。这正是柏拉图借苏格拉底之口所表达的观点，在理念论中，我们完全记得出生前在天界的生活，在尘世中遇到合适的刺激时就会产生"回忆"。柏拉图强调的是思想方面：知识是对天界知识的回忆。华兹华斯强调的则是情感和想象方面：自然中的欢乐是对天界欢愉的回忆。不过，二者的观点是一致的，而将其传授给华兹华斯的无疑正是伟大的柏拉图主义者塞缪尔·泰勒·柯勒律治。154

最后，就对待情感的态度而言，华兹华斯在本质上是一位古典主义者。希腊人相信，控制情感以避免因激情陷入癫狂是明智之举；而在艺术中，情感可以在受到约束的情况下得到更完美的表达。在一首以希腊传说为主题的诗歌《拉俄达

---

① 塞缪尔·丹尼尔（1562—1619年），英国诗人和史学家。

弥亚》（*Laodamia*）中，华兹华斯用崇高的口吻强调了上述信仰（这是该作品唯一的可取之处）：

> 诸神允许的是
> 深邃而非骚动的灵魂。

但他本人领悟和实践的是另一条规则，他的诗歌理想是"**静谧中**的情感回忆"。[155]

乔治·戈登·拜伦勋爵很可能对古典主义者的称号不屑一顾，却把最后的足迹留在了希腊，为那个国家献出了生命。他对浪漫主义者的标签可能更加嗤之以鼻：他的第一首重要作品《英语诗人和苏格兰评论家》（*English Bards and Scotch Reviewers*）包含了对司各特等浪漫主义作家的猛烈抨击和对古典主义者蒲柏的颂扬，但他的人生却是浪漫主义的，并以一种离奇的、堂吉诃德式的和本质上非希腊的方式死去。歌德的欧福良是他的象征，作为中世纪活力和古典美的孩子，他拥有过于强烈的野心和感情，以至于无法在大地上生活。[156]这种象征并非没有道理：年轻而强壮的拜伦喜欢的是强烈的情感和激动人心的美。希腊—罗马文化中令他最为欣赏的地方是其最直接和最富生命力的表现形式。

那么，是否可以说他憎恶书本上的古典文化，只喜欢可见的实体遗迹，意大利和希腊的土地，当地的建筑、雕像、男子和美丽的女子呢？他对埃尔金勋爵将巴特农神庙的著名大理石雕搬到大英博物馆的行径提出了令人吃惊的激烈抗议，理由之一是它们在原先的环境中会更美和更自然。[157]

不过，这种解释中的对立事实上并不存在，他对古典文学的了解相当多。他在地中海之行中一再回忆起古典作品的段落，对它们的引用非常贴切和中肯。在《恰尔德·哈罗尔德游记》的注解中，他把亲眼目睹的景致同记忆中的相关伟大篇章联系起来。[158]他认为自己时代的作家粗俗而愚蠢，与蒲柏和希腊、罗马人相比就像是贫民窟和哥特式城堡之于巴特农神庙。[159]

但自传性质的《游记》中的一个著名段落却显示，他对古典作品又爱又恨，内心充满了矛盾。在意大利旅行期间，他看到了峰顶白雪皑皑的索拉克特山（Soracte），后者为贺拉斯一首著名优美颂诗的开头提供了灵感。[160]他出人意料地让奔腾的想象力放慢了步伐，而是说："别人也许可以随心所欲地引用贺拉斯，我却不能"，因为：

> 我实在太憎厌，在我的少年时期，
> 为了这位诗人，而把枯燥的课本死读，
> 逐字逐句地强记在心，所以现在我愿意记述

> 关于当年那每天做功课的回忆,
> 那种折磨人的背诵使我痛苦不堪;
> 虽然时间教会我咀嚼那时学的东西,
> 但对于这一套,我少年时太不耐烦,
> 早已造成了我根深蒂固的成见,
> 因为当我的心灵还不能自由爱好,
> 这些诗篇就反复读得失掉新鲜,
> 现在我再也无法回复健康的感觉,
> 而当时产生的厌恶它们的念头,却至今难消。[161](杨熙龄译文)

和他性格的其他方面一样,在这点上拜伦也证明了他和我们属于同一个时代。他并不讨厌希腊和拉丁文学,也不憎恶希腊和拉丁理念。仅仅几行之后,他便为罗马高唱了一曲精彩的挽歌:

> 哎,大地啊,我们再也看不见
> 昔日罗马尚自由时她炯炯的目光!

不过,糟糕的教育方式留下的心理障碍让拜伦无法接受古典文化的全部影响并从中受益。从那天起,数以十万计的拜伦因为被入门课程败坏了口味而抛弃了希腊语和拉丁语文学,有时甚至为此抛弃了必要的艺术和思想课程。我们看到雨果也曾以同样的方式表达抗议,令他不满的并非拉丁语,而是可恨的拉丁语教师。[162] 斯温伯恩也受过类似的影响。[163] 拜伦讨厌在接触诗歌前先要学习枯燥的语法和词汇;尽管曾在笔记中恭维哈罗公学的授业恩师,但他还是指出让小孩子背诵贺拉斯的**做法**是错误的。显然,那时候的老师们开始相信,让学生们掌握句法和韵律比教会他们理解诗歌和欣赏**更加**重要。用动名词折磨学生的时代拉开了帷幕。[164] 不过如果在入门之后,拜伦的老师们向他展示一些希腊—拉丁文学真正的伟大之处,也许情况还没那么糟。但显然他们没有,而是满足于"枯燥的填鸭式教学"。

这样做的结果是什么呢?虽然拜伦对工整、严谨和富含思想力量的古典诗歌以及重现了上述特点的巴洛克英语文学仍然赞赏有加,但他自己的诗歌却肆意奔放,在形式上经常天马行空,这种对无拘无束的热爱成了他作品的短板。显然,他从未领略过古典文学最伟大的成就,在老师的教导下,他认为古典作品大多像贺拉斯的诗歌那样冷静、理性和范围有限,流露出中年人的气质。如果他像雪莱那样读过许多最好的古典作品的话,他本可以成为一位更伟大的诗人,对自己的使命更加自豪，对自己正在改造的传统获得更多真正的理解。

他对古典文学抱有复杂甚至显得尴尬的态度。就像我们看到的那样，他经常更乐意对希腊神话加以戏仿，而不是一本正经地把它们当作创作主题[165]；不过，每当某个传说中的人物以触手可及的优美形象（如美第奇家族所藏的维纳斯像）抑或高尚而富有人性的形象（如普罗米修斯）出现时，他会全身心地对其大加推崇。[166] 他只是把书当成书，从未打心底热爱它们。他热爱的是这些书籍诞生的国度和仍然活跃在当地的理想——特别是那些符合他本人性格的：如政治自由、对感官之美的推崇、对琐碎传统的不屑，当然还有贵族式的倨傲。从某个角度来看，拜伦的一生是对这样的假设的反抗，即我们可以通过阅读书本来了解希腊和罗马。他效仿勒安德尔横渡达达尼尔海峡，他在希腊的海岛上创作颂诗，以萨福的名义召唤自由，他把自己描绘成被缚在山岩上、受秃鹫折磨的普罗米修斯，他一次又一次用炽热的诗歌并最终用自己的生命宣示希腊的理想仍然活着，比我们的物质存在更加崇高，为了它们值得献出生命——没有谁能宣称这样一个人是反古典的。

约翰·济慈是革命时代的莎士比亚：他同样接受了有益但不完整的教育，同样出身低微和早年清贫，同样执着于诗歌创作，同样高产，同样以原创为主，同样吸收了古典文学和传说中的主题并大大丰富了它们。《恩底弥翁》的奢靡情欲非常类似《维纳斯和阿多尼斯》，而《许佩里翁》的宏大则依稀可与《安东尼和克娄佩特拉》相媲美。两人的教育水平大同小异，尽管济慈的学者气息要浓厚得多。和莎士比亚一样，他在学校里学过拉丁语但不通希腊语，很多知识都是后来从希腊语译本中获得的。不过，济慈的拉丁语比莎士比亚更好，他在 14 岁那年就亲自将整部《埃涅阿斯纪》译成散文体英语。这个有趣的举动不仅表明他意识到了古典诗歌对自己的价值，还说明他对现存译本的不满，同时也证明他尚未确立自己的风格。尽管他不谙希腊语，就像"极度无知中的懵懂者"[167]，但真正打动他的还是希腊语诗歌。济慈在恩菲尔德（Enfield）母校的校长之子，也是他的朋友考顿·克拉克（Cowden Clarke）为其打开了自家藏书室的大门（其中包括一些译本）。在克拉克的书房度过一夜后，济慈写出了他的第一首伟大作品《初识查普曼的荷马》（*On first looking into Chapman's Homer*，他已经读过蒲柏的译本，但没有留下什么印象）。最初，无法阅读原著对他没有多少影响，因为处于风格确立阶段的济慈参照的是最优秀的英语诗歌，并像莎士比亚那样通过译本获得故事和意象。通过收录了阿兰·夏蒂埃（Alain Chartier）15 世纪诗作《无情美妇》（*La Belle Dame sans mercie*）的《从乔叟到古柏的英语诗人作品》（*The Works of the English Poets from Chaucer to Cowper*），他接触到赫西俄德、罗德岛人阿波罗尼乌斯和其他鲜为人知诗人的译文。[168]济慈甚至翻阅了兰普里埃尔（Lemprière）、图克（Tooke）和斯彭斯（Spence）的古典学词典，这些作品文风精炼，但对神话的描绘仍然非常传神，是他在毕业前最后一年的至爱。和莎士比亚一样，济慈从研读过原著并在作品中使用了他所喜爱的希腊语和拉丁语素材的作者那里间接了解到许多古典神话。例如《拉弥亚》（*Lamia*）的传说来自伯顿，而伯顿的素材则是菲洛斯特拉托斯（Philostratus）①所著的行神迹的苦修者——提亚纳的阿波罗尼乌斯（Apollonius of Tyana）②的传记。济慈最喜欢的英语诗人是斯宾塞，后者读过大量古典作品。

希腊雕塑让那个国度的男神和女神、宁芙和提坦、男人和女人更加真实地呈现在济慈眼前。他首先接触到的是斯彭斯的重要作品《波吕墨提斯》（*Polymetis*）③中的插图。随后，就像查普曼的荷马译本令其大开眼界一样，埃尔金的大理石雕塑也为他打开了一个全新世界的大门。1817年，济慈在画家海顿（Haydon）的带领下参观了这些雕塑，为此他将两首十四行诗题献给海顿。他在诗中亲口承认了自己作品的不足，但和那首在初识荷马之后所作的诗歌一样，它们同样表达了如痴如醉的狂喜。[169]"他一次又一次地前往参观，每次都会在雕塑边坐上一个小时甚至更久，沉浸在喜悦的幻想中。有一次塞文（Severn）看到了这位发呆的诗人，只见他双目放光，脸上焕发出着魔般的喜悦光芒，于是塞文只得偷偷溜走了。"[170]

这种喜悦是创造而非模仿的结果。《恩底弥翁》中的优美形象和《许佩里翁》中雄浑的神祇都从埃尔金的雕塑那里获得了灵感，但济慈描绘的绝不是其中的某件或某组雕塑。让他炽热如火的想象力平静下来，并赋予他的诗歌更广阔视野的是巴特农雕塑的堂皇和安详。从此，壮丽的雕塑式场景经常出现在他篇幅较长的诗歌中，成了让人眼花缭乱的意象与色彩之流中的落脚点。类似地，尽管《希腊古瓮颂》为读者呈现了希腊花瓶精致优美和栩栩如生的形象，但它描绘的并非任何一只具体的花瓶。这首作品至少融合了两种主题——肃穆的宗教仪式以及"人或神"追逐少女的疯狂舞蹈。二者也是济慈生命中的两大核心元素，即他对静谧的追求和强烈的激情。人们为济慈想象出来的这个古瓮找了许多可能的原型[171]，但事实上那是他凡人的天才和希腊不朽的文化独一无二的融合。

尽管拥有无与伦比的想象力，济慈在古典学识上的欠缺还是影响到他的诗歌。他对哲学知之甚少，于是他的长篇诗作中那些华丽的描写有时看上去就像掩盖平

---

① 公元3世纪的希腊智术师。
② 公元1世纪的希腊新毕达哥拉斯派哲学家。
③ 1747年首版，副标题为《探究罗马诗人作品和古代艺术家遗存作品之相合性》（*An Enquiry concerning the agreement between the Works of the Roman Poets and the Remains of the Ancient Artists*），收录了大量插图。

庸的装饰,而非清晰原创思想富有想象力的绽放。他和年轻时的莎士比亚一样缺乏悲剧感,同时也没能领会主导希腊诗歌的大型结构原则。由于对古典文学构造的理解更加深入,雪莱诗歌的布局就要好得多。令济慈的每一位读者遗憾的是,在任何比《罗勒花盆》(*The Pot of Basil*)这样简单的故事或者简短的抒情诗更复杂的作品中,他都会显得啰嗦和含糊,有时甚至无法理解。结构上有欠清晰是对《恩底弥翁》最严厉的批评,而即使是最复杂和最富想象力的希腊语诗歌都不会遇到这个问题。

对济慈而言,希腊诗歌和艺术代表了美,这是他亲口告诉我们的。它们代表了女性、海洋、天空、山峦、森林、鲜花盛开的大地、蜿蜒的洞穴、高贵的雕像和不朽的画作中所显现的最崇高的物质之美;它们还代表了友谊、爱情、善良的情感和想象力,特别是诗歌的精神之美。在济慈眼中,美的这两个方面不可分割地联系在一起。物质之美是精神之美的表现。爱情、富有想象力的热情和诗歌是对物质之美的反应。但物质之美是有限的和暂时的,精神之美则是永恒的。除非二者像灵与肉那样交织在一起,其中之一将失去意义,也可能双双不复存在。无论某个时刻凝聚了何种激情,如果没能在精神的作用下变成永恒,它终将只是易碎的泡沫。济慈的上述观念来自古希腊人。物质之美仅仅作为精神之美的象征和实现途径而存在。就像恩底弥翁一样,它永远在寻觅,永远面对着生命危险,直至因为不朽者的吻而变形。就像希腊古瓮上的情侣一样,它稍纵即逝,无法被永远铭记,除非艺术和想象把它变成永恒。这个世界上的一切都会消亡,只有它们的美可以不朽。济慈认为美即真理,而真理就是永恒的现实。

如果说济慈是 19 世纪文艺复兴的莎士比亚,那么雪莱就是弥尔顿。尽管华兹华斯极为推崇弥尔顿的爱国主义和崇高道德,但只有雪莱才是像弥尔顿那样的诗人,他拥有宏大宇宙观,并体现了善恶精神的永恒交锋;只有雪莱才是像弥尔顿那样的学者,他反复研读古典作品,直到其中的词句、意象、理念、人物、场景乃至整体概念都成为自己思想的一部分;只有雪莱才是像弥尔顿那样的批评家,他完全掌握了古典形式的原则,使其成为自己丰富想象力的引导者而非羁绊。在许多问题上,两位诗人间可能有很大的分歧,但在其他许多方面他们又极为相似。《斗士参孙》和《失乐园》的作家很可能对《被解救的普罗米修斯》大加推崇,而雪莱在为逝去的济慈创作那首希腊田园体挽歌时很可能处于和《吕喀达斯》的作者同样的心境。

雪莱是出色的古典教育、独特的性格和动荡的时代共同造就的。他对阅读如饥似渴,友人霍格(Hogg)曾提到,他在牛津的时候经常每天读书 16 个小时。他在餐桌上读书——不是边吃边读,而是任凭食物变凉。他在街道和田野间漫步时读书。他在床上读书直到蜡烛燃尽，有时通宵达旦。不仅如此，他会反复阅读最好的书。霍格表示，"搞清楚他多久就要通读一遍荷马会非常有意思"。他还会把自己最喜欢的作品大声读给朋友们听，有时边读边译。雪莱去世时只有30岁，但在阅读希腊文学的广度和深度上，他超过了许多专业学者。

他从七八岁时开始跟随家庭教师学习拉丁语，在伊顿公学得到了令人称羡的教育，远远优于哈罗公学为叛逆的拜伦所能提供的教育。也许他在男孩们中间并不快乐，但老师们让他接受了良好的训练。我们听说他写过上佳的拉丁语诗歌，在演讲日上背诵过西塞罗揭露喀提林阴谋的段落，尝试过用诗体翻译维吉尔。[172] 他一定还对奥维德的《变形记》印象深刻，因为他借用了诗中扬特（Ianthe）这个美丽的名字为《麦布女王》（*Queen Mab*）里的角色和自己刚出生的女儿命名。[173] 牛津似乎还让他的兴趣从拉丁语延伸到希腊语，但效果有限——他只读过柏拉图的译本——显然没有足够的动力去读原文。他在短暂人生的剩余时光里继续完善着自己的教育。

雪莱所喜爱的一切都表现在他的诗歌中，虽然并不总是直截了当，却总是清晰可辨。很容易看出哪些古典作家是他的最爱。[174]

首先是他每年都要通读的荷马。1818年，他将七首"荷马"赞美诗译成英语。

其次是希腊的悲剧作家。他对埃斯库罗斯的喜爱远远超过其他作家，并最终让其回到了在文学史上应有的位置。雪莱早在1809年就引用过埃氏的作品[175]；1816年以及1820—1821年，他分别为拜伦和梅德温（Medwin）翻译了《被缚的普罗米修斯》。事实上，埃斯库罗斯是一位太过伟大的诗人，他的双翅过于有力，飞得太高，只有勇士才能成为其追随者。雪莱对他的文笔推崇备至——如韵律复杂的合唱、壮美的大段描写、为了表达几乎不可言状之物而巧妙和大胆地创造出的新词；雪莱也欣赏他的悲剧所表现出的深刻而复杂的精神意义，以及创造出宏大情节和超自然角色的惊人想象力。雪莱的《希腊》"在某种程度上模仿了埃斯库罗斯的《波斯人》"[176]，而作为埃氏《被缚的普罗米修斯》的续集，他的《被解救的普罗米修斯》在崇高性上已经超越了那位希腊诗人，尽管在思想深度上可能有所不及。

在溺亡（或被谋杀）时，他正在读索福克勒斯。[177] 雪莱最喜欢的是俄狄浦斯系列和《安提戈涅》，他在《倩契》（*The Cenci*）的序章中特地提到了前者，而后者的女主角和《倩契》中的贝阿特丽采颇为相似。

雪莱对欧里庇得斯的感情不如前两者，他一定觉得这位诗人过于消极和愤世嫉俗。但他还是翻译了欧氏的《独眼巨人》（*Cyclops*），这也是唯一保存完整的萨梯剧。

在散文体作家中，他最喜欢的是柏拉图，后者应该也很乐意把他看成弟子。1818 年雪莱翻译了《会饮篇》，后来又译介了《伊翁篇》、《墨涅克塞诺斯篇》（*Menexenus*）、《理想国》的一部分以及柏拉图的两首情诗。英语作家中不乏柏拉图主义者，弥尔顿就是一位[178]，但雪莱是对其理解最深刻的一位。他的两篇长篇论文都与对柏拉图的研读直接相关：《论古人在爱情问题上的风俗》（*A Discourse of the Manners of the Ancients relative to the Subject of Love*）受到了《会饮篇》的启发，《为诗辩护》（*A Defence of Poetry*）则回应了柏拉图在《理想国》中对诗歌的攻击。他在《为诗辩护》中表示，柏拉图绚丽的意象和精彩的语言证明其"本质上是个诗人"；他唯一忽视的是，柏拉图也是个剧作家。他的所有思想都染上了柏拉图哲学理念的色彩。和华兹华斯一样，儿童对在天上前世生活的回忆可以证明灵魂之不朽这一美好理念同样给他留下了深刻影响（雪莱从戈德温［Godwin］那里借取了"前世"［ante-natal］一词）。《会饮篇》中关于性爱可以让人领会到永恒美善的观点同时体现在他的人生和诗歌中。而《心之灵》（*Epipsychidion*）则是一首柏拉图式主题的狂想曲。

他对忒奥克里托斯等田园诗人也有所了解，并翻译过其中一些作品。早在书面历史开始前，亚洲的希腊人会每年举办哀悼夏天逝去的仪式，人们为它歌唱，并把它拟人化为一位在大好年华突然夭折的可爱青年。[179]这位青年有时被称为阿多尼斯，与之相关的传说描绘了他与维纳斯的爱情和他的夭折。人们为其奉上的挽歌后来被田园诗人所借鉴，牧人和宁芙哀悼夭折的美丽青年成了他们作品的主题。田园诗人比翁的一位友人就为他写过一首这样的作品。其他许多诗人也使用过该主题，但感染力都比不上弥尔顿的《吕喀达斯》。为了缅怀英年早逝的济慈，现在雪莱也拿起这种古老的体裁，并将阿多尼斯改成了更加悦耳的阿多奈斯。雪莱的挽歌重现了传承两千年的主题，并对它加以修改，以便更贴近济慈的情况。[180]他没有称济慈为在阿卡迪亚放羊的真正牧人，而是说：

> 迅捷的梦……
> 是他的羊群，在生命溪流边
> 啃食着他年轻的灵魂。[181]

阿多尼斯是被山间的野猪刺伤致死的，哀悼者们因此责怪他过于鲁莽。雪莱也表示了相似的感情：

> 你的心灵强大，肉体却虚弱，

> 为何要早早离开众人常走的小路,
> 去惊醒巢穴中饥饿的巨龙?

(和比翁一样)济慈面对的巨龙是评论家,他喝下的毒药是他们故意而致命的恶毒。[182]

雪莱还曾一度对想象力丰富的喜剧诗人阿里斯托芬着迷。[183] 但他以卡洛琳王后的闹剧为原型①,效法阿里斯托芬的滑稽喜剧创作的《僭主俄狄浦斯或肿脚僭主》(*Oedipus Tyrannus or Swellfoot the Tyrant*) 却成了最大的败笔。受到一群从他窗边经过的猪发出的有趣叫声启发,雪莱在作品中安排了"一群猪"的合唱,就像阿里斯托芬作品中有蛙、马蜂和鸟儿的合唱那样。但与阿里斯托芬相比,雪莱作品的讽刺意图太过狭隘和直白,而且阿提卡喜剧的形式也是不可复制的。

雪莱最喜欢的拉丁语诗人是斯多葛主义者卢坎。[184] 读完《内战纪》的前四卷后,他在写给霍格的信中表示,这是"一首惊人天才的诗作,超越了维吉尔"。[185] 但后来,他在《为诗辩护》中却说卢坎是只"反舌鸟"而非真正的诗人。尽管如此,雪莱仍然非常欣赏卢坎热情洋溢的修辞,他对暴君的仇恨,他所信奉的斯多葛主义的某些内容(比如人类灵魂源自神圣火焰的观念[186]),以及他在想象恐怖的场景和生物时展现的高超诗学才能。最著名的此类场景之一是卢坎对在阿非利加沙漠中攻击小加图军团的毒蛇的描写,它们造成了形形色色的死状。[187] 被毒蛇咬伤的人或者身体干瘪,或者全身起火,或者肿胀得不成人形,或者化为脓水……这些毒蛇给许多诗人留下了深刻的印象:但丁和弥尔顿分别在《地狱篇》第24曲和《失乐园》中复制了上述场景。[188] 雪莱在《伊斯兰的反叛》(*The Revolt of Islam*)和《被解救的普罗米修斯》中多次提到了这些拥有可怕名字的怪物。[189]《被解救的普罗米修斯》中德墨戈耳工(Demogorgon)的可怕形象显然也来自卢坎的作品。[190] 卢坎本人则出现在《阿多奈斯》中,哀悼济慈成了又一位壮志未酬的诗人。[191]

友人梅德温表示,雪莱的无神论主张可以追溯到他的学生时代。当时他阅读了普林尼《博物志》中关于诸神的章节以及卢克莱修的诗歌,作为伊壁鸠鲁派,后者相信诸神和这个世界没有任何关系。[192]《麦布女王》的开场诗引自卢克莱修,这是雪莱受其影响的几乎唯一证据。

维吉尔悲观地认为战争不可避免,并对罗马帝国表达了颂扬,这意味着他对雪莱而言最多只能算是个自然诗人。但二人的精神至少有过一次交汇。在创作于

---

① 卡洛琳是布伦瑞克-沃尔芬布特尔(Brunswick-Wolfenbuttel)公国的公主,于1795年嫁给了未来的英王乔治四世。但两人性格不合,长期分居。乔治四世一直寻求和卡洛琳离婚,甚至不让她参加自己的加冕典礼。

残酷内战尾声阶段的一首最著名短诗中,维吉尔预言了一位神奇婴儿的诞生,他将带来新的和平时代与自然的生活。[193]从黄金时代开始的千年历史将回到起点:阿耳戈英雄们将再次起航,特洛伊战争将第二次爆发。但维吉尔的理想不是永恒轮回,而是永远的和平、不必耕作的土地和无需楫桨的大海。[194]雪莱在《希腊》结尾处的合唱中表达了同样的理想:

> 世界的伟大时代重启,
> 黄金岁月回归,
> 大地像蜕皮的蛇,
> 脱下了破旧的冬日丧服。

遵循维吉尔的理想,雪莱还修正了导师的前后矛盾,他呐喊道:

> 啊,即使大地必须是死神的卷宗
> 也再不要书写特洛伊的故事! ……
> 啊,停下吧!仇恨和死亡必须回归吗?
> 停下吧!人们必须杀戮和死亡吗?

尽管雪莱拥有丰富的想象力,但如果没有研究过希腊—罗马的雕塑和建筑,如果没有在罗马的生活,他还是永远无法创作出自己成熟诗作中那些卓绝的景象和壮美的人物。[195]在《被解救的普罗米修斯》序言中,他表示这部作品大部分是在罗马的废墟间写就的。比他早两辈的吉本也是坐在同一片废墟中构思了《罗马帝国衰亡史》,但那部作品流露出的是看透世态炎凉的消极和秋日的惆怅。雪莱的戏剧则是在"最神圣的土地上那眼让人焕发活力的泉水"感召下完成的,"它所带来的新生命浸透了精神,几乎使之陶醉"。这种反差体现了两个时代的差异。吉本坐在废墟中回望过去,而雪莱则在废墟中找到了未来的灵感。雪莱的诗歌再现了雄伟的断垣残壁中的美,让那个创造了它们的不朽昨日获得了永恒的新生。

对雪莱而言,自由是希腊精神最重要的礼物。希腊人曾经实践过真正的宗教自由。虽然导致苏格拉底被处以死刑的罪名之一是异端,但当时的雅典正经历着极端的政治和精神危机。雅典的宗教迫害远远少于任何现代国家:雪莱对伟大的宗教诗人埃斯库罗斯推崇备至的主要理由之一在于,后者创作了一部让主人公敢于违抗暴君宙斯的悲剧。政治自由是雅典民主的口号,也是希腊文明另一项最伟大的成就。希腊城邦曾经联合起来抵抗波斯人的奴役,雪莱希望它们现在也能推翻土耳其人的暴政——现代世界的所有类似暴政都应该被永远摧毁。在性自由方面,挣脱如下的枷锁:

> 那个伟大的教派
>
> 他们的教条是，每个人应该
>
> 只从人群中选出一位情人或朋友。[196]

这是柏拉图对话中的某些人物所持的观点，雪莱则将其付诸实践，尽管结果令人沮丧。归根到底，全部这些自由都表达了古希腊人的核心原则，即思想自由。在思想自由的背后，他们相信人的天性本身是可以实现至善的。和古希腊人一样，雪莱也对天性予以**肯定**，甚至是人的天性。

不过对他而言，古希腊人不仅是效法的模板抑或超越的对手。因此，他很少模仿荷马，但仍然年复一年地阅读其作品。他的任何一部作品都无法涵盖荷马和其他伟大古典作家对其的影响。正如他最喜欢的写作地点是俯瞰地中海的塔楼之上，或者罗马斗兽场的花海和拱门之间，或者意大利北部的山峦之前，对古希腊人的不懈研究带给他的是伟大的榜样和高贵的伴侣。

意大利

> 啊，在痛苦中孕育和诞生了意大利之歌。
>
> ——莱奥帕尔迪[197]

革命时期阅读和思考的发酵也在意大利诸邦引发了骚动。但晚期巴洛克时代的腐朽在那里更为严重。国家分裂以及向腐朽的寡头和小僭主们的屈膝拖累了道德、思想乃至意志力。因此，那里的年轻作家们在寻找光明的道路上遭遇了更大的困难。即使最终成功到达目的地，大多也要经历可怕的磨难。他们的人生陷入了痛苦的矛盾中，最终在忧郁或绝望的沉默中死去。他们的作品不同于济慈和舍尼埃静谧的抒情诗，看不到雪莱和歌德的乐观主义，也没有拜伦笔下阴沉的马泽帕（Mazeppa）①那样的活力，而是深深地浸透了悲观情绪，如同来自深渊的呼号，但这种呼号仍然带有音乐性。

我们从中听到了三种声音：悲剧式的、哀歌式的和抒情诗式的。

1749年，维托里奥·阿尔菲利伯爵（Count Vittorio Alfieri）出生在一个富有而

---

① 拜伦同名长诗的主人公，因与伯爵夫人的私情被赤身裸体地捆到马背上，随着脱缰之马在东欧平原上经历了各种磨难。

历史悠久的贵族家庭，他遭到亲戚的冷落，只接受了非常糟糕的教育。虽然才华横溢而且对精神食粮充满饥渴，他的求知欲却无法被满足。他甚至不懂意大利的文学语言托斯卡纳语，只会法语和皮埃蒙特当地的一种方言。柏拉图曾说，才智出众者若被误导，堕落得也最深。[198] 阿尔菲利就是典型。他刚一成年便开始了各种放荡行为，但仍不足以宣泄自己火山般的能量。他骑乘骏马，参加决斗，陷入火热的情事，疯狂地不断在欧洲各地旅行，从苏格兰到俄罗斯，从挪威到葡萄牙……

20多岁时他开始自学——并非为了将来打算，而仅仅是用孟德斯鸠、爱尔维修（Helvétius）[①]、卢梭和伏尔泰填满自己饥饿的心灵。通过他们，阿尔菲利接触到了普鲁塔克，并把《希腊罗马名人传》通读了四到五遍。这部作品让他的想象力第一次有了用武之地。在其精彩的自传中，阿尔菲利表示自己在阅读过程中会因为对恺撒、布鲁图斯和加图等人物的景仰而倏忽起立，并为自己作为一个暴君政府属民的悲惨命运而哭泣。[199] 最终帮助他的心灵回归正轨的是蒙田的作品（他因为看不懂书中拉丁文和希腊文引文而忿恨不已）和一位被其称为"活生生的蒙田"的睿智意大利神父写给他的发人深省的鼓励诗句。

1775年，阿尔菲利创作了自己的第一部悲剧《克娄佩特拉》。作品上演后大受好评，但他明白这还不够，他没能表达出自己的心中所想。这是因为，他仅有的模板是梅塔斯塔西奥和拉辛的悲剧（通过它们他只能隐约感受到希腊—罗马戏剧的力量）以及伏尔泰造作和名不副实的悲剧。他不谙希腊语，对悲剧所属的文学核心传统知之甚少，但懂得如何摸索。他开始了严格的自学过程，发誓说话和写作时不再用法语，努力学习拉丁语和托斯卡纳语，并在悲剧创作中展现了自己特有的速度和激情。

阿尔菲利的余生充满了激动人心的戏剧性——他和查理王子（Prince Charlie）[②]的妻子私奔；作为逃避作品审查的代价，他放弃了自己位于撒丁王国领土上的产业；君主、贵族、中产阶级和平民都成了他所发表的讽刺诗嘲笑的对象；他从恐怖统治下的法国脱身[200]，并在《反高卢者》（Misogallo）中对拿破仑冷嘲热讽；他成立了荷马骑士团，并在年届五旬的时候开始学希腊语……这些显然比他的悲剧更富戏剧性。

他一共创作了22部悲剧[201]，远远超越了此前的各种意大利语悲剧，将这个国家的戏剧文学提升到全新的高度。它们涉及形形色色的重要和有趣的历史主题，从阿伽门农到洛伦佐·德·美第奇，从扫罗到苏格兰女王玛丽。剧中人物形象清晰，

[①] 克劳德·阿德里安·爱尔维修（Claude Adrien Helvétius，1715—1771年），法国哲学家。
[②] 查尔斯·爱德华·路易·斯图亚特（Charles Edward Louis Stuart，1720—1788年），英王詹姆士二世之孙，曾试图复辟斯图亚特王朝，以失败告终。

以素体诗写成，作品热情洋溢，有时甚至显得过于强烈，但始终被作者牢牢掌控。与阿尔菲利有颇多相似之处的拜伦经常留给我们这样的印象，他铿锵有力的词句会像野马般载着主人肆意狂奔，而他有时甚至还要快马加鞭。阿尔菲利虽然骑着一匹同样狂野和不知疲倦的黑色骏马，却总是把缰绳紧紧握在手中。

有人指责他的悲剧欠缺戏剧性。其中一些的确如此：它们虽然崇高，却不是阿尔菲利最令人满意的作品。这主要出于两个原因。首先，为了绝对确保情节的统一性，他会砍去所有的插曲和次要情节——此举并非为了忠实地执行亚里士多德的原则，而是为了突出英雄主义。另一个原因则是几乎所有革命时代作者的通病：他会用关于重要理想（如爱国主义、暴政和儿女之情）的长篇独白代替剧情。戏剧的要旨在于变化。但在 1780 年，关于暴政的勇敢独白是非常新颖的手法，即使没能推动情节发展，它似乎仍不失戏剧性。

不过，阿尔菲利还是创作了一些优秀戏剧：比如《密耳拉》（*Myrrha*），这部俄狄浦斯式主题的动人作品描绘了一位少女如何不可救药地爱上了自己的父亲[202]；又如《墨罗珀》（*Merope*），该剧情节扣人心弦，母亲差点就下令把儿子处死（这样的安排非常可信）[203]；《扫罗》（*Saul*）也是一部出色的作品，表现了暴力的疯狂和睿智的理性间的斗争，二者不仅出现在国王的内心，也出现在他的女儿、儿子、继承人大卫同邪恶的元帅押尼珥（Abner）之间的较量。

阿尔菲利悲剧的最大价值在于它们将革命信息注入了古典形式。他三分之二的剧作都以希腊—罗马历史和传说为主题。[204] 与此同时，他尽可能地让自己所有的作品在风格上接近古典悲剧。几乎所有作品都包含了对暴君的声斥和对自由的殷勤赞美。尽管并非总是如此，但有时剧中的英雄过于正义和纯洁无瑕，而暴君则过于邪恶和一无是处。不过事实上，暴君与英雄间的边界的确是白与黑、善与恶的分割线。阿尔菲利悲剧在形式上的纯粹性加强了他作为社会批判者的感染力，在这点上他是雪莱的先驱。

他的创作形式间接源自希腊和罗马的悲剧，但他最熟悉的悲剧还是拉辛和伏尔泰的作品。在所有古代诗人中，与他气质最接近的是塞内卡，但他对后者的研究并不像文艺复兴剧作家那样深入。从形式上说，他所做的就是让巴洛克悲剧更加简洁和崇高，使其更具真正的古典意味。

阿尔菲利所传递的信息大胆而简短，那就是"打倒暴政！"。暴政指的是权力为所有者本人服务。暴君通常是个体，但家族、群体或阶级（甚至工人阶级）都可以是暴君。[205] 在这点上，他继承了孟德斯鸠和爱尔维修的想法，与安德雷·舍尼埃不谋而合。[206] 在《论君主与文学》（*On the Prince and Literature*，1786 年）发表前，阿尔菲利首先向舍尼埃分享了该文，后者则在第二年发表的《论文学的完美和堕落》（*Essay on the Perfection and Decadence of Literature*）和田园诗《自由》（*Liberty*）中表达了相似的理想。[207] 他们认为，自由与文学紧密相连，没有自由就不可能有德性，而没有德性就不会有伟大的作家。暴躁专横的性格让阿尔菲利与暴君颇多相似之处，为此他对暴君们既感兴趣又充满仇恨。不容违抗的意志，令人发指的残忍（甚至不放过自己的亲人），毒蛇般的狡猾——这些就是暴君的特质。[208] 他们在臣民中播撒下绝望的恐惧、没有底线的背叛和对金钱的堕落崇拜，并摧毁了一切道德标准。[209] 忧郁和绝望让一些人相信，完全自由的生活是不可能的。但对英雄而言，生活越是绝望，他们反抗的决心就越坚决。阿尔菲利用这种坚决概括了革命时代最可贵的品质，同时重塑了古典悲剧的精神。

阿尔菲利的戏剧有许多模仿者，有的在当时比阿尔菲利本人更为成功，比如文琴佐·蒙蒂（Vincenzo Monti，被称为意大利的骚塞）①。其中最著名的诗人是威尼斯人乌戈·弗斯科洛（Ugo Foscolo）。他1778年生于希腊的赞特岛（Zante），1827年在流亡伦敦期间去世。与他别的作品相比，弗斯科洛的戏剧并不重要，但和他的导师一样，它们焕发出了革命和民族主义的热情。不过，同其他许多人一样，弗斯科洛也对最伟大的革命者拿破仑·波拿巴极度失望。所有人都知道，拿破仑最初以被压迫民族的解放者和暴君的推翻者形象示人，后来却成了法兰西民族主义入侵者的领袖，最终背叛了共和主义，暗杀了自由，成为法国和几乎整个欧洲的皇帝。所有人都知道贝多芬最初将《英雄交响曲》题献给这位解放者，而当他得知拿破仑的称帝计划后，愤然撕去了题献页，改成"**缅怀**一位伟人"。所有人都知道，华兹华斯曾经盛赞自由之日的升起：

> 在那个黎明活着就是有福，
>
> 而年轻就是天堂——[210]

但很快就目睹了它被野心和战争的风暴所吞没。从波兰到西班牙，同样的失望让整个欧洲的年轻人陷入痛苦。

弗斯科洛作为志愿者加入过拿破仑的军队。1797年，他用《解放者波拿巴颂》（*Ode to Bonaparte the Liberator*）向拿破仑致敬。几个星期后，拿破仑签署的《坎波福尔米奥和约》（*Treaty of Campo Formio*）将弗斯科洛的家乡威尼斯出卖给了奥地利。弗斯科洛这代人随之而来的绝望在一部名为《雅可波·奥蒂斯的最后书信》（*The Last Letters of Iacopo Ortis*）的小说中得到了不朽的描摹。与歌德的《少年维

---

① 文琴佐·蒙蒂(1754—1828年)，意大利诗人、剧作家。罗伯特·骚塞(Robert Southey，1774—1843年)，英国桂冠诗人，湖畔派的代表。

特之烦恼》一样，它描绘了不幸的爱情、精神的痛苦和自杀，但把前者的个人主义升华为了爱国主义。

弗斯科洛是一名出色的古典学者。和舍尼埃一样，他从孩提时代就生活在现代希腊语的环境中；和舍尼埃一样，品位出众、学识渊博的他后来也学习了古希腊语。[211] 甚至在他的个人抒情诗中都可以听到希腊和罗马诗歌的优雅回响。[212] 不过，他最伟大的诗歌却并非弦音的回响，而是对古今世界彻底而充满活力的诠释。它断言，历史是我们奉行的价值之一。它宣称，只要仍能为现在带来启发，过去就没有消逝。它警告，如果遗忘了过去，现在将会死亡。这就是他的著名哀歌《致坟墓》（*Dei sepolcri*）。

为了在死者中间推行平等和团结，1806 年，新成立的革命政府要求所有的尸体必须无一例外地被埋在公共墓地，使用大小完全相同的墓碑，墓志铭由地方当局制定和"协调"。弗斯科洛本可以将这件事看作一次不太严重的专制行为，用辛辣的讽刺诗对其加以谴责。如果这样做了，他的诗也许并不会比那条政令留存更久。事实上，他反思了政令的整个背景，最终找到了对于丧葬习俗最普遍和最富人性色彩的解释。他认为，墓地和刻有名字与头衔的墓碑象征着死者继续活在亲友的心中。它们不应带有悲伤而阴郁的骷髅形象[213]，而应被建在象征记忆长青的常绿树林里，或者像在英国那样被建在郊外的花园里。伟人的墓地更是国家生活的焦点，鼓励活人去追求卓越。让帕里尼[214]躺在罪犯的身边是可耻的，佛罗伦萨的圣十字教堂因为埋葬了马基雅维利、米开朗基罗、伽利略和阿尔菲利成为了意大利最伟大的圣地之一。在爱琴海那边有许多缪斯常常光顾的墓地。一位盲人曾经游历了这些墓地，在聆听了它们亲自诉说的故事后，他用歌声向生活在那里的鬼魂致敬。只要"为祖国所流的血还受到尊敬而哀悼，只要太阳仍然照见人类的不幸"[215]，他的歌声就将让特洛伊的赫克托耳之名流传下去。

这首优美的诗歌在形式上继承了希腊—罗马哀歌。它的近代先驱是 18 世纪的英语冥想哀歌，如布莱尔的《坟墓》（*The Grave*）、杨的《夜之思》（*Night Thoughts*）、格雷的《乡村墓地哀歌》（*Elegy written in a Country Churchyard*），而它在法国的继承者则是勒古维（Legouvé）和德里尔的反思之诗。我们更希望把《致坟墓》看成书简而非哀歌。作品以素体写成，被题献给诗人品德蒙特（Pindemonte）①，后者则用一首《与弗斯科洛书》（*Epistle*）作为回复。罗马诗人们有过把哀歌献给知己友人的先例，而且弗斯科洛作品的丰

---

① 伊波利托·品德蒙特（Ippolito Pindemonte，1753—1828 年），意大利诗人。

富想象和深厚情感使其符合哀歌的特色——它不愧为文学史上最高尚和最恢宏的作品之一。

诗中的思索从作者的时代开始，在回顾了意大利历史上的伟大作品后，最终来到了欧洲文化主流的源头：特洛伊战争和荷马史诗。就作品中对时间永恒性的冥想而言，它继承了但丁的《神曲》。但它是一首异教而非基督教作品[216]，弗斯科洛所表达的不是基督教关于死亡和永生的教义。他知道，可以把墓地看作人类无法永生的证据。但他也明白，这种想法与要求所有的墓碑必须平等和没有区别的命令同样错误。这意味着否定人性中某些最崇高的东西。当下包含了过去，而且栖居在过去之上。和诗歌一样，墓地记录了过去的伟大，并激励人们在将来取得更多的成就。缪斯既回忆过去，也启发未来。

尽管弗斯科洛的哀歌表达了对革命政府法令的反对，他仍不失为一位革命诗人：他号召意大利人摒弃自己可鄙的懒散，将自己塑造成一个新的民族，配得上把自己同严谨的罗马人和英雄的希腊人联系起来的伟大历史。

贾科莫·莱奥帕尔迪伯爵（Count Giacomo Leopardi，1798—1837 年）是意大利最具悲剧色彩的抒情诗人。他成长于一个缺少亲情的外省家庭，唯一的朋友是书籍。同费内隆和吉本一样，他依靠在父亲的图书馆里如饥似渴的阅读自学成才。但与前两人不同，过度的学习摧毁了他的健康。孤独、缺乏母爱和病痛为他的灵魂染上了永远的阴郁色彩。

不到 20 岁，他就把自己培养成了一名出色的希腊语学者。[217] 15 岁时，他写出了一部天文学史。16 岁时，他翻译了 6 世纪的历史学家赫许基乌斯（Hesychius）①的两部作品，并完成了关于其生平的论文。同年，他完成了对波弗利（Porphyry）②所撰的新柏拉图主义哲学家普罗提诺传记的评述，并对其做了注释和点校，还用拉丁语点评了帝国时期几位重要的修辞学家。[218] 17 岁时，他写出了《论古人的常见谬误》（*Essay on the Popular Errors of the Ancients*）。20 岁那年，他完成的学术作品数量已经超过了某些现代教授一生的成果。但他觉得自己的体力和精神不足以支持从事长期的研究生涯，同时他发现意大利很少有人关心学术。于是，（在被家人放行后）他开始四处旅行——他像阿尔菲利一样不安分，但远不及后者精力旺盛，并因为依赖父母的资助而多有羁绊。除了偶尔同尼布尔（Niebuhr）这样的外国智者或者乔尔达尼（Giordani）③这样的意大利人文主义学

---

① 米利都人赫许基乌斯（Hesychius of Miletus），查士丁尼时代的拜占庭编年史学家和传记作家。
② 提尔人波弗利（Porphyry of Tyre，约234—约305 年），新柏拉图主义哲学家。
③ 皮埃特罗·乔尔达尼（Pietro Giordani，1774—1848 年），意大利作家、古典学者。

者有过交流，他找不到任何倾诉对象。[219] 他自己的诗歌中有许多关于孤独和无家可归的痛苦意象：孤独的麻雀、亚洲平原上漂泊的牧羊人、火山山坡上孤零零的金雀花。他的抒情诗充满了疑问——但没有人听见这些急切和伤感的疑问，也从未有人回答它们。

和我们之前看到的许多诗人一样，莱奥帕尔迪的写作生涯也是从翻译古典作品开始的，然后才是试图创作出能与之媲美的作品。17岁那年，他翻译了莫斯科斯（Moschus）①的诗歌以及短篇戏仿史诗《蛙鼠之战》（*The Battle of Frogs and Mice*）②。[220] 18岁时，他大胆地尝试翻译《奥德赛》的部分章节。这是他发表的第一部作品，得到的却是冷漠和讥讽的笑声。[221]

1817年初，他怀揣着更高的理想发表了带注疏的《海王赞》（*Hymn to Neptune*）以及两首"古希腊"匿名颂诗的译文。事实上这些作品并不存在，完全是莱奥帕尔迪臆造的。他在注释中表示，《海王赞》的作者不是西蒙尼德斯（Simonides）③或米罗（Myro）④，看上去倒像是卡利马科斯（Callimachus）⑤的一位很有才华的弟子。两首短篇颂诗被特意命名为《爱之颂》（*To Love*）和《月之颂》（*To the Moon*）——莱奥帕尔迪表示自己"很乐意把它们归到阿纳克吕翁（Anacreon）⑥名下"。这些幼稚的伪作标志着莱奥帕尔迪人生的重要转变。他早就觉得自己至少已经不逊于当代的学者，现在他开始尝试与希腊诗人在抒情诗这片战场上一较高下。无独有偶，五十年前一位同样忧伤的男孩切特顿（Chatterton）⑦也写出过惊艳的原创诗歌，然后把它们伪装成自己所崇拜的过去时代的遗存。

与同时代的雪莱和其他年轻诗人一样，成年后的莱奥帕尔迪也开始离经叛道。他抛弃基督教，成了一名自由的思想家，在情感上倾向于希腊诸神。[222] 他一度支持社会改革，反对保守势力和压迫。他对逐渐兴起的民族主义运动抱有同情，认为那不仅是对外国势力扩张的抵抗，也是意大利人的思想、表达和历史感的积极复兴。作为其最早的原创作品，他在三首重要而具有密切联系的抒情诗中描绘了自己理想中的新文艺复兴的不同方面。它们是《致意大利》（*To Italy*）、《但丁的纪念碑》（*On the monument of Dante*）和《致发现了西塞罗〈论共和国〉的安杰洛·玛伊》（*To*

---

① 公元前2世纪的古希腊田园诗人。
② 模仿了《伊利亚特》的情节，作者可能是亚历山大统治时期的一位无名诗人。
③ 开俄斯人西蒙尼德斯（Simonides of Ceos，约公元前556—前468年），古希腊抒情诗人。
④ 公元前3世纪的古希腊女诗人。
⑤ 卡利马科斯（约公元前310—前240年），古希腊诗人。
⑥ 阿纳克吕翁（约公元前582—前485年），古希腊抒情诗人，生于小亚细亚半岛沿岸的忒俄斯（Teos）。
⑦ 托马斯·切特顿（Thomas Chatterton，1752—1770年），英国诗人。

Angelo Mai after his Discovery of Cicero's "On the Commonwealth"）。[223] 这些抒情诗的思想非常接近弗斯科洛的墓地哀歌。它们哀叹意大利的堕落和毁灭，哀叹祖国道德上的崩溃，哀叹祖国丧失了古罗马先人的勇气和坚定，哀叹受到误导的年轻同胞自愿前往俄国为拿破仑作战，而不是致力于祖国的解放。它们提醒意大利人不要忘记"命运未能征服的敌人"但丁的高贵、彼得拉克的甜美忧郁、哥伦布的探险家勇气、阿利奥斯托的想象力、塔索的凄美和阿尔菲利骄傲的活力。[224] 它们一再强调，如果人类只活在当下，只为当下而活，他们必然会变得像反刍动物一样呆笨和懦弱。英雄主义的基础是历史，现代人应该为不如列奥尼达斯（Leonidas）的英勇而感到羞愧，后者不顾众寡悬殊仍带领斯巴达勇士抗击波斯大军。[225]

和其他改革主义者一样，莱奥帕尔迪的希望最终也破灭了。失望和孤独、疾病、家庭的冷漠和吝啬、爱情的不幸一起把他推下了绝望的深渊，让他陷入了比我们所知的任何同时代诗人更大的痛苦中。他像德昆西（De Quincey）在《我们的黑暗女士》（Our Lady of Darkness）中那样清楚地看到了绝望的痛楚：

> 她永不疲倦。高高扬起的双眸在远处看来也许并不显眼。尽管如此，对它们视而不见是不可能的。无论早晨抑或黄昏，无论中午抑或子夜，无论潮起抑或潮落，剧烈痛苦的光芒都会穿透她佩戴的三层绉绸面纱，从中可以读到她的心底。[226]

他以这种痛楚的名义宣布生命是无意义的，或者说它仅有的意义是残酷。进步的理想是愚蠢的谵妄。爱情这种无比强烈的体验终将以它的孪生兄弟——死亡——而告终。[227] 在思考这个问题时，他一度想到了传说因为爱情而自杀的希腊女诗人萨福：莱奥帕尔迪描绘了她站在月光下的悬崖边，反思着无法平息的苦难和在剧痛中逝去的希望，然后纵身跃入了自由这种虚无之中。[228] 尽管许多革命诗人（如拜伦、海涅和荷尔德林）感受过同样可怕的绝望，但没有人像莱奥帕尔迪这样把它表达出来。在他的身上，绝望变成了客观的判断：这个世界上的生命是没有希望的。他经常被视为悲观主义哲学家叔本华的先行者，而通过叔本华，他又被和尼采联系了起来。作为诗人，他是詹姆斯·汤姆逊（James Thomson，代表作是《可怕夜晚的城市》[The City of Dreadful Night]）和夏尔·波德莱尔的前辈。[229]

随着莱奥帕尔迪逐渐成熟，他的悲观主义也变得越来越像完整的哲学体系。这在他的一组琉善式简短对话《道德小品》（Short Works on Morals）[230] 中得到了表达。但琉善的对话带有戏谑，甚至有时略微变态的微笑，莱奥帕尔迪的作品则仿佛骷髅的冷笑。他描绘了木乃伊和防腐工的对话、死亡和时尚的对话、孤独的冰岛人和大自然的对话——这里的大自然不是母亲，而是冷漠和残酷的继母。新柏拉图主义者普罗提诺和波弗利在作品中就自杀问题展开了长篇对话，还探讨了莱奥帕尔迪经常憧憬的死亡：他本人也以特里斯坦这个伤感的名字出现在对话中。作品中犹如面部痉挛般反复出现的骇人幽默也可以在爱伦·坡和霍夫曼的故事、波德莱尔的某些散文体诗歌和魔鬼般的帕格尼尼的人生和个性中找到踪迹。对话中的哲学是莱奥帕尔迪本人对于生活的唯物主义认识。他告诉我们，世界只是泥土和蒸汽之球，我们与动物和昆虫、树木和鱼类一样，都是由它制造出来的。他接着说，那为什么我们要受到希望和爱情之类情感的折磨呢？为什么我们会憧憬荣耀和不朽呢？为什么我们要活着呢？我们的一切活动乃至我们的生命本身不过像夏日空中飞虫的舞蹈一样毫无意义，而且更加丑陋和痛苦。如果莱奥帕尔迪没有写过那些优美的抒情诗，他的生命可能的确如此。

莱奥帕尔迪的思想绝大部分是原创的，我们很难指着他作品的某个部分说"这里是古典的，那里是现代的，还有一部分来自他读过的文艺复兴作品"。一切都经过了他头脑的熔炼和改造。[231] 他的对话集在形式上是希腊的，而他的诗歌则对长节意大利抒情诗（canzoni）做了自由的改编（后者由民歌发展而来，在彼得拉克为其确立模板后被许多诗人所使用）。它们的语言经常体现出拉丁语作品的特色，显得朴素而高贵，没有矫揉造作的感觉。[232] 莱奥帕尔迪还提到了许多重要的希腊和罗马的神话与史实，并将其作为例证和启迪与现代生活紧密联系起来。他的作品中也可以听到若干古典思想的回响，有时则是直接引用，例如在优美的诗作《古墓浮雕颂》（On an Ancient Grave-relief）中，他表示：

> 我认为，最好从不曾见过日光——

这句话的思想和表达都来自索福克勒斯的一部悲剧。[233]《萨福的终曲》（Sappho's Last Song）则表现了与奥维德《萨福致法翁的书简》（Letter of Sappho to Phaon）中相同的场景，尽管它远没有那么华丽，而是恳切得多。[234] 催人泪下的《梦》（Dream）描绘了诗人很久以前爱过的一位女孩在死后重新出现在他的面前，该作品借鉴了普罗佩提乌斯一首最动人哀歌的主题，但经过了彼得拉克《死神的胜利》的中介。[235]

与他关系最密切的古典作家是伊壁鸠鲁主义者卢克莱修，后者相信人类的诞生和生命完全是意外，并没有别的意义；自然对我们既不友善，也不怀有敌意，而是漠不关心；生命唯一有意义的目的是获得平静而安定的幸福，其途径是适度和精心挑选的欢乐以及对宇宙的睿智理解。和卢克莱修一样，莱奥帕尔迪也是唯物主义者；和前者一样，他同样赞美希腊神祇的魅力，尽管他知道事实上它们与我们的世界没有真正的联系[236]；和前者一样，他用吃惊和同情的目光注视着人类的激动和忙碌，就像我们注视着被坠落的苹果砸中的蚁丘。[237] 不过，莱奥帕尔迪的结论是，由于生命是徒劳的，它只会造成残酷的痛苦，死亡应该受到欢迎；而卢克莱修的结论则是，如果正确地理解和管理它，生命还是可以忍受的——这不仅是莱奥帕尔迪和卢克莱修的差别，也是许多现代诗人和几乎所有希腊—罗马诗人的差别。即使在希腊悲剧中，生命也并不是毫无希望的，即使在最糟糕的情况下，它仍然包含了高贵和美。莱奥帕尔迪从未领悟到这个真谛，这也许要归咎于疾病给他的身心造成的折磨。至少，他没能有意识地领悟到这点。不过作为艺术家，他还是掌握了它。古典诗歌对他最大的帮助，或者说他的作品中最堪与伟大抒情诗人相媲美的地方在于，他眼中的悲剧人物具有雕塑般鲜明的轮廓，而在描绘它们时，他像希腊人那样结合了深沉的激情和完美的美学掌控。

结论

我们关于革命时代的盘点以一病不起和陷入绝望的莱奥帕尔迪作为结尾是恰如其分的。那个时代的许多作家或者像济慈那样令人扼腕地夭折，或者像舍尼埃那样死于非命，或者像荷尔德林那样陷入疯狂，或者（同样不容忽视）遭遇了想象力的死亡，只有肉体、声望和无休止的空洞文字留存了下来。革命时代犹如转瞬即逝的流星之光，它点燃了整个天空，焚毁了不为人知的残骸，投下了不真实的暗影，照亮了长久以来无人看见的美，最后看似以黯然失色收场，实际上却是回归了正常天空的亮度。我们曾把它与彗星般灿烂的文艺复兴相提并论。和文艺复兴一样，这个时代也不是戛然而止的。虽然它释放出的某些新的力量消失了，另一些偏离了轨道，但有许多还是延续到了下一个世纪：其中之一就是对希腊—罗马艺术、文学和思想更深刻的理解。

我们不可能一一分析这个时代文学领域的所有潮流。其中一些今天很少再受人推崇，比如东方主义和以单弦风琴伴奏的袒相。另一些因为过于强大而变得危险。民族主义或者说人民崇拜为现代思想带去了许多有价值的新内容，并帮助摧毁了许多令人无法忍受的压迫。但作为比民族文明更崇高的理想，人类文明正受到民族主义的致命威胁。如果人们更重视**美国**小说、**英国**诗歌、**法国**批判、**德国**哲学[228]、**俄国**音乐和**玻利维亚**科学，而不是把人类作为整体（或者若干相互关联和合作的大型团体），致力于发扬和提高他们的总体思想，那么人类很可能会沦落为一大堆彼此无法理解和相互敌视的部落。

我们也不可能一一分析所有在某种程度上受到希腊和罗马的启示从而为这个时代做出贡献的作家和艺术家,甚至无法一一提及他们的名字。其中一些虽然鲜为人知却非常有意思,比如奥地利剧作家格里帕尔策(Grillparzer,1791—1872年),他的成名作是以阿耳戈号英雄为主题的三部曲。他还创作了一组表现对自己时代失望的优美抒情诗,组诗的标题《黑海悲歌》(*Tristia ex Ponto*)借鉴了奥维德被流放时创作的哀歌。[239] 另一些则来自某些处于主流边缘的民族,用母语再现了其他地方率先觉醒的灵感。比如波兰诗人卡兹米尔·布罗津斯基(Casimir Brodzinski)和卡耶坦·柯兹米安(Kajetan Kozmian),他们将波兰乡间的精神注入了忒奥克里托斯式的田园诗和维吉尔式的牧歌之中。又如齐格蒙特·克拉辛斯基(Zygmunt Krasinski),他的剧作《伊吕狄翁》(*Irydion*)描绘了希腊对罗马人的反抗——就像荷尔德林笔下的许佩里翁反抗土耳其人那样。还有一些人不如歌德、夏多布里昂、济慈和其他我们在上文提到的作家那样富有创造力。[240] 也有人出于各自不同的理由故意拒绝受到希腊和罗马的影响,尽管他们也经常感受到古典传统的力量。贺拉斯在法国遭遇了许多错误的敌意,他被认为煽动了布瓦洛,并把文学规则强加给人们。[241] 而布莱克虽然一直把希腊雕塑作为其版画的模板和灵感,却曾经以启示录的口吻高呼"古典作品!让欧洲因战争而荒芜的是古典作品,而非哥特人或僧侣!"——除了作为对吉本的反驳,这句话几乎没有什么意义。[242]

一个充满创造力的时代意味着有大量强大的精神力量相互交汇,让彼此变得更加强大和丰富,获得更大的活力。革命时期就是这样一个时代。我们看到,它不是反古典的,而是比之前的时代更深入地浸淫于古典精神之中。希腊和罗马文化的潮流只是众多塑造了它的力量之一,但这股潮流非常强大、丰富而饱含营养。在它的激励下,年轻的作家和思想家们开始致力于政治自由、宗教解放和唯美至善。他们开始追求感官和精神之美,追求外界自然之美,后者既非死亡又非像动物那样活着,而是超人力量和美丽精神的栖居之所。它让某些人逃离了这个物质主义和压迫的可憎世界——并且像我们将要看到的那样,在整个 19 世纪继续发挥这样的功能。它启发某些人去效法心灵和肉体平衡的生活理想,就像希腊诗歌中所传唱或者希腊雕塑所彰显的那样。而通过对古代遗迹的研究,某些最伟大的人物更深刻地意识到文明是连续的成就,这是人类生命的核心真理。

第 20 章

帕尔纳索斯和反基督

在其最著名的一首诗歌中,华兹华斯指责同时代的人正在扼杀自己的灵魂。他表示,人们没有思想,只知道赚钱和消费,为了钱,他们出卖了自己冷酷而毫无价值的心。他们无法感受到自然的壮美:比如月光下的大海、风和静谧。在一阵突如其来的激动中,他慨叹到,自己更愿意做一个信仰希腊神祇的异教徒——因为希腊人不仅能够感受到外部世界的美,还让它住满了神灵:

> 好让站在这怡人草地上的我……
> 看见普罗透斯(Proteus)①从海中升起,
> 或者听见特里同(Triton)②吹响他弯曲的螺号。

这首诗创作于 1806 年[1],是革命诗人们对当代物质主义众多发难中的一次。他们对其他扼杀人类精神的现象也进行了抨击:如宗教压迫、乏善可陈的社会传统和封建主义的残余。但当他们去世后,反抗的力量在下一代作家中出现了分化和式微,而随着资本和工业在 19 世纪的发展,物质主义的力量开始壮大起来。新一代的作家们还看见了(或者认为自己看见)曾经是穷人和被压迫阶层保护者的基督教正在变成金钱和社会特权的堡垒,目睹了为取得和保住它们而采取的肮脏和见不得人的伎俩。19 世纪成了淘金者的天堂,但对于思想家、诗人和艺术家,对于自然和人性的热爱者而言,那个时代是地狱。

从物质面貌上说,19 世纪也是丑陋的。天空因为烟尘而晦暗,空气中弥漫着工厂排出的废气,回荡着机械的轰鸣和聒噪。不到几年,微笑的山谷变成了连片的贫民窟,平静的荒野被开膛破肚,葱郁的田野被没有生命的矿渣掩埋。素描中的室内布局,画布上的富人宅邸(甚至包括瓦格纳和左拉这样的艺术家)以及照片中的街

---

① 希腊海神之一,善于变形,能预知未来。
② 希腊海神之一,海王波塞冬之子,吹响随身螺号能扬起波浪。

道和人群都向我们展现了令人惊愕的丑陋。数以百万计的建筑、村镇、砖石教堂和"黑暗的撒旦磨坊"在那个时代被建造起来,至今仍然刺痛着我们的双眼。

于是,大多数 19 世纪的伟大作家开始仇恨和鄙视自己生活的时代。他们在诗歌、批判、散文体小说和哲学作品中一再表达着这样的观点。其他时代也曾激起过艺术家的反抗,但很难想象在另一个时代也会有如此众多富有才华的作者一致对他们赖以生存的整个环境和民众的理想表示厌恶。也许 12 世纪的讽刺作家和学生流浪汉同样仇恨自己的时代,但应者寥寥。

19 世纪的许多诗人觉得,根据自己所见的周遭生活不可能写出任何美好的东西。他们哀叹:

> 浓雾遮掩了阳光,
> 冒烟的低矮房屋
> 总也挥之不去;
> 淡淡的沮丧
> 让我心头沉重。[2]

他们心怀厌恶地离开了身边蓬勃发展的工业城市,离开了受同时代人欢迎的恶俗书籍、绘画和戏剧,离开了他们认为支配着这个时代的物质主义理想,把目光放到了别的国度和时代上。这些国度和时代本身就非常美好,而且因为距离感显得更加诱人。罗马和希腊经常——而非总是——吸引了他们的目光,因为还有其他充满美丽和活力的地方可供选择。高更(Gaugin)去了塔希提。兰波(Rimbaud)先是前往爪哇,然后去了东非。皮埃尔·洛蒂(Pierre Loti)等人去了东方。德昆西和波德莱尔去了毒品的人造天堂。许多人回到了浪漫主义的中世纪。不过,这些地方都无法像希腊和罗马文化那样提供宽敞、稳定和令人满意的庇护所。

19 世纪的作家之所以推崇这种文化主要有两个原因:首先它是美好的,其次它不是基督教的。他们认为自己的文明是肮脏和贪婪的,转而称赞希腊人与罗马人的崇高和精神性。他们认为当代基督教是刻薄、丑陋和压迫性的,转而推崇古典异教的自由、强大和优雅。仰望被煤灰污染,被工厂烟囱和新哥特式建筑尖顶刺穿的天空,他们发出了感慨:

> 伟大的上帝!我更愿做
> 一名被过时信仰哺育的异教徒。[3]

19 世纪出现过两种类型的古典化艺术和思想,我们可以用两个象征性的名字来区分它们：帕尔纳索斯和反基督。两种态度有时会出现在同一位作者身上，甚至是同一部作品中。但通常它们是可以区分的，二者在意图和结果上截然不同，应该对其分别加以探讨。

帕尔纳索斯

我们常说，不谙世故的唯美主义者和思想家生活在象牙塔中。[4] 这种比喻虽然美好，但帕尔纳索斯更好地象征了 19 世纪热爱希腊—罗马文化的理想主义。这个名字来自 1866—1876 年间由一群法国诗人创办并发表了自己作品的《当代帕尔纳索斯》（*Le Parnasse contemporain*）杂志。帕尔纳索斯山是缪斯的栖身之地——她们不仅是诗歌女神，还掌管着历史、哲学、科学和戏剧。事实上，她们掌管着文明中一切超越物质的内容。帕尔纳索斯山远离城市，它是荒野自然的一部分，凌驾于世界之上，比象牙塔更加高大、美丽、坚固和真实。这座山峰不像"俄立山（Oreb）或西奈山（Sinai）的神秘之巅"那样来自希伯来或基督教传说[5]，不是丁塔杰尔山（Tintagel）这样的中世纪要塞，也不是现代世界的友好峰顶[6]，而是希腊的一座偏僻山峰。法国人用它的名字命名了汇聚巴黎的大学、艺术和思想的那座山丘（蒙巴纳斯，Montparnasse），它与塞纳河右岸那座更加现代化（也更加物质化）的山丘永远遥遥相对，后者山顶上建有圣心教堂，沿用了中世纪的名字"殉道者之山"（蒙马特尔，Montmartre）。尽管"帕尔纳索斯派"（Parnassian）一词仅被用来指代上述杂志的创立者，但它的象征意义却远远超越了那一小群诗人；同时，他们的许多理想也被其他国家的诗人所信奉。[7] 因此，我们有理由将这整波宣扬希腊和罗马美学理想，反对 19 世纪理想的浪潮称为帕尔纳索斯运动。

正如我们在前文所看到的，这场运动把大部分能量投入了反对物质主义的斗争中。但这场运动是复杂的，而且和大多数重要的精神事件一样，不能完全用"应激反应"来形容它。从另一个角度来看，它也表达了对浪漫主义理想的不满，后者在革命时代结束后变得日益浮华和夸张。许多帕尔纳索斯运动参与者觉得，如果说百万家产的磨坊主令人作呕，那么拜伦笔下的海盗则显得可笑；用波纹铁皮建造的现代礼拜堂并不比充斥着可怕恶灵和夸张圣徒形象的中世纪大教堂更加令人反感。因此，一些帕尔纳索斯派作家不仅指责工业主义令生活堕落，也谴责了浪漫主义对生活的扭曲。他们认为自己的主张既非反动也非逃避主义，而是一系列源于希腊的积极美学和精神理想，它们是一切名副其实的文明的基础，也是永恒的真理。

第一条值得注意的帕尔纳索斯理想是"情感的控制"（emotional control）。

表达上的限制对希腊诗歌中真实而强烈的情感毫无影响，反而比用激烈方式所表现的夸张感情更加真实和集中。它们通常更加优美，而且即使最放肆的作品也无损于人的尊严。以维克多·雨果的三部爱情小说为例，他在其中分别表现了爱情的三个方面——理想主义、爱人者和被爱者之间的鸿沟、在伟大爱情中超越欲望的放弃。作为三个方面的象征，他使用了这样三个角色：一位爱上无家可归的吉卜赛少女的丑陋聋哑驼背；一位贵族青年在童年时被拐走后又被人毁容，导致脸上永远挂着冷笑，但他赢得了一个盲人女孩的爱；为了赢得姑娘的芳心，一位工人凭着超人的力量和技巧单枪匹马地克服了技术难题，而当他发现姑娘已经有了心上人时，他选择坐在石椅上任凭潮汐将自己吞没，与此同时，姑娘和丈夫正从他身边驶过。[8] 这些戏剧化的理念和激情澎湃的表达令人难忘，但缺乏真实感。

对于上述夸张的欲望和痛苦而言，帕尔纳索斯派的克制无疑是解脱。尽管埃德加·爱伦·坡本人也是一位狂热的浪漫主义作家，但他也曾经感受过这种解脱。在抒情诗《致海伦》(*To Helen*)中，他对那位名字和容貌象征了完美的希腊之美的女子表示，自己是一位"困倦思乡的游子……在绝望的海上漂泊了太久"，她恬静的美丽让自己回归了家园。他参与过浪漫主义的历险，感受过"险恶大海和荒凉仙境"[9] 的虚幻魔力。但在领略过那些疯狂的幻觉后，他在"从前希腊的荣光，和往昔罗马的盛况"中找到了柔美和安宁感。

在《酒神节或新时代》(*Bacchanalia; or, The New Age*)这首优美诗作中，马修·阿诺德（1822—1888年）描绘了这种反差，一边是斯温伯恩的澎湃激情，一边是创造出更理智思想和更好诗歌的宁静。在一个炎炎夏日的夜晚，当花香开始飘荡，星星开始慢慢升起时，一群疯狂的酒神女突然闯过平静的麦田，扯下树篱上的花朵。他（作者本人或某位相似的诗人）问牧羊人为何不加入狂欢，用牧笛为她们的舞蹈伴奏：

> 她们光滑的肩膀不熠熠生辉吗？
> 她们的眼眸不热情似火吗？
> 她们的双颊上红晕
> 不可爱吗？——

但牧羊人回答：

> 啊，宁静一样可爱！
> 寂寥一样可爱！

法国帕尔纳索斯派的领袖夏尔–玛丽–勒内·勒孔特·德·利尔（Charles-Marie-René Leconte de Lisle，1818—1894年）用"沉着"（impassibility）一词概括了同样的理想。在批评界，拉丁语学者德西雷·尼萨尔（Désiré Nisard，1806—1888年）在关于晚期拉丁语诗人的精彩论述中表达了类似的观点，他指责雨果及其追随者为堕落的作家，扭曲了文学的标准，就像卢坎和斯塔提乌斯在罗马衰败时所做的那样。[10] 在意大利，尽管乔苏埃·卡尔杜齐（Giosuè Carducci，1835—1907年）是个开明的革命派，并对歌德和雨果大加推崇，但他还是谴责了"浪漫主义"的生活态度。在《古典主义和浪漫主义》（*Classicismo e romanticismo*）[11] 中，他将古典主义比作带来生命、充满能量和力量的太阳，将浪漫主义比作病态的月亮，既无法让花朵绽放，也不能让果实成熟，而是把光芒投射到墓地和比月光更加惨白的骷髅之上（我们会很自然地联想到，莱奥帕尔迪的许多诗篇都是在皎洁的月光下完成的，他将其视作爱情和死亡的星球）。在绘画领域，希腊—罗马的符号传递了同样的克制理想，表现在大卫的弟子安格尔的作品，以及普维斯·德·夏瓦讷（Puvis de Chavannes）的静谧画面中。安格尔的《荷马的封神》（*Apotheosis of Homer*）称颂了希腊思想和艺术的理想，但它只反映了希腊精神的一半。另一半则出现在他著名的裸体画《泉》（*The Spring*）中，该作品用现代的细腻和写实主义让一位希腊宁芙出现在我们眼前。朦胧的微笑和足边的小花让她（和波提切利的维纳斯一样）不仅是某位古代模特的复制品，还再次展示了希腊神话不竭的生命力。

尽管希腊—罗马诗歌没有为诗歌结构留下绝对的法则，但它们强调对形式的控制，避免过度、含糊和不均衡，这些理念令人印象深刻。因此，**形式的严谨**就成了帕尔纳索斯派推崇和奉行的标准。他们认为，维克多·雨果类型的作家故意追求冗长、不连贯和怪异。雨果会用三音节的句子写成一整首诗，或者在小说中插入一章又一章关于自然史和对上帝沉思的长篇大论。如果可以用十个词，他和他的追随者们绝不会用一个词。为了避免犯这类极端错误，帕尔纳索斯派讲求精确和清晰，采用规范和传统，而非新潮或夸张的风格。

此类作品中令人印象最深刻的是何塞–玛利亚·德·埃雷迪亚（José-Maria de Heredia，1842—1905年）的单卷本十四行诗集《战利品》（*Les Trophées*）。[12] 作品包含了从最古老的希腊传说到罗马，从中世纪到文艺复兴的整部西欧历史，将其凝结在一系列鲜活多彩和光华夺目的晶体之中。每一块晶体拥有完全相同的形式，表现了最伟大的英雄事迹或最美丽的历史时刻。比如，在其中一首以安东尼和克娄佩特拉的爱情、奢靡和悲惨结局为主题的作品中，他描绘了两人在拥吻时，安东尼在克娄佩特拉夹杂着金色斑纹的蓝色双眸深处：

> 看到了一片海，上面是溃逃的战船。¹³

443　　这本诗集仿佛是一位古典诗人耗费一生时间，带着今日科学家般的忘我精神剔除不必要和错误的东西后造就的伟大作品。它不仅让埃雷迪亚成为法兰西学院的院士，更让他永垂不朽。

　　早在几年前，与他同时代的卡尔杜齐就仿照贺拉斯的风格发表了希腊和意大利题材的组诗《蛮族颂》(*Odi barbare*)。¹⁴在韵律上，他对贺拉斯的格律做了有趣的改造，用晚期拉丁语和现代意大利语的重音规则取代了贺拉斯时代的规则。这种复杂的格律仿照了前人伟大作品的严格形式，它的好处在于迫使诗人将强烈的感情、精简的语言和极端清晰的思维结合起来。¹⁵与贺拉斯所说的"我憎恶亵渎的俗众，我排斥他们"¹⁶类似，在卡尔杜齐的第一首作品中，他把普通诗歌比作妓女，而将自己努力掌握的复杂形式比作法恩在山间擒获的宁芙，因为难以驯服和激烈的抵抗，她显得更加美丽。¹⁷

　　不过这一次，希腊和罗马艺术的推崇者们没有再犯巴洛克时代前辈那样的错误，即从自己的模板中归纳出某些"规则"。帕尔纳索斯派看到，古典形式的精华并非对传统法则的使用，而是对规则的接受，不是盲目地效法某种体裁，而是将个人的想象置于客观的传统之下。泰奥菲尔·戈蒂耶（Théophile Gautier，1811—1872年）用一首优美的诗歌表达了上述观点。虽然主题并非源自古典，但作品还是同样一丝不苟¹⁸：

> 不要虚假的束具！
> 但为了步态稳健，
> 缪斯啊，你应该
> 穿上狭窄的厚底靴。

（希腊悲剧演员为了增加身高而穿厚底靴［cothurne］，它成了悲剧和诗歌高标准的象征。）

　　作品的最后概括了帕尔纳索斯派最重要的理念，它并不限于法国或文学，而是被所有的西方国家和艺术门类所采纳。它就是"**艺术是一种独立的价值**"。

444　　这并非新的理念。由于反对者们毫无理由地认定它是错误的，或者带着19世纪常见的虚伪自得的口吻对它加以申斥，帕尔纳索斯派开始怀着极大的热情传播这种理念。它表达了对物质主义者的不屑，后者认为人类所需的只是食物、住所和药品，或者只满足于炫耀自己的财富——就像《我们共同的朋友》(*Our Mutual Friend*) 中的波兹纳普先生；它也表达了对现实主义者的不屑，特别是那些喜欢描绘中产阶级物质主义和一贫如洗的穷人生活的作家；最重要的是，它表达了对《马丁·恰则维特》（*Martin Chuzzlewit*）中佩克斯尼夫先生（Mr. Pecksniff）这样的道德和宗教宣扬者的不屑，后者认为，只有给人教益的艺术才是好的，反之亦然。戈蒂耶是这样驳斥他们的：

> 一切皆逝。唯有坚强的艺术
> 是不朽的。
> 雕像
> 比城市更长久。[19]

勒孔特·德·里尔原先是持社会改良主张的理想主义者，但自由主义在1848年遭遇的挫折让他希望破灭。他用一句话表达了自己不同于济慈的理念。济慈把美等同为真理，而勒孔特·德·里尔则说："美不是真理的仆人。"[20]

不过，该理念最好的表达还是"为艺术而艺术"（*l'art pour l'art*）。维克多·雨果认为是自己发明了这种表达，但他绝非像自己所认为的那样是原创者。[21] 这种表达可能来自康德及其在哲学史的继承者，后来流传到了英国和法国。康德等人认为，我们依靠一种独立于道德判断和知性的审美感来欣赏美。如果真是这样的话，那么艺术家就是依靠这种感觉在工作，在欣赏艺术品时完全不必引入道德或知性标准。康德指出，艺术品具有"无目的的合目的性"[22]，也就是说它们看上去是为了实现某种特定目的而被创造出来的，但同时又不像椅子或机器那样具有清晰明确的功能：它们更像是花朵。与之类似，当毕加索被问到他的一幅作品有何意义时，据说他反问道："树有什么意义呢？"戈蒂耶的狂热拥趸斯温伯恩（1837—1909年）是该理念在英国的推行者；沃尔特·佩特（Walter Pater, 1839—1894年）也用精妙绝伦的词句描绘了它，他的《文艺复兴史研究》（*Studies in the History of the Renaissance*）成了年轻的帕尔纳索斯派的祈祷书。[23]

尽管它的许多虔诚信徒是古典文化的推崇者，但必须指出，这不是一种古典理念。希腊人和罗马人并不认为艺术可以与道德相分离。相反地，除了拟曲和警铭诗等少数次要文体，他们的文学作品都带有深刻的道德目的，而他们的雕塑既表现了肉体理想，也是精神理想的表达。[24]（和拉斐尔前派的神秘主义一样）它更多是在反抗维多利亚时代"文学必须给人启示"的态度——这种态度常常与对美和良好品位的极端麻木联系在一起。[25]

上述理念是危险的。佩特认为**"一切艺术总是在向往音乐的状况"**[26]：因为在音乐中，物质与形式完全融合了，音乐的意义只在于它自身的美。但文学不是音乐。文学离不开人，而人则是道德的实践者：因此在描绘人类的思想和行动的同时，必定会有意无意地提出和回答道德问题。

让艺术变得不道德与宣称它无关道德仅仅一步之遥。那些认为文学无关伦理标准的人大多希望摒弃**当下的**伦理标准，并引入新的标准。在于斯芒斯的著名小说中，一位美学家独自一人过着追求纯粹之美的生活，他用香水谱写交响乐，只阅读少数几位晦涩而完美的作家。主人公还诱使一名十六岁的男孩堕落，以便当他足够堕落后能够杀死自己恶心的中产阶级父亲。[27] 在作者的笔下，此举并不特别恶毒，而是没有道德色彩的，与主人公德·埃森特（des Esseintes）其他寻找感官乐趣的行为别无二致，或者至多只是在嘲讽这个看重婚姻和家庭的愚蠢世界。但事实上，于斯芒斯很清楚那是罪恶的。在后来的作品中，作为作者化身的主人公们越来越堕落——直到最终感觉到了自己的罪恶，并像于斯芒斯一样通过宗教改过自新。无独有偶，作为希腊理想的热情拥趸，两位英国作家也坚持艺术无关道德的帕尔纳索斯派理念；但事实上，两人也都用自己的作品传授以性问题为重点的新道德准则。其中之一是斯温伯恩，另一位则是佩特的弟子和于斯芒斯的崇拜者——奥斯卡·王尔德（1856—1900年）。[28] 斯温伯恩用出众的学识和惊艳的技巧描绘了所谓的"希腊人"，他们对性的忘我投入远远超过了真正的古希腊男女。而王尔德则不遗余力地夸赞希腊拥有最纯净的美和最强烈的激情。从他作品里的反复暗示和他悲剧的生命中，我们发现——和他的友人纪德一样——他真正热爱的是希腊当地的同性恋，尽管这种行为（至少在雅典）从来不是无关道德的。

所有上述原则似乎都是限制和否定。那么帕尔纳索斯是否代表了某些正面的东西呢？

如果在希腊和罗马文化中找得到什么有正面价值的东西，帕尔纳索斯派的作家们一定不会错过。他们大多是渊博精深的古典学者。在父亲的教导下，阿尔弗雷德·丁尼生（1809—1892年）从小就会背诵贺拉斯的全部颂诗；尽管讨厌这种"填鸭式教育"，他还是学会了贺拉斯遣词造句的复杂艺术，并极为尊重这位非常难以模仿的诗人。丁尼生本人无疑堪称英国的维吉尔，他技艺成熟后所写的《致维吉尔》(*To Virgil*)是后辈诗人向先辈致敬的最佳作品之一。对于阿诺德和斯温伯恩而言，阅读希腊语作品和写诗是相互依赖的活动。[29] 沃尔特·萨维奇·兰多（Walter Savage Landor，1775—1864年）可以像使用英语那样轻松地用拉丁语写诗。标志着他创作生涯开始的是一组英语和拉丁语诗歌，以及一篇支持用拉丁语写诗的拉丁语论文——在这点上，他继承了但丁和弥尔顿等众多双语诗人的传统。后来，他继续坚持双语写作，并表示"在用英语时我会偶尔语塞，在用拉丁语时则从来不会"。[30] 罗伯特·勃朗宁（1812—1889年）对于希腊语和拉丁语作品的热情不亚于意大利语和法语等俗语作品，并翻译了三部希腊戏剧。[31] 乔苏埃·卡尔杜齐是一位文学教授，对从古典到中世纪再到现代的散文和诗歌拥有广泛而深入的了解。勒孔特·德·里尔毕业时"希腊语水平一般"，但他孜孜不倦地研究和探讨希腊语作品，把生命中的许多时光投入其中，并出版了《伊利亚特》、《奥德赛》和其他古典诗歌的译本，用他自己对希腊世界的热爱感染了年轻的读者们。[32]

为什么这些诗人如此看重希腊和罗马世界？他们仅仅是避世主义者或失败主义者吗？

一定程度上的确如此，但绝非全部。在这点上，他们与其他时代的诗人没有什么不同。过去从未消逝，而是一直存在于思想家和想象力丰富者的头脑中。今天，我们过于重视自己的身边和不断变化的当下，因为它们的威胁迫在眉睫，但它们又是如此难以看清，很少能作为诗歌的合适题材。从荷马到今天，世界各地**绝大多数**的诗人歌唱的都是自己之前的时代或不同的世界。莎士比亚糅合了过去和现在。而在遥远的英雄世界，阿利奥斯托和维吉尔，弥尔顿和拉辛的理想得到了更加清晰和崇高的表达。

19 世纪的帕尔纳索斯派重新拾起了古典世界，这主要出于以下理由。

与充斥着烟囱、丑陋的家具、灰暗的城市、破败的风景和乏味着装的 19 世纪相比，希腊和罗马的物质面貌更加美丽。它们的美激发了诗人们的想象力，唤醒了被肮脏现实蒙蔽的优美而有力的语言。它们的美不仅仅体现在米洛的维纳斯优雅的曲线中，也体现在夺目的色彩和活力四射的形式中。济慈的继承者喜欢更加柔和的美，他们唱道：

> 这是溪流的世界！有的像倒悬的烟，
> 缓缓为最纤薄的草地盖上面纱；
> 有的冲破摇曳的光影，
> 在下方卷起一片催眠的水沫。[33]

勃朗宁则偏爱与自己颇有相通之处的复杂活力：

> 这副尊容并不讨厌！诚然，
> 在那明亮秃头的顶上——大脑门占据了他的整个头颅，
> 青筋暴起，血管密布，
> 红晕从脸颊爬上额角，然后褪去，
> 仿佛花环的苍翠枝叶熄灭了火焰，
> 节制与健康与它无缘。

> 但那巨大的眼珠投射出内心
> 骄傲的胜利之火；张大的鼻孔
> 等待着它们的焚香。³⁴

448　　不过，无论这些诗人还是他们的同伴都没有把想象力局限在希腊—罗马传统之上：帕尔纳索斯不是一次卖弄式的古典热潮，就像在巴洛克时代经常发生的那样。作为现代的维吉尔，丁尼生把大部分精力用来重新创作中世纪的亚瑟王传说。勃朗宁篇幅最长的一部作品再现了17世纪的一起谋杀案。其他诗人则以历史上各时期的伟大时刻为题创作组诗。埃雷迪亚的《战利品》在希腊史前时代的晨曦中开篇，描绘了赫拉克勒斯与狮怪的较量，然后从希腊写到罗马，从中世纪写到文艺复兴，从西班牙的美洲帝国写到埃及、伊斯兰、日本和其他想象中的美丽而遥远的国度。他的导师勒孔特·德·里尔是法国帕尔纳索斯派的领袖，今天被一些人认为是彻底的希腊主义者和复活的古希腊人。但他的《古代之诗》（*Antique Poems*）以回忆印度传说开篇，然后才转向希腊。在后来的《蛮族之诗》（*Barbarian Poems*）中，他又描绘了圣经历史、腓尼基人、斯堪的纳维亚人、凯尔特历史、中世纪生活和近代世界的一幕幕生动画面。³⁵而作为英国的古希腊人，兰多在其最重要的作品《虚构对话》（*Imaginary Conversations*）以及他的戏剧和戏剧化场景中包含了大部分的历史时期。

　　此外，这场回归历史的运动也不局限于那些对希腊和罗马抱有怀旧之情的作家。它还是一种在19世纪不断传播和深化的新式历史和传说观的组成部分。这种历史观部分来自吉本、温克尔曼、伍德、沃尔夫和尼布尔，现在开始被许多普通民众接受。数以百计的新历史书被写出来，大量历史题材的绘画问世，历史剧导演们一丝不苟地准备服装、道具和人物动作，以便使其符合史实（这一时期的伟大歌剧——如瓦格纳、威尔第、施特劳斯、普契尼和俄国人的作品——几乎都以历史和传说为主题）。浪漫故事的作者第一次把尽可能准确地重现历史场景作为目标。就像天文学家们记录下来自远离地球、可能早在一百万年前已经死亡的星星的光线那样，19世纪的作家和艺术家们依靠自己的想象、学识和美学嗅觉让现代读者沐浴在许多个世纪前的的阳光下，置身于遥远国度的人群中。

449　　帕尔那索斯派诗人还觉得，自己的时代在道德上是卑劣的。他们转向希腊和罗马的世界是因为后者更加高尚。当周围的人全都忙于赚钱和消费，忙于赢得和保持社会地位时，他们发现，在希腊传说的世界里，自己可以尽情描绘年轻人的爱情，或者对荣誉的渴求，或者转瞬即逝的青春，而不必表现任何同时代人的肮脏行为。

　　有人一针见血地指出，想要理解法国的帕尔纳索斯运动和"为艺术而艺术"的理论，必须把它们和第二共和国的失败所引发的失望感联系起来。[36] 勒孔特·德·里尔抛弃了破败的现实，转而投入了美丽而平静的希腊世界和充满活力的古代蛮族世界，失望感是造成这种结果的主要原因。兰多没有那么失望，但他同样对当时的权力、财富和幸福的标准表现出极端的厌恶。当他罕见地提到它们时，总是带着强烈的鄙视：

> 诅咒这浅海对面的首领，
> 年复一年，他驱赶着无数的牛羊，
> 他的巨大压榨机中淌出了油和酒，
> 但他竟然还忍心抓走
> 哭泣的孩童，因其哭泣将之扼杀。[37]

19世纪的作家们还觉得，比起当代人物，古典人物能够更加清晰和有力地表达普世情感。从这点看，丁尼生的《尤利西斯》是典型的帕尔纳索斯式诗歌：它勇敢地宣扬了活力、不可战胜的意志和探索冒险等理念，但完全不包含利益得失或自我牺牲等维多利亚时代的强烈动机。[38]

希腊—罗马背景尤其适合性激情的表达，不仅显得自然，而且优雅动人。比如，丁尼生的《卢克莱修》（*Lucretius*）非常大胆地描绘了极端的性张力，诗中的奇思妙想部分来自卢克莱修本人的作品，部分来自丁尼生的心理洞察。闪耀的原子之流在癫狂的诗人眼前划过后，被血雨浸润的大地上生出了少女，紧紧围绕着诗人翩翩起舞，若干强有力的爱情和死亡意象交织成一幅不朽的画面：

> 然后，然后从完全的黑暗中探出了乳房，
> 海伦的乳房，还有一口悬浮之剑
> 时而在上，时而在下，时而直指，
> 随时准备刺出，却因羞于面前的美而坠落；
> 正当我注视着这一切，一股火焰，
> 一股来自被洗劫的伊利昂的火焰，
> 从它们中射出，灼痛并惊醒了我。

在勃朗宁于妻子死后所写的《集市上的菲芬》（*Fifine at the Fair*）中，海伦同样作为理想而几乎无法抗拒的诱惑出现，他的《潘神与月亮》（*Pan and Luna*）则表达了比丁尼生敢于付梓的任何作品更加率真的梦想。情色主题在勒孔特·德·里尔的《古人之诗》中清晰可见，在邦维尔（Banville）的古典式抒情诗中则占有最

重要的位置。尽管 19 世纪出现了大量关于女性被欺骗和抛弃的故事与诗歌，但这些作品中很少看到像丁尼生笔下的俄诺涅（Oenone）那样动人的独白，更别提同样大胆的了。尽管托尔斯泰的《安娜·卡列尼娜》积淀了巨大的感染力，尽管有主人公自杀的凄婉情节，但与《俄诺涅》中一连串崇高的意象相比，安娜最后的独白还是显得虚弱和不令人信服。安娜说：

> 生活把我们撕裂，我是他的不幸，他是我的不幸，我们都无法改变。一切尝试都已经做过了，螺丝已经拧下。啊，带着婴儿的乞妇。她以为我会可怜她……[39]

而俄诺涅则说：

> 啊，死亡，死亡，死亡，你是永远飘浮的云，
> 这个大地上已经有了足够的不幸，
> 放过幸福的灵魂吧，放过热爱生命的人吧……
> 你沉重地压在我的心里，
> 沉重地压在我的眼睑上：让我去死。

和过去一样，那个时代的作家使用希腊—罗马角色的主要理由之一同样在于他们不带个人色彩。在遥远而高贵的人物身上，困扰诗人自己的问题能得到更加清晰的表现，问题的张力可能也会有所缓和。最好的例子就是阿诺德的《恩培多克勒在埃特纳》（*Empedocles on Etna*）。在这部浮士德式的戏剧中，这位哲学家诗人被自己的思想所困扰，被世界问题的压力所折磨，因自己想象力的慢慢死亡而痛苦，和宇宙心灵相通的机会越来越少。他等待着这样的机会，然后跃入了火山口，和宇宙合而为一，终结了自己渺小的困扰。与此同时，在远离贫瘠山巅和火热岩浆的山脚下，在流淌着清冽的山泉的苍翠树林间，一位平静而无忧无虑的年轻诗人正在赞颂诗歌和音乐。诗中的困扰是阿诺德自己的困扰。诗中的两个人物是他的两种身份——思想家和歌者。和作品的主人公一样，如果无法过上更加充实的生活，他也宁愿选择死亡。但如果阿诺德直接把自己作为主人公的话就会显得尴尬或者可笑，在效果上也必然会大打折扣。通过将内心冲突设定在遥远的理想时代，他让数以千计有过类似经历的读者理解和同情自己的感受，比起马修·阿诺德本人，恩培多克勒这样一个模糊、传奇和普世的形象更能在他们心中激起共鸣。

不过，希腊和罗马的人物并非真正全无个人色彩。他们不是塑料玩偶，而是实实在在的人。与我们中的大部分人相比，他们并不显得黯淡，而是更加鲜活。

围绕美丽的海伦和为理想献身的苏格拉底这些不朽的形象簇拥着大量的故事、理念、画面、暗示、欲望、赞美、象征意义和个体梦想。他们的名字本身就能激发想象。因此，使用他们的作家经常发现自己才是被利用的——他们唤醒了作家从未尝试探寻的景象，读者们则发现了作家从未梦想创造的意义。

但神话人物的这种作用也不乏风险。首先，对这些人物的名字和特点无知的受众会忽视他们的意义。而由于国籍的不同或教育的欠缺，即使听说过所罗门、赫拉克勒斯和尼禄的名字，脱离西方文化传统的读者对和这些名字密切相关、决定人物个性的错综复杂的关系也知之甚少。其次，在寻找新主题时，作者们可能会选择那些乏味而鲜为人知的神话，既无法激起他们自己的想象，也无法打动读者。为了避免这点，希腊人（和塞内卡）通常只选择少数广为人知和意味深长的传说。

这正是帕尔纳索斯派古典戏剧的致命缺陷之一。斯温伯恩不喜欢阿塔兰塔（Atalanta）①，对厄瑞克透斯（Erechtheus）更不感兴趣（无论是哪一个）②。和丁尼生推崇卢克莱修一样，阿诺德对恩培多克勒大加赞赏，但对墨罗珀完全不感冒。[40] 他不得不为此撰写长篇序言，解释故事之前的版本和选择该人物的理由。与他的《论翻译荷马》（*On translating Homer*）讲稿相比，该序言的风格非常乏味和敷衍，显然他对这项工作完全提不起兴趣。正如他本人所言："没有人能够在无法深入自己内心的主题上发挥得淋漓尽致。"不过，这些剧作的合唱部分却是非常有趣的诗歌，阿诺德和斯温伯恩的想象力在其中得到了自由发挥：它们是剧作唯一流传下来的部分。

在勃朗宁篇幅最长和最为怪异的古典主题诗作中出现了两个人物和一个深刻的个人问题。《巴劳斯提翁的历险》（*Balaustion's Adventure*）是一位年轻希腊女诗人的长篇独白。[41] 她描述了自己如何在雅典军队战败和沦为奴隶后不久来到西西里岛，如何通过记得的一部欧里庇得斯戏剧拯救了自己并为雅典正名。西西里人对诗歌如饥似渴，由于战争的阻隔而与佳作绝缘。巴劳斯提翁（她的名字意为野石榴花）在叙拉古的剧场中背诵了整部戏剧，但去掉了一些乏味的段落，并插入了一些精彩鲜活的描写，以至于在阅读或聆听过程中，演员仿佛会出现在我们眼前。比如，当赫拉克勒斯上场时：

  他像往常一样快乐；稍显沉重的

---

 ① 希腊神话中的女猎手。求婚者必须和她赛跑，如果失败就会被杀死。希波墨涅斯（Hippomenes）在赛跑中抛出了阿芙洛狄忒给的金苹果，趁着阿塔兰塔忙于捡拾它们而获得了胜利。
 ② 神话中的雅典国王，传说赫淮斯托斯将精液滴在雅典娜腿上，女神用羊毛擦去精液后将其随手丢在地上，地母因此受孕生下了厄瑞克透斯。雅典国王潘狄翁（Pandion）的一个儿子也叫厄瑞克透斯。

> 也许是黑肿额头上突起的青筋，
> 和刚刚结束的战斗
> 在英雄金发上留下的汗珠！
> 他魁梧的身躯在颤抖，每块肌肉
> 在经过适才的暴发后回归了梦乡。
> 在一条巨大臂膀的保护下，
> 倚靠着某个被包裹的东西，
> 狮皮下的心跳支撑着一个有生命的女体。

这就是颠覆了俄耳甫斯和欧律狄刻故事的《阿尔刻斯提斯》，一部"不太像悲剧的悲剧"。王后阿尔刻斯提斯自愿代替丈夫阿德梅托斯去死，后者虽然悲痛欲绝，却还是无能为力。不过，赫拉克勒斯打败了死神，把阿尔刻斯提斯送回了丈夫身边，让他又一次感到尴尬。在勃朗宁笔下，年轻的女诗人对欧里庇得斯用愤世嫉俗的口吻讲述的这个故事做了善意的重新诠释。随后，她又为这个故事准备了一个新的版本，赋予其更加善意的含义。显然，勃朗宁试图直面和解决的问题是：丈夫觉得自己配不上逝去的妻子。很久之后，在一首不那么成功的作品中，他把自己（仍然受到尘世和肉体的羁绊）想象成漂浮在深水中的潜泳者，一只蝴蝶（灵魂的象征和空中的居民）从他头上飞过，看着他用沉重的身躯模仿飞翔。[42] 在巴劳斯提翁第二个版本的阿尔刻斯提斯神话中，死去的妻子之所以回归，是因为她已经变成了丈夫的灵魂，只要后者还活着她就无法死去。他本人曾经（像赫拉克勒斯那样）把妻子伊丽莎白·巴雷特（Elizabeth Barrett）拖出坟墓，而当她死后，她的精神也继续活在他的身上。她的一首四行诗被用作《历险》全篇的题铭，并在作品结尾部分被引用。毫无疑问，她不仅是阿尔刻斯提斯，也是那位热爱欧里庇得斯的女抒情诗人巴劳斯提翁本人。

促使这么多 19 世纪的作家选择古典题材的不完全是避世的欲望。其中一些人的确厌恶自己生活的时代。像于斯芒斯笔下的人物和波德莱尔甚至将自己封闭在人造乐园中。但对其他许多人而言，创造性地使用希腊—罗马的主题和人物是为了缔造出美丽的图像和音乐，以便抵消现代的物质主义和丑陋。他们还认为，这样做能让自己更加清晰和**永恒地**表达自己的困扰和我们文明的问题。

反基督

基督教在 19 世纪遭到了许多古典传统最狂热拥趸的憎恶和鄙视。雪莱与荷尔德林等革命诗人是这种态度的先驱，而继承者们则怀有更大的热情和怨恨。他们热爱异教文化中任何非基督教的内容。他们仇恨基督教，因为它不属于希腊—罗马的传统，或者扭曲了希腊—罗马的理想。这场冲突包含和再现了另一场古今之争——书籍之战——中出现过的某些问题，让当年的许多论点重新流行起来。[43] 不过这一次，冲突的双方不再像过去那样公开宣战，双方阵地的距离也更远了。异教徒们很少直接发难，而是通过表面上波澜不惊的故事、避世思想的诗歌和所谓的客观历史发动攻击。

反基督教者的作品主要建立在三个论点之上。尽管它们经常被混为一谈，但最好还是分别讨论。

1. 基督教不是欧洲传统的一部分；它来自东方，因此是野蛮和可憎的。

这种态度的背后一般隐含了反犹主义。它出现在杰出的东方学家欧内斯特·勒南（Ernest Renan，1823—1892年）的名作《卫城的祈祷》（*Priere sur l' Acropole*）中。[44] 祈祷的对象是雅典的保护者，真理、智慧和美的女神，世上最重要和至高的神祇雅典娜。勒南在文中表示，基督教是"来自巴勒斯坦叙利亚人的外来崇拜"。他称使徒保罗为"说叙利亚希腊语的丑陋而卑贱的犹太人"。勒南的代表作《基督教的起源》（*Histoire des origines du christianisme*）对19世纪兴起的宗教怀疑论产生了巨大的影响。虽然作品怀着敬意将耶稣描绘成一个了不起的人，并给予了取得难以置信成就的耶稣追随者应有的赞誉。但它同时强调了这样的理念：他们都是犹太人，属于亚洲传统的一部分。

类似的态度也出现在阿纳托勒·法朗士（Anatole France，1844—1924年）的身上，他是伟大的帕尔纳索斯派代表人物勒孔特·德·里尔最早的推崇者之一。[45] 在其著名的短篇小说《犹大总督》（*Le Procurateur de Judée*）[46] 中，本丢·彼拉多以一位退休老年军官的形象出现，在出产珍贵药泉的巴依埃（Baiae）疗养。与友人谈起自己的军旅生涯时，彼拉多流露出对犹太人刻骨的鄙视和仇恨，将其视为残忍和未开化的狂热部落，友人则回忆起自己曾经爱过的一位生活在"士兵、江湖骗子和收税人"的肮脏下层社会的红头发美丽犹太女郎。她虽然是蛮族，却能表演令人叫绝的性感舞蹈。后来，她不辞而别，追随了一位能表演神迹的年轻加利利人。

> "他自称拿撒勒人耶稣，因为犯罪被钉了十字架。本丢，你记得那个人吗？"
> 本丢·彼拉多皱了皱眉……沉默了一会儿之后，他咕哝着说："耶稣？拿撒勒人耶稣？我想不起来了。"

这个故事当然是胡说。在犹大行省，处决耶稣是一个重大事件，引发过严重的骚乱，肯定给彼拉多留下过深刻的印象。任何罗马官吏都不可能忘记自己插手民众清除异己活动这样惊人（也不符合罗马人习惯）的举动。不过，法朗士对事实的歪曲符合其对基督教的诠释，即基督教的奠基人和最早的信徒是来自农村和贫民窟的穷苦犹太人，有教养的罗马人是不会记得这些小人物的。法朗士的《塔伊斯》（*Thais*）也受到同样情感的启发，描绘了一名栖身沙漠的野蛮而狂热的基督教僧侣如何劝说亚历山大里亚一位美丽而有教养的伊壁鸠鲁派妓女皈依，如何引导她用自己的才貌为上帝服务。然而，由于所信奉宗教的夸张暴力，在与那位妓女接触后，他的极端纯洁变成了极端的罪恶。这种情感在奥斯卡·王尔德的《莎乐美》（*Salomé*）中也可以找到影子，剧中争执不休的犹太人形貌丑陋（施特劳斯的配乐进一步突出了他们的丑恶），施洗者约翰被描绘成印度苦行僧式的可怖人物，全剧弥漫着怪诞而邪恶的东方式气息。

2. 基督教意味着压迫，异教意味着自由。

我们已经在雪莱身上看到了这种信仰。它也是乔苏埃·卡尔杜齐大力宣扬的。从创作生涯伊始，卡尔杜齐就表现出对自由主义的狂热追求，并极端憎恶意大利解放和统一的阻挠者。他认为最大的压迫势力是罗马天主教会及其领袖庇护九世（Pius IX），于是一再向后者发难。[47] 他是阿尔菲利的继承者[48]，但比前辈激进得多。他最著名的宣言是赞美诗《致撒旦》（*To Satan*，写于1863年，发表于1865年）。该作品与波德莱尔的《撒旦的连祷》（*Litanies of Satan*）有很大的不同，后者是对卑鄙者保护神的召唤，而且波德莱尔非常不待见新异教徒。卡尔杜齐的作品则赞美了进步精神——称其为撒旦是因为他相信，进步和人类精神的自由一直为罗马天主教会所不容。他把撒旦看作波斯的阿里曼（Ahriman）、小亚细亚的阿斯塔尔塔（Astarte）①、黎巴嫩和塞浦路斯的维纳斯与阿多尼斯等统治异教幸福世界的神。他认为是撒旦保护了作为科学先驱的中世纪巫婆和炼金术士；是撒旦用维吉尔和贺拉斯笔下的美丽景色安慰可怜的爱洛漪丝，使她即使身处修道院的高墙之内仍然无法忘怀这些诗人；是撒旦启发了布雷西亚的阿诺德（Arnold of Brescia）、威克里夫（Wycliffe）、胡斯（Huss）、萨沃纳罗拉和路德等伟大的改革者；现在，撒旦又作为胜利的科学引导者，乘着征服了耶和华的喷火马车在世界驰骋。那就是火车。[49] 从更广泛的意义上说，火车是现代科学进步的象征，把人类从时空的限制中解脱出来。卡尔杜齐还相信，科学进步也能让自己从思想警察的控制中解脱出来。

---

① 阿里曼是祆教中的黑暗之神，阿斯塔尔塔即司生殖和战争的闪族女神伊什塔尔。

卡尔杜齐的另一首出色的反基督教诗作是《在克里图姆努斯泉边》(Alle fonti del Clitumno)。克里图姆努斯是罗马诗人们熟知的一条翁布里亚小河，农民们会在从亚平宁山上流下的清澈河水中清洗挣扎的羊儿，让白色的巨牛在那里喝水①。这条河流见证了翁布里亚和伊特鲁里亚的衰亡，也见证了罗马的兴起。它见证了汉尼拔的入侵，见证了罗马人从失败走向胜利。但今天，罗马的荣光不再，因为一位红头发的加利利人登上了卡皮托尔山，让她接受了十字架。宁芙尖叫着逃走了。黑衣的僧侣来了，他们把这里变成了一片荒漠，称其为上帝的王国。在这片荒漠中，卡尔杜齐召唤着罗马精神的复兴（现代工业进步是它的化身），让人类重新获得自由。

在法国，勒孔特·德·里尔的《大众基督教史》(Popular History of Christianity) 严厉抨击了教会及其堕落——嗜血的宗教裁判所、贪婪的教皇和可怕的迷信。他暗示，千年之久的希腊—罗马异教传统中从未出现过堪比将异端基督教信徒活活烧死的暴行，从未出现过针对人类精神的如此暴力。他两次提到了许帕提娅（Hypatia）的悲剧故事，这位美丽的亚历山大里亚姑娘的灵魂得到了新柏拉图主义哲学的滋养，和她的身体同样美丽。但一群基督教暴徒剥光了她的衣服，活生生地用锋利的贝壳割下了她的皮肉，然后把她活活烧死。他高呼：女祭司和美的化身啊，

> 丑恶的加利利人攻击和诅咒了你。[50]

勒孔特·德·里尔的友人路易·梅纳尔（1822—1901 年）不仅将希腊道德看得比基督教道德更重，还为希腊宗教辩护，认为它是更加真实的哲学图景——而在另一些人眼中，希腊宗教只是一团乱麻（尽管有时是美丽的），混杂了各种迷信、诗性神话和半蒙昧的野蛮残余。他在《希腊多神教》(Hellenic Polytheism) 等作品中宣称，多神教代表了一个有序的宇宙，各种完善的自然力量在其中共同营造出了和谐，犹如一个和平的共和国。他表示，在作为一神教的基督教的世界中，一切都服从于至高的上帝，犹如万恶丛生的绝对君主制。梅纳尔认为，希腊人的宇宙象征着法律的统治，而耶和华则代表了暴力的统治。他还指出，在《创世记》中，劳作是作为惩罚被强加到人类身上的。与之形成鲜明对照的是希腊人更加健康和自然的态度，他们相信，自己的神祇发明农业、葡萄栽种和其他有用的技艺是为

---

① 维吉尔《农事诗》第二卷第146-148行：克里图姆努斯河啊，在这里，雪白的羊群和作为献祭的最大公牛经常在你的圣水中沐浴，然后引导着凯旋的罗马人走向神庙（hinc albi, Clitumne, greges et maxima taurus victima, saepe tuo perfusi flumine sacro Romanos ad templa deum duxere triumphos）。

了造福人类。梅纳尔不仅是一位有意思的古怪老人：他被形容为"诗人中的学者——也许也是学者中的诗人"。[51]

令 19 世纪的作家们特别反感的是基督教对性自由的限制，他们之所以推崇希腊—罗马的异教文化是因为（他们相信）希腊的爱情是自由和大胆的。一边是苍白的加利利人在宣扬斋戒和贞操，另一边是野树林里的情侣：

> 欢笑的树叶分开，
> 像绽放和抿起的双唇般柔软，
> 挡住了视线，只留下
> 追逐的神祇，藏起了少女。
> 酒神女的秀发夹杂着藤蔓
> 遮住了眼睑，掩盖了双眸；
> 光秃秃的野葡萄藤滑下，露出了
> 她明亮的乳房，化作简短的叹息……[52]

多么美妙的诗歌和梦想！特别是在身体被包裹得严严实实，充斥着繁文缛节的维多利亚时代。不过，除了在亚历山大里亚等少数大都市，作品所表现的性开放远远超过了现实中希腊人所允许或推崇的程度。有时，它把希腊主义和东方主义混为一谈，歪曲了历史真相。

这方面最伟大的"罪人"是一位放荡但才华横溢的作家皮埃尔·路易士（Pierre Louÿs，1870—1925 年）——他会多么欢迎这个称号啊！[53] 他在学校里没有学过希腊文，在发现勒孔特·德·里尔的译本前，读过一部糟糕的荷马译本后甚至让他对《伊利亚特》和《奥德赛》都心生反感。经历了勒孔特·德·里尔的"启示"后，路易士又阅读了他的全部译文，并从 18 岁开始认真地学起了希腊文。包括济慈、雪莱和歌德的许多近代诗人在学校里对拉丁文全无热情，但后来受到某种强烈的激励，于是从青少年时代开始自学希腊的语言或文学，这多么令人称奇。路易士一直对勒孔特·德·里尔充满了敬意，因为后者教会他把古典希腊看作人类肉体和精神的理想家园。他对路易·梅纳尔同样推崇备至，称其为"一个伟大的异教徒和一名圣人"，并在短篇小说《新的欢愉》（*A New Pleasure*）中对其加以模仿。23 岁那年，路易士第一个将叙利亚希腊语诗人墨勒阿格（Meleager）的精妙警句译成法语。24 岁时，他翻译了琉善的《妓女对话》。25 岁时，他完成了自己的成名作《比利蒂斯之歌》（*The Songs of Bilitis*）。

《比利蒂斯之歌》是一部散文体诗集，被托伪成译自墓穴中发现的希腊语抄本。作品以一位古希腊农家女子的自传为体裁，在形式上融合了日记和希腊式警句。

结束初恋后,她来到莱斯博斯岛,成了萨福身边的情人和女诗人中的一员。后来,她又顺理成章和心甘情愿地成了塞浦路斯的一名神庙妓女。纪德(诗集的初版被题献给了他)认为,比利蒂斯的原型是路易士在比斯克拉(Biskra)遇到的一位阿拉伯女孩梅里埃姆·本·阿塔拉(Mériem ben Atala),作品中的景物来自路易士对北非和埃及之行的回忆,令人眼界大开的关于同性恋和妓女的直白描写并非希腊式的,而是东方式的。[54] 在"弗吕吉亚人达雷斯"之后那么多年,居然还有现代传奇作家使用"墓穴中发现抄本"的老套伎俩,这实在是件怪事。[55] 不过这一次,一位真正的希腊学者将像侦探一样揭开它的伪装。柏林大学的希腊语教授,伟大的乌尔里希·冯·维拉莫维茨-莫伦道夫(Ulrich von Wilamowitz-Moellendorff)很清楚,《比利蒂斯之歌》"彻头彻尾"出自一位年轻的现代作家之手。不过,由于路易士自称它译介自真正的希腊语抄本,维拉莫维茨像老鹰捕猎兔子那样对其展开了无情的攻击。在十页密密麻麻的书评中,他略过了路易士在学术上的业余错误乃至时间上的矛盾,而是把火力集中在作品最关键的缺陷上:东方式的激情和放纵被放到了懂得自我约束的希腊人身上,同性情欲被说成是萨福在艺术上的动力。他总结说,一位有比利蒂斯这样经历的女子不**可能**写出伟大诗歌,而认为希腊人会创造出这样的艺术和人物则彻底歪曲了他们的理想。[56]

路易士曾在一首诗作中表示,当其他希腊神祇都死去时,活下来的将只有爱情女神。[57]《比利蒂斯》出版后,他于次年又推出了一部浪漫主义小说,主人公是比利蒂斯更加极端的化身。《阿芙洛狄忒》(Aphrodite)这部自费出版的小说自1896年4月初问世后很快成为畅销书,到6月已经再版25次(至今仍非常流行,并吸引了一些出色但令人反感的插画家)。故事被安排在公元前1世纪的亚历山大里亚,女主角是一名妓女,男主角是一名更受欢迎,但同样对爱情感到厌倦的雕塑家。不过,妓女的冷淡吸引了雕塑家,但当她表达了爱意,而他也梦想占有她之后(这部分场景大多由来自《雅歌》中的引文组成),男主角再次失去了兴趣。后来,女主角因为亵渎神灵而被残忍地处死(她用从神庙中偷来的献祭品把自己打扮成女神的样子)。直到这时,男主角才重新对她产生了感情,以她的尸体为模型完成了一件杰作。

这部奇特作品在文学上的直接祖先是法朗士的《塔伊斯》、梅里美的《卡门》("如果你不爱我,就让我爱你")和福楼拜的《萨朗波》。在结构上,它效法了希腊悲剧。作品由五"幕"组成,第四"幕"结尾处情节发生了"突然反转"(peripeteia)。此外,作品中还充斥着对某些希腊语文学作品的细致模仿或引用。不过,小说描摹的并非希腊人的生活。它的女主角是一位来自叙利亚的妓女(作者直白地称犹太人为来自偏远亚洲的半野蛮民族),背景是亚历山大里亚这座五方杂处的大都市（希腊文化对当地的影响就像今天法国文化之于新奥尔良，或者葡萄牙文化之于里约热内卢）。与爱琴海泡沫中诞生的那位微笑神灵相比，作品中的女神要可怖得多，亚洲色彩也远为浓重。小说中的道德习惯虽然引人注目，但与我们在最伟大的诗歌和哲学作品中所了解的所有希腊道德都不相同。每一个时代都会从古典传统中寻找自己想要的东西。显然，路易士和他的读者们想要的并非伊利索斯（Ilissus）清澈的河水（苏格拉底曾在河边与年轻的斐德罗谈论激情和如何驾驭理性），而是尼罗河的一瓢浊流。

3. 基督教懦弱而苍白，异教有力而强烈。

大力倡导这种理论的是另一位因为对希腊的热爱而遭到毁灭的德国人。弗里德里希·威廉·尼采（1844—1900年）和维拉莫维茨-莫伦道夫都出自德国最好的古典学校普夫达中学（Pforta）。25岁不到，他就成为了巴塞尔大学的一名教授。他发表于1872年的关于希腊悲剧起源的理论（遭到维拉莫维茨的严厉批评）尽管不符合史实，但包含了一些心理学上的真理。[58] 尼采表示，希腊艺术的精髓被错误地理解为平静、消极和雕塑般的庄严。他认为，希腊艺术来自狄俄尼索斯和阿波罗之间的张力，前者是狂热、残忍和无法教化的酒神，代表了野性的力量，而后者是光明、美、治愈和艺术之神，逡巡于森林和山岳之间。这种艺术感所作用的素材不是中性的，而是野性的潜意识冲动。所以，希腊艺术不是冷静、洁白和无生命的，希腊戏剧也不是崇高和形式化的思想练习：它们是暴力冲突的产物，代表的不是静谧的安息，而是艰难赢得的胜利。

尼采推崇的是希腊艺术的强度、难度和贵族气质。他鄙视基督教，因为他认为后者是虚弱、方便和庸俗的。"诗歌之鹰"埃斯库罗斯是他的偶像之一。另一位尼采深感兴趣，并促使其对基督教道德理念产生反感的希腊诗人是忒奥格尼斯（Theognis）。他活跃于比埃斯库罗斯更为久远的时代，经历过公元前6世纪的阶级战争。他称寡头统治者是"好的"（他自己就是一名寡头），而平民是"坏的"——就像我们仍在使用的"绅士"和"贱民"等带有封建身份意味的称呼。[59] 和忒奥格尼斯一样，尼采也认为，只有少数权势人物的道德价值才是值得尊重的。他谴责基督教为"奴隶和牲畜的道德"，并认为"**使人和睦的人有福了**"①表示"**不要为你的权利而战**"，"**温柔的人有福了**"②表示"**被挑战时乖乖躺下（同时还要感到庆幸，因为打败你的人死后会受苦）**"。在尼采眼中（就像在煽动者和宣传者眼中的苏格拉底关于正义的定义[60]），福音书宣扬的"爱人如己"是为了欺骗少

---

① 《马太福音》5:9。
② 《马太福音》5:5。

数强健、聪明、勇敢和充满活力的人。他们对别人毫不关心,本该是世界的主宰者。基督教却要他们服从弱者的法则,扼杀自己的才能,埋没自己天生的优越性。他把基督教形容为犹太人对罗马人和整个世界的报复阴谋:

> 摧毁强者,破坏伟大的希望,质疑对美的享受,把一切独立、勇气、征服和控制,一切最伟大和最成功者特有的本能变成犹豫、良心的困扰和自我的怀疑,颠覆一切对尘世之物的热爱和统治世界的向往,把它们变成对世界和尘世之物的仇恨——**这就是教会的任务**。[61]

> 塔西佗和整个古代世界都会说,犹太人是"生来被奴役"的民族,他们却相信并表示,自己是"被选中的民族"——犹太人巧妙地颠倒了价值……他们的先知把"富有"、"不信神"、"恶"、"暴力"和"感官"混为一谈,第一个让"尘世"一词带上了可耻的意义。在这种价值的颠倒中……体现了犹太民族的意义:他们是一场**道德奴隶起义**的发起者。[62]

不过,在尼采关于基督教与异教冲突所发表的极端无情的言辞中,我们也可以找到他思想中更加深刻的一面。他明白,苏格拉底是最早批判建立在本能和传统之上道德的人之一,这类道德虽然历史悠久,但在一个变化的世界里将无法延续下去。在这点上,石匠苏格拉底是那位加利利木匠的先驱之一。[63]

尼采曾经把福楼拜称作一个用痛苦地融入中产阶级的愚蠢来折磨自己的"正派公民"。[64] 不过,赞美古人和贬低今人是尼采的癖好。和他一样,古斯塔夫·福楼拜(1821—1880年)同样憎恶19世纪的道德,认为当代基督教不适合有头脑的人。[65] 他表示,世界经历过三个阶段:异教时代、基督教时代和粗人时代,其中后者是最堕落的,而他所在时代的统治者正是"粗人"。[66] 他对粗人时代最不满的是其鄙俗性。没有人的生活是真实而充实的。所有人都是某些二流妄想的奴隶,有的是他们自己造成的(比如那位外省医生的妻子对浪漫的幻想),有的来自报纸和其他垃圾制造者。[67] 福楼拜没有写过诗,但和丁尼生或戈蒂耶一样,他深切地感受到自己时代的丑陋。有时他用无情的现实主义小说来解剖它,有时则会重建往昔的世界,那里没有虚假的浪漫,只有火热的激情和热忱的苦修,那里没有中产阶级的礼帽和钞票,只有战士、蛮族和圣徒,那里没有路易·拿破仑,只有圣安东尼和哈米尔卡。作为世界上最伟大的历史小说之一,《萨朗波》的故事既不发生在希腊也不在罗马,而是把与它们对立的迦太基文化作为主题。《圣安东尼的诱惑》(*The Temptation of St. Anthony*)的灵感来自勃鲁盖尔的同名画作,主人公是埃及的一位早期基督教隐修士。福楼拜的素材来自希腊语和拉丁语作品,但主题位于古典世界的边缘或边界之外。和路易士一样，正是古典文学引导他提出了某些现代世界所欠缺的价值。在佩特引用过的一封书信中，福楼拜表示自己正在重读《埃涅阿斯纪》，诗中的词句就像无法忘怀的旋律那样萦绕在他的心头。[68] 不过他和路易士都无法和不愿用鼎盛时期的希腊—罗马文明来反衬自己生活和憎恶的时代。他笔下的古代世界残忍而冷酷，与希腊和现代理想相比，它流露出更多怪异的东方气息。福楼拜对自己所生活的鄙俗时代的憎恶促使他（和尼采一样）向往截然相反的世界：他没有凭空捏造，而是根据在迦太基和底比斯找到的材料，在更加平静、富饶与和谐的希腊—罗马世界的另一头建起了它。

不过，尽管遭到反对，基督教仍然是一股重要的力量。许多19世纪的作家欣赏早期基督教朴素的信仰、道德的纯粹及其活力和勇气。他们认为，将异教世界描绘成地上天堂的诗歌和小说违背了事实，对道德构成了威胁。他们相信福音书能够拯救世界，并试图证明，福音书在刚开始流传时遭到了来自一个甚至更加堕落和野蛮的时代的激烈反对。夏多布里昂在《殉道者》中表达了这种观点，但该作品的形式和糟糕的风格使其无法被广大公众所接受。[69] 不过，散文体虚构作品的兴起催生出了一系列以古代文献为基础，描绘罗马帝国时期基督教和异教理念冲突的流行小说。它们并非都是佳作——与斯温伯恩的诗歌和其他异教徒反对者的作品相比，它们在美学水准上要低得多——但获得了巨大的销量和影响。尤其重要的是，它们提出了这样的观点：罗马的衰亡源于这是一个不道德的异教徒帝国。这种观点今天被广为接受。但人们忘记了，东西帝国灭亡时，基督教早已是它们的官方宗教。

最著名的此类小说包括：

> 布尔维-利顿（E.G.E.L.Bulwer-Lytton，后获封利顿勋爵，1803—1873年）的《庞贝城的末日》（*The Last Days of Pompeii*，1834年）。小说以罪恶的异教徒城市庞贝被毁灭这一象征性事件为背景，戏剧性地描绘了基督教与异教的斗争。

> 查尔斯·金斯利（Charles Kingsley，1819—1875年）的《许帕提娅》（*Hypatia*，1853年）。这个更加复杂的故事讲述了北非蛮族、弱小的希腊和罗马异教徒（一位美丽的亚历山大里亚女哲学家代表了他们最重要的理念）、圣奥古斯丁等虔诚而崇高的基督徒，以及对许帕提娅处以私刑的残忍无情的基督教暴徒之间的冲突。[70] 金斯利用"似曾相识的新敌人"（*New Foes with an Old Face*）作为副标题，他认为许帕提娅的被害源于宗教的不宽容之根，后者在他的时代发出了新芽。

刘易斯·华莱士（1827—1905年）的《宾虚》（*Ben-Hur*，1880年）。作者在美国内战期间曾任北方军的少将，瓦解了联盟军对华盛顿的进攻。他的小说描绘了扣人心弦和令人难忘的场景，以戏剧化的形式讲述了耶稣所生活的时代罗马人、犹太人和基督徒之间的互动。作品的主人公是一位犹太贵族，因为被控试图谋杀一位罗马官员而被罚在战船上充当苦力。他作为战船奴隶的经历，他遭遇沉船并重获自由，他治愈了母亲和妹妹的麻风病，特别是他与罗马人好友和对手的著名车赛——这些都是有史以来文学作品中对古代世界最生动的描绘。

著名的波兰小说家亨里克·显克微支（Henryk Sienkiewicz，1846—1916年）的《你往何处去？》（*Quo vadis?*，1896年）。这部小说不遗余力地详细展现了尼禄统治时期，基督教如何在圣徒彼得和保罗的领导下渗透进罗马。作品的最后描绘了尼禄对基督徒的血腥迫害——显克微支把对德国和俄国统治者在波兰暴行的仇恨融入作品，使其在感情上更加强烈。该作品事实上是一份爱国主义的宣言：尽管遭遇了可怕的苦难，但弱小的早期基督教团体面对广阔而强大帝国的压迫毫无惧色，显克微支借此表达了对祖国波兰的赞美和希望。但二者的对应关系过于明显，因为女主角是一位来自欧洲北部地区的基督徒公主——那里后来成为了波兰。[71] 作者参考了真正的历史文献，但并不总是严格遵循它们。他对圣彼得、尼禄和佩特罗尼乌斯等人物做了鲜明的刻画。[72] 不过，故事的情节显得过于夸张，特别是在最高潮处，一位波兰巨人在竞技场中徒手杀死了一头巨大的日耳曼野牛，解救了赤身裸体被绑在牛角上的公主。

人们对此类作品的兴趣大多集中在历史细节的描绘上，这得益于19世纪的研究拓宽和加深了对古代历史的了解。[73] 更早之前，费内隆《忒勒玛科斯》的流行在一定程度上也要归功于这种兴趣，而《青年阿纳卡西斯的希腊游记》在几代人的时间里畅销不衰也要归功于此。[74] 即使在麦考雷的乏味内心中，他的苏格兰人血液和对歌谣的浪漫主义热情也与尼布尔的理论（早期罗马的历史记录主要是关于重大事件的民歌）结合了起来，由此缔造出动人的《古罗马歌谣》（*Lays of Ancient Rome*）。[75] 今天，学校图书馆里仍然充斥着伪装成小说的教材，比如贝克的《高卢人》，它们的缺陷在于物质的内容太多，艺术的内容太少。

不过，基督教小说的影响力更多来自它们反对理性主义者对圣经传统的批判。

这种批判始于大卫·施特劳斯（David Strauss）①的《耶稣传》（*Life of Jesus*），贯穿了整个 19 世纪，发展成一个庞大而不稳固的假设体系。如果不同时在理性和信仰上接受基督教的传统，想要接受基督教是不可能的。因此，这种纯粹理性的批判实际上是反基督教的，它们有时把福音书和信仰的发展纯粹视作"像食糖或硫酸盐那样的产品"。对此，基督教小说针锋相对地把基督教的建立描绘成上帝为了拯救这个精神上濒临死亡的世界而有意进行的干预。经历了 19 世纪诞生时的革命阵痛，上述诠释得到了许多人的热情的欢迎。

此外，就像我们已经大体展现的，异教伦理和异教理想的捍卫者是一些当时最杰出的诗人、哲学家和小说家，19 世纪的基督教道德遭到了直接和间接的攻击。作为反击，基督教小说家们在作品中重新拾起了书籍之战中的论据——并且赋予了它新的形式和更加稳固的事实基础。[76] 他们的反宣传所产生的影响至今仍然相当活跃。这是基督教世界的精神与希腊—罗马精神（前者通过后者的中介被传递给我们）众多交锋（同时也是交融）中的一次。

另一部独树一帜的小说也值得更详细的关注，那就是沃尔特·佩特的《伊壁鸠鲁主义者马略》（*Marius the Epicurean*，1885 年）。在作品中，决定皈依过程的不是宗教狂热或神迹，而是反思。小说的主人公是一位生活在两安东尼时代的心思缜密的罗马贵族——吉本等人认为，这是人类文明所达到过的至高点。最初，主人公满足于家神和农场精灵组成的温馨异教世界。然而，母亲和一位怀疑论者好友的去世使其陷入了困惑。他首先成为了一名伊壁鸠鲁主义者。后来，他见到了马可·奥勒留并对其崇拜不已，转而成为一名斯多葛主义者。从斯多葛主义开始，他对精神王国展开了更加深入的探索。正当马略准备成为基督徒时，他（在一次基督徒集会上）被捕了，为自己尚未皈依的信仰献出了生命。与维吉尔和其他许多崇高的异教徒一样，他的灵魂配得上基督徒的名号。

与我们在上面介绍过的其他小说相比，这部具有浓厚诗性的作品在情节和人物趣味性上相去甚远，但在对异教和基督教文化精髓的理解上要深刻得多。小说展现了漫长而艰难的皈依过程，它不仅发生在罗马帝国晚期许多思绪纷杂的头脑中，也发生在 19 世纪许多同样遭受困惑的灵魂中。作品没有把从希腊—罗马世界到基督王国的重大历史变迁描绘成你死我活的战争，而是向我们呈现了希腊和罗马精神生活中最重要的元素如何被基督教吸收和转化的漫长相互渗透过程。

---

① 大卫·施特劳斯（1808—1874 年），德国神学家和作家。

第21章
学术的世纪

> "是时候享受生活啦",有人会说,
> "把帘子拉起来吧!"
> 这个人却说:"真实生活要来了吗?
> 再等会儿吧!
> 就算我看懂了学问的潦草正文,
> 还有评述呢。"

——勃朗宁[1]

从革命时代结束到第一次世界大战开始的那个世纪里,古典学知识的传播和深度都有所发展。对希腊和罗马的认识从未像现在这么深入;同时,比以往更多的人开始对希腊和罗马有所了解。不过,这两股潮流的势头并非完全一致。在前50到60年里,它们大致齐头并进。此后,其中之一走了下坡路,另一股虽然可能有所放缓,但还是将向上之势延续到了1914年。

在整个世纪中,学者们对古代希腊—罗马世界的发现与日俱增,越来越多的知识被整理成册,获得它们变得愈发容易。到了1914年,平均每个普通专业古典学者的图书馆比他在1814年的同行大了10倍,而他所在大学的图书馆可供使用的藏书更是多了50倍。

与此同时,古典知识的传播经历了先扬后抑。在19世纪的前60到70年间,原有的中学和大学扩大了规模,并成立了许多新的私立、教会和国立教育机构;更多的男孩甚至女孩被鼓励上学;教育被赋予了新的严肃使命。古典教育的巨大动力来自希腊语和拉丁语学术上取得的惊人进步,以及广受好评的作者们的启迪(古典知识是他们声望的一部分),如歌德、夏多布里昂和丁尼生。不过,到了19世纪70年代末,古典学开始失去其在教育中一直以来不容撼动的至高地位。其他学科——特别是自然科学——因为实验人才和技术人才的需要而被加入进来。

467　大学引入的新学科开始与古典学分庭抗礼：如政治哲学、经济学和心理学。作为文化和商业的交流工具，现代语言的教学也更加普及。现在，向每年进入公立学校的大量孩子教授希腊语和拉丁语显然是不现实的。19 世纪在物质繁荣上取得的成就让人类历史上的几乎其他所有时代望尘莫及，于是把训练孩子们的赚钱和动手能力作为第一要务的"实用"学校开始大量应运而生。上述原因导致中学和大学中的古典教育在"一战"前那两代人中间出现了滑坡。这种现象还有一个可能不那么明显的原因，本章稍后也将对其加以探讨。

在 19 世纪初，人们可能只需一室藏书便能掌握所有的古典学知识。也许他们必须满足苛刻的条件，比如健康、才智、家境、良好的训练和希腊人所谓的"铁石心肠"，但成功毕竟是可能的。吉本先生虽然在古典学之外耗费了大量时间和精力，却仍然掌握了该学科的大部分内容；而本特利、波尔森（Porson）、马比永和尼布尔对该学科几乎无所不知。但到了世纪末，任何人都不再可能掌握希腊和罗马的全部相关知识。他至多只能寄希望于理解学科基础和关心研究发展的主要方向，他可以选择在某些领域做到专长，通过它们来了解古典学的其他内容。（好学者与坏学者的区别之一在于，前者专于某些互为补充的课题，并由此辐射到他所感兴趣领域的大部分内容，而后者则研究一些边缘化和不相关的课题，就像边远地区的行政长官无法理解帝国的核心问题。）这不仅是因为人们对希腊和罗马文明的知识总量变得过于庞大，太多的书籍导致一个人读不过来。古典学知识还沿着数十个不同的方向快速而深入地发展着，它的多样性和专业性使任何人都无法将其完全掌握，只有最具天赋和最为勤劳的学者才可能在有生之年一睹全貌。

468　19 世纪在古典学知识上的增长和深入既得益于学者们同社会和政治生活更亲密的接触，也得益于近代工业技术的使用。不过最主要的原因还是自然科学的方法被应用到了此前被认为是艺术和哲学中间地带的领域。比如：

1. 实验科学的直接探索方法的应用催生出新的知识科目。

考古学已经存在了许多个世纪，但主要为艺术服务。海因里希·施里曼（Heinrich Schliemann，1822—1890 年）的工作赋予了考古学新的意义。这位退休商人在 1873 年和 1876 年分别发现并挖掘了特洛伊和迈锡尼的遗址。他并非前无古人，而且犯了许多错误。不过，通过将探险者果断和务实的原则应用到一片新的学术领域，他开创了历史。

19 世纪中叶之前，很少有近代人见过纸草。纸草是埃及人将一种类似竹子的巨型芦苇切成条状后制成的纸张：直到公元 100 年后，它们仍然是希腊人和罗马人常用的书写材料。在此之前，人们所知的留存下来的最古老文件或是写在小牛皮上，或是写在泥板上，或是镌刻和绘制在石头上。但 18 世纪时，一批严重烧焦、几乎无法辨读的纸草卷被从庞贝的姐妹城市赫库兰尼姆（Herculaneum）的废墟中发掘了出来。随后，埃及又发现了几卷相对完整的纸草，经过层层转手最终落入欧洲收藏家之手。后来，人们开始赴埃及探险，考察了从前希腊人的定居地和其他可能的地点，最终带回大量保存在干燥沙土中的纸草。其中一部分内容是文学的，但大部分还是抄录者本人的财政、法律和个人文件。阅读和解释这些纸草成为了古典学术的一个新科目。

人类学、语言学、比较宗教学和其他知识门类虽非全新，但现在开始成为实践科学，它们得到了扩容，并被纳入古典学的研究范畴。

2. 随着科学方法的应用，现有的古典学知识科目得到了修正和丰富。

和基督教传统一样，希腊—罗马世界的历史开始被批判性地分析，埃及、巴比伦和原始欧洲的记录以及整部中世纪史和近代史现在被置于显微镜下而非讲台或书桌上详加研究。

古典文学也接受了临床式的细致检查。希腊语和拉丁语作者的抄本，它们的体裁，个人与学派间的联系以及单个作者的词汇、素材来源和内容都以前所未有的详细程度被加以研究。

希腊和罗马的文学与历史被按照其他学科的方法和结论重新诠释。我们对荷马的了解不仅因为对其他民族史诗的研究而加深——如芬兰人、盎格鲁—撒克逊人和印度人，还得益于发现了《伊利亚特》和《奥德赛》中提到的一些城市以及与荷马作品中类似的武器、装饰和器具。人类学上的比较和重构揭示了希腊悲剧的起源。（唯一的问题是，希腊和罗马的互动性艺术失去了应有的重要地位：比如古代世界高度发达的演讲艺术就被忽视了。）

3. 分散在古典学众多门类中的知识被整合和汇总起来，更加便于获得。

就像 19 世纪的《牛津大辞典》取代了巴洛克时代的约翰逊词典那样，过去规模较小的古典学手册也被大型参考指南所取代。这些集体编撰的指南力求无所不包：如词典类的里德尔（Liddell）和司各特（Scott）希腊语词典以及《拉丁语宝库》（*Thesaurus Linguae Latinae*）；百科全书类的有达朗贝尔（Daremberg）和萨格里奥（Saglio）的《古典学词典》（*Dictionnaire des antiquités classiques*），保利－维索瓦－科罗尔（Pauly-Wissowa-Kroll）卷帙浩繁的《古典学专业百科全书》（*Real Encyclopädie der Classischen Altertumswissenschaft*）。所有已知的希腊文铭文都被收入了《希腊铭文大全》（*Corpus Inscriptionum Graecarum*，通称 *CIG*），与之类似的是拉丁文铭文集 *CIL*。此外还有关于希腊和罗马的宗教、政治发展、文学和艺术等方面具体而详实的大型历史参考书，很多是由多位作者编成的多卷本。

4. 规模化生产方法让广大公众得以接触到古典书籍。

大批标准版本的古典文本被出版，终极目标是涵盖所有古典作品：莱比锡的托伊布纳版（Teubner）丛书规模最大，紧随其后的是牛津版古典丛书和法国的狄多版（Didot），但后二者的规模远远不如前者。

大学出版社开始出版种类繁多、关于"一切可知事物"的学术作品，它们是19世纪最伟大的学术丰碑之一。

教育类出版商为中学和大学推出了一系列注释版。自文艺复兴以来几乎从未出现过类似出版物，唯一的例外是所谓的"海豚系列"（Delphin），它们的初衷是"供法国王太子殿下使用"（*ad usum serenissimi Delphini*）。此类出版物中质量最好的是德国的托伊布纳学生系列和英国的红色麦克米兰版。

希腊语和拉丁语古典作品的标准译本也开始被有计划地出版。不过，为蠢人和基础较差的学生准备的蹩脚逐字翻译大煞风景。波恩系列（Bohn）——吉卜林和格雷夫斯在《贺拉斯的第五卷颂诗》（*Horace's Fifth Book of Odes*）中对其进行了嘲讽——让古典文献看上去丑陋而愚蠢，导致许多聪明的孩子对其失去兴趣。现在，它们被同样质量参差不齐的洛布系列（Loeb）所取代，这套丛书收录了约200位作者。法国的比代版（Budé，得名于拉伯雷的学者朋友纪尧姆·比代）大多很实用，但有时也不可靠。

5. 19世纪发展起来的科学和工业专业化技术被应用到包括古典学术研究在内的所有知识门类。

出现了数量几乎无法想象的各类文章、论文、论述、小册子、学位论文、专题和课题论文，内容涉及某些狭小的学术领域、个体作者的特定方面、从较大范围内分离出的单一研究成果、新的理论、未知的人物、此前从未想到的联系、从未注意到的相似性和从未研究过的源流关系——它们的作者有的受命于正在发展自己所在学科的教授，有的为了获得博士学位，有的希望从默默无闻的岗位上升职[2]，还有许多人出于非功利性的考虑，他们相信，对学术的客观贡献无论多么有限都是有价值的。

各种刊物被创立起来，以便收录那些原本可能无法发表的研究成果，或者避免它们像许多限量刊印的论文那样被人遗忘。此外，将某些值得探索的古典学术领域的研究活动组织起来也是它们的初衷。这些刊物中最重要的包括《赫尔墨斯》（*Hermes*）、《语文学家》（*Philologus*）、《莱茵博物馆》（*Rheinisches Museum*）、《古典学季刊》（*The Classical Quarterly*）、《美国语文学杂志》（*The American Journal of Philology*）、《语文学评论》（*La Revue de Philologie*）、《古典》（*L'Antiquité Classique*）、《谟涅摩叙涅》（*Mnemosyne*）和《新古典学年鉴》（*Neue Jahrbücher für das klassische Altertum*），它们现在可以塞满许多个书架，包含了数

6. **为了将上述活动整合起来，欧美各地成立了各种协会**，以方便学者们会面、交谈、通信、批评、讨论共同感兴趣的问题，推动古典学术的整体发展。这些活动逐步发展成对真理的国际性探索，堪称"世界联盟"。国际学术活动在"一战"期间遭受重创并戛然而止，后来虽然尝试恢复，却在"二战"中经历了更大的摧残。

我们无法确定当年这种各国学者间自由的学术交流是否会在今后的几个世纪内得到恢复。斯坦利·卡森（Stanley Casson，1944年遇难）[①]曾说，这代人让他想起了罗马帝国最后的诗人之一的西多尼乌斯·阿波利纳里斯（Sidonius Apollinaris）——这位高卢贵族曾任克莱蒙（Clermont）主教。西多尼乌斯在法国度过了一段时间的退隐生活（461—467年），其间他拜访好友并和许多人通信。经历了他死后许多个世纪的暴行、屠杀、帮派统治和蛮荒主义，这些睿智而有趣的信件侥幸留存了下来。奇怪的是，西多尼乌斯并未预见到自己死后几个世纪如此混乱的状况：至少在他写作这些书信时没有想到。他不时提到某个妇女被不法之徒拐卖[3]，或者某个比任何罗马人都要强大的北方半开化蛮族首领。但他没有想到，蛮族和不法之徒的人数和势力将变得日益强大；富有而文明的城市将在反复的战争与入侵中被攻击和摧毁；贸易道路将被切断，并在几个世纪内无法恢复；地图不是被涂上新的颜色，而是分裂成许多孤立的小碎片；法律、科学、哲学、礼貌的行为准则都将分崩离析（当然还包括他心爱的文学和艺术瑰宝），它们中的大多数永远消失了，有一些经过一知半解的大幅改编留存了下来，另一些像能带来奇迹的圣徒遗物一样被保存在修道院里，其余的则像休眠的种子一样躺在墓地和洞穴里，直到几百年后重见天日时才再度焕发出生命力。

笼罩在我们地平线上的这些阴影是否预示着另一个类似西多尼乌斯身后出现的长夜正在逼近呢？我们对此不置可否。但现代学者们一定会对自己生活的时代感到遗憾，他们无法像16世纪和19世纪那样，在学术和文化的建设过程中享受到慷慨的和超越国界的同志之情。在世界范围内交流观点，从遥远的国度带回自由表达重要新观点的著作，与天各一方的学者们保持多边通信，只有在共同探求真理的过程中才会遇到困难，将自己视作超越国籍、信仰、恐惧与仇恨等一切人际隔阂的世界性艺术和学术结构的一部分——这些正在变得日益困难。

19世纪和20世纪初，古典学术研究中出现的新力量影响了**史学**、**翻译**和**教育**三大领域，其中教育无疑是最为重要的。

---

① 卡森（1889—1944年），英国古典学者，"二战"期间任驻希腊情报部门联络官，1944年死于空难。

19世纪的学者们重新书写了**希腊—罗马世界的历史**。这项工作至今尚未完成，但截止1914年之前的成就已经相当可观了。

将现代方法引入希腊—罗马历史乃至全部历史的是柏林大学教授，德裔丹麦人巴托尔德·格奥尔格·尼布尔（Barthold Georg Niebuhr，1776—1831年）。[4] 尽管古代史的概况和许多细节早就为人所知（或者自以为了解），尼布尔还是对其做了重新评估，他强调一手和二手信息的区别，并发明了新的方法填补其中的空白。尼布尔的许多原则在本质上与巴洛克学者们工作的主导原则别无二致，但他在应用它们的过程中更加严格、热情和富有想象力。通过他的教导，学者们逐渐接受了这样的理念，即史学家对任何相距久远事件的描述都不可靠；即使该描述是唯一的权威记录，我们也不能全盘接受，而是应该试图通过它找到作者的信息来源。比如，李维是我们关于早期罗马历史的主要权威。但李维相距塔尔昆与贺拉提乌斯就像我们相距玫瑰战争一样遥远。因此，我们必须尝试找出他的叙述依据了哪些与事件同时代的可信佐证，他对早期罗马真正了解多少。尼布尔推测，李维的主要依据是口头流传下来的古代歌谣。如果事实的确如此，李维对该时期的描述显然在可信度上要大打折扣，显得戏剧化、不客观和过于简单。

麦考雷在《古罗马歌谣》中极富想象力地尝试重现这些歌谣：他在前言中对尼布尔的理论做了有用的概括，虽然我们大多会略过平实的前言，急切地翻到令人无法抗拒的奔放诗歌：

> 他一个踉跄，靠着赫尔米尼乌斯
> 喘了口气；
> 然后，就像因伤痛而发狂的野猫，
> 朝着阿斯图尔直扑过去①。

唯一的难题在于几乎没有证据表明这类歌谣真的存在过。尼布尔属于革命时代，推崇未受玷污的古代农民，因此他认为农民们**应该**拥有比后世任何职业诗人的作品美妙得多的民间诗歌。[5]（麦考雷一针见血地指出，上述原则并非新生事物，尼布尔为其注入了活力，使其获得复兴。[6] 列奥波德·兰克［1795—1886年］进一步强调了其重要性，他所说的"揭示历史的本来面目"表达了19世纪历史学家们的理想。[7] 兰克是现代而非古典历史学家，他表示自己在撰写著名的《现代历史学家批判》［*Zur Kritik neueren Geschichtsschreiber*］时并未受尼布尔的

---

① 这里的"他"指贺拉提乌斯（Publius Horatius Cocles），传说他与赫尔米尼乌斯等人一起死守Sublicius桥，挡住了伊特鲁里亚人的入侵。

影响。不过，他在书房的显眼位置摆放了尼布尔的半身像，而且正如蒙森所言，"所有史学家都是尼布尔的弟子"。）[8]

但如果我们无法找到任何与事件同时代的佐证，如果我们手头的所有相关作品都出自后人之手并且包含了想象成分，那么如何确定哪些事真正发生过呢？尼布尔的答案是推断。社会力量不会出人意料地兴起，也不会突然消失。它们会留下持久的结果，从中我们可以推断出这些力量的特点及其互动状况，即便没有任何目击者留下的描述。因此，凭着自己对丹麦和德国北部农民的了解，以及作为公共财政专家的经验，尼布尔可以为罗马早期经济史中的若干复杂问题提供解释。他的另一个原则是将社会进化的概念应用于古典世界。按照该理论，和人类一样，国家在其生命周期中也会经历发展和变化。所以，对于了解民族发展常规阶段划分的史学家而言，从关于某民族后期发展状况的已知事实出发（并参考其他民族变迁历史中的相似现象），有可能倒过来重构出其缺乏直接证据的早期状况。汤因比的《历史研究》在大得多的范围内对上述原则做了精妙诠释。在19世纪的英格兰，尼布尔的作品催生出格罗特（Grote）的《希腊史》（*History of Greece*）、阿诺德（Arnold）的《罗马史》（*History of Rome*）和麦考雷的《英格兰史》（*History of England*）。

特奥多尔·蒙森（1817—1903年）是19世纪最伟大的古典历史学家。1854—1856年间，他出版了三卷本的《罗马史》（*Roman History*）涵盖了罗马共和国的兴衰过程。然后他就停了下来，再也没有续写罗马帝国的历史——虽然三十年后，他对帝国统治下的各行省做过精彩的论述。这种戛然而止令人不解，特别是因为蒙森在此后漫长的人生中著述极丰。他关于罗马币制和刑法的专著具有独一无二的价值。他的《罗马宪法》（*Roman Constitutional Law*）被称为"关于政治体制的最伟大史学专著"。[9]他还编撰了皇皇巨著《拉丁铭文集》（*Corpus of Latin Inscriptions*）——这项工作对精力和组织能力的要求不亚于修建一条洲际铁路，更别提蒙森在编撰过程中体现的无与伦比的学识。

人们对于他为何没能完成罗马史做过多种猜测。出类拔萃的史学家弗伊特（Fueter）[①]暗示，蒙森回避了罗马帝国的历史，原因是，首先他对皇帝们的个人生平不感兴趣，其次他不想仅仅重写塔西佗和苏维托尼乌斯写过的东西。[10]这种解释显然是不充分的，因为罗马帝国的历史远不止皇帝们的个人生平以及塔西佗和苏维托尼乌斯的记录；蒙森对此非常清楚。

在《历史研究》的开头，汤因比先生探讨了源于工业体系的思想手段和方式对现代史学思想的入侵，蒙森成了这方面的一个例证。他表示，在写完共和国史后，

---

① 爱德华·弗伊特（Eduard Fueter，1876—1928年），瑞士历史学家。

"蒙森几乎将其视作耻辱,从此将自己卓绝的精力和能力转向了其他渠道"。[11] 汤因比先生暗示,其他渠道指的是收集历史的"原材料"和监督对它们的"加工",就像工厂主管监督生产各种车型的汽车那样。汤因比先生总结说,这是蒙森向工业化压力屈服的结果。[12] 上述言论也许是对的,至少有一部分很可能如此,但它无法解释为何蒙森突然中断了罗马史的写作,为何作品开头的基调与后文存在差异。

哥伦比亚大学的巴特勒(Butler)[①]校长在其回忆录中也提到了蒙森的问题。他写道:

> 在策勒尔(Zeller)[②]家的周日晚间聚会上,我亲耳听蒙森说过,他没有把《罗马史》延续到帝国时期的原因是他一直无法确定究竟是什么导致了罗马帝国的崩塌和罗马文明的衰亡。[13]

这种解释看上去更加深刻,有可能更接近事实。对于蒙森而言,罗马史真是无法回答的难题吗?可是他在回答罗马共和国的问题时却显示出极高的自信和才智。为何在帝国问题上就无能为力了呢?他是否觉得无法通过共和国来解释帝国?或者,他是否可能觉得自己对共和国的解释出了差错呢?

《罗马史》是蒙森唯一一部流露出个人情感,并将个人判断与对事实的客观陈述放在同一高度上的学术作品。作品笔调有力,不时表现出强烈的感情,对政治的强调远远超过罗马文明的所有其他方面。就像后来斯宾格勒经常做的那样,许多罗马人物被拿来和现代人作比较。小加图被比作堂吉诃德。罗马贵族看上去就像是德国的容克贵族。庞培是个愚蠢的军士长。西塞罗是个软弱的记者,是个没有原则和人格力量的诡诈律师。在别的历史学家眼里,尤里乌斯·恺撒是个政治骗子,出于个人野心将国家推入危难之中,但在蒙森笔下,他却是个超人和理想的罗马人。整部作品弥漫着活力和激情,令人感觉心潮澎湃。

蒙森不仅是学者,也是一位政客。他积极参与了1848年的革命,事后为了避免报复不得不离开自己的岗位。显然,《罗马史》的灵感来自他在1848年经历的惨败。他鄙视软弱的自由派,并厌恶德国的封建地主。他觉得工人阶级是消极而非积极的。那么他推崇的是什么样的人呢?他们必须行动果敢,具有领袖精神,能够支配弱者,击退顽固者,引导消极者,从而建立统一而强大的帝国。他希望

---

① 巴特勒(Nicholas Murray Butler,1862—1947年),美国哲学家、外交家和教育家。
② 策勒尔(Eduard Gottlob Zeller,1814—1908年),德国哲学家。巴特勒当时(1884—1885年)正在柏林留学。

德国能出现这样一个俾斯麦式的人物。他写道,这样的人物曾经拯救了罗马,那就是恺撒。

那么,为什么他没有继续写作罗马帝国的历史呢?是否因为他觉得帝国毕竟还是失败了呢?如果恺撒和帝制适合罗马,那么蒙森就将被迫承认,罗马帝国比罗马共和国更加幸福、有德和强大。他无法这样做。事实上他描绘了行省,因为它们在帝国时期的确更加幸福了。在《罗马宪法》中,他提出这样的理论,即奥古斯都的统治是一种"双头统治"(dyarchy)而非"一人统治"(monarchy)——他必须与元老院分享权力,而且皇帝的权力来自罗马共和国的宪法。这似乎是在为帝制正名,但它**无法**掩盖真正生活在这种制度下的罗马人的抱怨。绝对君权和对君权的各种形式的反抗是罗马帝国历史上挥之不去的问题:元老院和斯多葛派的反对,军队的哗变和影响巨大的基督徒的反对。蒙森无法面对上述问题,因为其答案将不可避免地引出某个结论,而他不愿将这个结论应用到新生的德意志帝国身上。

于是,他转而将自己的充沛精力用于描绘罗马人才智的最伟大成就之一——罗马法,这项工作始于共和国时期,最终由皇帝们完成。后人将永远感激他在阐述这个庞大而重要的课题时表现出的激情和深刻性。不过,如果法律是罗马人伟大精神的支柱之一,那么人文文化就是另一根支柱。所以,我们遗憾地看到,关于谁在希腊—罗马哲学和文学思想传播到现代世界的过程中居功至伟的问题上,由于受到所在时代和国度政治憧憬的误导,蒙森完全选错了对象。早期的罗马帝国不仅有奥古斯都,也有维吉尔。在共和国最后的那代人中间和在对未来世界的影响上,西塞罗作品的重要性毫不逊色于恺撒的。[14]

努马-德尼·弗斯特尔·德·库朗热(Numa-Denys Fustel de Coulanges,1830—1889年)是另一位尼布尔的继承者,他对法国的热爱不亚于蒙森对德国的热爱。寻找史学家们背后的档案和阅读威尼斯大使们的报告原文让兰克声名鹊起。同样地,库朗热也要求任何关于古代史的断言必须能在希腊或罗马人的记录中找到佐证。他最喜欢的问题是"你找到文本了吗?",并且自诩为唯一一个读过从公元前6世纪至公元10世纪所有拉丁文文本的人。[15]蒙森强调的是政治制度和个体政客在缔造历史过程中所扮演的角色,而库朗热则认为,比它们更重要的是社会现实,它们只是后者的表现和结果。在其成名作《古代城邦》(*The Ancient City*)中,他提出这样的理论:制度是政治和历史的框架,而宗教是制度形成过程中的决定性因素。他描绘了随着地方性小众神祇的没落和消失,崇拜它们的小城邦如何失去了自己的身份并被更大的民族城邦所吞并;民族城邦(特别是罗马)又如何接受了更加世界性和普世性的神祇,世界性的宗教就像初升的太阳般取代了群星的光辉，最终占领了整片天空。汤因比也许会说，普世宗教是由帝国内部的平民阶层创造的，与作为普世国家的晚期罗马帝国相得益彰；但库朗热则认为，通过颠覆古代的崇拜，基督教摧毁了希腊—罗马社会并在其废墟上建立起基督教王国。

随后，他开始创作一部关于法国去罗马化时期的政治史：《古代法国的政治制度史》（History of the Political Institutions of Ancient France）。这部作品的主要目的是驳斥某些现代史学家的观点，并证明罗马的高卢行省没有在公元 5 世纪法兰克人、西哥特人和勃艮第人等日耳曼部族的入侵中被征服、摧毁和彻底改变。因此，高卢的语言、法律、宗教和社会结构并未被日耳曼化。无论多么符合德国人的民族情感，"日耳曼美德"为堕落的法国人带来重生的理论都是无稽之谈。同样地，法国贵族是日耳曼征服者的后裔，而封臣和农民是被征服的高卢人后裔的说法也完全不符合事实——这种理论试图把法国大革命视作一千多年前开始的那场斗争的延续。18 世纪时，杜博（Dubos）在与布兰维利耶（Boulainvilliers）的争辩中已经提到了上述问题，但随着民族主义情绪在 19 世纪的升温，它再次走上了前台。[16] 库朗热对蛮族入侵的诠释受到激烈的攻击，很久之后才被人理解。不过，在今天的法国和其他国家，它都已被广泛接受。

爱德华·迈耶（Eduard Meyer，1855—1930 年）是这一时期最后一位伟大的史学家，也是第一位探索了全部历史空间的现代超级史学家（在这个空间中，我们这代人就像一颗新出现的不太起眼的小行星）。作为杰出的学者，他不仅精通希腊文和拉丁文（包括它们更为艰深的各种方言），还掌握了希伯来文、阿拉伯文、梵文和古埃及文。他撰写了第一部有价值的埃及史，对古代世界的经济发展做了价值无可估量的的描述，并留下了一部未竟之作《古代世界史》（History of the Ancient World）——由于不断有新的发现，他必须不断对作品加以修改，最终也没能完成。迈耶对史学的特殊贡献在于他融合了吉本和尼布尔的理念——他指出，虽然各国的发展是独立的，但它们都从属于人类文明史这一共同过程。因此，对地中海其他民族的历史一无所知就不可能理解希腊。孤立的观点是偏颇的。今天，上述观点在政治、科学、比较文学、美学史和宗教史中得到了广泛认同。迈耶非常赏识《西方的没落》（The Decline and Fall of the West）的作者奥斯瓦尔德·斯宾格勒（1880—1936 年），斯宾格勒和汤因比等秉持普遍史观的史学家是他真正的继承者。[17]

19 世纪和 20 世纪初出现了**许多古典作品的译本**，一些新的翻译理论也被付诸实践。虽然不乏瞩目的成就，但整体效果却难以令人满意。

翻译是有难度的艺术。在外语上，译者必须是优秀学者——或者他必须能接触到相关的优秀学术成果,并拥有准确从中去芜存菁的天赋。在母语上,他还必须是极为出色的作者。把自己的思想写成散文体文字已经够难了(更不用说诗歌),而如果想要表达用其他语言思考的他人的思想,虽然可以免去原创之苦,我们却将因为寻找正确的词语并为之选择合适的顺序而备受煎熬。与古典学术和一般性文学的其他分支相比,翻译艺术在该时期的进步并不那么快速和显著。在探讨这一现象的原因前,让我们先来了解一下翻译界的状况。英语译者是最好的研究对象,因为本书的大多数读者对他们更熟悉,而且他们更符合欧洲翻译活动的普遍趋势。

以翻译为主题的最有意思的英语作品是马修·阿诺德发表于1861—1862年间的讲稿《论翻译荷马》(*On translating Homer*)和论文《再论翻译荷马》(*On translating Homer: Last words*)。两部作品都把矛头对准了乖张的纽曼教授(F.W.Newman)出版于1856年渊博而夸张的《伊利亚特》诗体译本,特别是纽曼在前言中提出的假设。[18] 把对个体的批判同一般性讨论结合起来是维多利亚时代批评家们常用的做法,虽然阿诺德一度将讨论范围扩展到查普曼、蒲柏、古柏等其他荷马译者,他最终还是陷入同纽曼的琐碎争吵中,模糊了问题的整体轮廓,并拉低了他试图维持的格调。他还引入了自己设计创造的笨拙而不规范的六音步格律,但这对其批判目的毫无帮助。不过,阿诺德批判的主要价值在于其清晰而令人难忘地强调了这样的事实,即荷马是一位诗人,一位伟大和高贵的诗人。

作为革命时代思想运动的一部分,重新燃起的民歌热潮极大地改变了人们对荷马的普遍印象。蒲柏将其视作身居非常原始的宫廷中的宫廷诗人。蒲柏的许多继承者(虽然并非全部)则视荷马为卖艺歌手,用欢快的格律和歌谣的古朴语言翻译其作品。纽曼的前言和他的翻译风格使其成为该流派的杰出代表,他放弃了巴洛克时代译者们的优雅冷艳,放低身段接纳了卖艺歌手的风格。他写道:

> 荷马本人的风格直接、通俗、有力、古朴、流畅、絮叨、高度模式化、充斥着小词(particles)和表示肯定的感叹语……在所有上述方面,它和旧式英语歌谣非常相似……荷马风格在道德属性上也类似英语歌谣,我们需要为之配上相应的格律,它在本质上必须具有音乐性和通俗性。那些具备该属性的格律很容易沦为打油诗,但只有它们才适合重现荷马的古代史诗……我力求古朴但不古怪。[19]

他在序言之后罗列了自己的古朴用语:如 *behight*(规定)、*bragly*(美好的,值得夸耀的)、*gramsome*(可怕的)、*sithence*(从此)等。然后,他把24卷歌谣格律的译文一股脑儿地扔在我们面前，类似：

> She kissed his cheek, she kamed his hair,
> As oft she did before, O,
> She drank the red blood frae him ran,
> On the dowie houms o'Yarrow.

对维多利亚时代的读者而言，即便没有读过"船边之战"[①]，也只有那些最固执的人才会拒绝承认荷马丰富的词汇、气势磅礴的描写和流畅的修辞无法被塞进小调（ditty）的狭促框架内。其结果就是阿诺德所申斥的可怕的失调：

> Beneath the car the axle,
> And the broad rims orbicular, with gore of men were pelted.[20]

阿诺德对上述译文的批判产生了两个效果。首先，他摧毁了荷马史诗和歌谣之间所谓的相似关系。他不仅否定了纽曼的翻译，还顺带攻击了马金（Maginn）[②]的《荷马歌谣》（Homeric Ballads）和麦考雷的《古罗马歌谣》。[21] 其次，通过将荷马置于和但丁与弥尔顿同样的位置，通过分析他们各有千秋但等量齐观的伟大，通过指出荷马的静谧和莎士比亚的迅捷力量的差异，通过将荷马同华兹华斯、朗费罗和丁尼生等近代作家所做的富有启发性的比较，通过几乎自始至终对所有形式的伟大诗歌保持了准确和客观的热爱，他拯救了正在陷入卖弄、臆测、割裂和品位丧失泥沼的荷马批判。他的讲稿含蓄地对欧美各地荷马研究的流行观点提出了反驳——即《伊利亚特》和《奥德赛》是对青铜时代和早期铁器时代历史真相的重要记录，是荷马希腊语语法的纪念碑（它与阿提卡方言语法的区别使人们对其非常感兴趣），是埃奥里亚方言的精彩遗存——这些观点唯一没有提到的是这样的基本事实，它们曾经是，现在仍然是伟大的诗歌，是整个世界上最伟大的作品之一。

尽管如此，阿诺德的批判不乏错误和言过其实，而纽曼的翻译也并非一无是处。[22] 双方都没能在关键问题上探究到底。作为基本问题，它会出现在所有试图重新翻译伟大古典作品的译者面前。阿诺德首先提出，所有荷马的译者都应该牢记并在其译本中体现（1）荷马是迅捷的，（2）他的语言是平实和直接的，（3）他的思想是平实和直接的，（4）他是崇高的。然后，他举例说明各种英译本如何因为没能达到上述要求中的某一条或某几条而导致失败。大多数读者可能会认同

---

① 《伊利亚特》第十五卷。
② 威廉·马金（William Maginn, 1793—1842年），英国记者和作家。

第 1 条、第 3 条和第 4 条，但他对纽曼的批评主要以第 2 条为依据。事实上，荷马的语言经常与平实和直接背道而驰，带有挥之不去的晦涩和怪异。这就涉及关于品位的根本性问题，一些困难的学术问题与之密切相关，阿诺德和纽曼本该对其详加分析。下面我们来大致分析一下这种困难。

荷马使用了其他希腊诗人从未使用过的词汇。他的作品大量引入了怪异的动词形式、小词组合和韵律技巧，还可以看到古老字母的遗迹，各种不同方言的组合和无法理解的呼喝。他的一些用语看上去非常不自然和别扭。古希腊人自己也会觉得他语言中的这些部分难以解释。学者们对此也存在争议——并非关于其言辞微妙之处，而是关于其真正意义。擅长引经据典的博学诗人（如阿波罗尼乌斯）会在自己的作品中嵌入荷马的片段，但仍对其一知半解，只是希望借此营造出合适的效果，就像切特顿和勃朗宁使用 *slug-horn*，或者斯宾塞使用 *derring-do*[①]。荷马的语言灵动而感人，但也显得怪异和晦涩。

不过，荷马的思想的却是直接和平实的。

如果看一下《伊利亚特》的主题，我们就不难理解这种现象。作品的人物、人物动机和故事主线都是直接和平实的。但背景和器物却是怪异和晦涩的，如武器、战略和习俗——这并非因为它们像《贝奥武甫》中的习俗那样与我们距离遥远，而是因为它们显得混乱和不相容（甚至我们通过荷马的类比所看到的生活也不同于他笔下角色的真实生活）。假设某位伟大诗人融合了多种传统，将其视作伟大诗歌或者伟大诗性素材的载体——如表达、过渡模式、崇高的修饰语、出自名家手笔并经过许多代的艺术家精心打磨的叙事和描述性段落。假设这些传统有时会相互冲突，因为它们来自不同的时代和地域，或者经过了不同的传播渠道。假设诗人本身的才智无法让他完全理解这些表达和描述，他之所以认为其有价值，只因为它们是伟大事件的背景，是伟大人物生活时代的习俗。最后，假设这位诗人生活在一连串入侵、迁徙和毁灭事件的尾声阶段，在此过程中习俗和语言发生了许多变化，有的留存了下来，有的只留下模糊的记忆，有的则被彻底抹去，但英雄主义、美和崇高诗歌的理想却得以流传——它们不是"死里逃生"[②]（escape with the skin of the teeth），而是变得更加灿烂和强大。荷马可能就是这样的诗人，《伊利亚特》和《奥德赛》可能就是这样的作品。

---

① slug-horn 在切特顿和勃朗宁的作品中指冲锋号角，分别出自《哈斯廷斯之战》（*Battle of Hastings*）和《恰尔德·罗兰来到黑暗之塔》（*Childe Roland to the Dark Tower Came*）。derring-do 即 daring to do，意为殊死一搏。

② 字面意思是"只剩牙皮逃脱了"，出处见本章尾注 25。关于对这句话意思的争议，可参见 D.Blumenthal, "A Play on Words in the Nineteenth Chapter of Job", Vetus Testamentum 16:4（1966）,497-501。

因此，问题在于如何在英语诗句中表现荷马史诗带给我们的极端复杂的印象。史诗的叙事是迅捷的，宏大和准确的修辞让我们惊艳，而全诗浩瀚的广度和深度则体现了构思和创作者伟大的精神。然而，尽管如此精彩，史诗的语言有时却显得怪异和晦涩，描述的细节也难以理解。这正是翻译史诗的难点所在。

无论是阿诺德的三部讲稿和一篇论文，还是纽曼的长篇反驳都没能对该问题做出透彻的分析。两人的侧重点有所不同。纽曼对希腊语原文的分析更胜一筹，他强调和证明了荷马语言的怪异之处，我们很难称其为"非常平实和直接的"。但他忽略了一个重要事实——显然这是因为他无法看到这点。而对英语译文的分析更胜一筹的阿诺德却注意到了。这个事实就是，荷马的语言尽管看上去显得怪异，但总是非常优美的：它们或者生动而精致，或者新奇而令人难忘，或者拥有丰富而悦耳的韵律，或者兼具上述优点。纽曼的译本及其翻译原则的缺陷在于忽略了美。阿诺德拥有出众的品位，纽曼则没有。仅"胫甲精美的亚该亚人"（Dappergreaved Achaeans）①这个例子就足以让纽曼抬不起头来。

不过，纽曼在他的序言中还提到了该问题的另一个方面。阿诺德的第一部讲稿对此不屑一顾，但它绝非是可有可无的。纽曼指出，译者是否应该尝试重现荷马史诗带给古希腊受众的感受呢？如果他们觉得荷马是艰深的，那么英译是否也应该让英语读者觉得艰深呢？阿诺德认为这些考虑是毫无意义的，"原因很简单，我们不可能知道《伊利亚特》对'母语听众'产生了**什么**影响"。然而，这种说法并不准确。除了纽曼在《回复》中所给出的哲学事实，我们还有其他足够的证据显示，古典时期的希腊人觉得《伊利亚特》是怪异和古奥的，而作品的部分高贵性正是来源于这种感受（当然，听过荷马亲自吟唱的人一定非常熟悉史诗，对它的理解和感受一定和诗人同样深刻）。另一方面，我们不能忘记，古典时期的希腊人从小就读过荷马作品，并且一生都会引用和接触到它。因此，尽管荷马的语言听上去与众不同，他们还是会觉得非常**耳熟**：即使不了解确切的意义或者觉得词形怪异，他们还是能领会诗歌的意义。

近代历史上也有类似的例子。许多代的英格兰和苏格兰人都在学校或主日学校读过英王詹姆士的"钦定本"《圣经》，而且每周一次会在教堂里听人大声朗诵和讲解它。经文被反复引用，其中的许多表达已经被英语吸收。尽管人们熟悉大部分经文，但并不完全理解它。比如，谁知道 anathema 或者更完整的 Anathema Maran-atha 表示什么？[23] "兽的印记"（the mark of the beast）是什么，"虚心的人"（the poor in spirit）又是谁？[24] 甚至我在前文用过的夸张手法"只剩牙皮逃脱了"

---

① 《伊利亚特》第三卷第156行，原文作 ἐϋκνήμιδας Ἀχαιοὺς。

在细看之下都显得非常怪异。[25] 但在整个 19 世纪,诸如此类的许多表达对于受过教育的英语人士而言是耳熟能详的,人们在使用时理解它们大部分的意义和全部的感染力,后者可以很好地弥补理解的不足。这与受过教育、熟悉荷马作品的古典时期希腊人对于荷马语言的感受是一样的。这就是他的作品被称为希腊《圣经》的原因之一。

因此,荷马对古典时期热爱他的听众所产生了何种冲击的问题既不是可有可无的,也不是不可解决的。与英译本《圣经》的相似性(尽管经文中没有荷马式的雄浑诗句,也欠缺堂皇的表现力)为寻找荷马译文风格的问题提供了一种答案。我们可以参照"钦定本",把《伊利亚特》和《奥德赛》翻译成有力、生动、高贵和充满韵律感的散文,让译文不时显得怪异和古奥,但仍不失通俗和趣味。在第三部讲稿的最后,阿诺德试译了《伊利亚特》第六卷中的一段,他以《圣经》为选词依据,并鼓励荷马的译者们在遇到语言上的难点时参考克鲁登(Cruden)的《圣经词汇索引》(*Concordance to the Holy Scriptures*)。

这也是 19 世纪末大部分有影响力的荷马英译者采纳的方案。安德鲁·朗(Andrew Lang,1844—1912 年)不是一位古典学者,经常对自己在希腊语方面的不足感到遗憾。不过,他了解很多关于英雄时代的世界和诗歌的知识,在品位上也值得称道。他的《荷马与史诗》(*Homer and the Epic*)让常识焕发出了光彩,文中驳斥了某些学者自讨苦吃的做法,即将两部史诗牵强地分割成若干组"歌谣"(维拉莫维茨认为,他们把荷马变成了"蹩脚的修补工")。通过与更专业的古典学家合作,他于 1879 年和 1883 年先后推出了《奥德赛》(与布彻[S.H.Butcher]合作)和《伊利亚特》(与沃尔特·里夫[Walter Leaf]和欧内斯特·迈尔斯[Ernest Myers]合作)的新译本,并大受欢迎。朗的风格庄重而不浮夸,通过使用詹姆士"钦定本"的词汇和句法,他试图让译文尽可能像原作那样多变而怪异,高贵而易懂。但致命的缺陷在于它们是散文体的。无论技巧如何高超,散文体译本给读者的感觉就像用独奏演绎贝多芬第九交响曲给听众的感觉,无论那位钢琴师多么天赋异禀。

马修·阿诺德本人显然意识到,自己在讲稿中尝试的六音步体翻译是失败的。他再没有试图过翻译荷马。不过,在发表于 1853 和 1855 年的两首英雄诗歌中,他开始尝试用英语诗歌表现某些他眼中荷马最重要的优点。希腊人称这类史诗片段为"小史诗"(*epyllia*)。它们的生命力比阿诺德模仿索福克勒斯的《墨罗珀》更加长久,因为它们不仅是仿作。在某些方面它们完全不是英雄式的,也没有采用希腊主题:《巴尔德之死》(*Balder Dead*)来自挪威神话,《索拉布和鲁斯图姆》(*Sohrab and Rustum*)则来自波斯传说。这两首优美的作品包含了荷马的某些崇高元素,部分(而非全部)贵族式的规整,并多处体现了荷马极为朴素的风格。

作品中的场景和人物同样具有荷马史诗的半原始特点——如部落军队、武士首领的单独对决、英雄般的神和神一般的英雄、行动压倒文字和思想、超自然力量和人类的紧密交织。诗中有些地方明显是对荷马和维吉尔伟大段落的改编。[26] 此外,它们还借鉴了荷马作品的某些重要构成元素:如庄重的独白、大型群体场景、传统的修饰语,特别是一些关于美丽的自然之物的比喻。弥尔顿(尽管次数不多)和其他当代英雄诗人也用过这种精彩的手法。深爱大自然的阿诺德引入了许多能与荷马相媲美的宏大自然意象。在崇高性上,只有荷马笔下最伟大的形象才能胜过孤独之鹰的比喻[27];在生动性上——这是现代史诗诗人所面临的最大难题,阿诺德选择了那些我们能够清晰地想象到的鲜活而动人的相似点,同时又体现了作品的东方和北欧主题。[28] 但在力度上,阿诺德的作品与荷马相去甚远,它们大多非常直白地反映了恐惧、痛苦或无助。[29]

不过总体而言,阿诺德的这两首诗歌在精神和风格上并非荷马式的,与荷马只是远亲。它们的风格比荷马更加平实和直接。有时,连续的诗句和从句都以 And 开头,这与其说是荷马的习惯,不如说是《圣经》的风格。它们的句法也是平铺直叙的,完全没有荷马的奇峰突起,尽管经常也可以看到荷马式的长名单。在变化和文采上,它们的词汇也远比荷马的简单。与荷马相比,它们的韵律显得平淡和单调。如果在夏天去过高原上的峡谷,你会发现周围的空气是温暖而芬芳的,中午时微风会轻柔地向你吹来,黎明和晚间的风虽然强劲,但几乎总是从一个方向刮过来的。而如果爬上山巅并在那里待上一天,空中各个方向的风都会向你袭来,推挤你、抚摸你,让你晕头转向、威胁你、刺激你,让你飘飘欲仙,但你从不会感觉自己比它们更强大。如果愿意,它们可以挤扁你。阿诺德就是峡谷中的微风,荷马则是山巅之风。

但最令阿诺德的读者失望的是他的作品欠缺《伊利亚特》和《奥德赛》中洋溢着的大胆而充满活力的精神。他的意象虽然美好,却是忧郁的。他作品的主题是年轻英雄悲剧而毫无意义的死亡,每个人都受到诅咒而毁掉自己的心爱之物。哀悼、伟大的堕落和誓言的背弃是它们的中心思想。根深蒂固的悲观主义以及作品更加缓慢的节奏和更加脆弱的意象清楚地显示,阿诺德的灵感并非来自荷马,而是来自一个与他本人更加相似的诗人,那就是忧郁、敏感和承载了太多东西的维吉尔。有人认为,他的《索拉布和鲁斯图姆》超越了维吉尔——特别是作品卓绝的结尾,它似乎是对史诗的模仿,但又不仅于此。当夜晚来临,鲁斯图姆身边只剩下死去的儿子时,场景开始变暗和变小,我们发现自己眼前不再是任何人类的战斗,而是流过疆场的汹涌的乌浒水,随后它继续向北,自己也陷入了战斗中,并在沙漠里耗尽了自己的力量和美,直到最终,仿佛一位在痛苦中取得胜利的英雄那样，它找到了：

> 闪耀的水之家园……明亮
> 而宁静，刚刚沐浴过的星辰从水底
> 升起，辉映在咸海的上空。

阿诺德之后，很少有人成功地用英语诗体翻译荷马。在1863年发表于《康西尔杂志》（Cornhill）上的一篇论文中，丁尼生重申了阿诺德的失败，认为这"很好地证明了六音步体在英语中的不可行"。他本人坚信，无韵体是唯一合适的英语格律。为了证明这点，他用优美的无韵体诗句翻译了《伊利亚特》第八卷第542-565行（阿诺德在第一部讲稿中也探讨过这个段落，并用散文体翻译了其中一部分）。诚然，丁尼生的亚瑟史诗包含了许多"微弱的荷马回响"。[30]但和阿诺德一样，他自己的英雄风格也更多借鉴了维吉尔而非荷马——当他写出"亚瑟王，如同一位现代绅士"这样的句子时，他眼中自己与阿尔伯特亲王的关系就像维吉尔之于屋大维。[31]

通过《讲义》，阿诺德否定了荷马是卖艺歌手的说法，而在朗的译本中，荷马史诗显得庄重、沉稳和严肃。到了19世纪末，塞缪尔·巴特勒（Samuel Butler，1835—1902年）把自己离经叛道的犀利才智应用到了该问题上。他首先指出，史诗中有些地方被特意处理得很滑稽。在短篇讲稿《荷马的幽默》（The Humour of Homer，1892年）中，他暗示《伊利亚特》中对希腊人英勇善战的描写有点过头，其作者可能对特洛伊人抱有同情，想通过夸张的描写戏谑征服者。他还强调了一个在今天的学者中间达成共识的观点，即诸神的形象"人性化，太人性化了"，以至于显得可笑：比如赫拉故意引诱丈夫——诸神和人类的主宰者宙斯，把他的注意力从特洛伊战场转移到紧要得多的事上去。这种思路让史诗显得更人性化，冲破了它们的传统框架，使其成了评论家眼中现代小说的鼻祖。巴特勒在《〈奥德赛〉的女作者》（The Authoress of the Odyssey，1897年）中延续了这种思路。他以"男性不可能写出这类作品"为主要论据，提出《奥德赛》的作者是作品第六卷中出现过的年轻公主娜乌西卡。巴特勒表示，娜乌西卡生活在公元前1050年左右，来自西西里岛西部的特腊帕尼（Trapani）。他甚至还描绘了娜乌西卡写作的场景——"用一支坚硬而锋利的青铜笔在铅板上刻划"。[32]巴特勒的批评缺乏历史依据，但进一步促使人们摒弃了沃尔夫所宣扬的并被一些德国学者所接受的理论，即荷马史诗是由"歌谣"攒凑而成的。巴特勒不仅强调《奥德赛》只有一位作者，还根据沃尔夫等人提出的疑难和矛盾重构了一位容易犯错的女性作者。

1898年和1900年，巴特勒先后出版了《伊利亚特》和《奥德赛》的散文体译文。就像他在《〈奥德赛〉的女作者》第一章中所言，他觉得布彻和朗的翻译流露出"（卖假古董的）华都街（Wardour Street）的气息"，他本人更喜欢托特纳姆宫路（Tottenham Court Road），那里的商品朴实、廉价和新潮。于是，他的译文中看不到原作的格律、大部分风格习惯、丰富的词汇、灵活的句法和雄浑之感。他保留了自认为重要的东西——情节、角色刻画和独白。巴特勒便于阅读的散文体译本也许并非没有价值，因为那个时代的人们倾向于散文，对诗歌敬而远之，而《奥德赛》本该给人带来阅读享受。遗憾的是，没有哪位诗人带给我们既适合阅读、又能保持原作风韵的译文。

1932年，劳伦斯（T.E.Lawrence，1888—1935年）化名"肖"（Shaw）发表了《奥德赛》的散文体译文，并在译文中部分遵循了巴特勒的风格。他同样认为，这部作品是单一作者讲述的单一故事。该作者非常了解《伊利亚特》，对书籍和家庭生活的熟悉程度要超过现实的行动和危险。不过他表示，《奥德赛》的作者并非年轻公主，而是老学究，是一个"沃尔特·司各特式的老糊涂"。[33] 他的译文试图用散文体表现原作惯用的表达方式——它们在荷马史诗中不可或缺，就像分隔和支撑彩绘玻璃窗的铁条——但效果并不理想。巴特勒指责之前的译本带有假古董的气息，劳伦斯则认为《奥德赛》本身就是托伪古人之作。想要证明这种说法远远超出了任何人的知识水平，即使集这个堕落时代的六位学者之力也无法提出如此假说。其结果就是，他的译文与《智慧七柱》（*Seven Pillars of Wisdom*）如出一辙：句子和段落激情洋溢、节奏迅捷，用词造作而且经常虚伪得可笑（"我的女士，这会儿我俩都忙得精疲力竭了"[34]）。

事实上，对《伊利亚特》和《奥德赛》中的矛盾和疑难主要只有两种解释。首先，这两部作品可能采用了截然不同和多少相互独立的材料，因为属于同一广大传统而被收集起来，但没有整合成单一的结构。这正是沃尔夫的理论。另一种说法已经在前文讨论过，它的支持者是巴特勒和劳伦斯，尽管二人都严重低估了传统对早期作家的影响，并过分夸大了史诗诗人的自我意识。另一种艺术为我们提供了最好的例证。哥特式大教堂是由各种截然不同的材料组合而成的，经常出现不协调的现象。原方案有时无法得到贯彻，有时则被中途修改，导致同一座建筑上出现了两种不同的塔楼。原先较简单的方案几乎总会被后来更加繁复的方案所覆盖，但仍会留下痕迹。不过，几乎所有的此类大型建筑都有一个主方案，有时还会安排个人或团体担任主建筑师。方案是宏大、清晰和支配性的，之所以会出现不相称通常是因为人们既想更精彩地把该方案呈现出来，又想保持对传统的尊重，这些传统是过去的（可能也是所有的）伟大艺术的精华。

这个问题仍然没有解决：我们需要找到一种合适的风格，把荷马和其他因为译本过时或存在缺陷而与现代读者绝缘的杰作**翻译成诗体**，这是一项艰难的工作。吉尔伯特·穆雷（Gilbert Murray）教授用 19 世纪晚期的风格翻译了许多希腊悲剧和一些阿里斯托芬的作品，该风格深受斯温伯恩的影响，在一定程度上也借鉴了威廉·莫里斯（William Morris）①。他的译文虽然优美，但欠缺希腊语原文的力度。今天，这种风格不仅无法让我们清晰地理解原文，还有画蛇添足和歪曲原意之嫌。艾略特在一篇文论中对它的激烈攻击虽然显得过分[35]，但也可以理解。为了满足公众的需求，未来的古典作品翻译似乎必须掌握和推广艾略特居功至伟发展起来的新的诗歌风格。

风格的选择带来了更大的困惑。在学术与文学、知识与品位之间，整个 19 世纪我们都可以见到一场关于翻译问题的论战。最有趣和最重要的翻译理念恰恰来自业余译者，如阿诺德、朗、巴特勒和劳伦斯。而像纽曼和维拉莫维茨这样的教授则似乎是票房毒药。[36] 在一长串出自古典学者之手的译本中，穆雷的已经算是出类拔萃了，其他作品大多非常乏味，有的糟糕到令人难以忍受。许多此类译本留给读者的印象是，译者们憎恶眼前的作品，对其一无所知，因为他们的语言既不现代，也不优美，甚至也不真实。这种矛盾反映了 19 和 20 世纪文化中根深蒂固的弊病。在教育界和**古典研究的衰败**中，该弊病体现得更为明显。

> 小时候，我经历过五十年前司空见惯的一幕——老师的唯一目标就是填鸭，他们塞给我们的不是古典作品而是句法和韵律……于是我们恨透了色诺芬和他的一万名远征军，荷马令我们讨厌，李维和西塞罗对我们来说只是名字和作业……数以千计的人和我有过类似经历，不过我记得，我们当时对优秀作品还是如饥似渴的……在迷雾中攀登帕尔纳索斯山真是悲剧！

这是威廉·奥斯勒爵士（Sir William Osler）对 1866 年他在一所加拿大学校所接受的古典教育的描绘。[37] 他是个聪明而精力旺盛的孩子，充满了活力和好奇心，乐于尝试任何有趣的东西。不过，校长却用古典文学败坏了他的口味，他的作业"主要包括背诵数不清的荷马和维吉尔的句子，阅读的工具书是施莱维里乌斯（Schrevelius）的词典和罗斯（Ross）的语法，它们的释义分别是希腊语和拉丁语的"。与此同时，另一位热爱科学的老师带着孩子们参加奇妙的郊游，告诉他们关于化石和地壳形成的知识，并向他们展示了显微镜下的神奇世界。于是，年轻的奥斯勒后来投身科学，成了一位著名的医生。他年纪轻轻就被任命为约翰·霍

---

① 威廉·莫里斯（1834—1896 年），英国艺术家和作家。

普金斯大学的第一位医学教授,离开那里后,他又成为牛津大学的钦定医学教授。他一生都对古典文学和古典作家大加推崇,特别是文艺复兴时期的两位身兼医生和人文主义者的伟人——布朗和利纳克尔(Linacre)。[38] 他建立了一座藏书丰富的古典图书馆,并不厌其烦地告诫学生:包括医学在内的自然科学只是教育素材的一半,而伟大的文学作品(其中希腊和罗马的古典作品是最伟大的)是更为重要的那部分。尽管对自己的职业并不后悔,但他总是不无遗憾地感慨,由于糟糕和不人性的教学方法,他失去了透彻理解古典作品的机会。

和19世纪的许多杰出人士一样,奥斯勒发现,糟糕的教学方法会扼杀最乐意接受优秀文学作品的年轻人对它的感情。下文是尼古拉斯·穆雷·巴特勒(Nicholas Murray Butler)对1879年纽约哥伦比亚学院(Columbia College)①古典学课程的描述,他后来成为哥伦比亚大学的校长,在长达数十年的时间里一直是美国最杰出的教育家[39]:

> 那年头的古典教学差不多都采用这种枯燥之极的方式,几乎完全扼杀了美国的古典研究。当时担任杰伊(Jay)希腊语教席的是德利斯勒(Drisler)教授,他的人格和心灵非常崇高,同时也是一位学识扎实精深的学者。但他过于强调语法的细枝末节,以至于我们把注意力都放在地面上,对矗立在地面上的伟大作品的美和更重要的意义却几乎视而不见。比如,我记得在大二第一学期,我们和德利斯勒博士一起研读欧里庇得斯的《美狄亚》,学期结束时,我们只读完246行。也就是说,我们根本不知道《美狄亚》的全貌是什么样的,也没能了解故事的意义或是它的文学艺术特点……教拉丁语的查尔斯·肖特(Charles Short)教授是个再典型不过的书呆子……无论研究对象是贺拉斯、尤维纳尔还是塔西佗,他总是强调关于这些作家的次要问题。

几年后,在美国的另一所名校中,一位后来成为全美最受欢迎文学老师的年轻人也记录下了同样的沮丧遭遇。威廉·莱恩·菲尔普斯(William Lyon Phelps)这样描绘1883—1884年在耶鲁的经历:

> 我们的课堂大部分是乏味的,教学完全是机械的。院系像是受了诅咒,教学艺术像是长了烂疮。许多教授只是让学生们回答事先布置的问题。无论对研究还是学生,他们从未表现过任何真正的兴趣。我记得,我们在一整年里每周花三小时学习荷马。老师从未改变过自己单调的套路,从未发表过见解,只是

---

① 哥伦比亚大学的前身。

点名让学生回答问题或分析文句，然后说"够了"，并给出分数。经过一整学年的这种令人无法忍受的课堂折磨后，在六月份的最后一次问答课上，我吃惊地听见他说（虽然仍然没有任何感情）："荷马的诗歌是有史以来人类头脑的最伟大成果，下课。"于是我们走出教室，投入了阳光的怀抱。[40]

在同时期的英国公立学校中，我们可以听到同样喋喋不休的抱怨。同样地，这次的抱怨者依然不是对古典文学怀有敌意的批评者，而是一位后来前往希腊工作、由衷热爱希腊语文学的原创作家。下面是本森（E.F.Benson）对马尔伯勒公学（Marlborough）的评价：

>……这个体制多么令人失望，它让一门本质上是人性和美的课程失去了所有人性和美的元素，把一门所有人类语言中最灵动的语言［希腊语］变成了一系列代数方程。如果想象力先被点燃，这些枯燥的不规则变化学起来会多么有趣……然而，在我学习希腊语的时候，老师的方法就好像让学生们劈干木柴，却希望借此教给他们阿提卡山坡上迎风萧瑟的树木的特性。[41]

传记中还可以找到更多的此类例子——传记的主人不是笨蛋，不是"务实的"商人，不是痛恨规则的叛逆艺术家，也不是从小就投身科学研究的人士，而是古典文化的真正热爱者。显然，19 世纪的古典学习出现了重大的错误。

我们在本章开头曾提到，在 1914 年前的那个世纪，对希腊和罗马的了解一直在稳步增加。不过与此同时，古典知识的传播在经历了最初的发展后便开始衰退。学习希腊语和拉丁语的男女中学生数量出现了下滑，选择古典课程的大学生也更少了。人们对公立学校的拉丁语和希腊语教学发动了直接攻击，并且取得了成功。将拉丁语作为大学入学必要条件的规定被放松或废除了。公众对希腊语和拉丁语诗歌、哲学和历史的熟悉程度下降。如果说 19 世纪初在议会辩论中引用维吉尔，或者有记者在头版撰文介绍希腊历史题材的绘画还司空见惯的话，那么到了 19 世纪末，除了被认为是卖弄或造作，这些行为很难或完全无法给公众留下别的印象。在 1870 年或 1880 年左右达到顶峰的那股潮流现在出现了动摇和停滞，并开始越来越快地退却。有人将其视作"进步"的标志。有人则认为，一个大众庸俗化和"哥特式无知"的时代即将降临，就像蒲柏在《愚人志》最后所描绘的那样。无论如何，这都是一个重大而复杂的事件，至今仍难以找到合适的分析视角。

和所有复杂事件一样，公众对古典学习兴趣衰退的背后存在若干不同的原因。有些原因与古典文化完全无关，另一些只有间接的关联，还有一些则是古典学习变迁过程的一部分。

在某种程度上，我们可以把这种结果很自然地归咎于科学的快速进步、工业化和国际贸易的发展。由此产生的新学科更有资格成为中学和大学的课程：如化学、物理、经济学、现代语言、心理学和政治哲学。这些学科地位的确立降低了古典学在学校课程中的比重，并分流了许多古典学的优秀苗子。

另一个原因是普遍教育的引入。拉丁语和希腊语是有相当难度的语言，向全体学生教授它们是不现实的，就像不可能让所有学生都学习绘画或演奏小提琴。在某些时期，少数国家的所有中学都开设了拉丁语课程，但它们或者并不面向全体国民，或者（就像在苏格兰那样）公众对教育的极端尊重并非出于它的物质回报，而是出于它带来的精神地位，因为受过教育的人是真正的贵族。然而，逐渐发展起来的民主理念经常把矛头指向了这些"精英"。中学教授和重视的课程是所有人都能掌握的。此外，在民主体制下，学校教育开始的时间似乎越来越晚，而且最初几年教授的只是基础知识。像语言这样艰深的课程被推迟了。可是，学习希腊语和拉丁语当然最好从九岁左右开始，那时人的头脑可塑性强，任何东西都能轻松地留下印记，而且必要的记忆工作也能很快完成，让孩子们一到懂得欣赏的年龄就能理解和欣赏希腊语和拉丁语文学。

当然，最主要的原因之一还是古典学课程糟糕的教学方式。诚然，懒怠和无趣的老师从来就不乏其人，比如吉本在莫德林学院的导师瓦尔德格雷夫（Waldegrave）。

> 我的导师……要求我们每天上午十点到十一点阅读泰伦斯的喜剧。我在牛津大学得到的全部教益只不过是三到四部拉丁语戏剧；甚至对某部优美古典作品的研读也变成了枯燥和机械的文本解读，而不是安排成古今戏剧的比较。[42]

枯燥和机械，这是因为瓦尔德格雷夫对课程和学生都不够重视，不愿费力气把喜剧当作艺术品加以分析。最终，吉本放弃了这些课程，因为它们"看上去既无教益也无乐趣"。他的导师对此毫不关心。

不过，奥斯勒、巴特勒、菲尔普斯、本森和其他许多19世纪的人反感的却不是这种糟糕的教学方式。他们的老师很少懒怠，但是表现出一种完全不同的缺点。在拜伦和雨果身上，我们已经看到了这种缺陷的影响和它所导致的激烈反应。本质上二人都是好学生。拜伦认为自己懒惰但不迟钝。[43]他记得大量古典文学的内容，尽管学得并不扎实。雨果同样思维敏捷，对好书充满渴求，但他的胃口被败坏了。同样的遭遇也发生在数以千计的人身上。他们总是抱怨同一件事，即糟蹋了古典文学的是教学过程中对准确性的过度强调，也就是巴特勒所说的"细枝末节"和奥斯勒所说的"干谷皮"。下面的段子很好地概括了这种现象。当校长向学生们

介绍一部最伟大的希腊悲剧时,他说:

> 孩子们,本学期你们将有幸研读索福克勒斯的《俄狄浦斯在柯隆纳斯》(*Oedipus Coloneus*),一座不规则语法现象的真正宝库。[44]

想要探究 19 世纪的古典教师为何越来越多地犯了此类错误可能需要一整本书的篇幅。部分原因是考试体制的强化;部分原因是出现了大量丰厚的奖学金和奖励,让记忆力好和答题准确的"优秀应试者"有了用武之地,部分原因是古典研究理想的改变,这点我们将在稍后讨论;尤为重要的是,19 世纪的时代精神强调纪律、体制、惩戒、辛勤工作和现实。狄更斯在《艰难时世》中讽刺了这种理念(书中有一章题为"扼杀天真"),虽然他笔下的格拉德格林德先生(Mr. Gradgrind)和冷酷而现实的校长麦克丘克姆恰尔德先生(Mr. McChoakumchild)对科学而非古典学更感兴趣,但他们都代表了维多利亚时代对各类教育的流行态度,即教育应该是精确、艰难和无趣的。**纪律**既是手段也是终极目标。现在,拉丁语和希腊语教学必须追求精确:语法和句法是语言学习的核心,但仅仅教给年轻人这些还不够。所有了解孩子们的人都知道,他们对自己感兴趣的东西会展现出惊人的准确和细节上的一丝不苟——比如编制密码、绘制地图、学习飞机和星星的名字。但细节只能是手段而非目的。如果老师试图为了细节本身或者"纪律"而强调细节,那么他会发现自己的工作是困难的,结果也将令人失望。

有时,别的原因也会伤害大学的古典教育。随着研究的不断发展,许多大学老师成了希腊—罗马的历史、文学、语文学和类似科目中某个深奥分支的专家。过度的专业化有时会导致老师和学生脱节。在牛津和剑桥,导师制度避免了这种情况的出现,因为导师和本科生在思想上一直保持接触。于是,这些大学在整个世纪都维持了极高的教学水准:那里很少出现类似上文引述的抱怨。事实上,教授们经常认为,如果不能二者兼顾,自己有责任为了教学而牺牲研究。但在欧洲大陆和美国的大学里经常可以看到,除了那些最好的学生,学生们对教授的讲课无法理解或心生厌恶,因为他的学术生活所在的空间对于大多数学生而言高不可攀。

不过,最糟糕的教学方式背后还有另一种理念。有人认为,希腊语和拉丁语研究是**科学**,而且只是科学。在今天的我们看来,这显然是夸大其词。显然,精确、有序、客观和清晰等科学的优点适用于包括古典研究在内的各种学科。显然,应用科学的方法也适用于希腊—罗马文学和历史的许多领域。但古典研究的主题并不完全(甚至也不主要)是类似地质学材料那样的客观事实。它的许多内容(也是许多最好的内容)是艺术,而艺术研究不仅需要相机和千分尺,也需要品位和想象力。它还包含了许多历史的内容,而历史研究涉及道德判断,历史写作则离不开美学选择。然而，在德国人的带领下（他们更出名的是勤奋而非品位），19世纪古典学者们却相信自己的工作是科学式的。这种理念对学科教学造成了巨大的伤害。

该理念在豪斯曼充满矛盾的人生中得到了很好的展现。他是一位优秀的诗人，也是敏锐（虽然有所局限）的文学批评家。但他在古典学领域最重要的工作是试图重现普罗佩提乌斯、尤维纳尔、卢坎和马尼里乌斯的原始文本——也就是去掉无知的抄写员和中世纪学者造成的讹误和文义不通之处。尽管这项工作艰难而必要，但归根到底只是高级校勘。他并不特别看重这四位诗人，甚至亲口承认过这点（但事实上，他们分别是敏锐的爱情诗人，无情的讽刺诗人，激昂的斯多葛主义者和避世的学者，与他个性的某些方面颇有相通之处）。他表示，自己选择他们是因为校订其作品很有难度。他还在伦敦大学的就职演说中宣称，古典学术别无意义，只是满足人类求知欲的一条途径（是许多可能途径中的一条）。这种知识不是实用的：古典学术所提供的信息并不比天文学上的发现更贴近日常生活。这种知识也不会带来精神启蒙：我们不必寄希望于通过它"改变和美化我们内在的本质"（豪斯曼语）——因为尽管古典文学能够提高人们鉴别卓越的能力，但大多数人不具备这种能力，在精神上是聋子和瞎子。所以，研究古典学仅仅是因为我们体内天生就有求知欲。豪斯曼没有详细解释为何有人选择研究希腊和拉丁语文学，而非特立尼达的卡利普索（Calypso）歌曲①，或者西藏寺庙的颂歌（后两者同样是复杂的研究课题），而是仅仅用一两句话笼统地表示这是个人偏好（与在谈到自己有把握问题时的言之凿凿相比，他明显表现得语焉不详）。难道他会拒绝承认，希腊人和罗马人的作品更加优美是客观和普遍承认的事实，与某种程度上是他们精神后裔的我们更加密切吗？ 45

他的这种态度在一则可笑又让人同情的故事中展现无遗。豪斯曼曾开讲过贺拉斯的抒情诗，他把重点放在文本、句法和韵律上，只给出"理解讨论部分所必需的评论"46。他从不抬头看学生，也从不谈论作品的精华。然而——

> 1914年5月的一天上午，当剑桥的林木鲜花盛开，他讲到了……贺拉斯《颂诗集》的第四卷第7首……用惯常的精彩、幽默和讥讽的方式剖析了这首作品。然后，他两年来第一次抬起头看着我们，用一种完全不同的语调说："我想最后花几分钟，纯粹从诗歌的角度来谈谈这首颂诗。"根据以往的经验，我们确信豪斯曼教授对这样的举动本该是不屑一顾的。他带着深情朗诵了这首诗，先

---

① 20世纪上半叶起源于特立尼达和多巴哥岛的一种即兴歌曲。

用拉丁语，再用他自己的英译（见《诗余集》[More Poems]第5首）。然后，他像泄密者那样急匆匆地说："我认为这是古典文学中最优美的一首诗。"随即快步走出了教室。[47]

一位目击者说："我真害怕那个老家伙会哭出来。"他的确几乎哭了出来，不仅因为他是个极其敏感的人，甚至在刮胡子时回忆起某些诗句都会使他的须毛竖起碰到剃刀，让他产生不适，而且因为他泄露了自己的个人情感，使其侵入了本该像寒冰一样无情，像运算表一样明了的客观思想世界，这令他尴尬不已。

古典文学教学必须具有纯粹和科学的客观性，这种理念毁掉了许多老师和许许多多的好学生。它对19世纪下半叶公众对古典学兴趣消退要负很大一部分责任。宽泛地来说，它意味着古典学者们更多地把发展知识而非传播知识当作自己的任务。在文艺复兴和革命时期，以教学、质疑、宣传、模仿、翻译和竞逐为形式的相互交流拉近了学者和公众间的距离，现在它却变成了一条鸿沟。

我们在本章中曾讨论过之前一百年间出现的部分古典诗歌译文，并指出总体而言它们并不令人满意。这个现象同样反映了学者和公众间缺乏沟通。很少有学者觉得有必要翻译自己读过的作品；即使有人愿意着手翻译，也习惯于选择极其老式的风格，非但不能吸引和打动非古典学专业的读者，反而会使其反感。而希望尝试翻译和改写的非专业人士们则经常发现，专家的作品在他们所寻求的美周围筑起了一道无法突破的荆棘藩篱。

古典主题的学术书籍很少有佳作，有的甚至故意让读者反感。在这点上，德国人最难辞其咎。他们总是很难写出优美的文章，并把科学作为晦涩和丑陋的借口。据说蒙森曾表示："尽管风格优美，但勒南是真正的学者。"[48]一个非常好的例证就是卷帙浩繁的德语古典学百科全书：保利－维索瓦－科罗尔的《古典学专业百科全书》。它包含了海量的有价值信息，并加以全面和细致的分析。但即使是学者也会觉得读起来很困难。书中的句子充斥着括号、引文和参详，语言繁复而机械，甚至双栏密排的版式都令人反感。我在使用它的时候总会想起兰普里埃尔的古典学词典，这部单卷本作品远远没有那么专业，但文笔要好得多，是济慈在中学最后时光里最喜爱的读物。

甚至大多数古典作品的编排也是丑陋的。收录了几乎所有希腊语和拉丁语作品，包含拉丁文的序言、抄本异文和校对意见表的托伊伯纳基础系列令人生畏。牛津古典文本和比代系列要好一些，但仍然很难吸引读者。为什么某个版本的多恩或歌德作品读起来津津有味，而尤维纳尔或欧里庇得斯作品的几乎所有版本却都像医学教科书呢？[49]

错误地将自己等同于科学导致古典研究中出现了更多错误和夸张做法。其中之一就是"探源研究"（*Quellenforschung*）。这种习惯最初只是对诗人、史学家或哲学家所用材料的正当探究，后来发展到荒谬地认为诗歌（甚至是《埃涅阿斯纪》这样的作品）中的一切都可以在更早的作家那里找到源头。这种典型的科学假设用合成来解释一切，却忽视了艺术的本质是创造活动。[50]

科学方法和知识的扩张还导致了古典研究的碎片化。在几十年的时间里，大部分学者更喜欢小范围地研究单个作家，或者单个作家的某些方面，或者社会和文学史的某个狭窄领域，或者晦涩、非主流和无人探索过的话题。与此同时，重大核心主题的许多工作却无人问津。曾经流传着一种并非没有根据的说法，即学者们会选择那些知者甚少的领域，这样做更加安全。由于19世纪后期美国和德国大学间的密切关系，德国人最早推行的只有发表过"原创研究"才能获得博士学位的规定被引入了美国，今天已经不可收拾。每年都有数以百计的博士生以自己和他人都不感兴趣的东西为主题发表论文，当日后知识水平更加成熟时，他们很少会重温这些论文。对该做法的辩解通常是，每篇论文就像建起学术大厦的一块砖。这种比喻听上去似乎有道理，但事实是大地上正越来越多地散布着一堆堆的砖块，它们被全无目的地制造和倾倒出来，仿佛只是为了盖满每一寸地面。随着砖块越来越多，学术工作非但没有变得容易，反而更难了。与此同时，局外人完全没有看到任何大教堂拔地而起，也很少看到建筑者的影子。烧砖块无法培养出建筑师。

因此，现代古典学术的根本性错误在于重研究而轻解释，在于对获取知识的兴趣超过了传播知识，在于拒绝或不屑承认自己的工作与当代世界的联系，也在于亲手造成了公众的漠视（今天的学界对此怨声载道）。与工人和商人相比，学者肩负的社会责任只多不少。他必须首先了解真理，然后将其传播。希腊和罗马文化曾不止一次地把世界从物质主义和野蛮主义的进犯中解救出来，它们至今仍然鲜活而富饶，仍能产生无法估量的激励，而古典学术正是把这种独一无二的珍贵影响传递给现代世界的主要渠道之一。

第 22 章
象征主义诗人和詹姆斯·乔伊斯

有一类重要的现代诗人可以被称为象征主义派。[1] 这些人相信，个体事件和人物是渺小、转瞬即逝和不重要的[2]；除非将其作为永恒真理的象征，它们无法成为有价值的艺术主题。上述理念源于古希腊。柏拉图教导说，尘世上的一切事物不过是对其在天上的完美原型的蹩脚描摹，只有见到原型的人才能理解它们。[3] 柏拉图指的是哲学家，而象征主义派则认为，只有富于想象力的艺术家才能从平凡的日常事物中看到崇高的意义。这无疑是他们自己的创见：他们并非有意识的柏拉图主义者。不过，他们笔下许多最令人难忘的意象正是来自想象力丰富的希腊神话世界。

他们的作品不多，但影响力巨大。许多当代诗人现在正致力于扩大和延伸他们的发现。受到希腊传说启迪的象征主义派领袖及其最知名的作品包括：

斯特凡·马拉美（1842—1898 年）：《希洛迪亚》（*Herodias*，1869 年）和《牧神午后》（1876 年）；

马拉美的好友保罗-昂布鲁瓦兹·瓦莱里（Paul-Ambroise Valéry，1871—1945 年）：《年轻的帕尔卡》（*La jeune Parque*，1917 年）、《那喀索斯残篇》（*Fragments du Narcisse*，1922 年）、《德尔斐女祭司》（*La Pythie*，1922 年）；

埃兹拉·庞德（1885—1972 年）：《角色》（*Personae*，1917 年结集出版）和《诗章》（*Cantos*，1933—1947 年）；

庞德的好友艾略特（1888—1965 年）：《普鲁弗洛克和其他观察记录》（*Prufrock and other observations*，1917 年）、《现在我请求您》（*Ara Vos Prec*①，1920 年）、《荒原》（1922 年）、《斗士斯维尼》（*Sweeney*

---

① 诗名来自但丁《炼狱篇》第 26 曲第 145-147 行，原文为奥克语：Ara vos prec, per apuella valor que vos guida al som de l'escalina, sovenha vos a temps de ma dolor（凭着那引导你登上峰巅的力量，现在我请求你记住我的痛苦），借 12 世纪的奥克语游吟诗人 Arnaut Daniel 之口说出。

Agonistes，1932年）。

此外，我们还要加上一位散文体作家。他的风格和宗旨在许多方面与上述诗人有所不同，但在对希腊传说的使用以及其他一些重要的技巧和态度上，他与诗人们心意相通。他就是詹姆斯·乔伊斯（1882—1941年），代表作是《一个青年艺术家的画像》（1916年）和《尤利西斯》（1922年）。

希腊和罗马文化对象征主义诗人的影响经常被忽视，因为他们的技法不同于古典作家，为想象留下了巨大的空间。但希腊诗人不也将许多东西留待想象吗？的确如此，但希腊人会陈述要旨，让听众自行补充细节。象征主义诗人则对要旨讳莫如深，反而描述细节。不过，这些极为鲜活的细节虽然不属于作品的核心，却能长久地萦绕在人们的头脑中。

这也是德彪西和拉威尔在音乐中，以及莫奈（Monet）[①]和惠斯勒（Whistler）[②]在绘画中所用的技法。此类艺术家尽可能多地把想象的空间留给欣赏者，后者因此也成为了艺术家，因为他们必须参与到诗歌、音乐印象或绘画的创作过程中，将面前的模糊轮廓补充完整。这正是印象派艺术家和作家的目的。他们相信，大多数人没有能力或意愿为欣赏美贡献任何力量。他们还相信，最重要的真理和美过于崇高和脆弱，因此是无法描绘的——在这点上柏拉图可以把他们视为自己的弟子。不过，他们否认可以通过系统的思考逐步接近基本的真理——在这点上他们就不像希腊人了。相反地，他们认为，正如观察一颗暗淡的星辰时最好盯住它的一侧，接近某个深刻或美丽的理念最好也从看似边缘化和不相关的细节入手，因为这些细节必然会把思想引向明亮的中心。这种观念来自中国和日本，得到了19世纪末兴起的远东艺术热潮的推动。马拉美的密友惠斯勒收集过一些日本绘画，并模仿了东方艺术的含蓄；在庞德的最佳作品中有一些是对早期中国抒情诗的翻译；而在对自己理想最重要的一次阐述中[4]，马拉美宣称自己"将抛弃这个残忍国度的贪婪艺术，转而模仿内心清澈和敏锐的中国人"，在画纸和脆弱的瓷器表面用寥寥数笔恰到好处地描绘出夜景，勾勒出一弯月牙，一池仿佛凝望天际的蓝眼睛般的碧波。艾略特和庞德作品中有意为之的不规则格律和谜一般的典故，瓦莱里凝练而紧凑的思想，马拉美含糊而梦幻的想象，这些都是许多现代诗人特有的极端敏感性和微妙心理意识的产物。它们也是从主动、直白和庸俗向私密和避世，向艰深和理想的有意撤退。这种反应对现代文学的社会功能而言意义重大。它的灵感大部分来自东方。在核心意义上，它显然不是古典的。

[①] 克劳德·莫奈（Claude Monet，1840—1926年），法国印象派画家。
[②] 詹姆斯·惠斯勒（James Abbott McNeill Whistler，1834—1903年），美国印象派画家。

在形式和逻辑上，这些诗人也不是古典式的。这并不是说他们的作品有欠清晰。相反地，他们会对读者能够注意到的特定细节加以足够精确的描绘。马拉美会告诉我们他在池塘边画了多少根芦苇。庞德会在《诗章》中表现美国和英国方言的读音（乔伊斯也会一丝不苟地精准描绘和再现酒吧里的各种声音，以及商店橱窗中瞥见的各种广告）。但他们给出的只是细节。寻找中心思想，将中心思想与细节结合起来的工作则被留给了读者。印象间的过渡如同梦境般快速和奇异，令人不知所措，以至于连细节都显得虚幻和稍纵即逝。因此，这类作品的逻辑条理极其模糊，决定其顺序的有时不是思维法则，而是作家的心血来潮。我们说这些作者没有古典的形式感，并不是指他们没有用过希腊人创造的外在形式（事实上，他们是用过的），而是指他们抛弃了对称、连续、流畅、和谐和逻辑，偏爱突兀、意外、非常随意的过渡（不仅是段落的各部分之间，也包括句子和词语之间）。在整体风格上，他们的作品犹如未经排练的独白或随机的对话，而非均衡理念的有序展开。同时，他们还有意避免或掩盖整体思想的组成结构。

看到克劳德·莫奈的某幅画作，你的第一印象很可能只是一团怡人的色彩。随着你凝神欣赏，那团色彩变成了建筑物正面的光影游戏——也许是一根木头或者一片云彩？不，那是一座大型教堂，一座主教座堂。再走近点，你看到的将只是几抹蓝色、金色和泛出乳白的玫瑰色。后退再看，呈现在你面前的是鲁昂主教座堂的大门和两座高耸的塔楼。这样一幅印象主义绘画比印象主义诗歌更加清晰，因为与它相联系的是可辨认的景象，其结构并非出自画家的想象，而是被强加在他身上的。不过，在莫奈的大教堂中，我们看到的只是阳光。建筑本身只是反射光线的一系列表面，而无论是构成拱顶和支柱的巨石，雕塑的细致刻画和布局，还是建筑内部重力、推力和质量的复杂相互作用都被融化成了彩色的光影。

这些作家都试图使用古典体裁，仿佛他们觉得自己需要某些形式作为指导，但结果大多是扭曲或残篇式的。比如，艾略特以戏仿悲剧式的《斗士斯维尼》为题发表了"阿里斯托芬式情节剧残篇"。他显然想要描绘肮脏的今天和高贵的古典时代之间的反差，于是创作了这部戏仿悲剧。斯维尼和多里斯等剧中人物是典型的粗俗英美人，对话充斥着酒吧里和宴会上的空洞胡话（有时还会加入一句粗鲁得令人吃惊的话来加强效果），合唱部分是一系列噩梦般的爵士乐，但在形式上它体现了最为纯粹和对称的古典传统。不过，他并没有写完这部作品。在《希洛迪亚》中，马拉美创作了一部迷你希腊戏剧的三个片段，但同样没能完成。瓦莱里的《那喀索斯残篇》尽管在思想上是完整的，在形式上却不是。

乔伊斯的《尤利西斯》特别清晰地展现了这些作家如何向往自由，但发现自己不得不采用某些现成的外部形式，而它们的源头大多是古典的。为了承载描绘都柏林生活所需的大量回忆和景物,他必须找到一个坚固的大型容器。否则,整部作品就会像最后一章那样混乱,用一个长达四十页的句子表现布卢姆太太令人昏昏欲睡的内心独白,或者像后来的《芬尼根的守灵夜》那样,成为完全靠联想维系起来的一团梦中呢喃式的迷雾。因此,他选择以荷马的《奥德赛》为模板,并对时间和地点加以统一。小说的主要情节与《奥德赛》相似:一位阅历丰富的漂泊者在回归家庭和妻儿身边的过程中经历重重考验和诱惑,而一位年轻人则刚刚踏入自己的生活,在寻找失去的父爱的过程中接受了生活的考验和教育。在小说的高潮处,两人在经历各自漫长的漂泊后终于碰面。拒绝在临终的母亲面前皈依上帝的痛苦记忆让斯蒂芬·迪达勒斯卷入酒后闹事,漂泊的犹太人布卢姆救下了他,两人一起回了布卢姆的家。斯蒂芬的家人无法带给他亲情,布卢姆的妻子对他不忠,他的幼子已经死了。现在,失去亲人的父亲找到了失去亲人的儿子。

但许多读者即使读完《尤利西斯》可能都不会意识到它以《奥德赛》为模板。原稿的每章都用荷马诗句作为标题,不过在出版前乔伊斯把它们去掉了。[5] 书名《尤利西斯》[6]提供了暗示,乔伊斯本人的笔名却掩盖了它。他年轻时自称迪达勒斯(Dedalus),但没有任何传统把尤利西斯和工匠代达洛斯(Daedalus)联系起来。即使注意到了小说与《奥德赛》的相似点,读者也肯定不会想到,《尤利西斯》中全部有一定戏份的角色以及他们所使用的许多无生命的东西都特意与《奥德赛》中的某些元素相对应。比如,奥德修斯漂泊过程中遇到的四个女人在《尤利西斯》中都得到了再现。与布卢姆通信但从未露面的打字员克利福德(Clifford)对应了神秘的女仙卡吕普索;少女格蒂·麦克道威尔(Gerty MacDowell)对应了年轻的娜乌西卡公主,布卢姆曾在海滩边对她浮想联翩;布卢姆与迪达勒斯相会的那家妓院的老板对应了把人变成牲畜的喀耳刻;布卢姆不忠的太太莫莉(Molly)对应了忠贞的佩涅罗珀。又如,风神的洞穴变成了都柏林的报馆;独眼巨人变成了粗俗暴力的爱尔兰岛民;奥德修斯燃烧的木棍成了布卢姆的雪茄。如果没有熟悉乔伊斯并显然从他本人口中获得线索的注释者的工作,这些对应关系大多将过于隐晦,很难被发现。[7]许多地方被改编得面目全非,以至于失去了原先的意义。比如,为了救出同伴,机智的英雄奥德修斯灌醉了独眼巨人,并把一根削尖和烧热的木棍插入了巨人的眼中,而布卢姆的雪茄则没有发挥这种作用。因此,两种燃烧的棒状物之间的对应关系属于过度诠释。

《尤利西斯》和《奥德赛》在细节上密切对应,但在艺术上毫无共同点。乔伊斯借鉴的只是史诗的结构方案,而且仅仅成功模仿了最简单的框架。大多数读者都有理由对《奥德赛》的情节赞赏有加。荷马展现了高超的技巧,并看似毫不费力地解决了谋篇布局上的难题:他让各自经历着冒险的奥德修斯和忒勒玛科斯父子逐渐靠近，但直到高潮来临前才让他们相遇；他首先讲述的是奥德修斯在漫长冒险中的全部遭遇，为其最后单枪匹马的英雄行为做好了铺垫；他在情节的发展过程中保持并逐步提高悬念，把令人满意的结果作为结局，自始至终让读者把注意力牢牢地放在主人公身上。但乔伊斯把史诗中的事件重新编排成18个部分，在关联结构上要松散得多，大多只是通过巧合这种最脆弱的纽带被统一起来。他连篇累牍地描述了许多事件，只是因为它们恰好发生在1904年6月16日的都柏林。如果不是决定遵守时间统一性的原则，他很可能还会把15日发生的一切也加进去，让小说的篇幅扩大一倍。同样的批评也适用于情节和对人物的处理。《奥德赛》讲述的是父子寻找对方的历险故事（尽管事实上奥德修斯的目标不是忒勒玛科斯，而是回到家园和妻子身边）。《尤利西斯》的主题却不是寻找。布卢姆和迪达勒斯只是在都柏林城中不带任何目的地漫游。他们彼此并不认识，分别来自不同的世界。当两人相遇时，迪达勒斯已经醉得不省人事；全书的关注焦点是迪达勒斯，而非布卢姆（奥德修斯）；他们的萍水相逢永远无法发展成真正的父子关系。因此，小说的高潮是迪达勒斯拒绝了真正的母亲和遇到了所谓的父亲。《尤利西斯》的读者对作品的许多不满都可以归咎于松散而缺乏结局的故事线。此外，缺乏专一性也是乔伊斯被诟病的地方。小说最初的部分以"高大、丰满的巴克·穆里根（Buck Mulligan）"为关注中心，但他在仅仅几章后就不见了踪影[8]；随后，小说又精彩而生动地描绘了一些无关紧要的人物和东西；在一个难以卒读的问答形式的章节（旨在表现酒劲过后头脑逐渐清醒）后，小说以布卢姆太太不知所云的长篇独白收尾，我们几乎和迪达勒斯一样对这位从未在小说中现身的人物一无所知。

所以，乔伊斯和象征主义诗人们过于敏感或任性，无法接受古典形式的创作规则。但他们热爱并使用了古典传说。在这些诗人的象征手法中，希腊神话比其他任何素材（自然意象除外）都扮演了更为重要的角色，非理性但不幼稚的特色则让这些神话的表现力更加强大。

首先，他们都用希腊神话中的形象来象征某些精神态度，使其永远无法被理解但又鲜活而真实——由于远离庸俗、暴力、偶然和稍纵即逝的"此时此地"，它们显得更加真实。马拉美确信（其他诗人可能也部分相信），只有理想才是宝贵的，而理想就是用艺术或死亡去除生命中不必要的属性（在爱伦·坡的墓志铭开头，他这样评价那位已经不朽的诗人：永恒把他变成了上帝本人[9]）。因此，用传说中的象征性角色表现复杂的个人情感会使其不朽和成为艺术。

此类象征性角色中最著名的是马拉美《牧神午后》中的牧神。诗人把自己的诗称为牧歌，因此它是始于忒奥克里托斯的悠久田园诗传统中最新的作品之一。[10]这首融合了梦境和音乐的作品是一位兼具凯利班（Caliban）和爱丽儿

（Ariel）①特点的牧神的独白。他抓住过两个宁芙，但她们逃脱了。他在梦中看到了她们，疑惑那次短暂而简单的拥抱是否同样是梦，并梦想着抓住别人……也许是维纳斯本人……淡神……在正午的热浪中，他再次进入了梦乡。牧神象征了男性对女性的情色梦想，这种梦想不仅包含了动物式的欲望，也包含了对脆弱和纤柔之美的尊崇，以及对理想的憧憬（因其缥缈或危险而更加诱人）。披毛长角的牧神像山羊一样情欲旺盛，但他也是一位音乐家和诗人，也是一位梦想家。如果没有梦，他的欲望将与禽兽无异；而如果没有欲望，他的梦将是空洞的。马拉美的作品有幸被克劳德·德彪西用音乐演绎[11]，《牧神午后序曲》细致而贴切入微地描摹了牧神的梦，就像他的笛声对洁白背部线条的描绘那样②。

《希洛迪亚》中的希洛迪亚公主则与牧神完全相反。她年轻貌美，像月亮般贞洁，象征了骄傲而纯净的美，厌恶一切可能玷污自己的东西——从老保姆的手到残暴的狮子，从可能掩盖她无瑕青丝之美的香水，到香水可能会招来爱慕者的念头。她推崇"贞洁的恐怖"，并在同恭谦而爱恋的保姆的对话中不断用锋锐而冰冷的语气对其加以辩护，与牧神的温情与柔和形成了鲜明的反差。但她抱怨得太多了，对此她自己也很清楚。在最后的对白中，她指责自己不愿接受现实，并预见到自己的童年（指少女时代）终将结束，就像冰冷而闪亮的宝石会在日渐成长的植物茎秆不可阻挡的力量下分崩离析。[12]

在经过几次试验和长时间的沉默后，马拉美的崇拜者和弟子瓦莱里于1917年发表了自己的诗歌。作品结合了《牧神午后》和《希洛迪亚》的许多主题，并且在晦涩程度上超过了它们。[13]这就是《年轻的帕尔卡》，一首长达500行左右的独白。[14]"帕尔卡"即拉丁语的 *Parca*，是命运三女神之一。但独白者的疑惑、无知和热情激动表明，她不是（或者尚不是）生活在永恒国度，不停地编织、丈量和切断人类生命线的那三个无情精灵之一。不过，独白者的确是希腊—罗马灵感的产物，她崇拜太阳，并被一条她称之为图尔索斯（Thyrsus，即酒神杖，酒神式激情的象征）的蛇吓了一跳。通过大量五光十色的比喻和引人注目的怪异表达[15]，作品描绘了一位年轻女子（或精灵）在人生危机面前的疑惑、焦虑、绝望、兴奋、激动、懊悔和平静的满足。她从一组状态过渡到另一组相反和对立的状态：从睡眠（梦见一条"不仅仅把自己咬伤"的蛇）到醒来，从平静到恐惧，从冷漠到温

---

① 凯利班和爱丽儿都是莎士比亚《暴风雨》中的人物，前者是丑陋的巫婆西克拉克斯（Sycorax）之子，后者是一个精灵。

② 见马拉美《牧神午后》：在每日的梦境中当我用闭起的双目追随（天鹅）洁白的背部和两肋时，浮夸、空洞和单调的线条消失了（Évanouir du songe ordinaire de dos/ Ou de flanc pur suivis avec mes regards clos, /Une sonore, vaine et monotone ligne）。

情，从非反思性的活动到思考，从无知到自知，从单纯到复杂，从冬天到春天，从童贞到春梦和对做母亲的担心，从难眠之夜（充满了对无忧无虑的白天的怀念）到可怕的黎明（脚底下的地面开始移动，似乎要滑入大海），最终回到了舒适和更加美好的白天。她不仅象征了女孩到女人的过渡，也象征了当灵魂面对自省还是得过且过的抉择时所经历的阵痛，当理想被迫成为现实的一部分时所产生的有益痛苦等其他许多东西。瓦莱里让这些张力同时出现在一个鲜活形象的身上，让她在最艰难的抉择和改变时刻吐露心声，使其无愧于年轻命运女神的身份。

支离破碎的独白《那喀索斯残篇》的意象价值远远不如《帕尔卡》，但在声音技巧上更胜一筹。在这首作品中，瓦莱里使用因为爱上森林池塘中自己的倒影而丧命的那喀索斯形象，象征了最幸福的自我，即远离他人，凝视和爱慕"取之不尽的自我"。[16] 当那喀索斯为了拥抱自己可爱的倒影而把身体放得越来越低，当他接触并冲破水面，进入了那越来越紧包围着他的黑色双眸，他体会到了自我毁灭和自我融合的最终狂喜。

这些作品中的许多意象带有性的意味。尽管瓦莱里的评论者和他本人的作品经常让人觉得，他最关心的问题是被外部和内部的凝视世界所分割的心灵，但他的诗歌也表达了对性爱的恐惧，将后者视为控制、利用和羞辱独立自我的一种力量。年轻的命运女神和那喀索斯都偏爱更加平静的满足。那喀索斯完全投入了自我之中。命运女神则发现，她的自恋唤醒了一条隐藏的毒蛇。《德尔斐女祭司》是三部曲的最后一首。[17] 瓦莱里在其中描绘了一位被某种处于她体内但又不属于她的力量所控制的女人的恐惧和痛苦——女祭司们只有在被阿波罗附身时才能做出预言。这首作品主要象征了艺术家失去了自己的平静和独立，身不由己地成为创造精神喉舌的痛苦，但隐含的性意味使它与《那喀索斯》相得益彰，并增强了它的感染力。

在描绘青年时代的自己时，乔伊斯同样使用了象征和神话人物。他自称斯蒂芬·迪达勒斯：圣斯蒂芬公园（St. Stephen's Green）边的大学学院（University College）是他的受业之所，迪达勒斯则源自那位神话中的发明家。[18] 代达洛斯从雅典流亡，被弥诺斯王扣留在克里特岛上。他用蜡和羽毛制造了翅膀，和儿子伊卡洛斯一起学会了飞翔，从空中逃离了牢笼。[19] 乔伊斯对这个神话拥有深厚的感情。《一个青年艺术家的画像》的最后，主人公在日记的结尾呼唤"老父亲和老工匠"帮助自己离开都柏林去闯荡未知世界，而小说的题词则引自奥维德版本代达洛斯传说。[20] 代达洛斯是他希望效法的"未知艺术"的探索者。对他来说，在都柏林构思《尤利西斯》（也许还有《芬尼根的守灵夜》）相当于代达洛斯的发明。二者不仅同样新奇，在性质上也非常相似，代达洛斯建造了迷宫，并制造出了让自己逃离岛上监狱的翅膀,而乔伊斯的两部巨著在深奥和复杂程度上堪比迷宫,才华和想象力则成了他的翅膀,前者帮助他走出了都柏林,而后者则让他至少有一次飞离了肮脏的日常世界。

除了希腊神话中的人物,上述五位作家还使用了希腊故事,借此诠释了重要的精神体验、信仰和憧憬。这是神话被创造出来的最初目的之一。由于人类是罪恶的,而天灾看上去又像神的报复,于是在巴比伦、犹大和希腊都流传着大洪水的故事。由于纯洁被认为能够提升战斗者的力量,于是人们创造了参孙和加拉哈德(Galahad)①的传说。每个民族都有这样的故事,其中许多像梦一样可笑、可怕、让人反感,无法理解和令人不安,事实上它们本来就是梦。[21] 希腊人创造的清晰、难忘和美丽的神话是最多的。它们完全没有死亡,仍然在我们的头脑中保持着生命力和繁殖力。

其中一个故事同《奥德赛》一样古老。因为风暴和灾难,英雄奥德修斯远远地偏离了回家路线。在女巫喀耳刻的建议下,他来到冥府向先知提瑞西亚斯(Tiresias)请教最佳的回家路线。这是一项可怕的考验,但对机智而意志坚定的奥德修斯而言并非无法完成。他举行了正确的仪式,与想要请教的鬼魂完成了交流,向母亲和朋友表达了问候,在见到几位古代伟人后,他悄悄地离开了冥府。[22]

另一些希腊英雄也造访过冥府——赫拉克勒斯和忒修斯凭借暴力,俄耳甫斯凭借技艺;但没有关于他们历险的伟大诗歌流传下来,尽管俄耳甫斯的传说已经成了世界文学的组成部分。在拉丁语作品中,维吉尔重拾了这个神话,并赋予其更深刻的含义。在不死的西比尔的指点下,流亡和漂泊的英雄埃涅阿斯造访了冥府,并带去了作为不朽象征的金枝。[23] 从父亲的鬼魂口中,他获悉了如何到达和建立未来的家园,并在灵薄狱中看到了尚未降生的英雄,其中就包括将来成为他后裔的伟大罗马人,他们生活在尚未建立的罗马城中,气宇轩昂地从他面前经过。

显然,这个神话包含了许多意义。其中最主要的意义之一是,在抵达家园前,勇者必须征服死亡,或者去过地狱。在早期和中世纪的基督教会中流传着这样的说法,被钉十字架后的基督先在地狱待了三天,然后才复活。他在地狱中行使了自己君王般的权力,解救了一些囚徒,并战胜了魔鬼。福音书中并未提到类似情节:它不见于最初的耶稣故事,而是脱胎于英雄成功造访亡灵世界的传说。另一位诗人也使用了这个故事。永远被家乡驱逐,像奥德修斯和埃涅阿斯一样在陌生的城市和人群中漂泊的但丁在诗作中描绘了自己如何在维吉尔的引导下穿越了地狱,然后回到了天堂中的家园,看见逝去的恋人贝阿特丽采像佩涅罗珀那样等待着自己。

---

① 亚瑟王传说中的一名骑士,兰斯洛之子,被认为是最为纯洁高贵的骑士,只有他能找到圣杯。

一位现代象征主义诗人也使用了这个神话。埃兹拉·庞德篇幅最长的一部作品被暂时命名为《诗章》，显示了但丁对他的影响。作品开头是一段生动但有些晦涩的描写，重述了荷马史诗中奥德修斯造访冥府的故事。[24] 随后的几个场景中出现了庞德痛恨的人物，如资本家、战争贩子和记者，它们都被安置在阴森恐怖的但丁式地狱。叶芝宣称，《诗章》的另一个动机是变形，庞德的灵感来自奥维德的《变形记》。[25] 但除了提到几个奥维德神话中的人物，我无法在这首作品中找到许多他的影响。

乔伊斯的《尤利西斯》是另一部使用了传说的大型作品。但在他的笔下，冥府之行的意义显得相对次要。他的注释者表示[26]，在老鼠出没的公墓中为帕蒂·迪格纳穆（Paddy Dignam）举行的葬礼对应了奥德修斯的冥府之行。第二部分最后的巫婆狂欢节以及迪达勒斯在酒醉后梦见自己流连于红灯区（这段描写让所有的读者都觉得他被魔鬼附身，它们的地位比但丁笔下的魔鬼低微，但同样邪恶）对应了奥德修斯造访喀耳刻的海岛。[27] 尽管有这些权威的解释，我还是觉得乔伊斯在这章中描绘的是地狱，他在《一个青年艺术家的画像》中预见了这个地狱[28]，贫穷、醉酒和情欲是进入地狱的阶梯。

大多数艺术家会用神话来升华同时代的生活。路易十四的宫廷画师们把他描绘成奥林波斯山诸神中的一员。而在世界上最雄伟的摩天大楼下，普罗米修斯和阿特拉斯的形象分别被用来象征美国的创新能力和巨大的活力。但象征主义者有时会用希腊神话（故事而非人物）来贬低生活：通过与古典传说的美和英雄主义相对比，它们展现了今日的男女把自己变得多么肮脏。这正是《尤利西斯》采用与史诗对应结构的主要目的。它用有力、高贵和庄严的过去反衬出今天的下流、贫穷和粗俗。现在的一切都是肮脏和可耻的，甚至包括性爱、战斗的勇气（迪达勒斯毫无还手之力，如果不是被人救下，肯定会遭到一顿毒打）和拒绝（当母亲的亡灵向他乞求时，迪达勒斯报之以最粗鲁的脏话）。《尤利西斯》不是《汤姆·琼斯》式的戏仿英雄史诗，而是反英雄的。[29] 任何读过该作品的人都无法怀疑它的感染力。它曾被称为"粪池里的爆炸"，夸大污秽行为是对它最常见的批评。但提出这种批评的人很少在大型工业城市中度过人生的最初二十年。事实上，问题并非是污秽被夸大了，而在于没有用欢愉、活力和天生的健康来对其加以平衡，即使在都柏林和贫民窟中，它们也是人们生活的一部分。此外，作品忽略了机会的力量，即使在肮脏的环境中仍有可能找到片刻的欢乐和美。相比之下，它的模板《奥德赛》就更加平衡。《奥德赛》并不完全是英雄故事，它曾因为平民化的写实主义而在巴洛克时代遭到鄙视。[30] 作品中的英雄既未佩戴羽毛，也没有盾徽。他失去了自己的盔甲、侍从、船只和财富，被赤身裸体地抛在陌生海岛边公主们洗衣服的地方。

回到家乡后，他不得不住在猪倌的茅屋中，像乞丐一样卑躬屈膝，以便接近自己的宫殿。在他自己的宫殿里，没有人能认出他，只有年老的爱犬对他表示欢迎并带着一身虱子兴奋地死去。长满寄生虫的老狗在粪堆上死去难道不是最肮脏的情景吗？不。阿尔戈斯（Argus）①最后的举动显示了忘我的高贵，它的英雄形象永远留在了我们心中。而即使身着镶有钻石和红宝石纽扣的伊顿公学校服并拿着象牙手杖，布卢姆亡子的魅影仍显得极其廉价、庸俗和令人反感。[31]

艾略特笔下的希腊传说没有那么肮脏，也更加美好，但它们同样令人绝望，用纯净而发人深省的光芒照亮了现代生活的鄙俗性。文艺复兴时期的诗人把希腊—罗马神话和历史用作崇高的背景来烘托他们所描绘的英雄事迹。[32]艾略特所做的恰恰相反。当文艺复兴诗人把男主角比作赫克托耳，把女主角比作海伦时，他的目的是使其更加英勇和美丽。但当艾略特把斯维尼抛弃一位妓女比作忒修斯抛弃情人阿里阿德涅时，他的目的是证明现代人的不忠是可憎的——因为纵容这种行为的世界是可耻、粗鲁、单调和自满的，即使演员也没有能力像在英雄时代那样把罪恶升华为悲剧。[33]

斯维尼是艾略特所创作的用于象征我们这个时代某些趋势的形象之一。从名字上看，斯维尼应该是移民美国的爱尔兰农民的后裔。他和艾略特也许曾在波士顿擦肩而过，他在当地的亲戚则从已故的乔治·艾普利（George Apley）和其他"婆罗门"戴着手套的手中抢班夺权。[34]他是一个粗鲁、多毛和暴躁的原始人，对他人的感情漠不关心，喜欢和下层人物打交道，并处处摆出好斗的架势。在《夜莺中间的斯维尼》（Sweeney among the Nightingales）里，他吃完饭后无忧无虑地喝着咖啡，与酒馆里的妓女们搭起讪来，感到自信和愉快。凯旋的阿伽门农国王也是在一场宴席后被妻子杀害的，和现在一样，那时也有夜莺在歌唱。艾略特提到阿伽门农的直接目的在于充分表现当时情景的恐怖。在最后一节前，他描绘的只是斯蒂芬·迪达勒斯在红灯区中所看见的酒馆场景，虽然气氛可疑甚至不祥，但并没有杀气。不过当提到阿伽门农的呼号（"啊，我深深地受了致命一击！"）时，房间立刻暗了下来，人们神情大变，夕阳也仿佛变成了地上的血迹。而更加深刻的目的是反衬出今天的堕落，因为就连犯罪都显得庸俗。[35]在最后一节中，当阿伽门农被杀后，夜莺们"让液态的粪便落下，玷污了僵硬而耻辱的裹尸布"。这句话是艾略特加到原故事中的。它表现出精妙而又令人反感的声音效果，将统领全诗的美丽和肮脏这两种截然相反的理念融入同一个意象中。

有人说，每位作曲家都有自己最喜爱的乐器，而且（没有前者那么可信）他

---

① 即那条死去的老狗。

的全部音乐都可以被概括为一个自己最喜爱的乐句。显然，艾略特的许多诗歌都源于今天粗俗的物质主义和脆弱的精神生活间的反差，后者注定在与前者的冲突中遭受痛苦，虽然不至于消亡，但会变得残疾或扭曲。这种反差以直白的形式出现在《夜莺中间的斯维尼》里，在《荒原》第2章中则变得更加含蓄。菲罗墨拉被姐夫忒柔斯绑架、奸污、囚禁和摧残。虽然没有了舌头，但她把自己的遭遇织进了挂毯，把这件无声但会说话的艺术品交给了姐姐普洛克涅，并和姐姐一起为自己报了仇。由于复仇手段太过可怖，她们都从人变成了鸟——普洛克涅成了燕子，菲罗墨拉成了夜莺，后者虽然被囚禁在黑夜中无法现身，但永远歌唱着受难和痛苦。当这个神话重新进入文学世界时，从奥维德的版本改编而来的古法语作品是近代欧洲语言中最早的诗歌之一。[36] 它在许多个世纪里被人传唱（"夜莺，鼓起你的清弦"①），在巴洛克时代陷入沉寂，但在被错误地称为"浪漫主义者"的诗人那里获得新生——燕子，我的姐姐，啊，燕子姐姐。[37] 在二十世纪的荒原上，她的歌声又一次响起，并且同样激昂。

艾略特既是夜莺又是先知。两种化身都反对暴力、粗鲁、物质主义和无情。在他的诗歌中还有一个比夜莺更复杂的形象也象征了这种对立，那就是希腊的先知提瑞西亚斯。诗人称其为《荒原》中最重要的人物。[38] 提瑞西亚斯出现在一些非常奇异的传说中。他预言了俄狄浦斯令人难以置信的厄运，而奥德修斯正是为了向他求教才冒险进入冥府的。他早年曾经变成女子长达七年，然后又变回男子，因此从男女的角度分别体验过爱情。由于宣称女子在爱情中得到的快乐超过男子，他在尤诺与尤庇特的争执中站在了后者一边。愤怒的女神刺瞎了他的双眼，而尤庇特则赐给他预言的力量作为补偿。[39]

提瑞西亚斯在艾略特的诗歌中被赋予了多重意义。从某种程度上说，他就是艾略特。在早期作品中，艾略特将自己想象成弱小而娇柔的女性，以区别于统治世界的男性暴力。1917年，他化身为普鲁弗洛克先生（Mr. Prufrock）——这个名字由 prude（大惊小怪）和 frock（连衣裙）组成，同样表现了过于敏感和女性特色。在《荒原》中，普鲁弗洛克先生成了提瑞西亚斯，一个"长着褶皱乳房的年老男子"。[40] 他没有把自己看成野心勃勃的男性占有者，而是无力反抗的被占有女性：

> 我提瑞西亚斯早已忍受过
> 这张沙发或床上发生的一切。[41]

---

① 莎士比亚《仲夏夜之梦》第二幕第2场中的催眠曲：夜莺，鼓起你的清弦，为我们唱一曲催眠：睡啦，睡啦，睡睡吧！睡啦，睡啦，睡睡吧！一切害物远走高扬，不要行近她的身旁；晚安，睡睡吧！（朱生豪译文）

女性身份让提瑞西亚斯无力反抗，失明则让他无助。在索福克勒斯的《俄狄浦斯》中，他被人牵着手领上舞台，用盲杖敲打着地面前进，靠摸索和他人的帮助生活（不到两个小时后，俄狄浦斯将变得和他一样）。不过他虽然是盲人，却也是一位预言者。他看不见每天的阳光，却能看透黑暗。失明是他获得第二种视力的原因和条件。在艾略特看来，他象征了这样的事实：拥有内在之眼，能够最深刻地理解世界的诗人和思想家在日常生活中却是盲目和无助的，他们以失去常识为代价获得了罕见的天赋。

最后，提瑞西亚斯还是一位老人。年龄让他睿智，但也让他变得虚弱。他周围的世界充斥着像斯维尼这样粗暴而冷漠的年轻人，他们对过去一无所知，对未来也全无想法。和提瑞西亚斯一样，艾略特的头脑中也容纳了许多个世纪的历史，沉浸在历史中能帮助他忍受现实的打击，但历史也会让他变得苍老而虚弱。作为一个不那么成功的意象，他还曾把自己比作苍老但视力超群的鹰。[42] 同样的主题也出现在《荒原》的题词中：

在库迈，我亲眼看见西比尔被吊在瓶中，孩子们问她："西比尔，你想要什么？"她回答："我想要死。"

这是一段怪异的民谣。[43] 西比尔是能够活一千年的女先知，但她无法享有永恒的青春，于是慢慢地萎缩，最后只剩下没有形体的预言之声。正是她引导埃涅阿斯进入冥府。忒里马尔齐奥（Trimalchio）在瓶子里看到的她也许已经变成了一只干瘪但鸣声尖锐的蚱蜢。西比尔的身上结合了艾略特赋予提瑞西亚斯的各种主要意义：她是女性，她是弱小的，她老到想要去死，但她是先知。

我们已经讨论了象征主义者作品中出现的希腊传说，它们既提供了象征形象，也是不朽故事的源泉。对于象征主义作家而言，古典世界还有另一个功能，尽管不像前两者那么重要，而且也不是其所特有的，但我们还是有必要提一下。那就是为比喻和典故提供装饰性的背景，即美丽但脆弱，小到几乎无法被称作象征的意象。当马拉美举起香槟向诗歌和其他诗人致敬时，他发现杯中的泡沫变成了魔幻之海的浪花，从中可以瞥见塞壬雪白的腰肢。[44] 当艾略特想到军事力量的辉煌和残暴时，他眼前浮现的是罗马的雄鹰和号角。[45]

这些作家对艺术之美极为敏感——与自然之美不同，那是人类所创造的。一丛记忆中的金色水仙花为华兹华斯带去了力量和慰藉。而对艾略特来说，《荒原》最后被仓促和近乎绝望地堆砌起来的五六句诗歌引文是他为了支撑自己的断垣残壁而捡起来的零星材料。[46] 其中一句来自曾让伊壁鸠鲁主义者马略念念不忘的晚期拉丁语诗歌《维纳斯的守夜》[47]，（用斯温伯恩那样的节奏）召唤着夜莺的姐姐燕子。此外,以"水中的死亡"为主题的《荒原》第 4 章还引用了许多《古希腊诗文选》中纪念溺亡水手的铭文。[48] 这是一件高度专业化的艺术品,并非为大众创作,如果他们能够理解就太了不起了。埃兹拉·庞德曾经感叹:

> 如果古典作品得到广泛流传,
> 美国会变成什么样,
> 这个年头让我失眠。[49]

但这个群体的大多数成员相信,大众都像斯维尼那样,他们听不见夜莺的歌声。

很难评估希腊—罗马文学对上述作家的影响,这是理所当然的。象征主义诗人难以捉摸,而乔伊斯则是谜一样的小说家。他们的创作手法掩盖和扭曲了经过其头脑的一切素材,直到最后只剩下暗示、细微的差异、光怪陆离的形象、夸张的回忆、梦境般的呢喃和刺耳的回响。他们不屑于解释,也从不喧哗,只是轻声地说给感兴趣的人听。下面这首诗让庞德遭受了大量抨击和嘲笑[50]:

纸草

春天……
太长……
贡古拉……

PAPYRUS

Spring . . .
Too long . . .
Gongula . . .

但很少有批评者愿意花时间理解标题和它的暗示。事实上,它的意思很清楚,也非常大胆和富有想象力。在曾经说希腊语的埃及城镇的废墟中,学者们找到了许多被奇迹般地保存了 15 到 20 个世纪的纸草卷。这些纸草上的内容大多不是文学的,而是书信、学校作业或税务记录。但偶尔我们也会发现著名作者的诗歌或散文。有的是在黑暗时代已经失传,被认为再也找不回来的作品。其中一些只剩下残篇——但它们仍然是珍贵的,就像只剩下头或手的雕塑杰作。我们也许只能在残破的纸草上找到一首伟大诗歌中的几个单词,但它们发出的是不朽的声音。

"贡古拉"一词在杰出的希腊抒情诗人萨福的作品中出现过两次。它是萨福一位弟子的名字。[51] 我们对她几乎全无了解，只知道她是萨福的宠儿。因此，庞德这首只有四个词的作品包含了萨福对自然的感受、热情的憧憬和她一位心爱弟子的名字。他创作了一份诗歌的残篇，而萨福很可能写过这样的诗歌。

这个手法说明了古典材料可以如何被无限灵活地改编。短短几十年前，埃雷迪亚和兰多等人在创作希腊主题的诗歌时仍然把所有细节处理得像大理石一样坚固，像雕塑一样分明。时过境迁。帕尔纳索斯派被马拉美所取代——就像安格尔和普维斯·德·夏瓦讷被修拉（Seurat）①和莫奈模糊的轮廓与带有欺骗性的闪光色彩所取代。但对这两类截然不同的诗人而言，希腊和罗马主题都激发了他们的灵感，并被他们各自发展成新的宝贵诗歌。

除了手法上的难以捉摸，这些诗人与希腊—罗马世界的关系也与前辈有所不同。他们不是学者。与雪莱、弥尔顿或歌德相比，他们是业余的。他们涉猎的范围更广，但不像前辈那样精深。乔伊斯自称"世界文化之宴上的一位害羞宾客"[52]：他的拉丁语似乎相当不错，但希腊语懂得不多。不过，耶稣会中学和罗马天主教大学的教育经历让他对古典文学有了一定程度的批判性洞见。马拉美和瓦莱里接受过良好的法式教育（今天，法式教育仍然让聪明的法国孩子有机会接触到比他国孩子更多的文学作品），但二人主要的兴趣不在古典领域。艾略特受业于哈佛和牛津大学，1941 年还担任了古典协会的主席，但他否认自己是希腊语和拉丁语专家。庞德是聪明的三脚猫，拥有从一知半解的拉丁语、希腊语、意大利语、普罗旺斯语和其他各式方言的诗歌中挖掘出鲜活画面的不俗天赋。[53]

不过这些作家都相信，从核心真理内部出发是不可能掌握它的。因此，他们并不把希腊语和拉丁语文学看作训练头脑的工具或者智慧的宝库。他们用它激发想象力，并将其视作对生活中的压力、危险和庸扰的美学慰藉。有的象征主义诗人把注意力转向了其他领域：叶芝转向了凯尔特神话、神秘论和印度教的神秘主义；里尔克转向了自己的记忆宝库，其中包括绘画、雕塑、贵族生活和幻觉。除了古典世界，这个小群体也从别的领域获得灵感和慰藉——比如艾略特的基督教神秘主义——但来自希腊和罗马的影响无疑是最强烈的之一。

我们已经分析了神话和传说中的形象如何成为上述五位作家的灵感来源。他们的作品让我们确信，这些人把古典作品看作慰藉并深爱着它们。这是《荒原》最重要的主题之一。（艾略特相信）今天的生活是粗暴和难以理解的。如果我们意识到了这点，就**必须**直面生活的残酷和问题，让它们变得可以忍受——不是通过任何哲学理论或政治行动（它们都是不够的），而是通过高贵传说的框架，通

---

① 乔治·修拉（Georges Seurat，1859—1891 年），法国印象派画家，以点彩技法著称。

过萦绕在头脑中的神秘词语,通过诗歌的美丽表达、音乐的优雅之声和无法通过思维来理解的绘画:

> 伊奥尼亚难以言传的白色和金色的荣光……
> 隆隆的钟声
> 白色的群塔
> 喂啊啦啦 咧啊
> 哇啦啦 咧啊啦啦。[54]

在上面这首诗和艾略特的其他作品中,我们听到了夜莺的鸣叫,那是一种变形为音乐的永恒呻吟。这种变形是希腊精神的产物,它不仅让上述五位诗人和同时代较不知名诗人在污秽的生活面前得到了慰藉,也激励他们带着受伤的身躯飞上天空。

第23章

对神话的重新诠释

今天,就现代思想和文学中的古典影响而言,最有意思的发展趋势莫过于希腊神话的复兴和对它们的重新诠释。这种发展涉及两个不同领域,并呈现出两种方向。第一个领域几乎完全是文学的,以戏剧为主要形式。第二个领域已经间接催生出了大量文学作品,并将推出更多新作,但主要涉及心理学和哲学。

许多个世纪以来,希腊传说一直让人们着迷。人们用不同的方式讲述这些故事,其中一些得到了扩展,另一些则被忽视。人们在神话中搜寻着不同的美和价值,而在对它们进行有意识的诠释过程中,人们从中提炼出许多种不同的真理。不过,对神话的诠释主要依据三种原则。首先是把它们看作具体的**历史真相**,其次是把它们看作对永恒**哲学真理**的象征,第三是把它们看作对不断重复的**自然过程**的反映。

许多神话的主角是人类或者以人类形象出现的神:它们几乎可以原封不动地被诠释为对历史事件的记录。这种诠释的发源地正是希腊,首创者是欧赫墨洛斯(Euhemeros,活跃于公元前300年)。他把关于神、人和半人的全部传说都解读为很久以前真实存在过的武士和酋长的事迹,认为是这些人所在的部族将其塑造成了神(把神话解读为对历史之反映的做法后来被称为欧赫墨洛斯主义[1])。而作为希腊—罗马的宗教和政治思想中的基本理念之一,取得超人成就者的确被认为可能变成神。最著名的例子就是赫拉克勒斯,他通过十二功业和英雄式的死亡升入了天界。相似的例子还有巴库斯(Bacchus)、卡斯托耳(Castor)、波吕克斯(Pollux)和埃斯库拉庇俄斯(Aesculapius)[①],以及后来的埃涅阿斯和罗慕路斯。亚历山大大帝在生前就被人当作神。有了他的先例,后世的皇帝被封神也就不那么困难了(当

[①] 巴库斯即狄俄尼索斯,传说他是宙斯和凡人女子塞墨勒之子。宙斯在赫拉的怂恿下无意中用闪电杀死了塞墨勒,于是将尚未出世的巴库斯缝在大腿上哺育直至其长成。(在另一版本中,巴库斯被提坦撕碎吞吃。宙斯将唯一留下的心脏缝在大腿上,终于使其复活。)卡斯托耳和波吕克斯是斯巴达王后丽达所生的双胞胎兄弟,但卡斯托耳的父亲是斯巴达王廷达柔斯,而波吕克斯的父亲则是宙斯,因此他是永生的。卡斯托耳死后,波吕克斯请求宙斯让兄弟复活。宙斯受到感动,将两人双双升入天界,成为双子座。埃斯库拉庇俄斯是阿波罗之子,相传他医术惊人,可以让死人复活。为此宙斯用雷电棒将其击毙,但后来还是让其升入天界。

然，只有那些为人类做出伟大贡献的才有资格），比如恺撒就被尊崇为救世主与和平君王。[2]

此外，一些基督教作家相信，异教神祇的传说实际上是耶稣基督的启示出现前来往于大地的魔鬼们的故事。[3]这正是弥尔顿的诠释。在《复乐园》中，比列暗示诱惑耶稣的最好办法是"让女人出现在他的眼中，挡住他的去路"。撒旦驳斥了这种看法，并指出《圣经》上说的"和人的女子们交合生子"的"神的儿子们"[4]其实是扮成希腊神祇样子的比列和他的同伙们：

> 你们怎样潜伏在宫殿中，在禁阁里，
> 也在森林中，树丛里，青苔泉水旁边，
> 在山谷中或青绿的原野里，拦劫
> 绝世的美人，如迦丽丝朵（Calisto），克丽孟（Clymene），
> 达芙尼，赛美儿（Semele），安蒂婀帕（Antiopa），
> 或娅美摩尼（Amymone），西冷克思（Syrinx）等等倩女，
> 然后假借着这些可羡慕的名号，例如
> 阿波罗，耐波吐恩（Neptune），朱匹特或潘，
> 以及撒忒（Satyr），岳尔（Faun），西尔文（Silvan）等等，
> 这些事难道我们没有见过听过吗？[5]（朱维之译文）

还有一些学者相信，阿喀琉斯、阿伽门农、埃阿斯这一代的英雄武士是敌对部落的拟人化，他们的胜利和死亡代表了大迁徙中对这个或那个部族的征服。在许多神话中，神被与比他地位更低的形象联系起来。宗教史学家认为，这些神话包含了宗教革命的遗迹，暗示对某个神祇的崇拜被另一种崇拜所取代。举例来说，如果经常以人类形象出现的神祇偶尔变形成动物，或者杀死动物，或者与动物为伴，这可能意味对动物的崇拜被对人形神祇的崇拜所取代，只留下依稀的记忆。另外的许多传奇则被认为记录了文明的伟大创造和进步："文化英雄"狄俄尼索斯或巴库斯代表了葡萄酒的发明，特里托勒摩斯（Triptolemus）①和希亚瓦塔（Hiawatha）②代表了农业的开端，阿耳戈号英雄象征了对未知的东部地中海的发现，金羊毛象征了黑海贸易航道带来的财富，而普罗米修斯则象征了火、金属和手工艺等文明基础。

---

① 希腊神话中厄琉息斯国王刻勒斯之子。为了感谢刻勒斯的款待，德墨忒耳将农业之法传授给了特里托勒摩斯。

② 传说中的北美印第安部落领袖。

19世纪的某个学派认为，神话不是单一事件的回响，而是深奥哲学真理的神秘象征。该学派兴起于德国，开山之作是克罗伊泽（G.F.Creuzer）的《古代民族的象征学与神话学》（*Symbolik und Mythologie der alten Völker*，1810—1812年出版），但它在法国取得了更为广泛的影响。[6] 法国学者吉尼约（J.D.Guigniaut）翻译了克罗伊泽的著作，并将其扩展为10卷本的《古代宗教：以象征学和神话学形式为主的思考》（*Religions de l'antiquité considérées principalement dans leurs formes symboliques et mythologiques*，1825—1851年出版）。在40至60年代的法国还出现了其他许多同类作品，其中最著名的是才华横溢的路易·梅纳尔（Louis Ménard）所著的《希腊的多神崇拜》（*Hellenic Polytheism*）。通过梅纳尔及其弟子勒孔特·德·利尔的努力，希腊神话不再仅仅是美丽的洛可可式装饰，在法国帕尔纳索斯派眼中，它们成了对深奥真理的宏大而美丽的表达。[7] 令人称奇的是，对传说的象征主义诠释早在中世纪的《道德化的奥维德》[8] 里就得到了充分的展示，500年后它在法国重新出现，但已经褪去了基督教的色彩。

神话还被认为是外在世界或灵魂内部重要过程的象征。比较语文学的创始人之一，德裔英国人马克斯·穆勒（Max Müller，1823—1900年）认为，几乎所有的神话都象征了物质宇宙中最宏大的现象：即太阳每天划过天空，每年穿越黄道十二宫。他用这种理论诠释了几乎所有的英雄，从赫拉克勒斯的十二功业和葬身烈焰，到亚瑟王的圆桌和十二骑士都被解读为太阳神话。该理论在穆勒之前很久便已有人提出，至少可以追溯到杜普伊（C.F.Dupuis，1742—1809年），他宣称耶稣是太阳，而十二使徒则是黄道十二宫。不过，这种说法在今天没能得到广泛认同。在各种反驳杜普伊观点的著作中，佩雷斯（J.B. Pérès）的一篇论文非常有意思。作者在这篇题为《为何拿破仑从未存在过》（*How Napoleon Never Existed*，1835年）的论文中表示，拿破仑·波拿巴实际上是太阳——他的名字"无疑表示来自东方美好土地的阿波罗"，而他的十二位手握大权的元帅则是摩羯、金牛和双子……

有一个大类的神话被认为描绘了生殖和农业生产过程，以及在原始人头脑中二者的联系（特别是在弗雷泽爵士［Sir J.G.Frazer］的《金枝》［*The Golden Bough*］中），比如秘仪中的德墨忒耳（Demeter）和珀尔塞福涅（Persephone）神话；比如关于维纳斯和阿多尼斯，阿提斯（Attis）和库柏勒（Cybele），伊西斯（Isis）和奥西里斯（Osiris）的神话。甚至圣诞故事也和这类主题有所关联。因为《圣经》中没有任何证据提到耶稣出生在12月；而把这个作为救世主的婴儿的生日安排在冬至前后，让他把新生带给了一个看上去寒冷而死寂的世界似乎是合理的选择。我们围绕着圣诞树庆祝的场面其实是异教徒冬祭仪式的遗痕，常青树象征了人们所期盼的来年春天的复苏。

今天的心理学家则把神话理解为对永恒但不被承认的精神态度和力量的表达。这种诠释的创始者是西格蒙德·弗洛伊德（Sigmund Freud，1856—1939年）。他指出，流传广泛的著名传说和梦境符号间存在许多相似元素，它们（在可接受的掩饰下）代表了强烈的本能冲动。⁹他用希腊神话中忒拜王室悲剧里的人物命名了其中最强烈的那种冲动——即儿子对母亲的爱和对父亲的嫉妒——称之为俄狄浦斯情结（Oedipus complex）。与之相对应的女儿对父亲的爱和对母亲的嫉妒则被命名为厄勒克特拉情结（Electra complex），因为它会让人联想到那位憎恶自己骄傲而残酷的母亲克吕泰涅斯特拉（Clytemnestra）的公主的悲剧。而对于可能让男人或女人对整个外部世界麻木的自恋和自我陶醉而言，最早和最生动的范例非那位因爱上自己倒影而死的青年莫属：于是这种神经症按照他的名字被称为那喀索斯症。

弗洛伊德的暗示在荣格（C.G.Jung，1875—1961年）的作品中得到了扩展，特别是他的《心理学和宗教》（Psychology and Religion）、《心理学和无意识》（Psychology and the Unconscious）、《人格的整合》（Integration of the Personality），以及他在自己赞助的《埃拉诺斯》（Eranos）杂志上发表的文章。这种诠释的要旨在于，神话象征了所有人都能感知到但不愿承认的欲望和激情。女孩们希望自己美丽绝伦，希望世上最富有、最高贵和最英俊的男子能够不顾自己的出身以及家庭的冷漠和敌意迎娶她们。为了缓解这种欲望造成的压力，她们会反复讲述或阅读灰姑娘的故事，告诉自己这样的事已经有过先例，并把自己想象成灰姑娘。男孩则希望完全占有母亲的爱，击退以父亲为首的竞争者。为此，他们会讲述勇敢的年轻人如何在历险过程中杀死了一位不认识的老人并迎娶了美丽的王后，事后才发现老人是自己的父亲，王后是自己的母亲。俄狄浦斯、灰姑娘、普苏克（Psyche）①、特洛伊的海伦、唐璜、阿拉丁、巨革斯（Gyges）、杀死巨人歌利亚的大卫、杀死巨人的杰克、辛巴达、尤利西斯、赫拉克勒斯或参孙——所有这些形象与其说是历史人物，不如说是人类共同的愿望、热情和期冀的投影。欧洲乃至全世界的全部人类历史和文学中反复出现了相似的伟大神话甚至伟大象征，诸如神秘之花以及三、七和十二等神秘的数字。它们不断被翻新，作为迷信、伟大信仰的基础或者普世的艺术和仪俗模式一再呈现在世人面前。荣格称其为"集体无意识的原型"：它们是人类共有的，是所有人灵魂的发展模式。每对夫妇都梦想着拥有这样的孩子——他们没有缺陷，不泯然众人，而是卓然于群，能够解

---

① 阿普莱伊乌斯《变形记》中丘比特的情人。

决一切问题,善良、强壮、智慧而英勇。这个梦想变成了那名奇迹婴儿的神话。[10] 不过,从最深层的意义上说,这个梦想已经实现了,因为每个婴儿都是奇迹。

荣格认为,正是由于人类的普遍性,那些最伟大的传说无法被归于任何一位作家名下,并且在不断的重新创作中保持了自身的力量。许多个世代的故事讲述者和聆听者为它们所作的贡献显然是"集体性的"。它们代表了人类内心最深处的思想和感情,因此(按照人类的标准)它们是不朽的。

然而,我们不能把所有的传说都解读成自作多情的美好愿景。希腊神话就显然不是这样。我们希望能有一本书对它们加以分析,理清它们同其他民族的神话以及希腊人更加意识化的艺术之间错综复杂的关系,并解释它们同其他种类传说的区别。它们的一个基本差异在于,许多希腊神话是悲剧性的:比如那喀索斯、阿拉克涅(Arachne)、绪林克斯(Syrinx)、法厄同(Phaethon)[①]和俄狄浦斯的故事。智慧的希腊人知道,人类想要实现夸张的愿望往往会导致悲剧。灰姑娘从此过上了幸福的生活,但俄狄浦斯刺瞎了自己的双眼,过上了流亡生活。而当赫拉克勒斯不堪身体带来的折磨时,他选择了投火自尽。

与此同时,一些现代作家写出了极富生命力的文学作品。他们在戏剧或故事中重新讲述了希腊神话——有时会为其安排现代背景,但更多时候还是保留了古代的场景和人物。奇怪的是,很少有作家真正把这些神话看成无意识的象征,或者像乔伊斯的《芬尼根的守灵夜》这样熟悉心理学研究。相反地,他们更喜欢以希腊诗人的原始版本呈现这些传说,只是让其带上面向当代观众的道德和政治意义。

尽管这场运动波及了好几个国家,但它的基地还是在现代法国,那里的活动至今仍是最丰富和最有趣的。它的旗手是安德雷·纪德(1869—1951年)。早在1899年,纪德就发表了《菲罗克忒忒斯》(*Philoctète*)和《锁链松脱的普罗米修斯》(*Le Promèthèe mal enchaînè*)。1901年,他又出版了根据巨革斯传说改编的剧作《坎道列斯王》(*Le roi Candaule*)。随后,他改用其他方法表现自己所关心的问题,但他的作品仍然要求读者受过相当的古典教育(比如1924年出版的为同性恋辩护的"柏拉图式对话集"《科吕冬》[*Corydon*]之名就典出维吉尔[②]),同时他一直认为自己在风格上是古典主义者。[11] 1931年,他回归希腊主题,发表了改编自

---

① 在奥维德的《变形记》中,阿拉克涅是一位精通织布的女子,因为与雅典娜比赛织布而被变成了蜘蛛(第六卷第1–145行)。绪林克斯是阿耳忒弥斯的女伴,为了躲避潘神的追求变成了芦苇(第一卷第689行起)。法厄同是阿波罗之子,在驾驶父亲的太阳车时惊慌失措,被宙斯用闪电击毙(第二卷第90–110行)。

② 科吕冬是维吉尔《牧歌》第二首中的人物,他爱上了伊奥拉斯的宠奴阿莱克西斯。

忒拜传说的惊艳短剧《俄狄浦斯》（*Œdipe*）。他最后的一部此类作品是自传性质的散文故事《忒修斯》（*Thésée*，1946 年），收录了其未完成的《对希腊神话的思考》（*Les considérations sur la mythologie grecque*）中的一些材料。

引导纪德成为新希腊主义作家的是佩特的弟子和优秀的古典学者奥斯卡·王尔德，这点应该没有什么疑问。[12] 他对王尔德的推崇主要出于两个原因。首先，王尔德是一位艺术家，对于艺术家的社会角色抱有极高的期待，并且掌握了将欲望和克制奇异地融为一体的技巧；其次，王尔德是同性恋，拥有离经叛道的勇气。在《奥斯卡·王尔德》（*Oscar Wilde*）一文中，纪德描绘了自己在年仅 22 岁时与王尔德相遇并为之折服的情景。王尔德用带有神奇吸引力的嗓音和精致的遣词用句讲述了一个又一个光怪陆离的故事。然后，他把年轻的纪德拉到一边，特意为他讲了一对奇特恋人的故事。这个故事的原型是因为爱上自己的水中倒影而死去的那喀索斯的传说。在王尔德的版本中，水深深地爱上了那喀索斯，因为后者的双眸中映射出了它的美丽。在纪德的记录中，这是王尔德所说的第一句话，它不仅预言了两人的关系，还象征了两人性格上某些基本的共同点：对感官之美的极度热爱、对同性的激情、自给自足的冷艳。

从纪德早期作品的年表中，我们可以再次看到王尔德所施加的古典影响。从 1891 年开始，王尔德陆续向纪德讲述了那喀索斯传说的续集和其他许多改编自希腊神话的故事；1899 年，纪德发表了普罗米修斯传说的续集《锁链松脱的普罗米修斯》。1893 年，王尔德出版了《莎乐美》，用古典式的克制风格对发生在希腊世界边缘的一个东方故事做了戏剧化的演绎；1901 年，纪德出版了《坎道列斯王》，同样用古典式的克制风格对发生在希腊世界边缘的一个东方故事做了戏剧化的演绎。两部剧作的主题都是对两性激情的险恶扭曲，两位作者都在原作基础上加入了更加可怕的情节。此外，王尔德的《道连·格雷的画像》（*The Picture of Dorian Gray*，1891 年）难道不是纪德的《背德者》（*L'Immoraliste*，1902 年）的兄长吗？纪德身上的许多东西是王尔德没有的，王尔德身上的某些东西在纪德身上也得不到响应。但两人有太多共有的特征，包括其中最奇特和最强烈的。这个故事的其他部分可以在纪德的《莫普索斯》（*Mopsus*）和《如果种子不死》（*Si le grain ne meurt*）中找到暗示。

在"一战"前和"一战"期间，德国出现了几部希腊神话主题的戏剧，包括胡戈·冯·霍夫曼施塔尔（Hugo von Hofmannsthal）的《厄勒克特拉》（*Elektra*，1903 年），这部洋溢着疯狂暴力的戏剧后来被施特劳斯配上了展现精神迷乱的音乐；弗朗茨·魏尔菲尔（Franz Werfel）的《特洛伊妇女》（*Die Troerinnen*，1914 年），这部战争悲剧以赫卡柏为女主角，描绘了她经历各种失败的痛苦但仍然保持着生存的勇气；瓦尔特·哈森克勒弗尔（Walter Hasenclever）的《安提戈涅》（Antigone，1917年），剧中的暴君克瑞翁（Creon）及其元帅与威廉二世和鲁登道夫（Ludendorff）非常相似。[13]

在美国，尤金·奥尼尔（Eugene O'Neill）的《厄勒克特拉的悲悼》（Mourning becomes Electra，1931年）给人留下了深刻的印象。这部作品在19世纪的新英格兰重现了阿伽门农悲剧中的家庭关系、大多数的事件和某些道德问题。但作者空洞地强调性压抑的主题，并省略了埃斯库罗斯在《俄瑞斯忒亚》中面对的更重要的宗教和道德问题，导致作品在内涵上逊于原著。[14]

在美国人罗宾逊·杰弗斯（Robinson Jeffers）和法国人让·阿努伊（Jean Anouilh）对《美狄亚》的改编中，性同样是首要动机。欧里庇得斯在创作这部悲剧时非常清楚，让美狄亚陷入血腥疯狂的原因主要是伊阿宋拒绝了她的爱，她即将面对没有尽头的性饥渴。不过，他知道仅仅考虑这些是不够的。如果把美狄亚描绘成一名因为情欲受挫而抓狂的半野蛮少女，而不是一位被抛弃的显赫贵妇，一位背井离乡的乞怜者，一位被欺骗的战友和一位受挫的骄傲女子，那么作品的悲剧气度将受到削弱。这几乎就是阿努伊笔下的美狄亚形象：她被描绘成一个满口粗话的俄国吉卜赛女人，而且最终没有带着血腥的胜利逃离，而是在马车中自焚，就像廉价**激情犯罪**小说的主人公。杰弗斯的美狄亚形象更加高大（这位诗人受到冷遇令人遗憾，他的每一首作品都不乏令人难忘的壮美）。不过，由于其作品的首要主题之一是性冲动的可怕力量以及它和杀戮欲的密切联系，他主要把美狄亚描绘成了一位受到那种冲动的扭曲而沦为复仇女神的美丽女子。[15]

另外两部改编自希腊神话的作品则以不幸的英雄主义为主题。年轻的意大利诗人劳罗·德·波西斯（Lauro de Bosis）的悲剧《伊卡洛斯》（Icaro，1927年）[16]把代达洛斯和伊卡洛斯父子描绘成了思想的英雄、铁的发现者和第一批在空中翱翔的人类。他们象征了人类充满创造力的头脑和最伟大的成就——知识和诗歌。[17]作者通过动人的对白和抒情诗表达了这个美好的理念。不幸的是，作品的情节——伊卡洛斯的坠亡是因为他拒绝了帕西淮王后（Queen Pasiphae）的示爱，招致后者的父亲太阳神的报复——却是相对没有意义的男女私情，与诗人的理想并不般配。德·波西斯用崇高的理想主义举动结束了自己的生命。他是墨索里尼的反对者。在经过一段时间的地下工作后，他买了一架飞机，飞到罗马上空抛撒反法西斯传单，最终像伊卡洛斯那样，在又一次腾飞中走向了生命的终点。

当代哲学家阿尔贝·加缪（Albert Camus）则在他的几部小说和戏剧以及随笔集《西绪弗斯的神话》（Le Mythe de Sisyphe）中表达了生命"荒诞"的想法。[18]因为试图捉弄诸神和降服死神，西绪弗斯堕入了地狱，被罚将一块巨石推上山顶：

这是没有终点的惩罚，因为巨石到达山顶后总会再次滚落。加缪表示，尽管我们之中的许多人在此时此地过着相似的生活，但我们既无悲剧性也无英雄性，因为我们没有意识到自己的动作是毫无希望的——因为生命本身是荒诞的。意识到这点并超越它是真正的胜利。"把巨石推向山顶的努力足以占满一个人的心。我们必须认为西绪弗斯是快乐的。"这种想法并不像加缪所认为的那么新颖，它正是拜伦对自己骄傲的提坦族亲属普罗米修斯所发出的呐喊[19]：

> 和你相同，人也有神的一半，
> 是浊流来自圣洁的源泉；
> 人也能够一半儿预见
> 他自己的阴惨的归宿；
> 他那不幸，他的不肯屈服，
> 和他那生存的孤立无援：
> 但这一切反而使他振奋，
> 逆境会唤起顽抗的精神
> 使他与灾难力敌相持，
> 坚定的意志，深刻的认识；
> 即使在痛苦中，他能看到
> 其中也有它凝聚的酬报；
> 他骄傲他敢于反抗到底，
> 呵，他会把死亡变为胜利了。（查良铮译文）

普罗米修斯是一位瑞士神秘主义者的主要灵感来源，他完成了现代人对希腊神话最有力的一次改编。尽管获得过1919年的诺贝尔奖，卡尔·施皮特勒（Carl Spitteler）在中欧之外几乎籍籍无名。[20] 他生于1845年，曾经研究过神学，但后来放弃了。他创立了自己的宗教。在俄国度过八年的教师生涯后，他回到故乡，并出版了一部名为《普罗米修斯和厄庇墨透斯》（*Prometheus und Epimetheus*，1880—1881年）的奇特作品。

《普罗米修斯和厄庇墨透斯》是一部晦涩而复杂的作品，讲述了古代神话中"先见"和"后见"（或者说"远见"和"后悔"）两兄弟的故事①。他们一个睿智，无私，永远都在进步，永远都在受苦；另一个幼稚，不加思考地攫取财富，贪婪地接受了

---

① 普罗米修斯和厄庇墨透斯兄弟的名字在希腊语中分别表示"事先思考者"和"事后思考者"。

完美的女子潘多拉，不顾她的嫁妆里隐藏了人类的全部苦难。他们一个是追求自我独立的殉道者，另一个是刻意逢迎的牺牲品。他们代表了人类灵魂的两个方面。在革命时代的诗歌中，作为创造者、神的敌人和受难殉道者的普罗米修斯是最受欢迎的主人公。[21] 但在施皮特勒的作品中，两兄弟都共同把持着舞台。在他们所占据的世界中，被和希腊传说怪异地交织在一起的是基督教和诺斯替超自然概念以及施皮特勒本人的神秘主义，这个世界并非由上帝直接统治，而是由一名天使掌管。天使试图让普罗米修斯成为副手，后者为了保持灵魂的解放拒绝了邀请。但厄庇墨透斯却接受了。他变得富有和强大，但并不成功。他没能在恶灵比蒙（Behemoth）的袭击中保护好天使的三个孩子（神话［Myth］、圣所［Hiero］和弥赛亚［Messiah］）。他的兄弟普罗米修斯被从乞讨和流亡中召回，并拯救了世界王国。然后，两兄弟把世界交给了弥赛亚。

这部用笔名出版的作品没能取得成功。对于凯勒（Keller）等瑞士评论家而言，它过于宏大；它很快被另一部用同样的启示录基调和类似圣经的文笔写成的作品所超越，那就是尼采的《查拉图斯特拉如是说》（*Also Sprach Zarathustra*）[22]；而且如果没有长时间的研读，理解这部作品将太过困难。阅读复杂的隐喻如同解谜——在开始前必须相当确定其中包含了某些信息，很少有人确信《普罗米修斯和厄庇墨透斯》能满足这点。

二十年后，施皮特勒创作了史诗《奥林波斯之春》（*Der Olympischer Frühling*，1900—1906年发表，1910年修订）。这个用六音步双行韵体写成的壮丽故事讲述了奥林波斯诸神如何在命运的召唤下从地下长眠中觉醒，如何登上奥林波斯山（途中遭遇克洛诺斯率军下山，成功将其推翻），如何争夺王位与赫拉的芳心。在点明了诸神的天性和关系后，作者又让他们在世界各地漫游，无拘无束地行使着可怕的力量——直到最终天界的幸福和宙斯的统治开始崩溃。于是，宙斯创造了赫拉克勒斯，让他下山拯救苦难的人类。

《奥林波斯之春》《普罗米修斯和厄庇墨透斯》以及对其加以改编和重新诠释的《受难者普罗米修斯》（*Prometheus der Dulder*）让施皮特勒声名鹊起。《普罗米修斯和厄庇墨透斯》拥有许多不寻常的特质。而为他赢得诺贝尔奖的《奥林波斯之春》则显然是一件更伟大的艺术品。

两部作品都是隐喻。它们讲述了诸神可见的和肉体的冲突，描摹的却是人类世界精神力量间的一系列冲突。不过，和《仙后》一样，这个故事无比生动，怪异的角色显得栩栩如生，它们带给我们的愉悦并不仅仅来自对更深层次意义的探究。和所有富有感染力的象征主义艺术家一样，施皮特勒所创造的形象和情节本身就令人难以忘怀，而随着我们的关注，它们慢慢变得透明，向我们展现出内部包含和孕育的一层又一层意义。

本书的篇幅不足以对该作品的全部意义加以探讨。但其中一些是显而易见的。新觉醒的诸神登上奥林波斯山，他们争夺至高权力，恢复了自己的全部力量，在世界各地从事各种活动——这些情节象征了人类精神从童年成长为鲁莽而生机勃勃的青年，也象征了成年后的困难、冲突和痛苦。它们还向我们展现了国家、民族、帝国或文明如何以奇异的方式从黑暗中诞生，如何享受了生机勃勃的青春，如何命中注定地走向死亡，如何向他人派出救世主而不是主宰他们，从而获得延续生命的可能。这些诗歌中还包含了许多深刻得多的意义。不过对任何诗歌爱好者而言，即使第一次阅读它们也会对其中的某些场景念念不忘，就好比《浮士德》中的象征性场景：普罗米修斯带着自己的狮子和狗开始流亡；克洛诺斯的快速败亡就像巨大的雪杉倒在山边，然后滚下悬崖，只留下稍后传来的坠落回响。

施皮特勒的神秘形象大多源自希腊。[23] 他的悲观主义基调以及他关于生命是美好但不道德的判断一部分来自叔本华（通过布克哈特的中介），一部分则纯粹是希腊的。独立关注着相同问题的尼采也从对希腊艺术的研究中得出了类似的悲观主义。不过，施皮特勒的角色是瑞士人，在行动上则是德国人。他们比希腊诸神经历了更多的痛苦和斗争，感受着更大的恐惧和仇恨。威胁着他们的不是阿波罗杀死的皮同巨蟒，而是危险的芬里厄巨狼（Fenris Wolf）①。他们的奥林波斯山不是凌驾于爱琴海之上、与天齐高的静谧之巅，而是绿草如茵的阿尔卑斯山和电闪雷鸣的瓦尔哈拉宫（Valhalla）②。为新觉醒的诸神奉上琼浆玉液的赫柏（Hebe）就像身着连衣裙的阿尔卑斯山挤奶少女那样跳跃和歌唱。[24] 施皮特勒用优美的方式表达了对阿尔卑斯山的感情。如果说华兹华斯属于少数的几位山岳派诗人，那么施皮特勒就是其中另一位几乎同样伟大的成员。

很难把他和别的艺术家联系起来。在音乐家中，他从容舒缓的节奏和淳朴的崇高类似布吕克纳（Bruckner）；他对山岳和英勇战斗的热爱类似施特劳斯；他的宏大构想和原始宿命感类似瓦格纳。在文学界找不到任何与他相似的作家，因为他融合了兰多的崇高恢宏以及尼采的宗教神秘主义和驱动能量。和他最为相近的画家是同时代的瑞士人阿诺德·伯克林（Arnold Böcklin）。[25]

但施皮特勒不仅是一位19世纪的艺术家，他就像一种自然力量。当我们进入他所栖居的世界时，从远离人烟、道路不通的高高山脊上会传来一种新的生命旋律，缓慢而沉重地穿越我们；激流的咆哮在身下的幽谷中回荡，耳边是风的呼号，

---

① 北欧神话中的恐怖巨狼，在吞噬了奥丁之后被杀死。
② 北欧神话中诸神的居所。

四周的山峰虽然是静止的，却仿佛正随着一场千年之久的搏斗起伏和挣扎，十英里宽的浮云在宽广的苍穹下奔涌，森林和冰川在永不平息的战争中冲锋和反冲锋，而整个宇宙则是缓慢而宏大的永恒冲突之战场，卑微的人类无法完全理解它，但必须对其表达敬意。

近年来，在诗歌、散文和戏剧中还出现了其他许多对希腊神话的重述，我们无法一一列举（道格拉斯·布什［Douglas Bush］在《英语诗歌中的神话学和浪漫主义传统》［*Mythology and the Romantic Tradition in English Poetry*］中对英美诗歌中的此类作品进行了全面而精妙的探讨）。不过，其中最有意思的一类作品要数现代法国剧作家创作的新希腊戏剧。我们在前文提到，安德雷·纪德是法国这场运动的旗手。虽然不能把所有下列剧作家称为他的门徒，但他们都采纳了纪德对待神话的许多态度，用和他相同的方式对传说加以改编（有时甚至是歪曲）；在基本的精神面貌上，他们和纪德也存在一定的共同点。因此，我们可以将二者的作品归为一类。前文已经列出了纪德以希腊传说为主题的最重要作品，下面则是其他人的代表作：

让·科克托（Jean Cocteau）的《安提戈涅》（*Antigone*，1922年）、《俄耳甫斯》（*Orphée*，1926年）和《地狱机器》（*La Machine infernale*，1934年）；

让·吉罗杜（Jean Giraudoux）的《安菲特律翁38》（*Amphitryon 38*，1929年）、《特洛伊战争不会爆发》（*La guerre de Troie n'aura pas lieu*，1935年）和《厄勒克特拉》（*Électre*，1937年）；

让·阿努伊的《欧律狄刻》（*Euridice*，1941年）、《安提戈涅》（*Antigone*，1942年）和《美狄亚》（*Médée*，1946年）；

让·保罗·萨特的《苍蝇》（*Les mouches*，1943年）。

在详细分析这些剧作前，我们可以先探究一下为什么如此之多的现代剧作家要到希腊神话中寻找情节。关于这个问题有以下不同答案。

首先，他们寻找的是能够用极其简洁的手法处理的主题——这些主题本身具有足够的权威，无需大量现实主义或"印象主义"的细节让它们变得可信。在当代音乐中，斯特拉文斯基（Stravinsky）[①]的《俄狄浦斯王》（*Oedipus Rex*）和萨蒂（Satie）[②]的《裸体之舞》（*Gymnopédies*）表现了同样的主题。

---

① 伊戈尔·斯特拉文斯基（Igor Stravinsky，1882—1971年），俄裔美籍作曲家。
② 埃里克·萨蒂（Erik Satie，1866—1925年），法国作曲家。

而基里科（Chirico）①的绘画和马约尔（Maillol）②的雕塑对它们的演绎甚至更为出色。

其次，此类主题虽然外表简洁，但内涵深刻而富于启示——在这点上，新希腊剧作家们和心理学家的想法不谋而合。因为他们知道，对于包括自己时代在内的所有时代的人而言，每个伟大的神话都带有深刻的意义。于是在被德国占领期间，通过对安提戈涅和俄瑞斯忒斯（Orestes）传说的改编，阿努伊和萨特表现了对非正义但表面上无法抗拒的权威的抵抗。比起采用当代剧情，这样做不仅更安全，影响面也更大。与之类似，吉罗杜的作品描绘了双方政客如何面对来自愚蠢冲动的暴民和煽动者的开战压力，又是如何为避免特洛伊战争而做出了各种努力和牺牲。悲剧的要素之一在于观众预先知道即将到来的灾难，因此吉罗杜的作品带有浓烈的悲剧色彩。自从1935年上演以来，它不仅是一部希腊悲剧，也是当代的悲剧。

此外，由于法国知识分子一直排斥奥林波斯诸神，纪德和科克托等人对某些令人生畏的古老传统进行了剖析，让它们变得人性化甚至庸俗化，从而在一定程度上缓和了人们对其的态度。通过让神话更接近人性，他们使之显得更加真实。另一方面，他们发现神话还是取之不竭的诗歌源泉。现代戏剧最严重的缺陷之一在于缺乏想象力。它们明快而睿智，有时构思非常周到，而且总是贴近现实。但世界级的伟大戏剧不会停留在地面上，而是展翅腾飞成为诗歌。由于现代世界对物质力量和财富的强调，想要写出一部在最崇高的时刻能够升华为诗歌的当代戏剧是极其困难的。不过，用改编后的希腊神话来表现当代问题就可以取得诗化的效果，无论这种诗歌是幻想式的抑或悲剧英雄主义的。

这些戏剧在形式上受到限制，但并不僵化地遵循古典传统。除了科克托的《地狱机器》，它们并不强求时间和地点的统一性，只是大致遵循了这一原则，但全都体现了必要的情节统一性。这些作品完全用现代散文体语言写成，科克托和吉罗杜的作品中可以经常看到崇高的诗性意象，但和其他人一样，他们有时也会使用低俗的粗话和俚语。希腊悲剧中的歌队只剩下些许痕迹：如纪德的《俄狄浦斯》中几个用大白话交谈的妇女，阿努伊的《安提戈涅》和科克托同名作品中唯一的评论者（类似《亨利五世》中的旁白），科克托在首演时还亲自扮演了这个角色。[26]

在情节上，这些作品几乎都保留了所依据神话的轮廓，可供改动的余地很少。如果尤里乌斯·恺撒在剧中不是被暗杀的，或者特洛伊没有被占领和焚毁，作品将显得非常可笑。因此，人们只能接受恺撒被谋杀或特洛伊陷落的故事，同时赋予其新的含义，用新奇和有趣的方式来解释事实真相，另辟蹊径地表现相关人物，

---

① 乔治·德·基里科（Giorgio de Chirico，1888—1978年），意大利超现实画派大师。
② 阿里斯蒂德·马约尔（Aristide Maillol，1861—1944年），法国雕塑家和画家。

或者通过重构价值、动机和结果来强调人类生活的无限不确定性和复杂性。欧里庇得斯是希腊人中使用这种手法的大师：他专注于将一些鲜为人知的传说改编成戏剧，比如诸神把真正的海伦留在埃及，送去特洛伊的只是一个美丽的鬼魂替身。我们还在前文看到，一位罗马帝国晚期的传奇作家颠覆了特洛伊的陷落原因，将其归咎于叛徒的出卖，他的伪作影响了许多代的中世纪诗人。[27] 任何试图在神话基础上有所创新的作家必须对其加以增删或改编。[28]

一位著名的法国小说家摧毁或颠覆了某个非常著名的传说——他并非不喜欢希腊和罗马诗歌，而是因为他对自然的热爱超过了雕像般的英雄主义。这就是普罗旺斯作家让·吉奥诺（Jean Giono），他在自传中表示，与维吉尔的初次接触让自己如同受到天启，产生的巨大影响不亚于宗教皈依。他在自己的几部作品中试图用散文体重现在古典文学中感受到的田园气息和充满灵性的氛围。《奥德赛的诞生》（*Birth of the Odyssey*，1938年）讲述了奥德修斯还乡的故事，小说的背景是富饶的乡间，更像法国南部而不是贫瘠的伊萨卡，而主人公则变成了一个神经质和正在老去的说谎者，他编造了独眼巨人、斯库拉和卡律布狄斯等故事，只是为了掩盖自己在归途中与一名像喀耳刻那样让人着迷的女子厮混多年的真相，并为自己回家时的寒酸和羞怯寻找借口。一位盲人老乐师记录下了他的谎言，将其改编成新的歌谣在乡间传唱。

作品的细节也被仔细安排成反英雄式的。比如，奥德修斯非常害怕与佩涅罗珀姘居的年轻而强壮的运动员安提诺俄斯（Antinous）。两人后来发生了争执，他碰巧击中了安提诺俄斯，让后者落荒而逃。在追逐的过程中，他目睹了安提诺俄斯在山体塌方中身受重伤，并滑入了大海。于是就有了奥德修斯杀死佩涅罗珀全部追求者的故事。此外，认出主人回家的不是忠实的老狗阿尔戈斯，而是一只家养的喜鹊；为了避免被安提诺俄斯发现，奥德修斯掐死了它。在某个版本的故事中，奥德修斯意外死于儿子之手——并非忒勒玛科斯，而是他与喀耳刻的儿子忒勒戈诺斯。在吉奥诺的小说最后，叛逆的忒勒玛科斯正在准备残忍地杀死父亲。尽管故事很有新意，描写也非常生动，但对奥德修斯英雄传奇的颠覆显得很不自然。这样一位鲁莽而懦弱的人物是不可能回到家乡的，更不可能在特洛伊的十年战争中全身而退。

除了这个特例，现代法国的小说家和剧作家们都保留了传说的轮廓，但通过重新演绎加入了出人意料的真相。比如赫克托耳和奥德修斯曾经共同努力通过谈判来避免特洛伊战争，只是因为某些好战分子的压力才被迫开战——这种说法虽然很少有人认同，但完全是有可能的，因为这两位谨慎的英雄应该更希望看到和平而非战争。在吉罗杜的作品中，推动这场冲突的是一位高调的好战分子和一位激动的煽动分子，剧中人物更像来自现代的德国和法国，而非青铜时代的希腊。不过，这种时空错乱并未影响他所传递的主要事实。

　　阿努伊的《欧律狄刻》显得与众不同，因为该剧的背景完全是现代的，但想要理解作品又离不开相关神话。在原作中，杰出乐手俄耳甫斯的妻子欧律狄刻突然身亡；凭借着音乐的力量，他进入了亡灵世界并被允许将欧律狄刻带回——条件是在回到人间之前他不能回头看妻子；由于忘记了承诺，他永远失去了妻子，从此绝望地四处漂泊，最终被色雷斯的酒神女撕成了碎片。而在阿努伊的作品中，俄耳甫斯是在咖啡厅表演的小提琴手，他在火车站遇到了一位正在巡回演出的女演员，对她一见钟情。由于俄耳甫斯坚持打听对方之前情人的情况，女友离他而去。后来，一位神秘的昂利先生（如果没有相关的希腊神话，这个人物将显得毫无意义）把她送回了俄耳甫斯身边，条件是在天亮之前不能看她的脸。但俄耳甫斯还是向她刨根问底，并看了她的脸，于是再一次失去了女友（这一次真的死了）。俄耳甫斯的失败象征了情郎永远无法阻止自己对心上人刨根问底，即使那意味着爱情的终结（普鲁斯特对此做过极为详细的描绘）。

　　在纪德的《锁链松脱的普罗米修斯》中，普罗米修斯离开了被困的悬崖，但留下那只鹰作为宠物，并用自己的内脏喂它。为什么呢？因为他希望鹰看上去威武漂亮，因为他和我们所有人一样，希望拥有一只鹰。他不愿像对待那只死去的信天翁似的①用锁链把它系在头颈上，而是让它热爱自己，以自己的血肉为食。而在纪德的《俄狄浦斯》中，每个人都是堕落但骄傲的，这部作品是纪德本人，也是他那些堕落但骄傲的精神继承者的写照——剧中俄狄浦斯一个儿子的著作与纪德两位弟子的作品非常相似[29]，而斯芬克斯仅仅是一个威吓着所有年轻人的可怕生命之谜，只要他们回答"人"时就会消失（即肯定人性能创造自己的标准）。在所有的新希腊主义剧中，吉罗杜的《安菲特律翁38》在表现重大主题中出人意料的真相时特别具有感染力：如夫妻之爱、女性对男性的征服（甚至是伪装成人的神）、人与神的关系。

　　这些剧作家都是出色的心理学家，都为神话传统中所记录的行为找到了全新但可信的动机。在忒修斯的"自传"中，纪德指出，当阿里阿德涅把一个线团交给忒修斯时，她的初衷是把自己和情郎绑在一起，而不是帮助他走出怪兽藏身的迷宫；这就是为什么忒修斯后来在荒岛上抛弃了她；他并非真的忘记挂起白帆来告知父亲自己安然无恙（这间接导致了其父亲的自杀，使他得以登上王位），就像他并非出于遗忘才把阿里阿德涅留在了纳克索斯岛上。在同一部作品中，俄狄

---

① 见波德莱尔的《信天翁》。

浦斯表示，刺瞎双目不是为了惩罚他本人，而是惩罚那双本该看清这一切的眼睛。克瑞翁通常被视作典型的残酷暴君，但阿努伊在《安提戈涅》中非常冷静和耐心地辩解称，克瑞翁一点也不残酷，他只是法律、秩序和高效政府的管理者，是比任何个人道德准则更加崇高的理想人物。当安提戈涅自缢，当儿子在谴责他之后自杀，当妻子自刎等一系列悲剧发生后，他只是长叹一声，然后就继续履行主持御前会议的职责去了：他毫无人情味，与死人无异。对神话动机最惊人的（尽管不是最深刻的）重新诠释来自科克托的《地狱机器》。在这部作品中，斯芬克斯人性的那一面爱上了年轻而骄傲的俄狄浦斯，尽管她作为神祇要比后者强大得多，但还是向其吐露了自己的秘密。然而，她只能像报应女神那样心怀怜悯地看着俄狄浦斯逐渐实现自己的勃勃野心（这正是神祇们的愿望）：他将弑父篡位并迎娶母亲，当导火索燃尽时，他将在自己的荣耀中被炸得粉身碎骨。"他们以杀我们取乐"。

与其他作家不同，安德雷·纪德发明了新的情节和恶毒动机。两千多年来，人们对拉布达科斯家族（Labdacids）①的可怕历史已经耳熟能详，但纪德却第一个暗示，俄狄浦斯不知情的乱伦所生的儿子故意引诱了姐姐们（并取得了一定的成功）。30 希罗多德讲述的坎达列斯和巨革斯的故事（戈蒂耶对其做过重述）已经足够刺激：国王对妻子的美貌非常骄傲，让宠臣巨革斯躲在自己的卧室里看她的裸体。但纪德笔下的国王表现得极为慷慨，他离开了房间，让巨革斯代替自己和王后同房。31 传说中，忒修斯带走了阿里阿德涅和她的妹妹淮德拉。但在纪德的版本中，忒修斯告诉阿里阿德涅自己爱上了她的**弟弟**，后者也纵容了弟弟的**堕落**行为。不过令弟弟失望的是，最终被偷偷送上船的是乔装成他的样子的淮德拉。32 和尼禄的诗歌或高迪的建筑一样，拥有纪德这样层次的糟糕品位并不比拥有好品位来得容易，而且至少是稀有的。忒修斯并不是最具吸引力的古典英雄，但纪德赋予了他特别玩世不恭的性放纵态度（纪德作品中的大多数英雄骄傲地把它视作自己的旗帜）。当忒修斯抛弃姐姐后，他对妹妹说："我不希望有没被满足的欲望，这是不健康的。"33 此外，在所有古典诗歌爱好者的眼中，阿里阿德涅的头巾象征了她遭到背叛、独处孤岛的可怜遭遇。在奥维德笔下，她挥舞着头巾，希望情郎能够回到纳克索斯岛：

> 我将素纱挂上高枝，
> 提醒把我遗忘的人。34

---

① 指忒拜国王拉布达科斯（Labdacus）的后裔，俄狄浦斯是他的孙子。

但纪德却有意无意地把这件小东西也玷污了。在他的故事中，被吹落的头巾落到了忒修斯手中，他马上当众把它用作了兜裆布。[35]

所有上述作家都不喜欢让剧作显得遥远、古老和不真实。因此，尽管不会故意在舞台上表现出时空的错乱，他们还是会尽可能使用现代的语言，经常插入粗俗的细节和表达。在吉罗杜的《厄勒克特拉》中，一位怒气冲冲的妇女抱怨不得不为丈夫点雪茄和过滤咖啡。[36] 而特洛伊的海伦则像现代法国妇女那样，表示帕里斯会把她丢下一会儿"去打草地滚球或者钓鳗鱼"。[37] 在索福克勒斯的《安提戈涅》中，一名卫兵用相对直白而简单的语言向克瑞翁报告安提戈涅触犯禁令，但在阿努伊的同名作品中则出现了好几名卫兵，他们粗俗地谈论着喝酒和逛妓院，反衬出女主角孤独而纯洁的理想主义。在科克托的《俄耳甫斯》中，诗人被撕成碎片是因为他在参加诗歌比赛的作品中使用了"欧律狄刻夫人将从地狱回归"（*Madame Eurydice Reviendra Des Enfers*）这个神谕般的句子，首字母连起来就是法语中最常用的粗口。纪德则故意追求平庸（早期的《菲罗克忒忒斯》除外），因为他认为英雄气概显得虚伪，只有平庸才是真实的。只用一个例子就足以说明这点。当俄狄浦斯发现自己的罪行，冲出场外自残双目时，纪德让歌队留在了舞台上。他们没有保持沉默，或者用歌声表达同情和恐惧，而是说着些无关紧要的话，让人气不打一处来：

> 这只是家事，和我们完全无关……我们可以说，他把自己弄上了那不幸的床。[38]

尽管有种种古怪之处，此类作品中的佼佼者仍不失为上佳的戏剧，即使那些最糟糕的也包含了发人深省和令人难忘的思想。悲剧必须乘着想象和情感的翅膀飞腾于日常现实之上。伟大的悲剧作家们对此很清楚，并通过多种手段实现这个目标：比如像埃斯库罗斯的《阿伽门农》中在灯塔下的独白这样生动的描写；或者像《李尔王》中的暴风雨和《欧墨尼德斯》（*The Eumenides*）中沉睡的复仇女神这样动人的舞台画面；或者像《阿伽门农》中的绯红地毯，《哈姆雷特》中弄臣手里的骷髅以及《麦克白》中的洗手这样的象征意象；或者是戏剧式和抒情式的丰富韵律；或者是像普罗米修斯、菲罗克忒忒斯、俄瑞斯忒斯、奥赛罗、格鲁斯特、淮德拉这样遭受肉体折磨的形象；而最为有力的还要数超自然元素——如预言、神祇、善灵和恶鬼。随着品位的下滑和想象力的萎缩，大多数现代剧作家甚至不再尝试上面这些大胆的手法，或者在使用过程中显得非常笨拙和欠缺说服力。不过，在神话和前人模板的激励下，法国的新希腊主义剧作家们成功地用上述的某些手法升华了自己的作品。

负罪感主要是虚弱和怯懦的表现，萨特的《苍蝇》为其提供了一种有力的新象征。在这部作品中，他描绘了犯下血罪的阿尔戈斯城如何受到成群的肥硕绿头蝇袭击，复仇女神们如何化身可怕的吸血蝇威胁俄瑞斯忒斯。苍蝇会骚扰人类，对人的健康造成影响，成群结队时甚至显得恐怖，但它们很少致命。想要摆脱它们，只需凭着力气和果断杀死和赶走一部分，对剩下的可以视而不见。《苍蝇》创作于法国被德国人占领期间。在科克托的《地狱机器》中，可怜、神经质但仍然美丽的王后伊俄卡斯塔（Jocasta）出场时身后跟着预言了她悲剧命运的盲人先知提瑞西亚斯。当提瑞西亚斯踩到她拖在身后的围巾时，伊俄卡斯塔大叫起来："周围的一切都恨我！这条围巾整天勒到我的脖子。它勾到过树枝上，卷进过车轴里，现在又被你踩到了……太可怕了！它会要了我的命。"后来，她真的用这条围巾自缢身亡，在作品的最后一幕中出现了她被围巾缠住脖子的景象（但只有俄狄浦斯的盲眼能看见）。在同一部作品中，科克托以极为老练和富有想象力的手法描绘了俄狄浦斯和母亲的婚礼。经过加冕典礼、漫长游行和沉重礼服的折磨后，这对新人精疲力竭地进入了洞房：他们半梦半醒地完成了这一切，仿佛那是一个令人不适的梦。俄狄浦斯一躺下就睡着了，他横卧在婚床上，头垂到床脚边，枕在一只空的摇篮上（曾经是他自己的，伊俄卡斯塔用其寄托了对所失去孩子的回忆）。当他进入梦乡时，母亲晃起了摇篮。

得益于神话的深入人心，剧作家们可以比在当代剧中更方便地在神话剧中引入超自然元素。总体而言，法国剧作家并不满足于模仿希腊戏剧中的传统超自然形象，而是更喜欢创造出新的形式，萨特的苍蝇就是一例。在吉罗杜的《厄勒克特拉》中，复仇女神最初以小女孩的形象出现，随后逐渐长成少女和高大威猛的女人，对俄瑞斯忒斯的报复发生在她们快要成年时。在同一部作品的最后场景中，一只秃鹫在即将丧命的埃癸斯托斯（Aegisthus）头顶上空盘旋，然后慢慢地飞落。科克托的《俄耳甫斯》实际上是一部超现实主义的夸张戏剧，虽然构思巧妙却荒诞不经。不过，作品中出现了一位令人印象深刻的神祇：死神。其形象既非戴着王冠的骷髅，也不是长着翅膀的天使，而是一个美丽而冷淡的年轻女人。她身穿外科医生的白大褂并戴着口罩，面对奄奄一息的病人欧律狄刻，她指挥人们操作着各种复杂而可怕的机器，仿佛在现代医院里看到的那些。今天，任何骑士或收割者的形象都没有像她这样的感染力。不过，所有此类形象中给人印象最深的还是科克托《地狱机器》中的斯芬克斯。当年轻的俄狄浦斯在路上与斯芬克斯初会时，后者只是个女孩，随即变成了半人半狮并生有翅膀的怪兽；骄傲的俄狄浦斯感到迷惑和恐惧，不由自主地跪伏在她面前。

吉罗杜的雄辩才能非常值得称道，他的散文体戏剧文笔精美，在人物对话中使用鲜活意象对抽象主题加以讨论，体现了法国的"说理式"（raisonnement）戏剧传统。如果有什么不足的话，那就是讨论得太多了。但更重要的是，在上述作家中，只有他和科克托能够用真正的雄辩风格来描绘伟大场景。只要举一个例子就足够了。当俄狄浦斯动弹不得地跪伏在斯芬克斯面前时，他喊道："**我不会屈服！**"斯芬克斯则答道：

> 无论闭上眼睛还是转过头都没用。我的力量既不在目光中也不在歌声里。当我开始行动时，我比盲人的手指更灵活，比角斗士的网更迅捷，比闪电更难以捕捉，比马车夫更一丝不苟，比母牛更重，比皱着眉头做算术题的学生更加认真，比船只更平衡并拥有更多的桅杆、风帆和锚，比法官更难以腐化，比昆虫更贪婪，比鸟儿更血腥，比蛋更黑暗，比亚洲的酷吏更花样百出，比人心更狡诈，比骗子的手更柔软，比星星更能决定命运，比用唾液浸润猎物的蛇更勤奋。我可以分泌、制造、抛弃、弯曲、打结和解开。当我想要这些结时，它们就打好了；只要我愿意，它们就可以被拉紧或放松。这些节纤细到你抓不住它们，柔软到你会觉得它们是蠕动的毒虫，坚硬到如果我松开它们就会让你摔断腿，牢固到可以用连着你我的绳索作为琴弦弹奏出惊人的痛苦音符。它们像大海般让人透不过气，像柱子，像玫瑰，像章鱼般肌肉发达，像梦的机理般复杂，比其他的一切更加不露形迹，像雕像静脉中的血液一样无形和汹涌，像一条丝线般把你束缚在蜜之溪流的重重漩涡和曲折中，注入一杯蜂蜜中。[39]

作为这段讨论的缘起，我们希望解释上述剧作家为何要把希腊传说选为主题。最主要的理由在于，神话是永恒的。它们涉及了最重大的问题，这些问题没有改变，因为人类没有改变。爱情、战争、罪恶、暴政、勇气和命运等问题从不同方面描绘了人与神的关系，后者有时显得非理性，有时显得残忍，好在有时也是公正的。

第 24 章

结　　语

541　　我们走过了漫长的旅程。沿着希腊和罗马传统在文学中开辟的长河，我们从它与近代欧洲生活的第一次交汇开始，穿越了黑暗时代的森林和荒野，领略了因为得到它的滋润和美化而更加柔和的中世纪风光，进入了一片鲜花盛开和硕果累累的盛夏世界，那就是极为多产的文艺复兴时期；到了巴洛克时代，河堤被小心翼翼地加固，两岸铺上了大理石并安放了雕像；而在随后的革命时代，河流再次冲破束缚，沿着出人意料的新河道向前奔腾——有时难以捉摸地蜿蜒着穿过一位恋爱中的年轻诗人的丰富幻想，有时伴随着富有旋律的咆哮冲垮了古老的传统，泛起巨浪拍打着基督教的圣殿；然后，它在新的水道中有力而优雅地前行，穿越19和20世纪的文学，最终来到了我们自己的时代，顺着这条永恒之流而下的牧神和英雄、宁芙和神祇的不朽形象赢得了现代心理学家和剧作家们赞美和惊叹的目光。

　　我们无法刻画它的每一次转向，追随它的每一次变道，甚至最多只能记录下它许多次泛滥中的一小部分。某些与它的干流稍有距离的国度可能同样令人神往：比如西班牙人贡戈拉天马行空的抒情诗，意大利巴洛克诗人马里尼（Marini）著名但被人遗忘的《阿多尼斯》（*Adonis*），或者对龙沙推崇备至的波兰人科察诺夫斯基（Kochanowski）的荷马式悲剧和优美的颂诗。许多现代作家也不得不被忽略，因为虽然他们同样感受到了希腊—罗马传统的影响力，但与同时代某些作家相比，他们的表达有欠创造力或者过于怪异：比如英国的罗伯特·布里奇斯（Robert Bridges），美国的意象派诗人 H.D.[①]，德国的施台方·格奥尔格。

542　　此外，探究希腊和罗马的哲学思想在近代欧美生活中的流传过程可能同样非常有意思：比如这种思想对伏尔泰产生过多大影响，如何塑造了中世纪教会的思想，而希腊人的逻辑和形而上学又如何成为了西方人理性思维的必要工具。或者，

[①] 原名希尔达·杜利特尔（Hilda Doolittle，1886—1961年），法国女诗人。

我们可以将其作为一种新颖而有价值的历史研究思路，揭示出有多少伟人把年轻时读到过的古典英雄作为自己人生和行动的榜样。比如，查理十二世（Charles the Twelfth）①把自己看成亚历山大大帝，杰斐逊希望成为西塞罗，而拿破仑则把自己缔造成恺撒。

许多现代世界的思想家和艺术家也没有被提及，尽管几乎或完全没有留下能够显示古典传统直接影响的文字，但对他们而言，发挥了挑战和激励作用的古典文学仍然极具价值。作为例证，让我们来看一下19世纪的一位德国作曲家，一位美国诗人和一位俄国小说家。

在谱写《尼伯龙根的指环》期间，瓦格纳把整个上午用于音乐创作。午餐后，他会坐在花园里阅读古希腊悲剧——因为他觉得只有这种文学作品能够让自己的能量和激情保持在之前的高水平上。不仅如此，他显然还把自己的歌剧看作现代版的希腊悲剧。和埃斯库罗斯的《俄瑞斯忒亚》一样，《指环》同样被称为三联剧（此外还有序章），而歌剧四个部分中的诸神、英雄事迹以及忧郁的悲剧性宿命感则显然受到了希腊戏剧中庄严形象的启发。[1]

惠特曼曾号召缪斯女神离开希腊和伊奥尼亚，而他自己的诗歌也在体裁和感情上大胆地背离了传统。不过据友人梭罗（Thoreau）回忆，惠特曼喜欢乘坐公共马车在百老汇大街上来回兜风。他会和车夫一起坐在比马匹稍高一点的位置，扯开嗓子朗诵荷马史诗，任凭头发和胡须在风中飘扬。[2]事实上，这时的他看上去一定与荷马非常神似，后者如果听到的话一定会对其抱以友好的微笑。

托尔斯泰从42岁开始学习希腊文。在有能力阅读原文后，他在写给友人费特（Fet）的信中表示："我终于确信，自己对于人类语言所创造的全部真正而纯粹的美一无所知。"他还发明了一套新颖而有效的体系，用它教自己的孩子们希腊文。最后，他还下了这样的断言："不懂希腊语就是没受过教育。"[3]

我们还可以探究教育本身。人类文明在过去12到15个世纪的发展过程中所取得的主要成就之一就是让越来越多的人接受了越来越彻底的教育。直到19世纪末，教育的核心仍是拉丁语（有时也包括希腊语）诗歌和散文。我们非常希望以古典课程为主题撰写一部出色的教育史，同时不忘在书中向许多优秀的教师致敬，凭着自己的才华和希腊—罗马文学的帮助，他们培养出大量卓越的诗人和成果斐然的思想家。这些教师中最大的一个群体是耶稣会修士，他们的学生包括莫里哀、笛卡尔、塔索、伏尔泰、卡尔德隆、孟德斯鸠、高乃依、布冯、狄德罗、戈尔多

---

① 亦作卡尔十二世，瑞典国王（1682—1718年）。

尼（Goldoni）①、波舒哀、勒萨日（Lesage）②、齐亚布雷拉和乔伊斯。第二大群体则是文艺复兴时期的伟大教师，从苏格兰人布坎南到意大利人斐奇诺，从多拉到伊拉斯谟。紧随其后的一个群体常常被我们遗忘，尽管我们本该怀着崇敬和赞美记住他们。那就是将自己的孩子引入希腊—罗马的伟大书籍与美丽语言之殿堂的父亲们。他们唤醒了孩子们的兴趣，帮助后者越过了干燥的沙地和顽固的藩篱，并陪伴后者一起学习。当这些孩子成为名人后，我们常常会错误地称赞他们完全靠自己的努力获得成功。皮特、卡索邦、勃朗宁和蒙田对父亲的感激之情更多地来自这里，而非赐予肉体存在之恩。[4]这才是真正的父亲，他们不仅缔造了孩子的肉体，也帮助塑造了他们的灵魂。

不过，本书的主题是文学。因此，我们必须略去与文学没有直接关系的一切。只有对近代西方文学做出直接贡献的哲学、艺术、教育以及其他希腊—罗马精神的成果才会被提及。

没有人可以宣称，本书所描述的是推动文学洪流的唯一力量。还存在其他许多动力。首先是每位作者的个人经历——不仅是他的情感生活，也包括他所在时代的政局，他的经济状况，他所生活的城市、宫廷或农村，他的朋友和敌人，他推崇的艺术品，他信奉或摒弃的宗教。历史进程是另一股强大的动力，战争、王朝和革命可以造就或摧毁一整代艺术家的美学模式。各民族普通民众的想象力也是动力之一：比如鬼故事、歌曲、舞蹈、笑话、谚语、寓言和谣曲，它们很多本身就是文学作品，而且一直是文学的生命力来源之一。不过，源自希腊和罗马的那股动力始终是强大的，它永远富有成果，经常扮演着关键角色。本书试图展现的正是它的强大和富有成果。这一点还可以反过来证明：假设各种欧洲语言中所有受到古典作品直接启发的一切书籍、戏剧和诗歌被毁于一旦，那么不仅几乎全部的最优秀作品将不复存在——如但丁的《神曲》、莎士比亚的悲剧以及大部分19世纪最优美的诗歌，而且欧洲文学的某些领域将会整个从人们的视野中消失，只留下零星的骑士故事、短小情歌、书信集或是戏仿剧，就像城市被地震吞没后只剩下地缝边缘的几朵小花。

由于许多现代思想家的错误，上述事实经常得不到应有的重视或者被无视。他们错误地认为过去已经死亡。当被问及死亡可以回溯到什么时候，他们会给出各种答案。有人认为是1776年，有人说是1848年，还有人表示是1917年；许多人甚至认为是基督教纪元的开始。他们都承认过去的某些元素仍然存活着，但对

---

① 卡洛·戈尔多尼（Carlo Goldoni, 1707—1793年），意大利剧作家。
② 阿兰－勒内·勒萨日（Alain-René Lesage, 1668—1747年），法国剧作家。

于具体比例莫衷一是。他们错误地把成为历史的事件与人类个体的肉体死亡等同起来。人会死，但人类会继续活下去。如果历史事实仍在活跃地产生影响，那么它就没有死：因为它的生命存在于人类的思想之中。

举两个简单的例子。语言的目的是被阅读和言说。它们是通过语词传递思想的方法，无论这些语词是口头的抑或书面的。只要能继续传递思想，它们就没有死亡。因此，仍在继续向新读者传递新思想的拉丁语和希腊语不是死语言。希伯来语的例子则表明将不再被言说的语言视作死亡是多么错误，它在七度经历征服者的打击和践踏后存活了下来，仍然被人阅读（尽管很少被言说[①]）。真正的死语言是那些今天无人言说或阅读的语言，比如伊特鲁里亚语和克里特语。

另一方面，欧洲文明的基本事实之一是罗马帝国的建立以及后来它分裂成希腊语部分和拉丁语部分。通过连续的因果作用，该事实造成了目前东西欧的政治分裂——它正在影响着世界上其他所有地区——以及希腊（和斯拉夫）东正教会与罗马天主教会由来已久的宗教分裂。我们不可能无视该事实的持续影响。通过对它的理解，我们能让自己的生活更加美好。比如，我们可以不再将俄国视作亚洲国家，因为事实上这是一个得到罗马帝国希腊语部分的影响而半开化的欧洲社会，然后（在蒙古人统治下）被孤立并停滞不前。它的真正血脉在欧洲，来自东方的有益影响少之又少。许多个世纪以来，它都通过拜占庭接受来自希腊和罗马的文明之流；它已知最初的统治者是北欧的斯堪的纳维亚人，他们最终经由俄罗斯的大河而非地中海的航路与拜占庭建立了联系。后来，这种联系被切断了。在种族和语言上与俄罗斯极为相近的波兰则通过罗马接受了希腊和罗马文明的影响，并继续受其滋润。而尽管保留了拜占庭式的基督教和希腊—斯拉夫式的字母，俄国还是再次被孤立了。无论多么遥远，所有上述事件都是仍然存在和继续影响着我们生活的事实。理解它们有助于解决它们造成的问题。

不过在本书中，我们关心的是文学。文学遁入幕后的速度甚至比历史事实更慢，在压力下发生的改变也不如后者剧烈。能够为你带来新的兴趣和理念的书仍然是有生命的，即使它们写于许多个世纪前。意识到这点后，你的思想将会进入一个更加宽广的宇宙。受过教育和未受教育者的区别在于，后者只为当下而活，他们读的是报纸，看的是最新的电影；而前者所生活的现在则要广阔得多，在这个生机勃勃的永恒中，大卫的诗篇、莎士比亚的戏剧、保罗的书信和柏拉图的对话充满魅力和力量地展现着自己，而正是这种魅力和力量在它们被写就的那一刻起便使其不朽。

[①] 本书写于1949年，以色列刚刚建国不久。

546 　　本书旨在消除这种错误对文学领域的影响。它指出，西方国家许多最好的诗歌和散文可以被纳入从希腊流传至今的连续传统，而这一传统也是西方人精神生活连续发展历程的组成部分。

　　从另一个角度来看，该传统还可以被视作连续的教育发展历程。希腊—罗马文明没有随着帝国的衰败而消亡。它带给我们教诲，帮助教化我们，在不同时期提供了不同的课程。

　　首先，它像母亲给孩子讲故事一样为我们的俗语文学提供了素材。我们复述了它告诉我们的神话和传说：特洛伊的陷落，赫克托耳先生、海伦女士和埃涅阿斯先生的故事，恺撒和庞培的历险，弥达斯和菲罗墨拉的奇异故事，普拉莫斯和提斯贝的爱情。

　　其次，随着民族逐渐成长，它又开始教授语言——新的词汇不仅是日常生活的实用工具，更是思想的载体——并传授了让人们日益开化的头脑有用武之地的哲学思想。这些是中世纪获得的最重要礼物。

　　在文艺复兴时期，它提供了两门新的课程。为了表达不断涌入的新思想，它教给人们悲剧、喜剧、颂诗、随笔、哀歌、史诗和讽刺诗等文学体裁。同时，它通过古典雕塑的身体和古典作家的思想向人们展现了个体生命在最高层次上为自己而活的新理念，"人文主义"因为对自身最可贵力量的认识而变得崇高。

　　成熟后的各民族意识到，自己不仅是独立的群体，也是欧洲的一部分和欧洲历史的继承者。人们开始进一步回溯自己的源头，将重新发现和重新创造的过去作为自己的思想框架。这时，古典传统为他们上起了政治课：罗马的**共和**理念和希腊人创造的**民主**得到了重现。

　　在今天这个文学发展的最新阶段，我们再一次开始聆听传说。这是我们对人类思想更深刻探索的一部分。就像成年人在回忆起孩提时听过的某个故事时意识到了其中的深意，我们在重述希腊神话时也发现它们是唯一能够照亮灵魂中许多黑暗角落的光源，并从中得出对我们生活至关重要的数以百计的意义。

547 　　在整个过程中，两条基本事实一直存在和发挥着影响。首先是基督教和希腊—罗马异教文化的冲突。从一个角度来看，它是两种对待过去的不同态度间的冲突：应该彻底摒弃过去，还是接受和改变它，使其能够为我所用？这正是我们在书籍之战中看到的冲突。从另一个角度来看，它是两种对待世界和人性的不同态度间的冲突：一方认为它们彻底是恶的，其堕落无法通过人力挽回，另一方则认为它们包含了不少好的东西，可以得到改善。基督徒苦行者对人性的谴责经常会引起另一些人同样激烈的反击，他们认为人性基本上是善的，并赞美希腊人和罗马人发掘出了其中最好的部分。在这场冲突中，真理并不完全站在任何一方，而是属于那些撷取了异教文化的精华,将之与最崇高的基督教思想混合,从而完成了对其改造的人。

另一条事实是文明的本质。我们中的许多人误读了它。我们生活在一个物质主义的世界,大多一刻不停地想着赚钱,或者为某个集团乃至民族赢得更多的权力(同样以物质作为衡量标准),或者在阶级、国家或大洲间实现财富的再分配。不过,文明的主旨并非金钱、权力或占有,而是人的思想。对于世界上最富有的国家或者拥有无限财富和享受的世俗社会而言,即使其每个成员都享有自己所能受用的全部食物、服装、机器和物质财富,它们仍然称不上文明。那里将是柏拉图所说的"猪的城邦",不停地吃喝、求偶和睡觉直至死亡。5

希腊人是精明的商人。罗马人建立了一个拥有庞大权力和财富的帝国。但如果仅此而已的话,他们可能已经像亚述人那样消失在历史长河中了。他们仍然具有生命力,并通过我们发挥着影响,这是因为他们意识到文明意味着教育。**文明是思想的生命**。诚然,它的存在离不开物质保障、肉体健康和恰当分配的财富。但这些只是手段而非目的。它们的最终目标是思想的健康生活。我们正是通过思想才成为了真正的人。而其他的则是人和动物共有的,比如游戏、食物、庇护所和争斗。

文明意味着教育——这不仅针对儿童,也针对成年男女的一生。这类教育中最丰富多彩和最有意思的方法之一是文学。希腊人知道,戏剧、歌曲、故事和历史不仅是一时的消遣,由于其内容能够提供持续的养料,它们还是思想的永恒财富。这是并不十分富有或强大的希腊的发现。埃及比它更加富有,波斯则比它强大得多。但希腊人是开化的,因为他们懂得**思考**。

他们把这个发现教给了罗马人。罗马人知道许多希腊人从未掌握或者掌握得太晚的东西。他们降服了好战的蛮族,建造了道路、港口、桥梁和灌溉系统,并制订了法律。这些也是文明。但接下去还需要什么呢?希腊人的回答是"灵魂的食粮",并把它送给了罗马人。

罗马人又把接受自希腊人的精神食粮传递给了整个西欧。这种食粮得到了基督教的净化和加强,而后者在发展过程中还吸收了更多来自希腊精神的养料。随着西部和东部罗马帝国的先后灭亡,它的物质财富和权力荡然无存。不过,希腊和罗马的精神力量留存了下来。它战胜了蛮族征服者,然后完成了对他们的教化。它帮助造就了我们。

现代世界和古典世界的真正关系在更大规模上重现了罗马和希腊的关系。这是一种教育关系。罗马是富有而强大的,它的大部分财富和权力被用于感官享受——酗酒、竞技、宴会、游艇、昂贵的家具和华丽的服饰。不过在希腊人的教导下,许多罗马人也开始利用自己国家的财富和权力来让每一位当时和后世的读者拥有更有力和更敏锐的思想生活。他们至今仍被人铭记。我们记得某些伟大征服者和暴君的名字,比如恺撒、尼禄以及击败汉尼拔的某人(他叫什么来着?①)。而除了那个用夜莺的舌头做菜,在黄金打造的热水池中戏水的可笑形象②,罗马的百万富翁早已被人遗忘。我们仍然铭记和赞美的是那些善于使用头脑的人:比如那位自学成才的律师。在登上事业巅峰并出任国家最高公职后,他又用自己富于说服力的语调为人们解读了许多最艰深的希腊—罗马哲学思想;或者那个将罗马人的全部历程写成希腊式英雄史诗,为但丁、弥尔顿、丁尼生、雨果和其他许多人带去灵感的乡下孩子;或者那位出生在贫瘠的南方,被节俭的父亲送往希腊的奴隶之子。他回国后开始了文学生涯,首先写的是鞭挞贪婪富人的讽刺诗,后来转而创作表现有节制的欢乐和深刻爱国主义基调的诗歌,为数以十万计的现代人带去了愉悦,令他们为之着迷和受益。他们就是西塞罗、维吉尔和贺拉斯。在希腊人中,被我们铭记的包括荷马、柏拉图、索福克勒斯和亚里士多德,而那些富有、强大、奢靡和野心勃勃的人则早已消失在历史的长河中。只有思想和艺术得以长存。

　　罗马人通过自己的军事和政治天赋变得强大,随后又从希腊人那里学会了思想生活的重要性。我们通过自己的科学和工业天赋变得强大,而如果想要让这种力量物尽其用,利用它为我们赢得长久的福祉,并为人类的发展作出某些永恒的贡献,唯一的办法就是理解和传播一整套崇高的精神理想。其中一部分正在由我们自己创造,有许多来自基督教,还有许多(特别是艺术、哲学和文学领域)则源于希腊—罗马文明的无价遗产。人的真正职责并非罔顾需求地扩张权力和积累财富,而是丰富和享受他唯一不朽的财富:灵魂。

---

① 指大西庇阿(Publius Cornelius Scipio Africanus),第二次布匿之战中,他在扎玛(Zama)击败了汉尼拔。
② 佩特罗尼乌斯《萨蒂利卡》中的暴发户特里马尔吉奥(Trimalchio)。

简要参考书目

据我所知，还没有任何一本书能够哪怕概要地涵盖希腊—罗马文化对现代文学影响的全部领域。下面三套丛书部分涵盖了该领域，尽管它们包含了许多有用的信息，但内容和编排质量参差不齐。它们是：

《古代遗产》（*Das Erbe der Alten*），第一辑 10 卷本从 1910 年到 1924 年推出（O. Crusius，O. Immisch，T. Zielinski 编），第二辑 26 卷本从 1919 年到 1936 年推出（O. Immisch 编），两辑丛书均在莱比锡出版；

《希腊和罗马给我们的恩惠》（*Our Debt to Greece and Rome*），共 44 卷（G. D. Hadzsits 和 D. M. Robinson 编），1922 年到 1935 年间先后在波士顿和纽约出版；

《瓦尔堡图书馆报告》（*Vorträge der Bibliothek Warburg*，F. Saxl 编，Leipzig，1923—1932 年）和瓦尔堡图书馆的其他出版物。瓦尔堡图书馆是一家致力于推动研究希腊—罗马文化对现代世界影响的组织，1934 年前往伦敦后改名瓦尔堡学会，继续着自己的工作。

我所见到的对该领域具体部分最有用的书籍和文章已在各章注释中列出。特别是第 5 章的注释 51（乔叟），第 6 章的引导性注释（文艺复兴时期的翻译），第 11 章的引导性注释（莎士比亚的古典学）和第 14 章的注释 1（书籍之战）。

此外，下面是一些最有价值的单行本。

1. C. BAILEY 编，《罗马的遗产》*The Legacy of Rome*（Oxford，1923）

收录了关于我们文明中脱胎于罗马或受其影响的不同方面的论文——如法律和政治组织等等。内容和编校精良。

2. F. BALDENSPERGER 和 W. P. FRIEDRICH，《比较文学书目》*Bibliography of Comparative Literature*（University of N. Carolina Studies in Comparative Literature，Chapel Hill，1950）

第二卷第 2、3 和 4 部分以及第三卷第 2 部分包括了关于希腊—罗马文化对现代文学影响的最新和最常见的书目。

3. K. BORINSKI,《从古典时代末到歌德与威廉·冯·洪堡的古代诗学和艺术理论》*Die Antike in Poetik und Kunsttheorie von Ausgang des klassischen Altertums bis auf Goethe und Wilhelm von Humboldt*（《古代遗产》，第 9、10 卷，Leipzig，1914 和 1924 年）

古典理念和范例对现代批判标准发展的影响史，文彩斐然，材料略嫌过密。

4. H. BROWN,《英语文学中的古典影响书目》*A Bibliography of Classical Influence on English Literature*（Harvard Studies in Philology, 18 [Cambridge, Mass., 1935], 7-46）

有价值的书籍和文章目录。

5. D. BUSH,《英语诗歌中的神话和文艺复兴传统》*Mythology and the Renaissance Tradition in English Poetry*（Minneapolis and London, 1932）

探究了文艺复兴时期英语诗歌（不包括戏剧）中各种形式的希腊—罗马神话：不可或缺之作，显示了良好的品位和广博的知识。

6. D. BUSH,《英语诗歌中的神话和浪漫主义传统》*Mythology and the Romantic Tradition in English Poetry*（Harvard Studies in English, 18, Cambridge, Mass., 1937）

主题与前一本类似，范围从 18 世纪到距今不久。文笔与前一本同样优美，但因为试图涵盖该时期和该主题的**所有**诗人而略显拖沓。不过，它几乎能给所有人带来乐趣和教益。

7. C.L. CHOLEVIUS,《从古典元素看德语诗歌的历史》*Geschichte der deutschen Poesie nach ihren antiken Elementen*（2 卷本，Leipzig, 1854 和 1856 年）

这是我所知的关于某一现代文学领域所受古典影响的最完整作品。它的内容甚至比标题涵盖更广，不仅讨论了德语诗歌，也涉及德国批评理论和哲学，分析了德语散文体戏剧和小说，并提供了一些德语作家的生平信息。尽管篇幅很长（密密麻麻的 1283 页），但文笔清晰大气。和许多同时代的作品一样，该书对复杂的人物和运动做了过于简化的处理，将其分解为对立的"浪漫主义"和"古典主义"成分。另一个不足之处是，作者从民族主义者的视角出发，低估了其他欧洲国家的文学对德国的影响。有时，他还在相对不重要的作家身上使用了过多篇幅，仅仅因为他们是某个贫瘠时期的代表人物（比如，他在 Bodmer 关于大洪水的史诗《诺亚方舟记》[*Noachid*]上花费的笔墨超过了歌德的《罗马哀歌》[*Roman Elegies*]或者荷尔德林的整个创作生涯）。不过，无论是对德语文学的学生，还是对希腊—罗马持续的影响力感兴趣的人而言，该书都是一部重要作品。

8. G.S. GORDON 编，《英语文学和古典学》*English Literature and the Classics*（Oxford，1912）

收录的论文原为该领域不同学科专家的讲稿。内容松散而参差不齐，有的颇有价值（如 Owen 的《奥维德和传奇》"Ovid and romance"），有的则肤浅而令人失望。编者没有试图用综合性的概述把它们串连起来。

9. O. GRUPPE，《西欧中世纪和近代的古典神话与宗教史》*Geschichte der klassischen Mythologie und Religionsgeschichte während des Mittelalters im Abendland und während der Neuzeit*（《详解希腊—罗马神话词典（增补卷）》*Ausführliches Lexikon der griechischen und römischen Mythologie*，W. H. Roscher 编；Leipzig，1921）

该书描绘了黑暗时代、中世纪、文艺复兴时期、巴洛克时期和近代的欧洲人关于希腊—罗马神话的不同观点。尽管关注了一些为许多诗人和艺术家带来灵感的神话手册，并提到了几件借鉴了古典传说的现代艺术品，但该书的重点是学者们用于解释神话起源和意义的一系列理论。在这点上，Gruppe 在某些 18 和 19 世纪的作家身上花费了过多的笔墨，而中世纪和文艺复兴的学者们则远远没有得到应有的重视。不过，鉴于作品的连续性、涵盖范围和分析的深度，对于希望进一步研究该主题的人来说，它仍不失为有价值的基础作品。

10. O. IMMISCH，《古代的留存》*Das Nachleben der Antike*（《古代遗产》，第二辑，1；Leipzig，1919）

由一系列战时讲稿汇编而成的小册子。文笔富有趣味，并包含了一些有用的信息。缺点在于，为了回应德国现代主义者和民族主义者对古典教育的攻击，该书试图证明德国人的生活和语言大部分是建立在拉丁和希腊基础之上的，但没有解释希腊和罗马文化对欧洲思想仍然施加着哪些有力的影响。

11. W. JAEGER，《教化》*Paideia: the Ideals of Greek Culture*（3 卷本，G. Highet 译，Oxford and New York，1939-44）

paideia 兼有"文明"和"教育"之意。与其他民族不同，希腊人认为，人类文明的进步不是通过权力或财富的增加，而是自我教育。他们的伟大书籍——悲剧、史诗、历史、演讲和哲学作品——的伟大之处在于其教育读者的初衷，这也是为什么我们仍能从中受益。通过分析从荷马到德摩斯梯尼的所有最好的希腊语文学作品，Jaeger 教授详尽地阐释了该主题。这是一部伟大的作品，充满了深刻而重要的思想。

12. Sir. R. LIVINGSTONE 编，《希腊的遗产》*The Legacy of Greece*（Oxford，

1921）

关于艺术、哲学、文学、医学等希腊文化中不朽力量的论文集,指出它们至今仍在我们的生活中发挥着重要影响。是书目 1 的姐妹篇,文笔优美,材料丰富。

13. R. NEWALD,《古代的留存》和《古典在 1920—1929 年的留存》 *Nachleben der Antike 1920-1929* and *Nachleben der Antike*（《古典科学发展年报》 *Jahresberichte über die Fortschritte der klassischen Altertumswissenschaft* 232.3.1-122 和增补卷 250.1-144, Leipzig, 1931 和 1935）

Bursian 的《古典科学发展年报》刊发古典学术各领域的详尽书目和批判性综述,每篇综述涵盖 10 到 20 年的时间,与前一篇相承接。这里所列的是《年报》第一次刊发希腊—罗马文化在现代世界的留存。内容丰富而细致,不仅涉及文学,还包括法律和宗教等其他思想领域。它们罗列了 1920 年到 1930 年间问世的相关书籍和文章,被收入瓦尔堡书目（见本书目 24）。

14. F.O. NOLTE,《德语文学和古典学:书目指南》*German Literature and the Classics: a Bibliographical Guide*（Harvard Studies in Philology, 18 [Cambridge, Mass., 1935], 125-163）

有用的书目,和本书目 4 属于同一丛书。

15. L. PETIT DE JULLEVILLE 编,《法语语言和文学史》*Histoire de la langue et de la littérature française*（8 卷本, Paris, 1896-9¹ 和 1908-12²）

值得称道的相当全面的法语文学史,在一些争议问题上已经过时,但仍是不可或缺的基础作品。虽然该书并非以古典影响为主题,但我在注释中经常引用它,因此有必要将其列入书目。

16. H. PEYRE,《古典文学对现代法语文学的影响:成果现状》*L'Influence des littératures antiques sur la littérature française moderne: état des travaux*（Yale Romanic Studies, 19, New Haven, 1941）

关于近年来法语世界相关主题的书籍和文章充满见地的综述。这不仅是一份书目,而且指出了当前的研究空白,并对值得期待的作品提出了富有启发性的建议。

17. F. E. PIERCE,《19 世纪英语诗歌中的希腊潮流》"The Hellenic Current in English Nineteenth-century Poetry"（《英语和日耳曼语文期刊》*Journal of English and Germanic Philology*, 16 [1917], 103-135）

一流之作,言简意赅。

18. J. E. SANDYS,《古典学术史》*A History of Classical Scholarship*（3 卷本, Cambridge, 1903-8）

现有作品中关于该主题最完整和最均衡的描绘。回顾了从希腊和罗马（许多现代语文学的方法和素材可以追溯到那个时代）到中世纪和文艺复兴直至今天的希腊和拉丁语作品研究。文风因为主题需要而显得枯燥，但时有让读者深感共鸣之处。主要的缺陷在于，该书过于关注个体学者的生平，忽略了对学术史而言更加重要的关键性重大趋势。

19. E. STEMPLINGER,《古典对世界文学的促进》"Die Befruchtung der Weltliteratur durch die Antike"（《日耳曼—罗马月刊》*Germanisch-romanische Monatsschrift*，2［1910］，529-542）

对该主题五、六个重要领域的书目综述，并给出了扩展阅读建议：某些书籍我仅见该书目中提及。

20. J. A. K. THOMSON,《英语文学的古典背景》*The Classical Background of English Literature*（London，1948）

该书出版时，我正在对拙作做最后的修订：我觉得自己最好不要读它，免得有剽窃之嫌。但作者的名气和他之前的作品带给我的乐趣让我确信该书值得一读。

21. T. G. TUCKER,《英国文学中的外来影响》*The Foreign Debt of English Literature*（London，1907）

这本内容丰富的作品以西欧各国文学的相互渗透为主题。一个小小的缺陷是，在开始探讨英语文学所受的影响前，作者首先分析了各国文学的方方面面，但该书对本科生仍非常有用。

22. G. VOIGT,《古典历史的复兴》*Die Wiederbelebung des classischen Alterthums*（Berlin，1880-1²）

对于文艺复兴研究的入门者而言，这本年代久远但内容精良的作品仍然是一座信息的宝库，特别是关于希腊和拉丁天才的成就如何逐步重见天日。

23.《从古代到现代》*Vom Altertum zur Gegenwart*（无编者姓名，E. Norden 和 A. Giesecke-Teubner 作序，Leipzig 和 Berlin，1912²）。

收录了 29 篇论文，篇幅多为 10 页左右，涉及希腊—罗马世界和我们世界关系中几乎所有可以想到的方面。有的论文非常好，有的则没什么可取之处。其中一些几乎只是对民族主义者、社会主义者和"进步论者"关于变革德国教育体系建议的反驳。总体上，这些论文的重点集中在相对狭隘的德语文学和德国社会上，而非植根于希腊和罗马的整个欧美文明。附有 2 页索引，无注释。

24. 瓦尔堡学会,《1931—1933 年古典学留存书目》*A Bibliography of the Survival of the Classics 1931-1933*（2 卷本，London，1934）

出色的书籍和文章目录，范围极广，包括完整的书目信息和批判性概要。

25. T. ZIELINSKI,《西塞罗的历史变迁》*Cicero im Wandel der Jahrhunderte*

(Leipzig，1912³)

关于西塞罗对近代世界影响的变迁史，写作初衷是为了驳斥蒙森对西塞罗的攻击和对其持久重要性的忽视。尽管中世纪部分非常薄弱，而且只写到18世纪末，但和Zielinski的所有作品一样，该书表现了精彩的原创性，充满了不同寻常的信息。拙作引用的是该书第三版：1929年推出过第四版，但内容几乎没有修改。作者文笔雄浑有力，比如最后几页上的这些段落：

> 从伦巴第平原向北和向西穿越阿尔卑斯山的道路自古以来就是人类的交通要道，任何有幸在上述大道上走过的人会永远记住这次体验。他触摸到了世界历史的脉搏。所有的时代都在那里留下过印记：这边是为马可·奥勒留的战争所建的罗马瞭望塔，那边的骑士城堡让人联想起霍亨施陶芬王朝在群山对面陌生土地的远征；这边的峡谷诉说着汉尼拔，大坝回想着拿破仑，桥梁重温着苏沃洛夫；那边的湖泊因为卡图卢斯的警句而崇高，山谷因为但丁的三行体诗而伟大，风景因为歌德日记中的某一页而不朽；而这块仿佛迷途飞鸟的岩石上则承载着对昔日特里斯坦和伊索尔德痛苦爱情的记忆。
>
> 所有西塞罗的读者也会有类似的体验，如果他具有历史感的话；即使嘲讽者所说的一切都是对的，这种体验本身也足以赋予他拥有无与伦比深度的思想和感情。西塞罗的这句话被哲姆珍藏在内心，尽管他在梦中发誓不这样做；因为它，狄德罗致力于摧毁后世的"迷信"。西塞罗的那个思想令彼得拉克着迷；因为它，处于痛苦怀疑中的路德的头脑被"强烈而深刻地感动"。波舒哀从这里拾起一颗珍珠，把它嵌入自己金子般的表达中；一位雅各宾党人从那里获得了打造自己匕首的好钢。这句话赢得了费尔尼族长（patriarch of Ferney，译按：指伏尔泰）美丽仰慕者们会心而得体的微笑；那句话让路易十六恐惧的法官们感动流泪。这是独一无二和令人难忘的愉悦体验；但我们绝不能因为路途艰辛而畏缩不前，因为不可否认，某些其他道路要比罗马之路更好走。

注　释*

第1章　导言

1. 直到1840年，拉丁语仍是匈牙利立法机构辩论时的常规用语（Toynbee，《历史研究》*A Study of History*，Oxford，1939，5.496页注释），在波兰则更晚。最后一位同时用拉丁语和英语写作的著名英国诗人是1864年去世的Walter Savage Landor；见本书第446页。

2. 令人感到奇怪的是，在一些前罗马行省地区（比如土耳其或北非），除了少数商人和官吏之外无人具备读写能力，而从帝国时代留存下来的希腊和罗马的大型碑刻被用作农舍的墙壁或基石。撒哈拉沙漠边缘的偏远埃及村落现在居住着不识字的农民，但考古队在那里的地下发现过荷马、德摩斯梯尼和柏拉图的纸草抄本，这些是昔日图书馆的遗存。见C.H. Roberts的《希腊语纸草》"The Greek Papyri"，刊于《埃及遗产》*The Legacy of Egypt*（S.R.K. Glanville编，Oxford，1942），特别是第265—266页。

3. 哈姆雷特的故事见Saxo Grammaticus的《丹麦人事迹录》（*Gesta Danorum*）。卢恩文字见3 6 16：
"Feng的两名侍从和他一起出发，随身带着刻在木头上的书信（这在过去常被当做纸）"
（proficiscuntur cum eo bini Fengonis satellites, litteras ligno insculptas ［nam id celebre quondam genus chartarum erat］ secum gestantes）。柏勒洛丰的故事见《伊利亚特》6.168-170。

4. 曾有人以巴斯（Bath）的罗马遗迹为题写过一首优美的盎格鲁—撒克逊语诗歌《废墟》（*The Ruin*），作者不知道是谁建起了这些现在被废弃的宏伟大厅，但仍然赞美了它们，并为其败落感到悲伤。

5. 早在公元前3世纪，犹太经文就开始被翻译成希腊语，以供生活在埃及的不懂希伯来语的犹太人使用。这就是"七十子本"（Septuagint），因为传说它是由72名拉比翻译的（参见本书第6章注释1和第594页）。在《犹太巴勒斯坦的希腊语》（*Greek in Jewish Palestine*，New York，1942）中，S. Lieberman描绘了希腊语强大的渗透力，在巴勒斯坦当地，它甚至被用于犹太律法教学。

6. 西半部分帝国的方言和语言直到许多代人之后才完全消亡；我们不清楚其消亡的过程。它们中有少数在偏远角落留存了下来，比如巴斯克语。但总的来说，它们只是旁支和暗流，而文明的主流是拉丁语。在《拉丁语历史概况》（*Esquisse d'une histoire de la langue latine*，第三版，Paris，1933，第230页）中，梅耶（Meillet）生动地描绘了这种情况：

556

---

*注释部分中出现的参见本书页码均指边码。——编者注

> 拉格劳夫桑克遗址（la Graufesenque）的发现证明，公元1世纪时，法国南部一家陶器作坊仍然使用高卢语：没有什么比这［更］出人意料了。此外，我们知道，高卢语直到公元3世纪和4世纪仍存在于农村……没有任何方法可以确定，在伊特鲁里亚的偏僻农村，最后一个说伊特鲁里亚语的农民生活在什么时候；也无法确定在亚平宁山谷或阿尔卑斯山脚，最后一个说翁布里亚语的翁布里亚农民或者说利古里亚语的利古里亚农民生活在什么时候。但有一个事实是确定的：上述语言都死了；从拉丁语扩张的那一刻起，就再也听不到有人说这些语言了。它们无声无息地消失，就像16世纪普鲁士最后一个说普鲁士语公民的死去，就像18世纪波拉布语（Polabe）在易北河畔的消亡，我们甚至不知道最后一个说波拉布语的人是何时死去的，当然也像不久之前波美拉尼亚（Poméranie）最后一个说斯洛温语（Slovince）公民的死去。"

7. 当恺撒遭到布鲁图斯袭击时，据说他用希腊语说："还有你，孩子？"（καὶ σύ, τέκνον）见苏维托尼乌斯《恺撒传》82.2。苏氏记录下的许多宫廷笑话都使用了口头希腊语。马提亚尔和尤维纳尔都批评罗马贵妇在公开场合使用肉麻的希腊语表达，就好比今天一位以英语为母语的姑娘用法语说"亲爱的"（chéri）。在奥古斯都写给妻子的一封奇怪书信中，他以拉丁文开头，然后交替使用希腊语和拉丁语，在同一句话中会变化两到三次。见苏维托尼乌斯《克劳迪乌斯传》4。

8. 俄国人和其他斯拉夫民族使用的字母称为西里尔字母，据说发明者是曾在斯拉夫人中间传教的圣西里尔（St. Cyril，827—869年），他以当时的希腊语发音为基础，并为希腊语中没有对应的斯拉夫语音节创造了新的字母。关于拜占庭基督教和文化对东斯拉夫人的教化作用，见 S.H. Cross 的《斯拉夫人受拜占庭归化的结果》"The Results of the Conversion of the Slavs from Byzantium"，刊于《东方和斯拉夫的语文与历史学会年鉴》*Annuaire de l'Institut de Philologie et d'Histoire Orientales et Slaves*，7（1939-44）。关于东西方帝国的纷争和君士坦丁堡遭劫，见 Gibbon 的《罗马帝国衰亡史》，第60章。参见 Stanislaw Koscialkowski 的《中世纪欧洲文化里的罗马和拜占庭》"Rome and Byzantium in the Culture of Mediaeval Europe"刊于《美国波兰艺术与科学简报》*The Bulletin of the Polish Institute of Arts and Sciences in America*，4（1945-6），该文强调了拜占庭作为世界性都市的雄伟和影响。

9. 关于希腊语在西欧的消亡，见 P. Courcelle 的《从马克罗比乌斯到卡西奥多鲁斯的西欧希腊语文学》*Les Lettres grecques en occident de Macrobe à Cassiodore*（Paris, 1943）；M. Roger 的《从奥索尼乌斯到阿尔昆的古典文学教育》*L'Enseignement des lettres classiques d'Ausone à Alcuin*（Paris, 1905）；G. R. Stephens 的《中世纪英格兰的希腊语知识》*The Knowledge of Greek in England in the Middle Ages*（Philadelphia, 1933）。在西班牙、不列颠和非洲行省，希腊语失传于公元5世纪（Courcelle，前揭书，390页）。5世纪初，圣奥古斯丁想要在非洲学习希腊语已经很困难了，随后该行省因为汪达尔人的入侵而断绝了与欧洲文明的联系（Courcelle，前揭书，193页起，205页起）。经常可以看到希腊文化在该时期仍留存于爱尔兰的论断，但很难令人信服和证实：见 Roger，前揭书，268页起；Courcelle，前揭书，390页和同页的注释2。希腊语在高卢留存到了6世纪（Courcelle，前揭书，246页起）。在意大利，首先破坏了希腊文化传统的是阿拉里克（Alaric）的入侵（公元400年起），东哥特人统治时期的波伊提乌和叙马库斯使其得到复兴（见本书第41页起），在6世纪末前后彻底消亡。不过，《圣经》的拉丁语翻译赶上了好时间——首先是在公元2世纪末的《老拉丁文译本》（Itala），即圣奥古斯丁使用的版本，然后是4世纪末，巴尔干人圣哲罗姆在犹太学者的帮助下完成的译本。后者称为《通俗拉丁文译本》（Vulgate 或 uolgata lectio），最初并未被广泛接受，但在教皇大格里高利（590—604年在位）的影响下成为了今天罗马天主教会的官方版本（有趣的是，《旧约》和《新约》标题中的"testament"［遗嘱、证明］是对希腊语 διαθήκη［约定或契约］的误译）。在中世纪晚期的12和13世纪，少数学者似乎懂得一点希腊语，比如罗伯特·格罗斯泰斯特和罗杰·培根（见 S.H. Thomson 的《林肯主教罗伯特·格罗斯泰斯特作品集》*The Writings of Robert Grosseteste, Bishop of Lincoln*，Cambridge，1940）。但希腊语学术传统直到薄伽丘的时代才在西方得以重建。关于古希腊语和现代希腊语的区别，以及现代希腊语的大众派和古典派之争，见 A.J. Toynbee，《历史研究》（Oxford，1939），6.68f。关于阿拉伯人对古典思想的中介作用，见 R. Walzer，《中世纪欧洲由阿拉伯人传播的希腊思想》"Arabic Transmission of Greek Thought to Mediaeval Europe"，刊于《约翰·莱兰兹图书馆简报》*The Bulletin of the John Rylands Library*，29（1945），I. 160-183。

10. 在公元6世纪和7世纪的蛮族征服中，拉丁语失去了国家语言的身份。Childebert 一世在536年让法国成了法兰克人的地盘；Sisebut 和 Swinthila 在612至629年让西班牙成了西哥特人的地盘；Rothari 在650年征服了伦巴第地区属于罗马人的最后部分。作为上述征服的象征，胜利者制定了自己的法典（如643年的伦巴第人法典），并从自己的视角编写了历史（如 Gregory of Tours 所著的《法兰克人史》）。6至8世纪的书籍和文件显示，甚至书面拉丁语也开始分崩离析和消亡。抄本充斥着惊人的语法甚至拼写错误。弥撒书也显示，使用它们的教士对圣礼语言几乎一窍不通。在一份公元528年由 Childebert 一世签署的赠契上可以看到 pro nos，per locis 等用法，而 ille，ipse 和 unus 则被用作冠词。身为主教的 Gregory of Tours 总是为自己笔下糟糕的拉丁语道歉，并表示同时代的人大多听得懂乡下人的土话，但无法理解教授讨论哲学；教皇大格里高利则大言不惭地表示，自己并不介意在语言上犯野蛮人的错误。人们编撰的词汇表不是用来阐释深奥的词汇，而是用更简单或更"接地气"的词语解释日常的拉丁语词汇。作为黑暗时代拉开序幕的最明显信号，文盲率开始普遍上升。从5世纪起，人们开始用 X 签名，意为"我不会读写，但我是个基督徒"。关于上述主题的全面分析，见 G. Gröber 的《拉丁语词典的语言和词汇起源》"Sprachquellen und Wortquellen des lateinischen Wörterbuchs"，刊于《拉丁语词典编撰学档案》*Archiv für lateinische Lexicographie*，1.35页起，F.Lot 的《人们从何时起不再说拉丁语？》"A quelle époque a-t-on cessé de parler latin?"，刊于《中世纪拉丁语档案》*Archivum Latinitatis medii aevi*，6（1931），97页起。

与此同时，现代西欧语言的诞生因为受到多重因素的制约而被大大拖延，比如拉丁语作为书面媒介的优越地位，教会和法律拉丁语的权威性和便利性，而最重要的因素也许是黑暗时代的动荡政治局势，它使得任何一种地区方言都很难在与其他方言的竞争中脱颖而出。最早的法语文件是公元842年的《斯特拉斯堡誓言》（Oaths of Strasbourg）；但当1260年罗杰·培根游历法国时，他发现许多当地人听不懂彼此的方言。作为现代法语主流源头的法语文学文本出现在10世纪，第一首长诗则是1040年左右的《阿莱克西》(*Alexis*)。1520年，国王下令将法语作为官方语言，从此取代了拉丁语成为契约和文件的用语。最早的意大利语文本是 1150 年左右的一首抒情短诗。但丁的伟大作品把佛罗伦萨方言确定为文学语言，其形式延续至今而且鲜有改变，尽管其他意大利方言仍然在口头甚至出版物中被使用。西班牙语的发展受到了摩尔人入侵和占领的影响。类似现代西班牙语的最早文本可以上溯到 10 世纪，而第一部伟大的文学作品《熙德之歌》（*El cantar del mio Cid*）出现在 1140 年，它的标题体现了阿拉伯语的影响（Cid 即阿拉伯语的 Sayyid，意为"主人"）。卡斯蒂利亚语在斐迪南三世统治时期（1217—1252 年）成为西班牙的官方语言，甚至随着西班牙军队一起入侵了意大利，在现代意大利语中留下了痕迹。德语方言长期处于混战状态，因此没有单一的文学语言脱颖而出。此外，与西欧国家相比，拉丁语的文化专属语言特色在德国似乎要鲜明得多，当地受过教育的人和普通民众间的接触更少。从 13 世纪中叶起，德语开始被用于契约。路德翻译的《圣经》（1522—1534 年）通常被视作现代德语的源头，但他在天主教邦国的反对者以及某些说其他方言的群体拒绝接受标准化，所以德语的统一直到 18 和 19 世纪才姗姗来迟。路德选择的方言其实是萨克森公爵的宫廷语言。

11. 一些基督教宣扬者（如 Lactantius 和 Minucius Felix）使用优美的古典拉丁语写作，另一些（如 Tertullian 和 Cyprian）则故意使用非古典风格，虽然用的不是"俗"拉丁语，但他们为自己的革命性的新主题选择了革命性的新语言。不过，在面对普通民众时，大部分早期的教会作家会简化自己的词汇和句法。

12. 佩特罗尼乌斯《萨蒂利卡》中最重要和篇幅最长的部分直到 1650 年才在达尔马提亚海峡边的小港口特罗吉尔（Trogir）被发现——或者说被重新发现，它曾在文艺复兴时期重见天日，后来被从所有者那里偷走并下落不明，见 A.C. Clark，《古典评论》*The Classical Review*，22（1908），178 页起。

13. 维吉尔《牧歌》第 4 首，另见本书第 72，422 和 524 页。关于该主题的完整讨论，参见 E. Norden 的《孩童的诞生》*Die Geburt des Kindes*（Leipzig，1924）。

14. 奥古斯丁《忏悔录》3.4。关于西塞罗对早期基督教会的影响，见 E. Zielinski《西塞罗的历史变迁》*Cicero im Wandel der Jahrhunderte*（Leipzig，1912^3），第 7、8 章。A. J. Toynbee 在《历史研究》第 5 卷 583 页的注释中甚至推测，《使徒行传》4：32-35 对早期基督徒财产共有的描绘夸大其词，其终极模板是柏拉图的《理想国》5. 462c。

15. 希腊—罗马哲学和基督教思想融合的关键时期是 4 世纪。奥古斯丁和哲罗姆等基督徒吸收了希腊—罗马文化传统中可借鉴的部分，并用自己的精神力量赋予其新的生命，在深度和感染力上远远超过了同时代的异教文化。尽管面临阻力，这种融合还是在整个黑暗时期和中世纪发挥着创造性的影响。关于基督教作家的"朴实"，哈佛大学的 Werner Jaeger 教授曾在信中这样对我说："教父对朴素的偏爱大多只是反映了传统的基督教态度，而他们在实际写作时所用的繁复风格则证明那是必须做出的妥协，就像今天最苛刻的美学家也会先向'普通人'致敬。"另见 Jaeger 教授关于阿奎那的讲稿《人文主义和神学》*Humanism and Theology*（Marquette University，Milwaukee，Wis.，1943），23-24。

16. 该原则经常被称为"教会依罗马法而活"（ecclesia uiuit lege Romana）。在《教会法对民法的继受》*La recezione del diritto civile nel diritto canonico*（Tortona，1941），第 5 页，O. Cassola 指出，上述表达出自《里普利安法典》（*Lex Ribuaria*）58.1：主教应当命令主教代理，让他按照罗马法，也就是教会所依之法填写文书（et episcopus archidiacono

iubeat, ut ei tabulas secundum legem Romanam, quam ecclesia uiuit, scribere faciunt）。关于这个问题，另见 H. O. Taylor 的《中世纪的古典遗产》*The Classical Heritage of the Middle Ages*（New York, 1911³）和 P. Hinschius 的《教会法权的历史和来源》"Geschichte und Quellen des kanonischen Rechts"，收录在 von Holtzendorff 的《法学百科全书》*Encycl. der Rechtswissenschaft*（Berlin, 1890⁵），卷一。整个黑暗时代，罗马法一直在意大利得到沿用。对它的研究在中世纪出现复兴，教会开始将其体系化。11 世纪，查士丁尼《法令汇编》（6 世纪法典化的的罗马帝国法）的佛洛伦萨抄本被发现，它对教会的法律体系产生了深远的影响。博洛尼亚僧侣格拉提安（Gratian）在公元 1140 年前后完成了教会法的法典化：见 Le Bras 的《教会法》"Canon Law"，收录于《中世纪遗产》*The Legacy of the Middle Ages*（C. G. Crump 编，Oxford, 1926）。

17. Pliny，《与特拉伊阿诺斯书》*Ep. ad Traianum*，96。

18. Spengler，《西方的没落》*Der Untergang des Abendlandes*，2.7.7。

19. 不应忘记的是，罗马帝国分裂后，在以君士坦丁堡为中心的东半部分比西半部分多存在了近一千年。在《罗马帝国》（"Imperium Romanum"，刊于《古典和中世纪》*Classica et Mediaevalia*，8［1945］，1-2）中，E. Bach 指出，拜占庭皇帝甚至直到 12 世纪仍认为自己是世界唯一的合法统治者和罗马的继承者。在《大英百科全书》（1946 年版）的"晚期罗马帝国"条目下，J.B. Bury 指出，现代外交制度也发端于罗马，经由拜占庭帝国传到威尼斯共和国和西欧。但显然，罗马天主教会同样保留了许多罗马的外交传统。应该牢记的还有，和罗马帝国一样，基督教会也分裂成了东西两个部分。因此，希腊东正教会和罗马天主教会都能以罗马帝国的精神继承者自居。不过在过去的 500 年间，情况发生了很大的变化，因为君士坦丁堡和莫斯科先后落入了非基督教政府的手中。

20. 关于法兰克之匣的详细描绘和照片，见 E. V. K. Dobbie 所编的《盎格鲁—撒克逊短诗》，*The Anglo-Saxon Minor Poems*（New York, 1942），序言，cxxv 页起（维兰德交给贝阿多希尔德的显然是用来迷倒她的那杯药酒）。另见 W.P. Ker 的《史诗与传奇》*Epic and Romance*（London, 1922²），第 48 页起；《剑桥英语文学史》*The Cambridge History of English Literature*，卷一，第 2 章，第 13 页。

21. 推荐 Helen Waddell 小姐引人入胜的《流浪的学者》*The Wandering Scholars*（London, 1934⁷）似乎略显多余。

22. 关于贡波语的讨论，见 E. L. Tinker 的《贡波语：路易斯安那州的克里奥尔方言》"Gombo: the Creole Dialect of Louisiana"（《美国文物协会公报》*Proceedings of the American Antiquarian Society*，April 1935）。

23. 这就是为什么中国人把普通话作为官方语言：那个庞大的国家有许多种彼此不通的方言，必须有某种东西承载**整个**中国文化。

24. 见 J. A. Symonds《意大利的文艺复兴》*The Renaissance in Italy*，特别是第 2 章《学问的复兴》。

25. 有趣的是，这与公元前 2 世纪希腊文化传入意大利的过程有很多相似之处，通过了相同的两条渠道：（1）罗马将军们通过战争带回了大量希腊艺术品，（2）等待元老院回复请命期间，三位出使罗马的雅典学者（Critolaus, Diogenes 和 Carneades）曾在当地讲学，立刻引发了罗马人进一步了解希腊的渴求。

26. 吉本，《罗马帝国衰亡史》，第 66 章。
27. 早在 1494 年，Lascaris 就"模仿铭文"，全部以大写字母刊印了《古希腊诗文选》（Greek Anthology），不过很少有后人效法。
28. 吉本，《罗马帝国衰亡史》，第 66 章。
29. J. A. Symonds，前揭书第 2 章《学问的复兴》。
30. 莎士比亚，《麦克白》，2.2.62-64。
31. 林肯演说词的主要模板是巴洛克时代的英语散文，充满了西塞罗式的抑扬顿挫以及巴洛克作家借鉴自希腊语和拉丁语的行文技巧，如《葛底斯堡演说》中多次出现的三句排列：

> 我们无权授予——我们无权奉上——我们无权把神圣带给——这片土地
> （we cannot dedicate—we cannot consecrate—we cannot hallow this ground.）
> 人民所有、人民所掌、人民所享的政府。
> （government of the people, by the people, for the people.）

林肯还十分巧妙地把它和另一种西塞罗式技巧"对仗"结合起来：

> 生者和死者……增加或减少……长久铭记——永不忘记……白白死去——自由新生。
> （living and dead . . . add or detract . . . long remember—never forget . . . died in vain—new birth of freedom.）

在现代西方国家，上述技巧大多已经司空见惯，因此当听说它们是希腊和罗马人的发明，掌握它们很不容易，用起来要小心翼翼，或者发现在未受过良好教育的现代人写的书中，这些技巧很少被用到而且显得生涩时，我们会感到意外。关于该主题更详细的介绍，见本书第 18 章，330 页起。

第 2 章　黑暗时代的英国文学

1. 见 R.W. Chambers 的《贝奥武甫》（Cambridge, 1932²），3。书中引文见 Gregory of Tours，《法兰克人史》Hist. Franc. 110; H.M. Chadwick，《剑桥英国文学史》The Cambridge History of English Literature, 1.3（A.W. Ward 和 A.R. Waller 编, Cambridge, 1920）；C.W.Kennedy，《最早的英语诗歌》The Earliest English Poetry（New York, 1943），54 页和 78 页起；W.W. Lawrence，《贝奥武甫和史诗传统》Beowulf and Epic Tradition（Cambridge, Mass., 1930），第 2 章。关于耶塔亚人，见 Chambers 的讨论，前揭书 2—12 和 333—345 页。
2. 贝奥武甫的原型可能是 Bodvar Biarki，后者因杀死巨熊而闻名。另一种观点认为，贝奥武甫本人是熊的儿子，是像熊一般的精灵：因为熊是蜜蜂的天敌，所以他有了 "bee-wolf" 这个神秘的名字。如果真是这样，他的历史应该更为久远，可以上溯到人类刚刚走出动物世界之时。见 Chambers，前揭书 365 页起；Rhys Carpenter，《荷马史诗中的民间故事、虚构和传说》Folk tale, Fiction, and Saga in the Homeric Epics（《萨特古典讲座系列》Sather Classical Lectures, 20, Berkeley, Cal., 1946）。

3. 《伊利亚特》，6. 179–183 行。
4. 出于行文简洁的考虑，我对原文的内容进行了概括。严格说来，我们应该区分不同类型的短篇英雄诗歌，因为发展成真正史诗的很可能只有正式的莱歌，而非关于英雄事迹的歌曲和歌谣。见 C. M. Bowra 的《伊利亚特中的传统与构思》*Tradition and Design in the Iliad*（Oxford，1930），第 2 章和 A. J. Toynbee 的《历史研究》（Oxford，1939），卷 5 页 296 起。
5. 《贝奥武甫》，1063–1159 行。
6. 同上，2200–2210，2397–2509 行。
7. 同上，1–52 行，描绘了神秘国王 Scyld Scefing 的葬礼。
8. 同上，853–1159 行。
9. 同上，2892–3075 行。
10. 这种判断部分取决于品味，但部分来自客观事实。比如，无论在词汇的数量、句式的类型、格律的变化还是语感的细腻上，荷马都远胜《贝奥武甫》的作者，而且在冲突场景的力度上毫不逊色。毫无疑问，这是因为荷马的背后是更悠久的创作传统，而他的语言则依托于更丰富的方言种类和诗歌风格（参见本书第 481—482 页）。不过，推崇《伊利亚特》并不意味着《贝奥武甫》就没有可取之处。实际上，《贝奥武甫》中有许多精彩和令人难忘的诗句，但经常遭到不公正的批判，比如 Taine 的这段话：

> 我们无法描绘作品中有悖常理的思想，它们违反了现代风格的所有要求。我们经常无法理解它们，无论是冠词和小品词，还是各种阐明思想、标出关系和将思想结合成有序整体的手法，或者所有推理和逻辑技巧都不见踪影。激情像一头巨大的野兽般咆哮着，仅此而已。（《英语文学史》*Histoire de la littérature anglaise*，Paris，1905[12]，1.5）

上述批判近来遭到了 J.R. Hulbert 先生《〈贝奥武甫〉和古典史诗》的驳斥（"Beowulf and the Classical Epic"，刊于《现代语文学》*Modern Philology*，44［1946–7］，2. 65—75 页）。尽管诗中经常出现突兀和语焉不详的离题内容，但 Hulbert 先生还是辩解称，诗人在谋篇布局上使用了类似勃朗宁和康拉德等文风晦涩的作家的用典和联想手法。这种说法虽有可能，但鉴于古代英国社会和思想的单纯，可能性并不大。Hulbert 先生对于《贝奥武甫》风格鲜明有力的评价是正确的，但他受到 Matthew Arnold 的误导，认为荷马的风格"枯燥乏味"。事实上，荷马史诗与莎士比亚的悲剧一样丰富和有力，其诗性同时体现在朴素和繁复中（关于这点，见本书第 481 页起）。《贝奥武甫》和它所描绘的生活属于一个比荷马更原始的历史阶段。从现存残篇来看，罗马人征战的早期史诗有点类似《贝奥武甫》，比如 Naevius 的《布匿战纪》。Naevius 的作品已经失传，但《贝奥武甫》却奇迹般地留存了下来，就像在斯堪的纳维亚泥潭沼泽中仍能找到的盾牌、头盔和角杯那样作为罕见的历史遗物和真正的艺术品被珍视。
11. 关于《贝奥武甫》可能受到的古典影响，特别是维吉尔的影响，近年来研究者的主要观点如下：

（a）"如果没有维吉尔作为模板"，我们很难"解释有结构如此宏大的史诗存在"（F. Klaeber，《埃涅阿斯和贝奥武甫》"Aeneis und Beowulf"，刊于《近代语言和文学研究档案》*Archiv für das Studium der neueren Sprachen und Literaturen*，26［1911］，新序列，

40 和 339 页起）。言下之意是，所有的盎格鲁—撒克逊诗人都没有能力凭借自己的想象或者年轻时接触过的早前盎格鲁—撒克逊英雄诗歌创作出大型诗歌。这种假设本身无法证实，而且不太可信。在完全不可能受到维吉尔影响的国家曾出现过大型英雄诗歌（我们稍后将谈到《罗兰之歌》，它的作者或作者们显然完全不懂拉丁语），而且盎格鲁—撒克逊诗人不乏大胆和原创性。《贝奥武甫》的作者所欠缺的只是让史诗更加优美、丰富和均衡的良好品味。如果他真的读过《埃涅阿斯纪》，《贝奥武甫》应该会比现在更好。此外，就连 Klaeber 本人也承认，《埃涅阿斯纪》和《贝奥武甫》在整体的谋篇布局上几乎没有相同点。

（b）《埃涅阿斯纪》和《贝奥武甫》有相似情节（Klaeber 给出了清单；T.B. Haber 也列出了一些，见《〈埃涅阿斯纪〉与〈贝奥武甫〉之比较》*A Comparison of the "Aeneid" and the "Beowulf"*, Princeton, 1931）。有的相似点显得不着边际，比如：

> 贝奥武甫登陆丹麦时遭到岸边卫兵的盘问。
> 埃涅阿斯登陆利比亚时被隐去真面目的母亲维纳斯盘问。

有的则是真正的相似点，比如两位英雄都在宫廷宴席上讲述了自己过去的事迹。不过，这些相似点并不表示有人抄袭，而是说明两位诗人描绘的场景和习俗是相似的（这点我们是知道的）。如果想要得出《贝奥武甫》中的英雄宴席或葬礼描写抄袭了《埃涅阿斯纪》的结论，我们必须证明盎格鲁—撒克逊人没有这样的风俗。但我们知道，盎格鲁—撒克逊人和他们在欧洲的祖先在文化上非常接近荷马笔下的希腊人和特洛伊人（见 H.M. Chadwick,《英雄时代》*The Heroic Age*, 15—19 章）。因此，《贝奥武甫》的作者所描绘的风俗更可能是本民族传统中实践或流传的，而非借鉴了用异族语言写成、以异族传统为主题的作品中的描绘。

（c）《埃涅阿斯纪》和《贝奥武甫》中对自然的描写有相似之处（C.W. Kennedy 暗示，《贝奥武甫》第 1357—1376 行对格伦德尔所栖居之魔湖的描写模仿了维吉尔《埃涅阿斯纪》第 7 卷 563—571 行。见《最早的英语诗歌》*The Earliest English Poetry*, 92—97 页）。《贝奥武甫》的作者有可能抄袭了维吉尔的相关描写，但可能性极小。首先，诗人手头有更加丰富和方便的诗歌描写资源，那就是古英语诗歌，其规模远不止留存至今的少数残篇。Kennedy 先生本人也在自己的书中指出（180—182 页），在叙述追赶犹太人的法老军队踏入红海时，《出埃及记》（*Exodus*）的作者插入了关于战斗和海水被鲜血染红的套路式描写，与上下文并不协调。而在《荷马史诗中的民间故事、虚构和传说》第 6—9 页，Rhys Carpenter 先生也提醒我们，口头诗人掌握了大量的套路式描写和表达，并将其四处传播。其次，即使盎格鲁—撒克逊诗人没有使用母语中的传统描写，他们仍能驾轻就熟地描绘北方阴郁的景致，无需从一位意大利诗人那里借鉴细节。无论是许多古英语诗歌中关于大海的精彩描写，还是《废墟》（*The Ruin*）中对罗马遗迹的哀伤描绘，从中都可以看出他们原创观察的能力。

（d）《埃涅阿斯纪》和《贝奥武甫》中的表达有相似之处，比如"都静了下来"（*swīgedon ealle*,《贝》1699 行）和"所有人都静了下来"（*conticuere omnes*,《埃》2 卷 1 行），"打开了话语的宝库"（*wordhord onlēac*,《贝》259 行）和"从内心涌出的话语"（*effundit pectore uoces*,《埃》5 卷 482 行），见 T.B.Haber, 前揭书，注释 b, 31 页起。我对盎格鲁—

撒克逊语了解有限，无法就该问题发表有用的观点。但从译本来看，上述相似点似乎并非模仿，而是碰巧选择了显而易见的相同意象。此外，二者在语言上的差异显然远远超过相似性。

（e）维吉尔的《埃涅阿斯纪》在不列颠北部广为人知，"必然会吸引一位深谙日耳曼传统的诗人注意"（Lawrence，《贝奥武甫和史诗传统》Beowulf and Epic Tradition，284—285页）。这种观点显得过于武断，没有考虑到下列背景：

（1）黑暗时代的英国教士学者读过维吉尔，但他们没有用俗语写过长篇世俗英雄诗歌。据说 Aldhelm 曾用俗语歌曲吸引民众来聆听福音书，但他只是在自己不愿跨越的鸿沟上架起了一座单向桥。此类学者中最伟大的 Alcuin 曾在写给一位英国主教的信中直言不讳地批评了英雄传说诗歌（Chadwick，《英雄时代》The Heroic Age，41页起），并把贝奥武甫这样的英雄称为该死的异教徒。

（2）我们没有听说过（而且很难想象），像《贝奥武甫》的作者这样深谙本民族英雄诗歌传统的职业游吟诗人能够掌握足以研读《埃涅阿斯纪》的拉丁语。在黑暗时代和此后的若干个世纪里，人们学习拉丁语是从《圣经》译本开始的。但从《贝奥武甫》来看，作者对经文的了解极为浅薄和模糊，几乎无法直接读懂通俗拉丁文《圣经》。比德对《圣经》和教父作品的了解远远超过对维吉尔的了解，后者是他唯一直接接触过的古典作家（M. L. W. Laistner，《作为古典和教父学者的比德》"Bede as a Classical and a Patristic Scholar"，《皇家历史学会学报》Transactions of the Royal Historical Society，第 4 辑，第 16 卷 73 页起）。既然如此，一位对《创世记》最初章节都所知甚少的游吟诗人怎么可能对艰深的《埃涅阿斯纪》如此熟悉，竟然能模仿其细节和整体构思呢？让我们来看一个相关的例子：中世纪法语文学中最早的特洛伊故事出自 Benoît de Sainte-Maure 之手，在把这个传说改编成法语诗歌时，他参考的不是《埃涅阿斯纪》或者《伊利亚特》的拉丁语译本，而是一部易读得多的短篇散文体传奇，并且没有严格遵守原著。见本书第 53 页。

（3）拉丁语和盎格鲁—撒克逊语诗歌这两大传统的最终融合造就了辉煌的成果。这种融合始于凯德蒙，包括后世一些被归于他名下的诗歌，代表人物和作品还有基涅武甫、《十字架之梦》和《凤凰》。不过，尽管使用了盎格鲁—撒克逊诗歌传统，所有这些诗歌的内容和主旨都是宗教的。在那个时代，所有能够读懂《埃涅阿斯纪》原文的人都致力于为上帝效劳，他们不会去写关于在血腥战斗中依靠勇武和有魔法的武器而非精神力量战胜怪物的诗歌。

（4）总体上说，与敏感的现代读者不同，原始诗人不太可能被某本感人的书籍激发出灵感。就像我们在《凤凰》中所看到的那样，在借鉴他人作品时，他们会照抄原作的表达。但他们不会在自己的作品中"影射"古典诗歌，那条道路通向的不是格伦德尔的洞穴，而是仙那度。

12. Lady Gregory，《上帝和人类斗士》Gods and Fighting Men（London，1910），2.11.4。
13. 见 H. M. Chadwick，《英雄时代》The Heroic Age（Cambridge，1912），47—48 页。另外，

Blackburn 分析了诗中反映某些基督教基本教义的段落，并表示它们可能（甚至必然）是在这首异教史诗成型后才被加进去的。比如，诗中许多处的"上帝"可以被"命运"（Wyrd）代替，对意思没有丝毫影响；而且有的地方仍然使用"命运"。见 F. A. Blackburn,《〈贝奥武甫〉的基督教色彩》"The Christian Coloring in the *Beowulf*"（*PMLA*, 12, 1897 年新序列 5, 205–225）。

14. 关于该隐和亚伯，见《贝奥武甫》第 107 行和 1261 行起。第 112 行的 *orcnêas* 来自拉丁语的 *Orcus*，可以译作"海怪"或"地狱之物"。大洪水见第 1688–1693 行。

15. A.J.Toynbee,《历史研究》（Oxford, 1939），第 5 卷 610 页起。

16. J.B. Bury 在《蛮族对欧洲的入侵》（*The Invasion of Europe by the Barbarians*, London, 1928）中表达了这种观点。另见本书第 478 页关于 Fustel de Coulanges 的介绍。

17. 一位稍早些的罗马史学家提供了很好的例子。在越过阿尔卑斯山后，汉尼拔决定为将要第一次在意大利与罗马人交战的疲惫之师打气。为了向士卒们展现视死如归的勇气，他让人把一些沿途抓获的阿尔卑斯山部族成员（显然是凯尔特人）带到面前，让他们捉对厮杀，胜者将获得自由。这些人高兴地答应了，抓起武器并跳起了他们民族的战斗之舞（*cum sui moris tripudiis*）。在随后的战斗中，英勇战死者的命运得到的赞美不逊于胜利者的（"ut non uincentium magis quam bene morientium fortuna laudaretur"，Livy, 21.42）。

18. Hige sceal þē heardra, heorte þē cēnre,
    mōd sceal þē māre, þē ūre mægen lytlað.（《马尔登之役》*Maldon*, 312–313）。

19. 比德语，原文为 *quasi mundum animal ruminando*。这句话把冥思的牧牛人比作他自己的牛，只不过咀嚼的草料是经文。

20. 比德称这些学者为"博学者"（*doctores*）或"许多更博学的人"（*multi doctiores uiri*）。很多人认为，凯德蒙开始创作诗歌时已经隶属于惠特比修道院。比如，Stopford Brooke,《诺曼征服之前的英语诗歌》*English Literature from the Beginning to the Norman Conquest*（London, 1898），127 页："凯德蒙……身着世俗服色，是修道院的一名仆役。"A. Brandl 也说："凯德蒙……最初作为世俗信徒生活在修道院中"，见 Paul 的《日耳曼语文概要》*Grundriss der germanischen Philologie*（Strassburg, 1908），2.1.1027；另见 E. E. Wardale,《古英语文学卷》*Chapters on Old English Literature*（London, 1935），112 等。这种说法在比德的作品中找不到依据，后者事实上指向了另一种可能。在比德的描述中，凯德蒙是一名雇工，有自己的小茅屋。在把梦中之歌一事告知农庄的工头后，他被带到了修道院。工头曾表示："这看上去像是神启，我们必须询问希尔达院长。"但文中并未说明凯德蒙和工头所在的农庄是否隶属修道院。不过，如果凯德蒙早就是惠特比修道院的成员，那么比德几乎肯定会提到，他已经热忱地聆听过上帝之道，或者他是修道院庄园里的一名卑微雇工，但听过布道并在内心进行了深刻的思考。比起假设惠特比附近只有一名工头，而且他和手下的雇工都隶属于修道院，上面的推测要更加合理。

21. 见 D. Masson,《弥尔顿的生平》*The Life of John Milton*（New York, 1946），第 6 卷，557 页注释 1。关于该主题的其他作品，见本章注释 1，C.W. Kennedy, 163 页。

22. 《阿波罗颂》*Hymn to Apollo*, 172 行。

23. 这首关于基督的诗歌分为三部分。仅第二部分（440–866 行）有基涅武甫的签名，而且各部分在风格和内容上存在显著差异。诗歌改编自 Gregory 的《福音布道》*Homiliae in euangelia*，2.29（Migne，《拉丁教父集》*Patrol. Lat.* 76. 1213–1219）。

24. 关于《尤莉安娜》所借鉴的原作，见 J. M. Garnett，《拉丁语和盎格鲁—撒克逊语的〈尤莉安娜〉》"The Latin and the Anglo-Saxon *Juliana*"（*PMLA*，14，n.s. 7［1899］，279-298）。尤莉安娜死于公元 309 年左右。基涅武甫所改写的是类似《圣徒行传》（*The Acts of the Saints*）的传记，但已失传。
25. 每个卢恩字母的名称都是名词，但我找不到所有字母都是名词（比如 bee）的现代人名。
26. 关于这点以及对基涅武甫作品表示认同的概述，见 K. Sisam 的 Gollancz 讲座，《英国科学院学报》*The Proceedings of the British Academy*，1932。
27. 游吟诗人传统上用"听着"（*hwæt!*）作为开篇来吸引听众的注意，"年轻的英雄"（*geong hæleð*）见第 39 行。
28. 拉克坦提乌斯，《咏凤凰》*De aue phoenice*。凤凰的神话源于埃及人的动物崇拜，可能来自对某种奇异候鸟的观察，通过希罗多德对埃及的描绘（第 2 卷 37 节，可能从 Hecataeus 处听说）传入希腊世界。关于凤凰丰富的象征意味，见 J. Hubaux 和 M. Leroy，《希腊和拉丁语文学中的凤凰神话》*Le Mythe du phénix dans les littératures grecque et latine*（Paris，1939）。
29. 《凤凰》443 行起借鉴了 Ambrose 的《创世六日》*Hexaemeron*，5.23.79–80 行；546–569 行引用和改写了《约伯记》xxix.18。
30. 比如，拉克坦提乌斯作品的 15–20 行借鉴了维吉尔《埃涅阿斯纪》6.274–281 行；21–25 行借鉴了荷马《奥德赛》4.566–567 行和 6.43–45 行，卢克莱修《物性论》3.18–23 行。
31. 《凤凰》，9–12 行，J. D. Spaeth 译，《古英语诗歌》*Old English Poetry*（Princeton，1922）。
32. 拉克坦提乌斯，《咏凤凰》，161–166 行：

    A fortunatae sortis fatique uolucrem

    cui de se nasci praestitit ipse deus!

    femina sit, uel mas, seu neutrum, seu sit utrumque,

    felix quae Veneris foedera nulla colit!

    mors illi Venus est, sola est in morte uoluptas:

    ut possit nasci, appetit ante mori.

33. 见 W.P. Ker，《史诗与传奇》*Epic and Romance*（London，1922^2），2.4 起和附录注释 A。
34. 拉克坦提乌斯，《咏凤凰》，11–14 行：

    Cum Phaethonteis flagrasset ab ignibus axis,

    ille locus flammis inuiolatus erat;

    et cum diluuium mersisset fluctibus orbem,

    Deucalioneas exsuperauit aquas.

35. 《凤凰》，38–46 行，Spaeth 译，注释 31 所引书。
36. 《凤凰》，52 行，Spaeth 译，注释 31 所引书。
37. 《凤凰》，675–677 行，Spaeth 译，注释 31 所引书。另有一首关于道成肉身的诗歌也同样令人称奇地融合了拉丁语和盎格鲁—撒克逊传统：见 J.S. Westlake,《剑桥英国文学史》（Cambridge, 1920）, 1.7.146—147页。尽管显得幼稚，该作品仍颇有魅力。更重要的是，和Ælfric的课本一样，它显示了拉丁语和古英语的高度交融，这比其他欧洲民族尝试让俗语和学术语言相结合早了许多个世纪。

38. 见 A.J. Toynbee,《历史研究》, 2.322—340页和421—433页。L. Gougaud 对此的研究要详尽得多，见《凯尔特世界的基督教》*Christianity in Celtic Lands*（M. Joynt 根据作者手稿翻译, London, 1932）：特别见185页起。Gougaud 先生认为这种冲突并不严重，他表示英国教会"有点不听话"但并无"分裂和独立的企图"（213页）。有的学者则认为双方的分歧要更深。英国教会经常被叫作"爱尔兰教会"，有时被更准确地称为"凯尔特教会"。作为最初的罗马基督教世界的一部分，它早在罗马帝国灭亡前就已成立，但在撒克逊人入侵英国时遭受重创。此后，它继续存在于北部和西部地区（也包括布列塔尼）。Gildas 就是该教会的典型成员。后来，它的势力又从威尔士和爱尔兰延伸回苏格兰和撒克逊人统治的英格兰，有时会和从南部起家的罗马天主教传教士发生冲突，并在惠特比宗教会议上与他们进行了正面交锋。该教会的传统基本没有中断，因此更应该被称为"不列颠教会"。从240页起，Gougaud 先生提出这样的疑问：爱尔兰人从何种渠道接触到古典文化？是从威尔士南部？还是亚历山大里亚或拜占庭的传教士，抑或高卢的难民？在提出一系列看上去令人信服的论据后，他得出结论说，爱尔兰人的文化和对基督教的兴趣来自最初的英国教会，后者像基督教罗马帝国在某个行省的教会那样"注入了一定量的拉丁文化"；该教会还开设拉丁语学校，帮助人们理解经文和教父的拉丁语作品。

39. 见 L. Gougaud, 前揭书, 185页起。另见 P.F. Jones,《格里高利的传教和英国的教育》"The Gregorian Mission and English Education", 刊于《镜子》*Speculum*, 3（1928）, 335页起。Jones 认为，奥古斯丁的传教目的不是教育，而纯粹是宗教性质的，他指出，让撒克逊异教徒皈依基督教是教育他们的前提。特奥多尔和哈德良的学校是在传教目的达到后才开设的。奥古斯丁经常给罗马写信，向格里高利请教一些在今天看来细枝末节的东西，这显示了教皇对他的控制多么严格。我们可以从中看到与罗马帝国行政方法的惊人相似。当小普林尼被派出处理比提尼亚行省的财政事务时，他必须同样一丝不苟地将任何稍微超越自己权限的问题向图拉真皇帝写信汇报。

40. 比德,《教会史》*Hist. eccl.*, 4.1; M. Roger,《从奥索尼乌斯到阿尔昆的古典文学教育》*L'Enseignement des lettres classiques d'Ausone à Alcuin*（Paris, 1905）, 286页起。不过，这所学校没能在当时的英格兰确立任何稳固而持久的希腊学术传统。在黑暗时代和中世纪早期，希腊语书籍在英国非常少见，能读懂它们的人就更少了：见 G.R. Stephens 有用的论文《中世纪英格兰的希腊语知识》*The Knowledge of Greek in England in the Middle Ages*（Philadelphia, 1933）。

41. Roger, 前揭书, 261 和 288—303 页。

42. 见 M.L.W. Laistner,《作为古典和教父学者的比德》"Bede as a Classical and a Patristic Scholar",《皇家历史学会学报》*The Transactions of the Royal Historical Society*, 第4辑, 第16卷69页起。

43. 同上。Laistner 指出, Bede 的纯粹古典知识实际上仅限于维吉尔和普林尼的《博物志》,

他提到的其他作家（除了少数例外，见 74 页）都转引自语法学家的作品——或者说《读者文摘》式的引言集，在整个黑暗时代和中世纪（甚至文艺复兴开始后的很长时间里），这一直都是接触古典作品的最流行途径之一。但他对普鲁登提乌斯等基督教诗人和教父作家（特别是哲罗姆）非常了解。另见 Laistner 的《"可敬者"比德的图书馆》"The Library of the Venerable Bede"，收录于《比德的生平、时代和作品》*Bede, His Life, Times, and Writings*，A. H. Thompson 编（Oxford，1935）。

44. 见 W. Levison，《作为历史学家的比德》*Bede as Historian*，收录于《比德的生平、时代和作品》。这篇精彩的论文暗示，让比德投身历史的是他对两个相互关联学科的兴趣：编年史和圣徒传。

45. 但丁安排他成为天堂中伟大导师的一员，其中包括但丁推崇备至的大师圣托马斯·阿奎那（《天堂篇》*Paradiso*，10）。

46. 关于苏格兰人约翰·埃里吉纳（或埃里乌吉纳），见 L. Gougaud，注释 38 所引书，302 页起；C. R. S. Harris，《哲学》"Philosophy"，收录于《中世纪遗产》*The Legacy of the Middle Ages*（C. G. Crump 编，Oxford，1926）；P. Kletler，《约翰·埃里乌吉纳》*Johannes Eriugena*（Leipzig，1931）；M. L. W. Laistner，《公元 500—900 年的西欧思想和文学》*Thought and Letters in Western Europe 500-900 A.D.*（New York，1931），197 页起。

47. 这条记录的时间是公元 839 年。《盎格鲁—撒克逊编年史》的引文来自 R.K. Ingram 的"人人版"（Everyman）翻译。关于"海盗之国"的译法，我的同事 E.V.K. Dobbie 指出，原文中的 Heredalande 是一个地名，位于挪威的 Hardanger 附近。

48. 关于他们的命运，见 W. Levison，《8 世纪的英格兰和欧洲大陆》*England and the Continent in the Eighth Century*（Oxford，1946）和 H. Waddell，《流浪的学者》*The Wandering Scholars*（London，1934[7]），2.5。

49. 见 Gougaud，注释 38 所引书，395 页。

50. Alfred，《牧羊人之书》序言。

51. 格里高利本人称自己的作品为 *Regula pastoralis*（Migne 编，《书信集》*Ep.* 5.49）。英语研究者经常称其为 *Cura pastoralis*。

52. 见 P.G. Thomas，《剑桥英语文学史》（Cambridge，1920），1.6。

53. 为了跨越希腊语和拉丁语文化的鸿沟，波伊提乌准备首先翻译所有为哲学打基础科目的作品，然后是亚里士多德关于逻辑、伦理和物理学的作品，最后是柏拉图的全部作品。相对过早的死亡使其只完成了这项宏大计划的一小部分。不过，从残存的翻译来看，他是所谓"后四艺"（quadrivium）教育体系的奠基人之一，并受到几乎所有中世纪教育者的景仰（见 Sigebert，《教会作品集》*De scriptoribus ecclesiasticis*，37 页；Migne，《拉丁教父集》*Patrol. Lat.* 160.555）。他的翻译涵盖音乐、算术、几何和亚里士多德逻辑学。关于其作为译者的重要性，见 P. Courcelle，《从马克罗比乌斯到卡西奥多鲁斯的西欧希腊语文学》，*Les Lettres grecques en occident de Macrobe à Cassiodore*（Paris，1943），260—278 页。

54. 常见版本有 Adrianus a Forti Scuto 和 G.D. Smith 编校版（London，1925），丰富的参考书目见注释 53 所引 Courcelle 书和 H.R. Patch 的《波伊提乌的传统》*The Tradition of Boethius*（New York，1935）。

55. 墨尼波斯文体由 Varro 在公元前 1 世纪引入拉丁文学。在长期受到冷落后，它因为哲学家 Martianus Capella 的《菲洛罗佳和墨丘利的婚礼》(De nuptiis Philologiae et Mercurii) 而再度流行。该诗的创作年代稍早于波伊提乌的时代，是中世纪教育的基石。

56. 散文体部分看上去大多是对西塞罗的刻意模仿：比如句子的结尾方式 (clausula) 完全是西塞罗式的。大段对话后的诗体插曲提供了平复心境和抒情的作用，在艺术和情感功能上有点类似塞内卡戏剧中的合唱。

57. 波伊提乌，《哲学的慰藉》，4.7：一切看上去痛苦的（命运）若非为了锻炼和训诫，便是为了惩罚 (Omnis enim [fortuna] quae uidetur aspera, nisi aut exercet aut corrigit, punit)。

58. 关于波伊提乌作品的素材的仔细分析，见 P. Courcelle, 注释 53 所引书，278—300 页。该作者的另一篇论文我只读过摘要：《波伊提乌的"慰藉"：素材和 9 到 13 世纪拉丁评论家的阐释》La "Consolation" de Boèce: ses sources et son interprètation par les commentateurs latins du IXe au XIIIe siècle (Paris, École nationale des Chartes, 1934)。Courcelle 先生的两部作品都显示波伊提乌深受新柏拉图主义的影响，并暗示他在亚历山大里亚师从 Ammonius 学习希腊语和哲学。

59. Kant,《实践理性批判》，近结尾处。

60. George Meredith,《星光里的路西法》Lucifer in Starlight。

61. 波伊提乌，《哲学的慰藉》，4.4："肉体死后，你没有给灵魂准备什么折磨吗？"她回答："折磨很厉害，我认为有的执行起来像地狱般严厉，有的像炼狱般慈悲。"("Nullane animarum supplicia post defunctum morte corpus relinquis?" "Et magna quidem," inquit, "quorum alia poenali acerbitate, alia uero purgatoria clementia exerceri puto.") Courcelle（注释 53 所引书，300—304 页）为波伊提乌作品中的基督教元素提供了一个看似可以接受的解释，他认为波伊提乌试图把新柏拉图主义与基督教信仰协调和融合起来。

62. 见 W. Jaeger,《教化》Paideia, 卷 3 (New York, 1944), 第 1 章，特别是 30 页起。

63. 关于波伊提乌对黑暗时代和中世纪的巨大影响，见 M. Manitius,《中世纪的拉丁语文学》Geschichte der lateinischen Literatur des Mittelalters, 卷 1 (Munich, 1911), 33—35 页，以及 H. R. Patch,《波伊提乌的传统》The Tradition of Boethius (New York, 1935) 中丰富的注释和书目。波伊提乌的这部作品是最为流行的书籍之一，几乎超过了维吉尔。西欧各地都流传着它的抄本，被列入了从 Durham 到 Cremona 等修道院的藏书目录。现在仍存留约 400 份手抄本。在中世纪，它是除《圣经》之外被翻译最多的书籍。阿尔弗烈德和乔叟先后在 900 年和 1380 年左右将其译成英语（这两个译本丰富了英国人的思想和语言），伊丽莎白女王本人和其他一些知名度较小的人士也翻译过它。它的一份普罗旺斯语诗体翻译残篇可以上溯到 10 世纪。Jean de Meun（我们将在下一章谈到他）在 1300 年前后将该书翻译成法语，而在 1422 年前夕又出现了一个被归于 Charles of Orleans 名下的译本。14 世纪时，方济各会僧侣 Alberto of Florence 把它译成意大利语，多明我会修士 Antonio Ginebreda 将其译成加泰罗尼亚语，拜占庭人 Maximus Planudes 将其译成希腊语。德语译本出现在 1000 年左右，译者是 Notker Labeo（见 H. Naumann,《诺特克的波伊提乌：来源和风格研究》Notkers Boethius: Untersuchungen über Quellen und Stil, Strassburg, 1913）。此外，中世纪时波伊提乌还被反复引用。但丁称其为"神圣的灵魂"(l'anima santa)，并把他和"可敬的"比德一起安排在天堂（《天堂篇》Paradiso，10.125）。但丁作品中所影射的某些句子显得特别崇高，比如：

没有什么痛苦
甚于在不幸中
回忆幸福时光；你的导师明白此理。

nessun maggior dolore
Che ricordarsi del tempo felice
Nella miseria; e ciò sa il tuo dottore（《地狱篇》*Inf.*，5.121-123）

一般认为，这段诗出自《哲学的慰藉》2.4.1：在所有命运的不幸中，最不幸的是曾经幸福过（in omni aduersitate fortunae infelicissimum est genus infortunii fuisse felicem）。不过，也有人认为，诗中提到的"导师"更可能是维吉尔，那样的话这段诗影射的应该是《埃涅阿斯纪》2.3：女王陛下啊，你命令我把那无法言说的痛苦重新唤起（Infandum, regina, iubes renouare dolorem）。

另一处类似的影射是整部《神曲》优美的结尾：爱情，它推动太阳和其他星辰（L'amor, che move il sole e l'altre stelle）。这句话受到了波伊提乌《哲学的慰藉》2.8 的启发：

啊，有福的人，
如果统治你灵魂的
是统治天空的爱情！

O felix hominum genus,
si uestros animos amor
quo caelum regitur regat!

但丁在《论王制》（*De mon.*），1.9.25-28 中再次引用了这个崇高的表达。Patch 先生（前揭书第 4 章）总结了许多中世纪作家对波伊提乌的影射和模仿，他表示有无数身陷囹圄者在波伊提乌的书中找到了慰藉，并提到了其中一些人的名字。甚至当性情反复无常的 Casanova 从监狱医生那里得到一本《哲学的慰藉》后也欣喜不已，并表示："非常感谢，这比塞内卡好多了，我将受益匪浅。"（《回忆录》*Mémoires*，R. Vèze 编，Paris，1926，4.196-197）

64. 波伊提乌，《哲学的慰藉》，2.7：但我渴望物质，只是为了干出一番事业，免得美德在沉默中老去（sed materiam gerendis rebus optauimus quo ne uirtus tacita consenesceret）。

65. 阿尔弗烈德的译文，第 17 章，W.J. Sedgefield 编译（Oxford，1900）。Sedgefield 注意到，阿尔弗烈德的这段话可能借鉴了他人对波伊提乌相关段落的评述。关于阿尔弗烈德译文的分析，见 H.R. Patch，注释 63 所引书，48—54 页。

66. 比如，波伊提乌（3.4）说：令我愤怒的是，那些（荣耀）常常落在最卑劣者的手中，比如被卡图卢斯称为肉瘤的诺尼乌斯坐上了象牙椅（Quo fit ut indignemur eas［dignitates］saepe nequissimis hominibus contigisse, unde Catullus licet in curuli Nonium sedentem strumam

tamen appellat）。

这段话影射了卡图卢斯讽刺政治暴发户的诗句（第52首）：

> 为什么，卡图卢斯？为什么你还不去死？
> 肉瘤诺尼乌斯都已经坐上了象牙椅。

> Quid est, Catulle? quid moraris emori?
> sella in curuli struma Nonius sedet.

但阿尔弗烈德对卡图卢斯的诗歌一无所知，看不懂侮辱性的绰号"肉瘤"（struma，就像我们今天会把讨厌的人称作"脓包"[blister]）和罗马高官坐的象牙椅。于是他写道：

> 很久以前，睿智的卡图卢斯曾对富有的诺尼乌斯大发雷霆，将其大大羞辱了一番，因为他看到后者坐在一辆豪华的马车上。罗马人严格规定，只有最受尊敬的人才能坐这样的马车。卡图卢斯鄙视诺尼乌斯，他知道那个人非常无知和放荡，所以毫不犹豫地对其恶语相向。卡图卢斯是一位极富智慧的罗马长官，要不是诺尼乌斯有钱有势，他一定不会如此无情地攻击对方。（阿尔弗烈德的译文，第27章，W.J. Sedgefield编译，Oxford，1900）

波伊提乌还提到和引用了荷马（《哲学的慰藉》，5.2，精妙地使用了荷马式表达），但阿尔弗烈德却把它变得幼稚而含糊（插曲第30首）：

> 在东方的希腊人国度，
> 荷马乃最精于歌艺者，
> 他是维吉尔的良师益友，
> 那位著名的诗人，最杰出的大师。

> In the East Omerus   among the Greeks
> was in that country   in songs most cunning,
> of Firgilius also   friend and teacher,
> of that famed maker   best of masters.

阿尔弗烈德在罗马习俗、语言、历史和地理等方面知识的欠缺还体现在他对充斥着人名的Orosius作品的翻译中。Ann Krikman小姐（《奥罗修斯古英语译本中的专名》"Proper Names in the Old English Orosius"，刊于《现代语言评论》*Modern Language Review*，25[1930]，1-22和140-151）指出，在全部700个专名中有490个拼错，而且同一个词的拼法经常不一样。地名被误作人名，或者人名被误作地名。更糟糕的是，抄写员的工作是通过听写完成的，因此会把 P. Licinius 误植成 Plicinius，Peloponnensium 误植成 Pelopensium。此外，由于盎格鲁—撒克逊时代的英格兰人没有姓氏，阿尔弗烈德一开始无法理解罗马人由三部分组成的姓名体系。他最初只使用第一部分，然后把第一和第二部分视作可相互替代的：

> 在五次担任执政官的法比乌斯·马克西姆斯和四次担任执政官的德基乌斯·穆斯共同执政的那年。

"昆图斯是一位执政官,又名德基乌斯。"

> Fabio Maximo quintum Decio Mure quartum consulibus(136.32)
> 'Cwintus was a consul, with another name Decius.'

后来,他理解了这种姓名体系(143.35),在翻译波伊提乌时不再犯错。

67. 阿尔弗烈德只在格里高利的《教牧法规》译本中提到了这些教士,但显然他的其他译作也得到了他人的帮助。著名的阿尔弗烈德传记的作者正是阿瑟主教。
68. 见《盎格鲁—撒克逊编年史》关于854,883,888和889年的记载。
69. 关于《林迪斯法恩福音书》的历史,见大英博物馆《科顿抄本精选展导览》Guide to a Select Exhibition of Cottonian Manuscripts(London,1931)。
70. 在795年维京人入侵前,爱尔兰同样保持了很高的文化水准。维京人的破坏导致爱尔兰学者流离失所,使得爱尔兰文化落后于西欧其他地区。见 H. Waddell,《流浪的学者》The Wandering Scholars(London,1934^7),2.5。

第3章 中世纪的法国文学

1. C. Lenient,《中世纪法国讽刺诗》La Satire en France au moyen âge(Paris,1893),28,转引自 Muratori 的《博洛尼亚史》History of Bologna。
2. 关于这个非神圣的三位一体,见《罗兰之歌》,2696-2697行。H. Grégoire 暗示,引入这些神祇的目的是为了把信奉一神教的穆斯林描绘成崇拜偶像的异教徒,这是第一次十字军东征中宣传战的一部分,见《卡胡、巴拉通和特尔瓦岗神》"Des dieux Cahu, Baraton, Tervagant",刊于《东方和斯拉夫语文与历史研究协会年鉴》Annuaire de l'Institut de Philologie et d'Histoire Orientales et Slaves,7(1939-44)。作者认为,Tervagant(也有拼作 Trivigant)来自 Trivia,是赫卡忒的外号——在一个早期的《圣经》拉丁语译本中,它指的是叙利亚的阿斯塔尔塔(Ashtoreth),见《列王记上》xi. 5-7。但也有人认为这个名字源于凯尔特神祇。
3. 《罗兰之歌》,1391-1392行:

> L'encanteür ki ja fut en enfer:
> Par artimal l'i cundoist Jupiter.

artimal 这个神秘的词语被认为来自 arte mathematic("数学之艺",常用作占星术和魔法的同义词),但也可能来自 arte mala("邪恶之艺")。
4. 《罗兰之歌》,2651-2616行:

> Ço'st l'amiraill, le viel d'antiquitét,
> Tut survesquiet e Virgilie e Omer.

5. 此类长篇中世纪诗歌和故事大多被称为 roman,主要涉及骑士历险和战斗、宫廷之爱或神迹,也有的兼具上述多种或全部主题。从距今一个多世纪前开始,这类主题被称作"浪漫主义的"。

不过，该领域的专家将其细分为：

(a) 传奇（romances）——关于亚瑟王、罗马、希腊和特洛伊的历险故事，角色大部分是人类；

(b) 武功歌（chansons de geste）——主要是关于查理大帝及其将领的"历险诗"；

(c) 类似《玫瑰传奇》（见本书第 62 页起）的隐喻诗，角色大部分是抽象概念。

6. 见 C.H. Haskins，《12 世纪的文艺复兴》*The Renaissance of the Twelfth Century*（Cambridge, 1939）；Hastings Rashdall，《中世纪的大学》"The Mediaeval Universities"，收录于《剑桥中世纪史》*The Cambridge Mediaeval History*，6.17；J.E. Sandys，《古典学术史》*A History of Classical Scholarship*，1. 527 起，Sandys 认为，在此之前，人们对亚里士多德的逻辑学了解并不完整（通过波伊提乌翻译的《范畴篇》*Categories* 和《解释篇》*De interpretatione*），但《工具论》（*Organon*）的其他三篇在 1128 到 1159 年间就已经为人所知，《物理学》（*Physics*）和《形而上学》（*Metaphysics*）则是在 1200 年左右。

7. 其中的一些拉丁语用法的确非常糟糕。比如"战死"（*ruere*），"听说"（*audiuit quia*），"直到……才罢手"（*nec destitit nisi*+ 虚拟式）。

8. 达雷斯，第 44 节：ruerunt ex Argiuis, sicut acta diurna indicant quae Dares descripsit, hominum milia DCCCLXXXVI。参见达雷斯，第 12 节开头。

9. 关于这类书籍的有趣综述，见 E.H. Haight 的《论希腊传奇》*Essays on the Greek Romances*（New York，1943）和《再论希腊传奇》*More Essays on Greek Romances*（New York，1945）。Erwin Rohde 的《希腊传奇及其前身》*Der griechische Roman und seine Vorläufer*（Leipzig，1914³）虽然比较陈旧，但仍很有价值。关于传奇在近代文学中的传承，见本书第 9 章 166 页起，另见 341 和 343 页。

修正荷马对特洛伊战争描述的想法由来已久。哲学家们经常对他的人物描摹和神学观念提出异议（如柏拉图，《理想国》，2.377d 起）。史学家们批评他对冲突规模和重要性的看法（如修昔底德，1.10）。学者指出了他作品中不恰当的用语、动作和事件：比如批评家 Zoilus 就因为对史诗无情的剖析而赢得了"荷马之鞭"的绰号。作家们则采纳了许多荷马使用的传统。比如，在欧里庇得斯的传奇剧《海伦》中，诸神只是把一个幻影送到了特洛伊，诱使交战双方展开无谓的杀戮（欧氏认为这是所有战争的真正意义），而真正的海伦则被藏在埃及。维吉尔的《埃涅阿斯纪》体现了反希腊倾向，大幅更改了《伊利亚特》和《奥德赛》的重点。不过，用一部全新的特洛伊战争故事来取代荷马的想法是大胆而创新的。

"弗吕吉亚人达雷斯"和"克里特人迪克图斯"是在这条道路上走得最远的人，但此类作品中最有趣和出类拔萃的出自与前两人几乎同时代的 Philostratus 之手。Philostratus 为行神迹的智者 Apollonius of Tyana 写过传记，以便向当时蒸蒸日上的耶稣基督传统及其神迹、智慧和神圣地位叫板。与之类似的是他的对话体作品《论英雄》（*Heroicus*）：一位腓尼基商人被暴风雨困在达达尼尔海峡，与一位在特洛伊遗址对岸的半岛上种植葡萄的农民攀谈起来。农民告诉他，自己的土地受到 Protesilaus 鬼魂的保护，也就是第一位在特洛伊滩头被杀的希腊士兵。商人觉得难以置信，但农民向他保证，Protesilaus 经常以比活着时更高大的形象出现，和自己交谈并诉说关于特洛伊战争的一切（记住，这不是在"古希腊"，

Philostratus 的作品写于公元 215 年左右,特洛伊战争已经是一千多年前的史前传说了)。随后,农民转述了 Protesilaus 亲身参与备战并作为鬼魂见证了整个过程的特洛伊战况。我们被告知,整个故事都被狡猾的奥德修斯篡改了。奥德修斯杀死技艺精湛的发明家 Palamedes,然后说服荷马歪曲事实,将 Palamedes 从叙述中抹去,荣誉被转加到了他自己身上。农民还提供了其他许多重要事件的"真实版本"。比如,阿喀琉斯的死亡真相。阿喀琉斯爱上了特洛伊的公主波吕克赛娜(她陪伴普里阿摩斯前往赎回赫克托耳的尸体),并许诺解除特洛伊之围来赢得她的芳心。在婚礼当天,他独自前往神庙,被伏击的特洛伊人杀害。Philostratus 继续写到,阿喀琉斯死后成了海伦的丈夫,最勇敢的男子和最美貌的女子终成眷属,在黑海中特意为他俩准备的白岛(Leuké)上获得了永生。

上述故事与"达雷斯"和"迪克图斯"所说的大同小异。我们很希望才华横溢的 Philostratus 是这种构思的始创者,是他创造了阿喀琉斯浪漫的爱情和死亡,以及关于特洛伊战争完整、真实和**亲历**记录的想法,"达雷斯"和"迪克图斯"只是稍加修改和非常机械地添加了某些东西。不过,H. Grentrup 指出,Philostratus 的作品写于 215 年左右(目的是取悦皇帝 Caracalla,他自视为新的阿喀琉斯,就像瑞典国王 Charles XII 自视为新的亚历山大),稍晚于"迪克图斯"希腊文手稿的写作时间,见《菲洛斯特拉托斯〈论英雄〉故事的源头》*De Heroici Philostratei fabularum fontibus*(Munster,1914),参考了 K. Münscher,《语文学家》*Philologus*,1907 年增刊 10,504 页起。

E.J. Bourquin 关于《论英雄》的精彩分析,见《法国希腊研究促进协会年鉴》*Annuaire de l'Association pour l'Encouragement des Études Grecques en France*,18(1884),97–141。Bourquin 先生指出,该作品的目的是宣扬异教文化,用在自己墓地附近永生的荷马英雄的神奇事迹来对抗基督教的圣徒。《论英雄》的一个重要先驱是金嘴狄翁的演说词《特洛伊人》(*Τρωικός*),见 Grentrup,前揭书,第 5 章。F. Huhn 和 E. Bethe 认为,《论英雄》的目的在于为荷马正名,反击"迪克图斯"新提出的反荷马历史,但这种观点显然把此类复杂作品间的关系看得太简单了,见《赫尔墨斯》*Hermes*,52(1917),616 页起。

10. 达雷斯,第 41 节:约好的那天夜间,安特诺尔和埃涅阿斯来到城门边,和涅奥普托勒摩斯接上了头,为敌军打开城门,照亮了道路,并带着家人逃到安全的地方(Antenor et Aeneas noctu ad portam praesto fuerunt, Neoptolemum susceperunt, exercitui portam reserauerunt, lumen ostenderunt, fugam praesidio sibi suisque ut sit prouiderunt),这句话很好地展现了达雷斯干练的军旅风格。关于埃涅阿斯的流亡,见第 43 节:阿伽门农对埃涅阿斯大发雷霆,因为后者藏起了波吕克赛娜。他要求后者带着家人马上离开这个国家。埃涅阿斯全家就这样走了。(Agamemnon iratus Aeneae quod Polyxenam absconderat eum cum suis protinus de patria excedere iubet. Aeneas cum suis omnibus proficiscitur.)

11. 达雷斯,第 13 节最后:布里塞伊达容貌秀丽,身材不算高挑,皮肤白皙,长了一头柔软的金发,通眉,双眸动人,体态匀称,温柔,和蔼,害羞,心灵纯洁,虔敬(Briseidam formosam, non alta statura, candidam, capillo flauo et molli, superciliis iunctis, oculis uenustis, corpore aequali, blandam, affabilem, uerecundam, animo simplici, piam)。在 Philostratus 的《论英雄》中也有许多关于特洛伊英雄的"目击者式"描写,见 Grentrup,注释 9 所引书,第 8 章。

12. 比如，令人奇怪的是，在我们手头的"达雷斯"版本中（还有什么能比它更残缺不全呢？）有对布里塞伊达地详细描绘（注释11），尽管她在故事中并无戏份。我的同事 Roger Loomis 教授在来信中说："从伯努瓦在其他方面展现出的极为自由和原创的处理手法来看，特洛伊洛斯和布里塞伊达的恋情很可能是他自己发明的。"关于独立于"达雷斯"和"迪克图斯"而且没有定式的中世纪特洛伊战争故事传统，见 E.B. Atwood，《劳林森的"特洛伊之覆灭"》"The Rawlinson *Excidium Troiae*"，刊于《镜子》*Speculum*，9（1934），379—404 页。

13. 见本书第 458 页。有趣的是，至今仍有粗心大意的读者受到"达雷斯"和"迪克图斯"巧妙故事的蒙骗。我所知的最新例子是 J.P. Harland 先生的论文《希腊字母表的年代》（"The Date of the Hellenic Alphabet"，刊于《语文学研究》*Studies in Philology*，42［1945］，417 页）。Harland 先生回顾了"写在椴树皮上"的迪克图斯作品如何被发现，并认为该书用"弥诺斯线形文字"写成（这种文字直到 1953 年才被破译）。

14. B. P. Grenfell, A. S. Hunt 和 G. Smyly 表示，希腊语的"迪克图斯"传奇不可能晚于公元 200 年，但没有给出切实的理由（时间上与残稿背面的记录相当，即公元 206 年），见《忒伯图尼斯纸草》*The Tebtunis Papyri*（University of California Publications: Graeco-Roman Archaeology），2（London, 1907），第 9 页起。关于纸草的转写和讨论，见 M. Ihm，《赫尔墨斯》*Hermes*，44（1909），第 1 页起。

15. 迪克图斯，5.17：（埃涅阿斯）抵达亚得里亚海，遇到了许多未开化的民族，他和同行者一起建起了黑科尔库拉城（［Aeneas］ deuenit ad mare Hadriaticum multas interim gentes barbaras praeuectus. ibi cum his qui secum nauigauerant ciuitatem condit appellatam Corcyram Melaenam）。

16. 伯努瓦来自都兰的圣－莫尔。我们不清楚他是否曾在附近的 Saint-Maur-sur-Loire 本笃会学校求学。关于伯努瓦的通俗介绍，见 H.O. Taylor，《中世纪的头脑》*The Mediaeval Mind*（London, 1930⁴），2.253 页起。

17. 在整个中世纪都被称为《拉丁语伊利亚特》（*Ilias Latina*），这个缩写本长 1070 行，一半以上内容来自《伊利亚特》前五卷。完成于公元 1 世纪，可能出自 Silius Italicus 之手。

18. 关于这点，见 F.N. Warren，《法语传奇〈忒拜〉和〈埃涅阿斯〉的拉丁语素材》"On the Latin Sources of *Thèbes* and *Énéas*"，刊于 *PMLA*，n.s. 9（1901），375—387 页。

19. T. Hodgkin，《意大利和入侵者》*Italy and Her Invaders*（Oxford, 1892-1916），3.294。

20. 见 G.S. Gordon，《英格兰的特洛伊人》"The Trojans in England"，收录于《英语协会成员论文和研究集》*Essays and Studies by Members of the English Association*，9（1924），以及 D. Bush，《英语诗歌中的神话和文艺复兴传统》*Mythology and the Renaissance Tradition in English Poetry*（Cambridge, Mass., 1937），39—41 页。与之类似，骄傲的"金羊毛社"（Order of the Golden Fleece）很可能相信自己的高贵传统可以上溯到伊阿宋和阿耳戈号英雄。早在罗马共和国末期，博学的瓦罗就编撰过一本《论特洛伊家族》*De familiis Troianis*，将罗马大族的祖先同特洛伊人联系起来。

21. J.C. Collins 引述，《英语诗歌中的希腊英雄》*Greek Influence on English Poetry*（London, 1910），47—48 页。

22. 西德尼,《诗学辩护》(A. Feuillerat 编, Cambridge, 1923), 16 页。
23. 琼生,《各得其所》*Every Man in His Humour*, 4.4; 德克,《鞋匠的节日》*The Shoemaker's Holiday*, 5.5。更多的例子, 见 P. Stapfer,《莎士比亚和古典传统》*Shakespeare and Classical Antiquity*(E.J. Carey 译, London, 1880 年)。
24. 比如, Scher Dieregotgaf 和 Jacob van Maerlant 把它译成荷兰语并加以扩充; 通过 Herbort von Fritslar 创作于 13 世纪初的《特洛伊之歌》(*Liet von Troye*) 和 Konrad von Würzburg 的一首未完成诗作(1287 年), 它传入了德国。
25.《特洛伊毁灭史》, N.E. Griffin 编(Cambridge, Mass., 1936 年)。
26. 意大利语译本, Filippo Ceffi(1324 年); 法译本, Raoul Le Fèvre(1464 年); 德译本, 1392 年; 丹麦语译本, 1623 年; 冰岛语译本, 1607 年; 捷克语译本, 1468 年。在牛津的 Laud 抄本中有佚名的圭多韵体译本, 此外还有非常古老的苏格兰语头韵体译本(Panton 和 Donaldson 为早期英语文本协会[Early English Text Society]编), 被归于 Barbour 名下的另一个苏格兰语译本, 以及乔叟的本笃会弟子 Lydgate 的《特洛伊之书》(Troye-Boke, 1420 年)。
27. 在这点上, 薄伽丘对伯努瓦原作进行了奇怪的歪曲。荷马史诗中, 亚该亚人俘虏了两名少女。其中一人叫克吕塞伊斯, 后来被其父领回, 另一人叫布里塞伊斯, 被阿伽门农从阿喀琉斯手中夺走, 由此引发了后者的愤怒。美丽的俘虏或人质成了一位或多位战胜者垂涎的对象, 先后被不同人据为己有, 这构成了伯努瓦和薄伽丘故事的基础。
28. 即使在荷马笔下, 潘达罗斯也以狡诈形象示人(《伊利亚特》, 4.88 行起)。
29. 见 E. Faral,《中世纪骑士故事和传奇的拉丁素材探源》*Recherches sur les sources latines des contes et romans courtois du moyen âge*(Paris, 1913), 63 页起。
30. 参见 F.N. Warren(注释 18 所引书)。关于这方面的有趣论述, 见 J. Crosland 的《卢坎在中世纪》"Lucan in the Middle Ages", 刊于《现代语言评论》*The Modern Language Review*, 1930 年。作者指出, 尽管卢坎是一位史诗诗人, 但在中世纪, 他经常被归入史学家和哲学家的行列。以他的诗歌为基础的作品是最早的法国俗语古代史书籍, 如 Jehan de Tuim 的《尤里乌斯·恺撒传》(*Li hystoire de Julius Caesar*)。英国作者(如 Geoffrey of Monmouth 和 Richard of Cirencester)则喜欢引用他的《内战纪》2.572 行对恺撒在不列颠战败的描写: 在意图染指的不列颠面前望风而逃(territa quaesitis ostendit terga Britannis)。法国的编年史学家则夸大恺撒的功绩, 以吹捧自己的拉丁祖先。由于卢坎的作品比维吉尔的更加奇诡壮丽, 更多的古法语英雄诗歌把他作为模仿的对象。

随着历史感的发展和古典学术的进步, 人们开始试图用法语俗语描绘真正的罗马和古代历史。其中两部最早的作品非常值得一提, 尽管它们与本章关系不大。

(1)《恺撒之前的古代史》(*Histoire ancienne jusqu'à César*)。这是用现代语言创作世界史的最早尝试, 作品以创世开篇, 融合了宗教和世俗历史, 对整个过去进行了一般性综述。大部分内容以 Orosius 的作品为基础; 特洛伊战争部分来自"达雷斯"; 其他素材包括维吉尔和 Valerius 对亚历山大故事的摘要。作品显然创作于 1223 到 1230 年间, 被献给领主 Roger of Lille。

(2)《萨鲁斯特、苏维托尼乌斯和卢坎的罗马人事迹汇编》(*Li fet des Romains compilé ensemble de Saluste et de Suetoine et de Lucan*),通称《罗马人事迹》(*Les Faits des Romains*)。这实际上是尤里乌斯·恺撒的传记,内容不仅来自书名中提到的三位作家,还借鉴了恺撒自己的几部《战纪》和续作、抄本(特别是卢坎的)中的注解、伊西铎的《词源学》、约瑟夫斯的《犹太战纪》、奥古斯丁的《上帝之城》、《圣经》、蒙莫斯的杰弗里、忒拜和亚历山大传奇。从目录来看,现存的只是汇编第一卷,原书本来试图涵盖从恺撒到图密善的罗马前十二位皇帝的统治时期。作品在 1250 年前创作于巴黎或附近,1313 年被译成意大利语。Brunetto Latini 的《宝典》(*Li livres dou trésor*)亦参考了该作品。Paul Meyer 称其作者为文艺复兴的人文主义者和中世纪游吟诗人的结合体:尽管他非常尊重材料,但还是加入了很多具有典型中世纪色彩的内容。比如,他把法萨鲁斯(Pharsalus)之战描绘成了一场中世纪战役,描绘了"卢坎没有提及的许多精彩攻防"(ot mainte bele jouste fete et maint bel cop feru, dont Lucans ne parle pas, 146d):名叫 Galeran 和 Aufamien 的骑士上演了神奇之举,庞培和恺撒在单挑中互相击伤了对方。他还以"达雷斯"的作品为模板对克娄佩特拉做了素描(175b-c)。L.F. Flutre 和 K. Sneyders de Vogel 编校的版本(2 卷本,Paris 和 Groningen)质量上佳,对该作品的素材进行了详细分析。关于上述两部作品,见 Paul Meyer 的介绍性文章,《罗马世界》*Romania*,14(1885),1—81 页。

31. 关于这些作品的一般性概述,见 A. Ausfeld,《希腊语亚历山大传奇》*Der griechische Alexanderroman*(W. Kroll 编,Leipzig,1907)。主牧莱奥的版本由 F. Pfister 编校(Heidelberg,1913)。

32. 莎士比亚,《奥赛罗》,1.3.144 起。

33. 见 J. Bédier,收录于 L. Petit de Julleville 的《法语语言和文学史》*Histoire de la langue et de la littérature française*,2.76 起。亚里士多德的这类雕像出现在 Lyons 和 St.-Valéry-en-Caux 等地。G. Sarton 探究了该故事的东方起源,并暗示它在中世纪的出现反映了教士阶级对于亚里士多德这位异教徒思想家所受尊崇的不满,见《亚里士多德和孚丽斯》"Aristotle and Phyllis",刊于《伊西斯》*Isis*,14(1930),8—19 页。

34. 情侣间的这种从属关系被称为 *domnei*:关于它的用法范例见 K. Bartsch 的《普罗旺斯语读本》*Chrestomathie provençale*(第 6 版,E. Koschwitz 修订,Marburg,1904)。不应忘记的是,尽管显然发端于封建主义,但这种概念也受到拉丁哀歌情诗作者的影响,后者称自己的情人为 *dominae*,在口头上和行动中都完全服从她们的意志(此类表述最早见于卡图卢斯诗歌第 66、68 和 156 首,后来变得司空见惯:见 Tibullus,1.1.46 和 2.4)。

35. 关于浪漫爱情(或者按照中世纪更准确的说法称之为"骑士爱情"[courtly love])本质和表达的详细讨论,见 C.S. Lewis,《爱的隐喻》*The Allegory of Love*(Oxford,1936);J.J. Parry 对 Andreas Capellanus《骑士爱情之艺》(*De arte honeste amandi*)的介绍和评论(New York,1941)和 A.J. Denomy 旁征博引的《骑士爱情探源》"Inquiry into the Origins of Courtly Love",刊于《中世纪研究》*Mediaeval Studies*,6(1944),175—260 页。

Demony 神父认为，创造出这一概念的主要思想源泉包括：(a) 新柏拉图神秘主义，它认为，在通过美理解和向往"至善"后，灵魂会努力超越肉体和物质，从而与"至善"融合；(b) 阿尔比异端，它主张精神和物质属于两个不同的世界，并由此宣扬极端的禁欲；(c) 阿拉伯神秘主义和哲学，其中一部分源于柏拉图。但他没有注意到（第257页），确定和发展这一概念的游吟诗人对上述第1和第3种思想几乎一无所知。在第188—193页，Demony 否认基督教神秘主义对骑士之爱有过任何影响，尽管他承认两者在表面上有相似之处。在第193页的注释2中，他断言圣母崇拜与这一概念完全没有共同点——理由是基督徒会遵守耶稣的命令（《约翰福音》19：26-27），像对待母亲那样爱玛利亚。不过，作为圣母崇拜的一部分，对于那些塑造了年轻、美丽、衣着诱人的少女雕像并尊崇它们的人而言，我们有点难以相信这些人只是将玛利亚视作自己的母亲，完全没有其他想法。

36. 奥维德最终教化了哥特人。Manitius 罗列了中世纪拉丁语诗人和学者对奥维德的引用和影射，见《语文学家》*Philologus*，1899年增刊7。Traube 称12和13世纪为"奥维德的时代"（*aetas Ouidiana*），见《讲稿和论文集》*Vorlesungen und Abhandlungen*, Munich, 1909-1920, 2.113。

37. 但丁，《地狱篇》，4.88起。

38. 见本书第8章注释3。

39. 奥维德，《恋歌》，3.4.17：nitimur in uetitum semper cupimusque negata。

40. 奥维德，《爱的艺术》，1.233起。这段引文来自 E.K. Rand 优美的小册子《奥维德和他的影响》*Ovid and His Influence*（Boston, 1925），132—133页；另见 H. Waddell，《流浪的学者》*The Wandering Scholars*（London, 1934[7]），第5章和第9章。

41.   如同福音，会中选读了

    伟大导师奥维德的教导：

    如此有用福音的诵读者，

    艾娃·德·达努布里奥，

    据其他女子证实，她精通爱的艺术

    Lecta sunt in medium, quasi evangelium,

    praecepta Ovidii, doctoris egregii:

    lectrix tam propitii fuit evangelii

    Eva de Danubrio, potens in officio

    artis amatoriae, ut affirmant aliae

关于 Remiremont 大会，见 H. Waddell 的《流浪的学者》（London, 1934[7]），第9章。该诗的文本见《德国古代史期刊》*Zeitschrift für deutsches Altertum*, 7(1849), 160—167页，G. Waitz 编。我没有读过 W. Meyer 的《雷米尔蒙爱情大会》*Das Liebesconcil in Remiremont*（1914）。

42. 奥维德，《变形记》，4.55-166。特别见4.53：因为这个故事不为世人所知（haec quoniam uolgaris fabula non est）。G. Hart 没有试图寻找该故事比奥维德更早的源头，而是勾勒出它在现代文学中广泛的影响，见《普拉莫斯和提斯贝传说的起源和传播》*Ursprung und Verbreitung der Pyramus- und Thisbe-Sage*（Passau, 1889-1891）。L. Constans 探讨了法语的《普拉莫斯》（*Piramus*），见 L. Petit de Julleville 的《法语语言和文学史》*Histoire de la langue*

et de la littérature française, 1.244。

43. 奥维德, 《变形记》, 6.424–674。
44. 《菲罗墨娜》是对原作的翻译和扩充, 据说出自 Chrétien de Troyes 之手 (Bush, 《英语诗歌中的神话和文艺复兴传统》*Mythology and the Renaissance Tradition in English Poetry*, Minneapolis 和 London, 1932), 13 页。荷马在《奥德赛》19.518 起提到了这个故事。
45. 《提图斯·安德罗尼库斯》, 4.1.45 行起。
46. W.P. Ker, 《史诗与传奇》*Epic and Romance* (London, 1922²) 的附录提供了这份名单。为了说明奥维德的影响, 我添加了一位大受欢迎的游吟诗人所应掌握之篇目的来源 (《弗拉曼卡》第 617–706 行):

Qui vole ausir diverses comtes

de reis, de marques, e de comtes,

auzir ne poc tan can si vole;

anc null'aurella non lai cole,

quar l'us comtet de PRIAMUS, (特洛伊故事)

e l'autre diz de PIRAMUS;(奥维德《变形记》第 4 卷)

l'us contet de la bell'ELENA (特洛伊故事, 奥维德《女杰书简》第 17 首)

com PARIS l'enquer, pois l'anmena;(同上)

l'autre comtava d'ULIXES, (特洛伊故事)

l'autre d'ECTOR et d'ACHILLES;(同上)

l'autre comtava d'ENEAS.(埃涅阿斯故事)

et de DIDO consi remas (同上)

per lui dolenta e mesquina;(同上)

l'autre comtava de LAVINA (同上)

con fes lo breu el cairel traire (同上)

a la gaita de l'auzor caire;(同上)

l'us contet d'APOLLONICES (忒拜故事)

de TIDEU e d'ETIDIOCLES;(Polynices, Tydeus, Eteocles)

l'autre comtava d'APOLLOINE (晚期希腊语传奇《提尔的阿波罗尼乌斯》*Apollonius of Tyre*)

comsi retene Tyr de Sidoine;(同上)

l'us comtet del Rei ALEXANDRI, (亚历山大故事)

l'autre d'ERO et de LEANDRI;(奥维德《女杰书简》,第 18 首)

l'us dis de CATMUS quan fugi (忒拜故事, 奥维德《变形记》第 3 卷)

et de TEBAS con las basti;(同上)

l'autre comtava de JASON (奥维德《变形记》第 7 卷)

e del dragon que non hac son;(同上)

l'us comtet d'ALCIDE sa forsa, (奥维德《变形记》第 9 卷)

l'autre con tornet en sa forsa

PHILLIS per amor DEMOPHON;（奥维德《女杰书简》第 2 首）

l'us dis com neguet en la fon

lo belz NARCIS quan s'i miret;（奥维德《变形记》第 3 卷）

l'us dis de PLUTO con emblet（奥维德《变形记》第 7 卷）

sa bella moillier ad ORPHEU...（同上）

随后是若干《圣经》神话，几则亚瑟王传奇和法国早前历史上的故事（比如路西法的堕落）。结尾部分为：

l'us dis lo vers de Marcabru,（一位游吟诗人）

l'autre comtet con DEDALUS（奥维德《变形记》第 8 卷）

saup ben volar, et d'ICARUS（同上）

co neguet per sa leujaria.（同上）

Cascus dis lo mieil que sabia.

47. 见《道德化的奥维德》*Ovide moralisé*，C. de Boer 编，Amsterdam，1915 年。《女杰书简》编者注意到，作者的解释性注疏主要参考了《圣经》，奥维德的《女杰书简》和《岁时记》（*Fasti*），Statius，神话作家 Hyginus 和 Fulgentius。

48. 同上，3.1853 行起。特别是 1886—1889 行：

那喀索斯变成了花。

什么样的花呢？就是

圣诗作者们所说的，

早晨绽放，傍晚谢落。

Narcisus florete devint.

Florete quel ? Tele dont dist

Li Psalmistres c'au main florist,

Au soir est cheoite et fletrie.

Petit de Julleville 的《法语文学史》（1.248）引述了阿波罗和达芙妮故事的道德意味："性情冷淡的河神之女达芙妮是贞洁的代表。和贞洁一样，她变成的月桂常青但不结果。她象征了圣母，受到真正太阳的爱戴。阿波罗为自己戴上月桂之冠，这个举动象征了上帝把圣母的肉体放到自己身上。"

关于整个奥维德隐喻化运动的有用总结，以及其他同类作品的细节，见 L.K. Born，《奥维德和隐喻》"Ovid and Allegory"，刊于《镜子》*Speculum*，9（1934），362—379 页。

49. 《玫瑰传奇》，9—10 行（Langlois 版）：

ançois escrist l'avision

qui avint au roi Scipion.

50. 因此，关于情侣共处一夜后双双死去，甚至在第一次拥抱前就死去的故事在当时非常流行。Hugo von Hofmannsthal 和 Richard Strauss 的《玫瑰骑士》（*Der Rosenkavalier*）是玫瑰这一象征元素在洛可可背景下的优美应用。

51. 见本书第 41 页起。

52. E. Langlois,《〈玫瑰传奇〉的起源和素材》*Origines et sources du roman de la Rose*, 136 页起。

53. 这段说教见《玫瑰传奇》第 4837 行起,可能也出现在乔叟《玫瑰传奇》(*Romaunt of the Rose*)残篇 B 第 5403 行起。

54.《玫瑰传奇》,5036 行起:

> 关于这点可以询问
> 讲解波伊提乌《慰藉》的教士,
> 了解其中隐含的意义;
> 为世俗者翻译此书,
> 将是大功一件。

> ce peut l'en bien des clers enquerre
> qui Boece de Confort lisent,
> e les sentences qui là gisent;
> don granz biens aus genz lais ferait
> qui bien le leur translaterait.

关于让·德·莫恩的翻译,见 H.R. Patch,《波伊提乌的传统》*The Tradition of Boethius*(New York, 1935),63 页。

55.《玫瑰传奇》,37-38 行(参见 22605-22606 行的呼应,Marteau 版):

> Ce est li Romanz de la Rose
> ou l'art d'amors est toute enclose.

56. 同上,12740-14546 行。

57. 奥维德,《爱的艺术》,2.279:

> ipse licet uenias Musis comitatus, Homere,
> si nihil attuleris, ibis, Homere, foras.

58.《玫瑰传奇》,13617-13620 行:

> D'amer povre ome ne li chaille,
> qu'il n'est riens que povres on vaille;
> se c'iert Ovides ou Homers,
> ne vaudroit–il pas deus gomers.

59. C. Lenient,《中世纪法国讽刺诗》*La Satire en France au moyen âge*(Paris, 1893[4]),115 页起。

60. L. Thuasne 引述,《玫瑰传奇》(Paris, 1929),66 页。

61. 中世纪的文学理论很少或完全不考虑为大型作品寻找合适谋篇布局的问题。见 E. Faral,《12 和 13 世纪的诗歌艺术》*Les Arts poétiques du XIIe et XIIIe siécle*(巴黎高等研究院书库 *Bibliothéque de l'École des Hautes Études*, 238, Paris, 1924),59—60 页。在 Faral 先生研究的理论学家中,只有两人勉强提到过这个问题。其中一人是 Geoffroi de Vinsauf,他仅仅谈到如何让作品的主干与开头相契合。另一人是 Jean de Garlande,他认为作品应该由"开篇、陈情、请求、确认、反驳和结论"组成——这当然是某本指南上的希腊—罗马法庭演说的布局，与诗歌或虚构散文的写作毫无关系。接着，Faral 先生不无道理地指出："事实上，谋篇布局并非中世纪作家们的首要考量。许多传奇完全缺乏统一性和平衡性，包括那些最著名的。我们对此的解释是，总体上说，这些作品不是为了供有能力从整体上评判它们的广大读者而写，而是一段段读给人们听的。"

62. 《玫瑰传奇》，13263-13264 行：

> Mil essemples dire en savraie
>
> mais trop grant conte à faire avraie.

63. 见 W. Jaeger,《教化》*Paideia*（Oxford，1939），1.2 结尾。
64. 《玫瑰传奇》1439-1510 行，亦见奥维德《变形记》3.339-510 行。"厄科，一位高贵的女士"（*Echo, une haute dame*）见 1444 行。
65. 皮格马利翁见奥维德《变形记》10.243-297 行，亦见《玫瑰传奇》20817-21183 行。狄多和埃涅阿斯出现在 13174-13210 行，维吉尼亚见 5589-5658 行。
66. 对尤维纳尔的引用出现在 8709 行起，8737 行起和 9142 行起。让·德·莫恩还把 Theophrastus 那本名为"黄金"的书引为权威。但无论是他所在的时代还是之前都没有这样一本书。不过，Theophrastus 有一本书的确是最早用哲学理由反对婚姻的作品之一，与尤维纳尔的第 6 首讽刺诗同属厌女传统。中世纪人对它的了解要得益于同样持厌女观点的哲罗姆，后者引用了这本书，并称其为"黄金之书"（*aureolus liber*），见《驳约维尼阿努斯》*Adu. Iouin.*，1.47。关于厌女观点传播过程的讨论，见 F. Bock 的《亚里士多德、忒奥弗拉斯托斯和塞内卡论婚姻》"*Aristoteles Theophrastus Seneca de matrimonio*"（《莱比锡研究》*Leipziger Studien*，19，1899）以及 J. van Wageningen 的《塞内卡和尤维纳尔》"*Seneca et Iuuenalis*"（《谟涅摩绪涅》*Mnemosyne*，新序列 1917 年第 45 期，417 页起）。
67. 奥维德，《变形记》，1.89-112 行。
68. L. Thuasne, 注释 60 所引书，27 页。洛里不可能读过伽卢斯，后者的作品已经失传。他或者见过以伽卢斯之名写的伪作，或者从情诗诗人的名录中了解到此人。
69. 关于这些材料的来源，见 E. Langlois,《〈玫瑰传奇〉的起源和素材》*Origines et sources du roman de la Rose*（Paris，1891）。
70. 热尔松的反驳内容见 L. Thuasne, 注释 60 所引书，53 页起。

第 4 章 但丁与古代异教文化

1. 见《地狱篇》16.128 和 21.2。作品标题中的形容词"神"并非但丁所加，与《天堂篇》中所见的上帝形象也毫无关系。Scartazzini 认为，"神"字最早见于 16 世纪中叶左右，来自对卓越作家的习惯称呼"神圣的诗人"。见《但丁手册》*Dante-Handbuch*，Leipzig，1892，413 页。
2. 《与坎格朗德书》*Letter to Can Grande*，第 10 篇。但丁对"悲剧"（tragedy）一词的含义有所了解，但犯了根本性的错误。这个词意为"山羊之歌"，但丁对此的解释是，因为它像公山羊那样气味难闻：它因此被称为"公羊之歌"，正如塞内卡悲剧所展示的那样，它像公山羊那么令人反胃（dicitur propter hoc a *tragos*, quod est hircus, et *oda*, quasi cantus hircinus, id est foetidus ad modum hirci, ut patet per Senecam in suis tragoediis.）。

但丁听说过悲剧的功能，即激发恐惧和怜悯。于是，他这样解释字面上的词源意义：公山羊＝气味难闻＝令人反胃＝悲剧的。

3. 《地狱篇》，20.113。

4. Scartazzini，前揭书，413页；另见577页，注释30。

5. 关于但丁对该问题更早看法的关键作品，见《论俗语》*De vulgari eloquentia*，2.4。他把俗语区分成崇高的（*vulgare illustre*），平常的（*vulgare mediocre*）和低俗的（*vulgare humile*），并表示：在演绎悲剧风格时应使用崇高俗语，并以歌曲相伴（si tragice canenda videntur, tunc assumendum est vulgare illustre, et per consequens cantionem oportet ligare）。他进一步指出，这类歌曲的主题当为安康（Salus）、爱情（Amor）和美德（Virtus）。另一方面，他在《与坎格朗德书》中的说法要简单得多：（喜剧）风格是低俗的俗众口语，就像小女人们交谈所用（remissus est modus［Comoediae］et humilis, quia loquutio vulgaris, in qua et mulierculae communicant）。但丁的意思或者是女人的交谈方式与他创作的《天堂篇》风格相同——这种理解显得荒谬，或者他放弃了对意大利语三种风格的区分，而是把意大利语和拉丁语加以比较，前者是任何人都能使用的（包括不通文墨的女性——他特地使用了既亲切又含鄙视意味的指小词），后者则是他写作《与坎格朗德书》的语言，只有学者和绅士才能使用。Giovanni di Virgilio对但丁的批评并非因为他选择的意大利语风格不够崇高，而是因为他选择了意大利语而非拉丁语。但丁以一首模仿维吉尔的拉丁语"牧歌"作为回应，表明尽管自己选择用意大利语写作《神曲》，但仍是一个文化人。

6. 柏拉图《理想国》第10卷中的"厄尔（Er）之梦"是希腊—罗马传统中关于这个重大主题的许多事例中的一个，关于该主题的介绍，见本书第510页起。已知最早的此类基督教作品是Walafrid Strabo在公元827年创作的千行拉丁语长诗《威亭（Wettin）之梦》。此外还有一些有趣的早期爱尔兰作品，特别是《阿达姆南（Adamnan）之梦》和《通达勒（Tundale）之梦》。

7. 《炼狱篇》21；另见《炼狱篇》22.64-73，斯塔提乌斯解释说，是维吉尔的那首"弥赛亚式"诗歌引导自己皈依基督教。

8. 关于维吉尔的基督徒之名，见Comparetti，《维吉尔在中世纪》*Vergil in the Middle Ages*（E.F.M. Benecke译，London，1895），特别是第7章。

9. 奥古斯都，《书信集》*Ep.* 137.12，Comparetti引述，前揭书。

10. 见E. Norden，《孩童的诞生》*Die Geburt des Kindes*（Leipzig，1924）；关于心理学诠释，见C.G. Jung的《圣童》*Das göttliche Kind*（Amsterdam，1941）。

11. 庞培和屋大维等人让罗马人脱离了战争的苦海，关于他们因此所受到的感激和崇拜，见A.J. Toynbee的总结，见《历史研究》（Oxford，1939），5.648页起，以及相关注释中所引用的古典诗歌和现代论文。

12. 在写给屋大维的一封令人同情的书信中，他表示自己创作这样的诗歌一定是疯了：着手这样的事，看上去我一定是完全头脑错乱才开始这样的工作（tanta incohata res est ut paene

uitio mentis tantum opus ingressus mihi uidear; Macrobius,《萨图恩节》Saturnalia, 1.24.11）。

在整部《埃涅阿斯纪》中，许多句子描绘了虽然终获成功，但过程艰辛的行动：

> 历经艰险建立罗马民族
> tantae molis erat Romanam condere gentem（1.33）
> 肩扛后代的名誉和命运
> attollens humero famamque et fata nepotum（8.731）

广为流传的说法是，他临死前想要毁掉这部作品：如果仅仅认为他向屋大维所表达的绝望是因为对于掌控如此复杂的材料力不从心，那么我们太小看他的才智了。

13. 这种拼写错误出现得很早，起因可能是维吉尔的外号"纯洁少女"（Parthenias）——出于类似的原因，弥尔顿在剑桥时也被人称作"基督夫人"。在中世纪，维吉尔被认为拥有巫师般的力量，因为 uirga 意为**魔法棒**。

14. 见本书第486页。

15. 见《地狱篇》2.13–27。

16. 同上，34.61–67。

17. 维吉尔《农事诗》2.136–176。

18.《炼狱篇》6.76起。

19.《地狱篇》27.26–27，28.71。

20. 此类例子有很多，可见该诗索引中 Latino 下的所有条目。关于这个问题的精彩分析，见 J. Bryce 的《关于但丁的几点思考》"Some Thoughts on Dante"，以及 J.W. Mackail 的《罗马和维吉尔的意大利》"The Italy of Rome and Vergil"，收录于《但丁纪念文集1321—1921年》，*Dante; Essays in commemoration 1321–1921*（London，1921）。

21.《地狱篇》4.131起：*il maestro di color che sanno*。

22. 同上，1.86–87：
> tu se' solo colui, da cu' io tolsi
> lo bello stile che m'ha fatto onore.

23.《埃涅阿斯纪》3.29–30：
> mihi frigidus horror
> membra quatit gelidusque coit formidine sanguis.

24.《地狱篇》13.44–45：
> io lasciai la cima
> cadere, e stetti come l'uom che teme.

25.《炼狱篇》24.57：*dolce stil novo*。Bonagiunta 引用的抒情诗是但丁《新生》（*Vita Nuova*）中的第一首。

26. 但丁的抒情诗一方面是对普罗旺斯语情诗的发展，另一方面也是对后者的否定。与任何古典诗风相比，它们与吟游诗人的关系要紧密得多（但丁在《炼狱篇》26 中给予了 Arnaut Daniel 高度评价）。相关讨论见 L. Azzolina 的《"甜美新风格"》*Il 'dolce stil nuovo'*（Palermo，1903），V. Rossi 的《"甜美新风格"》*Il 'dolce stil novo'*（Florence，1905）和 F. Figurelli

的 Il 'dolce stil novo'（Naples，1933）。

27. Antonio da Tempo 的《韵律艺术精要》Summa artis rithimici（1332）中说："但丁在韵脚安排上采用了'仆从诗'的形式"，E.G. Gardner 引述和翻译，《作为文学批评家的但丁》"Dante as Literary Critic"，收录于《但丁纪念文集 1321—1921 年》。

28. 《地狱篇》10.62-63。

29. 同上，1.83-84。

30. 对于这种观点的有力反驳是，当但丁告诉维吉尔，自己的美丽风格来自后者的诗篇时，他的地狱、炼狱和天堂之旅才刚开始，因此他所指的不可能是当时还未动笔的《神曲》的风格。不过，在《地狱篇》第四曲中，维吉尔向荷马、贺拉斯、奥维德和卢坎等"最崇高诗歌的大师"引荐了但丁，这些人给了但丁极高的礼遇，把他和自己相提并论。这种礼遇不可能源于但丁的抒情诗。在时间的世界里，《神曲》是直到诗中所描绘的全部旅程结束之后才动笔的；但在维吉尔等人所处的永恒世界里，《神曲》已经写就，但丁因此得到礼遇。在这个永恒世界里，但丁是维吉尔的传人，可以说，《神曲》的风格（甚至从一开始）就来自维吉尔的作品。

31. 在《但丁研究》（Studies in Dante，Oxford，1896，第一辑）中，莫尔分析了有史以来艺术家向同行最微妙和最令人动容的一次致敬。在为但丁指明心爱的贝阿特丽采之所在后，维吉尔是如何离开的呢？但丁是否应该向这位良师益友悲伤地告别，因为后者无法陪伴自己前往天堂面见上帝，并将永远生活在没有希望的欲求中？不，当两位诗人离开炼狱后，前来迎接他们的是光辉的队列。在天使抛下的鲜花云中出现了但丁的心上人贝阿特丽采，仿佛穿越雾霾的太阳。这时，但丁像孩子一样转过身对维吉尔说："我看见了昔日的火焰"——在维吉尔笔下，失恋的狄多用同样的句子表达了自己无法抑制的激情（《埃涅阿斯纪》4.23）。但维吉尔已经消失了。在随后的三行句中，但丁饱含思念和感情地三次重复了维吉尔的名字：

> 但维吉尔已经不让我看见他，
> 维吉尔，最温情的父亲，
> 维吉尔，带我走向幸福的人。
>
> ma Virgilio n'avea lasciati scemi
> di sè, Virgilio dolcissimo patre,
> Virgilio a cui per mia salute die'mi. （《炼狱篇》30.49-52）

他把维吉尔的名字放在每行的同一位置，而在描绘俄耳甫斯因为失去爱人而发出哀叹时，维吉尔使用了相同的手法：

> 当俄阿格里欧斯的赫布罗斯河之波涛
> 带回了与大理石般颈部分离的头颅，
> 没有灵魂的它仍然呼喊着"欧律狄刻"，
> 冰冷的舌头仍然在说"啊，可怜的欧律狄刻"，
> 河道两岸都回响着"欧律狄刻"。

> tum quoque, marmorea caput a ceruice reuolsum
> gurgite cum medio portans Oeagrius Hebrus
> uolueret, 'Eurydicen' uox ipsa et frigida lingua
> 'a miseram Eurydicen' anima fugiente uocabat,
> 'Eurydicen' toto referebant flumine ripae.（《农事诗》4.523–527）

这回响中包含了一切：倾慕、悲痛和永恒的爱。

32. 按照不节制、暴力和欺骗这三类罪恶，地狱被划分成三大块。亚里士多德同样采用三分法，即不节制（ἀκρασία）、兽性的（θηριότης）和恶（κακία），见《尼各马可伦理学》7.1145²16。实际上，这种分法来自柏拉图对灵魂的划分：欲望的成分、精神和活力的成分、思考的成分。不受控制的欲望之罪即"不节制"，精神部分之罪即"暴力"，而理性成分的扭曲是最糟糕的，因为它玷污了我们最崇高的部分——心智。关于该主题的许多复杂和晦涩的细节，见 K. Witte 的《但丁论集》（Essays on Dante, C.M Lawrence 和 G.H. Wicksteed 译，Boston, 1898）以及 W.H.V. Reade 的《但丁地狱的道德体系》（The Moral System of Dante's Inferno, Oxford, 1909）。

33. 卡戎，《地狱篇》3.82 起；弥诺斯，《地狱篇》5.4 起；刻耳柏洛斯，《地狱篇》6.13 起；哈耳庇，《地狱篇》13.10 起；半人马，《地狱篇》12.55 起。主要的中世纪神话形象是以马纳果达（Malacoda）为首的魔鬼，《地狱篇》21。

34. 《地狱篇》5.4–12。

35. 《炼狱篇》12.34–45，见 Moore 的《但丁研究》（Studies in Dante, Oxford, 1896, 第一辑）。

36. 反对帝制的小加图是卢坎作品中的英雄，不过但丁之所以把他安排成炼狱的看守，很可能受到了维吉尔笔下天界景象的影响：另一边是虔诚者，加图教给他们律法（secretosque pios, his dantem iura Catonem, 《埃涅阿斯纪》, 8.670）。

37. 《地狱篇》2.32。

38. 见《炼狱篇》30.19–21。两处引文分别来自《马太福音》21：9 和《埃涅阿斯纪》6.884。

39. 《地狱篇》5.82：quali colombe dal disio chiamate。

40. 《埃涅阿斯纪》6.202–203：渴望的位置（sedibus optatis）。

41. 关于回忆之美，见本书第 156 页起。

42. 《地狱篇》9.22 起以奇特的方式影射了《内战纪》6.413 起巫婆让死去战士复活的情节；《地狱篇》24.82 起（和其他许多近代诗人一样）模仿了《内战纪》24.82 起对毒蛇的描绘；《内战纪》5.504 行起的 Amyclas 形象也出现在《天堂篇》11.67 起。

43. 《飨宴》Convivio, 2.13。书中提到的西塞罗道德论文指《加图论老年》（Cato［de senectute］），《莱利乌斯论友谊》（Laelius［de amicitia］），《论至善和至恶》（De finibus），《论义务》（De officiis）。

44. 《地狱篇》26.52 起，以及斯塔提乌斯《忒拜记》12.429 起。

45. 《炼狱篇》22.13 起和尤维纳尔 7.82 起。

第 5 章 走向文艺复兴：彼得拉克、薄伽丘、乔叟

1. 他的官名为 Francesco di Petracco，Petracco 只是 Peter 的爱称。彼得拉克将自己的姓氏拉丁化，使其不仅只是家乡昵称，而且迎合了文化的主流传统。到了文艺复兴盛期，出于同样的目的，许多学者将自己的姓名都翻译成希腊语或拉丁语，比如 Philip Schwarzerd 变成了 Melanchthon（黑色土地）。
2. 但丁和其他"白党"领袖（包括彼得拉克的父亲）被指贪污和攻击教皇支持的"归尔甫党"（Guelph party）。1302 年 1 月 27 日的法令将他们驱逐出境。
3. 彼得拉克，《私信集》*Epistolae familiares*，21.15，J.H. Robinson 和 H.W. Rolfe 译，转引自《彼得拉克，第一位现代学者》*Petrarch, the First Modern Scholar*（New York 和 London，1914^2）。
4. 彼得拉克，《勿忘集》*Rerum memorandarum libri*，427，相关描述见 J.H. Robinson 和 H.W. Rolfe 译，前揭书，第 175 页和注释：[但丁]有时举止倨傲，言语放纵，超过了今日君主们娇弱和挑剔的耳朵与眼睛所能接受的限度（moribus parumper [？] contumacior et oratione liberior quam delicatis et fastidiosis aetatis nostrae principum auribus atque oculis acceptum fuit）。
5. G. Voigt，《古典历史的复兴》*Die Wiederbelebung des classischen Alterthums*（Berlin，$1880–1^2$），1.118 起。
6. 奥维德，《悲歌》4.10.51：*Vergilium uidi tantum*。
7. 另一个与之类似的情况是，大量珍贵的近代音乐作品仍未发表，甚至连音乐爱好者也无法接触到它们，比如海顿（Haydn）的大部分欢快的交响曲，吕利（Lully）的许多作品以及斯克里亚宾（Scriabin）的晚期钢琴曲。
8. 其中一篇是《为阿喀亚斯辩护》（*Pro Archia*），见 Sandys，《古典学术史》*A History of Classical Scholarship*，Cambridge，1908，2.7 及注释。关于这个寻书故事，见 Voigt，注释 5 所引书，1.38 起，以及 P. de Nolhac 的《彼得拉克和人文主义》*Pétrarque et l'humanisme*，（Paris，1907），1.41。
9. 关于萨鲁达蒂，见本书第 18 页。关于彼得拉克发现的西塞罗书信（《与阿提库斯书》[*Ad Att.*]，《与布鲁图斯书》[*Ad Brut.*]和《与昆图斯书》[*Ad Q.*，残篇]），见 Voigt，注释 5 所引书，1.43 起，以及 Sandys，前揭书。
10. 关于西塞罗通过彼得拉克对人文主义理想施加的影响，见 E. Zielinski，《西塞罗的历史变迁》*Cicero im Wandel der Jahrhunderte*（Leipzig，1912^3），26 章起。关于该主题还可见 W. Rüegg 的精彩论文《西塞罗和人文主义》*Cicero und der Humanismus*（Zürich，1946）。
11. 彼得拉克，《私信集》24.3；Sandys，注释 8 所引书，2.7。
12. 彼得拉克曾决定在自己死后将藏书遗赠给威尼斯共和国，以换取一套房屋。这本来会是自罗马帝国灭亡以来西欧的第一座公共图书馆，但他去世时不在威尼斯，藏书也流散了。见 P. de Nolhac 的《彼得拉克和人文主义》*Pétrarque et l'humanisme*，（Paris，1907），1.13，78—81 和 87 页起。
13. 彼得拉克模仿维吉尔，但并不照搬后者的词句，因为他的目标是成为完全原创的拉丁语诗人：为了避免借鉴维吉尔之嫌，他甚至修改了自己的《牧歌》中的一句话。不过，他

的确模仿了维吉尔的内容和许多风格技巧,在《书信集》中还数十次引用了维吉尔(P. de Nolhac,前揭书,1.123,注释2)。

14. 但丁,《地狱篇》4.89:"讽刺诗人贺拉斯"(*Orazio satiro*)。除了维吉尔,贺拉斯是彼得拉克引用最多的拉丁语诗人:我们甚至知道他使用了哪种文本(P. de Nolhac,前揭书,1.181)。

15. 彼得拉克,《私信集》24.8,Voigt 转引,注释 5 所引书,1.44 起。P. de Nolhac 指出,彼得拉克的李维抄本少了第 33 卷,前揭书,2.16 起。关于彼得拉克对罗马史的总体了解,见 P. de Nolhac,前揭书,第 6 章。

16. Sandys,《西方古典学术史》,2.8;关于彼得拉克对希腊语的浪漫热情,见 P. de Nolhac,前揭书。

17. 不过,彼得拉克远远没有理解希腊和罗马文化之间的真正关系:他认为西塞罗是比柏拉图更伟大的哲学家。见 P. de Nolhac,前揭书,1.214 和 2.127 起。

18. P. de Nolhac,前揭书,2.166-167。事实上,彼得拉克留下的最后文字属于一部恺撒传记,见 P. de Nolhac,前揭书,1.85。

19. Sandys,前揭书,2.10;P. de Nolhac,前揭书,2.147 起;Voigt,前揭书,1.80 起。

20. 见 P. de Nolhac,前揭书,2.189 起。

21. 彼得拉克,《论无知》*De ignorantia*,1151;Voigt,前揭书,1.94。

22.《阿非利加》主要取材于李维,彼得拉克有时几乎照搬原句,比如卢克莱提娅之死的故事。作品的风格、词汇和韵律借鉴了维吉尔及其模仿者斯塔提乌斯。同样主题和风格的拉丁语史诗——Silius Italicus(公元 26—101 年)的《布匿战纪》(*Punica*)——直到彼得拉克死后四十年才被发现,他从未听说过这部作品。对《阿非利加》的最高评价是,它要优于《布匿战纪》。L. Pingaud 推测,第 4 卷后缺失了三卷内容,原诗共包括十二卷,旨在效法《埃涅阿斯纪》,见《论彼得拉克的诗歌〈阿非利加〉》*De poemate F. Petrarchae cui titulus est Africa*(Paris,1872)。关于龙沙的《法兰克记》(*Franciade*),见本书第 144 页。

23. 见本书第 41 页起。关于《秘密》的英语梗概和摘要,见 Robinson 和 Rolfe,注释 3 所引书,第 7 章。对彼得拉克的拉丁语作品感兴趣的读者可以先从他的《勿忘集》(*Rerum memorandarum libri*)看起,从中可以一览作者的品位和知识。G. Billanovich 编校的版本质量上乘,Florence,1943-XXI。

24. 见李斯特,《巡礼之年——第二年:意大利》*Années de Pèlerinag: 2ᵉ Année: 'Italie'*。

25. 但丁,《炼狱篇》29,特别是 106 行起。

26. 关于桂冠更深层次的意义,以及彼得拉克和利恩佐两人理念上的联系,见 K. Burdach 的《利恩佐及其时代的精神变迁》*Rienzo und die geistige Wandlung seiner Zeit*,即《科拉·迪·利恩佐书信集》第一部分 *Briefwechsel des Cola di Rienzo*,K. Burdach 和 P. Piur 编,收录于《从中世纪到宗教改革:德意志文化史研究》系列 *Vom Mittelalter zur Reformation: Forschungen zur Geschichte der deutschen Bildung*,K. Burdach 编,Berlin,1913-1928。特别见以下段落:第 31 页,教皇对利恩佐信奉异教的指控;第 75 页,罗马恢复了田园般的青春;第 321 页和 384 页起,腓特烈二世;第 504 页起,利恩佐效法彼得拉克,也为自己戴上了花环。从彼得拉克的书信中可以看到他对利恩佐及其政策的看法如何发生变化,这些书信的译文和注释见 M.E. Cosenza，《弗朗切斯科·彼得拉克与科拉·迪·利恩佐的革命》*Francesco Petrarca and the Revolution of Cola di Rienzo*（Chicago，1913）。

27. 许多人认为，最早的斜体印刷字以彼得拉克的笔体为模型（比如 J.E. Sandys，《西方古典学术史》，Cambridge，1908，2.99）。事实并非如此；错误来自对 1501 年阿尔都斯版彼得拉克诗集序言的误读，序言中只是说该书的"文本"以诗人的亲笔手稿为基础（见 A.F.Johnson，《印刷字体》*Printing Types*，London，1934，126-127）。事实上，彼得拉克使用的是斜圆哥特体（Gothic bastarda）。阿尔都斯的字体则源于人文主义者使用的新加洛林字体，其草书形式在基本结构上与 Niccolò Niccoli 的字体没有差别。相关文章见 James Wardrop，发表在的《签名》*Signature*，1946 年第 2 期（新序列），第 12 页。

28. 如果像某些抄本那样略去第 3 卷第 69 节，那么《忒修斯记》和《埃涅阿斯纪》一样都是 9896 行；但 R.A. Pratt 认为，这种删节是没有意义的，见《乔叟对〈忒修斯记〉的借鉴》"Chaucer's Use of the *Teseida*"，*PMLA*，62（1947），3.599。Voigt 表示，薄伽丘坐在维吉尔墓前的故事并非来自他本人，而是来自 Filippo Villani，见《古典历史的复兴》*Die Wiederbelebung des classischen Alterthums*（Berlin，1880-1²），1.165。

29. 主要的古典作品原型是 Statius 的《忒拜记》。薄伽丘参考的是注疏本，他自己的《忒修斯记》在出版时也加上了类似的注疏（见 Pratt，前揭书）。他还参考了但丁的《神曲》，并从中世纪的《忒拜传奇》中吸收了大量素材（见本书第 56 页）。J. Schmitt 并不认同薄伽丘使用了某部今天已经失传的希腊语传奇的译本，见《薄伽丘的〈忒修斯记〉和希腊语忒修斯故事》*La Théséide de Boccace et la Théséide grecque*（巴黎高等研究院书库 *Bibliothèque de l' École des Hautes Études*，92，Paris，1892，279-345）。

30. 见本书第 52 页。

31. 维吉尔，《埃涅阿斯纪》3.588 起；奥维德，《变形记》14.160 起。

32. 关于英雄诗歌中的例子，见本书第 67 页起。

33. 《菲亚梅塔》，第三卷中间。

34. 同上，第四卷末尾和中间。

35. 同上，第一卷；参见《玫瑰传奇》末尾。

36. 见 J.E Sandys 的译文，《西方古典学术史》，Cambridge，1908，2.13。来自薄伽丘的弟子 Benvenuto 对但丁的讲解，Benvenuto 用这段文字解释了圣本笃对修道院堕落的谴责（《天堂篇》22.73 起）。

37. 关于《玫瑰传奇》，见本书第 62 页起。

38. 乔叟还从 Joseph of Exeter 的《特洛伊战纪》（*Bellum Troianum*）中借鉴了一些材料，见 D. Bush，《英语诗歌中的神话和文艺复兴传统》*Mythology and the Renaissance Tradition in English Poetry*，Minneapolis 和 London，1932，第 8 页。《特洛伊洛斯和克里塞伊达》比《菲洛斯特拉托斯》长了将近 3000 行，只有不到三分之一的材料直接来自薄伽丘，见 B.A.Wise，《斯塔提乌斯对乔叟的影响》*The Influence of Statius upon Chaucer*，Baltimore，1911，第 4 页。关于对乔叟所做改编的分析，见 C.S. Lewis，《乔叟究竟对〈菲洛斯特拉托斯〉做了什么？》"What Chaucer really did to *Il Filostrat*"，收录于《英语协会成员论文和研究集》*Essays and Studies by Members of the English Association*，17（1932），56—75 页。

39. 不仅是《骑士的故事》，乔叟的《阿内丽达和阿尔喀特》（*Anelida and Arcite*）、《特洛伊洛斯和克里塞伊达》和其他几首诗作也借鉴了《忒修斯记》，这部作品对他的影响很大。见 R.A. Pratt《乔叟对〈忒修斯纪〉的借鉴》"Chaucer's Use of the *Teseida*"，*PMLA*，62（1947），3.598–621。

40. 《学者的开场白》*The Clerk's Prologue*，26–33。

41. 《巴斯妇人的故事》*The Tale of the Wife of Bath*，1125–1130，但丁《炼狱篇》7.121–124。

42. J.L. Lowes 指出，相似之处包括：《百鸟议会》（*The Parliament of Fowls*）第 141 行起与《天堂篇》第 4 曲开头；《百鸟议会》第 288 行起与《地狱篇》5.58–69 行以及薄伽丘的《忒修斯记》7.62 行；《特洛伊洛斯》2.22–25 行与《飨宴》2.14.83 起以及贺拉斯的《诗艺》70–71。见《乔叟与但丁》"Chaucer and Dante"，刊于《现代语文学》*Modern Philology*，1915，1916，1917。

  此外，我们还注意到，《百鸟议会》的整体构思与但丁的《地狱篇》存在相似之处，比如罗马向导和门上的铭文（127 行起 =《地狱篇》3.1 起）。《声望之殿》中的老鹰显然受到《天堂篇》18 行起的天堂之鹰启发。此外，乔叟笔下最热情洋溢的几段祈祷词也改编自但丁，如《第二名修女的故事》*The Second Nun's Tale*，36 行起 =《天堂篇》33.1–6 行，《特洛伊洛斯》结尾处的祷文 =《天堂篇》14.28–30。

43. 《律师的开场白前引》*Introduction to the Man of Law's Prologue*，92。

44. 《阿内丽达和阿尔喀特》，21。

45. 贺拉斯《书札》1.2.1–2：

  Troiani belli scriptorem, Maxime Lolli,

  dum tu declamas Romae, Praeneste relegi.

46. 关于相关的精彩论述，见 G.L. Kittredge 的《乔叟的洛里乌斯》"Chaucer's Lollius"，刊于《哈佛古典语文研究》*Harvard Studies in Classical Philology*，28（1917），27–137。一位女作者新著中的误读更是惊人（M. Chute，《英格兰的杰弗里·乔叟》，New York，1946，166 页注释），在引用了贺拉斯的那两行诗句后，她给出了如是翻译："Maximus Lollius，当你在罗马宣传演讲术时，我在阅读 Praeneste（即荷马），特洛伊战争的作者。"如果现代作者可以把度假胜地 Praeneste 说成是荷马的另一个名字，那么对手头资料更为匮乏的中世纪作者而言，相信 Lollius 是一位出色但籍籍无名的史学家也就不足为奇了。

47. 《声望之殿》，1464–1468 行。

48. 爱伦·坡，《金虫》*The Gold Bug*，开篇。

49. 《僧侣的开场白》*The Monk's Prologue*，3161–3169 行，83 行起。乔叟所谓的六音步格律不太可能指塞内卡使用的抑扬格三音步，因为直到文艺复兴开始后很久人们才开始读懂塞内卡悲剧的格律。另见《特洛伊洛斯和克里塞伊达》5.1786，他对自己的诗说："去吧，小书，去吧，我小小的悲剧"（Go, litel book, go litel myn tragedie），让它加入维吉尔和其他史诗诗人的行列。

50. 此类错误还包括：

  （a）"忒提斯，科鲁斯和特里同也全都"（And Thetis, Chorus, Triton, and they alle，《良妇传说》LGW，8.2422 行）。这里的"科鲁斯"其实是"歌队"，见维吉尔《埃涅阿斯纪》

5.823—825 行：

> 还有 Glaucus 的老年歌队，Ino 之子 Palaemon，
> 迅捷的 Triton 们，Phorcus 的全副队列，
> 左边是 Thetis，Melite 和少女 Panopea。

> Et senior Glauci chorus Inousque Palaemon
> Tritonesque citi Phorcique exercitus omnis;
> laeua tenent Thetis et Melite Panopeaque uirgo.

（b）"她的年轻儿子 Iulo 和 Ascanius"（And hir yonge son Iulo/ And eek Ascanius also，《声望之殿》177—178 行）。事实上，Iulus 和 Ascanius 是同一个人。《埃涅阿斯纪》的核心主题之一是，通过这个叫 Ascanius-Iulus 的男孩，埃涅阿斯成了屋大维所在的尤里乌斯家族的祖先。

（c）"被剥了皮的 Marcia"（And Marcia that lost her skin，《声望之殿》1229 行）。Marcia 是罗马妇女的名字，被剥了皮的那位男性希腊殉教者叫 Marsyas。

（d）"我看见她脚上真的长了鹧鸪的翅膀"（And on hir feet wexen saugh I/ Partriches winges redely，《声望之殿》1391—1392 行）。显然，乔叟把《埃涅阿斯纪》4.180 的 *pernicibus alis*（矫健的翅膀）看成了 *perdicibus alis*（鹧鸪的翅膀）；不过，在后来的《特洛伊洛斯和克里塞伊达》，他改正了错误：见 E. Nitchie，《维吉尔与英语诗人》*Vergil and the English Poets*（New York，1919），57 页。

51. 见 H..M. Ayres，《乔叟与塞内卡》"Chaucer and Seneca"，刊于《罗曼语评论》*The Romanic Review*，1919；B.L. Jefferson，《乔叟与波伊提乌〈哲学的慰藉〉》*Chaucer and the Consolation of Philosophy of Boethius*（Princeton，1917）；J. Koch，《乔叟读过的罗马古典作品》"Chaucers Belesenheit in den römischen Klassikern"，刊于《英语研究》*Englische Studien*，1923，8—84；T.R. Lounsbury，《乔叟研究》*Studies in Chaucer*（New York，1892），2.250 起；E. Nitchie，前揭书；S.G.Owen，《奥维德与传奇》"Ovid and Romance"，收录于《英语文学与古典学》*English Literature and the Classics*（G.S. Gordon 编，Oxford，1912）；R.K. Root，《乔叟的诗歌》*The Poetry of Chaucer*（Boston，1906）；H. Schinnerl，《乔叟对圣经和古代文学的了解》*Die Belesenheit Chaucers in der Bibel und der antiken Literatur*（Munich，1923），该书我只读过提要；E.F. Shannon，《乔叟与卢坎的〈内战纪〉》"Chaucer and Lucan's *Pharsalia*"，刊于《现代语文学》*Modern Philology*，16（1919），12.113—118 页，以及《乔叟与罗马诗人》*Chaucer and the Roman Poets*，收录于哈佛比较文学研究丛书 *Harvard Studies in Comparative Literature*，7，Cambridge，Mass.，1929；W.W. Skeat 的大开本乔叟集（Oxford，1894—1900）；B.A Wise，《斯塔提乌斯对乔叟的影响》*The Influence of Statius upon Chaucer*（Baltimore，1911）。上述学者对我助益良多。

52. 德莱登，《古今故事集》*Fables, Ancients and Modern* 序言。

53. 《律师的开场白前引》，47 行起。《伙食经理的故事》（*The Manciple's Tale*）中的乌鸦故事来自奥维德《变形记》2.531 行起。Koch（注释 51 所引书）列出了许多乔叟借鉴《变形记》

的例子,从分布来看,乔叟显然读过第 1—8 卷和第 11 卷的全篇,第 9,10,12,13,14 卷的部分内容,但对第 15 卷一无所知(或者他读过,但没有借鉴其内容)。他最喜欢的是第 4,6,8 和 11 卷(Koch,68 页)。

54. 《声望之殿》,379 行起。所概况内容依次来自《女杰书简》的第 2,3,5,6,12,9,10 和 7 篇。

55. Shannon 认同这点,见注释 51 所引书。

56. 《良妇传说》1680 行起 = 奥维德《岁时记》2.685 行起。

57. 《巴斯妇人的开场白》*The Wife of Bath's Prologue*,680 行;《公爵夫人之书》*The Book of the Duchess*,568 行。

58. 他最喜欢的是第 1,2 和 4 卷。很少有证据表明,除了《声望之殿》第 451—467 行的概要,他读过第 7—12 卷(Koch,前揭书,44—52 页)。他似乎也没有读过《牧歌》与《农事诗》。《坎特伯雷故事集》前言第 162 行,女修道院院长的座右铭"爱情战胜一切"(*Amor vincit omnia*)并非来自《牧歌》10.69,而是由 Vincent of Beauvais 转引自圣奥古斯丁(见注释 73)。

59. 在维吉尔笔下(《埃涅阿斯纪》4.328—329 行),狄多悲伤地表示自己没有"小埃涅阿斯"。而在奥维德(《女杰书简》7.133 行起)笔下,她表示自己可能怀孕了。这符合他对维吉尔所描摹的埃涅阿斯的一贯不满,奥维德把埃涅阿斯视作"背叛者"。

60. B.L. Jefferson 在自己的书中提到了这点,见注释 51 所引书;另见 H.R. Patch,《波伊提乌的传统》*The Tradition of Boethius*(New York,1935),66—72 页。

61. 《特洛伊洛斯和克里塞伊达》,4.958—1078 行,以及《修女教士的故事》*The Nun's Priest's Tale*,B.4420—4440 行。

62. 柏拉图,《理想国》6.496。

63. 在《修女教士的故事》中(B.4484 行),乔叟称波伊乌"会唱歌"(can singe),这可能影射了波伊提乌的《论音乐》(*De musica*);而在《声望之殿》765 行,他表示"声音只是空气的碎片"(Soun is noght but air y-broken),这句话很可能来自同一部作品的摘要。

64. 《特洛伊洛斯和克里塞伊达》,2.100—108 行。这位主教大人就是 Amphiaraus。

65. 同上,5.1480 行起。Wise 指出(注释 51 所引书),除了 5.932—937 行,《特洛伊洛斯》中所有清楚地提到"忒拜传说"的地方都不是位于改编自《菲洛斯特拉托斯》的那部分作品,可见乔叟借鉴的是拉丁语原作。

66. M.A. Pratt 认为,乔叟对克劳迪安《珀尔塞福涅遭劫记》、《塞蕾娜颂》(*Laus Serenae*)和《霍诺里乌斯皇帝第六位执政颂》(*De VI cons. Honorii*,这段开场白被错误地放到了《珀尔塞福涅遭劫记》之前)开场白的了解来自一部被用作教材,名为《加图之书》(*Libri Catoniani*)的中世纪文选,见《乔叟的克劳迪安》"Chaucer's Claudian",刊于《镜子》*Speculum*,22(1947),419 页起。关于该书,见 M. Boas 的《论〈加图之书〉的历史和组成》"De librorum Catonianorum historia atque compositione",刊于《谟涅摩绪涅》*Mnemosyne*,1914 年第 42 期(新序列),17—46 页。Boas 推测,《加图之书》编撰于 9 世纪(可能是加洛林文艺复兴的一部分)。它们得名于开篇处的"加图云"(dicta Catonis),收录了若干二流短篇诗作,如《拉丁语伊利亚特》(*Ilias Latina*,12 世纪时被剔除)和 Statius 的《阿喀琉斯记》（Achilleid）。乔叟在《声望之殿》1507 行起和《商人的故事》（The Merchant's Tale）E. 2227 行起都提到了克劳迪安。不过，彼得拉克非常了解克劳迪安。

67. 《修女教士的故事》B 4313—4314 行再次提到了《西庇阿之梦》。
68. 《巴斯妇人的故事》1184 行：这种观点来自塞内卡《书信集》2.5，源头是伊壁鸠鲁。
69. H.M. Ayres 教授认为（注释 51 所引书），《特洛伊洛斯和克里塞伊达》第 1 卷中潘达罗斯的观点主要来自塞内卡的《书信集》，乔叟用"就像睿智的学者所言"之类的表述掩盖了出处。比如 1.687 行相当于《书信集》3.4，1.704 行相当于《书信集》99.26，1.891 行相当于《书信集》2.1，1.960 行相当于《书信集》2.2。《赦罪僧的故事》（The Pardoner's Tale）中同样充斥着对塞内卡的引用（特别是《书信集》83，95 和 114：见 513—516 行和 534—548 行）；《牧师的故事》（The Parson's Tale）中关于奴隶制的讨论（1.761 行起）来自塞内卡《书信集》47。
70. 关于瓦雷利乌斯·弗拉库斯，见 Shannon，注释 51 所引书，340—355 页。
71. Poggio 在那次著名的 St. Gallen 之行中发现了抄本：见 J.E. Sandys，《西方古典学术史》（Cambridge，1908），2.27 及注释。彼得拉克并不知道瓦雷利乌斯·弗拉库斯（P. de Nolhac 的《彼得拉克和人文主义》Pétrarque et l'humanisme，Paris，1907，1.193）。
72. 《特洛伊洛斯和克里塞伊达》4.197—201= 尤维纳尔 10.2-4，并有一处直接引用："错误之云"（cloud of errour=erroris nebula）。《巴斯妇人的故事》1192—1194= 尤维纳尔 10.22。
73. 比如在《异教神谱》2.2 中，薄伽丘把 Hypermnestra 的丈夫 Lynceus 写成了 Linus（与格形式 Lino），于是乔叟在《良妇传说》2569 行把他称作 Lino。《声望之殿》407 行的 Adriane 来自《异教神谱》10.49 的 Adriana。在《良妇传说》第 307 行，乔叟提到了 Vincentius Bellovacensis 的《历史宝鉴》：Vincent 在他的《历史宝鉴》中说了什么？（What Vincent, in his Storial Mirour?）关于这两部作品和其他乔叟引用较少的作品，见 Koch，注释 51 所引书，70—78 页。

第 6 章　文艺复兴时期的翻译

* 导引注释——本章所参考权威著作包括：

A. Bartels，《德语文学史》Geschichte der deutschen Literatur（Leipzig，1905⁴）

A.H. Becker，《库唐塞的鲁瓦·勒鲁瓦》Loys Le Roy de Coutances（Paris，1896）

R. Bunker，《文艺复兴时期法国出版的希腊语作品和翻译书目研究：1540—1550 年》A Bibliographical Study of the Greek Works and Translations published in France during the Renaissance: the Decade 1540–1550（New York，1939）

C.H. Conley，《最早的古典作品英译者》The First English Translators of the Classics（New Haven，1927）

L. Cooper 和 A. Gudeman，《亚里士多德诗学书目》A Bibliography of the Poetics of Aristotle（康奈尔英语研究丛书 Cornell Studies in English，11，New Haven and London，1928）

W.J. Entwistle，《西班牙语》The Spanish Language（London，1936）

J. Fitzmaurice-Kelly，《西班牙文学史》*A History of Spanish Literature*（New York，1920）

F.M.K. Foster，《希腊语作品的英译》*English Translations from the Greek*（New York，1918）

K. Goedecke，《德语诗歌史基础》*Grundriss zur Geschichte der deutschen Dichtung*（Dresden，1884–6²）

E. Hernández García，《西班牙语历史语法》*Gramática histórica de la lengua española*（Oresne，1938）

R. Huchon，《英语史》*Histoire de la langue anglaise*（Paris，1923–30）

A. Hulubei，《维吉尔在 16 世纪的法国》"Virgile en France au XVIᵉ siècle"（《16 世纪评述》*Revue du seizième siècle*，18［1931］，1–77）

B.L. Jefferson，《乔叟与波伊提乌〈哲学的慰藉〉》*Chaucer and the Consolation of Philosophy of Boethius*（Princeton，1917）

O. Jespersen，《英语的发展和结构》*Growth and Structure of the English Language*（Oxford，1935⁸）

H.B. Lathrop，《从卡克斯顿到查普曼的古典作品英译：1477—1620 年》*Translations from the Classics into English from Caxton to Chapman (1477–1620)*（威斯康辛大学语言和文学研究丛书 University of Wisconsin Studies in Language and Literature，35，Madison，Wis.，1933）

H.R. Palmer，《1641 年之前英国刊印的希腊语和拉丁语古典作品与翻译书目》*List of English Editions and Translations of Greek and Latin Classics printed before 1641*（London，1911）

J.E. Sandys，《西方古典学术史》*A History of Classical Scholarship*（Cambridge，1903–8）

R.K. Spaulding，《西班牙语的发展》*How Spanish grew*（Berkeley 和 Los Angeles，1943）

L.S. Thompson，《1450 到 1550 年古典作品的德语翻译》"German Translations of the Classics between 1450 and 1550"（《英语和日耳曼语文期刊》*Journal of English and Germanic Philology*，42［1943］，343–363）

A.A. Tilley，《法国文艺复兴文学》*The Literature of the French Renaissance*（Cambridge，1904）

F. Vogt 和 M. Koch，《德语文学史》*Geschichte der deutschen Literatur*（Leipzig，1926⁴）

G. Voigt，《古典历史的复兴》*Die Wiederbelebung des classischen Alterthums*（Berlin，1880–1²）

K. von Reinhardstoettner，《普劳图斯：后世对普劳图斯戏剧的改编》*Plautus. Spätere Bearbeitungen plautinischer Lustspiele*（Leipzig，1886）

L.M. Watt，《道格拉斯的〈埃涅阿斯纪〉》*Douglas's Aeneid*（Cambridge，1920）

C. Whibley，《译者》"Translators"，收录于《剑桥英语文学史》*The Cambridge History of English Literature*（Cambridge，1919），4.1

B. Wiese 和 E. Percopo，《意大利语文学史》*Geschichte der italienischen Litteratur*（Leipzig，1899）

A.M. Woodward，《文艺复兴时期的希腊史》"Greek History at the Renaissance"（《希腊

研究期刊》The Journal of Hellenic Studies，63［1943］，1-14）

以及 L. Petit de Julleville 的《法语语言和文学史》Histoire de la langue et de la littérature française（Paris, 1896-9）第 2 和 3 卷的撰稿人。

1. "阿里斯特阿斯书信"（Letter of Aristeas）对这个故事做了详尽描绘。在 Ptolemy Philadelphus 的资助下，一共有 72 名拉比参加了翻译（显然每个支派 6 名），历时 72 天完成。不过，今人相信，希伯来语经文译成希腊文是零星完成并逐渐汇编成册的，"阿里斯特阿斯书信"是在翻译完工后很久才炮制出来的宣传工具。该书信可能写于公元前 145 到前 100 年之间，目的是为新修订的犹太律法"官方"希腊语译本提供权威性。不过，这个故事早就被人们接受，《旧约》希腊语译本因此也得名"七十子本"。关于"七十子本"和"阿里斯特阿斯书信"，见 Christ-Schmid-Stählin 的《希腊文学史》Geschichte der griechischen Litteratur（Munich，1920⁶），2.1.542 页起和 619 页起，另见 P.E. Kahle 的《开罗文藏》The Caireo Geniza（英国科学院施威希讲座丛书 The Schweich Lectures of the British Academy，1941，London，1947），132—179 页。

2. 比如，正是李维乌斯在希腊和罗马神祇间建立起了今天耳熟能详的对应关系，如维纳斯＝阿芙洛狄忒，尤庇特＝宙斯等等。李维乌斯还用意大利本土的歌曲精灵 Camenae 代替荷马所召唤的缪斯，但由于个性过于苍白，她们的形象没能流传下来。

3. 见本书第 5 页。西塞罗用希腊语练习演讲；贺拉斯从创作希腊语诗歌开始了文学生涯；西塞罗的友人 Atticus 甚至离开罗马前往雅典生活，于是有了这个绰号。

4. F. Brunot 引述，见 L. Petit de Julleville，导引注释所引书，2.542 页。

5. 这个有趣的人物是法国最早的重要翻译家之一，1370—1371 年，他以 Wiliam of Moerbeke 等人出版于 1280 年左右的拉丁语译本为基础，将亚里士多德的《伦理学》和《政治学》译成法文。他还是最早的经济学家之一，其学术生涯是以一篇关于货币理论的论文开始的（《论货币的起源、本性、法则和变化》De origine, natura, jure, et mutationibus monetarum）。显然，他还是第一个将"诗人"（poète）、"诗歌"（poème）和其他许多单词引入法语的人。关于他和同时代法国人的作品，见 Voigt，导引注释所引书，2.341 页起。

6. F. Brunot 引述，见 L. Petit de Julleville，导引注释所引书，2.541 页。

7. 拉伯雷《巨人传》，2.6，F. Urquhart 译。这个学生的糟糕法语其实是很好的拉丁文。比如，"扬帆摇桨"（par vèles et rames）来自西塞罗的 uelis remisque，意为"全速前进"。就连伟大如弥尔顿者也喜欢像这样卖弄学识：见本书第 160—161 页，609—611 页。

8. B.L. Jefferson 强调了这点，见导引注释所引书。

9. 见 W.J. Sedgefield 所译，阿尔弗烈德的《波伊提乌》（Boethius，Oxford，1900）前言。

10. 见 O. Immisch，《古代的留存》Das Nachleben der Antike（古代遗产丛书 Das Erbe der Alten，第二辑，1，Leipzig，1919），26 页。

11. 详见 L.S. Thompson，导引注释所引书。Thompson 先生指出，最好的德语译本出自不谙希腊语的 Boner 等二流学者之手。Goedeke 对此表示赞同（导引注释所引书，2.317 页），但他强调，文艺复兴时期出现的希腊和罗马史德译本对日耳曼诸邦产生了重要影响，使其更加接近西欧传统。关于西班牙人文主义的局限，O.H. Green 的论文很有价值，见《西班牙文艺复兴文学领域学术作品的批判性概述：1914—1944 年》"A Critical Survey of Scholarship in the Field of Spanish Renaissance Literature 1914–44"（《语文学研究》*Studies in Philology*, 44 [1947], 2）。Green 指出，西班牙新学术的主要力量被投入了宗教，而非学术或文学。

12. 拉丁语译本来自 Pier Candido Decembri。K. Vollmöller 提供了部分内容，见《一个不为人知的〈伊利亚特〉古西班牙语译本》"Eine unbekannte altspanische Übersetzung der Ilias"，收录于《文学史研究：献给米夏埃尔·贝尔奈斯》*Studien zur Litteraturgeschichte Michael Bernays gewidmet*（Hamburg, 1893），233—249 页。Juan de Mena 也完成过一个《伊利亚特》的译本，但他依据的是公元 1 世纪的一部拉丁语诗体摘要。

13. G. Calder 牧师编校过《埃涅阿斯历险记》（London, 1907），见 E. Nitchie，《维吉尔与英语诗人》*Vergil and the English Poets*（New York, 1919），80 页，注释 8。

14. 关于译者的作品和短暂一生的细节，见 H.J. Molinier，《奥克托维恩·德·圣－热莱》*Octovien de Saint-Gelais*（Rodez, 1910）。A. Hulubei（导引注释所引书）描述和分析了他的《埃涅阿斯纪》译本：该译本 1500 年被献给路易七世，1509 年刊印。

15. L.M. Watt（导引注释所引书）对道格拉斯的译本进行了有用的分析。J.A.W. Bennett 描绘了该译本如何经过漫长而艰难的过程，终于获得了真正的盛名，见《高文·道格拉斯〈埃涅阿斯纪〉的早年声誉》"The Early Fame of Gavin Douglas's *Eneados*"（《现代语言笔记》*Modern Language Notes*, 61 [1946], 83-88）。值得注意的是，道格拉斯激烈地抨击 Caxton 执迷于"达雷斯"的虚假传统，他的译本虽然粗砺，但他本人完全接受了文艺复兴思想。

16. 关于卢坎被视作历史学家，见本书第 3 章注释 30。

17. 关于这点，见 C. Schlayer，《卢坎在西班牙语诗歌中的印迹》*Spuren Lukans in der spanischen Dichtung*（Heidelberg, 1927），68 页起。这个有趣的例子展现了古典作品的影响力，因为尽管豪雷吉更喜欢 Tasso 澄澈甜美的《阿明塔》（*Amyntas*），并完成了一个出色的译本，但他还是身不由己地拜服于卢坎热烈而富有张力的风格。

18. 见本书第 62 页。

19. 见本书第 205 页。

20. 关于蒙田的赞美之词，见《随笔集》2.10。关于普鲁塔克对法国思想的重大影响，另见本书第 191，393—395 和 402 页。

21. 详见本书第 210 页起。

22. 关于这个故事和参考文献，见 Sandys 的《西方古典学术史》（Cambridge, 1908），2.180。

23. 让－安托万·德·巴依夫的《安提戈涅》译本完成时间远远早于 1573 年。关于这两个译本，见 M. Delcourt，《从文艺复兴起法国的希腊语和拉丁语悲剧翻译研究》*Étude sur les traductions des tragiques grecs et latins en France depuis la Renaissance*（比利时皇家学院备忘录：道德与政治科学和文学类 Mémoires de l'Académie Royale de Belgique, Classe des lettres et des sciences morales et politiques, 19.4, Brussels, 1925），26—33 页和 71—78 页。

24. 长久以来，人们一直认为匿名出版的《赫卡柏》法译本出自拉扎尔·德·巴依夫之手，因为扉页上的"万物之变化"（*Rerum vices*）是巴依夫家族一个支派的铭文。但今天的学者发现，译本出自 Bochetel 之手，在风格上也完全不同于巴依夫的《厄勒克特拉》。见 M. Delacourt，前揭书 34—36 页，以及书中引述的其他作者。

25. 龙沙的《财神》只有片段存世。人们曾经认为他翻译了全剧，这种观点今天遭到了质疑，因为鉴于那个时代对该剧的热情，译本应该会被完整保留下来。见 M. Delcourt，《莫里哀之前的法国古典喜剧传统》*La Tradition des comiques anciens en France avant Molière*（烈日大学哲学与文学系书库 Bibliothèque de la Faculté de Philosophie et Lettres de l'Université de Liége, 59, 1934），75 页起。但在更早的作品中（注释 23 所引书），Delcourt 认同这种观点，并表示此类译本（如 Dorat 译《被缚的普罗米修斯》）经常只面向小圈子，并不公开刊印。对于这个问题，她引用了 R. Strurel 关于现存译文抄本的讨论，见《1550 年之前希腊戏剧的法语翻译》"Essai sur les traductions du théâtre grec en français avant 1550"（《法国文学史评论》*Revue d'histoire littéraire de la France*，20〔1913〕，269—296 页和 637—666 页）。

26. 关于该译本与《错误的喜剧》的关系，见本书第 624 页。

27. 相关内容见 W. Creizenach 的《近代戏剧史》*Geschichte des neueren Dramas*（Halle, 1918[2]），2.1.201 页起和 560 页起。

28. 关于该译本，见 H.J. Molinier，注释 14 所引书，241 页起。

29. 关于这些译者的主旨和方法，以及他们引入的变革，见 H.B. Charlton，《文艺复兴悲剧中的塞内卡传统》*The Senecan Tradition in Renaissance Tragedy*（Manchester，1946 年再版），序言 cliii—clviii 页；F.R. Amos 的《早期翻译理论》（*Early Theories of Translation*，New York，1920）中也有一些有意思的论述，111 页起。

30. 关于多尔切的意大利语译本和舞台版本，见 Creizenach，注释 27 所引书，2.1.353 页起。关于法译本，见 M. Delcourt，注释 23 所引书，85—115 页。Jean de la Péruse 的《美狄亚》（*Médée*，早于 1555 年）显然是改编而非翻译。

31. 西班牙国王菲利普和马其顿国王腓力之间存在很多相似点。几个世纪后，我们将看到这篇演说词被用来影射拿破仑帝国的侵略：见本书第 328 页。

32. H.B. Lathrop 表示（导引注释所引书第 41 页），艾略特的译本是第一部直接译自希腊语原文的英译本。关于《尼科克勒斯篇》和《致尼科克勒斯》教育意义的讨论，见 W. Jaeger 的《教化》*Paideia*，3，New York，1944，第 4 章。

33. 详见 L.S. Thompson，导引注释所引书。

34. 关于《道德化的奥维德》，见本书第 62 页。对于不了解中世纪思想的人而言，纪尧姆对蜜蜂奇迹（《农事诗》4）意义的诠释无疑显得滑稽或亵渎：见 A. Hulubei，导引注释所引书。

35. 见本书第 245 页。关于贺拉斯在西班牙的影响，见 M. Menéndez y Pelayo 的精彩论述《贺拉斯在西班牙》*Horacio en España*（Madrid，1885[2]）。

36. 关于贺拉斯的抒情诗，见本书第 12 章，225 页起。关于部分近代译本的描述，见 E. Stemplinger，《文艺复兴以后贺拉斯抒情诗的状况》*Das Fortleben der horazischen Lyrik seit der Renaissance*（Leipzig，1906）；另见同一作者，《贺拉斯的历史评价》*Horaz im Urteil der Jahrhunderte*（古代遗产丛书 Das Erbe der Alten，第二辑，5，Leipzig，1921）；G. Showerman，《贺拉斯及其影响》*Horace and His Influence*（Boston，1922）。

37. 关于这种观点，见 H.B. Lathrop，导引注释所引书，219—220 页。

第 7 章　文艺复兴时期的戏剧

1. 见本书第 71、97、134—135 页。
2. 《哈姆雷特》2.2.424 行起。
3. 这是古典戏剧对现代戏剧所做的最大贡献。我们见证了电影逐步自我提高的有趣过程（大部分是通过实验，但从舞台和批评家那里得到的帮助也不容忽视），目睹了它们如何摒弃早期的粗糙形式（滑稽剧、系列情节剧和夸张剧情），成为看上去真正领会了戏剧之力量的作品。
4. 见 E. Rigal，收录于 L. Petit de Julleville 的《法语语言和文学史》*Histoire de la langue et de la littérature française*，3.264 页。
5. R. Garnett 和 E. Gosse 将这种情况概括为："当务之急不是把剧场带给观众，而是把观众带给剧场"。英国第一所公共剧场是 1576 年在伦敦落成的 The Theatre。见《插图本英语文学史》*English Literature，an Illustrated Record*（New York，1935²），1.168。
6. 关于 De Witt 素描的复制品和他的评论，见 Allardyce Nicoll，《剧场的发展》*The Development of the Theatre*（London，1927），121 页起。
7. Allardyce Nicoll，前揭书，88 页起。另见 K. Borinski，《诗学和艺术理论中的古典传统》*Die Antike in Poetik und Kunsttheorie*（古代遗产丛书 Das Erbe der Alten，10，Leipzig，1924，2.65 起）。Borinski 描绘了文艺复兴时期的剧场设计者如何采纳了维特鲁威的方案，以实现希腊和罗马剧场著名的声响效果。这次尝试造就了近代歌剧院。
8. 比如 Politian 用八行体和其他抒情诗格律写成的《俄耳甫斯》（*Orfeo*），Correggio 用八行体写成的《刻法洛斯》（*Cefalo*），Boiardo 用三行体写成的《提蒙》（*Timone*）。
9. T.S. Eliot 表示，英语素体诗是被当作最接近塞内卡格律的替代品而发明出来的：见《伊丽莎白时代的塞内卡翻译》"Seneca in Elizabethan Translation"（《文选》*Selected Essays*，New York，1932），69 页起；不过，英语素体诗的灵感很可能源于意大利人的尝试。
10. 比如，B. Marti 就暗示它们是戏剧形式的道德训诫，以供人阅读而非表演为目的：见《塞内卡悲剧的新诠释》，"Seneca's Tragedies，a New Interpretation"，刊于《美国语文学协会报告》*Transactions of the American Philological Association*，1945。我认为，塞内卡的悲剧大多用于在尼禄的私人剧场（*domestica scaena*，塔西佗，《编年史》15.39）表演。有时，热爱舞台的年轻皇帝还会亲自扮演主要角色。我希望在今后的论文中进一步阐述这种观点。
11. 《哈姆雷特》2.2.424 行起，引文见本书第 128 页。
12. 贺拉斯并未将其视作《诗艺》，而是一封写给年轻罗马作家（以收信人 Piso 兄弟为首）的书信，旨在训诫和教导业余诗人。
13. 见本书第 120 页起。J.W. Cunliffe 指出，我们不应忘记，在英格兰，"对希腊悲剧的了解局限于一个很小的圈子"，只有塞内卡广为人知：见《塞内卡对伊丽莎白时代悲剧的影响》*The Influence of Seneca on Elizabethan Tragedy*（London 和 New York，1893），第 9 页起。
14. J. Plattard，《拉伯雷的作品》*L'Oeuvre de Rabelais*（Paris，1910），175 页。拉伯雷更喜欢琉善，而琉善的部分理念来自阿里斯托芬，因此这两位风格颇为相似的天才存在间接的联系。
15. Nicolaus Cusanus 找到它们后将其交给了 Poggio，现藏于梵蒂冈图书馆：见 Sandys，《西方古典学术史》，2（Cambridge，1908），34 页。
16. 暴君形象也出现在中世纪戏剧中，即希律王。文艺复兴舞台上的暴君形象不仅借鉴了希律的一些冷酷特质，通过演绎马基雅维利的教导，它们变得更加可怕。
17. Lodge，《幽默的痛苦和世界的疯狂》*Wits Miserie and the Worlds Madness*（1596）。
18. Marlowe，《帖木儿大帝》*Tamburlaine the Great*，2.2.4.103 行起。
19. 关于《捍卫法语并为其增光》，见本书第 231 页。和杜贝雷一样，第一部近代法语悲剧和喜剧的作者 Jodelle 也是七星社的成员。
20. 关于 Moore 对《埃泽里诺记》与《神曲》的比较，见《但丁研究：第三辑》*Studies in Dante*，Third Series（Oxford，1903），363 页起。文本见 L.A. Muratori，《意大利史学家集》*Rerum Italicarum scriptores*，10（Milan，1727），785—800 页。作品的第一场激动人心，Ezzelino 的母亲告诉儿子，他是自己和魔鬼的孩子，但其余部分主要是信使的独白。
21. 关于1599 到 1627 年间由 Posen 耶稣会学校的教师创作和搬上舞台的拉丁语戏剧的概况，以及塞内卡对它们的强烈影响，见 Adolf Stender-Petersen，《神圣的悲剧：关于近代早期的波兰语—拉丁语耶稣会戏剧史的材料和论文》*Tragoediae sacrae: Materialien und Beiträge zur Geschichte der polnisch-lateinischen Jesuitendramatik der Frühzeit*（《塔图大学档案和评论》Acta et commentationes Universitatis Tartuensis，Tartu，1931，25.1）
22. J.S. Kennard，《意大利戏剧》*The Italian Theatre*（New York，1932），1.6.129 页，注释 2。
23. 波里提安曾任佛罗伦萨的希腊语和拉丁语教授，他在 17 岁那年仅用两天时间就完成了《俄耳甫斯》。关于该作品和塔索《阿明塔》的有用翻译，以及田园作品的介绍，见 L.E. Lord（Oxford，1931）。
24. J.S. Kennard 详细分析了普劳图斯和泰伦斯对文艺复兴时期意大利喜剧的影响，前揭书，1.105 页起；另见 W. Creizenach，《近代戏剧史》*Geschichte des neueren Dramas*，2（Halle，1918²），1.250 页起。
25. 关于《索福尼斯巴》在戏剧性上的缺陷，见 E.Roditi 的分析，《新古典悲剧的诞生》"The Genesis of Neo-Classical Tragedy"，刊于《南大西洋季刊》*The South Atlantic Quarterly*，26.1（1947），93—108 页。作者指出，特里西诺明白，悲剧的目的是激发怜悯和恐惧，但显然他将其理解为让角色表现出这些情感，以便引起观众共鸣。关于特里西诺同样乏味的史诗，见本书第 146 页。
26. 关于对卿提奥作品及其盛名的精彩描述，见 H.B. Charlton，《文艺复兴悲剧中的塞内卡传统》*The Senecan Tradition in Renaissance Tragedy*（Manchester，1946 年再版），前言第 lxxii 页起；另见 W. Creizenach，注释 24 所引书，2.1.367 页起。
27. Françaisement chanter la grecque tragédie（龙沙语）。关于对《被俘的克娄佩特拉》的出色批判，见 A. Tilley 的《法国文艺复兴文学》*Literature of the French Renaissance*（Cambridge，1904），2.72 页起。
28. 关于传说中特洛伊与现代欧洲国家的联系，见本书第 54 页。
29. "忒耳西特斯"意为"勇敢的"，与 thrasonical（《皆大欢喜》，5.2.35）词根相同，是《伊利亚特》中唯一被提到名字的普通士兵。他试图提出"士兵们"的主张，但此举被视作可笑和讨厌的冒犯，睿智的奥德修斯给了他应有的惩罚（《伊利亚特》，2.211 行起）。而除了同样喜欢抱怨，莎士比亚笔下的忒耳西特斯变得面目全非。滑稽剧《忒耳西特斯》的主人公是一位热衷吹牛的士兵，他要求 Mulciber（即伍尔坎）为自己打造一套神铠甲；显然这影射了《伊利亚特》第 18 卷阿喀琉斯的铠甲和《埃涅阿斯纪》第 8 卷埃涅阿斯的铠甲；不过，忒耳西特斯并非刀枪不入，和《伊利亚特》中一样，他遭受了痛殴和羞辱。这部作品是对史诗主题进行低俗戏仿的早期代表。

30. 寄于富人篱下，靠谎言、恭维和插科打诨混饭吃的"寄生虫"形象源于希腊而非罗马，即使对普劳图斯的观众而言也是陌生的。《拉尔夫·罗伊斯特·多伊斯特》中的许多情节和对话都是原创的，但梅里格里克对拉尔夫的恭维（将其与伟大英雄相提并论，描绘他的伟大功绩，让他相信自己俘虏了所有女人的芳心）来自普劳图斯的《吹牛的士兵》。比如，我们可以比较《拉》1.2.114 行起与《吹》1.1.58 行起和 4.2 行；《拉》1.4.66 行起（大象的功绩）与《吹》1.1.25 行起。

31. 不过，西班牙语作品的确对巴洛克时代的法国戏剧产生了相当大的影响，这从高乃依《熙德》(*Le Cid*) 的题材本身就可见一斑。关于洛佩对古典作品的了解，见 R. Schevill，《洛佩·德·维加的戏剧艺术》*The Dramatic Art of Lope de Vega*（Berkeley, Cal., 1918），67 页起。Schevill 指出，洛佩的作品包含了希腊语、大量的拉丁语、流利的意大利语和若干法语元素。他从古典作品中借鉴的主要是神话和哲学理念，有的来自普鲁塔克的《道德论集》，有的来自新柏拉图主义作品。

32. Allardyce Nicoll，《剧场的发展》*The Development of the Theatre*（London, 1927），第七章，第 vi 部分。

33. 弥尔顿，《科莫斯》，494 行起。

34. 同上，463—475 行，相当于柏拉图《斐多篇》81b1—d4（见 H. Agar，《弥尔顿与柏拉图》*Milton and Plato*，Princeton，1928，39—41 页）。

35. 相关的出色综述见 W.W. Greg 的《田园诗与田园剧》*Pastoral Poetry and Pastoral Drama*（London, 1906）。

36. 关于维吉尔的阿卡迪亚，见本书第 163 页起。

37. "他的《牧歌》取得了巨大成功，在舞台上也被歌手们反复传唱"（Bucolica eo successu edidit ut in scaena quoque per cantores crebro pronuntiarentur），见《多纳图斯传》*Donatus Life*，Brummer 编，90 页。Tacitus 在《论雄辩家》(*Dial*. 13) 中也较为模糊地提到了这点。Servius 在《〈牧歌〉注疏》(*Comm. ad Buc*. 6.11) 中的说法则非常奇特，表演者是 Cytheris（即《牧歌》10 中的 Lycoris）。

38. 这个神话见维吉尔《农事诗》4.453 行起。奥维德在《变形记》10.8 行起有意对其加以改编。K. Vossler 认为，《俄耳甫斯》结合了古典田园诗和被称为 *sacre rappresentazioni* 的宗教表演，但他的论据并不充分：见《罗马题材诗剧中的古典传统》"Die Antike in der Bühnendichtung der Romanen"（《瓦尔堡图书馆报告》*Vorträge der Bibliothek Warburg*，1927—1928 年，Leipzig，1930 年），225 页起。不过，Vossler 的确展示了早期田园剧与中世纪晚期宗教剧中田园场景的联系，以及田园场景的法语抒情情诗（被称为 *pastourelles*）：相关内容见 W.P. Jones，《牧曲》*The Pastourelle*（Cambridge, Mass., 1931）。

39. 相关概述见 Greg, 注释 35 所引书, 174—175 页。
40. 将《阿明塔》与音乐相比较的是 Symonds, 与文艺复兴绘画相比较的是 Greg, 后者还对这两方面的相似性做了精彩的分析（注释 35 所引书, 192 页）。Delibes 的优美芭蕾舞剧《西尔维娅》（*Sylvia*）改编自《阿明塔》。
41. 关于这种理论, 见 W. Creizenach 的《近代戏剧史》*Geschichte des neueren Dramas*（Halle, 1911²）, 380 页起; Allardyce Nicoll,《面具、哑剧和神迹》*Masks, Mimes, and Miracles*（London, 1931）; K. Vossler, 注释 38 所引书, 241 页和注释 2。
42. 奥维德,《变形记》1.438-567。关于《达芙妮》和《欧律狄刻》的梗概、音乐分析和节选, 见 D.J. Grout,《歌剧简史》*A Short History of Opera*（New York, 1947）, 卷一, 第 5 章。Grout 先生认为,《达芙妮》完成于 1594 年, 1608 年首演时使用了 Marco da Gagliano 的配乐。Wiese 和 Percopo 则认为,《达芙妮》首演于 1594 年, 由 Peri 和 Caccini 作曲: 见《意大利语文学史》*Geschichte der italienischen Litteratur*（Leipzig, 1899）, 438 页。
43. 即《皮同律》（νόμος Πυθικός）, 由活跃于公元前 580 年的 Sacadas 创作。它在作者死后 600 年仍是名家的演奏曲目。
44. 引自 E.J. Dent 的《巴洛克戏剧》"The Baroque Opera", 刊于 1910 年 1 月的《音乐研究》*The Musical Antiquary*: 这是一篇很有价值的文章。
45. 这里参考的是乔尔·斯宾加恩的《文艺复兴时期的文艺批判史》（New York, 1899）, 亚里士多德的观点见《诗学》1451ª 32。另见 K. Borinski,《诗学和艺术理论中的古典传统》*Die Antike in Poetik und Kunsttheorie*（古代遗产丛书 Das Erbe der Alten, 9, Leipzig, 1914）, 1.215 页起和 219 页起。Borinski 指出, 1492 年前后, 亚里士多德对戏剧的影响非常有限。而且奇怪的是, 在亚里士多德作为文艺批评家的声望开始上升时, 他作为道德家和哲学家的权威却下降了。但在中世纪和文艺复兴早期,《诗学》对于大多数批评家而言太过艰深。
46. 亚里士多德,《诗学》1449ᵇ 12 起。

第 8 章　文艺复兴时期的史诗

1. 龙沙表示, 他的灵感因为查理九世之死而枯竭——是后者敦促他创作这部作品, 甚至还为他选定了那种灾难性的格律。但事实上, 查理之死让他从无法忍受的强迫行为中解脱了出来。他原计划创作 24 卷, 并已经完成了其中 14 卷的草稿, 但最后只留下 4 卷（约 6000 行）。有趣的是, 他试图做希腊人, 却身不由己地成了罗马人——就如他的颂诗最初把品达作为榜样, 后来却回归了贺拉斯（见本书第 247 页起）。他在《法兰克记》的前言中说: "我的作品更多地效法荷马的朴素直白, 而非维吉尔的专注勤勉。"（J'ay patronné mon œuvre plustost sur la naïve facilité d'Homere que sur la curieuse diligence de Virgile）不知他说这句话的时候是否想到了佩特罗尼乌斯对贺拉斯的评价"严谨之精妙"（*curiosa felicitas*）? 事实上, 他从荷马那里所得相对较少, 反而是维吉尔令他受益良多, 甚至包括词汇方面。参见 P. Lange,《龙沙的〈法兰克记〉及其与维吉尔〈埃涅阿斯纪〉的关系》*Ronsards Franciade und ihr Verhältnis zu Vergils Aeneide*（Würzen, 1887）, 作者列出了两人在文字上的大量对应之处。Lange 还指出，龙沙从荷马处学得的技巧主要是如何细致而有序地描绘单幅场景，比如车上的装载或者海上的舰队：这种技巧让描写显得无与伦比地自然和鲜活。《法兰克记》的真正主题是作为法兰西人祖先的特洛伊王子法兰克斯（Francus）如何幸免于难，这个传说是罗马帝国衰败时期的产物，反映了蛮族和古典神话的交融，就像特奥多里克被说成是特洛伊后裔一样（见本书第 54 页）。该传说最早见于公元 7 世纪的 Fredegar 编年史。龙沙对它的了解来自 Jean Lemaire de Belges（1509—1513 年）的《高卢和特洛伊奇闻录》*Illustrations des Gaules et Singularitez de Troye*，并且在《颂诗集》中（1.1 和 3.1）已经使用过该主题。关于这个神话的其他方面，见 H. Gillot,《法国的古今之争》*La Querelle des anciens et des modernes en France*（Paris, 1914），131 页起。

2. 《卢济塔尼亚人之歌》共 10 曲，采用因为阿利奥斯托而广为人知的八行韵体（*ottava rima*），即每个诗节由 8 行组成，韵脚是 ABABABCC，每行 11 个音节。Lusus 是神话中葡萄牙人的祖先，罗马人称他的国家为卢济塔尼亚。

3. 《阿劳坎人》同样采用了阿利奥斯托的格律（见注释 2）。该诗的主题极为有趣，其中一些段落还非常动人。但埃尔西利亚的叙事风格有时过于枯燥。下面的这个诗节选自第 9 曲，译文质量还不错（C.M. Lancaster 和 P.T. Manchester 译，《阿劳坎人》*The Araucaniad*, Nashville, Tenn., 1945）：

> 上帝啊，我从众多作者的唇边
> 收获了这些信息。
> 到了四月二十三日，
> 就将是整整四年零八天之前，
> 在一五五零年，
> 那支军队里
> 足足一千四百人
> 目睹了那个神迹。

> Lord, I gleaned this information
> From the lips of many authors.
> On the 23rd of April,
> Eight days hence, four years exactly
> It will be, since in that army
> Such a miracle they pondered,
> Fourteen hundred men well counted
> In the year of 1550.

埃尔西利亚试图让全诗在结构上形成有机整体，但以失败告终，因为他想把一切都写进诗中。作品本该以令人生畏的印第安酋长 Caupolicán 之死告终，但埃尔西利亚又加上自己的生平和对西班牙计划征服葡萄牙的看法。对作品影响最大的古典作家是卢坎，后者受到文艺复兴时期西班牙语史诗诗人的推崇，因为卢坎不仅是西班牙人，而且其风格中的骄傲和暴力得到了他们的认同。关于埃尔西利亚对卢坎的部分改编，见 C. Schlayer 的《卢坎在西班牙语诗歌中的印迹》*Spuren Lukans in der spanischen Dichtung*（Heidelberg, 1927）; W. Strohmeyer 的《〈阿劳坎人〉研究》*Studie über die Araukana*（Bonn, 1929）; G. Highet 的《〈阿劳坎人〉中的古典回响》"Classical Echoes in *La Araucana*"（《现代语言笔记》*Modern Language Notes*，62［1947］，329—331页）。

4. 塞万提斯，《堂吉诃德》，1.6。

5.《奥兰多的疯狂》共46曲，诗节采用ABABABCC韵脚和11行音节句（见注释2）。事实上，罗兰是查理大帝的部下，与这位皇帝交战的是异教徒，人们经常把他和他的祖父"铁锤查理"相混淆，后者于公元732年在图尔挫败了伊斯兰军的入侵。

6.《奥兰多的疯狂》34.83节：

> E fu da l'altre conosciuta, quando
>
> Avea scritto di fuor: Senno d'Orlando.

7.《仙后》所用的诗节比阿利奥斯托的更加复杂：八行十音节句，最后一行为亚历山大体，韵脚是ABABBCBCC。他在写给Raleigh的信中介说，该诗的目标是汇聚荷马、维吉尔、阿利奥斯托和塔索的精华。W. Riedner 提供了一份斯宾塞所了解的古典作家的有用名单，见《斯宾塞的阅读》*Spensers Belesenheit*（慕尼黑文库 Münchener Beiträge，38，Leipzig，1908）。但H.G. Lotspeich 指出，斯宾塞主要参考了两部神话手册——Boccaccio 的《异教神谱》（*Genealogia deorum*）和Natalis Comes 的《神话学》（*Mythologiae*），并大量使用其中的评述和引文：见《斯宾塞诗歌中的古典神话学》*Classical Mythology in the Poetry of Edmund Spenser*（普林斯顿英语研究丛书，Princeton Studies in English，9，Princeton，1932）。不过，鉴于斯宾塞的职业和所处时代，他仍不失为一位出色的学者。他非常了解荷马、柏拉图（《申辩篇》、《高尔吉亚篇》、《斐多篇》、《斐德诺篇》、《理想国》、《会饮篇》和《蒂迈欧篇》）和亚里士多德，对普鲁塔克也有所了解；他读过赫西俄德的《神谱》和一点希罗多德，但与友人E.K.的吹嘘不同，他只读过忒奥克里托斯、比翁、莫斯科斯和琉善的各自一两首作品（关于田园诗人，见M.Y. Hughes，《斯宾塞和三位希腊语田园诗人》"Spenser and the Greek Pastoral Triad"，刊于《语文学研究》*Studies in Philology*，20［1923］，184—215页）。斯宾塞读过的拉丁语作品更多：他熟读维吉尔（Riedner 详细罗列了《埃涅阿斯纪》对他的影响，前揭书，68—90页），对奥维德的《变形记》同样十分了解；对贺拉斯的书信、颂诗和长短句，恺撒，西塞罗的《图斯库鲁姆谈话录》和《论演说家》，卢克莱修（《仙后》4.10.44行起改编了《物性论》开篇的祈祷），普林尼的《博物志》亦有涉猎。但对于他是否读过佩尔西乌斯、卢坎和尤维纳尔，我们不那么肯定。

8.《耶路撒冷的解放》使用了与阿利奥斯托相同的格律，共20曲。塔索修改后的版本称为《耶路撒冷的征服》（*Gerusalemme Conquistata*）：作品被大幅"修正"，更多强调了诗中的基督教元素，同时减少了传奇色彩，使其更具古典韵味。

9. 吉本，《罗马帝国衰亡史》，第58章。

10. 波伊提乌被怀疑与查士丁尼有密约，见本书第41页。该诗的标题因版本不同略有差异，我选择的是1729年维罗纳版的特里西诺作品集。

11. 见本书第136页，599页第7章的注释25。

12. 我们不应忽视更早时期的一部出色的教诲诗，即Bartas 领主 Gascon Guillaume de Salluste

（1544—1590年）的《七日》*La Sepmaine*（又称《创世》*La Création du Monde*）。该诗在1578年发表后获得了巨大的成功。全诗共七卷，以亚历山大双行体写成，描绘了创世的故事，语言上偶尔显得造作但大体上庄严崇高。作品主题来自《创世记》1-2章，并加入了大量希腊—罗马的诗学、科学和哲学内容以及当时的科学知识。他和塔索是弥尔顿最重要的两位前辈。

13. 在写给 Raleigh 的信中，斯宾塞表示《仙后》计划分为12卷，因为亚里士多德认为共有12种美德，他准备在诗中将其一一展现。但亚里士多德从未对美德有过如此绝对的论断。这是文艺复兴和巴洛克时期人们的典型习惯，即把希腊人的建议视作铁律，并将对称框架强加给本该采用灵活形式表现的素材。J. Jusserand 认为，斯宾塞的错误来自他的友人 Bryskett，而源头是意大利人文主义者 Piccolomini 和 Cinthio：见《英语民族文学史》*A Literary History of the English People*（New York, 1926^3），2.479页注释。M.Y. Hughes 则表示，斯宾塞的这种编排是为了将古典框架引入一个阿利奥斯托式的松散故事：见《维吉尔与斯宾塞》*Virgil and Spenser*（加州大学英语出版物 University of California Publications in English, 2.3, Berkeley, Cal., 1929），322—332页。此外，12还是一个神秘的数字，象征了耶稣的十二门徒，而《埃涅阿斯纪》也是12卷。《失乐园》最初分为10卷，1674年时被重新编排为12卷。

14. 当代南非诗人 Roy Campbell 让这个神话重新焕发了青春。他的一部诗集以 Adamastor 为名，部分内容借鉴了卡蒙斯笔下那位变成山峰的巨人，描绘了同样的叛逆暴力（1930年在伦敦发表：特别见诗歌《转过开普敦》*Rounding the Cape*）。引文来自《卢济塔尼亚人之歌》第5曲。

15. 埃尔西利亚，《阿劳坎人》第23曲。

16. 这些东西中有许多都能在希腊传说中找到对应，比如形似马身鹰首兽的飞马，巨革斯那个能让自己隐身的指环等等。但在所有的伟大古典史诗中，此类超自然物体都不是情节的核心内容。

17. 《仙后》1.1.37 行起。邪恶的隐修士 Archimago 召唤了赫卡忒和戈耳工，并派精灵去睡神那里求取假梦。与《埃涅阿斯纪》中的描写一样（6.894-899行），精灵从象牙门离开。关于斯宾塞对地狱的描绘以及维吉尔对这些描绘的影响，M.Y. Hughes 提供了一些有价值的分析，见《维吉尔与斯宾塞》，注释13所引书，371页起。

18. 塔索，《耶路撒冷的解放》，8.60节。该意象来自但丁《地狱篇》28.118行起 Bertran de Born 的可怕样子。参见阿利奥斯托的《奥兰多的疯狂》，18.26行起，以及维吉尔的《埃涅阿斯纪》7.323行起。

19. 喀耳刻见荷马的《奥德赛》卷10，阿克拉西亚见斯宾塞的《仙后》2.12节，阿尔米达见塔索的《耶路撒冷的解放》10.65节起。奥维德乐于而且善于描绘变形步骤，使得变形过程便于理解和容易想见，从而显得可信，而不是像《天方夜谭》中那样突然就变了样。

20. 弥尔顿，《失乐园》11.244行。

21. 同上，5.285行。影射了墨丘利降临阿特拉斯山的情景（《埃涅阿斯纪》4.252行）：

> 墨丘利降临，站在他的双翼上。

> hic primum paribus nitens Cyllenius alis
> constitit.

莎士比亚在创作下面的句子时也想到了那幅优美画面（《哈姆雷特》3.4.58-59 行）：

> 身姿宛若刚刚落在
> 摩天山巅上的信使墨丘利。
>
> A station like the herald Mercury
> New-lighted on a heaven-kissing hill.

在特里西诺的《从哥特人手中解放的意大利》中，异教和基督教神祇的融合显得更为彻底，书中的几位天使分别名叫 Gradivo（即战神 Gradivus，卷 12：天使格拉迪沃从天而降援助哥特人，l' Angel Gradivo, che *dal cielo/ Scese per ajutar la genta Gotta*），Palladio（来自雅典娜的另一称呼 Pallas，见第 2 卷和其他多处），Nemesio（来自 Nemesis，第 20 卷），Erminio（来自 Hermes，见第 23 卷和其他多处）。随处可见的 Onerrio（第 1 卷和其他多处）似乎是以天使形式出现的梦神，也就是宙斯派到阿伽门农那里去的 Ὄνειρος（《伊利亚特》第 2 卷开头）。

22. 塔索，《耶路撒冷的解放》7.92 节。在为哥德弗利治伤时，守护天使不仅使用了与维纳斯救治儿子埃涅阿斯同样的方法，甚至连所用的草药也一样（《耶路撒冷的解放》11.72 节起 =《埃涅阿斯纪》12.411 行起）。

23. 弥尔顿，《失乐园》1.732 行起（Mulciber=Vulcan）和《复乐园》2.149 行起（见本书第 521 页）。关于弥尔顿对待古典神话的双重态度，见 C.G. Osgood 的精彩讨论：《弥尔顿诗歌中的古典神话》*The Classical Mythology of Milton's Poems*（耶鲁英语研究 Yale Studies in English，8，New York，1900），序言 xlvi-li 页。

24. 见 O.H. More 的《地狱议事会》"The Infernal Council"，刊于《现代语文学》*Modern Philology*，16(1918)，169—193 页，以及 M. Hammond 的《从荷马到弥尔顿的"诸神议事会"》"*Concilia deorum* from Homer through Milton"，刊于《语文学研究》*Studies in Philology*，30（1933），1—16 页。我们无法想象 Hieronimus Bosch 和 Pieter Brueghel 画笔下的魔鬼们正在万魔宫中召开庄严的议事会，但可以很容易地把弥尔顿笔下的魔鬼同被推翻的奥林波斯山诸神联系起来。

25. 弥尔顿，《失乐园》卷 6，特别是 637 行起。魔鬼们的坠落历时 9 天，参照了赫西俄德在《神谱》722 行所暗示的时间。

26. 《失乐园》4.990 行起 =《伊利亚特》8.69-77 行和 22.209-213 行 =《埃涅阿斯纪》12.725-727 行。

27. 《创世记》1:26-27。

28. 《失乐园》，2.351 行起 =《埃涅阿斯纪》10.115 行，后者传神地表现出了雷电的声响效果：他的意旨让整个奥林波斯山颤抖（totum nutu tremefecit Olympum）。同样的场景也出现在塔索《耶路撒冷的解放》13.74 行（见 C.M. Bowra，《从维吉尔到弥尔顿》*From Virgil to Milton*，London，1945，148—149 页）。荷马笔下也有几处这样的描写。

29. 阿利奥斯托，《奥兰多的疯狂》46.80-96 节。类似的，巨人 Aligoran 的网（15.56 节起）

正是伍尔坎设计捉奸战神和维纳斯时所用的,它后来被墨丘利盗去用以擒拿花神 Chloris,随后被安放在 Canopus 的阿努比斯神庙中,最终被生活在开罗附近的 Aligoran 窃走。而在《仙后》3.2.25 行,Arthegall 披挂着一副光华夺目的铠甲,上面镌刻着"阿喀琉斯之铠甲,为 Arthegall 所得"——这个情节借鉴了《奥兰多的疯狂》第 30 曲中 Ruggiero 赢得赫克托耳铠甲的故事。

30. 卡蒙斯,《卢济塔尼亚人之歌》2.45 节起。
31. 斯宾塞,《仙后》3.9.33–51 行。
32. 弥尔顿,《失乐园》1.196 行起。
33. 埃尔西利亚,《阿劳坎人》第 3 和第 7 曲。
34. 阿利奥斯托,《奥兰多的疯狂》18.64 节和 18.65.6 行:Orazio sol contra Toscana tutta.
35. 埃尔西利亚,《阿劳坎人》第 2 曲。
36. 卡蒙斯,《卢济塔尼亚人之歌》第 9 曲。
37. 斯宾塞,《仙后》1.1.6 行。
38. 弥尔顿,《失乐园》4.266 行起。相关讨论见 D.Bush,《英语诗歌中的神话和文艺复兴传统》*Mythology and the Renaissance Tradition in English Poetry*(Minneapolis 和 London,1932),278—286 页,以及 W. Empson,《田园诗的几种形式》*Some Versions of Pastoral*(London,1935),172 页起。
39. 同上,1.713 行起。不过,弥尔顿想到的也可能是罗马的圣彼得大教堂。
40. 塔索,《耶路撒冷的解放》16.2–7 节,受到了维吉尔《埃涅阿斯纪》1.455 行起和 6.14–33 行的启发。
41. 斯宾塞,《仙后》1.2.30 行 = 塔索,《耶路撒冷的解放》13.40 节起 = 阿利奥斯托,《奥兰多的疯狂》6.28–29 行 = 但丁,《地狱篇》13.28 行起 = 维吉尔,《埃涅阿斯纪》3.22–48 行。该场景还以不同的形式出现在薄伽丘的《菲洛科洛斯》(*Filocolo*)中,但阿利奥斯托借鉴的很可能是但丁:见 P. Rajna,《〈奥兰多的疯狂〉的源头》*Le fonti dell' Orlando Furioso*(Florence,1900²),169—170 页。
42. 塔索,《耶路撒冷的解放》17.66 节 = 维吉尔,《埃涅阿斯纪》8.626–731 行(受荷马《伊利亚特》卷 18 的启发);塔索,《耶路撒冷的解放》18.92–96 节受荷马《伊利亚特》卷 5 和 21 的启发,以及《埃涅阿斯纪》2.589–623 行特洛伊陷落时壮阔高潮场面的影响:

> 出现了可怕的脸,以及敌视特洛伊的
> 诸神的巨大力量。
>
> apparent dirae facies, inimicaque Troiae
> numina magna deum.

43. 埃尔西利亚,《阿劳坎人》第 23 曲,卡蒙斯,《卢济塔尼亚人之歌》第 10 曲:受到维吉尔,《埃涅阿斯纪》6.756–887 行的启发。
44. 阿利奥斯托,《奥兰多的疯狂》3.16–59 节(见 P. Rajna,注释 41 所引书,133 页起);斯宾塞,《仙后》,3.3.21–49 行;弥尔顿,《失乐园》5.563–567 行,11.423–12.551 行。
45. 阿利奥斯托,《奥兰多的疯狂》17.45 节起 = 荷马,《奥德赛》9.413 行起。

46. 阿利奥斯托，《奥兰多的疯狂》10.92 节起 = 奥维德，《变形记》4.663–752 行。
47. 阿利奥斯托，《奥兰多的疯狂》，46.101 节起 = 维吉尔，《埃涅阿斯纪》12.681 行起。
48. 维吉尔，《埃涅阿斯纪》12.951–952 行：

> Ast illi solvontur frigore membra
>
> vitaque cum gemitu fugit indignata sub umbras.

49. 阿利奥斯托，《奥兰多的疯狂》46.140 节：

> Alle squalide ripe d'Acheronte,
>
> sciolta dal corpo più freddo che giaccio,
>
> bestemmiando fuggì l'alma sdegnosa,
>
> che fù sì altiera al mondo e sì orgogliosa.

与但丁和《罗兰之歌》的作者不同，阿利奥斯托没有把异教徒安排在地狱，而是按照古典传统让他们去了冥府。

50. 《罗兰之歌》1015 行：Paien unt tort e chrestiens unt dreit。
51. 塔索，《耶路撒冷的解放》2.89 节起 = 李维，21.18。
52. 阿利奥斯托，《奥兰多的疯狂》17.11 节 = 维吉尔，《埃涅阿斯纪》2.471–475 行。另外，塔索《耶路撒冷的解放》7.55 节和维吉尔《农事诗》3.229 行起都出现了愤怒的公牛；《耶路撒冷的解放》9.75 节与《伊利亚特》6.506 行起都出现了逃脱的公马。R.E.N. Dodge 分析了斯宾塞如何借鉴和再现阿利奥斯托笔下一些很不起眼的意象，并且通常比原作更加生动：见《斯宾塞对阿利奥斯托的模仿》"Spenser's Imitations from Ariosto"，刊于 *PMLA*，1897 年，151—204 页。
53. 埃尔西利亚，《阿劳坎人》第 3 曲。
54. 弥尔顿，《失乐园》2.636 行起。用山峰做比喻见《失乐园》4.987 行：如同岿然的特内里费山或阿特拉斯山（Like Teneriffe or Atlas, unremoved）。这个比喻可能来自维吉尔《埃涅阿斯纪》12.701–703 行，（同样做好战斗准备的）埃涅阿斯被描绘成：

> 如同阿托斯山，或者埃吕克斯山，
>
> 或者树木摇曳的亚平宁山，
>
> 欢喜着抬起白雪皑皑的峰巅。

> quantus Athos, aut quantus Eryx, aut ipse coruscis
>
> cum fremit ilicibus quantus gaudetque niuali
>
> uertice se attollens pater Appenninus ad auras.

类似的描写见塔索，《耶路撒冷的解放》9.31 节。

55. 彭特西莉亚见《埃涅阿斯纪》1.491 行和其他许多较不知名的史诗。卡米拉见《埃涅阿斯纪》7.803 行起和 11.532 行起。阿利奥斯托的前辈博亚尔多在《奥兰多的恋爱》里同样引入了一个美丽少女——玛尔菲萨（Marfisa），她也出现在阿利奥斯托的作品中。在莎士比亚的《仲夏夜之梦》中（4.1.118 行起），希波吕塔坚强而独立的形象得到了部分再现——她听上去就像是英国乡下的猎狐少女，尽管她的"噪音更悦耳，喧哗更甜美"【译按：指斯巴达猎

56. 塔索,《耶路撒冷的解放》12.23-37 节。在赫利奥多罗斯的《埃塞俄比亚记》(Aethiopica,见本书第 164—165 页) 中,王后看到的是阿波罗的雕像,而在塔索的作品中,她看到的是圣乔治的画像: 在两部作品中,生下的孩子都是白人,不过克罗琳达向往皈依的是基督教。关于这条河流,见维吉尔《埃涅阿斯纪》11.547-566 行。卡米拉的父亲起誓把她献给了狄安娜,克罗琳达的母亲则起誓把她献给圣乔治。相关内容见 P. Rajna,《〈奥兰多的疯狂〉的源头》Le fonti dell' Orlando Furioso (Florence,1900²),45 页起。

57. 但丁,《地狱篇》2.7 行起,32.10 行起;《炼狱篇》1.7 行起,29.37 行起 (赫利孔被改成了泉水);《天堂篇》1.13 行起 (但丁表示,赐予灵感符合阿波罗自身的利益),2.8 行,18.82 行起。

58. 塔索,《耶路撒冷的解放》1.2 节:

> O Musa, tu che di caduchi allori
> Non circondi la fronte in Elicona,
> Ma su nel Cielo infra i beati cori
> Hai di stelle immortali aurea corona....

有人认为塔索在这里影射的是圣母玛利亚。另一处不那么正式的乞灵词见 6.39 节。

59. 弥尔顿,《失乐园》9.13 行起;另见 1.1-16 行,7.1-39 行和《复乐园》1.8-17 行。弥尔顿的终极灵感来自圣灵。

60. 弥尔顿,《失乐园》1.84 行起。

61. 维吉尔,《埃涅阿斯纪》2.274 行起:

> Ei mihi, qualis erat, quantum mutatus ab illo
> Hectore qui redit exuuias indutus Achilli!

62. 艾略特,《荒原》2.77 行起 = 莎士比亚,《安东尼和克娄佩特拉》2.2.199 行起。

63. 塔索,《耶路撒冷的解放》2.86 节: Noi morirem, ma non morremo inulti。参见维吉尔《埃涅阿斯纪》4.659-660 行——她说:"我死后无人复仇! 但我还是要死。"("moriemur inultae! / sed moriamur," ait.) 在描绘 Armida 与 Rinaldo 分离时 (《耶》16.36 节起),塔索再次影射了狄多,这次更加恰当。比如 16.57 节:

> 你的母亲不是索菲亚,你也非
> 阿克提乌斯的族裔: 生你的是
> 大海的狂波和冰封的高加索山,
> 许卡尼亚的老虎为你奉上双乳。

> Nè te Sofia produsse, e non sei nato
> De l' Azio sangue tu: te l' onda insana
> Del mar produsse e il Caucaso gelato,
> E le mamme allattar di tigre ircana.

参见《埃涅阿斯纪》4.365 行起:

你的母亲不是女神,你也非达达诺斯的族裔,
贱人,你生在可怕的高加索山的坚硬岩石间,
许卡尼亚的老虎为你奉上双乳。

Nec tibi diua parens, generis nec Dardanus auctor,
perfide, sed duris genuit te cautibus horrens
Caucasus Hyrcanaeque admorunt ubera tigres.

64. Aubrey Bell,《路易斯·德·卡蒙斯》*Luis de Camoes*(西葡语注疏和专著:葡萄牙语系列, Hispanic Notes and Monographs: Portuguese Series, 4, Oxford, 1923),92 页。
65. 弥尔顿,《失乐园》10.312–313 行。
66. 同上,1.266 行。
67. 同上,11.668–669 行:说话者很可能是以诺(Enoch),见《创世记》5:24。
68. 同上,6.83–84 行 =《埃涅阿斯纪》7.789 行起(图尔努斯的盾牌):

光滑的盾牌上装饰着双角扬起的
金色伊娥,已经长出了毛,已经变成了牛,
令人称奇的主题。

At leuem clipeum sublatis cornibus Io
auro insignibat, iam saetis obsita, iam bos,
argumentum ingens.

69. 同上,12.2–3 行。
70. 同上,2.151 行起。这句话翻译成拉丁文后非常简单明了:sit hoc bonum 或者 licet hoc bonum sit(假设这是好的)。

下面再举一些弥尔顿的希腊语和拉丁语式表达的例子,其中许多来自 F. Buff 的《弥尔顿的〈失乐园〉与〈埃涅阿斯纪〉、〈伊利亚特〉和〈奥德赛〉的关系》*Paradise Lost in seinem Verhältnisse zur Aeneide, Ilias und Odyssee*(Hof, 1904),以及 E. Des Essarts 的《弥尔顿模仿的古希腊和罗马诗人》*De ueterum poetarum tum Graeciae tum Romae apud Miltonem imitatione*(Paris, 1871)。除非另外指出,下列引文全部来自《失乐园》。

(a) 单词使用其拉丁语词根的意思,而非当时在英语中通行的意思:

Frighted the reign of Chaos and Old Night(1.543),reign 来自 *regna*,表示"王国"。
What remains him?(2.443),remain 来自 *manere*,表示"停留"或"等待",这里取后一种意思。
On the rough edge of battle(6.108),edge 来自 *acies*,表示"刀刃",这里引申为"战线"。
By tincture or reflection they augment/ Their small peculiar(7.367–368),peculiar 来自 *peculium*,表示"私产"。
Obvious to dispute(8.158),obvious 来自 *obuius*,表示"暴露于"。

Lest that too heavenly form, pretended/ To hellish falsehood, snare them（10.872–873），pretend 来自 *praetentus*，表示"置于……前面"或"遮挡"。

And with our sighs the air/ Frequenting（10.1089–1090），frequent 来自 *frequentare*，表示"充斥着"。

（b）许多词汇和表达直接引用自希腊和拉丁语诗人，作者选择不合英语规范的用法，旨在保留原文的风味：

Where pain of unextinguishable fire/ Must exercise us（2.88–89），来自 *ergo exercentur poenis*（他们受到惩罚的折磨），《埃涅阿斯纪》6.739。

Him round/ A globe of fiery Seraphim enclosed（2.511–512），来自 *globus ille uirum densissimus urget*（密集的人群推挤着），《埃涅阿斯纪》10.373。

Or hear'st thou rather pure Ethereal stream（3.7），来自 *seu Iane libentius audis*（你更想听见雅努斯吗？），贺拉斯《讽刺集》2.6.20。这句话在拉丁语中也显得不自然，带有其他语言的味道。

Reign for ever, and assume/ Thy merits（3.318–319），来自 *sume superbiam/quaesitam meritis*（展现出你靠功绩得来的骄傲），贺拉斯《颂诗集》3.30.14。

Perhaps asleep, secure of harm（4.791），这里的 secure 不表示"安全"，而是"无忧无虑"，与《埃涅阿斯纪》1.350 相同。

Their flowing cups/ With pleasant liquors crowned（5.444–445），来自 *crateras magnos statuunt et uina coronant*（他们摆上巨大的调酒碗，斟满美酒），源头见荷马《伊利亚特》1.470 和 8.232 等。

Things not revealed, which the invisible King,/ Only omniscient, hath suppressed in night（7.122–123），来自 *prudens futuri temporis exitum/ caliginosa nocte premit deus*（睿智的神用昏暗的夜色掩盖了将要到来的死亡），贺拉斯《颂诗集》3.29.29–30。

No need that thou/ Should'st propagate, already infinite,/ And through all numbers absolute, though One（8.419–421）），来自 *omnibus numeris absolutus*（所有组成部分都完美），普林尼《书信集》9.38。西塞罗也有过类似的表述，他称宇宙为 *perfectum expletumque omnibus suis numeris et partibus*（所有的组成部分都尽善尽美），《论神性》*De natura deorum*，2.13.17。这种思想源于希腊哲学，πάντες ἀριθμοί 的大意是整体的"所有组成部分"。等到经过拉丁语的中介流传到弥尔顿那里时，它已经几乎无法被理解了。

So glistered the dire Snake, and into fraud / Led Eve.（9.643–644）），来自 *Quis deus in fraudem, quae dura potentia nostri/ egit?*（伤害他的是什么神，是我们如何强大的力量？），《埃涅阿斯纪》10.72–73。

（c）拉丁语和希腊语的句法：

Never, since created Man（1.573）= since the creation of Man

Me miserable!（4.73），来自 *me miserum!*

Proud, art thou met?（6.131）= *O superbe*...

A glimpse of light, conveyed so far/ Down to this habitable（8.156–157），中性形容词作名词。

The lawless tyrant, who denies/ To know their God, or message to regard（12.173–174），这里的 denies 相当于 refuses，用法同拉丁语的 *denegat*。

611　　需要指出的是，弥尔顿最鲜明的风格技巧，即形容词–名词–形容词结构（如 The Eternal King Omnipoten，6.227）更接近意大利语（如 *caro figlio adorato*），而非希腊语或拉丁语。

不同于文艺复兴时代，巴洛克时代的文风显得扭曲造作，这与弥尔顿深受拉丁语和希腊语影响的风格不无关系。这种风格还把他同西班牙的 Góngora 和意大利的 Marini 联系起来。Juan de Jauregui 最早的作品像弥尔顿的《快乐者》（*L'Allegro*）那样流畅，但在试图将卢坎翻译成西班牙语时，他出于和贡戈拉非常相似的考虑，不得不采用后者那样的文风（见本书第 116 页）。因此，在弥尔顿的笔下，"the pure marble air"（《失乐园》3.564）表示"像大理石般光华熠熠"，他想到的是《伊利亚特》14.273 的 ἅλα μαρμαρέην（大理石般闪光的海）和《埃涅阿斯纪》6.729 的 *marmoreo sub aequore*（大理石般的海面下），但与荷马和维吉尔不同，他属于骄傲自负的巴洛克时代。

第 9 章　文艺复兴时期的田园作品和传奇

1. 是忒奥克里托斯发明了我们所知的田园诗吗？显然是的。R.Reitzenstein 和 H.Wendel 和其他许多人重新分析了相关证据：见 Reitzenstein 的《警句与酒歌》*Epigramm und Skolion*（Giessen，1893）和 Wendel 的《古典和法语文学中牧歌式作品里的阿卡迪亚》*Arkadien im Umkreis bukolischer Dichtung in der Antike und in der französischen Literatur*（吉森罗曼语文学文集 Giessener Beiträge zur romanischen Philologie，Giessen，1933）。虽然有特戈亚的阿尼特（Anyte of Tegea，活跃于公元前 290 年）这样的阿卡迪亚诗人，也有描绘乡间生活的快乐和向潘神祈祷的诗人，但没有迹象表明，忒奥克里托斯之前已经有人将田园生活与自然诗歌和音乐如此富有特色地融为一体，用以表现牧人和乡间情侣的歌声。
2. 忒奥克里托斯的诗被称为 *idylls*：这个词的起源和意义不明，可能是"放牧短歌"（εἰδύλλιον βουκολικόν）的简写，εἰδύλλιον 是 εἶδος 的指小词，意为"个人短歌"。
3. eclogues 并非维吉尔对自己作品的称呼，这个名字（似乎是）帝国后期批评家们所取的；他们用"选择"（*ecloga*）来指代从十首《牧歌》中选出的某一首。
4. 见 Pausanias，卷 7 和卷 8；另见 L.R. Farnell，《希腊城邦的崇拜》*Cults of the Greek States*（Oxford，1909），第 5 页。
5. 关于该主题，见 B. Snell，《精神的发现》*Die Entdeckung des Geistes*（Hamburg，1946）。Snell 在该文中引述了 E. Kapp 的观点，即阿卡迪亚之所以成为理想的音乐世界要得益于史学家 Polybius 的一段文字（4.20-21）。Polybius 本人来自阿卡迪亚，在叙述了当地的暴行后，他又用很长的篇幅为其辩护，表示事实上阿卡迪亚人是高度文明的，他们接受民族音乐的训练，并举行音乐竞赛——发生暴行的那个地区是唯一的例外。不过，这段文字与阿卡迪亚理想的建立关系不大，因为 Polybius 强调的不是故乡音乐的原始鄙俗，而是那里高度发达的文化。他描绘的不是牧人们模仿本地野鸟的鸣叫，而是训练有素的歌队复杂的表演,他们演唱的是同时代的 Philoxenus 和 Timotheus 谱写的高难度歌曲。他试图证明,阿卡迪亚不是"原始自然的",而是高度文明的。此外,我们很难相信像维吉尔这样的年轻诗人在描写一位情场失意的哀歌诗人时,会把一位颇为枯燥的作家的一段较不知名的文字作为想象的基础,他想到的更可能是"潘,阿卡迪亚的神"(*Pan, deus Arcadiae*,《牧歌》10.26)。牧歌的发明者是吹笛的潘:见 Reitzenstein,注释 1 所引书,249—253 页。

6. 这部分内容要特别感谢 S.L. Wolff 关于此类奇异故事的出色专著:见《伊丽莎白时代散文体小说中的希腊语传奇》*Greek Romances in Elizabethan Prose Fiction*(New York,1912)。另见 W.W Greg 的《田园诗与田园剧》*Pastoral Poetry and Pastoral Drama*(London,1906),E.H. Haight 的《论希腊语传奇》*Essays on the Greek Romances*(New York,1943)和《再论希腊语传奇》*More Essays on Greek Romances*(New York,1945),F.A. Todd 的《几部古代小说》*Some Ancient Novels*(Oxford,1940)。该主题最重要的专著是 Erwin Rohde 的《希腊语传奇及其前身》*Der griechische Roman und seine Vorläufer*(Leipzig,1914³)。"传奇"(romance)一词既包括 12 世纪流行的骑士历险故事(见本书第 3 章),也包括了此类希腊语故事,同时也可以指代那些历险情节比人物描摹更为重要的现代故事。严格来说,这种定义是松散和不准确的,但既然当代人普遍用 romantic 一词涵盖了上述三类虚构作品的主要元素,这样做也许未尝不可。

7. 关于"达雷斯"和"迪克图斯",见本书第 51 页起。

8. A.J. Toynbee 指出,无论是天使们宣布耶稣降生的消息时(《路加福音》2),还是希腊的缪斯们讲述希腊诸神的诞生和传承时(赫西俄德《神谱》开头),他们选择的听众都是"居住在野外的牧羊人"——他暗示,这是因为牧羊人不同于城里人,他们的心纯洁而朴素,适合接受启示:见《历史研究》(Oxford,1939),6.363 页,注释 7。

9. 关于《罗班和玛丽翁》,见 W.W. Greg 的《田园诗与田园剧》*Pastoral Poetry and Pastoral Drama*(London,1906),63—65 页;关于牧曲,见 W.P. Jones,《牧曲》*The Pastourelle*(Cambridge,Mass.,1931)。

10. 桑纳扎罗,《阿卡迪亚》(M. Scherillo 编,Turin,1888),散文体节 11.308=《伊利亚特》23.724。

11. Le manuel le plus complet de pastoralisme qu'il soit possible d'imaginer(H. Genouy 语),见《西德尼〈阿卡迪亚〉与桑纳扎罗〈阿卡迪亚〉和蒙特马约尔〈狄安娜〉的关系》,L' 'Arcadia' de Sidney dans ses rapports avec l' 'Arcadia' de Sannazaro et la 'Diana' de Montemayor(Montpellier,1928),53 页。

12. 塞万提斯,《堂吉诃德》,2.67;焚书见 1.6。

13. 见本书第 91—93 页。

14. 同时代出版的此类作品还包括 Greene 的《墨纳丰》(*Menaphon*)和 Lodge 的《罗萨琳德》(*Rosalynde*)。前者包含多处伪装、绑架和船难情节,直接借鉴了希腊语传奇;后者为莎士比亚的《皆大欢喜》提供了许多素材,其源头是英国乡间英雄罗宾汉的传说。

15. 见 Genouy,注释 11 所引书,109 页起。

16. 详见 Genouy,前揭书,174 页起。

17. 关于西德尼的作品与那部 18 世纪小说的联系,见本书第 18 章,341 页起。

18. 《爱的徒劳》，4.2.96 行起。
19. Ce ne sont pas bergers d'une maison champestre
    Qui menent pour salaire aux champs les brebis paistre,
    Mais de haute famille et de race d'ayeux.（《牧歌》第1首，第一段独白）
    H. Wendel 分析了古典牧歌作家对龙沙的影响，见注释1所引书，50页起；关于该主题的全部内容，见 A. Hulubei，《16世纪前的法国牧歌》*L'Églogue en France au XVIe siècle*（Paris，1938）。
20. 见 M.Y. Hughes，《斯宾塞和三位希腊语田园诗人》"Spenser and the Greek Pastoral Triad"（《语文学研究》*Studies in Philology*，20［1923］，184—215页）和《维吉尔与斯宾塞》*Virgil and Spenser*（加州大学英语出版物 University of California Publications in English，2.3，Berkeley，Cal.，1929）。Hughes 先生强调了巴依夫的学术贡献，认为他是建立在坚实古典基础上的法语田园诗歌的真正缔造者之一。
21. 引文来自《热恋中的牧羊人对情人的表白》*The Passionate Shepherd to His Love*，见《英格兰的赫利孔》*England's Helicon*（1600），作者被认为是马洛。
22. 伽卢斯见《牧歌》10；瓦利乌斯见 9.35；巴维乌斯和马伊维乌斯见 3.90。
23. 《牧歌》1.43 行起；参见 9.2 行起。
24. 两首作品中的希腊语田园诗印记见《快乐者》81—90 行和《沉思者》131—138 行。
25. 《吕喀达斯》119 行起。
26. 《失乐园》4.192—193 行。英语世界最极端的田园—教会式讽刺诗也许是 Quarles 的《牧人神谕》*Shepherds' Oracles*（1646）：见 Greg 的《田园诗与田园剧》*Pastoral Poetry and Pastoral Drama*（London，1906），118—119 页。
27. 关于《阿多奈斯》，另见本书第 420—421 页。在距离去世几年前，济慈在"海上大教堂"Staffa 岛梦见了吕喀达斯，这个动人的例子象征着诗歌传统的延续。见济慈在苏格兰之行中于 Staffa 创作的诗歌。
28. 见本书第 139 页。
29. 见本书第 135—136 页。
30. 关于这些作品，见 Greg，注释 26 所引书，170 页起和附录 1。
31. 关于《牺牲》，详见 Greg，前揭书，174—175 页。
32. 关于《影子》，见 Tilley，《法国文艺复兴文学》*The Literature of the French Renaissance*（Cambridge，1904），2.115 页起。
33. 两部作品的意大利语名字分别是 *Aminta* 和 *Il pastor fido*。它们被人大量模仿，关于部分仿作的介绍，见 K. Olschki，《瓜里尼〈忠诚的牧羊人〉在德国》*Guarinis "Pastor fido" in Deutschland*（Leipzig，1908）。
34. 详细讨论见 H. Smith，《田园主题对英语戏剧的影响》"Pastoral Influence in the English Drama"，刊于 *PMLA*，1897 年第 12 期（新序列第 5 期），355—460 页。
35. 见《皆大欢喜》2.2.21 行起。
36. 见本书第 139 页。关于《科莫斯》的精彩分析，见 D. Bush，《英语诗歌中的神话和文艺复兴传统》*Mythology and the Renaissance Tradition in English Poetry*（Minneapolis 和 London，

37. 见本书第 141 页和 P.H. Láng, 《西方文明中的音乐》 *Music in Western Civilization* (New York, 1941), 337 页起。

38. P.H. Láng, 前揭书, 347 页。

39. H. Hauvette, 《意大利文学》, *Littérature italienne* (Paris, 1924⁶), 322 页: un long bêlement retentit des Alpes à la Sicile.

40. 关于该协会历史的最早作品是 I. Carini 的《1690 到 1890 年的阿卡迪亚协会》*L'Arcadia dal 1690 al 1890* (第一卷, Rome, 1891)。在《18 世纪意大利研究》中 (*Studies of the Eighteenth Century in Italy*, 第 1 章, London, 1907²), Vernon Lee 也以优美的文笔回顾了阿卡迪亚协会的历史, 唯一的缺陷是, "现在它已经完全不复存在, 但曾经是个怪胎" 的态度在文中稍嫌过于明显。

41. 关于《牧神午后》的讨论, 见本书第 507 页起。

42. 沃尔夫,《歌德歌曲集》*Goethe-Lieder*, 第 27 首,《被诱惑的女子》*Die Bekehrte*。

补充注释:

    Et in Arcadia ego 这句著名的表述经常被误引作 *Et ego in Arcadia*(如歌德、席勒和尼采), 并被错误地译成 "我也曾生活在阿卡迪亚"。这句话最早出现在 Barbieri (人称"斜眼" [Guercino]) 的绘画中, 该作品描绘了两位阿卡迪亚牧人来到一座墓前, 墓顶上是一个被老鼠啃噬过的头骨。Poussin 的两幅优美画作也采用了同样的主题 (分别藏于 Chatsworth 庄园和卢浮宫, 后者更加著名)。这句话意为 "即使在阿卡迪亚也有我 (死神) 的身影"。它源于中世纪的 "三个死人与三个活人相会" 的主题, J. Huizinga 将后者同死亡之舞联系起来, 见《中世纪的秋天》*The Waning of the Middle Ages* (London, 1937), 129 页起。这种表述在古典文学中不见踪影, 很可能是文艺复兴时期的产物。关于其背景的讨论, 见 E. Panofsky,《哲学与历史: 献给恩斯特·卡西尔的论文》*Philosophy and History: Essays presented to Ernst Cassirer* (Oxford, 1936), 223 页起,《美术报》*Gazette des beaux arts*, 1938; W. Weisbach,《古典期刊》*Die Antike*, 6 和《美术报》*Gazette des beaux arts*, 1937; H. Wendel, 注释 1 所引书, 72 页起。

第 10 章 拉伯雷和蒙田

* Jean Plattard 的《拉伯雷的作品》*L'Oeuvre de Rabelais* (Paris, 1910) 是关于拉伯雷所用素材和所生活环境研究的最重要专著。

1. J.H. de Groot,《莎士比亚和"老信仰"》*The Shakespeares and "The Old Faith"* (New York, 1946)。作者很好地证明了这样的理论, 即莎士比亚的父亲约翰在暗中仍然信奉罗马天主教, 因此他的儿子威廉更加认同天主教而非新教。不过, 宗教对哈姆雷特、麦克白和奥赛罗等人物思想的影响很小。

2. 见 Plattard, 前揭书, 第 5 章。

3. 另一方面，拉伯雷很可能是唯一成功地把医学内容写得妙趣横生的医生。比如 John 神父造成的伤（1.44），Rondibilis 的讲课（3.31），Shrovetide 的解剖学描述（4.30 起）——后者参考了意大利人文学者 Celio Calcagnini 对非自然怪物"巨人"（*Gigantes*）的描绘：见 Plattard，前揭书，162—165 页，297 页起。

4. 这个魔鬼出现在圣路易的神秘剧中，并拥有自己的台词，相关描述见 L. Petit de Julleville，《法国戏剧史：神秘剧》*Histoire du théâtre en France: les mystères*（Paris，1906⁶），2.527 页起。关于其名字的拼写，见拉伯雷注疏本，A. Lefranc, J. Boulenger, H. Clouzot, P. Dorveaux, J. Plattard 和 L. Sainéan 编（Paris，1912-31），第 3 卷，序言 xv 和 xvii 页。

5. N.H. Clement 认为，《巨人传》"是对中世纪法语传奇的戏谑，特别是圆桌骑士传奇"——第 1 和第 2 卷模仿了亚瑟王传奇的大体情节，第 3 到 5 卷特别模仿了寻找圣杯之旅：见《亚瑟王传奇对拉伯雷五卷本〈巨人传〉的影响》"The Influence of the Arthurian Romances on the Five Books of Rabelais"（加州大学现代语文学出版物 *University of California Publications in Modern Philology*，12，Berkeley，Cal.，1925-6，147—257 页）。这无疑是事实，但我们也不能忘记，拉伯雷笔下主人公的巨大力量和胃口来自普尔契和《伟大巨人高康大的伟大而难以置信的历史》等中世纪神迹故事。关于拉伯雷和那些给他带来灵感的流行巨人故事之间的关系，M. Françon 为我们提供了非常详尽和细致的分析：见《"庞大固埃"的诞生》"Sur la genèse de 'Pantagruel'"，刊于 *PMLA*，62（1947），1.45—61 页。

6. 波诺克拉特见 1.23；阿纳尼奥斯特见 1.23；吉姆纳斯特见 1.18 和 1.35；费洛梯摩见 1.18；皮科洛肖勒见 1.26。

7. 泰勒玛见 1.52，座右铭见 1.57。

8. "迪普索德人"见 2.23，"阿莫罗特人"和"乌托邦"见 2.2，埃皮斯特蒙最早出现在 2.5，庞努尔日最早出现在 2.9。

9. 关于人称 Vittorino da Feltre 的 Vittorino dei Ramboldini（1378—1446 年）和他一生在教育上的伟大功绩，见 J.E. Sandys，《西方古典学术史》，2.53 页起。

10. Plattard，前揭书，第 54 页起和第 300 页。

11. Bédier 和 Hazard，《插图版法语文学史》*Histoire de la littérature française illustrée*，164 页。

12. H. Schoenfeld 指出，伊拉斯谟的许多思想在他的晚辈拉伯雷那里得到了重现，两人的经历颇有相似之处。与拉伯雷的作品非常类似，《箴言集》中也充斥着对女性、僧侣、律师、仪式、教皇的世俗力量、虚荣和反人文主义势力的冷嘲热讽：见《拉伯雷与伊拉斯谟》"Rabelais and Erasmus"，刊于 *PMLA*，新序列 1893 年第 1 期。Le Duchat 表示，《巨人传》3.9 行起，庞努尔日对婚姻的讨论借鉴了伊拉斯谟的《回声》（*Echo*）；此外，拉伯雷在 1532 年（当时他正在创作《庞大固埃》）曾在一封书信中表达了对某位导师最深切的感激，Birch-Hirschfeld 推测这封信是写给伊拉斯谟的。

13. 《巨人传》2.8。尽管公开表达过对柏拉图的推崇，但拉伯雷很少直接引用对话录，他对柏拉图哲学的了解大多来自伊拉斯谟的《箴言集》和周遭人文主义环境的潜移默化（Plattard，前揭书，225 页）。

14. 同上，1.33。这场辩论借鉴了普鲁塔克的 Pyrrhus 传中（第 14 章）Cineas 和 Pyrrhus 的谈话，以及琉善的《船》（*The Ship*，又名《誓愿》*Wishes*）：Plattard，前揭书，207—208 页。

15. 同上，2.30，来自琉善的《墨尼波斯》（*Menippus*）：Plattard，前揭书，208 页起。
16. 特鲁约冈的原型是琉善《拍卖生命》（*Sale of Lives*）中的 Pyrrho（借鉴了墨尼波斯一首失传的讽刺诗）：Plattard，前揭书，212 页起。拉伯雷作品中还有几处情节也直接引用了琉善，并且大多对其加以改进，使其更加生动。
17. 《庞大固埃》序，Urquhart 译。
* 本书所参考的蒙田研究专著主要是 P. Villey 的《蒙田随笔的素材与发展》*Les Sources et évolution des essais de Montaigne*（Paris，1908）。在《随笔集》的现代译本中，J. Zeitlin 的翻译（New York，1934-6）相当不错，而且包含了很有用的注释，其中一些参考了 Villey。
18. 《随笔集》1.25，《论儿童的管教和教育：致弗瓦的狄安娜夫人》（*Of the institution and education of children: to the Lady Diana of Foixs*）。
19. 同上，1.25，由 Florio 翻译和改写。
20. George Buchanan 和 Marc-Antoine Muret 都可以被归入文艺复兴时期最伟大教师的行列。关于 Buchanan，见 J.E. Sandys，《西方古典学术史》（Cambridge，1908），2.243—246 页；关于成就更伟大的 Muret，见 2.148—152 页。
21. 这句话来自蒙田书房中的一处铭文，显然源于伊壁鸠鲁（Bailey 残篇 LVIII）。
22. P. Villey，本节导引注释所引书；另见 P. Hensel 的《蒙田与古典》"Montaigne und die Antike"，刊于《瓦尔堡图书馆报告》*Vorträge der Bibliothek Warburg*，1925-1926，Leipzig，67—94 页。P. Bonnefon 罗列了现存的蒙田藏书（9 本希腊文，35 本拉丁文，13 本意大利文，2 本西班牙文和 17 本法文），并记录了蒙田刻在塔楼书房天花板上的希腊文和拉丁文句子：见《蒙田的藏书》"La bibliothèque de Montaigne"，刊于《法国文学史评论》*Revue d'histoire littéraire de la France*，2（1895），313—371 页。关于《随笔集》的不同版本，见 Bédier 和 Hazard，《插图版法语文学史》*Histoire de la littérature française illustrée*（Paris，1923-4），1.204 页：他们表示，1588 年的版本是"第五版（也是我们所知的第四个版本）"，书中提供了一张《随笔集》书页的照片，上面写满了蒙田亲笔添加的内容，如同普鲁斯特般错综复杂。
23. 《随笔集》2.10：《论书籍》*Of Books*。
24. 关于蒙田是否真懂希腊语的讨论，见 Börje Knös，《蒙田的希腊语引文》"Les citations grecques de Montaigne"，刊于《埃拉诺斯》*Eranos*，44（1946），460—483 页。在《随笔集》1.25 和 2.4，蒙田表示自己完全不懂希腊语，但喜欢尽可能地使用译文。但事实上，他也引用过希腊语，并懂得引文的意思，他书房的天花板上也铭刻着希腊语句子。Knös 先生得出结论，蒙田懂一些希腊语（受到图卢兹的 Turnebus 和 Lambinus 的希腊风潮影响），但不愿让自己显得过于学术而有卖弄之嫌。
25. A.D. Menut 罗列了蒙田提到《尼各马可伦理学》的 27 处地方（比 Villey 的列举更完整），并指出二者在一些重要问题上间接达成了共识，二者的不谋而合不完全是因为蒙田通过其他作家间接了解到亚里士多德的原则，也可能是他独立地得出了同样的观点：见《蒙田与〈尼各马可伦理学〉》"Montaigne and the 'Nicomachean Ethics'"，刊于《现代语文学》*Modern Philology*，31.3（1934），225—242 页。

26. C.H. Hay 强调，与西塞罗相比，蒙田更偏爱塞内卡的风格和思想：见《蒙田：塞内卡的读者和模仿者》*Montaigne, lecteur et imitateur de Sénèque*（Poitiers，1938）。关于这点，另见本书第 323 页起。Hay 先生还分析了蒙田的《论孤独》（*De la solitude*），并指出该文大量借鉴了塞内卡的思想，结束语部分是用直接译自塞内卡的句子拼凑而成的（167 页起）。

27. Villey，本节导引注释所引书，215 页。

28. 关于塞内卡和普鲁塔克对蒙田的影响，见《随笔集》1.25 和 2.32 作者的自述。据说莎士比亚怀着相当大的兴趣和热情阅读了《随笔集》（见 J.M. Robertson，《蒙田与莎士比亚》*Montaigne and Shakspere*，London，1897），因此蒙田的部分古典知识一定也通过优美的文笔影响到了莎士比亚。

29. 关于这一点，见 G.S. Gordon 的精彩论文：《忒奥弗拉斯托斯和他的模仿者》"Theophrastus and His Imitators"，收录于《英语文学与古典学》*English Literature and the Classics*（Gordon 编，Oxford，1912）。

30. 贺拉斯，《讽刺诗》2.1.32 行起：和现代的同类供奉物一样，海难或其他灾难的还愿画往往会如实而清晰地表现所有细节。

31. 比蒙田稍早些的 Ramus 在 1536 年以《亚里士多德的一切主张都是错的》（*quaecumque ab Aristotele dicta essent commentitia esse*）为题获得博士学位（关于此人，见 H. Gillot 的《法国古今之争》*La Querelle des anciens et des modernes en France*，Paris，1914 年，56 页起。他把蒙田的"我知道什么？"与 Sanchez 的论文《一切都是未知的》[*Quod nihil scitur*] 做了比较）。

第 11 章　莎士比亚的古典学

* 关于该主题有许多优秀的书籍和文章。下面这些将会特别有用。

P. Alexander，《莎士比亚的生平和艺术》*Shakespeare's Life and Art*（London，1939）

H. R. D. Anders，《莎士比亚的书籍》*Shakespeare's Books*（德国莎士比亚协会丛书 Schriften der deutschen Shakespeare-Gesellschaft，1，Berlin，1904）

A. L. Attwater，《莎士比亚的素材》"Shakespeare's Sources"，收录于《莎士比亚研究指南》*A Companion to Shakespeare Studies*，H. Granville-Barker 和 G. B. Harrison 编（New York，1934）

T. W. Baldwin，《威廉·莎士比亚的少谙拉丁和更鲜希腊》*William Shakspere's Small Latine and Lesse Greeke*（Urbana，Ill.，1944）

D. Bush，《英语诗歌中的神话和文艺复兴传统》*Mythology and the Renaissance Tradition in English Poetry*（Minneapolis 和 London，1932）

J. W. Cunliffe，《塞内卡对伊丽莎白时代悲剧的影响》*The Influence of Seneca on Elizabethan Tragedy*（London，1893）

T. S. Eliot，《莎士比亚与塞内卡的斯多葛主义》"Shakespeare and the Stoicism of Seneca"，以及《伊丽莎白时代的塞内卡翻译》"Seneca in Elizabethan Translation"，

收录于《文选：1917—1932 年》Selected Essays 1917-1932（New York，1932）

J. Engel,《莎士比亚戏剧中的塞内卡印记》"Die Spuren Senecas in Shakspeares Dramen"（《普鲁士年鉴》Preussische Jahrbücher，112［1903］，60-81）

E. I. Fripp,《莎士比亚对奥维德〈变形记〉的借鉴》"Shakespeare's Use of Ovid's Metamorphoses"，收录于他的《莎士比亚传记和作品研究》Shakespeare Studies, Biographical and Literary（London，1930）

E. I. Fripp,《作为人和艺术家的莎士比亚》Shakespeare, Man and Artist（London，1938）

S. Lee,《莎士比亚生平》A Life of William Shakespeare（New York，1925[4]）

F. L. Lucas,《塞内卡和伊丽莎白时代的悲剧》Seneca and Elizabethan Tragedy（Cambridge，1922）

M. W. MacCallum,《莎士比亚的罗马主题剧及其背景》Shakespeare's Roman Plays and their Background（London，1910）

S. G. Owen,《奥维德与传奇》"Ovid and Romance"，收录于《英语文学与古典学》English Literature and the Classics（G.S. Gordon 编，Oxford，1912）

L. Rick,《莎士比亚与奥维德》"Shakespeare und Ovid"，收录于《德国莎士比亚协会年鉴》Jahrbuch der deutschen Shakespeare-Gesellschaft，55（1919），35—53 页

R. K. Root,《莎士比亚作品中的古典神话》Classical Mythology in Shakespeare（New York，1903）

W. W. Skeat,《莎士比亚的普鲁塔克》Shakespeare's Plutarch（London，1875）

P. Stapfer,《莎士比亚与古典》Shakespeare and Classical Antiquity（E. J. Carey 译，London，1880）其他相关著作见下面的注释。

1. 《卢克莱提娅遭劫记》叙述了导致国王被驱逐的那次暴行；《科里奥拉努斯》《尤里乌斯·恺撒》以及《安东尼和克娄佩特拉》的背景是共和国时期；《辛白林》和《提图斯·安德罗尼库斯》分别描绘了帝国早期和晚期的情形。W. Dibelius 认为，《提》剧描绘的其实是拜占庭，提图斯·安德罗尼库斯是 1183—1185 年在位的那个拜占庭暴君，Tamora 是 Thamar of Georgia（1184—1220 年），身份不明的 Demetrius 则是某个叫作 Dmitri 的人：见《〈提图斯·安德罗尼库斯〉的素材史》"Zur Stoffgeschichte des Titus Andronikus"，收录于《德国莎士比亚协会年鉴》Jahrbuch der deutschen Shakespeare-Gesellschaft，48（1912），1—12 页。另见 E.H. McNeal 的《以撒与安德罗尼库斯的故事》"The Story of Isaac and Andronicus"，刊于《镜子》Speculum，9（1934），324—329 页。该文描绘了安德罗尼库斯皇帝如何被可怕而野蛮的手段折磨致死，并解释了这个故事如何随着理查一世的军队被带回英格兰，出现在 Benedict of Peterborough 的编年史中。《辛白林》的背景部分是罗马的，部分带有早期不列颠的模糊印痕；但与罗马相比，该剧的另一个主题重要得多（它长期萦绕在莎士比亚的脑海中），那就是英国人的诚实和意大利人的狡诈之间的矛盾：见 3.2.4 行，5.5.197 行起和 5.5.211 行。

2. 其中，《错误的喜剧》改编自两部罗马喜剧，而后者又改编自希腊喜剧（见本书第 214 页，624—625 页）。另有一部涉及雅典历史（《雅典的提蒙》，约公元前 407 年）。三部以史前神话为主题（《维纳斯和阿多尼斯》、《特洛伊罗斯和克雷西达》、《仲夏夜之梦》）；

还有一部重述了晚期希腊语传奇（《佩里克里斯》）：关于此类传奇，见本书第 163 页起。

3. 见本书第 4 页。

4. 《哈姆雷特》，5.2.29 行起。

5. 同上，2.2.350 行起。

6. 意大利主题剧中两部发生在威尼斯和威尼斯帝国（《奥赛罗》和《威尼斯商人》）；两部发生在维罗纳（《罗密欧与朱丽叶》和《维罗纳二绅士》）；一部发生在墨西拿（《无事生非》）；一部发生在西西里（《冬天的故事》）；还有一部在帕多瓦（《驯悍记》）。

7. 莎士比亚的《皆大欢喜》以 Lodge 的《罗萨琳德》为基础，后者的场景是位于法国东北部的 Ardenne 森林，并被作者染上了田园色彩。莎士比亚将其改为 Arden 森林，把场景搬到了自己在英格兰的家乡附近：他的母亲名叫 Mary Arden。H. Smith 指出，莎士比亚对 Lodge 故事的改编大大弱化了原作传统的田园色彩，使其真实和亲切得多：见《田园主题对英语戏剧的影响》"Pastoral Influence in the English Drama"，刊于 *PMLA*，1897 年第 12 期（新序列第 5 期），378 页起。

8. 《特洛伊洛斯和克雷西达》，4.2.31 行。

9. 《辛白林》2.3.21 行起。

10. 《冬天的故事》4.3.120 行起。

11. 《哈姆雷特》3.4.55 行起；另见本书第 605 页。

12. 《威尼斯商人》5.1.9 行起。

13. 《亨利五世》2.3.9 行。

14. 《亨利四世：第二部》3.2.300 行起。

15. 《李尔王》3.4.185 行；参见 Browning 的《恰尔德·罗兰来到黑暗之塔》（*Childe Roland to the Dark Tower Came*）。

16. 见 Stapfer，223 页，以及 Attwater，233—235 页（导引注释所引书）。《特洛伊洛斯和克雷西达》中的埃阿斯愚蠢而虚荣——"自恋，爱听表扬"，完全不同于荷马的埃阿斯。R.K. Root 指出（导引注释所引书，第 36 页），埃阿斯的这种形象来自奥维德（《变形记》第 13 卷），在埃阿斯与尤利西斯争夺阿喀琉斯铠甲的情节里，无论在他自己还是对手的言语中，他都表现出可笑的自负。

17. 《特洛伊洛斯和克雷西达》，2.2.166 行。

18. 同上，1.1.81 行。古希腊不存在七天一星期的概念。

19. 《错误的喜剧》，5.1 场。

20. Nashe，Greene 的《墨纳丰》（*Menaphon*）序。

21. C. Spurgeon，《莎士比亚的意象》*Shakespeare's Imagery*（New York，1935）。特别见第 13，19—20，44—45 页和图表 5。

22. 《皆大欢喜》，3.3.7 行起。

23. 《罗密欧与朱丽叶》，3.2.1 行起。法厄同的神话见奥维德《变形记》1.748-2.332 行；伊丽莎白时代的译者 Golding 用 waggoner 一词指代那位年轻的车夫，莎士比亚显然记住了这个词。见 Root，导引注释所引书，第 97 页。

24. 这句话来自莎士比亚全集第一版对开本中琼生所写的赞词。J.E. Springarn 认为，琼生引用了 Minturno《诗艺》(*Arte poetica*) 的第 158 行: poco del latino e pochissimo del greco。见 Spingarn 的《文艺复兴时期的文艺批评史》*A History of Literary Criticism in the Renaissance*（New York, 1899），第 89 页注释。关于莎士比亚所受教育的全面介绍，见 T.W. Baldwin 很有价值的专著（导引注释所引书）。

25. 只有几个引人注目的名词，如"恶灵"(*cacodemon*,《理查三世》1.3.144 行)，"食人族"(*anthropophagi*,《奥赛罗》1.3.144 行) 和 "厌人者"(*misanthropos*,《雅典的提蒙》4.3.53 行)。其中，"厌人者"来自 North 的普鲁塔克译本脚注，North 不仅拼错了这个词，还对它作了详细"解释"【译按: North 把 misanthropos 拼成 misanthropus，并把它错当成了 Timon 的名字，他在注释中说 Antonius followeth the life and example of Timon Misanthropus, the Athenian】。

26. 《温莎的风骚妇人们》中这位说威尔士语的校长显然以莎士比亚本人在斯特拉特福德的拉丁语老师 Thomas Jenkins 为模板（见 Baldwin 和 Fripp，导引注释所引书）。John Aubrey 援引 William Beeston 的说法，认为莎士比亚本人"早年也是个乡村校长"。

27. 见《庞大固埃》2.6 和本书第 108 页。

28. 《爱的徒劳》，4.3.342 行起。

29. 见本书第 156 页起。

30. 《暴风雨》，1.2.167 行。

31. 《威尼斯商人》5.1.60 行起；参见柏拉图，《理想国》10.617b。

32. Baldwin，导引注释所引书，2.418 页起。R.K. Root（导引注释所引书）指出，莎士比亚笔下的绝大部分神话典故直接来自奥维德，除了几个例外，其余部分来自维吉尔。"也就是说，除了少数例外，只要熟读这两位诗人，谁都可以使用那些被公认为出自莎士比亚之手的作品里的全部典故。"Root 先生还指出，莎士比亚成熟后几乎完全抛弃了神话，但在后期又开始重新使用它们，而且赋予其更深刻的意义。

33. Meres，《雅典娜的女管家：智慧宝库》*Palladis Tamia: Wits Treasury*，280 页。

34. The first heir of my invention（《维纳斯和阿多尼斯》题献）。

35. 在奥维德的故事中（《变形记》10.519-559 行和 705-739 行），阿多尼斯并不像莎士比亚所描绘的那样冷淡和不情愿。这种对爱情的固执反感来自 Hermaphroditus 与 Salmacis 的故事（《变形记》4.285-388 行）。这两个故事在《热情的朝圣者》(*The Passionate Pilgrim*) 第 6 首中被完全结合起来：当阿多尼斯跳入河中时，维纳斯喊道："天啊，为什么我不是河流？"——在奥维德的故事中，Salmacis 跟随心爱的 Hermaphroditus 跃入水中，两人融为一体，变成了河流。关于对阿多尼斯人物设计的详细分析，见 D. Bush，导引注释所引书，139 页起；此外，R.K. Root 证明，诗中暴怒野猪的描写来自《变形记》里的另一段落（8.284-286），可能采用了 Golding 的译本：见 Root，导引注释所引书，31—33 页。

36. 奥维德，《恋歌》1.15.35-36 行。

37. 卢克莱提娅的故事见李维《罗马史》，1.57-59，奥维德《岁时记》2.721-852。由于《岁时记》的英译直到 1640 年才面世，而莎士比亚改写过这诗中的词句，他显然读过原文。见 Owen；Fripp，1.363 页起；Bush，149 页起（导引注释所引书）。

38. 《驯悍记》，3.1.26 行起。拉丁语引文见奥维德，《女杰书简》1.33-34 行。珀涅罗珀在写给尤利西斯的信中表示，别的英雄都已回到家乡，正在向人们重述战场的经历，在桌子上描绘地形，并指出：这里流淌着希墨伊斯河，这里是西格翁城，这里是老普里阿摩斯的城堡。

39. 《提图斯·安德罗尼库斯》4.3.4=《变形记》1.150；《亨利六世：第三部》1.3.48=《女杰书简》2.66。

40. 皮拉（Pyrra）见《变形记》1.395，狄安娜见 3.173，拉托娜（Latona）见 6.346，喀耳刻见 14.382 和 438。Anders 指出（见导引注释所引书，第 22 页），Golding 的《变形记》中没有提塔尼亚的名字，因此，耳聪目明的莎士比亚一定是从拉丁语原文中记住了这个词。

41. T.S Eliot，《古典学与文人》The Classics and the Man of Letters（London 和 New York，1943）。Eliot 先生关于莎士比亚和弥尔顿所受教育中的古典传统的全部讨论都非常值得一读。

42. 原文见奥维德，《变形记》15.181 行起：

> 好比波浪被波浪驱使，
> 前浪被后浪推动，同时推动更前的浪，
> 时间也像这样前进和追逐，
> 永远都是新的。

> ut unda impellitur unda
> urgeturque prior ueniente urgetque priorem,
> tempora sic fugiunt pariter pariterque sequuntur
> et noua sunt semper.

莎士比亚所用的 sequent 一词也许表明他读过原文。奥维德诗中的浪指河里的滚滚波涛，希腊哲学家把它们视作永恒流变的意象。莎士比亚将其改成海潮，因为英国的河流很少泛起波浪，而且他在第 64 首十四行诗中想到的是大海的形象（见 S.G. Owen，导引注释所引书）。

43. 同上，15.75 行起，特别是 165 行起：这种观点源自赫拉克利特。

44. 指 Tranio，见《驯悍记》1.1.29 行起。

45. 《罗密欧与朱丽叶》2.2.92 行起 = 奥维德，《爱的艺术》1.633 行；但 Root 认为（导引注释所引书，第 82 页），莎士比亚的这种想法可能来自 Boiardo 的《奥兰多的恋爱》（Orlando innamorato）1.22.45 行。

46. 《驯悍记》4.2.8 行。

47. 莎士比亚在这里参考了奥维德《女杰书简》7（狄多的书信），至少有一处直接引用：

> 那位明媒正娶的娘子怎么说？你去吧。
> 但愿她从来没有允许你来！
> What says the married woman ? You may go :
> Would she had never given you leave to come!（《安东尼和克娄佩特拉》，1.3.20–21 行）

> 但神命令你走。但愿他也未曾允许你来！
> Sed iubet ire deus. Vellem uetuisset adire!（《女杰书简》7.139 行）

在 4.12.53 行，莎士比亚让安东尼公然把自己和克娄佩特拉比作埃涅阿斯和狄多。关于此类有趣的对应关系，见 T. Zielinski，《页边注》"Marginalien"（《语文学》*Philologus*，1905 年第 64 期［新序列］，第 1 页起）。他指出，与狄多一样（《女杰书简》7.133 行起），克娄佩特拉在这里也暗示自己怀孕了（《安东尼和克娄佩特拉》1.3.89–95 行）。

48. 《暴风雨》5.1.33–50 行。这些海滩和林中空地上的小妖是"豆花"、"蛛网"和"芥子"的同类，它们不是普罗斯佩罗神奇巫术的助手，而是让人联想起爱丽儿的亲眷——比她更加弱小的 Puck。带给莎士比亚灵感的显然不是咒语的内容，而是 Golding 译文所用的"精灵"（elves）一词。

49. 《麦克白》4.1.4 行起。

50. 同上，3.5.23–24 行。

51. 奥维德，《变形记》7.262 行起。

52. 同上，3.206 行起。

53. 《仲夏夜之梦》，4.1.118 行起。另见《温莎的风骚妇人们》2.1.120 行：他就像阿克泰翁先生，让吠林跟着你（Like Sir Actaeon he, with Ringwood at thy heels）——Golding 用"吠林"（Ringwood）代替了奥维德原文中的犬名"狂吠者"（Hylator，见 Root，导引注释所引书，第 30 页）。值得比较的地方还有：

    《仲夏夜之梦》1.1.170 行和《变形记》1.470 行，两者的相似性暗示，第 172 行处 Hermia 那句费解的话指箭支，应该被放在第 171 行前；

    《皆大欢喜》3.3.10 行起和《变形记》8.626–630 行；

    《冬天的故事》4.3.116 行起和《变形记》8.626–630 行。

54. 比如《皆大欢喜》3.3.7 行起（引文见本书第 199 页）和《爱的徒劳》4.2.128 行都包含了拉丁文双关语。

55. 《辛白林》2.2.44 行起，《提图斯·安德罗尼库斯》4.1.42 行起。

56. 《仲夏夜之梦》5.1.129 行起。

57. 《冬天的故事》5.3.21 行起。Fripp 就莎士比亚对奥维德的热爱做了详尽而细致的讨论：见《作为人和艺术家的莎士比亚》*Shakespeare, Man and Artist*（London，1938）。他还指出（1.594 页，注释 4），莎士比亚非常认同蒙田，和蒙田一样，他早年也对《变形记》大为推崇。（见本书 186 页）

58. 《提图斯·安德罗尼库斯》2.1.133 行起 = 塞内卡《淮德拉》1180 行，此处改写弄乱了原文的意思；《提》4.1.81–82=《淮》671–672 行，此处对原文的改写只可能出自懂拉丁文的人之手。琼生在《喀提林》（*Catiline*）3.3.1–2 行照搬了后一处表述，Tourneur 在《复仇者的悲剧》（*The Revenger's Tragedy*）4.2 则对其进行了改编。

59. 该问题详见 J.W. Cunliffe 和 F.L. Lucas，导引注释所引书。

60. 《哈姆雷特》5.2.232 行起；《麦克白》5.5.19 行起。

61. 《雅典的提蒙》4.1，4.3 场。

62. 《李尔王》4.1.36 行起。

63. 见 Cunliffe，导引注释所引书，25 页起。他引用了《淮德拉》978 行起：

    命运治理人事全无定规，

> 用盲目的手施恩，
> 她偏爱恶人，
> 可怕的欲望压过了圣者，
> 奸狡之徒是殿上的王者。

> Res humanas ordine nullo
> Fortuna regit sparsitque manu
> munera caeca, peiora fouens;
> uincit sanctos dira libido,
> fraus sublimi regnat in aula.

64. 比如 Webster 的《玛尔非公爵夫人》*The Duchess of Malfi*，5.3 场和 5.5 场结尾。
65. 《哈姆雷特》5.1.245 行起。
66. 《亨利四世：第一部》1.3.130 行起。
67. 《雅典的提蒙》4.3.178 行起。
68. 见本书第 132—133 页。
69. 见 Cunliffe，导引注释所引书，16—17 页，以及 T.S. Eliot，《伊丽莎白时代的塞内卡翻译》"Seneca in Elizabethan Translation"，收录于《文选：1917—1932 年》*Selected Essays 1917-1932*（New York，1932）。
70. 见《理查三世》1.2.68 行起，4.4.344 行起，参见 Eliot（前揭书，72 页起）和 Lucas（导引注释所引书，119 页起）。
71. 详见 Cunliffe，导引注释所引书，68 页起。
72. 塞内卡，《淮德拉》715 行起。在同一幕场景中，希波吕托斯还向上苍哭诉，请求为自己报仇（见注释 58）：

> Quis eluet me Tanais aut quae barbaris
> Maeotis undis Pontico incumbens mari?
> Non ipse toto magnus Oceano pater
> Tantum expiarit sceleris.

73. 塞内卡，《疯狂的赫拉克勒斯》*Herc. Fur.*，1323 行起，引文见结尾：haerebit altum facinus。
74. 《麦克白》2.2.61 行起，5.1.56 行。在该剧中，血污一直是谋杀的意象：见 2.2.47 行起，2.3.118-123 行，5.1 场全文，另外，4.1.123 和 4.3.40-41 行也对此有过暗示。
75. 塞内卡，《疯狂的赫拉克勒斯》，1258-1261 行：

> Cur animam in ista luce detineam amplius
> morerque nihil est: cuncta iam amisi bona,
> mentem arma famam coniugem gnatos manus,
> etiam furorem...

76. 《麦克白》5.3.22 行起。
77. 塞内卡，《疯狂的赫拉克勒斯》，1261-1262 行：

nemo polluto queat

animo mederi

78. 《麦克白》5.3.40 行。
79. 同上，1.7.7 行起 =《疯狂的赫拉克勒斯》735—736 行：

人人都要承担自己的所作所为：
作奸者遭反噬，犯科者被己伤。

quod quisque fecit patitur: auctorem scelus

repetit suoque premitur exemplo nocens.

又如伊丽莎白时代的人最喜欢的一句话（《麦》4.3.209 行起 =《淮德拉》607 行）：

小问题喋喋不休，大问题哑口无言。

curae leues loquuntur, ingentes stupent.

麦克白夫人（《麦》1.5.41 行起）和美狄亚（塞内卡，《美狄亚》1—55 行，特别是 9—15 行和 40—50 行）的祈祷也有相似之处，但并不令人信服。不过，《麦克白》2.2.37 行起对睡眠的大段赞美之词似乎受到了塞内卡《疯狂的赫拉克勒斯》1065 行起的影响。更多的相似之处见导引注释中 Engel 的论文。

80. 见本书第 393 页起。
81. 在《雅典的提蒙》最后一场中（5.4.70 行起），阿尔喀比亚德朗读了一段似乎是他亲自为提蒙所写，并被镌刻在其墓碑上的墓志铭：

残魂不可招，空剩臭皮囊；
莫问其中谁：疫吞满路狼！
生憎举世人，殁葬海之滨；
悠悠行路者，速去毋相溷。（朱生豪译文）

Here lies a wretched corse, of wretched soul bereft:
Seek not my name; a plague consume you wicked caitiffs left!
Here lie I, Timon; who, alive, all living men did hate:
Pass by, and curse thy fill; but pass, and stay not here thy gait.

但显然这不是一首诗，而是两首。只要读一下普鲁塔克就会发现，他在书中不同地方给出了两个不同的墓志铭（其一是 Callimachus 所作，另一个被归于提蒙本人），二者的内容存在冲突。然而，粗心的莎士比亚没能注意到二者的不一致，把它们组合了起来。

82. 莎士比亚的父亲是个硝皮匠，将皮革处理后用于制造手套、钱包和羊皮纸等。这个行当无疑是体面和利润丰厚的，但在社会机遇上远远比不上专业人士和地主贵绅。此外，斯特拉特福德的学校虽然质量不错，但无法与圣保罗、温彻斯特或伊顿相提并论。
83. 《尤里乌斯·恺撒》，2.1.61—65 行。
84. 在此之前，莎士比亚已经对塞内卡有所了解，并在《理查三世》中借鉴了其作品。如果《提图斯·安德罗尼库斯》完全或部分出自莎翁之手，那么他已经开始着手创作塞内卡式悲剧了。不过，直到融合了塞内卡的风格和普鲁塔克的内容，他才创作出真正伟大的悲剧。

85. 关于莎士比亚对诺斯的普鲁塔克译本的使用，见 M.W. MacCallum 精彩而详尽的分析，导引注释所引书。另见导引注释中 Skeat 重印的诺斯译文。Skeat 指出，莎翁其他戏剧中许多次要角色的名字来自普鲁塔克——如 Marcellus 和 Lysander，可能也包括 Demetrius（见本章注释 1）。W. Warde Fowler 就《尤里乌斯·恺撒》写过一篇有用的论文，收录于《罗马论文与诠释》*Roman Essays and Interpretations*（Oxford，1920）。

86. 《尤里乌斯·恺撒》1.2.191 行起。

87. 同上，2.2.37 行起。H.M. Ayres 指出，由于没有古典悲剧作为模板，恺撒的形象在文艺复兴时期的戏剧中遭到了扭曲，与塞内卡笔下爱说大话的赫拉克勒斯颇为相似（比如 Marc-Antoine Muret 关于恺撒的拉丁语悲剧）。在莎士比亚的戏剧中，趾高气扬和自吹自擂的恺撒形象同样受到了塞内卡笔下傲慢的英雄以及同时代戏剧中类似角色的影响：见《从其他版本看莎士比亚的〈尤里乌斯·恺撒〉》"Shakespeare's *Julius Caesar* in the Light of some other Versions"，刊于 *PMLA*，1910 年第 18 期（新序列），183—227 页。

88. 《安东尼和克娄佩特拉》，2.2.194 行起。另见本书第 157 页。

89. 莎士比亚在创作《错误的喜剧》时是否参考了普劳图斯的译本？这个问题一直令人纠结不已。在我看来，它不值得人们如此重视：因为如果莎士比亚能看懂《安菲特律翁》的拉丁语原文，他也一定能看懂《孪生兄弟》，但没有人关心《安菲特律翁》是否有译本存在。下面是关于该问题的主要事实：

    （a）《错误的喜剧》创作和上演于 1589 到 1593 年之间，当时法国正在"向她的继承人"——纳瓦拉的亨利四世"开战"（见 3.2.127-128）。这个笑话在 1589 年 8 月前很难理解，在 1593 年后则显得过时。

    （b）伊丽莎白时代唯一已知的普劳图斯《孪生兄弟》译本由 Creede 在 1595 年刊印，译者被称作 W.W.，可能是 William Warner。出版商在前言中表示，W.W. 翻译了好几部普劳图斯的戏剧，"以供私人朋友阅读和消遣，他们看不懂普劳图斯的原文"，而他则说服了 W.W. 将这部戏剧的译文出版。如果真是这样的话，那么该译本早就以抄本形式流传了。如果莎士比亚是 W.W. 的朋友，他可能早就读过。但更可能的情况是（正如有人所暗示的），《错误的喜剧》的成功促使 W.W. 出版了自己的译本。

    （c）如果把《错误的喜剧》同 W.W. 的译本加以比较，我们会发现二者并不一致。一些重要的人物和戏剧角色存在出入。此外，人在相似情形下会说相似的话，但莎翁笔下的角色却没有重复 W.W. 的语言。因此，莎士比亚不太可能借鉴了 W.W.。详见 H. Isaac，《莎士比亚的〈错误的喜剧〉和普劳图斯的〈孪生兄弟〉》"Shakespeares Comedy of Errors und die Menächmen des Plautus"，刊于《近代语言和文学研究档案》*Archiv für das Studium der neueren Sprachen und Literaturen*，70（1883），1—28 页。

    （d）1576—1577 年元旦，"鲍尔斯孩童"（children of Powles）剧团在汉普顿宫表演了一部名为《错误的故事》(*The Historie of Error*) 的作品。圣保罗学校的孩子们熟练掌握了拉丁文（今天仍然如此），该作品可能是他们从《孪生兄弟》改编而来，就像

《拉尔夫·罗伊斯特·多伊斯特》改编自普劳图斯《吹牛的士兵》。如果是这样的话，那么莎士比亚就可能看过和借鉴过它。但我们并不知道事实是否如此，或者他是否曾经看过该剧。

（e）M. Labinski 认为，莎士比亚可能借鉴了一部改编自普劳图斯的意大利语作品：因为无论是 Dromio，Adriana 和 Luciana 的名字，还是金匠 Angelo 和商人 Balthazar 等角色都符合同时代意大利人的特点。但至今仍未发现这样的改编作品：见《莎士比亚的〈错误的喜剧〉》Shakespeares Komödie der Irrungen（Breslau，1934）。

除了读过《安菲特律翁》的原文，莎士比亚也知道普劳图斯的第三部喜剧《凶宅》。在《驯悍记》中，仆人 Tranio 和 Grumio 的名字就来自《凶宅》；剧中的某些情节也有雷同之处，和普劳图斯的作品一样，剧中角色 Tranio 本该是少爷的看护人，却教会了他行乐之道（见 1.1.29 行起的对白）。

90. 一些对莎士比亚《错误的喜剧》中所用技巧的研究显示，在借鉴普劳图斯的《孪生兄弟》和《安菲特律翁》故事的过程中，他可以毫不费力地理解拉丁语原文，而且大胆地对原作加以改编，只有对材料实现坚实把握的人才会这样做。这些论文强调，莎士比亚削弱了妓女的戏份，让深爱丈夫的 Adriana 更加真实和人性。特别见 E. Gill 的《莎士比亚〈错误的喜剧〉与〈孪生兄弟〉中角色的比较》"A Comparison of the Characters in *The Comedy of Errors* with those in the *Menaechmi*"（《德州大学英语研究》*Texas University Studies in English*，5［1925］，79—95 页），同一作者的细致论述《〈错误的喜剧〉的情节结构与原始材料的关系》"The Plot-structure of *The Comedy of Errors* in Relation to its Sources"（《德州大学英语研究》*Texas University Studies in English*，10［1930］，13—65 页），以及 M. Labinski 的《莎士比亚的〈错误的喜剧〉》*Shakespeares Komödie der Irrungen*（Breslau，1934）。V.G. Whitaker 的《莎士比亚对原始材料的使用》"Shakespeare's Use of his Sources"（《语文学季刊》*Philological Quarterly*，20［1941］，特别见 380 页起）。G.B. Parks 指出，当莎士比亚试图寻找另一地点以取代相对不为人知的埃皮达穆诺斯（普劳图斯《孪生兄弟》的背景地）时，他查询了安特卫普的 Ortelius 所绘伟大地图的索引，在埃皮达穆诺斯的词条旁边找到了以弗所。于是，他把背景地搬到了以弗所，因为所有的现代读者通过《使徒行传》中那个令人激动的故事知道了它；他还非常巧妙地重新安排了主要角色的行进路线，使其符合上述修改。剧中还提到了埃皮达鲁斯（Epidaurus，见《错误的喜剧》1.1.93 行），在地图索引中它紧跟着埃皮达穆诺斯：见《莎士比亚〈错误的喜剧〉所用地图》"Shakespeare's Map for 'The Comedy of Errors'"（《英语和日耳曼语文期刊》*Journal of English and Germanic Philology*，39［1940］，93—97 页）。在《错误的喜剧》中似乎只有一个短句的表述让人想起普劳图斯的作品，即《错误的喜剧》3.1.80 行 =《安菲特律翁》1048 行。

91. 《亨利四世第一部》2.1.104 行；《无事生非》4.1.21-22 行；特别是《温莎的风骚妇人们》，4.1 场。

92. 比如，在泰伦斯作品中（《阉人》1.1.29），一位奴隶告诉主人，既然他已被爱情俘虏，唯一的出路就是用尽可能低的代价为自己赎身：

quid agas ? nisi ut te redimas captum quam queas
minimo.

626 为了展现 quam 加最高级的用法（意为"尽可能的"），Colet 和 Lily 把它缩简成了一行；在与主人的对话中，Tranio 使用的也是缩简形式（《驯悍记》1.1.166 行）：

If love have touched you, nought remains but so:
Redime te captum, quam queas minimo.

虽然《提图斯·安德罗尼库斯》是否莎士比亚的试手之作仍然存疑，但剧中却有一个这种引用手法的有趣例子。坏蛋们得到的武器上刻着这样的铭文：

正直而没有劣迹的人
无需摩尔人的矛和弓。

Integer vitae scelerisque purus
Non eget Mauri iaculis neque arcu（贺拉斯，《颂诗集》1.22）

当 Demetrius 读出来时，Chiron 说：

啊，这是贺拉斯的一句诗；我非常熟悉；
我很久以前在语法书上读到过它（《提》4.2.20 行）

93.《爱的徒劳》4.2.96 行起。
94.《哈姆雷特》5.1.260 行起。
95. 佩尔西乌斯，1.38–39 行：

Nunc non e tumulo fortunataque fauilla
nascentur uiolae ?

96. Baldwin,《威廉·莎士比亚的少谙拉丁和更鲜希腊》*William Shakspere's Small Latine and Lesse Greeke*，1.649 页。
97.《错误的喜剧》1.1.31 行 =《埃涅阿斯纪》2.3 行：

Infandum, regina, iubes renouare dolorem.

其他与维吉尔作品的相似之处包括：

《暴风雨》4.1.101–102 行 =《埃涅阿斯纪》1.46 行和 1.405 行；
《暴风雨》3.3.53 行的舞台提示 =《埃涅阿斯纪》3.219 行起：claps his wings 译自 *magnis quatiunt clangoribus alas*（拍打翅膀发出巨响，《埃》3.226 行）；
《暴风雨》4.1.78 行伊利斯的橙红色翅膀 =《埃涅阿斯纪》4.700–702 行（可能参考了 Phaer 的译文；见 Root,《莎士比亚作品中的古典神话》*Classical Mythology in Shakespeare*，第 77 页）；
《哈姆雷特》3.4.58 行的信使墨丘利 =《埃涅阿斯纪》4.246–253 行（Root，前揭书，第 85 页）；
《亨利六世第二部》2.1.24 行 =《埃涅阿斯纪》1.11 行，莎士比亚巧妙地语带双关，用"天

98. 《亨利六世第二部》4.7.65 行 = 恺撒《高卢战纪》5.14.1 行：
   ex eis omnibus longe sunt humanissimi qui Cantium incolunt.
99. 见 Fripp,《作为人和艺术家的莎士比亚》Shakespeare, Man and Artist（London, 1938）。
100. 《尤里乌斯·恺撒》5.3.94 行起。
101. 卢坎,《内战纪》1.2-3 行。莎士比亚使用了 turns our swords in our own proper entrails 的奇怪表达，这进一步证明他借鉴了卢坎的作品，他的记忆中似乎保存着对下面拉丁语原文的误译：
   populumque potentem
   in sua uictrici conuersum uiscera dextra.
102. 《哈姆雷特》2.2.200 行起。
103. 不过，莎士比亚对尤维纳尔讽刺诗的了解显然非常模糊：如果读过这些作品，他一定会清楚地记得它们。"稠密的琥珀和李树胶"这样的精彩细节并非来自尤维纳尔（尽管他很可能会称赞这种说法），而哈姆雷特独白的其他部分中也只能依稀看见原诗的痕迹。这首讽刺诗有时被称为《人类愿望的徒劳》（The Vanity of Human Wishes），琼生的编译就采用了这个标题。Theobald 等人发现，在警告野心勃勃的庞培时，Menecrates 以下面的有力句子开头，从中可以看见尤维纳尔讽刺诗的影子（《安东尼和克娄佩特拉》2.1.5-8 行）：

   我们昧于利害，
   往往所祈求的反而对我们自己有损无益；
   聪明的天神拒绝我们的祷告，正是玉成我们的善意。（朱生豪译文）

   关于莎士比亚的讽刺对象和方法的更多分析，见 O.J. Campbell,《滑稽讽刺和莎士比亚的〈特洛伊洛斯和克雷西达〉》Comicall Satyre and Shakespeare's "Troilus and Cressida"（San Marino, Cal., 1938），以及《莎士比亚的讽刺》Shakespeare's Satire（New York 和 London, 1943）。

第 12 章　文艺复兴及以后的抒情诗

1. 《撒母耳记下》6:14 起。
2. lyric 意为"里拉琴（lyre）的音乐"。希腊人通常的说法是 melic poetry, melic 来自 melos（乐曲），与 melody 词根相同。
3. 见 U. von Wilamowitz-Moellendorff,《品达》Pindaros（Berlin, 1922）和 G. Norwood 文笔优美的《品达》Pindar（Sather 古典学讲座, 1945, Berkeley, Cal., 1945）。两位作者根据品达不同时期的作品，回顾了他漫长而伟大的创作生涯。
4. 当诗句太长，无法被一口气唱完或演完时，它们会被进一步分割成子句（kola），子句也彼此对应。
5. 贺拉斯,《颂诗集》4.2.5-8 行。不过，贺拉斯从未说过品达的颂诗是"无韵律的"（numeris

solutis）。按照贺拉斯合理的分类，无韵律的诗作被严格局限于酒神颂：见 10—24 行。E. Fraenkel 对这首诗做了有价值的分析：见《贺拉斯论品达的诗歌》"Das Pindargedicht des Horaz"（海德堡科学院院士报告 *Sitzungsberichte der Heidelberger Akademie der Wissenschaften*，1932-3）。

6. 一位法国男子直译了品达的第 1 首奥林匹亚颂，但他的妻子拒绝相信这是真的：见本书第 271—272 页。

7. Racan，《马莱尔布传》*Vie de Malherbe*，A.Croiset 引述，《品达的诗歌和希腊抒情诗的规则》*La Poésie de Pindare et les lois du lyrisme grec*（Paris，1895³），449 页。

8. 布瓦洛，《诗艺》*Art poétique*，2.72。

9. Norwood，注释 3 所引书，第 98 页起。D.M. Robinson 教授认为，品达是"命运之轮"这一最著名意象的首创者（《奥林匹亚颂》2.35 行起）。Norwood 教授赞同这种观点（第 253 页起）。

10. 贺拉斯，《颂诗集》4.2。他从未试图效法品达惊人的格律或华丽的词汇；但他的确借鉴了品达的一些主题：如《颂诗集》1.12 开头，3.4 和重要的胜利颂 4.4。关于该问题的全面介绍，见 E. Fraenkel，注释 5 所引书；P. Rummel，《贺拉斯对品达的评价》*Horatius quid de Pindaro iudicauerit*（Rawitsch，1892）；E. Harms，《贺拉斯与品达的关系》*Horaz in seinen Beziehungen zu Pindar*（Marburg，1936）。

11. 根据《大英百科全书》（1946 年版）的相关词条，今天常见的天鹅品种是只会发出嘶嘶声的疣鼻天鹅（*Cygnus olor*），而传说中的天鹅之歌来自候鸟大天鹅（*Cygnus musicus*）的叫声，美国的黑嘴天鹅（*Cygnus buccinator*）是它的近亲。

12. Gray，《诗的进步》（*Progress of Poesy*）；他不是唯一的拥趸。

13. 贺拉斯认为，在天鹅般的品达面前，自己就像是蜜蜂，但他还表示，自己与普通人相比好比是天鹅（《颂诗集》2.20 首，4.3.19 行起）。我不赞同 L.P. Wilkinson 的观点（《贺拉斯与他的抒情诗》*Horace and his Lyric Poetry*，Cambridge，1945，62 页），即贺拉斯在《颂诗集》2.20 首的中间忍不住笑出声来，然后才恢复严肃写完全诗。像贺拉斯这样的诗人不会在抒情诗写到一半时失控，也不会把一首半诙谐的诗歌放在诗集最后那般重要的位置。这首诗之所以失败，并非因为贺拉斯无法控制自己的幽默感，而是因为六个简短紧凑的阿尔开俄斯体诗节不能为他的变形带来令人信服的想象空间。你可以在一首短诗中说自己建起了纪念碑，但很难表示自己变成了一只大鸟。

14. 见本书第 418 页起。

15. 关于"古典主义"和"浪漫主义"的错误对立可以写出厚厚一本书。关于该主题，另见本书第 355 页起，375 页和 390 页。在 1824 年出版的《颂诗与谣曲》（*Odes et ballades*）序言中，维克多·雨果对这种分类进行了严厉抨击：

> 他（雨果）讨厌两方面阵营用于互相攻击的所有陈词滥调，它们就像中空的皮球，这些没有意义的符号，没有内容的表达和模糊的字眼完全建立在仇恨和偏见之上，只有全无理性的人才会认为它们是有道理的。他完全无视古典主义体裁和浪漫主义体裁的区别……莎士比亚的美和拉辛的美一样古典（如果"古典"代表受过良好教育的话）；

而伏尔泰的缺点和卡尔德隆的缺点一样是浪漫的（如果"浪漫"带有贬义的话）。

见 Henri Peyre 关于古典主义理念很有价值的分析和丰富的参考书目：《法国的古典主义》 *Le Classicisme français*（New York，1942）。

16. Bergk，《希腊抒情诗》*Poetae lyrici Graeci*（Leipzig，1878-82⁴），第 3 卷，第 315 页，第 31 首：

    μεσονυκτίοις ποθ' ὥραις
    στέφεθ' ἡνίκ' Ἄρκτος ἤδη
    κατὰ χεῖρα τὴν Βοώτου...

    爱伦·坡是否知道这首诗，并把它改编成了可怕的《渡鸦》（*The Raven*）？二者的主题是一致的：超自然力量在午夜进入孤独之人的房间，然后拒绝离开，并主宰了他的生命。

17. 不幸的是，由于本书的范围所限，我们无法对现代警铭诗加以探讨，也无法分析马提亚尔和希腊警铭诗人对其的影响。

18. 关于该主题，见 James Hutton 的两项值得称道的深入研究：《希腊诗文集在意大利》（*The Greek Anthology in Italy*）和《希腊诗文集对 1800 年前的荷兰拉丁语诗人和法国的影响》（*The Greek Anthology in France and in the Latin Writers of the Netherlands to the Year 1800*），康奈尔大学出版社，Ithaca，N.Y.，1935 年和 1946 年。另见 K.A. McEuen，《本·琼生一派所受的古典影响》*Classical influence upon the Tribe of Ben*（Cedar Rapids，Iowa，1939），第 7 和第 8 章。

19. 卡图卢斯，第 85 首：

    Odi et amo. Quare id faciam fortasse requiris.
    Nescio, sed fieri sentio et excrucior.

20. 卡图卢斯，第 2 和第 3 首：它们是下面这个流行主题最著名的两首代表作——情郎把自己与心上人的宠物等同起来。两首十一音节体诗歌采用了口语化语言，这点非常重要，但有时会被忽视：它表明诗人有意让作品显得像是随性之作。

21. 详见《世界文学中的贺拉斯》*Orazio nella letteratura mondiale*（罗马研究协会 Istituto di studi romani，Rome，1936-XIV）。

22. 《颂诗集》4.2；见本书第 225—226 页。

23. 流亡中的阿拉玛尼当时正混迹于法国宫廷。Laumonier 相信（显然不无道理），龙沙从未认真研读或模仿过阿拉玛尼的品达体颂诗（见《抒情诗人龙沙》*Ronsard, poète lyrique*，Paris，1923²，344 页注释 1 和 704—706 页）。有人认为，Trissino 的悲剧《索福尼斯巴》中的合唱（见本书第 136 页）"符合品达的风格"（R. Shafer，《1660 年之前的英语颂诗》*The English Ode to 1660*，Princeton，1918，第 60 页起）；但它们既无颂诗之名，也没有节、对节和尾节之分。即使 Trissino 试图在《索福尼斯巴》中创作希腊式合唱，他想到的更可能是同样为三段体的悲剧合唱，而非品达的颂诗。在我看来，这些诗歌非常类似 Trissino 普通的情歌（*canzoni*）。另见，P. de Nolhac 的《龙沙和人文主义》*Ronsard et l'humanisme*，（Paris，1921），45 页起。

24. Le premier de France

J'ay pindarizé(《颂诗集》2.2.36—37行；参见 1.4 首末）。

25. 见本书第 94 和 145 页。

26. Nolhac 指出，这位友人是 Claudio Duchi：见 Laumonier,《抒情诗人龙沙》，注释 23 所引书，第 5—6 页，以及 H. Chamard,《七星社史》Histoire de la Pléiade, Paris, 1939-40, 1.72。龙沙从未提及他的名字，这显得奇怪但略嫌有失风度。

27. 关于多拉的教导，见龙沙献给他的颂诗（《颂诗集》1.13）；H. Chamard, 注释 26 所引书，卷一，第 2 章；P. de Nolhac, 注释 23 所引书，第 6—7 页；J.E. Sandys,《西方古典学术史》，Cambridge, 1908, 卷二，186—188 页。他的名字有时被拼成 D'Aurat, 并被拉丁语化为 Auratus, 但 Dorat 更为常见（他放弃了自己家族的姓氏 Dinemandi：Dorat 据说是他祖先的姓氏）。E. Gandar 指出，在龙沙开始阅读品达作品的希腊语原文时，法国并无品达研究的传统，也没有完整的法语译本。因此，多拉既解释了语言上的难点，又向学生们展现了品达颂诗的美：见《被视作荷马与品达模仿者的龙沙》Ronsard considéré comme imitateur d'Homère et de Pindare（Metz, 1854），第 80 页起。关于这点，另见 Chamard, 注释 26 所引书，卷一，第 338 页起。

28. 在公元前 3 世纪的亚历山大里亚，人们以星座为名将一些诗人统称为七星诗人（亚历山大里亚的批评家和他们的推崇者喜欢以七为数将伟大人物并列）。龙沙对亚历山大里亚诗歌非常了解（他在《赞歌集》[Hymns] 中借鉴了 Callimachus），在给自己的小团体取名七星社时，他很可能想到了七星诗人。Binet 列出的七星社成员是：多拉、龙沙、杜贝雷、巴依夫、贝罗（Belleau）、若得尔和蒂亚尔（Tyard）：见 Chamard, 注释 26 所引书，卷一，第 5 章。

29. 初版的标题为 La Deffence, et Illustration de la Langue Francoyse。illustration 也许仅仅表示"解释"——即阐明法语的力量和未来。但事实上，它表示"增光"或"崇高化"。这个词包含两种意思：

（a）让法语变得崇高和受尊敬的方法；

（b）证明法语是真正崇高的。杜贝雷的想法主要是前者，这从他为 illustration 选用的同义词，以及诸如下面这样关于法语的表态中可见一斑："在劝说你用法语写作这件事上，我觉得最好的做法是向你展示如何模仿希腊人和罗马人，从而让它更加丰富（enrichir）和有光彩（illustrer）。"（2.2.191-192）。但这两种意思是联系在一起的。他认为，提高法语声誉的方法在于使其更加丰富多彩。关于该书，见 Chamard, 注释 26 所引书，卷一，第 4 页。

30. 旧历 1552 年 =1553 年。另见 Chamard, 注释 26 所引书，卷二，第 11 页。

31. 参考龙沙，《颂诗集》1.22（《致他的里拉琴》A sa lyre）：

我劫掠了忒拜，夺取了那里的财宝。
用它们的美丽战利品装点你。

Je pillay Thebe, et saccageay la Pouille,
T' enrichissant de leur belle despouille.

这种比喻流露出了年轻人的大胆；但敏感的罗马人可能会觉得其中带有原始野蛮主义的不幸味道。贺拉斯也许可以根据这样的体裁写出一首有趣的长短句：年轻的高卢人步履蹒跚地朝家乡走去，战利品压弯了他们的肩膀——袋子里塞满了雕塑的头和四肢，还有一捆捆被切成整齐小方块的画。

32. "首先要注意的是，这类诗歌应该远离粗俗，使用恰当的词语和言之有物的修饰为自己增光添彩，用严肃的句子装点自己，用各种诗学色彩和装饰丰富自己，而不是像《你留下绿袍》（*Laissez la verde couleur*）、《与普苏克的爱情》（*Amour avecques Psyches*），《啊，多么幸福》（*O combien est heureuse*）和其他诸如此类的作品，它们更应该被称作粗俗歌曲，而非颂诗或抒情诗。"（杜贝雷，《辩护》2.4, Laumonier 引述和注疏，注释 23 所引书，导言第 xxi 页）。有趣的是，上面提到的第二首作品是关于古典主题的，它来自一部名为《维纳斯哀悼美男子阿多尼斯》（*Lament of Venus on the Death of Fair Adonis*）。杜贝雷对该诗的批评是，它过于大众化而有欠古典。

33. 杜贝雷没有也不可能如此直说，因为多拉用拉丁语和希腊语创作过许多诗篇；但肯定有这样的言下之意。

34. 见 Laumonier，注释 23 所引书，导言第 xv 页、xx 页起、xxix 页、xxxi 页起和 706 页起。

35. I. Silver 在《龙沙与杜贝雷在创作品达体颂诗中的合作》（"Ronsard and Du Bellay on their Pindaric Collaboration"，刊于《罗曼语评论》*Romanic Review*，33 [1942]，1—25 页）表示，杜贝雷与龙沙同时尝试创作品达体颂诗，甚至比后者更早；不过，当发现自己无力胜任这项工作后，他把第一人的头衔拱手让给了龙沙。就像某位意大利人文主义学者所做的那样，他们的老师多拉曾用拉丁文写过品达体颂诗（见 Chamard，注释 26 所引书，卷一，第 339 页）。很可能是他率先创作了这些诗歌，而后弟子们再用法语效仿（详见 P. de Nolhac，注释 23 所引书，第 44—52 页）。在一篇导论性文章中（《杜贝雷知道品达吗？》"Did Du Bellay know Pindar?"，刊于 *PMLA*，56 [1941]，1007—1019 页），Silver 先生用实例证明他是知道的。杜贝雷的《梅尔弗公爵颂》（*Ode au Prince de Melphe*）虽然拥有品达式的崇高，却批评品达的文风晦涩而凌乱。

36. 龙沙献给 Michel de L'Hospital 的大型颂诗（《颂诗集》1.10）共 24 组三节体，显然他试图以此超越品达最长的一首颂诗：共 13 组三节体的《皮同颂》第 4 首。

37. 《颂诗集》1.1–7 和 9–15 采用了品达体的三节体。1.8 经常被视作"单节体"，并被认为模仿了品达的《奥林匹亚颂》第 11 首（见 Laumonier，注释 23 所引书，第 298 页）。不过，主题、格律和开篇却显示它并非品达体，而是贺拉斯体的，由后者《颂诗集》3.30 发展而来，在长度和形式上完全一致。

38. 贺拉斯，《颂诗集》4.2.1–4（见本书第 225 页起）；参见龙沙，《颂诗集》1.11，特别是第 4 段：

> 突然坠落
> 仍无法在大海中
> 留下我龙沙之名，
> 即便我模仿了品达。
>
> Par une chute subite

>   Encor je n'ay fait nommer
>   Du nom de Ronsard la mer,
>   Bien que Pindare j'imite.

39. Laumonier 引用了《颂诗集》2.13 中一个特别费解的段落（注释 23 所引书，第 399 页）：

>   啊，该死的驴子！
>   为了找水喝，
>   它把"青春"给了蛇，
>   这个每年蜕皮的家伙！
>   那"青春"是尤庇特
>   赐予人类的，
>   作为他们泄露
>   盗火天机的奖赏。

>   Ah! que maudite soit l'asnesse
>   Laquelle pour trouver de l'eau,
>   Au serpent donna la jeunesse,
>   Qui tous les ans change de peau !
>   Jeunesse que, le populaire
>   De Jupiter avoit receu
>   Pour loyer de n'avoir sceu taire
>   Le secret larrécin du feu.

这个神话非常晦涩（典出 Nicander，《毒虫志》[*Theriaca*]，第 343 行起）【译按：故事大意是，因为人类揭发了普罗米修斯盗火的行为，宙斯把"青春"赐给他们作为奖赏。驮着"青春"的驴在半路上感到口渴难耐，于是向一条蛇求助。蛇借机骗取了"青春"。从此，蛇每年靠蜕皮焕然一新，而失去了"青春"的人类则只能面临衰老的命运】，但龙沙的措辞却非常清晰。布瓦洛曾批评他"法语说得像希腊语和拉丁语一样"，Laumonier 认为，这并非在诟病龙沙的语言，而是指他使用的神话名目和拐弯抹角的表达（前揭书，407 页，316 页起和 395 页起）。

40. 品达，《皮同颂》9.28 行起。

41. 见本书第 144 页。

42.
>   拉丁语竖琴手贺拉斯，
>   放荡者之子，
>   低俗而迟钝的莽夫；
>   非我法兰西族类，
>   不如我们的缪斯
>   谈吐间那般热忱。

>   Horace harpeur Latin,
>   Estant fils d'un libertin,
>   Basse et lente avoit l'audace;
>   Non pas moy de franche race,
>   Dont la Muse enfle les sons
>   De plus courageuse haleine.（《颂诗集》1.11，尾节 4）

43. 关于龙沙的阿纳克吕翁体诗歌，见 Chamard，注释 26 所引书，卷二，56—70 页。他以阿纳克吕翁为模板创造了"小颂诗"（odelette）——尽管也借鉴了诸如 Joannes Secundus 短小的新拉丁语爱情抒情诗这样的作品。

44. 关于龙沙的格律创新，见 Laumomier，注释 23 所引书，第 639 页起。Chamard 强调（注释 26 所引书，卷一，第 373—374 页），从 1551 年到 1660 年左右，龙沙的品达体颂诗拥有大量推崇者和模仿者。

45. 他第一个教导在伊特鲁里亚的琴弦上弹奏忒拜的旋律；他用勇敢而不会坠落的翅膀追随迪尔刻的天鹅，将永恒之名留给了利古里亚海（Thebanos modos fidibus Hetruscis/adaptare primus docuit:/Cycnum Dircaeum/audacibus, sed non deciduis pennis sequutus/Ligustico Mari/nomen aeternum dedit）。见 1807 年 Milan 版作品集中的墓志铭，第 xxxv 页。

46. 详见 F. Neri，《齐亚布雷拉和法国七星诗人》Il Chiabrera e la Pléiade francese（Turin，1920）。

47. 这是他为托斯卡纳海军之捷所写的第 5 首诗歌中采用的形式（《英雄歌集》第 72 首）。他的《圣歌集》（Canzoni sacre）中也有几首品达体诗歌。

48. 《爱的徒劳》4.3.99 行。

49. 《皆大欢喜》3.2.382-386 行。

50. 参见本章注释 24 和 31。

51. 关于对骚森诗歌的分析、引文和其他许多相关信息，我要感谢 R. Shafer，《1660 年之前的英语颂诗》The English Ode to 1660（Princeton，1918）。在颂诗 1（尾节 2）中，骚森提到了 the great Prophets, / Or Theban, or Calaborois；在节 2，他请求缪斯起身歌唱 A newe dittie Calaborois, / To the Iban harpe Thebanois。Calaborois 是对龙沙诗中的 calabrois 一词（卡拉布里亚人，指代来自意大利南部的贺拉斯）的愚蠢误读和误解。

52. 关于这首诗，见 Shafer，前揭书，第 92 页起和 G.N. Shuster，《从弥尔顿到济慈的英语颂诗》The English Ode from Milton to Keats（New York，1940），第 67 页。关于弥尔顿对品达的借鉴，见 Robinson，注释 9 所引书，第 26 页起。

53. 见 Shafer，前揭书，第 96 页起。Shafer 先生还指出，琼生的《德斯蒙德伯爵詹姆斯颂》（Ode to James Earl of Desmond）开篇处也提到了品达。

54. 蒲柏，《模仿贺拉斯》Imitations of Horace，《书信集》2.1.75 起。史诗指《大卫记》（Davideis）。巧合的是，在龙沙放弃《法兰克记》的同时（见本书第 114 页），考利也放弃了自己的这部史诗（已经完成了四卷）。

55. 详见 Shafer，注释 51 所引书，第 128 页起。作者列举了弥尔顿的《论时间》（On Time）和《聆听肃穆音乐》（At a Solemn Music），沃恩的《复活与不朽》（Resurrection and

Immortality)、《圣餐》(*The Holy Communion*) 和《痛苦》(*Affliction*)，以及考利密友克拉肖的多首作品：如《祈祷颂》(*Prayer, an Ode*)。另见 Shuster, 注释 52 所引书，第 4 章。人们经常认为（显然以 Gosse 权威为依据），考利并不了解品达颂诗的三节体形式，这成了 Congreve 攻击他无知的理由。对此，A.H. Nethercot 解释说，这些看法属于误解：早在 1675 年，弥尔顿的外甥 Phillips 就曾指出，考利的"品达体"颂诗比品达自己的形式自由得多。Congreve 在《论品达体颂诗》(*Discourse on the Pindarique Ode*, 1705 年) 中的观点是，考利这样的自由体诗是不恰当的，即便狂想曲般的颂诗也有自己的法则。见《考利的"品达体"诗歌与品达颂诗的关系》"The Relation of Cowley's 'Pindarics' to Pindar's Odes"，刊于《现代语文学》*Modern Philology*, 19（1921-2），107 页起。

56. 见本书第 227 页。

57. 弥尔顿，《聆听肃穆音乐》*At a solemn music*。

58. 见 D.J. Grout,《歌剧简史》*A Short History of Opera*（New York, 1947），卷一第 11 章关于当时英语歌剧的内容。在卷一第 14 章，Grout 先生精彩地描摹了该时期歌唱名家的技艺。关于该主题的其他许多史实，我参考了 G.N. Shuster, 注释 52 所引书，第 132 页起。

59. R.M. Myers,《对配乐颂诗的新古典主义批判》"Neo-classical Criticism of the Ode for Music"，刊于 *PMLA*, 62（1947），2.399-421。蒲柏的《1708 年圣塞西莉亚日颂》(*Ode on St. Cecilia's Day, 1708*) 就是此类作品中一个典型的例子。

60.　　Quelle docte et sainte ivresse
　　　　Aujourd'hui me fait la loi?

Docte 意为"在诗歌上博学"，"深谙缪斯的秘密"。这是布瓦洛为那穆尔之捷所写颂诗的开篇——这首作品短小而整齐，每个诗节由十行短句组成，它与品达作品的差异就好比杜伊勒里宫的花园之于希腊的森林、幽谷和山峦。Prior 对它的精彩戏仿甚至比原作更好。

61. 也许我们最多只能认为，巴洛克时代的品达体颂诗作者真的被帝王将相的主题所打动。不幸的是，今天我们不再对该主题感兴趣；即使在当时，这些诗人也经常无法传递自己的情感，因为他们在表达时选择了可笑的夸张之词。比如，在那穆尔颂的开头，布瓦洛要求风儿平息，因为他即将讲述路易十四的功绩。全欧洲都出现了这样的作品。在葡萄牙，Antonio Dinys da Cruz e Silva 同时使用了轻浮的格律和浮夸的比喻：他称国王 José 为比居鲁士、亚历山大和图拉真更杰出的君主（《颂诗集》30.7）。在那个时代，真情实感更多出现在那些模仿贺拉斯的诗人作品中：见本书第 249 页。

62. 选自杨的《海洋帝国》(*Imperium pelagi*)，D.B. Wyndham Lewis 和 C. Lee 引述，《猫头鹰标本》*The Stuffed Owl*（London, 1930），62 页：这是一部有意思的蹩脚诗集。

63. 见 Shuster, 注释 52 所引书，第 137 页。在为该诗令人失望的特点寻找原因时，Shuster 先生强调了考利的影响。

64. 在黑暗时代和中世纪，贺拉斯明显更具道德意味的作品《讽刺诗》和《书信集》受欢迎的程度要高得多。比如，但丁就称其为讽刺诗人（见本书第 84 页）。他还被称为"伦理家"(*ethicus*)，并在文摘类作品中被数十次引用。8 世纪的《杂家语录》(*Exempla diuersorum auctorum*) 提到它 74 次，Brunetto Latini 的《宝典》(*Li livres dou tresor*, 1260 年左右) 中提到 60 次。他的抒情诗反而鲜有读者，人们知道这些作品，但并不重视。生活在 Bamberg 附近的教师 Hugo von Trimberg（1313 年去世）就是一个典型，他在《作家名录》（*Registrum auctorum*）2.66 写道：

> 然后是睿智而明辨的贺拉斯，
> 他反对恶行，坚定而恭顺，
> 他完成了三部重要著作，
> 和两部不那么流行的作品：
> 《长短句》和《颂诗集》，
> 我认为它们在今天价值不大。

> Sequitur Horatius, prudens et discretus,
> Vitiorum emulus, firmus et mansuetus,
> Qui tres libros etiam fecit principales,
> Duosque dictaverat minus usuales,
> Epodon videlicet et librum odarum,
> Quos nostris temporibus credo valere parum.

详见 E. Stemplinger，《贺拉斯的历史评价》*Horaz im Urteil der Jahrhunderte*（《古代的遗产》丛书，第二辑，5，Leipzig，1921），以及 J. Marouzeau 和 L. Pietrobono 发表在《世界文学中的贺拉斯》（*Orazio nella letteratura mondiale*），注释 21 所引书。

65. 见 L. Pietrobono，前揭书，第 118 页起。关于兰蒂诺，见 J.E. Sandys，《西方古典学术史》（Cambridge，1908），2.81 起；关于波里提安，见本书第 135—136 页和第 599 页。

66. 详见 C. Riba 关于西班牙语贺拉斯体诗人的论文，收录于《世界文学中的贺拉斯》，第 195 页起。加尔西拉索最著名的此类作品是第 5 曲《格尼多之花》（*La Flor de Gnido*），它以贺拉斯《颂诗集》1.8 为基础，充满了优美的意象。

67. 见 A. Coster，《费尔南多·德·埃雷拉》*Fernando de Herrera*（Paris，1908），第 283 页起，以及 R.M. Beach，《费尔南多·德·埃雷拉是希腊语学者吗？》*Was Fernando de Herrera a Greek Scholar?*（Philadelphia，1908）。

68. 见 Coster 版本中的第 3 曲，在 1571 年摩尔人起义（而非勒班陀战役）后被题献给唐璜。埃雷拉的抒情诗采用歌体，即诗人根据需要在 11 音节句中插入短句，每首诗中的所有诗节都遵循第一节的样式。模板为贺拉斯的《颂诗集》3.4 和 4.4。

69. Se me cayeron como de entre las manos estas obrecillas, C. Riba 引述，注释 66 所引书，第 198 页，注释 13。

70. 《埃涅阿斯纪》8.31–67 行；贺拉斯，《颂诗集》1.15。

71. 路易斯·德·莱昂的《生活多么安逸！》（*¡Qué descansada vida!*）和加尔西拉索的《牧歌》第 2 首都借鉴了贺拉斯《长短句》2：

> Beatus ille qui procul negotiis
> ut prisca gens mortalium.

这首诗此前曾被桑塔亚纳侯爵效法，后来又被洛佩·德·维加改编。见 G. Showerman，《贺拉斯及其影响》*Horace and His Influence*（Boston，1922），第 118 页。

72. P. Laumonier，注释 23 所引书，第 25 页，注释 2。
73. 关于齐亚布雷拉，见本书第 235—236 页。
74. 关于该问题更详细的描述，见 L.P. Wilkinson，注释 13 所引书，第 169 页。
75. 在意大利语中，这种尝试的发起人是 Claudio Tolomei，著有《托斯卡纳语新诗的诗行与规则》（*Versi e regole della nuova poesia toscana*，1539 年）。在英语中，Gabriel Harvey 就该主题写过几篇著名的书信，他表示自己正在修改英诗韵律并为后世诗人确立典范，就像 Ennius 对拉丁语所做的那样（这些书信据说是写给斯宾塞的；不过，J.W. Bennet 给出了它们是文学虚构的理由：见《斯宾塞与加布里埃尔·哈维的"信体书"》"Spenser and Gabriel Harvey's 'Letter Book'"，刊于《现代语文学》*Modern Philology*，29 [1931-2]，163—186 页）。在法国，这场运动中今天最广为人知的领军人物是巴依夫，但杜贝雷、龙沙和奥比涅同样以某种方式和它联系在一起。关于该问题的一篇新近论文（我只读过摘要），见 D.P. Walker，《16 世纪最后二十五年间的古典格律法语诗歌及其配乐》*French Verse in Classical Metres, and the Music to which it was set, of the Last Quarter of the Sixteenth Century*（Oxford，1947）。另见 E. Egger，《法国的希腊主义》*L' Hellénisme en France*（Paris，1869），第 10 课，以及 H. Chamard，注释 26 所引书，卷 4，第 133 页起。
76. 见本书第 381 页。
77. 关于卡尔杜齐，另见本书第 443 页。
78. 详见 Laumonier，注释 23 所引书，第 662—663 页。
79. 《颂诗集》1.11，尾节 4。
80. Laumonier，注释 23 所引书，第 5 页起。
81. 详见 Laumonier，同上，第 41 页起，以及 Chamard，注释 26 所引书，卷一，第 9 页。
82. 《颂诗集》1.22，2.1。
83. 关于龙沙思想的这种转变，见 Laumonier，注释 23 所引书，第 113 页起，第 123 页，第 137 页和第 161 页起，特别是第 170—174 页。J. Hutton 指出，在 1553 年前，龙沙的作品中没有对《希腊诗文集》的直接模仿。但《嬉戏集》（*Folastries*）中收录了其中 17 首作品的译文。此后，他继续引用、翻译和模仿，缓慢而有条不紊地涉及了《诗文集》的全部内容。1578 年版《作品集》中的一些十四行诗同样深受《诗文集》的影响。龙沙对卡图卢斯的兴趣始于 1552 年穆莱的讲课，他的《嬉戏集》中包含了一些仿作。但我并不觉得他理解了卡图卢斯，与卡图卢斯第 45 首相比，"雅凯如此爱他的罗宾娜……"（Jaquet aime autant sa Robine）这样的"欢歌"（*Gayeté*）只是粗俗的效颦之作。见《希腊诗文集对 1800 年前的荷兰拉丁语诗人和法国的影响》*The Greek Anthology in France and in the Latin Writers of the Netherlands to the Year 1800*（Ithaca，N.Y.，1946）。
84. Je me rendi familier d' Horace, contrefaisant sa naïve douceur, dés le méme tens que Cl. Marot (seule lumiere en ses ans de la vulgaire poësie) se travailloit à la poursuite de son Psautier.
85. Laumonier，625—626 页。P. de Nolhac（注释 23 所引书，第 61 页起）生动地描绘了在 Arcueil 举行的一次诗歌和学术野餐：多拉带领学生们在泉水边畅饮，并以泉水为题，为他们朗诵了一首优美的拉丁语贺拉斯体颂诗：

> 啊，阿尔库伊之泉，你比星星更纯净……
>
> O fons Arculii sidere purior . . .

从龙沙许多更轻快的诗颂中可以看到（5.15，5.16），饮酒带给他的乐趣大部分来自诗友的陪伴；另见 de Nolhac，第 237—239 页。

86. 关于《提图斯·安德罗尼库斯》中的拉丁语引文，见本书第 11 章注释 92。莎士比亚还在第 55 首十四行诗中模仿了贺拉斯（《颂诗集》3.30）：

> 无论王公的石像抑或镀金丰碑，
> 都不会比这有力的诗句留存更久。
>
> Not marble, nor the gilded monuments
> Of princes, shall outlive this powerful rhyme.

不过，我们并不清楚他究竟是在学校里读到过这首诗，还是听到朋友引用过它，又甚或瞥见了龙沙的第 8 首颂诗：

> 无论古代镀金的柱子还是多里斯式界桩，都不……
>
> Ne pilier, ne terme Dorique
> D'histoires vieillies decoré . . .

87. 关于该话题的全面介绍，见 K.A. McEuen，注释 18 所引书；另见 R. Shafer，注释 23 所引书，第 99—103 页。关于赫里克，见 M.J. Ruggles 的注释：《贺拉斯与赫里克》"Horace and Herrick"，刊于《古典学期刊》*The Classical Journal*，31（1935-6），223—234 页；另见 G.W. Regenos 的出色类比：《贺拉斯对罗伯特·赫里克的影响》"The Influence of Horace upon Robert Herrick"，刊于《语文学季刊》*The Philological Quarterly*，26（1947），3.268—284 页。

88. 贺拉斯，《颂诗集》1.5。在描绘凉棚下的亚当和夏娃时（《失乐园》4.771 行起），弥尔顿再现了这幅画面：

> 在夜莺的催眠下，他们相拥而眠，
> 从鲜花盛开的棚顶上，玫瑰雨点般
> 落在他们裸露的四肢上。

89. 见本书第 159 页起。

90. 贺拉斯，《颂诗集》1.16: *O matre pulchra filia pulchrior*。弥尔顿的第 20 首十四行诗模仿了它。

91. 见第 11 首十四行诗，灵感来自贺拉斯，《颂诗集》1.2.18-20：

> 妻管严的河神，
> 未经尤庇特允许就漫过了
> 左岸。
>
> sinistra

> labitur ripa Ioue non probante
> uxorius amnis.

92. 小 J.H. Finley 对该主题做了很好的展开，见《弥尔顿与贺拉斯》"Milton and Horace"，刊于《哈佛古典语文研究》*Harvard Studies in Classical Philology*，48（Cambridge, Mass., 1937），29—73 页。

93. 关于英格兰的情况，C. Goad 的论文非常好用：见《18 世纪英语文学中的贺拉斯》*Horace in the English Literature of the Eighteenth Century*（耶鲁大学英语研究丛书 Yale Studies in English, 58, New Haven, 1918）。

94. 斯温伯恩在他的《法兰西共和国建国宣言颂》（*Ode on the Proclamation of the French Republic*）中先是连用了六个"节"，然后是六个"对节"，随后是唯一的"尾节"。这让上述术语变得几乎完全没有意义。

95. 关于该主题有趣的讨论，见 E. Maass 的《歌德与古典》*Goethe und die Antike*（Berlin, 1912），第 10 章。

96. 此类作品包括：《穆罕默德之歌》（*Mahomets Gesang*）、《流浪者的冲锋歌》（*Wanderers Sturmlied*，歌德还在诗中呼唤了品达）、《普罗米修斯》（*Prometheus*）、《诸神颂》（*Das Göttliche*）、《伽倪墨得斯》（*Ganymed*）和《人类的界限》（*Grenzen der Menschheit*）。《人类的界限》这样的无韵体诗与阿诺德《恩培多克勒在埃特纳》（*Empedocles on Etna*）中的抒情诗具有非常惊人的相似性。

97. 详细分析见 F. Beissner，《荷尔德林的希腊语译作》*Hölderlins Übersetzungen aus dem Griechischen*（Stuttgart, 1933），E. Lachmann，《荷尔德林的赞美诗》，*Hölderlins Hymnen*（Frankfurt a/M., 1937），以及 G. Zuntz 的《论荷尔德林翻译的品达》*Über Hölderlins Pindar-Übersetzung*（Marburg, 1928）。荷尔德林的翻译涉及大约一半的《奥林匹亚颂》和几乎全部的《皮同颂》，但由于倦怠或任务的艰难，他经常无法将整首颂诗翻完。关于歌德与荷尔德林的更多情况，见本书第 379 页起，第 377 页起。

98. 不过，《颂诗》5.12 却是一首优美短小的贺拉斯体抒情诗。

99. M.R. Thayer 对英格兰的相关情况做了详细但并不十分令人满意的研究：见《贺拉斯对 19 世纪重要英语诗人的影响》*The Influence of Horace on the Chief English Poets of the Nineteenth Century*（康奈尔英语研究丛书 Cornell Studies in English, 2, 耶鲁大学出版社, New Haven, 1916）。

100. 格雷的《逆境赞》（*Hymn to Adversity*）也值得一提。它的灵感来自贺拉斯的命运颂（《颂诗集》1.35），并启发华兹华斯写出了《责任颂》（*Ode to Duty*，见本书第 411 页）；但作为诗歌，它不算十分成功。贺拉斯作品中的人格化形象要少得多，而且通过对动作和服饰的鲜活描绘，它们都显得栩栩如生，如"信赖"披着白袍（*albo Fides uelata panno*）；而"必然"（*Necessitas*）则带着沉重的钉子、楔子和融化的铅。

101.   我的心在痛，疲倦和麻木刺痛了
       我的感官，仿佛饮下了毒芹汁，
       或者刚刚喝干了鸦片剂，
       向着忘川沉去。

My heart aches, and a drowsy numbness pains
My sense, as though of hemlock I had drunk,
Or emptied some dull opiate to the drains
One minute past, and Lethe-wards had sunk....

为何无力的疲倦在我感官深处
释放出如此的遗忘，
仿佛喉头干裂的我
饮下了带来忘川之梦的杯中物。
Mollis inertia cur tantam diffuderit imis
obliuionem sensibus,
pocula Lethaeos ut si ducentia somnos
arente fauce traxerim ... （贺拉斯，《长短句》14.1-4 行）

这种回响是毋庸置疑的，第一个注意到它的是 G. Greenwood 爵士，见《李，莎士比亚和第三者》*Lee, Shakespeare, and a Tertium Quid*（London，1923），第 139 页。随后，Edmund Blunden 先生也对此做了精彩的分析，他把贺拉斯下一首诗歌的开篇与《夜莺颂》的第四节做了比较：

也许月后正端居宝座，
被全班的星辰女仙簇拥着。
And haply the Queen-Moon is on her throne,
Clustered around by all her starry Fays.

夜里，月亮在澄澈的空中闪耀，
在小星星中间
Nox erat, et caelo fulgebat Luna sereno
inter minora sidera

最后他又指出，《夜莺颂》的结尾与贺拉斯也有相似之处：

这是幻觉还是梦寐？
歌声已逝：我醒了还是睡着？
Was it a vision, or a waking dream?
Fled is that music:—Do I wake or sleep?

你听见了吗，还是可爱的幻觉
在捉弄我？
Auditis, an me ludit amabilis
insania?（《颂诗集》3.4.5-6 行）

他非常令人信服地表示，这些相似之处让我们相信，在那个夜晚，当济慈坐在花园里开始创作时,他的手上拿着一本贺拉斯诗集:见《济慈和他的前辈们》"Keats and his Predecessors",刊于《伦敦墨丘利》*London Mercury*,20(1929),第289页起。

102. D.S. Savage 引述,《哈特·克莱恩的美国主义》"The Americanism of Hart Crane",刊于《地平线》*Horizon*,5(1942),5月刊。

103. O damn anything that's low, I cannot bear it(Goldsmith,《她为征服而屈尊》*She Stoops to Conquer*, 1.2)。法国超现实主义诗人 Croniamental【译按,阿波利奈尔自传性质的小说《被暗杀的诗人》(*Le Poète assassiné*)的主人公】巧妙地表达了同样的感情:

> 诗琴
> 呸!

> Luth
> Zut!

(R.G. Cadou 引述,《阿波利奈尔的遗嘱》*Testament d'Apollinaire*,Paris,1945,第168页)在18和19世纪,对巴洛克式矫揉造作的憎恶和对颂诗作家好高骛远的不满催生出大量戏仿颂诗。比如,Wolcot 就以时事为题创作了通情达理但格调低俗的诗歌,并称其为颂诗,还用 Peter Pindar 作为笔名。不过也有一些戏仿之作颇具趣味,比如 Calverley 以烟草为题的萨福体诗歌:

> 灰色的上午是甜蜜的,
> 他们收拾完午餐时是甜蜜的,
> 而白日终了之时
> 也许是最甜蜜的。

> Sweet, when the morn is gray;
> Sweet, when they've cleared away
> Lunch; at the close of day
> Possibly sweetest.

而给著名的颂诗《致奄奄一息的青蛙》(*To an Expiring Frog*)带去灵感的无疑是1824年成立的皇家预防虐待动物协会(Royal Society for the Prevention of Cruelty to Animals):

> 我能眼看你趴在地上
> 喘息而不叹气吗;
> 我能看你在木头上
> 垂死而不动容吗,
> 奄奄一息的蛙!

> Can I view thee panting, lying
> On thy stomach, without sighing;
> Can I unmoved see thee dying

> On a log,
>
> Expiring frog!

扮作密涅瓦角色的 Leo Hunter 夫人把这首颂诗重新朗诵了一遍（Pickwick 先生说："扮作角色！"）。

第 13 章　转型

1. 与法兰西学院和英国皇家艺术协会成立日一样，著名的海豚丛书（Delphin）的出版也是文化史上值得铭记的重要日子。这套丛书由路易十四赞助，供法国王太子殿下使用。丛书共 64 卷，收录了许多最伟大的拉丁语经典作品，各卷采用统一格式，包括拉丁语散文体改写、插图和出自当时最出色法国学者之手的注疏。该计划于 1672 年由王太子总管 Montausier 伯爵以及太子的老师 Bossuet 与 Huet 提出，大部分卷册完成于 1674 到 1698 年间。该丛书装帧精美，内容经过细致删订；词汇索引至今仍偶尔能派上用场。

2. 法语把高中称为 *lycée*，这个词来自亚里士多德开办的学园（Lyceum），而英美高中经常按照柏拉图学园的称呼被叫作 academy。德语的称呼是 *gymnasium*，源于苏格拉底讲课的场所。school 一词来自拉丁语的 *schola*，源头是希腊语的 σχολή，意为"悠闲"，与成年人的日常劳作相对。

3. 见本书第 466 页起。

4 华兹华斯，《序曲》*The Prelude*，11.108–109 行。

5. 关于这场浩劫的简短但生动，并且取材于同时代人记录的描述，见 J.E. Sandys，《西方古典学术史》（Cambridge, 1908），卷二，以及 J.A. Symonds，《文艺复兴中的意大利：知识的复兴》*The Renaissance in Italy: the Revival of Learning*，第 7 章。15 世纪中叶由杰出的老师和人文主义者 Pomponius Laetus 创立的罗马学院在浩劫中毁于一旦：校长目睹了自己所藏的几乎所有抄本和文物遭到洗劫和破坏。正在雄心勃勃创作《罗马史》的 Paolo Giovio 失去了前 10 卷部分内容的唯一手稿，他在传记集的最后哀叹到，日耳曼人"劫掠了精疲力竭的希腊和沉睡中的意大利，夺走了它们的和平、知识和艺术饰品"。各地学者在往来书信中都称世界之光熄灭了。

6. "在 16 世纪最顶尖的法国学者中，Turnebus 在圣巴托罗缪之难几年前便已去世；Ramus 死于这场屠杀，Lambinus 因恐惧而亡，而 Hotman 和 Doneau 则逃亡日内瓦，再也没有回来。Joseph Justus Scaliger 同样避走该城……Isaac Casaubon 出生在日内瓦，他的父母是从加斯科涅逃难来此的胡格诺教徒。他在 9 岁时便能用拉丁语交谈和书写。圣巴托罗缪大屠杀的消息传来后，他与家人躲进了山中，当时他正跟随父亲学习希腊语，教材是伊索克拉底的《致德谟尼科斯》（*To Demonicus*），于是只能在多菲内的山洞中继续希腊语课。"（Sandys，注释 5 所引书，卷二，第 199 页和 204 页，A.A. Tilley 引述，《法国文艺复兴文学》*The Literature of the French Renaissance*［Cambridge, 1904］）Casaubon 后来被逼迫皈依天主教，情急之下他只好离开法国前往英格兰，并在那里继续研究直到他英年早逝。

7. 学者和诗人 Aonio Paleario（1504—1570 年）谴责这份清单是"谋杀文学的出鞘匕首"。他哀叹到，由于这份清单，"博雅之艺的研习被废弃，年轻人在慵懒中浪费年华，在公共广场上游荡"。1570 年，他为自己的信仰殉道。（Sandys，注释 5 所引书，卷二，第 155 页）
8. 见 Allardyce Nicoll，《剧场的发展》*The Development of the Theatre*（London，1927），第 9 章。

第 14 章　书籍之战

1. 关于该主题有大量优秀的书籍和论文。我要特别感谢下面的书目：

    F. Brunetière，《文学史上体裁的演化》*L'Évolution des genres dans l'histoire de la littérature*（Paris，1924），第 4 课。

    A.E. Burlingame，《书籍之战的历史背景》*The Battle of the Books in its Historical Setting*（New York，1920）。

    J.B. Bury，《进步的理念》*The Idea of Progress*（London，1920），第 4、5 章。

    A.F.B. Clark，《布瓦洛与法国古典批判者在英国的接受状况》*Boileau and the French Classical Critics in England*（比较文学评论丛书 *Bibliothèque de la Revue de littérature comparée*，19，Paris，1925）。

    G. Finsler，《荷马在近代：从但丁到歌德》*Homer in der Neuzeit von Dante bis Goethe*（Leipzig，1912）。

    H. Gillot，《法国的古今之争》*La Querelle des anciens et des modernes en France*（Paris，1914）。

    R.F. Jones，《"书籍之战"的背景》"The Background of the *Battle of the Books*"（《华盛顿大学研究：人文系列》*Washington University Studies, Humanistic Series*，7.2，St. Louis，1920，99—162 页）。

    R.F. Jones，《古人与今人》*Ancients and Moderns*（华盛顿大学研究（新序列）：语言和文学系列 Washington University Studies, New Series, Language and Literature，6，St. Louis，1936）。

    H. Rigault，《全集》（*Oeuvres complètes*）第一卷：《古今之争的历史》*Histoire de la querelle des anciens et des modernes*（Paris，1859）。

    A.A. Tilley，《路易十四时代的衰弱》*The Decline of the Age of Louis XIV*（Cambridge，1929），第 10 章。

    C.H.C. Wright，《法国的古典主义》*French Classicism*（哈佛罗曼语研究系列 Harvard Studies in Romance Languages，4，Cambridge, Mass.，1920）。

2. 《复乐园》4.331 行起。这是基督教会中非常古老的观念，早在公元 2 世纪便出现了。殉道者 Justin 断言，异教徒的所有哲学和诗学事实上都剽窃自希伯来人；他的看法得到了 Tatian，Theophilus of Antioch，Clement of Alexandria，Tertullian，Origen，甚至 St. Jerome 的支持。
3. 见本书第 8 章注释 59 和第 155 页起。关于对在基督教诗歌中使用异教元素的批评，见 A.F.B. Clark，注释 1 所引书，特别是第 308 页起。

4. 豪斯曼，《西罗普郡少年》A Shropshire Lad，第 31 首。
5. 在这场争论中，很早就出现了以失传技艺为论据的反驳。关于 1637 年的一场讨论留下了有趣的描述，报道者是《法兰西报》（Gazette de France）的创始人 Renaudot（作为普遍文化项目的一部分）。讨论的主题是：几个世纪前是否存在过更伟大的人？共有五人参与了这场讨论，尽管他们的论点并不总是像后来的争论参与者那么鲜明，但主要的四条论点都有所涉及。不过，其中一位参与者比本书第 266 页上提出的反驳走得更远，他试图证明罗马人在科学上也毫不逊色于现代人，因为他们发明了铸造玻璃这样的东西（普林尼，《博物志》36.195；佩特罗尼乌斯，《萨蒂利卡》51）。William Temple 爵士过分夸大了这条论点，使其显得荒谬。关于该问题的讨论，见 L.M. Richardson，《特奥弗拉斯特·雷诺多的"讨论会"》"The 'Conférences' of Theophraste Renaudot"，刊于《现代语言笔记》Modern Language Notes，48（1933），312—316 页。
6. 关于这种表述的历史，见 F.E. Guyer，《巨人肩膀上的侏儒》"The Dwarf on the Giant's shoulders"，刊于《现代语言笔记》Modern Language Notes，45（1930），398—402 页。它的首创者显然是 Bernard de Chartres（尽管也有人将其同 Roger de Blois 联系起来），通过其弟子 William de Conches 和 Richard l'Evêque 传到 John of Salisbury 那里，被后者用在了《元逻辑》（Metalogicus）中。它流行于整个文艺复兴时期，出现在蒙田《随笔集》3.13，杜尔菲《希尔瓦尼尔》（Sylvanire）的序言和伯顿《忧郁的解剖》等奇特的场合——伯顿把它归于 Didacus Stella 名下，此人的晦涩程度让他都要莞尔。
7. 科学家尤其喜欢这条论点。它被培根使用过，也是笛卡尔思想的前提；帕斯卡尔在《〈论真空〉残稿》（Fragment d'un traité du vide）对其做了优美的陈述："如果古代的哲学家能够一直活到今天，并把许多个世纪的时间用于研究，增进自己原有的知识，那么他们在某些方面将达到和今人同样的状态。由此可知，藉着这种特性，不仅人类个体在知识上日益取得进步，而且随着宇宙的发展，人类整体也在知识上不断前进，因为人类世代的更迭就好比个体经历生命的不同阶段。因此，这许多个世纪中的所有世代的人可以被看作同一个永生和不断学习的个体；这样我们就会意识到，我们对古代哲学的尊崇是多么错误：因为既然老年是距离幼年最远的阶段，那么对这个代表了全体人类的个体而言，他的老年难道不应该也是距离其出生最远，而非最近的阶段吗？我们称之为古人的其实只是所有方面的新生儿，他们正是人类的童稚时期；而我们则通过随后那些世纪的经历增加了他们的知识，我们幻想存在于他们身上的古老性其实存在于我们自己身上。"
8. 有时，该论点会更进一步，得出这样的结论：我们正处于文明的暮年，它智慧但虚弱，正在走向死亡。这种理念在 17 世纪早期非常流行，以至于成了 1628 年剑桥哲学辩论的主题。为了驳斥它，反方向弥尔顿求助，于是后者写了一首拉丁文诗歌《自然不会老去》（Naturam non pati senium），作为对宇宙衰老观点的有力反驳。见 V. Harris，《分崩离析》All Coherence Gone（Chicago，1950）。
9. La nature est immuable（Rigault 引述，注释 1 所引书，第 192 页）。杜贝雷在《捍卫法语并为其增光》中已经提出这样的观点，并得到了龙沙的支持：见 Gillot，注释 1 所引书，第 45 页。
10. 柏拉图，《理想国》2.377b 起。
11. 见 J.L. Gerig 和 G.L. van Roosbroeck，《皮埃尔·贝勒的未刊书信：第 10 部分》"Unpublished

Letters of Pierre Bayle"（section 10），刊于《罗曼语评论》*The Romanic Review*，24（1933），211页。

12. Brunetière引述，注释1所引书，第123页。

13. 荷马，《奥德赛》6.71行起。佩罗尔，第四篇对话，Rigault引述，注释1所引书，第211页起；另见佩罗尔与他的兄长合著的《特洛伊城墙或戏谑的起源》*Les Murs de Troye ou l'origine du burlesque*（Finsler，注释1所引书，第179页）。

14. 切斯特菲尔德，《书信集》*Letters*，1734号（1750），D. Bush引述，《英语诗歌中的神话和浪漫主义传统》*Mythology and the Romantic Tradition in English Poetry*（哈佛英语研究丛书 Harvard Studies in English, 18, Cambridge, Mass., 1937），第6页。

15. 对日常物品名字的这种反感是巴洛克时代品位的核心特色之一。贵妇和绅士们完全无法忍受不符合贵妇和绅士身份的词汇——比如劳动阶层的词汇。这些词汇被认为是"低俗"的，并非因为它们下流，而是因为体力劳动的意味。我们将在后文再次提到这个问题（见本书第299页起，318页起）；下面的三段引文证明了这点：

> 小牛和母牛这样的词汇在希腊语中一点也不让人惊异，而在我们的语言中，它们几乎是无法忍受的。（Racine，《论荷马的〈奥德赛〉》*Remarques sur l'Odyssée d'Homère*，10.410行起）

> 如果直译的话，我们就会发现其用语上的荒诞，它们在法语中是可笑的。我们觉得小锅和锅子，血、脂肪、肠子和其他动物器官的名字是卑劣的，因为这些东西只出现在厨房和屠宰场里，会让我们的心砰砰乱跳。（Le Bossu，《论史诗》*Traité du poème épique*，6.8，Gillot引述，注释1所引书，第188—189页）

> 我们甚至比奥古斯都时代的人更加敏感。我们希望一切都是善良和美好的，完全没有低俗的东西。维吉尔把癫狂的阿玛塔斯（Amatas）比作儿童在走廊里玩的陀螺，他还把盛怒的人比作锅中的沸水，或者把激动的心灵也比作锅中的水，阳光似乎在水中颤抖和跳跃，通过反射撞击着房间的四壁和天花板，不知道今天的人是否会允许我采用类似的比喻？这类比喻把心灵同低俗的东西联系起来……今天，我们只希望看到非常高贵和非常美好的事物。（Desmarets de Saint-Sorlin写给兄弟Rolland的书信，Gillot，注释1所引书，第505页）。

对荷马糟糕品位的批判早在1561年就出现了，维吉尔的推崇者Julius Caesar Scaliger在《诗学》（*Poetice*）中对荷马笔下诸神和英雄们的粗俗和愚蠢行为做了几十处严厉的批评。详情和引文见Finsler，135页起和Gillot，70页起（均为注释1所引书）。在这个时期，一些古典诗人被斥为低俗下流（他们的确如此）。Bayle形容尤维纳尔的讽刺诗是"脏水"（*égouts de saleté*），因此不如布瓦洛的作品；他称马提亚尔和卡图卢斯为"粗鲁和鄙俗的灵魂"（*des esprits grossiers et rustiques*），不如拉封丹（见Gerig和van Roosbroeck，注释11所引书）。不过，这条论点的使用次数要少得多，因为与它相关的只是古典文学中的次要体裁。

16. 荷马，《伊利亚特》11.558行起。拉辛比同时代的其他人都更了解荷马，他在写给布瓦洛的一封书信中非常中肯地评价了这个段落。为了给荷马辩护，布瓦洛曾表示，"驴"在希腊语中是非常高贵的词汇。对此，拉辛指出："我认为，与其说'驴'在希腊语中是个非常高贵的词，不如说它没有贬义，就像鹿、马和母羊等等。'非常高贵'在我看来有点过分。"（书信 125 号，1693 年）

17. 荷马，《奥德赛》17.297 行起。
18. "古人的战斗方式，远古时代的宴会、仪式和其他习俗在今人看来有时显得可憎，读过荷马最神圣作品译文的人会感觉非常遗憾，好像那是出于白痴之手。这很大程度上要归咎于作品中的陈旧风俗，礼貌和有教养的人会认为它们是可鄙和应该被禁止的。"（塔索，《论英雄诗歌》*Discorsi del poema eroico*，《作品集》*Opere*，G. Rosini 编，Pisa，1823，第 12 卷）
19. 塔西佗，《编年史》1.65：amissa per quae egeritur humus aut exciditur caespes。尼禄的"消遣场所"（*deuerticula*）见《编年史》13.25，苏维托尼乌斯在《尼禄传》26.1 中称之为"饭馆"（*popinae*）。
20. Quel ton! quel effroyable ton! ah, Madame, quel dommage que le Saint Esprit eût aussi peu de goût!——Lytton Strachey 引述，《杜方德夫人》"Madame du Deffand"（《书与人》*Books and Characters*，New York，1922）。有人倾向于把 *ton* 译做"风格"，但那样的话它的意思就变成了文学风格，而玛雷夏尔所指的是圣经世界的所有社会风俗。
21. 关于女性对 17 世纪品位的影响，见 Gillot，注释 1 所引书，第 349 页。
22. Lytton Strachey 引述，《拉辛》"Racine" 前揭书。Strachey 在该文中讨论了拉辛使用的迂回说法，比如当 Roxane 让人取来弓弦绞死自己的情人时，她说：

>他们准备了不幸的绳结，
>让它终结这种人的性命。

>Qu'ils viennent préparer ces noeuds infortunés
>Par qui de ses pareils les jours sont terminés.

Strachey 对此给出了两个理由。首先，"感官之物——物质对象和细节——……必须被不惜代价地排除在画面之外……以便注意力完全被放在作品的核心与主导特征上，即角色的精神状态"；他还把迂回说法比作"肖像画背景中随性插入的柱子和帷幕"。但这样的比较站不住脚，因为对拉辛而言，构思出这些迂回说法要比直截了当表述困难得多；另一方面，感官之物能让角色的精神状态变得生动鲜活，经常使其以最清晰和最令人难忘的形式呈现出来，并让观众把注意力牢牢地放在它们身上。《李尔王》的最后场景和《麦克白》中的梦游场景就是例证。Strachey 的另一个理由是，拉辛有时会用迂回说法来表现角色头脑中的混乱——这证明了他是一个优秀艺术家，但并不表明该做法在美学上是有用的。我们更应该把该做法看成社会审查的结果，而非美学纯粹性的要求；更应该为此感到遗憾；也更应该关注拉辛如何努力避免和克服它所带来的局限。

23. Les neuf Muses, seins nus, chantaient la Carmagnole.（雨果，《沉思集》*Les Contemplations*，1.7：《对起诉书的回应》*Réponse à un acte d'accusation*；关于该话题，见本书第 405 页起）。
24. 但丁，《论俗语》，见本书第 71 页起。

25. 关于《捍卫法语并为其增光》，见本书第 231 页起。在书籍之战中，现代派的发难包含了法国的民族主义情感：见 Gillot，注释 1 所引书，第 37 页起。现代派中的许多人认为，这是一场拉丁语和法语之间的战斗，前者是国际性语言，而后者不再是一种方言，正开始将自己确立为文化语言；双方交锋最激烈的问题之一在于，路易十三的纪念铭文究竟应该使用拉丁语还是法语。与此同时，Desmarets de Saint-Sorlin（见本书第 278 页起）出版了《法语语言和诗歌同希腊文与拉丁文的比较》*Comparaison de la langue et de la poésie française avec la grecque et la latine*（1670 年）。法国"现代派"有时也会提出另一个论点，即法语是理想的语言，在美感和表现力上远远超过拉丁语或其他任何语言，就好比法国是完美的国家，享有各种财富和恩典。这种观点虽然几乎不值得客观验证，却不时在其他国家重现；它至今仍未消亡，而且无疑明天也不会。

26. 见 Rigault，注释 1 所引书，第 159 页起。

27. R.F. Jones 引述，《〈书籍之战〉的背景》"The Background of the *Battle of the Books*"，注释 1 所引书，第 117 页；关于培根日益咄咄逼人的态度，见同一篇论文的第 102 页起。中世纪对亚里士多德哲学的尊崇成了攻击的主要目标，许多"古代派"也加入了现代派的行列。1671 年，布瓦洛在《可笑的判决》（*Arrêt burlesque*）中嘲笑了教授们试图通过立法来阻止笛卡尔哲学的传播和支持亚里士多德的经院哲学。F. Morrison 指出，斯威夫特在创作自己的戏仿之作前可能读过这部作品：见《对〈书籍之战〉的注解》"A Note on *The Battle of the Books*"（《语文学季刊》*Philological Quarterly*，13［1934］，4.16–20）。

28. 莫里哀，《愤世嫉俗》（*Le Misanthrope*）1.2：

> **阿尔塞斯特**：人们引以为荣的这种花哨风格
> 　　　　　　与良好格调和真理背道而驰：
> 　　　　　　它不过是文字游戏和纯粹的矫揉造作，
> 　　　　　　自然的语言完全不是这样。
> 　　　　　　今人的这种危险风格让我恐惧。
> 　　　　　　我们的先人尽管粗俗，在这点上却好得多，
> 　　　　　　在我看来，今人推崇的一切东西
> 　　　　　　还比不上我将念给您听的这首老歌：
> 　　　　　　"倘若国王给我他的
> 　　　　　　巴黎，他的大城，
> 　　　　　　要我放弃
> 　　　　　　我对心上人的爱，
> 　　　　　　我会对亨利大王说：
> 　　　　　　'收回你的巴黎，
> 　　　　　　我更爱我的心上人！
> 　　　　　　我更爱我的心上人。'"

> *Alceste:* 　　Ce style figuré, dont on fait vanité,

> Sort du bon caractère et de la vérité:
>
> Ce n'est que jeu de mots, qu'affectation pure,
>
> Et ce n'est point ainsi que parle la nature.
>
> Le méchant goût du siècle, en cela, me fait peur.
>
> Nos pères, tous grossiers, l'avoient beaucoup meilleur,
>
> Et je prise bien moins tout ce que l'on admire,
>
> Qu'une vieille chanson que je m'en vais vous dire:
>
> Si le Roi m'avoit donné
>
> Paris, sa grand' ville,
>
> Et qu'il me fallût quitter
>
> L'amour de ma mie,
>
> Je dirois au roi Henri:
>
> 'Reprenez votre Paris:
>
> J'aime mieux ma mie, au gué!
>
> J'aime mieux ma mie.'

29. **埃里昂特**：通常来说，爱情很少符合这条规则，
    人们看见，情侣总是夸耀自己的选择。

> *Éliante:* L'amour, pour l'ordinaire, est peu fait à ces lois,
>
> Et l'on voit les amants vanter toujours leur choix.

参见卢克莱修，《物性论》4.1153 行起。

30. 见 Tilley，第 338 页起；Rigault，第 5 章；Finsler，第 191 页起（均为注释 1 所引书）。
31. 《杂见》第 9 和第 10 卷包含了与这场战斗相关的论点。Finsler 认为（注释 1 所引书，第 85 页起），该书早在 1601 年便以《哲学问题》(*Quistioni filosofiche*) 之名问世。Finsler 对该书和另一部具有相似理念的意大利语作品——Paolo Beni 的《托尔夸托·塔索同荷马与维吉尔的比较》*Comparazione di Torquato Tasso con Omero e Virgilio*（1607）——做了有用的探讨。诚然，塔索尼与法国"现代派"的关联并不十分紧密，但在 1678 年出版的《夺桶记》译本的序言中，皮埃尔·佩罗尔宣扬了现代派的观点，并把矛头对准了布瓦洛。
32. 布瓦洛，《诗艺》*L'Art poétique*，3.193 行起。Finsler 讨论了德马雷的史诗，注释 1 所引书，第 160 页起。
33. 指《精神的乐趣》(*Délices de l'esprit*, 1658 年)，文中使用了论点一和二，对话重点是建筑的进步。
34.
    > Viens défendre, Perrault, la France qui t'appelle;
    >
    > Viens combattre avec moi cette troupe rebelle:
    >
    > Ce ramas d'ennemis, qui, faibles et mutins,
    >
    > Préfèrent à nos chants les ouvrages latins.

    Rigault 引述，注释 1 所引书，他把临终时的德马雷比作哈米尔卡（见本书第 279 页）。
35. 见布瓦洛的《警铭诗》22-28。野人指北美的 Huron 人和巴西的 Topinambou 人。

36. Finsler 对卡里埃尔的《新近爆发的古今之战的诗史》做了概括（注释 1 所引书，第 186—189 页），并介绍了它的模板——Furetière 对一场学究和哲学家论战的描绘。另见 Rigault，注释 1 所引书，第 13 章。

37. 关于贝勒《哲学辞典》中的"现代派"论点，见 Finsler，注释 1 所引书，第 198 页起，以及 Rigault，注释 1 所引书，第 250 页起。

38. L'Angleterre, selon son habitude en toutes choses, nous a pris un peu plus qu'elle ne nous a donné（Rigault，注释 1 所引书，卷二，第 1 章）。关于圣埃弗尔蒙对这场论战之态度的更全面分析，见 Gillot，注释 1 所引书，第 407—414 页。

39. 关于"达雷斯"和"迪克图斯"，见本书第 51 页起。

40. 见 J.E. Sandys，《西方古典学术史》（Cambridge，1908），卷二，第 405 页。另见第 401—410 页对班特利抱有好感的描绘；另见 Richard Jebb 爵士的优秀传记和 De Quincey 文笔优美的论文。

41. 蒲柏，《愚人志》4.203-274 行。

42. 见豪斯曼，《古典评论》*The Classical Review*，34（1920），第 110 页：显然带有一定的反讽。

43. 《失乐园》1.63。

44. 弗吉尼亚·伍尔芙《普通读者》（*The Common Reader*，London 和 New York，1925）中有一篇题为《弥尔顿与班特利》（"Milton and Bentley"）的优美随笔，另见威廉·燕卜荪对班特利的弥尔顿注疏本的精彩分析：《田园诗的几种形式》*Some Versions of Pastoral*（London，1935），149—191 页。

45. 见斯威夫特的《自辩》（*Apology*，《乔纳森·斯威夫特散文体作品集》*The Prose Works of Jonathan Swift*，H. Davis 编，Oxford，1939），第 7—8 页，以及编者导言，第 xxix 页所提到的作品。

46. 斯威夫特的戏仿史诗中洋溢着寓言的味道，比如：蜘蛛像传奇中的巨人那样生活在可怕的城堡里；在描绘蜜蜂的挣扎时，他毫无疑问影射了荷马笔下的英雄（它三次试图杀开血路，蛛网的中心也震动了三次）；而蜘蛛则以为，这些振动意味着"大自然的最终毁灭即将到来，或者别西卜和所有的魔鬼们都已降临……"。

47. 关于贺拉斯与蜜蜂，见本书第 226 页和第 12 章注释 13。

48. 关于斯威夫特的品达体颂诗，见 H. Davis 的编者导言，注释 45 所引书，第 xi-xv 页。

49. C.J. Horne 对班特利对手们的幽默作了很好的描绘：见《法拉利斯争议》"The Phalaris Controversy"，刊于《英语研究评论》*The Review of English Studies*，1946，第 289—303 页。

50. 参见注释 41。

51. 不过，乌达尔·德·拉莫特导论性质的《论荷马》（*Discours sur Homère*）中也有一些不错的观点：见 Finsler，注释 1 所引书，第 214 页起。

第 15 章　对巴洛克的注解

1. 本书中的这种"巴洛克"词源说早已被广泛接受，并出现在《牛津英语词典》中。它最早见于 Ménage 的《词源学词典》(*Dictionnaire étymologique*, 1650 年), 并被 Winckelmann 的《公开信》(*Sendschreiben*, 1755 年)所采纳。不过, 也有人提出了另一种说法:见 K. Borinski 的《诗学和艺术理论中的古典传统(卷一):中世纪、文艺复兴和巴洛克时代》*Die Antike in Poetik und Kunsttheorie*, v.1, *Mittelalter, Renaissance, Barock*, 古代的遗产丛书, 9, Leipzig, 1914(我从中获悉了 Ménage 和 Winckelmann 的相关资料), 以及 Benedetto Croce 的《巴洛克时代的历史》*Storia dell'età barocca*, 文学与政治史丛书, Scritti di storia letteraria e politica, 23, Bari, 1929。两位作者认为, "巴洛克"一词源于 *baroco*, 这是一种用来支持牵强论断的直言三段体形式。他们指出, "巴洛克式论断"(*argomento in baroco*)之类的术语逐步发展成了所谓的"巴洛克式表述"(*discorsi barocchi*), 即"夸张的表述", 这个词开始意指"思维极端敏捷"或者"复杂得不可思议"。Borinski 认为这种意思始于 Baltasar Gracián, 并把它同思想上极端的花巧联系起来, 这种风格在文艺复兴时期已经相当流行, 在随后的时代更是泛滥成灾。因此, 它与 17 世纪文学中所用的"玄学"(metaphysical)非常相似。

与本书中的词源说隶属美学范畴不同, 这种说法的背景是学术, 但它同样带有"张力"这个基本的含义。它意味着占据主导的理性被推向极端, 几乎失去了平衡。这种含义符合本章所描绘的巴洛克时代的张力, 因为巴洛克的理念不是单一的, 它既表示"几乎冲破表面的美", 也可以表示"被幻想推向夸张极端的智力"。

这个词最初带有贬义, 非常接近 grotesque; 关于它在德语中的含义, 见 J. Mark,《"巴洛克"一词的使用》"The Uses of the Term 'baroque'", 刊于《现代语言评论》, 33(1938), 547—563 页。它的含义直到相当晚近才开始囊括了 17 和 18 世纪初所有宏大和庄严的艺术与思想。W. Weisbach 就它的主要影响做了很好的分析, 见《作为反宗教改革艺术的巴洛克》*Der Barock als Kunst der Gegenreformation*(Berlin, 1921)。在关于该主题的研究中, René Wellek 的出色论文必不可少, 他探讨了该术语的历史和在过去三十年间的快速扩张;见《文学学术中的巴洛克概念》"The Concept of Baroque in Literary Scholarship", 刊于《美学与艺术批评杂志》*The Journal of Aesthetics and Art Criticism*, 5(1946), 2.77-109。在同一期刊物中还有几篇有用的文章, 如 W. Stechow 的《巴洛克在视觉艺术中的定义》("Definitions of the Baroque in the Visual Arts")和 R. Daniells 的《英国的巴洛克和故意的晦涩》("English Baroque and Deliberate Obscurity")。

不过, 对该术语的理解离不开美学和情感欣赏。这只有从内容和风格两方面聆听那个时代的音乐, 观看它的戏剧, 参观它高贵而优雅的建筑, 研究它的绘画和阅读它的散文才能实现。Sacheverell Sitwell 文笔优美的著作将会激发任何读者的想象力:见《南方巴洛克艺术》(*Southern Baroque Art*, London, 1924),《德国巴洛克艺术》(*German Baroque Art*, London, 1927)和《西班牙巴洛克艺术》(*Spanish Baroque Art*, London, 1931)。关于该主题的其他作品, 见 Wellek 先生丰富的参考书目。

2. 麦考雷,《詹姆士二世登基后的英格兰史》*The History of England from the Accession of James II*, 第 7 章开头。Saint-Simon 对勃艮第公爵的描绘(见本书第 336 页起)同样表现了对狂热激情的强制约束:

> 勃艮第公爵的天性让人不寒而栗。当钟声响起, 催促他去做不喜欢的事时, 他会

暴跳如雷，几乎想要砸断钟摆，而当雨水妨碍了他去做喜欢的事时，他会用最夸张的方式对雨水发火……此外，他对肉体和精神上的一切禁忌都不怀有热望……凡是他喜欢的，他都会投入狂热的爱，并且流露出人们无法表达的骄傲和自豪……难以置信的是，虔诚和恩典会让他在转眼间变成另一个人，把如此可怕的缺点变成完全相反的美德……他把自己的全部缺点和狂热变成了对完美的渴望……这让他在美德上出类拔萃，在克己禁欲上无人能及。

事实上，"仁慈君王"是巴洛克时代的最重要的理想之一。和奥古斯都一样，他把巨大的权力同超人的仁慈与自制融于一身。他出现在许多戏剧和政治论文中，在莫扎特的《狄托的仁慈》（*La clemenza di Tito*）和《后宫诱逃》（*Die Entführung aus dem Serail*）中得到了神化。

3. 作为有史以来最伟大的歌手之一，著名的阉伶 Farinelli 可以用一个音节唱出华彩段，跨越两个八度和 155 个音符，并以长长的颤音结尾。关于如此杰作的抄本，见 D.J. Grout 的《歌剧简史》*A Short History of Opera*（New York，1947），卷一，第 195 页。

4. 关于这个概念的研究，见 H. Peyre，《法国的古典主义》*Le Classicisme français*（New York，1942）。作者注意到，与法语不同，英语中的 classicism 和 classicizing 可以表示无法与任何希腊和罗马文学联系起来的极端僵化。

第 16 章　巴洛克悲剧

1. 见 C. Müller，《拉辛〈淮德拉〉的素材研究》*Die Phädra Racine's, eine Quellenstudie*（Leipzig，1936）。

2. 见本书第 164 页。莎士比亚也通过 Underdown 的译本了解了它。在《第十二夜》中（5.1.121 行起），公爵提到了该作品中一个令人动容的情节：

> 如果我有这心肠，为什么我不
> 像那个死到临头的埃及小偷一样，
> 杀了自己的所爱呢？

关于赫利奥多罗斯的传奇与《淮德拉》的密切关系，见 G. May，《〈淮德拉〉的希腊语素材研究》"Contribution à l'étude des sources grecques de Phèdre"，刊于《现代语言季刊》*Modern Language Quarterly*，8（1947），228—234 页；《安德洛玛克》和其他作品中同样可见相似点。

3. 关于弥尔顿和希腊人，见 W.R. Parker 的优秀专著《希腊悲剧对弥尔顿〈斗士参孙〉的影响》，*Milton's Debt to Greek Tragedy in "Samson Agonistes"*（Baltimore，1937）。Parker 先生指出，准确评估三大希腊悲剧作家之中的任何一位对弥尔顿的影响都是不可能的，因为他完全吸收了从他们身上学到的东西。据弥尔顿之女说，欧里庇得斯是他的最爱；他的确经常在非戏剧作品中引用欧里庇得斯。不过，参孙的形象以及在接近一半的时间里只让一名演员出现在舞台上的手法显然借鉴了埃斯库罗斯。Parker 先生相信,在其他一些东西上,如歌队的角色,对反讽的使用和结局的形式,弥尔顿主要追随了索福克勒斯。

4. 在其鸿篇巨制《17 世纪法国戏剧文学史》(*History of French Dramatic Literature in the Seventeenth Century*,Baltimore 和 Paris,1929—1942 年)中,H.C. Lancaster 对 17 世纪巴黎的剧场观众规模做了估计,但他的说法最近受到 J. Lough 的批评:见《法语研究》*French Studies*,1(1947 年 4 月),第 2 页。Lough 先生援引伏尔泰在 1733 年的描述指出,经常光顾剧院的巴黎人不到 4000;他还估计,法兰西喜剧院的常规观众在 1 万到 1 万 7 千人之间。

5. 《哈姆雷特》3.4.91 行起:

> 不,我不要生活在
> 这浸染臭汗的油腻眠床上,
> 在腐烂之物中受煎熬,
> 在污秽的猪圈里调情说爱!
> 啊,别再对我说下去了!

6. 《哈姆雷特》3.4.212 行。
7. 《麦克白》1.5.51 行起;《漫步者报》*The Rambler*,1751 年 10 月 26 日。
8. 见本书第 272 页,以及第 14 章注释 15。
9. 埃斯库罗斯,《阿伽门农》109 行起。
10. 拉辛,《伊菲格尼亚》,1.2:

> 而帕里斯则为他无礼的火焰带上王冠,
> 毫无风险地留下了你妻子的姐妹。
>
> Et Pâris, couronnant son insolente flamme,
> Retiendra sans péril la sœur de votre femme !

11. 同上,2.4。
12. 关于这些"法则"缘起的概况,见本书第 142 页起;另见 C.H.C. Wright,《法国的古典主义》*French Classicism*(哈佛罗曼语研究丛书 Harvard Studies in Romance Languages,4,Cambridge,Mass.,1920),第 8 和 9 章。
13. H. Peyre,《规则》"Les règles",收录于《法国的古典主义》"*Le Classicisme français*"(New York,1942),91—103 页。

第 17 章 讽刺作品

1. 近年来有人提出 satura 源于伊特鲁里亚语的 satir(话语),但它更可能来自 satur(充满的),即李维的"充斥着混杂的韵律"(*impletas modis saturas*, 7.2)和尤维纳尔的"本书中的大杂烩"(*nostri farrago libelli*, 1.86)所用的意思。与之类似的一个词是 farce,来自俗拉丁语的 farsa,意为"塞满的"。

2. 关于贺拉斯的抒情诗，见本书第225页。
3. 抄本上的标题为《对克劳迪乌斯之死的嘲讽》（*Ludus de morte Claudi*），但人们通常认为，这就是《升天变呆瓜》。Dio 表示，塞内卡创作此剧以供尼禄的宫廷消遣。剧名中的"呆瓜"对应拉丁语 *cucurbita*【译按：一种西葫芦】在俚语中表示"傻子"：因此，作者的意思是，神化过程没能让克劳迪乌斯成为真神，反而让他变成了傻子。英语中的相似作品有拜伦的《审判日之梦》（*Vision of Judgment*），它讽刺了骚塞对乔治三世的神化。
4. 该书的标题是 *Satirica* 或 *Satyrica*，而非 *Satiricon*，后者是复数属格形式，修饰 *libri*（意为"萨蒂利卡之书"）。关于该作品的主旨，以及书中人物与作者的关系，见 G. Highet，《道德家佩特罗尼乌斯》"Petronius the Moralist"，刊于《美国语文学协会报告》*Transactions of the American Philological Association*，72（1941），176—194页。
5. 关于这点，见本书第66页起。
6. 《我们在尘世的生命倏忽》（*Brief life is here our portion*）和《为了你，亲爱的故乡》（*For thee, O dear, dear country*）同样来自贝尔纳的这首诗歌：见 H.C. Hoskier 精良的校注本（London，1929）。另见 T. Wright 的《12世纪的英国拉丁语讽刺诗和警铭诗人》*The Anglo-Latin Satirical Poets and Epigrammatists of the Twelfth Century*（London，1872）。作者在书中列举了同类型的其他作品，其中 John de Hauteville（活跃于1184年）的《阿尔基忒莱尼乌斯》（*Architrenius*）尤为有趣。
7. 尤维纳尔，10.81行。
8. 同上，6.660–661行。
9. 豪斯曼，《西罗普郡少年》，第48首。
10. 尤维纳尔，1.79行。斯威夫特的墓志铭是：这里埋葬着神学博士乔纳森·斯威夫特的身体，狂野的怒火再不能撕碎他的心（HIC DEPOSITVM EST CORPVS JONATHAN SWIFT, S.T.P., VBI SAEVA INDIGNATIO VLTERIVS COR LACERARE NEQVIT）。
11. 我们用下面的例子来说明亚伯拉罕的风格，它以对唱形式精彩地戏谑了《诗篇》第110首。作者表示，许多人一边在做晚祷，一边想着晚上的赌博，比如：

> 耶和华对我主说（今天我们去列奥先生家），
> 你坐在我的右边（今天我会赢，肯定能赢），
> 等我使你仇敌（昨天我输了三局）
> 作你的脚凳（今天将时来运转），
> 你能力的杖（我会赢回三局）……

DIXIT DOMINUS DOMINO MEO	heut gehen wir zum Herrn Leo
SEDE A DEXTRIS MEIS	heut werde ich gewinnen, das ist gewiss
DONEC PONAM INIMICOS TUOS	gestern hab ich verspilt drey Mass
SCABELLUM PEDUM TUORUM	heut wird sich das Glück kehren um
VIRGAM VIRTUTIS TUAE	was gilts ich werd haben figuri tre....

（《大骗子犹大》*Judas der Erzschelm*，3.103）

见 Hugo Mareta,《论圣克拉拉的亚伯拉罕的〈大骗子犹大〉》*Ueber "Judas der Erzschelm" von Abraham a Sancta Clara*（无日期和地点，1875 年左右）；Theodor von Karajan,《圣克拉拉的亚伯拉罕》*Abraham a Sancta Clara*（Vienna，1867）；K. Bertsche,《圣克拉拉的亚伯拉罕》*Abraham a Sancta Clara*（Munich，1922^2）。1945—1946 年间，我在 10 座德国城市的书店都很少能找到任何亚伯拉罕的作品。维也纳科学院根据原始手稿出版了他的作品（第 3 卷于 1945 年问世），但很难买到。

12. 卡索邦的许多珍贵注疏被收录于 Conington 的佩尔西乌斯注疏本中。在为自己的尤维纳尔译本所写的序言《论讽刺诗》（*Discourse concerning Satire*）中，德莱顿也大量借鉴了卡索邦关于讽刺诗的论文。

13. E.H. Zeydel 提供了精良的诗体译本，并有介绍和注疏（还包含了有用的参考书目，并配有原作中的木刻画），New York，1944。

14. 布兰特的友人 Locher 将《愚人船》译成拉丁文（*Stultifera nauis*，1497），并（在布兰特的协助下）概括了作品所用的素材，现代学者已经对其进行了详细的研究。Zeydel 先生（注释 13 所引书）认为，布兰特的主要拉丁语素材是：俗拉丁语《圣经》、奥维德、《维吉尔早期诗歌》、尤维纳尔、泰伦斯和塞内卡；他对卡图卢斯、西塞罗、佩尔西乌斯和波伊提乌也有所了解；他还读过普鲁塔克的《论儿童教育》、色诺芬、荷马（显然通过拉丁语译本）。

15. A.K. Foxwell 注意到（《托马斯·维亚特爵士的诗歌研究》*A Study of Sir Thomas Wyatt's Poems*［London，1911］，第 11 章），在这些讽刺诗中"很少能找到古典的影响"；但尤维纳尔等人的痕迹还是相当明显。比如，第 1 首诗的开篇改编了贺拉斯关于城里老鼠和乡下老鼠的寓言（《讽刺诗》2.6），而第 2 首中则很好地再现了尤维纳尔（3.41 行起）著名的嘲讽：

> 我在罗马能做什么？我不会撒谎……
>
> quid Romae faciam? mentiri nescio . . .

详见 R.M. Alden,《古典影响下真正的讽刺诗在英格兰的兴起》*The Rise of Formal Satire in England under Classical Influence*（Philadelphia，1899），第 52 页起。

16. 见 Alden，前揭书，第 67 页起。

17. 故事见 Alden，同上，第 98 页起。

18. 有人据此提出了一种有趣的暗示，被这纸禁令堵死直接的表达渠道后，讽刺精神转而流入了戏剧：见 O.J. Campbell 的《滑稽讽刺诗与莎士比亚的〈特洛伊洛斯和克雷西达〉》*Comicall Satyre and Shakespeare's "Troilus and Cressida"*（San Marino, Cal.，1938）。

19. 见本书第 183 页。

20. 见 F. Giroux,《墨尼波斯式讽刺诗的构成》*La Composition de la Satyre Ménippée*（Laon，1904）。

21. 对于文艺复兴时期的古典体裁模仿者来说，第一人的身份经常难以确定。L. Petit de Julleville 表示，Vauquelin de la Fresnaye 在 1605 年出版了自己的讽刺诗，但雷尼耶的作品更早便以抄本形式流传：见《法语语言和文学史》Histoire de la langue et de la littérature française，卷四，第 30 页起。

22.《讽刺诗》14：

> Or, c'est un grand chemin jadis assez frayé,
> Qui des rimeurs françois ne fut oncq' essayé :
> Suivant les pas d'Horace entrant en la carrière,
> Je trouve des humeurs de diverse manière.

23. 关于他作品中的这五大元素，见 L. Petit de Julleville 关于雷尼耶的章节，注释 21 所引书。

24.《讽刺诗》3：

> Je n'entends point le cours du ciel, ni des planètes,
> Je ne sais deviner les affaires secrètes.

试比较尤维纳尔，3.42—47：

> 我不谙星辰的运动；
> 不愿也不能预言父亲的死亡；
> 我从不检视青蛙的肚肠；
> 别人知道如何把奸夫的礼物
> 和要求带给妇人：
> 我却从未帮助过小偷……

> Motus
> astrorum ignoro; funus promittere patris
> nec volo nec possum; ranarum viscera numquam
> inspexi ; ferre ad nuptam quae mittit adulter,
> quae mandat, norunt alii: me nemo ministro
> fur erit. . . .

廷臣们特别喜欢这首讽刺诗：维亚特早已借鉴过它，见注释 15。

25. Du siècle les mignons, fils de la poule blanche（《讽刺诗》3）；参见尤维纳尔 13.141："白鸡的儿子"（gallinae filius albae）。（白鸡的蛋是农场里最好的东西吗？或者她的受宠只是因为自己的颜色？）在雷尼耶的作品中，第 3 首讽刺诗受到尤维纳尔 3 的启发；第 7 首受到卢克莱修 4.1134 行起和奥维德《恋歌》2.4 的启发；第 8 首受到贺拉斯 1.9 的启发，并照搬了原文；第 12 首或多或少受到贺拉斯 1.4 的启发；第 13 首受到奥维德《恋歌》1.8 和普罗佩提乌斯 4.5 的启发，并引用了其他诗歌的内容；第 15 首受到贺拉斯 2.3 的启发。其他许多引用也清晰可辨，比如佩特罗尼乌斯《萨蒂利卡》第 127 行起就出现在了第 11 首讽刺诗中。

26.《讽刺诗》2，开头：

> 应该选择较少有人走过的小径，

在阿波罗的引领下，找到自由的

尤维纳尔之足迹；对被激怒者而言，

贺拉斯过于谨小慎微。

  Il faut suivre un sentier qui soit moins rebatu,

  Et, conduit d'Apollon, recognoistre la trace

  Du libre Juvénal; trop discret est Horace

  Pour un homme picqué. . . .

27. 《讽刺诗》10：

  Devant moy justement on plante un grand potage,

  D'où les mousches à jeun se sauvoient à la nage.

28. 《讽刺诗》11：

  Ainsi dedans la tête

  Voyoit-on clairement au travers de ses os

  Ce dont sa fantaisie animoit ses propos.

雷尼耶或者他的意大利语模版很可能借鉴了《普里阿普斯诗集》（*Priapea*）32.5-6 对一名瘦骨嶙峋的少女的描写，后者的手法如出一辙，但更为粗俗：

不必开膛破肚，托斯卡纳的肠卜师

就能透过皮肤看见她的内脏。

  cuius uiscera non aperta Tuscus

  per pellem poterit uidere haruspex.

29. 《讽刺诗》11：

  Trois dents de mort pliez en du parchemin vierge .

30. 《讽刺诗》13 以宗教堕落为题，部分内容来自当代生活，部分来自奥维德（《恋歌》1.8），部分来自普罗佩提乌斯 4.5，还有部分来自《玫瑰传奇》，后者则借鉴了尤维纳尔 6（见本书第 66 页起）。

31. 德莱登本人翻译了第 1、3、6、10 和 16 首。

32. 见尤维纳尔的第 4 首讽刺诗。Timon of Phlius（活跃于公元前 280 年）也写过一首希腊语的戏仿英雄式讽刺诗《睨视者》（Σίλλοι），该诗以哲学家的争斗为主题，有相当多的残篇存世；但德莱登不太可能接触过它。

33. A.F.B. Clark 表示，布瓦洛的《讲台》和蒲柏的《夺发记》并非以《夺桶记》为模板，因为后者不仅更长，而且本质上是一首相当严肃的作品，只是带有玩笑式的夸张而已：见《布瓦洛与法国古典批判者在英国的接受状况》*Boileau and the French Classical Critics in England*（比较文学评论丛书 Bibliothèque de la Revue de littérature comparée, 19, Paris, 1925），153—155 页。不过，这三首作品的主题是相同的，即毫无意义地大动干戈。诚然，塔索尼的作品描绘了真实的战争，而布瓦洛和蒲柏的则分别是教会争端和交往中的冲突，但这些并非本质区别，而是文艺复兴、巴洛克和洛可可时代的风格差异（即使《夺桶记》

中的战争也不是严肃的现代战争,而是数百年前两个由愚人统治的小城邦间的争斗)。此外,《讲台》第4卷中,布瓦洛本人还呼唤了带给塔索尼灵感的缪斯;而蒲柏作品的题目也显然模仿了 Ozell 的塔索尼译本的标题。这些作品的真正区别在于,《夺桶记》戏仿的是文艺复兴时期的骑士史诗,特别是塔索的《耶路撒冷的解放》,而另两位诗人的戏谑对象则是纯粹的古典史诗;但这些区别不足以让三部作品被归入不同门类。W. Frost 先生指出,《夺发记》中一些优美的戏谑段落来自蒲柏本人翻译的荷马史诗:见《〈夺发记〉与蒲柏的荷马译本》"The Rape of the Lock and Pope's Homer",刊于《现代语言季刊》*Modern Language Quarterly*,8(1947),3.342—354 页。Frost 先生认为,虽然译本的问世要晚于《夺发记》,但在创作这首讽刺诗时,译本中一些最著名的句子已经存在于蒲柏的头脑或手稿中。

34. 关于《愚人志》同古典讽刺诗的关系,见 G. Highet,《论〈愚人志〉》"The Dunciad",刊于《现代语言评论》*The Modern Language Review*,36(1941),3.320—343 页。

35. J.W. Tupper 就原著和改编的关系做了出色的分析:见《蒲柏的〈仿贺拉斯诗〉研究》"A Study of Pope's *Imitations of Horace*",刊于 *PMLA*,15(1900),181—215 页。二者的真正区别是(正如我们应该想到的),蒲柏添加了多得多的个人爱憎,通过引入许多同时代生活的细节,他让许多段落变得更加鲜活和真实。总体而言,他的改编扩展而非限制了原作。

36. 在评估罗马原作对巴洛克英语讽刺诗的影响时,我们永远不应忽视布瓦洛几乎同样巨大的影响。比如,尤维纳尔的第10首讽刺诗以纵览寰宇的视角开篇:

> 从加的斯直到恒河
> 到曙光女神家园的所有土地上。

> Omnibus in terris, quae sunt a Gadibus usque
> Auroram et Gangen...

约翰逊的版本也名不虚传:

> 让视野广阔的目光
> 扫过从中国到秘鲁的人类。

> Let observation, with extensive view,
> Survey mankind from China to Peru.

但最优美的版本还要数布瓦洛的(《讽刺诗》8,开头):

> 所有动物中,无论在空中飞翔,
> 在地上行走或在水里遨游,
> 从巴黎到秘鲁,从日本到罗马,
> 我认为,最愚蠢的是人类。

> De tous les animaux qui s'élèvent dans l'air,
> Qui marchent sur la terre ou nagent dans la mer,
> De Paris au Pérou, du Japon jusqu'à Rome,

> Le plus sot animal, à mon avis, c'est 1'homme.

37. 描绘全天活动的想法来自尤维纳尔 1.127 行起：

   > 白天本身被分成有条不紊的一系列事物。
   >
   > Ipse dies pulchro distinguitur ordine rerum...

   在佩尔西乌斯的第 3 首讽刺诗开头，一位娇生惯养的懒惰青年直到日上三竿才醒来。随后，作者像帕里尼那样使用了大段呼语。不过，这些模仿的痕迹无损于《一天》令人称道的原创性。

38. 布瓦洛，写给莱辛的书信，1692 年 10 月 7 日。
39. 蒲柏，《愚人志》4.551–554。
40. 布瓦洛，《讽刺诗》8.29–39。
41. 德莱登，《押沙龙与亚希多弗》1.108–115。
42. 布瓦洛，《诗艺》，2.175–178。
43. D.Mornet，《尼古拉·布瓦洛》*Nicolas Boileau*（Paris，1942），第 101 页起。Mornet 先生指出（第 57 页），雷尼耶的讽刺诗在他死后多次再版，但从 1641 年开始，每版都比之前删去了更多一点的不雅内容。
44. 见本书第 272 页。
45. 布瓦洛，《讽刺诗》6.37–38 和 6.49；尤维纳尔，3.292–295。
46. 德莱登，《押沙龙与亚希多弗》，2.464–465。
47. 蒲柏，《与阿布特诺特博士书》*Epistle to Dr. Arbuthnot*，309–310 行。
48. 佩尔西乌斯，3.34；但丁，《地狱篇》7.117 行起也使用了逼真的音效。
49. 布瓦洛，《讽刺诗》10.195–200。
50. 尤维纳尔，6.461–464，471–473：

    > Interea foeda aspectu ridendaque multo
    > pane tumet facies aut pinguia Poppaeana
    > spirat et hinc miseri viscantur labra mariti.
    > Ad moechum lota veniunt cute...
    > Sed quae mutatis induicitur atque fovetur
    > tot medicaminibus coctaeque siliginis offas
    > accipit et madidae, facies dicetur an ulcus?

    斯威夫特的《安息时的年轻宁芙》（*On a Young Nymph going to Bed*）比这还要不堪得多。

51. 雷尼耶，《讽刺诗》3.82；尤维纳尔，13.105。
52. 布瓦洛，《讽刺诗》12。
53. 为了证实布瓦洛作品的局限性，我们可以数一下他的讽刺诗中提到的具名人物，并将其与罗马人原作或者类似规模的罗马讽刺诗中的数字相比较。比如，他的第 8 首讽刺诗长 308 行，共提到了 7 名在世者，6 名最近去世者，以及从伊索到加尔文的 8 名历史人物；尤维纳尔的第 8 首讽刺诗长度与之相仿，共提及 23 名在世者和 25 名历史人物；而在长 326 行的贺拉斯《讽刺诗》2.3 中，我们找到了 30 名在世者和 24 名已去世者。

蒲柏则经常走向另一个极端，他的作品中加入了令人眼花缭乱的格式人物。把目光从现实生活移开的倾向在布瓦洛身上变得日益明显，他的最后一首讽刺诗《模棱两可》以耶稣会的重要人物为主题，其中完全没有出现在世者，只有 4 名尚未被人遗忘的晚近去世者和 8 名蜡像般的历史人物。

54. 蒲柏，《与阿布特诺特博士书》，203 行。
55. 布瓦洛，《书简》*Épître*, 10, 结尾。

第 18 章　巴洛克散文

1. Scudéry 的《克莱利亚》（*Clelia*）。
2. 本章内容要特别感谢 M.W. Croll 教授的精彩论文。特别见他的《17 世纪的"阿提卡式散文"》"'Attic Prose' in the Seventeenth Century"，刊于《语文学研究》*Studies in Philology*，18（1921），2.79—128 页；《穆莱与"阿提卡式"散文的历史》"Muret and the History of 'Attic' Prose"，刊于 *PMLA*, 39（1924），254—309 页；以及《散文中的巴洛克风格》"The Baroque Style in Prose"，刊于《英语语文学研究：向弗雷德里克·克莱伯致敬特刊》*Studies in English Philology . . . in honour of Frederick Klaeber*（Minneapolis, 1929），427—456 页。对于风行于 16 世纪末以及 17 和 18 世纪的两种对立的散文流派，Croll 教授倾向于只把其中的一种——"反西塞罗"流派——称为"巴洛克风格"。这样做当然是他的权利；但我总是觉得，巴洛克时代的建筑和音乐装饰丰富，充满了复杂的对称，在简单的设计基础上加了各种变化，这与繁复的西塞罗风格更有共同点。因此，我们或者应该把约翰逊那样的风格称为纯粹巴洛克式的，或者应该让这个术语同时涵盖两种流派。
3. 关于亚洲风格和阿提卡风格，见 E. Norden，《古代的艺术散文》*Die antike Kunstprosa*（Leipzig, 1898），1.251—299 页；以及 Wilamowitz 的著名论文《亚洲风格和阿提卡风格》"Asianismus und Atticismus"，刊于《赫尔墨斯》*Hermes*, 35（1900），1—52 页。西塞罗的《布鲁图斯篇》和《论演说家》反映了他在这次争论中的立场：他忠于自己的指导原则，致力于证明自己的风格代表了两种流派的要旨。
4. 提出这种划分的是 M.W. Croll 教授：见《散文中的巴洛克风格》，注释 2 所引书，第 431 页起。我们有必要从这两种风格的源头上理解它们的区别。"紧凑型"（*période coupée*）有意识地效法塞内卡。"松散型"风格并不真正地严格模仿任何古典作家，而是出于两种考虑：首先，它不希望像西塞罗那样正式；其次，它希望反映出思维过程的灵活性，以及偶尔的不合理和模糊性。
5. 伯顿，《忧郁的解剖》，第一部分，第 2 章，第 2 节，第 6 段中间（伦敦版，1924，第 161 页）。
6. 多恩，布道文 34（圣保罗大教堂，1623 年圣灵降临节）。
7. A. Momigliano 为该主题做了有用的介绍，并提供了详实的参考书目：见《对塔西佗最早的政治评论》"The First Political Commentary on Tacitus"，刊于《罗马研究期刊》*The Journal*

of Roman Studies，37（1947），91—101 页。

8. 关于该事件，见 J.E. Sandys 的第一篇《驳腓力词》和《奥林托斯演说词》注疏本（London，1897），序言第 ix 页起。

9. 皮特在动员增加国防力量以防入侵（1796 年 10 月 18 日）、总国防预算法案（1801 年 6 月 2 日）和志愿兵规定法案（1804 年 2 月 27 日）这三次演讲中引用了德摩斯梯尼。关于这些引用以及尼布尔的情况，见 J.E. Sandys，前揭书。关于对德摩斯梯尼反对腓力的演说词更早的类似使用，见本书第 122 页。

10. 见 E. Zielinski《西塞罗的历史变迁》Cicero im Wandel der Jahrhunderte（Leipzig，1912^3），第 247 页及注释。伏尔泰借 Memmius 之口对西塞罗的《论义务》大加赞赏。Memmius 是哲学家诗人卢克莱修的庇护人。

11. 伏尔泰，《〈罪与罚〉评述》Commentaire sur le livre "Des Delits et des peines"（1766），第 22 章。

12. 尤维纳尔，8.124：spoliatis arma supersunt；引自柏克关于同殖民地和解的演讲，1755 年 3 月 22 日。

13. 关于史诗中的用典，见本书第 156 页起。

14. 布朗，《居鲁士的花园》5.12。

15. 维吉尔，《农事诗》1.250–251：

> Nosque ubi primus equis Oriens adflauit anhelis
> illic sera rubens accendit lumina Vesper.

这段描写摘自 J.E. Sandys，《西方古典学术史》（Cambridge，1908），2.433 页起。

16. Faydit 语，A. Hurel 引述，《路易十四宫廷中的神圣演说家们》Les orateurs sacrés à la cour de Louis XIV（Paris，1872），1.335 页注释。在一篇向某位年轻演说家提供建议的文章中，波舒哀表示，自己的目标是将金嘴约翰和奥古斯丁融为一身："我对风格的了解来自拉丁语和少数希腊语书籍；我读过一些柏拉图、伊索克拉底和德摩斯梯尼的作品……我主要读的是西塞罗的书……但也有选择性地读过他的演讲……此外我还读过提图斯·李维、萨鲁斯特和泰伦斯。"他表示自己"流畅而形象"（tourné et figuré）的文风正是得益于此，并建议对方先学母语，再研习其他国家的文学，"特别是拉丁语，它的性质与我们的语言相去不远，甚至可以说完全相同"（A. Rebelliau 引述，收录于 Petit de Julleville 的《法语语言和文学史》Histoire de la langue et de la littérature française，5.5）。

17. "天使化的肉体"见 F. Brunelière，《波舒哀》Bossuet（Paris，1914^2），第 31 页，引自圣母升天节布道，第 2 节。其他词汇见 F. Brunot，收录于 L. Petit de Julleville 的《法语语言和文学史》Histoire de la langue et de la littérature française，5.795 页起。

18. H. Schmidt 列出了约翰逊最喜欢的一长串源于拉丁语的词汇：见《塞缪尔·约翰逊的散文风格》Der Prosastil Samuel Johnson's（Marburg，1905），第 4 页起。关于它们的研究揭示了约翰逊风格为何显得沉重，这是因为它们在内容上绝大部分是学术的：见 Z.E. Chandler，《对埃迪森、约翰逊、里兹利特和佩特风格技巧的分析》An Analysis of the Stylistic Technique of Addison, Johnson, Hazlitt, and Pater（艾奥瓦大学人文研究丛书 University of Iowa Humanistic Studies，4.3，Iowa City，1928）。

19. 博斯韦尔，《约翰逊传》Life of Johnson（Oxford 版，1924），2.569 页。
20. 见 G. Guillaumie，《让－路易·古埃·德·巴尔扎克与法国散文》J.L. Guez de Balzac et la prose française（Paris, 1927），第 132 页起。巴尔扎克反对使用 onguent（油膏）和 auspices（鸟卜）等词汇，认为那是"用法语说拉丁语"，他甚至还批评黎塞留称呼某人为"活跃的夸大者"（pétulant exagérateur）。然而，他本人却用过 vécordie（疯癫）、helluon（贪吃者）和 remore（拖延）：这并不表明他的标准不一，而是反映了当时卖弄拉丁语的风气非常盛行。此外，他本姓 Guez，Balzac 是作为他母亲嫁妆的一处封地之名。他将其加到了自己的姓氏中以显得高贵。
21. 布朗，《坛葬》Urn Burial，第 5 章。
22. 约翰逊，《萨维奇传》Life of Savage。
23. 布朗，《与友人书》Letter to a Friend。
24. 波舒哀，《论尘世的荣耀》Sur l'honneur du monde，2。
25. 弥尔顿，《战神山议事会演说》Areopagitica。
26. 波舒哀，《论正义》Sur la justice，3。
27. 培根，《论学习》Of Studies。
28. 多恩，布道文 66（1625/26 年 1 月 29 日）。
29. 蒲柏，《与高贵老爷书》Letter to a Noble Lord。
30. 林肯，《葛底斯堡演说》。
31. 布尔达鲁，《我们的苦难境遇》La misère de notre condition。在罗列了这些情形后，他又对其一一加以详述。见 F. Brunetière，《布尔达鲁的雄辩》"L'Éloquence de Bourdaloue"，刊于《法国文学史批判研究》Études critiques sur l'histoire de la littérature française（Paris, 1907），第 8 辑，151 页起。
32. 乔伊斯，《一个青年艺术家的画像》，第 3 章开头（London, 1928，第 133 页起）。
33. 布尔达鲁，《论上帝之国》（圣灵降临节后的第 14 个主日）。见 M.F. Hitz，《布尔达鲁的布道雄辩术》Die Redekunst in Bourdaloues Predigt（Munich, 1936），第 44 页。
34. "我敢打赌，在你喜欢的那些诗人和书籍中，一切优美的地方不外乎比喻或对仗"（伏尔泰语，Guillaumie 引述，注释 20 所引书，第 444 页）。在"夸饰体"（Euphuism）这种相对较早的英语散文文体中，对仗就已经泛滥成灾。我们还不确定这种有趣而风格独特的文体的起源。不过，在《夸饰体的直接源头》一文中（"The Immediate Source of Euphuism"，刊于 PMLA, 53［1938］，3.678—686 页），W. Ringler 提出，Lyly 等人参考了牛津大学基督圣体学院 John Rainolds 精彩而著名的拉丁语讲义，并试图在英语中重现其效果。如果的确如此，接下去的问题是，Rainolds 又是从何处习得这种风格的呢？Ringler 先生认为，他的风格效法了"圣奥古斯丁和纳齐安人格里高利（Gregory Nazianzen）"——这似乎难以置信——并借鉴了反对西塞罗风格的人文主义者比维斯（Vives）的教导。比维斯本人于 1523 年到 1525 年间在圣体学院任教，并写出了两篇出色的讲义（Sandys，《西方古典学术史》，Cambridge, 1908，2.214—215 页）：他是伊拉斯谟的朋友（后者同样反对模仿西塞罗）和一位卓越的教师。如果把"夸饰体"理解为（a）高度造作和形式化，（b）注重对称，（c）大量使用头韵，（d）卖弄学识和（e）

非西塞罗风格的,那么我们可以推测,这种文体来自英国人对一种新式拉丁语风格的反应,后者由比维斯等人文学者所创造,旨在比肩西塞罗的复杂和技艺,同时又不采用西塞罗本人的风格(比维斯无疑知道伊索克拉底的演讲,后者融合了头韵、半谐韵和对仗,与夸饰体非常相似,但较为适度)。

35. 多恩,《祈祷》Devotions,17。
36. 巴尔扎克,《基督徒苏格拉底》Socrate Chrétien,第 11 篇,Guillaumie 引述,注释 20 所引书。Guillaumie 先生指出(第 461 页起),通过发展各种对称手法(如对仗、语法上的平行、平衡的韵律和音节的交融),巴尔扎克赋予了法语散文新的和更加流畅的和谐。巴尔扎克的风格部分源于其本人出色的品位,部分得益于他受过值得称道的拉丁语训练(他师从耶稣会教士 Garasse),部分来自意大利演说家和散文作家的有益影响(他们同时使用意大利语和拉丁语)。Guillaumie 先生表示(第 111 页):"巴尔扎克的技艺体现了拉丁语的特性同法语品位的融合"。遗憾的是,Guillaumie 先生关于巴尔扎克的长篇著作却被这样的理念所主导,即有才华的学生不该学习拉丁语。巴尔扎克认为自己的才华离不开所受的教育,Guillaumie 先生却斥之为"如此根深蒂固……和有害的偏见"(第 26 页),并表示这种教育让他"误以为自己深入了古人的内心思想和真正灵魂"(第 77 页)。不过,该书的其他部分却致力于证明这种有害的体制令巴尔扎克如何受益。
37. 斯威夫特,《飞岛国游记》A Voyage to Laputa,第 6 章。
38. 蒲柏,《与阿布特诺特博士书》Epistle to Dr. Arbuthnot,201–202 行。
39. 皮特谈论关于同美洲殖民地的战争(《关于向陛下进言的动议》On the Motion for an Address to the Throne,1777 年 11 月 18 日)。
40. 多恩,布道文 48(1628/29 年 1 月 25 日)。
41. 布朗,《坛葬》Urn Burial,第 5 章。
42. 波舒哀,《英格兰的亨利耶塔的悼词》Oraison funèbre d'Henriette d'Angleterre。
43. 约翰逊,《与切斯特菲尔德勋爵书》Letter to Lord Chesterfield。在 Landor 的《伊索与罗多佩》(Aesop and Rhodope)也有一处著名而优美的三句排列:"拉俄达弥亚死了;海伦死了;尤庇特的心上人勒达去得更早"。
44. On jetait des louis d'or à la tête des libraires(Brunetière,《法国古典文学史》Histoire de la littérature française classique,Paris,1904,2.4.2)。关于该书在海外的流行,见 A. Eckhardt,《〈忒勒玛科斯〉在匈牙利》"Télémaque en Hongrie",刊于《匈牙利研究评论》Revue des études hongroise,4(1926),第 166 页起;H.G. Martin,《费内隆在荷兰》Fénelon en Hollande(Amsterdam,1928);以及 G. Maugain,《关于费内隆在意大利的命运之历史的书目和批评文档》Documenti bibliografici e critici per la storia della fortuna del Fénelon in Italia(佛罗伦萨法国学会丛书 Bibliothèque de l'Institut français de Florence,1.1,Paris,1910)。
45. 关于《阿斯特莱亚》,见本书第 170 页。
46. 该书第 12 卷包含了浓缩版的索福克勒斯悲剧《菲罗克忒忒斯》(Philoctetes)和《特拉喀斯的少女们》(Trachiniae);第 9 卷中,导师用语言的力量让一群蛮族平静下来,这借鉴了西塞罗《论选材》(De inuentione)开篇的主题。Zielinski 表示,这种理想直至法国大革命时期仍非常流行，"书店喜欢在橱窗里张贴这位博学老者的画像，他用自己的语言让激动的人群着魔"，费内隆对此居功至伟：见《西塞罗的历史变迁》*Cicero im Wandel der Jahrhunderte*（Leipzig, 1912³），第 321—322 页。关于费内隆所借鉴古典作品的简短清单，见 P. Janet,《费内隆》*Fénelon*（Paris, 1892），第 123 页起，更详细的信息见 L. Boulve,《费内隆的希腊主义》*De l'hellénisme chez Fénelon*（Paris, 1897）。

47. 关于《阿卡迪亚》，见本书第 167 页。
48. 关于荷马史诗的教育内容，见 W. Jaeger 的《教化》*Paideia*（Oxford, 1939），卷一，第 3 章。
49. 更多内容见 A. Tilley,《路易十四时代的衰弱》*The Decline of the Age of Louis XIV*（Cambridge, 1929），第 8 章。
50. 见 Brunetière, 注释 44 所引书。
51. 详见 E. Poetzsche,《塞缪尔·理查森的阅读》*Samuel Richardsons Belesenheit*（基尔英语语文学研究丛书 Kieler Studien zur englischen Philologie, 新序列 4, Kiel, 1908）
52. 理查森,《帕米拉》（1929 年 Oxford 版），卷三，书信 18，第 93 页。
53. 同上，卷 2，第 55 页。
54. 理查森,《克拉丽莎》（1930 年 Oxford 版），卷 3，书信 59，第 318 页。接下去是一批较为轻松的书籍，包括 Steele、Rowe 和莎士比亚的戏剧。
55. 关于西德尼的《阿卡迪亚》，见本书第 169—170 页。
56. 见 M. Gassmeyer,《理查森的〈帕米拉〉，它的素材和对英语文学的影响》*Samuel Richardson's "Pamela", ihre Quellen und ihr Einfluss auf die englische Literatur*（Leipzig, 1890），第 11 页起。
57. 见 S.L. Wolff,《伊丽莎白时代散文小说中的希腊语传奇》*Greek Romances in Elizabethan Prose Fiction*（New York, 1912），第 463 页注释。我没有在《帕米拉》中找到对《阿卡迪亚》的影射，如果真有的话。
58. 理查森在发音上犯了错。帕米拉在西德尼的作品中读作 Paméla，就像书中一句抒情诗中所展现的那样：Philóclea ánd Paméla swéet。Paméla 可能来自希腊语的 Πάμμηλα，意为"有许多羊的"（类似 εὔμηλος）。在《我的离别之歌》（*Verses on My Going Away*）中（书信 31），理查森笔下的女主角把自己的名字错读成 Pámela，这成了今天通行的读法。菲尔丁随即在自己的戏仿之作《约瑟夫·安德鲁斯》中对此加以嘲讽："他们的女儿名字很奇怪，叫作 Paměla 或者 Paméla；有人这样读，有人那样读。"（4.12）
59. 菲尔丁,《与瓦尔普尔书》*Letter to Walpole*, 1730：

> 意大利语和法语我牢记心头，
> 我用拉丁语写作，用希腊语阅读。

> Tuscan and French are in my head,
> Latin I write, and Greek—I read.

60. 关于"超自然的"，见《汤姆·琼斯》，卷八，第一章；关于史诗中的幽默，见《约瑟夫·安德鲁斯》的序言。
61. A. Dobson,《18 世纪剪影》*Eighteenth-century Vignettes*（London, 1896），3.163 页起。

62. 关于希腊语传奇，见本书第 163 页起。
63. "在我看来，与荷马的《奥德赛》一样，Cambrai 大主教的《忒勒玛科斯》也属于史诗；事实上，更加合理和公平得多的做法是将其冠以史诗之名，后者和它只有一点差别，而不是把它同那些除了这点外别无相似之处的作品混为一谈——诸如数量庞大、通常被称为传奇的作品，例如《克莱利亚》、《克娄佩特拉》、《阿斯特莱亚》、《卡桑德拉》、《大居鲁士》和其他无数作品，我认为它们很少提供教益或消遣"——菲尔丁，《约瑟夫·安德鲁斯》，序言开头。随后，菲尔丁让这种含混的分类更加混乱，他在接下去的一句话中表示，自己的作品是喜剧传奇，并将之定义为散文体的喜剧史诗。由此可见，他隐约意识到自己的作品同时包含了上述两种元素——他只是觉得史诗更具活力和阳刚之气，并反感传奇的造作和虚构。
64. 关于吉本的牛津岁月，见本书第 494 页。
65. 关于吉本为何选择英语作为自己巨著的语言，见 A.J. Toynbee，《历史研究》（Oxford，1939），5.506 页注释和 5.643—645 页。Toynbee 将其归因于英国在七年之战中的胜利。他还饶有趣味地提到了吉本的风格对青年林肯的影响。
66. 波舒哀，《世界通史论》，3.8 开头："上帝从天顶上统治万国；他手中掌握着一切人心：有时他约束人们的激情，有时让它们松脱束缚，他就这样操纵着所有的人……他知道人类的智慧总是有短板的；他启发他们，拓展他们的视野，然后又把他们遗弃在无知中；他蒙住他们的眼睛，推挤他们，让他们自己陷入混乱……我们不应再说命运是偶然的，或者仅仅用这个词来掩盖我们的无知。在我们蒙昧的头脑看来是偶然的，在更高的头脑看来却是有序的设计"——这段话与波伊提乌《哲学的慰藉》最后一卷产生了共鸣（见本书第 42 页）。
67. 见 R.G. Collingwood 对基督教史学一般性特征的描述，《历史的观念》*The Idea of History*（Oxford，1946），第 117 页起。
68. 这些引文摘自 Black 的《艺术史》*The Art History*（New York 和 London，1926），第 144 页。他的引述见白芝霍特，《文学研究》*Literary Studies*，1.226；圣伯夫，《周一漫谈》*Causeries du lundi*，8.456；哈里森，《吉本百年诞辰》"The Centenary of Gibbon"，收录于《记忆与思考》*Memories and Thoughts*。
69. 见本书第 10 页。
70. 孟德斯鸠的作品最后也草草收场。在第 48 章开头，吉本解释了自己为何改变计划（他还明显借用了孟德斯鸠的结尾）。
71. 布瓦洛，《讽刺诗》10.453-458：

> 然后，她用更加机敏和灵活的手
> 公正地称量了夏普兰和维吉尔；
> 她发现后者虽然缺陷很多，
> 但不可否认也有一些亮点，
> 而无论他的讽刺诗说些什么，
> 夏普兰唯一的缺点就是不值一读。

> Puis, d'une main encor plus fine et plus habile,

> Pèse sans passion Chapelain et Virgile;
> Remarque en ce dernier beaucoup de pauvretés,
> Mais pourtant confessant qu'il a quelques beautés,
> Ne trouve en Chapelain, quoi qu'ait dit la satire,
> Autre défaut sinon qu'on ne le saurait lire.

72. 下文是关于这些简单句式连用的典型例子（卷五，第 55 章，人人版第 518 页）："但圣徒们没有听见或者冷酷无情；蛮族的洪流滚滚向前，直到卡拉布里亚的最远端才停下。关于每名意大利臣民所需支付赔偿的协议最终达成；10 蒲式耳的银子被倾泻在土耳其人的军营。但作伪是用来对付暴力的天然手段；强盗们在赎金的数量和成色上都遭到了欺骗。在东边，匈牙利人与势均力敌的保加利亚人陷入混战，后者的信仰禁止他们同异教徒结盟，而他们所处的地理位置则成了拜占庭帝国的屏障。这个屏障也被推倒了；君士坦丁堡的皇帝看见了飘扬的土耳其人旗帜；其中一位最大胆的士兵还试图用战斧劈开城墙的正门。希腊人靠计谋和财宝引开了祸水；但匈牙利人在撤退时仍可以洋洋得意地表示，他们迫使勇武的保加利亚人和尊贵的恺撒们向自己纳贡。同一场战役中的那些偏远而迅速的行动也许夸大了土耳其人的数量；但他们的勇气非常值得赞扬，因为经常有三四百人的轻骑兵试图向特萨洛尼卡和君士坦丁堡发起最大胆的突袭。在 9 到 10 世纪的这个灾难性时代，欧洲从北面、东面和南面遭受三重攻击：诺曼人、匈牙利人和撒拉逊人的铁蹄有时会践踏同一片饱受蹂躏的土地；也许可以像荷马那样，把这些残暴的敌人比作在残缺不全的公鹿尸体上咆哮的两只狮子。"

73. 狄更斯，《我们共同的朋友》，第 5 章。

74. J. B. Bury，《大英百科全书》，"晚期罗马帝国"词条。

75. 柯勒律治，《席边闲谈》Table Talk，1833 年 8 月 15 日。

76. 吉本，《罗马帝国衰亡史》，第 6 章开头（人人版，1.126 页）。这与他在第 9 章开头的表述（人人版，1.213 页）形成了反差："有人却喜欢大肆宣扬这种无知和贫穷的状态，美其名曰善良和淳朴。"

77. 同上，第 2 章末，1.58 页。他还经常使用该观点的另一种表述，即长期的和平让罗马人变得堕落和软弱。

78. 同上，第 5 章开头，1.101 页。另见第 7 章末，以及 Bury 所编版本的附录 11。

79. 同上，第 35 章末，3.406 页：这是现代人最喜欢的解释之一，特别是因为通过新近发现的纸草，我们对罗马帝国治下埃及的财政制度知之甚详。

80. 同上，第 38 章末，4.103 页起。吉本在最后一章中给出的"罗马毁灭的四大理由"（6.550 页起）只针对罗马城的毁灭，而非帝国及其文明；但这些理由会让我们回想起那个在尤庇特神庙废墟中静坐凝思的年轻人（见本书第 352 页）。J.W. Swain 认为，第 38 章中的这篇论文写于 1772 年前，可能早至 1767 年：见《爱德华·吉本和罗马的衰败》"Edward Gibbon and the Decline of Rome"，刊于《南大西洋季刊》The South Atlantic Quarterly，39（1940），1.77—93 页。Swain 教授指出，针对罗马衰败的真实原因与意义，吉本在各卷中的态度有所变化，这与他本人的政治处境和大英帝国命运的变迁（特别是失去美洲殖民地）具有有趣的对应关系。

81. Walter Moyle,《作品集》Works（London，1726），卷一。关于斯宾格勒，见本书第267—268页。
82. 吉本，第10章开头（人人版，1.238页）。
83. 同上，第10章末，1.274页。
84. 见 N.H. Baynes 教授的出色盘点，《罗马力量在西欧的式微——一些现代诠释》"The Decline of Roman Power in Western Europe—Some Modern Explanations"，刊于 JRS, 33(1943)。
85. 日期是1764年10月15日：见吉本的自传，第167页。
86. S.T. McCloy 对吉本的反对者提出的论点做了有用的总结，见《吉本与基督教的对立和由此引发的讨论》Gibbon's Antagonism to Christianity and the Discussions that it Provoked（Chapel Hill，North Carolina，1933）。
87. 吉本，第28章：特别见最后几页（人人版，3.145—147页）。
88. 同上，第50章末，5.290—292页。
89. 同上，第71章，6.553页。另见 A.J. Toynbee 有趣的重新诠释，《历史研究》（Oxford，1939），4.56—63页。
90. 同上，第2章，1.28页起。
91. 同上，第23章，2.371页起。
92. 同上，第37章，4.16页起。

第19章 革命时代

1. "传奇"（romance）一词指用源于罗马人的某种俗语写成的作品，即地中海沿岸民族日常语言写成的通俗作品（与之相对的是用作为文化语言的拉丁语写成的严肃书籍），特别是关于骑士历险的故事。加泰罗尼亚语、法语、意大利语、葡萄牙语、罗马尼亚语和西班牙语至今仍被称为"罗曼"（Romance）语言。罗马人的一个甚至更为奇特的遗存是 Romaic，人们用该词称呼现代白话希腊文，因为后者是（东）罗马帝国的口语。
2. 见本书61页和514页。
3. 另见华兹华斯对自己在《吕克利斯颂》（Ode to Lycoris，1817年）中回归古典象征的注解："诚然，神话的使用在17世纪末流于陈腐和死气沉沉，并在整个18世纪得到了延续，这让读者大众对现代诗歌中的任何神话典故心生反感；尽管我尊重这种反感，并在一定程度上参与其中，我早前的作品避免引入任何异教故事，但即使以最不起眼的形式出现，这些故事也可能传递出真情实感。"
4. 拜伦，《唐璜》2.194。拜伦脑海中的群像也许是 Uffizi 美术馆的丘比特和普苏克。见 J.A. Larrabee,《英国诗人与希腊石像》English Bards and Grecian Marbles（New York，1943），第167页和注释16。
5. 关于温克尔曼的激进观点，以及他为给自己观点寻求佐证而去阅读的作者，见 C. Justi,《温克尔曼与他的同时代人》Winckelmann und seine Zeitgenossen（Leipzig，1898^2），1.202页起。
6. 雨果的整部《东方人》都表达了对土耳其人的痛恨和对自由的热爱，它们驱动着革命时代的高尚灵魂。"到希腊去！"他在第 4 首诗中这样呐喊道：

> 到希腊去，我的朋友们！复仇！自由！
> 我额上围着头巾！腰间悬着宝剑！
> 我们走！马匹已备好鞍鞯！

> En Grèce, ô mes amis! vengeance! liberté !
> Ce turban sur mon front ! ce sabre à mon côté !
> Allons ! ce cheval, qu'on le selle !

662

G. Deschamps 将英、法、俄军支持希腊独立描绘成诗人和学者的热情对谨小慎微的官僚阶级的胜利：见 L. Petit de Julleville 的《法语语言和文学史》*Histoire de la langue et de la littérature française*, 7.275 页起。在法国，夏多布里昂的宣传事实上远比雨果的夸张口号有效。
7. 见本书第 262 页起。
8. 关于奥林波斯诸神和拿撒勒人的争斗，见海涅的《游记：卢卡城》*Reisebilder: Die Stadt Lucca*, 6。引用、译文和讨论见 J.G. Robertson 的《德语诗歌中的希腊诸神》"The Gods of Greece in German Poetry"（《文学随笔与演讲》*Essays and Addresses on Literature*, London, 1935），第 136 页起，以及 E.M. Butler 精彩但倾向性明显的《希腊对德国的霸权》*The Tyranny of Greece over Germany*（Cambridge 和 New York, 1935），第 256 页起。
9. E.M. Butler, 注释 8 所引书, 118—119 页。
10. 雪莱在《自由颂》(*Ode to Liberty*) 中也用惊人的方式表达了对基督教的仇恨。在该诗第 8 节，他把希腊—罗马文明的衰亡归咎于"从死亡之海"（影射死海）爬出的"加利利毒蛇"；在第 16 节，他又表示，"教士"之名是地狱和魔鬼的源头。
11. 莱辛，《古人如何描绘死亡》*Wie die Alten den Tod gebildet*。
12. 关于"死亡之舞"，见 J. Huizinga,《中世纪的秋天》*The Waning of the Middle Ages*（London, 1937），129—130 页。
13. 济慈，十四行诗第 17 首（1817 年发表的诗）：

> 英格兰是快活的！我可以满足于
> 不用看到其他地方的一片翠绿；
> 不用感觉到其他的和风习习
> 吹过传奇故事中的高大树林；
> 可是我确实有时感到对意大利天空
> 怀着一种懒洋洋的情意，内心里
> 切望像坐在王位一般坐在崇山上，
> 一半忘却世界或凡夫是什么意义。
> 英格兰是快活的，她笨拙的女儿也可爱：
> 她们的纯朴美丽已够我受用，
> 她们那默默地攀着的雪白胳臂
> 也够我受用：但我真热望着要看到

更深沉的秋波的美人，听她们歌唱，
同她们荡漾于夏日水面之上。（朱维基译文）

> Happy is England! I could be content
>
> To see no other verdure than its own;
>
> To feel no other breezes than are blown
>
> Through its tall woods with high romances blent:
>
> Yet do I sometimes feel a languishment
>
> For skies Italian, and an inward groan
>
> To sit upon an Alp as on a throne,
>
> And half forget what world or worldling meant.
>
> Happy is England, sweet her artless daughters;
>
> Enough their simple loveliness for me,
>
> Enough their whitest arms in silence clinging:
>
> Yet do I often warmly burn to see
>
> Beauties of deeper glance, and hear their singing,
>
> And float with them about the summer waters.

"世界或凡夫"指英国的现代工商业生活，参见华兹华斯的《这世界真叫人难耐》*The World is too much with Us*（见本书第436页起）。

14. 在这点上，W. Rehm 着重描绘了德国人的情况：见《希腊文化与歌德的时代》*Griechentum und Goethezeit*（古代遗产丛书，第二辑，26，Leipzig，1936），第1页起。温克尔曼最远到过 Paestum 的神庙（Rehm，34页）。Rehm 的著作旁征博引，但在我看来，作者对德国民族的假定令该书失色不少。作者认为德国人和希腊人之间存在着特殊的精神亲缘性（他在第18页上称其为"亲和力"〔*Wahl-Verwandtschaft*〕），而不是将之推广到革命时代各国所有的思想家和美学家。但事实上，一些最重要的德语作家已经注意到德国与希腊的冲突（第366页）。鉴于此，甚至下面的论断都很难得到认同："对希腊民族的信仰归根到底只是对崇高和纯粹人性的信仰，因此也是对德国民族的信仰"（第17—18页）。

15. 歌德，1786年日记。H. Trevelyan 引述和翻译，《歌德与希腊人》*Goethe and the Greeks*（Cambridge，1942），121页。

16. 歌德，《威尼斯警铭诗》*Venezianische Epigramme*，第76首：

> Was mit mir das Schicksal gewollt? Es wäre verwegen,
>
> Das zu fragen: denn meist will es mit vielen nicht viel.
>
> Einen Dichter zu bilden, die Absicht wär' ihm gelungen,
>
> Hätte die Sprache sich nicht unüberwindlich gezeigt.

在同一部诗集中（第29首），歌德首先表示自己曾尝试过绘画等艺术，然后他说：

> 我只有一种才干算得上精通：
>
> 那就是德语写作。但我这不幸的诗人

却在最糟糕的素材中苦苦浪费生命和技艺。

> Nur ein einzig Talent bracht' ich der Meisterschaft nah:
> Deutsch zu schreiben. Und so verderb' ich unglücklicher Dichter
> In dem schlechtesten Stoff leider nun Leben und Kunst.

17. E.M. Butler，注释 8 所引书，第 203 页。
18. 见 Vernon Lee，《18 世纪意大利研究》*Studies of the Eighteenth Century in Italy*（London，1927²），第 2 章《音乐生活》"The Musical Life"，特别是第 139 页起和第 153 页起。
19. 关于日益受欢迎的意大利之行及其激励效果，见 L. Hautecœur，《18 世纪末的罗马与古典复兴》*Rome et la renaissance de l'antiquité à la fin du XVIIIe siècle*（雅典和罗马法语学校丛书 Bibliothèque des écoles françaises d'Athènes et de Rome，105，Paris，1912），1.1。
20. Alle Völker haben eine Renaissance gehabt, diejenige, die wir für gewöhnlich so bezeichnen, mit einer einzigen Ausnahme, nämlich Deutschland. Deutschland hat zwei Renaissancen gehabt; die zweite Renaissance liegt um die Mitte des 18. Jahrhunderts und knüpft sich an Namen wie Herder, Goethe, Schiller, Lessing, Winckelmann. Da stehen die Griechen ebenso im Vordergrund wie in der ersten die Lateiner, die nationale Wesensverwandtschaft der Deutschen und Griechen ist entdeckt worden. Daher kommt es, dass die Deutschen ebenso stark Griechen, wie die Engländer, Franzosen und Italiener bis auf den heutigen Tag Lateiner sein können. Für uns steht in erster Linie Homer, nicht Virgil, Thukydides, nicht Titus Livius, Plato, nicht Seneca, das ist ein grundlegender Unterschied. Wir denken zunächst ganz instinktiv an das Griechische, dann an das Römische, die Leute zur Zeit der ersten Renaissance und die grossen Kulturnationen des Westens machen es gerade umgekehrt, und darin ist vielleicht ein gutes Teil des Grundes zu sehen, weshalb die Deutschen so unbekannt und missverstanden in der Welt stehen.——Paul Hensel，《蒙田与古典》"Montaigne und die Antike"，刊于《瓦尔堡图书馆报告》*Vorträge der Bibliothek Warburg*，1925-6，Leipzig，1928，69 页。
21. 《唐璜》和《费加罗的婚礼》是莫扎特和洛伦佐·达·彭特（Lorenzo da Ponte）合作的成果（后者奇异人生的最后一站是在纽约哥伦比亚学院担任意大利语教授）。
22. "狂飙突进"一词来自 Klinger 的同名戏剧（1777 年），该剧的主人公拥有过剩的冲动和力量，是"拜伦出世前的拜伦"。
23. 温克尔曼用大衣包裹着自己，在壁炉边阅读希腊语直至半夜，然后在椅子上小憩到 4 点。醒来后他继续研习希腊语，直至 6 点去学校授课。夏天时他通常睡在长椅上，并在脚上绑好木块，以便在挪动身体时，木块会发出声响把自己惊醒。见 E.M. Butler 精彩但倾向性明显的《希腊对德国的霸权》*The Tyranny of Greece over Germany*（Cambridge 和 New York，1935），第 14 页。
24. H.C. Hatfield 对温克尔曼的思想做了很好的概括，并对其在德国引发的反响（并非都是正面的）进行了有趣的描绘：见《温克尔曼与他的德国批评家们：1755—1781 年》*Winckelmann and his German Critics 1755—81*（New York，1943）。
25. 沙夫茨伯里是温克尔曼最欣赏的两位作家之一，他的许多思想出现在温克尔曼的作品中：

见 C. Justi,《温克尔曼与他的同时代人》*Winckelmann und seine Zeitgenossen*（Leipzig, 1898²），1.208，211，215—216 页。

26. 18 世纪末和 19 世纪初，英国出现了一些著名的希腊式建筑和街道。俄国也有许多在同一股风潮中兴建的希腊风格建筑。在柏林，这种风格体现在 Langhans 仿照雅典卫城山门（Propylaea）建造的勃兰登堡门（1789—1794 年），以及 Schinkel 为老博物馆营造的柱廊（1824—1828 年）。关于杰斐逊与革命时代美国古典式建筑的关系，见本书第 400 页。希腊风潮也影响到小型装饰艺术上，比如著名陶瓷匠 Wedgwood 的作品，以及 A. Trippel（1787年）和 M.G. Klauer（1790 年）为歌德所塑的希腊—罗马风格半身像。

27. 见 J.E. Sandys,《西方古典学术史》（Cambridge, 1908），2.431—432 页。

28. 关于这部作品，另见本书第 383 页；Sandys，前揭书，2.432—433 页；以及 G. Finsler,《荷马在近代：从但丁到歌德》*Homer in der Neuzeit von Dante bis Goethe*（Leipzig, 1912），258 页和 368—372 页。

29. 歌德与荷尔德林满腔热情地阅读了钱德勒对伊奥尼亚的描绘：见 W. Rehm,《希腊文化与歌德的时代》*Griechentum und Goethezeit*（古代遗产丛书，第二辑，26，Leipzig, 1936），第 3 页。Wood 的《论荷马的作品及其灵感来源》和 Blackwell 的《荷马生平与作品研究》*Enquiry into the Life and Writings of Homer*（1735 年）让荷马走进了歌德的视野：见 E. Maass,《歌德与古典》*Goethe und die Antike*（Berlin, 1912），第 87 页。Wood 的论文在 1769 年被私下刊印，在作者死后于 1775 年公开出版，有过多个新版和译本。关于 Blackwell，见 Finsler，注释 9 所引书，第 332—335 页。

30. *Eine edle Einfalt und eine stille Grösse*（《关于模仿希腊绘画和雕塑作品的思考》，21）。

31. 关于温克尔曼发表在《美术文汇》*Bibliothek der schönen Wissenschaften*）上的这些论文，见 H.C. Hatfield，注释 5 所引书，第 9 页。

32. 这种表述见 E.M. Butler，注释 4 所引书，第 26 页。E. Fueter 指出，温克尔曼发明了"艺术史"（*Kunstgeschichte*）一词及其理念：见《新史学史》*Geschichte der neueren Historiographie*（D. Gerhard 和 P. Sattler 编，Munich, 1936³），第 390 页注释。

33. 见 J.E. Sandys,《西方古典学术史》（Cambridge, 1908），3.23 页。

34. 这个传说见维吉尔,《埃涅阿斯纪》2.40 行起。

35. 关于公元前 25 年这个时间，见 C. Blinkenberg,《论拉奥孔组雕》"Zur Laokoongruppe"，刊于《德国考古协会罗马分部报告》*Mitteilungen des deutschen archäologischen Instituts, römische Abteilung*，42（1927），177—192 页。这件组雕出自 Athanodorus 和 Hagesandros 两兄弟之手，作为嘉奖，罗德岛政府任命他们为 Athana Lindia 的祭司。Blinkenberg 认为，维吉尔并不知道这件作品，它直到公元 69 年才由提图斯带到罗马。另见 M. Pohlenz 在《古典》（*Die Antike*，9［1933］，第 54 页起）上发表的精彩论文。Pohlenz 认为，雕像肯定完成于与公元前 32—前 22 年这十年间。关于拉奥孔是否在哀号的问题上，他指出，晚期的斯多葛主义者（其中最著名的代言人 Panaetius 正是来自罗德岛）不允许因痛苦而嚎叫，但可以呻吟，后者被看成是意志为克服痛苦所做努力的表达。鉴于拉奥孔面部的极度痛苦，我并不认为这种观点很有说服力。即使他没有嚎叫而是在呻吟，这也不太可能是斯多葛式忍耐的呻吟。1506 年 1 月重见天日后，这组雕像马上就被认定为是普林尼在《博物志》

36.37 中描绘的那件作品。关于它在历史上的盛名,见 M. Bieber 的有趣专著:《拉奥孔组雕重见天日后的影响》 *Laocoon: the Influence of the Group since its Rediscovery*(New York,1942)。

36. 尤里乌斯·恺撒对特洛伊和罗马的联系特别感兴趣;瓦罗(公元 27 年卒)写过一部《论特洛伊家族》(*De familiis Troianis*),将罗马家族的起源回溯到特洛伊;维吉尔开始创作《埃涅阿斯纪》的时间是公元前 29 年。

37. 关于"弗吕吉亚人达雷斯",见本书第 51 页起。

38. De toutes les statues qui sont restées jusqu'à présent, il n'y en a point qui égale celle de Laocoon: S. Rocheblave 引述,收录于 L. Petit de Julleville 编《法语语言和文学史》*Histoire de la langue et de la littérature française*,卷五,第 12 章。皇家艺术学院最推崇的群像作品当属普桑的绘画,而单一人物作品则是希腊—罗马雕塑,特别是拉奥孔。

39. 见本书第 15 章,特别是第 290 页起。

40. J.G. Robertson 对《汉堡剧评》和莱辛其他的戏剧主题批判作品进行了非常全面的分析:见《莱辛的戏剧理论》*Lessing's Dramatic Theory*(E. Purdie 编,Cambridge,1939)。"剧评"(*Dramaturgie*)一词来自意大利批评家 Allacci 于 1666 年发表的一份名为《剧作法》(*Drammaturgia*)的戏剧目录:莱辛的本意类似"汉堡的戏剧活动"(见 Robertson,第 120 页起)。关于莱辛对荷马富有想象力但难以捉摸的批判,见 Finsler,注释 9 所引书,第 420—426 页。

41. 见本书第 287 页。

42. 见其早期的《戏剧的历史和接受状况论集》*Beyträge zur Historie und Aufnahme des Theaters*:莱辛以此回应了对他关于普劳图斯的论文和《俘房》译文的批评。见 Robertson,注释 21 所引书,第 94 页起。

43. "来自名叫塞内卡的拉丁语悲剧作家"(Von den lateinischen Trauerspielen, welche unter dem Namen des Seneca bekannt sind):见《戏剧文库》(*Theatralische Bibliothek*)。该书旨在反击 Brumoy 看重希腊语戏剧和贬低拉丁语戏剧的态度。见 Robertson,注释 21 所引书,第 110 页起。

44. 关于这场发难,见《新文学通讯》,第 17 期(1759 年 2 月):Robertson,注释 21 所引书,第 205 页起。

45. 经常有人认为,莱辛在《汉堡剧评》中的批评以其对亚里士多德《诗学》的解读为基础。Robertson 否定了这种观点。他指出,莱辛直到 1768 年 3 月才开始认真研读《诗学》(使用了达西耶的译文和注疏):见注释 21 所引书,第 342 页起。另见第 489 页起的总结。

46. 见 H. Trevelyan,《歌德与希腊人》*Goethe and the Greeks*(Cambridge,1942),第 50 页。关于赫尔德对荷马的颂扬,见 Finsler,注释 9 所引书,第 429—436 页。

47. 见 W.J. Keller 有用的论文,《歌德对希腊语和拉丁语作家的评价》*Goethe's Estimate of the Greek and Latin Writers*(Madison, Wisconsin,1916)。该文描绘了歌德对每位古典作家的兴趣的不同发展阶段,并列出了他在 1765 年到 1832 年间每年阅读内容的时间表。另见 E. Maass,《歌德与古典》*Goethe und die Antike*(Berlin,1912):这是该主题的标准参考书目。K. Bapp 对其做了补充:见《歌德的希腊思想世界》*Aus Goethes griechischer Gedankenwelt*(古

代遗产丛书，第二辑，6，Leipzig，1921）。

48. 席勒，《欢乐颂》：

> Freude, schöner Götterfunken,
> Tochter aus Elysium...

49. 席勒，《希腊诸神》，第 9 节：

> 那时没有可怕的骷髅
> 来到临终者床头。一个吻
> 从唇间带走最后的生气，
> 精灵垂下他的火炬。

> Damals trat kein grässliches Gerippe
> vor das Bett des Sterbenden. Ein Kuss
> nahm das letzte Leben von der Lippe,
> seine Fackel senkt' ein Genius.

（参见本书第 364 页起）

50. 关于该诗，见本书第 437 页。
51. 关于这些挑战的详情，见 F. Strich，《从克洛普施托克到瓦格纳的德语文学神话》*Die Mythologie in der deutschen Literatur von Klopstock bis Wagner*（Halle，1910），1.273 页起。
52. 荷尔德林发疯后，他改掉了自己的名字。E.M. Butler 在自己著作的相关章节中对其表达了同情，见注释 4 所引书。
53. 关于荷尔德林的赞美诗，另见本书第 251 页。
54. G. Wenzel 对此做过一些肤浅的评价：见《荷尔德林与济慈：志趣相投的诗人》*Hölderlin und Keats als geistesverwandte Dichter*（Magdeburg，1896）。
55. 柏拉图，《会饮篇》，201d 起。
56. 济慈，《当我感到恐惧》（*When I have Fears*，1817）。荷尔德林，《致命运女神》（*An die Parzen*）：

> Nur einen Sommer gönnt, ihr Gewaltigen!
> Und einen Herbst zu reifem Gesange mir,
> Dass williger mein Herz, vom süssen
> Spiele gesättiget, dann mir sterbe.

57. 关于这点，见 Keller，注释 28 所引书，第 9—10 页，第 73 页（埃斯库罗斯），第 96 页（阿里斯托芬），第 111 页（亚里士多德的《诗学》），第 125 页（《希腊诗文集》），第 140 页（"朗吉努斯"）和第 141 页（琉善）。
58. 见 H. Trevelyan，注释 27 所引书，第 1 章；E. Maass，注释 28 所引书，第 3 章。歌德本人也提到了这点：见《诗与真》*Dichtung und Waharheit*（Vienna 版），第 161—162 页，以及《温克尔曼和他的世纪》*Winckelmann und sein Jahrhundert*。
59. 见 Keller，注释 28 所引书，第 17 页；另见该书第 1 章多处。
60. 歌德，《罗马哀歌》，第 5 首。

61. 同上，1.13-14：

> 啊，罗马，尽管你是世界，但没有了爱
> 世界就不是世界，罗马也不是罗马。
>
> Eine Welt zwar bist du, o Rom, doch ohne die Liebe
> Wäre die Welt nicht die Welt, wäre denn Rom auch nicht Rom.

在《罗马哀歌》第3首中，歌德使用了同普罗佩提乌斯和奥维德非常类似的神话。他让情人不要因为轻易向自己敞开怀抱而羞赧，因为在英雄时代，男女神祇们也都迅速而毫不犹豫地追求爱情。其中一次这样的突然结合孕育出了狼孩双胞胎，他们让罗马成了世界的主宰。

62. 见 E. Maass, 注释 10 所引书，第 7 章；Rehm, 注释 10 所引书，第 128 页起。

63. E. Maass 把她同 Cordelia 与 Imogen 做了比较【译按：分别是《李尔王》和《辛白林》中的人物】，注释 10 所引书，第 341 页。

64. F. Bronner 对《罗马哀歌》的素材做了细致分析：见《歌德的〈罗马哀歌〉及其素材》"Goethes römische Elegien und ihre Quellen"，刊于《语文学与教育学新年鉴》Neue Jahrbücher für Philologie und Paedagogik，148（1893）。Bronner 指出，在罗马时，歌德没有读过卡图卢斯和普罗佩提乌斯，而是直到 Knebel（他用散文体翻译了普罗佩提乌斯）送给他一卷这两位哀歌诗人的诗集才开始阅读他们。他对提布卢斯不感什么兴趣，但从马提亚尔和《普里阿普斯诗集》中借鉴了一些材料。他最了解的可能是奥维德——《罗马哀歌》的题铭来自《爱的艺术》（1.33）。

65. 见《罗马哀歌》第6首，精妙的结尾采用了《希腊诗文集》的手法。

66. 以 Longfellow 的《伊万杰琳》（Evangeline）为例：

> This is the forest primeval. The murmuring pines and the hemlocks（第1行）
> Stand like harpers hoar, with beards that rest on their bosoms.（第4行）

第1行全都是扬抑抑格。第4行本该由四个扬扬格开头，但事实上，harpers 和 hoar with 中的两个音节不可能同时重读，beards that 也很难做到。它们实际上由一个重读音节和一个非重读音节组成，即扬抑格。因此，在这些六音步诗句中，我们看到的是扬抑抑格和扬抑格的交替，偶数长度音步和奇数长度音步的交替，这就显得"瘸腿了"。一些古典学家（他们更多是学者而非诗人）试图建立以音长为基础的六音步和五音步格律，但遭到了丁尼生的嘲讽：野蛮人的实验，野蛮人的六音步（Barbarous experiment, barbarous hexameters）。拥有良好品位的歌德当然对它们不屑一顾。

67. 译者 J.H. Voss 早就以这种形式的六音步创作过一些诗歌，但没有像歌德的《赫尔曼与朵洛缇娅》那样情节丰富。见 V. Hehn 关于 Voss《路易斯》（Luise）的介绍，来自《论歌德的〈赫尔曼与朵洛缇娅〉》Über Goethes Hermann und Dorothea（Stuttgart, 1913³），第 139 页起。

68. 歌德，《赫尔曼与朵洛缇娅》，1.78 和其他多处：der edle verständige Pfarrherr。

69. 完整书名是《荷马导论：荷马作品的真实原貌，各种变体，以及合理的校订意见》

(*Prolegomena ad Homerum, sive de operum homericorum prisca et genuina forma variisque mutationibus et probabili ratione emendandi*)。Bekker 推出过一个带注解的精良版本（Berlin, 1872）; R. Volkmann 对其影响的盘点虽然年代久远，但仍然非常有用：见《沃尔夫〈荷马导论〉的历史和批评》*Geschichte und Kritik der Wolfschen Prolegomena zu Homer*（Leipzig, 1874）; Sandys 对其做了明晰的总结，见注释 8 所引书，3.51 页起。Finsler 对沃尔夫的荷马批判明显抱有敌意，见注释 9 所引书，第 463 页起。他表示，沃尔夫的几乎所有想法都来自他人，他首先照搬了 D'Aubignac 的《学院派推测或论〈伊利亚特〉》（*Conjectures académiques ou Dissertation sur l'Iliade*，1664 年），然后剽窃了 Wood, Heyne 等人的作品和 Macpherson 的《莪相》（*Ossian*）; Finsler 还指责沃尔夫故意掩饰对 D'Aubignac 的借鉴（第 210 页）。

70. 见本书第 270 页起。类似的例子还有伏尔泰在《论史诗》（*Essai sur la poésie épique*）中对荷马的攻击，该文是他为自己的史诗《亨利记》（*La Henriade*，1726 年）第二版所写的导言。见 Finsler，注释 9 所引书，第 237—238 页。

71. 关于伍德，见本书第 370 页；以及 Finsler，注释 9 所引书，第 368—372 页。对于 18 世纪的思想转向而言几乎同样重要的是，荷马开始被描绘成一个虽未受过教育，但游历广泛而经验丰富的天才，他即兴创作诗歌，在白热的炉火中把多余部分一块块敲掉，慢慢将其锻造成最终的形式。关于这些，见 Thomas Blackwell 的《荷马生平与作品研究》*Enquiry into the Life and Writings of Homer*（1735 年）: Finsler 引述，第 332—335 页。

72. 关于马比永，见 Sandys，注释 8 所引书，2.293 页起；关于班特利，见第 283 页起。真正促使沃尔夫开始写作《荷马导论》的是法国学者 Villoison 于 1788 年出版和注疏的 Marcianus 荷马抄本。

73. 《伊利亚特》6.168-170 行, 7.175 行起。见沃尔夫《荷马导论》第 19 章：准确的解释显而易见，这些［符号］不应被理解为文字，就像在西塞罗那个著名的例子中［《论神性》2.37］，字模不能被看成文字一样（accurata interpretatio facile vincet eos［locos］non magis de scriptura accipiendos esse quam celebrem ilium Ciceronis［N.D. 2. 37］de typographia nostra）。【译按：西塞罗否认世界是原子相互碰撞造就的，他举例说，用黄金或其他材料打造的无数字母模型随意堆砌起来不可能得到像 Ennius 的《编年史》这样有意义的文字】关于卢恩字母，另见本书第 3—4 页。

74. 沃尔夫，《荷马导论》，第 12 章。

75. 同上，第 26 章：因此必然得出这样的结论，如果没有辅助记忆的工具，对于任何一位诗人而言，如此篇幅和事件如此连绵不绝的作品是不可能被记住和被表述清楚的。（Videtur itaque ex illis sequi necessario, tam magnorum et perpetua serie deductorum operum formam a nullo poeta nec designari animo nec elaborari potuisse sine artificioso adminiculo memoriae.）在这个重要的章节中，他接着声称此类成就对凡人而言是不可能的。这是中世纪思维的奇特残余。在给出如此言之凿凿的论断前，更稳妥的做法应该是通过调查和实验进行确认：因为我们现在知道这样的成就不仅可能，而且在文明的某些阶段习以为常。

76. 见沃尔夫，第 26 章，注释 84，引自班特利，《关于最近出版的〈论自由思考〉》*Remarks upon a Late Discourse of Free-thinking*（1713 年），第 7 章。

77. 赫尔德对荷马史诗大加溢美之词，主要是因为它们看上去像"民间诗歌"。但在《时代宠儿荷马》(*Homer ein Günstling der Zeit*, 1795 年) 一文中，他批评沃尔夫没有注意到史诗是伟大诗歌这个基本要点，因此它们不可能是串编而成的，而是出自伟大诗人之手。

78. 沃尔夫，《荷马导论》，第 33-34 章。

79. Niebuhr 用这种方式解析了李维《罗马史》的最初几卷（见本书第 472 页起）。而在 19 世纪后期，许多诗人和哲学家也得到了相同的待遇，这几乎是画蛇添足。比如 Ribbeck 注意到，随着年岁增长，尤维纳尔的讽刺诗明显变得更加温和与含蓄。为此，他写了《真假尤维纳尔》*Der echte und der unechte Juvenal*，试图证明只有早期的讽刺诗出于尤维纳尔本人之手，后来的则是仿作。

80. 关于从现代学术视角对荷马史诗的探讨：见 C.M.Bowra，《〈伊利亚特〉中的传统和构思》*Tradition and Design in the Iliad*（Oxford, 1930）；Rhys Carpenter，《荷马史诗中的民间故事、虚构和传说》*Folk Tale, Fiction, and Saga in the Homeric Epics*（Sather 古典讲座, 20, Berkeley, Cal., 1946）；G. Murray，《希腊史诗的兴起》*The Rise of the Greek Epic*（Oxford, 1924[3]）；以及 W.J. Woodhouse，《荷马〈奥德赛〉的谋篇》*The Composition of Homer's Odyssey*（Oxford, 1930）。

81. 在一首介绍《赫尔曼与朵洛缇娅》的哀歌中，他提议向"解放者"沃尔夫致敬：

> 首先祝那个人健康，他终于从荷马之名下
> 解放了我们的勇气，召唤我们走上更宽广的道路。
> 因为谁敢和神较劲？谁敢同唯一交战？
> 而哪怕奉陪末座，成为荷马诗人也是好的。

> Erst die Gesundheit des Mannes, der, endlich vom Namen Homeros
> Kühn uns befreiend, uns auch ruft in die vollere Bahn.
> Denn wer wagte mit Göttern den Kampf ? und wer mit dem Einen ?
> Doch Homeride zu sein, auch nur als letzter, ist schön.

82. 歌德在短诗《荷马回归荷马》(*Homer wieder Homer*) 和一些散文作品中表达了自己新的立场。关于在荷马问题上他前后不一的观点，见 Bapp，注释 28 所引书，第 4 章。

83. 见本书第 251 页。著名的《流浪者夜歌》(*Wanderers Nachtlied*) 改编自 Alcman 的抒情诗残篇。

84. 见本书第 72 页起。

85. 给出这种假设的是 E. Maass，他还为此提供了很有说服力的证据：见注释 28 所引书，第 255 页起。歌德引入"古典式巫婆逾越节"还有另一个理由：在《浮士德（第一部）》中，他描绘了"哥特式巫婆逾越节"（在甘泪卿受到诱惑和绝望后），他希望在"古典"层面上描摹出一幅相对应的场景，从而将女性的肉体和美学形象联系起来。

86. 见本书第 459 页。

87. 见本章注释 14。这种奇特的民族主义假设的另一个生动范例出现在蒙森的《罗马史》中（Berlin, 1865[4], 1.15.233 页）："只有希腊人和德国人拥有自由涌出的诗歌之泉；即使是意大利的苍郁大地也只得到了缪斯金杯中的几滴琼浆。"

88. "这些共和派主要是在学校里受西塞罗熏陶长大，对自由充满热情的年轻人。人们在罗马

和雅典的学校里培养我们,教导我们为共和国而自豪,目的却是让我们生活在可鄙的君主制下,生活在克劳迪乌斯(Claude)和维特利乌斯(Vitellius)式人物的统治下。"——卡米耶·德穆兰,《布里索派史》Histoire des Brissotins(《1787 到 1860 年议会档案》Archives parlementaires de 1787 à 1860,第一辑,1793 年 10 月 3 日),第 622 页,注释 1:J. Worthington 引述,《华兹华斯读过的罗马散文》Wordsworth's Reading of Roman Prose(耶鲁英语研究丛书 Yale Studies in English, 102, New Haven, 1946),第 5 页,注释 5。

89. 见本书第 399 页。

90. W. Rehm,《希腊文化与歌德的时代》Griechentum und Goethezeit(古代遗产丛书,第二辑,26, Leipzig, 1936),第 61 页。关于大卫早年凭借《贺拉斯兄弟的誓言》("Les Horaces")获得的成功,以及他的影响力如何快速扩张到 Tischbein 等画家身上,见 L. Hautecœur,《18 世纪末的罗马与古典复兴》Rome et la renaissance de l'antiquité à la fin du XVIIIe siècle(雅典和罗马法语学校丛书 Bibliothèque des écoles françaises d'Athènes et de Rome, 105, Paris, 1912),2.2.2 和 2.2.3 页。Hautecœur 指出,对大卫本人的风格形成影响最大的是 Poussin。

91. 见本书第 141 页。

92. 关于格鲁克,见 D.J. Grout 书中的出色章节:《歌剧简史》A Short History of Opera(New York, 1947),卷 1,第 15 章。Grout 先生强调了格鲁克作品的革命性,他援引 Metastasio 的话表示,这位作曲家"拥有超人的火热……但是个疯子"。但我认为,Grout 先生低估了格鲁克作为老师和模板的影响力。他的弟子也许寥寥无几,但他们都很重要。其中之一是法国大革命时期最受欢迎的作曲家 Cherubini;另一位是 Berlioz;第三位也许是 Bellini;而最伟大的是 Mozart。

93. 格鲁克,《阿尔刻斯提斯》序言,D. Tovey 引述和翻译,《大英百科全书》"Gluck"词条下。

94. 他在 1749 年曾尝试学习希腊语(《普通通信》Correspondance générale, 1.287, 1749 年 1 月 27 日),但不了了之。1757 年,卢梭拒绝了一份日内瓦图书馆管理员的工作,他写道:"我完全不懂希腊文,拉丁文也只会一点点"(《普通通信》, 3.14, 1757 年 2 月 27 日);不过,这是典型的卢梭式夸张。卢梭通过拉丁文译本读了许多柏拉图的作品;他读过塞内卡,甚至将那首艰深的讽刺诗《升天变呆瓜》译成法语(《作品集》, Hachette 版, 12.344—354 页)。上述内容来自 G.R. Havens 为卢梭的《论科学与艺术》(Discours sur les sciences et les arts)所做的出色注疏本(PMLA, New York 和 London, 1946)。

95. 关于卢梭的阅读书单,见 M. Reichenburg,《卢梭的阅读》Essai sur les lectures de Rousseau(Philadelphia, 1932)。

96. J.-E. Morel,《让-雅克·卢梭读普鲁塔克》"Jean-Jacques Rousseau lit Plutarque"(《近代史评论》Revue d'histoire moderne, 1 [1926], 81—102 页)。该文分析了卢梭在发表《论科学与艺术》后马上开始使用的摘录本。书中的许多轶闻成了卢梭潜意识思想的源头。

97. 见本书第 188 页。蒙田最喜欢的另一位作家是塞内卡,他也是卢梭的最爱。

98. W. Jaeger 就莱库古的传说和真实的斯巴达做了透彻的讨论,见《教化》Paideia(Oxford, 1939),卷一,第 78—84 页。关于希腊哲学家对斯巴达的理想化描摹,见 F. Ollier,《斯巴达幻象》Le Mirage spartiate,第 2 部分(《里昂大学年鉴》Annales de l'Université de

Lyon，第 3 辑，文学部分合订本 13，Paris，1943）。

99. 关于这种看法，见 C.W. Hendel，《道德家让－雅克·卢梭》Jean-Jacques Rousseau Moralist（Oxford，1934），2.320 页起。

100. 类似地，孟德斯鸠同样认为理想的政府形式是民主，在描绘民主时，他列举了希腊—罗马历史和哲学中的例子。关于孟德斯鸠广博的古典学知识，见 L.M. Levin，《孟德斯鸠〈论法的精神〉中的政治主张：它的古典背景》The Political Doctrine of Montesquieu's "Esprit des lois": its Classical Background（New York，1936）；关于他对民主的看法，特别见第 67 页起。

101. 引自罗素勋爵在《西方哲学史》（A History of Western Philosophy，New York，1945）中的讨论，第 694 页起。

102. 卢梭在著名的《论科学与艺术》中提出的这些道德理想受到了普鲁塔克的影响，A.C. Keller 对此做了有用的分析，见《普鲁塔克与卢梭的〈论科学与艺术〉》"Plutarch and Rousseau's first Discours"（PMLA，54［1939］，212—222 页）。另见 G.R. Havens，注释 7 所引书，导言，第 63 页起。

103. 不过，总体而言，普鲁塔克是支持艺术和科学的。卢梭改编了他的普罗米修斯神话，以便将文明描绘成可憎和堕落的东西（见 G.R. Havens，注释 7 所引书，第 209 页）。A. Oltramare 问了一个许多人早提出过的问题：作为《论科学与艺术》基础的那个悖论来自何方（即艺术与科学的进步会伤害人类）？他的答案是普鲁塔克，并给出了令人信服的证据。他表示，卢梭是在前往万森纳与狄德罗见面的途中，"在一棵橡树下用铅笔"记录下了最初的灵感。在《论科学与艺术》开篇的这段文字中，卢梭呼唤了早期的罗马武士 Fabricius（公元前 282 年任执政官）。根据普鲁塔克的说法，Fabricius 拒绝了军阀 Pyrrhus 的贿赂，成功保卫了祖国，最终贫穷但高尚地离开人世。这段呼语完全体现了上面所说的悖论：原始的罗马是高尚的，但随着它日益发达，它也和所有国家一样开始堕落。见《卢梭作品中的普鲁塔克》（"Plutarque dans Rousseau"，收录于《献给贝尔纳·布维耶先生的文学史和语文学杂文集》Mélanges d'histoire littéraire et de philologie offerts à M. Bernard Bouvier（Geneva，1920），185—196 页。

104. 关于这种理念，见 W. Jaeger，《教化》Paideia（New York 和 Oxford，1939—1944）；另见本书第 547—549 页，以及参考书目简表第 11 条。

105. H. T. Parker，《古代崇拜和法国革命者》The Cult of Antiquity and the French Revolutionaries（Chicago，1937）第 28 页起和第 96 页起（引述了罗兰夫人的书信）。

106. R. Hirzel 讨论了其中的某些方面，但该问题值得更加详细和深入的探讨：见《普鲁塔克》Plutarch（古代遗产丛书，4，Leipzig，1912），第 19 章。

107. Parker，注释 18 所引书，第 142 页起。

108. Parker 指出，这种风潮很快式微，在 1795 年就开始遭到反对：前揭书，第 178 页。

109. F. Beck 引述，见其对 Hosius 的卢坎注疏本第二版的书评，刊于《哥廷根学术通报》Gött. gel. Anz.，1907，第 780 页，注释 1。诗句来自卢坎，《内战纪》4.579 行：

ignoratque datos, ne quisquam seruiat, enses.

如果按照上面的写法，句子的主语就成了"自由"（libertas）。因此，豪斯曼将其改成 *ignorantque*，把主语变成广大"民族"（gentes），即卢坎时代被奴役的民族。【译按：完整的句子是——在看到这些英勇的榜样后，怯懦的民族仍不明白，靠自己的手摆脱奴役无需太多勇武，暴君因其刀剑而被恐惧，自由被残暴的武器羞辱，不知道获得宝剑是为了无人受奴役。（Non tamen ignavae post haec exempla virorum percipient gentes, quam sit non ardua virtus servitium fugisse manu, sed regna timentur ob ferrum et saevis libertas uritur armis ignora[n]tque datos, ne quisquam seruiat, enses.）】

110. 西塞罗，《为阿梅里亚人塞克斯图斯·罗斯基乌斯辩护》*Pro Sex. Rosc. Am.*，56—57。

111. 这些绰号见 T. Zielinski 的《西塞罗的时代变迁》（*Cicero im Wandel der Jahrhunderte*, Leipzig, 1912³），第 264 页起；书中还有更多例子。李维和塔西佗同样在法国大革命中产生了影响，尽管远不及西塞罗重要。除了西塞罗的演讲，革命演说家们最重要的素材来源和修辞模板是李维史书中记录的那些演说词，而译者正是卢梭（Zielinski，第 362 页）。由于风格艰深，塔西佗被借鉴的次数较少，但他的观点仍大受推崇。由德穆兰担任编辑和主要供稿者的《老科尔德利报》（*Le Vieux Cordelier*）第三期（共和二年，霜月下旬第 5 日）刊登了摘自塔西佗的一系列反君主制观点（详见 L. Delamarre，《塔西佗与法语文学》*Tacite et la littérature française*，1907，第 110—115 页）

112. Parker，注释 18 所引书，第 80 页起。

113. 同上，第 132 页起和第 158 页起。

114. 见本书第 391 页。

115. 获得该称号的还有罗慕路斯、卡米卢斯和马里乌斯；后来，尤里乌斯·恺撒和屋大维也被称为 *parens patriae*（见 Mayor 的尤维纳尔注疏本，8.244）。蒙森试图证明西塞罗和恺撒的荣誉头衔存在根本区别，他表示，西塞罗的称呼"完全是另一码事"（*natürlich etwas ganz Anderes*）：见《罗马国家法》*Römisches Staatsrecht*（Leipzig, 1877²），2.2，第 755 页，注释 1。但这种区别只存在于蒙森的头脑中，源头是他对西塞罗的憎恶和对恺撒的推崇（第 476—477 页）。将该称号授予华盛顿的人想到的无疑是西塞罗。

116. E pluribus unum 显然来自一首被归于维吉尔名下，题为《沙拉》（*Moretum*）的田园牧歌（第 104 行）。随着贫苦的农民将碗中的菜蔬混合和捣碎，它们失去了各自的颜色，"颜色合而为一"（*color est e pluribus unus*）。这三个单词早在 1692 年就作为题铭被印在书籍的扉页上。圣奥古斯丁也说过 *ex pluribus unum facere*，但国父们对他的作品并不十分了解，而六音步格律也显示，这句话的真正出处是《沙拉》。

117. 维吉尔，《牧歌》4.5 行：时代的伟大秩序重新开始（*magnus ab integro saeclorum nascitur ordo*）；雪莱，《希腊》，第 1060 行起，见本书第 422 页。

118. 维吉尔，《农事诗》1.40 行：（对屋大维语）指明一条坦途，赞同这勇敢的开端吧（*da facilem cursum atque audacibus adnue coeptis*）。另见《埃涅阿斯纪》9.625：全能的尤庇特，赞同这勇敢的开端吧（*Iuppiter omnipotens, audacibus adnue coeptis.*）。见 G. Hunt，《美国国徽的历史》*The History of the Seal of the United States*，美国国务院出版（Washington, 1909），第 13 页起和第 33 页起。

119. 本段中的信息来自 G.R. Stewart 的精彩著作《美国地名》*Names on the Land*（New York,

1945），第 21 章，181—188 页。

120. 关于杰斐逊这方面的作品，见 Karl Lehmann 的出色著作《托马斯·杰斐逊——美国的人文主义者》*Thomas Jefferson—American Humanist*（New York，1947），本节中的许多信息都来自该书。杰斐逊在摘录本上记下了他认为值得铭记的语句。摘录本后来被刊印，G. Chinard 还对其做了分析：见《托马斯·杰斐逊的文学圣经》*The Literary Bible of Thomas Jefferson*（Baltimore，1928）。其中的希腊语引文来自荷马、希罗多德、欧里庇得斯、阿纳克吕翁和士麦那人昆图斯（Quintus Smyrnaeus）。拉丁语引文以西塞罗为主——大部分来自《图斯库鲁姆谈话录》。有 12 处引文来自贺拉斯，包括反映贺拉斯与杰斐逊共同理想的：

  田园啊，我何时才能见到你？（《讽刺诗》2.6.60 行）

  O rus, quando ego te aspiciam?

另有几处引文来自奥维德，但维吉尔的引文比我们预想的要少。A. Koch 教授指出，杰斐逊所受的教育以古典文学为基础，并提供了富有启发性的细节：见《托马斯·杰斐逊的哲学》*The Philosophy of Thomas Jefferson*（New York，1943），第 1 章。

121. 见 Paul Dimoff 精彩的舍尼埃传记：《大革命之前安德雷·舍尼埃的人生和作品：1762—1790 年》*La vie et l'œuvre d'André Chénier jusqu'à la révolution française, 1762–1790*（2 卷本，Paris，1936）。关于舍尼埃对古典作品的了解和改编，见该书卷二，第 3 部分，第 6 和 7 章。Émile Faguet 的舍尼埃传要短得多，但也很出色：见《安德雷·舍尼埃》*André Chénier*（Paris，1902）。关于舍尼埃死后的声誉渐隆，见 R. Canat，《古希腊的复兴：1820—1850 年》*La Renaissance de la Grèce antique, 1820–1850*（Paris，1911），第 6 页起。

122. Des lois, et non du sang!

123. 详见 A.J. Bingham，《玛丽–约瑟夫·舍尼埃的早期人生和政治理念：1789—1794 年》*Marie-Joseph Chénier, Early Life and Political Ideas 1789–94*（New York，1939），第 56 页起和第 167 页。

124. 关于这两部大型作品，见 P. Dimoff，注释 34 所引书，1.387 页起。

125. 除了忒奥克里托斯，舍尼埃也喜欢《希腊诗文集》中忧郁的警铭诗，并在自己的几首作品中重现了其哀婉的韵律——特别是名作《年轻的塔兰托女子》（*La Jeune Tarentine*）。关于这点，见 J. Hutton，《希腊诗文集对 1800 年前的荷兰拉丁语诗人和法国的影响》*The Greek Anthology in France and in the Latin Writers of the Netherlands to the Year 1800*（Ithaca, N.Y., 1946），第 73 页起。

126. 舍尼埃为将法语格律从极其严格的规则下解放出来做出了贡献。他的田园诗使用了曾被法国人视作出格之举的跨行，比如：

  这并非（你知道吗？林地中已有
  宁芙的面纱为你落下？）
  这并非我身上唯一的不同。

  Ce n'est pas (le sais-tu ? déjà dans le bocage

Quelque voile de nymphe est-il tombé pour toi?)

　　Ce n'est pas cela seul qui diffère chez moi. (《里德》Lydé)

127.《赫尔墨斯》Hermès, 2.11:

　　Autour du demi-dieu les princes immobiles

　　Aux accents de sa voix demeuraient suspendus,

　　Et l'écoutaient encor quand il ne chantait plus.

128. 在创作"喜剧史诗"《汤姆·琼斯》时，菲尔丁出于同样的理由做了完全一致的事：见本书第343页。

129. 在回顾史诗和传奇如何发展成小说时，我们已经提到过这点：见本书第344页。

130. 夏多布里昂，《基督教真谛》，第12章开头。

131. 提出这种观点的是小C. Lynes，见他的《作为法语文学批评家的夏多布里昂》 Chateaubriand as a Critic of French Literature（约翰·霍普金斯大学罗曼文学和语言研究丛书 The Johns Hopkins Studies in Romance Literatures and Languages, 46, Baltimore, 1946）。不过，Lynes先生指出，尽管对基督教文学赞赏有加，夏多布里昂实际上更喜欢维吉尔与荷马，而非拉辛与费内隆——因此他的作品也许应该被称为《古典真谛》。R. Canat描绘了夏多布里昂作为希腊文化推崇者的一面，认为他应该写一部《希腊文化真谛》（注释34所引书，第1章）。夏多布里昂对荷马与维吉尔的了解非常深入和敏锐，关于对其作品中相关反思做的归类和分析，见B.U. Briod,《夏多布里昂的荷马元素》L'Homérisme de Chateaubriand（Paris, 1928）；C.R. Hart,《夏多布里昂与荷马》Chateaubriand and Homer（约翰·霍普金斯大学罗曼语文学和语言研究丛书, The Johns Hopkins Studies in Romance Literatures and Languages, 11, Baltimore, 1928）；以及L.H. Naylor,《夏多布里昂与维吉尔》Chateaubriand and Virgil（同一丛书, 18, Baltimore, 1930）。

132. 雨果，《东方人》：见本章注释6。

133. 这些例子（包括"被几内亚的太阳晒黑的人"［Les mortels qu'ont noircis les soleils de Guinée, Chênedollé语］）均来自F. Brunot关于该主题的出色章节，见L. Petit de Julleville的《法语语言和文学史》Histoire de la langue et de la littérature française，卷八，第13章。另见本书第274页。

134. Delille语, A. Guiard引述,《维吉尔和维克多·雨果》Virgile et Victor Hugo（Paris, 1910）。

135. 雨果,《沉思集》Les Contemplations, 1.7:《对起诉书的回应》Réponse à un acte d'accusation: Les neuf Muses, seins nus, chantaient la Carmagnole.

136. A. Guiard, 注释47所引书。雨果笔下的怪物——冰岛的嗜血怪"汗"和力大无穷的独眼怪人卡西莫多——显然脱胎于卡库斯和独眼巨人（Guiard，第51页起）。另外，《沉思集》5.17是一首题为《牛哞》（Mugitusque boum）的短诗，开头是：甜美维吉尔时代的牛哞（Mugissement des boeufs au temps du doux Virgile）。这显然影射了《农事诗》2.470行。

137.《内心之声》7:《致维吉尔》A Virgile。

138. 《沉思集》1.13。第一次爆发的结尾是:

> 格里莫形貌丑陋,脑袋空空,
> 从未有过情人或思想!
>
> Grimauds hideux qui n'ont, tant leur tête est vidée,
> Jamais eu de maîtresse et jamais eu d'idée !

139. 见本书第 413 页。

140. 雪莱,《希腊》*Hellas*,序言:"我们都是希腊人。我们的法律、文学、宗教和艺术都植根于希腊。罗马是我们祖先的导师和征服者,是他们眼中的大都市,但如果没有希腊,罗马将无法用她的武力传播光明,而我们将仍是野蛮人和偶像崇拜者。"

141. 华兹华斯,《关于古代史上的一次著名事件》(*On a Celebrated Event in Ancient History*)和《关于同一次事件》(*Upon the Same Event*),收录于《献给民族独立和自由的诗》。

142. 华兹华斯,《远足》*The Excursion*,9.210。

143. 见 1820 年济慈写给雪莱的一封信。

144. 在《华兹华斯与古典学》一文中("Wordsworth and the Classics",刊于《多伦多大学季刊》*University of Toronto Quarterly*,2 [1932–3],第 359—379 页),D. Bush 讨论了诗人对古典文学的兴趣,并指出他是一位如饥似渴的读者,尽管无力买书显摆,他的书房里还是有近 3000 册藏书,其中许多是古典作品。在《吕克利斯颂》注解中,他表示奥维德与荷马是自己年轻时最喜欢的诗人。他在写给 Landor 的信中(1822 年 4 月 20 日)说:"我对维吉尔、贺拉斯、卢克莱修和卡图卢斯熟悉得就像密友";他还曾经想要翻译《埃涅阿斯纪》——他出版的作品中有该书第一卷的部分译文。1795 年,他与 Wrangham 一起计划将尤维纳尔的第 8 首讽刺诗(关于真正和虚假的高贵)翻译和改写成现代版本,就像琼生对第 3 和第 10 首讽刺诗所做的那样:见 U.V. Tuckerman,《华兹华斯模仿尤维纳尔的计划》"Wordsworth's Plan for his Imitation of Juvenal",刊于《现代语言笔记》*Modern Language Notes*,45(1930),4.209—215 页。不过,就像华兹华斯本人所言,贺拉斯才是他的最爱。这乍看之下有点意外,但只要细想一下,我们就会发现两人之间的共鸣——他们都热爱自然、惬意和静谧,都是道德家和爱国者。详见 M.R. Thayer,《贺拉斯对 19 世纪重要英语诗人的影响》*The Influence of Horace on the Chief English Poets of the Nineteenth Century*(康奈尔英语研究丛书 Cornell Studies in English,2,New Haven,1916),第 53—64 页。

145. 这种表述见 G.L. Bickersteth 的讲座《莱奥帕尔迪与华兹华斯》*Leopardi and Wordsworth*(英国科学院学报 Proceedings of the British Academy,1927),第 13 页。

146. 见 W. Jaeger,《教化》*Paideia*(Oxford,1939),卷一,序言 xxvii 页起和书中各处。

147. 见 W. Jaeger,《教化》*Paideia*(Oxford,1944),卷三,第 9 章。

148. 华兹华斯,《1802 年,伦敦》*London, 1802*。

149. 华兹华斯,《1802 年 9 月,近多佛尔》*September, 1802. Near Dover*。

150. 华兹华斯,《离丁登寺几英里外写下的诗句》*Lines composed a few miles above Tintern Abbey*。

151. 华兹华斯,来自笔记本手稿上的诗句,刊印于 De Selincourt 版的《序曲》,第 512 页。
152. 华兹华斯,《远足》4.324 行起;塞内卡的作品是《自然探索》(*Naturales quaestiones*)卷一,序言 5。见 J. Worthington,《华兹华斯读过的罗马散文》*Wordsworth's Reading of Roman Prose*(耶鲁英语研究丛书 Yale Studies in English,102,New Haven,1946),第 44 页。
153. 华兹华斯,《责任颂》47–48 行。
154. 关于这首颂诗的更多介绍,见本书第 251—252 页。该诗的理念是柏拉图主义的;但它们可能来自新柏拉图主义者,直接或间接地通过柯勒律治被传递给华兹华斯。"我们的诞生只是睡眠和遗忘"(Our birth is but a sleep and a forgetting)几乎是对 Proclus 的翻译。早在 1796 年,柯勒律治就购买了 Ficino 的拉丁文译本以及 Iamblichus,Proclus 和 Porphyry 等人的作品选。据说在 1802 年的春天,他和华兹华斯讨论过书中的内容,当时两人都自觉身处想象力的危机之中;这次谈话后,柯勒律治开始创作《悲戚颂》(*Dejection: an Ode*),而华兹华斯则写下了那首不朽颂诗的前四节("疑问");两首作品都采用品达体,因为两位诗人曾经讨论过本·琼生(关于他的颂诗见本书第 238 页)。这场讨论结束几天后的 3 月 23 日,华兹华斯阅读了琼生的抒情诗,并于 3 月 27 日开始创作《忆童年而悟不朽之颂》。此外,我们可以推测,诗中那位让华兹华斯看见了自己已逝童年的"丁点儿大六岁小宝贝"(six years' darling of a pigmy size)就是柯勒律治的小儿子 Hartley;我们甚至可以遐想,"拖曳着光辉之云"(trailing clouds of glory)这样优美的表达来自一个春天的夜晚,华兹华斯和妹妹多萝西目睹了月亮从一团羊毛般的云朵中翩然而出。关于上述重构,见 J.D. Rea,《柯勒律治作品中来自普洛柯罗斯的不朽领悟》"Coleridge's Intimations of Immortality from Proclus",刊于《现代语文学》*Modern Philology*,26(1928-9),201—213 页;以及 H. Hartman,《华兹华斯〈忆童年而悟不朽之颂〉中的"领悟"》"The 'Intimations' of Wordsworth's Ode",刊于《英语研究评论》*Review of English Studies*,6(1930),22.129—148 页。Rea 先生还暗示,在灵感与内容上与这首颂诗关系密切的十四行诗《这世界真叫人难耐》(*The World is too much with Us*)中,华兹华斯用"由过时信仰哺育的异教徒"(Pagan suckled in a creed outworn)形容 Proclus,用"从海中现身的普罗透斯"(Proteus, rising from the sea)表示 Proclus 提到的海神 Glaucus。尽管得到 Douglas Bush 这样的权威学者支持(见《英语诗歌中的神话和浪漫主义传统》*Mythology and the Romantic Tradition in English Poetry*[哈佛英语研究丛书 Havard Studies in English,18,Cambridge,Mass.,1937],第 59 页),但上述暗示还是很难让人接受。因为(1)华兹华斯曾表示,自己不愿成为 19 世纪的人那样讲求实际的物质主义者,而是做一个能够随处看见自然精灵的异教徒。这与席勒的《希腊诸神》所表达的理念如出一辙(见本书第 376 页起)。在《忆童年而悟不朽之颂》中,它以另一种形式出现:华兹华斯慨叹自己童年已逝,无法再从一切外部自然之物中感受到神奇的活力。但 Proclus 并非孩子气的异教徒。他既看不到也不相信海神和特里同。他只是效法柏拉图,把披裹着水草和贝壳的人鱼形象作为尘世人类灵魂的意象(《理想国》,611c 起)。(2)以华兹华斯的神话知识,他绝不会把 Proteus 同 Glaucus 混淆(前者从海中现身的描写出自《奥德赛》卷 4,通过荷马的史诗和英语诗歌中的典故,华兹华斯对其非常熟悉):与《通往仙那度之路》中的描绘不同,这首十四行诗并非在不寻常的意识状态下写作,没有出现记忆中模糊意象的相互交融。

F.E. Pierce 先生指出，沃恩的《火花迸现的燧石》（*Silex scintillans*）是华兹华斯这首颂诗前四节的另一个思想源头。他还暗示，华兹华斯的新柏拉图主义者理念并非来自柯勒律治，而是来自泰勒翻译的《柏拉图作品集》中的说明性类比——但他并未证明华兹华斯是否拥有过这个译本。不过，沃恩的《复活与不朽》（*Resurrection and Immortality*）和《回归》（*The Retreat*）的确是柏拉图思想流入华兹华斯这首伟大作品的主要渠道之一：见《华兹华斯与托马斯·泰勒》"Wordsworth and Thomas Taylor"，刊于《语文学季刊》*Philological Quarterly*，7（1928），第60—64页。

155. 华兹华斯，《抒情歌谣集》*Lyrical Ballads*，序言。
156. 见本书第387页起。
157. 关于该问题有趣而富于洞见的分析，见 S.A. Larrabee 的《英国诗人与希腊石像》*English Bards and Grecian Marbles*（New York，1943），第151—158页。除了《恰尔德·哈罗尔德游记》（2.11行起），拜伦对埃尔金的攻击还见于《英国诗人和苏格兰评论家》、《密涅瓦的诅咒》（*The Curse of Minerva*）以及一封言辞激烈的书信（Larrabee，第157页，注释11）。
158. 关于这种重现历史之力量的一个特别惊人的例证，见《恰尔德·哈罗尔德游记》4.44-45行。拜伦描述了自己如何像当年的 Servius Sulpicius 一样游历希腊城邦的废墟（以拜伦的标志性姿势躺在船头），后者是"罗马最非凡灵魂的一位罗马人朋友"（the Roman friend of Rome's least mortal mind），他把这次旅行变成了对悲痛欲绝的西塞罗的崇高慰藉【译按：西塞罗的女儿 Tullia 刚刚去世】（西塞罗，《与友人书》*Epistulae ad Familiares*，4.5）。
159. "蒲柏是一座希腊神庙，他的一侧是哥特教堂，周围是土耳其清真寺以及各式光怪陆离的佛塔和非国教徒的聚会场所。如果你愿意，你可以把莎士比亚和弥尔顿称作金字塔，但我更喜欢称其为忒修斯神庙或巴特农神庙，他们的脚下是堆积如山的烧焦砖块"——拜伦从拉维纳写给 Moore 的书信，1821年5月3日（《拜伦作品集》*Works of Lord Byron*，R.E. Prothero 编，London，1901，《书信与日志卷》*Letters and Journals*，5.273，书信第886号）。
160. 贺拉斯，《颂诗集》1.9。
161. 拜伦，《恰尔德·哈罗尔德游记》4.75-76节。尽管心存厌恶，但贺拉斯还是成了他记忆的一部分。关于他对贺拉斯的多处引用，见 M.R. Thayer，注释5所引书，第69—84页。
162. 见本书第407页。
163. 斯温伯恩，《书信集》，E. Gosse 和 T.J. Wise 编（New York 和 London，1919），2.196。
164. 关于该主题的更多讨论，见本书第490页起。
165. 见 D.Bush，《英语诗歌中的神话和浪漫主义传统》*Mythology and the Romantic Tradition in English Poetry*（哈佛英语研究丛书 Havard Studies in English，18，Cambridge，Mass.，1937），第75页。
166. 雪莱曾向拜伦高声朗诵了自己翻译的埃斯库罗斯悲剧，后者随即在1816年写出了优美的《普罗米修斯》。这是革命时代最受欢迎的神话之一，它不仅出现在文学中，也现身音乐——比如贝多芬的《普罗米修斯序曲》（1810年）。《恰尔德·哈罗尔德游记》4.49-53节带着热烈的崇拜之情描绘了美第奇家族所藏的维纳斯像。见 Larrabee，注释18所引书，第158页起。

167. 济慈，《献给荷马的十四行诗》Sonnet to Homer。
168. 该诗集由 Alexander Chalmers 编辑，1810年出版：见 O.P. Starick,《约翰·济慈的阅读》Die Belesenheit von John Keats（Berlin, 1910），第5页。
169. 济慈,《初见埃尔金石像》(On seeing the Elgin Marbles for the first time)和《外一首：致海顿》(To Haydon, with the above)。见 S.A. Larrabee，注释18所引书，第210页起。
170. W. Sharp,《约瑟夫·塞文的生平与书信》The Life and Letters of Joseph Severn, Larrabee 引述，注释18所引书，第212页，注释16。
171. C.M. Bowra 对此做了详细的讨论，并暗示这个古瓮主要结合了卢浮宫所藏的一件 Sosibios 式涡纹双耳喷口杯和一尊酒神主题的花瓶：见《浪漫主义想象》The Romantic Imagination（Cambridge, Mass., 1949），第129—135页。
172. 雪莱翻译的段落是《牧歌》10.1-30 行和《农事诗》4.360 行起。
173. 奥维德,《变形记》9.715行。年轻时代的雪莱还以一位女士的挂表为题写过俏皮的拉丁语警铭诗，并用相当糟糕的贺拉斯体翻译了格雷《乡间墓地的哀歌》中的墓志铭。
174. 这部分内容我参考了 A.S. Droop 的《对雪莱阅读的直接见证和至今为止的研究》Die Belesenheit Percy Bysshe Shelley's nach den direkten Zeugnissen und den bisherigen Forschungen（Weimar, 1906）。
175. 在雪莱和梅德温少年时代创作的《流浪的犹太人》(The Wandering Jew)中，第四曲的开场诗来自埃斯库罗斯《欧墨尼德斯》(Eumenides)第48行起。
176. 见雪莱写给 Gisborne 的书信，1821年10月22日。
177. 见 N.I. White,《雪莱肖像》Portrait of Shelley（New York, 1945），第465页。
178. 见 H. Agar,《弥尔顿与柏拉图》Milton and Plato（Princeton, 1925）。关于雪莱，见 L. Winstanley 的《雪莱作品中的柏拉图主义》"Platonism in Shelley"收录于《英语协会成员论文和研究集》Essays and Studies by Members of the English Association, 4（1913），第72—100页。
179. J.G. Frazer 将这个传说诠释为对大自然生殖力每年死亡一次的象征，见《金枝》The Golden Bough（New York, 1940），单卷本删节版第29-33章。
180. George Norlin 罗列了《阿多奈斯》与其主要模板（Theocritus 哀悼 Daphnis, Bion 哀悼 Adonis，以及一首哀悼 Bion 的佚名作品）之间多得出人意料的相似点：见《科罗拉多大学研究》University of Colorado Studies, 1（1902-3），305—321页。
181. 雪莱,《阿多奈斯》，第9节。
182. 雪莱,《阿多奈斯》：第27节的巨龙相当于 Bion 的 60-61 行；第36节的毒药相当于哀悼 Bion 的佚名作品的第 109-112 行。
183. 这是在1818年（见 N.I. White，注释38所引书，第271页）。他于1819年8月开始创作《肿脚僭主》。
184. 见 R. Ackermann,《雪莱诗歌中的卢坎〈内战纪〉》Lucans Pharsalia in den Dichtungen Shelley's（Zweibrücken, 1896）。
185. 见雪莱写给 Hogg 的书信，1815年9月。

186. 雪莱，《阿多奈斯》，第 38 节。
187. 卢坎，《内战纪》9.700 行起。
188. 弥尔顿，《失乐园》10.521 行起。
189. 雪莱，《伊斯兰的反叛》8.21 行；《被解救的普罗米修斯》3.1.40 行，3.4.19 行等。
190. 德墨戈耳工的历史非常复杂。他的名字显然融合了可怕的怪物戈耳工和伟大的工匠德米乌尔戈斯（Demiourgos，柏拉图称其为宇宙的缔造者）。卢坎不仅在《内战纪》中提到了他（6.498 行），还让巫婆召唤了他（6.744 行起）；随后，他出现在斯塔提乌斯的《忒拜记》中（4.513 行起），还以 Daemogorgon 之名出现在薄伽丘的《异教神谱》中，并通过阿利奥斯托进入了斯宾塞的英语诗歌。J.F.C. Gutteling 小姐认为，《被解救的普罗米修斯》中"大地的恐怖"（3.1.19 行）暗示，雪莱可能将 demos（人民）和 Gorgon 这两种简单的元素结合起来，用以表示他最痛恨的宗教元素，即恐吓人民的力量：见《新语文学》 *Neophilologus*，9（1924），283—285 页。
191. 雪莱，《阿多奈斯》，第 45 节。
192. 见 N.I. White，注释 38 所引书，第 22 页。
193. 见维吉尔，《牧歌》4；另见本书第 72 页起和第 399 页。
194. 这些表述见丁尼生优美的颂诗《致维吉尔》（*To Virgil*）。
195. 关于雪莱对希腊—罗马雕塑广泛而活跃的兴趣，见 S.A. Larrabee，《英国诗人与希腊石像》 *English Bards and Grecian Marbles*（New York, 1943），第 8 章。
196. 雪莱，《心之灵》（*Epipsychidion*），第 149 行起。
197. 莱奥帕尔迪，《歌集》*Canti*，3：《致安杰洛·玛伊》*Ad Angelo Mai*，69-70 行：

　　Ahi dal dolor comincia e nasce

　　L'italo canto.

198. 柏拉图，《理想国》491e。
199. "在听到这些伟人的卓越事迹时，我会极其激动地一跃而起，痛苦和愤怒的泪水情不自禁地夺眶而出，因为我看到自己出生在皮埃蒙特，在这个时代和统治下，我既不能实践也不能谈论高贵的事，甚至连感受和思考它们也几乎是毫无意义的。"（《阿尔菲利自传》 *Vita di Alfieri, scritta da esso*，Linaker 编，Florence，1903，第 95 页）
200. 最初，他对法国大革命抱有热情。他前往巴士底狱的废墟朝圣，还收集了一些石块作为纪念：见 G. Megaro，《维托里奥·阿尔菲利：意大利民族主义的先驱》*Vittorio Alfieri, Forerunner of Italian Nationalism*（New York, 1930），第 110 页及注释。华兹华斯也做过同样的事（《序曲》，9.67 行起）。
201. 它们并不全都是严格意义上的悲剧。阿尔菲利称《亚伯》（*Abele*）为"情节悲剧"（tramelogedia）；他的《阿尔刻斯提斯 2》（*Alceste seconda*）以欧里庇得斯《阿尔刻斯提斯》的直译为基础；《墨罗珀》（*Merope*）和《提莫勒奥涅》（*Timoleone*）没有以悲剧收场（尽管最后一刻才峰回路转的情节同欧里庇得斯的某些作品有相似之处）。
202. 这个故事见奥维德，《变形记》10.298 行起。
203. 阿尔菲利的剧作让阿诺德的同名作品（见本书第 451 页起）更显苍白。
204. 比如，他为了创作《波里尼科斯》（*Polinice*）而阅读了埃斯库罗斯的《七雄攻忒拜》（译本），并在塞内卡的启发下写出了《阿伽门农》（Agamemnone）和《俄瑞斯忒斯》（Oreste）；他的《维吉尼亚》（Virginia）借鉴了李维，《提莫勒奥涅》参考了普鲁塔克，《屋大维娅》（Ottavia）源自塔西佗和一部被归于塞内卡名下的剧作；《安提戈涅》（Antigone）受到斯塔提乌斯《忒拜记》的启发。阿尔菲利特别喜欢罗马史学家，如塔西佗、萨鲁斯特和李维。在这点上和在对普鲁塔克的热情上，他非常接近法国大革命的缔造者。关于古典作品对其影响的总体情况，见 G. Megaro，注释 4 所引书，第 4 章。

205. 阿尔菲利在他的《论暴政》（Della tirannide）1.1 中提到了这点。他还写过一部题为《多余人》（I troppi）的喜剧，剧中充斥着对平民的恶毒攻击。

206. 关于舍尼埃的生平，见本书第 401 页起。P. Dimoff 重建了他与阿尔菲利的友谊，见安德雷·舍尼埃的人生和作品》La vie et l'œuvre d'André Chénier（Paris，1936），1.220 页起。

207. Megaro 分析了阿尔菲利的《论君主与文学》（Del principe e delle lettere），注释 4 所引书，第 2 章。

208. 关于阿尔菲利所描摹的暴君形象，见 M. Schwehm 的分析：《维托里奥·阿尔菲利悲剧中的暴君》Der Tyrann in Vittorio Alfieris Tragödien（Bonn，1917）。

209. 这就是孟德斯鸠所说的"想要造出一个好奴隶，先让他成为一个坏公民"（commencer par faire un mauvais citoyen pour faire un bon esclave，《论法的精神》4.3）；爱尔维修认为，这是专制国家垮台的开始。

210. 华兹华斯，《序曲》The Prelude，11.108–109 行。

211. 他把卡图卢斯第 66 首（《贝莱尼克王后的头发》E Bereniceo vertice caesariem）译成希腊语，并对其做了注疏。他最喜爱的作者包括荷马与普鲁塔克：见 A. Cippico，《乌戈·弗斯科洛的诗歌》"The Poetry of Ugo Foscolo"（《英国科学院学报》Proceedings of the British Academy，1924–5）。弗斯科洛还尝试翻译过荷马，他的译文极为出色，可惜未能译完（《伊利亚特》卷 1 和卷 3）：见 G. Finsler，《荷马在近代》Homer in der Neuzeit（Leipzig，1912），第 116—117 页。

212. 在弗斯科洛诗集的卷首是一首精彩的十四行诗，它的开头是：

> 我不是过去的我，我的大部分已经死了
>
> Non son chi fui, però di noi gran parte

诗中年轻人的忧郁让贺拉斯老练的反讽更加深刻：我不是过去的我（Non sum qualis eram，《颂诗集》4.1.3 行）+ 我的大部分（magna pars mei，《颂诗集》，3.30.6 行）。弗斯科洛还写过两首优美的颂诗，他称之为爱奥利亚体，但实际上更像是贺拉斯体：《致路易吉亚·帕拉维齐尼》（A Luigia Pallavicini）和《致痊愈的女性友人》（All' amica risanata）。和真正的革命者一样，尽管弗斯科洛推崇贺拉斯的艺术技巧，但不齿他的为人，因为他背弃了共和国，成为"暴君"的诏媚者：见 L. Pietrobono，《世界文学中的贺拉斯》Orazio nella letteratura mondiale（Rome，1936），XIV，第 127 页。

213. 关于这种理念，见本书第 364 页起：莱辛，《古人如何描绘死亡》Wie die Alten den Tod gebildet。

214. 关于帕里尼的《一天》(*Il giorno*)，见本书第 315 页起。

215. 弗斯科洛，《致坟墓》(*Dei sepolcri*)，第 293-295 行：

>   Ove fia santo e lagrimato il sangue
>   Per la patria versato, e finché il Sole
>   Risplenderà su le sciagure umane.

216. 弗斯科洛花费多年时间创作一首名为《美惠三女神》(*Le Grazie*) 的教诲诗，未能完成的手稿最终以《颂歌》(*Inni*) 为题出版。该诗旨在颂扬希腊神祇，把它们描绘成真正的文明启迪者，美的创造者，以及哲学和诗学（两种看待世界的方式）的庇护者。从这种异教立场来看，我认为他是 Carducci 和 Leconte de Lisle 的直接先驱（见本书第 455 和 456 页）。

217. 详细情况以及对其各部作品的分析，见 F. Moroncini 的《作为语文学家的莱奥帕尔迪研究》*Studio sul Leopardi filologo*（Naples，1891）。

218. 他们是 Dio Chrysostom，Aelius Aristides，Hermogenes 和 Fronto。

219. 在罗马，他发现没有人懂得希腊语和拉丁语——罗马人只对古物感兴趣；米兰的情况更糟，他连一本 17 世纪之后出版的希腊语或拉丁语古典作品都找不到；在博洛尼亚，语文学研究"状况令人扼腕，甚至可以说完全不存在"（in uno stato che fa pietà, anzi non esistono affatto）；在佛罗伦萨，他看到了人们对古典文学的极端不屑；在那不勒斯，推崇古典的外衣下是极度的冷漠。引述自莱奥帕尔迪本人的书信：见 Moroncini，注释 21 所引书，第 25 页起。

220. 莱奥帕尔迪晚年时（1833 年后）放弃了爱国主义和进步的理想。在 Casti 的《说话的动物》(*Animali parlanti*) 启发下，他创作了《蛙鼠之战续集》(*Paralipomeni della batracomiomachia*)，以此讽刺了意大利人将自己从奥地利人统治下解放出来的努力，并对日耳曼文化进行了嘲笑。

221. 见 Moroncini，注释 21 所引书，第 169 页起。同年，莱奥帕尔迪翻译了《埃涅阿斯纪》第 2 卷《沙拉》(*Moretum*)，以及赫西俄德对诸神与提坦之战的描绘。

222. 和席勒的《罗马诸神》一样（见本书第 376 页起），莱奥帕尔迪在《致春天》(*Alla primavera*) 也发出这样的疑问：曾经给自然万物带去生机的神灵们是否已经永远消失了？

223. 《致意大利》(*All' Italia*) 和《但丁的纪念碑》(*Sopra il monumento di Dante*)（《歌集》*Canti*，第 1-2 首）创作于 1818 年，并于 1819 年共同发表，被收录于《关于意大利现状的歌》(*Canzone sullo stato presente dell' Italia*)。《马伊》(《歌集》第 3 首) 创作于 1820 年，旨在颂扬杰出的耶稣会学者马伊（1782—1854 年）的贡献，见 J.E. Sandys，《西方古典学术史》(Cambridge，1908)，3.241 页。马伊发现了西塞罗的《论共和国》，这件事有几个不同寻常的地方。(1) 这部作品曾经完全失传，只有摘要存世。(2) 马伊发现的不是普通抄本，而是重写本——在黑暗时代，原抄本上的字迹被抹去，用于抄录圣奥古斯丁对《诗篇》的注疏。马伊发现了隐藏在新文字下的原文字的模糊痕迹，将其辨识和记录了下来。(3) 对于了解希腊—罗马政治理论的学生而言，该书的政治理念并无新意，但它支持国家权力的分散，并强调抽象的正义高于君主的意志，这些都迎合了革命时代那代人的理想。

224. 莱奥帕尔迪，《歌集》第 3 首，《致安杰洛·马伊》，第 61 行起至结尾。

225. 同上，第 1 首，《致意大利》，第 61 行起。
226. 德昆西，《勒瓦娜》*Levana*。
227. 莱奥帕尔迪，《歌集》第 27 首，《爱情与死亡》*Amore e morte*，第 27—31 行：

> 当心底里
> 新生出
> 热烈的爱情，
> 疲劳和厌倦的胸中同时
> 感到了死亡的欲望。

> Quando novellamente
> Nasce nel cor profondo
> Un amoroso affetto,
> Languido e stanco insiem con esso in petto
> Un desiderio di morir si sente.

228. 同上，第 9 首，《萨福的绝唱》*Ultimo canto di Saffo*。
229. 他认为，人类生活的核心状况是难以忍受的烦恼（*noia*，*tedio*），这显然与波德莱尔对 *ennui* 的看法如出一辙：见《恶之花》（*Les Fleurs du mal*）第 77 至 80 这 4 首题为《忧郁》（*Spleen*）的诗。
230. 莱奥帕尔迪，《道德小品》*Operette morali*（1824-1832）。英语中找不到能很好地对应指小词 *operette* 的表达。
231. 他表示，自己的诗歌不应被看作对任何一名作家的模仿（《文学手记》*Scritti letterari*，Mastica 编辑［Florence, 1899］，2.283—285 页）。这处引文来自 J. Van Horne 的《莱奥帕尔迪研究》*Studies on Leopardi*（艾奥瓦大学人文研究丛书 University of Iowa Humanistic Studies, 1.4, 1916）——该书很好地介绍了莱奥帕尔迪的《杂集》（*Zibaldone*），美中不足的是，作者试图用"浪漫主义"和"古典主义"的对立来剖析莱奥帕尔迪，并认为希腊和罗马文化是"人类生命中业已消亡的阶段"（第 22 页）。
232. 莱奥帕尔迪对希腊和拉丁语散文与诗歌的风格推崇备至。他写道："古人对风格艺术的研究是我们无法比拟的；他们了解上千条秘密，我们或者对其存在一无所知，或者在西塞罗和昆体良解释它们时仍感到难以理解。"见《对各种哲学和美文学的思考》*Pensieri di varia filosofia e di bella letteratura*，5.407—408 页，由 J. Van Horne 引述和翻译，注释 35 所引书。
233. 莱奥帕尔迪，《歌集》第 30 首，《在一座古墓的浮雕上，逝去的年轻女子做离别状，向自己告别》（Sopra un basso rilievo antico sepolcrale dove una giovane morta è rappresentata in atto di partire, accomiatandosi dai suoi），第 27-28 行：

> Mai non veder la luce
> Era, credo, il miglior.

参见索福克勒斯，《俄狄浦斯在柯隆纳斯》（*Oedipus Colonues*），第 1224 行起；以及

Theognis，第 425–428 行。我们可以将这首阴郁的诗歌同另外两首作品做一个有趣的比较：济慈关于古希腊雕塑的抒情诗《希腊古瓮颂》（该诗充满了生命力），以及莱辛关于希腊墓饰的论文（它们表达了对待死亡自然而平静的态度，见本书第 364 页起）。就这首诗而言，莱奥帕尔迪思想中的基督教元素要远远超过希腊元素，也许他受到了自己虔诚的母亲影响。他的下一首诗（《歌集》第 31 首）就像是中世纪的布道文，诗中写到，墓饰上以美丽形象示人的女子在墓中只是"泥和骨"。

234. 奥维德，《女杰书简》，15。第 65–68 行改编自维吉尔，《农事诗》，3.66–68 行。
235. 莱奥帕尔迪，《歌集》第 15 首，《梦》*Il sogno*；普罗佩提乌斯，4.7；彼得拉克，《死神的胜利》*Trionfo della Morte*，2。
236. 奇怪的是，卢克莱修的作品旨在证明诸神对我们的世界一无所知，他却在开篇处呼唤了维纳斯。
237. 关于将受扰的蚁丘比作维苏威火山的喷发，见《歌集》第 34 首，《鹰爪豆》*La ginestra*，第 202 行起。同样的理念也出现在美国的悲观主义作家海明威《永别了，武器》(*A Farewell to Arms*) 的最后一章。面对产床上奄奄一息的情人，主人公回想起自己曾把一根爬满蚂蚁的木头投进篝火，自己对它们的痛苦和死亡几乎无动于衷。
238. 在《西方的没落》序言最后，斯宾格勒表示，自己"很自豪地称其为'德国的哲学'"，并希望该书能配得上德国军队的成就："此外，我唯一的愿望是，本书在德国的军事成就面前不至于完全一无是处。"（Ich habe nur den Wunsch beizufügen, dass dies Buch neben den militärischen Leistungen Deutschlands nicht ganz unwürdig dastehen möge，这句话在英译本中被删去。）
239. 奥维德，《黑海悲歌》*Tristia ex Ponto*。
240. D. Bush 对该时期英格兰较不知名的诗人（如 Leigh Hunt 和 Peacock 等）做了很好的盘点，见《英语诗歌中的神话和浪漫主义传统》*Mythology and the Romantic Tradition in English Poetry*（哈佛英语研究丛书 Harvard Studies in English, 18, Cambridge, Mass., 1937），第 5 章。
241. Sébastien Mercier 既仇恨古典派也讨厌现代派，他批评贺拉斯和布瓦洛扼杀了原创性：

> 我们生来都是原创，死时却成了摹本：
> 啊，是什么让天才的世界缩水？
> 是这虚荣的规则，冷漠而狭隘，
> 布瓦洛参照那位拉丁语诗人建立了它。
> 它扼杀一切发展；丰富，活力，
> 勇敢、大胆、无畏的风格，这些都令它恐惧。

> Nés tous originaux, nous mourrons tous copies :
> Eh bien, qui rétrécit la sphère des génies ?
> C'est ce code vanté, si froid et si mesquin.
> Que Boileau composa d'après l'auteur latin.
> Il défend tout essot ; abondance, vigueur.
> Style mâle, hardi, fierté, tout lui fait peur.

（J. Marouzeau 引述，《世界文学中的贺拉斯》*Orazio nella letteratura mondiale*，Rome，1936，XIV，第 77 页）

5. 布莱克，《先知书》*Prophetic Writings*（Sloss 和 Wallis 编辑，Oxford，1926），D. Bush 引述，注释 3 所引书，第 131—132 页。关于"野蛮主义和宗教"，见本书第 352 页起。

第 20 章 帕尔纳索斯和反基督

1. 华兹华斯，《这世界真叫人难耐》*The World is too much with Us*。关于该诗，另见本书第 377 页和第 19 章注释 15。
2. 阿诺德，《慰藉》*Consolation*。
3. 华兹华斯，《这世界真叫人难耐》。
4. 圣伯夫在《A.M. 维勒曼》（"A.M. Villemain"）一诗中发明了"象牙塔"这种说法（《八月之思》*Pensées d'août*，见《作品集》*Œuvres*，Paris，1879，卷二，第 287 页）。
5. 弥尔顿，《失乐园》，1.6–7 行。
6. 华兹华斯在一首十四行诗中这样问道：

    伟大的帕尔纳索斯山比起你如何呢，
    斯基道山？

    What was the great Parnassus' self to Thee,
    Mount Skiddaw?

    见《十四行杂诗》（*Miscellaneous Sonnets*）第 5 首：《佩里翁山与俄萨山交相辉映》（*Pelion and Ossa flourish side by side*），该诗写于 1801 年，但直到 1815 年才发表。

7. 比如，勒孔特·德·利尔与兰多是精神上的兄弟。许多著作很好地描绘了法国的帕尔纳索斯派以及他们本人对这些理想的诠释，比如 H. Peyre 的《关于 1843 到 1870 年法国希腊风潮的批判性书目》*Bibliographie critique de l'hellénisme en France de 1843 à 1870*（耶鲁罗曼语研究丛书 *Yale Romanic Studies*，6，New Haven，1932）；P. Martino，《帕尔纳索斯派与象征主义》*Parnasse et Symbolisme*（Paris，1925）；M. Souriau，《帕尔纳索斯派的历史》*Histoire du Parnasse*（Paris，1930）。
8. 雨果，《巴黎圣母院》（*Notre-Dame*）；《笑面人》（*L'Homme qui rit*）；《海上劳工》（*Les Travailleurs de la mer*）。
9. 济慈，《夜莺颂》*Ode to a Nightingale*。
10. 尼萨尔，《晚期拉丁语诗人》*Poètes latins de la décadence*（1843）；另见他的宣言《反对肤浅文学》*Contre la littérature facile*。
11. 卡尔杜齐，《古典主义和浪漫主义》（《新诗》*Rime nuove*，69）。
12. 在 1893 年发表前，该诗已经以抄本形式流传多年。埃雷迪亚是勒孔特最喜爱的弟子，他编辑了舍尼埃的《牧歌集》（*Bucoliques*）。

684　　13. 埃雷迪亚，《安东尼和克娄佩特拉》（*Antoine et Cléopâtre*）：

> 情欲如炽的皇帝俯下身，
> 在她闪着点点金光的宽阔眸子里
> 看到了一大片海，上面是溃逃的战船。

> Et sur elle courbé, l'ardent Imperator
> Vit dans ses larges yeux étoilés de points d'or
> Toute une mer immense où fuyaient des galères.

我还经常对十四行诗《坎尼之战后》（*Après Cannes*）中的用典赞赏有加——尤其是因为他把讥讽的冷笑变成了真正令人动容的壮观景象。尤维纳尔嘲笑了大将军们对军事荣誉的贪婪，他说（10.157–158 行）：

> 啊，多么壮观的景象和画面，
> 盖图拉的巨兽驮着独眼的将军！

> O qualis facies et quali digna tabella
> cum Gaetula ducem portaret belua luscum!

而埃雷迪亚则描绘了坎尼之战溃败后罗马的恐慌，人群每天晚上都要前往引水渠：

> 不安地眺望着，唯恐在太阳血红之眼
> 照耀下的萨宾山鲜红的山脊上，
> 出现盖图拉大象驮着的独眼将军。

> Tous anxieux de voir surgir, au dos vermeil
> Des monts Sabins où luit l'oeil sanglant du soleil,
> Le Chef borgne monté sur l'éléphant Gétule.

在犹如独眼巨人血红之眼的太阳照耀下，山脊仿佛是汉尼拔的大象的背——这很符合佩特罗尼乌斯所说的"严谨之精妙"（*curiosa felicitas*）。

14. 他表示，这些诗歌的部分灵感来自歌德的《罗马哀歌》（见本书第 380 页起）。

15. 这种韵律体脱胎于齐亚布雷拉的发明（见本书第 235 页起），G.L. Bickersteth 在其出色的卡尔杜齐诗选（London, 1913）导言部分对此做了讲解。

16. 贺拉斯，《颂诗集》3.1.1：Odi profanum uolgus et arceo.

17. 另见卡尔杜齐的《间奏曲》*Intermezzo*，第 9 首：他表示，希望自己活着时能吟唱贺拉斯的导师——帕洛斯岛的 Archilochus——的歌曲，死后能被葬在帕洛斯岛所出产大理石的墓穴中，因为它就像当地的诗歌一样纯洁而永恒。

18. 戈蒂耶，《艺术》*L'Art*：

> Point de contraintes fausses!
> Mais que pour marcher droit
> Tu chausses,

Muse, un cothurne étroit.

19. 同上：

Tout passe. — L'art robuste.

Seul a l'éternité,

Le buste.

Survit à la cite.

20. Le Beau n'est pas le serviteur du Vrai。在抛弃了社会主义后，他写道："在天平上，伟大艺术之作的分量相当于五亿本民主与社会年鉴。在人类的所有道德努力中，荷马的作品比布朗基（Blanqui）的更重要一点。"（P. Martino 引述，注释 7 所引书，第 52 页）

21. 雨果，《威廉·莎士比亚》*William Shakespeare*，6.1。关于该问题的全面介绍，见 L. Rosenblatt，《维多利亚时代英国文学中"为艺术而艺术"的理念》*L' Idée de l' art pour l' art dans la littérature anglaise pendant la période Victorienne*（比较文学评论丛书 Bibliothèque de la Revue de littérature comparée，70，Paris，1931），特别是第 12—13 页以及 58—61 页。遵循 R.F. Egan 的观点（见《"为艺术而艺术"理论在德国和英国的出现》"The Genesis of the Theory of 'Art for Art's Sake' in Germany and in England"，收录于《史密斯学院现代语言研究》*Smith College Studies in Modern Languages*，2.4，Northampton，Mass.，1921；以及 5.3，Northampton，Mass.，1924），Rosenblatt 小姐暗示，这种理论的中介者是 Crabb Robinson（他认识许多德国哲学家）和 Benjamin Constant（他从前者处获得了该理念）。

22. *Zweckmässigkeit ohne Zweck*（见 Rosenblatt，前揭书，第 63 页）。

23. 在《莫潘小姐》（*Mademoiselle de Maupin*）和《阿尔贝图斯》（*Albertus*）的序言中，戈蒂耶批评了"所有文学作品都应该适合年轻人"的观点，斯温伯恩在《诗歌笔记与评论》(*Notes on Poems and Reviews*）几乎逐字复述了这种观点。见 Rosenblatt，注释 21 所引书，第 146 页起和第 159 页。关于斯温伯恩对佩特的影响，见 Rosenblatt，第 195 页起。

24. 关于希腊文学道德目的的详尽讨论，见 W. Jaeger，《教化》*Paideia*（Oxford，1939-44）。

25. Rosenblatt 对此做了很好的阐述，并援引了维多利亚时代早期报刊（大多很有影响力）的内容：注释 21 所引书，第 16—51 页。

26. 佩特，《文艺复兴：乔尔乔内画派》*The Renaissance: The School of Giorgione*（London，1888³），第 140 页。

27. 于斯芒斯，《逆天》*A rebours*：香水的交响乐见第 10 章；阅读的书籍见第 12 章；Langlois 的堕落见第 6 章。

28. 对道连·格雷影响最大的那本"有毒的书"就是于斯芒斯的《逆天》。他用九种不同颜色的封面包裹它，"以便适合自己不同的情绪，以及有时看上去几乎完全失控的反复无常的天性"（王尔德，《道连·格雷的肖像》*The Picture of Dorian Gray*，第 10 章末和第 11 章）。详见 A.J. Farmer 的《英国的美学和"颓废"运动：1873—1900 年》*Le Mouvement esthétique et "décadent" en Angleterre :1873-1900*（比较文学评论丛书 Bibliothèque de la Revue de littérature comparée，75，Paris，1931），卷二，第 2 章。

29. 在《多佛尔海滩》（*Dover Beach*）中，阿诺德将海边冥思的自己比作聆听爱琴海涛声的索福克勒斯。在创作于艰难的 19 世纪 40 年代的一首十四行诗中,他表示,"在那些糟糕的日子里",自己的慰藉来自荷马、斯多葛主义者爱比克泰德,以及索福克勒斯的大部分作品——并非因为它们远离现实,而是因为在那些处于类似灾难的时代中,他"清晰而完整地看见了人生"。关于斯温伯恩的希腊语学识,见 W.R. Rutland 的《斯温伯恩,一个 19 世纪的希腊人》*Swinburne, a Nineteenth Century Hellene*(Oxford,1931)。

30. E. de Selincourt 引述,《沃尔特·萨维奇·兰多诗歌中的古典主义和浪漫主义》"Classicism and Romanticism in the Poetry of Walter Savage Landor",刊于《瓦尔堡图书馆报告》*Vorträge der Bibliothek Warburg*,F. Saxl 编,Leipzig,1932),第 230—250 页。1815 年和 1820 年,兰多发表了拉丁语的"英雄田园诗"诗集,直到多年才由他本人译成英语。他的《为拉丁语写作辩护》(*Latine scribendi defensio*,1795)算不上重要作品:今天它已难得一见,不过可以在现代语言协会的旋印照片 279 号中找到。该作品的序言中有兰多的几首拉丁语诗歌,首先是一组献给卡图卢斯的十一音节体诗。

31. 关于勃朗宁对希腊语和拉丁语文学兴趣的变化和发展,见 Robert Spindler 的详尽讨论:《罗伯特·勃朗宁与古典》*Robert Browning und die Antike*(英语丛书 Englische Bibliothek,6,Leipzig,1930)。勃朗宁显然从六岁左右便开始学习拉丁语,一两年后又开始学习希腊语;他中学时的这两门功课成绩也很好;但他在伦敦大学没能遇上好老师,于是把兴趣转向了中世纪。后来,在妻子的帮助下,他重新燃起了对希腊语的兴趣,并保持终生。在一首题为《进步》(*Development*)的动人诗歌中,他赞颂了父亲愉快而巧妙的教学方法,并以此为中心描绘了自己希腊语学识的提高过程。在他的三首大型希腊主题作品中,《巴劳斯提翁的历险》(*Balaustion's Adventure*)非常优美(见本书第 452 页起);但在《巴劳斯提翁的最后历险》(*The Last Adventure of Balaustion*)和《阿伽门农》的译本中(后者尤甚),他暴露了自身风格的固有缺陷:比如深奥的典故和令人眼花缭乱的大量专名,而夸张的韵律更是让他的诗歌难以阅读和无法吟诵。令人奇怪的是,在深深浸淫于希腊诗歌和历史后,勃朗宁又犯了和当年毁掉《索尔德罗》(*Sordello*)同样的错误,后者是他早年探索意大利中世纪文化的尝试。关于不同希腊和罗马作家对勃朗宁的确切影响程度,可参见 Spindler,或者 T.L. Hood 的图表:《勃朗宁的古典素材》"Browning's Ancient Classical Sources",刊于《哈佛古典语文学研究》*Harvard Studies in Classical Philology*,33(1922),79—180 页。

32. 关于勒孔特·德·里尔的希腊语学识,见 H. Peyre,《路易·梅纳尔》*Louis Ménard*(耶鲁罗曼语研究丛书 Yale Romanic Studies,5,New Haven,1932),第 478 页起。勒孔特·德·里尔的译本对路易的影响就好比查普曼的译本之于济慈。

33. 丁尼生,《食莲人》*The Lotos-eaters*。他的《赫斯珀里得斯姐妹》(*Hesperides*)和《海中仙女》(*Sea-fairies*)表达了几乎同样的情感。

34. 勃朗宁对阿里斯托芬的描绘,见《巴劳斯提翁的历险》。

35. 关于这些有趣作品的简短分析,见 J. Vianey,《勒孔特·德·里尔的蛮族之诗》*Les Poèmes barbares de Leconte de Lisle*(Paris,1933);关于他为寻找富有想象力的素材而参阅的作品,见 A. Fairlie 的敏锐分析,《勒孔特·德·里尔的蛮族之诗》*Leconte de Lisle's Poems on the Barbarian Races*(Cambridge,1947)。就像 Fairlie 指出的那样,这里的"蛮族"

是从希腊—罗马人的视角出发，指"非希腊人和罗马人"。

36. 见 H. Peyre，注释 7 所引书，第 38 页。
37. 兰多，《荷马、拉厄尔忒斯、阿加莎》Homer, Laertes, Agatha，2.218 行起。
38. 丁尼生在挚友 Hallam 去世后创作了《尤利西斯》。旨在表达"失落感……但仍需为生命抗争到最后一刻"。见 D.Bush 的精彩分析。《英语诗歌中的神话和浪漫主义传统》Mythology and the Romantic Tradition in English Poetry（哈佛英语研究丛书 Harvard Studies in English，18，Cambridge，Mass，1937），第 210 页起。Bush 先生非常适切地指出，当丁尼生同时在古代和现代背景下处理某个严肃问题时，古代背景下的处理总是出色得多。
39. 托尔斯泰，《安娜·卡列尼娜》，Garnett 译，第七部，第 30 章。
40. D. Bush 对这些剧作进行了有趣的分析（注释 38 所引书）：《墨罗珀》（Merope）见第 260—262 页；《阿塔兰塔在卡吕冬》（Atalanta in Calydon）见第 331—344 页；《厄瑞克透斯》（Erechtheus）见第 344—349 页。W.R. Rutland 高度赞扬了斯温伯恩的戏剧，他的分析体现了相当的洞见和学识：尽管很少有人会像他那样将《厄瑞克透斯》同《斗士参孙》相提并论（注释 29 所引书）。
41. 关于《巴劳斯提翁的历险》以及诗中《阿尔刻斯提斯》译文的全面分析，见 R. Spindler，注释 31 所引书，1.17–85 页，2.278–294 页。Spindler 的参考书目同样很有用。
42. 《集市上的菲芬》前言。
43. 关于书籍之战，见本书第 14 章。
44. 关于《卫城的祈祷》，E. Vinaver 和 T.B.L. Webster 编校的版本相当不错（Manchester，1934）。勒南表示祷文来自他在游历雅典期间写下的"一份老手稿"，但两位编者证实，作品的创作经过了好几个阶段，并得到精心修改。他们还指出，该作品与夏多布里昂《从巴黎到耶路撒冷纪行》（Itinéraire de Paris à Jérusalem）所表达的理念有着惊人的相似。
45. 法朗士把自己的《金色诗歌》（Poèmes dorés）题献给勒孔特·德·里尔。
46. 据说，《犹太总督》的创作灵感来自勒南。"勒南在两人交谈时宣称，福音书上描绘的东西一定给亲历者留下了深刻的印象。法朗士表示不同意，于是勒南微笑着说了类似这样的话：'那么，在你看来，老年的本丢·彼拉多……'"见 M. Belloc Lowndes，《爱与友谊的居所》Where Love and Friendship dwelt（London，1943），第 178 页。
47. 卡尔杜齐对教皇最激烈的发难是《为了朱塞佩·蒙蒂和盖塔诺·托涅蒂》（Per Giuseppe Monti e Gaetano Tognetti）。文中描绘到，只要一想到这两位意大利起义者被处死了，教皇就会兴奋地摩擦自己衰老的双手。关于该主题，另见 S.W. Halperin，《意大利的反教会运动：1871—1914 年》"Italian Anticlericalism 1871-1914"，刊于《近代史期刊》Journal of Modern History，19（1947），1.18 行起。关于论点一在卡尔杜齐作品中的体现，见《在哥特教堂中》（In una chiesa gotica）：再见，闪米特人的神！（Addio, semitico nume!）
48. 关于阿尔菲利对罗马天主教会的反对，见 G. Megaro，《维托里奥·阿尔菲利》Vittorio Alfieri（New York，1930），第 3 章。
49. 胜利的火车头也出现在《在克里图姆努斯泉边》的结尾：蒸汽发出嘶鸣（fischia il vapore）。
50. 勒孔特·德·里尔，《古代之诗》——《许帕提娅》（Hypatie）：Le vil Galiléen t'a

frappée et maudite。他的《蛮族之诗》里还有一处更加激烈的谴责：在《被诅咒的世纪》（*Les Siècles maudits*）中，他用很可能得到吉本赞美的语调（尽管后者不会认同其中的暴力）把天主教统治下的中世纪形容为"屠夫、懦夫和野蛮人的世纪"（siècles d'égorgeurs, de lâches et de brutes），并指责教会是"对人血着迷的罗马吸血鬼"（la Goule Romaine, ce vampire ivre de sang humain.）。

51. Henri Peyre 关于梅纳尔的精彩专著给了我很多帮助，见注释 32 所引书。Peyre 先生指出，梅纳尔是革命诗人的直接继承者：他早期的作品包括了《被解救的普罗米修斯》(*Prométhée délivré*，受雪莱启发）和《欧福良》(*Euphorion*，受歌德启发）。和大多数同代人一样，他从未亲眼见过希腊（尽管他曾有机会前往游历）。当然，他也激烈地反对 19 世纪天真的进步理想（"我们一天比一天好"），这主要出于下面两个理由——首先，我们不可能超过希腊人（这是书籍之战的论点）；其次，期待进步之潮带着我们前进的想法是不道德的，我们应该正视尘世的辛劳与艰难（这是一个新的理由）。书中引文见 Peyre 先生专著的第 203 页。

52. 摘自斯温伯恩《阿塔兰塔在卡吕冬》的第一段合唱。他的《最后神谕》(*The Last Oracle*)是一首献给阿波罗的赞美诗，象征了被阴郁而丑陋的基督教文化毁掉的希腊精神：

> 烈焰取代了光明，地狱取代了天界，诗篇取代了凯歌，
> 充斥着最清澈的眼睛和歌声最甜美的双唇，
> 加利利人的哀号取代了希腊的歌声，
> 让整个世界呻吟着唱响愤怒和冤屈的赞美诗。

> Fire for light and hell for heaven and psalms for paeans
> Filled the clearest eyes and lips most sweet of song,
> When for chant of Greeks the wail of Galilaeans
> Made the whole world moan with hymns of wrath and wrong.

而在《哲学家和殉道者乔尔达诺·布鲁诺的筵席》(*For the Feast of Giordano Bruno, Philosopher and Martyr*) 一诗中，他表达的对基督教的仇恨与卡尔杜齐的同样强烈，他这样形容布鲁诺：

> 在大地上，他的灵魂犹如驱赶
> 教士的棍棒，犹如刺穿他们上帝的利剑。

> soul whose spirit on earth was as a rod
> To scourge off priests, a sword to pierce their God.

诗歌的结尾处，布鲁诺被安排进入了无神论者的天堂，与卢克莱修和雪莱为邻。

53. 见 K. Franke，《皮埃尔·路易士》*Pierre Louÿs* (Bonn, 1937)。

54. 路易士本人写道："这首诗是本地暖房里所没有的东方之花。希腊人自己也要去伊奥尼亚采撷它，安德雷·舍尼埃和济慈也从那里把它移植到了我们的世界，移植到他们那个时代的诗歌荒漠。但随着每一位将其从亚洲带回的诗人死去，它也会枯萎。我们必须不断去太

阳升起的地方寻找它。"(《诗集》*Poésies*，Paris，1930，导引注释）文中把伊奥尼亚等同于亚洲，并认为希腊的诗歌灵感来自东方，这几乎是彻头彻尾的胡诌。

55. 关于"弗吕吉亚人达雷斯"，见本书第 51 页起。

56. 维拉莫维茨的书评发表于《哥廷根学术通报》*Göttingische Gelehrte Anzeigen*，1896，第 623 页起，后被收入《萨福与西蒙尼德斯》*Sappho und Simonides*（Berlin，1913）。维拉莫维茨认为，甚至比利蒂斯之名都不是希腊的，并推测它来自叙利亚性爱女神的名号之一——Beltis。不过，必须指出的是，路易士拥有出众的描写才华，而且比利蒂斯诗集中最初的那些作品展现了真正的田园诗天赋：德彪西以此为灵感创作了三首优美的歌曲。

57. 路易士，《阿芙洛狄忒》*Aphrodite*（《诗集》*Poésies*，第 163 页）。

58. 尼采，《悲剧从音乐精神中的诞生》*Die Geburt der Tragödie aus dem Geiste der Musik*（1872）。维拉莫维茨以《未来的语文学》（*Zukunftsphilologie*）作为回应，这个标题清楚地指涉了对瓦格纳音乐（尼采当时对其赞赏有加）的描述——"未来的音乐"（*Zukunftsmusik*）。后来，尼采亲身演绎了忒修斯和阿里阿德涅的神话，他自比狄俄尼索斯，将柯西玛·瓦格纳比作阿里阿德涅：见 Crane Brinton，《尼采》*Nietzsche*（Cambridge，Mass.，1941），第 70 页。

59. 尼采，《道德的谱系》*Zur Genealogie der Moral*，1.5。忒奥格尼斯的用词是 ἀγαθοί（好的）和 κακοί（坏的），ἐσθλοί（勇敢的）和 δειλοί（怯懦的）。"绅士"（gentleman）来自拥有土地和纹章的"家族"（gens）；"贱民"（villains）则是依附于"庄园"（villa）的农奴。"高贵"（noble）和"粗俗"（vulgar）的原意体现了类似的区别。关于忒奥格尼斯，另见 W. Jaeger，《教化》*Paideia*，1.186 页起。

60. 柏拉图《高尔吉亚篇》中的 Callicles 和《理想国》中的 Thrasymachus 都表示，正义实际上是强者的利益。

61. 尼采，《善恶之彼岸》*Jenseits von Gut und Böse*，第 3 部分，第 62 节。

62. 同上，第 5 部分，第 195 节。另见《道德的谱系》，第 7–11 章；《善恶之彼岸》，第 44，46 和 201 节；《敌基督》（*Antichrist*），第 24–25 章。

63. 尼采，《悲剧的诞生》，第 13 和 15 章。

64. 尼采，《善恶之彼岸》，第 7 章，第 218 节：福楼拜……来自鲁昂的正派公民（Flaubert...der brave Bürger von Rouen）。

65. 这是他的故事《单纯的心》（*Un Coeur simple*）的主要暗示。在结尾处，年老的女仆看见了以她的宠物鹦鹉形象出现的圣灵。作者意味深长地把它和"济贫者圣儒里安"（St. Julian the Hospitaller）的高贵传说编排在一起。

66. *Paganisme, Christianisme, muflisme.*

67. 福楼拜，《包法利夫人》（*Madame Bovary*）以及《布瓦尔和佩居谢》（*Bouvard et Pécuchet*）。

68. 佩特，《风格》（*Style*），来自《鉴赏集》*Appreciations*。

69. 关于《殉道者》（*Les Martyrs*），见本书第 403—404 页。

70. 关于许帕提娅，见本书第 456 页。

71. Lygia 是与 Suevi 人结盟的 Lygian 人酋长的女儿；她的巨人保镖"熊人"Ursus 也是 Lygian 人。

72. 不幸的是，显克微支犯了试图描绘某地风俗的作者们常见的错误。他认为，粗俗的巨富忒里马尔齐奥(佩特罗尼乌斯在《萨蒂利卡》中描绘了他的宴席)是典型的罗马贵绅。但事实上，忒里马尔齐奥所做的一切或愚蠢或粗俗，或者兼而有之，因此他显然是被作为罗马上层在行为举止上的反面教材。如果佩特罗尼乌斯看到自己笔下黎凡特释奴庸俗的迷信和炫耀被移植到他自己的生活中，他很可能会露出礼貌的微笑。J. Carcopino 先生也犯了同样的错误，见《古罗马的日常生活》*Daily Life in Ancient Rome*（Lorimer 译，New Haven，1940）。指出这点的是 M. Johnston，《显克微支与佩特罗尼乌斯》"Sienkiewicz and Petronius"，刊于《古典学周刊》*Classical Weekly*，25（1932），79；另见 G. Highet，《道德家佩特罗尼乌斯》"Petronius the Moralist"，刊于《美国语文学协会报告》*Transactions of the American Philological Association*，72，1941，第 178 页起）。

73. 关于史学在 19 世纪的进步，见本书第 472 页。

74. 关于费内隆的《忒勒玛科斯》，见本书第 336 页起。J.J. Barthélemy 出版于 18 世纪末的《年轻的阿纳卡西斯的希腊游记》直到作者死后很久仍频频再版，次数多得令人意外：比如 1845 年，1860 年等等。

75. 关于尼布尔的理论和麦考雷的《古罗马歌谣》，同样见本书第 472 页起。

76. 关于书籍之战中的论点一，见本书第 262 页起。

第 21 章　学术的世纪

1. 勃朗宁，《学术在欧洲复兴后不久一位语法学家的葬礼》*A Grammarian's Funeral shortly after the Revival of Learning in Europe*。

2. 大学图书馆中所能找到的最奇特出版物之一是 19 世纪德国中学刊印的年度"计划"。这是一种为颁奖日准备的 30 页左右的平装小册子，通常会罗列出所有班级、所有学生和老师的名字，以及课程安排；然后是出自某位老师之手的一篇拉丁语或德语论文，诸如《论尤维纳尔第 6 首讽刺诗中提到的彗星》或者《吉尔达斯的素材》。这类出版物会给学校增光，为老师赢得荣誉——如果文章有可取之处的话，他可能会藉此在大学中获得一席之地。

3. 西多尼乌斯，《书信集》*Ep.*，6.4.1。他在《诗集》（*Carm.*，17.15 行起）中提到，"不要期待来自加沙、喀俄斯和意大利的葡萄酒"。有人认为，这暗示了贸易路线被切断；但这更可能只是诗人在描绘自己朴素饮食时常用的表达（参见尤维纳尔，讽刺诗第 11 首）。见 C.E. Stevens，《西多尼乌斯·阿波利纳里斯和他的时代》*Sidonius Apollinaris and His Age*（Oxford，1933），第 4 章。

4. 尼布尔在出任驻罗马大使时同莱奥帕尔迪交好（见本书第 430 页）。他在维罗纳大教堂发现了 Gaius 的《法学阶梯》（*Institutes*），并帮助奠定了现代罗马法研究的基础。关于尼布尔，见《罗马论文与诠释》（*Roman Essays and Interpretations*，Oxford，1920）中 W. Warde Fowler 的出色论文（第 229—250 页）和蒙森更精彩的论文（第 250—268 页）。

5. 关于尼布尔的"浪漫主义"背景，见 G.P. Gooch，《19 世纪的史学和史学家》*History and*

Historians in the Nineteenth Century（New York，1913），第 15 页起。Gooch 指出，童年时的尼布尔就对 Voss 翻译的《奥德赛》着迷（见本书第 375 页）。他还对 Wolf 的《荷马导论》很感兴趣（见本书第 383 页起），梦想罗马人也有过一部伟大的歌谣，或者说英雄史诗系列："在想象力的深度和光芒上，后来的罗马所创作的史诗远远超过其他所有作品"（eine Epopoë, die an Tiefe und Glanz der Phantasie alles weit zurücklässt, was das spätere Rom hervorbrachte，《罗马史》*Römische Geschichte*，1.259 页）。

6. Fueter 指出，L. de Beaufort 在《关于罗马最初五个世纪历史之不可靠的思考》（*Considérations sur l'incertitude des cinq premiers siècles de l'histoire romaine*，1738 年）中已经提到，罗马最初历史的真实性实际上是无法证实的：见《新史学史》*Geschichte der neueren Historiographie*（D. Gerhard 和 P. Sattler 编，Munich，1936³），第 467 页。尼布尔区分早期传统中历史和神话元素的想法早在荷兰学者 Perizonius 的《历史批判》（*Animadversiones historicae*，1685 年）里便可见端倪。

7. 该表述来自兰克的《1494 到 1514 年的罗曼和日耳曼民族史》（*Geschichten der romanischen und germanischen Völker von 1494 bis 1514*，1824 年）初版序言："人们赋予历史这样的责任：评判过去，并为现代人指明未来。但当代的研究不愿承担如此重任，它的意图只是展现历史的本来面貌（wie es eigentlich gewesen）。"

在考古学领域，施里曼的工作将兰克的原则付诸实践。通过挖掘实体遗址，施里曼走近了真实发生的历史。在文学领域，"现实主义"小说家们的想法与兰克不谋而合，他们宣称自己只记录事实，不加甄选或评论。

8. 兰克把这篇《批判》作为自己《历史》（注释 7 所引书）的附录，其中有他对 Guicciardini 的著名剖析。关于蒙森的评价，以及兰克对尼布尔半身像的尊崇，见 G.P. Gooch，注释 5 所引书，第 24 和 79 页。

9. 见 G.P. Gooch，注释 5 所引书，第 460 页。

10. 见 E. Fueter，注释 6 所引书，第 553 页。蒙森的女婿维拉莫维茨看到了这个问题，但一反常态地避而不谈。维拉莫维茨在《语文学史》（*Geschichte der Philologie*，收录于《古典学导论》*Einleitung in die Altertumswissenschaft*，Gercke 和 Norden 编，Leipzig，1927³，1.70–71）中表示，在写到恺撒的独裁时，蒙森已经实现了"从艺术角度"为自己特意设定的目标，于是就辍笔了；然后，他开始致力于对完美的罗马史而言不可或缺的基础性工作，如年代学和钱币学等。这些都是为他的罗马帝国史做准备。"外行人会抱怨说，他只把第五卷留给了帝国史部分；但他的判断更加正确"。维拉莫维茨没有告诉我们，为何蒙森的判断更加正确，甚至没有言明这是历史抑或艺术决定。

11. A.J. Toynbee，《历史研究》（Oxford，1939），1.3。

12. R.G. Collingwood 提出的解释有些类似：见《历史的观念》*The Idea of History*（Oxford，1946），第 3 部分，第 9 节，第 131 页起。然而，他过于强调蒙森早期和晚期作品间的对立，并认为蒙森受到了实证主义历史态度（仅仅将历史视作一组微观问题）的影响，但这不足以解释像《罗马国家法》这样的作品。

13. N.M. Butler，《繁忙岁月》*Across the Busy Years*（New York，1939–40），1.125 页。Butler 校长在与我的谈话中确认了这点。

14. E. Zielinski 的《西塞罗的历史变迁》(*Cicero im Wandel der Jahrhunderte*,Leipzig,1912³)令研究该问题的所有学生受益匪浅。该书的主旨之一是纠正蒙森对事实的歪曲。不过,尽管回顾了始于罗马共和国末期的"对西塞罗的歪曲",它并未完全直面蒙森提出的问题。W. Rüegg 在《西塞罗与人文主义》(*Cicero und der Humanismus*,Zürich,1946)中极其严肃地探讨了该问题。他在深刻的序言《德国和人文主义》("Deutschland und der Humanismus")中指出,从本质和取得的成功上看,蒙森对西塞罗的攻击是德国文化崩塌的重要标志,因为它放弃了西塞罗作为重要缔造者的自由和人性的欧洲传统。

15. 作为历史学家,弗斯特尔的缺点在于(早在《古代城邦》中就显露无遗),尽管坚持所有的断言都必须得到文档的支持,但他并不批判文档本身,没有认识到同时代人的记录中也可能有错误、谎言或篡改。关于他的作品,见 C. Seignobos 的精彩描绘,收录于 L. Petit de Julleville 的《法语语言和文学史》*Histoire de la langue et de la littérature française*,8.279—296 页。

16. 尽管 Monod 表示(《肖像与纪念物》*Portraits et souvenirs*,Paris,1897,第 148 页起),弗斯特尔在 1870 年之前就表达了这些理念,但很难相信他没有受到抵制德国扩张的思想影响(也许是下意识的)。他的理论当然受到法国民族主义者的欢迎,但也招致反对者的抨击。在《面对永恒的德国》(*Devant l' Allemagne éternelle*,Paris,1937)的一个有趣章节中,Charles Maurras 描绘了新成立的"法兰西行动联盟"(*Ligue d' Action française*)于 1905 年举办的弗斯特尔 75 周年诞辰庆典所引起的骚动。

17. 兰克同样坚称,民族史不可能只包含本民族:他在垂暮之年还试图撰写一部"世界通史",但力有不逮。

18. F.W. Newman 的兄长是一位著名的改宗天主教徒,后被任命为枢机。而他本人则在漫长的一生中(1805—1897 年)几乎经历了 19 世纪所有的运动和奇特风潮,它们有的值得称道,有的则滑稽可笑:如反对活体解剖(antivivisection)和素食主义等,他还亲自设计了实用服装。关于纽曼和他同阿诺德的争执,详见 L. Trilling 详实的《马修·阿诺德传》*Matthew Arnold*(New York,1939),第 168—178 页;关于他个性更全面的描摹,见 I.G. Sieveking 的《纽曼传》*F.W. Newman*(London,1909)。

19. 来自纽曼译本的序言,第 iv-v 和 x 页。

20. 见纽曼的《伊利亚特》译本,20.499-500 行。"小调"(ditty)是他对"歌谣"(ballad)的理解。

21. 阿诺德曾表示:"既然有人指责我对麦考雷勋爵的《古罗马歌谣》评价不够高,那我就坦白地说,在我看来,甄别这些歌谣优劣的能力很好地显示了一个人对各种诗歌的评判能力。"读到这段话时,我皱了下眉:因为我从小就很喜欢《歌谣》,只要留心,我也可以看出其中的缺陷,但我认为,它们通常瑕不掩瑜。

22. 被任命为纽曼在伦敦大学的继任者后,豪斯曼在就职演说上指出了阿诺德《再论翻译荷马》中最严重的错误之一(对《伊利亚特》24.506 行的误译);但他承认,作为文学批判,这些讲座的效果超过了所有学者的全部作品。译文的糟糕品位令阿诺德"痛苦不已",因为这毁了诗歌中他一直深爱着的段落:见他在第二次讲座中对 Maginn 的《奥德赛》译文(19.392 行起)的评价。因此,刻意追求文雅的他对纽曼却毫不留情。他讲座的题铭 *Numquamne*

reponam?（永远轮不到我吗？）来自讽刺诗人尤维纳尔，表现了他被迫成天听别人的糟糕诗歌后发出的怒喝（1.1 行）。

23. 《哥林多前书》16:22：ἀνάθεμα = 给异教神祇的"献祭"= "被诅咒的"。*Maran-atha* 在叙利亚语中表示"主啊，来吧！"。

24. 《启示录》13:16-17；《马太福音》5:3。

25. 《约伯记》19:20，许多注疏家都试图解释或修正这句话。

26. 见 R.E.C. Houghton 的《古典作品对马修·阿诺德诗歌的影响》*The Influence of the Classics on the Poetry of Matthew Arnold*（Oxford，1923），第 8 页起。书中提到的相似段落有：

    《巴尔德之死》1.174-177 行 = 维吉尔《埃涅阿斯纪》6.309 行起
    《巴尔德之死》2.157 行起 = 荷马《奥德赛》11.35-40 行和维吉尔《埃涅阿斯纪》6.305 行起
    《巴尔德之死》2.265 行起 = 荷马《奥德赛》11.488 行起
    《巴尔德之死》3.160 行起 = 荷马《伊利亚特》23.127 行起
    《索拉布和鲁斯图姆》111-116 行 = 荷马《伊利亚特》2.459-468 行
    《索拉布和鲁斯图姆》480-489 行 = 荷马《伊利亚特》17.366 行起

    此外，可能的借鉴还有：

    《巴尔德之死》2.101 行起 = 维吉尔《埃涅阿斯纪》6.388-416 行
    《巴尔德之死》3.65 行起 = 荷马《伊利亚特》24.723 行起

    其他的许多改编涉及从词句到重复的习惯表达或者场景的整体框架。

27. 《索拉布和鲁斯图姆》556 行起。

28. 比如，《索拉布和鲁斯图姆》中翻越高加索山的喀布尔小贩（第 160 行起）、月光下的柏树（第 314 行起）、中国画家（第 672 行起）和波斯波利斯的柱子（第 860 行起）；《巴尔德之死》中春天的融雪（3.313 行起）、孤独的伐木人（3.200 行起）和在暴风雨中颠簸的水手（3.363 行起）。作品中还有一两处地方反映了维多利亚时代的英格兰，显得格格不入，比如《索拉布和鲁斯图姆》第 302 行起的贵妇（"我夜里花很多时间读书，冬天去南方"）以及《巴尔德之死》1.230 行起那位英国小巷间的步行者。

29. 如迷途的狗（《巴》3.8 行起）、被捕获的鹳（《巴》3.565 行起）、被切下的风信子（《索》634 行起）、垂死的紫罗兰（《索》844 行起），以及注释 28 中提到的某些意象。

30. "微弱的荷马回响"（faint Homeric echoes）出自丁尼生介绍《亚瑟王之死》的《史诗》（*The Epic*）。关于丁尼生对荷马的改编，见 W.P. Mustard，《丁尼生作品中的古典回响》*Classical Echoes in Tennyson*（New York，1904），第 1 章。丁尼生作品中的荷马回响比我们大多数人想象的更多和更微妙。

31. 关于丁尼生和维吉尔，另见本书第 446 页。引文来自《亚瑟王之死》结尾。

32. 巴特勒，《〈奥德赛〉的女作者》，第 15 章，第 256 页。

33. 关于这些判断，均见劳伦斯的序言。

34. 劳伦斯的《奥德赛》译本，第 23.350-351 行。

35. T.S. Eliot，《欧里庇得斯与穆雷教授》*Euripides and Professor Murray*（1918）。收录于《文选：1917—1932 年》*Selected Essays 1917-1932*（New York，1932），第 46—50 页。

36. 拥有良好品位的皮埃尔·路易士辛辣地抨击了当时的学院派译者。在《古典读本》(*Lectures antiques*)的序言中,他描绘了当时最知名的希腊语作品法译本:"只要看一下其中最知名的,我就会对某些大学老师致力于修正原文的热情专注赞美不已。他们加入了更多大胆的修饰语,更多双重意象的比喻;他们垂顾原作者,用自己特有的优雅对其加以美化,特别是根据自己的'品位'随意增删。在这场合作中,希腊人获得了全部荣誉,而学者们揽下了全部辛劳。他们就是这样无私。我赞美这种做法,但我完全不会效法。"

他本人的翻译保留了希腊语的词序,即使那样做在法语中显得不和谐。他最推崇的是勒孔特·德·里尔的译文——尽管显得生硬,而且在某些人眼里有卖弄之嫌,但仍不失大胆而新颖。

37. 引自奥斯勒的《公立中学里的科学》"Science in the Public Schools"(《中学世界》*The School World*, London, 1916), Harvey Cushing 引述,《威廉·奥斯勒爵士传》*The Life of Sir William Osler*(New York 和 Oxford, 1932), 1.29 页起。

38. 奥斯勒在关于利纳克尔的讲座中富有启发意义的内容,见 H. Crushing 的摘要,前揭书, 2.124–125 页。

39. 尼古拉斯·穆雷·巴特勒,注释 13 所引书, 1.65 页起。巴特勒校长后来发现,古典语文学专业的研究生课程同样死气沉沉:"除了研究生的哲学课程外,我也继续研读希腊语和拉丁语,研究柏拉图带给我一些非常愉快的经历,但肖特(Short)教授布置的作业对我几无裨益。想知道他的作业对我本人的学术兴趣多么无足轻重,也许只要看一下我在吉尔德斯里夫(Gildersleeve)教授的要求下发表的一篇技术性很强的语文学论文就明白了。该文发表在 1885 年 10 月的《美国语文学杂志》(*American Journal of Philology*)上,标题是《普罗佩提乌斯作品中后置的"与"》("The Post-positive *Et* in Propertius")。"

他还写到,希腊语和拉丁语系的另一个老师组织了阅读荷马的兴趣班,吸引了一些有意愿和感兴趣的学生,参与者读完了两部史诗的许多内容,并学会了欣赏它们。

40. 菲尔普斯,《书信自传》*Autobiography with Letters*(New York 和 London, 1939),第 136 页起。

41. 本森,《我们的昨天》*As We Were*(London, 1930),第 133—134 页。

42. 吉本,《回忆我的生活和作品》*Memoirs of my Life and Writings*(人人版),第 46 页。

43. 拜伦对《恰尔德·哈罗尔德游记》的注解, 4.75–77 行。

44. 引自 C.M. Bowra 作为会长对古典协会所做的演讲,《古典教育》*A Classical Education*(Oxford, 1945)。

45. 在这点上,豪斯曼的羞怯和矜持让他犯了一个对今天的古典研究造成伤害的错误。他拒绝承认希腊和罗马文学包含了人类所拥有的许多最好的艺术和思想,而且它们同我们直接相关(印度文学和玛雅艺术就不是这样),纵容无知、错误和短视者宣扬一切对历史、艺术和文化的研究都是完全无用的。比如,据说亨利·福特曾声称"历史是垃圾"——尽管很难把这句话同他收集古玩的热情联系起来。笛卡尔的表示更加优雅,但同样大言不惭:"一个正派的人不必懂得希腊语和拉丁语,就像他不必懂得瑞士或下布列塔尼的语言,他也不必了解日耳曼—罗马帝国的历史,就像他不必了解欧洲最小国家的历史……懂得拉丁语是否意味着比西塞罗刚断奶的女儿更了解这门语言?"(Gillot 引述,《法国的古今之争》*La Querelle des anciens et des modernes en France*, Paris, 1914, 第 289 页, 注释 1)

豪斯曼的读者一定都感觉到，他在对待自己为之奉献一生之学科的态度上有所缺失。他所缺少的也许是人性。一位瑞士学者表示："人文主义不仅是古典的复兴；也不是为了自己而研究古典……否则古典学家就是最伟大的人文主义者，但这完全不是事实"。（Rüegg,《西塞罗与人文主义》*Cicero und der Humanismus*, Zürich, 1946, 第 6 页）

46. A.S.F. Gow,《豪斯曼速写》*A.E. Housman: a Sketch*（New York, 1936），第 43 页。该书第 90 页上的图表显示，豪斯曼最喜欢讲解的是第 4 卷。

47. 来自 T.W. Pym 夫人所写的书信，Grant Richards 引述，《豪斯曼：1897—1936 年》*Housman 1897-1936*（牛津大学出版社，1942），第 289 页。

48. C. Seignobos 引述，收录于 L. Petit de Julleville 的《法语语言和文学史》*Histoire de la langue et de la littérature française*, 8.259 页。勒南本人认为，历史编撰"既是科学也是艺术……可以毫不夸张地说，结构糟糕的句子总是对应着混乱的思想"（E. Neff 引述，《道德与批判论文》*Essais de morale et de critique*，卷二，第 131 页，收录于《历史的诗歌》*The Poetry of History*, New York, 1947, 第 162 页。关于本书这整个一章的主题，Neff 先生著作的第 8 章《作为科学的历史》["History as Science"] 非常值得一读）。

49. 在写完这段话后，我非常有幸地发现，一位知名学者（他是敏锐的批评家和出色的作家）表达了同样的思想。来自多伦多的 Gilbert Norwood 博士表示（《品达》*Pindar*, Sather 古典学讲义，Berkeley, Cal., 1945, 第 7 页）："我们应该期待……手头的版本看上去优美，如果翻开忒奥克里托斯的诗集，我们看到的是葡萄在页面底端的可怕注疏，仿佛一条优美人行道的尽头出现了露天的阴沟，我们应该感到愤慨。"

50. 在自己编校的尤维纳尔诗集序言中（第 xxviii 页），豪斯曼对此做了令人难忘的讥讽："即便读者之前不明白，此时他一定也已发现，我对'流转史'（Ueberlieferungsgeschichte）一窍不通。对它的姐妹学科'探源研究'同样陌生：我无法向你保证，尤维纳尔的讽刺诗都抄袭自图尔努斯（Turnus, 一位比尤维纳尔稍早的讽刺诗人，但他的作品几乎完全失传），就像某些别的作者前不久向你言之凿凿的那样。我缺乏那些能够为拥有者带来这么多欢乐的能力；但当想到有如此之多的人比我更幸运，我也会欢欣鼓舞。寻找这两条虚构路线的能力似乎的确是天赐的，作为安慰奖被授予那些除此之外一无所长的人。"

第 22 章 象征主义诗人和詹姆斯·乔伊斯

1. 和"帕尔纳索斯派"一样，"象征主义者"之名也被一群人数相对较少的法国诗人所占用——马拉美被称为他们中的"王者和集大成者"（C.M. Bowra,《象征主义的遗产》*The Heritage of Symbolism*, London, 1943, 第 1 页）；但我们很难断言，在诸如艾略特的《荒原》和《圣灰星期三》之类的作品中，象征所扮演的角色不如在波德莱尔的诗歌中重要。按照这种更广泛的定义，可以被称作象征主义者的现代诗人远不止本章中提及的四位，但我们无法对其一一加以介绍。其中一些人很少或完全不使用古典象征：比如，叶芝对凯尔特意象的感情要深厚得多，他作品中提到的海伦和拜占庭是装饰性和肤浅的。

2. 瓦莱里解释了自己为何不写小说：他无法说服自己写下"伯爵夫人在5点出门"这样的句子。
3. 歌德在《浮士德（第二部）》的结尾重申了这种理念，尽管他对象征和真理之间关系的理解同柏拉图大相径庭：

   一切暂时之物
   只是比喻……

   Alles Vergängliche
   Ist nur ein Gleichnis…

4. 马拉美，《厌倦苦涩的安宁》 *Las de l'amer repos*：

   Je veux délaisser l'Art vorace d'un pays
   Cruel, et…
   Imiter le Chinois au coeur limpide et fin.

5. H. Levin,《詹姆斯·乔伊斯》*James Joyce*（Norfolk, Conn., 1941），第 76 页。
6. 尤利西斯是希腊英雄奥德修斯名字的拉丁语或意大利语写法。和丁尼生一样，乔伊斯之所以选择尤利西斯，是因为它更彻底地融入了英语：就像他更喜欢 Dedalus，而非 Daedalus 或者原文的写法 Daidalos。
7. 特别是 Stuart Gilbert 的《詹姆斯·乔伊斯的〈尤利西斯〉》*James Joyce's "Ulysses"*（New York, 1931），本节中的对应关系便参考了该书。Gilbert 先生在序言中指出，乔伊斯"从不发表演讲或接受采访，也从未像某些现代作家那样，通过某种渠道向公众'解释自己'"。随后，他感谢了乔伊斯的帮助，并表示"本书的一切价值都归功于他的协助和鼓励"——该书的价值显然包括让乔伊斯有机会向公众"解释自己"。书中的许多信息几乎肯定得益于乔伊斯的详细指点，不可能来自其他源头：比如冷门书籍的名字和复杂隐晦的类比（乔伊斯本人很可能接受了 Bérard 关于《奥德赛》的理论，而 Gilbert 先生的许多解释也以此为基础）。书中的一切都很有价值；但 Gilbert 先生著作的缺陷在于，很多东西没有被解释，而且几乎完全没有批判。据说，乔伊斯曾表示，他对读者的要求是让他们用一生的时间来阅读自己的作品。显然他把自己想象成了现代的阿奎那，而 Gilbert 则是他的"都柏林大全"（*Summa Dublinensis*）的第一位注疏者。关于乔伊斯技法的批判和背景的讨论，见 S.F. Damon,《都柏林的"奥德赛"》"The Odyssey in Dublin"（《猎犬与号角》*Hound and Horn*, 3［1929］, 1.7-44 页）；以及 Edmund Wilson,《阿克塞尔的城堡》*Axel's Castle*（New York 和 London, 1931），第 211 页起。
8. 穆里根的原型是 O. St. J. Gogarty，乔伊斯年轻时显然被他激怒和激励过。他对乔伊斯很重要，对乔伊斯的读者则不是这样。
9. 马拉美，《爱伦·坡之墓》*Le Tombeau d'Edgar Poe*：Tel qu'en Lui-même enfin l'éternité le change。
10. 诗中的某些田园诗元素可以追溯到忒奥克里托斯。作品的背景是西西里，牧神吹奏的是牧神管（syrinx），厄律克斯（Erycina）的维纳斯仿佛随时会现身。但它所描绘的不是失恋的牧羊人和牧羊女，而是更加原始和真实的主题：萨梯梦见了"灌木丛中宁芙的酥胸"。Martino 在《帕尔纳索斯与象征主义》（*Parnasse et Symbolisme*）中表示，该诗的灵感部分来自一首帕尔纳索斯派的诗歌（Banville 的《林中的狄安娜》*Diane au bois*），部分来自洛可可画家 Boucher 的《潘神和绪林克斯》（*Pan et Syrinx*）。这是古典影响在艺术家之间传递的又一个有趣例证，它在每一代人的作品中都呈现出新的形式并经历新的变形。

11. 德彪西还为皮埃尔·路易士《比利蒂斯之歌》中的三首田园诗谱写了极其优美的配乐，见本书第 458 页。

12. 童年最后和受伤的抽泣，
    它在梦中感受到
    冰冷的宝石终于分崩离析

    les sanglots suprêmes et meurtris
    D'une enfance sentant parmi les rêveries.
    Se séparer enfin ses froides pierreries

    诗中的 pierreries 似乎带有双重意象，既表示"宝石"也表示"石雕"。

13. 事实上，年轻的命运女神正是马拉美笔下的公主，诗中描绘的是比《希洛迪亚》之夜更晚一天的场景。

14. 相关分析和评论，见 C.M. Bowra，《象征主义的遗产》*The Heritage of Symbolism*（London, 1943），第 2 章，特别是第 20—27 页；以及 A.R. Chisholm，《瓦莱里的〈年轻的帕尔卡〉解析》*An Approach to M. Valery's "Jeune Parque"*（Melbourne, 1938）。

15. 比如，他用"尽头的钻石"（*diamants extrêmes*）比喻遥远的星星，在描绘树木时用了"轰鸣的毛皮"（*tonnantes toisons*）。

16. 《残篇》是对瓦莱里的早期诗歌《那喀索斯说》（*Narcisse parle*）的展开，其中的某些主题显然来自《年轻的帕尔卡》，并被加以发展。在《那喀索斯的康塔塔》（*Cantate du Narcisse*, 1938）中，他再次选择了这个题材，但重点更多放在诱人的宁芙们身上。

17. 关于《德尔斐女祭司》更详细的讨论，见 C.M. Bowra，注释 1 所引书，第 39—44 页。

18. Stephen 也有"花冠"的意思，影射"殉道者"。实际上，《一个青年艺术家的画像》最初版本的书名是《英雄斯蒂芬》（*Stephen Hero*，创作于 1901—1902 年，1944 年出版，T. Spencer 作序）。书中所用笔名的拼法是 Daedalus，乔伊斯在《尤利西斯》中将其改成 Dedalus，这无疑是为了让它看上去更像是爱尔兰名字（如 Devlin 或 Delaney）。它在希腊语中有"灵巧"之意（"沉默、流亡和灵巧"）【译按：斯蒂芬在《画像》中表示，这些是他唯一可用来保护自己的武器（using for my defence the only arms I allow myself to use – silence, exile, and cunning）】，进入英语后变成了形容词 daedal（巧妙的）。

19. 代达洛斯之子伊卡洛斯飞得太高，过于接近太阳：他的翅膀融化了，人掉了下来。纪德在《忒修斯》（*Thésée*）中诠释了这个神话，认为它象征了形而上学家因为过于接近终极真理而失去了光明和生命；在《浮士德》中，歌德用它影射了拜伦的人生（见本书第 387 页）。如果乔伊斯本人是《尤利西斯》中技艺精湛的代达洛斯，那么在《芬尼根的守灵夜》中，他就成了伊卡洛斯。

20. 奥维德，《变形记》8.183-235 行；参见《爱的艺术》2.21-96 行。乔伊斯的题铭是第 188 行：dixit, et ignotas animum dimittit in artes（他如是说，并把灵魂投入了未知的艺术）。乔伊斯的书中误将引文标为第 18 行。

21. 关于该问题的更多讨论，见本书第 23 章，第 523 页。
22. 《奥德赛》第 11 卷。在一个更古老的巴比伦传说中，为了同死者对话，主人公穿越了死亡之海。但直到史诗《吉尔伽美什》于 19 世纪被发现前，它在文学世界失传了。
23. 埃涅阿斯的冥府之行是《埃涅阿斯纪》第 6 卷的主题。金枝也许来自凯尔特神话，Norden 认同维吉尔是第一个将其引入文学的人（《爱德华·诺登解释〈埃涅阿斯纪〉第 6 卷》 *Aeneis buch VI, erklärt von Eduard Norden*，Berlin，1916²，173 页），并暗示其原型是入教者在秘仪中使用的树枝。但金枝并非普通的树枝，而是类似德鲁伊教徒的圣物槲寄生，由于在冬日万物凋零时仍郁郁葱葱，它象征了死亡中的生命。维吉尔来自意大利北部，因此经常有人试图从他的诗歌中找到凯尔特元素。James Frazer 爵士的巨著让我们祖先已被埋葬的宗教获得了新生，他将其命名为《金枝》(*The Golden Bough*)，显示了这个传说的生命力。
24. 庞德没有去读荷马的原文，而是参考了文艺复兴时期 Andreas Divus 的逐字拉丁文直译（Venice，1537：相关介绍见 G. Finsler，《荷马在近代》 *Homer in der Neuzeit*，Leipzig，1912，第 47 页），转译过程中的错误让故事显得非常晦涩，但他的表达能力使其仍具可读性。
25. W.B. Yeats，《埃兹拉·庞德手册》 *A Packet for Ezra Pound*（Dublin，1929），第 2 页。
26. S. Gilbert，注释 7 所引书，2.6.143 页起。
27. 同上，2.15.293 页起。
28. 乔伊斯，《一个青年艺术家的画像》，第 3 部分。
29. H. Levin 表示（注释 5 所引书，第 71 页）："乔伊斯回避英雄形象，《奥德赛》与《尤利西斯》的关系是永不相见的平行线"。这并非完全是事实。乔伊斯不仅回避英雄形象，而且颠覆它们。两部作品并非相伴而行，而是背道而驰。
30. 见本书第 14 章，第 272 页。
31. 乔伊斯，《尤利西斯》，第二部分结尾。魅影也许借鉴了福楼拜《单纯的心》中以鹦鹉标本形象出现的圣灵。见本书第 20 章，注释 65。
32. 见本书第 151 页起；参见莎士比亚的《威尼斯商人》5.1.1 行起：为了让自己的爱情显得更加美好，剧中的恋人回忆了历史上的著名情侣们，在像这样的一个夜晚，他们曾以同样奇妙的激情相爱着。
33. 艾略特，《站立的斯维尼》 *Sweeney erect*。在该诗第三节，艾略特让斯维尼的形象更加令人反感，将其比作独眼巨人波吕斐摩斯，将歇斯底里的娇弱女孩比作年轻的娜乌西卡公主：二者都是荷马笔下的人物。
34. 见 J.P. Marquand 的小说，《已故的乔治·艾普利》 *The Late George Apley*（Boston，1937）。
35. 罗马讽刺诗人尤维纳尔语带讥讽地警告朋友，一旦动了杀夫的念头，妻子就会对他下毒；如果没能成功，"你的克吕泰涅斯特拉就会操起利斧"（6.655 行起）。虽然使用了同一个神话，但尤维纳尔强调的是冷酷无情，而非他那个时代的庸俗。
36. 奥维德，《变形记》 6.424–674 行。本书第 61 页提到过它的中世纪版本《菲罗墨娜》。
37. 斯温伯恩，《伊图洛斯》 *Itylus*。引文是夜莺菲罗墨拉在向普洛克涅歌唱。
38. 艾略特，《荒原》第 218 行注解。

39. 奥维德，《变形记》3.316–338 行。艾略特笔下的提瑞西亚斯形象可能部分受到了纪尧姆·阿波利奈尔的超现实主义戏剧《提瑞西亚斯的乳房》(*Les Mamelles de Tirésias*) 启发（该剧主体部分完成于 1903 年，1917 年被搬上舞台，1947 年由 Poulenc 配乐后改编成歌剧上演）。在剧中，一位获得自由的妇女经历了相反的变化，从特瑞萨（Thérèse）变成了提瑞西亚斯。艾略特认为，作为获得第二种视力的代价，诗人必须遭受和他所看见的事物同样的痛苦。这种理念早就出现在马修·阿诺德优美的古典诗歌《迷途的狂欢者》(*The Strayed Reveller*) 中：

> 诸神要求为歌声支付
> 这样的代价——
> 成为我们所歌唱的。

> —such a price
> The Gods exact for song;
> To become what we sing.

提瑞西亚斯也出现在阿诺德的作品中：看见他的诗人变得和他一样衰弱与苍老，拥有了和他一样的预言能力。这是一首奇特的作品。阿诺德说，想象力是诗人的超人视力，是一种罕见的天赋：

> 然而，这是什么样的辛苦！
> 大王啊，是什么样的痛楚！

> But oh, what labour!
> O Prince, what pain!

在《菲罗墨拉》中，他用几乎同样的字眼和韵律描绘了诗歌世界另一个来自希腊的象征——夜莺：

> 什么样的胜利！啊，什么样的痛楚！

> What triumph! hark—what pain!

40. 艾略特，《荒原》，第 228 行。
41. 同上，第 243 行起。
42. 艾略特，《圣灰星期三》，1.6。
43. 佩特罗尼乌斯，《萨蒂利卡》，48.8："Nam Sibyllam quidem Cumis ego ipse oculis meis vidi in ampulla pendere, et cum illi pueri dicerent: Σίβυλλα, τί θέλεις; respondebat illa: ἀποθανεῖν θέλω."参见奥维德，《变形记》14.130–153 行。
44. 马拉美，《致敬》*Salut*。
45. 艾略特，《一个煎蛋》(*A Cooking Egg*) 和《科里奥拉努斯》（第一首：胜利进军），*Coriolan 1 (Triumphal March)*。
46. 艾略特，《荒原》，第 426 行起。

47. 佩特，《伊壁鸠鲁主义者马略》，第7章；另见本书第220页。
48. 在这点上，艾略特的诗歌与舍尼埃最著名的作品《年轻的塔兰托女子》（*La Jeune Tarentine*）不谋而合，后者融合了悼挽哀歌和更为简短的纪念铭文。
49. 庞德，《现在，允许离开》*Nunc dimittis*，收录于《角色》*Personae*，第183首。
50. 《纸草》见庞德的《被除》（*Lustra*），这部短篇诗集中的许多作品借鉴了古典模板。
51. 见 E. Lobel 编辑的萨福诗集（Oxford, 1925），α 11.10 和 ε 4.4。
52. 乔伊斯，《一个青年艺术家的画像》，第5部分开头。他强调自己学过亚里士多德和阿奎那，表示自己的拉丁语启蒙读物是奥维德的《变形记》——就像华兹华斯、蒙田和其他许多人那样。在《英雄斯蒂芬》中，他概述了一种典型的古典诗歌理论。
53. 庞德一再宣称，诗人和读者都必须对文学作品有广泛的了解，其中的巅峰是某些希腊和罗马诗人：见他的《如何阅读》（*How to Read*）和《文雅集》（*Polite Essays*）。他最有意思的古典题材作品是《向塞克斯图斯·普罗佩提乌斯致敬》（*Homage to Sextus Propertius*，1917），这是对普罗佩提乌斯部分哀歌非常自由的翻译。他的译文独特、大胆而优美，洋溢着南方的温暖和普罗佩提乌斯拉丁语原作的活力。但它们有时令人生厌，而且常常难以理解，这是因为庞德在英语和拉丁语中都会犯些小学生的错误。他会用英语写出这样的句子：

> May I *inter* beneath the hummock（= 被埋葬）

或者

> Have you *contempted* Juno's...temples?

（见《向塞克斯图斯·普罗佩提乌斯致敬》，3 和 8）。他错误地认为，普罗佩提乌斯的语言迎合了蹩脚拉丁语爱好者的口味。最著名的那个错误过于荒唐，让人觉得他是在故意开玩笑。普罗佩提乌斯曾表示自己更愿意写情诗而非史诗，然后列举了一些英雄事迹，比如

> Cimbrorum...minas et benefacta Mari

这句话的意思是：钦布里人的威胁（他们曾入侵意大利，对罗马造成了威胁）和马略的功绩。庞德却把它翻成：

> Nor of Welsh mines and the profit Marus had out of them

（见《向塞克斯图斯·普罗佩提乌斯致敬》，5.2；普罗佩提乌斯，2.1.24）。文字上的错误即使严重也情有可原，但精神上的错误就无法容忍了。庞德应该知道，没有哪位诗人会把煤矿分红作为英雄作品的主题【译按：庞德把钦布里人（Cimbri）和威尔士人（Cymry）搞混了】。

不过，《向塞克斯图斯·普罗佩提乌斯致敬》仍有不少优美而传神的表达。即使是最热情的古典诗歌也经常被人翻译成乏味古板的语言，与之相比，庞德在词汇上要生动得多，比如：

> "You are a very early inspector of mistresses.
> Do you think I have adopted your habits?"

> There were upon the bed no signs of a voluptuous encounter,
> No signs of a second incumbent.

（见《向塞克斯图斯·普罗佩提乌斯致敬》，10；普罗佩提乌斯，2.29.31-32，35-36）。他没有像普罗佩提乌斯那样使用严格在行末断句的双行体，而是以抑扬格五音步和六音步句为基础的无韵自由句和一些令人印象深刻的半行句。由于这种出色的韵律感，艾略特称庞德为"更好的艺术家"，并赞扬了他在诗歌写作艺术中的发现。他认为，普罗佩提乌斯的改编虽然怪异而且时常犯错，却是生动和令人难忘的。尽管为人无知而傲慢，庞德仍不失为真诚和敏锐的古典文学崇拜者。

54. 艾略特，《荒原》，第 265 行，第 288-291 行。

第 23 章　对神话的重新诠释

1. 见保利-维索瓦（Pauly-Wissowa）《古典学专业百科全书》（*Real Encyclopädie der Classischen Altertumswissenschaft*）中的 Euhemeros 词条，F. Jacoby 撰写，6.952 页起。
2. 在《欧赫墨洛斯主义：中世纪对古典异教文化的诠释》一文中（"Euhemerism: a Mediaeval Interpretation of Classical Paganism"，刊于《镜子》*Speculum*，2（1927），396—410 页），J.D. Cooke 描绘了早期基督教宣传者们如何迫不及待地接受了这种理论，并用它（a）佐证《所罗门智训》中对偶像崇拜的解释（偶像最初是纪念心爱和崇敬之人的塑像）；（b）证实赫拉克勒斯和其他凡人封神者的故事；（c）解释神话中的诸神为何有人类的缺点。他们得出结论，**所有的**希腊—罗马神祇最初都是人。拉克坦提乌斯是这种理论主要的阐释者（见《神圣教规》*Divinae institutiones*）。后来，它通过塞维利亚的伊西铎被传递给了中世纪晚期的作家，如博维的樊尚（见本书第 101 页）、科隆内的圭多（第 55 页），以及乔叟的弟子里德盖特和高尔。
3. 见本书第 150 页和第 8 章注释 23。
4. 《创世记》6：2-4。
5. 《复乐园》2.172 行起。与之类似，在《失乐园》1.738 行起，建造万魔宫的魔鬼是赫淮斯托斯或伍尔坎（书中称其为 Mulciber）。
6. 克罗伊泽的《古代民族的象征学与神话学》在德国遭受的严厉批评主要来自两个方面。第一种批判以 Lobeck 精彩的《阿格拉俄法摩斯》（*Aglaophamus*）为代表。它认为克罗伊泽对古代宗教习俗中的复杂诠释和赋予其的深刻意义是他本人臆造的，几乎没有证据表明它们是希腊人自己的观点。另一种批评以 Voss 的《反对象征学》（*Anti-Symbolik*，1824—1826 年）和他发表在《耶拿文学期刊》（*Jena Litteratur-Zeitung*）上的文章为代表。它认为克罗伊泽的理论旨在颠覆新教信仰，鼓励神秘主义、教士统治和神权政治。在文笔优美的《古代宗教》（"Les Religions de l'antiquité"，收录于《宗教史研究》*Études d'histoire religieuse*，Paris，1857）中，勒南驳斥了上述第二种批评，并详解了第一种批评，将克罗伊泽与新柏拉图神秘主义者 Proclus 和 Porphyry 相提并论。E. Cassirer 分析了克罗伊泽对 Schelling 哲学的影响，见《象征主义形式的哲学》*Philosophie der symbolischen Formen*（Berlin, 1923-1929），2.21 页。另见 E. Howald 编辑的档案，《围绕克罗伊泽象征学的论战》*Der Kampf um Creuzers Symbolik*（Tübingen, 1926）。

7. 关于梅纳尔和勒孔特·德·里尔的情况，分别见本书第 456 页起和第 446 页起。另见 H. Peyre 的《关于 1843 到 1870 年法国希腊风潮的批判性书目》*Bibliographie critique de l'Hellénisme en France de 1843 à 1870*（耶鲁罗曼语研究丛书 Yale Romanic Studies, 6, New Haven, 1932），当然还有他关于梅纳尔的专著（同一丛书，5），它为本章和第 20 章的许多内容提供了参考。

8. 关于《道德化的奥维德》，见本书第 62 页。

9. 见弗洛伊德的《心理分析导论》（*A General Introduction to Psychoanalysis*，J. Riviere 翻译，Garden City, New York, 1943）的第 10 讲《梦的象征主义》（"Symbolism in dreams"）。关于对神话、仪式和心理象征之间联系的进一步研究，见弗洛伊德的弟子 Sachs 和 Rank 创办的期刊《意象》（*Imago*），以及 Theodor Reik 以仪式为主题的几本富有洞见的著作。

10. 关于在诗歌中使用该神话的一个例子，见本书第 72 页。当代的例子是 W.H. Auden 写给 John Warner 的颂诗（受到维吉尔《牧歌》第 4 首的影响）：《演说家》*The Orators*, 3.4。

11. 在《对探究古典主义"复兴"的回应》（*Réponse à une enquête de "La Renaissance" sur le classicism*，作品集第 10 卷，1923），他对自己的观点做了有趣的陈述：

> 我不认为您就该主题提出的疑问能在法国以外的地方被理解，因为法国是古典主义的祖国和最后的庇护所。但即便是法国也从未出过比拉斐尔、歌德或莫扎特更杰出的古典主义代表吧？
>
> 真正的古典主义不是外界约束的结果，后者是人为的，只能制造出学院作品。在我看来，我们喜欢称作古典的那种特质首先是道德的，我乐于把古典主义视作和谐的德行集合，其中最重要的是谦逊。浪漫主义总是伴随着骄傲与自大。古典式的完美完全不是意味着对个体的压制，而是个体的服从和臣属，字服从句，句服从页，页服从作品。这是等级的彰显。
>
> 古典主义同浪漫主义的斗争也存在于每个灵魂内部，认识到这点非常重要。正是这种斗争催生了作品；古典艺术作品讲述的是秩序与节制对内心浪漫主义的胜利。被降服的东西最初越是叛逆，作品就越美。如果素材原先就被降服，作品就显得冷淡而无趣。真正的古典主义既不限制也不压迫；与其说它是保守者，不如说它是创造者；它不会逆行复古，也拒绝相信一切都已被前人说过。
>
> 此外，人们并非因为意愿而成为古典主义者；伟大的古典主义者是那些身不由己和对此没有意识的人。

12. 关于对王尔德的希腊语和拉丁语学识的分析，见 A.J.A. Symons,《王尔德在牛津》"Wilde at Oxford"，刊于《地平线》*Horizon*，1941 年。

13. 我参考了 Winifred Smith 的《身着现代服饰的希腊女主角》"Greek Heroines in Modern Dress"（刊于《塞维尼评论》*Sewanee Review*，1941 年 7-8 月刊，第 385 页起）。为了逃避盖世太保，流亡法国的哈森克勒弗尔于 1940 年选择了自杀（《法国来信》"Letter from

France"，刊于《地平线》Horizon，1941 年 3 月）。

14. 见 F. Brie，《作为希腊人继承者的尤金·奥尼尔》"Eugene O'Neill als Nachfolger der Griechen"，刊于《日耳曼—罗曼月刊》Germanisch-romanische Monatsschrift，21（1933），46—59 页；B.H. Clark，《埃斯库罗斯与奥尼尔》"Aeschylus and O'Neill"，刊于《英语期刊》The English Journal，21（1932），699—710 页；关于该主题的全面介绍，见 D.Bush，《英语诗歌中的神话和浪漫主义传统》Mythology and the Romantic Tradition in English Poetry（Havard，1937），第 15 章。

15. 1947—1948 年在纽约看过 Judith Anderson 在《美狄亚》中表演的人都永远不会忘记她如何将这两种激情融为一体——听到女仆抽泣着报告情敌的可怕死亡时，她就像一个幸福的恋人那样开怀大笑。杰弗斯还将《俄瑞斯忒亚》大幅缩减成了半戏剧半诗歌的独幕作品《悲剧之外的塔楼》（The Tower beyond Tragedy，New York，1925），其中包含了一些优美的诗句和精彩的想象——比如，遭到谋害的阿伽门农借卡桑德拉之口说话；但作品中情欲和谋杀的肉体暴力过于极端，无法表现出真正的悲剧感，反而让人觉得难以置信或心生厌恶。

16. 《伊卡洛斯》，Ruth Draper 译，Gilbert Murray 作序（New York，1933）。

17. 特别见第一段合唱（以索福克勒斯《安提戈涅》的第一段合唱为模板）以及伊卡洛斯在第一场中的狂想式独白。

18. 该书于 1942 年在巴黎出版，副标题是"论荒诞"（essai sur l'absurde）。他还写过一部关于罗马皇帝卡里古拉的戏剧，并称赞其将生命视作"荒诞的"。A.J. Ayer 对他的哲学态度做过透彻的批判，见《地平线》Horizon，1946 年 3 月刊。

19. 拜伦，《普罗米修斯》，1816 年 7 月到 9 月的诗。

20. 关于施皮特勒最好的单卷本作品是 R. Faesi 的《施皮特勒的经历与作品》Spittelers Weg und Werk（Frauenfeld，1933），附有丰富的参考书目。另见 W. Adrian，《卡尔·施皮特勒〈奥林波斯之春〉中的神话》Die Mythologie in Carl Spittelers Olympischen Frühling（Berne，1922）；F. Buri，《普罗米修斯与基督》Prometheus und Christus（Berne，1945）；J. Fränkel，《施皮特勒，致敬与相会》Spitteler, Huldigungen und Begegnungen（St. Gallen，1945）；O. Hofer，《施皮特勒诗歌中的生命观》Die Lebensauffassung in Spittelers Dichten（Berne，1929）；C.G. Jung 关于《普罗米修斯和厄庇墨透斯》的论文，收录于《心理类型》Psychologische Typen（Zürich，1921）；R. Messleny，《卡尔·施皮特勒与新德语史诗》Karl Spitteler und das neudeutsche Epos（Halle，1918）；F. Schmidt，《史诗的革新》Die Erneuerung des Epos（Beiträge zur Ästhetik，17，Leipzig，1928）；A.H.J. Knight 的出色论文，刊于《现代语言评论》The Modern Language Review，27（1932）；J.G. Robertson 条理清晰的介绍性文章，收录于《文学随笔与演讲》Essays and Addresses on Literature（London，1935）。我还没有读过 J.G. Muirhead 的《普罗米修斯和厄庇墨透斯》译本。除了对施皮特勒用词效果的归纳，E. Ewalt 的《是施皮特勒还是格奥尔格？》（Spitteler oder George?，Berlin，1930）不值一读。

21. 普罗米修斯是歌德（见本书第 637 页）、雪莱（第 419 页）和拜伦等人的最爱。

22. 尽管非常相似，但施皮特勒和尼采的作品是完全独立完成的。他们并不认识或理解对方。见施皮特勒本人的陈述：《我与尼采的关系》（"Meine Beziehungen zu Nietzsche"）；

尼采在《瞧，这个人》（*Ecce Homo*）的讥讽，第1章；以及 J. Nagaz，《施皮特勒的〈普罗米修斯和厄庇墨透斯〉与尼采的〈查拉图斯特拉如是说〉》*Spittelers Prometheus und Epimetheus und Nietzsches Zarathustra*（Chur, 1912）。

23. 关于施皮特勒的希腊语学识，见 A.H.J. Knight 的论文，刊于《现代语言评论》*The Modern Language Review*, 27(1932), 443—444 页。本书中对施皮特勒悲观主义的评价同样来自该文。

24. 施皮特勒，《奥林波斯之春》，1.3：

> 看，在草甸那边的地平线上
> 从碧蓝的天空中来了一位苗条的姑娘，
> 她的衣着和外貌与淳朴的牧羊女相同，
> 但就像来自天国的天使般熠熠生辉。
> 她把双手拢成贝壳状放在嘴前，
> 将一连串的欢呼送往阿尔卑斯山各处。
> 这时她的目光落到了宿营者身上。"好哇！"
> 她放肆地一路跳跃着飞速赶来。

> Und sieh, am Horizonte droben auf der Weid
> Wuchs aus dem blauen Himmel eine schlanke Maid,
> In Tracht und Ansehn einer schlichten Hirtin gleich,
> Doch schimmernd wie ein Engel aus dem Himmelreich.
> Die hohlen Händ als Muschel hielt sie vor dem Mund,
> Draus stieß sie Jauchzerketten in den Alpengrund.
> Jetzt hatt ihr Blick die Lagernden erspäht. 'Juchhei!'
> Und mit verwegnen Sprüngen kam sie flugs herbei.

我们很难不把上面的段落同《埃涅阿斯纪》中维纳斯与儿子初次见面的场景（1.314 行起）联系起来：维纳斯以身着长不及膝短裙的年轻女猎手形象出现，她欢快地喊道："嘿，小伙子们！"（heus, iuuenes!）

25. 关于施皮特勒与伯克林，见 Faesi，注释20 所引书，第238 页起。另见 S. Streicher 关于该主题的两卷本著作《施皮特勒与伯克林》*Spitteler und Böcklin*（Zürich, 1927）。

26. 为了拉近观众与演员的距离，André Obey 在《卢克莱提娅之劫》（*Le Viol de Lucrèce*, 1931）中做了有趣的实验。他安排蒙面的男女"旁白员"全程坐在舞台边上，他们时而描绘舞台之外的剧情，时而对舞台上的事件作出评论，还不时引用莎士比亚原作中的诗句：他们会说"可怜的小鸟"和"受惊的可怜小鹿"（pauvre biche effrayée）——而在戏剧的结尾则改成了"被杀害的可怜小鹿"（pauvre biche égorgée）。

27. 见本书第51 页起。

28. 纪德在其《对希腊神话的思考》（*Les considérations sur la mythologie grecque*）中表达了这种思想（《作品集》，卷9开头）。

29. 它们是 Daniel-Rops 的《我们的不安》（*Notre inquiétude*），以及 Marcel Arland 发表在

《新法国评论》(*Nouvelle Revue Française*)上的《世纪的新罪恶》(*Un Nouveau Mal du siècle*)。

30. 我的同事 Justin O'Brien 指出，和莫里哀一样，纪德也对"罪恶会传染"的观念感兴趣。就像塔尔丢夫（Tartuffe）的虚伪和阿巴贡（Harpagon）的贪婪被传染给了那些与他们有过接触的人，俄狄浦斯无意识的（也许不完全是）乱伦也扩散感染了他的整个家族。

31. 纪德，《坎达列斯王》*Le Roi Candaule*，第 2 幕末。

32. 纪德，《忒修斯》，第 11 章。姐弟调包的主题在纪德的作品中屡见不鲜：另见《科吕东》第 1 篇。

33. 同上。

34. 奥维德，《女杰书简》，10.41—42 行。

> candidaque imposui longae uelamina uirgae,
> scilicet oblitos admonitura mei.

35. 纪德，《忒修斯》，第 4 章。

36. 吉罗杜，《厄勒克特拉》，2.6。

37. 吉罗杜，《特洛伊战争不会爆发》，2.8。

38. On peut dire qu'il s'est mis là dans de mauvais draps：作者在提及俄狄浦斯乱伦的婚床时使用了恶毒的双关语【译按：法语中 dans de mauvais draps 意为处于两难境地，字面意思为躺在不幸的床上】。作为极富想象力的抒情诗人，吉拉多作品中像这样的粗俗表达却多得令人吃惊。在《厄勒克特拉》1.2 中，一位年幼的复仇女神对园丁说："园丁，命运向你露出了屁股。看看他长大了吗！"（Le destin te montre son derrière, jardinier. Regarde s'il grossit）。在《厄尔皮诺》（*Elpénor*, 1929）中，一首关于海伦被诱拐的诗是这样结尾的：

> 这是犯罪，我承认，
> 但帕里斯完全配得上弥撒！

> C'est un péché, je le confesse,
> Mais Pâris vaut bien une messe!

39. 科克托，《地狱机器》，第 2 幕（第 116—117 页）。

第 24 章 结语

1. 详见 P.C. Wilson，《瓦格纳的戏剧与希腊悲剧》*Wagner's Dramas and Greek Tragedy*（New York，1919）。瓦格纳在学校里接受过很好的古典教育，并在 35 岁那年怀着极大的热情重拾希腊语：他表示，甚至自己在拜罗伊特的剧场都受到了希腊人的启发。

2. 梭罗，《友人书信集》*Familiar Letters*，1856 年 11 月 19 日。

3. E.J. Simmons 引述和翻译，《列奥·托尔斯泰》*Leo Tolstoy*（Boston，1946），第 288—289 页，第 311 页。

4. 关于皮特的父亲，见本书第 329 页；关于卡索邦的父亲，见第 13 章，注释 6；关于勃朗宁的父亲和《发展》一诗，见第 20 章，注释 31；关于蒙田的父亲，见第 186 页。Edmund Gosse 在《父与子》（*Father and Son*）中也向父亲表达了类似的敬意，它证明了儿童的想象力可以通过非常奇特的方式被点燃，并显示了其必要性。后来成为杰出文学批评家的 Gosse 成长于一个气氛严肃的宗教家庭。他对教材极度反感，觉得拉丁语学起来很难，"成串的单词、冷冰冰的变位和变格规则以十分乏味的方式呈现在我面前"（参见本书第 490 页起）。听到儿子在死背单词后，父亲拿来了一本陈旧的海豚版维吉尔诗集，并表示自己年轻时作为博物学家曾在各地考察，无论在"加拿大的急流旁还是西印度群岛的沼泽边"，这本书"都带来过无法估量的慰藉"，"羊皮书封上的长条疤痕是在阿拉巴马州的森林里被荆棘划破的"。父亲回忆了年轻时在野外度过的欢乐日子和早逝的爱妻，然后开始背诵维吉尔的第 1 首牧歌。年幼的儿子一个字也听不懂，但还是被音韵之美所打动。他"像聆听夜莺一样"听着父亲的吟诵，当听到 tu, Tityre, lentus in umbra / formosam resonare doces Amaryllida siluas（提图卢斯，你悠闲地坐在树荫下，教山林回应阿玛茹丽斯的美貌）时，他请求父亲把这句话翻译出来；但即使经过翻译，他仍然完全无法理解：一个在普利茅斯兄弟会中长大的 11 岁男孩怎么能理解异教徒牧人吟唱心上人的歌曲呢？但诗歌的音韵久久萦绕在他的心头，"我说服父亲一遍遍地重复那句话，虽然他有点吃惊，但在我的坚持之下还是同意了。最终我把它牢牢地刻在脑海中"。从此之后，他会在四处闲逛时骄傲地吟诵它，"当我趴在海边的潮坑上时，我的整个内心都回荡着 formosam / resonare doces Amaryllida siluas"。200 多年前，正是这同一位"树荫下的阿玛茹丽斯"激发了弥尔顿的想象力：见《吕喀达斯》*Lycidas*，第 68 行。

5. 柏拉图，《理想国》，372d4。

出版后记

作为比较文学这门学科最为基本的研究方法，影响研究总是让人获益良多。然而进行这种研究，无论是"实证"地考察某位作家受到他人的影响，还是对文本中某种表达的隐秘根源进行探究，都需要研究者同时具备渊博的历史、文学知识以及敏锐的洞察力。一项优秀的影响研究，总会让人们对文本的"外部"世界和"内部"世界获得更多的了解，让文本在历史和文学史中的坐标变得更加清晰。

进行影响研究的另一个难点是，研究者往往需要对处于不同时空、使用不同语言的作品进行比较研究，至少需要掌握这两种不同语言各自的文学传统。而本书的主题——希腊—罗马对西方文学的影响——更是需要对希腊以降的古典文学以及各现代民族国家的文学传统如数家珍，不啻于一项赫拉克勒斯的壮举！直到这部巨著于1949年出版前，没有哪本书能够完整描绘这个影响过程。而在66年后的今年，当牛津大学出版社推出新版之际，受邀作序的哈罗德·布鲁姆仍然为它的广博和精细而感喟。

然而，这部巨著的精神内核：一种今天会有人觉得已经过时的人文主义、一种今天会有人习惯性地视做欧洲中心论的文明观、一种今天会有人觉得毫不实用的教育理念，使它的意义远远超出一部文学研究的经典，更是一座西方文化的崇高与优美的纪念碑。当我们在这个日益信息过载却又时刻感到空虚无聊的时代，这本书提醒我们，也许我们可以像蒙田和莎士比亚那样回归古典作品，得到丰厚的滋养和慰藉的激励。作者把他的劝诫和忠告铸进全书的结语——人的真正职责并非罔顾需求地扩张权力和积累财富，而是丰富和享受他唯一不朽的财富：灵魂。

在中国，作者有一句话更加为人熟知：一本写得很糟的书，只不过是一宗大错；而一本好书的拙劣翻译，则堪称犯罪。我们感谢译者以晓畅明晰的译笔再现了原著的典雅和优美。这部巨著包罗万象，翻译和编辑难度极大，希望方家能够不吝指出存在的错误，帮助我们完善这个译本，以惠读者。在此不胜感谢！

后浪出版公司
2015年6月

图书在版编目（CIP）数据

古典传统 /（美）海厄特著；王晨译. ——北京：北京联合出版公司，2015.7
（2021.7重印）

ISBN 978-7-5502-5840-2

Ⅰ. ①古… Ⅱ. ①海… ②王… Ⅲ. ①文学史—西方国家 Ⅳ. ① I109

中国版本图书馆CIP数据核字（2015）第175060号

THE CLASSICAL TRADITION:Greek and Roman Influences on Western Literature
by Gilbert Highet
Copyright 1949 by Oxford University Press,Inc.;renewed 1976 by Gilbert Highet
Simplified Chinese translation copyright © 2015
by Post Wave Publishing Consulting（Beijing）Ltd.
Published by arrangement with Curtis Brown Ltd.
through Bardon-Chinese Media Agency
ALL RIGHTS RESERVED
Simplified Chinese edition
Copyright © 2015 POST WAVE PUBLISHING CONSULTING（Beijing）Co., Ltd.
本书中文简体版权归属于后浪出版咨询(北京)有限责任公司

古典传统

著　　者：（美）吉尔伯特·海厄特
出 品 人：赵红仕
选题策划：后浪出版公司
出版统筹：吴兴元
策划编辑：张　鹏
特约编辑：张　鹏
责任编辑：赵晓秋　王巍
封面设计：周伟伟
版面设计：罗志伟
营销推广：ONEBOOK
装帧制造：墨白空间

北京联合出版公司出版
（北京市西城区德外大街83号楼9层　100088）
华睿林（天津）印刷有限公司印刷　新华书店经销
字数800千字　720×1030毫米　1/16　40印张　插页2
2015年10月第1版　2021年7月第3次印刷
ISBN 978-7-5502-5840-2
定价：78.00元

后浪出版咨询(北京)有限责任公司常年法律顾问：北京大成律师事务所　周天晖 copyright@hinabook.com
未经许可，不得以任何方式复制或抄袭本书部分或全部内容
版权所有，侵权必究

本书若有质量问题，请与本公司图书销售中心联系调换。电话：010-64010019